शहर में कर्फ़्यू तथा अन्य चार उपन्यास

शहर में कर्फ्यू तथा अन्य चार उपन्यास

विभूति नारायण राय

वाणी प्रकाशन

प्रकाशन के उत्कृष्टतम 63 वर्ष

पेपरबैक पहला संस्करण : 2013
पेपरबैक दूसरा संस्करण : 2026

vaniprakashan.com

वाणी प्रकाशन

4695, 21-ए, दरियागंज, नयी दिल्ली-110 002

फ़ोन : + 91 11 23273167, 23275710

शाखाएँ

अशोक राजपथ, पटना-800 004, बिहार

कॉफ़ी हाउस कैम्पस, महात्मा गांधी मार्ग, प्रयागराज-211 001, उत्तर प्रदेश

महात्मा गांधी अन्तरराष्ट्रीय हिन्दी विश्वविद्यालय, वर्धा-442 001, महाराष्ट्र

sales@vaniprakashan.in
vaniprakashan@gmail.com

Shahar Mein Curfew Tatha Anya Chaar Upanyas
by Vibhuti Narain Rai

ISBN : 978-93-5072-471-2
Novel

मूल्य : ₹500

जी.एस. ऑफ़सेट, दिल्ली-110 095 में मुद्रित

वाणी प्रकाशन का लोगो मक़बूल फ़िदा हुसैन की कूची से

अनुक्रम

घर

समीकरण पेंशन और बाजार-भाव का

मुंशीजी का दिन शुरू हो गया है। पीली, मटमैली धूप के चकत्ते बीमार शरीर पर फैले कोढ़ के दाग की तरह छत पर इधर-उधर पसर गए हैं। रिटायर होने के बावजूद मुंशीजी बहुत सारी आदतें नहीं छोड़ पाए हैं, जिनमें से एक अलस्सुबह धूप की उजास में बैठकर अखबार पढ़ना है। उन दिनों जब मुंशीजी को भोर में उठकर ट्यूशन पढ़ाने तीन मील पैदल जाना पड़ता था, तब भी वे इसी तरह अपने दिन की शुरुआत करते थे और आज जब पूरा दिन खाली-खाली-सा बीता है, तब भी दिन की शुरुआत इसी तरह होती है। फर्क सिर्फ इतना आया कि उन दिनों भाग-दौड़ में सिर्फ हेडलाइन्स देख पाते थे, पूरी खबरें तो सबेरे के तीनों ट्यूशन खत्म करने के बाद खाना खाते समय या स्कूल जाते समय रास्ते में पढ़ पाते थे। आजकल तो पूरा अखबार एक बैठक में चाट जाते हैं। यहाँ तक कि फिल्मी पन्ने से लेकर बाजार-भाव तक कुछ भी नहीं बचता। अखबार पढ़ते समय वे लगातार बीड़ियाँ फूँकते रहते हैं और जब तक अखबार खत्म होता है, तब तक खत्म होने वाली एक बंडल बीड़ियाँ अपना असर दिखाने लगती हैं और उन्हें पाखाने की तलब महसूस होने लगती है।

हालाँकि आज का दिन अन्य दिनों की अपेक्षा कुछ विशिष्ट था लेकिन शुरू इसी तरह हुआ। महीने में एक दिन उन्हें पेंशन लेने सरकारी खजाने तक जाना पड़ता है। यही एक दिन ऐसा होता है जब उन्हें बहुत सारी चीजें सार्थक लगने लगती हैं। उस दिन वे झाड़-पोंछकर उस कोट को एक बार फिर से पहनते हैं जिसे वे शुरू से ही खास मौकों पर पहनते आए हैं। उनकी घटना-विहीन जिन्दगी में ये खास मौके कभी-कभी ही आते थे। जब कभी डिप्टी साहब का मुआयना होता या वे जिले के किसी अफसर को सलाम करने मुख्यालय जाते या बच्चों को बहका-फुसला कर तारा के साथ कभी-कभार सिनेमा देखने चले जाते—तभी इस कोट को पहनने की नौबत आती, वरना उस कस्बाई स्कूलों में जहाँ वे पढ़ाते रहे हैं, बिना इसे पहने उनका काम ज्यादा सहजता से चल जाता रहा है। रिटायर होने और तारा की मृत्यु के बाद तो इस कोट का इस्तेमाल और भी कम हो गया है। रिटायरमेंट के बाद शुरू-शुरू में जरूर उन्हें इस बात का शौक था कि शाम को अपने एकमात्र कोट को पहनकर वे पार्क की तरफ निकल जाएँ, देर तक टहलें, पेंशन-याफ्ता बाबुओं से दुनिया-भर की बातों पर बहसें

करें और फिर लाइब्रेरी से होते हुए देर रात बीते घर लौटें। लेकिन अब तो उन्होंने बाहर निकलना भी काफी कम कर दिया है। एक तो गठिया बीच-बीच में उभर आता है, दूसरे बाहर निकलते ही तरह-तरह की बातें सुननी पड़ती हैं, खासतौर से राजकुमारी के बारे में, इसलिए वे भरसक घर से कम ही निकलते हैं।

जाड़े की सुबह होने की वजह से धूप के धब्बे सुखद लग रहे थे। लेकिन उठना तो था ही क्योंकि अभी आधे-एक घंटे तो उन्हें नहाने-धोने में ही लग जाएँगे। तब तक बगल के बड़े बाबू की लड़की ट्यूशन पढ़ने आ जाएगी। पढ़ाते-पढ़ाते नौ बज जाएँगे और उन्हें भाग-दौड़ में कपड़ा पहनने से लेकर खाना खाने तक का काम करना पड़ेगा क्योंकि खजाने में जल्दी पहुँचकर बाबुओं की चिरौरी नहीं शुरू की तो पूरा दिन खराब और फिर दूसरे दिन इसी कार्यक्रम को दोहराना पड़ेगा। अपनी बेजान टाँगों में गर्माहट लाने के लिए उन्होंने उन्हें हथेलियों से रगड़ा, आगे-पीछे चलाया और फिर काँखते हुए उठ खड़े हुए।

मुंशीजी सीढ़ियाँ उतरकर गली में आए तो करीब नौ बज रहा था। जाड़े की सुबह धीरे-धीरे गर्मा रही थी। गली में अभी भी कुछ अंगीठियाँ अपने-अपने दरवाजों के सामने पड़ी सुलग रही थीं। गनीमत थी कि इस समय अंगीठियाँ कम थीं, इसलिए धुआँ भी काफी कम हो गया था वरना सुबह इधर से निकलना, मुंशीजी के लिए यातना से कम नहीं होता। रिटायर होने के पहले मुंशीजी छोटे-छोटे देहाती या कस्बाई स्कूलों में रहे थे जहाँ और चाहे जितनी असुविधाएँ रही हों, कम-से-कम, हवा तो साफ मिलती थी। मुंशीजी का मन विरक्ति से भर गया। उनकी कितनी साध थी कि रिटायर होने के बाद अपने गाँव चलकर रहा जाए। रिटायरमेंट करीब आने पर जिद्द करके मुंशीजी ने गाढ़े वक्त के लिए बचाया हुआ प्राविडेंट फंड का आधा पैसा निकालकर गाँव में पैतृक मकान के पास अपने लिए एक अलग मकान बनाने पर लगा दिया था। तारा ने बहुत समझाया कि मौका पड़ने पर भाई-भौजाई कोई साथ नहीं देगा लेकिन वे नहीं माने। आज न तारा है और न ही मुंशीजी को भाइयों-भौजाइयों ने गाँव में फटकने दिया। मुंशीजी ने धुएँ की कडुआहट से बचने के लिए आँखें बंद कर लीं। पता नहीं वह धुएँ का तीखापन था या तारा की याद, उनकी आँखों में पानी छलछला आया। वे न तो फौजदारी कर सकते हैं और न ही उनके पास मुकदमेबाजी के लिए पर्याप्त धैर्य और पैसा ही है, इसलिए उन्हें इसी मकान में रहना है। मकान के बारे में सोचना उनके लिए हमेशा कष्टदायक होता है, लिहाजा उन्होंने अपने सर को झटका दिया और आस-पास बिखरे कूड़े और पाखाने के ढेर से बचकर गली पार करने लगे।

गली के मोड़ पर मुहल्ले के कुछ लड़के स्कूल जाने की तैयारी में खड़े सिटी बस का इन्तजार कर रहे थे। उन्हें देखते ही मुंशीजी के दिल की धड़कन बढ़ गई। अभी तक लड़कों ने उन्हें नहीं देखा था। वे आपस में ही चुहलबाजियाँ कर रहे थे और हँस रहे थे। मुंशीजी को लगा कि वे उन्हीं पर हँस रहे हैं और उनकी चाल और धीमी हो

गई। वे गली की दीवार से सटकर चलने लगे ताकि कुछ देर और वे लड़कों के लिए अदृश्य बने रहें। इतना तो वे बचपन में परभू से नहीं डरते थे। परभू का घर ठीक स्कूल जाने के रास्ते में पड़ता था। जब तक गाँव का स्कूल छूटा नहीं, मुंशीजी के लिए स्कूल की तैयारी परभू की उपस्थिति से जुड़ी रही। कितना मनाते थे कि आज परभू से मुलाकात न हो लेकिन परभू तो जैसे रोज उन्हीं की ताक में बैठा रहता था। उन्हें देखते ही उसके चेहरे पर कुटिल मुस्कान दौड़ जाती थी। कितना छेड़ता था उन्हें, रोज वे रुआँसे हो जाते, कभी-कभी तो रोने लगते। अकसर माँ के कमरे में छिप जाते लेकिन स्कूल जाने के वक्त पिता ढूँढ़ ही निकालते। गाँव का स्कूल छूटने पर ही उससे मुक्ति मिली थी। बरसों बाद चटखारे ले-लेकर उन्होंने तारा को अपने छेड़े जाने की कथा सुनाई थी। कभी-कभी तारा भी शरारतन परभू की नकल में उन्हें लड़की कहकर चिढ़ाती थी लेकिन पहले की तरह न तो उनकी कनपटी लाल होती थी और न ही आवाज रुँधती थी। वे सहज भाव से हँस देते थे।

लड़के बहुत करीब आ गए थे। उनमें से कुछ की नजर मुंशीजी पर पड़ी। उनकी आँखों में शरारत तैर गई। निर्विकार तटस्थता का भाव चेहरे पर ओढ़े मुंशीजी ने उनके बगल से गुजर जाना चाहा। उनके बगल में पहुँचते ही एक लड़के ने अपनी बाईं आँख दबाई और अस्फुट स्वर में कुछ कहा, सारे लड़के हो-हो करके हँसने लगे। मुंशीजी के कानों में केवल 'राज' शब्द पड़ा। उनकी चाल तेज हो गई। गर्दन झुकाकर वहाँ से निकल जाना क्या इतना आसान था? अकसर यही होता है। लगता है, जलती झाड़ियों में से होकर निकल रहे हैं। लाख बचाने पर भी अन्दर-बाहर कुछ-न-कुछ जल जरूर जाता है। काफी दूर आकर मुंशीजी ने दम लिया। तेज चलने के कारण उनकी साँस फूलने लगी थी। लड़के पीछे छूट गए थे और अपमान व पीड़ा का दंश लिए मुंशीजी धीरे-धीरे घिसटने लगे।

शुरू-शुरू में यह अपमान ज्यादा सालता था लेकिन अब तो मुंशीजी इसके आदी होते जा रहे हैं। पहले जब कभी बाहर से इस तरह अपमानित होकर मुंशीजी लौटते, घर आकर राजकुमारी की बेतरह धुनाई करते। मारते-मारते जब थक जाते तो छत पर एक कोने मुँह लपेटे पड़े रहते। उस समय तारा की याद आती। अगर कहीं तारा जीवित होती तो इतना मार पाते राजकुमारी को? कितना चाहती थी इसे—लड़कों से भी ज्यादा। तारा जिन्दा होती तो यह नौबत ही क्यों आती। बिन माँ की लौंडिया को भटकने में कितना वक्त लगता है, फिर अब तो राजकुमारी की बात सोचकर मुंशीजी खुद शरमाने लगे हैं। उसकी इस स्थिति के लिए मुंशीजी क्या कम जिम्मेदार हैं। शादी की उम्र निकलती ही जा रही है, अभी तक मुंशीजी कोई जुगाड़ नहीं बैठा पाए। गाँव के घर को ठीक कराने के लिए निकाले गए रुपयों के बाद प्राविडेंट-फंड में नौ हजार रुपए बचे थे। सोचा था, इतने में राजकुमारी के हाथ पीले कर देंगे। बीच में तारा बीमार पड़ गई। बदहवास मुंशीजी ने उसके इलाज के लिए बेतहाशा कर्जे लिए। वे

किसी भी कीमत पर तारा को बचाना चाहते थे। उन्हें पता था कि अगर तारा ने भी साथ छोड़ दिया तो रिटायरमेंट के बाद बाकी बची जिन्दगी को गुजारना किस कदर यातना-पूर्ण होगा। उनके सारे प्रयत्नों के बावजूद तारा बचाई नहीं जा सकी। सारे खर्चे चुकाने के बाद प्राविडेंट-फंड में महज साढ़े पाँच हजार और बचे थे। इस पूँजी को लेकर वे बाजार में राजकुमारी के लिए लड़का ढूँढ़ने निकले। शुरू में कुछ मिले भी लेकिन किसी का डील-डौल, रूप-रंग मुंशीजी को पसन्द नहीं आया, कोई दुहाजू था तो किसी की माँग मुंशीजी के सामर्थ्य के बाहर निकली। जब तक मुंशीजी की समझ में यह बात आई कि पाँच-छह हजार रुपए लेकर सौदा तय करते समय वे अपनी पसन्द-नापसन्द की बात नहीं सोच सकते, तब तक काफी देर हो चुकी थी। अब तो राजकुमारी की आँखों के नीचे वर्षों के इन्तजार से पड़े काले धब्बे स्पष्ट झलकने लगे थे। अभाव और उपेक्षा से टूटा हुआ शरीर भी जवानी के शुरूवाले दिनों की चमक ज्यादा दिनों तक कायम नहीं रख सका था और अट्ठाईस साल की उम्र में ही राजकुमारी बुढ़िया लगने लगी थी। अब तो तीन-चार बच्चों के बाप दुहाजू लड़के भी राजकुमारी को देखकर खामोश रह जाते और मुंशीजी के बहुत आजिजी से चिरौरी करने पर लेन-देन की उस सीमा तक पहुँच जाते जिसे छूना मुंशीजी के सामर्थ्य के बाहर होता। पिछले कुछ दिनों से मुंशीजी चुपचाप बैठ गए हैं। बार-बार का अपमान अब बर्दाश्त नहीं होता। फर्क सिर्फ इतना आया है कि जिन्दगी-भर के अविश्वासी मुंशीजी ने नियमित पूजा-पाठ शुरू कर दिया है। रोज सबेरे थोड़ी देर पूजा पर बैठने का नियम बना लिया है। मन्त्र-वन्त्र तो कुछ आता नहीं—जिन्दगी में कभी याद किया नहीं तो आए कैसे—बस चुपचाप आसन पर बैठकर आँखें मूँदे रहते हैं। शुरू-शुरू में इससे कुछ शान्ति मिलती थी पर अब तो घबराहट होने लगी है। खाली दिमाग में कैसे-कैसे विचार आते हैं। कभी राजकुमारी के बारे में, कभी विनोद के बारे में। अकसर घबराहट में आँखें खुल जाती हैं और उस दिन उनकी पूजा जल्दी खत्म हो जाती है। लेकिन इसके बावजूद वे पूजा पर बैठते जरूर हैं। केवल पेंशन पाने वाले दिन इसमें नागा पड़ता है।

सोचते-सोचते न जाने कब कटरा पार कर मुंशीजी कचहरी के करीब पहुँच गए। अभी सिर्फ सवा दस बजा था। साढ़े दस बजे के पहले दफ्तर में कोई काम नहीं होगा, इसलिए नीम के पेड़ की छाया में खड़े होकर मुंशीजी सुस्ताने लगे। आस-पास चारों तरफ देखने पर भी कोई परिचित चेहरा नहीं दिखा। पहले हमेशा यहाँ तक पहुँचने पर दो-चार पेंशनयाफ्ता परिचित चेहरे दिखाई दे जाते थे। हो सकता है आज घड़ी कुछ तेज हो इसलिए मुंशीजी कुछ पहले आ गए हों। उन्होंने अपनी कलाई घड़ी को देखा। कितनी साध से जिद करके तारा ने यह घड़ी उनके लिए खरीदी थी। नई-नई नौकरी में मुंशीजी को हमेशा देर हो जाती। हेडमास्टर बहुत खूँखार था, रोज डाँटता। तारा ने काफी मेहनत से छोटी-छोटी जरूरतें काट-छाँट कर रुपये बचाए थे। मुंशीजी ने सोचा

था कि तारा के लिए कोट बनवा देंगे। बेचारी हर साल जाड़ों में कितनी तकलीफें झेलती थी, लेकिन तारा की जिद के आगे उनकी एक न चली। नौकरी की शुरुआत में खरीदी गई घड़ी चालीस साल से उनके साथ थी। अब लापरवाह हो गए हैं। पहले घड़ी की सफाई वगैरह का बड़ा ध्यान रखते थे। अब तो कभी-कभी, कई-कई दिनों तक चाभी भी नहीं देते। घटना-विहीन जिन्दगी में अब वक्त बहुत मायने भी तो नहीं रखता। सामने से त्रिवेणी चला आ रहा था। मुंशीजी ने छुटकारे की साँस ली। अतीत की अँधेरी सुरंग में भटकना कितना कष्टप्रद हो गया है।

त्रिवेणी ने आते ही मुंशीजी के पैर छुए। मुंशीजी को सुख मिला। त्रिवेणी मुंशीजी का शिष्य रह चुका था। बस्ती जिले के किसी तहसील मुख्यालय पर स्थित स्कूल में मुंशीजी ने उसे पढ़ाया था। नायब तहसीलदार का बेटा था, त्रिवेणी। उसके बाप के जरिये मिलने वाली छोटी-मोटी सुविधाओं ने उसे अभावग्रस्त अध्यापकों के बीच काफी लोकप्रिय बना दिया था। मुंशीजी को तो वह कुछ खास ही प्रिय था। वे उसके घर ट्यूशन पढ़ाने जाते थे। हर महीने नायब साहब उन्हें पूरे दस रुपए गिनकर देते थे। उस समय के लिहाज से दस रुपए बहुत ज्यादा थे। बाद में पैसे का कोई महत्व नहीं रहा, मुंशीजी घर के आदमी हो गए। तारा के मायके वगैरह जाने पर अकसर वहीं खाना भी खा लेते और नायब साहब से गप्पें लड़ाते वहीं सो जाते। रिटायरमेंट के बाद त्रिवेणी से यकायक मुलाकात हो गई। इसी तरह खजाने के खुलने के इन्तजार में मुंशीजी खड़े थे कि किसी ने आकर पैर छुए। पहचानने में ज्यादा वक्त नहीं लगा। बस्ती छोड़ने के बाद भी त्रिवेणी से मुलाकात होती रही थी। नायब साहब बाद में तहसीलदार हो गए थे। तबादलों के दौर में कई बार मुंशीजी और वे टकराए थे। बाद में कई साल बाद त्रिवेणी से मुलाकात होने पर उन्हें पता चला कि वे अब नहीं रहे और त्रिवेणी अब वहीं ठेकेदारी कर रहा था। पी.डब्ल्यू.डी. का दफ्तर कचहरी से एकदम सटा हुआ था। मुंशीजी से पेंशन वाले दिन अकसर त्रिवेणी से वहीं मुलाकात हो जाती थी।

त्रिवेणी हमेशा वही सवाल पूछता है। राजकुमारी कैसी है— शादी का क्या चल रहा है— विनोद की नौकरी का क्या हुआ— पप्पू इस बार तो पास कर लेगा न— मुंशीजी हमेशा वही उत्तर देते हैं। उन्हें कभी भी ऊब नहीं महसूस होती! और कोई पूछता तो शायद होती लेकिन त्रिवेणी के स्वर का अपनत्व उन्हें हमेशा अच्छा लगता है। इस भरे-पूरे शहर में एक ही तो आदमी है जो इतने लगाव से उनसे ऐसे सवाल करता है। वरना लोग कितने औपचारिक हो गए हैं। आवाज में बिना किसी उतार-चढ़ाव के कितने बड़े-बड़े सवाल कर जाते हैं। पहले जब मुंशीजी रोज टहलने निकलते थे तो दिन-रात साथ टहलने वाले पेंशनर्स की तटस्थ निर्वैयक्तिकता मुंशीजी को भीतर तक छील जाती थी।

मुंशीजी गंभीरता से त्रिवेणी के सवालों का जवाब देते रहे हैं। राजकुमारी की

शादी तो पिछले कई सालों से पक्की है। लड़के को छुट्टी नहीं मिलती इसलिए टलती जा रही है, इस बार साफ लिख दिया है कि करनी हो तो जाड़ों तक करो, नहीं तो हमें अपनी लड़की घर बैठाकर बूढ़ी नहीं करनी है। मुंशीजी जानते हैं कि, त्रिवेणी को पता है कि वे झूठ बोल रहे हैं फिर भी वे हर बार की तरह पूरी गंभीरता से झूठ बोलते हैं। मुंशीजी बड़े गौर से त्रिवेणी की आँखों में झाँकते हैं। त्रिवेणी की आँखों में कहीं भी वैसा भाव नहीं है जैसा अकसर राजकुमारी की बात चलने पर उनके कई परिचितों और मुहल्ले वालों की आँखों में आ जाता है। यहाँ तक कि पचपन साल के पड़ोसी बड़े बाबू की आँखों में भी राजकुमारी का जिक्र चलने पर कैसी वहशी चमक आ जाती है। थू– मुंशीजी के मुँह का स्वाद कडुआ हो जाता है। साला बड़ा बाबू। मुंशीजी उसका अपने घर में आना इसलिए बर्दाश्त करते हैं, क्योंकि बड़े बाबू की लड़की मुंशीजी के यहाँ ट्यूशन पढ़ने आती है और मुंशीजी को तीस रुपए हर महीने बड़े बाबू से मिलते हैं। एक बार विनोद का कुछ सिलसिला जम जाए, फिर इस बड़े बाबू से भी मुंशीजी निपट लेंगे।

विनोद के बारे में मुंशीजी और चाहे सबसे झूठ बोलें लेकिन त्रिवेणी से कभी झूठ नहीं बोलते। विनोद ने पिछले दिनों कई जगह अप्लाई किया था। कहीं कोई टिप्पस नहीं भिड़ा। मुंशीजी उत्सुकता से त्रिवेणी को सारे विवरण बता रहे हैं। त्रिवेणी को यह बताने के पीछे खास कारण है। कई बार त्रिवेणी ने हलका-फुलका आश्वासन दिया था कि अपने दफ्तर के बड़े साहब से कहकर विनोद को कहीं-न-कहीं लगवा देगा। उसके दफ्तर में ही कितनी कैजुअल जगहें निकलती रहती हैं। हर बार मुंशीजी इसी उम्मीद से उसे पूरा विवरण सुनाते थे कि वह अपनी तरफ से कोई-न-कोई पक्का आश्वासन देगा। उनका आत्मसम्मान इस बात को गवारा नहीं कर सकता कि अपने पुराने शिष्य से आजिजी और गिड़गिड़ाहट के साथ अपने लड़के की नौकरी की बात करें। निश्चित था कि त्रिवेणी केवल अति व्यस्तता के कारण ही उनकी मदद नहीं कर पा रहा था, नहीं तो वे अपने शिष्य को अच्छी तरह पहचानते थे। लेकिन ऐसे कब तक चलेगा? कभी-न-कभी तो मुँह खोलकर कहना ही पड़ेगा, आज ही क्यों न कह डालें। अपने स्वर को खँखारकर सहज बनाने की कोशिश करते हैं। तरह-तरह से वाक्य-विन्यास करने की कोशिश करते हैं। बोलने के अन्दाज से बेफिक्री जाहिर करने की कोशिश करते हैं। लेकिन तमाम कोशिशों के बावजूद जब उनका स्वर फूटता है तो लगता है कि उनकी आवाज भर्रा गई है। हो सकता है कि यह उनका भ्रम रहा हो लेकिन यही भ्रम त्रिवेणी को भी हुआ, इसलिए जब चौंककर त्रिवेणी ने उनकी तरफ देखा तो उससे निगाह मिलाने की ताब मुंशीजी में नहीं थी।

तय हुआ कि शाम को मुंशीजी विनोद को लेकर त्रिवेणी के घर जाएँगे और वहाँ से दोनों लोग बड़े साहब के बँगले जाएँगे। त्रिवेणी चला गया। मुंशीजी को पूरा बदन हलका लगने लगा था। हालाँकि यह पहला मौका नहीं था। कई बार विनोद को लेकर

वे बड़े साहबों के बँगलों पर गए थे लेकिन त्रिवेणी के आश्वासन ने न जाने क्यों उन्हें पूरी तरह से आश्वस्त कर दिया था। इसके पहले त्रिवेणी जैसा ईमानदार मददगार मिला भी कब था? इसके पहले लगभग हर बार सबेरे साथ घूमने वाला कोई-न-कोई रिटायर्ड बाबू होता था जो बड़ी-बड़ी डींगें हाँककर मुंशीजी को किसी ऐसे बड़े साहब के बँगले पर ले जाता था जो उस बाबू के साथ कहीं-न-कहीं छोटे साहब के तौर पर रह चुका होता था। काफी देर बाहर बैठने या खड़ा रहने के बाद जब मुलाकात होती तो लगभग एक जैसी कहानी हर जगह दुहराई जाती। हर जगह बड़ा साहब बताता कि किस तरह जब वह छोटा साहब था उसने अपने बड़े साहब को पानी भरवा दिया था। रिटायर्ड बाबू उसे पुरानी गौरव-गाथा की एक-एक कड़ी याद दिलाता जाता था। पुरानी चापलूस मुस्कान एक बार फिर उसके चेहरे पर चिपक जाती। अपनी ईमानदारी, सख्ती और तेज-तर्रारी पर रिटायर्ड बाबू की सहमति की मोहर लगवाते-लगवाते, बड़ा साहब बड़े अनुग्रह के साथ चाय पिलाता और चलते-चलते जब मतलब की बात आती तब बड़े साहब के कहीं-न-कहीं जाने का वक्त हो जाता और जल्दी ही कुछ-न-कुछ होने का आश्वासन पाकर मुंशीजी थके मन से बाहर निकल आते।

इसी बीच दो-तीन पेंशनर्स और आ गए थे। मुंशीजी खुले मन से सबसे बातें करते रहे। रोज की पस्तहिम्मती और चिड़चिड़ापन न जाने कहाँ चला गया है। अकसर साथ रहने वाले सुरिन्दर बाबू चश्मे के कोने से देखते हैं। मुंशीजी बीच-बीच में हँसते भी हैं। मुंशीजी सचमुच आज बहुत खुश हैं। बात करते-करते न जाने कहाँ खो जाते हैं। अब नहीं करेंगे एक भी ट्यूशन, कितनी बार का सोचा हुआ वाक्य फिर दिमाग में कौंधता है। बस एक बार विनोद की नौकरी लग जाए। जिन्दगी में बहुत काम किया मुंशीजी ने, अब कुछ दिन तो आराम कर लें। कितने सारे काम हैं जो मुंशीजी ने विनोद की नौकरी पर छोड़ रखे हैं। इस बार राजकुमारी की शादी जरूर कर देंगे चाहे दुहाजू, तिहाजू कैसा भी लड़का मिले। पप्पू हाईस्कूल पास कर ले तो उसका पालीटेकनिक में दाखिला करा देंगे। कहीं-न-कहीं लग जाएगा। फिर रह जाएगी सिर्फ विनोद की शादी। मुंशीजी बड़े मगन होकर एक-एक सपना सँजोते हैं। सुरिन्दर बाबू लगातार चश्मे के कोने से झाँकते हैं। मुंशीजी आसपास की बातचीत में हिस्सा ले रहे हैं और बीच-बीच में बिना वजह मुस्कुराने लगते हैं। जाहिर था कि शारीरिक रूप से उपस्थित होते हुए भी दिमागी तौर पर मुंशीजी अनुपस्थित थे, रह-रहकर वे चौंक उठते और पकड़े जाने पर हास्यास्पद बनने के भय से वापस अपने परिवेश में लौटने का प्रयत्न करते लेकिन सहसा भविष्य के सुखद हो जाने के अहसास में डूबे हुए होने के कारण वे फिर धीरे-धीरे अनुपस्थित होने लगते। केवल सुरिन्दर बाबू ही उन्हें पकड़ पा रहे थे।

वक्त हो गया था। धीरे-धीरे सभी लोग खजाने की तरफ बढ़ चले। फिर शुरू हुआ औपचारिकताओं का लम्बा और उबाऊ सिलसिला। यहाँ दस्तखत करो— उस

फॉर्म को भरो-फलाने बाबू से मिलो। मुंशीजी यहाँ जल्दी थक जाते हैं। घर से पैदल यहाँ तक आने में भी उतनी थकान नहीं महसूस होती, जितनी यहाँ खड़े-खड़े या एक बाबू के यहाँ से दूसरे बाबू के यहाँ तक दौड़ने में आ जाती है। बीच-बीच में मुंशीजी थककर बरामदे में बैठ जाते हैं। ज्यादा देर बैठ भी नहीं सकते। उठ-उठकर अन्दर जाना पड़ता है। जरा भी गफलत हुई और कागज कहीं चूका तो फिर आज का बँटाढार। कल फिर आना पड़ेगा। दूसरे दिन आने का खयाल ही मुंशीजी को बार-बार चैतन्य कर देता है। वे जाकर क्लर्क के सामने खड़े हो जाते हैं कि अब मान-अपमान कोई मायने नहीं रखता। पसीने में डूबे, मशीन की तरह कलम घसीटते बाबू की झिड़कियाँ कोई असर नहीं डालतीं। उन्हीं की तरह तमाम लोग खड़े हैं। दो बजे के करीब पैसा मिलता है। मुंशीजी इत्मिनान से धीरे-धीरे गिनते हैं— चौरानबे-पंचानबे-छियानबे-सत्तानबे। पूरे सत्तानबे हैं। पेंशन के रुपयों में से दो रुपये निकालकर क्लर्क को देते समय हमेशा मुंशीजी को खलता है। आज भी खला लेकिन कोई चारा नहीं। न दें तो न जाने कितने दिन दौड़ना पड़े। एक बार मुंशीजी ने भीड़-भाड़ का फायदा उठाकर रुपए नहीं दिए और विजेता का-सा संतोष लिए घर चले आए थे। सोचा था, बाद में बाबू को गिनती करते समय कहाँ पता चलेगा कि किसने अपना हिस्सा नहीं दिया। लेकिन अगले ही महीने जब बाबू ने तरह-तरह के आब्जेक्शन लगाकर मुंशीजी को चार दिन तक दौड़ाया तो मुंशीजी रुआँसे हो उठे। बाद में दोनों महीनों का हिस्सा देना पड़ा था। कभी-कभी बाबू अपने हिस्से के दो रुपए काटकर मुंशीजी के हाथ में पेंशन देता है, तब इतना बुरा नहीं लगता। एक बार रुपए हाथ में आ जाने पर उसमें से दो रुपए निकालकर देना ज्यादा खलता है।

मुंशीजी जेब में पैसे रखकर जल्दी से निकल भागना चाहते हैं। अकसर पैसे मिलने के बाद पेंशनयाफ्ता बुड्ढे किसी-न-किसी चाय की दुकान पर बैठ जाते हैं। चाय-पकौड़ी के साथ गप्पें लड़ाते हैं। न चाहते हुए भी दो-तीन रुपए खर्च हो ही जाते हैं। मुंशीजी के लिए दो-तीन रुपए मायने रखते हैं। कनखियों से चारों तरफ देखते हैं। एक दुकान पर धीरे-धीरे लोग इकट्ठे हो रहे हैं। वे लम्बा चक्कर काटकर तेज कदमों से बाहर का रास्ता पकड़ते हैं। एक बार कचहरी के बाहर निकल आने पर फिर वापस मुड़कर नहीं देखते।

बाहर निकलने के बाद मुंशीजी अपना शरीर सीधा करते हैं। पूरा शरीर दुख रहा है। हर महीने यही होता है। मौका मिलने पर त्रिवेणी का आश्वासन फिर दिमाग में खलल पैदा करने लगता है। ऐसा नहीं था कि खजाने में मुंशीजी के दिमांग से बात उतर गई हो लेकिन उसका तनाव जरूर कम हो गया था। वक्ती उत्तेजना खत्म हो जाने के बाद वे जरूर कुछ तटस्थता से उसके आश्वासन को जाँच सकते थे। ऐसा नहीं था कि ऐसा आश्वसन पहली बार मिला हो। पहले भी कई बार वे ऐसे सुखद तनाव से गुजरे थे लेकिन त्रिवेणी सच्चे मन से उनका भला चाहता है। त्रिवेणी

कहीं-न-कहीं विनोद को लगवा देगा। त्रिवेणी भला आदमी है। त्रिवेणी को उसके बड़े साहब बहुत मानते हैं। वे आश्वस्त हो गए।

नौकरी उनके घर की आर्थिक स्थिति को सुधारने के लिए ही नहीं बल्कि विनोद के लिए भी कितनी जरूरी थी, इसे वे अच्छी तरह जानते हैं। लड़का आत्मनिर्वासन की स्थिति में पहुँच गया है। अब तो उसे देखकर मुंशीजी को डर लगता है। चार साल पहले उसने बी.ए. पास किया था। एम.ए. कराना मुंशी जी के सामर्थ्य के बाहर था। लिहाजा पढ़ाई छुड़वा दी। सोचा था कि छोटी-मोटी नौकरी में लग जाए तो प्राइवेट एम.ए. भी कर लेगा। तबसे नौकरी की तलाश का जो सिलसिला चला, वह अब तक जारी है। उसके इंटर करने के दो साल पहले मुंशीजी रिटायर हो चुके थे। तारा भी उसी साल मरी थी। कई बार सोचा कि प्राविडेंट-फंड से कुछ रुपया निकालकर विनोद को एम.ए. करा दें। लेकिन हिम्मत नहीं पड़ी। सामने राजकुमारी थी, पप्पू था और खुद उनकी जिन्दगी का न जाने कितना बड़ा हिस्सा था। एक बार नौकरी करने की बात तय होते ही विनोद और उन्होंने दरख्वास्तों और मुलाकातों का लम्बा सिलसिला शुरू कर दिया था। लेकिन हर बार एक ही जैसा अनुभव हुआ था।

नौकरी की तलाश ने अपमान और कुंठा के जो दंश चुभोए थे, उनसे मुंशीजी उतना नहीं टूटे थे जितना विनोद टूटा था। मुंशीजी स्पष्ट देख रहे थे कि साल-दर-साल किस तरह उसके चेहरे पर बेबसी और हीनता की परत चढ़ती चली जा रही थी। अब तो उससे बात करते मुंशीजी घबराते हैं कि कहीं रो न पड़े। पिछले कुछ दिनों से उससे बात करने का मौका भी कहाँ मिलता है? उनके उठकर तैयार होते-होते वह बाहर निकल जाता है। अगर किसी दिन नहीं निकल पाता है तब भी उनसे बात करने का अवसर न आए, इसका प्रयास बराबर करता रहता है। अकसर वह रात में इतनी देर से लौटता है कि मुंशीजी या तो सो जाते हैं या सोने का नाटक किए पड़े रहते हैं। शुरू में, कुछ दिनों मुंशीजी ने जागकर उसका इन्तजार किया, लेकिन उसने और देर करनी शुरू कर दी। मुंशीजी समझ गए थे, इसलिए अब उसके आने पर अगर जगे भी रहते हैं तो नहीं बोलते। चुपचाप सोने का नाटक किए पड़े रहते हैं। राजकुमारी जीने के दरवाजे को खुला छोड़ देती है। दरवाजे की आवाज से ही पता चलता है कि वह आ गया है। रसोई में अगर बर्तन खटकते हैं तो मुंशीजी जान जाते हैं कि खाना खा रहा है। अकसर रसोई में कोई आहट नहीं होती, मतलब वह बाहर खाना खा आया है और चुपचाप सो जाएगा। शुरू-शुरू में मुंशीजी ने उसके दोस्तों से पता लगाने की कोशिश की थी कि दिन-भर वह कहाँ रहता है— क्या करता है, लेकिन बाद में झल्लाकर पूछताछ बन्द कर दी थी। उसके दोस्तों को भी कुछ निश्चित नहीं पता था। दरअसल उसके पुराने दोस्तों से अब उसके खास ताल्लुकात भी नहीं रह गए थे। कोई नौकरी कर रहा था तो कोई आगे पढ़ने में मशगूल था। विनोद सबसे अलग-थलग पड़ गया था।

विनोद राजकुमारी से छह साल छोटा था। इस साल बाईसवाँ पूरा करेगा। देखने में कैसा तो लगने लगा है! मुंशीजी के कलेजे में हूक उठती है। बचपन में कितना गोल-मटोल था। राजकुमारी से पहले दो लड़के हुए थे। दोनों गुजर गए। राजकुमारी के जन्म के छह साल बाद विनोद पैदा हुआ था। तारा अपने जान से ज्यादा बेटे की सहेज करती थी। पति-पत्नी ने अपनी कितनी जरूरतें काट-काट कर बेटे की देखभाल की थी। मुंशीजी को अब भी याद है कि किस तरह वे और तारा उसके भविष्य को लेकर घंटों बहसें करते और कभी-कभी तो लड़ भी पड़ते। उनकी आँखें नम हो जाती हैं। पाँच साल बाद अप्रत्याशित रूप में पप्पू हुआ था लेकिन तब भी विनोद को मिलने वाले दुलार में कोई कमी नहीं आई। दरअसल पप्पू को सबसे छोटा होने के बावजूद तारा ने विनोद से कम प्यार दिया। जाने क्यों, उसके मन में यह बात बैठी थी कि विनोद ही उनके घर का दारिद्र्य दूर करेगा। तारा को क्या पता था कि उसके मरने के कुछ ही दिनों बाद स्वस्थ, सुदर्शन विनोद पिचके गालों, बेतरतीब बढ़ी दाढ़ी-मूँछों और धँसी आँखों वाले युवक के रूप में तब्दील होकर उनके घर की आर्थिक दरिद्रता दूर करते-करते मानसिक रूप से खुद इतना दरिद्र हो जाएगा कि अपने बाप से आँखें मिलाकर बात करने भर का साहस भी नहीं बचा पाएगा।

आज त्रिवेणी के आश्वासन का नशा खत्म होते ही मुंशीजी का मन फिर भारी हो गया है। शरीर से ज्यादा वे मन से थक गए हैं। वे पोस्ट ऑफिस में घुस जाते हैं और बरामदे की सीढ़ियों पर बैठ जाते हैं। जाड़े में अपराह्न की धूप अच्छी लगती है। सामने से कचहरी से लौटने वालों की अथाह भीड़ जा रही है। सिटी बसें, टेम्पो, इक्के, रिक्शे, गाड़ियाँ—मुंशीजी खाली आँखों से भाग-दौड़ देख रहे हैं। भीड़ के बीच में नितान्त अकेले होने की अनुभूति मुंशीजी के लिए नई नहीं है। जिन्दगी में कभी किसी को दोस्त नहीं बना सके मुंशीजी। तारा को छोड़कर कोई ऐसा नहीं मिला जिससे खुलकर मुंशीजी ने सुख-दुख की बातें की हों। तारा के बाद तो और भी अकेले हो गए हैं। जब तक तारा थी, बेटी-बेटों से कुछ देर बातें हो जाती थीं, अब तो वह भी नहीं रहा। बच्चे बड़े हो गए थे और मुंशीजी के साथ उनका संवाद एकदम खत्म हो गया था। महज जरूरी बातें होती थीं और वह भी सिर्फ राजकुमारी से जो उनके और पप्पू-विनोद के बीच सेतु का काम करती थी। न जाने कब तक मुंशीजी उसी तरह चुपचाप बैठे रहे। सीढ़ी के उस कोने से जहाँ मुंशीजी बैठे थे, धूप तेजी से फिसलती जा रही थी। मुंशीजी को हलकी-सी ठंडक लगी। वे उठ खड़े हुए। सामने वाली सड़क का रेला अभी भी अन्तहीन था। वे भी चुपचाप उसी में शरीक हो गए।

पेंशन वाले दिन मुंशीजी हलकी-फुलकी खरीददारी करते हैं। ज्यादातर सामान तो वे शंकर के यहाँ से लेते हैं, जो उन्हीं की तरह मुहल्ले के बहुत सारे लोगों की विवशता है। सामान महँगा जरूर देता है लेकिन उधार तो दे देता है। उधार वसूलते समय जलील जरूर करता है लेकिन महीने के किसी दिन कुछ जरूरत पड़ जाने पर

मना भी नहीं करता। थोड़ी बहुत खरीददारी करने मुंशीजी कटरा की तरफ निकल आते हैं। उन्हें पता नहीं है कि क्या-क्या खरीदना है। चुपचाप एक-एक दुकान देखते हैं। कुछ चीजों के दाम पूछते हैं। दाम सुनकर चुपचाप सिर हिलाते हैं और आगे बढ़ जाते हैं। हर महीने की तरह दामों में कुछ-न-कुछ बढ़ोतरी हुई थी। हर महीने की तरह वे पेंशन और बाजार भाव में समीकरण बिठाने की कोशिश करते हैं। हर महीने की तरह उनका समीकरण गड़बड़ा जाता है।

चलते-चलते वे मन में हिसाब करते जाते हैं। जेब में पंचानबे रुपए हैं। शंकर को डेढ़ सौ से कम क्या देना पड़ेगा। अभी तीन ट्यूशनों से एक सौ बीस रुपए और मिलेंगे। कुल हो जाएँगे दो सौ पन्द्रह रुपए। गनीमत है कि मकान मालिक को सिर्फ दस रुपए देने पड़ते हैं। कुल किराया है चालीस रुपए। बाकी तीस रुपयों के एवज में वे उसकी लड़की को एक घंटा रोज पढ़ाते हैं। शंकर का हिसाब चुकाने के बाद लगभग पैंतालिस-पचास बचेगा। दूधवाले को तीस रुपए देने के बाद बचे पन्द्रह और अखबार वाले को नौ रुपए देने के बाद छह रुपए बच जाएँगे। पप्पू दो साल से हाईस्कूल का प्राइवेट इम्तहान दे रहा है, इसलिए उसकी पढ़ाई वगैरह पर हर महीने खर्च करने की जरूरत नहीं पड़ती। विनोद कभी भी अपने लिए एक पैसा नहीं लेता। हालाँकि उसने कभी नहीं बताया लेकिन मुंशीजी जानते हैं कि यह ट्यूशन करता है और अपने जेब खर्च के लिए मुंशीजी को परेशान नहीं करता। महीने-भर के लिए चाय, चीनी, तेल, साबुन, सब्जी वगैरह के लिए कम-से-कम चालीस रुपए और चाहिए। जाड़ा हालाँकि अभी पूरी तरह से आक्रामक नहीं हुआ है लेकिन जल्दी ही काफी तेजी पकड़ लेगा। मुंशीजी पिछले कई सालों की तरह इस बार भी नई रजाई बनवाने का फैसला करते हैं। नौकरी के दिनों की बनवाई तीन रजाइयाँ घर में थीं। जब तक पप्पू छोटा था राजकुमारी के साथ एक रजाई में उसका सोना अटपटा नहीं लगता था लेकिन अब दोनों को एक ही रजाई में सोते देखकर मुंशीजी को घबराहट होने लगती है। इस बार जरूर बनवा लेंगे। मन-ही-मन वे हिसाब लगाते हैं। पचास-साठ में काम लायक रजाई बन सकती है। अगर दूध लेना दो महीने बन्द कर दें तो रजाई बन जाएगी। लेकिन दूध बन्द करवा पाना क्या इतना आसान है? मुंशीजी चाय के पुराने शौकीन रहे हैं। जिन्दगी में इसके अलावा और कोई शौक भी तो नहीं किया उन्होंने। फिर बच्चों को सुबह चाय के सिवा और देते भी क्या हैं? इसे भी बन्द कर देने से कैसे चलेगा। हर बार की तरह अखबार दूसरा निशाना बनता है लेकिन नौ रुपए बचाकर होगा भी क्या? अखबार वे कई बार बन्द कर चुके हैं। पड़ोस के बड़े बाबू से माँगकर पढ़ने का नाटक भी कई बार शुरू हुआ पर कभी भी ज्यादा दिनों तक नहीं चल सका। अपने पैसे से खरीदकर अखबार पढ़ाना मुंशीजी के दरिद्र मन को कहीं न कहीं सहलाता है। उनकी गली में केवल वे और बड़े बाबू ही अखबार लेते हैं और अंग्रेजी का अखबार तो सिर्फ वे ही। अपना खरीदा हुआ अंग्रेजी का अखबार

उन्हें दूसरों से विशिष्ट होने का अहसास कराता है। दूध और अखबार को छोड़कर वे दूसरी मदों में कटौती करने की बात सोचते हैं। कोई खर्च ऐसा नहीं है जहाँ कटौती करना संभव हो। पेंशन और बाजार-भाव का समीकरण काफी जटिल था और भाषा के अध्यापक मुंशीजी तो शुरू से ही गणित में कमजोर रहे हैं। वे एक दुकान से दूसरी दुकान में भटक रहे हैं। अन्ततः एक दुकान में पकड़ में आ ही जाते हैं। बार-बार कई चीजों का दाम पूछने पर दुकानदार जिस तरह बेरुखी से उत्तर देता है, उससे मुंशीजी आहत होते हैं। आखिर समझता क्या है? वे चाय का पैकेट, लाइफबाय साबुन और बिस्कुट का एक छोटा पैकेट ले लेते हैं। नौ रुपए कुछ पैसे देकर मुंशीजी दुकान से बाहर निकलते हैं। अब किसी दूसरी दुकान में घुसकर दाम पूछने की उनकी हिम्मत नहीं होती। वे चुपचाप घर की तरफ घिसटने लगते हैं।

मुंशीजी शुरू से ही खराब खरीददार रहे हैं। बाजार में ज्यादा मोल-तोल नहीं कर सकते। अकसर ठगाकर घर लौटते और खीझी हुई तारा के व्यंग्य का सामना करते। बाजार में आकर वे अकसर एक तरह की हड़बड़ी के शिकार हो जाते हैं। अब तो वे कुछ मोल-भाव कर भी लेते हैं, नहीं तो पहले तो दुकान में घुसते ही उन्हें खरीदकर भागने की जल्दी मची रहती थी। उनकी इसी आदत से चिढ़कर तारा ने उनके साथ बाजार न आने की कसम न जाने कितनी बार खाई थी। इधर पुरानी आदत काफी हद तक छूट गई थी। फिर भी अकसर ऐसा होता है कि कई दुकानों से सौदेबाजी करके आते हुए मुंशीजी, किसी एक दुकान पर अपनी पुरानी हड़बड़ी के शिकार होकर, कोई-न-कोई ऐसी चीज ले लेते हैं जो दुकान के बाहर निकलते ही उन्हें अनावश्यक लगने लगती है।

इस बार भी ऐसा ही हुआ। बाहर सड़क पर पहुँचते ही बिस्कुट का पैकेट सालने लगा। क्या जरूरत थी? मेहमान के नाम पर अब आता ही कौन है जिसे वे बिस्कुट खिलाते और फिर अड़ोसी-पड़ोसी जो आते हैं, उन्हें तो काफी दिनों से मुंशीजी सिर्फ चाय पिलाते आ रहे हैं, वह भी तब जब घर में दूध, चाय और चीनी में से कोई चीज अनुपस्थित न हो। दुकानदार ने जिस ढंग से उन्हें लिया था, उससे लौटकर बिस्कुट का पैकेट वापस करने की संभावना नहीं बची थी।

मुंशीजी ने खर्च किए नौ रुपए सत्तर पैसों को निकालकर फिर से पेंशन और बाजार-भाव का समीकरण दुरुस्त करना शुरू कर दिया। बार-बार वे हिसाब भूल जाते और फिर नए सिरे से शुरू करते। वे जानते थे कि बार-बार हिसाब लगाने से भी उनसे यह समीकरण दुरुस्त नहीं होगा लेकिन फिर भी वे घर आने तक हिसाब में उलझे रहे। उन्हें इसमें कुछ मजा मिलने लगा था। पहले जब वे पूरी तरह शंकर के चंगुल में नहीं फँसे थे और एक तरह से उससे बचने के लिए संघर्ष कर रहे थे, तब वे पेंशन वाले दिन अपनी जरूरतों की पूरी लिस्ट बनाकर चलते थे। कुछ चीजें उसी दिन लौटते समय खरीद लेते और कुछ अगले दिनों में ट्यूशन के पैसे मिलने पर खरीदते। लेकिन

यह ज्यादा दिनों तक नहीं चल सका। हर बार बाजार में पहुँचने पर पिछले महीने के मुकाबले भाव बढ़े मिलते। मुँह बाए मुंशीजी एक-एक चीज के दाम बार-बार पूछते और व्यस्त भाव से लापरवाही दिखाते हुए लिस्ट फिर से पढ़ते। हर बार ऊपर से नीचे दो-एक चीजें कट जातीं। पेंशन और बाजार-भाव के इस समीकरण में उलझकर मुंशीजी बेहद थक जाते। धीरे-धीरे शंकर से दूर रहने की उनकी जिद कमजोर पड़ती गई और बाजार से नकद सामान खरीदने का उनका आग्रह क्षीण होता गया। अब तो वे कभी-कभी ऐसी ही कोई अप्रत्याशित खरीददारी कर लेते हैं, नहीं तो चुपचाप जेब में पैसे डाले, एक दुकान से दूसरी दुकान भटकते घर पहुँच जाते हैं। जब तक उन्होंने शंकर के सामने पूरी तरह से आत्म-समर्पण नहीं किया था, तब बाजार की दुकानों में चीजों के दाम पूछने का एक और मकसद भी था। बाजार में दाम पूछते रहने से उन्हें शंकर द्वारा की जा रही लूट का भी पता चलता था। बाजार और शंकर की दुकान के भाव के अंतर से मुंशीजी का मन हमेशा गुस्से से भर जाता। हर बार वे तय करते कि शंकर की दुकान पर जाकर उसे खूब खरी-खोटी सुनाएँगे या भुगतान करते समय उसके पैसे काट लेंगे। लेकिन हर बार शंकर के सामने वे अपने को कमजोर महसूस करते। उसके सामने पहुँचते ही दयनीय हो उठते। पूरे मोहल्ले के सामने उसने कैसा जलील किया था वर्मा बाबू को? उनका थैला फेंककर बोला था कि लेना हो तो लो वरना भाड़ में जाओ। सड़क पर अपने कुर्ते की बाँहें चढ़ाते हुए शंकर के लड़के ने कैसी गन्दी-गन्दी गालियाँ दी थीं और असहाय वर्मा बाबू मोहल्ले वालों की तरफ टुकुर-टुकुर ताकते रहे। कोई नहीं आया मदद को। मुंशीजी हर बार चुपचाप शंकर की दुकान से सामान लाते हैं और पैसे मिलने के दूसरे-तीसरे दिन ही हिसाब चुकता करने का प्रयत्न भी करते हैं। इसलिए अब बाजार में दाम पूछने पर उसे वहीं भूलने की कोशिश करते हैं। उन्हें पता है कि शंकर की दुकान से तुलना करने में कोई फायदा नहीं।

मुंशीजी जब अपनी गली के मुहाने पर पहुँचे, करीब तीन बज रहा था। दो-एक घरों के दरवाजों पर पंजाबिनें खड़ी होकर बात कर रही थीं। एकाध लड़के नाली पर बैठे टट्टी कर रहे थे। जाड़े की रात धीरे-धीरे उतर रही थी। कूड़े और पाखाने से अपने को बचाते हुए मुंशीजी दरवाजे पर पहुँचे तो थककर चूर हो चुके थे। चुपचाप चारपाई पर लेटने की इच्छा हो रही थी। रात को विनोद को लेकर त्रिवेणी के यहाँ भी तो जाना था। बिना आराम किए अब मुंशीजी कहीं नहीं जा सकते। उन्होंने हलके से दरवाजे पर दस्तक दी। लगता है, राजकुमारी सो रही है। उन्होंने थोड़ी तेजी से दरवाजा खटखटाया। कोई आहट नहीं हुई। मुंशीजी का थका मन क्षुब्ध हो गया। उन्होंने पूरी ताकत से दरवाजा पीटना शुरू किया। अचानक उन्हें लगा कि औरतें बातचीत छोड़कर उनकी तरफ देख रही हैं और उनकी आँखों और होंठों से रहस्यमयी मुस्कान तैरने लगी है। उनका बूढ़ा हाथ हवा में लटक गया। ज्यादा देर वे इस असहज

स्थिति में नहीं रहे। राजकुमारी ने आकर दरवाजा खोल दिया था और वे चुपचाप भीतर चले गए।

राजकुमारी काफी अस्त-व्यस्त हालत में थी। ऐसा लगता था कि उसने जल्दी-जल्दी में कपड़े पहने हैं। उसकी आँखों में अजीब-सा तनाव था और उसके चेहरे पर घबराहट साफ लिखी थी। मुंशीजी का मन वितृष्णा से भर गया। उनकी अनुपस्थिति में यह लड़की न जाने क्या-क्या करती है? अब तो पहले की तरह इसे पीट भी नहीं पाते। केवल सन्देह और शर्म की आग में जलते रहते हैं। उसे उपेक्षित करके वे चुपचाप अपने कमरे की तरफ बढ़ चले। लेकिन चुपचाप सो जाना क्या इतना आसान था? बारी-बारी से वे किसी-न-किसी बहाने दोनों कमरों में गए। गुसलखाने, पाखाने, रसोई और छत से घूमकर नीचे आए। राजकुमारी रसोई के एक कोने में सिर झुकाए खड़ी थी। वे जानते थे कि वे क्या तलाश रहे हैं। यह राजकुमारी समझती है। कई बार सन्देह होने पर उन्होंने ऐसा किया था। पहले की ही तरह इस बार भी कोई नहीं था। वे चुपचाप अपने कमरे में चले गए। पहले की तरह राजकुमारी पर हाथ उठाने का साहस उनमें नहीं था। घर के दो कमरों में यह बड़ा कमरा था जिसमें वे और विनोद सोते हैं। किसी के आने पर मुंशीजी उसे यहीं बैठाते हैं। दूसरे कमरे में राजकुमारी और पप्पू सोते हैं।

धीरे-धीरे मुंशीजी ने अपना कोट उतारकर खूँटी पर टाँग दिया। कमीज उतारने की हिम्मत उनमें नहीं बची थी। धोती और कमीज पहने ही वे लेट गए। जाड़े की दोपहर में मुंशीजी को नींद नहीं आती हालाँकि वे लेटते रोज हैं। रोज खाना खाकर वे चुपचाप लेट जाते हैं और शाम को ट्यूशन का वक्त होने तक लेटे रहते हैं। इसके अलावा और करें भी क्या? करने के लिए कुछ होता भी तो नहीं। आज थके हुए मुंशीजी को झपकी आने लगी थी। वे न सोने का पूरा प्रयत्न कर रहे थे। आज जल्दी ट्यूशन पर जाएँगे, फिर अभी विनोद को ढूँढ़ना भी तो होगा। पता नहीं कहाँ हो, कितना समय लगे। हर हालत में सात बजे तक त्रिवेणी के घर पहुँच जाना है। जाड़े में सात बजते-बजते वैसे भी कितनी रात हो जाती है, लेकिन इन सबके बावजूद न जाने कब मुंशीजी धीरे-धीरे नींद के गहरे नशे में डूब गए।

किस्सा उस राजकुमारी का जिसे लेने कोई राजकुमार नहीं आया

किस्सा कोताह यह कि एक दिन राजकुमारी शरमाने लगी। शरमाने की क्रिया तो पहले भी कई बार सम्पादित हुई थी, लेकिन इस बार शरमाना पहले के शरमाने से काफी भिन्न था। हुआ कुछ इस तरह कि खाली वक्त में बच्चों की किताबें पढ़ने वाली राजकुमारी के हाथ में 'केवल वयस्कों के लिए' वाला ठप्पा लगाए दिलकश इलाहाबादी का उपन्यास लग गया। उसे पढ़ने के बाद से राजकुमारी ने जो शरमाना शुरू किया तो अभी तक शरमाती चली जा रही थी जबकि उपन्यास खत्म हुए कई घंटे हो चुके थे। इस बीच वह गुसलखाने और छत से लेकर दुछत्ती तक, जहाँ कहीं एकान्त मिला, वहाँ-वहाँ छिपती फिरी। हालाँकि घर में मुंशीजी थे पर इस समय घर में उनका होना-न-होना बराबर था। वे आराम से खर्राटे भर रहे थे। करीब साढ़े तीन बजे वे पेंशन लेकर लौटे थे और तब से सो रहे थे। विनोद और पप्पू घर में थे नहीं। हर तरफ एकान्त था। उसने कमरा बन्द कर लिया और एक बार फिर से किताब पढ़ना शुरू किया। पहली पंक्ति से ही उसके शरीर में सनसनाहट दौड़ने लगी। पूरी कनपटी लाल हो गई। ऐसा लग रहा था जैसे उसकी नसों में लावा दौड़ रहा हो। नसें तड़कने लगी हों। हे भगवान, कैसी-कैसी गन्दी किताबें लोग पढ़ते हैं।... उसने घबराकर इधर-उधर देखा और फिर पढ़ने में मशगूल हो गई। किताब पतली-सी थी इसलिए खत्म होने में ज्यादा वक्त नहीं लगा। किताब खत्म करते-करते वह बुरी तरह हाँफने लगी थी। पूरा बदन गनगना रहा था। उसके सारे कपड़े अस्त-व्यस्त हो गए थे और वह फर्श पर अधनंगी पड़ी लम्बी-लम्बी साँसें ले रही थी। न जाने कब तक वह औंधी पड़ी रही। फिर उठकर बैठ गई। एक बार फिर किताब उसके हाथ में थी लेकिन इस बार वह ज्यादा नहीं पढ़ सकी। उसने किताब फेंक दी। उसने धीरे-धीरे अपने कपड़े उतार दिए। कमरे में कोई आदमकश शीशा नहीं था। घर में नहीं था तो कमरे में कहाँ से होता। एक छोटा-सा पुराना शीशा था जिसके काँच दरक चुके थे। उसने उसके सहारे अपने बदन का मुआयना करना शुरू कर दिया।

बदन का मुआयना पहले की तरह सुखद नहीं था। राजकुमारी जानती थी कि

उसका शरीर धीरे-धीरे ढल रहा है। दरअसल इसे जानने के लिए आईने के सामने खड़ा होना भी जरूरी नहीं था। इसे तो गली से शंकर की दूकान तक आते-आते न जाने कितनी बार उसने महसूस किया था। पहले स्कूल जाते समय रास्ते में लड़कों की कतार बिछी रहती थी। मामूली कपड़ों में भी राजकुमारी अपने सौंदर्य से पूरी तरह वाकिफ, गर्दन ऊपर उठाए शान से गुजर जाती थी। लड़कों की सीटियाँ, फिकरे और आवाजें उसे अव्यक्त खुशी से भर देती थीं। ऊपर से ओढ़ी हुई तटस्थता के आवरण को चीरकर अकसर एक मुस्कान उसके होंठों पर खेल जाती। उसकी इस मुस्कान से लड़कों को और प्रेरणा मिलती। यह सिलसिला तब तक चला जब तक मुंशीजी ने उसका स्कूल छुड़ा नहीं दिया। इस सिलसिले में कई बार कुछ अन्तरंग प्रसंग जुड़े। कई बार ऐसा हुआ कि लड़कों की भीड़ में अचानक किसी लड़के से राजकुमारी की आँखें बार-बार देर तक टकराने लगतीं। एकाध बार खतो-किताबत का सिलसिला भी शुरू हुआ लेकिन इससे आगे बढ़ने की इजाजत राजकुमारी के निम्न मध्यवर्गीय संस्कारों ने नहीं दी। कई बार छत और गली अँधेरे कोनों से अचानक छटपटा कर वह निकल भागी थी।

उस समय की राजकुमारी के बदन और आज की राजकुमारी के बदन में कितना फर्क आ गया है। राजकुमारी का मन अव्यक्त पीड़ा से भर उठता है। एक जमाना था, जब राजकुमारी माल थी, चक्कू थी, राजा बनारस थी। एक-एक फिकरा कितनी हसरत से याद आता है। उसके घर से गली में निकलने पर एक हलचल-सी मच जाती थी। आज वह सिर्फ अट्ठाईस साल की बुढ़िया है। जब कभी विनोद को बनिया उधार देने से इनकार कर देता, तब मुंशीजी उसे भेजते हैं। अब उसके बाहर निकलने पर कोई खास हलचल नहीं होती। कोई उसे राह चलते पुरानी कशिश से नहीं पुकारता। अब तो शंकर का लड़का भी उसे देखकर पुरानी सिधाई से सामान नहीं देता। थोड़ी देर तक बड़बड़ाता है, तब सामान तौलता है। एकान्त पाकर अपने बाप की अनुपस्थिति में पहले लड़का सौदा देते समय राजकुमारी की उँगलियाँ छू लेता था या कभी-कभी उसकी कलाई पकड़ लेता था लेकिन अब तो उसकी भी दिलचस्पी खत्म हो गई है। पहले दुकान पर जाते समय वह मनाती जाती थी कि शंकर से उसकी मुलाकात न हो, उसका लड़का दुकान पर मौजूद हो। शंकर का लड़का उसे देखकर खुश हो जाता था और अपने आप की डाँट का खतरा मोल लेकर भी वह राजकुमारी को उधार देता था। राजकुमारी इसके एवज में उसे कुछ हद तक बर्दाश्त करती थी। उसके भद्दे मजाकों पर खीसें निपोर देती या उँगलियाँ या कलाई पकड़ने पर उसे हौले से झटक देती लेकिन इससे अधिक आगे उसने उसे नहीं बढ़ने दिया। कई बार उसने दबे स्वर में सिनेमा जाने या पार्क घूमने का प्रस्ताव राजकुमारी के सामने रखा जिसे सुनकर हर बार राजकुमारी रोमांचित हो उठी थी लेकिन कभी भी उसके संस्कारों ने उसे इतना आगे बढ़ने की इजाजत नहीं दी थी। अब तो उसकी भी दिलचस्पी राजकुमारी में खत्म हो गई थी। अब अगर कभी वह राजकुमारी के सामने कोई

प्रस्ताव रखे तो शायद राजकुमारी उसे स्वीकार कर लेगी। लेकिन अब वह कोई प्रस्ताव क्यों रखेगा?

अट्ठाईस साल की बुढ़िया राजकुमारी से अब शरीर का बोझ बर्दाश्त नहीं होता। उसका मन करता है कि चीखे-चिल्लाए—अपने बदन के कपड़े तार-तार कर डाले। उसकी नसें तड़क रही हैं, एक अजनबी आग है जो पूरे शरीर को जला कर भस्म कर डालना चाहती है। राजकुमारी लाख चाहे लेकिन इस आग से बचना संभव नहीं है। इस आग से वह बचना भी नहीं चाहती। उसका मन करता है कि कोई उस पर बाज की तरह झपटे और दबोच कर उसकी हड्डी-हड्डी चटखा दे। उसके बदन का पोर-पोर अतृप्त है। उसके शरीर का रोआँ-रोआँ विद्रोह करना चाहता है। सारी दुनिया से विद्रोह—मुंशीजी से विद्रोह क्योंकि राजकुमारी की दुनिया का बड़ा हिस्सा मुंशीजी तक ही सीमित है। माँ के मरने के बाद उसकी दुनिया का तीन-चौथाई हिस्सा मुंशीजी से संबद्ध है। अगर वह मुंशीजी से विद्रोह कर दे तो! लेकिन नहीं, शायद ऐसा वह नहीं कर सकती। उसके बदन की आग में एक-एक नस चटख रही है। हलक में जैसे काँटे उग आए हैं। राजकुमारी के लिए थूक घोंटना भी मुश्किल हो रहा है। अपने निढाल पड़े जिस्म को किसी तरह उसने उठाया और एक तरह से घसीटते हुए उसे कोने में घड़े तक ले गई। घड़े के पास कोई गिलास नहीं था, पूरे कमरे में नहीं था। चौके में जाने की हिम्मत उसमें नहीं थी। घड़े के पास एक जूठा कटोरा पड़ा था। उसने उसी में पानी उँड़ेला और नाक बन्द करते हुए दो-एक घूँट पी लिया। फिर उसी तरह लड़खड़ाती हुई वापस फर्श पर बिछी चटाई तक आई और वहीं धड़ाम से गिर गई। चटाई पर औंधी पड़ी-पड़ी न जाने कब तक वह गहरी-गहरी साँसें लेती रही थी।

राजकुमारी की यह अर्द्धमूर्छित तन्द्रा मुंशीजी की आवाज से टूटी। लगता था, मुंशीजी काफी देर से बुला रहे थे। मुंशीजी की आवाज की नर्मी उसे कुछ अपरिचित-सी लगी। बहुत दिनों बाद मुंशीजी उसे इतनी कोमल आवाज में पुकार रहे थे। राजकुमारी हड़बड़ाकर उठी थी। कहीं बीमार तो नहीं हैं! राजकुमारी दुनिया में अगर सबसे ज्यादा नफरत किसी से करती थी तो वह मुंशीजी थे। सबसे ज्यादा प्यार भी वह मुंशीजी को ही करती थी। बचपन में माँ से ज्यादा प्यार वह मुंशीजी से पाती रही थी। छोटी थी तो कमरे का जंगला पकड़े मुंशीजी के ट्यूशन या स्कूल के घर लौटने का इन्तजार करती थी। उनके कन्धों पर बैठकर गाँवों और कस्बों के न जाने कितने मेलों-ठेलों, हाट-बाजार गई थी। थोड़ी बड़ी हुई तो उन्हीं के साथ उँगली पकड़कर नायब साहब के घर जाने लगी थी। वहीं पहली बार उसने त्रिवेणी को देखा था। मुंशीजी जब कभी त्रिवेणी को कोई काम सौंप कर नायब साहब से बात करने अन्दर चले जाते, शरारती त्रिवेणी उसका हाथ पकड़े, पिछवाड़े आम के बगीचे में भाग जाता। बचपन की कितनी स्मृतियाँ त्रिवेणी से जुड़ी है। माँ के मरने के बाद मुंशीजी में न जाने कितना फर्क आ गया था कि राजकुमारी उनके सामने जाने से कतराने लगी है। कैसे घूर कर देखते हैं। अकसर

बाहर से लौटते हैं तो किसी-न-किसी बहाने से पीटते जरूर हैं। राजकुमारी जानती थी कि जिस वजह से उसकी पिटाई हो रही है, वह असली कारण नहीं है। कारण कुछ दूसरा होता था जिसे बताने का साहस मुंशीजी में नहीं था और न राजकुमारी पूछ ही सकती थी लेकिन उनकी आँखों में राजकुमारी बहुत कुछ पढ़ लेती थी।

मुंशीजी के हाथों पिटते समय राजकुमारी को वे दुनिया के सबसे क्रूर और गन्दे इंसान लगते थे। लेकिन उसे पीटने के बाद छत पर चादर में मुँह लपेटे, रोने की कोशिशों को रोकते हुए मुंशीजी के हिलते बदन को देखकर राजकुमारी का मन बार-बार करता कि एक बार फिर वह छोटी-सी बच्ची बन जाए और उनकी गोद में मचल-मचल कर उनके आँसू पोंछ डाले। लेकिन क्या अब यह संभव था? राजकुमारी बड़ी हो गई थी और मुंशीजी उससे काफी दूर जा चुके थे।

इधर कुछ दिनों से मुंशीजी ने उसे पीटना बन्द कर दिया था लेकिन आजकल उन्हें झेल पाना राजकुमारी के लिए ज्यादा मुश्किल हो गया है। बाहर से आने पर वे कैसी निगाहों से उसे घूरते हैं। उनकी नजरों में छिपी घृणा, सन्देह या तिरस्कार को बर्दाश्त करने से तो कहीं बेहतर था, उनके हाथों से पिटना और फिर कुछ देर बाद, दर्द के खात्मे के साथ भूल जाना। लेकिन अब तो मुंशीजी भी अन्दर-ही-अन्दर घुटते रहते हैं और राजकुमारी भी छटपटाती रहती है।

राजकुमारी उनकी निगाहों को अच्छी तरह पहचानती है। हर बार उसका मन करता है कि चीख-चीखकर मुंशीजी के सन्देह की चादर तार-तार कर डाले लेकिन कभी भी मुंशीजी शब्दों के माध्यम से अपना शक व्यक्त नहीं करते। अबोले शक का जवाब राजकुमारी दे तो कैसे दे? आज भी यही हुआ था। राजकुमारी इस कमरे में लगभग नग्न अपने बदन के महासमर में लिप्त थी, ठीक उसी समय दरवाजे पर दस्तक शुरू हुई। पहले धीमे, फिर तेज, फिर दरवाजा लगभग पीटा जाने लगा और फिर एकाएक खामोशी छा गई। राजकुमारी ने जल्दी-जल्दी अपने कपड़े दुरुस्त करते हुए दरवाजा खोला तो घृणा की चिनगारियाँ आँखों में लिए मुंशीजी सामने खड़े थे। उन्होंने केवल एक क्षण के लिए उसे देखा और वितृष्णा और उपेक्षा से आगे बढ़ गए। उस एक क्षण में जाने कितनी तपिश थी कि राजकुमारी अपमान और शर्म की दाहक पीड़ा से झुलस उठी। मुंशीजी चुपचाप अपने कमरे में चले गए लेकिन मुक्ति इतनी आसान नहीं थी। इसके थोड़ी देर बाद मुंशीजी अपने कमरे से निकले और किसी-न-किसी बहाने पूरे घर में झाँक आए। पाखाना, गुसलखाना, छत, कुछ भी नहीं बचा। इससे ज्यादा यातनाजनक राजकुमारी के लिए कुछ भी नहीं था। रसोई के कोने में खड़ी-खड़ी वह मुंशीजी से निगाहें छिपाती रही।

मुंशीजी के कदमों की आहट कई बार रसोई के दरवाजे तक आई, थमी और लौट गई। राजकुमारी के मनाने में अगर दम रहा होता तो धरती कई बार फटी होती और वह कई बार उसमें समाई होती। थोड़ी देर बाद मुंशीजी के कदमों की आहट उनके कमरे की

ओर चली गई। न जाने कितनी देर तक राजकुमारी चुपचाप बुत बनी खड़ी रही। ऐसा पहली बार तो हुआ नहीं था लेकिन हर बार का अनुभव पहले से ज्यादा त्रासद होता था। काफी देर बाद जब अपराध-बोध की चिप्पी चेहरे पर चिपकाए राजकुमारी धीरे-धीरे कदमों से अपने कमरे में गई तो मुंशीजी सो गए थे और राजकुमारी ने एक बार फिर दिलकश इलाहाबादी का उपन्यास हाथ में उठा लिया।

मुंशीजी की आवाज काफी दूर से, किसी अन्धी सुरंग से टकरा कर लौटती हुई-सी लग रही थी। राजकुमारी को लगा वे काफी देर से पुकार रहे थे। राजकुमारी हड़बड़ा कर उठी लेकिन दोपहर वाली गलती उसने फिर से नहीं दोहराई। अपने अस्त-व्यस्त कपड़ों को करीने से ठीक किया और चेहरे पर निश्चित तटस्थता का भाव ओढ़ते हुए उसने दरवाजा खोला और बाहर निकल आई। बाहर निकलते ही मुंशीजी की आवाज सर्द कोड़े की तरह उसके कानों से टकराई। काफी देर से पुकारते रहने के कारण उनकी आवाज कुछ रूखी जरूर हो गई थी लेकिन फिर भी यह एक अपरिचित आवाज थी। राजकुमारी के दिल की धड़कन बढ़ गई। वैसे भी दिन के इस हिस्से में सोना मुंशीजी के लिए नई बात थी। लेटते जरूर हैं लेकिन सोते नहीं हैं। कहीं कोई बात तो नहीं हुई? उनकी आवाज के अजनबी अन्दाज ने राजकुमारी को बेचैन कर दिया। झपटती हुई मुंशीजी के कमरे की तरफ बढ़ी लेकिन कमरे के दरवाजे तक पहुँचकर वह ठिठक गई। पिछले कुछ सालों में वह मुंशीजी से कितनी दूर चली गई थी। किसी भी तरह के भावनात्मक उद्वेग का प्रदर्शन अब संभव नहीं था।

शायद यही स्थिति मुंशीजी के लिए भी थी। अपनी आवाज की छलकती खुशी को सप्रयास दबाते हुए जो तटस्थ वाक्य उन्होंने कहा, उसका कुल मतलब यह था कि आज त्रिवेणी ने पक्का वादा कर लिया है। विनोद को लेकर बड़े साहब के पास जाना है। कहीं-न-कहीं नौकरी जरूर मिल जाएगी। दूसरे वाक्य में उन्होंने दस बरस पहले के मुंशीजी बनने की कोशिश की। जैसे पहले स्कूल से लौटते ही राजकुमारी को चिढ़ाते हुए हँसते और फर्स्ट क्लास चाय बनाने को कहते, उसी तरह आज भी उन्होंने, उसी अन्दाज में फरमाइश करने की कोशिश की। लेकिन आज उनके चिढ़ाने और हँसने में न जाने क्या था कि राजकुमारी पूरी तरह से हिल गई। मुंशीजी उससे निगाह मिलाने से कतरा रहे थे। पता नहीं, दोपहर की अपनी हरकत पर शर्म महसूस कर रहे थे या दिन में सोने का असर था या विनोद को नौकरी मिलने की निश्चित संभावना। उनकी आवाज असहज लग रही थी। राजकुमारी के लिए भी वहाँ खड़ा रह पाना काफी मुश्किल हो रहा था। धीरे-धीरे सिर झुकाए वह बाहर निकल आई और रसोई में जाकर चुपचाप चाय बनाने लगी।

चाय बनाकर जब वह मुंशीजी के कमरे में पहुँची, तब तक वह हाथ-मुँह धोकर तैयार हो चुके थे और हाथ से अपने कोट की सलवटें ठीक कर रहे थे। विनोद बदस्तूर घर से गायब था और मुंशीजी को उसे ढूँढ़ने जाना था। बाहर हलका-हलका अँधेरा

छाने लगा था। मुंशीजी ने अन्दाजा लगाया, साढ़े-पाँच से कम क्या होगा। आज ट्यूशन पर जाने का वक्त भी नहीं रह गया था। चाय पीते-पीते उन्होंने विनोद के उन सारे दोस्तों के नाम-पते याद करने की कोशिश की जहाँ उसके हो सकने की संभावना हो सकती थी। राजकुमारी से भी पूछा लेकिन राजकुमारी की सूचनाएँ काफी पुरानी थीं। विनोद के मौजूदा दोस्तों के बारे में उसे ज्यादा कुछ नहीं मालूम था। बगल की बिन्नी से पूछने पर कुछ मालूम हो सकता था लेकिन बिन्नी के बारे में राजकुमारी मुंशीजी से क्या कहती? लिहाजा मुंशीजी बिना किसी निश्चित सूचना के ही विनोद की तलाश में घर से बाहर निकल पड़े।

राजकुमारी एक बार फिर घर में अकेली रह गई। अकेलापन उसके लिए हमेशा से तकलीफ देह रहा है। अकेलेपन से वह बचपन से ही घबराती रही है, लेकिन अब तो अकेलेपन के साथ रहने की आदत पड़ गई है। फिर भी वह आज घबराकर छत पर निकल आई।

धूप खत्म हो चुकी थी और दिसम्बर के शुरुआत की हवा में मजे की ठंडक थी। राजकुमारी एक सूती चादर ओढ़े हुए थी। ठंडी हवा बीच-बीच में उसे कँपा दे रही थी, फिर भी नीचे कमरे के एकान्त में जाने का उसका मन नहीं कर रहा था। ऊपर अनमने भाव से वह टहलती रही। दोपहर का प्रभाव अब जिस्म पर दूसरी तरह से महसूस हो रहा था। पूरा बदन टूट रहा था। उसने दो-तीन बार अँगड़ाइयाँ लीं, बदन को चादर में कसकर लपेटा और एकाएक ठिठक कर खड़ी हो गई। सामने की छत पर सुरेंद्र खड़ा था और ढिठाई से उसे घूर रहा था।

सुरेन्द्र पप्पू का दोस्त था और उसके साथ पढ़ता था। इधर कुछ दिनों से राजकुमारी उसमें एक अजीब-सा परिवर्तन देख रही थी। पहले वह पप्पू से मिलने जब भी आता तो सीधे धड़धड़ाता हुआ उसके कमरे में घुस आता। चूँकि राजकुमारी और पप्पू का कमरा एक ही था अतः उसे अब भी उसी के कमरे में आना पड़ता है लेकिन अब वह कमरे में घुसने के पहले खँखारता है या उसे कमरे में अकेला देखकर दरवाजे पर ठिठककर खड़ा हो जाता है। पहले की तरह सहज भाव से आकर उसके पास बैठता नहीं। पप्पू की उपस्थिति में अगर बैठना पड़े भी तो उससे सीधे निगाह मिलाने में कतराता है। हवा में इधर-उधर देखकर बातें करता है। जब कभी राजकुमारी की आँखें उसकी आँखों से मिलती हैं, वह उसकी आँखों का भाव देखकर गनगना उठती है। यह भाव उसने या तो शंकर बनिये के लड़के की आँखों में देखा है या सुरेन्द्र के पिता बड़े बाबू की आँखों में। न जाने कैसे इतनी कम उम्र में सुरेन्द्र की आँखों में ऐसा भाव आ जाता है।

सामने छत पर सुरेन्द्र खड़ा पूरी ढिठाई से उसे घूर रहा था। राजकुमारी ने दूसरी तरफ देखना शुरू कर दिया लेकिन ज्यादा देर तक वह सुरेन्द्र की उपेक्षा नहीं कर पाई। दूसरी तरफ देखते हुए उसने कनखियों से सुरेन्द्र की तरफ देखा। सुरेन्द्र समझ गया

था कि उसने उसे देख लिया है और उसे घूरते देखकर भी वह छत से हट नहीं रही है बल्कि बीच-बीच में कनखियों से उसकी तरफ देख रही है। उसका साहस और बढ़ गया। उसने बाकायदा दोनों हाथ दोनों छतों के बीच वाली विभाजक दीवार पर टिका लिए और हलके-हलके लहजे में सीटी बजाने लगा। उसके लिए भी यह पहला मौका था जब राजकुमारी से वह इतनी धृष्टता से पेश आ रहा था। इसलिए जबर्दस्ती पैदा की गई लापरवाही के बावजूद घबराहट में उसकी सीटी की आवाज बीच-बीच में टूट जा रही थी। अभी कुछ दिनों पहले तक वह पप्पू के साथ राजकुमारी से मिलता तो अपनी बड़ी बहनवाला भाव उसके मन में होता। राजकुमारी के लिए जिस्मानी आकर्षण वाला भाव उसके मन में अचानक ही पैदा हो गया था। दरअसल उसके और पप्पू के गोल के लड़कों के लिए सेक्स से परिचय अभी नया-नया हुआ था। इन लड़कों ने अपनी हाल ही में हस्त-मैथुन की सीढ़ियाँ लाँघनी शुरू की थीं और गली में खड़े होकर लड़कियों को घूरने या फिकरेबाजी करने के लिए उन्होंने धीरे-धीरे पुराने लड़कों की जगह लेना शुरू किया था। उनके लिए गली के विभिन्न घरों की छोटी बच्चियों से लेकर अधेड़ औरतें तक अचानक 'माल' बन गई थीं। शारीरिक परिवर्तन के इसी अंधड़ में एक दिन सुरेन्द्र को राजकुमारी भी माल लगने लगी थी।

काफी देर तक राजकुमारी उपेक्षा का भाव प्रदर्शित करते हुए इधर-उधर देखती रही। बीच-बीच में वह कनखियों से सुरेन्द्र की तरफ देख लेती थी। उसे इस लुका-छिपी में आनन्द आने लगा था। काफी दिनों बाद कोई उसे इस कशिश से देख रहा था। हालाँकि सुरेन्द्र को वर्षों से वह पप्पू के साथ देखती आई थी और उसे किसी अन्य रूप में स्वीकारना उसके लिए आसानी से संभव नहीं हो पा रहा था लेकिन फिर भी सुरेन्द्र अपने पिता बड़े बाबू या शंकर से तो निश्चित रूप से बेहतर था। बड़े बाबू का दुर्गन्ध का भभूका छोड़ता पीले और बेढंगे दाँतोंवाला चेहरा वह कई बार अपने चेहरे से परे ढकेल चुकी है। याद आते ही उसका मन घिन से भर उठा। शंकर के साथ कभी मामला इतना आगे तो नहीं बढ़ा है लेकिन उसने जब कभी कलाई पकड़ने की कोशिश की है, राजकुमारी का मन जुगुप्सा से भर उठा है। सुरेन्द्र निश्चित रूप से उन दोनों से बेहतर था।

परिवर्तन की शुरुआत में तो सुरेन्द्र की आँखों का भाव राजकुमारी को काफी मनोरंजक लगता था। कल तक हाफपैंट पहनकर दीदी-दीदी करने वाले छोकरे को जवान मानकर गंभीरता से लेने का प्रयास करने मात्र से ही उसे हँसी आ जाती। यह तो बिलकुल ऐसे ही था जैसे कोई किशोर अपने को बड़ा साबित करने के लिए बड़ी-बड़ी डींगें हाँकने लगे। शुरू-शुरू में सुरेन्द्र के घूरने पर उसे ऐसा ही लगता था। कभी-कभी वह उसे चिढ़ाने के लिए उससे आँखें मिलाकर मुस्कुरा देती। उस समय सुरेन्द्र का चेहरा एकदम फक पड़ जाता और घबराहट में वह काफी देर तक उससे आँखें नहीं मिला पाता था। बाद में स्थिति कुछ बदली थी। राजकुमारी को धीरे-धीरे लगने लगा था कि सुरेन्द्र

अब निरा बच्चा नहीं रह गया है। उसने उसे कुछ गंभीरता से लेना शुरू किया था। फिर भी सुरेन्द्र की अभी तक इतनी हिम्मत नहीं हुई थी कि वह उसे इस तरह घूरे। आज पहली बार सुरेन्द्र यह हिम्मत कर रहा था और उसे इसका अहसास था, इसलिए बीच-बीच में उसकी सीटी की आवाज टूट जा रही थी और अँधेरे के बावजूद अगर कभी उसे लगता कि राजकुमारी की निगाहें उसकी निगाहों से टकरा गई हैं तो वह घबरा कर इधर-उधर देखने लगता। आज वह पूरी तरह से तैयार होकर आया था इसलिए पहले की तरह जल्दिया कर भागने के लिए तैयार नहीं था।

दिलकश के उपन्यास की खुमारी राजकुमारी पर अभी तक ताजी थी। वह धीरे-धीरे अपने बदन के दबाव में ज्यादा खुलती जा रही थी। जल्दी ही वह स्थिति आ गई जब राजकुमारी ने दूसरी तरफ देखने के बहाने से मुक्ति पा ली और सीधे सुरेन्द्र की तरफ देखने लगी। अँधेरा था इसलिए उनकी निगाहें सीधे एक-दूसरे से टकरा तो नहीं रही थीं फिर भी इस बात का पता दोनों को चल गया था कि वे एक-दूसरे की तरफ ही देख रहे हैं। अचानक सुरेन्द्र का बायाँ हाथ उठा और उसने कुछ इशारा किया। अँधेरे में राजकुमारी को लगा सुरेन्द्र उसे बुला रहा है। उसका पूरा शरीर गनगना उठा। कमोबेश दोनों की यही स्थिति थी।

लाख कोशिश के बावजूद राजकुमारी अपनी जगह से हिल नहीं पाई। अपनी जगह पर जड़वत खड़ी उसने देखा कि हलके-हलके, काँपते बदन, सूखे हलक और लड़खड़ाते कदमों से राजकुमारी की तरफ कोई बढ़ा चला आ रहा था। यह सुरेन्द्र था। निष्पन्द और अवाक् राजकुमारी किसी अनाहूत क्षण की प्रतीक्षा में खड़ी थी। आज पहली बार राजकुमारी को पता चला कि जिस्म का जादू कितना सम्मोहक और तिलिस्मी होता है। सुरेन्द्र के कमजोर आलिंगन और बचकाने चुम्बनों में केवल जिस्म की माँग थी, न प्यार था और न कोई कोमलता। दरअसल इनकी दरकार न तो उस समय राजकुमारी को थी और न ही सुरेन्द्र को। इस समय राजकुमारी हवा के घोड़े पर सवार होकर उड़ जाना चाहती थी, दूर—बहुत दूर। उसके लिए केवल उसके शरीर का अस्तित्व ही सार्थक था, बाकी सब कुछ—मुंशीजी, निम्न मध्यम-वर्गीय मूल्य, समय आदि—निरर्थक हो गए थे। पिछले दस सालों से अपने विरुद्ध संघर्ष करके जिस अनुभव से उसने स्वयं को काट रखा था, आज वही अनुभव अपनी पूरी सम्मोहकता के साथ उसके समक्ष खड़ा था। वह एक-एक क्षण किसी कृपण की तरह भोगना चाहती थी, अनुभव का हर खंड जीना चाहती थी। न जाने कहाँ का वेग उसके शरीर को उद्वेलित कर रहा था कि सुरेन्द्र के लिए उसका साथ देना अधिक देर तक संभव नहीं रह सका। राजकुमारी का पोर-पोर प्यासा था और सुरेन्द्र का कैशोर्य उसकी प्यास बुझाने में सर्वथा असमर्थ। जल्दी छटपटाकर उसने उठ बैठने की कोशिश की लेकिन अब राजकुमारी ने उसे जकड़ लिया था। थोड़ी देर में सुरेन्द्र की साँस टूटने लगी और वह हाँफने लगा। राजकुमारी के मन में आया कि उसके मुँह में अपने नाखून गड़ाकर

उसका मुँह नोच ले। उसने सुरेन्द्र को अपने ऊपर से परे ढकेल दिया और खुद सीढ़ियों की तरफ भागी लेकिन सीढ़ियों तक पहुँचते-पहुँचते उसकी चाल पस्त हो गई।

अपने कमरे तक राजकुमारी किस तरह घिसटती हुई पहुँची इसे वही जानती है। फर्श पर चटाई बिछी हुई थी। राजकुमारी उसी पर निढाल गिर पड़ी। तृप्ति और अतृप्ति के मध्य झूलते हुए उसे खुद समझ में नहीं आ रहा था कि उसे कैसा लग रहा था। अच्छा या बुरा—उसे कुछ पता नहीं। एक अजीब-सा तूफान था जिसके बगूलों के बीच थपेड़े खाते हुए उड़ना अच्छा लगा था लेकिन अब ऐसा लग रहा था कि मानो तूफान ने उसे आसमान पर उड़ाते-उड़ाते एकदम से जमीन पर लाकर पटक दिया हो। उसका जिस्म बुरी तरह से दर्द कर रहा था। लेकिन इस दर्द में सुख था। आज के अनुभव के बारे में राजकुमारी कोई फैसला नहीं कर सकती लेकिन उसे पता है कि जो कुछ हुआ, उस पर उसका कोई वश नहीं था। इसे तो होना ही था। राजकुमारी के जिस्म की माँग पिछले दस-बारह सालों से कुचली जा रही थी। आज पहली बार उसे लगा कि शरीर की माँग कितनी सम्मोहक और सुखद होती है। आज तक इस माँग की अवज्ञा करके वह स्वयं को किस कदर छलती चली आ रही थी।

बचपन से राजकुमारी की आदत सपने देखने की रही है। दिन में, रात में, सोते, जागते वह कभी भी सपने देखना शुरू कर सकती थी। माँ के मरने के बाद तो यह आदत और भी बढ़ गई थी। शायद यह अकेलापन था जिससे जूझते-जूझते वह ज्यादा आत्मकेंद्रित होने लगी और अपनी गढ़ी हुई दुनिया में खोने में उसे ज्यादा मजा आने लगा। उसने बचपन से एक सपना बार-बार देखा है। रेशम की गुड़िया-सी सजी-धजी राजकुमारी सफेद घोड़े पर सवार, रूई के फाहों जैसे बादलों पर तैरती चली जा रही है। अधमुँदी आँखों और अलसाए बदन के साथ उड़ते हुए उसे हर बार लगता है कि कहीं से कोई उसे पुकार रहा है। न जाने कौन है जो बादलों के पार से इतनी कशिश के साथ उसका नाम लेकर बुला रहा है। अचानक दूर बादलों के बीच से धीरे-धीरे कुछ उभरता है। पहले एक बलिष्ठ, सजे-धजे घोड़े की आकृति और फिर उस पर बैठे एक अनाम, अनजान पुरुष की आकृति। राजकुमारी को बचपन से इसी राजकुमार की प्रतीक्षा थी। वह बेसब्री से तेज-तेज हाथ-पाँव फेंकते हुए राजकुमार की तरफ बढ़ने की कोशिश करती है। पर दोनों के बीच की दूरी है कि कम होने का नाम नहीं लेती। जैसे ही राजकुमारी घोड़े के करीब पहुँचती है, एकाएक घोड़ा पीछे मुड़कर तेजी से उससे दूर भागने लगता है। राजकुमारी चीखती है, चिल्लाती है, दोनों हाथ उठा-उठाकर उसे रोकने का प्रयास करती है लेकिन नहीं, घोड़ा धीरे-धीरे अदृश्य होता जाता है। राजकुमारी उठकर उसके पीछे दौड़ने की कोशिश करती है लेकिन फाहों जैसे बादल बर्फ में तब्दील हो जाते हैं और राजकुमारी उसमें धँसती जाती है— कमर तक धँस जाती है। कुछ देर बाद उसके हाथ ऊपर रह जाते हैं जो घोड़े के अदृश्य होने की दिशा में हिल-हिलकर उसे रोकने का असफल प्रयास करते रह जाते हैं।

हर बार जगने पर राजकुमारी को इस सपने से घबराहट होती है लेकिन अकसर सोते-जागते उसे सायास या अनायास यह सपना दिखाई दे जाता है। उसने कई बार कोशिश की है कि अपने सपने के राजकुमार का चेहरा देख ले लेकिन हर बार उसका चेहरा बादलों और धुंध के बीच गड्डमड्ड हो जाता है। शुरू-शुरू में यह चेहरा त्रिवेणी जैसा लगता है। बहुत दिनों तक लगता रहा। बाद में जैसे-जैसे त्रिवेणी की स्मृति धुँधलाती गई, चेहरे का आकार भी अस्पष्ट होता गया। कई बार ऐसा हुआ कि राजकुमार का चेहरा शंकर के चेहरे से मेल खाने लगा। ऐसा जब भी हुआ, पसीने से भीगी राजकुमारी के बर्फ में डूबे हाथों ने भागते हुए अश्वारोहों का आवाहन करने से इनकार कर दिया। हर ऐसे अनुभव के बाद, जब कभी राजकुमारी घबराकर उठी है, उसे स्थिर होने में काफी समय लगा है।

आज भी राजकुमारी अर्द्धनिमीलित अवस्था में पुराने सपनों में डूब गई। आज उसे गौर से देखा तो उसे लगा कि राजकुमार का चेहरा किसी कम उम्र किशोर की तरह था। उसने बार-बार सुरेन्द्र के चेहरे को याद करने की कोशिश की लेकिन सुरेन्द्र का चेहरा धुँधला-सा उभरता और उसकी पकड़ से फिसलता चला जाता।

दरअसल सोते समय देखे गए सपनों के अलावा उठते-बैठते घर में काम करते-करते भी राजकुमारी एक सपना देखती रहती थी। यह सपना भी राजकुमार से ही संबंधित था। माँ के मरने के बाद से ही राजकुमारी को किसी ऐसे राजकुमार का इन्तजार रहने लगा था जो उसे अकेलेपन की यातना से मुक्ति दिलाकर कहीं दूर ले जाता। खाली समय में, वह पड़ोस से माँगे गए घटिया उपन्यास पढ़ती और इन उपन्यासों से उसे और भी मानसिक खुराक मिलती। वह अपनी कल्पना के राजकुमार के खयालों में डूबे-डूबे खुद ही मुस्कुराती, नाराज होती, सिसकियाँ भरती और कभी-कभी खुद से संवाद करने लगती। कई बार ऐसा हुआ है कि उसे बुदबुदाते देखकर मुंशीजी चौंक गए हैं या पप्पू हँसने लगा है। हर बार शरमा कर राजकुमारी चुप हो जाती है और घबरा कर जल्दी-जल्दी दूसरा काम करने लगती है। इस घबराहट में कभी उसका हाथ जलते तवे पर पड़ जाता, कभी गिलास से पानी छलक जाता और कभी उँगली में सुई चुभ जाती।

पहले जब कभी मुंशीजी बाहर राजकुमारी की शादी की बात चलाकर आते और घर में उत्साहित स्वर से बातें करना शुरू करते, इन सपनों की रफ्तार बढ़ जाती। सपनों में खोई राजकुमारी हर पल उस राजकुमार का इन्तजार करने लगती। कभी-कभी मुंशीजी लड़के की तस्वीर घर ले आते, तब राजकुमार का चेहरा काफी स्पष्ट उभरता। राजकुमारी चोरी-छिपे तस्वीर देखती और रात में अपने सपने के राजकुमार के फ्रेम में इसे मढ़ लेती। हर बार शादी की बात बीच में टूट जाती। राजकुमारी इस हादसे की इतना ज्यादा अभ्यस्त हो गई थी कि उसे यह जानने के लिए कि उसकी शादी की बात टूट गई है, किसी के मुँह से कुछ सुनने की जरूरत नहीं

पड़ती। मुंशीजी के घर में घुसने, कोट उतारने, बात करने या खाना खाने के अंदाज से ही उसे पता चल जाता कि एक बार फिर उसके शादी की बात टूट गई है और अभी न जाने कब तक के लिए उसकी नियति इस नर्क से जुड़ी हुई है, जिसे घर कहते हैं। तब उसके सपनों में खोने की रफ्तार ज्यादा बढ़ जाती है और उसके सपनों के राजकुमार का चेहरा पहले की तरह धुँधला और अस्पष्ट हो जाता है।

काफी देर बाद जब वह अपने स्वनिर्मित संसार से वापस लौटी तो जाड़े की रात अपने पूरे भयावह विस्तार के साथ उतर चुकी थी। वह हड़बड़ाकर उठी। समय का अन्दाज नहीं लग रहा था। घर की इकलौती घड़ी मुंशीजी के साथ चली गई थी। राजकुमारी का आज पूरा दिन ऐसे ही चला गया था। अभी उसे दिन के बर्तन माँजने थे, शाम का खाना बनाना था। मजे की सर्दी पड़ रही थी। इस सर्द मौसम में ठंडे पानी से बर्तन माँजने का खयाल ही काफी कष्टदायक था। थोड़ी देर और आलस से पड़े-पड़े बदन की टूटन को महसूस करने की कोशिश वह करती रही। लेकिन उसे उठना ही था और वह उठी।

नल के नीचे जूठे बर्तनों का ढेर देखकर वह कोफ्त से भर उठी। बेमन से उसने ठंडे पानी की धार के नीचे अपनी हथेली डाली और खींच लिया। उसका हाथ सुन्न हो गया था। थोड़ी देर तक वह अपनी हथेलियाँ रगड़ती रही। थोड़ी गर्माहट आते ही उसने पूरा हाथ नल के नीचे डाल दिया। दो थालियाँ धोते-धोते उसकी हिम्मत जवाब दे गई। उसने मन-ही-मन तय किया कि आज सिर्फ खिचड़ी बनाएगी। इस फैसले से उसके मन में अतिरिक्त उत्साह का संचार हुआ। खिचड़ी के लिए उसे सिर्फ एक पतीली साफ करने की जरूरत पड़ेगी। दो थालियाँ हो गईं, एक और साफ करेगी, खुद मुंशीजी की जूठी थाली में खा लेगी। बचपन में उसमें और विनोद में कितना झगड़ा होता था, मुंशीजी की जूठी थाली में खाना खाने के सवाल को लेकर। अकसर माँ फैसला करती। अब यह सब चीजें बेमानी लगती हैं। अब तो पहले की तरह की मुंशीजी, विनोद या पप्पू की फरमाइशें भी नहीं रहीं। जो कुछ राजकुमारी बना देती है, सभी सिर झुकाए उसे खा लेते हैं। केवल पप्पू ही कभी-कभी कुछ प्रतिक्रिया व्यक्त करता है। लेकिन उसकी प्रतिक्रिया भी अब केवल झुँझलाकर आधी थाली सरका देने-भर रह गई है। मुँह से कुछ नहीं कहता। राजकुमारी कितना तरसती है कि पहले की तरह मुंशीजी सब्जी या दाल में नमक ज्यादा होने पर चुहल करें, विनोद या पप्पू मनपसन्द खाना न बनाने पर उससे झगड़ें और राजकुमारी जब तक दूसरे दिन उसका मनपसन्द खाना न बना दे तब तक गुस्सा उनकी नाक पर भिनकता रहे। राजकुमारी ने माँ से सीखा था कि किस तरह तमाम आर्थिक तंगियों के मध्य लजीज खाना बनाया जाए। बचपन में वह माँ से कितनी ईर्ष्या करती थी, जो मशीन की तरह तेजी से, बिना किसी विशेष सामग्री के मजेदार खाना बनाती थी। उसे लगता कि वह कभी ऐसा खाना नहीं बना सकेगी, लेकिन उसने धीरे-धीरे माँ से सब कुछ सीख लिया। माँ के

मरने के बाद, उसका प्रयास यही रहा कि किसी को भी माँ की कमी महसूस न हो सके। शुरू में ऐसा हुआ भी लेकिन बाद में न जाने क्या हुआ कि घर के सारे सदस्य अलग-अलग द्वीपों की तरह एक-दूसरे से दूर होते गए। अब जिस संवादहीनता की स्थिति में वे पहुँच गए थे, उसमें यह संभव नहीं रह गया था कि खाना खाने जैसे अनौपचारिक मौके पर भी उनमें किसी तरह की गर्माहट शेष रह सके।

केवल खिचड़ी पकाने के फैसले से राजकुमारी की कोफ्त कुछ कम हुई। उसने पतीली साफ की और बाकी जूठे बर्तन नल के एक तरफ सरका दिए। ठंड से सिहरते हुए जल्दी-जल्दी उसने अपने हाथ साफ किए और साफ बरतनों को उठाकर रसोई में आ गई। जल्दीबाजी में अँगीठी सुलगाना तो वह भूल ही गई थी। उसे एक बार फिर अपने पर झुँझलाहट हुई। उसने जल्दी-जल्दी अँगीठी चौके के बाहर निकाली, सबेरे वाली राख नल के किनारे पड़े जूठे बर्तनों के पास उँड़ेली और खाली अँगीठी उठाकर आँगन के किनारे आ गई, जहाँ कोयले का ढेर पड़ा हुआ था। अँगीठी में कोयला भरते-भरते उसने समय का अन्दाजा लगाने की कोशिश की। जाड़े की अँधेरिया रात अपने बारे में किसी तरह का अन्दाज लगाने से रोक रही थी। बहरहाल आस-पास के घरों से आ रही आवाजों से इतना अहसास तो उसे हो ही चला था कि काफी देर हो गई है और मुंशीजी किसी भी क्षण आ सकते हैं। वह जानती है कि थके-माँदे लौटने पर खाना तैयार न देखकर मुंशीजी कुछ कहेंगे नहीं, चुपचाप मुँह ढँक कर लेट जाएँगे लेकिन उनका कुछ न कहना ही राजकुमारी के लिए ज्यादा यातनाजनक सिद्ध होगा। कोयला भरते हुए उसके हाथों की रफ्तार और ज्यादा बढ़ गई। कोयला भर कर, उसने कुछ लकड़ियाँ सुलगा कर अँगीठी में डालीं और सुलगने के लिए अँगीठी उठाकर बाहर गली में रख आई।

वापस रसोई में आकर उसने चावल थाली में निकाला और बीनना शुरू कर दिया। अभी उसने चावल बीनना खत्म किया ही था कि बाहर दरवाजे पर दस्तक सुनाई पड़ी। हे भगवान, मुंशीजी आ गए क्या! उसने घबराहट में थाली जमीन पर रख दी और बाहर को भागी। दरवाजा खोलते ही वह यन्त्रवत खड़ी रह गई। सामने त्रिवेणी खड़ा था। उसकी ओर त्रिवेणी की नजरें परिचित अन्दाज से मिलीं और झुक गईं। नजरें बचाते-बचाते जो कुछ त्रिवेणी ने कहा, उसका आशय था कि वह मुंशीजी और विनोद के साथ आया है। विनोद गली के नुक्कड़ पर किसी से बात कर रहा है और मुंशीजी थोड़ा पहले ही रिक्शे से यह कहकर उतर गए थे कि बस आते ही हैं। त्रिवेणी के कथन का न जाने कितना अंश राजकुमारी समझ पाई, वह चुपचाप दरवाजे से सटकर एक किनारे खड़ी हो गई। त्रिवेणी पहले भी आ चुका था। अन्दर आकर, वह सीधा मुंशीजी के कमरे की तरफ बढ़ गया।

पता नहीं, कितनी देर तक राजकुमारी दरवाजा पकड़े खड़ी रही। विनोद के कदमों की आहट ने उसकी तन्द्रा भंग की। विनोद दरवाजा पार कर अन्दर आ रहा

था, उसे चुपचाप वहाँ खड़ा देख, ठिठककर रुकने लगा लेकिन राजकुमारी बिना उसे कुछ बोलने का मौका दिए, बाहर गली में निकल आई। अँगीठी में आँच अभी ऊपर तक नहीं आ पाई थी। चुपचाप उसने कोयले कुरेदने शुरू कर दिए। कोयले कुरेदने से जल्दी कुछ होने वाला नहीं था, लिहाजा वह अन्दर गई और पंखा उठा लाई। पंखा झलने से कुछ फर्क पड़ा और ऊपरी सतह के नीचे लाल-लाल चिनगारियाँ दिखाई देने लगीं। उसे पता था कि मुंशीजी आते ही त्रिवेणी के लिए चाय बनाने को कहेंगे। घर में न दूध है और न चीनी। गनीमत है कि विनोद मौजूद है, नहीं तो उधार चीनी लाने शंकर और दूध लाने ग्वाले के घर तक उसे ही जाना पड़ता। ग्वाले के घर तक तो वह जा सकती है किन्तु शंकर की दुकान तक जाने के खयाल से ही उसे वितृष्णा होने लगती है।

गली के मोड़ पर मुंशीजी दिखाई दिए। उनके हाथ में एक कुल्हड़ था। शायद उसमें दही था। तो क्या त्रिवेणी यहीं खाना खाएगा? राजकुमारी की घबराहट बढ़ गई। उसने घबराकर अँगीठी के लोहे का हैंडल नंगे हाथों से पकड़ा और लगभग दौड़ते हुए आँगन में घुस गई। आँगन के मध्य तक पहुँचते-पहुँचते उसके हाथ जलने लगे और उसे अँगीठी जमीन पर रखनी पड़ी। जमीन पर अँगीठी रखकर उसने आँचल से उसे पकड़कर उठाया और रसोई में लेकर चली गई। तब तक मुंशीजी भी अन्दर आ गए थे। वे सीधे रसोई में ही चले गए। उनके एक हाथ में दही था और दूसरे हाथ में कुछ मूलियाँ और एक नीबू था। राजकुमारी ने चुपचाप सारी चीजें उनके हाथ से ले लीं। अब तक उसे पक्का यकीन हो चुका था कि त्रिवेणी यहीं खाना खाएगा। इसलिए मुंशीजी के कथन को उसने महज औपचारिक सूचना के तौर पर लिया। हाँ, एक झूठ जरूर उसके मुँह से अनजाने में निकल गया। उसने मुंशीजी को बता दिया कि उसने सबके लिए खिचड़ी बना दी है, केवल सलाद भर काटकर वह खाना लगा देगी। मुंशीजी चले गए।

राजकुमारी ने फटाफट दाल साफ की और अँगीठी पर खिचड़ी चढ़ा दी। आँच कुछ कम थी, उसने फिर पंखा लेकर झलना शुरू कर दिया। खिचड़ी बनने में समय ही कितना लगता है। जब तक खिचड़ी बनेगी, वह सलाद काट लेगी। अन्दर से त्रिवेणी के जोर से हँसने की आवाज आई, साथ में मुंशीजी की हलकी आवाज भी थी। अन्दर त्रिवेणी और मुंशीजी कुछ उत्तेजित आवाज में बातें कर रहे थे। राजकुमारी ने कान लगाकर सुनने की कोशिश की। केवल एक शब्द नौकरी उसके कान में बार-बार पड़ा। तो क्या विनोद को नौकरी मिल गई! राजकुमारी का मन छलछला उठा। अव्यक्त खुशी से उसका बदन पुलकित हो गया। चुपचाप रसोई में से निकल कर वह बरामदे में खम्भे से चिपक कर खड़ी हो गई। अन्दर कमरे में बैठे हुए तीन व्यक्तियों में से केवल विनोद ही उसे दिखाई पड़ रहा था। त्रिवेणी बार-बार विनोद को मिठाई खिलाने के लिए कह रहा था। मुंशीजी भी उत्साहित स्वर में उसका समर्थन कर रहे

थे लेकिन न जाने क्या बात थी कि विनोद बुझे मन से बैठा-बैठा सुबह का अखबार उलट रहा था। शायद मुंशीजी के सामने अपनी खुशी जाहिर करने से शरमा रहा हो। राजकुमारी का मन हुआ कि भागकर ऊपर छत पर चली जाए और बिन्नी को बता दे लेकिन उसने अपने ऊपर नियन्त्रण किया और रसोई में चली आई। विनोद की नौकरी पक्की होने पर ही मुंशीजी त्रिवेणी को खाना खाने के लिए घर ले आए हैं।

राजकुमारी ने अपने हाथ तेज कर दिए। खिचड़ी करीब-करीब बन चुकी थी। उसने मूली काट डाली। बाहर का एक मेहमान बैठा है और उसने सिर्फ खिचड़ी बनाई है– राजकुमारी को शर्म महसूस होने लगी। कम-से-कम सलाद तो ठीक होती। उसने टमाटर की तलाश में पूरी रसोई छान डाली। एक भी टमाटर नहीं मिला। एक ही उपाय था कि कोई शंकर की दुकान तक जाए और ले आए। उस समय कोई और दुकान तो खुली नहीं होगी। शंकर की दुकान और घर एक ही होने से किसी भी वक्त कोई सामान लिया जा सकता था। राजकुमारी बाहर निकलकर बरामदे में आ गई। विनोद कमरे में सिर झुकाए बैठा दिखाई दे रहा था। उसने उसे हाथ से इशारा किया लेकिन विनोद चुपचाप अखबार के पन्ने में नजरें डाले बैठा रहा। विनोद का ध्यान आकर्षित करने के लिए उसने कई तरह के उपाय किए लेकिन उसके खाँसने, खँखारने या हलकी आवाजों का विनोद पर कोई असर नहीं पड़ा। पता नहीं, कौन सी बात थी जिसके चलते अखबार से सर उठाना उसके लिए नामुमकिन हो गया था। झुंझलाकर राजकुमारी वापस रसोई में आ गई। खिचड़ी पक चुकी थी, उसने उसे उतारकर जमीन पर रख दिया। शंकर के घर उसे ही जाना पड़ेगा। रसोई का पल्ला भेड़कर वह घर के बाहर आई। शंकर का घर ज्यादा दूर नहीं था। लेकिन बाहर की सर्दी और शंकर के घर जाने के खयाल से उत्पन्न हुई जुगुप्सा ने राजकुमारी की चाल काफी धीमी कर दी। उसने सर्द हवा के थपेड़ों से बचने के लिए अपनी महीन सूती साड़ी कसकर चेहरे पर लपेट ली किन्तु बला की सर्दी थी और राजकुमारी बीच-बीच में सिहर उठती थी।

शंकर से मुंशीजी के परिवार का पुराना रिश्ता था। जब से वे लोग इस मुहल्ले में आए हैं, राजकुमारी को याद नहीं पड़ता कि कोई महीना ऐसा गुजरा है जिसके आखिर में शंकर के यहाँ से उधार लेने की नौबत न आई हो। कितनी बार मुंशीजी ने उससे छुटकारा पाने की कोशिश की है लेकिन हर बार हार गए हैं। माँ थी तो इसी बात पर मुंशीजी से लड़ती थी लेकिन उसे भी पता था कि बिना शंकर की मदद से उसकी गृहस्थी की गाड़ी हर महीने चल नहीं पाएगी। लिहाजा महीने के शुरू से ही जोड़-तोड़ करने के बावजूद महीने के आखिरी में वह भी समर्पण कर ही देती थी। माँ के मरने के बाद धीरे-धीरे विनोद और पप्पू का रिश्ता घर से खत्म होता गया, लिहाजा उधार लेने शंकर की दुकान तक या तो मुंशीजी जाते या फिर राजकुमारी को जाना पड़ता। अकसर जब कई महीने का हिसाब बिन चुका रह जाता और शंकर उधार देने से इनकार करने लगता था मुंशीजी राजकुमारी को ही भेजते। शुरू के सालों में शंकर

के लड़के की राजकुमारी में काफी दिलचस्पी थी। अकसर उसके स्कूल जाने के समय वह गली के मोड़ पर खड़ा रहता, कभी-कभी उसके स्कूल तक पीछा करता। शंकर की अनुपस्थिति में वह दुकान पर बैठता था। अगर कभी ऐसे मौके पर राजकुमारी दुकान पर आ जाती तो उसकी बाछें खिल जातीं। उसकी एक सीमा तक छेड़छाड़ राजकुमारी को भी अच्छी लगती। उसके आँख मारने, उँगलियाँ छू लेने या कलाई पकड़ लेने पर राजकुमारी हलके से हँस देती और दुकान के बाहर भाग आती। दुकान और घर एक ही इमारत में होने के कारण शंकर के लड़के का साहस इससे ज्यादा बढ़ने का होता भी नहीं। बाहर पार्क या सिनेमाहाल में मिलने के उसके प्रस्ताव को चाहते हुए भी स्वीकार करने का साहस राजकुमारी नहीं जुटा सकी थी। बाद में धीरे-धीरे उसकी दिलचस्पी राजकुमारी में से खत्म हो गई थी। मोहल्ले में और न जाने कितनी लड़कियाँ राजकुमारी की जगह लेने को तैयार हो गई थीं और चूँकि मोहल्ले के अधिकांश घर भी शंकर के कर्ज से डूबे थे लिहाजा उसने दूसरी लड़कियों में दिलचस्पी लेनी शुरू कर दी थी।

शंकर अपनी दुकान में तख्ते पर रजाई ओढ़े बैठा था। दरअसल उसके घर के बाहर वाला कमरा ही उसकी दुकान थी जिसमें वह रोजमर्रा के जरूरत की हर चीज रखता था। दुकान का एक पल्ला खुला था और अन्दर एक मद्धिम-सी लालटेन जल रही थी। राजकुमारी खुले पल्ले से अन्दर घुसी। शंकर शायद ऊँघ रहा था। उसने दो-एक बार आँखें मिचमिचाईं और चैतन्य होकर राजकुमारी को देखने लगा। उसकी आँखों में राजकुंमारी को देखते ही चमक आ गई। उसकी यही चमक राजकुमारी के मन में भय और घृणा उत्पन्न करती थी। घर के अन्दर से कोई आवाज नहीं आ रही थी। लगता था, सभी या तो कहीं बाहर गए हुए हैं या फिर सो गए हैं। राजकुमारी की घबराहट बढ़ गई। उसने बड़ी मुश्किल से टमाटर की टोकरी की तरफ इशारा किया और उसके मुँह से एक पाव निकला। टमाटर तौलते समय भी शंकर की आँखों में वही चमक थी। उसका ध्यान टमाटर तौलने पर कम था और राजकुमारी के बदन के उतार-चढ़ाव पर ज्यादा। उसने कमोबेश जैसा हुआ टमाटर तौलकर तराजू का पलड़ा राजकुमारी की तरफ बढ़ाया। राजकुमारी झोला लाना भूल गई थी। उसने हड़बड़ाकर अपनी साड़ी का पल्लू आगे कर दिया। शंकर ने बाएँ हाथ से तराजू के टमाटर उसके पल्लू में गिराए और उसका दाहिना हाथ अचानक राजकुमारी की छाती पर पहुँच गया। राजकुमारी एकदम से चिहुँक कर पीछे हटी। उसके पल्लू से टमाटर गिरते-गिरते बचे। शंकर ने एकदम से रजाई पीछे फेंकी और उसके ऊपर झपटने की कोशिश की लेकिन तब तक राजकुमारी सँभल चुकी थी। शंकर की पकड़ में आने के पहले ही वह खुले पल्ले से बाहर निकल भागी। बाहर सड़क पर भी लगभग बीस गज उसने दौड़कर तय किया। चारों तरफ सन्नाटा था, इसलिए किसी ने देखा नहीं लेकिन फिर भी कोई देख न ले, इस भय से राजकुमारी के पाँव जकड़ गए। उसने रुककर

अपने अस्त-व्यस्त कपड़े ठीक किए, अपनी तेज चलती साँस को काबू में करने की कोशिश की और लम्बे-लम्बे डग भरते हुए रास्ता तय कर लिया।

मुंशीजी, लगता है उसी को तलाश रहे थे क्योंकि जब वह पहुँची तो वे रसोई में झाँककर वापस आ रहे थे। उसे आता देखकर, ठिठक कर खड़े हो गए। उनके चेहरे पर दोपहर वाला भाव क्षण-भर को आया लेकिन इसी बीच में राजकुमारी ने टमाटर हाथ में ले लिए थे। टमाटर उसके हाथों में देखकर उनका चेहरा कोमल हो गया और वे अन्दर चले गए। राजकुमारी ने खिचड़ी को छूकर देखा, ठंडी हो गई थी। अँगीठी अभी बुझी नहीं थी, उसने फिर से खिचड़ी उस पर चढ़ा दी। इसी बीच उसने मूली और टमाटर धोकर सलाद काट डाला। शंकर वाला प्रसंग हालाँकि ताजा था लेकिन उसके प्रभाव से वह काफी हद तक मुक्त हो गई थी। इतनी बार उसे इस तरह का अनुभव हुआ है कि ज्यादा देर तक अब उसके दिमाग पर तनाव नहीं रहता। खिचड़ी उतार कर उसने थालियों में परोसा, कटोरियों में दही निकाली और थालियों के एक किनारे सलाद लगा दी। फिर वह उठकर बाहर गई और विनोद को बुला लाई। हालाँकि विनोद अभी भी अनमना था लेकिन इस बार राजकुमारी धृष्टता पर उतारू हो गई और विनोद को उसकी तरफ देखकर उठना ही पड़ा। विनोद पहले पानी ले गया। कमरे में एक मेज पड़ी थी जिसे पहले वह पढ़ने के लिए इस्तेमाल करता था, बाद में वह सामान और गन्दे कपड़े वगैरह रखने का स्टैंड बन गई थी। मुंशीजी ने तब तक सब सामान उतारकर कोने में पड़ी चारपाई पर डाल दिया। विनोद ने उसी पर थालियाँ लगा दीं और तीनों लोग अपनी-अपनी कुर्सियाँ खींच कर खाने लगे।

राजकुमारी बाहर खम्भे की ओट में खड़ी हो गई। इस बार सामने त्रिवेणी दिखाई दे रहा था। मुंशीजी ने खिचड़ी बनने की कुछ सफाई देनी चाही लेकिन त्रिवेणी के कुछ औपचारिक शब्दों ने उनका बोलना बन्द कर दिया। राजकुमारी चुपचाप त्रिवेणी का खाना देखती रही। त्रिवेणी उसका बालसखा था। तहसीलदार साहब की कोठी के पिछवाड़े, आम के बगीचे में, उसके साथ बिताए क्षण उसे अभी तक याद हैं। वर्षों बाद त्रिवेणी ने जब फिर से मुंशीजी के घर आना शुरू किया तो झिझक की एक अनचाही दीवार दोनों के बीच आ गई थी। दोनों की नजरें एक-दूसरे से मिलतीं और झुक जातीं। पता नहीं क्या था कि चाहते हुए भी वे एक-दूसरे से बात नहीं कर पाते। जिस दिन त्रिवेणी घर आता, राजकुमारी के सपनों के राजकुमार की शक्ल उससे मिलने लगती। त्रिवेणी ने उसे कभी नहीं बताया लेकिन उसे पता है कि त्रिवेणी की शादी हो चुकी है और उसके बच्चे भी हैं। इसके बावजूद त्रिवेणी उसके सपनों में सबसे ज्यादा टिकने वाला राजकुमार रहा है और रहेगा। मुंशीजी खाना खत्म करके उठ गए थे और हाथ धोने बाहर की तरफ आ रहे थे। राजकुमारी तेजी से अन्दर रसोई की तरफ सरक गई।

तीनों ने बाहर आँगन में बारी-बारी से हाथ धोए। विनोद थालियाँ उठाकर बाहर

रख गया। थोड़ी देर तक और वे कमरे में बैठे और उसके बाद त्रिवेणी उठकर बाहर जाने लगा। शायद मुंशीजी ने कहा था, विनोद त्रिवेणी को छोड़ने के लिए उसके साथ-साथ बाहर निकल आया। मुंशीजी वापस कमरे में आकर चारपाई पर लेट गए। शायद बुरी तरह से थक गए थे। सबेरे से ही दौड़ रहे थे। राजकुमारी ने झाँककर अन्दर देखा, वे एक हाथ आँखों पर रखे रोशनी से बचने का प्रयास करते हुए लेटे थे।

राजकुमारी ने पतीली में झाँककर देखा। थोड़ी-सी खिचड़ी और बची थी। उसने उसे ढँककर एक तरफ रख दिया। पप्पू आएगा तो खा लेगा। खुद टमाटर के बचे-खुचे टुकड़ों में से एकाध खाकर उठ गई। अच्छा हुआ किसी ने कुछ माँगा नहीं। वैसे मुंशीजी और विनोद तो माँगते नहीं। त्रिवेणी भी कुछ माँग न बैठे शायद इसीलिए मुंशीजी जल्दी-जल्दी खाकर उठ गए थे। त्रिवेणी के खाना खत्म करने की प्रतीक्षा किए बिना ही वे बाहर हाथ धोने निकल आए थे।

खत्म हुआ दिन राजकुमारी के लिए कितना मायने रखता था। विनोद को नौकरी मिलने की बात पूरे परिवार के लिए महत्वपूर्ण थी और जिस्म का अनुभव उसके अपने लिए। विनोद को नौकरी में ऐसी बहुत-सी संभावनाएँ थीं, जिनके बारे में पूरी रात सोचा जा सकता था पर राजकुमारी तन और मन दोनों से बुरी तरह थक चुकी थी इसलिए अब कुछ भी न सोचकर चुपचाप लेटना चाहती थी। लेकिन पप्पू अभी नहीं आया था इसलिए सोना निरर्थक था क्योंकि उसके लिए फिर से दरवाजा खोलने के लिए जगना पड़ता और सोते में से जगने से उसे बड़ी चिढ़ होती थी। इसलिए वह सिर्फ लेटना चाहती थी। लेटे-लेटे वह पप्पू का इंतजार करने लगी। उसने शाम के अपने अनुभव को महसूस करने की कोशिश की। सब कुछ बड़ा धुँधला-सा लग रहा था। ऐसा लग ही नहीं रहा था कि अभी कुछ ही घंटे पहले वह इतने बड़े अनुभव से होकर गुजरी है। उसने करवट बदली। पप्पू को न जाने क्या हो गया है। लड़का सुबह से न जाने कहाँ मारा-मारा फिरता है। दोपहर में सिर्फ खाना खाने आया था। राजकुमारी का मन पप्पू के लिए उदास हो गया। उसे लगा कि घर के अलग-थलग द्वीपों से बँट जाने के अगर सबसे ज्यादा किसी का नुकसान हुआ है तो पप्पू का। राजकुमारी ने सब कुछ भूल जाने की कोशिश की। इस घर में दुख से छुटकारा पाने का सबसे अच्छा उपाय था, सब कुछ भूल जाना। दिन-भर की थकी राजकुमारी के लिए भूलना इतना मुश्किल भी नहीं था। धीरे-धीरे पप्पू, विनोद, मुंशीजी, त्रिवेणी, सुरेन्द्र सबकी आकृतियाँ एक-दूसरे में गड्ड-मड्ड होकर धुँधली पड़ने लगीं और नींद के खिलाफ संघर्ष करती हुई राजकुमारी ऊँघने लगी।

इस साल का दिसम्बर

जाड़े का कमजोर सूरज अपनी बीमार किरणें रोशनदान और खिड़कियों के अंदर फेंकने की भरपूर कोशिश कर रहा था। उसकी कुछ किरणें विनोद की आँखों से टकराईं। रात विनोद काफी देर से लौटा था इसलिए अभी उठने का उसका बिलकुल मन नहीं था। उसे पता था कि उसे उठाने के लिए मुंशीजी रोज उठते ही खिड़कियाँ खोल देते हैं। उसका पलँग कमरे में ऐसे कोण पर है, जहाँ सूरज की किरणें सीधे उसकी आँखों से आकर भिड़ जाती हैं और थोड़ी देर कसमसाने, कंबल से मुँह ढकने के बावजूद उसे उठना पड़ता है। पहले की तरह मुंशीजी देर तक सोने के लिए उसे न तो अब डाँटते हैं और न ही उपदेशों का लंबा सिलसिला शुरू करते हैं। उसने आँखों को बंद किए-किए ही महसूस किया कि दूसरे कोने पर मुंशीजी की चारपाई खाली पड़ी होगी। उन्होंने बिस्तर लपेट कर सिरहाने रख दिया होगा और खुद दुछत्ती पर धूप में उकड़ूँ बैठे सुबह का अखबार पढ़ रहे होंगे। थोड़ी देर बाद वे किसी ईंट के टुकड़े से अखबार दबाकर उठ जाएँगे और पाखाने चले जाएँगे। तब विनोद उठेगा। सीधा अखबार के पास जाकर वह भी उकड़ूँ बैठ जाएगा। अखबार में ज्यादा कुछ उसकी दिलचस्पी का नहीं रहता। उसे सिर्फ विज्ञापनों से मतलब है। वह रिक्त स्थान वाले कॉलमों पर उँगलियाँ दौड़ाता रहेगा। तबीयत उचाट होने पर सिनेमा के विज्ञापन देखने लगेगा। थोड़ी देर बाद फिर निगाहें वापस रिक्त स्थानों वाले कॉलमों में पहुँच जाएँगी। अकसर उसे अपने मतलब की कोई चीज नहीं मिलती। किसी-किसी दिन मिल जाती है तो चुपचाप ब्लेड से उतना हिस्सा काटकर जेब में रख लेता है।

उसने लेटे-लेटे मुंशीजी के बाहर चलने की आहट सुनी। आँखें खोलकर चारों ओर देखा। काफी धूप कमरे में आ चुकी थी, बाँहें पीछे को फैलाकर उसने अँगड़ाई ली और धीरे-धीरे कंबल नीचे उतारकर वह उठ खड़ा हुआ। एक बार उसने सोचा कि बिस्तर लपेट दे लेकिन फिर अलसाकर बाहर निकल आया। सामने पत्थर के टुकड़े से दबा अखबार पड़ा था। अखबार देखकर अब उसे उत्सुकता नहीं होती। एक जैसे रुटीन निभाने की ऊब का भाव उसके मन में उत्पन्न हुआ, लेकिन इस रुटीन से कोई छुटकारा भी तो नहीं था। ज्यादा-से-ज्यादा यह हो सकता है कि वह

यहाँ पढ़ने की जगह अखबार उठाकर ऊपर छत पर ले जाए और आराम से धूप में पसरकर पढ़े। उसने यही किया।

छत पर उसने एक साफ-सुथरी जगह चुनी जहाँ पर पर्याप्त धूप आ रही थी। वह दीवार से टेक लगाकर बैठ गया। सबसे पहले उसने दूसरा पन्ना खोला। वांटेड कॉलम पर एक सरसरी निगाह डाली। मतलब की कोई खास चीज नहीं थी। कुछ जगहें ऐसी थीं, जिनके लिए वह ओवरएज हो चुका था, कुछ के लिए अनुभव की जरूरत थी, कुछ में जमानत माँगी गई थी और कुछ उन प्रतियोगिता परीक्षाओं की सूचनाएँ थीं जहाँ पचास-साठ रुपए के पोस्टल ऑर्डर परीक्षा फॉर्म के साथ भेजने थे। इनमें से किसी के बारे में माथापच्ची करना बेकार था। हाँ, एक जनरल स्टोर में सेल्समैन की जगह खाली थी। उसने दुकान का पता ध्यान से पढ़ा, पास ही के किसी मोहल्ले की थी। थोड़ा उत्साहित हुआ लेकिन उसका उत्साह ज्यादा देर नहीं टिका। हालाँकि विज्ञापन में कहीं नहीं लिखा था लेकिन अनुभव से वह जानता था कि मालिक नौकरी देने के पहले नगद जमानत की माँग करेगा और जमानत दे पाना मुंशीजी के लिए एक तरह से असंभव ही होगा। फिर भी एक सादे कागज पर प्रार्थना-पत्र भेजने में लगता ही क्या है? उस मुहल्ले में मुंशीजी के पढ़ाए कुछ लोग जरूर निकल आएँगे। क्या पता काम बन ही जाए। उसने दुकान का नाम ध्यान से पढ़ा और अपने मन में बिठाने की कोशिश की। आज शाम को ही वह मुंशीजी से इस विषय में बात करेगा। उसने दूसरा पन्ना पलटा, एकाध हत्या और बलात्कार की खबरों से गुजरते हुए फिल्मी कॉलम तक पहुँच गया।

एक छोटा-सा कंकड़ आकर उसके अखबार पर गिरा। थोड़ा-सा अखबार फट गया। गुस्से से मुँह फुलाए वह नीचे ही ताकता रहा। जानता था कि दोनों छतों की विभाजक दीवार के उस पार बिन्नी खड़ी, कमर पर हाथ रखे शरारत से मुस्कुरा रही होगी। बिना नजरें उठाए वह कल्पना करता रहा लेकिन जानता था कि ज्यादा देर तक इस स्थिति में रह पाना संभव नहीं था। अगर वह एक बार भर नजर बिन्नी की तरफ नहीं देखेगा तो अभी वह ठुमकती हुई सीढ़ियों से नीचे उतर जाएगी और फिर मुंशीजी से पढ़ते समय लगातार उसे परेशान करेगी। मुंशीजी उसे आँगन में बैठकर पढ़ाते हैं। खुद पीढ़े पर बैठकर दाढ़ी बनाने जैसे छोटे-मोटे काम करते रहते हैं और सामने दरी पर बैठी बिन्नी पढ़ती रहती है। कभी-कभी राजकुमारी भी आकर उसके पास बैठ जाती है। जिस दिन वह बिन्नी की उपेक्षा कर देता है, उस दिन वह मुंशीजी के सामने उसे रुआँसा बना देती है। छोटे से घर में विनोद को बार-बार किसी-न-किसी काम से उधर से गुजरना पड़ता है और मुंशीजी की नजरें बचाकर बिन्नी ऐसी-ऐसी शरारतें करती है कि विनोद को कहीं आड़ में खड़े होकर, बिन्नी को हाथ जोड़कर माफ करने का इशारा करना पड़ता है। किसी दिन अगर मुंशीजी ने देख लिया तो विनोद के लिए डूब मरने जैसी बात हो जाएगी। शरारती बिन्नी कभी-कभी तो अपने पास बैठी

राजकुमारी की भी परवाह नहीं करती। राजकुमारी अनजान बनकर दूसरी तरफ देखने लगती है। विनोद ने हार मान ली और चुपचाप नजरें उठाकर बिन्नी की तरफ देखा। दोनों की नजरें मिलीं। बिन्नी से नजरें मिलने पर अब पहले जैसी सनसनाहट का अनुभव उसे नहीं होता। धीरे-धीरे उसने अपनी नजरें झुका लीं और अखबार के पन्नों पर उन्हे निरर्थक दौड़ाने लगा। बिन्नी चली गई। उसके लिए इतना ही काफी था।

इधर कुछ दिनों से विनोद ने अनुभव किया है कि बिन्नी और उसका रिश्ता भी बीच-बीच में गड़बड़ा जाता है। मुंशीजी और बड़े बाबू के परिवार पिछले कई सालों से पड़ोसी हैं। दोनों घरों की छतें मिली हुई हैं। दोनों छतों के बीच में केवल एक दीवार है। विनोद ने बिन्नी को तब से देखना शुरू किया है जब वह केवल फ्राक पहनती थी। पिछले दो-तीन सालों में अचानक वह बड़ी हो गई है। फ्राक से सलवार-कुर्ते में आते-आते उसमें बहुत से परिवर्तन हुए हैं। अचानक उसने विनोद को भैया कहना छोड़ दिया था और उससे नजरें चुराने लगी थी। शुरू-शुरू में विनोद को भी बड़ा मजा आता। जब कभी ऊपर छत से बिन्नी के बोलने की आवाज आती, वह किसी-न-किसी बहाने ऊपर पहुँच जाता। बिन्नी राजकुमारी से मिलने अगर उनके घर आती तो वह किसी-न-किसी बहाने उसके इर्द-गिर्द मँडराता रहता। बाद में खतों का आदान-प्रदान भी शुरू हो गया। अकसर छत पर एकांत अँधेरे में दोनों एक-दूसरे से मिल लेते। विनोद चाहकर भी ज्यादा आगे नहीं बढ़ पाता क्योंकि बिन्नी के सर पर सवार संस्कारों का बोझ उसे ज्यादा कुछ करने की इजाजत नहीं देता। शुरू में सब कुछ ठीक-ठाक चल रहा था। विनोद जानता था कि उन दोनों में प्रेम-प्रसंग में कोई फिल्मी मोड़ नहीं आनेवाला था। सभी कुछ सीधे-सादे ढंग से खत्म हो जाएगा। दोनों परिवार सजातीय थे। बड़े बाबू की आर्थिक स्थिति कुछ अच्छी जरूर थी लेकिन दो साल में वे रिटायर होनेवाले थे, इस तरह जल्दी ही मुंशीजी की श्रेणी में आनेवाले थे। बिन्नी के लिए दहेज जुटाना उनके लिए भी कोई छोटी समस्या नहीं थी। शायद इसीलिए बिन्नी साल-दर-साल बढ़ती चली जा रही थी और अभी तक बड़े बाबू कहीं उसकी शादी तय नहीं कर पाए थे। विनोद के लिए यह अच्छा ही था। बस उसे नौकरी मिलनी थी और फिर बड़े बाबू को तैयार कर पाना कोई मुश्किल काम नहीं था। लेकिन इसी नौकरी ने ही तो उसके और बिन्नी के सम्बन्धों में गड़बड़ शुरू कर दी थी। हालाँकि यह गड़बड़ी सिर्फ उसके स्तर पर थी, बिन्नी को इससे कोई सरोकार नहीं था।

नौकरी ने दरअसल उसके और बिन्नी के ही नहीं बल्कि उसके और बाहरी दुनिया के हर रिश्ते को गड़बड़ा दिया है। नौकरी की तलाश और लगातार मिल रही असफलता ने उसे आत्मनिर्वासन की ऐसी अंधी सुरंग में पहुँचा दिया है जिसमें भटकते-भटकते वह पूरी तरह से टूट गया है। अब तो किसी परिचित से बात करने भर का आत्मविश्वास भी उसके पास नहीं बचा है। मुंशीजी से बात करते हुए तो

लगता है कि वह रो पड़ेगा। शायद इसीलिए मुंशीजी भी उससे बात नहीं करते। हर तरफ से उपेक्षित महसूस करके वह केवल एक प्राणी को दुख दे सकता है तथा इसका क्रूर आनंद भी उठा सकता है और वह प्राणी है बिन्नी। गुस्से और अपमान में भरा वह बिन्नी से सारे संबंध तोड़ने का फैसला कर लेता है और फिर कई-कई दिन तक उसके सामने नहीं पड़ता। उसे पता है कि बिन्नी को किस कदर आहत कर रहा है लेकिन फिर तीन-चार दिन बाद उसके स्कूल जाने के रास्ते पर या छत पर खड़े होकर उससे आँखें मिलाकर उसे खुश कर देता है। बिन्नी के लिए यही सबसे बड़ी खुशी थी। पिछले कई महीनों से न तो उसने बिन्नी के किसी खत का जवाब दिया था और न ही उससे एकांत अँधेरे में छत के किसी कोने में मिला। उसने मिलने में भी उसे यही डर सताता था कि कहीं हीनता-बोध से ग्रसित उसका मन रो न पड़े। हालाँकि उसे पता था कि दुनिया में किसी के सामने अगर वह रोएगा तो वह बिन्नी ही होगी क्योंकि केवल वही उसका दुख समझकर सहानुभूति दे सकती है। लेकिन इन सबके बावजूद अब अपने और बिन्नी के रिश्तों को पारिभाषित करना उसके लिए किस कदर मुश्किल हो गया था।

बिन्नी चली गई थी। अखबार में कुछ भी शेष नहीं था फिर भी विनोद बैठा रहा। जाड़े की सुबह धूप काफी गुनगुनी लग रही थी और उठने का बिलकुल मन नहीं कर रहा था। उसने अखबार एक तरफ हटा दिया और टाँगें पसार कर सीधी कर लीं। धीरे-धीरे अपने आप उसकी आँखें मुँद गईं। करने को कुछ था नहीं और पूरा दिन सामने पड़ा था। धूप ने हलके-हलके उसके बदन को गर्माना शुरू कर दिया। सुबह उठते समय ठंड से सिकुड़ी उसकी उँगलियाँ धीरे-धीरे फैलने लगीं। धूप की गर्माहट ने बजाय आलस को दूर करने के और बढ़ा दिया। उसे पता नहीं चला और वह ऊँघने लगा। उसकी नींद नीचे किसी बर्तन गिरने की आवाज से टूटी। शायद राजकुमारी के हाथ से कोई बर्तन गिरकर टूट गया था। आवाज की कँपकँपाती लहरें पूरे घर में फैलीं और फिर धीरे-धीरे खामोशी की झील में डूब गईं। कितना अजीब था कि मुंशीजी नीचे मौजूद थे और एक बार भी उनकी ऊँची आवाज नहीं उभरी। हलके से 'क्या टूटा' जैसा कुछ सुनाई दिया फिर सब कुछ यथावत् हो गया। उन दिनों जब आर्थिक अभाव का इतना जबर्दस्त दबाव नहीं था तब भी ऐसा कभी नहीं हुआ था कि कोई चीज टूटी हो और मुंशीजी ने आसमान सिर पर न उठा लिया हो। वह धीरे से उठा, अखबार उठाया और मुँडेर से झाँककर देखा, आँगन में अपराध-बोध से दबी राजकुमारी शीशे की किरचें बटोर रही थी। कोई गिलास टूटा था। मुंशीजी बरामदे के एक खंभे से सिर टिकाए शेव कर रहे थे। अभी तक बिन्नी पढ़ने नहीं आई थी। आँगन में नल के नीचे पप्पू मिट्टी से अपने हाथ धो रहा था। अगर नल से पानी की आवाज न आती तो शायद पता ही नहीं चलता कि इस घर में कुछ जिंदा प्राणी भी हैं या मुंशीजी, राजकुमारी और विनोद जिस छत के नीचे-ऊपर बैठे हैं, वह घर है।

घर की याद आते ही विनोद का मन कड़ुआहट से भर गया। कितना दुखद है, एक भरे-पूरे घर का नदी के अलग-थलग एक-दूसरे के कटे द्वीपों में तब्दील हो जाना। संवादहीनता की जैसी जड़ नदी इन द्वीपों के मध्य से होकर गुजरती थी, उसकी याद मात्र से ही विनोद के अंदर का बहुत कुछ पिघलने लगता है। आखिर कैसे हो गया यह सब? क्यों घर के सदस्य एक-दूसरे से कटते-कटते, एक-दूसरे से इतने दूर हो गए कि अब उनके मध्य किसी तरह का संवाद संभव ही नहीं रह गया है? घर क्या महज चार दीवारों और छत से बनता है ऐसी छत और दीवारें जिनके घेरे में आते ही सबका दम घुटने लगता है। घर की यह हालत पिछले तीन-चार सालों से ही हुई थी। पता नहीं इसके पीछे माँ की मृत्यु थी, विनोद की बेकारी थी, राजकुमारी की शादी न हो पाना था या रिटायरमेंट के बाद बढ़ी हुई मुंशीजी की आर्थिक कठिनाइयाँ थीं। कुछ था जिसने घर की सारी इंसानी गर्माहट छीन ली थी और शेष रह गया था केवल ठंडी और अनिवार्य औपचारिकता का लंबा सिलसिला। विनोद को पता था कि बाहर मोहल्ले के लड़के राजकुमारी को लेकर क्या-क्या बातें करते हैं। पहले वह इन बातों को सुनकर छटपटा जाता था। किसी ने उसके सामने नहीं कहा, नहीं तो वह लड़ भी जाता। अब तो अगर उसके पहुँचने पर सीताराम की दुकान पर मोहल्ले के किशोर लड़के एक-दूसरे की तरफ देखकर मुस्कुराने लगते हैं या फुसफुसाकर खिलखिला उठते हैं तो वह सिर्फ आहत खामोशी के साथ चुपचाप चाय सुड़कने लगता है या अखबार में अपना सिर झुका देता है। पप्पू के बारे में भी उसे जो कुछ जानकारी मिलती रहती है, वह कोई बहुत सुखद नहीं है। उसकी तरफ ध्यान देने की किसी को फुर्सत ही नहीं है। मुंशीजी को जाने क्या हो गया है, कभी भूल से भी पप्पू की पढ़ाई-लिखाई के बारे में नहीं पूछते। उन्हें नहीं पता लेकिन विनोद को पता है कि पिछले साल पप्पू ने इम्तहान नहीं दिया, इम्तहान की फीस पता नहीं कहाँ उड़ा गया। रिजल्ट निकलने पर मुंशीजी ने मान लिया था कि वह फेल हो गया है। वह खुद कितना उसके बारे में जानने की कोशिश करता है। सड़क या गली में उससे मुलाकात होने पर किस तरह मुँह उठाए सीधे चलता चला जाता है। आज तक कभी उसने उसे पढ़ाने या सुधारने की कोशिश की? उससे बड़ी उम्र वाले, लफंगे दोस्तों के बारे में जानते हुए भी कभी उसे उनके साथ जाने से रोकने की कोशिश की? उन लड़कों के साथ वह किन अनुभवों से होकर गुजर रहा है, इसे भी विनोद अच्छी तरह से जानता है। एक बार तो गली के अँधेरे कोने में उसने एक लड़के के साथ उसे पकड़ लिया था लेकिन बिना कुछ कहे मुँह चुराकर चला आया। विनोद का मन अपराध-बोध से भर उठा। इस टूटते हुए घर के लिए उसकी क्या कोई जिम्मेदारी नहीं है? शायद उसकी नौकरी से हालत कुछ सुधरे। इस घर की दरकती हुई दीवारें कुछ मजबूती पा जाएँ, राजकुमारी की शादी हो जाए, पप्पू मन से पढ़ने लगे और मुंशीजी एक बार फिर छड़ी उठाए सुबह-शाम रिटायर बूढ़ों के साथ टहलने लगें।

कुछ देर के लिए विनोद ने आश्वस्त महसूस किया लेकिन जल्दी ही उसका मन क्षोभ और गुस्से से भर उठा। क्यों करेगा वह कुछ भी इस अभिशप्त घर के लिए जिसने आज तक उसे आत्मनिर्वासन, जलालत और दुख के सिवा और कुछ नहीं दिया। वह नौकरी मिलते ही यहाँ से दूर भाग जाएगा। वह जानता था कि उसे कोई अच्छी तनख्वाह वाली नौकरी तो मिलेगी नहीं। कम वेतन की नौकरी इस घर को मजबूती तो क्या प्रदान करेगी, उलटे उसकी नई जिंदगी को भी लोना लगा देगी। उसकी नई जिंदगी का मतलब उसकी और बिन्नी की नई जिंदगी से था। वह नहीं चाहता कि बिन्नी भी राजकुमारी की तरह अभाव और अपमान की जिंदगी जिए। नौकरी मिलते ही वह बड़े बाबू से शादी की बातें करेगा। शादी होते ही वह बिन्नी को लेकर अलग हो जाएगा। इस अभिशप्त घर की छाया भी वह अपनी गृहस्थी पर नहीं पड़ने देगा। न जाने क्यों यह सब सोचते-सोचते वह कमजोर पड़ने लगा। उसे पता है कि इस घर ने आक्टोपस की तरह उसे जकड़ रखा था और इतना आसान नहीं था कि वह इससे छुटकारा पाकर कहीं और जाने का फैसला कर सके। उसके छोड़ने का मतलब था राजकुमारी का फूले हुए पेट के साथ किसी कुएँ में मृत पाया जाना, पप्पू का बंबई या कलकत्ता भाग जाना या मुंशीजी का हमेशा-हमेशा के लिए अपने को किसी कमरे में बंद कर लेना। विनोद के माथे की नसें तड़कने लगती हैं। हर तरह से अपनी और नितांत निजी जिंदगी जीने की संभावनाएँ उसके लिए बंद थीं। उसे इसी आक्टोपस के पंजों में छटपटाना था और इसके पहले कि यह आक्टोपस उसका खून पूरी तरह से निचोड़कर उसे निर्जीव बना डाले, लगातार उसकी भुजाएँ काटने की कोशिश करनी थी।

धीरे-धीरे विनोद छत से नीचे उतर आया था। पप्पू हाथ-मुँह धोकर बाहर जा रहा था। मुंशीजी निर्विकार भाव से खाली नल के नीचे आकर ब्रश धोने लगे थे। उन्होंने शायद पप्पू के बाहर जाने का कोई खास नोटिस नहीं लिया था लेकिन विनोद का एक बार मन हुआ कि उसे रोक दे और पढ़ने के लिए कहे या कम-से-कम बाहर जाने के पहले एक बार चाय पीने के लिए तो कहे ही लेकिन पता नहीं मुंशीजी की उपस्थिति थी या कुछ और, वह चुपचाप पाखाने में घुस गया। जब वह बाहर निकला तो बिन्नी आ चुकी थी और दरी पर बैठकर कुछ पढ़ रही थी। मुंशीजी पास ही खंभे से टिककर बैठे अपनी धोती के छोर से ब्लेड पोंछ रहे थे। बिन्नी के पास से होता हुआ वह सीधे नल के नीचे चला गया और चुपचाप मिट्टी से हाथ धोने लगा। हाथ धोते-धोते सर उठाकर उसने देखा तो बिन्नी एकटक उसकी तरफ देख रही थी। गनीमत थी कि मुंशीजी का ध्यान अभी इस तरफ नहीं गया था। उसने घबराकर अपनी नजरें झुका लीं और काफी देर तक अनावश्यक रूप से हाथ और पैर पर पानी गिराता रहा। फिर नल बंद करके सिर झुकाए वह अपने कमरे में घुस गया। थोड़ी देर में राजकुमारी शीशे के गिलास में चाय लाकर रख गई।

मेज पर पप्पू की एक पाठ्य-पुस्तक पड़ी थी। विनोद ने उसे उठा लिया। वह अनमने भाव से उसके पन्ने उलटता रहा और चाय पीता रहा। चाय खत्म हो गई तो उसने किताब भी बंद कर दी। चाय पीकर वह अपनी चारपाई पर जाकर बैठ गया। उसकी चारपाई कमरे के एक कोने में दरवाजे के पास थी। दूसरे कोने में खिड़कियों के पास मुंशीजी की चारपाई थी। बीच में एक मेज थी जिस पर मुंशीजी का कोट, विनोद की बनियान और पप्पू की पाठ्य-पुस्तकें जैसी चीजें बेतरतीबी से पड़ी हुई थीं। एक तरफ दीवार पर कीलें गड़ी थीं जिन पर उसके और मुंशीजी के कपड़े टँगे थे। पूरे फर्श पर धूल की पर्त जमी हुई थी और दीवारों के कोने पर काफी घने जाले लटक रहे थे। मुंशीजी को जिन चीजों का खब्त था उनमें सफाई भी एक थी। इसी सफाई पर न जाने कितनी बार माँ को डाँट सुननी पड़ती थी और विनोद और राजकुमारी की कुटम्मस होती थी। इस आदत का अब केवल एक अंश मुंशीजी में शेष रह गया था और वह था, सुबह उठते ही अपना बिस्तर लपेटकर रख देना। विनोद, राजकुमारी या पप्पू के मामले में वे कोई हस्तक्षेप नहीं करते थे। धूल की पर्त या जालों से भी उन्हें कोई परेशानी नहीं होती। इन सबके बीच वे चुपचाप लेटे रहते हैं। महीने-पंद्रह दिन में कभी मन करता है तो खुद ही सफाई करने लगते हैं या राजकुमारी से कह देते हैं। कभी-कभी राजकुमारी बिना कहे सफाई कर डालती है। आज विनोद का मन किया कि वह उठे और सारे जाले और धूल साफ कर डाले लेकिन बाहर बिन्नी बैठी थी और उसकी मौजूदगी में बाहर जाकर झाड़ू लगाने में उसे शर्म महसूस हुई। वह चुपचाप चारपाई पर लेटा रहा।

बाहर मुंशीजी बिन्नी से जाने के लिए कह रहे थे। आज पेंशन का दिन था, अतः जल्दी ही खाना खाकर वे घर से निकल जाएँगे। मुंशीजी कपड़े पहनने इस कमरे की तरफ ही आ रहे थे इसलिए विनोद हड़बड़ाकर उठ बैठा और मुंशीजी के अंदर घुसते ही बाहर निकल आया। रसोईघर में बिन्नी राजकुमारी से बात कर रही थी। वह चुपचाप बरामदे में खड़ा रहा। बिन्नी रसोई से बाहर निकली और उसे देखकर मुस्कराई। एक फीकी सी मुस्कराहट उसके चेहरे पर भी आई और वह दूसरी तरफ देखने लगा। बिन्नी चली गई। विनोद की समझ में नहीं आया कि क्या करे। उसके कमरे में मुंशीजी मौजूद थे इसलिए वह पप्पू और राजकुमारी के कमरे में घुस गया।

पप्पू और राजकुमारी सर्दियों में एक ही चारपाई पर सोते हैं क्योंकि उन दोनों के बीच में एक ही रजाई है। पप्पू की चारपाई खाली पड़ी थी। उस पर पप्पू के गंदे कपड़े और कॉपियाँ-किताबें पड़ी हुई थीं। यह कमरा स्टोर का भी काम करता था इसलिए पूरे घर का अगड़म-बगड़म यहाँ इकट्ठा था। फर्श पर धूल की एक पर्त जमा थी और दूसरे कमरे की तरह मकड़ी के जालों से हर कोना अटा पड़ा था। विनोद को राजकुमारी पर गुस्सा आया। जरा सा कमरा नहीं साफ रख सकती। दीवाल पर एक कैलेंडर टँगा था, जिस पर बनी गणेश और लक्ष्मी की तस्वीर धुँधला गई थी और नीचे

तारीखों वाले पन्ने फट चुके थे। यह कैलेंडर पिछले दो-तीन सालों से वहीं टँगा था। राजकुमारी की चारपाई पर बेतरतीब सा बिस्तर बिछा हुआ था और रजाई आधी चारपाई पर और आधी जमीन पर लटक रही थी। विनोद ने पप्पू की चारपाई पर पड़े कपड़े एक तरफ सरकाए और किताबों का तकिया बनाकर लेट गया। उसकी समझ में नहीं आ रहा था कि किया क्या जाए? जब तक वह घर से बाहर नहीं निकल जाता, रोज इसी समस्या से उसे जूझना पड़ता है।

दिन में उसके पास सिर्फ एक ही कार्यक्रम है जो निश्चित है, और वह है एक ट्यूशन जिसके लिए उसे रोज चार बजे शाम को पहुँचना होता है। पहले वह दो ट्यूशन करता था लेकिन अब एक छूट गया है और सिर्फ एक रह गया है। जहाँ वह पढ़ाने जाता है वह जगह भी दूर नहीं है। ज्यादा-से-ज्यादा पंद्रह मिनट पहुँचने में लगता है। अतः पौने चार से पहले का दिन काटना उसके लिए मुसीबत है। इसका एक ही हल उसके पास है – चुपचाप घर से निकल पड़ना और निरुद्देश्य घूमना। दिन का ज्यादा वक्त उसका सीताराम की दुकान पर बीतता था। उसके पुराने दोस्तों में से अब कोई भी खाली नहीं बचा था जिसके साथ वह आराम से घंटा-दो घंटा गप्प लड़ा सकता। पिछले चार-पाँच सालों में सभी कही-न-कहीं व्यस्त हो गए थे। कुछ नौकरियाँ पा गए थे, कुछ ने छोटा-मोटा रोजगार शुरू कर दिया था और कुछ आगे पढ़ने में व्यस्त हो गए थे। उनमें से कोई मिलता भी तो विनोद नजरें बचाकर निकल भागने की कोशिश करता। दरअसल उसे उनसे मिलने में भी शर्म महसूस होती। इसी बीच मुहल्ले के तमाम लड़के बड़े हो गए थे लेकिन उनके साथ भी विनोद का कोई संवाद स्थापित नहीं हो पाता था। उसके परिचितों में अब सीताराम की दुकान पर नियमित रूप से देर तक बैठने वाले कुछ लोग शरीक हो गए थे। इनमें से कुछ उसी की तरह बेरोजगार नौजवान थे, कुछ छोटे-मोटे अपराध करनेवाले नई उम्र के लड़के थे। लेकिन इनमें से किसी के साथ उसका बहुत घनिष्ठ संबंध नहीं बन पाया था। नौजवान लड़कों का एक छोटा झुंड वहाँ अकसर दूसरे-तीसरे दिन इकट्ठा होकर राजनीति पर बहस करता था। उन्हें जोर-शोर से उत्तेजित ढंग से बातें करते देखकर विनोद को मजा आता और वह दिलचस्पी से उनकी बातें सुनने की कोशिश करता। हालाँकि वे लड़के उसे पहचानने लगे थे और उसे देखकर मित्रता से मुस्कुराते भी थे लेकिन वह कभी भी उनकी बहस में शरीक नहीं हो पाता। दो-एक बार इन लड़कों की तलाश में पुलिस भी सीताराम की दुकान में आई थी। सीताराम ने कई बार उन्हें अपनी दुकान पर बैठने से मना भी कर दिया था लेकिन मुहल्ले में और कोई जगह थी नहीं जहाँ वे एक कप चाय पर इतनी देर तक स्वच्छंद बहस कर सकें लिहाजा कुछ दिनों तक टूटे रहने के बाद क्रम फिर जुड़ जाता। एक बार यह क्रम कुछ ज्यादा दिन के लिए टूटा रह गया था जब इन लड़कों में से एक एकाएक गायब हो गया था। बाद में सीताराम ने फुसफुसाते हुए बताया था कि वह कहीं देहात में पुलिस से मुठभेड़ में मारा गया।

काफी दिनों तक इनमें से कोई लड़का मोहल्ले में नहीं दिखाई दिया। आजकल फिर वे लोग सीताराम की दुकान पर दिखाई देने लगे थे।

बगल के कमरे में कुछ खटपट सुनाई देने लगी। शायद मुंशीजी खाना खाने की तैयारी कर रहे हैं। विनोद को समझ में नहीं आ रहा था कि वह क्या करे। मुंशीजी चले जाएँ तो खाना खाकर बाहर निकले या बिना खाए ही निकल जाए और फिर दोपहर में आकर खाना खाए। अभी भूख भी नहीं थी। इसी ऊहापोह में वह कुछ देर खड़ा रहा। फिर चारपाई छोड़कर खड़ा हो गया लेकिन उसका पैंट तो बगलवाले कमरे में था जिसमें मुंशीजी खाना खा रहे थे। वह फिर चारपाई पर लेट गया। लेटे-लेटे वह ऊँघने लगा और फिर पता नहीं कब सो गया।

करीब बारह बजे, दिन में राजकुमारी ने उसे जगाया। आँगन की धूप केवल दरवाजे तक सिमटकर रह गई थी। नल के आसपास का क्षेत्र धूप की परिधि के बाहर निकल गया था। लिहाजा उसने न नहाने का फैसला किया। राजकुमारी से उसनें खाना परोसने को कहा और खुद नल के नीचे हाथ-मुँह धोने चला गया। जाड़े में दिन में सोने से उसका पूरा बदन टूट रहा था। हाथ-मुँह धोकर वह अपने कमरे में आया और चुपचाप खाने का इंतजार करने लगा। राजकुमारी खाने की थाली लेकर आई और मेज पर पड़ी किताबें-कॉपियाँ एक तरफ हटाकर, रख गई। विनोद को एकदम भूख नहीं थी, फिर भी उसे खाना तो खाना ही था। उसने चुपचाप खाना खाया और थाली उठाकर नल के नीचे रख दी। खाना खाते-खाते उसने फैसला कर लिया था कि जिस दुकान के लिए सबेरे सेल्समैन का विज्ञापन उसने पढ़ा था, उस तक हो आएगा। हो सकता है, अभी तक कोई उस विज्ञापन के उत्तर में वहाँ न पहुँचा हो और उसका पहले पहुँचना काम कर जाए। अगर मुंशीजी के चक्कर में पड़ा तो क्या पता कितनी देर हो जाए क्योंकि आजकल मुंशीजी से तो कई-कई दिन तक बात ही नहीं हो पाती है। हाथ धोकर वह कमरे में पहुँचा और एक सादे कागज पर प्रार्थना-पत्र लिखा, फिर कपड़े बदलकर उसने प्रार्थना-पत्र पैंट की जेब में तह करके रखा और घर से बाहर निकल आया। विनोद सीधे उसी दुकान की तरफ जाना चाहता था लेकिन रास्ते में सीताराम की दुकान पर रुक गया। विज्ञापन में कोई निश्चित अवधि प्रार्थना-पत्र देने के लिए निर्धारित नहीं थी। अतः उसे घर पर जो शीघ्रता का भाव महसूस हो रहा था, वह मर गया। सबसे पहले या दूसरे नंबर पर पहुँचकर क्या होगा। नौकरी देते समय मालिक निश्चित रूप से दूसरी बातों को मद्देनजर रखेगा। उसने अपने मन को दिलासा दिया कि शाम को उधर ही ट्यूशन पढ़ाने जाना है, लौटते समय देता आएगा। दरअसल वह शुरू से ही शर्मीला रहा है और पिछले कुछ दिनों से तो यह शर्मीलापन आत्मविश्वास हीनता से जुड़कर, उसे कुछ ज्यादा ही परेशानी में डालने लगा है। कई बार ऐसा हुआ कि वह जेब में प्रार्थना-पत्र डाले किसी दुकान या मकान के चारों तरफ घूमा है और फिर कागज जेब में ही रखे चुपचाप वापस चला आया है।

दिन का वक्त होने के कारण सीताराम की दुकान पर नियमित बैठनेवालों में से कोई नहीं दिखाई दे रहा था। वैसे भी दुकान कुछ ज्यादा खाली नजर आ रही थी। सीताराम एक किनारे पर बैठा ऊँघ रहा था। लड़का भी सबेरे से काम करते-करते थक गया लगता था। विनोद के मन में आया कि चलकर सीताराम के पास बैठकर बतियाए लेकिन फिर कुछ सोचकर रुक गया। पिछले दो महीनों से उसने सीताराम के पैसे नहीं चुकाए थे। हालाँकि उसे पता था कि सीताराम कुछ कहेगा नहीं, फिर भी उसे खुद झिझक लग रही थी। पिछले महीने उसका दूसरा ट्यूशन छूट गया था और जाड़े की तैयारी में उसने फुटपाथ पर तिब्बती से आधी बाँह का एक स्वेटर खरीद लिया था, इसलिए उसका हिसाब गड़बड़ हो गया था नहीं तो सीताराम का बकाया हमेशा समय से चुका देता था। सीताराम भी इसे जानता है, इसी कारण किसी महीने में देर हो जाने पर कुछ कहता नहीं। पर उसके न कहने पर भी विनोद को उसका हिसाब बोझ लगता है। वह दुकान के भीतर न जाकर बाहर पड़ी एक बेंच पर बैठ गया। अखबार का एक पेज हवा से उड़कर जमीन पर गिर गया था, उसने उसे उठाकर पढ़ने की कोशिश की। जल्दी ही उसका ध्यान अखबार पर से उचट गया और वह सामने देखने लगा। उसकी गली और शंकर की दुकान सामने दिखाई दे रही थी। अचानक उसने देखा राजकुमारी गली से निकलकर शंकर की दुकान की तरफ जा रही थी। उसका मन शर्म और क्षोभ से भर गया। कुछ न कर पाने के एहसास से वह तिलमिलाने लगा। मोहल्ले में शंकर ही एक ऐसा प्राणी था जिससे विनोद सबसे ज्यादा चिढ़ता था। कई बार ऐसा हुआ है कि सीताराम की चाय की दुकान पर बैठे-बैठे उसने राजकुमारी को उसकी दुकान में सौदा लेने जाते देखा था। अगर कभी भी राजकुमारी को बाहर निकलने में देर होती तो वहाँ बैठे-बैठे उसके माथे की नसें तड़कने लगतीं। उसे लगता कि दुकान पर बैठा हर आदमी शंकर की दुकान की तरफ देख रहा है और राजकुमारी के अंदर घुसने और बाहर निकलने के समय के अंतर को अर्थपूर्ण ढंग से ले रहा है। उसे मुंशीजी पर गुस्सा आता है कि आखिर क्यों राजकुमारी को सौदा लाने शंकर की दुकान पर भेजते हैं, उससे या पप्पू से क्यों नहीं कहते लेकिन यह गुस्सा क्षणिक आवेश की तरह दब जाता था क्योंकि उसे पता है कि शंकर उसे या पप्पू को उधार कभी नहीं देगा। शंकर का लड़का कार्तिकेय विनोद का सहपाठी रह चुका है लेकिन दोनों के बीच भी कोई खास संबंध नहीं रहा है और अब तो पिछले दिनों से दुआ-सलाम जैसा रिश्ता भी नहीं है। जिस तरह मुहल्ले के और सारे परिवार उसके चंगुल में थे, उसी तरह विनोद का परिवार भी था। सभी लोग जानते-बूझते उससे लुट रहे थे। केवल एक बार वर्मा बाबू ने उसकी लूट का विरोध करने की कोशिश की थी। लेकिन शंकर और कार्तिकेय ने उन्हें बुरी तरह जलील किया था। यहीं सीताराम की दुकान पर बैठे-बैठे उसने वह सब देखा था। वर्मा बाबू का लड़का उसका और कार्तिकेय का सहपाठी रह चुका था, इसलिए उससे उसे यह उम्मीद नहीं थी लेकिन

वह तो अपने बाप से भी आगे बढ़कर, अपने कुर्ते की बाँहें चढ़ाकर उन्हें गालियाँ देता रहा। मोहल्ले के लड़के कई दिनों तक उम्मीद करते रहे कि वर्मा बाबू का लड़का शायद विश्वविद्यालय से कुछ लड़कों को लाकर इसका बदला ले, लेकिन कई दिनों तक कुछ नहीं हुआ तो वे निराश हो गए। अगर किसी दिन शंकर या कार्तिकेय मुंशीजी को दुकान से धकेलकर गाली देने लगे तो विनोद क्या करेगा? इस प्रश्न से विनोद को हमेशा घबराहट होती है। उसने झेंपकर इधर-उधर देखा, किसी ने उसके मन का प्रश्न पढ़ा तो नहीं, लोग चाय पीने या अखबार पढ़ने में व्यस्त थे। उसने आश्वस्त महसूस किया। ज्यादा आश्वस्ति उसे तब महसूस हुई जब उसने राजकुमारी को शंकर की दुकान से निकलकर घर की तरफ वापस जाते देखा।

इसी बीच में लड़का उसके सामने चाय का प्याला रख गया था। वह आँखों में खालीपन का भाव लिए चाय का प्याला देखता रहा फिर धीरे-धीरे चाय पीने लगा। चाय ठंडी और बेस्वाद थी। पता नहीं ऐसा उसे लग रहा था या काफी देर से रखे रहने के कारण चाय सचमुच ऐसी हो गई थी। वह चुपचाप चाय पीता रहा। चाय जल्दी ही खत्म हो गई। अभी उसे पास करीब तीन घंटे बचे थे। तीन घंटे वह आराम से सीताराम की दुकान पर बिता सकता था, लेकिन दुकान पर सभी अपरिचित चेहरे थे और दिन में सोने से उसके चेहरे पर ऊब और उदासी की स्पष्ट पर्त झलक रही थी। वह दुकान से निरुद्देश्य उठ खड़ा हुआ। सीताराम की दुकान के ठीक सामने पार्क था। जहाँ जाड़े की धूप सेंकने को मोहल्ले के कुछ रिटायर्ड लोग और कुछ लड़के इधर-उधर बैठे थे। वह भी थोड़ी देर पार्क में बैठेगा। पार्क की रेलिंग से लगकर वह खड़ा हो गया। अचानक पार्क में बैठने का इरादा उसने बदल दिया। सामनेवाले कोने में पप्पू लेटा हुआ था। उसके इर्द-गिर्द कुछ बड़ी उम्र के लड़के बैठे हुए ताश खेल रहे थे। लगता है, पप्पू ताश खेलते-खेलते सो गया था। उसके साथवाले उससे उम्र में इतने बड़े लग रहे थे कि पप्पू उनके साथ इस समय काफी असहज-सा लग रहा था। विनोद ने गौर से उन लड़कों को देखा। उनमें से किसी का नाम वह नहीं जानता लेकिन अकसर उनके चेहरे मोहल्ले में दिखाई देते हैं। जरूर वे मोहल्ले के या आसपास के ही होंगे। किसी का चेहरा विनोद को अच्छा नहीं लगा। लेटे हुए पप्पू ने सीधी आँखों में पड़ रही किरणों से बचने के लिए अपनी बाँहें आँखों पर रख ली थीं, इससे उसका चेहरा छुप गया था। विनोद को उस पर तरस आया। पता नहीं अब तक उसने खाना खाया है या नहीं? उसने सोचा पप्पू को उठाकर खाना खाने के लिए घर भेज दे। इसी बीच पप्पू के बदन ने हलकी सी हरकत की। विनोद को लगा कि वह आँखों पर से हाथ हटाकर उठना चाहता है। हड़बड़ाकर वह रेलिंग पर से हट गया और सीताराम की दुकान की तरफ बढ़ गया।

सीताराम की दुकान पर उसने फिर से एक कप चाय का आर्डर दिया। चाय पी और उठ खड़ा हुआ। ट्यूशन पढ़ाने उसे जिस जगह जाना था उसी के पास वह दुकान

थी, जहाँ उसे प्रार्थनापत्र देना था। उसने जेब में हाथ डालकर दरख्वास्त की मौजूदगी महसूस की और चल पड़ा। दुकान ज्यादा दूर नहीं थी, वह जल्दी ही वहाँ पहुँच गया। दुकान जनरल मर्चेंट की थी, काफी बड़ी थी और दिन होने की वजह से इस समय खाली थी। काउंटर पर एक सुदर्शन सा युवक काफी नफीस कपड़ों में बैठा कुछ लिख रहा था। विनोद ने अंदाज लगाया कि यही मालिक होगा। ऐसे मौकों पर जिस झिझक का शिकार विनोद हो जाता था, वही फिर उस पर हावी हो गई। उसने उस दुकान के सामने पान की दुकान पर खड़े होकर पान खाया, वहाँ थोड़ी देर तक खड़े-खड़े दुकान के अंदर का मुआयना किया; उसके आसपास दो चार चक्कर लगाए, एक बार सीढ़ियों पर चढ़ भी गया लेकिन जल्दी ही उसे अहसास हो गया कि उसके निरुद्देश्य घूमने से पानवाले और दो चार लोगों का ध्यान उसकी तरफ आकर्षित होने लगा है। प्रार्थना-पत्र तो वह डाक से भी भेज सकता है, उसने सोचा और आगे बढ़ गया।

अभी सिर्फ दो बज रहे थे और अभी से ट्यूशन के लिए पहुँचना ठीक नहीं है इसलिए उसने वापस लौटने का फैसला किया लेकिन फिर इरादा बदलकर वहीं चला गया। बच्चे कहीं बाहर खेल रहे थे। उसके पहुँचने पर उन्हें बुलाया गया। बेमन से वह उन्हें पढ़ाता रहा। आजकल उसके पास सिर्फ एक यही ट्यूशन था, जिसमें वह दो बच्चों को एक घंटे पढ़ाता था। पहले उसके पास दो से तीन तक ट्यूशन हुआ करते थे। बिना मुंशीजी को बताए, वह पिछले कई सालों से ट्यूशन कर रहा था। शुरू-शुरू में उसने अपनी छोटी-मोटी जरूरतों को पूरा करने के लिए ट्यूशन करना शुरू किया था। बाद में कपड़े-लत्ते से लेकर लगभग सारी जरूरतें वह इसी तरह पूरी करने लगा था। उसे पता था कि मुंशीजी को उसके ट्यूशनों के बारे में पता था लेकिन बाप-बेटे में इसको लेकर कभी बात नहीं हुई।

ट्यूशन खत्म करके वह निरुद्देश्य घूमता घामता रहा और फिर देर तक सीताराम की दुकान पर बैठा रहा। वहाँ उसे कुछ ऐसे सहपाठी मिल गए जिनसे वह बरसों बाद मिल रहा था। उनके साथ बातचीत का सिलसिला शुरू हुआ तो पता ही नहीं चला कि कब अँधेरा हो गया। जाड़े में वैसे भी अँधेरा कुछ जल्दी हो जाता है। विनोद उस समय बुरी तरह चौंका जब यकायक मुंशी जी ने आकर उसे पुकारा। वे सड़क के दूसरी तरफ खड़े थे। हड़बड़ाता हुआ विनोद उधर को लपका। इसके बाद मुंशीजी और त्रिवेणी के साथ बिताए गए चंद घंटों ने उसे पूरी तरह से झकझोर डाला था और जब कई घंटों बाद एक बार फिर वह वापस सीताराम की दुकान पर आया तभी इस लायक हो सका था कि शांतचित्त होकर पूरे घटनाक्रम का पुनर्निर्माण कर सके।

त्रिवेणी को गली के मोड़ पर छोड़कर विनोद घर की ओर वापस लौटा तब बला की सर्दी पड़ रही थी। उसने मफलर से अपने कान ढक लिए थे और दोनों हाथ पैंट की जेब में डालकर सर्दी का मुकाबला करने का असफल प्रयास कर रहा था। सर्दी सूती कमीज और आधे बाँह के स्वेटर से छनकर उसकी छाती तक पहुँच रही थी और

उसकी हड्डियों को बेधती हुई पोर पोर में समाती जा रही थी।

इस साल का दिसम्बर इतना सर्द क्यों है? उसने सोचा। भट्ठी के पास खड़ा लड़का अपने ठंडे हाथों को भट्ठी पर सेंककर गरमाने का प्रयास कर रहा था। विनोद ने अचानक अपना फैसला बदला और दुकान की तरफ बढ़ चला। अभी घर जाकर करेगा भी क्या? आज नींद तो आएगी नहीं। शाम से घटनाक्रम कुछ इतनी तेजी से घटित हुआ था कि उसे सोचने का मौका ही नहीं मिला। अब जब थकान और ठंड ने उसकी सोचने की शक्ति को पूरी तरह से कुंद कर डाला था, सीताराम की दुकान पर भट्ठी के नजदीक सटकर बैठने और गर्म चाय पीने से हो सकता है कि वह फिर से संतुलित ढंग से सोचने लायक हो सके और अपने फैसले पर एक बार फिर से पुनर्विचार कर सके। हालाँकि वह जानता है कि मुंशीजी के सामने 'नहीं' कहने भर का साहस उसमें नहीं है। मुंशीजी क्या खुद के सामने भी नहीं कहने का साहस उसमें कहाँ बचा है। फिर भी एक बार निश्चिंत होकर कहीं बैठने और शाम से रात तक के घटनाक्रम पर सोचने में हर्ज ही क्या है।

दुकान पर कोई ग्राहक नहीं था। सीताराम अंदर कुर्सी पर बैठा रेजगारियाँ गिन रहा था। भट्ठी लगभग बुझ गई थी लेकिन अभी भी उसमें कुछ आँच बाकी थी। लड़का बचे-खुचे बर्तन धोकर उसी आँच से अपने हाथ गर्माने की कोशिश कर रहा था। विनोद को देखकर सीताराम आत्मीय ढंग से मुस्कुराया। दरअसल विनोद के दिन का इतना बड़ा हिस्सा इस दुकान पर बीतता है कि वह सीताराम के लिए एक ग्राहक से ज्यादा की हैसियत रखता है। लड़के ने बुझे मन से पैन में चाय का पानी चढ़ा दिया। उसका गिरा चेहरा देखकर एक बार विनोद का मन हुआ कि वह उसे मना कर दे और थोड़ी देर आग तापकर वापस लौट जाए लेकिन ठंड में गर्मागर्म चाय पीने का मोह ज्यादा प्रबल निकला और वह चुपचाप लड़के को चाय का पानी चढ़ाते देखता रहा। उसने अंदर से एक कुर्सी ली और भट्ठी के पास खींचकर बैठ गया। भट्ठी में काफी कमजोर आँच थी और पैन द्वारा तीन-चौथाई जगह घेर लेने के बाद तो और कम जगह बची थी, जहाँ से विनोद को थोड़ी-बहुत गर्मी मिल सकती थी लेकिन इसके बावजूद विनोद को भट्ठी से सटकर बैठने में सुख मिला। उसने अपने हाथ भट्ठी से एकदम सटा दिए। दुकान के खुले पल्लों से साँय-साँय करती हवा अंदर आ रही थी। विनोद ने इशारा किया और लड़के ने दोनों पल्ले भेड़ दिए। अब किसी और ग्राहक के आने की उम्मीद नहीं थी इसलिए सीताराम ने एक बार रेजगारी के ढेर से सिर उठाकर देखा और फिर उन्हें गिनने में मशगूल हो गया। दरवाजे बंद हो जाने से दुकान के अंदर कुछ गर्माहट आ गई थी। अंदर बेतरतीबी से मेजें और कुर्सियाँ पड़ी थीं। दिन-भर एक हाथ से दूसरे हाथ तक जानेवाला अखबार चिथड़े की शक्ल अख्तियार कर चुका था। विनोद ने लड़के से अखबार मँगाया और एक बार फिर से उसे उलट-पुलट कर पढ़ने की कोशिश करने लगा। इस अखबार को वह दिन में कई बार

पढ़ चुका था। इस समय उसकी आँखें खबरों पर रेंग रही थीं लेकिन दिमाग कहीं और था।

आज शाम को इसी दुकान से मुंशीजी उसे पकड़कर ले गए थे। जिस समय उन्होंने विनोद को यहाँ ढूँढ़ निकाला, उनके चेहरे पर झल्लाहट के भाव एकदम स्पष्ट थे। जाहिर था कि वे काफी देर से उसे ढूँढ़ रहे हैं और उसके चक्कर में उन्हें काफी परेशान होना पड़ा है। मुंशीजी को विनोद के इस अड्डे का पता नहीं था जो पिछले कई महीनों से उसके बैठने की मुख्य जगह थी। पिछले कुछ सालों में मुंशीजी विनोद के बारे में जानते भी कितना हैं? उनका शाम को इस तरह उसे ढूँढ़ते हुए आ निकलना विनोद के लिए काफी अप्रत्याशित था। जरूर कोई खास बात होगी। उसके दिमाग में अनिष्ट की आशंका कौंधी और वह चुपचाप उठकर उसके साथ हो लिया। थोड़ा आगे निकल आने पर, अपनी आवाज की कड़ुआहट को बिना छिपाए मुंशीजी ने बताया कि त्रिवेणी से मिलने उसके घर चलना है। इसके बाद विनोद को और कुछ जानने की जरूरत नहीं पड़ी। यह वही पुराना अपमान और तकलीफ से भरा चक्कर था जिसने विनोद को बुरी तरह से तोड़ डाला था। हालाँकि त्रिवेणी के साथ अभी तक कहीं जाने का मौका नहीं आया था लेकिन मुंशीजी के कई पुराने शिष्यों और साथ टहलनेवाले बाबुओं के साथ, न जाने कितनी बार वह इसी चक्कर में कितने दफ्तरों और बँगलों का चक्कर लगा चुका है। हर बार मोह भंग के एक ही जैसे यातनाजनक दौर से होकर गुजरना पड़ा था। शुरू-शुरू में तो इस तरह के अभियान की शुरुआत रोमांच और उत्तेजना से भरपूर होती थी। मुंशीजी उसे एकाध दिन पहले ही बता देते थे। फिर शुरू होता तैयारी का उत्तेजक दौर। रात-रात भर जागकर, वह दूसरे दिन किसी इंटरव्यू-बोर्ड या आला साहब द्वारा पूछे जानेवाले काल्पनिक सवालों के उत्तर सोचता। मुंशीजी की अनुपस्थिति में शीशे को दीवार पर कील से टाँगकर उत्तरों को बोलने का अभ्यास करता। मुस्कुराने, सिर हिलाने या कंधे उचकाने की जगहें निर्धारित करता। दूसरे दिन के लिए पैंट-कमीज धोता और राजकुमारी के हाथों बिन्नी के यहाँ प्रेस के लिए भेजता। चलते समय मुंशीजी की नजरें बचाकर रास्ते-भर पान की दुकानों पर लगे शीशों में अपना चेहरा निहारता चलता। लौटते समय आशा-निराशा की मिश्रित भावना हृदय में होती। कई दिनों तक वह और मुंशीजी परिणाम की प्रतीक्षा करते रहते। उत्सुक मुंशीजी कभी उसे लेकर और कभी अकेले उस दफ्तर या बँगले का कई चक्कर लगा आते। कहीं बड़े स्पष्ट शब्दों में बता दिया जाता कि जिस नौकरी के लिए विनोद ने इंटरव्यू दिया है, वह किसी और को मिल गई है और कहीं थोड़ा घुमा-फिराकर यही बात बताई जाती। कहीं-कहीं तो ऐसा हुआ कि कुछ भी स्पष्ट नहीं बताया गया और महीनों दौड़ना पड़ा।

धीरे-धीरे सब कुछ यंत्रवत हो गया। किसी दफ्तर या बँगले तक जाने की सूचना को विनोद बिना किसी अतिरिक्त दिलचस्पी के लेने लगा। हालाँकि मुंशीजी

अब भी अपना उत्साह छिपा नहीं पाते। लेकिन विनोद को अब ज्यादा उत्तेजना नहीं होती। पिछले अनुभवों ने उसे अब अधिक चतुर बना दिया है। इंटरव्यू के दौरान पूछे गए प्रश्नों एवं अपने द्वारा दिए गए उत्तरों को मुंशीजी को बताने में अब उसे कोई मजा नहीं आता। मुंशीजी बार-बार पूछते हैं तो हाँ-हूँ करके टाल जाता है। बहुत हुआ तो एकाध प्रश्न बता देता है। उसकी तटस्थता देखकर मुंशीजी पहले की तरह उसके उत्तरों पर झुँझलाते नहीं और न ही अपनी तरफ से उनमें संशोधन करते हैं।

आज शाम को जब मुंशीजी उसे लेकर त्रिवेणी के घर के लिए चले, उनके मन में कोई भाव नहीं था। वह चुपचाप उनके साथ घिसटता चला गया था। त्रिवेणी घर पर मिल गया, वह उन्हीं लोगों का इंतजार कर रहा था। वे निर्धारित समय से देर में पहुँचे थे और साहब शाम को क्लब चला जाता था। लिहाजा बिना समय गँवाए वे उसके बँगले के लिए रवाना हो गए। बँगले से थोड़ा पहले उन्होंने रिक्शा छोड़ दिया। मुंशीजी ने त्रिवेणी को पैसा नहीं देने दिया, खुद ही रिक्शेवाले को पैसे देने लगे। पैसे देते समय अतिरिक्त लापरवाही का भाव चेहरे पर लिए मुंशीजी विनोद को काफी दयनीय लगे। उसे पता है कि आज मुंशीजी पेंशन लेकर लौटे होंगे फिर भी उनके लिए रिक्शेवाले को डेढ़ रुपया देना कितना मायने रखता है, इसे त्रिवेणी भले न जानता हो लेकिन विनोद को तो पता है ही। हालाँकि उसकी जेब में भी ट्यूशन से मिले कुछ पैसे थे लेकिन बाप-बेटे के बीच झिझक की जो दीवार खड़ी थी, उसने विनोद को जेब में हाथ डालने से रोक दिया। फाटक के बाहर एक जीप खड़ी थी। इसका मतलब साहब बँगले के अंदर मौजूद था। बरामदे में एक चपरासी खड़ा था। त्रिवेणी ने उन दोनों को फाटक के बाहर खड़ा कर दिया और खुद अंदर जाकर चपरासी से कुछ बातें कीं। चपरासी अंदर चला गया और त्रिवेणी ने हाथ के इशारे से उन्हें भी अंदर आने के लिए कहा। वे भी अंदर चले गए और लॉन में खड़े होकर चपरासी के बाहर आने का इंतजार करने लगे। इस बीच त्रिवेणी मुंशीजी को साहब के बारे में बताता रहा। विनोद मानसिक रूप से पूरी तरह अनुपस्थित था। त्रिवेणी के मुँह से निकले हुए वाक्यों से उसकी जानकारी में महज इतनी वृद्धि हुई कि साहब बहुत शरीफ आदमी हैं और त्रिवेणी को बहुत मानता है। उनका काम हो जाएगा, इसमें कोई संदेह नहीं है। मुंशीजी उत्सुकता से त्रिवेणी की बातें सुन रहे थे। उन्होंने भी इस साहब की शराफत के बारे में लोगों से सुना है, जिसे वे त्रिवेणी के वाक्यों के बीच-बीच में उद्धृत करते जा रहे थे। उन्हें ज्यादा देर बाहर इंतजार नहीं करना पड़ा। साहब बैडमिंटन का बल्ला लिए बाहर निकला और एक उड़ती नजर लॉन पर डालते हुए फाटक की तरफ बढ़ा।

त्रिवेणी तेजी से उसके पीछे-पीछे लपका। मुंशीजी और विनोद वहीं लॉन में ही खड़े रहे। साहब के जीप पर बैठते-बैठते त्रिवेणी उसके पास पहुँच गया। दोनों थोड़ी देर तक बातें करते रहे। त्रिवेणी ने एकाध बार लॉन की तरफ हाथ उठाकर कुछ इशारा किया जिससे यह लगता था कि बातें उनके बारे में हो रही हैं। मुंशीजी और

विनोद खामोशी से फाटक की तरफ देख रहे थे। विनोद पूरी तरह से तटस्थ था और मुंशीजी जरूरत से ज्यादा विह्वल। पता नहीं क्यों विनोद को आज का घटनाक्रम, पहले दुहराए गए नाटकों से कुछ भी भिन्न नहीं लग रहा था और पता नहीं क्यों मुंशीजी को आज पहले के किसी भी प्रयास से ज्यादा आश्वस्ति महसूस हो रही थी। साहब की त्रिवेणी से बातचीत कुछ ज्यादा लंबी खिंच रही थी। दूर से विनोद को साहब के चेहरे पर साफ-साफ ऊब और जल्दी छुटकारा न मिल पाने की परेशानी का भाव दिखाई दे रहा था। वह दो-तीन बार ड्राइवर को चलने का इशारा कर चुका था लेकिन हर बार त्रिवेणी आजिजी से ड्राइवर की तरफ रुकने का इशारा करता और कुछ कहने लगता। अंत में झल्लाकर साहब ने त्रिवेणी से कुछ कहा और ड्राइवर को चलने का इशारा कर दिया। जीप चली गई। त्रिवेणी वापस लॉन की तरफ मुड़ गया।

विनोद ने निर्विकार भाव से एक नजर मुंशीजी पर डाली। उनका चेहरा लटक गया था और निराशा की कालिख उस पर स्पष्ट रूप से पुती दिखाई दे रही थी। विनोद को उनकी निरीहता पर तरस आया। त्रिवेणी जिन कदमों से उनकी तरफ आ रहा था उससे कोई निर्णय कर पाना मुश्किल था लेकिन साहब ने जिस ढंग से ड्राइवर को चलने का आदेश दिया था, उससे बाप-बेटे के मन में किसी तरह की कोई आशा नहीं जगी थी।

'विनोद, मास्साहब के पैर छुओ!'

त्रिवेणी के इस वाक्य ने मुंशीजी और विनोद दोनों को गड़बड़ा दिया। इस वाक्य का अर्थ सबसे पहले मुंशीजी की समझ में आया और अचानक उन्होंने ऐसा काम कर डाला जिसकी आशा त्रिवेणी और विनोद दोनों में से किसी को नहीं थी। एकाएक आगे बढ़कर उन्होंने त्रिवेणी को बाँहों में भर लिया। त्रिवेणी इसके लिए पूरी तरह से अप्रस्तुत था, अतः असहज हो उठा। विनोद पिछले कई सालों से मुंशीजी को जिस रूप में देखता आ रहा था, उससे यह रूप सर्वथा भिन्न था। खासतौर से इस विचार से कि कहीं उसी उत्साह में मुंशीजी उसे भी बाँहों में न भर लें या कहीं त्रिवेणी फिर उसे मुंशीजी के पैर छूने को न कहें, वह कुछ कदम परे हटकर खड़ा हो गया। इन दोनों स्थितियों को वह सहज रूप से लेने में असमर्थ था। मुंशीजी की बाँहों में जाने का विचार ही कुछ इतना मनोरंजक था कि उनकी बाँहों में जाते-जाते या तो वह हँस पड़ेगा या फिर शायद रोने लगे। पैर छूने की बात भी कुछ अजीब सी लग रही थी। पहले माँ थी तो हर त्योहार पर या किसी क्लास में पास होने जैसे मौके पर विनोद से मुंशीजी के पैर छुआती थी। विनोद को इसमें मजा आता था क्योंकि मुंशीजी उसे आशीर्वाद देने के साथ-साथ कुछ पैसे भी देते थे पर वर्षों बाद मुंशीजी के पैर छूने का खयाल ही उसे कुछ अटपटा लग रहा था। कहीं त्रिवेणी फिर से अपनी बात दुहरा न दे? लेकिन त्रिवेणी मुंशीजी की पकड़ से छूटकर खुद ही इतना अटपटा महसूस कर रहा था कि थोड़ी देर तक तो वह समझ ही नहीं पाया कि क्या करे। उस घबराहट

में उसे सिर्फ एक ही बात सूझी कि वह आगे बढ़कर विनोद से हाथ मिलाए और उसे मुबारकबाद दे। उसने यही किया भी। उसके मुबारकबाद से विनोद को लगा कि कोई ऐसी चीज हो गई जिसका होना उसके लिए कितना मायने रखता है, इसे केवल वही जानता है। एकबारगी उसके मन में राजकुमारी, पप्पू, बिन्नी और न जाने क्या-क्या कौंध गए। इतनी बड़ी खुशी इतने अप्रत्याशित ढंग से मिली थी कि अपने मन को खुश करने में भी उसे कुछ वक्त लगा। उसने मुंशीजी की तरफ देखा। हलकी-हलकी खिचड़ी दाढ़ी और धँसे गालोंवाले उस चेहरे का रोम-रोम खुश था। विनोद ने अपने स्वर की छलकती खुशी को सप्रयास दबाते हुए त्रिवेणी को औपचारिक धन्यवाद दिया। फिर तीनों धीरे-धीरे चलते हुए गेट के बाहर निकल आए।

विनोद त्रिवेणी से नौकरी के बारे में खुलासा करना चाहता था लेकिन मुंशीजी की उपस्थिति उसे कुछ भी पूछने से रोक रही थी। वह अधैर्य से मुंशीजी द्वारा इस बारे में पूछने की प्रतीक्षा करने लगा। मुंशीजी के लिए नौकरी का विचार इतना सुखद था कि वे बिना कुछ पूछे सिर्फ भावविह्वल स्वर में त्रिवेणी को धन्यवाद दिए जा रहे थे। बाहर कोई रिक्शा दिखाई नहीं दे रहा था। वे रिक्शे की तलाश में कॉलोनी के बाहर मुख्य सड़क की तरफ बढ़ चले। अचानक मुंशीजी को कुछ याद आया और उन्होंने त्रिवेणी से नौकरी के चरित्र के बारे में पूछा। सतर्क होकर विनोद ने त्रिवेणी की तरफ देखा। उसे कुछ अजीब सा लगा कि इस सवाल पर उससे ज्यादा त्रिवेणी परेशान नजर आया।

'बात ऐसी है मास्साब कि आप तो जानते हैं कि आजकल कितना लफड़ा है नौकरी मिलने में। दफ्तर में एक क्लर्क की जगह खाली थी, मैं सोच रहा था कि विनोद को वही जगह देने के लिए साहब को तैयार कर लूँगा। पहले एडहाक हो जाता बाद में फिर रेगुलराइज करा लेते। लेकिन हम लोगों को कुछ देर हो गई। साहब बता रहे थे कि कल ही कोई लड़का चीफ साहब का खत लेकर आ गया था। इसलिए तो मैं इतनी देर तक साहब से बहस करता रहा। अंत में साहब नई वाली साइट पर कुछ काम देने को तैयार हो गया है। वहाँ के लिए कुछ टेंपरेरी मेट भरती होनेवाले हैं। उन्हीं में शायद कोई जगह विनोद को मिल जाए। शायद क्या, पक्का ही समझिए। साहब ने पक्का वादा कर लिया है, कल दफ्तर भी बुलाया है', कहकर त्रिवेणी ने बाप-बेटे की प्रतिक्रिया भाँपने की कोशिश की।

फौरन किसी की प्रतिक्रिया नहीं मिली। खास तरह का ठंडापन था जो उन तीनों के बीच में पसर गया था। पहली बार विनोद को महसूस हुआ कि उनके बँगले के बाहर निकलने के बाद अँधेरा और घना हो गया है और दिसम्बर की सर्द हवा काफी तीखे ढंग से बहने लगी है। उसने गले के चारों तरफ लिपटा हुआ मफलर अपने कानों पर लपेट लिया लेकिन फिर भी सर्दी उसके आधी बाँह के स्वेटर, हवाई चप्पलों, सूती कमीज और न जाने कहाँ कहाँ से होकर उसके बदन को बेध रही थी। दिसम्बर की

सर्दी अपनी पूरी भयावहता के साथ आक्रामक हो गई थी। इस साल का दिसम्बर इतना सर्द क्यों है, उसने सोचा।

अँधेरे में विनोद को मुंशीजी के गला खँखारने की आवाज सुनाई दी। शायद वे कुछ कहना चाहते थे। त्रिवेणी और विनोद दोनों उनकी प्रतिक्रिया सुनने को तैयार हो गए लेकिन वे कुछ नहीं बोले। त्रिवेणी ने कुछ और आश्वस्त करने वाले अंदाज से कहा, 'नईवाली साइट के पास ही मेरा भी काम चल रहा है। मैं रोज सवेरे अपनी मोटरसाइकिल पर विनोद को भी लेता जाऊँगा और शाम को मेरे साथ वह लौट भी आएगा और फिर एक बार डिपार्टमेंट में घुस जाने पर किसी परमानेंट क्लर्क की जगह मिल सकती है, रोज तमाम वैकेंसीज होती रहती हैं।'

'ठीक है भैया, अब तुम्हीं सँभालना, अब तो तुम्हारे महकमे में यह घुस ही रहा है।' मुंशीजी को शायद ज्यादा आश्वस्त करने की जरूरत नहीं थी। अब वे एक ऐसे बिंदु पर पहुँच चुके थे जहाँ विनोद का इतनी भागदौड़ के बाद मेट होना भी कम महत्वपूर्ण नहीं था।

विनोद खामोशी के साथ दोनों को बात करते सुन रहा था। मुख्य सड़क पर भी कोई रिक्शा नहीं था। वे लोग सड़क के किनारे खड़े होकर रिक्शे का इंतजार करने लगे। विनोद को अपने अंदर खालीपन का एहसास हो रहा था। उसे समझ में नहीं आ रहा था कि वह खुश था या दुखी। त्रिवेणी के मुँह से पहली बार सुनने पर उतावली में जो पहली प्रतिक्रिया उसके मन में उभरी थी, वह थी एकदम से इनकार कर देने की, लेकिन मुंशीजी की उपस्थिति ने उसे ऐसा करने से रोक दिया। अगर केवल वह और त्रिवेणी होते तो शायद वह छूटते ही मना कर देता। अब जब कि लगभग दस मिनट उस खबर को सुने बीत चुके थे, उसे लग रहा था कि मना न करके उसने अच्छा ही किया। मना करने की हैसियत बची ही कहाँ थी उसकी। अगर घर को पूरी तरह से टूटकर बिखरने से बचाना था तो एक ही रास्ता था कि वह चुपचाप नौकरी करने लगे। वह सिर्फ बी.ए. पास था और मुंशीजी उसके बाप थे। इस अहसास ने कभी भी उसे बहुत ऊँचे सपने नहीं देखने दिए। उसने ज्यादा-से-ज्यादा प्राइमरी स्कूल की अध्यापकी, किसी दफ्तर में क्लर्की या बहुत हुआ तो किसी विभाग में सुपरवाइजरी या इंस्पेक्टरी जैसी किसी नौकरी की तमन्ना की थी। लेकिन इस मेट की नौकरी ने तो उसमें कोई भी अनुभूति नहीं जगाई थी। जब से उसने नौकरी की तलाश शुरू की, उसने अपने घर के दरवाजे पर अपने नाम और पद का बोर्ड लगाने का एक सपना सँजोया था। यह बोर्ड उसे एक व्यक्तित्व प्रदान करेगा, मुंशीजी से अलग और स्वतंत्र। बहुत पहले जब मुंशीजी इस मोहल्ले में आए थे और उन्होंने यह मकान किराए पर लिया था, घर के बाहरी दरवाजे पर एक बोर्ड लगाया गया था – रामानुज लाल श्रीवास्तव, प्रधानाध्यापक। एक पंक्ति के इस बोर्ड से मुंशी जा का व्यक्तित्व झलकता था । रिटायर होने के बाद भी यह बोर्ड काफी दिनों तक बिना किसी संशोधन के

लटकता रहा। बाद में तो इसकी लकड़ी बुरी तरह से घुन गई थी और लिखावट इतनी धुँधली हो गई थी कि इसे पढ़ने के लिए किसी भी आदमी को बहुत करीब आना पड़ता। दो-तीन साल पहले, होली पर मोहल्ले के शरारती लड़कों ने उसे उखाड़कर होलिका में जला दिया। उस बोर्ड की जगह अपना बोर्ड लगाने का सपना विनोद ने देखा था। खड़े-खड़े उसने कल्पना की कि कल से उसके दरवाजे पर एक नया बोर्ड लग जाएगा।

विनोद कुमार श्रीवास्तव

बी.ए.

मेट, पी.डब्ल्यू.डी.

उसे हँसी आ गई। लेकिन हँसते ही उसने घबराकर मुंशीजी और त्रिवेणी की तरफ देखा। शायद अँधेरे के कारण या वे दोनों अपने में खोए हुए थे कि दोनों ने उसे हँसते नहीं देखा। अच्छा हुआ, नहीं तो त्रिवेणी जरूर यही समझता कि वह रो रहा है। मुंशीजी तो खैर ऐसी हँसी के आदी हैं।

एक खाली रिक्शा आ गया था। वे तीनों उस पर बैठ गए। रिक्शे पर उन तीनों के सिवाय एक अनचाहा मौन लदा था, जिसे चाहकर भी तीनों में से कोई नहीं तोड़ पा रहा था। रिक्शे पर बैठते समय मुंशीजी ने त्रिवेणी को अपने घर चलकर खाने का निमंत्रण दे दिया था और त्रिवेणी ने इस असह्य मौन से छुटकारा पाने की इच्छा के बावजूद स्वीकार भी कर लिया था। रिक्शा धीरे-धीरे रेंग रहा था। आज की घटना के बारे में विनोद किसी से खुलकर बातें करना चाहता था। बातें करने के बाद शायद मन हल्का हो जाए और कल वह ज्यादा खुले मन से नए काम पर जा सके। लेकिन बातें करेगा किससे? मुंशीजी से? रिक्शे पर बगल में बैठे मुंशीजी इतने अजनबी, इतने दूर और इतने पराए लग रहे थे कि उनसे बात करने की कोशिश भी हास्यास्पद होती। फिर राजकुमारी या पप्पू से? पप्पू तो इतना छोटा था कि उससे क्या बात होती और राजकुमारी पिछले सालों से इतनी निःसंग और ठंडी हो गई थी कि अब पहले की तरह उससे बात करना भी कहाँ संभव रह गया था। केवल बिन्नी ही ऐसी है जिससे वह इस विषय में खुलकर बातें कर सकता है। काश! आज रात बिन्नी छत पर आ जाती—उसने शिद्दत के साथ कामना की।

घर के पास पहुँचने के पहले ही मुंशी जी रिक्शे से उतर गए। त्रिवेणी ने अचकचाकर पूछा, 'क्या हुआ मास्साब, अभी तो घर थोड़ी दूर है।'

'हाँ, तुम लोग चलो, मैं बस अभी आता हूँ।'

रिक्शा चलते ही सहसा मुंशीजी को कुछ याद आया और उन्होंने रिक्शेवाले को रुकने का इशारा किया। त्रिवेणी के बार-बार मना करने के बावजूद, उन्होंने जेब से पैसे निकालकर दो-तीन बार गिने और रिक्शेवाले को दे दिए, फिर उसे आगे बढ़ने का इशारा किया। मुंशीजी को छोड़कर वे दोनों आगे बढ़े। विनोद समझ गया था कि

मुंशीजी ने त्रिवेणी को खाने के लिए निमंत्रित किया है, इसलिए वे उसके लिए कुछ लेने को रास्ते में रुक गए हैं।

विनोद की तंद्रा सीताराम की आवाज पर टूटी। सीताराम ने पैसे गिनते-गिनते शायद दो-तीन बार उसे आवाज लगाई थी क्योंकि यह आवाज अस्वाभाविक रूप से कुछ तेज थी।

'क्या हुआ विनोद बाबू, क्या सोचने लगे। चाय तो अब ठंडी भी हो गई होगी।'

विनोद ने फीकी मुस्कान के साथ देखा। सचमुच चाय ठंडी हो गई थी। भट्ठी पर आग तापते हुए लड़के ने आँखों में क्षोभ भरकर उसे देखा। दोबारा चाय गर्म करने का विचार मात्र उसे अप्रिय लग रहा था। विनोद समझ गया। उसने चुपचाप ठंडी चाय पीनी शुरू कर दी। आधा कप पीकर ही वह उठ गया। एक बार अच्छी तरह उसने भट्ठी पर हाथ सेंके, मफलर से कानों को कसकर बाँधा और जेबों में हाथ डाले लगभग दौड़ते हुए वह घर की तरफ बढ़ा।

सड़क पर काफी धुंध उतर चुकी थी। तीखी हवा निर्ममता के साथ आघात कर रही थी। उसे लग रहा था कि आधे फर्लांग का यह सफर खत्म होने को नहीं आएगा। अँधेरे में दो-तीन जगह उसे ठोकर लगी। अपने को गिरने से बचाते हुए किसी तरह वह अपनी गली में पहुँच गया।

इस साल का दिसम्बर इतना सर्द क्यों है उसने सोचा। बहुत मुमकिन है हर साल का दिसम्बर इतना ही सर्द होता हो और फिर उसे दिसम्बर की भयानकता का अहसास आज शाम से ही तो हो रहा है।

दरवाजे पर हाथ रखते-रखते उसके पास एक पत्थर का टुकड़ा गिरा। बिना उसे देखे, वह समझ गया कि उससे लिपटे कागज में आज रात छत पर मिलने के लिए बिन्नी ने उसको समय दिया होगा। अकसर जब कोई महत्वपूर्ण बात होती तो वह या बिन्नी इसी तरह रात में छत पर मिलने का समय निश्चित कर लेते थे। हालाँकि पिछले कई महीनों से बिन्नी द्वारा बुलाए जाने पर भी वह छत पर नहीं गया था लेकिन आज जरूर जाएगा। इतनी सर्दी में भी छत पर खड़ी बिन्नी उसके घर आने का इंतजार कर रही है– यह सोचकर उसका मन कृतज्ञता से भर उठा। उसने छत की तरफ नजर डाली। एक धुँधली-सी आकृति झाँक रही थी और उसे देखकर हट गई। उसने पत्थर उठाकर उसका कागज खोला और जेब में रख लिया। दरवाजा हलके से ढकेलकर वह अंदर आ गया। पप्पू अभी नहीं आया होगा, सोचकर उसने दरवाजा खुला छोड़ दिया और तेज कदमों से आँगन पार करते हुए अपने कमरे में आ गया। मुँह तक रजाई ढाँपे मुंशीजी लेटे हुए थे। पता नहीं जग रहे थे या सो गए थे। विनोद ने जल्दी-जल्दी कपड़े बदले, कमरा बंद किया, बिजली बुझाई और अपनी रजाई में घुस गया।

पनियायी आँखों का भविष्य

उसने धीरे से दरवाजा खोला। दरवाजा अन्दर से बन्द नहीं था, केवल उढ़का हुआ था। हलके से हाथ के दबाव से खुल गया। जरा भी चरमराहट न हो, इसकी बहुत कोशिश करने पर भी आवाज हो ही गई। थोड़ी देर तक दरवाजे पर ही खड़े होकर उसके अन्दर की आहट लेने की कोशिश की। अन्दर पूरी तरह खामोशी छाई हुई थी। मुंशीजी और विनोद के कमरे की बिजली बुझी हुई थी और उसके और राजकुमारी के कमरे में बल्ब जल रहा था। उसे पता है कि सभी लोग अपने बिस्तरों में दुबके जग रहे होंगे लेकिन कोई कुछ नहीं बोलेगा। ज्यादा-से-ज्यादा मुंशीजी हलके से खँखारेंगे और फिर खामोश हो जाएँगे। राजकुमारी ने चौके में उसके लिए खाना ढककर रख दिया होगा। वह रोज की तरह चुपचाप जाएगा और जो कुछ ठंडा-गरम होगा, खाकर, पानी पीकर रसोई की बत्ती बुझाकर, कमरा बन्द करते हुए अपने बिस्तर पर जाकर लेट जाएगा। जाड़े में उसका कोई अलग बिस्तर नहीं होता है। एक ही रजाई होने के कारण उसे राजकुमारी के बिस्तर पर ही सोना पड़ता है।

पप्पू ने आँगन का दरवाजा धीरे से बन्द किया और रसोई में आ गया। रात में लौटने पर अकसर उसे भूख नहीं लगती और ठंडा होने के कारण बेस्वाद हो गया खाना खाने का कत्तई मन नहीं करता लेकिन आज दिन में वह खाना खाने नहीं आया था इसलिए उसे तेज भूख लगी थी। जल्दी-जल्दी उसने ढकी हुई थाली अपनी तरफ खींची, ढक्कन हटाकर उसमें रखी खिचड़ी देखी, गुस्से से थाली सामने से हटा दी लेकिन फिर उसे खींचकर बड़े-बड़े कौर निगलने लगा। सबको पता है कि उसे खिचड़ी पसन्द नहीं है, फिर भी अकसर खिचड़ी बन जाती है। माँ होती तो वह बिना खाए ही उठ जाता। उसे पता था कि माँ उसे मनाएगी, फिर कभी खिचड़ी न बनाने की कसमें खाएगी और बिना उसे कुछ खिलाए सोने नहीं देगी लेकिन आज बिना खाए उठ जाने पर तो अलग-अलग द्वीपों की तरह पड़े घर के तीनों सदस्यों को शायद पता भी न चले कि वह भूखे पेट सोने चला गया है। जल्दी-जल्दी उसने खिचड़ी निगली और थाली एक तरफ सरकाकर गिलास में पानी लेकर बाहर आँगन में निकल आया। आँगन में उसने हाथ धोया और गिलास वहीं जमीन पर रख, चौके का दरवाजा बन्द करके, अपने कमरे में चला गया।

कमरे का दरवाजा अन्दर से बन्द करके वह लाइट ऑफ करने के लिए बढ़ा। आवाज से राजकुमारी हलके से कुनमुनाई और फिर उसने दूसरी तरफ करवट बदल ली। रजाई का आधे से ज्यादा हिस्सा राजकुमारी के बदन से होता हुआ चारपाई के दूसरी तरफ जमीन पर लटक रहा था। राजकुमारी की पीठ उघड़ी हुई थी। पप्पू की निगाह एक क्षण के लिए उसकी पीठ पर टिकी, फिर उसने घबराकर निगाहें जमीन पर गड़ा दीं। कुछ वर्जित देखने या सोचने का पुराना अपराधबोध एक बार फिर उसके मन पर बोझ की तरह सवार हो गया। पिछले कुछ दिनों से राजकुमारी को लेकर उसके मन में न जाने कैसी गन्दी-गन्दी बातें आती रहती हैं। एकान्त में भी ऐसे विचार मन में आते ही वह घबरा उठता है। हड़बड़ाकर इधर-उधर देखता है कि कहीं कोई देख तो नहीं रहा है। अब तो सीधे राजकुमारी की आँखों में आँखें डालकर बात करते हुए भी उसे डर लगता है कि कहीं राजकुमारी उसके मन की बात न पढ़ ले।

इधर कुछ महीनों में पप्पू को बड़े रोमांचक शारीरिक अनुभवों से होकर गुजरना पड़ा है। एकाएक अहसास होने लगा है कि वह बड़ा हो रहा है। जिस्म के विभिन्न हिस्सों पर उग रहे बालों और आवाज में आए भारीपन को उसने अचानक महसूस करना शुरू किया है। गली में अपने से बड़े या हमउम्र लड़कों की खुसुर-पुसुर से पहले की तरह वह शरमाता नहीं, बल्कि धीरे-धीरे खुद भी उनमें शरीक होने लगा है। पहले गली के बड़े लड़के उसे देखकर आपस में इशारे करते या शरारतन मुस्कुराते तो वह शरमा जाता, कभी-कभी वह रुआँसा हो उठता लेकिन अब वह खुद इन लड़कों का हिस्सा बन गया था और उनके साथ मिलकर, गली के दूसरे कमसिन लड़कों से छेड़खानी करने में लगा रहता था।

शरीर के इन नए अनुभवों ने बहुत सारे रिश्तों को भी गड्ड-मड्ड कर दिया था। मुहल्ले की तमाम लड़कियाँ, औरतें अचानक उसके लिए पहले से भिन्न हो गई थीं। जिन औरतों के पास बैठकर वह घंटों बातचीत कर सकता था, उन्हीं के पास से सड़क अथवा गली में गुजरते हुए उसके हलक में काँटे उगने लगे हैं। उनकी आँखों में आँखें डालकर बातें करते ही वह हकलाने लगता है। ज्यादा करीब आने पर पूरा बदन कसाव से भर उठता है। जिस्म के तिलिस्म का बाँध इतने तेज बहाव के साथ टूटा कि पप्पू निरुपाय लकड़ी के कुन्दे के तरह उसमें बह गया। इसी बहाव में तमाम रिश्तों की परिभाषाएँ भी बह गईं। पप्पू के लिए राजकुमारी का साथ भी उतना सहज नहीं रह गया जितना कुछ दिनों पहले था। राजकुमारी और उसके रिश्तों में हुई गड़बड़ी ने उसे कुंठा और वर्जना की ऐसी भूलभुलैया में डाल दिया था, जिसमें न तो उसे तैरते बन रहा था और न डूबते।

बहुत दिनों से पप्पू राजकुमारी के साथ जाड़ों में उसकी रजाई में सोता आया है। पहले माँ भी उसी रजाई में सोती थी। माँ के मरने के बाद केवल वह और राजकुमारी उस रजाई में सोते हैं। माँ थी तब तीनों जमीन पर गद्दा बिछाकर सोते

क्योंकि एक चारपाई पर तीनों नहीं समाते थे। कभी-कभी वह मुंशीजी या विनोद के साथ सो जाता था। सालों राजकुमारी के साथ सोने के बावजूद ऐसा तनाव वह पिछले दो जाड़ों से ही महसूस कर रहा है। हर रात वह कुंठा और तनाव के ऐसे अजीब दौर से गुजरता है, जिसमें उसके व्यक्तित्व की चूल-चूल हिल जाती है। रोज वह रात को फैसला करता है कि दूसरे दिन से विनोद के साथ सोएगा लेकिन किसी दिन रात होने तक वह विनोद से इस बारे में कोई बात नहीं कर पाता और रात होते ही चुपचाप राजकुमारी के कमरे में घुस जाता है। कई बार उसका मन विद्रोह से भर गया है कि मुंशीजी उसे अभी तक बच्चा क्यों समझते हैं। उसके मन में कई बार यह बात आई कि वह कोई हरकत कर दे जिससे मुंशीजी उसे बच्चे की जगह आदमी समझने लगें। मसलन बजाय छिपाकर, वह एक बार मुंशीजी के सामने ही उनके रेजर से अपनी दाढ़ी बनाने लगे, या...या... उसका मन क्षोभ से भर उठा। इससे भी कोई फायदा नहीं होगा। विनोद ने तो कई बार उसे गली के अँधेरे कोने में झेंपते हुए निकलते देखा है और एक बार तो मुंशीजी ने भी उसे रात में आँगन की नाली पर झुके पकड़ा है। फिर क्यों वे उसे अभी बच्चा समझते हैं।

कई बार उसने ऐसा किया है कि चुपचाप कमरे में घुसकर, सोई हुई राजकुमारी की चारपाई पर न जाकर, वह अपनी ही चारपाई पर जाकर चादर ओढ़कर ठिठुरते हुए लेट गया है। ताज्जुब की बात है कि इस तरह बजाय ठंड में सिकुड़कर जगते रहने के वह ज्यादा जल्दी सो गया है। लेकिन हर बार रात के किसी-न-किसी समय राजकुमारी अपनी चारपाई से रजाई समेत उसकी चारपाई पर आ गई है और उसके साथ लेट गई है। राजकुमारी के साथ लेटते ही वह फिर उसी निषिद्ध दुनिया में डूबने-उतराने लगता है।

आज भी उसने सोचा कि अपनी चारपाई पर सोए लेकिन इससे कोई बहुत फायदा तो था नहीं इसलिए वह सीधे राजकुमारी की चारपाई पर चला गया और उसके स्पर्श से अपने को भरसक बचाते हुए लगभग पाटी पर सिमट गया। दिन-भर की थकान ने जल्दी ही उसे सोने-जागने की बीच वाली स्थिति में पहुँचा दिया।

पप्पू का एक और दिन खत्म हुआ। वह दिन भी उसके और तमाम दिनों की तरह था जिसके बीतने या न बीतने का पप्पू या किसी और के लिए अर्थ नहीं था।

कल रात बड़ी देर तक पप्पू जागता रहा था। अनिल दादा के साथ बनाई गई स्कीम ने उसके मन को आजकल काफी उर्वर बना दिया है। उस स्कीम में अपने को भिन्न-भिन्न भूमिकाओं में फिट कर, वह न जाने क्या-क्या सोचता रहता है। कल रात भी काफी देर तक उसी स्कीम के बारे में सपने देखता हुआ आधा सोने आधा जागने की अवस्था में पड़ा रहा। इसीलिए आज उठने में देर हुई। ठीक तरह से न सोने से बदन टूट रहा था। बाहर बरामदे में कुछ खटपट हुई। पप्पू हड़बड़ाकर चारपाई पर उठ बैठा। लगता है मुंशीजी उठ गए हैं और बरामदे में बैठकर शेव कर रहे हैं। पप्पू को

दिक्कत महसूस होने लगी। रोज वह ऐसे समय उठ जाता है और जब मुंशीजी अभी ऊपर से नीचे उतरते हैं, तब तक पप्पू निपट-चुपटकर घर से बाहर निकल जाता है। घर वह वापस ऐसे समय आता है जब मुंशीजी ट्यूशन के लिए या किसी और काम के लिए बाहर निकल चुके होते हैं। उनकी अनुपस्थिति में ही खाना खाकर, वह उनके वापस लौटने के पहले फिर बाहर निकल जाता है। आजकल तो खासतौर से वह उनके सामने पड़ने से डरता है। पिछले हफ्ते उन्होंने एक्जामिनेशन फीस जमा करने के लिए रुपए दिए थे और पिछले साल की ही तरह पप्पू ने उन रुपयों को सिनेमा देखने और खाने-पीने में खर्च कर दिया था और अब वह रोज यही सोच-सोचकर डरता था कि कहीं मुंशीजी उससे रसीद न माँग लें। हालाँकि अब तो करीब एक हफ्ता हो रहा था और पप्पू बड़े आराम से रसीद के खो जाने का बहाना बना सकता है लेकिन उसे पता है कि मुंशीजी चाहे कहें भले कुछ नहीं, उनकी आँखों में तैरता अविश्वास बहुत कुछ कह देगा और पप्पू इन्हीं आँखों से बचना चाहता है।

बहरहाल अब तो कुछ नहीं हो सकता। मुंशीजी बाहर बरामदे में बैठे दाढ़ी बना रहे थे। राजकुमारी रसोई में थी। पप्पू चुपचाप चारपाई पर बैठा था। राजकुमारी ने उसे चाय का गिलास वहीं ला दिया। बिना मुँह धोए वह चाय नहीं पीता लेकिन आज वह धीरे-धीरे चाय सुड़कने लगा। बिना मुँह धोए चाय का स्वाद अजीब कड़ुआ-सा लग रहा था। उसने आधी से ज्यादा चाय गिलास में छोड़कर गिलास जमीन पर रख दिया। राजकुमारी किसी काम से कमरे में आ रही थी, पप्पू को लगा मुंशीजी आ रहे हैं, वह घबराकर उठ खड़ा हुआ और राजकुमारी के अन्दर घुसने के पहले ही गिलास उठाकर बाहर निकल गया। बाहर मुंशीजी निर्विकार भाव से अपनी एक बार छीली दाढ़ी पर दोबारा साबुन लगा रहे थे। पप्पू ने चाय का गिलास आँगन में नल के पास रख दिया। टट्टी के पास रखे टूटे डालडे का डिब्बा उठाकर नल से पानी भरा और टट्टी में घुस गया। इस पूरे समय वह अपनी आँखें झुकाए रहा जिससे मुंशीजी से नजरें न मिल जाएँ।

टट्टी में पप्पू बहुत देर तक बैठा रहा लेकिन कितनी देर तक बैठता। बिन्नी अगर ट्यूशन पढ़ने आ जाती तो शायद कुछ बचत होती लेकिन बिन्नी भी आज देर कर रही थी। लगता है, विनोद भैया अभी ऊपर गए हैं। वह भी ऊपर होगी। पप्पू को बिन्नी का जिस्म याद आने लगा। कई महीने पहले एक बार पप्पू कुछ पहले घर आ गया था। राजकुमारी चौके में काम कर रही थी। वह ठंडी हवा में बैठने के खयाल से ऊपर चला गया। जाने क्या था ऊपर कि वह पूरी तरह से सन्न हो गया। छत पर बड़े बाबू के हिस्से में एक कोने से कुछ फुसफुसाहटों और हलके-हलके हँसने की आवाजें आ रही थीं। पप्पू जड़ बना एक जगह खड़ा होकर सुनने की कोशिश करने लगा। अँधेरे में कुछ साफ नहीं दिखाई दे रहा था लेकिन पप्पू को इतना तो साफ समझ में आ ही गया कि वहाँ विनोद और बिन्नी थे। न दिखाई पड़ने के बावजूद उसका शरीर

लकड़ी की तरह कड़ा हो गया था और वह चुपचाप जीनों से नीचे उतरकर पाखाने में घुस गया था। उस दृश्य की कल्पना मात्र से ही एक बार फिर उसका शरीर अकड़ गया। वहाँ ज्यादा देर बैठने पर मुंशीजी टूटे शीशे को बाएँ हाथ में लेकर दाहिने हाथ से अभी भी चेहरे पर बचे-खुचे बालों को खरोचने की कोशिश कर रहे थे। कुछ ही साल पहले तक पप्पू इसी बात पर हँसता था। मुंशीजी महीने में दो से ज्यादा ब्लेड इस्तेमाल नहीं करते। नया ब्लेड आने पर शुरू के दो-तीन दिन तो उनकी दाढ़ी ठीक बन जाती, बाद में जैसे-जैसे ब्लेड पुराना पड़ता जाता वे चार-चार पाँच-पाँच बार पानी में ब्रश भिगो-भिगोकर चेहरे पर फिराते और सेफ्टी रेजर चलाते। लगता है, ब्लेड अब बहुत पुराना हो गया है और मुंशीजी के लाख कोशिश करने पर भी ठुड्डी के आसपास के बाल निकल नहीं पा रहे हैं। उन्हें भिन्न-भिन्न अदाओं में दाढ़ी बनाते देखकर पप्पू कितना हँसा करता था। चाय का गिलास हाथ में लेकर मुंशीजी हँसने का असफल प्रयास करते और डाँटकर उसे पढ़ने बैठने को कहते। अब भी मुंशीजी को दाढ़ी बनाते देखकर पप्पू की आँखों में कभी-कभी चमक आ जाती है लेकिन जितनी तेजी से चमक पैदा होती है, उससे कहीं ज्यादा तेजी से बुझ जाती है। आज उसने कनखियों से मुंशीजी की ओर देखा और इस डर से कि कहीं मुंशीजी से आँखें न मिल जाएँ, वह नजरें झुकाए-झुकाए आँगन के एक कोने से मिट्टी उठाकर नल के नीचे बैठकर हाथ मटियाने लगा।

एकाएक किसी शीशे के बर्तन के फूटने की आवाज हुई, पप्पू ने चौंककर देखा। नल के पास उसने जो चाय का गिलास रख दिया था, वही राजकुमारी के पैर से टकराकर टूट गया। अपराध-बोध से उसका सर फिर झुक गया। हालाँकि वह जानता है कि मुंशीजी पहले की तरह अब न तो उठकर ताबड़तोड़ उसकी धुनाई करेंगे और न ही देर तक गुस्से में बड़बड़ाते ही रहेंगे। फिर भी चारों तरफ फैला हुआ सन्नाटा और भी बोझिल हो गया।

'क्या टूटा...!' अस्फुट से मुंशीजी बुदबुदाए। किसी ने उत्तर नहीं दिया। राजकुमारी झाड़ू ले आई थी। वह बैठकर किरचें बीनने लगी। पप्पू अनावश्यक रूप से नल के बहते पानी के नीचे हथेलियाँ उलटता-पुलटता रहा, फिर एकदम से उठकर बाहर निकल गया।

जाड़े की धूप आँगन तक तो आ गई लेकिन अभी तक गली की हद में नहीं पहुँची थी इसलिए गली अभी ठिठुर रही थी। पप्पू ने सिर्फ पाजामा-कमीज पहन रखा था। उसे ठंडक लगने लगी थी। उसने हथेलियाँ रगड़ते हुए तेज चाल से गली पार की और सड़क पर आ गया। सड़क के कुछ हिस्सों पर धूप छोटे-छोटे टुकड़ों में नाच रही थी। धूप के एक वृत्त में खड़े होकर उसने गर्माहट ली। पिछले हफ्ते मुंशीजी ने उसे इम्तहान की फीस जमा करने के लिए चालीस रुपए दिए थे। उनमें से तीन-चार रुपए अभी भी उसकी जेब में थे, यानी अभी दो-तीन दिन तक आराम से बैठकर वह चाय,

पकौड़ी खा सकता था। पिछले साल इतना ही पैसा लगभग एक महीने चला था। इस साल कम चला क्योंकि कई दिन पप्पू को अनिल दादा और उसके दोस्तों को भी खिलाना पड़ा। कल अनिल दादा को पूरी एक पैकेट सिगरेट खरीदकर भी उसने दी थी।

सामने सीताराम की दुकान पर उसका छोकरा धीरे-धीरे भट्ठी की आग सुलगाने के लिए पंखी झल रहा था। वहाँ जाना ठीक नहीं था क्योंकि सीताराम की दुकान पर विनोद का अड्डा था और थोड़ी देर बाद ही उसके पहुँच जाने की पूरी संभावना थी। इसलिए पप्पू शंकर की दुकान की ओर बढ़ा। उधर बाईं तरफ थोड़ी दूर पर आड़ में एक दुकान थी, जहाँ फिलहाल न विनोद द्वारा देखे जाने का भय था और न मुंशीजी द्वारा।

विनोद तो खैर देख भी लेगा तो कुछ नहीं कहेगा लेकिन अगर मुंशीजी देख लेंगे तो जरूर भाँप जाएँगे। उन्हें यह पता है कि पप्पू के पास दुकान पर चाय-वाय के लिए पैसे दो-तीन तरह से ही आ सकते हैं– या तो वह चोरी करे या स्कूल की फीस न जमा करे या किताब-कॉपी बेच दे। चोरी का तो अब कोई सवाल नहीं क्योंकि बहुत दिनों से मुंशीजी की जेब में कुछ नहीं रहता। पहले जरूर पप्पू माँ या मुंशीजी की आँखें बचाकर किसी कील या खूँटी पर टँगी मुंशीजी की कमीज से पैसा चुरा लिया करता था और उसके लिए पकड़े जाने पर बुरी तरह पीटा जाता था। माँ या मुंशीजी द्वारा बहुत सख्त निगरानी रखे जाने पर कई-कई दिनों तक उसके हाथ में एक भी पैसा न लगता, तब वह स्कूल की फीस बचाकर सिनेमा देखता या होटलबाजी करता। नाम कट जाने पर स्कूल जाने के निश्चित समय पर घर से निकलता और दिन-भर मटरगश्ती करने के बाद निश्चित समय पर घर वापस आ जाता। दो-एक महीने बाद भेद खुलने पर बेतहाशा धुनाई होती। रात को माँ एक-एक अंग सेंकती और रोती और सुबह विनोद जाकर उसका नाम फिर से लिखवा आता। बाद में उसका स्कूल छूट गया और पप्पू को खर्च करने के लिए पैसा मिलना धीरे-धीरे और मुश्किल हो गया। अब या तो वह अपने से काफी बड़े उम्र के लड़कों पर पैसों के लिए निर्भर करता है, जिसके कारण अकसर गली के लड़के उसे चिढ़ा-चिढ़ाकर रुआँसा बना देते हैं या फिर इम्तहान की फीस जमा करने जैसा कोई इक्का-दुक्का मौका मिल जाता है जब उसकी जेब में कुछ पैसे होते हैं और वह उनसे एकाध सिनेमा देखने और दो-तीन दिन किसी चाय की दुकान पर बैठने का शौक पूरा करता है। पिछले साल इम्तहान की फीस जमा करना चाहता था लेकिन जिस दिन वह स्कूल फीस लेकर गया, उस दिन किसी मास्टर के मरने से स्कूल बन्द हो गया। पप्पू जेब के पैसों की गर्मी से सिनेमा चला गया। ढाई रुपए खर्च हो गए। इतनी हिम्मत थी नहीं कि मुंशीजी से माँगता। कई दिन घात लगाने के बाद भी मुंशीजी या विनोद की जेबों में से कुछ नहीं मिला। जेब में पैसे लिए-लिए वह कितने दिन तक घूमता, लिहाजा धीरे-धीरे सारे पैसे खर्च हो गए। बोर्ड

का रिजल्ट निकलने पर उसके बताए काल्पनिक रोल नम्बर की तलाश में मुंशीजी का बेचैन हाथ कितनी बार अखबार पर ऊपर-नीचे घूमता रहा और फिर थककर हवा में झूल गया। उन्होंने पहले की तरह न उसे कोसा और न डाँटा, चुपचाप मेरिट लिस्ट में छपे लड़कों का नाम पढ़ने लगे लेकिन उनकी आँखों में कुछ था जिसे देखकर पप्पू ने मन-ही-मन प्रतिज्ञा की थी कि अगले साल खूब जमकर पढ़ेगा और अपनी नालायकी की छाप मुंशीजी के मन से मिटाकर रहेगा। लेकिन यह साल भी पिछले साल की तरह बीत गया और इस बार जब इम्तहान की फीस जमा करने का वक्त आया तब उसके मन में कोई दुविधा नहीं थी। इस बार जेब में पैसे लेकर वह स्कूल की तरफ गया ही नहीं, सीधे सिनेमा हाल की तरफ मुड़ गया। वैसे भी इम्तहान देकर क्या करेगा, पास तो होना नहीं है। यह उसका हाईस्कूल का तीसरा साल है एक बार रेगुलर के रूप में बैठकर वह फेल हो चुका है और दूसरी बार प्राइवेट कैंडीडेट की इम्तहान फीस न जमा करके इम्तहान से मुक्ति पा चुका है। इसलिए इस बार इम्तहान में फिर न बैठने का उसे कोई दुःख नहीं होता।

वह शंकर की दुकान तक पहुँच गया था। वहाँ बाएँ हाथ मुड़ना था। एक उचाट-सी निगाह उसने शंकर की दुकान की तरफ डाली। अभी कोई ग्राहक नहीं पहुँचा था। शंकर भी दुकान पर नहीं था।

जिन्दगी में अगर किसी से पप्पू सबसे ज्यादा नफरत करता है तो वह है, शंकर। शंकर की दुकान के सामने से गुजरते ही उसे अपने अन्दर आग का अहसास होने लगता है। वह और भी छोटा था, तब भी उसके मन में वहाँ से गुजरते समय यह इच्छा आती थी कि शंकर की दुकान पर इस तरह से पत्थर फेंककर भागे कि पत्थर सीधा उसकी खोपड़ी पर जाकर टन्न से लगे। हालाँकि कभी वह अपनी इच्छा पूरी नहीं कर सका लेकिन उसके मन में बार-बार यह इच्छा उठती जरूर थी। आज भी उठी। उसने नफरत से दुकान के अन्दर देखा। अन्दर शंकर का सबसे छोटा लड़का गणेश बैठा था। गणेश पप्पू के ही साथ पढ़ता था। पप्पू उसे हमेशा गोबर गणेश कहकर अपने मन में खुश होता था। कई बार खेल में पप्पू उससे जबर्दस्ती उलझ जाता और एकाध बार उसने उसकी पिटाई भी की थी। हर बार गणेश को गाली देते या पीटते समय पप्पू को एक क्रूर सुख का अनुभव होता था। पप्पू की आँख गणेश से मिल गई तो उसे लगा कि गणेश ने उसे रुकने का इशारा किया है। जरूर बच्चू को हिन्दी की किताब चाहिए होगी। पप्पू ने खुद उसे उस दिन हिन्दी की किताब सेकेंड हैंड में बेचते देखा था। अब उसकी हिम्मत फिर से शंकर से पैसा माँगने को तो पड़ नहीं रही होगी। शंकर जैसा कंजूस दोबारा पैसा देगा भी नहीं और स्कूल में मास्टर साहब रोज किताब के लिए छड़ी लगाते होंगे। और देखो बेटा पिक्चर, किताब बेचकर! पप्पू ने उपेक्षा से मुँह बिचकाया और आगे बढ़ गया।

उसे एक-न-एक दिन इस शंकर के बच्चे से बदला जरूर लेना है। उसे आजकल

अनिल दादा की संगत इसलिए भी और ज्यादा पसन्द आ रही है क्योंकि अनिल दादा इधर फिल्मी स्टाइल की कोई रोमांचक कारगुजारी करना चाहता था। पप्पू ने ही उसे बताया था कि अगर शंकर की दुकान को लूटा जाए तो कम-से-कम दस हजार रुपए मिलेंगे। उतनी छोटी दुकान पर दस हजार रुपए मिलने की बात अनिल दादा के गले आसानी से उतरी नहीं लेकिन उसने बाद में मान लिया क्योंकि पप्पू ने खुद शंकर को कई बार सौ-सौ के नोटों की गड्डियों को गिनते हुए देखा है। पप्पू के अलावा और भी कई लड़कों ने देखा है। ये सभी वही लड़के हैं, जिनके माँ-बाप अकसर शंकर के हाथों जलील होते रहते हैं। आजकल अनिल दादा, पप्पू और दूसरे लड़कों के साथ शंकर को लूटने की स्कीम पर बहस करता रहता है। दो-तीन छुरों का इन्तजाम हो गया है। बस एक पिस्तौल की और जरूरत है। काले कपड़ों के टुकड़ों को जोड़कर पार्क में ही वनभैरव शैली की नकाबें बनाई गई हैं। आज अनिल दादा अपने साथ कुछ और होशियार किस्म के लोगों को लेकर आने वाला था और उनके साथ बैठकर योजना को अन्तिम रूप देना था।

पिछले कई महीनों से अनिल दादा के साथ मिलकर वह योजना बना रहा है। दरअसल अनिल दादा ने एक फिल्म देखी थी जिसमें चार नकाबपोश लड़के मिलकर एक बैंक लूटते हैं। तब से वह इसी स्कीम पर काम कर रहा है। उसने पप्पू को भी कई बार यह फिल्म दिखाई थी। पप्पू इस समय अनिल दादा का काफी नजदीकी हो गया है। अनिल दादा मोहल्ले भर का दादा है। पप्पू की उम्र के लड़के या तो उससे डरते हैं या उसके साथ के लिए लालायित रहते हैं। छोटे-मोटे दुकानदार भी उससे जल्दी नहीं उलझते। पिछले कई सालों से वह हाईस्कूल का इम्तहान दे रहा है। स्कूल छूटने के बाद वह अनिल दादा के करीब आ गया है। पप्पू ने ही उसे शंकर की दुकान लूटने का आइडिया दिया था, तब से वह उसके और करीब आ गया है।

आजकल वे लोग पार्क के एक किनारे पर बैठते हैं। आपस में फुसफुसाकर बातें करते हैं। अंधेरा होने पर बस्ती के बाहर सड़क पर टहलने निकल जाते हैं और देर तक टहलते हुए या किसी पुलिया पर बैठकर योजनाएँ बनाते हैं। योजनाएँ बनाते-बनाते अकसर पप्पू का मन रोमांच से भर उठता है। आजकल उठते-बैठते, सोते-जागते वह अपने को आँखों पर वनभैरव की तरह पट्टियाँ बाँधे, हाथ में पिस्तौल लिए महसूस करता है। एकाएक अपने को चारों तरफ से हथियारबन्द खूँखार नौजवानों से घिरा देखकर थुलथुल शंकर कैसे घबराएगा, किस तरह से रोनी सूरत बनाए अपनी जिन्दगी-भर की कमाई लुटते देखेगा, कैसे हाथ जोड़-जोड़ कर अपनी जान माल की भीख माँगेगा, सोच-सोचकर पप्पू को हँसी आती है। शंकर तो उसे नहीं पहचान पाएगा लेकिन अगर गणेश उसी समय आ गया तो जरूर पहचान लेगा। पहचान ले। वह तो चाहता है कि शंकर जान जाए कि उसे किसने लूटा है और क्यों लूटा है?

शंकर की दुकान पीछे छूट गई और वह चाय की दुकान तक पहुँच गया। उसने

सौ ग्राम जलेबी खाई, फिर पानी पीकर गिलास में उँगलियाँ डुबोकर धोई। उसका मन वहाँ बैठने को नहीं कर रहा। वह जल्द से जल्द अनिल दादा तक पहुँचना चाहता था लेकिन अनिल दादा अभी पार्क में नहीं आया होगा। उसने गर्म चाय ली और धीरे-धीरे पीने लगा। कुछ देर तक वहाँ बैठने के बाद जब उसे लगा कि शायद अनिल दादा पार्क में आ गया हो, वह उठा, दुकानदार को पैसे दिये और पार्क की तरफ चल दिया।

पप्पू आज रोज के मुकाबले शायद जल्दी पार्क पहुँच गया था। अभी तक पार्क लगभग खाली था। खासतौर से वह कोना, जहाँ अनिल दादा अपनी टीम के साथ बैठता था, पूरी तरह खाली था। दिसम्बर की गुनगुनी धूप ने पार्क को हर तरफ से घेर लिया था। वहाँ बैठने में जो सुख था उसने न चाहते हुए भी पप्पू को अपनी तरफ खींच लिया। पप्पू पार्क के अपने कोने में जाकर बैठ गया। पप्पू और उसके साथियों के लिए यह कोना अपना इसलिए था क्योंकि वे लगभग रोज ही वहीं बैठते थे और उनकी बदमाशियों की वजह से मोहल्ले का कोई बुजुर्ग या कोई महिला वहाँ बैठने की हिम्मत नहीं करते थे। पप्पू ऊबा-सा वहाँ बैठा-बैठा जम्हाइयाँ लेता रहा। धूप की गर्माहट और ऊब ने ऐसा माहौल पैदा किया कि वह लेट गया और धीरे-धीरे ऊँघने लगा।

एक कुत्ता आकर उसके पास बैठ गया और उसका पैर चाटने लगा। उसने लेटे-लेटे उसे एक लात जमाई और कुत्ता उठकर दूसरी तरफ, एक मूँगफली वाले के पास चला गया। पार्क में उसके अलावा दो-तीन खोमचे वाले थे जो ग्राहकों के अभाव में रेलिंग के सहारे बैठकर बतिया रहे थे, कुछ आवारा गायें और बकरियाँ और मोहल्ले के ही एक रिटायर्ड रेलवे गार्ड थे जो सामने अखबार फैलाए, जाने कितनी देर से बैठे-बैठे ऊँघ रहे थे। पप्पू जहाँ बैठा था, वहाँ काफी सख्त घास थी और कुछ दूरी पर नर्म हरी घास का टुकड़ा दिखाई दे रहा था। पप्पू का मन हुआ कि जाकर वहाँ बैठ जाए लेकिन आलस में वहीं बैठा रहा और न सिर्फ बैठा रहा बल्कि थोड़ी देर में वहीं लेट गया और आँखों पर हाथ रखे धीरे-धीरे सो गया।

पप्पू की नींद खुली तब तक कई लड़के उसके इर्द-गिर्द आकर बैठ चुके थे। कुछ लड़के रोज की तरह अपनी क्लासों से भागकर आए थे, कुछ पप्पू की तरह थे जो फीस उड़ा गए थे और नाम कट जाने की वजह से बजाय स्कूल जाने के पार्क में बैठने लगे थे। जब तक उनके माँ-बाप को इस बात का पता न चलेगा और अच्छी खासी कुटम्मस के साथ फिर से फीस जमा करके उनका नाम नहीं लिखवाया जाएगा, तब तक वे यहाँ आते ही रहेंगे। वे किसी फिल्मी हीरोइन के रोमांस के बारे में आधिकारिक ढंग से बातें कर रहे थे। पप्पू बिना किसी उत्सुकता से उनकी बातें सुनता रहा। अनिल दादा अभी तक नहीं आया था। आजकल पप्पू को सिर्फ उसी की बातों में मजा आता है।

थोड़ी देर में अनिल दादा आ गया। उसके साथ एक और दुबला-पतला मरियल सा लड़का था जिसने मैली सी पैंट और गन्दी, फटे कालरवाली कमीज पहन रखी थी। पप्पू को निराशा हुई। उसे उम्मीद थी कि आज अनिल दादा अपने साथ पूरे गैंग को लाएगा, जिसकी वह अकसर डींग हाँकता रहता है। आया भी तो सिर्फ एक आदमी के साथ और वह भी कितना मरियल लगता है, जैसे किसी साइकिल के पंक्चर जोड़ने की दुकान का मिस्त्री हो। पप्पू का खयाल सही निकला। बाद में जब अनिल दादा ने पप्पू को आँख का इशारा किया और वे उठाकर बाकी लड़कों से अलग बैठ गए तब पप्पू को पता चला कि वह सचमुच कटरे में साइकिल, रिक्शों के पंक्चर जोड़ने की दुकान चलाता है।

अनिल दादा और मिस्त्री फुसफुसाकर बात करने लगे। पप्पू को मिस्त्री की क्षमता पर विश्वास तो नहीं हो रहा था लेकिन जब अनिल दादा ने उसके कई किस्से सुनाए तो उसे विश्वास हो गया कि वह सचमुच कुछ दादा किस्म का आदमी है। अनिल दादा ने मिस्त्री की आँखों के इशारे से शंकर का घर दिखाया। मिस्त्री ने बड़े अनुभवी ढंग से चारों तरफ का मुलाहिजा किया। उसने इस ढंग से कुछ सवालात किए, जिससे यह साबित होता था कि उसे तरह-तरह की वारदातों में शरीक होने का काफी अनुभव है। पप्पू कुछ-कुछ अविश्वास से और अनिल दादा पूरे विश्वास से उसके जवाब देते रहे। उन्होंने पूरी स्कीम फिर से एक बार दोहराई। हालाँकि यह स्कीम सैकड़ों बार दोहराई जा चुकी थी लेकिन पप्पू पूरी उत्तेजना के साथ एक-एक तफ्सील सुनता रहा और अपने सुझाव देता रहा।

मिस्त्री अनुभवी आदमी की तरह हथियारों की बात करने लगा। हालाँकि अनिल दादा ने भी कई बार कहा था कि उसके पास एक रामपुरी चाकू और एक पिस्तौल है लेकिन उसने दिखाया कभी नहीं था। पप्पू एक बार पिस्तौल देखना चाहता था। मिस्त्री ने आश्वासन दिया कि उसे पिस्तौल जरूर दिखाएगा। वह लूट में खुद पिस्तौल लेकर शरीक होना चाहता था, लेकिन चूँकि पिस्तौलें दो ही थीं इसलिए तय हुआ कि पिस्तौल सिर्फ अनिल दादा और मिस्त्री के पास रहेगी और पप्पू को रामपुरी चाकू दिया जाएगा। दूसरे लड़के भी चाकू रखेंगे। दूसरे लड़कों की लिस्ट पहले की तरह फिर से बनाई गई। मिस्त्री ने अपने साथ एक लड़का लाने की बात की। पहली लिस्ट में शामिल लड़कों में से कुछ के बारे में पप्पू का खयाल था कि वे कायर हैं और कुछ को अनिल दादा डरपोक समझता था। लिहाजा पिछले कई बार की तरह एक बार फिर कुछ लड़कों के नाम काटे गए, कुछ के जोड़े गए।

मिस्त्री को जल्दी थी, वह बार-बार शिकायत कर रहा था कि अनिल दादा उसे धन्धे के टाइम उठा लाया था। कई बार उसने उठने की कोशिश की लेकिन हर बार कोई-न-कोई बात निकल आती और वह फिर रुक जाता। अन्त में वह उठ खड़ा हुआ। जाते-जाते पप्पू ने बड़ी आजिजी के साथ उससे पिस्तौल दिखाने का वादा करा

लिया। तय हुआ कि शाम को अनिल दादा पप्पू को लेकर उसके घर जाएगा, वहीं वह पप्पू को पिस्तौल दिखाएगा। पप्पू पिस्तौल देखने के विचार से रोमांचित हो गया। चलते-चलते मिस्त्री अनिल को पप्पू से थोड़ा हटकर एक किनारे ले गया। वे फुसफुस कर कुछ बातें करने लगे। बीच-बीच में पप्पू की तरफ देखकर उनकी आँखों में शरारत-भरी चमक तैरने लगती। वे जिस तरह बीच-बीच में मुस्कुराते और एक-दूसरे की तरफ देखकर आँखें मटकाते उससे पप्पू को उनकी बात का काफी हद तक अन्दाज लग रहा था। उसने घबराकर चारों तरफ देखा। काफी लड़के आपस में बातचीत में मशगूल थे। किसी का ध्यान इस समय उसकी तरफ नहीं था। अगर किसी ने देख लिया तो मोहल्ले-भर के लड़कों में बात फैल जाएगी। वैसे ही लड़के उसके और अनिल दादा के संबंधों को लेकर उसे कितना चिढ़ाते हैं? पहले तो वह रुआँसा हो जाता था, बाद में अनिल दादा ने दो-एक लड़कों की पिटाई कर दी। तब से चिढ़ाना कुछ कम हो गया है, फिर भी उसे अकेले पाकर इक्का-दुक्का लड़के एक-दूसरे की तरफ देखकर शरारतन आँखें मार देते हैं या धीरे से आपस में कुछ द्विअर्थी वाक्य बोलते हैं, जिससे पप्पू का चेहरा काला पड़ जाता है और वह न सुनने का बहाना बनाए, वहाँ से चुपचाप खिसक जाता है।

मिस्त्री चला गया। अनिल दादा पप्पू के पास आकर बैठ गया। पप्पू का मन क्षोभ से भरा हुआ था। वह दूसरी तरफ देखता रहा। उसने दादा से कई बार साफ-साफ कह दिया है कि वह उसके साथ तो तैयार है लेकिन उसके दोस्तों के साथ नहीं लेकिन इसके बावजूद, पप्पू को अनिल दादा बीच-बीच में अपने दोस्तों के पास ले जाता रहा है। दो-एक बार पप्पू ने साफ-साफ मना कर दिया था लेकिन अनिल दादा ने अपने और उसके संबंधों की बात मुंशीजी को बताने की धमकी देकर उसका प्रतिरोध तोड़ दिया था। अनिल दादा ने पप्पू से बात करने की कोशिश की। लेकिन पप्पू उसकी बात को न सुनने का बहाना किए हुए, दूसरी तरफ देखता रहा। अनिल दादा झल्लाकर उठा और थोड़ी दूर पर बैठे हुए दूसरे लड़कों के साथ बैठ गया। पप्पू अकेला रह गया।

धूप अब काफी तेज हो गई थी। पप्पू ने अन्दाज लगाया, ग्यारह से कम क्या बजे होंगे। उसे काफी तेज भूख लग आई थी। उसने उठकर घर जाने का इरादा किया लेकिन आलस में बैठा रहा। क्या करेगा घर जाकर? उसके खाने या न खाने का किसी पर क्या असर पड़ेगा? मुंशीजी खाकर निकल गए होंगे। विनोद नहा रहा होगा या हो सकता है, यह भी खा-पीकर निकल गया हो। राजकुमारी उसके लिए एक थाली में खाना निकालकर खुद खा लेगी। उसका खाना पड़ा रहेगा। जिस दिन वह दिन में नहीं खाने जाता, उस दिन शाम को बर्तन माँजते समय राजकुमारी उसका खाना गली में फेंक आती है, जहाँ आवारा कुत्ते उसे खा जाते हैं। न कोई उससे दिन में खाना न खाने की वजह पूछता है, न वह किसी से बताता है। जब उसके खाने, न खाने का किसी

पर कोई फर्क नहीं पड़ना तो वह क्यों जाए? अभी भी उसकी जेब में कुछ पैसे थे। वह किसी चाय की दुकान पर बन्द-मक्खन खाकर चाय पिएगा। पहले भी कई बार ऐसा हुआ है कि किसी छुट्टी के दिन मटरगश्ती करने में बहुत देर हो जाती थी लेकिन घर पहुँचने पर हमेशा माँ इन्तजार करती मिलती थी। पहुँचते ही उसकी पिटाई करती, फिर नहलाकर अपने साथ खाने बैठाती। मुंशीजी घर में मौजूद होते तो वे भी खाना खाने के पहले या बाद में उसे दो-एक हाथ लगाते। राजकुमारी भी, अभी हाल तक उसके खाना न खाने पर कितना खोद-विनोद करती। पप्पू के रूखे ढंग से जवाब देने पर मुंशीजी से शिकायत करने की धमकी देती। अब तो वह भी कुछ नहीं कहती। कई दिन तो लगातार कई बार का खाना फेंकना पड़ा है लेकिन इस बात का पता सिर्फ राजकुमारी और पप्पू को रहा है, न विनोद को पता चला और न मुंशीजी को।

पप्पू चुपचाप बैठा रहा। थोड़ी देर में अनिल दादा उठकर फिर उसके पास आ गया। उसने उसे खुश करने के लिए टोस्ट-मक्खन खिलाने की बात कही। पप्पू को मालूम था कि अन्त में उसे अनिल दादा की ही बात माननी पड़ेगी। उसे खूब जोरों से भूख भी लगी थी। अतः वह उठ गया। पार्क के अन्दर एक रेलिंग के सहारे अनिल दादा की साइकिल खड़ी थी। अनिल दादा ने साइकिल का ताला खोला और पप्पू को साइकिल थमा दी। पार्क के बाहर निकलने पर वह आगे डंडे पर बैठ गया और पप्पू साइकिल चलाने लगा। मोहल्ले की किसी चाय की दुकान पर बैठना मुश्किल था क्योंकि किसी भी समय मुंशीजी या विनोद उसे देख सकते थे इसलिए उसने साइकिल पालीटेक्नीक की तरफ मोड़ ली। थोड़ी चढ़ाई थी इसलिए पप्पू जल्दी ही हाँफने लगा। अनिल दादा ने उसे उतारकर आगे बैठा लिया और खुद चलाने लगा।

चढ़ाई खत्म होते ही अनिल दादा ने उसे चिढ़ाया, "इतनी जल्दी हाँफने लगे, बच्चू? इसी बूते पर शंकर के यहाँ चढ़ोगे?"

पप्पू झेंप गया। उसने कोई जवाब नहीं दिया। दरअसल वह इधर इतनी जल्दी हाँफने लगा है। पहले जब नया-नया उसने साइकिल चलाना सीखा था तो कितने शौक से वह तीन-तीन लोगों को बैठाकर साइकिल चलाता था। विनोद कॉलेज से लौटता कि वह सबकी आँख बचाकर, उसकी साइकिल लेकर निकल जाता। मोहल्ले-भर के लड़कों को बैठाकर घुमाता रहता। माँ के लाख मना करने पर भी सड़क पर अपने से बड़े लड़कों को बैठाकर साइकिल चलाता रहता। उसे बैठाकर कोई और साइकिल चलाए, यह उसे अपमान लगता था।

"कितनी बार कहा है कि सुबह उठकर डंड-बैठक किया करो, सो तो होगा नहीं, बस शंकर की दुकान लूटने की धुन लगी है।" अनिल दादा का चिढ़ाना जारी है।

झेंपा हुआ पप्पू कैसे बताए कि अपने उस दरबानुमा घर में वह कहाँ डंड-बैठक करे? अनिल दादा के बहुत चिढ़ाने पर उसने कई बार शुरू भी किया लेकिन हास्यास्पद बन जाने के डर से उसे जल्दी ही छोड़ना पड़ा। एक बार तो बड़े नियमित

रूप से वह एकदम सवेरे उठकर छत पर तीन-चार दिन गया लेकिन तीसरे या चौथे दिन ही जब वह पन्द्रह बैठक मारकर, तीसरा डंड निकाल रहा था, उसे लगा कि सामने की छत पर कोई हँस रहा है। न जाने बिन्नी कब वहाँ आकर खड़ी हो गई थी और उसकी तरफ देखकर हँस रही थी। शर्म से पप्पू वहीं दीवार की आड़ लेकर बैठ गया। जब उसे विश्वास हो गया कि बिन्नी चली गई है तो वह तेजी से झुका-झुका ही सीढ़ियों की तरफ भाग निकला। लगता है, बिन्नी यह बात विनोद को भी बता दी थी क्योंकि दूसरे दिन जब पप्पू देर से उठकर कमरे के बाहर आया तो बरामदे में बैठा अखबार पढ़ रहा विनोद उसे देखकर धीरे से मुस्कुराया और फिर अखबार पढ़ने लगा उसके बाद पप्पू का ''शरीर बनाओ अभियान'' ठप्प पड़ गया।

रास्ते में अनिल ने बताया कि मिस्त्री ने जाते समय उन्हें मैटिनी-शो दिखाने का वादा किया है। वह उन्हें सिनेमा हाल पर ही मिलेगा। सिनेमा खत्म होने पर उसके घर जाएँगे और वहाँ वह पप्पू को पिस्तौल दिखाएगा। पप्पू उसका मतलब तो समझ गया, लेकिन चुप रहा। पालीटेक्नीक के पास एक चाय की दुकान पर साइकिल रोककर वे उतर पड़े और बाहर पड़े एक बेंच के पास साइकिल खड़ी कर उसी बेंच पर बैठ गए।

अभी मुश्किल से बारह बज रहे थे। उन्हें तीन घंटे बिताने थे। वे आराम से दुकान पर बैठे रहे। अनिल अखबार उलटता-पुलटता रहा और पप्पू धीरे-धीरे चाय पीता रहा। उसे बड़े जोरों की भूख लगी हुई थी। अनिल उसे टोस्ट मक्खन खिलाने को कहकर लाया था लेकिन उसने सिर्फ दो समोसे मँगाए, जिसमें दोनों ने एक-एक खाए। लगता है, उसकी जेब में ज्यादा पैसे नहीं हैं। एक समोसा खाने से पप्पू की भूख और बढ़ गई थी। एक बार उसने सोचा कि अपने जेब के पैसों से कुछ मँगा ले लेकिन फिर खामोश रह गया। कहीं रास्ते में अनिल से पीछा छुड़ाकर कुछ खा लेगा। चाय खत्म हुई तो अनिल ने पैसे दिए और वे उठ खड़े हुए। अभी बहुत समय था। वे पैदल ही वापस मुहल्ले की तरफ बढ़े। रास्ते में अनिल ने शंकरवाली स्कीम के बारे में बातचीत करने की कोशिश की लेकिन भूख से कुलबुलाते पप्पू को उसमें ज्यादा रस नहीं आ रहा था। वह लगातार अनिल से छुटकारा पाकर किसी चाय की दुकान तक जाने की सोच रहा था। पार्क तक पहुँचते-पहुँचते उसे एक उपाय सूझ ही गया। उसने अनिल से कहा :

''तुम बैठो, मैं अभी घर से खाना खाकर आता हूँ।''

''तुमने अभी तक खाना नहीं खाया?''

''अभी कहाँ, सवेरे से तो तुम्हारे चक्कर में हूँ।''

''तभी...''

अनिल कुछ कहना चाहता था लेकिन पप्पू ने उसे मौका नहीं दिया। वह उसे पार्क के फाटक पर छोड़कर एकदम से मुड़ गया।

पप्पू ने अपनी गली के पास पहुँचकर, पीछे देखा। अनिल पार्क के एक कोने में

बैठे लड़कों के पास बैठ चुका था। उसकी पीठ पप्पू की तरफ थी। पप्पू तेजी से अपनी गली को पीछे छोड़ता हुआ शंकर की दुकान की तरफ बढ़ गया। वहाँ से वह उसी रफ्तार में बाईं तरफ मुड़कर सवेरेवाली चाय की दुकान में पहुँच गया। उसने जल्दी-जल्दी बन्द-मक्खन खाया, सौ ग्राम पकौड़ियाँ खाईं, चाय पी और उठ खड़ा हुआ।

जब वह वापस पार्क में पहुँचा तो अनिल को ताज्जुब हुआ।

''अरे! तुम इतनी जल्दी खाना खा आए।''

पप्पू ने कोई जवाब नहीं दिया। सिर्फ सर हिलाकर उस मंडली में शरीक हो गया जिसमें कई लड़के घेरा बनाकर किसी विषय पर बड़े जोर-शोर से बातें कर रहे थे। अनिल और एक-दूसरे लड़के में बहस हो रही थी। अनिल तरह-तरह की दलीलें देकर वह साबित करने की कोशिश कर रहा था कि शरीर बनाने के लिए डंड-बैठक सबसे अच्छा उपाय है जब कि दूसरा लड़का जिम्नेजियम जाकर अंग्रेजी कसरतें करने का पक्षधर था। बाकी लड़के उत्सुकता से बहस सुन रहे थे और बीच-बीच में दोनों को उकसाने के लिए कोई-न-कोई ऐसा वाक्य बोल देते थे जिससे वे और ज्यादा उत्तेजित होकर बोलने लगते। पप्पू के पहुँचने पर एक क्षण को विराम आया लेकिन फिर उसी जोश-खरोश से बहस शुरू हो गई।

पप्पू को शरीर बनाने से सम्बन्धित बहस को लेकर घबराहट होती है। अकसर इस तरह की बहसों से मोहल्ले के लड़कों में से ही उदाहरण चुने जाते हैं और फिर पप्पू की खिंचाई होती है। आजकल मोहल्ले के लड़कों में आपसी बातचीत का यह सबसे अहम मुद्‌दा है क्योंकि मोहल्ले में हाल ही में एक 'शाखा' लगने लगी है और शरीर बनाने की एक नई धुन शुरू हुई है। अधभरे पेटवाले लड़के 'शाखा' के बौद्धिक सुन-सुनकर घर आकर डंड-बैठक करते हैं और स्कूल में खाली घंटों में बाँह की कमीज ऊपर चढ़ाकर हाथ की मछलियाँ दिखाते हैं।

पप्पू इस तरह की बहस को लेकर बचने की कोशिश करता है। आज भी बहस का विषय जानते ही वह सायास उपेक्षा करके दूसरी तरफ देखने लगा। वह दिखा रहा था कि जैसे वह कुछ सुन ही नहीं रहा है। लेकिन थोड़ी ही देर में उसके कान की लवें लाल होने लगीं। बहस में उदाहरणों का नम्बर आने लगा था। जल्दी ही खराब शरीर वाले लड़कों का जिक्र आने पर उसका भी नाम आ गया। श्रोताओं ने मुस्कुराकर उसकी तरफ देखा। पप्पू उपेक्षा से दूसरी तरफ देखता रहा। अनिल उसकी कमजोरी जानता था इसलिए उसने जल्दी से बात बदल दी लेकिन उससे बहस करने वाले लड़के को पता था कि पप्पू अनिल की कमजोरी है। वह बहस में हार रहा था इसलिए अनिल को मजाक का पात्र बनाने के लिए वह बार-बार पप्पू का नाम ले आ रहा था। बाकी लड़कों को भी मजा आ रहा था। वे बार-बार पप्पू की आँखों पर कटाक्ष कर रहे थे जो उनके लिहाज से कसरत न करने से गड्‌ढे में धँस गई थीं और उनमें बहने वाले

गँदले कीचड़ को रोकने का एक ही उपाय था कि वह कसरत करे। पप्पू खिसियानी हँसी हँसकर बहस से अपने को असम्पृक्त करने की चेष्टा कर रहा था और अनिल दादा उसे दूसरी तरफ मोड़ने की कोशिश कर रहा था।

पप्पू को अपनी आँखों की वजह से कई बार शर्म का सामना करना पड़ा है। शुरू से ही उसकी आँखें अजीब पनियायी-पनियायी सी रहती थीं। दर्जा चार का पढ़ा पाठ उसे अकसर याद आ जाता, जिसके मुताबिक चाचा नेहरू बच्चों की आँखों में देश का भविष्य देखते थे। कैलेंडरों और पत्रिकाओं की तस्वीरों में उसने चाचा नेहरू को बच्चों की आँखों में मुस्कुराते हुए झाँकते देखा है। बच्चों की आँखों के सपने का अक्स स्पष्ट तो नहीं दिखाई देता था लेकिन इतना जरूर स्पष्ट था कि सपना काफी अच्छा होता था, तभी तो चाचा नेहरू हमेशा मुस्कुराते रहते हैं। तस्वीरों वाले बच्चों की आँखें कितनी नीली, साफ और चमकदार होती हैं। उन बच्चों को देखते हुए पप्पू हमेशा हीन भावना से ग्रस्त हो जाता है। अच्छा हुआ, कभी चाचा नेहरू से मुलाकात नहीं हुई, नहीं तो अगर कहीं वे उसकी आँखों में झाँक लेते तो उसकी पनियायी, निस्तेज आँखों में उन्हें न जाने क्या दिखाई देता? किसी सपने-वपने की तो बात ही दीगर है– इन गँदली आँखों में सारे सपने मिट जाते–उल्टे वे मुस्कुराना भी भूल जाते। एक बार ड्राइंग मास्टर और संस्कृत के पंडितजी ने उसे कितना जलील किया था। तिमाही इम्तहान की संस्कृत की कॉपियाँ क्लास में दिखाई गई थीं। क्लास में अनुपस्थित रहने के कारण पप्पू अपने नम्बर नहीं देख पाया था। दूसरे दिन वह इंटरवल में टीचर्स-रूम में गया। पंडितजी एक कोने में कुर्सी खींचकर ड्राइंग मास्टर से बातें कर रहे थे। वह चुपचाप जाकर उन दोनों के पास खड़ा हो गया। उसके सर पर आ खड़े होने से पंडितजी को कुछ असुविधा महसूस हुई तो उन्होंने अनिच्छा से उसकी तरफ देखा। उसका मन्तव्य जानकर वे झुँझलाहट से उठे और अपनी अलमारी खोलकर कॉपियों का बंडल निकाल लाए और उसे थमा दिया। उसने चुपचाप कॉपियों के बंडल से अपनी कॉपी ढूँढ़ी और बाकी बंडल एक तरफ रख दिया। बमुश्किल वह पास हुआ था। उसकी पीली आँखें और ज्यादा उदास लगने लगी थीं। वह चुपचाप अपनी कॉपी के पन्ने उलटता रहा और मन-ही-मन अलग-अलग प्रश्नों पर मिले अंकों को जोड़कर कॉपी के कवर पर मिले प्राप्तांकों से मिलान करता रहा। अचानक उसे लगा कि पंडितजी बात छोड़कर, एकटक उसी की तरफ देखने लगे हैं।

''तुम्हारी आँखें इतनी निस्तेज क्यों हैं, जी! लगता है पीलिया के मरीज हो।''

''पीलिया-वीलिया कुछ नहीं है। आजकल के लड़के आपके जमाने के तो हैं नहीं। इसी उम्र में न जाने कौन-कौन-सी कुटेव पाल लेते हैं।''

ड्राइंग मास्टर ने हलके से पंडितजी को आँख मारी तो पप्पू पूरी तरह से रुआँसा हो उठा। उसने बड़ी मुश्किल से अपनी कॉपी बंडल के ऊपर रखी उसे फिर से रस्सी

से बाँधा और पंडितजी के सामने वाली मेज पर रख दिया। पंडितजी ने शायद उसका मन रखने के लिए कहा, ''अरे नहीं, ये तो सीधा-सादा लड़का है। इसमें इसकी गलती भी क्या है। आजकल के लड़कों को घी, दूध तो खाने को मिलेगा नहीं, आँखें पीली नहीं होंगी तो क्या उनसे तेज बरसेगा।''

''आप भी पंडितजी....''

इसके बाद पूरा वाक्य सुनने के लिए पप्पू नहीं रुका। पीछे से आती हुई ड्राइंग मास्टर और संस्कृत के पंडितजी की हँसी उसकी पीठ से टकराकर उसके मन में शर्म और पीड़ा के दंश चुभाती रही।

पप्पू को ड्राइंग मास्टर से नफरत है। एक बार तिमाही के नम्बर बताने के लिए उसे उन्होंने अपने घर बुलाया। घर पर कैसा गन्दा काम उसके साथ करना चाहते थे। पप्पू रोने लगा और उसने प्रिंसिपल साहब से शिकायत करने की धमकी दी, तब कहीं उसे छुटकारा मिला। तब से, ड्राइंग मास्टर कोई भी मौका मिलते ही उसे जलील करने से नहीं चूकते। उसने कई बार सोचा कि क्लास के लड़कों को ड्राइंग मास्टर की बदमाशी बता दे लेकिन हमेशा यह सोचकर चुप रह जाता कि लड़के उसी को चिढ़ाएँगे।

बाद में जब उसके अनिल दादा से ताल्लुकात बन गए थे, तब उसने एक दिन उसे बताया था। एक बार जब फिर ड्राइंग मास्टर ने उसे अपने घर बुलाया तो पप्पू अनिल को साथ लेकर गया। अनिल की दादागीरी से स्कूल के लड़के ही नहीं, अध्यापक तक वाकिफ थे। उसने ड्राइंग मास्टर को उसके घर पर माँ-बहन की खूब गालियाँ दी थीं, तब से फिर उसने पप्पू को परेशान नहीं किया।

बहस में बार-बार पप्पू का नाम लेने से अनिल चिढ़ गया। उसने दो-तीन गालियाँ हवा को दीं। साथ बैठे लड़के समझ गए और उन्होंने फौरन बात का विषय बदल दिया।

पप्पू ने थोड़ा आश्वस्त महसूस करते हुए अपने को घास पर फैला दिया। धूप अब तेज हो गई थी और सीधी उसकी आँखों पर पड़ रही थी। धूप से बचने के लिए उसने एक हाथ आँख पर रख लिया।

लेटे-लेटे बगल में हो रही उत्तेजित बहस के स्वर धीरे-धीरे अस्पष्ट होने लगे। वह ऊँघते-ऊँघते झपकियाँ लेने लगा।

जब अनिल ने झिंझोड़कर उसे उठाया तो धूप उस हिस्से से सरककर थोड़ी दूर जा बैठी थी। पप्पू समझ गया कि सिनेमा का वक्त हो गया था। वह चुपचाप उठकर अनिल के साथ पार्क से बाहर निकल गया।

जब वे सिनेमा हाल पर पहुँचे तो मिस्त्री टिकटें खरीदकर उनका इन्तजार कर रहा था। सिनेमा शुरू होने में थोड़ा वक्त था लेकिन वे अन्दर जाकर बैठ गए। बाहर पप्पू और अनिल दोनों को घर के किसी आदमी द्वारा देखे जाने का खतरा था। हाल

में सबसे अगली सीट से सिर्फ एक सीट पहले उन्हें जगह मिली। इतना आगे बैठने से पप्पू की आँखें दर्द करने लगती हैं, लेकिन मजबूरी थी क्योंकि मिस्त्री दिखा रहा था। अगर वह कुछ कहता है तो वे दोनों उसका मजाक उड़ाएँगे और हो सकता है कि पीछे का टिकट खरीदने के लिए उसी से कुछ पैसा माँगने लगें।

हाल की बत्ती गुल होते ही मिस्त्री और अनिल ने उसे परेशान करना शुरू कर दिया। अनिल को झेलने की तो आदत थी लेकिन मिस्त्री की हरकतों से उसे जुगुप्सा होने लगी। बिना अगल-बगल का ध्यान किए, वह उसके गाल पर हाथ फेर रहा था और बीच-बीच में चिकोटी काट लेता था। उन दोनों ने पप्पू को बीच में बैठा रखा था, इसलिए वह उठकर कहीं जा भी नहीं सकता था। जब केवल अनिल होता था तो उसकी हरकतों से बेखबर पप्पू सिनेमा में दिलचस्पी लेने की कोशिश करता लेकिन मिस्त्री तो कुछ ज्यादा ही फूहड़ था। उसे अगल-बगल के लोगों की जरा भी परवाह नहीं थी। उसने पप्पू का बायाँ हाथ लगभग खींचते हुए अपनी जाँघों के बीच रख लिया। पप्पू ने छुड़ाने के लिए कई बार जोर लगाया लेकिन मिस्त्री अपने दाहिने हाथ से उसे दबाए रहा। पप्पू ने हार मानकर अपना हाथ वहीं छोड़ दिया और चुपचाप फिल्म देखने लगा। शायद उन दोनों में ऐसा समझौता हो चुका था, इसलिए अनिल ने थोड़ी ही देर में अपने को फिल्म में डुबो दिया और पप्पू को मिस्त्री के लिए छोड़ दिया। पप्पू ने भी अपना ध्यान उधर से हटाकर पूरी तरह से फिल्म में लगा दिया। लेकिन यकायक उसे अपने हाथ में चिपचिपाहट महसूस हुई। उसने घिन्नाकर अपना हाथ पीछे खींच लिया। मिस्त्री ने भी फिर से उसका हाथ नहीं खींचा। तीनों चुपचाप फिल्म देखते रहे।

इंटरवल की रोशनी होते ही अनिल और मिस्त्री एक-दूसरे की तरफ देखकर मुस्कुराए। पप्पू शर्म में डूबा परदे की तरफ देखता रहा और फिर झटके से उठकर बाहर निकल गया। बाहर वह निरुद्‌देश्य सड़क पर आने-जाने वालों को देखता रहा। उसके पीछे-पीछे वे दोनों भी बाहर निकल आए। पप्पू एक खम्बे की आड़ में था इसलिए वे उसे नहीं देख पाए। पप्पू भीड़ के पीछे होता हुआ पेशाबघर में घुस गया। हाल के अन्दर वह तभी घुसा जब पूरी तरह अँधेरा हो गया था। इधर-उधर टकराते हुए वह अपनी सीट पर पहुँच गया।

पिक्चर खत्म होने पर अनिल और मिस्त्री ने अपनी साइकिलें निकालीं और पप्पू के साथ भीड़ में धीरे-धीरे पैदल ही चलने लगे। भीड़ खत्म होते ही मिस्त्री ने पप्पू को अपनी साइकिल के आगे बैठा लिया और तीनों एक तरफ चल दिए। पप्पू जानता था कि वे कहाँ जा रहे हैं। अँधेरा हो जाने पर अनिल हमेशा उसे नार्मल स्कूल के मैदान में ले जाता था। आज भी वे वहीं जा रहे थे। नार्मल स्कूल के मैदान में पहुँचकर उन्होंने साइकिलें एक किनारे खड़ी कीं। अनिल साइकिलों के पास रुक गया और मिस्त्री पप्पू को लेकर मैदान की दूसरी तरफ चला गया। थोड़ी देर में मिस्त्री साइकिलों के पास लौट

आया और अनिल पप्पू की तरफ चला गया। थोड़ी देर में दोनों लौट आए।

साइकिलों पर सवार होकर वे मिस्त्री के घर की ओर चले। उसका घर गली में था। उन दोनों को गली में बाहर खड़ा करके मिस्त्री अन्दर चला गया और थोड़ी ही देर में बाहर निकलकर उसने उन्हें इशारा किया। वे उसके पीछे-पीछे गली के अँधेरे कोने की तरफ बढ़ गए। पप्पू और अनिल दोनों उससे सटकर खड़े हो गए। मिस्त्री ने बड़े रहस्यमय ढंग से कमीज उठाकर पैंट में खुँसी कोई चीज निकाली और अनिल की तरफ बढ़ा दी। अँधेरे में अनिल देख नहीं पाया लेकिन रोमांच और कौतूहल से उसने हाथ बढ़ाकर उस चीज को थाम लिया। लोहे की, लगभग एक फुट लम्बी और बेढंगी-सी चीज थी जिसे हाथ में लेने पर पप्पू को निराशा ही हुई। फिल्मों में देखी हुई पिस्तौलों जैसी चीज देखने की उसकी इच्छा को इस भोंडी चीज को हाथ में लेने पर काफी धक्का लगा लेकिन उसने अपनी निराशा को एकदम से जाहिर नहीं किया। पिस्तौल अब उसके हाथ से अनिल ने ले ली थी। मिस्त्री उसे खोलने, गोली भरने और चलाने के बारे में बता रहा था। उसके बताने के ढंग से पप्पू थोड़ा आश्वस्त हुआ। उसे लगा मिस्त्री कोई खिलौना नहीं, बल्कि सचमुच की पिस्तौल दिखा रहा है। उसने एक बार फिर अनिल के हाथ से पिस्तौल ले ली और उत्सुकता के साथ उसके एक-एक पुर्जे को समझने लगा। उसे लगा कि अब शंकर के यहाँ डकैती कोई रोक नहीं सकता।

दो-तीन लोग उधर ही आ रहे थे। मिस्त्री ने झपटकर पप्पू के हाथ से पिस्तौल छीन ली और जल्दी से कमीज उठाकर अपने पैंट में खोंस ली। तीनों एक-दूसरे से थोड़ी दूरी बनाए हुए, मिस्त्री के घर तक आए। वहाँ पप्पू को अलग छोड़कर अनिल और मिस्त्री आपस में कुछ फुसफुसाते रहे और फिर मिस्त्री उन दोनों को छोड़कर अपने घर में घुस गया।

"चलो!" अनिल साइकिल पर चढ़कर, गली के बाहर की तरफ बढ़ चला। पप्पू जरा सा दौड़कर कैरियर पर बैठ गया। साइकिल हलके से डगमगाई, फिर सन्तुलित होकर गली के बाहर निकल आई।

बाहर रात काफी गहरा गई थी। सड़कें करीब-करीब सूनी हो गई थीं। जाड़े में तो वैसे ही जल्दी वीरानी छा जाती है और फिर इस समय तो करीब-करीब आठ बज रहे थे। सर्दी अपने पूरे चढ़ाव पर थी। सवेरे पप्पू बिना स्वेटर पहने निकल पड़ा था और तब से एक बार भी घर नहीं गया था। अभी तक सिनेमा हाल और गली के अन्दर की गर्मी ने उसे स्वेटर की कमी को महसूस नहीं होने दिया था लेकिन अब, जब उनकी साइकिल भीड़भाड़ से निकलकर सूनी सड़क पर आ गई थी, उसके दाँत सर्दी के मारे आपस में बजने लगे थे। गनीमत थी कि वह पीछे कैरियर पर बैठा था इसलिए हवा सीधे उससे नहीं टकरा रही थी, फिर भी अनिल के जिस्म की आड़ से बचकर आने वाली हवा इस कदर तीखी थी कि कैरियर पर बैठा-बैठा वह दोहरा-तिहरा

होता जा रहा था। हाथों की कोहनियाँ सीने से बाँधे, हर पल उसे यही लग रहा था कि जरा सी साइकिल लड़खड़ाते ही उसका सन्तुलन बिगड़ जाएगा और वह गिर पड़ेगा, लेकिन किसी तरह अपने को गिरने से बचाए रखकर, उसने सफर पूरा किया।

शायद अनिल को भी ठंडक लग रही थी। वह बार-बार अपनी हथेलियाँ हैंडिल से हटाकर पैंट से रगड़ने लगता था। हर बार साइकिल का सन्तुलन बिगड़ता और ऐसा लगता कि अब गिरे, तब गिरे। सर्द और जमे हुए कोहरे को चीरते हुए वे लोग अपने मुहल्ले के पार्क तक पहुँचे। पार्क पूरी तरह सूना था, केवल सीताराम की दुकान पर रोशनी दिखाई दे रही थी। अनिल ने पप्पू को पार्क में चलने का हलके से इशारा किया लेकिन पप्पू ने एकदम इनकार में सर हिला दिया। अनिल का भी शायद ज्यादा मन नहीं था या शायद सर्दी का असर था, उसने ज्यादा आग्रह नहीं किया। दोनों ने हाथ के इशारों से एक-दूसरे से विदा ली और अनिल साइकिल पर चढ़कर चला गया।

पप्पू जहाँ खड़ा था, वहाँ अँधेरा था। अभी घर जाने से कोई फायदा नहीं था। अभी मुंशीजी जग रहे होंगे। वह ठंड में ठिठुरता वहीं खड़ा सोचता रहा कि क्या करे कि तभी उसे एक रिक्शे पर विनोद, मुंशीजी और त्रिवेणी आते दिखाई दिए। उनका रिक्शा थोड़ी देर के लिए एक लैम्प-पोस्ट के नीचे के उजाले की परिधि में आ गया था। पप्पू और भी ज्यादा अँधेरे में दुबक गया। वे तीनों इस कदर अपने में खोए हुए थे कि उन्होंने पास से गुजरते हुए भी पप्पू को नहीं देखा। त्रिवेणी के जाने का मतलब था कि पप्पू और काफी देर तक घर नहीं जा सकता। वह सड़क पर इधर-उधर निरुद्देश्य भटकने लगा।

जैसे उनके दिन फिरे

दो कमरे, एक छोटे से बरामदे, लगभग उतने ही बड़े एक आँगन, एक रसोई और आँगन के कोने में पुरानी ईंटों और टाट के टुकड़ों से घेरकर बनाई गई पाखाना नामक जगह को मिलाकर जो मकान की शक्ल की चीज बनती है, उसे मोहल्ले वाले और बाहरी लोग मुंशीजी के घर की संज्ञा देते हैं। एक जमाने में इस मकान के बाहरी दरवाजे पर एक तख्ती लगी रहती थी, जिस पर मुंशीजी का नाम– रामानुज लाल श्रीवास्तव, बड़ी शान से लिखा हुआ था। वक्त की मार से इस मकान में बसे हुए घर के साथ जो ज्यादतियाँ की थीं, उनमें से एक यह भी थी कि उस तख्ती पर लिखे गए अक्षर धीरे-धीरे धुँधलाते गए और एक दिन जब उस तख्ती को बिना बहुत करीब आए पढ़ पाना लगभग असम्भव हो गया था, मोहल्ले के लड़कों ने उसे नोचकर होलिका में जला दिया। शायद वह तख्ती मुंशीजी की सबसे बड़ी पहचान थी क्योंकि उसके गायब होते ही अब मुंशीजी सिर्फ मुंशीजी रह गए हैं। मोहल्ले के अधिकांश लोग तो भूल ही गए थे कि उनका असली नाम रामानुज लाल श्रीवास्तव है। बहरहाल नाम में क्या रखा है। मुसीबत की जड़ तो ईंट-गारे से निर्मित यह आकार था जिसमें कई साल पहले मुंशीजी का परिवार आकर बसा था और यह उस समय उनका घर बन गया था। पता नहीं कैसे, क्या हुआ कि अचानक यह मकान फिर से मकान बन गया और उसमें निहित हर तत्त्व धीरे-धीरे अनुपस्थित होने लगा और पिछले कुछ सालों में तो एकदम अनुपस्थित हो गया है। इस घर के प्राणियों ने भी इस तथ्य को पूरी तरह से स्वीकार कर लिया था। एक ही मकान की छत के नीचे रहते हुए वे एकदम एक-दूसरे से कट गए थे। नदी के अलग-अलग द्वीपों की तरह पड़े हुए वे संवादहीनता की ऐसी अन्धी सुरंग में प्रवेश कर गए थे जहाँ अपने सिवा परिवार के किसी भी सदस्य का न तो स्पर्श परिचित था और न ही स्वर।

ऐसा कैसे हुआ? आखिर क्यों, एक भरा-पूरा घर सिर्फ ईंट-गारे के मकान में तब्दील होकर रह गया? घर शब्द से जुड़ी ऊष्मा एकाएक कैसे वाष्प बनकर उड़ गई। जाहिर है इन सवालों का जवाब यह निर्जीव मकान नहीं दे पाएगा, भले ही इस परिवार के एक-एक सदस्य से इसका पुराना परिचय रहा है। इस सवाल का जवाब अगर मुंशी रामानुज लाल श्रीवास्तव प्रधानाध्यापक से उनके जवानी के दिनों में माँगा जाता तो

आदतन वे चाक लिए ब्लैकबोर्ड की तरफ बढ़ जाते और उनकी उँगलियाँ ब्लैकबोर्ड पर क्रम से लिखतीं, ऐतिहासिक और शायद तभी वे ठिठककर खड़े हो जाते। उन्हें अहसास हो जाता कि वे किसी राजवंश के नहीं बल्कि अपने ही घर के बिखराव के कारणों पर प्रकाश डालने के लिए खड़े हुए हैं। इसमें कोई शक नहीं कि मुंशीजी का परिवार हिन्दुस्तान के लाखों-लाख सामान्य परिवारों में से एक ही है और उसके बिखराव के वे कारण नहीं हो सकते जो किसी राजवंश के हो सकते हैं फिर भी थोड़ी देर के लिए इस ढंग से सोचने में कोई हर्ज भी नहीं।

इतिहास के किसी अध्येता को अगर मुंशी रामानुज लाल-वंश के पतन के ऐतिहासिक कारणों का विश्लेषण करने का काम सौंप दिया जाए तो शायद उसका दिमाग चकरघिन्नी खा जाएगा। मुंशीजी के परिवार का इतिहास खोजना एवरेस्ट पर चढ़ने से ज्यादा मुश्किल काम साबित होगा। इस मुल्क के असंख्य परिवारों की भाँति इस परिवार का भी मुश्किल से दो पीढ़ियों का इतिहास है। मुंशीजी के पिता किसी जमींदार के कारकुन थे और उसी हैसियत से उन्होंने गाँव में थोड़ी बहुत जमीन खड़ी कर ली थी। जमींदारी खत्म होने के बाद कारकुन के रुतबे से जुड़े नजराना, सम्मान और बेगार भी समाप्त हो गए। केवल जमीन का भरोसा रह गया। उस जमीन के दावेदार थे चार भाई और तीन बहनें। दो बहनों की शादी मुंशीजी के पिता ने जमींदारी उन्मूलन के पहले धूमधाम से की थी। तीसरी की शादी का नम्बर आते-आते जमींदारी खत्म हो गई, लिहाजा मुफ्त की शान-शौकत की कोई उम्मीद नहीं बची। सब कुछ अपने टेट से खर्च करके करना था। मुंशीजी के पिता अपने को खानदानी रईस कहा करते थे, हालाँकि उनकी सारी रईसी उन्हीं की पीढ़ी की उपज थी। इसलिए उन्होंने अपनी जमीन का कुछ हिस्सा बेचकर अपनी तीसरी लड़की पहले जैसी धूमधाम से ब्याही। मुंशीजी तो घर-द्वार के मामले में तटस्थ रहा करते थे लेकिन उनके और भाइयों ने इस फिजूलखर्ची का जमकर विरोध किया। पिता और पुत्रों में खूब चखचख हुई। मुंशीजी भाइयों में सबसे बड़े थे और उनकी शादी हो चुकी थी। उन्हें जल्दी ही यह अहसास हो गया कि वे न तो पत्नी को साथ लेकर उस संयुक्त परिवार में रह सकते हैं, और न ही गाँव में उनके परिवार के पास इतनी जमीन ही बची थी कि पूरे परिवार का उसमें गुजारा हो सके। अपने भाइयों में वे अकेले संजीदा किस्म के इंसान थे लिहाजा थोड़ा-बहुत पढ़ लिए थे। उस पढ़ाई से, उस जमाने में प्राइमरी स्कूल की मुदर्रिसी मिल सकती थी। बाप के लाख विरोध करने पर भी उन्होंने वही हासिल की और चुपचाप गाँव छोड़कर चले गए। दो-एक साल अकेले रहे, फिर एक दिन आकर पत्नी को भी साथ लेते गए। जब तक पिता जीवित रहे, साल-छह महीने पर गाँव आते रहे। उनके मरने पर विवाह-शादी तक उनका आगमन सीमित रहा और बाद में वह भी खत्म हो गया। अब तो शायद उन्हें याद भी नहीं होगा कि पिछली बार गाँव कब गए थे! अगर यहीं तक बात होती तो शायद इतिहास को उनकी घटनाविहीन, एकरस

जिन्दगी में घुसपैठ करने का मौका नहीं मिलता। लेकिन एक दिन अचानक यही इतिहास उनके घर पर चढ़कर बोलने लगा। रिटायरमेंट करीब आ गया। उनके विद्यालय में इत्तेफाक से दो अध्यापक और ऐसे थे जो जल्दी ही रिटायरमेंट पाने वाले थे। उनके बीच में अकसर ऐसी बातें होती रहती थीं जो इस स्थिति को पहुँचे लोगों के बीच होनी चाहिए। मसलन लड़कों में से कुछ के नौकरी या व्यापार में सेटिल हो जाने का सुख, कुछ के आवारा निकल जाने का दुःख, रिटायरमेंट के बाद खोली जाने वाली परचून की दुकान या अभी से तय किए ट्यूशनों की संख्या, पुराने मकान की मरम्मत या नए मकान का निर्माण। मुंशीजी काफी दिनों तक इन बहसों से अपने को काटते रहे। शायद यह अहसास कि कुछ दिनों बाद वे एकदम से खाली हो जाएँगे, उन्हें काफी खौफनाक लगता था। इस विषय पर बातचीत से बचकर शायद वे इस अहसास से बचना चाहते थे। लेकिन जल्दी ही वह दिन आ गया जब उन्हें लगा कि उन्हें भी कुछ-न-कुछ सोचना पड़ेगा और उन्होंने सोचना और बातचीत में शरीक होना शुरू कर दिया। विनोद, पप्पू और राजकुमारी तीनों अभी पढ़ रहे थे। विनोद अपने हमउम्र दूसरे लड़कों के मुकाबले ज्यादा संजीदा और जिम्मेदार लगता था, इसलिए मुंशीजी को उसके बारे में बहुत सोचने की जरूरत नहीं थी। उनके रिटायर होने तक कहीं-न-कहीं लग ही जाएगा। राजकुमारी की शादी के लिए प्राविडेंट फंड में जमा धन काफी था। थोड़ा-बहुत भाइयों से ले लेंगे। आखिर इतने दिनों तक उन्होंने अपने हिस्से की उपज में से एक धेला नहीं लिया था। पप्पू अभी छोटा था, काफी दिनों तक उनके साथ रहेगा। उसकी पढ़ाई और दूसरे खर्चों के लिए पेंशन थी, ट्यूशनों पर एक बार फिर से जुट जाने लायक शरीर और मन था तथा गाँव-घर से अब नियमित रूप से कुछ-न-कुछ मिल पाने का विश्वास था। सिर्फ एक मसला था, मकान का। औसत निम्न मध्यवर्गीय हिन्दुस्तानी की तरह उनकी जिन्दगी का बहुत बड़ा सपना था, अपना मकान। छोटा ही सही लेकिन ईंट-गारे और सीमेंट की एक ऐसी इमारत जिस पर उनका अपना निजी स्वामित्व हो। बाप-दादों के मकान में लौटना अब असंभव था। एक तो भाइयों के परिवार बड़े हो गए थे, दूसरे उनके परिवारों के आपस के झगड़ों को सुन-सुनकर मुंशीजी की इतनी हिम्मत भी नहीं बची थी कि उस नरक में वे खुद भी जाकर कूद पड़ते। इतना तो तय हो गया कि वे अपना अलग मकान बनाएँगे लेकिन कहाँ? यहीं से इतिहास की दखलन्दाजी शुरू हो गई। बावजूद इसके कि उन्होंने कायस्थ परिवार में जन्म लिया था, दुर्भाग्य से हिन्दुस्तान के किसी कोने में उनके नाम पर कुछ जमीन थी। इसलिए तमाम उम्र नौकरी करने के बाद भी वे और बहुत से कायस्थों की तरह जड़-विहीन नहीं हो पाए थे। हालाँकि वर्षों से अपने गाँव नहीं गए थे लेकिन किसी के यह पूछने पर कि आप कहाँ के रहने वाले हैं बेसाख्ता उनके मुँह से निकलता, —तहसील पट्टी, जिला प्रतापगढ़। उनके बच्चों में विनोद को छोड़कर किसी की स्मृति में गाँव की कोई ठोस तस्वीर नहीं है, कोई विरासत नहीं है, यह

कल्पना भी उनके लिए असह्य थी। इसलिए काफी सोच-विचारकर उन्होंने यही तय किया कि वे गाँव में ही रहेंगे लेकिन अपना अलग मकान बनाकर।

पैतृक मकान के सामने थोड़ा सा सहन खाली पड़ा था जहाँ उनके पिताजी ने अपने लड़कों और गाँव के दूसरे लड़कों को खेलने के लिए वालीबॉल का कोर्ट बनवाया था। मुंशीजी ने अपनी कल्पना में उसी जमीन को अपने मकान के लिए चुन लिया। तारा को अपनी इस योजना के लिए तैयार करना मुश्किल था। अपनी लड़ाकू देवरानियों के साथ रहने और वर्षों की अभ्यास बनी छोटी-मोटी शहरी सुविधाओं को त्यागने की बात उसके गले के नीचे नहीं उतर रही थी। फिर पप्पू की पढ़ाई का मसला भी था। मुंशीजी ने घंटों, महीनों उससे बहसें कीं। अन्त में सिर्फ एक तर्क ने उन्हें विजय दिलाई। शहर में कहीं मकान बनवाने पर जमीन की कीमत भी चुकानी पड़ती। जमीन जितनी महँगी थी, उसके लिहाज से तो मकान बनवाना उनके बूते के बिलकुल बाहर ही था। गाँव में जमीन का पैसा नहीं देना था। दो-तीन कमरे बनवाने भर का पैसा प्राविडेंट-फंड से निकाला जा सकता था। शुरू में दो-तीन कमरे भी निकल आएँ तो धीरे-धीरे बनवाते रहेंगे। हालाँकि इस तर्क से भी तारा बहुत ज्यादा आश्वस्त नहीं थी। उसने बार-बार समझाया कि भाई-भौजाई किसी दिन धोखा दे देंगे लेकिन मुंशीजी नहीं माने। प्राविडेंट-फंड का लगभग आधा रुपया निकालकर उन्होंने मकान बनाने में लगा दिया। दो पूरे और एक आधा कमरा निकल भी आया। अभी रिटायर होने में पूरा एक साल बाकी था इसलिए मुंशीजी ने सबसे छोटे भाई को मकान की चाभी और देखभाल का दायित्व सौंपा और वापस चले आए। उसके बाद वह मकान भाइयों का हो गया। मुंशीजी न फौजदारी कर सकते थे और न मुकदमेबाजी। अतः किराए का मकान लेकर तारा के व्यंग्य-बाणों को झेलते हुए चुपचाप पटा गए। पता नहीं इतिहास के विद्वानों को दक्षिण में फतह हासिल करने गए किसी मुगल शाहजादे को दिल्ली की गद्दी से भाइयों द्वारा वंचित किए जाने के किसी षड्यन्त्र से इस घटना का कोई साम्य दिखे या न दिखे मुंशीजी जैसे आदमी के लिए तो यह दिल्ली का तख्त खो देने से ज्यादा महत्वपूर्ण घटना थी।

इतिहास के इसी दबाव के कारण मुंशी रामानुज लाल श्रीवास्तव अपने गाँव से इतने दूर, किराए के इस मकान में पड़े हुए थे और यह मकान जिसे उन्होंने कभी घर का दरजा देने की कोशिश की थी, एक बार फिर से मकान बनकर रह गया था। पिछले कई सालों से मुंशीजी और उनका परिवार इस मकान में रह रहे थे। इसी मकान में तारा मरी थी। विनोद और राजकुमारी जवान हुए और देखते-देखते मुंशीजी बुड्ढे हो गए थे, इस मकान के साथ इस परिवार के हर सदस्य की असंख्य खट्टी-मीठी यादें जुड़ी हैं। पहले जब यह परिवार नया-नया आकर बसा था, बावजूद भाइयों की धोखाधड़ी के, मुंशीजी में कितनी ढेर सारी जिजीविषा शेष थी। रिटायर होने में अभी कुछ महीने शेष थे। मुंशीजी और तारा ने नए सिरे से भविष्य के बारे में सोचना शुरू

कर दिया था। किसी भी कोण से सोचने पर भविष्य अन्धकारमय नहीं लगता था। मुंशीजी एक बार फिर से कमर कसकर ट्यूशनों के लिए तैयार हो गए थे। राजकुमारी की शादी के लिए प्राविडेंट-फंड में रुपया था ही, बस विनोद की नौकरी लगने की देर थी। बाप-बेटे जल्दी ही इस लायक हो जाएँगे कि न सही गाँव में, इस शहर में ही एक छोटा-मोटा मकान जरूर बनवा लेंगे। जीवन की सन्ध्या में पहुँचे हुए मुंशीजी थके नहीं थे। उस समय उन्होंने दुगने वेग से जिन्दगी में दिलचस्पी लेनी शुरू कर दी थी। विनोद पप्पू और राजकुमारी की पढ़ाई हो या तारा की सेहत, हर चीज का पहले से ज्यादा ध्यान रखते। सवेरे उठते, बच्चों को जगाकर पढ़ने बैठाते, घर की सफाई करते, दूध लेने जाते और सुबह की धूप में गर्मी आते-आते ट्यूशन पर निकल जाते। तारा लाख समझाती कि अब उनकी देह इतनी मेहनत बर्दाश्त नहीं कर सकती लेकिन वे नहीं मानते। शायद भाइयों के धोखों से चोट खाया मन दूसरी तरह से अपने को आश्वस्त करना चाहता था। वे लगातार अपने को व्यस्त रखकर इस चोट को भूल जाना चाहते थे। इसके लिए सबसे आसान और बेहतर तरीका शायद यही था।

इस मकान और मुंशीजी की जिजीविषा में सीधा-सा सम्बन्ध था। शुरू के वर्षों में जब उनमें जीवन के प्रति आकर्षण और मोह शेष था तो वे इस मकान के रख-रखाव में भी दिलचस्पी लेते थे। लगभग हर महीने किराया देते समय मकान मालिक बड़े बाबू से छोटी-बड़ी तकलीफों की शिकायत करते थे— कभी वर्षों से पुताई न होने की, कभी छत से चूने की और कभी किसी खिड़की-दरवाजे के टूट-फूट की। ज्यादातर बड़े बाबू टाल जाते या झूठे आश्वासनों से टरका देते और कभी थोड़ा-बहुत काम करा भी देते। अपनी छोटी तनख्वाह के बावजूद मुंशीजी पुताई-उताई तो कभी-कधार खुद भी करा लेते। कोई बड़ा काम न कभी मकान मालिक ने कराया और न मुंशीजी करा पाए। कितनी चखचख की थी मुंशीजी ने कि आँगन का एक कोना घेरकर गुसलखाना निकाल दिया जाए और लेकिन हर बार बड़े बाबू कोरे आश्वासनों से फुसला देते। बेचारी तारा और राजकुमारी जाड़ा, गर्मी, बरसात खुले आँगन में, मुँह-अँधेरे नहाती रहीं। जैसे-जैसे मुंशीजी की दिलचस्पी जिन्दगी में कम होती गई, वैसे-वैसे वे इस मकान से भी उदासीन होते गए। मकान के अन्दर-बाहर की टूट-फूट खुद उनके अन्दर-बाहर की टूट-फूट थी। मकान के घर से पुनः मकान में तब्दील होने की यात्रा उनके खुद के आत्मनिर्वासित, कुंठित और छोटे होते जाने की यात्रा थी।

इस परिवार के लिए असंख्य दिनों की तरह एक दिन और बीत गया था और मकान के छत, दुछत्ती, आँगन और कमरों में एक बार फिर से सन्नाटा जमकर बैठ गया था। रोज ही की तरह एक बार फिर ऐसा हुआ था कि परिवार के सभी पुरुष सदस्य दिन-भर न जाने कहाँ-कहाँ से भटकने के बाद थककर वापस लौट आए थे और मुँह लपेटे, अपने बिस्तरों पर पड़े थे। सभी को पता था कि अभी कोई नहीं सोया है फिर भी रोज की तरह सन्नाटे का नाटक जारी था। सन्नाटा टूटेगा मुंशीजी के

खाँसने से, पप्पू के बाहर निकलकर पेशाब करने से या विनोद के ऊबकर चारपाई पर बैठ जाने से—लेकिन क्या सचमुच सन्नाटा ऐसे टूटता है? वह और भयावह सघनता के साथ चारों प्राणियों के व्यक्तित्व के एक-एक अंश को जकड़ लेता है। अँधेरा भी सन्नाटे की तरह दबे पाँव, चुपके से मकान के विभिन्न हिस्सों में नहीं उतरा था बल्कि किसी धृष्ट दस्यु-सा, ललकारता-हुँकारता मकान के एक-एक कोने में किसी विजेता-सा घुसकर बैठ गया था। मकान के दो कमरों में सोए हुए प्राणी इस अँधेरे और सन्नाटे के सामने इस कदर निरुपाय और असहाय लग रहे थे, मानो इस पूरी संरचना में उनका कोई अस्तित्व ही न हो और उनकी अस्मिता को धीरे-धीरे कुतरने वाला यह खूँखार सन्नाटा एकाएक उन पर हमला करके, उन्हें नोच-चोथ रहा हो।

आज की रात का और रातों से फर्क सबसे ज्यादा मुंशीजी महसूस कर रहे थे। हालाँकि रोज ही ऐसा होता था कि मुंशीजी को देर रात तक नींद नहीं आती थी, लेकिन आज तो जगने के और भी विशेष कारण थे। रोज मुंशीजी शर्म के महासागर में डूबते-उतराते रहते थे। राजकुमारी की शादी न कर पाने की शर्म, विनोद को आगे न पढ़ा पाने की शर्म, पप्पू पर पूरा ध्यान न दे पाने की शर्म—न जाने क्या-क्या था जो मुंशीजी को पूरी-पूरी रात खामोशी से छटपटाते रहने पर विवश कर देता था। हर रात मुंशीजी को अपने जिन्दा रहने का मकसद खो गया सा लगता था। यह रात-भर धीरे-धीरे मन के एक-एक कोने पर तारी होने वाली शर्मिन्दगी का ही असर होता था कि मुंशीजी सवेरे अपने ही बच्चों से आँखें चुराने लगते। धीरे-धीरे अपने बच्चों से कटते जाने का यही राज था। आज काफी दिनों बाद मुंशीजी को आश्वस्ति का अहसास हो रहा था। आज से कुछ ही सालों पहले मुंशीजी के लिए विनोद को क्लर्क के रूप में भी सोचना असम्भव था लेकिन कुछ सालों के अन्तर ने कितना बड़ा परिवर्तन ला दिया था। अभाव, अपमान और उपेक्षा से टूटा हुआ मुंशीजी का मन आज बावजूद इसके कि विनोद को कल से मेठ की नौकरी पर जाना था, हलका महसूस कर रहा था। एक ही झटके में वे कई चिन्ताओं से मुक्ति पा गए थे। अब न वे बड़े बाबू की परवाह करेंगे और न शंकर की। दोनों कैसी गन्दी निगाहों से राजकुमारी को घूरते हैं! मुंशीजी हर बार तिलमिलाकर रह जाते हैं लेकिन सिवा खामोश रहने के और कुछ नहीं कर पाते। न तो बड़े बाबू को कुछ कह पाते हैं और न ही राजकुमारी का शंकर की दुकान में जाना बन्द हो पाता है। विनोद की नौकरी का सीधा सम्बन्ध राजकुमारी की शादी से है। इस मामले में मुंशीजी की अब कोई पसन्द नहीं है, दुहाजू-तिहाजू जो मिल जाए, मुंशीजी अब नहीं चूकेंगे। फिर विनोद की शादी—पप्पू की पढ़ाई—विनोद की आगे प्राइवेट पढ़ाई—मुंशीजी का मन तैर रहा है। ऊबड़-खाबड़, कँकरीले रास्तों पर घिसट-घिसटकर लहूलुहान हुआ उसका मन अब आश्वस्ति के नर्म, मुलायम बादलों पर तैर रहा है। मुंशीजी आज की रात भी काफी देर तक जागेंगे लेकिन जाहिर है कि आज के जागरण का मकसद कुछ दूसरा ही होगा।

उसी कमरे में एक और शख्स जग रहा है। आज के घटनाक्रम का केन्द्र-बिन्दु। उसे मालूम है कि इस भसकते हुए घर की मजबूती के लिए उसकी कुर्बानी कितनी जरूरी है। हालाँकि औसत निम्न मध्यवर्गीय नौजवान की तरह बार-बार वह अपनी आज की हरकत को त्याग और बलिदान जैसे बड़े-बड़े शब्दों के साथ जोड़कर अपने को जबर्दस्ती शहीद महसूस करने की कोशिश कर रहा है लेकिन किसी-न-किसी जगह पर किरकिरी है जरूर जो कहीं-न-कहीं उसे चुभ जाती है। इसी चुभी फाँस को निकालने के लिए वह कितना बेचैन है लेकिन यातना की सुरंग इतनी अन्धी है कि उसमें सिवाय सर टकरा-टकराकर लहूलुहान हो जाने के निकल भागने का कोई रास्ता नहीं है। बार-बार एक नपुंसक आक्रोश उसके मन में भर जाता है, आखिर उसने मना क्यों नहीं कर दिया? मना कर पाता वह? शायद इसी प्रश्न के उत्तर में उसकी वेदना का हल छिपा है लेकिन वह जानबूझकर उसके उत्तर से साक्षात्कार करने से आँखें चुरा रहा है। पिछले कितने सालों से वह बहुत सारी चीजों से आँखें चुराता आया है। बेकारी ने उसके आत्मविश्वास को इस कदर खंडित कर दिया है कि अब फैसले का कोई भी क्षण उसके लिए भारी पड़ने लगता है और वह हमेशा बिना विरोध के दूसरों का थोपा निर्णय स्वीकार कर लेता है। बचपन में मुंशीजी और माँ दूसरे तमाम शहरी माँओं और बापों की तरह उसे अफसर बनाने की बातें किया करते थे लेकिन विनोद तमाम शहरी लड़कों के मुकाबले ज्यादा समझदार निकला। अपने समवयस्क और समान आर्थिक पृष्ठभूमि वाले लड़कों के मुकाबले उसने ज्यादा जल्दी यह बात समझ ली कि अफसर बनने के लिए जिन चीजों की जरूरत थी, वह उसे मुंशीजी मुहैया नहीं करा सकते। इसलिए उसने सपने देखने की उम्र में ही सपने देखना बन्द कर दिया था। लेकिन फिर भी उसने मझोले दर्जे की नौकरियों की बात सोची थी, मसलन किसी डिपार्टमेंट की इंस्पेक्टरी, सुपरवाइजरी या हद से हद क्लर्की। इतनी भाग-दौड़ के बाद मिली भी तो पी.डब्ल्यू.डी. में मेठ की नौकरी। घबराकर उसने करवट बदल ली। किस मुँह से वह आज रात बिन्नी को बताएगा! आज रात वह छत पर जाएगा ही नहीं—उसने कई बार सोचा लेकिन हर बार उसने अपने को कमजोर पाया। उसे पता है, वह जाएगा जरूर। सिर्फ एक बिन्नी है जिसके सामने मन का सारा गुबार निकालकर वह हलका हो सकता है। अभी मुश्किल से ग्यारह बजे होंगे। बिन्नी बारह के पहले छत पर आएगी नहीं, लिहाजा एक घंटे और इसे इसी तरह करवटें बदलते और अँधेरे में छत घूरते हुए बिताना पड़ेगा। उसने हलके से मुंशीजी की तरफ देखा। अँधेरे में मुंशीजी निश्चेष्ट किसी लकड़ी के निर्जीव कुन्दे से पड़े थे लेकिन विनोद को अच्छी तरह पता है कि रोज की तरह आज भी वे जग रहे हैं। आज तो वैसे भी जगने के लिए ज्यादा महत्वपूर्ण कारण उनके पास था। वह चुपचाप बारह बजे का इन्तजार करने लगा।

इस कमरे के बाहर एक छोटा सा बरामदा था, जहाँ इस समय सिर्फ सन्नाटा था,

अँधेरा था, सवेरे से बिछी हुई एक चटाई थी, दो-तीन पुराने सामानों से भरे कनस्तर थे, आँगन के एक कोने में आधा आगे को झुका, अपने कमर के तनाव से मुक्ति पाने का प्रयास करता हुआ पप्पू था जो काफी देर तक बिस्तर पर उलटते-पुलटते रहने के बाद असह्य हो जाने पर आँगन में भाग आया था। पता नहीं, राजकुमारी को पता चला या नहीं। वह चोरी से मुंशीजी और विनोद वाले कमरे की ओर देखता है। एक दिन वह इसी हालत में था कि यकायक मुंशीजी बाहर निकल आए थे– शायद पेशाब करने के लिए। उसे उस तरह देखकर एकदम हड़बड़ाकर वापस अन्दर कमरे में चले गए। उसके बाद लगातार कई दिनों तक पप्पू मुंशीजी के सामने पड़ने से बचता रहा। उनके उठने के पहले ही वह घर से निकल जाता है और इस बात से आश्वस्त होकर ही घर के अन्दर आता कि वे सो गए हैं।

राजकुमारी उसके बाहर जाने या वापस अन्दर आने से बेखबर उसी तरह दीवार की तरफ करवट लिए सो रही थी। राजकुमारी की रजाई में एक बार फिर से घुसकर लेटने के खयाल से पप्पू की कमर में फिर से तनाव होने लगा। वह चाहता था कि बगल में खाली पड़ी चारपाई पर चादर लपेटकर पड़ा रहे लेकिन इससे कोई फायदा नहीं। पहले कई बार वह ऐसा कर चुका है लेकिन हर बार रात में रजाई लिए दिए राजकुमारी उसकी चारपाई पर आ गई है। इसलिए वह चुपचाप राजकुमारी की चारपाई पर लेट गया और प्राण-पण से इस बात का प्रयास करता रहा कि उसका बदन राजकुमारी के बदन की हरारत से अछूता रहे, लेकिन छोटी सी चारपाई की पाटी से सट जाने और रजाई का सिर्फ एक छोटा सा अंश ओढ़ने की कोशिश के बावजूद उसका बदन राजकुमारी के बदन से छू जाता था और उसके कमर का तनाव और कुछ वर्जित सोचने का अपराध-बोध उसके मन में बढ़ता जाता था। वह बार-बार कोशिश कर रहा था कि राजकुमारी की जगह उसकी जेहन में मोहल्ले की किसी दूसरी लड़की या किसी सिने तारिका की तस्वीर उभरे लेकिन हर बार राजकुमारी की ही छाया उसके मन में उभरती थी और हर बार घबराकर वह आँखें खोल देता था। राजकुमारी से कुछ दूर और सरककर वह पाटी पर पहुँच जाता था। थोड़ी देर तक अँधेरे में आँखें फाड़-फाड़कर छत को घूरते हुए, अपने मन में घुस गए गन्दे विचारों से मुक्ति पाने की कोशिश करता लेकिन हर बार आँखें मूँदते ही फिर से वर्जित दुनिया में प्रवेश, उसके पूरे व्यक्तित्व को एक बार पुनः अपराध-बोध से जकड़ लेता।

उसकी तमाम हरकतों से अनभिज्ञ राजकुमारी, एक अलग दुनिया में अर्द्धनिद्रित दशा में अनुभव की अजीबो-गरीब स्थिति को झेल रही थी। आज शाम उसने जो अनुभव भोगा था, वह खुमारी की तरह उसके जिस्म पर तारी था। मुंशीजी वगैरह को खाना खिलाते हुए जिस चीज को यह सायास भुलाए हुए थी, वह लेटते ही उसकी चेतना पर एक बार फिर हावी हो गई थी। जब से वह चारपाई पर लेटी है, तब से अपने उसी अनुभव के एक-एक अंश को आधा सोने, आधा जगने की स्थिति में वह

बार-बार भोग रही थी। अकसर रातों को ऐसा हुआ है कि देह के दिलचस्प समीकरण में वह काल्पनिक मर्दों के साथ फँसी है और रात-रात-भर सोते-जागते बेचैन बनी रही है। लेकिन आज तो उसके पास एक ठोस और दिलचस्प अनुभव है और इस अनुभव ने भले ही उसे और ज्यादा अतृप्त बना दिया हो पर भोगे हुए इस अनुभव की लहर में डूबने-उतराने में उसे अजीब-सा मजा आ रहा था। पप्पू के आकर बगल में लेटने, उठकर आँगन में जाने और फिर लौटकर बगल में लेट जाने से जो खलल पड़ा था उसे पूरी तरह से नजरअन्दाज करते हुए वह उसी लहर में डूब-उतरा रही थी। मजे की बात यह थी कि अभी तक वह जिस वर्गीय संकोच और कुंठा से ग्रस्त रहती थी, वह आज शाम से न जाने कहाँ लुप्त हो गया था, और इस समय वह पूरी तरह मुक्त और कुंठारहित थी। देह की दुनिया में प्रवेश ने उसे एकदम से हलका बना दिया था और इस समय वह न जाने किस अदृश्य लोक की तरफ उड़ जाना चाहती थी।

इस अभिशप्त मकान की छत के नीचे लेटे लोगों के लिए आज की रात महज इस मायने में भिन्न थी कि आज चार में से केवल तीन पूरी तरह जग रहे थे। एक व्यक्ति आधा सोने और आधा जागने की हालत में था जबकि रोज चारों व्यक्ति आधी से ज्यादा रात पूरी तरह जगते हुए बिताते थे। दूसरा फर्क आज की रात यह आया था कि रोज की तरह आज का अँधेरा एकदम से घना और उबाऊ अँधेरा नहीं था बल्कि आज इस अँधेरे की पर्तों के बीच से इस परिवार के कुछ सदस्य उजाले की नन्ही-नन्ही किरणें तलाशने की कोशिश कर रहे थे। खासतौर से मुंशीजी को बहुत दिनों बाद एक कहानी याद आ गई थी। पता नहीं कैसे, इतने दिनों बाद यह कहानी अचानक उन्हें याद आ गई। उन्होंने बचपन में इसे नानी के मुँह से सुना था। बचपन में, गर्मियों में आम खाने मुंशीजी ननिहाल जाया करते थे। ननिहाल के जितने मजेदार आम थे, उतनी ही मजेदार थीं नानी की कहानियाँ। अपने और भाइयों के मुकाबले मुंशीजी को आम से ज्यादा उनकी कहानियाँ रास आती थीं। नानी की सुनाई कहानियों के असंख्य राजाओं में से एक पर अचानक विपदा टूट पड़ती है। राजा का राजपाट बिला जाता है और वह खुद वनवास लेने पर मजबूर हो जाता है। उसकी आशा का एकमात्र केंद्र है राजकुमार जो धीरे-धीरे बड़ा हो रहा है। राजा की एकमात्र कन्या का भी दुश्मन अपहरण कर लेते हैं। लेकिन राजकुमार बड़ा होकर अपने पराक्रम से शत्रुओं को पराजित करके अपने पिता को वापस राजगद्दी पर बैठाता है और अपनी बहन को छुटकारा दिलाता है। कहानी खत्म होते-होते अकसर नानी सोने लगती थीं और कहानी के अन्त में हमेशा पूरी श्रद्धा से एक वाक्य कहती थीं कि जैसे उनके दिन फिरे, वैसे सबके दिन फिरें। आज बार-बार मुंशीजी को यह कहानी याद आ रही है। उन्हें लग रहा है कि पराक्रमी राजकुमार अब बड़ा हो गया है और वह अपने बाप, भाई, बहन सबके दिन फेरेगा। मुंशीजी बार-बार चाहते हैं कि नानी की तरह उनके चेहरे पर भी सन्तुष्टि की मुस्कान आ जाए और वे भी पूरी श्रद्धा के साथ कहानी के

खात्मे पर कामना कर सकें कि जैसे उनके दिन फिरे... लेकिन पता नहीं क्या है कि उन्हें बार-बार लगता है, कहीं इस कहानी में अपने राजपाट के लिए राजा ने राजकुमार को किसी चक्रव्यूह में तो नहीं ढकेल दिया?

इस ठोस अँधेरे में उजाले की किरण खोजने वाला दूसरा व्यक्ति विनोद था जो अब तक काफी हद तक तटस्थ हो चुका था और चुपचाप बारह बजने का इन्तजार कर रहा था। करीब आधा घंटा और शेष था। इस बीच विनोद ने मान लिया था कि शाम को हुए महत्वपूर्ण फैसले पर उसे खुश होना चाहिए और वह खुश हो गया था। बड़ी देर से वह लेटे-लेटे तरह-तरह से रिहर्सल कर रहा था। बिन्नी के सामने वह कैसे यह खुशखबरी रखेगा! लेकिन हर बार कुछ-न-कुछ गड़बड़ा जाता था। अँधेरे में कई बार हँसने की कोशिश करते-करते उसे लगता कि वह रो रहा है। लेकिन यह उसका भ्रम था क्योंकि वह खुश था और यह बात अलग थी कि अपनी देखी तमाम हिन्दी फिल्मों के नायकों की तरह बलिदान करने के बाद नायिका के सामने मुस्कुराहट और शहीदों की तरह अपनी बात रखने की अदा बार-बार कोशिश करने पर भी उसके चेहरे पर नहीं आ पा रही थी। बहरहाल वह खुश था और चुपचाप बारह बजने का इन्तजार कर रहा था।

दूर पुलिस लाइन में बजने वाले घंटे की हलकी-हलकी सी आवाज सुनाई दी। दम साधे बिस्तर पर पड़े-पड़े विनोद ने गिनने की कोशिश की, एक...दो...तीन...चार... लेकिन बीच में उसका धैर्य टूट गया और वह हड़बड़ाकर अपने ऊपर से रजाई फेंककर चारपाई से नीचे उतर आया। चारपाई की चरमाहट अस्वाभाविक रूप से कमरे के सन्नाटे को बेध गई। विनोद ने घबराकर मुंशीजी की तरफ देखा। मुंशीजी उसी तरह मुँह लपेटे, दीवार की तरफ करवट लिए निश्चेष्ट जग या सो रहे थे। विनोद ने अँधेरे में टटोलकर चप्पलों में अपने पैर डाले और कमरे के बाहर निकल गया।

मकान का निचला हिस्सा एक बार फिर सन्नाटे और अँधेरे की चादर ओढ़कर, अपने आगोश में छिपे प्राणियों की तरह सोते-सोते जागने या जागते-जागते सोने लगा। मकान के ऊपरी हिस्से में पता नहीं कौन-सा नाटक शुरू हो गया था कि नीचे लेटे-लेटे मुंशीजी को बेचैनी होने लगी। उन्हें विनोद के उठकर जाने का पता चल गया था और वे यह भी जानते हैं कि विनोद बीच-बीच में रात को उठकर कहीं चला जाता है लेकिन कई बार टोकने की बात सोचकर भी वे कभी कुछ नहीं कह पाए। आज उसके लौटने में कुछ स्वाभाविक देरी हो गई थी। काफी देर तक बेचैनी से कसमसाते रहने के बाद अन्त में वे चारपाई के नीचे उतर आए लेकिन आँगन में पहुँचते-पहुँचते उनका बदन ढीला पड़ गया और बजाय छत पर जाने के वे आँगन के कोने में नाली पर बैठ गए।

अर्द्ध निद्रा में डूबी राजकुमारी पर फिर से उसका सपना हावी होने लगा। रुई के फाहों जैसे बादलों के पार घोड़े पर सवार राजकुमार उड़ता चला जा रहा है, लेकिन

ताजुब्ब की बात थी कि आज राजकुमारी बड़ी तेजी से अपने और उसके बीच का फासला मिटाती जा रही है। राजकुमारी उसके बहुत पास पहुँच गई है– एकदम करीब, यहाँ तक कि राजकुमारी का चेहरा काफी साफ दिखाई पड़ने लगा है। राजकुमारी चाहती है कि आज राजकुमार का चेहरा सुरेन्द्र की तरह हो जाए। लेकिन यह क्या- वह ठिठक कर खड़ी हो जाती है–आज तो राजकुमार का चेहरा एकदम शंकर की तरह लग रहा है–राजकुमारी के करीब आते ही शंकर ठठाकर उसकी तरफ दौड़ता है। उसकी बीभत्स पकड़ से बचने के लिए राजकुमारी जान लेकर भागती है। रुई के नर्म फाहों जैसे बादलों पर उसके पैर धँसते जाते हैं और राजकुमारी भागती जाती है। बार-बार लगता है कि अट्टहास करता शंकर किसी भी क्षण उसे पकड़ लेगा। हर बार वह घबराकर आँखें खोल देती है और हर बार नए सिरे से यही सपना किसी परिवर्तन की आशा में देखती है लेकिन हर बार शंकर का खौफनाक हाथ उसके संपूर्ण अस्तित्व को झिंझोड़ता हुआ, उसके इतने करीब आ जाता है कि पसीने से नहाई राजकुमारी घबराकर अपनी आँखें खोल देती हैं।

आँगन में मुंशीजी कितनी देर तक नाली पर बैठते? दिसम्बर की सर्दी उनके बूढ़े बदन की हड्डियों तक को कँपकँपा दे रही थी। सर्दी से ज्यादा उनके मन की आशंकाएँ उन्हें मथ रही थीं। शाम से विनोद का मुँह कैसा उतरा-उतरा सा लग रहा था। कहीं ऐसा तो नहीं कि सचमुच उनकी नानी की कहानियों का राजकुमार किसी चक्रव्यूह में फँस गया हो। बैठे-बैठे वे बेचैन होने लगे। उन्हें ऊपर जाना ही पड़ेगा। विनोद को एकाध बार छत पर बिन्नी के साथ जिस हालत में उन्होंने देखा है, उसे सोचकर वे अँधेरे में खुद से शरमाने लगे। लेकिन जैसे-जैसे देर होती जा रही थी, उनके मन की घबराहट बढ़ती जा रही थी। लड़का है भी तो कितना घुन्ना। कुछ बोलता ही नहीं। चुपचाप न जाने क्या कर बैठे। मुंशीजी और ज्यादा देर नहीं रुक सके और दबे पाँव सीढ़ियों से ऊपर छत पर चढ़ गए।

राजकुमारी की चारपाई की पाटी पर सिकुड़ा पप्पू सो गया था और सोने में भी उसका चेहरा भिंचा हुआ था। अपने घर के अन्य लोगों की तरह उसे भी सपने देखने की बुरी आदत थी। लेकिन मजेदार बात यह थी कि सपने में उसे सेक्स नहीं सताता था। सपने में वह सिर्फ अनिल दादा को देखता था। अनिल दादा के नेतृत्व में पार्क में बैठकर मोहल्ले के लड़कों के साथ शंकर की दुकान लूटने की योजना बनाते हुए वह खुद को और दोनों हाथ ऊपर उठाए, भौचक्के, असहाय शंकर को देखता था। सपने में पहले से बनाई गई स्कीम में केवल एक फर्क यह आता है कि अनिल दादा की हिदायत के बावजूद, भागते समय पप्पू नकाब उतारकर अपना चेहरा शंकर को दिखा देता है, जिससे शंकर का मुँह और ज्यादा खुल जाता है। आज भी पप्पू को यही सपना दिख रहा है और सपने के दौरान पहले की तरह आज भी उसका चेहरा भिंचा हुआ है।

सीढ़ियाँ खत्म होने के बाद एक चौखट और चौखट के पार छत है जो निचले हिस्से के मुकाबले कहीं ज्यादा गहरे अँधेरे में डूबी हुई है। दिसम्बर की सर्द, मध्य रात्रि बूँद-बूँद कर टपक रही है और चारों तरफ लटकी हुई पाले की बूँदों के बीच देखने की तकलीफदेह कोशिश करते हुए मुंशीजी चौखट पर खड़े हैं। पता नहीं उनके और बड़े बाबू की छतों को विभक्त करने वाली मुँडेर के दोनों ओर खड़े विनोद और बिन्नी की कुहाछन्न, धुँधली आकृतियाँ थीं या दर्द की काँपती हुई स्वर लहरियाँ की तरह छा जाने वाली हलकी-हलकी सिसकियाँ जो विनोद के क्षीण कंठ से तैरती हुई मुंशीजी के कानों से टकरा रही थीं, जिन्होंने मुंशीजी को अभी तक नीचे लौटने नहीं दिया था। बिन्नी हौले-हौले विनोद का सर सहला रही थी। विनोद सिर्फ पाजामा-कमीज पहने था। मुंशीजी का मन हुआ कि नीचे से एक कम्बल लाएँ और उसे ओढ़ा दें लेकिन वे चुपचाप नीचे उतरे और अपनी चारपाई पर रजाई में चेहरा ढककर, दीवार की तरफ मुँह करके लेट गए।

शहर में कर्फ्यू

एक

शहर में कर्फ्यू अचानक नहीं लगा था। पिछले एक हफ्ते में शहर का वह भाग, जहाँ हर दूसरे-तीसरे साल कर्फ्यू लग जाया करता है, इसके लिए जिस्मानी और मानसिक तौर पर अपने को तैयार कर रहा था। पूरी फिज़ा में एक खास तरह की सनसनी थी और सनसनी को सूँघकर पहचानने वाले तजुर्बेकार जानते थे कि जल्दी ही शहर से कर्फ्यू लग जाएगा। उन्हें सिर्फ इस बात से हैरत थी कि आखिर पिछले एक हफ्ते में कर्फ्यू टलता कैसे जा रहा था। बलवा करीब डेढ़ बजे शुरू हुआ। पौने दो बजते-बजते पुलिस की गाड़ियाँ लाउडस्पीकरों पर कर्फ्यू लगाने की घोषणा करती घूमने लगी थीं। हालाँकि कर्फ्यू की घोषणा महज औपचारिकता मात्र रह गई थी क्योंकि पंद्रह मिनट में खुल्दाबाद सब्जी मंडी से लेकर बहादुरगंज तक जी.टी. रोड पूरी तरह खाली हो गई थी। इक्का-दुक्का दुकानदार और अफरा-तफरी में अपने मर्दों से बिछुड़ी औरतें ही बदहवास-सी जी.टी. रोड पर भाग रही थीं। अगस्त के आखिरी हफ्ते में हुए इस फसाद का रिहर्सल जून में हो चुका था, लिहाजा लोगों को बताने की जरूरत नहीं थी कि ऐसे मौकों पर क्या किया जाना चाहिए। उन्हें पता था कि ऐसे मौके पर सबसे पहला काम दुकानों के शटर गिराते हुए अपनी साइकिलें, चप्पल, झोले सड़कों पर छोड़ते हुए गली-गली अपने घरों को भागने की कोशिश करना था। उन्होंने यही किया और थोड़ी ही देर में जी.टी. रोड, काटजू रोड, मिर्जा गालिब रोड या नूरुल्ला रोड जैसी सड़कें वीरान हो गईं। केवल गलियों के मुहानों पर लोगों के झुंड थे जो पुलिस के आने पर अंदर भाग जाते और पुलिस के हटते ही फिर वापस अपनी जगह पर आ जाते।

शाहगंज पुलिस चौकी के पीछे मिनहाजपुर और मंसूर पार्क के पीछे गुलाबबाड़ी की तरफ से फायरिंग की आवाजें काफी तेजी से आ रही थीं। इनके अलावा छुटपुट आवाजें गलियों से या अकबरपुर, निहालपुर और मिर्जा गालिब रोड से आ रही थीं। दो बजते-बजते फौज भी शहर में आ गई और उसने शाहगंज-नूरुल्ला रोड और शौकत अली मार्ग पर पोजीशन ले ली। ढाई बजे तक हलकी बूँदा-बाँदी शुरू हो गई जिसने जल्दी ही मूसलाधार बारिश का रूप धारण कर लिया और इस बारिश ने सब कुछ शांत कर दिया। तीन बजे तक खेल खत्म हो चुका था। लोग अपने-अपने घरों में दुबक गए थे।

बाहर सड़क पर सिर्फ खौफ था, पुलिस थी और अगस्त की सड़ी गर्मी से मुक्ति दिलाने वाली मूसलाधार बारिश थी।

कुल मिलाकर डेढ़ घंटे में जो कुछ हुआ उसमें छह लोग मारे गए, तीस-चालीस लोग जख्मी हुए और लगभग तीन सौ लोग गिरफ्तार किए गए। ऐसा लगता था जैसे चील की तरह आसमान में मँडराने वाले एक तूफान ने यकायक नीचे झपट्टा मारकर शहर को अपने नुकीले पंजों में दबोचकर नोच-चींथ डाला हो और फिर उसे पंजों में फँसाकर काफी ऊपर उठ गया हो और ऊपर ले जाकर एकदम से नीचे पटक दिया हो। शहर बुरी तरह से लहूलुहान पड़ा था और डेढ़ घंटे के हादसे ने उसके जिस्म का जो हाल किया था उसे ठीक होने में कई महीने लगने थे।

हुआ कुछ ऐसा कि करीब डेढ़ बजे दिन में तीन-चार लड़के मिर्जा गालिब रोड, जी.टी. रोड क्रॉसिंग पर बैंक ऑफ बड़ौदा के पास एक गली से निकले और गाड़ीवान टोला के पास एक मंदिर की दीवाल पर बम पटक कर वापस उसी गली में भाग गए। जो चीज दीवाल पर पटकी गई वह बम कम पटाखा ज्यादा थी। उससे सिर्फ तेज आवाज हुई। कोई जख्मी नहीं हुआ। बम चूँकि मंदिर की दीवाल पर फेंका गया था इसलिए उस समय वहाँ मौजूद हिंदुओं ने मान लिया कि बम फेंकने वाले मुसलमान रहे होंगे, इसलिए उन्होंने एकदम से वहाँ से गुजरने वाले मुसलमानों पर हमला कर दिया। सबसे पहले एक मोटरसाइकिल पर जा रहे तीन लोगों पर हमला किया गया। उनमें से एक मोटरसाइकिल गिरते ही कूदकर भाग गया। बाकी दो जमीन पर उकडूँ बैठ गए और सर को दोनों हाथों से ढके तब तक लात-घूँसे और ढेले खाते रहे जब तक पास में अहमदगंज में तैनात पुलिस की एक टुकड़ी वहाँ पहुँच नहीं गई। इसके अलावा भी उधर से गुजरने वाले कई लोग पिटे। लगभग इसी के साथ मिर्जा गालिब रोड पर सुबह से जगह-जगह इकट्ठे उत्तेजित झुंडों ने उस सड़क पर तैनात पुलिस की छोटी टुकड़ियों पर हमला कर दिया। इन टुकड़ियों में दो-तीन सिविल पुलिस के सिपाहियों के साथ चार-चार, पाँच-पाँच होमगार्ड के जवान थे। थोड़ी देर में काफी तादाद में पुलिस और होमगार्ड के जवान मिर्जा गालिब रोड से गाड़ीवान टोला की तरफ भागते दिखाई देने लगे। गलियों के मुहानों पर खड़े हमलावर नौजवानों और लड़कों की भीड़ के पत्थरों से बचने के लिए अपने हाथ से सर या चेहरा बचाए वे बैंक ऑफ बड़ौदा की तरफ भाग रहे थे जहाँ अहमदगंज से पी.ए.सी. और पुलिस की एक टुकड़ी पहुँच चुकी थी। इन भागने वाले सिपाहियों में से एक बैंक ऑफ बड़ौदा से लगभग डेढ़ फर्लांग पहले ही गिर पड़ा। उसे एक बम लग गया था और काँच की नुकीली किर्चें उसके चेहरे में भर गई थीं। वह दोनों हाथों से अपना चेहरा ढके भाग रहा था। अचानक एक गली के मुहाने पर बदहवासी में एकदम सड़क के किनारे चला गया और वहाँ लड़कों की भीड़ से टकराते हुए उसने बीच सड़क पर आने की कोशिश की कि तभी एक छुरा उसकी बाईं पसलियों पर लगा और वह लड़खड़ाता हुआ बीच

सड़क पर गिर पड़ा।

करीब-करीब एक साथ कई जगहों पर बम फेंकने और फायरिंग की घटनाएँ हुईं। लगता था कि जैसे किसी सोची-समझी योजना के तहत कोई अदृश्य हाथ इन सारी घटनाओं के पीछे काम कर रहा था। लगभग सभी जगहों पर बम फेंके गए। बम या फायरिंग में कोई जख्मी नहीं हुआ। इनका मकसद सिर्फ एक खास तरह का आतंक और तनाव पैदा करना लगता था और इसमें उन्हें काफी हद तक सफलता भी मिली।

पिछले दो-तीन दिनों से यह बात हवा में तैर रही थी कि मुसलमान पुलिस पर हमला करने की तैयारी कर रहे हैं और औसतन पुलिस के सिपाहियों के मन में यह डर काफी गहरे बैठा था। प्रदेश के पश्चिमी इलाकों में कुछ झगड़े हुए थे जिनमें काफी मुसलमान पुलिस की गोलियों से मारे गए थे। इसलिए मुसलमानों के मन में गुस्सा भरा था और इस तरह का प्रचार किया जा रहा था कि मुसलमान अगर अपने मुहल्ले में इक्का-दुक्का सिपाहियों को पा जाएँगे तो जिंदा नहीं छोड़ेंगे। इसलिए मुस्लिम इलाकों में इक्का-दुक्का सिपाहियों ने दो-तीन दिन से जाना छोड़ दिया था। जरूरत पड़ने पर सशस्त्र सिपाही और दरोगा चार-चार, पाँच-पाँच की तादाद में उन इलाकों में जाते थे।

एक साथ कई जगहों पर पुलिस पर बम फेंकने और फायरिंग की जो घटनाएँ हुईं उनमें ज्यादातर जगहों पर कोई जख्मी नहीं हुआ। अकसर बम फेंकी जाने वाली जगहों पर पुलिस खुले में होती और बम हमेशा दस-पंद्रह गज दाएँ-बाएँ किसी दीवाल पर फेंका जाता जिससे जख्मी कोई नहीं होता। लेकिन मान लिया जाता कि इसे मुसलमानों ने फेंका होगा इसलिए फौरन उस इलाके के सभी मुसलमान घरों की तलाशी ली जाती। ज्यादातर जगहों पर कुछ बरामद नहीं होता। कुछ जगहों पर गोश्त काटने के छुरे या थाने में जमा करने के आदेश के बावजूद घरों में पड़े लाइसेंसी असलहे बरामद होते और घर के मर्द 25-आर्म्स एक्ट या दफा-188 में गिरफ्तार कर लिए जाते।

तीन बजे जब बारिश थमी तो उसने शहर को अगस्त की सड़ी गर्मी के साथ-साथ तनाव से भी फौरी तौर से मुक्ति दिला दी। पिकनिक और रोमांच हासिल करने के इरादे से पुलिस की गाड़ियों में निकले पत्रकारों को काफी निराशा हुई जब उन्होंने देखा कि शहर में सड़कें सूनी पड़ी थीं। लोग घरों में थे। सड़कों पर पुलिस की बदहवास गाड़ियाँ थीं और तनाव चाहे कहीं रहा हो लेकिन फिलहाल सड़कों से अनुपस्थित था।

बारिश अभी खत्म नहीं हुई थी कि दो-तीन दिशाओं से पुलिस की गाड़ियाँ आकर शाहगंज पुलिस चौकी के पास रुकीं। उस समय तक फौज ने चौकी के आसपास पोजीशन लेना शुरू कर दिया था। चौकी के अंदर से कुछ सिपाही बाहर को

झाँक रहे थे और चौकी के आसपास तथा सामने, आँख के अस्पताल और नर्सिंग हॉस्टल तक पूरी तरह सन्नाटा था। बारिश का जोर कुछ थमा जरूर था लेकिन बीच-बीच में तेज हो जाने वाली बारिश पूरे माहौल को खामोश रहस्यमयता का आवरण प्रदान कर रही थी। अभी थोड़ी देर पहले वहाँ फायरिंग हुई थी और फायरिंग खत्म होने के फौरन बाद वाला तनाव पूरे माहौल में घुल-मिल गया था।

पुलिस की गाड़ियों से दो एस.पी., एक डिप्टी एस.पी., कुछ इंस्पेक्टर और सब-इंस्पेक्टर उतरे। उनमें से एक-दो ने चौकी के पास की इमारतों के बरामदे में बारिश से बचने के लिए शरण लेने की कोशिश की लेकिन ज्यादातर लोगों ने चौकी के सामने सड़क पर एक घेरा बना लिया और अगली कार्यवाही के बारे में बातचीत करने लगे। उन्हें कंट्रोल रूम से वहाँ पर फायरिंग की इत्तला मिली थी। उन्हें सड़क पर देखकर चौकी में छिपे इक्का-दुक्का सिपाही भी उनके करीब आ गए। सभी के जिस्म तेज पानी की बौछार और उत्तेजना से भीगे हुए थे। उत्तेजित लहजे में एक दूसरे को काटते हुए सिपाहियों ने जो बताया उसका मतलब था कि बीस मिनट पहले वहाँ फायरिंग हुई थी। पुलिस पर जबर्दस्त पथराव हुआ था और पुलिस ने एक इमारत की छत पर चढ़कर फायरिंग की थी। चौकी के पीछे मिश्रित आबादी थी और कुछ देर पहले गलियों से चीखने-चिल्लाने की आवाजें आ रही थीं। इस समय कोई आवाज नहीं आ रही थी लेकिन उन्हें पूरा यकीन था कि पीछे कुछ घरों पर हमला हुआ है।

तय यह हुआ कि अंदर घुसकर देखा जाए। बाहर सड़क पर खड़े रहने से कोई फायदा नहीं था। अंदर गली में एक भी आदमी मारा गया या किसी घर में आग लगाई गई तो उसके काफी खतरनाक परिणाम निकलने वाले थे। अभी तक का घटनाक्रम ऐसा नहीं था जिससे किसी गंभीर सांप्रदायिक दंगे की आशंका की जा सके लेकिन एक बार गलियों में आगजनी या चाकूबाजी की घटनाएँ शुरू हो जातीं तो उन्हें रोकना मुश्किल हो जाता।

दोनों एस.पी. थोड़ी देर तक आपस में सलाह-मशविरा करते रहे फिर एक झटके से वे गली में घुसे। उनके पीछे पी.ए.सी. और पुलिस का जत्था था। मिनहाजपुर एक पार्क के चारों तरफ बसा हुआ मोहल्ला था जिसमें खाते-पीते मुसलमानों के दुमंजिले-तिमंजिले मकान थे। दूसरे मुसलमानी इलाकों की गरीबी और गंदगी से यह इलाका मुक्त था।

मूसलाधार बारिश और सर्वग्रासी सन्नाटे ने ऐसा माहौल बना दिया था कि पुलिस और पी.ए.सी. के जवान अपने बूटों की आवाज से खुद बीच-बीच में चौंक जाते थे। सारे इंस्पेक्टरों और सब-इंस्पेक्टरों के हाथों में रिवाल्वर या पिस्तौलें थीं और सिपाहियों के हाथों में राइफलें। सबने अपने हथियार मकानों की तरफ तान रखे थे। हर मकान के छज्जे पर दुश्मन नजर आ रहा था। सबकी उँगलियाँ घोड़ों पर कसी थीं और उत्तेजना के किसी क्षण कोई भी उँगली ट्रिगर पर जरूरी दबाव डालकर ऐसी

स्थिति पैदा कर सकती थी जिससे फायर हो जाए। बीच-बीच में रुक कर अफसर लोग फुसफुसाकर जवानों को राइफलों की नालों का रुख हवा में रखने का निर्देश दे रहे थे। वे मकानों के बरामदों और खंबों की आड़ लेकर धीरे-धीरे आगे बढ़ रहे थे। यह डरे हुए लोगों का समूह था और हर आदमी ने अपने मन में एक-एक काल्पनिक दुश्मन गढ़ रखा था जो उसे मकानों के छज्जों या गलियों के मुहानों पर दिखाई पड़ जाता लेकिन बंदूक के हरकत करने के पहले वह दुश्मन अदृश्य हो जाता था।

जहाँ पार्क खत्म होता था वहाँ पर पहली बार टुकड़ी को कामयाबी मिलती नजर आई। पार्क के एकदम कोने में जमीन पर गाढ़ा लाल खून एक बड़े दायरे में सड़क पर पड़ा था। इस खून को चारों तरफ से किसी ने ईंटों से घेर दिया था। ईंटों का यह घेरा छोटा था और तेज बारिश की वजह से खून का दायरा फैल कर ईंटों के घेरे से बाहर निकल गया था। खून बहुत गाढ़ा था और पूरी तरह से जम नहीं पाया था। बारिश के पानी ने उसे चारों तरफ छितरा दिया था। फिर भी ईंटों के घेरों में वह जगह तलाशना मुश्किल नहीं था जहाँ कोई गोली खाकर गिरा होगा क्योंकि एक केंद्रीय जगह पर खून ज्यादा मोटे थक्के के रूप में पड़ा था और वहाँ से बारिश उसे विभाजित करके पतली-पतली लकीरों के रूप में विभिन्न दिशाओं में ले गई थी।

टुकड़ी के सीनियर अफसरों ने थोड़ी देर तक खून की मौजूदा स्थिति और बहने वाली लकीरों की दिशा का मुआयना किया। बाकी सभी लोग अपने-अपने हथियारों को कसकर पकड़े चारों तरफ बारजों और छज्जों पर निगाह गड़ाए रहे। तेज होने वाली बारिश ने हर तरफ धुँधलके की एक पर्त-सी जमा दी थी। उसके पास छज्जों पर कोई स्पष्ट आकृति देख पाना निहायत मुश्किल था, फिर भी प्रयास करने पर हर बरामदे में किसी खंभे या खिड़की की आड़ में कोई न कोई आकृति दिखाई पड़ ही जाती और बंदूकों पर भिंची हुई उँगलियाँ और सख्त हो जातीं। लेकिन थोड़ी देर लगातार देखने के बाद पता चलता कि हर बार की तरह इस बार भी उन्हें धोखा हुआ है और उँगलियाँ धीरे-धीरे स्वाभाविक हो जातीं।

खून की धार देखकर अफसरों ने एक गली का रास्ता पकड़ा। गली पार्क की हद से शुरू होती थी। रास्ते पर पड़ी लाल खून और कीचड़ सनी लकीर देखने से ऐसा लगता था कि किसी जख्मी आदमी को लोग घसीट कर ले गए थे। पूरे मोहल्ले के दरवाजे बंद थे। बारिश और सन्नाटे ने इसे मुश्किल बना दिया था कि इस बात का पता लग सके कि घायल किस मकान में छुपाया गया है। सिर्फ जमीन पर फैली और पानी से काफी हद तक धुली-पुंछी लकीर ही एकमात्र सहारा थी जिसके जरिए तलाश की कुछ उम्मीद की जा सकती थी।

गलियाँ किसी विकट मायाजाल की तरह फैली थीं। एक गली खत्म होने के पहले कम से कम तीन हिस्सों में बँटती थी। आसमान में छाए बादलों और तेज बारिश ने दिन दोपहर को ढलती शाम का भ्रम पैदा कर दिया था। गलियों में हलका-हलका

उमस भरा अँधेरा था। इस पूरे माहौल के बीच से खून की लकीर तलाशते हुए आगे बढ़ना और काल्पनिक दुश्मन से अपने को सुरक्षित रखना, दोनों काफी मुश्किल काम थे। आगे के दो-तीन अफसर जमीन पर निगाहें गड़ाए खून की लकीर तलाशने का प्रयास कर रहे थे और पीछे की टुकड़ी के लोग अपनी-अपनी पिस्तौलों और राइफलों का रुख छज्जों और बारजों की तरफ किए दुश्मन से हिफाजत का प्रयास कर रहे थे। बारिश के थपेड़े गली की ऊँची दीवारों के कारण एकदम सीधे मुँह पर तो नहीं लग रहे लेकिन तेज मूसलाधार बारिश ने लोगों को सर से पाँव तक सराबोर कर रखा था।

अचानक आगे चलने वाला एक अफसर ठिठककर खड़ा हो गया। दूसरे अफसर ने भी ध्यान से कुछ सुनने की कोशिश की और वह भी स्तब्ध एक जगह खड़ा होकर साफ-साफ सुनने की कोशिश करने लगा। बाकी टुकड़ी में से कुछ लोगों ने इन दोनों अफसरों का खिंचा हुआ चेहरा देखकर सूँघने की कोशिश की और फिर दीवालों की आड़ में खड़े होकर अंदाज लगाने लगे।

बारिश और सन्नाटे से भीगे हुए माहौल की स्तब्धता को भंग करती हुई रोने की स्वर-लहरियाँ हलके-हलके तैरती हुई-सी उस समूह के कानों तक पहुँच रही थीं। आवाज ने उन्हें ज्यादा चैतन्य कर दिया और वे लोग आहिस्ता-आहिस्ता पाँव जमाकर उसी दिशा में बढ़ने लगे। थोड़ी ही देर बढ़ने पर आवाज कुछ साफ सुनाई देने लगी।

यह रोने की एक अजीब तरह की आवाज थी। लगता है कि जैसे चार-पाँच औरतें रोने का प्रयास कर रही हों और कोई उनका गला दबाए हो। भिंचे गले से विलाप का एक अलग ही चरित्र होता है— भयावह और अंदर से तोड़ देने वाला। यह विलाप भी कुछ ऐसा ही था। जो स्वर छनकर बाहर पहुँच रहा था वह पत्थर दिल आदमी को भी हिला देने में समर्थ था।

आवाज का पीछा करते-करते पुलिस की टुकड़ी एक छोटे-से चौक तक पहुँच गई। चौक में तीन दिशाओं से गलियाँ फूटती थीं। चारों तरफ ऊँचे मकानों के बीच में यह चौक आम दिनों में बच्चों के लिए छोटे-से खेल के मैदान का काम करता था और दिन में इस वक्त गुलजार बना रहता था लेकिन आज वहाँ पूरी तरह से सन्नाटा था। पुलिस वालों के वहाँ पहुँचते-पहुँचते आवाज पूरी तरह से लुप्त हो गई। ऐसा लगता था कि पुलिस के वहाँ तक पहुँचने की आहट मातम वाले घर तक पहुँच गई थी और रोने वाली औरतों का मुँह बंद करा दिया गया था।

उस छोटे-से चौक के अंदर जितने मकान थे पुलिस वाले पोजीशन लेकर उनके बाहर खड़े हो गए। अफसर भी एक खंभे की आड़ लेकर अगले कदम के बारे में दबे स्वर में बात करने लगे। इतना निश्चित था कि वह मकान जिसके अंदर विलाप हो रहा था, यहीं करीब ही था क्योंकि उनके इस चौक पर पहुँचते ही आवाजें एकदम बंद हो गई थीं। उन्होंने खंबों की आड़ से ही चौक की जमीन पर खून की लकीर तलाशने की कोशिश की। खून का आभास मिलना यहाँ पर मुश्किल था क्योंकि इस क्षेत्र में

पानी सिर्फ आसमान से ही नहीं बरस रहा था बल्कि लगभग सभी मकानों की छतों से नालियाँ सीधे चौक में खुलती थीं। छतों का इकट्ठा पानी नालियों से होकर चौक में मोटी धाराओं की शक्ल में गिर रहा था और उससे धरती पूरी तरह धुल-पुँछ जा रही थी।

अचानक एक सिपाही ने उत्तेजित लहजे में अपना हाथ हिलाना शुरू कर दिया। वह एक बड़े से हवेलीनुमा मकान की सीढ़ियों पर दरवाजे से सटकर खड़ा था। दरवाजे के ऊपर निकला बारजा उसे बारिश से बचाव प्रदान कर रहा था। दरवाजे की चौखट पर उसे लाल रंग का धब्बा दिख गया। इस धब्बे पर यद्यपि बारजे की वजह से सीधी बारिश नहीं पड़ रही थी फिर भी आड़ी-तिरछी बौछारों ने उसे काफी धुँधला दिया था। इसीलिए उसके ठीक बगल में खड़े सिपाही की भी निगाह उस पर देर से पड़ी। उसको हाथ हिलाता देखकर कुछ पुलिस अफसर और दरोगा तेजी से अपनी-अपनी आड़ में से निकले और झुकी हुई पोजीशन में लगभग दौड़ते हुए उस बारजे तक पहुँच गए।

वहाँ पहुँचकर कुछ ने झुककर चौखट का मुआयना किया जहाँ पहली बार खून का धब्बा दिखा था। इसके अलावा भी कई जगहों पर हलके धुँधले लाल धब्बे दिखाई पड़ने लगे। इतना निश्चित हो गया कि इसी घर में कोई जख्मी हालत में लाया गया है।

एक अफसर ने दरवाजा धीरे से खटखटाया। अंदर पूरी तरह सन्नाटा था। उसने थोड़ी तेजी से दरवाजा खटखटाया, अंदर से कोई आवाज नहीं आई। वह पीछे हट गया और उसने दरोगा को इशारा किया। दरोगा ने आगे बढ़कर दरवाजा लगभग पीटना शुरू कर दिया। कोई उत्तर न पाकर उसने दरवाजे को तीन-चार लातें लगाईं। लात लगने से दरवाजा बुरी तरह हिल गया। पुराना दरवाजा था, टूटने की स्थिति में आ गया। शायद इसी का असर था कि अंदर से कुछ आवाज-सी आई। लगा कोई दरवाजे की तरफ आ रहा है। सीढ़ियों पर खड़े लोग दोनों तरफ किनारे सिमट कर खड़े हो गए। दो-एक लोगों ने अपनी रिवाल्वर निकालकर हाथ में ले ली।

दरवाजे के पास पहुँचकर कदमों की आहट थम गई। साफ था कि कोई दरवाजे के पीछे खड़ा होकर दरवाजा खोलने-न खोलने के पसोपेश में पड़ा था। फिर अंदर से चटखनी गिरने की आवाज आई और एक मातमी खामोशी के साथ धीरे-धीरे दरवाजा खुल गया।

सामने एक निर्विकार सपाट बूढ़ा चेहरा था जिसे देखकर यह अंदाज लगा पाना बहुत मुश्किल था कि मकान में क्या कुछ घटित हुआ होगा।

"सबके सब बहरे हो गए थे क्या... हम लोग इतनी देर से बरसात में खड़े भीग रहे हैं और दरवाजा पीट रहे हैं।"

बोलने वाले के शब्दों के आक्रोश ने बूढ़े को पूरी तरह अविचलित रखा। उसकी चुप्पी बहुत आक्रामक थी। दरवाजा खुलने से कुछ बौछारें उसकी पेशानी और चेहरे

पर पड़ीं और उसकी सफेद दाढ़ी में आकर उलझ गईं।

"अंदर कोई जख्मी छिपा है क्या?"

"जी नहीं..... कोई नहीं है।" उसका स्वर इतना संयत था कि यह जानते हुए भी कि वह झूठ बोल रहा है किसी ने उसे डांटने की कोशिश नहीं की।

"बड़े मियाँ, हम जख्मी के भले के लिए कह रहे हैं। तुम उसको हमारे हवाले कर दो। हम उसे अस्पताल तक अपनी गाड़ी में पहुँचा देंगे। दवा-दारू वक्त से हो गई तो बच सकता है। नहीं तो अब पता नहीं कितने दिनों तक कर्फ्यू लगा रहे और हो सकता है इलाज न होने से हालत और खराब हो जाए।"

"आप मालिक हैं हुजूर, पर पूरा घर खुला है, देख सकते हैं। अंदर कोई नहीं है।"

उसने घर की तरफ इशारा किया लेकिन खुद दरवाजे पर से नहीं हटा। वह पूरा दरवाजा छेके खड़ा था। किसी की समझ में नहीं आ रहा था कि क्या करें। बूढ़े के चेहरे की भावहीनता ने बूँदाबाँदी के साथ मिलकर पूरे माहौल को इस कदर रहस्यमय बना दिया था कि सब कुछ एक तिलिस्म-सा लग रहा था।

सबको किंकर्तव्यविमूढ़ देखकर बूढ़े ने धीरे-धीरे दरवाजा बंद करना शुरू कर दिया। उसके हरकत में आते ही यह तिलिस्म अचानक टूट गया और एक अफसर ने झपटकर अपना बेंत दोनों दरवाजों के बीच फँसा दिया। किसी ने उत्तेजना में जोर से दरवाजे को धक्का दे दिया और बूढ़ा लड़खड़ाता हुआ पीछे हट गया।

दरवाजे के फौरन बाद एक छोटा-सा कमरा था। इस कमरे के बाद आँगन था जिसके चारों तरफ बरामदा था। बरामदे में लगे हुए चारों तरफ पाँच-छह कमरे थे जिनके दरवाजे आँगन की तरफ खुलते थे। बरामदे में सात-आठ औरतों, दो-तीन जवान मर्दों और तीन-चार बच्चों का एक मातमी दस्ता था जो एक चारपाई को घेर कर खड़ा था। नंगी चारपाई पर जख्मी पड़ा था। खून चारपाई की रस्सियों को भिगोता हुआ जमीन पर फैल गया था। हालाँकि खून से चारपाई पर लेटे आदमी का पूरा जिस्म नहाया-सा था फिर भी गौर से देखने पर साफ दिखाई दे रहा था कि उसके बाएँ कंधे से लगभग एक बित्ता नीचे छाती पर चिपका हुआ कमीज का हिस्सा लाल और गाढ़े खून से सना था। गोली वहीं लगी थी।

अपनी अभ्यस्त आँखें चारपाई पर लेटी आकृति पर दौड़ाने के बाद एक दरोगा ने अपने बगल खड़े अफसर के कान में फुसफुसाते हुए कहा—

"मर गया है हुजूर।"

अफसर ने घबराकर चारों ओर देखा। किसी ने सुना नहीं था। चारपाई के इर्द-गिर्द खड़ी औरतें और मर्द अभी तक यही समझ रहे थे कि चारपाई पर लेटा आदमी सिर्फ जख्मी पड़ा है और मरा नहीं है। खास तौर से औरतें यही सोच रही थीं। या हो सकता है उनमें से कुछ लोगों को एहसास हो चुका हो कि जख्मी मर गया है किंतु वे इस बात को मानना नहीं चाहते थे।

औरतों ने फिर से विलाप करना शुरू कर दिया। ज्यादातर औरतें पर्दा करने के लिए अपने माथे पर कपड़ा डाले हुए थीं। वे भिंचे कंठ से धीरे-धीरे अस्फुट शब्दों से रो रही थीं। उनके शरीर हौले-हौले हिल रहे थे और उनके रुदन और शरीर के कंपन में एक अजीब सी लय थी और यह लय तभी टूटती थी जब उनमें से कोई एक अचानक दूसरी से तेज आवाज में रोने लगती या किसी एक का शरीर दूसरी औरतों से तेज काँपने लगता।

अफसरों ने आपस में आँखों ही आँखों में मंत्रणा की और उनमें से एक ने अपने मातहत को हुक्म दिया—

"मजरूब को सँभालकर चारपाई समेत उठा लो। कालविन में कोई न कोई डॉक्टर जरूर मिल जाएगा।"

पुलिस के चार-पाँच लोगों ने फुर्ती से चारपाई चारों तरफ से पकड़कर हाथों पर उठा ली। चारपाई के इर्द-गिर्द अभी भी औरत-मर्द खड़े असहाय देख रहे थे। सिर्फ औरतों के विलाप में बाधा पड़ी।

"आप लोग भी मदद कीजिए। जितनी जल्दी अस्पताल पहुँचेंगे उतना ही अच्छा होगा।"

खड़े औरतों-मर्दों में कुछ हलचल हुई। दो-तीन मर्दों ने चारपाई को हाथ लगाया। चारपाई थामे लोग धीरे-धीरे दालान से बाहरी दरवाजे की तरफ बढ़ने लगे।

एक औरत को अचानक कुछ याद आया। वह दौड़कर एक मोटी चादर ले आई और उसने लेटे हुए आदमी को चादर ओढ़ा दी। बाहर बारिश तेज थी। शुरू में जिस बूढ़े ने दरवाजा खोला था उसने बरामदे में एक खूँटी पर टँगा छाता उतार लिया और चारपाई पर लेटे आदमी के मुँह पर आधा छाता खोला और बंद कर दिया। वह आश्वस्त हो गया कि बाहर बारिश में यह छाता काम करेगा।

लोग चारपाई इस तरह उठाए हुए थे कि वह उनकी कमर तक ही उठी थी। दरवाजे पर आकर वे रुक गए। चारपाई ज्यों की त्यों दरवाजे से नहीं निकल सकती थी। बाहर निकालने के लिए उसे टेढ़ा करना जरूरी था। पाँव की तरफ के लोगों ने दहलीज के बाहर निकलकर चारपाई पकड़ी। चौड़ाई में भी एक तरफ के लोग हट गए। केवल तीन तरफ के लोगों ने एक ओर चारपाई टेढ़ी कर उसे बाहर निकालना शुरू कर दिया। चारपाई बार-बार फँसी जा रही थी। बहुत धैर्य और सावधानी की जरूरत थी। चारपाई धीरे-धीरे आधी से ज्यादा झुक गई और उस पर लेटा व्यक्ति ढलान की तरफ लुढ़कने-सा लगा। दो-तीन लोगों ने झपटकर उसे सँभाला। पूरी हरकत को पीछे से नियंत्रित करने वाले अफसर ने झुँझलाकर उतावली दिखाने वाले को डाँटा—

"सँभाल के निकालो। अभी लाश गिर जाती।"

'लाश' शब्द ने माहौल को पूरी तरह से मथ डाला। औरतें सहम कर ठिठक

गईं। बूढ़े ने एक लंबी सिसकारी मारी और अपने हाथ के छाते पर पूरा वजन डाल कर खड़ा हो गया। अचानक वह इतना बूढ़ा हो गया था कि उसे छाते का सहारा लेने की जरूरत पड़ने लगी।

औरतों ने पहली बार मिट्टी का मातम शुरू किया। उनकी दबी आवाज पूरी बुलंदी से उठने-गिरने लगी। कुछ ने अपनी छाती जोर-जोर से पीटनी शुरू कर दी। भ्रम का एक झीना-सा पर्दा, जिसे उन्होंने अपने चारों तरफ बुन रखा था, एकदम से तार-तार हो गया। जिस समय जख्मी वहाँ लाया गया होगा उस समय जरूर उसके जिस्म में हरारत रही होगी। धीरे-धीरे जिस्म मुर्दा हो गया होगा। पर वे इसे मानने को तैयार नहीं थीं। पहली बार 'लाश' शब्द के उच्चारण ने उनका परिचय इस वास्तविकता से कराया था।

उन औरतों में से दो-तीन झपटीं और बाँहें फैलाए मुर्दे के ऊपर गिर पड़ीं। तब तक चारपाई बाहर निकल गई थी। उसका आधा हिस्सा बारजे के नीचे था और आधा बारिश के नीचे। जो लोग पाँव के पास चारपाई पकड़े थे वे पूरी तरह से बारिश की मार में थे। औरतों के पछाड़ खाकर चारपाई पर गिरने के कारण चारपाई जमीन पर गिर पड़ी। बाकी औरतें भी चारपाई के चारों तरफ बैठ गईं। ऊपर बारिश थी, नीचे औरतों का मातमी दस्ता था और इन सबसे सराबोर होती हुई असहाय मर्दों की खामोश और उदास भीड़ थी।

मर्दों में से कुछ लोग आगे बढ़े। उन्होंने औरतों को हौले-हौले चारपाई से अलग करना शुरू किया। कुछ औरतें हटाई जाने पर छटक-छटक कर फिर से लाश पर जा पड़तीं। मर्दों ने हलकी सख्ती से उन्हें ढकेलकर अलग किया।

पुलिस वालों और घर के मर्दों में से कुछ ने फिर से चारपाई उठा ली। इस बार उन्होंने चारपाई अपने कंधों पर लाद ली। तेज चाल से वे गली के बाहर की तरफ भागे। मुश्किल से दस कदम पर गली बाईं तरफ मुड़ती थी। पहले चारपाई औरतों की दृष्टि से ओझल हुई। फिर उसके पीछे चलने वाला काफिला भी धीरे-धीरे गायब हो गया। सिर्फ विलाप करने वाली औरतों की आवाजें उनका पीछा करती रहीं। धीरे-धीरे वे आवाजों की हद के बाहर चले गए। अगर बीच में ऊँचे-ऊँचे मकानों की दीवार न होती और वे देख सकते होते तो देखते कि औरतें घर के अंदर चली गई हैं और एक बूढ़ा आदमी बारिश की हलकी बौछारों के बीच छाते की टेक लगाए दरवाजे के बीच में खड़ा है। उसे दरवाजा बंद करना था लेकिन वह पता नहीं भूल गया था या शायद उसे ऐसा लग रहा था कि अब दरवाजा बंद करने का अर्थ नहीं रह गया है, इसलिए वह चुपचाप बेचैन खामोशी के साथ खड़ा था।

दो

कर्फ्यू लगने के साथ-ही-साथ एकबारगी बहुत सारी चीजें अपने आप ही हो गईं। मसलन शहर का एक हिस्सा पाकिस्तान बन गया और उसमें रहने वाले पाकिस्तानी। यह हिस्सा जानसनगंज से अटाला और खुल्दाबाद से मुट्ठीगंज के बीच फैला हुआ था। हर साल दो-एक बार ऐसी नौबत जरूर आती थी जब शहर के बाकी हिस्सों के लोग इस हिस्से के लोगों को पाकिस्तानी करार देते थे। पिछले कई सालों से जब कभी शहर में कर्फ्यू लगता तो उसका मतलब सिर्फ इस इलाके में कर्फ्यू से होता। इसके परे जो शहर था वह इन हादसों से एकदम बेखबर अपने में मस्त डूबा रहता। जंक्शन से सिविल लाइंस की तरफ उतरने वालों को यह अहसास भी नहीं हो सकता था कि चौक की तरफ कितना खौफनाक़ सन्नाटा पसरा हुआ है। कटरा, कीडगंज या सिविल लाइंस के बाजारों में जिंदगी अपनी चहल-पहल से भरपूर रहती और मुट्ठीगंज में लोग दिन के उन चंद घंटों का इंतजार करते जब कर्फ्यू में छूट होती और भेड़ों की तरह भड़भड़ाकर सड़कों पर निकलकर नर्क से मुक्ति का अनुभव करते।

इस बार भी यही हुआ। शहर के पाकिस्तानी हिस्से में कर्फ्यू लग गया। कुछ सड़कें ऐसी थीं कि जो हिंदू और मुस्लिम आबादी के बीच से होकर गुजरती थीं। उनके मुस्लिम आबादी वाले हिस्से में कर्फ्यू लग गया और वहाँ जिंदगी पूरी तरह से थम गई जबकि हिंदू आबादी वाले हिस्सों में जिंदगी की रफ्तार कुछ धीमी पड़ गई।

सईदा के लिए यह पहला कर्फ्यू था। पिछले जून में जब कर्फ्यू लगा था तो वह गाँव गई हुई थी। जिस समय कर्फ्यू लगा वह चौक में घंटाघर के पास एक होमियोपैथिक डॉक्टर की दुकान में अपनी दूसरी लड़की को दवा दिलाने गई थी। उसकी बड़ी लड़की घर पर दादी के पास रह गई थी। सईदा पहले ही दिन से अपनी सास की चिरौरी कर रही थी वह उसके साथ-साथ डॉक्टर की दुकान तक चली चले। लेकिन एक तो बीड़ी का धंधा ऐसा था कि उसमें दो-तीन घंटे की बरबादी से दूसरे जून की रोटी खतरे में पड़ जाती थी और शायद इसलिए भी कि उसके ताबड़तोड़ दो-दो लड़कियाँ हो गई थीं और उसकी सास को उसकी लड़कियों में ज्यादा दिलचस्पी नहीं थी, वह आज तक टालमटोल करती रही। उसकी सलाह पर सईदा लड़की को घरेलू दवाएँ देती रही, लेकिन आज जब सबेरे से वह पूरी तरह से पस्त दिखाई देने

लगी तब उसने अपनी पड़ोसन सैफुन्निसा को बमुश्किल तमाम इस बात के लिए तैयार किया कि वह उसके साथ-साथ घंटा घर तक चले। बदले में उसने सैफुन्निसा के साथ चूड़ी की दुकान तक चलने का वादा किया जहाँ से सैफुन्निसा चूड़ी खरीदने के लिए काफी दिनों से सोच रही थी।

दवा लेकर वे अभी दुकान के बाहर निकली ही थीं कि कर्फ्यू लग गया।

दरअसल कर्फ्यू लगने की कोई औपचारिक घोषणा नहीं हुई लेकिन सैफुन्निसा के अनुभव ने उसे बता दिया कि कर्फ्यू लग गया है। पूरे चौक में अजीब अफरा-तफरी थी। दुकानों के शटर इतनी तेजी से गिर रहे थे कि उनकी सम्मिलित आवाज पूरे माहौल में खौफ का जबरदस्त अहसास तारी कर रही थी। जिस तरह बच्चे कतार में ईंटें खड़ी करके उन्हें एक सिरे से ढकेलते हैं तो लहरों की तरह ईंटें एक के ऊपर एक गिरती चली जाती हैं, उसी तरह भीड़ के रेले नखास की तरफ से घंटा घर की तरफ चले आ रहे थे।

"या खुदा... रहम कर" सैफुन्निसा के मुँह से अस्फुट स्वर निकला और उसने झपटकर सईदा की कलाई थाम ली। जब तक अवाक् मुँह बाए सईदा कुछ समझती तब तक वह उसे घसीटती हुई बजाजा पर लगभग पच्चीस-तीस गज आगे निकल गई।

"का हुआ बहन?"

"करफू... करफू... या खुदा किसी तरह घर पहुँच जाएँ।"

एक-एक कदम आगे बढ़ना मुश्किल था। विपरीत दिशा से लहरों की तरह जन-समुदाय फटा पड़ रहा था। दुकानदार बदहवास-से अपना सामान समेट रहे थे। साइकिलें, रिक्शे, इक्के और गाड़ियाँ एक-दूसरे को धकेल कर आगे बढ़ने के चक्कर में इस कदर रेलपेल मचाए हुए थे कि आम दिनों के लिए पर्याप्त चौड़ी सड़क भी किसी पतली गली की तरह हो गई थी।

सैफुन्निसा सईदा को घसीटते हुए किसी तरह फलमंडी तक पहुँच पाई। फलमंडी के मुहाने पर रोज रेला लगाने वाले ठेले नदारद थे। ठेले वाले उन्हें लेकर बड़ी जल्दी में गलियों या घंटाघर की तरफ भागे थे, यह पहली नजर में देखने से ही स्पष्ट हो जाता था क्योंकि चारों तरफ आम, सेब और संतरे बिखरे पड़े थे जिन्हें बदहवास लोग कुचलते हुए भाग रहे थे। सैफुन्निसा की समझ में कुछ नहीं आया तो वह सईदा को लेकर फलमंडी में ही घुस गई और उसे पार करती हुई वह सीधी मीरगंज की भूलभुलैया में भटक गई।

मीरगंज का जिस्म का व्यापार पूरी तरह ठंडा पड़ा था। रंडियों ने अपने दरवाजे बंद कर लिए थे और रोज झुंड के झुंड मटरगश्ती करने वाले ग्राहकों का कहीं पता नहीं था। दो-दो, चार-चार घरों के बाद ऊपरी मंजिल की खिड़की से झाँकती हुई कोई रंडी, एक आम दृश्य था। इन रंडियों की आँखों में बेचारगी और गुस्सा स्पष्ट दिखाई पड़ता था क्योंकि इन्हें पिछले कई दंगों का अनुभव था। हर बार कर्फ्यू लगने पर धीरे-धीरे वे फाके

के करीब पहुँचती जाती थीं और ज्यादातर कोठों पर तो चार-छह दिन बाद से ही माँड़ पीने की नौबत आ जाती थी।

सैफुन्निसा यहाँ के माहौल से पहले भी परिचित हो चुकी थी। दो बार वह अपने शौहर के साथ खरीददारी करने के लिए इन गलियों के पास की दुकानों पर गई थी, और बाहर से झाँककर जितनी दूर देखा जा सकता था उतनी दूर तक इनका जायजा उसने लिया था। सईदा के लिए आज पहला मौका था जब वह इन गलियों को देख रही थी, इसलिए उसे अपराधबोध, सनसनी और शर्म की मिली-जुली अनुभूति हो रही थी। बिना सैफुन्निसा के बताए भी वह जान गई थी कि वह कहाँ आ गई है। सैफुन्निसा उसकी कलाई पकड़े खींचती चली जा रही थी। सन्नाटे और खौफ की वजह से गलियाँ उसे अजीब तरह की रहस्यमयता से भरपूर लग रही थीं। उन्हीं की तरह घबराए हुए इक्का-दुक्का लोग पास से गुजरते हुए इस रंग को ज्यादा गहरा बनाते जा रहे थे। बड़ी मुश्किल से इन गलियों की भूलभुलैया में भटकते हुए वे गुड़ मंडी के पास वापस जी.टी. रोड पर निकलीं।

उस समय तक जी.टी. रोड काफी हद तक खाली हो गई थी। पुलिस की एक जीप बड़ी तेजी से उनके पास से गुजरी। उसमें बैठा हुआ एक अफसर उत्तेजित स्वर में कर्फ्यू लगाए जाने की घोषणा कर रहा था और लोगों से फौरन अपने-अपने घरों में लौट जाने की अपील कर रहा था।

कर्फ्यू का ऐलान सईदा के लिए एक खौफनाक अनुभव था। अपने बच्चे को छाती से चिपकाए हुए वह पूरी तरह सैफुन्निसा की मर्जी पर खिंची चली जा रही थी। सैफुन्निसा उससे अनुभवी और बहादुर थी इसलिए उसके ऊपर अपने को छोड़कर वह सुरक्षित अनुभव कर रही थी। दरअसल सईदा को इस शहर में आकर रहते हुए सिर्फ चार साल हुए थे और अभी भी इस शहर में वह अपने को पूरी तरह अजनबी महसूस करती थी। उसका घर पुरामुफ्ती के पास था और शादी के चार साल बाद भी उसका मन वहीं के लिए हुड़कता था। उसका शौहर अपने पूरे परिवार के साथ बीड़ी बनाता था और शादी के बाद शुरू के कुछ महीनों को छोड़कर जब वह उसके साथ सिनेमा-बाजार वगैरह जाया करता था, उसे अकसर सौदा-सुलुफ लेने जाने के लिए साथी की जरूरत पड़ती थी और ऐसे समय सैफुन्निसा ही उसके काम आती थी। सैफुन्निसा का पति जीप फैक्टरी में चपरासी था, इसलिए उसे हर महीने बँधी-बँधाई रकम मिलती थी। वह बीड़ी बनाने का काम करती जरूर थी लेकिन शौकिया, सिर्फ अतिरिक्त आय के लिए। सईदा की स्थिति दूसरी थी। बीड़ी उसके परिवार का एकमात्र जरियामाश थी। उसका पूरा परिवार औसतन रोज चौदह घंटा खटता था तब कहीं जाकर दो जून की रोटी का इंतजाम हो पाता था। शादी के दो-चार महीनों में ही उसने यह बात अच्छी तरह समझ ली थी कि उसके और उसके शौहर के लिए सिनेमा देखने या बाजार घूमने से ज्यादा जरूरी था कि घर के दूसरे सदस्यों के साथ

अँधेरी सीलन-भरी तंग कोठरी में कमर झुकाए बीड़ी के बंडल बाँधते रहें और बच्चों का कम से कम पेट भर सकने का संतोष लिए रात में सो सकें।

हालाँकि शहर की टेढ़ी-मेढ़ी अपरिचित गलियों में सैफुन्निसा का हाथ थामे गुजरते हुए सईदा को लग रहा था कि यह सफर कभी खत्म नहीं होगा लेकिन अंत में उसे अपनी गली मिल ही गई। उसकी गली भी वीरान थी, फिर भी इस गली में पहुँचते ही उसे एक किस्म की सुरक्षा का अनुभव होने लगा।

गली के मकान बुरी तरह बंद थे। दरवाजे-खिड़कियाँ सभी पूरी तरह भिंचे हुए थे। ऐसा खौफनाक सन्नाटा और इतना डरावना एकांत सईदा ने आज तक अपनी गली में महसूस नहीं किया था। उसे लगा कि वीरान गली में वह अपना घर भूल जाएगी। उनके गली में पहुँचने के बाद दो-एक खिड़कियाँ हलकी से खड़कीं। ऐसा लगा जैसे किसी ने झाँककर एकदम से खिड़की के पल्ले बंद कर दिए। खिड़कियों के इस तरह खुलने, बंद होने से सईदा का दिल और जोर-जोर से धड़कने लगता। सैफुन्निसा का घर पहले पड़ता था। उससे कुछ और आगे सईदा का घर था।

सैफुन्निसा के हाथ छुड़ाकर अपने घर के अंदर घुसने के बाद उसके और अपने घर के बीच तीस-चालीस घर के फासले को पार करने में सईदा को कई युग लग गए। अपनी बेटी को सीने से चिपकाए जब वह अपने घर के सामने नाली डाँकते हुए दरवाजे पर पहुँची तो खौफ उसके सर पर खड़ा था। उसने हलके से दरवाजे पर दस्तक देनी चाही लेकिन दरवाजे पर हाथ रखते ही उसने पाया कि वह बुरी तरह से दरवाजा पीट रही थी।

सबसे पहले अंदर से उसकी सास के खाँसने की आवाज आई। फिर कोई मर्दाने कदमों की आहट आकर दरवाजे पर ठिठक गई। आहट से उसने पहचाना, यह उसका शौहर था। अचानक उसका मन करने लगा कि वह रोने लगे। घर के पास पहुँचते ही कोई अपरिचित-सी भावना थी जो उसे रोने के लिए मजबूर कर रही थी। जैसे ही उसके शौहर ने दरवाजा खोला वह सचमुच रोने लगी। पहले धीरे-धीरे फिर हुड़क-हुड़क। सईदा की सास ने आगे बढ़कर उसकी बेटी को गोद में ले लिया। बेटी सुबह से ज्यादा पस्त नजर आ रही थी। उसके माथे पर हाथ फेरते-फेरते सास भी रोने लगी। पहली बार सईदा को अपनी सास से ममता महसूस हुई और वह जोर-जोर से रोने लगी।

"... कुछ नहीं हुआ... सब ठीक हो जाएगा... अल्लाह सब ठीक करेगा।"

सास के कहने पर सईदा को लगा कि सचमुच कुछ नहीं हुआ और सचमुच सब ठीक हो जाएगा। वैसे भी क्या हुआ था उसे कुछ नहीं मालूम था। वह तो भाग-दौड़ और सन्नाटे के खौफ से गुजरती हुई यहाँ तक आ गई थी। रास्ते में सैफुन्निसा के मुँह से उसे सिर्फ इतना पता चला कि कर्फ्यू नाम की कोई चीज लग गई है जिसमें घर से बाहर निकलने की मनाही है। अगले कुछ दिनों में यह बात उसे ज्यादा अच्छी तरह समझ में आ सकी कि घर से बाहर न निकलने का क्या मतलब होता है।

तीन

कर्फ्यू शुरुआती दौर में तो हर जगह लगा लेकिन जल्दी ही उन हिस्सों से उसका असर कम होने लगा जो पाकिस्तानी नहीं थे। इन हिस्सों में हिंदू रहते थे और हिंदू होने के नाते जाहिर था कि इस देश से सच्चा प्रेम करने वाले वही थे। इसलिए शुरू में तो लोग जरूर कुछ घंटों के लिए अंदर कैद हुए लेकिन जल्दी ही वे घरों के दरवाजे और खिड़कियाँ खोल-खोलकर बाहर झाँकने लगे। बच्चों ने माँ-बाप की आँखे बचाईं और चबूतरों पर आकर बैठ गए। बीच-बीच में माँ-बाप कान पकड़कर चीखते-चिल्लाते बच्चों को घर के अंदर पटक देते लेकिन फिर बच्चे छूटकर अंदर से बाहर भाग जाते।

बीच-बीच में दो-दो, चार-चार की तादाद में पुलिस वाले आते और बच्चों को हड़काते हुए चबूतरों पर डंडे पटकते चले जाते। बच्चों की हिम्मत इतनी बढ़ गई कि वे गलियों में गुल्ली-डंडा से लेकर क्रिकेट तक के तमाम खेल खेलने लगे। कुछ औरतें भी बाहर दरवाजों पर निकलकर बतियाने लगीं। उनकी चिंता का मुख्य विषय था कि बच्चे खेलते हुए गली से बाहर सड़कों पर न चले जाएँ और दफ्तरों, दुकानों या कारखानों में गए उनके मर्द सही-सलामत घर लौट आएँ। ज्यादातर परिवारों के कमाने वाले अभी तक नहीं लौटे थे। कुछ के बच्चे भी स्कूलों में फँस गए थे।

जैसे-जैसे देर होती जा रही थी कि औरतों की घबराहट भी बढ़ती जा रही थी। गली काफी घने मकानों की बस्ती थी लेकिन बस्ती के बीच में एक छोटा-सा जमीन का टुकड़ा खाली पड़ा था। इसे किसी ने बरसों पहले खरीद लिया था। लेकिन अभी तक उस पर कोई निर्माण नहीं किया गया था। बरसों से यह मुहल्ले भर का कूड़ाखाना बना हुआ था और बरसों से मुहल्ले की औरतें सामूहिक संकट या खुशी के क्षणों में वहाँ एकत्र होकर बतियाती चली आ रही थीं। धीरे-धीरे कई औरतें वहीं इकट्ठी हो गईं। जिनके मर्द और बच्चे वापस आ गए थे उन्होंने अपने सभी लोगों को घरों के अंदर कर लिया और खिड़कियों, छज्जों से सारी कार्यवाही देखने लगीं और जिनके परिवार का कोई सदस्य बाहर रह गया था उन्होंने बाहर खुली जगह पर अपने को इकट्ठा कर लिया और बतियाने लगीं। उनकी आवाजों में उत्तेजना और दुःख भरा था।

धीरे-धीरे अँधेरा गली में पसरने लगा था और बाहर लगता था कि कर्फ्यू पूरी सख्ती के साथ लग गया था। इसलिए बाहर से गली में आमद बहुत कम हो गई।

इक्का-दुक्का मर्दों के अलावा चार-पाँच बच्चे ही अंदर आ पाए थे। इन मर्दों और बच्चों के साथ कुछ औरतें घरों के अंदर चली गईं। आने वाले अपने साथ अफवाहों का पुलिंदा लेकर आए थे। उनके पास तरह-तरह की खबरें थीं। मसलन दसियों हिंदुओं के शव नालियों में पड़े हुए थे या पुलिस ने लाशें कई ट्रकों में लादकर जमुना में बहा दी थीं।

यह गली भी करीब-करीब पड़ोस की उस गली की ही तरह थी जिसमें मुसलमान रहते थे। उसी तरह गंदी, मुफलिस और दुर्गंध-युक्त। घरों के पाखानों की गंदगी बह-बह कर गली की नालियों में पहुँच रही थी और यद्यपि गली के नियमित बाशिंदों को इससे कोई फर्क नहीं पड़ता था फिर भी बाहर से पहली बार गली में आने पर यह संभव नहीं था कि कोई बिना नाक पर रूमाल रखे गली में प्रवेश कर जाए। फर्क सिर्फ इतना था कि यह हिंदुओं की गली थी इसलिए कर्फ्यू ने लोगों को घरों के अंदर बंद नहीं किया था। उनके ऊपर सिर्फ गली के बाहर निकलने पर पाबंदी लगी थी।

गली में देवी लाला का प्रवेश एक कॉमिक रिलीफ की तरह था।

देवी लाला रोज की तरह सुबह गली से निकल गए थे और रोज की ही तरह गिरते-पड़ते गली में लौट रहे थे। फर्क सिर्फ इतना था कि रोज 9-10 बजे रात के बाद लौटते थे और आज दो-तीन घंटा पहले लौट रहे थे। रोज गली के ज्यादातर लोग जिस समय खाना खा रहे होते हैं उसी समय देवी लाला की शराब डूबी कर्कश स्वर-लहरी हवा में तैरती है। आज देवी लाला कुछ पहले आ गए थे। रोज की तरह न तो वे चहक रहे थे और न ही शराब पीने से पैदा हुआ आत्मविश्वास ही उनके अंदर था। वे कुछ परेशान से थे। एक तो उन्हें शराब नहीं मिली थी और दूसरे उनको रास्ते में कई जगह गिरते-पड़ते आना पड़ा था। इससे उनके जिस्म पर जगह-जगह खरोचें आ गई थीं और उनके पाजामे के पाँयचे नालियों के पानी और गंदगी से सराबोर थे।

देवी लाला पेशेवर खून बेचने वालों में से थे। वह हर दूसरे-तीसरे दिन स्वरूपरानी अस्पताल में जाकर अपना खून बेचते थे और चालीस-पचास रुपया लेकर लौट आते थे। इसी आमदनी के बल पर वे शाम को ठर्रा चढ़ाकर लौटते थे। आज उन्होंने खून जरूर बेचा पर पी नहीं पाए। उसके पहले ही कर्फ्यू लग गया। वे तब तक कर्फ्यू वाले इलाके में प्रवेश कर गए थे। अगर कहीं उन्हें पहले पता चल जाता तो वे शराब पीकर ही कर्फ्यू में घुसते। एक बार घुस जाने के बाद उन्होंने बाहर निकलने की कोशिश भी की लेकिन शटरों के गिरने, लोगों के बदहवास भागने-दौड़ने और पुलिस की लाठियों ने एक अजीब-सा चक्रव्यूह निर्मित कर दिया था। इस चक्रव्यूह में वे सिर्फ आगे को भाग पा रहे थे और काफी देर बाद उन्हें सँभलने का होश आया तो वे अपने घर की गली के मुहाने पर थे। देवी लाला को देखते ही गली के कुछ बच्चे इकट्ठे हो गए और रोज का कोरस शुरू हो गया—

देवी के दो टोपी

बकरी के दो कान
देवी लाला हगने पहुँचे
उनको पकड़ लिया शैतान

औरतों ने इस परेशानी के माहौल में भी हँसना शुरू कर दिया। दो-एक ने बच्चों को डाँट-डपट कर चुप कराना चाहा। पता नहीं यह माहौल में छाए आतंक और उदासी का असर था या देवी लाला की निष्क्रिय प्रतिक्रिया का कि बच्चे आज चुप हो गए। रोज की तरह उन्होंने रोकने पर और ज्यादा उछल-उछल कर देवी लाला की मिट्टी पलीद नहीं की। शराब न पीने की वजह से देवी लाला को अपना शरीर टूटता-सा नजर आ रहा था और उन्हें बोलने में दिक्कत महसूस हो रही थी।

"कस लाला, दंगे में बहुत लोग मरे का?"

प्रश्न देवी लाला से पूछा गया था। वे अकेले आदमी थे जो कर्फ्यू लगने के बाद, कर्फ्यूग्रस्त इलाके से होते हुये मुहल्ले में पहुँचे थे इसलिए विशिष्ट होने के अहसास से ग्रस्त थे। उन्होंने अपनी खास शैली में आँखें सिकोड़ीं और पूरे आत्मविश्वास से बोलने की कोशिश की। यद्यपि शराब न पीने से उनकी जबान लड़खड़ा रही थी, फिर भी उन्होंने संयत होने की पूरी कोशिश की।

"अरे चाची, शहर में लहाश ही लहाश हैं। दुई टरक में लहाश जाते तो हम खुद देखा... पुलिस वाले जमुना में बहाने ले जा रहे थे। मुसल्ले मार छुरा-चाकू चमकाए घूम रहे हैं। हिंदुन बेचारों का तो कोई रखवाला नहीं है।"

हे भगवान, जो लोग अभी घर नहीं लौटे उनका क्या होगा?

जिन औरतों के पति और बच्चे घरों को नहीं लौटे थे उनके चेहरे उतर गए और कुछ ने तो हौले-हौले विलाप करना शुरू दिया। जिनके घर के लोग सही-सलामत लौट आए थे उन्होंने चटखारे लेने शुरू कर दिए—

"तो लाला, क्या मुसलमान पुलिस के रहते चाकू-छुरा लिए घूम रहे हैं?"

"... घूम रहे हैं? अरे घोंप रहे हैं। कई तो हम अपने सामने मारते देखे। हिंदू बेचारे पट-पट गिर रहे हैं। अब इन मुसल्लों को जान लेने में कितनी देर लगती है। पुलिस इनका क्या बिगाड़ लेगी। कितनी लहाशें तो हमारे पैर के नीचे आते-आते बचीं।"

देवी लाला हाँके जा रहे हैं। शराब न पिए रहने से थोड़ा आत्मविश्वास जरूर बीच-बीच में गड़बड़ा जाता है लेकिन लोगों के चेहरों पर तैरने वाली जिज्ञासा और आतंक उन्हें फिर से बोलने की प्रेरणा दे देता है। वे बोल रहे थे और उत्सुक-परेशान चेहरे उन्हें सुन रहे थे। यह क्रम तभी टूटता जब बाहर से गिरता-पड़ता कोई और प्राणी गली में प्रवेश कर जाता और सुनने वालों की भीड़ उसे घेर लेती। कर्फ्यू लगने के तीन-चार घंटे बाद चूँकि जमकर बारिश हुई थी इसलिए आने वाला बुरी तरह बारिश में नहाया होता और पाजामे या पैंट के नीचे का पाँयचा गली के कीचड़ से

लथपथ होता। हर आने वाला आता और उत्सुक भीड़ के पास खड़े होकर कुछ न कुछ नये तथ्य बताता। जब तक उसकी बीवी या बच्चे उसे घसीट न ले जाते तब तक वह लोगों के चेहरे पर खिंची विस्मय और अविश्वास की लकीरों का आनंद लेता रहता।

पुलिस और पी.ए.सी. के सात-आठ जवान डंडे जमीन पर फटकारते गली के मुहाने से मोहल्ले के अंदर घुसे। उनके घुसते ही लोग हड़बड़ाकर भागे। गिरते-पड़ते लोगों को भागते देखकर पुलिस वालों में से एक-दो को मसखरी सूझी। उन्होंने और जोर से लाठियाँ जमीन पर पटकीं और हवा में गालियाँ उछालते हुए दौड़ने का नाटक किया। लोग और जोर से भागे और गली के कीचड़ और नालियों के पाखानों में पैर सानते हुए अपने-अपने घरों में दुबक गए। जिनके दरवाजे बंद थे उन्होंने उन्हें बुरी तरह पीट डाला।

घरों में बंद होकर बच्चों ने खिड़कियों से अपनी नाक सटा दी और आँखें बाहर एकत्रित पुलिस वालों पर केंद्रित कर लीं। औरतें किवाड़ों की दरारों से चिपक गईं। मर्द अपने मर्द होने के अहसास से दबे अपनी उत्सुकता का प्रदर्शन नहीं कर सकते थे अतः बंद उमस-भरे कमरों में पंखों के नीचे बैठे अपने उघड़े बदन खुजलाते रहे। बारिश बंद हुए काफी देर हो चुकी थी और एक बार फिर से उमस पूरे माहौल पर तारी हो गई थी।

पुलिस वाले बाहर एक चबूतरे पर बैठ गए। उनमें से एकाध चबूतरे की जमीन पर पसर गए। इस भगदड़ में देवी लाला भी डरकर एक कूड़े के ढेर के पीछे छिप गए थे। दिन में भागते समय दो-चार लाठियाँ उनके पैर और पीठ पर पड़ी थीं इसलिए पुलिस वालों को देखकर वे भी डर गए। थोड़ी देर तक वे दुर्गंधमय कूड़े को अपने चेहरे व नाक पर झेलते रहे फिर साहस बटोरकर उन्होंने उचककर देखा कि पुलिस वालों में एक स्थानीय थाने का सिपाही भी था जिसे वे मिश्रा नाम से जानते थे और जिसके साथ बैठकर उन्होंने कई बार शराब पी थी। मिश्रा को देखते ही उनका साहस लौट आया और वे कूड़े के ढेर को लगभग ढकेलते हुए उठ बैठे।

“जयहिंद पंडित जी। हम तो बेकार डर रहे थे।”

“कौन? देवी लाला, जय हिंद, जय हिंद। कहो कहाँ छिपे हो?''

''कइसा मोहल्ला है भाई... ससुर पानी को भी तरस गए। आज दोपहर से एक बूँद पानी नहीं गया हलक में। कुछ चाय-वाय का इंतजाम करो भाई।”

देवी लाला झपटकर एक मकान के बंद दरवाजे पर पहुँचे और लगे दरवाजा पीटने।

“कौन है? क्या है? घर में कोई मानुष नहीं है।” अंदर से जनानी आवाज आई।

“है कैसे नहीं, अरे हम खुद देखा रामसुख कंपोजीटर को अंदर आते। भाई हम देवी लाला हैं। बाहर दरोगा जी खड़े हैं। खोलो, दरवाजा खोलो, पानी चाहिए।”

रामसुख कंपोजीटर ने तो नहीं लेकिन देवी लाला की आवाज से आश्वस्त होकर

उसकी बीवी ने आधा दरवाजा खोला।

बाहर लाठियों और बंदूकों के साथ पुलिस उनके साथ थी इसलिए देवी लाला काफी जोश में थे। उन्होंने कड़कदार आवाज में एक बार फिर से रामसुख को बाहर आने को ललकारा। रामसुख की पत्नी ने एक बार फिर मिमियाते हुए बताया कि रामसुख घर में नहीं हैं। पर देवी लाला ने मानने से इनकार कर दिया। अंत में बात इस पर खत्म हुई कि रामसुख की घरवाली गरमागरम चाय बनाकर सबको पिलाए।

चाय बनकर जब तक बाहर आई तब तक कुछ घरों की खिड़कियों के पल्ले आधे-पूरे खुल चुके थे। कुछ बच्चों ने दरवाजों के बाहर निकलने की कोशिश की लेकिन सिपाहियों ने उन्हें डाँटकर अंदर कर दिया। पर जब चाय बाहर आने लगी तो देवी लाला ने रामसुख के दो लड़कों को मदद के लिए बाहर बुला लिया। उनकी देखा-देखी अगल-बगल के दो लड़के और निकल आए। सिपाहियों ने बेमन से उन्हें डाँटा और फिर चाय पीने में लग गए। लड़के भी ढीठ की तरह पहले अपने दरवाजों से चिपके रहे और फिर धीरे-धीरे गली में उतर आए। थोड़ी देर में बच्चों की अच्छी-खासी भीड़ पुलिस वालों के इर्द-गिर्द इकट्ठी हो गई। वे ललचाई आँखों से उनके हथियार देखते रहे और उन हथियारों के नाम एक-दूसरे को बताते रहे। बीच-बीच में पुलिस वालों में से कोई उन्हें झिड़क देता या अपनी लाठी जमीन पर पटक देता। बच्चे भागते और थोड़ी दूर पर फिर इकट्ठा हो जाते। वे कोरस में गाते—

हिंदू-पुलिस भाई-भाई, कटुआ कौम कहाँ से आई।

पुलिस वाले हँसते और कोई गाली-वाली देकर फिर चाय पीने में लग जाते। देवी लाला उनके खाने का इंतजाम करने लगे। कर्फ्यू हर दूसरे-तीसरे साल लगता था। पुलिस वाले हर बार इसी गली में या बगल की किसी गली में खाना खाते। यहाँ खाना खाकर मुहल्ले वालों से कुछ हँसी-मजाक करते और फिर पाकिस्तानी गलियों में कर्फ्यू लगाने चले जाते।

गली में कोई घर ऐसा नहीं था जो अकेले इस पूरी टुकड़ी के लिए माकूल इंतजाम कर सकता। देवी लाला एक-एक घर का हाल जानते थे इसलिए उन्होंने किसी घर पूड़ी छनवायी, कहीं आलू की भुजिया तली गई और दो-एक घरों से डाँटकर अचार और चटनी इकट्ठा की गई।

पुलिस वाले जब तक खाने बैठे तब तक काफी लोग साहस बटोरकर उनके इर्द-गिर्द इकट्ठे हो गए थे। ये हिंदू लोग थे इसलिए स्वाभाविक रूप से देश की सबसे ज्यादा चिंता उन्हें ही थी। उन्होंने पुलिस टुकड़ी में अपने परिचितों को तलाश लिया या नए सिरे से परिचय प्राप्त कर लिया और उन्हें उत्तेजित लहजों में गोपनीय ढंग की सूचनाएँ देने लगे। किसी को जानकारी थी कि पाकिस्तानी गली में फलाँ के घर में ट्रांसमीटर लगा हुआ है जिससे एक-एक पल की सूचना भेजी जा रही है। इसीलिए तो जो दंगा दोपहर बाद हुआ उसकी खबर शाम को बी.बी.सी. से आ गई। जो सज्जन

ट्रांसमीटर वाली जानकारी दे रहे थे उनके एकाध ईर्ष्यालु पड़ोसियों ने पूछा भी कि उन्होंने बी.बी.सी. कब सुना लेकिन सबने यह मान लिया कि बी.बी.सी. ने जरूर यह खबर दी होगी। कुछ लोगों ने पाकिस्तानी गली के कुछ मकान बताए जिनमें उनके अनुसार हथियारों के जखीरे थे। इन हथियारों की तफसील लोगों ने अपने-अपने सामान्य ज्ञान की जानकारी के अनुसार अलग-अलग दी। ज्यादातर लोगों ने सिनेमा और अखबारों में पिस्तौलों और बमों के बारे में देखा पढ़ा था इसलिए उसके अनुसार उनमें पिस्तौलों और बमों को इकट्ठा किया गया था। कुछ लोगो ने स्टेनगन भी छिपाए जाने की सूचना दी। पुलिस कर्मियों ने जानकारियाँ इकट्ठी कीं। वे हर बार दंगों में पाकिस्तानियों को सबक सिखाते थे। इस बार भी ये जानकारियाँ उनके काम आने वाली थीं।

पुलिस वालों ने खाना खाया और नालियों पर खड़े होकर हाथ-मुँह धोया। वे थोड़ी देर तक दाँत-वाँत खोदते रहे फिर बगल वाली गली में पाकिस्तानियों को सबक सिखाने चले गए।

रात काफी ढल चुकी थी। आम तौर से इस समय तक यह गली थक-थकाकर सो जाती थी लेकिन आज गली में घरों, सीढ़ियों और चबूतरों पर लोगों के छोटे-छोटे समूह इकट्ठा थे। फर्क सिर्फ इतना था कि गली की नालियों पर चारपाइयाँ नहीं पड़ी थीं। बावजूद इसके कि यह हिंदुओं की गली थी और कर्फ्यू सिर्फ इस हद तक लगा था कि लोग गलियों के बाहर मुख्य सड़क तक नहीं जा सकते थे फिर भी वे उमस-भरी रात में घर के अंदर सोने को मजबूर थे। घरों के अंदर जाने की कल्पना ही उबाऊ थी इसलिए लोग बाहर गलियों में बैठ गए और गप्प लड़ाते रहे। दूसरे, वे निश्चिन्त थे कि गली में बैठने में कोई खतरा नहीं था। दिहाड़ी कमाने वाले जरूर परेशान थे कि अगर कर्फ्यू तीन-चार दिन चल जाएगा तो घर में जलने वाले चूल्हे की रफ्तार मंद होती जाएगी। पिछले सालों में जब तक शहर के हुक्मरानों को लगता कि शहर को अच्छी तरह सबक नहीं सिखाया गया है तब तक वे कर्फ्यू उठाने को टालते जाते। दो-तीन दिन लगातार कर्फ्यू रहते ही दिहाड़ी वाले त्राहि-त्राहि करने लगते।

गली के एक कोने पर अचानक दो-तीन पत्थर किसी दरवाजे से टकराए। सीढ़ियों-चबूतरों पर बैठे लोग भड़भड़ाकर भागे। कुछ लोग नालियों में फँसकर गिर गए। कुछ औरतों ने चीखना शुरू कर दिया। बच्चों को सँभालने के चक्कर में औरतें गिर-गिर पड़ीं। लेकिन यह बदहवासी चंद मिनटों की रही। जल्द ही लोगों को समझ में आ गया कि गली पर बाहर से कोई हमला नहीं हुआ बल्कि गली के किनारे इकट्ठे बैठे लड़कों ने ही उठकर यूसुफ दर्जी के मकान के बंद दरवाजे पर दो-तीन अद्धे मार दिए थे। यूसुफ दर्जी इस गली में अकेला मुसलमान था। देश-विभाजन के समय उसके सभी भाई पाकिस्तान चले गए थे और सिर्फ वही रह गया था। हर दंगे में उसकी बीवी उसे तीस-पैंतीस साल पुरानी बेवकूफी पर कोसने लगती और हर दंगे में वह फैसला

करता कि इस गली का मकान बेचकर वह किसी सुरक्षित जगह पर मकान ले लेगा। लेकिन हर बाद दंगा खत्म होने के बाद वह दो-तीन दिन सभी जगह पर मकान तलाशता और फिर चुपचाप सिर झुकाए कपड़े सीने लगता। दंगों में यूसुफ दर्ज़ी के परिवार के लिए फर्क सिर्फ यह पड़ता कि वह अपने मकान में कैद हो जाता। मकान चारों तरफ से बंद कर दिया जाता। दरवाजों पर तख्त और चारपाइयाँ टिका दी जातीं और घर के कमरों में लोग चुपचाप सन्न होकर बैठ जाते।

यूसुफ दर्जी के नौ बच्चे थे। इनमें छह लड़कियाँ थीं। लड़कियाँ विभिन्न उम्रों की थीं और अपनी-अपनी उम्र के मुताबिक लफड़ों में लिप्त थीं। ये लफड़े मुहल्ले के तमाम लड़के-लड़कियों के लफड़ों की तरह थे, जो स्कूल जाने की उम्र से शुरू होते थे और शादी होते ही खत्म हो जाते थे। आज तक तो इस गली में ऐसा हुआ नहीं कि जिसके साथ छुप-छुपाकर आँखें लड़ाई गई हों, किताबों-कापियों में छुपाकर चिट्ठियाँ भेजी गई हों, उसी से शादी हो गई हो। भविष्य में भी ऐसा होने की संभावना नजर नहीं आती थी। इसलिए यूसुफ दर्जी की लड़कियाँ स्कूल आते-जाते या अपने घर की खिड़की-दरवाजे पर खड़े होकर निष्काम भाव से लड़कों को देखकर मुस्करा देतीं या आँखें नीची करके तेजी से बगल से निकल जातीं।

आज भी कर्फ्यू लगने से उत्पन्न हुई बोरियत को दूर करने के लिए ये लड़कियाँ बारी-बारी से खिड़की पर आकर बैठ जातीं और नीचे गली में चबूतरे पर बैठे लड़कों की सीटियों और फब्तियों पर मुस्कराकर हट जातीं। यूसुफ दर्जी का पुश्तैनी मकान इस मुहल्ले के मकानों के लिहाज से काफी बड़ा था। नीचे दो कमरे थे, आँगन था और रसोई थी। ऊपर एक कमरा था और खुली छत थी। छत की दीवारें जरूर यूसुफ ने अपनी लड़कियों और दंगों की वजह से काफी ऊँची करा दी थीं।

पूरे घर में सहमा हुआ सन्नाटा था। यूसुफ और उसकी बीवी ने बाहरी दरवाजा बंद करके उस पर तख्ते और चारपाइयाँ खड़ी करके मजबूती प्रदान की थी। यूसुफ कर्फ्यू लगते ही बड़ी मुश्किल से गिरता-पड़ता अपनी दुकान बंद करके घर आया था। वह काफी देर तक घर के दरवाजे बंद करके औंधे मुँह बिस्तर पर पड़ा रहा। उसकी बीवी स्वर नीचा किए उसे कोसती रही। लड़के-लड़कियाँ सहमे-सहमे कोनों में दुबके रहे। अँधेरा होने पर लड़कियाँ बारी-बारी से ऊपर कमरे में खिड़की तक आने-जाने लगीं। माँ ने खाना पकाना शुरू किया और लड़कियों में से दो-एक को धौल धप्पे लगाकर अपने साथ रसोई में लगा लिया। बाप बीच-बीच में जरा भी शोर होने पर दाँत पीस-पीसकर लड़कों लड़कियों को गालियाँ देता।

खाना बन जाने पर यह क्रम टूटा और पूरा परिवार नीचे इकट्ठा होकर खाना खाने बैठा। बीवी परोसती रही और यूसुफ दर्जी अपनी आदत के विपरीत बिना कुछ बोले खाना खाता रहा। इस बीच बाहर चबूतरे पर बैठे लड़कों का धैर्य जवाब दे गया। उन्होंने पहले तो एकाध कंकड़ियाँ ऊपर खिड़की पर फेंकीं और जब कोई लड़की

खिड़की पर नजर नहीं आई तो तीन-चार अद्धी और पूरी ईंटें उठाकर दरवाजे पर दे मारीं।

दरवाजे पर ईंट लगते ही जो भगदड़ की आवाजें हुईं, उन्होंने यूसुफ दर्जी के पूरे परिवार को खौफ के समुद्र में डुबो दिया। छोटे बच्चों ने रोना शुरू कर दिया। यूसुफ ने दहशत-भरी आँखों से दरवाजे की तरफ देखा। दरवाजे पर चारपाइयाँ रखी थीं। लेकिन फिर भी अगर बाहर से दबाव बढ़ता तो पुराने वक्त की मार खाया दरवाजा कितनी देर तक टिक पाता? उसने अपने छोटे लड़के को कुछ इशारा किया और उसने खिड़की बंद कर दी। यूसुफ और उसकी बीवी ने दो-तीन भारी सामान और उठाकर दरवाजे से लगा दिए। बच्चों के ग्रास निगलते हाथ रुक गए और उन्होंने अपनी खौफजदा आँखें दरवाजों पर टिका दीं।

बाहर गली में भी ईंटों की आवाजों ने लोगों को कुछ देर के लिए अस्त-व्यस्त कर दिया। लेकिन जल्दी ही उन की समझ में आ गया कि यह कोई बाहरी हमला नहीं था बल्कि गली के ही लड़कों ने यूसुफ दर्जी के मकान पर पत्थर फेंके थे।

लोगों ने लड़कों को गालियों से झिड़का। जो लोग दूसरी गलियों के मुसलमानों के यहाँ पाकिस्तानी ट्रांसमीटर और हथियारों का जखीरा होने का बयान कर रहे थे उन्हीं की समझ में यह नहीं आया कि कैसे अपनी गली के मुसलमान के मकान पर हमला किया जा सकता है। एक साथ इतने लोग ललकारने लगे कि शरारती लड़के सहम कर दुबक गए।

गली वालों को भी अहसास हुआ कि इस अफरा-तफरी में इस अकेले मकान को वे पूरी तरह से भूल गए थे। वे मकान के सामने इकट्ठे हो गए। दो-तीन ने अलग-अलग आवाजें लगाकर यूसुफ को दरवाजा खोलने को कहा पर अंदर से कोई आहट नहीं आई।

"आज पहला दिन है आज दरवाजा नहीं खोलेंगे" किसी ने कहा बात सही थी क्योंकि पहले भी कर्फ्यू के दौरान दो-एक दिन तक यूसुफ के घर का दरवाजा नहीं खुलता था। "यूसुफ भाई, घबराना नहीं। हम लोग यहाँ हैं" देवी लाला ने अपनी शराब की प्यासी जबान की ऐंठन को दबाते हुए कहा लड़कों ने यह बात पकड़ ली। उन्होंने समवेत स्वर में गाना शुरू कर दिया—

यूसुफ तुम संघर्ष करो,
हम तुम्हारे साथ हैं।

अभी-अभी चुनाव खत्म हुआ था और नारा लड़कों की जुबान पर चढ़ा हुआ था। बड़ों ने उन्हें झिड़कने की कोशिश की पर उनका कोई असर नहीं पड़ा। वे लोग अलग-अलग समूहों में तितर-बितर हो गए।

थोड़ी देर में ऊपर वाली खिड़की खुल गई और लड़के भी नीचे सामने वाले चबूतरे पर जम गए।

चार

कर्फ्यू का दूसरा दिन था और सईदा की बेटी पूरी तरह पस्त हो गई थी। अगस्त की सड़ी गर्मी ने लगातार बंद कमरे को नर्क में तब्दील कर दिया था। इस नर्क में घिरे औरतों और मर्दों के जिस्मों की गंध के साथ बच्चों के पाखाने की बदबू भी शरीक हो गई थी। तेरह गुणा पाँच फीट के कमरे और उसके साथ लगे आठ गुणा पाँच फुट के बरामदे में लोग कैद थे। इसमें सईदा, उसका शौहर, उसकी सास और ससुर, उसकी एक बड़ी ननद, दो छोटे देवर ऐसे थे जिन्हें बड़ा कहा जा सकता है। उसकी ननद का सात साल का लड़का और उसकी दो बेटियाँ तीन ऐसे प्राणी थे जिनकी गिनती छोटों में हो सकती थी।

अपने गाँव से जब सईदा ब्याह कर इस घर में आई थी तो बहुत सारी चीजों से वह सहज नहीं हो पाई थी। वह मुहल्ला जिसे मिनहाजपुर के नाम से पुकारा जाता था, मुख्य रूप से मुसलमानों का मोहल्ला था और अधिसंख्य मुस्लिम मोहल्लों की तरह गरीबी, गंदगी और जहालत से बजबजाता रहता था। बड़ी मुश्किल से सईदा यह बात समझ पाई कि यह छोटा-सा कमरा उसका पूरा घर है। इस कमरे में सास, ससुर, देवर, ननद की उपस्थिति में उसे अपने दांपत्य जीवन की शुरुआत करनी थी। शुरू-शुरू में तो वह जड़ हो जाती थी। एक कमरे के इस घर में पीछे की तरफ एक बरामदा था जिससे सटा हुआ छोटा-सा पाखाना था। इस पर एक टाट का पर्दा टँगा रहता था और उठाऊ होने के कारण कभी भी यह पूरी तरह से साफ नहीं होता था। एक खास तरह की बदबू इससे हमेशा निकलती रहती थी। सईदा को इस बदबू के साथ जीने की आदत डालने में कई महीने लग गए।

इसी बरामदे में सईदा को विवाहित जीवन का शुरुआती आनंद प्राप्त हुआ। पहली रात को छोड़कर, जब उसके सास-ससुर सभी को लेकर बाहर गली में नाले पर सोने चले गए थे, बाकी लगभग रोज ही कोई न कोई कमरे में बना रहता, कभी-कभी तो पूरा कुनबा ही अंदर मौजूद रहता। सईदा का पति बरामदे में जमीन पर बिस्तर बिछाकर पड़ा रहता और उतावलेपन के साथ सईदा का इंतजार करता। वह देर होने पर हास्यास्पद ढंग से खाँसता और उसकी खाँसी की आवाज सुनकर सईदा का बदन काठ की तरह तन जाता। उसे पति की बेहयाई पर बेहद गुस्सा आता और उसका

गुस्सा तब तक बना रहता जब तक वह धीरे से उठकर जमीन पर पूरे कमरे में सोये लोगों को लाँघते-फलाँगते अपने पति के बगल में जाकर पसर नहीं जाती।

कर्फ्यू का दूसरा दिन था और सईदा को छोड़कर परिवार के बाकी सभी सदस्यों को मालूम था कि अभी अगले कई दिनों तक इसमें छूट नहीं हो सकती थी। शहर के हुक्काम कभी-कभी सबक सिखाने के लिए कर्फ्यू कई दिनों तक नहीं हटाने के सिद्धांत पर विश्वास करते थे और जब उन्हें यह इत्मीनान हो जाता कि उन्होंने काफी सबक सिखा दिया है तभी वे कर्फ्यू हटाते।

बंद कमरे में पड़े रहने से सईदा को दो दिक्कतें महसूस हो रही थीं। एक तो उसकी बिटिया की बीमारी थी जिसको देखकर उसकी अनुभवी सास को लग रहा था कि उसके बचने की संभावना बहुत कम थी। उसकी सास ने कुल ग्यारह बच्चे पैदा किए थे जिनमें सात मर चुके थे। बच्चों को मरते देखने का उसे कुछ ऐसा अनुभव था कि उसे अब किसी भी मरते हुए बच्चे को देखकर उसकी आसन्न मृत्यु का आभास हो जाता था। सईदा की दूसरी दिक्कत बड़ी अजीब किस्म की थी।

वह जिस परिवेश से इस शहर में आई थी, वहाँ इस तरह की दिक्कत की कल्पना भी उसके लिए हास्यास्पद थी। वहाँ रोज सुबह मुँह अँधेरे अल्युमिनियम का लोटा हाथ में लिए अपनी किसी बहन या पड़ोसन के साथ दूर खेतों में निकल जाती। उसके गाँव में दो-एक जमींदार घरों को छोड़कर बाकी किसी के यहाँ घर में पाखाना नहीं था। औरतें सुबह-शाम अँधेरे में खेतों में चली जाती थीं। जिन दिनों खेत खाली होते उन दिनों वे किसी छोटी-मोटी झाड़ी या ऊँची मेंड़ के पीछे छिप जाती थीं। इस क्रम में बदलाव तभी आता था जब बारिश पड़ती थी या जब किसी का पेट खराब हो जाता था।

सईदा की सास ने उसे पहले ही दिन बता दिया कि यहाँ उसे क्या करना पड़ेगा। उसके सास-ससुर देहात से आकर इस गली में बसे थे, इसलिए उसकी सास जानती थी कि गाँव से पहली बार आने पर औरत के सामने क्या-क्या दिक्कतें आ सकती हैं। पहली ही शाम सईदा घर के संडास में गई तो उल्टियाँ रोकते-रोकते उसका बुरा हाल हो गया। उसकी आँखों से बुरी तरह पानी बहने लगा था और खट्टी पित्त-भरी लार उसके होठों के कोनों में रिस-रिस कर उसके कपड़े भिगो गई। संडास छह गुणा तीन फुट का उठाऊ पाखाना था, जिसकी छत इतनी नीची थी कि उसमें मुश्किल से खड़ा हुआ जा सकता था। अँधेरे, सीलन-भरे इस कमरे में एक तेज बदबूदार गंध हर समय उठती रहती थी और उसका दरवाजा खुलते ही यह गंध पूरे घर पर भभके की तरह छा जाती थी। दरवाजा बंद होने पर भी घर के पूरे भूगोल पर यह गंध एक धीमे अवसाद की तरह छाई रहती थी। इस गंध के साथ जीने के लिए इससे परिचित होना जरूरी था और यह परिचय हासिल करने में सईदा को महीनों लग गए।

संडास दिन में एक बार साफ होता था। सईदा ने शुरू में चालाक बनने की

कोशिश की। सुबह सात-साढ़े सात बजे तक भंगी आता था। बिना बोले दरवाजे के बाहर सीढ़ियों पर वह खास ढंग से झाडू पटकता, झाडू की आवाज उसके आने का संकेत थी और इस आवाज पर सईदा का देवर या सास उठकर देख आती कि पाखाने में कोई गया तो नहीं है। उसमें किसी के रहने या खाली होने की सूचना भंगी को दे दी जाती। पाखाने की सफाई के लिए पीछे गली में जाना पड़ता था जहाँ पाखाने के नीचे का लगभग एक वर्गफुट छोटा-सा हिस्सा खुलता था। इसे ढकने के लिए टीन का एक लटकाऊ टुकड़ा कीलों के सहारे जड़ा हुआ था। वक्त की मार ने इस टीन के टुकड़े को इतना जर्जर कर दिया था कि भंगी को रोज इस टीन के टुकड़े को खोलने या बंद करने में यही डर लगता था कि दूसरे दिन यह टुकड़ा उसे सही-सलामत मिलेगा भी या नहीं। सईदा ने पाँच-सात दिन में ही भंगी की दिनचर्या समझ ली। वह सुबह से ही ध्यान लगाकर बैठी रहती और जैसे ही भंगी सफाई करके हटता वह संडास की तरफ झपटती। दिक्कत सिर्फ इतनी थी कि उसे रोज सुबह शौच के लिए जाने की आदत थी। सुबह सात-साढ़े सात बजे तक इंतजार करना काफी यातनादायक अनुभव होता था। अपने ऊपर नियंत्रण रखने में उसे किस्म-किस्म की हरकतें करनी पड़ती थीं, अकसर उसका पूरा जिस्म अकड़ जाता था। जल्दी ही उसकी सास ने उसकी यह हरकत पकड़ ली। सास को बहुत बुरा लगा कि चार दिन पहले घर में आई लौंडिया अपने को परिवार के दूसरे सदस्यों से विशिष्ट समझे और ऐसा व्यवहार करे जिससे दूसरे लोग अपने को ओछा समझें। उसने एक दिन सुबह-सुबह सईदा को ऐसी चुनी-चुनी गालियाँ दीं कि वह शर्म और घबराहट में काफी देर तक अपने पाँवों में मुँह गड़ाए बैठी रही।

लेकिन उसकी सास, जो उसकी सास के अलावा फूफी भी थी, जल्दी ही पसीज गई। उसने दो-तीन बार देखा कि सईदा अस्त-व्यस्त हालत में संडास से बाहर आई तो उसकी आँखों से बुरी तरह पानी निकलता रहा था और उल्टी रोकने की कोशिश में उसके मुँह से लार की शक्ल का द्रव बाहर गिर रहा था।

सईदा के घर के पास जहाँ गली खत्म होती थी वहाँ एक प्लाट खाली पड़ा था, उसे किसी ने घर बनवाने के लिए नींव भरवा कर पिछले कई सालों से खाली छोड़ रखा था। उसके पीछे नाला था जो काफी दूर तक गली के साथ-साथ बहता हुआ उत्तर की तरफ निकल जाता था। यह प्लाट तथा नाला दिन-भर मुहल्ले के बच्चों की आवारागर्दी और खेलकूद का अड्डा बना रहता था। सईदा की सास सबेरे-सबेरे मुँह अँधेरे उसे लेकर इसी में जाने लगी। कभी वे प्लाट में किसी कोने बैठ जातीं और कभी नाले के किनारे चली जातीं। नाले के किनारे उतरने के लिए ढलान से उतरना पड़ता, अतः अकसर सास-बहू एक-दूसरे का हाथ पकड़कर एक-दूसरे को सहारा देतीं। बुढ़िया सास एक-दो बार गिरकर अपने टखनों में मोच भी लगा बैठी। हर बार गिरने पर वह सईदा को कोसती और बैठे-बैठे या वापिस चलते-चलते इतनी गालियाँ देती

कि सईदा रुआँसी हो जाती।

इस पूरी प्रक्रिया में दिक्कत सिर्फ इतनी थी कि सास-बहू को सबेरे बहुत जल्दी उठना पड़ता। उन्हें किसी रात ग्यारह बजे के पहले सोना नसीब नहीं होता था। सईदा को तो उसके बाद भी अपने पति के लिए आधा-एक घंटे तक जगना पड़ता। उसके बाद इतने सुबह उठने का मतलब था पूरा दिन ऊँघते हुए बिताना। सास ने तो पाँच-सात दिन में ही तोबा बोल दिया था किंतु सईदा को अकेले जाने की इजाजत उसने दे दी। संडास में बैठने की कल्पना ही सईदा के लिए इतनी उबकाई भरी थी कि वह रोज सुबह-सुबह निश्चित समय पर उठ बैठती। कभी-कभी पति रात को देर तक सोने नहीं देता तो बाकी बचे चार-पाँच घंटे सईदा के इस दहशत में निकल जाते कि कहीं सूरज निकल आए और उसकी नींद न खुले। वह आधा सोने-जागने की स्थिति में रहती और बीच-बीच में चौंककर उठ जाती और अपने पति की कलाई में आँखें गड़ा-गड़ा कर समय का अंदाजा लगाने की कोशिश करती। रात-भर वह इसी तरह सोती और दिन-भर सास की गालियाँ सुनती।

कर्फ्यू के दूसरे दिन घर बजबजाते संडास और उमस भरी गर्मी से एक ऐसे नरक में तबदील हो गया था जिसमें जिंदा रहने वाले प्राणियों के लिए पसीने और बदबू से पस्त अस्तित्व को ढोना मुश्किल होता जा रहा था। सईदा ने टाट का पर्दा हटाकर अंदर घुसने की कोशिश की और लगभग उल्टी करते हुए बाहर भागी। पूरा दिन हो गया था और वह एक बार भी संडास नहीं गई थी। सुबह से ही वह कुछ नहीं खा रही थी। मारे डर के उसने चाय भी नहीं पी थी।

सईदा की बिटिया दिन-भर अपनी दादी की गोद में पड़ी रही थी। दो साल की लड़की तीन दिन की पेचिश से बदहाल हो गई। आज दोपहर बाद से उसे उल्टियाँ भी शुरू हो गई थीं। साफ जाहिर था कि सड़ी गर्मी और गंदगी ने उसे हैजे का शिकार बना दिया था। केवल दादी और माँ उसके बारे में चिन्तित थीं। दादा और बाप कमरे के एक कोने में उकड़ूँ बैठे बीड़ी बनाने में इस कदर व्यस्त थे कि उस अँधेरे, सीलन-भरे कमरे में अचानक कोई बाहर रोशनी से आता तो उन्हें भूत समझने की भूल कर बैठता। चारों तरफ से बंद कमरे में उनके नंगे बदन पर पसीना बुरी तरह चुहचुहा रहा था और उनके अभ्यस्त हाथ पत्ते, तम्बाकू और धागों पर यंत्र की तरह चल रहे थे। सईद के दोनों देवर और उसकी ननद का लड़का कमरे के दूसरे कोने में बैठे कैरम बोर्ड खेलने की कोशिश कर रहे थे। घर में यही एक मनोरंजन का साधन था और सुबह से उसे खेलते-खेलते लड़के बोर हो गए थे। वे खेलते, झगड़ते, खेलना बंद कर देते और फिर खेलने लगते। सुबह से यही चल रहा था। आज चूँकि बीड़ी बनाने का सामान कम था इसलिए उन्हें खेलने के एवज में लात, घूँसा या गालियाँ नहीं मिल रही थीं। डेढ़ कमरे के मकान में सिर्फ सईदा की ननद चल-फिर रही थी और घर के प्राणियों के खाने-पीने का इंतजाम करने में लगी थी।

सईदा दो दिन के लिए दवा लाई थी और घबराहट में उसने एक ही दिन में उसे पिला दिया था। दोपहर तक दवा खत्म हो गई। सईदा ने कई बार कातर असहाय निगाहों से अपने पति की तरफ देखा। एकाध बार उसने अपने ससुर का लिहाज छोड़कर पति से बाहर जाकर दवा लाने का गिड़गिड़ाहट भरा अनुनय भी किया था किंतु उसके पति और ससुर उसी निर्विकार भाव से अपने काम में लगे रहे।

पति को सुबह बड़ा तल्ख अनुभव हुआ था इसलिए अब वह बाहर जाने का कोई अनुरोध सुनने को तैयार नहीं था। सुबह पानी के लिए उसे बाहर निकलना पड़ा था। घर में एक नल था जिसमें सुबह-शाम कोई डेढ़-दो घंटे पानी बूँद-बूँद टपकता था। पानी की बाकी जरूरत गली के प्रवेश पर लगे सार्वजनिक नल से पूरी होती थी। रोज सुबह-शाम वहाँ कुहराम मचता था, औरतें एक-दूसरे से लड़ती-झगड़ती अपनी बाल्टी आधी-तिहाई भरती थीं। गली के ज्यादातर मकानों में एक-दो टोटियों से ज्यादा नहीं थीं जिनसे जाड़ों में भी लोगों की जरूरतें पूरी नहीं होती थीं। फिर इस समय तो बला की गर्मी थी जिसमें आदमी के हलक में हर समय काँटे उगे रहते थे। इसलिए सईदा के पति ने अपनी माँ के कहने पर जोखिम उठाने का फैसला किया। पिछले दिन दोपहर में कर्फ्यू लगने के बाद से एक बूँद पानी बाहर से घर में नहीं आया था। घर के नल में रोज की तरह इतना पानी टपका था कि सुबह होते-होते मुश्किल से डेढ़ बाल्टी पानी बचा था। इसलिए माँ के कहने पर वह बाल्टी हाथ में लिए बाहर गली के शीतल अँधेरे में उतर गया।

लगभग बारह घंटे उमस भरे गर्म कमरे में बंद रहने के बाद गली के खुलेपन में प्रवेश करना एक सुखद अनुभव था। अभी पौ नहीं फटी थी और गर्मियों की सुबह शीतल बयार के साथ ताजगी दे रही थी। पूरी गली में सन्नाटा था और रात में गली के एक-एक इंच में पड़ी रहने वाली चारपाइयाँ न जाने कहाँ बिला गई थीं। रोज की तंग गली आज काफी खुली और चौड़ी नजर आ रही थी। जीवित प्राणियों के नाम पर सिर्फ कुत्ते थे। रोज रात भर गली में जुगाली करती घूमती गायें भी कर्फ्यू की जद में आ गयी थी और लापता थीं।

वह अपने दोनों हाथों में बाल्टियाँ लटकाए सहमी-सहमी गति से आगे बढ़ा। नल करीब सौ गज दूर था। थोड़ा ही आगे बढ़ने पर पानी की आवाज आने लगी। नल खुला हुआ था और सुबह-सुबह तेज गति से पानी आने के कारण जमीन पर उसके गिरने की आवाज यहाँ तक आ रही थी। रोज की ही तरह रात में नल बंद नहीं किया गया था और रोज की ही तरह पानी तेज रफ्तार से जमीन पर गिर रहा था। फर्क सिर्फ इतना था कि रोज इस समय तक इक्का-दुक्का औरतें बाल्टियाँ लिए नल की तरफ जातीं या वापस आती दिखाई दे जाती थीं जब कि इस समय वह बिलकुल अकेला था। दस-पाँच कदम चलने के बाद उसका डर धीरे-धीरे खत्म होने लगा। वह मस्ती में आने लगा। रात भर उसकी ऊब ने उसके शरीर में जो जकड़न भर दी थी,

सबेरे की ठंडी धीमी बयार ने उसे दूर कर ताजगी पैदा कर दी। वह धीरे-धीरे गुनगुनाने लगा। अपने अस्तित्व से पूरी तरह बेखबर जब वह नल के करीब पहुँचा तो उसे यह भी पता नहीं था कि वह ऊँचे स्वर में गा रहा था। उसने नल के नीचे बाल्टी लगाने के पहले पानी की ठंडी धार अपनी अँजुरी में रोप कर मुँह धोया। पानी इतनी तेज रफ्तार से आ रहा था कि लाख बचाते-बचाते भी उसकी लुंगी और बनियान भीग गईं। पानी ठंडा था और उसका स्पर्श शरीर में सुख और झुरझुरी एक साथ पैदा कर रहा था।

पता नहीं उसकी आवाज का असर था या सुबह-सुबह ठंडे पानी से हाथ-मुँह धोने का आकर्षण, दो पुलिस वाले घूमते-अलसाते वहाँ प्रगट हो गए। उसे उनके यहाँ आने का पता तब चला जब उन्होंने गालियों और डंडों की बौछार एक साथ शुरू कर दी–"... मादर... साले कर्फ्यू में यहाँ अपनी माँ ... आया है।" इस वाक्य के साथ दनादन उसके पैरों और कूल्हों पर डंडे पड़ने लगे।

उसकी दूसरी बाल्टी आधी भरी थी। वह लड़खड़ाकर एक तरफ को झुका और फिर सँभल कर उसने दोनों बाल्टियाँ उठाईं और घर की तरफ भागा। शायद दोनों पुलिस वाले रात भर ड्यूटी देने के बाद इतने थके थे कि उन्हें उसके पीछे दौड़ने की कोई जरूरत महसूस नहीं हो रही थी। उसमें से एक ने अपना चुल्लू नल में लगा कर पानी पीना शुरू कर दिया और दूसरा खड़ा होकर उसे माँ-बहन की गाली देता रहा। भागते-भागते वह दो-तीन बार ठोकर खाकर लड़खड़ाया, जगह-जगह उसकी बाल्टियों का पानी छलकता रहा और रास्ते-भर उसे ऐसा लगता रहा कि जैसे उसके पीछे दोनों यमदूत दौड़ते चले आ रहे हों। जब वह घर के अंदर घुसा तो उसकी दोनों बाल्टियों में दो-दो चार-चार लोटे भर पानी ही मुश्किल से रह गया था।

इसीलिए सईदा के कई बार इशारों से और कई बार साफ-साफ कहने के बावजूद उसके मन में बाहर निकलकर लड़की के लिए दवा लाने के लिए कोई उत्साह नहीं पैदा हुआ। वह सर झुकाकर अपने काम में लगा रहा।

सईदा ने भी झुँझलाकर पति से कुछ बोलना बंद कर दिया। बीच-बीच में जब उसकी बेटी दादी के ऊपर उल्टी या दस्त कर देती तो वह उठती और पानी के साथ पूरी कंजूसी बरतते हुए सास की साड़ी या बदन पोंछ देती। उसकी सास ने कई बच्चों को अपनी आँख के सामने धीरे-धीरे मरते देखा था। उसके लिए यह अंदाज लगाना बहुत मुश्किल नहीं था कि यह बच्ची भी अब मर रही थी।

छोटी-सी बच्ची को मरते हुए देखना माँ के रूप में सईदा का पहला अनुभव था। उसने शहर में आकर फिल्में देखी थीं जिनमें अकसर औरतें अपने दिवंगत बच्चों की याद में गाने गातीं और बच्चों की भोली शरारतों की स्मृतियों में डूबी रहतीं। सईदा ने अपनी बिटिया की शरारतें याद करने की कोशिश की, पर उसे हर बार असफलता ही मिली। जो चीज उसे याद आ रही थी वह भूख, धूल और बहती नाक का कुछ ऐसा

मिला-जुला सम्मिश्रण था जिससे फिल्मी माँ के वात्सल्य का कोई माहौल नहीं बन पा रहा था। उसे बार-बार याद आ रहा था, इस बिटिया के पैदा होने पर छाती में दूध नहीं उतरता था। साल-भर की उसकी पहली बेटी अभी तक उसकी छाती झिंझोड़ती थी पर इस बेटी के जन्म के कुछ दिन पहले से उसकी सास ने बड़ी बेटी को डाँट फटकार कर यह आदत छुड़ाने की कोशिश की थी। बड़ी बेटी रोती रहती और वह छोटी को अपने छातियों से चिपकाए रहती। दूध पता नहीं क्यों इस बार नहीं उतर रहा था। अभाव, गरीबी और कड़ी मशक्कत से टूटा हुआ उसका बदन उसे पूरी तरह से माँ बनने से रोकता था। झुँझलाकर दोनों बेटियों को जमीन पर साथ-साथ लिटा देती और खुद घर के काम में लग जाती। दोनों बेटियाँ गला फाड़कर रोतीं और रोते-रोते बेदम हो जातीं। घर के प्राणी सर झुकाए बीड़ी बनाते रहते। बच्चों का इस तरह रोना उस घर के माहौल में इतनी परिचित घटना थी कि उन्हें अपने काम छोड़कर उनकी तरफ मुखातिब होने की कतई जरूरत नहीं महसूस होती थी।

आज यह बिटिया मर रही थी। जीवन का सबसे बड़ा दुख माँ की गोद में उसके बच्चे की मौत है। सईदा का पोर-पोर माँ बन गया था और विलाप कर रहा था। उसकी एक कमजोर और दरिद्र बेटी उसकी आँखों के सामने मर रही थी और कुछ न कर पाने का अहसास उसे बुरी तरह साल रहा था। उसे गर्दन झुकाए निर्विकार भाव से बीड़ी बनाता हुआ अपना पति किसी क्रूर राक्षस की तरह लग रहा था। कई बार उसके मन में आया कि चीख-चीख कर कमरे के सन्नाटे को तोड़ डाले और पत्थर की तरह कठोर और संवेदनशून्य अपने पति का सीना अपने पैने नाखूनों से छलनी कर डाले।

जिस तरह खामोश काले जल वाली झील का सन्नाटा उसमें पत्थर गिरने से टूटता है उसी तरह इस गर्म उमस वाले कमरे की खामोशी सईदा की चीख से टूटी और कमरे का माहौल जल की तरह देर तक काँपता रहा। बिटिया की आँखें जल्दी-जल्दी झपकने लगीं और हिचकी के साथ साँस उखड़ने लगी तो उसकी दादी समझ गई कि अब उसका वक्त पूरा हो गया है। पर माँ की समझ में यह तब आया जब उसने बिटिया के मुँह के कोने से बही लार और उल्टी के घोल को पोंछने की कोशिश की और उसके ऊपर झुके-झुके उसने देखा कि बेटी की छोटी-छोटी आँखें अजीब तरह से झपक रही थीं और उसकी दोनों आँखों के कंचे ऊपर की तरफ को चढ़ते-चढ़ते अचानक स्थिर हो गए। उसे एक अपरिभाषित किस्म की घबराहट और डर अपनी पसलियों में दौड़ता लगा और वह चीख पड़ी।

सईदा के पति के लिए मृत्यु एक बहुत सहज किस्म की चीज थी। उसके अपने घर और पड़ोस में हर साल मौत किसी न किसी को अपने जबड़े में कस लेती थी। मरने वालों में अकसर छोटे बच्चे होते थे। पर अपने बच्चे की मौत में पता नहीं क्या था कि तटस्थता का सारा नाटक करने के बावजूद सईदा की पहली चीख सुनकर वह

हिल गया। जिस बेटी को उसने दो साल में मुश्किल से चार-छह बार गोद में लेकर पिता की तरह प्यार किया था उसके मरने पर वह कुछ देर तक चुपचाप बैठा शून्य की तरफ ताकता रहा। माँ-बाप की मौजूदगी उसे रोने से रोक रही थी। रोती हुई सईदा जमीन पर सर पटकने की कोशिश कर रही थी। सास और ननद उसे पूरी तरह से जकड़े हुए थीं लेकिन फिर भी बीच-बीच में उसका सिर दीवाल या फर्श से लग ही जाता। पति का मन हुआ कि उठकर वह अपनी बीवी का सर सहला दे। वह धीरे से उठा और पीछे के बरामदे में बैठकर रोने लगा। शायद यह अपने बीमार बच्चे के लिए कुछ न कर पाने का अपराध-बोध था, जिसने उसे रोने पर विवश कर दिया।

पाँच

लड़की की उम्र चौदह-पंद्रह साल रही होगी। नाम बताने से पाठकों को कोई खास फायदा नहीं होना है। नाम के साथ-साथ धर्म जुड़ा होता है और हमारे इस महान जगद्गुरु देश में धर्म कभी अहं की संतुष्टि का कारण हो सकता है और कभी भावनाओं को ठेस पहुँचाने का बायस बन सकता है। मसलन अगर यह लड़की धर्म से हिंदू निकली तो हिंदू शूरवीरों के लिए डूब मरने की बात हो जाएगी और मुसलमान निकली तो इस्लाम खतरे में पड़ सकता है। इसलिए हे पाठकगण! बेहतर है कि हम इस लड़की को हिंदू या मुसलमान न मानें और इसकी मुसीबत को सिर्फ इसकी व्यक्तिगत मुसीबत मान लें।

यह लड़की इस देश की अधिसंख्य लड़कियों की तरह जहालत, गरीबी और सपनों के साथ जीने के लिए अभिशप्त थी। हिंदी फिल्मों और रानू के उपन्यासों ने उसके संस्कार गढ़ने शुरू किए थे और वह दिन-रात सपनों में उन राजकुमारों के बारे में सोचती रहती थी जिन्हें उसकी जिंदगी में कभी नहीं आना था। इस लड़की की गली की नालियों में पाखाना बजबजाता रहता था और सफाई तभी होती थी जब किसी बड़े अफसर या मंत्री का मुआयना होता था। इसी लड़की की बड़ी बहन भी इस गंदी गली में लंबी गाड़ियों वाले राजकुमारों की कल्पना करती रहती थी और पिछले साल गली के एक लड़के के साथ भाग गई। गनीमत यह हुई कि इन लड़कियों के बाप और भाइयों ने उसे तीसरे ही दिन बंबई के रेलवे प्लेटफॉर्म पर पकड़ लिया और पंद्रह दिन के अंदर उसे एक ऐसे खलासी से ब्याह दिया गया, जिसकी पहली बीवी अपने पीछे तीन बच्चों को छोड़कर पिछले ही साल मरी थी। इस लड़की के साथ भी यही होना था पर इसके बावजूद यह लड़की उम्र की मारी गुनगुनाती रहती थी।

रोज की तरह यह लड़की आज भी एक बजे वापस घर लौट रही थी। वह ग्यारहवीं क्लास में पढ़ती थी और उसका स्कूल घर से तीन किलोमीटर दूर था। सुबह सात बजे से उसका स्कूल शुरू होता था। दो शिफ्टों में चलने के कारण जाड़ा, गर्मी, बरसात कभी भी यह समय बदलता नहीं था। घर से वह छह बजे निकलती थी। गर्मियों में तो यह नहीं अखरता था किंतु सर्दियों में उसे बड़ी कोफ्त होती थी। अकसर पहला पीरियड छूट जाता था। इधर कुछ दिनों से वह बहुत नियमित रूप से पौने छह

बजे निकल जाती थी। इस नियमितता के पीछे पढ़ाई में अचानक पैदा हुई दिलचस्पी नहीं थी बल्कि कारण कुछ और ही था।

लड़की की गली में थोड़ा आगे चलकर एक लड़का रहता था। लड़का उससे चार-पाँच साल बड़ा था और कुछ छैला टाइप का था। सालों-साल एक ही गली में रहते हुए भी इसके पहले दोनों ने एक-दूसरे को गंभीरता से नहीं लिया था लेकिन पिछले कुछ दिनों से दोनों ने एक-दूसरे में दिलचस्पी लेनी शुरू कर दी थी। हुआ यह कि इस लड़के को इंटर पास करने के बाद उसके बाप ने नौकरी करने की सलाह दे दी। लड़के ने बी.ए. करने की जिद की तो बाप ने धुनाई कर दी। लड़के ने दो दिन का अनशन कर दिया। बाप ने उसे अपनी तनख्वाह और महँगाई का समीकरण समझा दिया। लड़का घर छोड़कर भाग गया। सात-आठ दिन बाद बाप ने एक स्थानीय अखबार में लड़के की फोटो छपवाई और नीचे लिखा था कि उसकी माँ सख्त बीमार है और वह फौरन लौट आए। लड़का लौट आया। बाप ने फिर पिटाई की। लड़का इस बार नहीं भागा और उसने चुपचाप नौकरी तलाशनी शुरू कर दी। इस मामले में वह अपनी पीढ़ी के तमाम लड़कों के मुकाबले ज्यादा भाग्यशाली निकला। बिना किसी सिफारिश के नैनी की एक फैक्टरी में सिर्फ दो हजार रिश्वत देकर उसे टाइमकीपर की नौकरी मिल गई। रिश्वत देने के लिए उसके बाप ने दफ्तर के कई लोगों से उधार लिया था और लड़का अपनी पहली तनख्वाह से ही कर्ज पटाने की कोशिश कर रहा था।

लड़की के आजकल नियमित रूप से सुबह छह बजे घर से निकलने के पीछे यह लड़का और उसकी नौकरी थी। लड़के को आठ बजे फैक्टरी पहुँचना होता था। अतः वह छह बजे घर से निकलता था। घर से सिटी बस स्टाप लगभग एक किलोमीटर दूर था। यह वह रास्ता था जिससे होकर लड़की भी स्कूल जाती थी। एक ही रास्ते से जाते-जाते दोनों की आँखें मुहावरे की भाषा में लड़ गईं। सुबह-सुबह भीड़ का तो कोई सवाल ही नहीं होता था। इक्का-दुक्का कोई बगल से गुजर जाता तो गुजर जाता। आँखें लड़ने के लिए यह बड़ा ही आदर्श समय होता था। दो-एक दिन तो लड़की ने भी ध्यान नहीं दिया लेकिन एक दिन अचानक उसे लगा कि उसके आगे चलने वाला लड़का जान-बूझकर छोटे-छोटे कदमों से चल रहा है ताकि वह उसके बराबर आ जाए। लड़की समझ नहीं पा रही थी कि उसे रफ्तार धीमी करनी है या तेज। लड़के के करीब पहुँचते-पहुँचते उसका बदन थरथराने लगा और जाड़े की उस सुबह उसकी कनपटी गर्म हो गई।

लड़की ने अपनी रफ्तार धीमी कर दी। लड़के ने भी रफ्तार और धीमी कर दी। लड़की समझ गई कि दूरी कम होनी ही है। वह चाहती भी यही थी। लिहाजा दूरी कम हो गई। फिर तो सुबह-सुबह उठने में होने वाला आलस खत्म हो गया और रोज नियम से एक किलोमीटर दोनों साथ-साथ चलने लगे।

इस आधे घंटे के साथ में ही दोनों ने सपने देखने शुरू कर दिए। लड़की बिना वजह मुस्कराने लगी और लड़का अपने बालों को सँवारने के लिए अपनी पैंट की पिछली जेब में कंघी रखने लगा। लड़के को कुल जमा 490 रुपए वेतन के रूप में मिलते थे। इनमें से सौ रुपए के करीब महीने में बस और रिक्शे में खर्च हो जाते थे। बाकी 390 रुपए वह लायक बेटे के तौर पर अपनी माँ के हाथ में हर पहली तारीख को दे देता था। नब्बे-सौ रुपए वह अपनी जेब खर्च के तौर पर इस्तेमाल करता था। इस दोस्ती के परिणामस्वरूप पहले उसने अपने जेब खर्च में कटौती की और लड़की को एक दिन पिक्चर दिखा लाया, उसे एक पेन भेंट किया और दो बार रेस्तराँ में चाय पिलाई। इस महीने उसने अपनी माँ को सौ रुपए कम दिए और बहाना बना दिया कि उसकी जेब में से गिर गए। वह लड़की को एक शाल भेंट करना चाहता था। उसे दो-तीन महीने माँ से झूठ बोलकर इतने पैसे बचाने थे कि उनसे शाल खरीदी जा सके। तब तक सर्दियाँ भी शुरू हो जाएँगी। उसने अपना इरादा लड़की को बता भी दिया। लड़की को जिंदगी में यह पहली शाल मिलने जा रही थी। वह रह-रहकर इस शाल का दबाव अपने सीने पर महसूस करती और मुस्कराने लगी। उसने अपने घर के दो-तीन पुराने बेकार हो चुके स्वेटरों को उधेड़ा और लड़के के लिए स्वेटर बुनने लगी। जाहिर है कि माँ को यह नहीं बता सकती थी इसलिए यह सब कार्यवाही चोरी-छिपे ही हुई। एक बड़ी सी टोकरी में माँ हर साल जाड़ा खत्म होने पर घर भर के फटे चिथड़े स्वेटर बटोर कर रख देती थी और जाड़ा शुरू होने के एकाध महीने पहले इन स्वेटरों को उधेड़-उधेड़ कर दो-तीन स्वेटरों के ऊन को मिलाकर एक नया स्वेटर बुनती थी। लगभग हर स्वेटर का ऊन इस प्रक्रिया से इतनी बार गुजरता कि पंद्रह बीस दिन पहनने के बाद ही वह फिर से फटने लगता और जाड़ा खत्म होते-होते तार-तार हो जाता। उसने धीरे से एक दिन लड़के के नाप के स्वेटर के लिए जरूरी ऊन टोकरी में से निकाल लिया और अपनी सहेली के यहाँ रख दिया। रोज स्कूल जाते समय रास्ते में सहेली के यहाँ से ऊन ले लेती और फिर दिन-भर बुन कर वापस आते समय सहेली के यहाँ रख देती।

इस लड़की की जिंदगी इसी तरह अभाव और रोमांस का मिश्रण बनकर अगले दो-तीन साल, जब तक उस लड़के के साथ भागने का समय नहीं आता या उसकी शादी नहीं हो जाती, चलती रहती अगर यह कर्फ्यू उसके अनुभव की दुनिया में भूचाल लेकर नहीं आ जाता। हुआ यह कि पिछले एक हफ्ते से शहर का मिजाज गर्म हो रहा था। लड़की के माँ-बाप अनुभवी थे और जानते थे कि मिजाज की यह गर्मी जल्दी ही दंगे की शक्ल में बरसेगी और शहर कर्फ्यू की मार में आ जाएगा। माँ ने रात में ही कह दिया था कि सुबह स्कूल नहीं जाना। पर लड़की की दिनचर्या में स्कूल का बहुत महत्व था। दरअसल गरीबी की मारी यह लड़की स्कूल के बाद का पूरा वक्त अपने घर को सँभालने में लगाती थी। उसकी माँ एक दुकानदार के लिए पेटीकोट सिलती

थी। रोज वह लड़की के स्कूल से आते ही पेटीकोट सिलने बैठ जाती थी और आठ-दस रुपए कमा लेती थी। लड़की अपने छोटे भाई-बहनों को देखने के साथ-साथ घर का चौका-बर्तन सँभाल लेती थी। देर रात तक घर के कामकाज को खत्म कर वह पढ़ने बैठती। पढ़ती क्या, पढ़ने और चैतन्य होने की होड़ में लगी रहती। इम्तिहान वगैरह करीब आने पर माँ उसे थोड़ा पहले फुरसत दे देती। इस उबाऊ और नीरस दिनचर्या में सुबह स्कूल जाने के कारण जो थोड़ी बहुत मिठास मिल जाती थी उसे वह किसी भी कीमत पर नहीं छोड़ना चाहती थी। इसलिए माँ के मना करने के बावजूद वह कब सबकी आँखें बचाकर तैयार हुई और कब स्कूल निकल गई, घर में कोई नहीं जान पाया।

लड़की को बड़ी कोफ्त हुई, लड़का आज नहीं आया। लड़की को लगा कि उसे देर हो गई। वह पूरी गली लाँघती हुई सड़क पर उस जगह तक गई जहाँ लड़का अपनी कंपनी की बस पकड़ता था। वहाँ पर रोज के मुकाबले एक तिहाई लोग भी नहीं आए थे। लगता था शहर के तनाव को देखते हुए लोगों ने दफ्तर न जाना ही मुनासिब समझा। बस आई और चली गई, लड़की तब तक खड़ी रही। लड़का कायर निकला। अपनी माँ के आँचल से निकल नहीं पाया। लड़की ने गुस्से और खीझ से उसकी कायरता को कोसा और वापस घर जाने के लिए मुड़ी, लेकिन घर जाकर कौन माँ के हाथों जलील होता अतः वह स्कूल चली गई।

स्कूल में बहुत कम लड़कियाँ और मास्टरनियाँ आई थीं इसलिए कोई क्लास नहीं चली। क्लास में लड़कियाँ ऊधम मचाती रहीं और प्रिंसिपल के कमरे में बैठी अध्यापिकाएँ बार-बार चाय मँगाती रहीं और गप्प लड़ाती रहीं। लड़की ने कई बार सोचा कि वह वापस घर चली जाए लेकिन खीझ और माँ के डर से वह काफी देर स्कूल के मैदान में धूप में बैठी अपनी एक सहेली से दुनिया भर की बातें करती रही। बातचीत के इस क्रम में उसने सुना ज्यादा और बोली कम।

अचानक उन्होंने देखा कि प्रिंसिपल के कमरे से अध्यापिकाएँ बदहवास-सी निकलीं और फाटक की तरफ भागीं। रास्ते में जो भी लड़की उन्हें मिली, उन्होंने फौरन घर जाने की हिदायत दी। मैदान की तरफ एक चपरासी दौड़ता हुआ आया और उसने दूर से हाथ हिलाकर और चिल्ला कर घर भाग जाने के लिए ललकारा।

ढोरों की तरह हर तरफ से लड़कियाँ भागीं और ज्यादातर को गेट पर आने पर पता चला कि शहर में गड़बड़ हो गई है और कर्फ्यू लगा दिया गया है।

हालाँकि लड़की का घर ऐसी गली में पड़ता था जहाँ हर साल-दो साल में कर्फ्यू लगता ही रहता था फिर भी कर्फ्यू के दौरान सड़क पर भागने का यह उसका पहला अनुभव था। वह बेतहाशा भागी। दुकानें धड़ाधड़ बंद हो रही थीं। शटरों के गिरने की आवाज तिलिस्मी आतंक पैदा कर रही थी। साइकिलों और पैदल बदहवास भागते लोगों की भीड़ रगड़ते, टकराते, गिरते-पड़ते जिस तरह दौड़ रही थी, उसकी कल्पना

भी किसी दूसरे दिन करने में हँसते-हँसते वह लोट-पोट हो जाती पर आज की दौड़ से उसकी आँखों में बार-बार आँसू भर आ रहे थे।

जी.टी. रोड पर तीसरी गली थी, जहाँ से लड़की अपने घर के लिए मुड़ती थी। आज उसे होश नहीं रहा और भीड़ के एक रेले के साथ वह किसी दूसरी गली में ढकेल दी गई। गली में जब वह घुसी तो एक जत्थे का हिस्सा थी लेकिन तिलिस्म की तरह अचानक बाकी लोग न जाने कहाँ बिला गए और उस लड़की ने दिन दोपहर अपने को एक ऐसी गली में पाया जो पूरी तरह वीरान थी। जिसमें खुलने वाले सारे दरवाजे और खिड़कियाँ सख्त जबड़ों की तरह भिंची हुई थीं और जिसके मकान मायावी महलों की तरह थे। इन मकानों में यही पता नहीं चल रहा था कि कोई रहता भी है या नहीं। लड़की घबराहट के मारे थर-थर काँप रही थी। इस गली में वह सैकड़ों बार गुजरी थी लेकिन आज वह न जाने कैसे अपरिचितों-सी लग रही थी।

वह एक कोने में खड़ी होकर जीवन के प्रमाण तलाशने लगी। थोड़ी ही देर के प्रयास के बाद यह स्पष्ट हो गया कि घर के मकान उतने निश्चल नहीं थे जितने प्रारंभ में लगे थे। हर मकान में खिड़कियों या दरवाजों के पीछे चेहरे सटे हुए थे और बीच-बीच में कोई पल्ला काँपता और उसके पीछे डरी और घबराई आँख झाँकती नजर आ जाती। गली के बाहर जी.टी. रोड पर कोई शोर होता और दरवाजों, खिड़कियों की दरारें एकदम मुँद जातीं। आसपास के किसी मकान का दरवाजा या खिड़की आवाज करती और लड़की डरी हुई हिरनी की तरह चौकन्नी हो जाती और उसकी साँस तेज हो जाती।

जिन बलिष्ठ बाँहों ने लड़की को निर्ममता से अंदर घसीट लिया वे पता नहीं कहाँ से उग आई थीं। लड़की को सिर्फ एक आवाज शटर उठाने की सुनाई दी और जब तक वह उस आवाज की धमक से उबरे तब तक छह खुरदरे मर्दाने हाथों ने उसे एक तंग-से छोटे कमरे में घसीट लिया। यह कमरा एक चक्की का कमरा था जिसमें आटा पीसा जाता था। उसमें छुपे मर्दों ने अचानक शटर आधा ऊपर उठाया और लड़की को अंदर घसीट लिया। घसीटे जाने की प्रक्रिया में लड़की का सर खट से शटर से टकराया। सिर की चोट और खींचे जाने के आतंक ने लड़की को एकदम संज्ञाशून्य कर दिया। वह चीखना चाहती थी लेकिन उसकी चीख हलक में घुट गई। उसे जब तक स्थिति समझ में आती तब तक दुकान का शटर फिर से गिर चुका था और वह ऐसी चारपाई पर पटक दी गई थी जो बुरी तरह झिलंगा हो चुकी थी और जिस पर आटे की पर्त दर पर्त जमी हुई थी।

"मैं तुम्हारी बहन हूँ भैया, मुझे जाने दो।"

यही अकेला वाक्य था जिसे वह लड़की बोल पाई। इस पर तीनों धीरे-धीरे हँसने लगे। उनमें से एक ने बोरी काटने के लिए रखा छुरे के आकार का लोहा उठा लिया और लड़की के सिरहाने खड़ा हो गया। लड़की ने फिर कुछ कहने की कोशिश की।

"चोप्प साली! हम बहन चो... हैं।"

लड़की चुप हो गई। इसके बाद जिस अनुभव से होकर वह गुजरी वह निहायत लिजलिजा और खौफनाक था। जितनी देर वह होश में रही उसे ऐसा लगता रहा जैसे गर्म सलाखें उसके बदन में चुभोई जा रही हों। फटी-फटी आँखों से वह अपने ऊपर झुके मर्द को देखती रही और अपने अनुभव-संसार में कुछ ऐसे अनुभव जोड़ती रही जो शेष जीवन उसके साथ दुःस्वप्नों की तरह रहने वाले थे।

जिस तरह जिबह किए जाने वाले जानवर के मुँह से गों-गों की आवाज निकलती है कुछ-कुछ उसी तरह की आवाज लड़की के मुँह से निकल रही थी। दर्द की लहर थी जो पाँव से उठकर उसके पूरे बदन को झिंझोड़ती चली जा रही थी। वह बुरी तरह छटपटा रही थी और कई बार उठ बैठने की कोशिश में चारपाई के पाटों से टकराकर चोटहिल हो चुकी थी। उसकी यातना तभी खत्म हुई जब वह बेहोश हो गई।

पाठकगण! इसके बाद का विवरण व्यर्थ है। जिस तरह लड़की की जाति या धर्म के बारे में पूछना बेकार है उसी तरह उसके साथ बलात्कार करने वालों की जाति या धर्म जानने का कोई अर्थ नहीं है। इस बात की तफलीस जानने की भी जरूरत नहीं है कि आटे के धूल-गुब्बार में लिपटी हुई लड़की होश में आने के बाद अपने फटे-नुचे कपड़ों में घर कैसे पहुँची या फिर उस मोहल्ले में सभी कायर बसे थे जिन्होंने अपने दरवाजों-खिड़कियों की दरारों से लड़की को तीन दरिंदों द्वारा चक्की के अंदर खींचे जाते देखा और दरारें चुपचाप मूँद लीं। अर्थ सिर्फ इस बात का है कि कर्फ्यू किसी भी जाति या धर्म की लड़की को जीवन के सबसे कोमल अनुभव से वंचित कर सकता है और उसे जानवरों के स्तर पर उतार अनुभूति की ऐसी खौफनाक सुरंग में ढकेल सकता है जहाँ एक बार प्रवेश करने के बाद पूरा जीवन दुःस्वप्नों की भूलभुलैया में तबदील हो जाए।

छह

दुनिया की सबसे बड़ी त्रासदी माँ की गोद में उसके बच्चे की मौत होना है। यह त्रासदी उस छोटे-से नर्कनुमा डेढ़ कमरे के घर में चंद घंटे पहले घटित हुई थी। घर के वयस्क प्राणियों के लिए मौत एक परिचित अवधारणा थी। हर दूसरे-तीसरे साल कोई न कोई बच्चा इस घर में या पड़ोस में मरता था। भूख, गरीबी और जहालत से जो माहौल यहाँ बनता था उसमें बच्चों का जिंदा बच पाना ज्यादा आश्चर्यजनक था। लिहाजा बड़े लोगों के लिए तो इसमें बहुत कुछ अस्वाभाविक नहीं था किंतु घर में मौजूद छोटे बच्चे और सईदा इस घटना से बुरी तरह हिल गए थे।

कमरे के बीचों-बीच दो-ढाई फुट लंबी एक लाश पड़ी थी जिसे एक सफेद चादर के फटे टुकड़े से ढक दिया गया था। घर के सारे बड़े सदस्य कमरे में चारों तरफ दीवारों पर सिर टिकाकर अधलेटे पड़े थे। सईदा की बड़ी बच्ची जो अभी-अभी साढ़े तीन साल की हुई थी, एकटक अपनी बहन की तरफ देख रही थी। उसके होश में आज पहली बार उसकी बहन खामोश पड़ी थी, नहीं तो जब भी उसने देखा मिनमिनाते या रोते ही देखा था। एक बार उसने पूछा भी।

"कस अम्मी, आज बहना बोलत काहे नाहीं?"

इस पर सईदा इतनी जोर से दहाड़ मारकर रोयी कि वह घबराकर चुप हो गई। उसे लगा कि उसने कोई ऐसी चीज पूछ ली है जिसे उसे नहीं पूछना चाहिए था। उसका सात साल का फुफेरा भाई दूसरा ऐसा प्राणी था जो इस मौत से बुरी तरह से विचलित था। दरअसल छोटी लड़की इन दोनों बच्चों के लिए खिलौने की तरह थी। उसके आने के बाद ये दोनों अपने को बड़ा समझने लगे थे। सईदा अकसर काम-धंधे में फँसे रहने पर छोटी बेटी को इन दोनों के हवाले कर देती थी। हालाँकि दोनों को छोटी का लगातार रोना या मिनमिनाना नापसंद था फिर भी दोनों उसके साथ बड़ों की तरह पेश आते। उसे थाली या कटोरी बजाकर चुप कराने का प्रयास करते या अपनी गोद में लिटाकर बड़ों की तरह पानी और दूध चम्मच या कटोरी से पिलाने का प्रयास करते।

बच्ची की मौत, दिन छिपने से थोड़ा पहले हुई थी। धीरे-धीरे रात उतर आई और उसने इस घर को भी बाहर के पूरे माहौल की तरह अपने शिकंजे में जकड़

लिया। इस घर में दो बल्ब थे। एक उस कमरे में जहाँ घर के प्राणी बैठकर बीड़ी बनाते थे और दूसरा पीछे बरामदे में, जिसकी रोशनी उस बरामदे में एक किनारे में बनी रसोई और संडास तक जाती थी। दोनों की मरियल रोशनी ने घर के सदस्यों को जादू-लोक के चित्रलिखित प्राणियों-सा बना दिया था। ग़म और मातम की रात इतनी धीरे-धीरे बीतती है कि लगता है वक्त थम गया है। ऐसी रात कैसे भी कटती नहीं दीखती—

किसी की शबे वस्ल सोते कटे है
किसी की शबे हिज्र रोते कटे है
ये कैसी शब है या इलाही
जो न सोते कटे है न रोते कटे है

इस घर के प्राणियों के लिए भी आज की रात कुछ ऐसी ही हो गई थी। घर के दो छोटे सदस्य मौत के रहस्य से जूझते-जूझते धीरे-धीरे जमीन पर लुढ़क गए। दोपहर बाद से उनके पेट में कुछ नहीं गया था। भूख ने काफी देर तक उन्हें सोने नहीं दिया, लेकिन नींद तो बच्चों की सबसे परिचित दुनिया होती है, लिहाजा खाली पेट भी वे धीरे-धीरे नींद के समंदर में डूब गए। जाने यह घर की औरतों को विलाप करते हुए देखने का प्रभाव था या भूख से अँतड़ियों के ऐंठने का परिणाम—उनकी नन्ही आँखों से काफी आँसू बहे थे और दोनों के ही गालों पर लकीरों की शक्ल में जम गए थे।

घर के बड़े सदस्य दीवार पर सर टिकाए बैठे थे। सईदा का बूढ़ा ससुर अपनी आँखें आधी खोले न जाने कमरे की किस चीज पर उन्हें टिकाए खामोश, ध्यानमग्न सा बैठा था। अपने बचपन में बाप की मौत के वक्त तक वह इतना समझदार हो गया था कि मौत का मतलब उसे अच्छी तरह मालूम हो चुका था। उसका बाप उसे बहुत प्यार करता था और दिन-भर बीड़ी बनाने के बाद उसे शाम को घुमाने जरूर ले जाता था। उसे सबसे छोटा होने के कारण यह सुख हासिल था। घूमकर जब वह लौटता तो उसके पास रंग-बिरंगे कंचे और पतंगें होती थीं और उसके मुँह और मुट्ठियों में खटमिट्ठी गोलियाँ भरी होतीं। उसके सारे भाई छोटे-से कमरे में बैठे बीड़ियाँ बनाते रहते और वह उनकी ईर्ष्या का पात्र बना बीच कमरे में बैठकर पतंग में डोर चढ़ाता या कंचे खेलता। बाप के मरने के बाद उसे जो अनुभूति हुई वह बाद की मौतों पर नहीं हुई। बाद के सालों में मौत उसके लिए नियमित और ठंडी अनुभूति बन गई। जिस इलाके में वह रहता था वहाँ पच्चीस साल के बाद करीब-करीब हर शख़्स तंबाकू और सीलन का शिकार बनकर टी.बी. का मरीज बन जाता था। बच्चे भी बहुत ज्यादा संख्या में पैदा होते थे और उसी अनुपात में मरते थे। दरअसल मृत्यु उसके लिए इतनी परिचित-सी चीज थी कि आज बच्ची की मौत ने उसके ऊपर ज्यादा असर नहीं डाला था। उसे ज्यादा परेशानी इस बात की थी कि बच्ची को दफन कैसे किया जाएगा। आज रात में कर्फ्यू खुलने का कोई आसार नजर नहीं आ रहा था। कल दिन में भी

कर्फ्यू खुलेगा या नहीं कोई नहीं बता सकता था। सुबह-सुबह उसका लड़का बाल्टी लिए जिस तरह पानी छलकाता हुआ घर के अंदर आया और घर का दरवाजा बंद कर हवा को गालियाँ देता रहा उससे वह साफ समझ गया था कि बाहर उसे अपमानित कर अंदर खदेड़ा गया है। जिस तरह सड़ी गर्मी पड़ रही थी, उसमें लाश दोपहर शुरू होने से पहले ही दफन हो जानी चाहिए थी, नहीं तो उसमें सड़न और बदबू शुरू हो जाएगी।

कर्फ्यू का उसे पुराना अनुभव था। कर्फ्यू के दौरान कोतवाली में बैठकर एक मजिस्ट्रेट कर्फ्यू पास बनाता था। यह पास बनवाना उसके जैसी हैसियत के लोगों के लिए आसान नहीं था। पिछले एकाध मौकों पर उसने पास बनवाने की कोशिश की थी और हर बार असफल होकर लौटा था। लड़के से कहने के लिए उसने कई बार हिम्मत बटोरने की कोशिश की लेकिन हर बार उसका मुँह देखकर वह चुप रह गया।

यह लड़का उसकी संतानों में दूसरे नंबर का था लेकिन लड़कों में पहले नंबर का होने के कारण वक्त से पहले जिम्मेदारी के अहसास से बूढ़ा हो गया था। उसके भीतर बड़े होने का यह अहसास इतने गहरे बैठा था कि तेरह-चौदह साल का होते-होते वह बीड़ी बनाने की मशीन में तबदील होने लगा था। न उसने दूसरे लड़कों की तरह कैरम-बोर्ड और शतरंज खेलने के लिए बाहर गली के चबूतरों पर भागने की कोशिश की और न ही पतंग उड़ाने के लिए दरिया के किनारे दौड़ लगाई। उसकी इस अतिरिक्त जिम्मेदारी के भाव ने उसके चेहरे पर गंभीरता की एक ऐसी पर्त चढ़ा रखी थी जिसे बेधकर उसके मन की थाह लगा पाना निहायत मुश्किल था। घर का कोई सदस्य उससे ऐसी बात करने का साहस नहीं कर सकता था जिसके बारे में यह उम्मीद होती कि उसे पसंद नहीं आएगी। आज वह सबसे छिपकर पीछे बरामदे में रो आया था। जिस लड़की को उसने कभी गोद में उठाकर प्यार तक नहीं किया उसके लिए वह रोएगा, यह किसी को उम्मीद नहीं थी। बहरहाल रोने से उसके चेहरे की कठोरता गायब हो गई। उसका चेहरा स्वच्छ पारदर्शी नीले जल की तरह हो गया था जिस पर खिंची दुःख की लकीरें बड़ी साफ नजर आ रही थीं। शायद उसके चेहरे की यह तरलता थी जिससे प्रोत्साहित होकर उसके बाप ने उससे कह ही दिया—

"पास बनवाए जाए के है।"

"के जाए?"

"तू और के।"

"हम न जाब।"

"काहे....."

फिर वही खामोशी जिससे सभी आतंकित हो जाएँ। पर इस बार इस खामोशी के आतंक को सईदा ने तोड़ा। आम तौर से वह सास-ससुर के सामने नहीं बोलती थी। सास-ससुर के सामने पति से बोलने की बात तो और भी अकल्पनीय थी लेकिन

दुःख ने उसे दुनियादारी से परे कर दिया। वह अभी तक इसी सोच से नहीं उबरी थी कि अगर उसके परिवार के किसी मर्द ने हिम्मत दिखाई होती और कर्फ्यू में दवा ले आया होता तो शायद उसकी बिटिया बच गई होती। अब उसके पति की कायरता के कारण बेटी की मिट्टी की दुर्दशा होगी। दुःख या गुस्से में वह अकसर खड़ी बोली बोलने लगती थी। आज तो दोनों की पराकाष्ठा थी। उसने ऊँचे स्वर में विलाप करना शुरू कर दिया– "हे मौला, मेरी बिटिया को जिंदा रहते दवा नहीं मिली... और अब मरे के बाद कब्रो न नसीब होगी का। हे मौला, काहे इस अभागन बिटिया को इस घर माँ भेजे!"

सईदा के विलाप ने सबसे पहले उसके ससुर को तोड़ा। बूढ़ा धर्मभीरु प्राणी था। दोनों वक्त की रोटी कमाने से फुर्सत पाता तो रोज़ा-नमाज में लग जाता। यह कल्पना उसके लिए असहनीय हो गई कि उसकी पोती को मजहबी तरीके से मिट्टी नहीं मिलेगी। उसने घर के प्राणियों के चेहरों पर नजरें डालीं। सभी थके-पस्त चेहरे जमीन पर नजरें गड़ाए बैठे थे। एक-दूसरे से आँखें चुराकर वे सईदा के विलाप का मुकाबला कर रहे थे।

"कौन सुख मिला रे मोर सोन चिरैया को ई घर में आके। न ढंग से दूध मिला, न दवा दारू। अब कब्रो न मिली... का मोरे आका!"

बूढ़े को छटपटाहट होने लगी। उसने अपनी बीवी की तरफ देखा। उसे उम्मीद थी कि उसकी बीवी तो उसे नैतिक बल देगी ही। लेकिन उसकी बूढ़ी बीवी भी उससे आँखें चुरा रही थी। एकाध बार दोनों की आँखें टकराईं लेकिन हर बार बुढ़िया जमीन पर या शून्य में ताकने लगती। उसने अपनी घड़ी देखी। सात से कुछ ऊपर हो रहा था। इस साल पता नहीं क्या व्यवस्था थी लेकिन पिछले कर्फ्यू के मौकों का उसे अनुभव था। साढ़े सात-आठ बजे के बाद कोई कर्फ्यू पास बनाने वाला अफसर आसानी से नहीं मिलता था। अगर पास बनवाना था तो फौरन घर से निकलना होगा। वह कमजोर निश्चय के साथ लगभग लड़खड़ाते हुए उठा। लगातार बैठे रहने से उसका पैर सुन्न हो गया था। उसने हाथ से मालिश करके और चिकोटी काटकर उस पैर को जगाया। कील पर से उतारकर कुर्ता अपने बदन पर डाला। आहिस्ता-आहिस्ता एक बीड़ी सुलगाई और झटके से दरवाजा खोलकर बाहर निकल आया।

घर से बाहर गली में ठोस अँधेरा शांत झील की तरह फैला हुआ था, जिसमें पहला पैर रखते ही वह पूरी तरह उसमें डूबता चला गया। जीवन का कोई लक्षण नहीं था। रोज इस समय यह गली आवाजों से बजबजाती रहती थी। इस समय पूरी तरह सन्नाटा था। इस समय बिछने वाली चारपाइयों की कतारें गायब थीं और रोज जिस गली में आधी रात तक बिना किसी से टकराए निकलना दूभर था वह आज किसी चौड़ी सड़क की तरह लग रही थी।

इस गली में सार्वजनिक रोशनी पहले भी नाममात्र को थी और आज तो घरों

के किवाड़ बंद होने के कारण उनसे गली में पड़ने वाला प्रकाश और भी छन-छनकर पड़ रहा था। एक तरह से अँधेरे में ही वह आगे बढ़ा पर इसका उसे खूब अंदाज था। बचपन से ही वह इन्हीं में पला-बढ़ा था। मकान जरूर उसने दो-तीन बदले थे लेकिन सब इसी इलाके में थे। गलियाँ अंदर-अंदर मीलों फैली हुई थीं। कोई अपरिचित अगर इनमें फँस जाए तो उसे बाहर किसी मुख्य सड़क पर निकलने में ही घंटों लग जाए। लेकिन बूढ़े की यह परिचित दुनिया थी। उसमें अँधेरे में भी वह तैरता चला जा सकता था। पर आज की बात कुछ और ही थी।

आज गलियों में खौफ पैदा करने की हद तक सन्नाटा पसरा हुआ था। जहाँ दो-तीन गलियाँ मिलतीं या कोई गली सड़क पर निकलती वहीं पुलिस के जवान पिकेट्स बनाए खड़े या बैठे थे। बीच-बीच में वे सीटी बजाते या कोई सड़क पर दिखाई दे जाता तो सड़क पर डंडे पटककर उसे गालियाँ देते हुए ललकारते। पुलिस वालों के डर से बूढ़े को काफी लंबा चक्कर काटना पड़ा। उसके घर से कोतवाली मुश्किल से एक किलोमीटर थी किंतु आज चक्कर लगाते हुए उसे लग रहा था कि यह फासला न जाने कितना बढ़ गया है। पुलिस वालों से बचता-बचाता वह कोतवाली के एकदम पिछवाड़े पहुँच गया था कि अचानक पकड़ा गया।

हुआ यह कि एक गली से निकलकर उसे मुख्य सड़क पर आना था। गली के अंदर से सड़क का जो हिस्सा दिखाई दे रहा था वह एकदम खाली था। कोई आवाज भी नहीं थी। लेकिन सड़क पर आकर जैसे ही वह तीन-चार कदम आगे बढ़ा गालियों की बौछार उसके कानों में पड़ी। उसके बूढ़े जिस्म ने भागने की हास्यास्पद हरकत की पर एक डंडा उसके पैरों पर पड़ा और वह गिर पड़ा। गिरने पर उसने अहसास किया कि गलती कहाँ हुई। गली जहाँ खुलती थी वहीं एक दुकान की बेंच पर कुछ सिपाही एक खंभे की आड़ में बैठे थे। थके-ऊबे हुए ऊँघ रहे थे। इसीलिए खामोश थे। बूढ़े को देखकर वे चैतन्य हो गए और उनमें सक्रियता आ गई।

पता नहीं बुढ़ापा था या आतंक, बूढ़ा गिरा तो फिर देर तक नहीं उठा। पसीने और लार ने उसकी दाढ़ी भिगो दी और उसकी कातर पनियाई आँखें एकदम सिपाहियों पर टिकी अगले डंडे का इंतजार कर रही थीं, लेकिन अगला डंडा नहीं उठा। उसके बुढ़ापे ने सिपाहियों को अन्यमनस्क कर दिया। जिस सिपाही ने डंडा मारा था वह गरियाता रहा। बाकी सब ऊब से भरे बैठे रहे।

"मादर चो... इस कर्फ्यू में निकलने को का डाक्टर बताए रहे।"

बूढ़ा चुप रहा। कुछ बोलने को उसके होठ काँपे लेकिन हलक से गों-गों के अलावा कोई ध्वनि नहीं निकली।

"बोल साले। कोई बम-फम तो नहीं छिपाए है। मुसल्लों का कोई भरोसा नहीं। दीवान जी, जामा तलाशी ले लूँ क्या?"

"ले लो। लेकिन पूछ लो कहाँ जा रहा था?"

"बोल बे, कहाँ जा रहा था?"

बूढ़े ने बोलने की कोशिश की पर अभी भी उसकी आवाज समझ में आने लायक साफ नहीं हुई थी। सिपाही ने उसका कालर पकड़कर उठा लिया। बूढ़े ने दोनों हाथ जोड़कर दीनता से कुछ कहने की कोशिश की पर घबराहट और डर से निकली आवाज सिपाहियों की समझ में नहीं आई।

"बहन चो..... बोलता है या दूँ एक रहपटा और।" सिपाही ने हाथ उठाया। जुड़े हुए दोनों हाथ बूढ़े ने अपने मुँह के सामने कर लिए। सिपाही ने भी मारा नहीं सिर्फ धमकाता रहा। थोड़ी देर में बूढ़े के बोल साफ फूटेः

"सरकार, पास बनवाए का रहा। घर में मिट्टी पड़ी है। नातिन गुजर गई।"

"क्या..." सिपाही थोड़ा पीछे हट गया।

"झूठ तो नहीं बोल रहा। अभी घर चलकर देखेंगे। अगर गलत निकला तो साले... में डंडा डाल देंगे।" दूसरे सिपाही ने कहा।

"चलो देख लो साहेब। पासे मा घर है।"

इस पुलिस टुकड़ी का नायक दीवान संजीदा आदमी था। वह अभी तक ज्यादा नहीं बोला था पर बात लंबी खिंचते देख उसने हस्तक्षेप किया—

"जाने दो भैया। गमी किसी पर भी पड़ सकती है।"

"कटुओं को बच्चा पैदा करने के अलावा और क्या काम है। साले चूहे के बच्चों की तरह पैदा करेंगे और मरेंगे। छोड़ो साले को। भाग बे। बिना पास लिए लौटा तो समझ ले तेरे बाप यहाँ बैठे हैं। भाग... जा भाग।"

बूढ़ा भागने की स्थिति में नहीं था लेकिन लड़खड़ाते कदमों से जिस रफ्तार से वह चला वह उसकी उम्र के लिहाज से भागने जैसी ही थी। एकाध बार लड़खड़ाया, गिरते-गिरते सँभला और गिरते-सँभलते अंत में कोतवाली मोड़ पर पहुँच ही गया।

कोतवाली में पिछले सालों का-सा ही दृश्य था। बाहर सड़क पर पुलिस, पी.ए. सी. और फायर ब्रिगेड की गाड़ियाँ खड़ी थीं। पुलिस के जवान बेतरतीब सड़क पर बंद पड़ी दुकानों के चबूतरों, बेंचों और भट्ठियों पर बैठे थे। बीच-बीच में किसी बड़े अफसर के आने पर उनमें हलचल होती लेकिन फिर वे शीघ्र ही थकान और ऊब के महासागर में डूब जाते। एक किनारे में बैठकर एक महिला मजिस्ट्रेट कर्फ्यू पास बना रही थी। उसका कमरा और कमरे के बाहर का बरामदा मछली बाजार की तरह शोर से भनभना रहा था। कमरे के बाहर-अंदर दलालों, नेताओं, पत्रकारों, खुदाई खिदमतगारों और मुसीबतजदा लोगों का जमघट था। परेशानहाल लोग एक-एक पास के लिए गिड़गिड़ा रहे थे। नेता और दलाल धड़ाधड़ पास बटोरकर अपने-अपने चमचों को देते जा रहे थे। जिनका कोई पुरसाहाल नहीं था, झिड़कियाँ खाते हुए ऐसे लोगों की भीड़ में बूढ़ा भी शरीक हो गया।

बूढ़ा इस देश के ऐसे अधिसंख्यक लोगों की जमात का हिस्सा था जिसके लिए मान-अपमान का कोई अर्थ नहीं था। दैन्य इनके व्यक्तित्व का सबसे अविभाज्य अंग बन जाता है। जिंदगी-भर दुत्कारे जाते, डाँट खाते उनका पूरा इंसानी कद काफी छोटा हो जाता है। बूढ़ा भी बार-बार भीड़ में हिचकोले खाता, लताड़ा जाता, दाएँ-बाएँ होता रहा और अंत में मजिस्ट्रेट के सर तक पहुँच ही गया।

"नाम बोलो जल्दी। अब क्या एक घंटे मैं तुमसे नाम पूछती रहूँगी?" मजिस्ट्रेट की झुँझलाई आवाज ने बूढ़े को झकझोरा।

"अब्दुर्रशीद... अब्दुल रशीद।"

"वजह"

"जी।"

"जी... जी क्या कर रहा है। पास लेने की वजह क्या है।"

"पोती मर गई। कल मिट्टी देनी है।"

"ओह... क्या उम्र थी उसकी?" आवाज पहली बार नम्र हुई।

बूढ़े ने कोई जवाब नहीं दिया। मरी हुई पोती की उम्र स्मरण करने की उसकी जरा भी इच्छा नहीं हुई।

"कितने लोग जाएँगे?"

"सात-आठ।"

"सात-आठ क्यों? दो बहुत हैं।" आवाज फिर से चिड़चिड़ाहट और खीझ से भर उठी।

बूढ़े ने ऐसे मौके पर वही किया जो उसकी दुनिया के लोग करते हैं। पहले उसने बहस करने की असफल कोशिश की फिर डाँट दिए जाने पर वह अस्फुट स्वरों में गिड़गिड़ाने लगा। कोई असर पड़ता न देखकर उसने मजिस्ट्रेट के पैर पकड़ने की कोशिश की। अंत में झिड़की के साथ वह तीन लोगों के लिए कल सुबह का कर्फ्यू-पास मुट्ठियों में भींचे कमरे के बाहर निकल गया।

रास्ते भर दो-तीन जगह टोका गया। दो-तीन जगह पुलिस वाले ही उसे मिले लेकिन कर्फ्यू-पास ने उसके मन में एक खास तरह का आत्मविश्वास भर दिया था। एकाध बार जब पुलिस वालों ने कर्फ्यू-पास को उलट-पुलटकर देखा, उसे फाड़कर फेंकने की धमकी दी या सचमुच उसे हवा में उछालकर जमीन पर फेंक दिया तो उसका आत्मविश्वास डगमगाया जरूर लेकिन फिर भी उसके दैन्य और आत्मविश्वास ने मिलकर ऐसी स्थिति पैदा कर दी कि वह धीरे-धीरे किसी तरह घर पहुँच ही गया।

घर पोखर के ठहरे हुए जल की तरह था। उसमें उसके आने की हलकी-हलकी हलचल शुरू हो गई। सभी बड़े लोग जगकर उसका इंतजार कर रहे थे। एक बार हलके से खटखटाने भर से ही बुढ़िया ने दरवाजा खोल दिया। ऐसा लगा जैसे वह

उसका दरवाजे से लगकर इंतजार कर रही हो। उसे गुस्सा भी आया कि बिना नाम-वाम पूछे बुढ़िया ने कैसे दरवाजा खोला लेकिन वह जब्त कर गया।

"पास मिला?" बुढ़िया ने उसके घर में घुसते ही पूछा।

"हाँ, मिला। तीन जने जाएँगे। सुबह मौलवी साहब का देखे का पड़ी।"

"बस तीने जनी। कैसे कुल होई।" सास की आवाज सुनकर सईदा कुछ चौंकी। वह घुटनों में मुँह दबाकर बैठी थी। उसे लगा कि शायद उसका ससुर असफल लौटा है। उसने फिर विलाप शुरू कर दिया।

"हे मौला, हमरी बिटिया के माटी भी ना मिली...।"

"चोप्प... साली... खूब मिली माटी। मन भर के माटी दे कल।"

उसके पति ने उसे बीच में ही डपटा। पूरे घटनाक्रम में अपनी बीवी के सामने कायर सिद्ध हो जाने के अहसास ने उसे क्रूर हद तक हिंसक बना दिया था। वह इतना खामोश तबियत इंसान था कि उसने शायद ही कभी अपनी बीवी के साथ गाली-गलौज की हो। आज पता नहीं बीवी की आँखों में डरपोक साबित हो जाने की शर्म थी या अपनी मरती हुई बेटी के लिए कुछ न कर पाने की विवशता, जिसने उसे हिंसक बना दिया। यदि सईदा फौरन पूरी बात समझकर चुप न हो जाती तो शायद वह उसे मार भी बैठता।

बूढ़े के आने के बाद खामोश कमरे में थोड़ी देर के लिए आवाजों की जो हलचल हुई थी वह जल्दी ही धीरे-धीरे फिर खामोश हो गई। कमरे के प्राणी जिन्होंने खड़े होने या बैठने के लिए अपनी मुद्राएँ बदली थीं, फिर से दीवारों पर पीठ टेककर बैठ गए। केवल सईदा की सास उठकर बक्से उलट-पुलट रही थी। काफी मेहनत के बाद उसे एक सफेद चादर मिल ही गई। वक्त की मार ने इसे बदरंग बना दिया था पर सईदा की सास को लगा कि इसके अतिरिक्त कफन का काम देने के लिए उसके पास कोई और कपड़ा इस समय नहीं मिल सकता था। वह उसी कपड़े को लेकर कैंची से काट-छाँट करने लगी।

रात को तो बहरहाल बीतना ही था लेकिन जग रही आँखों से यह कर्ज की शक्ल में अदा हो रही थी। बच्ची की लाश के इर्द-गिर्द छोटे बच्चे फर्श पर लुढ़क गए। अगर लाश का मुँह कपड़े से ढका न होता तो यह भी इन नींद में डूबे बच्चों में से एक होती। बड़ों के पेट में सुबह के बाद पानी के अतिरिक्त और कुछ नहीं गया था। पानी भी किफायत के साथ खर्च हुआ था। इसलिए सबकी आँतें भूख से ऐंठी हुई थीं और सभी के हलक प्यास से सूखे थे। यह रोज कमाने और रोज खाने वालों का घर था। कर्फ्यू लगने के दूसरे या तीसरे दिन से फाकों की नौबत आ जाती थी। अगर मौत न भी हुई होती तो भी शायद यही स्थिति होती। वे सभी अधलेटे कल की फिक्र में

थे। अगर कल भी कर्फ्यू नहीं हटा तो कल दूसरे वक्त तक तो घर के बच्चों को भी फाका करने की नौबत आ जाने वाली थी।

टिमटिमाते बल्ब की रोशनी में रात बीती लेकिन बहुत धीमे-धीमे। बाहर गली में दो-एक बार पुलिस वालों के बूटों की आहट गूँजी। एकाध बार दूर कहीं हर-हर महादेव या अल्ला हो अकबर जैसी आवाजें सुनाई दी। कमरे के लोग एक-दूसरे से आँखें चुराए बहुत आहिस्ता-आहिस्ता हरकतें करते रहे और रात हौले-हौले बीतती गई।

सात

सड़ी गर्मी की दोपहरी में तीन बजे बिजली चली गई और जल्दी ही सफेदपोशों की पेशानी पर बल पड़ने लगे। कोतवाली में तीन तरह की भीड़ इकट्ठा थी। एक कमरे में एक महिला मजिस्ट्रेट बैठकर पास बना रही थी। उसके कमरे में इतनी आवाजें भनभना रही थीं कि कुछ सुनाई नहीं दे रहा था। लोग एक-दूसरे में भिंचे हुए थे और एक के ऊपर एक गिर-पड़ रहे थे। ऐसे में बिजली गई और पंखा बंद हुआ तो पसीने और झुँझलाहट ने कमरे को छोटे-मोटे युद्ध के मैदान में परिवर्तित कर दिया।

पंखा बंद होते ही बगल के बड़े कमरे में बैठे पत्रकारों ने दंगे की चर्चा छोड़कर बिजली विभाग को कोसना शुरू कर दिया। उन्हें तीन बजे जिले के आला अफसरों ने ब्रीफिंग के लिए बुलाया था। एक तो साढ़े-तीन बज चुके थे और आला अफसरान अभी तक अनुपस्थित थे, दूसरे बिजली चली गई। पत्रकारों ने हल्ला मचाना शुरू कर दिया। जो छोटे अफसरान अभी तक बैठे उन्हें बहला रहे थे, धीरे-धीरे बाहर खिसक गए। पत्रकारों ने प्रेस कॉन्फ्रेंस की बायकाट की बात की और बिना किसी उतावली के बैठे रहे। आज उनका अपना मतलब था इसलिए चाहे जितनी देर हो वे उठने वाले नहीं थे। अगर दूसरा कोई मौका होता तो उनमें ज्यादातर पैर पटकते हुए निकल जाते और छोटे अफसर उनके सामने घिघियाते रहते।

तीसरी तरफ कोतवाली के आँगन में ऐसे लोगों की भीड़ थी जिन्हें शांति कमेटी की बैठक के लिए बुलाया गया था। ये लोग राजनीतिज्ञ, समाजसेवी, व्यापारी या डॉक्टर-वकील जैसे पेशों से जुड़े हुए लोग थे जो हर साल दंगे के अवसर पर, त्योहार वगैरह के मौकों पर कोतवाली में बुलाए जाते थे। इन लोगों के चेहरे और भाषण इतने घिस-पिट गए थे कि कोतवाली की दीवारें भी बोल सकती होतीं तो इनके खड़े होते ही इनका भाषण दोहराने लगतीं। इस साल भी दंगा शुरू होने से पहले तो अफसरों ने हुक्म जारी किया कि एक परिंदा भी सड़कों पर न दिखाई दे और बाहर निकलने वालों की खाल खींच ली जाए। बाद में जब मंत्रियों के दौरे शुरू हुए और यह शिकायत की जाने लगी कि जनप्रतिनिधियों का सहयोग नहीं लिया जा रहा है तब उन्होंने देर रात शांति कमेटी की बैठक बुलाने का फैसला किया। सुबह से दोपहर तक जल्दी-जल्दी लोगों को सूचना देने के लिए सिपाही दौड़ाए गए और तीन बजे की बैठक

के लिए साढ़े-तीन बजे तक 10-15 लोग इकट्ठे हो गए। इक्का-दुक्का लोग अभी भी आते जा रहे थे और आने के बाद लगभग सभी लोग यही किस्सा सुनाते कि किस तरह उन्हें देर से सूचना मिली और किस तरह उन्होंने फौरन बदन पर कुर्ता डाला या चप्पलें पहनीं और भागे चले आए। इस तरह की बैठकें कभी समय पर नहीं शुरू होती थीं और तय था कि अगले एकाध घंटे तक लोग आते रहेंगे। हाकिमों ने सोचा भी यही था कि प्रेस कॉन्फ्रेंस के बाद यह बैठक शुरू करेंगे। बिजली जाते ही तीनों गुटों में विभक्त लोग एक-दूसरे में गड्ड-मड्ड होने लगे। पसीने और उमस से त्रस्त लोगों के लिए बैठना मुश्किल होने लगा। प्रेस के लोग उठे और बाहर बरामदे में, दो-तीन ग्रुपों में विभक्त होकर खड़े हो गए। उनकी बातचीत का मुख्य मुद्दा दंगे की शुरुआत का कारण और दंगे में अफसरों की विफलता था।

मुंशी हरप्रसाद पुराने स्वतंत्रता संग्राम सेनानी थे और पिछले बीस वर्षों से राजधानी से प्रकाशित होने वाले अंग्रेजी दैनिक के संवाददाता थे। सत्तर साल की उम्र में भी पूरे सक्रिय रहते थे। लोग उन्हें छेड़ते थे और वे हर बार कोई ऐसी बेबाक तल्ख टिप्पणी कर देते थे जिससे कोई न कोई तिलमिला जाता और काफी लोगों के लिए अपनी हँसी रोकना मुश्किल हो जाता था। आज वे खामोश थे और कई पत्रकारों के प्रयास करने पर भी कुछ नहीं बोले।

"क्या बात है मुंशी जी, आज तबियत कुछ ढीली लग रही है।"

"तबियत ससुरी को क्या हुआ है– पर ....." मुंशी जी ने बात टालने की कोशिश की लेकिन फिर उन्हें लगा कि न बोलने पर छेड़खानी होगी इसलिए बोले– "मैं सोच रहा था कि ये शांति कमेटी के नाम पर जो शंकर जी की बारात कोतवाली में इकट्ठी की गई है अगर इन सबको मीसा में बंद कर दिया जाए तो शहर में दंगा-फसाद अभी रुक जाए।"

तेज हँसी का फव्वारा छूटा। शांति कमेटी में भाग लेने वाले जो बरामदे में खड़े थे उनमें से कुछ ने न सुनने का नाटक किया और कुछ तिलमिला गए। कुछ जो ज्यादा मोटी चमड़ी के थे उन्होंने हँसी में साथ दिया।

"इन्हीं को काहे बंद करते हैं जी। अरे अपने पत्रकार बंधुओं को भी बंद कीजिए न, जो चटखारे ले-लेकर खबर छाप रहे हैं। मरेगा एक, इन्हें लाशें पच्चीस दिखाई देंगी। पटाखा छूटेगा तो बम छापेंगे। हमारे साथ-साथ इन्हें भी बंद कीजिएगा तभी दंगा रुकेगा।"

इसके बाद थोड़ी देर तक हंगामा होता रहा। प्रेस की आजादी से लेकर जनता की प्रशासन में भागीदारी तक तमाम बातें होती रहीं लेकिन जल्दी ही मामला सहज हो गया और दोनों पक्षों के लोग एक-दूसरे से व्यक्तिगत मजाक करने लगे। ज्यादातर लोग एक-दूसरे को जानते थे और एक-दूसरे से हँसी-मजाक करने के आदी थे।

मुंशी जी का मन फिर से खिन्न हो गया। वे दंगे से प्रभावित इलाकों में आज

देर तक घूमते रहे थे और हिंसा के बरबादी के तांडव नृत्य से बुरी तरह विचलित थे। पत्रकारों और शांति कमेटी के लोगों के बीच में जो फाश किस्म के मजाक चल रहे थे उन्होंने उन्हें और दुःखी कर दिया। राजधानी से चार पत्रकारों का एक दल आया था जो अपनी पोशाक और कैमरों की वजह से अलग पहचाना जा रहा था। अपने को स्थानीय पत्रकारों से विशिष्ट मानते हुए यह दल अलग खड़ा था। मुंशी जी के साथ यह दल भी कर्फ्यूग्रस्त इलाकों में गया था। मुंशी जी विरक्त मन से इस दल के पास चले गए।

"मुंशी जी, इट इज हारिबल। इतनी बड़ी ट्रेजडी इस शहर में घटी है, फिर भी इन जर्नलिस्टों की सेंसिबिलिटी को क्या हो गया है। कैसे बेशर्म होकर हँस रहे हैं?"

मुंशी हरप्रसाद ने आँखें सिकोड़ कर जींसधारी लड़की को बोलते हुए सुना। उन्हें लगा कि उन्हें कै हो जाएगी। आज ये लड़के-लड़कियाँ उनके साथ घूम रहे थे। जले हुए मकान या उनके मलबे में दबे कंकालों को देखकर अंग्रेजी में अपनी तकलीफ बयान करने वाले इन लोगों ने तेज धूप हो जाने पर सूचना अधिकारी की जीप के पीछे से क्रेट उतरवाकर एक अधजले मकान के बरामदे में बैठकर चिल्ड बियर पी थी। मुंशी जी ड्राइवर की बगल में बैठे गुस्से से हार्न बजाते रहे थे। अब इस लड़की को दूसरे बेशर्म और संवेदनशून्य लग रहे थे।

कामरेड सूरजभान मुंशी जी की मनःस्थिति भाँप गए। वे पिछले कई दशकों से उनके मित्र थे। यह बात उन्हें अच्छी तरह से मालूम थी कि मुंशी हरप्रसाद सिर्फ कलम घसीटू पत्रकार नहीं थे। खबरें उन्हें प्रभावित करती थीं और अकसर खबरें इकट्ठा करते-करते वे खुद उसका भाग बन जाते थे। उन्होंने करीब जाकर मुलायमियत से मुंशी जी का हाथ पकड़ा और उन्हें एक दूसरे कोने की तरफ ले गए।

बरामदे के एक तरफ जोर-जोर से बोलने की आवाज आने पर लोगों का ध्यान उधर आकर्षित हो गया। फर्म खेमचंद जुगल किशोर के मालिक लाला राधे लाल चिढ़ाए जाने पर आहत नाग की तरह फुफकार रहे थे।

"ठीक है, दंगे में अनाज की कीमतें बढ़ेंगी तो मेरा फायदा हो जाएगा। लेकिन फायदा किसे काटता है। मैं इतना तो पतित नहीं हूँ कि अपनी बिक्री बढ़ाने के लिए खुद दंगा करा दूँ। आप तो शर्मा जी यह भी करा सकते हैं। आपको पाकिस्तान और मुस्लिम लीग के झंडों में फर्क नहीं मालूम है? यह भी आपको मालूम है, खुल्दाबाद की मस्जिद की बगल में मुस्लिम लीग का दफ्तर है। फिर भी आपने मुस्लिम लीग के दफ्तर पर फहरने वाले झंडे की तस्वीर छापकर कैप्शन यह दिया कि मस्जिद पर पाकिस्तानी झंडा फहराया गया। अब बताइए दंगा आप करा रहे हैं कि मैं।"

"लेकिन गुरू, दंगा शुरू होने पर फायदा तो तुम्हीं कमाओगे।"

"हाँ, अब जनता साली चूतिया है। दंगा करती है तो चार पैसे हम भी कमा लेते हैं।"

लोग हँसे और फिर आत्मीय किस्म के मजाक होने लगे जिससे वातावरण का तनाव घटने लगा।

इन दोनों तरह की भीड़ से अलग तीसरे किस्म की भीड़ थी जो बिजली जाने के बावजूद कमरे से निकलना ही नहीं चाहती थी। यह कर्फ्यू-पास बनवाने वालों की थी जो एक छोटे-से कमरे में एक महिला मजिस्ट्रेट और दो-तीन अहलकारों से उलझी हुई थी। मजिस्ट्रेट एक नवजवान लड़की थी जो कभी नई-नई नौकरी में आई थी। नई होने के कारण अभी वह अपने दूसरे सहयोगी अफसरों की तरह संवेदनशून्य नहीं हुई थी। अभी तक उसके मन में कुछ आदर्शवाद शेष था। वह कुछ काम करना चाहती थी और जनता उसके लिए पूरी तरह से जड़ संज्ञाशून्य चीज नहीं हुई थी। इसलिए पसीने से पूरी तरह लथपथ भी वह अपने काम में जुटी हुई थी। बीच-बीच में वह झुँझला जरूर जाती थी लेकिन उसकी उँगलियाँ रुक नहीं रही थीं। उसके अमले ने दो-एक बार गर्मी या उमस की दुहाई दी लेकिन मजिस्ट्रेट की बेरुखी की वजह से उन्हें बाहर जाने का मौका नहीं मिला।

शांति कमेटी में आए हुए लोगों में कुछ राजनीतिज्ञ थे। म्यूनिसिपल्टी के चुनाव करीब थे। बाहर आने पर उन्हें पास बनवाने वालों में अपने वोट नजर आ गए। उन्होंने अपने-अपने वोटों को पकड़ा और उनके पास बनवाने के लिए पिल पड़े। उनके आ जाने से सारी व्यवस्था गड़बड़ा गई। मजिस्ट्रेट की आवाज ज्यादा झुँझलाने लगी। एक-दूसरे को धकियाते और शोर मचाते नेताओं को देखकर उसे अहसास हुआ कि कमरे में उमस ज्यादा बढ़ गई है। उसने अचानक अपनी फाइलें बंद कीं और घोषित किया कि बिजली आने पर ही काम होगा। उसके अहलकारों को मौका मिला, वे सरपट कमरे से निकल भागे।

मजिस्ट्रेट के महिला होने के कारण नेतागण पहले तो सकपकाए लेकिन फिर एकदम हो-हल्ला शुरू हो गया—

"अफसरशाही ने देश बरबाद कर दिया साहब। पहले दंगा करवाते हैं फिर जनता के साथ जानवरों की तरह पेश आते हैं।"

"अजी दंगा हो तो इनकी इन्कम तो बढ़ जाती है। बाँटिए रिलीफ, कमाइए पैसा। हमें नहीं पता ये कल से जो दूध बँट रहा है इसकी मलाई कहाँ जा रही है।"

"अरे यहीं दीजिए सौ रुपया एक पास का— सब बन जाएगा, बिजली रहे न रहे।"

"क्या — क्या कहा? मैं पैसा माँग रही हूँ।" मजिस्ट्रेट का मुँह तमतमा गया। वह कुछ कहना चाहती थी पर उसकी आवाज रुँध गई। उसके चपरासी और अहलकारों ने दो-एक पुलिस सिपाही बुला लिए थे और उनकी मदद से वे उसे बगल वाले कमरे में ले गए।

मजिस्ट्रेट नई थी इसलिए इस तरह की स्थिति झेलने की उसे आदत नहीं थी।

नेतागण पुराने थे, उन्हें पता था कि भीड़ बनकर किस तरह अफसरों को हूट किया जा सकता था। इन दोनों के बीच में परेशान और दुखी लोगों का जत्था था जिन्हें पता नहीं चल पा रहा था कि उन्हें कर्फ्यू पास कब मिलेगा। इनमें से किसी का बच्चा बीमार था, किसी को स्टेशन जाना था। ये लोग कमरे में इधर-उधर बिखर कर बैठ गए। इंतजार के अलावा उनके पास कोई चारा नहीं था।

"एक्सक्यूज मी मुंशी जी, ये झंडे का क्या मामला है ?" दिल्ली से आए प्रेस के लड़के-लड़कियों ने मुंशी जी को घेर लिया।

"झंडा–कैसा झंडा?" मुंशी जी ने टालने की कोशिश की।

"अभी कोई कह रहा था न कि यहाँ लोकल प्रेस ने मुस्लिम लीग के झंडे को पाकिस्तानी झंडा बनाकर छाप दिया था।"

मुंशी जी स्थानीय विवाद में नहीं पड़ना चाहते थे इसलिए जवाब दिया कामरेड सूरजभान ने– "भाई, माफ कीजिएगा, मुझे आपका नाम नहीं मालूम। लेकिन आप जो भी हों, इतना सुन लीजिए कि आपके राजधानी के अखबारों ने भी कम गदर नहीं ढाया है। हर दंगे में आप लोग पाकिस्तानी हाथ ढूँढ़ लेते हैं। आजादी के बाद कोई दंगा ऐसा नहीं हुआ जिसमें मुसलमान ज्यादा न मारे गए हों, लेकिन आप लोग हमेशा ऐसी खबरें छापते हैं जिनसे ऐसा लगता है कि हिंदुओं का कत्लेआम हो रहा है। अगर मुसलमान पुलिस, पी.ए.सी. की ज्यादती की शिकायत करते हैं तो आपको वह देशद्रोह नजर आने लगता है। लोकल प्रेस वाले आपके छोटे भाई हैं। मजिस्द के बगल में मुस्लिम लीग के दफ्तर पर उसका झंडा फहरा रहा था। थोड़ी-सी ट्रिक फोटोग्राफी से झंडा मस्जिद पर पहुँच गया। नीचे यह कैप्शन देने में उनका क्या जाता है कि झंडा पाकिस्तानी है। अब इस बात से अगर शहर का तनाव कुछ बढ़ गया तो अखबार वालों की सेहत पर क्या फर्क पड़ता हैं। दिल्ली से लखनऊ तक अखबारों के दफ्तरों में ज्यादातर पैंट के नीचे हाफ पैंट पहनने वाले लोग हैं।" मुंशी हरप्रसाद ने कामरेड सूरजभान का हाथ दबाया और उन्हें एक कोने में ले गए। राजधानी वाले उनके हमले से कुछ हतप्रभ हुए। वे जवाब देना चाहते थे लेकिन कामरेड के हट जाने से तिलमिला कर रह गए।

बिजली और आला हुक्काम एक साथ आए। एक कमरे में प्रेस कॉन्फ्रेंस शुरू हुई।

"मरने वालों का टोटल कितना पहुँचा?"

"सत्तरह।"

"नहर में कितने बहा दिए गए?"

....

"मरने वालों की गिनती कैसे करते हैं?"

"मार्चरी में पोस्टमॉर्टम के लिए जितनी डेड बॉडीज पहुँचती हैं..."

"पर जो पहुँच ही नहीं पाईं? जिन्हें नहर में बहा दिया गया– उनका...?"

ठंडे की बोतलें, बर्फी और समोसे आ गए। बीच-बीच में शिकवे-शिकायतें होती रहीं कि प्रेस को कर्फ्यू-पास देने में देर की गई। कर्फ्यूग्रस्त इलाके के दौरे के लिए सूचना विभाग को धक्का मार जीप उपलब्ध कराई गई, उसे भी दिल्ली प्रेस लेकर घूमता रहा, लोकल प्रेस वाले टापते रहे वगैरह-वगैरह। ज्यादा शिकायतें हुईं तो समोसे और मँगा लिए गए।

"दंगा-वंगा तो चलता रहेगा। प्रेस कॉलोनी का क्या हुआ? दंगे की वजह से लेट हो गया। लेकिन दंगा खत्म होते ही एलाटमेंट हो जाना चाहिए।"

"हो जाएगा..... दंगा न होता तो अब तक हो गया होता। जमीन तो तय हो गई है। एकदम सिविल लाइन्स के बीच में है। बस प्लॉट कटना है। दंगा खत्म होते ही कट जाएगा।"

कुछ पत्रकारों ने अभी तक प्लॉट के लिए दरख्वास्तें नहीं दी थीं। उन्होंने हल्ला मचाया कि उन्हें आखिरी तारीख का पता नहीं चला। उन्हें बताया गया कि वे बैक डेट में दरख्वास्त दे दें। उनमें से कई ने कागज फाड़ा और दरख्वास्तें लिखने बैठ गए।

पत्रकारों को हुक्कामों ने छोटे-छोटे ग्रुपों में विभक्त कर समझाया कि उन्हें कैसे रिपोर्टिंग करनी है।

मुंशी हरप्रसाद और कामरेड सूरजभान बाहर निकल आए। कामरेड सूरजभान तो जबरदस्ती प्रेस कॉन्फ्रेंस में बैठ गए थे। उन्हें शांति कमेटी में बुलाया गया था। वे उधर चले गए, साथ में मुंशी हरप्रसाद को लेते गए। वहाँ अभी देर थी। ज्यादातर भाग लेने वाले बाहर घूम रहे थे। कोई पास बनवाने लगा था तो कोई प्रेस कॉन्फ्रेंस वाले कमरे में ताक-झाँक कर रहा था। जब तक हाकिम लोग शांति कमेटी के पंडाल में नहीं आ जाते तब तक यही होना था।

दोनों लोग एक कोने में कुर्सी खींचकर बैठ गए। उनके इर्द-गिर्द और लोग भी आ गए फिर बातचीत दंगे की शुरुआत, मरने वालों की संख्या और नुकसानों पर केंद्रित हो गई।

"दंगा किसी ने शुरू किया हो," कामरेड सूरजभान दुःखी स्वर में बोले, "एक बात अब बड़ी साफ दिखाई देने लगी है। आजादी के समय जब भी दंगे होते थे तो ऐसे लोगों की तादाद बहुत हुआ करती थी जो दंगा कराने वाली शक्तियों के खिलाफ खड़े होते थे। अब ऐसे लोगों की संख्या दिनों-दिन कम होती जा रही है।"

"अजी अब तो पड़ोसी भी पड़ोसी को नहीं बचाता। पहले कम से कम पड़ोसी का यह भरोसा तो रहता था कि वह हमला नहीं करेगा। लेकिन अब तो यह भी नहीं रहा।"

"रामपाल सिंह पुराने कम्यूनिस्ट हैं। पिछले बीस साल से कार्ड-होल्डर हैं। उनका लड़का दंगे में मारा गया। मैं मातमपुर्सी करने गया तो दंग रह गया। इतना बड़ा आदमी कम्युनल हो गया है। खुले आम मुसलमानों के खिलाफ बोल रहा था। मैंने

कहा भी कि कामरेड, तुम्हें मुसलमानों के खिलाफ नहीं बल्कि उन टेंडेन्सी के खिलाफ बोलना चाहिए जो दंगा कराती हैं। लेकिन कौन सुनता है। इस समय तो लगता है कि पूरा शहर हिंदू या मुसलमान में बँट गया है।"

मुंशी हरप्रसाद ने कामरेड सूरजभान के कंधे पर हाथ रखा। वे उनका दर्द समझ रहे थे। वे कई दिनों से कामरेड को रात-रात भर अपने साथियों से उलझते देख रहे थे। अकसर देर रात कामरेड सूरजभान उनके घर आते और विक्षिप्तों की तरह प्रलाप करने लगते।

"सब कुछ खत्म हो रहा है मुंशी जी। ऐसे-ऐसे साथी सांप्रदायिक हो गए हैं जो पिछले बीसियों सालों से इसका मुकाबला करते आए हैं।"

मुंशी जी सुनते और खामोशी से सर हिलाते रहते। वे खुद देख रहे थे कि जो लोग पिछले दंगों में बढ़-चढ़कर शांति मार्च में भाग लेते थे या बाधाओं के खिलाफ अपने-अपने मोहल्लों में लोगों को शिक्षित करते थे, वे लोग भी हिंदू या मुसलमान हो गए हैं। यह हाल के दिनों में ही संभव हुआ था कि पड़ोसी का पड़ोसी पर से विश्वास हटना शुरू हो गया था। पहली बार उन्होंने देखा कि पड़ोसियों पर हमला किया गया और उनके घरों में लूटपाट की गयी। शायद यह पिछले कुछ सालों से दोनों संप्रदायों के बीच निरंतर बढ़ रहे जहर का असर था जिसने स्थिति को यहाँ तक पहुँचा दिया था।

अफसरों के पंडाल में आते ही शांति कमेटी के जो लोग बाहर घूम रहे थे, धीरे-धीरे अंदर आने लगे। प्रेस कॉन्फ्रेंस खत्म होने के कारण पत्रकारों में से भी कुछ इस पंडाल में आ गए।

"आदरणीय जिलाधिकारी जी, श्रीमान कप्तान साहब, हमारे और मौजूद अफसरान बाला, इस शहर के प्रबुद्ध नागरिकगण, बहनों और भाइयो, जिस तरह हर सभा के लिए अध्यक्ष की जरूरत पड़ती है उसी तरह हमारी इस सभा के लिए भी एक अध्यक्ष की जरूरत है। मैं मुखर्जी दादा का नाम इस सभा की अध्यक्षता के लिए प्रस्तावित करता हूँ।"

"मैं इसका समर्थन करता हूँ।"

वाक्य खत्म होने के पहले ही मुखर्जी दादा अध्यक्ष की कुर्सी पर बैठ गए। वे दसियों साल से इन सभाओं की अध्यक्षता कर रहे थे। इसलिए पहले से तैयार होकर आते थे। दूसरे लोग भी अब इसके इतने अभ्यस्त हो गए थे कि अध्यक्षता ग्रहण करने के इस कार्यक्रम को एक अनिवार्य हरकत के रूप में स्वीकार करने लगे थे।

मुखर्जी दादा के एक तरफ कलेक्टर और दूसरी तरफ कप्तान बैठे थे। मंच पर दो विधायक और एक सांसद भी बैठ गए थे। सभा की कार्यवाही शुरू हुई। जिन सज्जन ने अध्यक्ष का नाम प्रस्तावित किया था वे माजिद साहब पेशे से वकील थे और कोतवाली की सभाओं के स्थायी संचालक थे। उन्होंने माइक हाथ में लिया और शुरुआत अपनी तकरीर से कर डाली। लोग उनकी इसी आदत से ऊबते थे। वे किसी

वक्ता को बुलाने के पहले काफी लंबी भूमिका बाँधा करते थे। शेरो-शायरी से भरी अपनी लंबी भूमिका के बाद वे अगले वक्ता को बुलाते और उसके माइक पर आते-आते उसे तीन-चार बार समय का ध्यान रखने की हिदायत देते। बहुत कम वक्ता उनकी इस सलाह पर ध्यान देते। अकसर वक्ताओं और उनमें माइक की छीना-झपटी हो जाती।

आज भी माजिद साहब ने कई शेर सुनाए और बैठे हुओं को याद दिलाया कि चमन को सुर्ख लहू की नहीं बल्कि सुर्ख फूलों की जरूरत है। जब लोग काफी बोर हो गए और आवाजें कसने लगे तब उन्होंने वक्ताओं को बुलाना शुरू कर दिया।

मंच के पीछे कनात लगी थी। उस कनात से सटकर चार-पाँच मजिस्ट्रेट और पुलिस अधिकारी कुर्सियों को इस तरह डाले बैठे थे कि उनकी फुसफुसाहट मंच पर बैठे उनके अधिकारियों तक न पहुँचे। जब भी कोई वक्ता पूरी गंभीरता से शहर को जलने से बचाने की अपील गला फाड़-फाड़कर करता, ये लोग उसकी माँ-बहन करने लगते।

"साला यहाँ शांति का उपदेश दे रहा है। अपनी गली में जाकर छुरे बाँटेगा।"

"इन्हीं सालों को बंद कर दो, दंगा अपने आप रुक जाएगा।"

"बंद कैसे कर दें, अफसरान इन्हें दामाद की तरह कोतवाली में बुलाकर चाय-समोसा खिलाते हैं।"

"अफसरान क्या करें। न खिलाएँ तो मंत्री डंडा कर देगा।"

उनकी आवाज या हँसी कभी-कभी तेज होकर मंच की कुर्सियों से टकराने लगती। कोई मंच से आँख तरेरकर देखता और वे एक-दूसरे का हाथ दबाकर थोड़ी देर के लिए चुप हो जाते। थोड़ी देर बाद उनकी खिलखिलाहट या आवाज फिर भनभनाने लगती।

"भाइयो, जैसा कि मैंने पहले बताया हमारे देश के नौकरशाहों को हमारी याद तभी आती है जब हालत उनके कंट्रोल के बाहर हो जाती है। मैंने पहले भी कहा था कि जब वक्त गुलशन को पड़ा लहू हमने दिया– और जब आज बहार आई है तो पूछते हैं कि तुम कौन हो? पहले हमें यहाँ बुलाया नहीं गया। बहरहाल अब जब बुला ही लिया गया है तो बता देते हैं कि दंगा कैसे कंट्रोल होगा...।"

"जरूर बताओ बेटा। तुम नहीं बताओगे तो दंगा कंट्रोल कैसे होगा?"

पीछे की कुर्सियों से की गई फुसफुसाहट इतनी तेज थी कि वक्ता के अलावा सभी ने सुना। मंच पर बैठे हाकिम मुस्कराए। अगली पंक्तियों में बैठे लोगों में से कुछ ने दाँत निपोर दिए लेकिन वक्ता पर कोई असर नहीं पड़ा।

"हाँ तो मैं कह रहा था कि जो भाई पुलिस और पी.ए.सी. के खिलाफ बोल रहे हैं वे हमारे देश का मनोबल तोड़ रहे हैं– वे सी.आई.ए. और फिलिस्तीन के एजेंट हैं...।"

"फिलिस्तीन? ये फिलिस्तीन कब से आ गया दंगा कराने ?"

"मेरा मतलब है फिलिस्तीन नहीं बल्कि चीन...मेरा मतलब है जापान"

"अबे तेरे मतलब से हमें क्या लेना-देना...।"

हंगामा हो गया और थोड़ी देर में शांत हो गया। अगला वक्ता बुला लिया गया। इस तरह की बैठकों में ऐसे हंगामे तो होते ही रहते थे, लिहाजा किसी ने ज्यादा परवाह नहीं की।

बोलने वाले को छोड़कर किसी को किसी के भाषण में दिलचस्पी नहीं होती थी। कभी किसी शेर या चुटकुले पर भले दूसरों का ध्यान आकर्षित हो जाए नहीं तो बोलने वाले और सुनने वाले अपनी-अपनी रौ में बहे जा रहे थे।

पं. अयोध्यानाथ दीक्षित शहर के विधायक थे। मंच पर हाकिमों के साथ बैठे थे लेकिन अपना भाषण खत्म करके नीचे चले आए थे। वे उद्विग्न थे क्योंकि यह दंगा उनके राजनीतिक अस्तित्व के लिए खतरनाक था। पिछले चुनाव के वक्त भी दंगा हुआ था लेकिन उस समय दंगा उनके हित में गया था। उनके पुराने प्रतिद्वंद्वी रामकृष्ण जायसवाल इस समय दंगे का फायदा उठा रहे थे। चुनाव एकदम सर पर था। उन्हें पूरा शक था कि दंगा रामकृष्ण जायसवाल ने ही कराया है। रामकृष्ण था तो पूरा हिंदूवादी लेकिन हाजी बदरुद्दीन बीड़ी वाले से उसकी पटती भी खूब थी। पूरा शहर जानता था कि जायसवाल और हाजी जब मिलकर चाहें शहर में दंगा हो जाएगा। चुनाव के समय दंगा होने का खतरा यही था कि वोटर हिंदू और मुस्लिम में बँट जाएँगे। मुसलमान हाजी बदरुद्दीन के पीछे गोलबंद होंगे तो हिंदू भी किसी हिंदू नेता की तलाश में जायसवाल के समर्थन में एकजुट हो जाएँगे। इस चक्कर में मारे जाएँगे पं. अयोध्यानाथ दीक्षित।

दीक्षित जी मंच से उतरकर एक कोने में खड़े होकर अपने समर्थकों से बातचीत करने लगे। बात कम कर रहे थे; रामकृष्ण जायसवाल की गतिविधियों पर ध्यान ज्यादा रख रहे थेः साला कैसे मुस्कराकर कलेक्टर से बातें कर रहा है। इस कलेक्टर से भी निपटना है। कमबख्त ने जायसवाल को नीचे से बुलाकर मंच पर बैठा लिया। चुनाव की घोषणा के पहले हटवाना है। बदमाश जानता नहीं कि दंगा रामकृष्ण जायसवाल और हाजी बदरुद्दीन ने मिलकर करवाया है। मैंने मना किया था कि इन लोगों को शांति कमेटी की बैठक में न बुलाया जाए। फिर भी नालायक ने न सिर्फ दोनों को बुलाया बल्कि मंच पर अपने पास बैठाया है। इसलिए दीक्षित जी ने आज भाषण में जिला प्रशासन की काफी खिंचाई कर दी। कहीं कोई राहत नहीं बँटी, पूरा शहर गंदगी में बजबजा रहा है और जरूरत के सामान न मिलने से त्राहि-त्राहि कर रहा है। दीक्षित जी यह भूलकर कि वे किसी सभा के अंग हैं जोर-जोर से अपने समर्थकों के बीच जिला प्रशासन को कोसने लगते हैं।

दीक्षित जी की परेशानी से रामकृष्ण जायसवाल और हाजी बदरुद्दीन बीड़ी वाले दोनों को मजा आ रहा है। दोनों बीच-बीच में एक-दूसरे को देखकर आँख मारते हैं।

दोनों जबर्दस्ती– मुस्करा-मुस्कराकर कलेक्टर से बात करते हैं। दीक्षित जी दूर से देखकर दाँत पीसते हैं। 'इस कलेक्टर को तो दंगा खत्म होते ही हटवाना है।' कलेक्टर भी इस स्थिति को समझ रहा है। इसलिए वह कनखियों से दीक्षित को देखते हुए जायसवाल और हाजी दोनों से बचने की कोशिश करता है लेकिन दोनों जबर्दस्ती झुककर बारी-बारी से उसके कान में कुछ कहने की कोशिश करते हैं और उसे मजबूरन सर हिलाना पड़ता है।

कलेक्टर ने अपनी जगह बदलनी चाही। वह जायसवाल और हाजी से दूर बैठने का बहाना ढूँढ़ रहा था। मंच पर किनारे पुलिस कप्तान बैठा था। उसने कप्तान से इशारा कर जगह बदलने का प्रयास किया लेकिन कप्तान ने उसका इशारा समझने से इनकार कर दिया। दरअसल उसे कलेक्टर की परेशानी में मजा आ रहा था। कलेक्टर ने पिछले कई दिनों से उसे दुःखी कर रखा था। मंत्रियों से उसने शिकायतें की थीं कि पुलिस उसे पूरा सहयोग नहीं दे रही है। अपने विश्वसनीय पत्रकारों के जरिए उसने पुलिस के खिलाफ खबरें प्लांट कराई थीं इसलिए कप्तान ने भी आज से अपने विश्वसनीय पत्रकारों को ब्रीफ करना शुरू कर दिया था।

अयोध्यानाथ दीक्षित सत्ता पक्ष के विधायक थे। उनका इस्तेमाल कलेक्टर के खिलाफ हो सकता है, यह कप्तान की समझ में आ गया। उसने धीरे से अपने एक मातहत को बुलाकर उसके कान में कहा कि दीक्षित को जाकर उससे मीटिंग के बाद मिलने को कहें। मातहत ने उसका हुक्म बजा दिया। कलेक्टर ने कप्तान की फुसफुसाहट और मातहत का दीक्षित तक जाना देखा। उसने कप्तान से निपटने के लिए नई रणनीति बनानी शुरू कर दी।

वक्ताओं के भाषण इतनी देर तक चले कि जो बोलने को रह गए उन्हें छोड़कर सबका धैर्य जवाब दे गया। जिन्होंने सभा बुलाई थी वे भी बोर हो गए। मंच पर बैठे दो-तीन लोगों ने माजिद साहब को बुलाकर उनके कान में कुछ कहा माजिद साहब ने हर बार सिर हिलाया लेकिन हर बार माइक खाली होते ही पहले अपने दो-तीन शेर सुनाए फिर अगले वक्ता को बुला लिया। अंत में कलेक्टर ने माजिद से सख्ती से कुछ कहा और उन्होंने अध्यक्ष को अपना अध्यक्षीय भाषण देने के लिए निमंत्रित कर दिया। जो लोग भाषण देने से रह गए उन्होंने हंगामा कर दिया। थोड़ी देर तक शोर-शराबे में कुछ नहीं सुनाई दिया। इसी अफरातफरी में एकाध लोग आए और भाषण देकर चले गए। बड़ी मुश्किल से अध्यक्ष ने खड़े होकर माइक पर कब्जा कर लिया।

अध्यक्ष मुखर्जी दादा का भाषण लोग पिछले कई सालों से सुनते आ रहे थे आज भी उन्हें पता था कि कहाँ वे लतीफा सुनाएँगे, कहाँ ताली बजानी है और कहाँ शेम-शेम की आवाज लगानी है। एकाध जगह वे भूल गए तो श्रोताओं ने उन्हें याद दिला दिया। बहरहाल उनके भाषण के खत्म होने के पहले ही लोग खड़े हो गए और

उनके आखिरी शब्द कुर्सियों, कदमों और लोगों की आवाज में दब गए। बगल में एक शामियाने में चाय-नाश्ते का इंतजाम था। लोग उसमें धँस गए।

चाय-पान के दौरान चापलूसी और छिद्रान्वेषण के दौर चलते रहे। नेता, अफसर, पत्रकार और समाजसेवी ईर्ष्या, द्वेष और कलह के साथ एक-दूसरे को नीचा दिखाने के हर मौके का इस्तेमाल करते रहे। दंगा तो हर दूसरे-तीसरे साल होना था, उसके बारे में बहुत चिंतित होने की जरूरत नहीं थी। कोई भी षड्यंत्र का छोटे से छोटा मौका नहीं चूकना चाहता था, इसलिए सभी ने इस अवसर का भरपूर फायदा उठाया।

आठ

तलाशियाँ चल रही थीं। हर दो-तीन साल पर इसकी नौबत आती ही थी, इसलिए सब कुछ काफी हद तक निर्धारित-सा था। जिस साल फौज आ जाती थी उस साल फौज से नहीं तो बी.एस.एफ., सी.आर.पी. जो भी उपलब्ध हो उससे शहर के पाकिस्तानी हिस्से को घेर कर सिविल पुलिस और पी.ए.सी. के लोग तलाशियाँ लेते थे। अफसरों को पूरा यकीन रहता था कि दंगा इसी हिस्से के लोग करते हैं, इसलिए तलाशियाँ इन्हीं इलाकों की होती थीं। किन्हीं-किन्हीं सालों में तो जब मरने वालों में सभी यहीं के लोग होते थे तब भी ये तलाशियाँ सिर्फ इन्हीं मोहल्लों की होती थीं। इस बार भी मरने वाले सभी छह लोग यहीं के थे पर अफसरों ने शहर के पाकिस्तानी हिस्से की तलाशी का कार्यक्रम बनाकर रात डेढ़ बजे से उस पर अमल करना आरंभ कर दिया।

दिन-भर उमस भरी सड़ी गर्मी के पसीने से नहाया हुआ शहर इस समय हलकी शीतल बयार की खुशफहमी का शिकार हो चुका था। सिर्फ वे लोग, जिन्हें दिन-भर कमाने के बाद ही रात में खाना मिलता था और जिनकी भूखी अंतड़ियों की ऐंठन ने नींद उनकी आँखों से दूर भगा दी थी, आधा सोने और जगने की स्थिति में थे। बाकी पूरे इलाके में सोता पड़ा हुआ था। बारह-साढ़े बारह बजे तक तो जरूर हर-हर महादेव और अल्ला-हो-अकबर के नारे लहर की तरह बहते हुए घरों की छतों से टकराते रहे थे पर एक घंटे से उनकी रफ्तार भी कम होते-होते करीब-करीब खत्म हो गई थी। ये नारे अजीब तरह की उत्तेजना और खौफ पैदा करते थे और हर घर के दुबके बाशिन्दों को ऐसा लगता था कि जैसे पड़ोस में ही कोई हमलावर भीड़ ये नारे लगा रही हो।

डेढ़ बजे के बाद गलियों के बाहर मुख्य सड़कों पर बड़ी गाड़ियों के रुकने की आवाजें आने लगीं। गाड़ियों की हेडलाइटों से सड़कों और गलियों के अँधेरे कोने रोशन हो गए। रोशनी के कुछ झोंके लोगों की खिड़कियों और रोशनदानों से होकर अंदर घरों में भी पहुँचे। खौफजदा हाथों ने जल्दी-जल्दी पल्ले भेड़ दिए। इसके बाद शुरू हुआ बूटों का लयबद्ध शोर। ट्रकों से कूद-कूद कर जवानों ने पोजीशन लेनी शुरू की। रात के सन्नाटे में बूटों की आवाजें एक खास तरह की सनसनी पैदा कर रही थीं। घरों में अधसोये लोग आने वाली मुसीबत के लिए तैयार होने लगे।

"खट... खट... ठक... खट्... खोल बे..., अबे खोल दरवाजा। साले कहाँ अपनी

माँ की गोद में सोए बैठे हैं। खोलता है दरवाजा कि तोड़ दूँ।"

आवाजें—सिर्फ आवाजें पूरे माहौल में भर गईं। आवाजें हाथों से दरवाजा पीटने की थीं, आवाजें बूटों से दरवाजों पर ठोकरें मारने की थीं, आवाजें बच्चों के रोने और औरतों के चीखने की थीं, आवाजें कुंदों के पीठ या पैर पर टकराने से पैदा हो रही थीं, आवाजों में गालियाँ, सिसकियाँ और गिड़गिड़ाहट भरी थी। ये आवाजें अचानक पैदा हुईं और उन्होंने पूरे माहौल को मथ डाला।

"बहन चो... इतनी देर तक दरवाजा पीटते रहे, अब जाकर दरवाजा खोला। अंदर असलहे छिपा रहे थे...?"

"बोलते क्यों नहीं ससुर। अब जबान में ताला लग गया है।"

कमरे के फर्श पर बच्चे नींद में गुम बिखरे थे और बालिग सदस्य दहशत से स्तब्ध खामोश बैठे थे। दरवाजा टूटते ही भड़भड़ाकर ढेर सारे लोग बंदूकों के साथ अंदर घुस आए। मर्दों ने आदतन अपने हाथों से सर ढक लिया। उन्हें उम्मीद थी कि अब डंडों, बूटों और बंदूक के बटों से उनकी पिटाई शुरू होगी। पिटाई शुरू भी होती लेकिन एक औरत की चीख ने पूरे कमरे की रुकी हुई हवा में कँपकँपी पैदा कर दी।

"हे मौला, अब हमरी बिटिया की लहाश बूटन तले रौंदी जाएगी।"

कमरे में घुसते हुए लोग चारों कोनों में फैलने के चक्कर में करीब-करीब नीचे लेटे हुए बच्चों को कुचलने से लगे थे। बच्चों के बीच में चादर से ढकी लाश थी। जैसे ही कोई बूट उस पर पड़ने को हुआ, सईदा की चीख निकल गई।

"क्या बकती है? किसकी लाश है?"

सईदा ने बिना जवाब दिए रोना जारी रखा। उसके साथ-साथ उसकी सास और ननद ने भी रोना शुरू कर दिया। बूढ़े ने बड़ी मुश्किल से स्थिति स्पष्ट की। हड़बड़ाए हुए सारे बूट बाहर निकल गए। दरवाजा बंद नहीं हो सकता था। बूढ़े ने टूटे दरवाजे के पल्लों को भेड़कर उन पर एक टूटी मेज टिका दी। बाहर का दृश्य जरूर इन टूटे पल्लों से ओझल हो गया लेकिन आवाजें आती रहीं।

"इस बक्से में क्या है? खोल...खोल... इसे भी।"

"हुजूर, माई-बाप... लड़की के जेवर गुरिया हैं। इसी जाड़े में शादी करनी है।"

"खोल तो। देखें तभी पता चलेगा कि जेवर हैं या बम छिपाकर रखा है। तुम लोगों का कोई भरोसा वैसे भी नहीं करना चाहिए। पाकिस्तान से ला-लाकर बम-पिस्तौल इकट्ठा करते हो।"

"खोल साले। एक-एक घर में इतनी देर करेंगे तो दो ही घर में सुबह हो जाएगी।"

"सीधे से नहीं खोलेगा तो मुँह भी तोड़ देंगे और ताला भी।"

बंदूक का कुंदा दोनों तोड़ सकता है। फर्क सिर्फ इतना है कि ताला टूटते समय तेज आवाज करता है और आदमी का मुँह सिर्फ अस्फुट-सा 'ओह' की ध्वनि

निकाल पाता है।

"हुजूर... बड़ी मुश्किल से इकट्ठा किया है। बेटी की शादी नहीं हो पाएगी।" पतलून की जेब में पड़े हाथ पर कमजोर थरथराता हाथ झूल जाता है। कुंदे की दूसरी चोट किसी को इस लायक नहीं छोड़ती कि वह मजबूत हाथ को पकड़ने का फिर दुस्साहस करे। जब तक बूट बाहर निकलते हैं घर के सारे मर्द-औरतें रोने चिल्लाने लगते हैं। बच्चे भी घबराकर जरा ज्यादा ऊँचे स्वर में रोते हैं लेकिन जाने वालों पर इसका कोई असर नहीं पड़ता।

तलाशी का अंत लगभग सभी घरों में एक जैसा होता है। आखिर में स्याह, राख पुते चेहरे अगर आँसुओं में तर नहीं होते तो अपमान और वेदना से बुझे-बुझे, जाते हुए बूटों की आवाज सुनते रहते हैं।

"अबे दरवाजा इतनी देर में क्यों खोला?"

"सो रहा था। नींद खुली तो खोला।"

"क्या! जबान लड़ाता है।" तड़ाक... तड़ाक।

"मारा क्यों? मारने का अख्तियार किसने दिया तुम्हें?"

"साला अख्तियार पूछता है। इसने दिया अख्तियार।"

राइफल की बट आधी मुँह पर और आधी दरवाजे पर पड़ती है। पिच्च से मुँह से खून थूका जाता है और खून के साथ दो-तीन दाँत भी बाहर आ गिरते हैं। घर के बुजुर्ग औरत-मर्द आकर नौजवान से चिपट जाते हैं। घर का बूढ़ा मुखिया खून देखकर उत्तेजना से धीरे-धीरे काँपने लगता है। सामने खड़े मजिस्ट्रेट से संयत स्वर में बात करने की कोशिश करते-करते भी उसकी आवाज धीरे-धीरे तल्ख होने लगती है।

"आपके सामने सब कुछ हो रहा है और आप चुपचाप देख रहे हैं। यही तलाशी का ढंग है? किस कानून ने आपको अधिकार दिया है बिना वजह मारने-पीटने का? मैं भी वकील रहा हूँ। इस मुल्क में संविधान है... कानून है... कायदा है...।"

"तू हमें कानून-कायदा सिखायेगा... वकील की दुम...?"

दुनिया का कोई बूढ़ा चेहरा अपने ऊपर बंदूक का कुंदा सहकर चुपचाप नहीं खड़ा रह सकता।

"साले खाते यहाँ का हैं, देखते पाकिस्तान की तरफ हैं। गौर से तलाशी लेना, इस बदमाश वकील के यहाँ तो ट्रांसमीटर भी होगा। यही साले खबर देते हैं तभी सुबह-सुबह बी.बी.सी. बोलने लगता है।"

"पाकिस्तानी...," खून भरे मुँह को विकृत ढंग से चबा-चबाकर नौजवान चेहरा फुफकारता है... "पहले तो नहीं की लेकिन अब जरूर करेंगे पाकिस्तानी जासूसी। इस साले देश में अगर जलालत ही मिलती है तो जरूर करेंगे पाकिस्तानी दलाली।"

"क्या कहा? क्या कहा... पाकिस्तानी जासूस है। तब तो तू ही बताएगा कि कहाँ छिपा रखा है ट्रांसमीटर और बम।"

विकृत मुँह थोड़ा और विकृत हो जाता है लेकिन औरतें उसके ऊपर करीब-करीब लेट जाती हैं।

बाप के गाल की फटी खाल देखकर नौजवान पर बीच-बीच में जैसे हिस्टीरिया के दौरे पड़े जा रहे थे। उसे बोलने से रोकने के लिए बूढ़े वकील समेत घर के सभी प्राणी उसे घेरकर बैठ गए और कोई बहलाकर, कोई फुसलाकर, कोई डपटकर उसे चुप कराने की कोशिश कर रहा था। अगर उसकी आवाज इसके बावजूद तेज हो जाती तो कोई न कोई औरत उससे तेज स्वर में रोकर उसकी आवाज दबाने की कोशिश करती।

तलाशी लेने वाले की दिलचस्पी उसमें खत्म हो गई थी। दो जवानों को उनके पास खड़ा कर बाकी सभी तलाशी लेने चले गए। काफी मालदार लोगों का घर लगता था इसलिए सभी तलाशी लेने वाले पूरी तबियत से तलाशी ले रहे थे। जिन दो लोगों को घर के सदस्यों के सर पर खड़ा किया गया था, वे भी थोड़ी देर में अंदर सरक गए और तलाशियों में शरीक हो गए। घरवाले बाहर वाले कमरे में गोला बनाकर सोफों और कुर्सियों पर बैठे रहे और एक-दूसरे को सांत्वना देते या चुप कराते रहे। तलाशी लेने वाले जब चले गए तो औरतों ने झपटकर अपने जेवरों के बक्सों या नकदी की गुल्लक को उलट-पलट कर रोना-पीटना शुरू कर दिया। मर्दों ने उन्हें डाँटा और बूढ़े वकील ने बढ़कर दरवाजा बंद कर दिया।

लगभग सभी घरों में यही नाटक हुआ। सिर्फ हाजी बदरुद्दीन के यहाँ नाटक के संवाद बदल गए। उनका दो एकड़ में फैला मकान था। घने खूबसूरत पाम के दरख्तों के नीचे फैले लॉन में मद्धिम नीला प्रकाश फैला था। मकान के चारों तरफ ऊँची-ऊँची दीवारें थीं। इसलिए बाहर से भीतर का कोई दृश्य नहीं दिखाई पड़ता था। मुख्य गेट का दरवाजा खोलकर जब एक डिप्टी कलेक्टर और एक डिप्टी एस.पी. के नेतृत्व में पुलिस दल अंदर घुसा तो उन्हें लगा कि जैसे तपते हुए रेगिस्तान से निकलकर वे किसी सुहाने ठंडे परीदेश में चले आए हों।

"ये कर्फ्यू में कैसा मजमा लगा रखा है?" बोलने वाले ने अपनी आवाज में कड़क भरने की कोशिश की लेकिन उसकी कड़क का सुनने वालों पर कोई असर नहीं पड़ा। क्योंकि वाक्य खत्म होते-होते वह फिस्स से हँस पड़ा।

"आइए हुजूर, डिप्टी साहब... कैसा कर्फ्यू और कहाँ का कर्फ्यू। हम तो अपने घर के अंदर बैठे हैं।"

थोड़ी देर तक आपस में इस बात पर दोस्ताना बहस होती रही कि कर्फ्यू सिर्फ घर के भीतरी हिस्सों तक सीमित था या बाहर चहारदीवारी तक उसकी हद थी। सिपाही लॉन के बाहर सीढ़ियों पर पसर कर बैठ गए और अफसरान गुलाब की बाड़ें फलाँगते हुए लॉन पर पड़ी कुर्सियों पर जाकर फैल गए। थकान ने व कई दिनों की न पूरी हुई नींद ने सभी को बुरी तरह तोड़ डाला था। कमर सीधी होते ही ज्यादातर

लोग ऊँघने लगे। हाजी के आदमियों ने जल्दी-जल्दी ठंडा पानी और शरबत पेश करना शुरू कर दिया।

"और क्या खिदमत करें साहब? ऐसा वक्त है कि कुछ सेवा भी नहीं कर पा रहे हैं।"

"अरे बहुत है हाजी जी। आज तो आपका ठंडा पानी भी अमृत लग रहा है।"

"थोड़ा-सा अच्छा माल भी रखा है। इजाजत दें तो मँगाऊँ।"

"नहीं... नहीं... इस समय अच्छा-बुरा कुछ नहीं चलेगा।" अफसर ने कनखियों से दूर बैठे मातहतों की तरफ देखा।

"अंदर कमरे में इंतजाम करा देता हूँ। थोड़ा ले लें, थकान दूर हो जाएगी।"

"रहने दें हाजी जी, फिर किसी दिन बैठेंगे।"

अचानक एक अफसर ने लॉन के एक कोने में देखा कि अँधेरे में रखी कुर्सी पर किसी ने करवट बदली। कुर्सी मेंहदी की झाड़ियों की आड़ में इस तरह पड़ी थी कि बहुत ध्यान देकर देखने पर ही साफ दिखाई पड़ सकती थी। अफसर ने चौकन्ना होकर पूछा– "कौन है... उधर झाड़ियों के पीछे कौन है?"

"अरे जायसवाल जी, आ जाइए। इधर ही आकर बैठिए, नहीं तो साहब लोग सोचेंगे कि मैंने किसी हिंदू को अगवा कर रखा है।"

रामकृष्ण जायसवाल थोड़ा सकपकाए से झाड़ियों के पीछे से निकलकर आ गए। जायसवाल जी भूतपूर्व विधायक थे और आने वाले चुनावों में भी खड़े होने वाले थे। हाजी बदरुद्दीन उनके पुराने प्रतिद्वंद्वी थे। इस बार शहर में अफवाह थी कि मौजूदा विधायक अयोध्यानाथ दीक्षित के खिलाफ दोनों ने हाथ मिला रखा था।

"जायसवाल जी, कर्फ्यू में इतनी रात गए आप यहाँ? खैरियत तो है।" एक अफसर ने अनजान बनने की कोशिश की।

"हम तो डिप्टी साहब, शहर के अंदेशे से परेशान हैं। हाजी जी से डिस्कस करने गलियों-गलियों छिपते आ गए थे। दंगा कैसे रोका जाए इसी पर बात कर रहे थे कि आप आ गए।"

"साला कैसी भोली बात कर रहा है। पूरा शहर जानता है कि यही दोनों दंगा करा रहे हैं। पर इनको पकड़ेगा कौन?" दूर सीढ़ियों पर बैठे एक दरोगा ने दूसरे के कान में फुसफुसाकर कहाँ

"चुप रह यार, क्यों बुरा बनता है। ये कमबख्त तो परदे के पीछे रहकर काम करते हैं। इनका पैसा सब-कुछ कराता है। इन्हें कौन पकड़ेगा और क्यों?" दूसरे ने अपनी आवाज भरसक दबाते हुए कहा।

डिप्टी एस.पी. ने डिप्टी कलेक्टर को आँख से कुछ इशारा किया और दोनों लॉन के कोने में चले गए।

"मुझे भाई साहब, कुछ गड़बड़ लग रहा है। जायसवाल का इस समय यहाँ होना

संदेह पैदा करता है। कहिए तो अंदर तलाशी ली जाए, कुछ मिल सकता है।"

"आप भी शर्मा जी, बच्चों जैसी बातें करते हैं। हाजी क्या अपने घर में असलहा रखेगा? या जायसवाल खुद चाकू चलाएगा? अरे इनका तो सिर्फ पैसा और दिमाग काम करता है। इनके यहाँ तलाशी करने से क्या मिलेगा। कल हमारा तबादला जरूर हो जाएगा।"

दोनों देर तक खड़े-खड़े धीमे स्वरों में बात करते रहे। लॉन में बैठे हाजी और जायसवाल थोड़ी बेचैनी से उनकी बातचीत के खत्म होने का इंतजार करते रहे। जायसवाल बातचीत को लंबा खिंचते देखकर नर्वस होने लगा लेकिन हाजी उसे हाथ या आँख के इशारे से लगातार आश्वस्त करता रहा।

दोनों अफसर वापस आकर बैठ गए। बातचीत फिर शुरू हो गई। जायसवाल ने बताया कि हाजी जी ने किस तरह मोहल्ले के गरीब हिंदुओं के लिए लंगर खोल रखा है। उनके आदमियों को आसानी से कर्फ्यू-पास नहीं मिल पा रहे हैं इसलिए वे चाहकर भी सभी तक मदद नहीं पहुँचा पा रहे हैं। हाजी ने भी जायसवाल के द्वारा अपने पड़ोसी मुसलमानों को अपने घर में पनाह देने की बात अफसरों को सुनाई। अंदर से इस बीच चाय बनकर आ गई।

"अभी तो ठंडा पिया ही था। अब चाय का तकल्लुफ क्यों करने लगे।"

"तकल्लुफ कैसा साहब, मैं तो शर्मिंदा हूँ कि ऐसे मौके पर आप तशरीफ लाए हैं कि कुछ खातिर नहीं कर पा रहा हूँ।"

"कभी फुर्सत से प्रोग्राम बनाएँ। बेगम साहिबा मुर्गा बहुत अच्छा पकाती हैं। हाजी जी, अबकी कर्फ्यू हटे तो साहब लोगों को दावत दीजिए।" जायसवाल ने कहाँ

"मैं तो हमेशा खिदमत में हाजिर हूँ। आप लोगों को जब फुर्सत हो...।"

"देखेंगे... रक्खेंगे हाजी जी, बस कर्फ्यू से जल्दी आप लोग छुट्टी दिलाइए।"

"अजी मेरे और जायसवाल जी की तरफ से आप कर्फ्यू कल हटाते हों तो आज हटा लीजिए। हम तो अमन के लिए कोई भी कुर्बानी कर सकते हैं।"

"सो तो है... मेरा मतलब है कि जो दंगा करा रहे हैं वो फुर्सत दें तो दावत-वावत भी तभी रखी जा सकती है।"

अफसर खड़े हुए। मातहतों ने भी धूल झाड़ी और अपनी बंदूकें वगैरह सँभालते हुए उठ गए। आठ-दस लोगों का काफिला धीरे-धीरे फाटक के बाहर निकल गया। फाटक पर खड़े होकर हाजी बदरुद्दीन ने हाथ माथे तक लाकर सलाम किया— "अब इससे बाहर निकलने पर तो आपसे पास लेना पड़ेगा।"

जायसवाल और अफसर हौले से हँसे। एक-एक कर गाड़ियाँ स्टार्ट हुईं और हाजी ने बड़ा दरवाजा धीरे-धीरे बंद कर दिया। सन्नाटे में थोड़ी देर तक सिर्फ गाड़ियों की आवाजें गूँजती रहीं और हेडलाइट्स के प्रकाशवृत्त गलियों की दीवारों पर नाचते रहे।

नौ

बाहर जब तक दरवाजों के फटने, टूटने, गलियों में बूटों के दौड़ने, चलने या लोगों के चीखने, सिसकने की आवाजें आती रहीं तब तक घर के सभी प्राणी सहमे-डरे से बैठे रहे। आवाजें इस बात का सबूत थीं कि तलाशियाँ चल रही हैं। यह घर तलाशी लेने वालों की सक्रियता से डरे हुए लोगों का था। तलाशियों का दौर इतना लंबा खिंच रहा था कि अंतहीन-सा लगने लगा था। किसी तरह यह सिलसिला खत्म होने को आया और आवाजें धीरे-धीरे खत्म हो गईं। थोड़े-से अंतराल के बाद गाड़ियों के स्टार्ट होने की आवाजें आने लगीं। एक साथ बहुत-सी छोटी और बड़ी गाड़ियाँ स्टार्ट हुईं, इसलिए उनकी आवाज हमलावर मधुमक्खियों की तरह पूरी गली में छा गई। बहुत सारी गाड़ियों की हेडलाइट्स का प्रकाश भी एकदम से पूरी गली को रोशनी से नहलाता चला गया। जब इस प्रकाश से मुक्ति पाकर गली फिर से अँधेरे की तारीकी में खो गई तब घर के लोगों को विश्वास हो गया कि तलाशी खत्म हो गई है। इसके बाद उन्होंने पुनः ऊँघना शुरू कर दिया।

पड़ोस के कुंजड़े के मुर्गे ने अस्वाभाविक रूप से तेज बाँग दी। शायद रात-भर की बेचैनी ने उसे गुस्से से भर दिया था। उसकी कर्णकटु आवाज ने सईदा की सास को सबसे पहले जगाया। बुढ़िया वैसे भी बहुत हलकी नींद सोती थी, आज तो उसे ढंग से नींद भी नहीं आई थी। उसने झपटकर कोने में पड़े स्टूल पर रखी मेजघड़ी में समय देखने की कोशिश की। एक तो घड़ी बहुत छोटी थी, दूसरे स्टूल पर एक सुराही भी रखी हुई थी जिसकी आड़ में पड़ने के काण घड़ी की सुई साफ दिख नहीं रही थी। बुढ़िया ने मदद के लिए कमरे में नजर दौड़ाई। दीवार से सर टिकाए लेटे लोगों को देखने से यह तो स्पष्ट हो गया कि उनमें से कुछ आँखें मूँदे जग रहे थे लेकिन उनमें से किसी से मदद की कोई उम्मीद नहीं की जा सकती थी।

बुढ़िया खुद ही उठी और उसने सुराही को सरकाकर घड़ी को देखा। चार बजने वाले थे। बुढ़िया घबराहट भरी उतावली से भर गई। उसने सुराही को हिलाकर थाह ली। सुराही पूरी तरह खाली थी। कल दिन-भर उसे भरने की नौबत ही नहीं आई थी। जो कुछ पेंदे में पानी का अंश था, उसे भी पूरी तरह सुराही को दो-तीन बार उलटकर बच्चों ने निचोड़ डाला था। बुढ़िया ने पीछे बरामदे में चौके में जाकर देखा। बाल्टी में

करीब दो-ढाई लोटा पानी था। घर के एकमात्र नल से सूँ.....सूँ की आवाज आ रही थी। मतलब पानी जल्दी ही आने वाला था। उसने बाल्टी नल के नीचे लगा दी और नल पूरा खोल दिया। हालाँकि नल पूरा खोलना इस घर में मुहावरे से ज्यादा अर्थ नहीं रखता था। नल चाहे जितना खोला जाए, पानी हमेशा एक पतली धार की शक्ल में गिरता था जिससे बाल्टी भरने के पहले हमेशा आदमी का धैर्य चुक जाता था।

बुढ़िया ने बाल्टी में उपलब्ध दो लोटे पानी से अपने दैनिक कर्म निपटाने शुरू किए। जब वह पाखाने से बाहर निकली तो नल से धीरे-धीरे पानी टपकना शुरू हो गया था। वह नल के पास जमीन पर बैठ गई और ऊँघते हुए बाल्टी के थोड़ा भर जाने का इंतजार करने लगी। रात-भर की जगन ने उसे करीब-करीब सोने की स्थिति में पहुँचा दिया। चैतन्य वह तब हुई जब उसका सिर चकराकर नल के पास के खंभे से टकराया। उसने हड़बड़ाकर देखा, पानी लगभग एक चौथाई भर गया था। इसका मतलब वह काफी देर तक आँखें बंद किए पड़ी रही थी। उसने जल्दी-जल्दी एक लोटे से पानी निकाला। एक छोटी-सी काफी घिसी हुई कपड़े धोने के साबुन की बट्टी पड़ी थी। उसने उससे अपना हाथ मल-मलकर धोया। बट्टी इतनी छोटी थी कि काफी रगड़ने के बाद भी उसमें झाग पैदा नहीं हुआ और थोड़ा-सा जोर लगाने पर वह फिसल कर नाली में गिर गई। और कोई दिन होता तो बुढ़िया उसे नाली से छानकर उठा लेती लेकिन आज उसका मन रतजगे की थकान और घर में पड़ी बच्ची की लाश से इतना खिन्न था कि उसने उस साबुन के टुकड़े की परवाह नहीं की जिसे वह कम से कम दो-तीन दिन और चलाती और अगर घर के किसी और बच्चे या जवान से यह बट्टी नाली में गई होती तो घंटों उस पर चीखती-चिल्लाती।

हाथ और मुँह पर ठंडा पानी पड़ने से उसके शरीर में कुछ चैतन्यता आई। वह अपने कुरते और सलवार से अपना हाथ रगड़ते हुए जल्दी-जल्दी अंदर आई। पानी जल्दी जा सकता था। अगर तब तक सब लोग अपने काम निपटा लें तो लाश को नहलाने का इंतजाम किया जाए। हालाँकि उसका सालों-साल का अनुभव यह बताता था कि घर में इतना पानी नहीं आ सकता था लेकिन फिर भी बाहर के नल से पानी भरने की कल्पना ही इतनी त्रासद थी कि उसने पूरे मन से चाहा कि लोग इतनी जल्दी अपने काम निपटा लें कि बाहर जाने की जरूरत ही न रहे। दिन-भर पीने के पानी की किल्लत रहेगी, उसे तो बाद में देख लेंगे। कब्रिस्तान से लौटते हुए घर के मर्द पानी का जुगाड़ कर लेंगे।

अंदर सभी लोग अभी सोए थे, सिर्फ बूढ़ा अपनी आँखें खोले एकटक न जाने कहाँ देख रहा था। उसकी हरकतविहीन पुतलियों को देखकर आसानी से यह भी अहसास नहीं हो रहा था कि वह जाग रहा है या आँखें खोलकर सोया है। सईदा की गर्दन दीवार पर एक तरफ लुढ़की हुई थी। उसके मुँह से लार टपककर उसके आँचल से होती हुई उसके घुटने तक चली गई थी। रात-भर रह-रहकर विलाप करने और

जागने के कारण उसका खुला हुआ मुँह वीभत्स लग रहा था। बुढ़िया का मन हुआ कि धीरे-से उसका मुँह बंद कर दे और लार पोंछकर उसे चुपचाप थोड़ी देर सोने दे लेकिन आदत से मजबूर उसके मुँह से निकल ही गया– “अरे उठ करमजली, अब क्या दोपहर तक सोती ही रहेगी।” हालाँकि बुढ़िया की आवाज रोज की तरह कर्कश नहीं हो पाई थी फिर भी उसकी तेजी की वजह से सईदा ने हड़बड़ाकर अपनी आँखें खोल दीं। एक क्षण के लिए उसकी समझ में नहीं आया कि कैसे उसकी पीठ दीवार से सटी हुई है और उसने झपटकर उठने की कोशिश की, लेकिन पूरी तरह उठने से पहले उसकी निगाह सामने फर्श पर चादर से ढकी अपनी छोटी बच्ची पर पड़ी और एक बार फिर उसका रुदन शुरू हो गया। पहले उसने सिसकियाँ भरीं फिर एकदम गला फाड़कर रोने लगी। उसने पिछले 24 घंटे में कुछ नहीं खाया था। इसलिए जल्दी ही उसका गला बैठ गया और उसकी आवाज सिसकियों में बदल गई।

सईदा के रोने ने कमरे में फर्श पर पड़े सभी बड़े लोगों को जगा दिया। बच्चे अब भी सो रहे थे लेकिन बड़ों ने एक-एक करके अपनी जगह से उठना शुरू कर दिया। बुढ़िया ने सबको जल्दी-जल्दी अपने नित्य कर्म निपटाने के लिए ललकारा। लोगों ने एक-एक कर पीछे बरामदे की तरफ जाना शुरू कर दिया।

नल लगातार खुला रहा लेकिन बाल्टी सिर्फ एक बार भर पाई। इसकी पहले से ही बुढ़िया को आशंका थी। नल से पानी जब आना बंद हुआ तो बाल्टी की तलछट में सिर्फ थोड़ा सा पानी शेष बचा था। अभी सारे बच्चे बाकी थे। उठते ही उन्हें पानी की जरूरत पड़ेगी। इसके अलावा सबसे जरूरी काम लाश को नहलाना था। बच्ची को मरे बारह घंटे हो गए थे। रात में यों मौसम बहुत गर्म नहीं था लेकिन जल्दी ही मौसम गर्माने लगेगा और लाश में सड़न और बदबू शुरू हो जाएगी इसलिए बुढ़िया चाहती थी कि जल्दी से पानी का इंतजाम हो जाए और दफनाने के लिए घर से निकलने की प्रक्रिया शुरू हो जाए।

पानी सिर्फ बाहर के सार्वजनिक नल से मिल सकता था। सईदा के पति को पिछली सुबह का अनुभव अभी भूला नहीं था। बूढ़ा कर्फ्यू-पास बनवाने में जितना जलील हुआ था, उससे उसकी हिम्मत भी नहीं थी कि बाहर निकले। हालाँकि अब उसके पास कर्फ्यू-पास था और उसे लेकर बाहर पानी लेने निकला जा सकता था लेकिन फिर भी बाहर पुलिस वालों का कोई भरोसा नहीं था। उन्हें कर्फ्यू-पास फाड़कर फेंकने और उसकी पिटाई में कोई वक्त नहीं लगना था। उसके मन के किसी कोने में यह इच्छा जोर मार रही थी कि बुढ़िया ही बाहर चली जाए पानी लाने। अपने किसी भी लड़के को वह बाहर नहीं जाने देना चाहता था। रोज भी बुढ़िया या घर की दूसरी औरतें ही जाती थीं। किसी जवान औरत का बाहर जाना ठीक नहीं था लेकिन बुढ़िया के जाने पर कोई खतरा नहीं था। अंत में बुढ़िया ही गई।

दोनों हाथों में एक-एक खाली बाल्टी लटकाए बुढ़िया को 50 मीटर की खाली

निर्जन गली को पार करने में पूरा एक युग लगा। बड़ी मुश्किल से गली का वह मोड़ आया जहाँ सार्वजनिक नल लगा हुआ था। मोड़ के बाएँ हाथ पर नल था और मोड़ पर पहुँचने पर ही दिखाई पड़ता था। नल लगता था पूरा खुला हुआ था क्योंकि थोड़ी दूर से ही पानी गिरने की आवाज आने लगी थी। रोज का वक्त होता तो मोड़ के पहले ही जमीन पर कतार में रखे बर्तन दिखाई देने लगते और अदृश्य नल का अहसास कराने लगते। आज तो जब वह मोड़ पर पहुँची तब उसने देखा कि एक पुलिस वाला अपने दोनों हाथों को चुल्लू की तरह बनाकर उसमें पानी रोप रहा था और चुल्लू भरने पर उस पानी को अपने चेहरे पर मारकर चेहरा धुलने की कोशिश कर रहा था।

बुढ़िया एक क्षण को ठिठकी लेकिन अब वापस लौटना भी संभव नहीं था। वह आगे बढ़ती गई और पुलिस वाले के करीब पहुँचकर सहमी-सी खड़ी हो गई। पुलिस वाले की पीठ बुढ़िया की तरफ थी। जैसे ही वह पीछे को घूमा उसकी आवाज में झुंझलाहट भर गई।

"अरे कहाँ सुबह-सुबह आ गई बुढ़िया। जल्दी पानी भरकर भाग अपने घर।" वह थोड़ी दूर पर आगे बैठे साथियों की तरफ बढ़ गया।

बुढ़िया को इतने कम में छुटकारे की उम्मीद नहीं थी। वह जल्दी-जल्दी दोनों बाल्टियाँ भरकर वापस लपकी। घर के अंदर दोनों बाल्टियों में पानी भरे जब वह घुसी तो घर के मर्दों के बीच वह अतिरिक्त गर्व से भरी थी। उसने दोनों बाल्टियों का पानी घर में जितने भी उपलब्ध बर्तन थे उनमें भरा और एक बार फिर नल के लिए घर से निकल पड़ी।

इस बार बुढ़िया को सफलता नहीं मिली। घर से थोड़ी दूर आगे बढ़ने पर ही उसे गाली-गलौज और जमीन पर डंडा पटकने की आवाज सुनाई दी। हुआ यह कि गली में उसकी आहट सुनकर कई लोगों ने अपने घरों के दरवाजों, खिड़कियों से उसे पानी लेने जाते और पानी लेकर लौटते हुए देखा। लोगों को लगा कि आज अच्छा मौका है। इस गली में ज्यादातर लोगों को पानी सार्वजनिक नल से ही मिलता था। इसलिए जब बुढ़िया दूसरी बार बाहर निकली तब तक कई घरों के मर्द और औरतें नल तक पहुँच चुके थे। गर्मी में पानी की जरूरत इतनी बड़ी थी कि गालियाँ सुनते और पिटते हुए भी लोग नल के इर्द-गिर्द मँडराते रहे और गिरते-भागते आधी-पौनी जितनी भी बाल्टी भरी होती उसे लेकर अपने घरों में घुसते रहे। बुढ़िया ने चालाक बनने की कोशिश की और नल के इर्द-गिर्द फैली अफरा-तफरी में दोनों बाल्टियाँ आधी से ज्यादा भर लीं लेकिन वापस मुड़ते समय एक सिपाही की लाठी उससे ऐसी टकराई कि दोनों बाल्टियों में सिर्फ पेंदे में थोड़ा-थोड़ा पानी बचा। उसी को लेकर वह वापस लौट पड़ी।

कमरे में वापस घुसकर उसने पानी न ला पाने की खीझ सईदा पर निकाली। सईदा जगने के बाद दीवार पर लगकर हौले-हौले विलाप कर रही थी। उसने अभी तक

कुछ नहीं किया था। बुढ़िया ने अपनी आवाज को भरपूर कर्कश बनाकर कहा–

"अभी तक उठी नहीं करमजली। सारा काम पड़ा है। यहाँ तेरी लौंडी कौन है जो सब काम निपटाएगी। उठ... जल्दी उठ।"

सईदा शुरू से ही उससे डरती थी। उसकी डाँट का असर यह हुआ कि जब तक बुढ़िया अंदर बाल्टी रखकर कमरे में वापस लौटी तब तक वह सीधी खड़ी हो गई थी। बुढ़िया का बड़बड़ाना जारी रहा लेकिन सईदा ने उसे मौका नहीं दिया। वह लड़खड़ाती हुई अंदर चली गई।

जब तक सईदा वापस आई उसकी सास ने काफी हद तक तैयारियाँ पूरी कर ली थीं। इस समय वह एक पुरानी धुली हुई सफेद चादर को सुई-धागा लेकर सिलने में लगी थी। चादर इतनी पुरानी थी कि उसका रंग लगभग उड़ चुका था। गनीमत थी कि कई बक्सों को टटोलने के बाद यह एक चादर उसे मिल गई थी जिसे कफन बनाने में वह लगी थी। सईदा ने उसके पास बैठकर उसकी मदद करने की कोशिश की लेकिन चादर छूते ही रुलाई से उसका गला भिंच गया और आँखों की पुतलियों पर पानी की बूँदें फैल गईं। हर चीज अस्पष्ट-सी हो गई। सास ने कोमलता से उसका हाथ परे कर दिया और उसके इशारे पर ननद ने सईदा को अपनी बाँहों में भरकर पीछे दीवार तक सरका दिया। सईदा दीवार पर सर टिकाए पूरे घटनाक्रम की मूक द्रष्टा बन गई।

लगभग एक घंटे में तैयारी पूरी हुई। बच्ची को नहलाकर कफन पहनाकर चलने की बारी आई तो दिन पूरी तरह निकल आया था। नमाज पढ़ी गई और तीन मर्दों के निकलने के लिए दरवाजा खोला गया। तब तक सईदा पस्त और अर्द्धमूर्च्छित-सी हो चुकी थी। लेकिन दरवाजा खुलते ही वह पछाड़ खाकर गिरी और पूरे वेग से क्रंदन करते-करते उसने दो-तीन बार अपना सर जमीन पर पटका। उसके पति के हाथों में बच्ची की लाश थी। जैसे ही उसका पहला पैर घर से बाहर निकला, सईदा दरवाजे की तरफ झपटी। न जाने उसके कमजोर शरीर में इतनी ताकत कहाँ से आ गई थी कि उसे सँभालते-सँभालते उसकी सास और ननद गिर पड़ीं।

दरवाजे की चौखट पर एक पैर बाहर गली में लटकाए और एक पैर मोड़कर अंदर कमरे में डाले सईदा अपनी सास और ननद के साथ देर तक विलाप करती रही। सर झुकाए छोटी-सी लाश को हाथों पर टिकाए तीनों मर्दों की आकृतियाँ दिन के उजाले में विलीन हो गईं। दरवाजों और खिड़कियों के पल्लों की सूराखों से आँखें सटाए न जाने कितने सर उन पर टिके थे।

सुबह के सात बजे थे और धूप पूरी शिद्दत के साथ चमक रही थी। चूँकि बीती रात बहुत थका देने वाली और गहमागहमी से भरपूर थी इसलिए इतना तो गारंटी के साथ कहा जा सकता है कि अभी तक हाजी बदरुद्दीन और रामकृष्ण जायसवाल का नाश्ता मेजों पर नहीं लगा होगा और आला हुक्कामों के गुसल के लिए रखा हुआ पानी भी गुसलखानों में इंतजार ही कर रहा होगा।

किस्सा लोकतंत्र

एक

प्रेस कान्फ्रेंस कुछ असाधारण किस्म की थी। भाग लेने वाले ज्यादातर पत्रकारों के लिए यह नया अनुभव था। जो सज्जन बंद गले का सूट पहने बीच में बैठे थे और पत्रकारों के सवालों के जवाब दे रहे थे, उन्हें भी यह स्थिति काफी असहज-सी प्रतीत हो रही थी। वे अभी तक सारी उम्र जिस भाषा का प्रयोग करते आए थे, वह उनके किसी काम नहीं आ रही थी। प्रेस कान्फ्रेंस शुरू होने के पहले ही उन्हें बता दिया गया था कि यहाँ उनमें विनम्र किस्म की राजनीतिक भाषा का प्रयोग करना पड़ेगा और वे बमुश्किल तमाम समय इसी भाषा का प्रयोग करने की कोशिश कर रहे थे। परेशानी की जड़ यही थी। यह भाषा बार-बार उनके धैर्य की परीक्षा ले रही थी।

"एक बात तो बताइए यादवजी, आप तो अच्छे भले धंधे में थे, फिर अचानक चुनाव लड़ने की कैसे सूझी?"

यादवजी यानी प्रेमपाल यादव उर्फ पी.पी. कहना चाहते थे कि धंधे के ही चक्कर में चुनाव लड़ने का इरादा उन्होंने बनाया था, लेकिन अपने को जब्त करते हुए उन्होंने बड़ी शालीनता से उत्तर दिया, "क्यों, बिजनेस वालों को देश-सेवा नहीं करनी चाहिए क्या? हमने सोचा सभी देश-सेवा कर रहे हैं, हम भी कर लें। पेट के लिए दो रोटी तो मिल ही जाती है। कुछ जनता की सेवा भी हो जाय।"

पत्रकारों में से कुछ ने एक-दूसरे की तरफ देखकर आँखें मटकायीं। प्रेस कान्फ्रेंस में भाग लेने वाले ज्यादातर घाघ किस्म के लोग थे। वे इस विनम्रता के पीछे छिपे प्रयत्नों को भाँप रहे थे। इसलिए बिना किसी गलतफहमी में पड़े चुपचाप चाय-समोसे से उलझे हुए थे। कुछ अभी इस पेशे में नए आए थे, इसलिए रंगरूटों की तरह सामने वाले को अपनी पूरी प्रतिभा लगाकर परेशानी में डालकर मजा लेना चाहते थे। गलती दरअसल उन्हीं से हुई जिससे कुछ देर के लिए प्रेस कान्फ्रेंस की गुरू-गंभीर शांति में दखल पैदा हो गया और प्रेमपाल उर्फ पी.पी. अपने भाषिक नियंत्रण को थोड़ी देर के लिए खो बैठे। हुआ कुछ इस तरह कि एक रंगरूट पत्रकार ने उनकी शराफत का नाजायज फायदा उठाकर चुटकी लेने की बेहूदा हरकत की।

"मान्यवर, पुलिस वाले कहते हैं कि आप माफिया हैं। शराब की तस्करी करते हैं। आपके खिलाफ कत्ल और लूट के मुकदमे हैं। लोग कह रहे हैं कि आप चुनाव

इसीलिए लड़ रहे हैं कि पुलिस आपको पेरशान न करें।''

''कौन मादर.... कहता है।'' पी.पी. की मान्यता पहले भी यही थी और अब पुख्ता हो गई कि शराफत से ज्यादा घटिया और कोई चीज इस दुनिया में नहीं है। नहीं तो इस शहर में उनके मुँह पर यह मरियल पत्रकार ऐसा दुस्साहस कैसे करता! फिर भी वक्त नाजुक था और उनका मुख्य राजनीतिक सलाहकार पीछे से उनकी पीठ में उँगली घोंप रहा था, इसलिए उन्होंने अपने ऊपर नियंत्रण किया।

''अब गुप्ताजी, पुलिस वालों की बात पर क्यों जाते हैं। आप खुद बताइए, क्या मैं बदमाश हूँ? यहाँ पर बैठे सभी पत्रकार भाइयों को मेरी खुली चुनौती है– बताइए, आपमें से किसी को मैं अपराधी लगता हूँ–बताइए–बताइए...'' पी.पी. ने विजेता मुस्कान से सबकी ओर देखा।

घाघ पत्रकारों ने बेवकूफी में न पड़कर चाय-समोसे का सेवन जारी रखा और नौसिखुओं में से एक-दो कुलबुलाए, लेकिन उनके बगल वालों ने हाथ, आँख या सिर के इशारों से उन्हें नियंत्रित रखा।

''आप ही नहीं, शहर का कोई शरीफ इनसान मुझे बदमाश नहीं कह सकता। अब पुलिस तो किसी को भी बदमाश बना सकती है। आप पत्रकार लोग हैं, रोज पुलिस के खिलाफ लिखते हैं। बताइए, सच लिखते हैं या झूठ? बताइए, बताइए! आप शहर में घूम आइए, कोई गरीब आदमी कह तो दे कि पी.पी. ने उसे सताया है।''

''पर आपके खिलाफ हत्या और डकैती के मुकदमे कैसे कायम हुए?''

''अजी मुकदमों का क्या? पुलिस जिसके खिलाफ चाहे कायम कर दे। घंटाघर पर कत्ल हुआ दिन के बारह बजे। आपमें से कोई रहा हो उस समय वहाँ तो बताए कि मैंने कत्ल किया या पुलिस ने झूठा मुकदमा बनाया? मरने वाले का बाप अदालत में बयान हल्फी लगा गया कि मारने वाला मैं नहीं था। जज ने मुझे छोड़ दिया तो मैं क्या करूँ? कहने वालों का मन नहीं भरा तो उन्होंने कहना शुरू कर दिया कि मैंने बंदूक की नोक पर हलफनामा लिखा लिया। कहते रहो। अब भाई साहब, यह मुल्क ही ससुरा ऐसा है कि कुछ न कुछ तो लोग कहते ही रहेंगे। मैंने सोचा कि एक बार जनता की अदालत में मुकदमा लड़ लो। जनता के फैसले के बाद सबकी बोलती बंद हो जाएगी।''

''आपको पूरा विश्वास है, आप जीत ही जाएँगे?''

''जनता पर भरोसा तो है ही–बस, आप लोगों की किरपा मिल जाए तो।''

''अजी हमारी किरपा क्या– हमारा तो सहयोग आपके साथ है ही। बस कैप्चरिंग– वैप्चरिंग का इंतजाम कर लीजिएगा। वहाँ हमारा सहयोग काम नहीं आएगा।''

''उसका तो भाई साहब, आपकी दया से इंतजाम करने की कोई जरूरत नहीं पड़ेगी।''

"मतलब बूथ कैप्चरिंग का इंतजाम पूरा है!" ठहाकों की एक लहर उठी और माहौल फिर से सामान्य हो गया।

चाय का दौर खत्म हो गया था और लोग दूसरी किसी चीज की अपेक्षा कर रहे थे। पी.पी. शराब का बहुत बड़ा ठेकेदार था और उसके घर पर शाम को प्रेस कान्फ्रेंस रखने का मतलब प्रेस के लोगों ने यही लगाया था कि खुलकर शराब मिलेगी। चाय का दौर चलने से लोग कुछ निराश–से हुए। जैसे-जैसे वक्त बीतता रहा और मूर्खतापूर्ण सवालों से मूर्खतापूर्ण जवाब हवा में तैरते रहे, लोगों की ऊब जम्हाइयों की शक्ल में तब्दील होती रही।

होशियार मेजबान अपने मेहमानों की व्यग्रता को पहचान रहा था। लेकिन आज वक्त ऐसा नहीं था कि अपनी तरफ से शराब की दावत दी जाए। इन पत्रकारों में से ज्यादातर को वह अच्छी तरह पहचानता था। स्साले.....बदमाश! सामने दुम हिलाते हैं, पीठ पीछे मखौल उड़ाएँगे। उसने मन ही मन उन्हें गाली दी। जब तक मरभुक्खे अपना मुँह नहीं खोलते, वह अपने आप दारू लाने को नहीं कहेगा।

"आपको पूरी उम्मीद है कि टिकट आपको ही मिलेगा?"

पी.पी. रहस्यमय ढंग से मुस्कराया। उसकी जगह उत्तर दिया उसके राजनीतिक सलाहकार ने जो उसके पीछे बैठा प्रेस कान्फ्रेंस को संचालित कर रहा था :

"टिकट मिलेगा नहीं, मिल गया समझिए। पार्टी हाईकमान ने अपना मन बना लिया है। बस, अनाउंस होना भर बाकी है। पार्टी ने कहा, पार्लियामेंट उसे लड़ाएँगे जो पाँच असेंबली सीटों का खर्च उठाएगा। हमने कहा, हम दस सीटों का खर्च उठा लेंगे। बस, हो गई बात पक्की। पर आफ द रिकार्ड है। छापिएगा मत।"

यह राजनीतिक सलाहकार भी बड़ी ऊँची चीज था। इस औद्योगिक शहर में कोई भी चुनाव ऐसा नहीं हुआ जिसमें वह किसी न किसी उम्मीदवार का सलाहकार न रहा हो। अकसर उसका उम्मीदवार जीत भी जाता। किसी अभ्यस्त और शातिर घुड़दौड़ में भाग लेने वाले जुआरी की तरह वह दाँव लगाता था और हमेशा फायदे में रहता था। उगर उम्मीदवार जीत गया तो पाँच साल तक उसका लेन-देन उसी सलाहकार के माध्यम से होता था और अगर उसका उम्मीदवार चुनाव हारने वाला होता तो चुनावी प्रक्रिया के दौरान ही इतना धन संचित कर लेता कि चुनाव में जीतना-हारना बेमानी हो जाता। यह एक औद्योगिक शहर था और यहाँ के सेठ हर उम्मीदवार को पैसा देते थे। कम-ज्यादा का फैसला उम्मीदवार की न्यूसेंस वैल्यू अथवा उसकी पार्टी के जीतने की संभावना पर निर्भर करता था। शांतिप्रसाद नाम के इस राजनीतिक सलाहकार को उम्मीदवार लोग इसलिए भी खुशी से अपना चुनाव संचालक बना लेते थे क्योंकि यह आदमी सेठों को दुहने का तरीका सबसे अच्छा जानता था।

इस साल चुनावी माहौल शुरू होते ही शांतिप्रसाद ने तर माल से तृप्त अपनी थुलथुल काया को दौड़ाना शुरू कर दिया। देश की महत्वपूर्ण पार्टी के नेता का निधन

हो गया था और पूरा माहौल उस पार्टी के प्रति गलदश्रु सहानुभूति से बजबजा रहा था। शांतिप्रसाद टी.वी. खोलता और रोज मृत राजनेता का दर्शन कर आश्वस्त हो जाता कि इस बार जनता अपना जनार्दन इसी राजनेता की पार्टी को बनाएगी। उसने इस पार्टी के संभावित उम्मीदवारों की तलाश शुरू की तो पहली बार उन्हें लगा कि उनकी राजनीतिक समझ भी चकरा रही है। इतने सारे उम्मीदवार थे कि किसी के बारे में निश्चित राय कायम करना मुश्किल था। उसने पार्टी मुख्यालय के चक्कर लगाए, नए-पुराने नेताओं के बायोडाटा एकत्र किये, उनके राजनीति आकाओं की हैसियत आँकने की कोशिश की और थककर बैठ गए। लेकिन अपनी आदत और पापी पेट की जरूरत के मुताबिक वे ज्यादा देर तक बैठ नहीं पाया। उसकी छठी इंद्रिय ने बताया कि इस बार उम्मीदवार कोई एकदम नया अथवा बाहरी आदमी होगा। उसका इंतजाम करने में खतरा था। बाहरी आदमी आपने साथ बाहरी चुनाव-संचालकों को ला सकता था। उम्मीदवार की घोषणा करने में देर हो सकती थी। बेहतर था कि किसी स्थानीय आदमी को तलाश कर उम्मीदवार के रूप में प्रचारित कर अपने को मैदान में रखा जाय।

इसी रणनीति के तहत शांतिप्रसाद ने पी.पी. से संपर्क किया और दोनों एक-दूसरे के पुराने शत्रु होते हुए भी एक-दूसरे की जरूरत बन गए। वैसे यह शत्रुता व्यक्तिगत थी भी नहीं। एक ही पेशे में रहने के कारण यह मुख्य रूप से पेशागत प्रतिस्पर्द्धा थी। पी.पी. ने पिछले कुछ वर्षों से सक्रिय अपराध की दुनिया छोड़कर शराब की ठेकेदारी शुरू की थी। इस धंधे में पैसा बहुत था और अपने हाथ में चाकू-पिस्तौल पकड़ने की जरूरत भी नहीं थी। पी.पी. जानता था कि पैसे के बल पर सब कुछ खरीदा जा सकता है– गुंडे भी। पहले वह भी पैसे वालों के लिए काम करता ही था।

शांतिप्रसाद भी इस धंधे में था, पर कुछ दूसरे रूप में। वह राजधानी के एक शराब के ठेकेदार के लिए इस शहर में एजेंट का काम करता था। शराब का यह ठेकेदार प्रदेश के पश्चिमी हिस्से का सबसे बड़ा ठेकेदार था। लगभग हर साल नए-नए शहर इसकी झोली में गिरते जा रहे थे। शांतिप्रसाद अफसरों और नेताओं के बीच इस ठेकेदार के एजेंट के रूप में काम करता था। शांतिप्रसाद के ही माध्यम से यह ठेकेदार हर चुनाव में जीतने वाले और नंबर दो या तीन रहने वाले उम्मीदवारों पर पैसा खर्च करता था।

पी.पी. यह खूब जानता था कि शराब के ठेके की हर नीलामी के पहले क्यों उसे पुराने मुकदमों के आधार पर गिरफ्तार कर लिया जाता है या क्यों नीलामी में बोली बोलने के पहले ही उसके समर्थकों को अपराधी होने या कागजों के फर्जी होने का बहाना कर पंडाल के बाहर कर दिया जाता है। यह सारा खेल शांतिप्रसाद जिले के आला हुक्काम से मिलकर कराता था। पिछले साल तो पी.पी. ने जयपुर से एक पार्टी

बुलवाई थी और स्वयं पंडाल में नहीं गया। लेकिन बाद में वह छटपटा कर रह गया, जब उसे यह पता चला कि जिले के हाकिमों ने बड़ी बेशर्मी से जयपुर वाली पार्टी की जमानत और साख वगैरह के कागजात जाली घोषित कर दिए। जयपुर वाले चिल्लाते रहे और नीलामी दिल्ली के ठेकेदार के पक्ष में छोड़ दी गई। पी.पी. जानता था कि सारा खेल पर्दे के पीछे से शांतिप्रसाद का था लेकिन वह उसका कुछ नहीं कर सकता था। इस शहर के उसके कई विरोधी दिन या रात उजाले-अँधेरे में अचानक गुम हो जाया करते थे। पर शांतिप्रसाद जिले के हाकिमों और कई बड़े नेताओं का खास था इसलिए उसके साथ कुछ भी होने का अंजाम पी.पी. जानता था। पिछले कुछ वर्षों से बड़ी मेहनत से उसने अपने लिए व्यापारी और राजनीतिक कार्यकर्ता की जो छवि बनाई थी वह एकदम से खत्म हो जाती और उसे फिर एक बार अपराध की सक्रिय दुनिया में लौट जाना पड़ता।

शांतिप्रसाद के कारण पी.पी. को पिछले कई वर्षों से इस जिले को तो क्या, आसपास के कई जिलों को छोड़कर दूरदराज के कुछ जिलों में ठेके लेकर संतोष करना पड़ रहा था। वह लगातार इसी इंतजार में था कि कभी तो ऐसी स्थितियाँ बनेंगी कि वह अपने जिले के शराब के ठेके उठा पाएगा। इस जिले का ठेका सूबे का सबसे बड़ा ठेका था और देश की राजधानी के करीब होने के कारण सबसे फायदेमंद भी। सरकारी अमलों, नेताओं, गुंडों तथा पत्रकारों इत्यादि को खिलाने-पिलाने के बाद भी मोटे अनुमान के अनुसार इसमें दो करोड़ से ज्यादा की सालाना बचत थी। एक बार—सिर्फ एक बार यह मिल जाय— पी.पी. सोचता और उदासी में डूब जाता। जब तक शांतिप्रसाद दिल्ली के ठेकेदार के पीछे है, तब तक यह मुश्किल है। इसीलिए जब शांतिप्रसाद उसके पास एक रात बहुत देर गए पहुँचा तो वह सशंकित हो उठा। शांतिप्रसाद चुनाव में उसकी मदद करना चाहता था, यह बात आसानी से उसके गले के नीचे नहीं उतर रही थी।

अगर पी.पी. को समझा नहीं सकता तो शांतिप्रसाद किस बात का शांतिप्रसाद था। आधी रात से शुरू करके उसे कुछ घंटे जरूर लगे मगर जब भोर हो रही थी और पी.पी. सोने के लिए उठा तो यह बात उसकी समझ में आ गई थी कि चुनाव में शांतिप्रसाद उसके लिए उपयोगी सिद्ध हो सकता था। शांतिप्रसाद का सहयोग लेना दो तरह से उपयोगी था। एक तो यह निश्चित था कि बिना दिल्ली के ठेकेदार की सहमति से शांतिप्रसाद उसके पास नहीं आया होगा और ऊपर से भले जितना कठोर रुख अपनाए, अंदर-अंदर पी.पी. जानता था कि आमने-सामने की लड़ाई में दिल्ली के ठेकेदार से पार पाना उसके बस का नहीं था। एक बार उससे सहयोग का सिलसिला बन जाए, फिर तो उसे कभी भी वह पटक देगा। अपराध की दुनिया में बहुत बार उसने विरोधियों को मिलाकर मारा था। शांतिप्रसाद के आने से यह संभावना बनती थी। दूसरे, शांतिप्रसाद चुनावी दंगल का पुराना माहिर था। अगर मन से लग जाए तो

पी. पी. को जिता भी सकता था। दरअसल चुनाव की दुनिया उसके लिए नितांत अपरिचित थी। शराब का ठेका होता या अपराधी की अंधी दुनिया– वह बड़ों-बड़ों को सलाह दे सकता था, किंतु चुनाव के दाँव-पेंच की सोचकर ही उसके हाथ-पैर फूलने लगते थे। इसलिए भी शांतिप्रसाद का सहयोग उसके लिए बिना माँगे वरदान जैसा था।

ऐसा नहीं था कि पी.पी. का चुनाव से एकदम ताल्लुक नहीं रहा हो। पर ताल्लुक बिलकुल दूसरी तरह का था। पिछले दो-तीन चुनावों में विभिन्न उम्मीदवारों को उसकी उपयोगिता समझ में आने लगी थी। वह चुनाव में पैसा खर्च पर सकता था और चुनाव के दिन अपने गणों के साथ बूथ कैप्चरिंग कर सकता था। ये उम्मीदवार उसका पूरा इस्तेमाल करते थे। पी.पी. को भी पुलिस से बचने के लिए उनके सहयोग की जरूरत पड़ती थी। पिछले चुनाव में तो कई सीटों पर उसके आदमियों ने निर्णायक भूमिका अदा की थी। उन्होंने बड़े पैमानों पर बूथ कैप्चरिंग की और अपने मनपसंद उम्मीदवारों को जिता दिया। सबसे पहले चुनाव में उसका इस्तेमाल चौधरी जगतपाल ने किया था। चौधरी की जीत के बाद निकले विजय जुलूस में चौधरी के पीछे जीप पर खड़े-खड़े उसके मन में महत्वाकांक्षा के बीज उगे थे और उसे लगा था कि अगर वह अपने उम्मीदवार जिता सकता था तो स्वयं क्यों नहीं चुनाव जीत सकता है? तभी पहली-पहली बार चुनाव लड़ने का कीड़ा उसके मन में कुलबुलाया था।

आज की प्रेस कान्फ्रेंस शांतिप्रसाद के दिमाग की उपज थी। वह चुनाव के मैदान में पी.पी. के प्रवेश की घोषणा धूमधड़ाके के साथ करना चाहता था। चुनाव की घोषणा हो चुकी थी और विभिन्न पार्टियाँ अपने-अपने उम्मीदवारों के चयन में लगी थीं। पी.पी. के उम्मीदवारों को कोई गंभीरता से नहीं ले रहा था इसलिए आवश्यक था कि पूरे धूमधड़ाके के साथ शोर मचाया जाय कि पी.पी. भी टिकट के लिए एक सशक्त उम्मीदवार है। इसी हल्ले का भाग था यह प्रेस वालों का जमावड़ा जिसे उसने प्रेस कान्फ्रेंस का नाम दिया था। अब तक हर चुनाव में उसने अपने उम्मीदवार के लिए प्रेस कान्फ्रेंसों का आयोजन किया था, किंतु ऐसी मुश्किल प्रेस कान्फ्रेंस उसने आज तक कभी नहीं की थी। इस प्रेस कान्फ्रेंस में तो उसके छक्के छूटने लगे थे। शराफत और विनम्रता से उसके उम्मीदवार का दूरदराज तक कोई संबंध नहीं था। उसके पीछे खड़े होकर या बैठकर लगातार वह उसकी पीठ में उँगली घोंप-घोंपकर उसे नियंत्रित कर रहा था। रह-रहकार उसे इस उम्मीदवार पर दाँव लगाने की अपनी मूर्खता पर रोना आ रहा था।

"आप दावे के साथ कैसे कह सकते हैं कि यादवजी का टिकट पक्का हो गया है? आज के अखबारों में छपा है कि किसी पूरब के नेता को यहाँ से टिकट मिलेगा।"

"घुस तो जाय कोई पुरबिया यहाँ," पी.पी. को तैश आ गया, "यहाँ क्या सब

जनखे बसते हैं? कोई पुरबिया-वुरबिया यहाँ नहीं घुस सकता।''

शांतिप्रसाद ने बात सँभाली, ''कब तक हम पर बाहर के लोग थोपे जाते रहेंगे? अब यहाँ की जनता बाहरी लोगों को बरदाश्त नहीं करेगी। हर बार कोई न कोई बाहरी उम्मीदवार आ जाता है। हम लोग उसे जिताते हैं और फिर वह पाँच साल तक हमें लूट-खाकर भाग जाता है। हम हाथ मलते रह जाते हैं। इस साल ऐसा नहीं होगा।''

''लेकिन शांतिप्रसादजी, बाहरी उम्मीदवारों के लोकल एजेंट तो आप ही बनते है।'' लोग एक-दूसरे की तरफ देखकर कनखियों से मुस्कराए।

''उसी गलती का परिमार्जन कर रहा हूँ भाई साहब।''

पत्रकारों में से कुछ हँसना चाहते थे, लेकिन वह प्रेस कान्फ्रेंस पी.पी. के घर पर हो रही थी और उसकी भलमनसाहत के बारे में अभी पत्रकारों की निश्चित राय नहीं कायम हो सकी थी, इसलिए हँसना जोखिम भरा था। अतः कोई नहीं हँसा।

प्रेस कान्फ्रेंस कुछ ज्यादा लंबी खिंच रही थी और पत्रकारों में कुछ ने अपनी जम्हाई वगैरह लेकर खुले रूप में अपनी ऊब प्रदर्शित करना शुरू कर दिया था।

पी.पी. उनकी बेचैनी समझा रहा था। उसे उन्हें सताने में मजा आ रहा था। दरअसल सफेदपोशों से उसे कुछ अंदर से ही चिढ़ थी। उसकी निगाह में सफेदपोशों से ज्यादा मक्कार और झूठा दुनिया में कोई नहीं था। ये बदमाश डटकर उसके घर दारू पियेंगे और बाहर जाकर उसे गुंडा-बदमाश और न जाने क्या-क्या कहेंगे! जिन शहरों में उसके शराब के ठेके थे वहाँ के पत्रकार उसके पास मुफ्त शराब के लिए अकसर पर्चियाँ भेजते रहते थे। उनके हाथ की लिखी पर्चियाँ वह सुरक्षित रखता जाता था और वक्त जरूरत पर उन्हें ठीक करने के लिए इस्तेमाल करता था। अपने शहर के पत्रकारों से उसका यह पहला साबका था। उसे पता था कि ये लोग बाहर उसके बारे में क्या बातें करते हैं। उसकी शराब पीकर उसके सामने ये लोग दाँत निपोरेंगे और बाहर निकलते ही इस बात पर ठहाके लगायेंगे कि उन्होंने उसे किस तरह बेवकूफ बनाया। वह चाहता था कि वे लोग मुँह खोलकर उससे कहें ताकि बाद में ये न कह सकें कि उसने जबरदस्ती उन्हें पिला दी। थोड़ी देर में यह स्थिति आ भी जाती कि पत्रकारों में से कुछ स्वयं ही मुँह खोल देते, लेकिन शांतिप्रसाद का खयाल कुछ दूसरा ही था। उसे इन पत्रकारों से अकसर काम लेना पड़ता था, इसलिए वह उन्हें ज्यादा जलील करने के पक्ष में नहीं था। उसने पी.पी. को आँखों ही आँखों में बरजा और चाय के बर्तन उठा रहे लोगों को कुछ इशारा किया।

थोड़ी देर में मेज पर से कप-प्लेट गायब हो गए और उनकी जगह बोतलें, गिलास, भुने हुए काजू, मुर्गे की टाँगें, सलाद और तरह-तरह की तमाम दूसरी चीजें आकर लग गईं। पत्रकारों के चेहरे स्निग्ध हो गए। वे एक-दूसरे को देख-देखकर मुस्करा रहे थे और आँखें मटका रहे थे। प्रेस कान्फ्रेंस के दौरान थोड़ी-बहुत जो तल्खी

पैदा हुई थी वह भी दूर हो गई। शांतिप्रसाद के अभ्यस्त हाथों ने पेग बनाने शुरू कर दिए और कमरे में मौजूद लोग भुने हुए काजुओं और मुर्गों की टाँगों से जूझने लगे।

30 फीट लंबा और 22 फीट चौड़ा यह कमरा अपनी भव्यता में किसी फिल्मी सेट की तरह लगता था। मकान के बाहरी हिस्से में स्थित यह कमरा पी.पी. का ड्राइंग रूम था। पूरा फर्श मोटे मखमली कालीन से ढका हुआ था। मैरून रंग की इस कालीन पर शराब, सिगरेट की राख या खाने के टुकड़े अकसर गिरते रहते थे इसलिए बीच-बीच में उसका रंग उड़ गया था। पी.पी. और उसके साथियों के पास पैसा बहुत हो गया था, लेकिन मूल रूप से वे अभी भी देहाती ही थे। इसलिए मोटे गद्देदार सोफों पर बैठने के मुकाबले में फर्श पर कालीन पर ही बैठना पसंद करते थे। अकसर दोपहर की गर्मियों में वे उसी पर सो जाते। कालीन पर जगह-जगह उनकी हरकत के निशान थे। सोफे बहुत महँगे और बड़े थे। उन पर चटख रंगों के लिहाफ चढ़े थे। इन कवर्स का भी कालीन जैसा ही हाल था। उन पर चटनी, सास और तेल के बड़े-बड़े धब्बे थे। दीवाल पर एक बड़ी-सी अलमारी थी, जिस पर सजावट की अगड़म-बगड़म चीजें भरी हुई थीं। किस्म-किस्म के खिलौने से लेकर प्लास्टिक की पत्तियों और फूलों जैसी तमाम चीजें थीं जिनसे बकौल पी.पी. की पत्नी के, इस कमरे की शोभा बढ़ती थी। परदों से लगाकार फर्नीचर तक सभी कुछ जो इस कमरे में मौजूद था, महँगा और कुरुचिपूर्ण था।

एक कोने में एक बड़े पीपल के प्लांटर में रखे हुए गमले में एक रबर प्लांट लगा हुआ था। उपेक्षा और लापरवाही के कारण उसकी शाखों पर पीले और हरे रंगों के सम्मिश्रण वाले कमजोर पत्ते थे। प्लांटर के अंदर गमले की मिट्टी जगह-जगह जान की पीक से लाल हो गई थी।

कमरे में तेरह लोग पत्रकार के रूप में तथा चार लोग पी.पी. के सहायकों की हैसियत से मौजूद थे। पत्रकार अलग-अलग श्रेणी के थे। वे स्थानीय दैनिकों से लेकर प्रदेश और प्रदेश की राजधानियों से निकलने वाले अखबारों का प्रतिनिधित्व करते थे। इनमें एक ही बात सामान्य थी। सभी शराब के बेहद शौकीन थे और शराब पीने के लिए लगातार ऐसी प्रेस कान्फ्रेंसों के चक्कर में रहा करते थे। इनमें बीस-बाईस साल के नौजवानों से लेकर साठ-पैंसठ साल के बूढ़े तक शामिल थे। वैसे तो इस शहर से बीसियों दैनिक और साप्ताहिक अखबार निकलते थे और बाहरी अखबारों के प्रतिनिधियों को मिलाकर सौ से अधिक लोग पत्रकार होने का दावा करते थे, किंतु शांतिप्रसाद ने उनमें से तेरह लोगों को उनके महत्व के अनुसार निमंत्रित किया था। इनमें से ज्यादातर लोग पी.पी. के घर पर पहली बार आए थे। बाहर अभी तक वे उसे एक गुंडे के रूप में कोसते आए थे किंतु आज उसके वैभव को निकट से देखकर लगभग सभी अभिभूत थे।

शहर कुछ ही वर्षों पहले तक एक कस्बा था और अचानक पिछले एक दशक

में प्रदेश के सबसे बड़े औद्योगिक नगर के रूप में उभर रहा था। अभी भी उसकी चेतना कस्बाई अनौपचारिकताओं से भरपूर थी। शराब के साथ पत्रकार खुल गए थे। वे दो-तीन पेग में ही माँ-बहन पर आ गए थे। पी.पी. भी इस माहौल में खुश था। शराब के बहने अब वह सायास ओढ़ी शराफत से मुक्त हो सकता था और वह हो गया। उसने शांतिप्रसाद के इशारों को समझने से इनकार करना शुरू कर दिया और पत्रकारों के हँसी-मजाक में शरीक होने लगा।

कुल जमा तेरह पत्रकारों में से दो पत्रकार दूसरे सारे पत्रकारों की नजर में चूतियानंदन थे। ये दो शराब नहीं पी रहे थे। ऐसा नहीं कि वे शराब नहीं पीते थे। दोनों खूब शराब पीते थे। लेकिन आज सिद्धांततः शराब नहीं पी रहे थे। उन्होंने प्रेस कान्फ्रेंस में आने के पहले ही घोषित कर दिया था कि वे एक गुंडे के यहाँ शराब नहीं पिएँगे। लिहाजा इसी सिद्धांत के चक्कर में वे लिम्का पी रहे थे और दूसरों की निगाहों में लतीफा बने हुए थे।

पी.पी. काफी देर तक उनकी इस हरकत को निर्दोष आदत के रूप में लेता रहा। अचानक पत्रकारों की आपसी चुहलबाजियों से उसकी समझ में आया कि बृजेन्द्र भारद्वाज और हरिप्रसाद गुप्ता नामक दो पिद्दी पत्रकारों ने उसे उसके घर में ही अपमानित कर दिया है। और कोई दिन होता तो वह उनकी छाती पर चढ़कर मुँह में दारू की बोतल उँड़ेल देता किंतु आज इसका वक्त नहीं था। दोनों टटपुँजिया पत्रकारों को शहीदाना अंदाज से मुस्कराता देखकर पी.पी. जल-भुनकर राख हो रहा था, किंतु शांतिप्रसाद दोनों को बड़े आत्मीय ढंग से भुने हुए काजू पेश कर रहा था और लगातार बात को इस प्रसंग से हटाने की कोशिश कर रहा था।

"साले शराब नहीं पियेंगे। लिम्का पीने और काजू खाने में कोई शर्म नहीं।" साठ साल की उम्र का बागी वहाँ पर मौजूद पत्रकारों में सबसे बुजुर्ग था और इन छोकरों की हरकत से वे स्वयं को ओछा महसूस कर रहा था। उसकी आवाज इतनी तेज थी कि कमरे में बैठे हर आदमी ने सुनी। न सुनने का बहाना सभी ने बनाया किंतु खुश सभी हुए। जो नहीं पी रहे थे, उनका स्वयं को दूसरों से विशिष्ट मानने का बोध और पुख्ता हुआ।

"यादवजी, अपना चुनाव निशान क्या रखेंगे – बम या कट्टा?"

प्रश्न बहुत धीमे से पूछा गया था इसलिए एक कोने में बैठे लोगों के ओठों पर ही मुस्कान आ सकी। गनीमत थी कि पी.पी. ने नहीं सुना था। शांतिप्रसाद ने सुना जरूर पर इतनी जल्दी धैर्य खोने वाला वह नहीं था, "भाई साहब, सिंबल तो इलेक्शन कमीशन देता है। जिस पार्टी का टिकट हमें मिलेगा, उसी का चिह्न भी मिल जाएगा।"

"जिस पार्टी का? अभी आप जिस पार्टी का जिक्र कर रहे थे, उसका टिकट नहीं मिलेगा क्या?"

“अजी उसी पार्टी का मिलेगा।” शांतिप्रसाद ने बात सँभाली, “जिस पार्टी का तो बस कहने वाली बात हुई। मिलना तो उसी पार्टी का।”

“लेकिन उस पार्टी का टिकट तो किसी पुरबिये को मिलने की खबर है!”

“किस भड़ुवे के पास खबर है?” पी.पी. गुर्राया।

शांतिप्रसाद ने अपना सिर पकड़ा। कहाँ से फँस गया वह इस गधे के चक्कर में। अब तक का सबसे मुश्किल इम्तहान था यह!

“किस भड़ुवे के पास खबर है?” पी.पी. की आवाज लड़खड़ा रही थी। बहरहाल जिस भड़ुवे के पास खबर रही हो वह यहाँ अनुपस्थित था, इसलिए वह बच गया और दौर आगे बढ़ा।

साठ साल का बागी शराब पीकर अकसर बच्चों जैसी हरकत करने लगता था। वह पिछले तीस सालों से राजधानी के एक उर्दू अखबार का प्रतिनिधि था। उसका अखबार या उनकी छपी हुई चीज लोगों ने सालों से नहीं देखी थी, पर हर उस प्रेस कान्फ्रेंस में जो शाम को होती थी और जहाँ पीने का इंतजाम होता था, वह बिना नागा पहुँचता था। आज भी उसने थोड़ा नशा चढ़ते ही एक बचकानी हरकत की। वह सबकी आँख बचाकर ड्राइंगरूम से उठकर मकान के अंदर वाले हिस्से में दाखिल हो गया।

अंदर घुसते ही हरप्रसाद बागी, जिनका पूरा नाम बहुत कम लोग जानते थे और सालों से जो सिर्फ बागी के नाम से शहर में जाना जाता था, का नशा हिरन हो गया। वह आँखें फाड़े-फाड़े उस अद्भुत अलौकिक प्रासाद की भूलभुलैया में खोने लगा, जिसके बारे में शहर में तरह-तरह की चर्चा थी।

यह मकान पी.पी. ने लगभग तीन साल पहले ही बनवाया था। इसके बनने के दौरान ही भाँति-भाँति की चर्चा इसके बारे में फैलाने लगी थी। लगभग आधे एकड़ में फैला यह मकान शहर की सबसे समृद्ध कॉलोनी रामनगर में था। इसके चर्चा में आने के कई कारण थे। सबसे पहले तो उसकी लागत का विवाद था। सही लागत कितनी रही होगी यह तो पी.पी. ही जानता होगा, लेकिन शहर की अफवाहें पचास लाख से लेकर एक करोड़ तक विस्तार पाती थीं। यह बात अलग है कि ईंटों, लकड़ी, लोहा, वगैरह जो सामान स्थानीय दुकानदारों से लिया गया, उसमें ज्यादातर की कीमत न दुकानदारों ने माँगी और न ही पी.पी. ने उन्हें दी, पर लोग मकान की लागत का अनुमान करते समय सारे सामानों का मूल्य जोड़ लेते थे।

इस मकान की चर्चा होते समय उन दिलचस्प घटनाओं का जिक्र भी होता था जो जमीन पर कब्जा लेते समय से निर्माण खत्म होने तक घटी थीं। मसलन किस तरह 800 गज के प्लाट की रजिस्ट्री कराकर उसने 1200 गज जमीन पर अपनी चहारदीवार खिंचवा ली। अतिरिक्त 400 गज में सरकारी से लेकर पड़ोसियों तक की जमीनें शामिल थीं।

सबसे दिलचस्प घटना तो उसके पड़ोस के एक इंजीनियर के साथ घटी थी।

उसकी दीवाल के साथ लगा हुआ प्लाट उस इंजीनियर का था। इंजीनियर ने नींव भरकर छुड़वा रखा थ। उसका इरादा बाद में इस प्लाट पर मकान बनवाने का था। लेकिन जैसे ही उसे यह खबर मिली कि बगल वाला प्लाट पी.पी. ने खरीद लिया है, उसका माथा ठनका। पी.पी. के मकान का काम शुरू होते ही उसने अपना भी काम शुरू करवा दिया। पी.पी. ने उसके पास खबर भिजवाई कि वह अपना प्लाट उसे बेच दे। इंजीनियर डरा हुआ जरूर था, लेकिन उसने अपने चेहरे पर लापरवाही और विनम्रता का भाव लाकर दूत को वापस कर दिया। फर्क सिर्फ यह आया कि उसने अपने काम की रफ्तार बढ़ा दी। पर यह ज्यादा दिन नहीं चला।

एक दिन पी.पी. के लड़के की गेंद इंजीनियर के अधबने मकान में चली गई। इंजीनियर साहब अपनी पत्नी के साथ छाता लगाए चिलचिलाती धूप में पसीने से नहाए, मजदूरों से जूझ रहे थे। गेंद लाने बेटे की जगह पी.पी. गया। गेंद तो दूसरे कोने में पड़ी थी पर उसे उठाकर वह सीधा इंजीनियर दंपती के पास चला गया।

''देखो जी, आप तो साहब लोग हो। पड़ोस में रहोगे तो हमारा पड़ोस सुधरेगा। हमें तो अच्छा है पर आपको दिक्कत होगी। जैसे अब इस गेंद की ही ले लो। आपके बच्चे भी गेंद खलेंगे और हमारे बच्चे भी। अब गेंद चाहे आपके शीशे में लगे और चाहे हमारे शीशे में, मुसीबत तो आपकी ही होगी। इसीलिए मैंने खबर भेजी थी कि आप जमीन हमें बेच दो और कहीं अच्छी जगह दूसरी जमीन ले लो।''

पी.पी. चला गया पर उसका तर्क इंजीनियर पति-पत्नी की समझ में आ गया, खास तौर पर पत्नी की। उनका काम बंद हो गया। काम आज तक बंद था। अफवाह थी कि बाद में पी.पी. ने बहुत कम कीमत लगाई इसलिए अभी सौदा नहीं हुआ था। पर यह सभी को पता था कि उस जमीन को लेगा तो पी.पी. ही। अगर चुनाव का चक्कर नहीं होता तो पी.पी. आज तक बीच की दीवाल तोड़ भी चुका होता। रजिस्ट्री तो बाद में होती ही रहती।

इस मकान की भव्यता को लेकर शहर में जो चर्चाएँ थीं उन्हीं के चक्कर में आकर साठ साल के बूढ़े बागी ने बच्चों वाली यह हरकत कर डाली। वहाँ बैठे किसी व्यक्ति ने नहीं देखा कि वह कब धीरे से अंदर सरक गया।

अंदर पूरा तिलिस्म था। पहला कमरा, जिसमें वह घुसा, संभवतः बेडरूम था। पूरे कमरे में महँगा फर्नीचर पसरा हुआ था। वाल टू वाल कारपेंटिंग थी। कालीन भी ऐसा कि उस पर पैर रखते ही धँसता चला जाय। कमरे में कोई नहीं था। यह पी.पी. का बेडरूम था और पी.पी. की अनुमति के बिना शायद कोई अंदर नहीं आता था। सामान निश्चित रूप से बड़ा महँगा था, लेकिन उसमें कुरुचि झलक रही थी। चटख रंगों वाली दिवालों के बीच गहरे चटख रंगों के पर्दे और फर्नीचर मकान मालिक की अमीरी और फूहड़ता की कहानी एक साथ कह रहे थे। बड़ा-सा कमरा सामान से ठसाठस भरा था। हलकी मद्धिम रोशनी वाले कमरे में जब देखने की स्थिति हुई तो

बागी ने देखा कि डबल बेड मैला पाजामा, गंदी बनियान और जाँघिये के साथ शोभायमान था। महँगी आरामकुर्सी पर फटा कवर चढ़ा था। कालीन पर पैर भले ही धँस रहा हो किंतु चाय और शोरबे के धब्बे उसे मखमल पर टाट के पैबंद की तरह लग रहे थे। बहरहाल बागी को कमरे की अस्त-व्यस्तता से कोई मतलब नहीं था। इससे ज्यादा उसे पूरे कमरे में मौजूद सामान की कीमत आंकने में मजा आ रहा था।

अचानक बागी की रूह थर्रा उठी। नशा पूरी तरह उसके सिर पर सवार था फिर भी वह घबराहट की उस स्थिति में पहुँच गया जब आदमी किंकर्त्तव्यविमूढ़ हो जाता है। कमरे में उसके अतिरिक्त और भी कोई मौजूद था। सामने वाली दीवाल से सटकर कोई उसे घूर रहा था। उसकी घिग्घी बँध गई। हड़बड़ाकर वापस लौटने में निश्चित रूप से वह कमरे में फर्नीचर से टकराता और गिर पड़ता। उसने धीरे-धीरे हौसला कर सामने दीवाल की तरफ देखा। उस मद्धिम रोशनी में उसे थोड़ा वक्त यह समझने में लगा कि सामने की पूरी दीवाल शीशों से जड़ी थी और यह उसकी परछाईं थी जो उसे घूर रही थी। उसका मन हुआ कि ठठाकर हँसें लेकिन पूरे घर में पसरे आतंक ने उसे इसकी इजाजत नहीं दी।

दीवाल का सहारा लेकर सरकते हुए बागी जिस छोटे से कमरे में पहुँचा वहाँ पूरी तरह अँधेरा था। चारों तरफ अँधेरे में टटोलने के बाद उसे स्विच मिला। काँपते हाथों से जब उसने स्विच दबाया और रोशनी हुई तब उसने पाया कि वह गुसलखाने में था। संगमरमर की कलेजी और टाइल्स से जड़ा हुआ गुसलखाना अपनी गंदगी और खास तरह की गंध के बावजूद बागी को मोहता रहा। बाहर किसी के चलने की आवाज सुनाई दी। कोई इसी तरफ आ रहा था। हड़बड़ाहट में बागी ने अपने पाजामे का नाड़ा खोलना-बाँधना शुरू कर दिया। दरवाजा भड़ाम से खुला। कोई बहुत ज्यादा पीकर लड़खड़ाते कदमों से भीतर घुसा। बागी उससे लगभग टकराता हुआ बाहर निकल आया।

बाहर वही बेडरूम था जिससे होकर बागी गुसलखाने में पहुँचा था। उसके मन में उत्सुकता थी कि अंदर के कमरों में भी घुसकर तमाशा देखें लेकिन पकड़े जाने पर कुछ भी हो सकता था। हालाँकि आज का माहौल और शराब का नशा, ये दो चीजें ऐसी थीं जिनसे पिटने-पिटाने की संभावना नहीं थी, फिर भी कुछ कहा नहीं जा सकता था। बाहर से देखकर यह घर जितना बड़ा लगता था उससे ऐसी संभावना थी कि अंदर कम-से-कम एक दर्जन कमरे जरूर होंगे। इन कमरों को भीतर से देखने की उत्सुकता बागी के मन में थी पर डर से पैदा झिझक के कारण वह कोई फैसला नहीं कर पा रहा था। अंदर लोगों के चलने-फिरने और बोलने की आवाजें आ रही थीं। बाहर वाले कमरे में जहाँ प्रेस कान्फ्रेंस चल रही थी, खाने-पीने का सामान अंदर से ही आ रहा था।

एक बार बागी का पूरा शरीर फिर हिल गया। पीछे से किसी ने जोर का धक्का

उनके कंधे पर मारा। उसने घबराकर पीछे देखा तो कमिश्नरी हेड क्वार्टर से निकलने वाले अखबार 'आजाद भारत' का प्रतिनिधि शर्मा शराब के नशे में आधा सीधा, तिरछा उसका कंधा पकड़कर झूल रहा था। इसका मतलब यह कम्बख्त बाथरूम में घुसा था! बागी ने चैन की साँस ली और शर्मा के साथ लड़खड़ाते हुए बाहर के कमरे की तरफ बढ़ा।

दो-तीन कदमों के बाद ही दोनों धड़ाम से जमीन पर गिर पड़े। हुआ यह कि नशे और धुँधले प्रकाश के कारण उन्हें रास्ते में पड़ा स्टूल नहीं दिखाई दिया और तेज आवाज के साथ वे जमीन पर थे।

''क्या हुआ बागीजी? दंडवत क्यों करने लगे?'' अंदर से भागकर शांतिप्रसाद आ गया था।

हालाँकि बागी का नशा इतना नहीं था कि वह ढंग से उत्तर नहीं दे सकता, लेकिन हालात को देखते हुए उसने अपने को शर्मा की श्रेणी में डालना ही उचित समझा।

शांतिप्रसाद ने दो-एक नौकरों को बुलाकर दोनों को उनके हवाले किया और खुद अपनी हँसी रोकते-रोकते गुसलखाने में घुस गया।

बाहर के कमरे से ठहाके का स्वर आया। नौकरों के सहारे बाहर कमरे के दरवाजे पर पहुँचते-पहुँचते बागी फिर सीधा हो गया। सिर्फ शर्मा झूलता रहा। बागी नहीं चाहते थे कि पत्रकार बाद में उनका मजाक उड़ाएँ। इसलिए जब वे कमरे में घुसे तो तने हुए थे। अंदर माहौल काफी अनौपचारिक था और ठहाके लग रहे थे। यह बात अलग थी कि अब ठहाके लगाने की स्थिति में एक-तिहाई से भी कम लोग थे।

''अब फैसला आप ही करो बागीजी! आपके ये पत्रकार बंधु बाहर खूब शराब पीते हैं। मेरे यहाँ इसलिए नहीं पी रहे हैं क्योंकि मैं शराब का ठेकेदार हूँ। वैसे ही हुआ न कि जैसे पुराने जमाने में ब्राह्मण चमार के हाथ की रोटी नहीं खाता था लेकिन उसका पैदा किया हुआ गेहूँ पिसवाकर खुद रोटी बना लेता था।''

बागी की समझ में पूरी बात तो नहीं आई, लेकिन इतना जरूर समझ में आ गया कि भारद्वाज और गुप्ता नामक दो नौसिखुओं ने शराब न पीने का कोई मूर्खतापूर्ण कारण जरूर जताया है। पी.पी. भी नशे में पूरी तरह से उदार और गजाकिया मूड में था। उसके इसी मूड को देखकर भारद्वाज और गुप्ता को क्रांति बघारने का मौका मिल रहा था।

''जी, बात तो आपकी सही है,'' भारद्वाज मिमियाया, ''लेकिन आपका सारा पैसा नंबर दो का है, इसलिए।''

पी.पी. ठठकार हँसा, ''नंबर दो का तो पूरा मुल्क है, भैये। कहाँ-कहाँ नहीं पियोगे? अपनी पगार की तो तुम पीते नहीं हो। जो अफसर या ठेकेदार तुम्हें पिलाता है, उसका पैसा क्या नंबर एक का होता है? ले आ रे, साहब लोगों के लिए भी दो

गिलास ले आ।'' बात खत्म करने के लिहाज से उसने एक नौकर को ललकारा।

भारद्वाज और गुप्ता ने एक-दूसरे को अर्थपूर्ण नजरों से देखा। उनकी क्रांतिकारिता खतरे में थी। पीकर आधे-पूरे धुत्त पत्रकारों को इस खेल में मजा आने लगा था।

''डटे रहना बेटे! हम सब तुम्हारे साथ हैं।'' यह वाकया शराब-डूबे किसी कंठ से निकला और लोगों ने अपनी हँसी या मुस्कान इस ढंग से छिपाई कि कम से कम भारद्वाज और गुप्ता को वह जरूर दिखाई पड़ जाय।

नौकर ने कोने में पड़ी मेज से उठाकर दो गिलास सामने रख दिए। पी.पी. ने आहिस्ता-आहिस्ता अपने हाथ से दो बड़े पेग बनाए, उनमें बर्फ डाली, 'सोडा या पानी?' पूछा और कोई जवाब न मिलने पर सोडा मिला दिया।

पी.पी. ने शिकार पर झपट पड़ने के लिए तैयार बिल्ली की सी आँखों से दोनों को देखा। उसकी आँखों में अब विनोद की जगह हिंस्र उत्सुकता भरती जा रही थी। इन पिद्दी के शोरबों की ये मजाल कि उसके घर में बैठकर उसकी शराब पीने से इनकार कर दें!

वातावरण धीरे-धीरे तनावपूर्ण होने लगा। जो लोग अभी तक मजा ले रहे थे, उन्हें भी लगा कि ज्यादा देर तक यह स्थिति सहज नहीं रह सकती थी।

''पी ले मेरे बाप, क्यों अपने साथ-साथ दूसरों को हक मारता है!''

बागी ने हलके-फुल्के ढंग से भारद्वाज के समझाने की कोशिश की।

''खूब वसूलो अपना हक बागीजी! सफेदपोश अपराधियों के साथ बैठकर शराब पीओ और बाहर निकलकर समाज-सुधार का उपदेश बाँचो।''

भारद्वाज की आवाज बिना पिए लड़खड़ा रही थी।

उपस्थित पत्रकारों में से ज्यादातर को लगा कि भारद्वाज की आवाज अनावश्यक रूप से तेज हो गई है। उसका चेहरा घबराहट और उत्तेजना से जर्द हो गया था और वह समर्थन के लिए गुप्ता को बीच-बीच में देख ले रहा था। आश्चर्य की बात थी कि गुप्ता पूरी तरह से खामोश और तटस्थ-सा बैठा था। यह भी हो सकता था कि अपने अंदर की कमजोरी छिपाने के लिए उसने सायास तटस्थता ओढ़ रखी हो।

''लो पीओ।'' पी.पी. ने कठोर आवाज को भरसक मृदु बनाने की कोशिश की।

''नही।'' भारद्वाज ने कमजोर आवाज में कहाँ

''ले पकड़ गिलास!'' पी.पी. ने गिलास उठाकर भारद्वाज के सामने कर दी। भारद्वाज ने सहमकर गिलास पकड़ लिया।

''ले, तू भी पकड़ गिलास!'' पी.पी. ने गुप्ता के आगे गिलास कर दी। उसकी आँखें और आवाज दोनों से हिंस्र उत्तेजना छलक रही थी।

''नहीं।'' गुप्ता ने हाथ पीछे कर लिया। भारद्वाज ने भी गिलास मेज पर रख दिया।

इसके बाद उस प्रेस कान्फ्रेंस में वही हुआ जिसका डर बागी जैसे अनुभवी

पत्रकारों को था। पी.पी. उठा। शराब और गुस्से ने उसकी आँखें सुर्ख कर रखी थीं। इसी बीच शांतिप्रसाद भी अंदर से आ गया था। उसकी समझ में फौरन आ गया कि अब बोलने से कोई फायदा नहीं है। उसने आँख के संकेत से गुप्ता और भारद्वाज को बाहर भाग जाने का इशारा किया। दोनों को जैसे साँप सूँघ गया था। वे अवाक् बैठे पी.पी. का हलके-हलके लड़खड़ाते कदमों से अपनी तरफ बढ़ना देख रहे थे। पी.पी. और उनके बीच में एक मेज भर और वह मेज का लंबा चक्कर लगाकर उनकी तरफ बढ़ रहा था। इसलिए बीच की दूरी कुछ कदमों की हो गई थी। पर यह दूरी तो खत्म होनी ही थी और हुई भी। पी.पी. ने भारद्वाज को कालर पकड़कर उठा लिया। उसकी लड़खड़ाहट और भारद्वाज के प्रतिरोध ने बायें हाथ में पकड़े गए गिलास की आधी से ज्यादा शराब जमीन पर गिरा दी थी। केवल गिलास की तलों में कुछ शराब बाकी थी।

"पी...पीजा।" पी.पी. ने गिलास भारद्वाज के मुँह से लगाकर उसकी गर्दन पर अपने हाथ की पकड़ गहरी कर दी।

भारद्वाज को लगा, उसकी आँखें बाहर आ जायेंगी। गर्दन पर दबाव के कारण उसका मुँह भी खुल गया। पी.पी. ने गिलास टेढ़ी कर उसके मुँह में शराब डालने की कोशिश की। भारद्वाज के मुँह में कुछ ही बूँदें गई थीं कि उसने अजीब तरह से गों-गों की आवाज मुँह से निकाली। ऐसा लगा जैसे वह उल्टी कर देगा। पी.पी. ने घबराकर उसकी गर्दन छोड़ दी। उसने उल्टी तो नहीं कि लेकिन मुँह में जितनी शराब हलक के नीचे जाने से बची थी, वहीं कालीन पर कुल्ला कर दी।

तमाशा देखने वालों में कई लोग हँस पड़े। गुस्से से झुँझलाकर पी.पी. ने एक लात उसके घुटनों पर जमाई। दर्द से बिलबिलाता हुआ वह एक कुर्सी पर लुढ़क गया। पी.पी. गुप्ता की तरफ बढ़ा, लेकिन वह सतर्क था। इस पूरे नाटक के दौरान वह सरकता हुआ दरवाजे के करीब तक पहुँच गया था। पी.पी. को अपनी तरफ बढ़ता देखकर वह दरवाजे पर टकराता हुआ बाहर की तरफ भागा। बाहर खड़े पी.पी. के चौकीदार, दरबान जब तक कुछ समझें, वह फाटक के बाहर सड़क पर था।

अंदर भारद्वाज अकेला था पर अब तक वक्त की नजाकत को भाँपकर शांतिप्रसाद उसकी रक्षा के लिए आ चुका था। उसने पी.पी. को बाँहों में भरकर हलका सा धकेलते हुए सोफे पर बैठा दिया। अपने पूरे शरीर से उसने पी.पी. का चेहरा लगभग ढक दिया। पी.पी. पीछे खड़े भारद्वाज को देख नहीं पा रहा था। शांतिप्रसाद ने हाथ के इशारे से उसे भाग जाने का संकेत किया।

भारद्वाज अपने को अजीब-सी परिस्थिति में पा रहा था। वह अपमान, शर्म और भय की ऐसी स्थिति में था कि उसे अपने पैर जमीन में गड़ गए से प्रतीत हो रहे थे। सबसे ज्यादा अफसोस उसे इस बात पर हो रहा था कि अपने साथियों के सामने वह पिटा और कोई भी उसे बचाने के लिए आगे नहीं आया। अपने को सामान्य रखने के प्रयास में उसके ओठ काँप रहे थे। वह बाहर जाना चाहता था लेकिन उसके पैर

हिलने से इनकार कर रहे थे।

"ये तो कोई कायदे की बात नहीं हुई यादवजी! हम इस प्रेस कान्फ्रेंस का बायकाट करते हैं।"

लोगों को आश्चर्य हुआ कि बायकाट की पहली आवाज बागी की तरफ से उठी। उसका नाम जरूर बागी था, लेकिन वहाँ उपस्थित लोगों में से शायद ही किसी ने उसे इसके पहले बगावत करते देखा हो। तमाम उम्र अच्छी शराब पीने के लिए न जाने कितने जोड़-तोड़ वह करता रहा था और आज भी वह चाहता था कि कोई अनावश्यक पंगा न ले और उसको आराम से पीने-खाने दे। लेकिन भारद्वाज की पिटाई ने उसके अंदर पता नहीं क्या झकझोरा कि वह विद्रोह के मूड में आ गया।

काफी शराब पेट में जा चुकी थी। बागी की आवाज सुनकर तमाशा देखने वाले अंदाज में बैठे कई पत्रकारों को लगा कि प्रेस की आजादी खतरे में पड़ गई है। एक-एक करके सभी उठ खड़े हुए। अगर किसी मंत्री या अफसर के यहाँ यह घटना हुई होती, तो अब तक उन्होंने आसमान सिर पर उठा लिया होता। पी.पी. के यहाँ से बड़बड़ाते हुए बायकाट का साहस करना भी कम क्रांतिकारी नहीं था।

"चलो बिरादर!" बागी ने मुलायमियत के साथ भारद्वाज का हाथ पकड़ा।

"बागीजी, मैं इनकी तरफ से माफी माँगता हूँ।" शांतिप्रसाद ने हाथ जोड़कर स्थिति सँभालने की कोशिश की, "इनकी मंशा ऐसी नहीं थी।"

"भैया, पहले मार लो, फिर मंशा स्पष्ट करो। ऐसा खेल तो हमने पहली बार देखा है।" बागी ने तल्ख आवाज में कहा और भारद्वाज का हाथ पकड़े-पकड़े बाहर की तरफ बढ़ा। उसके पीछे-पीछे बाकी पत्रकार भी बाहर निकल आए।

शांतिप्रसाद को अहसास हो गया था कि गलती इतनी बड़ी हो गई है कि अब माफी माँगने या मनाने का कोई अर्थ नहीं रहा। पी.पी. के चक्कर में उसके संबंध भी पत्रकारों से खराब हो रहे थे। उसने एक बार फिर उस कुघड़ी को कोसा जब उसने पी.पी. पर दाँव लगाने की सोची थी। बहरहाल अब तो जो नुकसान होना था, हो गया था।

इसके बारे में तो बाद में भी सोचा जा सकता था। पहला काम था पत्रकारों से अपने संबंध ठीक करना। उसे तो रोज इनसे काम पड़ना था। वह भी पत्रकारों के पीछे-पीछे बाहर आ निकला और गेट पर खड़े होकर उन्हें एक-एक कर विदा करने लगा।

जब शांतिप्रसाद वापस अंदर आया, पी.पी. एक सोफे पर आँखे मूँदे पसरा हुआ था। पता नहीं नशे का असर था या अपने किए का पछतावा– शांतिप्रसाद के दो-तीन बार पुकारने पर भी उसने कोई उत्तर नहीं दिया। मारे क्षोभ के शांतिप्रसाद ने उसे ज्यादा नहीं पुकारा और अपने लिए बड़ा पेग बनाने लगा।

इस तरह वह असाधारण प्रेस कान्फ्रेंस समाप्त हुई।

दो

पत्रकारों और चमचों से पूरा हॉल खाली हो जाने के बाद भी पी.पी. काफी देर तक आँखें मूँदे बैठा रहा। जो कुछ हो गया था, उसके बारे में कोई राय बनाने में वह बहुत कोशिश करने पर भी कामयाब नहीं हो पा रहा था। कई बार लगता था कि उसने उत्तेजना और लापरवाही के कारण जीवन में कुछ हासिल कर पाने का स्वर्णिम अवसर गँवा दिया था। अब ये पत्रकार अगले कुछ दिनों तक उसके अतीत के परखचे उड़ाते रहेंगे और उसने बड़ी मेहनत से राजधानी में अपने पक्ष में जो माहौल बनाया था, वह नष्ट हो जाएगा। लेकिन फिर वह उस अपमान के बारे में सोचकर तिलमिलाने लगता जो उसे उसके घर में बैठकर इन टुच्चे पत्रकारों ने पहुँचाया था। अपमान बर्दाश्त कर राजनीति करना उसके वश में नहीं था। वह फैसला नहीं कर पा रहा था कि उसने सही किया या गलत। तनाव और दर्द से उसका सिर फटा जा रहा था और उसे लग रहा था कि बड़ी मुश्किल से उसने अपने लिए जिस सम्मानजनक रास्ते का निर्माण करने की कोशिश की थी, उसे छोड़कर एक बार फिर उसे अपराध और आतंक की पुरानी भूलभुलैया में गुम हो जाना पड़ेगा।

शांतिप्रसाद पता नहीं कब उठकर चला गया। बीच में एक बार पी.पी. ने आँखें खोलकर कनखियों से उसे देखा था। वह बदहवास-सा शराब के बड़े-बड़े घूंट ले रहा था। उसने दो-एक असंबद्ध किस्म के वाक्य बोलकर पी.पी. को सहज करने की कोशिश की लेकिन पी.पी. ने कोई जवाब नहीं दिया और चुपचाप आँखें बंद किए पड़ा रहा।

शांतिप्रसाद के चले जाने के बाद उसने अपने आगे रखी बोतल से एक बड़ा पेग बनाया, सामने दीवाल पर अपनी खाली दृष्टि टिका दी और धीरे-धीरे शराब पीने लगा।

पी.पी. का अतीत ऐसे किसी मौके पर उसे सबसे ज्यादा हान्ट करता था। आज भी यही हुआ। जैसे-जैसे शराब का नशा तेज होता गया वह अतीत के तकलीफदेह दलदल में धँसता गया।

उसका बचपन किसी भी दशा में गरीबी में बीता हुआ नहीं कहा जा सकता। बचपन में उसे बहुत आराम नहीं मिला, फिर भी अपने आस-पास के गाँवों में उसका

परिवार मजे के खाते-पीते परिवारों में गिना जाता था। यमुना के खादर में बसा हुआ उसका गाँव मुख्य रूप से अहीरों और गूजरों का गाँव था। खादर में खेती-बारी तो कोई खास हो नहीं पाती थी लेकिन दो धंधे बड़ी प्रमुखता से हो सकते थे और उसके और अगल-बगल के गाँवों के लोगों के लिए अच्छी आय के साधन थे। ये धंधे थे डेरी और कच्ची शराब चुआने के। हर परिवार में हट्टी-कट्टी भैंसें और गायें थीं और हर घर की दो-चार भट्ठियाँ खादर में चलती थीं। दोनों धंधों का बाजार दिल्ली थी।

घरों की औरतें रात ढाई बजे से ही उठकर गायों, भैंसों में जुट जातीं। तीन-साढ़े तीन बजे तक दूध दुहवाकर मर्द स्टेशन की तरफ डिब्बे लिए दौड़ते। मुँह अँधेरे एक गाड़ी दिल्ली के लिए जाती थी। यह गाड़ी मुख्य रूप से दूधियों के लिए ही चलती थी। अलीगढ़ से आने वाली इस गाड़ी में खचाखच दूधिये और उनके डिब्बे भरे होते। भोर होते-होते यह गाड़ी पुरानी दिल्ली स्टेशन पर पहुंच जाती और दूध को आढ़तियों तक पहुँचाकर दस-ग्यारह बजे तक दूधिये लौट आते। दिन में शराब की भट्ठियों की देखभाल होती। पूरे खादर में बालू में मटके दबे होते और उनमें महुआ सड़ रहा होता। दोपहर में यदि कोई नदी में नाव पर चढ़कर देखता तो उसे दूर तक भट्ठियाँ और उनसे निकलने वाला धुआँ दिखाई देता। आबकारी और पुलिस के लोग बीच-बीच में फर्ज अदायगी के लिए आते और भट्ठियाँ नष्ट कर देते या जमीन में गड़े मटके लाठी अंदर डाल-डालकर तोड़ देते। लेकिन दूसरे दिन से फिर सब कुछ सामान्य और पुरानी चाल पर आ जाता दरअसल सरकारी अमले और उसके गाँव के लोगों के बीच एक खास तरह की दोस्ताना दुश्मनी का संबंध था। वे नियमित रूप से सरकारी अमले को रिश्वत देते, अपना धंधा करते, पकड़े जाते और रिश्वत देते, फिर धंधा करते– यही सब चलता रहता।

बचपन में चौदह साल की उम्र तक पहुँचते-पहुँचते उसकी पढ़ाई छूट गई। पढ़ने में उसकी दिलचस्पी थी भी नहीं। घर में दूध-घी का आराम था और उसका चाचा कुश्ती लड़ने का शौकीन था। बहुत छुटपन से ही पी.पी. उसके साथ अखाड़े में जाकर रियाज करने लगा था। इसलिए उसकी कद-काठी ऐसी निकल आई थी कि क्लास में अपने हम उम्र लड़कों में वह काफी बड़ा लगता था। पढ़ाई-लिखाई में तो अपने खानदान की परंपरा के अनुसार उसकी दिलचस्पी नहीं थी पर मार-पीट में जरूर वह आगे रहता। रोज किसी-न-किसी लड़के को उठाकर पटक देता। मार-पीट के लिए उसे बहाने की जरूरत नहीं थी। हमेशा उसे लगता था कि उसकी हथेलियाँ खुजला रही है। जबर्दस्ती खोद-खोदकर वह झगड़ा करता और किसी-न-किसी लड़के को धुन देता। अकसर तो इसकी शिकायत ही नहीं करता। कभी-कभी शिकायत होती तो पिटाई हो जाती। खास तौर से एक मास्टर बहुत पिटाई करता। एक बार जब उसने एक लड़के का सिर फोड़ दिया तो इसी मास्टर ने उसे इतना धुना कि उसका पूरा चेहरा सूज गया। सूजा चेहरा लिए वह काफी देर तक एक बाजरे के खेत में छुपा रहा,

फिर अँधेरा होने पर घर गया। वह बाप के सामने नहीं पड़ा लेकिन चाचा के सामने पड़ गया।

"क्या हुआ रे छोरे? कहाँ से पिटकर आया है?"

पी.पी. सिर झुकाये खड़ा रहा।

"बोला, बोलता क्यों नहीं? किन्ने मारा?"

"मास्टर ने।"

चाचा ने कारण नहीं पूछा। दूसरे दिन स्कूल खुलने पर उसे पीटने वाले मास्टर के सामने खड़ा कर दिया।

"तन्ने क्यों मारा म्हारे छोरे को?" चाचा दहाड़ा।

मास्टर बेचारा टुकुर-टुकुर ताकता रहा। उसने कमजोर आवाज में सफाई देने की कोशिश की :

"ये लड़का पढ़ता-लिखता नहीं। हमेशा मार-पीट करता है। कल एक लड़के का सिर फोड़ दिया।"

"सिर नहीं फोड़ेगा, तो क्या पूजा करेगा? पढ़ाते-लिखाते तो हो नहीं, बस पीटना आता है। खबरदार जो आगे हाथ उठाया!" उसके बाद उसने जो फ़ोहश किस्म की गालियाँ सुनाईं कि मास्टर रुआँसा हो गया।

उस दिन से पी.पी. की फिर पिटाई नहीं हुई। उसका मन और बढ़ गया और वह और अधिक उद्दंड हो गया। गनीमत यह हुई कि बोर्ड की परीक्षा में पहली बार फेल होते ही उसके पिता ने उसकी पढ़ाई छुड़वा दी और वह अपने पैतृक धंधे में लग गया।

दूध के कारोबार से उसे शराब का धंधा ज्यादा अच्छा लगता। कम मेहनत में ज्यादा फायदा। दूध के लिए आधी रात बीतते-बीतते उठना पड़ता और आँखों में नींद भरे, दो-तीन मील लगभग दौड़ते हुए जाकर ट्रेन पकड़नी पड़ती। जाड़ों और बरसात में तो पूरा नरक होता। ठिठुरते जाड़े में दूध के केन पर जमी उँगलियाँ लगता था कटकर गिर जाएँगी। कोट पर कंबल लपेटे हुए बुरी तरह काँपते हुए वह रोज अपने बाप को कोसता। बरसात में मेंड़ों पर अपना संतुलन बनाए रखने का प्रयास करते हुए बार-बार वह पानी भरे खेतों में गिरता। जब कभी जाड़ों में बारिश हो जाती तो यह पूरी कार्यवाही एकदम नरक में तब्दील हो जाती। हर बार ट्रेन में बैठकर दिल्ली जाते या वहाँ से लौटते वह यही फैसला करता कि वह अब ज्यादा नहीं सहेगा और अपने बाप के खिलाफ विद्रोह कर देगा लेकिन उसका बाप बड़ा जालिम था। उसके सामने पड़ते ही पी.पी. की आवाज लड़खड़ाने लगती और एक घुड़की में वह फिर दूध और ट्रेन के समीकरण में मशगूल हो जाता।

अंत में इस स्थिति से छुटकारा पाने के लिए उसने दूसरा उपाय अपनाया। दूध का केन लेकर रेलवे स्टेशन की तरफ दौड़ते हुए अकसर उसे ठोकर लगने

लगी। दूध गिरने पर बाप उसकी ठुकाई करता, लेकिन दो-तीन दिन बाद फिर उसे ठोकर लग जाती। एक बार बाप ने जब ज्यादा पिटाई कर दी तो वह बीमार पड़ गया और कई दिन बीमार पड़ा रहा। उसकी माँ जो वैसे तो बड़ी मजबूत कद-काठी की महिला थी और सभी गायों-भैंसों का दूध खुद निकालती थी, उसके बाप से बहुत डरती थी। शराब पीकर वह उसे इस तरह पीटता जैसे वह खुद कोई गाय हो। लेकिन इस बार माँ ने सख्त रुख अपनाया। शायद यह उसकी जिंदगी का पहला मौका था जब अपने मर्द की इच्छा के खिलाफ वह खड़ी हुई थी। पता नहीं यह उसका प्रतिरोध था या बेटे की ममता, बाप ने पी.पी. का पिंड छोड़ दिया।

इस तरह रोज आधी रात के बाद उठकर दूध का केन हाथ में पकड़कर स्टेशन के लिए दौड़ने की परेशानी और तकलीफ से पी.पी. को मुक्ति मिल गई लेकिन एक दूसरा काम उसे सौंप दिया गया। घर में काफी तादाद में गायें, भैंसें और बैल थे। घर की औरतें उनके लिए सानी करतीं, उन्हें एक खूँटे से दूसरे खूँटे पर बाँधतीं और दुहती थीं। जानवरों को बाहर चराने या नदी तक ले जाने का काम अकसर लड़कों पर छोड़ दिया जाता। खाली होने पर पी.पी. को यही काम मिला। इस काम में कोई परेशानी नहीं थी। पूरी मस्ती थी। जानवरों को कछार में चरने के लिए छोड़कर अपने हमउम्रों के साथ मटरगश्ती का पूरा मौका था।

कछार में दूर-दूर तक पड़े मटकों को पी.पी. ललचाई आँखों से देखता। उसका बाप और दूसरे चाचा लोग लड़कों से बेखबर शराब की भट्ठियों और मटकों में उलझे रहते। पूरी फिज़ा में एक खास तरह की गंध पसरी रहती थी। पी.पी. को सब कुछ इतना सम्मोहक लगता कि बड़ों की डाँट और दुत्कार के बावजूद वह उन्हीं के आसपास मँडराता रहता।

बच्चों का इस्तेमाल इस धंधे में दूसरी तरह से था। उन्हें कछार के किनारे-किनारे नदी के तट पर तथा उधर आने वाली कच्ची-पक्की सड़कों पर ढोरों के साथ छोड़ दिया जाता। उनका काम पुलिस और आबकारी विभाग की गतिविधियों पर दृष्टि रखना था। दूर से ही नदी में अगर किसी नाव या कच्ची सड़क पर जीप में बैठे खाकी वर्दी के लोग दिखाई देते तो वे लड़के खास तरह से आवाजें निकालते और अगर उनकी आवाजें कछार में काम करने वालों तक नहीं पहुँचतीं तो कोई लड़का हाथ में लाठी लिए दौड़ लगा जाता। आवाज या दौड़ आसन्न खतरे का संकेत होती। चंद मिनटों में ही लोग न जाने कहाँ बिला जाते। पुलिस वालों के हाथ कोई औरत या बूढ़ा लगते तो लगते, नहीं। तो उन्हें अपना गुस्सा उतारने के लिए सिर्फ कुछ मटके और भट्ठियाँ ही मिलते। हालाँकि ऐसे मौके बहुत कम आते थे फिर भी साल में दो-चार बार तो वे आ जाते और तब लड़कों की उपयोगिता सिद्ध हो जाती।

पी.पी. जल्दी ही भैंस चराने के अपने रोल से ऊब गया। अपने हम-वयस्क लड़कों के मुकाबले वह काफी हट्टा-कट्टा था। देखने में भी बड़ा लगता था। पढ़ाई

की ही तरह वहाँ भी वह साथ के लड़कों के साथ मारपीट में ही ज्यादा दिलचस्पी लेता था। जब तक उसे खुद चोट न लगे, उसके बाप और चाचा लोगों को उसकी मारपीट में आपत्ति नहीं थी। पर जिस घटना ने उसे ढोर चराने से मुक्ति दिलाई उसका मारपीट से दूर-दूर तक संबंध नहीं था। हुआ कुछ ऐसे कि एक दिन वह भैंस की पीठ पर बैठा मस्ती से गाना गाते हुए नदी की तरफ जा रहा था। अचानक न जाने क्या हुआ कि भैंस बुरी तरह भड़की और संतुलन सँभालते-सँभालते पी.पी. नीचे जा गिरा। नीचे गिरने से उसकी कलाई की हड्डी टूट गई।

''साला भैंस से गिर गया। खानदान की नाक कटवाएगा। किसी काम का नहीं है, इसे पढ़ने शहर भेज दो।'' उसके बाप की प्रतिक्रिया थी।

चोट लगने से ज्यादा बाप को पी.पी. के भैंस पर गिर जाने का अफसोस हुआ। चार-पाँच साल की उम्र से ही उसके परिवार के लड़के भैंस की पीठ पर बैठकर संतुलन बनाए रखना सीख जाते थे। ढोरों को चराने जाने वाले लड़के। ऊबड़-खाबड़ खेतों, खादर या पानी में दौड़ते हुए भैंसों की पीठ पर लड़के बड़े मजे से संतुलन बनाए रखते। भैंस की पीठ से गिर जाने पर सवार की हँसी उड़ाई जाती।

उसके भैंस से गिरकर कलाई की हड्डी तुड़वा लेने से उसका मजाक जरूर उड़ाया गया लेकिन उसे ढोर-डंगर से छुटकारा भी मिल गया। शहर पढ़ने के लिए भेजने की धमकी भी गलत साबित हुई क्योंकि यहाँ गाँव के स्कूल में ही पढ़ने के प्रति अपनी दिलचस्पी का व्यापक परिचय वह दे चुका था। पढ़ाई और भैंस-चराई के अतिरिक्त गाँव में सिर्फ एक काम और था जिसमें उसका इस्तेमाल हो सकता था और जिसमें उसकी दिलचस्पी भी थी, और यही काम उसे मिला।

कलाई की हड्डी जुड़ने के फौरन बाद उसे दारू के धंधे में लगा दिया गया। आज जहाँ नई औद्योगिक बस्ती की जगमगाती बत्तियाँ दिखाई देती हैं और हजारों कारखाने जिस क्षेत्र को गतिविधियों से भरपूर रखते हैं वहाँ पहले सिर्फ यमुना का विस्तृत और अनुपजाऊ खादर फैला था। उस जमाने में यमुना के खादर में यही अकेला उद्योग था जिसमें हजारों लोग लगे थे। राजधानी के बगल में स्थित होने के कारण इस धंधे के उत्पादकों के लिए बाजार की कोई कमी नहीं थी। नदी के दोनों तरफ कुछ ओपन-एअर बार चलते थे जिनमें रात के चार-छह घंटों को छोड़कर लगातार पीने वालों की भीड़ लगी रहती थी। पीने वालो में ज्यादातर औद्योगिक मजदूर और झुग्गी-झोंपड़ी वाले होते। बिक्री के ये स्थान खुले आम चलते और उनके आसपास अंडा या तली-भुनी मछली-मुर्गा बेचने वालों की दुकानें लग जातीं। लेकिन इन दुकानों पर तो काफी कम माल की खपत हो पाती थी। मुख्य रूप से दारू अलग-अलग तरीकों से दूर-दराज की औद्योगिक बस्तियों, झुग्गी-झोंपड़ी गरीबों की कालोनियों में पहुँचाई जाती। वहीं इसकी असली खपत होती।

दारू पहुँचाने के काम में पी.पी. को बड़ा मजा आता। पहले दारू जरीकेनों में

भरी जाती फिर उसे नावों के माध्यम से दरिया के दूसरी तरफ पहुँचाया जाता। दरिया पार उसे साइकिल के ट्यूबों में भरा जाता। वैसे तो थोड़ी-बहुत मात्रा बोतलों और छोटे-मोटे दूसरे बर्तनों में भरकर भी ठिकानों पर पहुँचाई जाती, लेकिन बड़ी मात्रा में ले जाने के सबसे सुरक्षित साधन साइकिल ट्यूब ही थे। बहरहाल पी.पी. का काम सिर्फ दरिया पार तक ही शराब पहुँचाकर खत्म हो जाता था, इसलिए बाद में वह किस चीज से ले जाई जाती है, इससे उसे कोई मतलब नहीं रहता।

इस धंधे में आमदनी खूब थी। उस अपेक्षाकृत कम महँगाई के जमाने में भी वह रोज कम से कम सौ रुपए अपने बाप के हाथ में बचत के रखता था। इसके अतिरिक्त दस-बीस रुपया खुद के लिए भी बचा लेता था। बचत के रुपयों से वह खूब मटरगश्ती करता। रात आठ-नौ बजे तक उसका काम खत्म हो जाता और दूसरे दिन दोपहर बाद दो-तीन बजे तक उसकी जरूरत नहीं पड़ती, इसलिए वह आराम से आवारागर्दी करता रह सकता था।

पैसा और शराब दो ऐसी चीजें उसके पास थीं जिनके कारण उसके खूब दोस्त बन सकते थे और बने भी। इन दोस्तों में ज्यादातर उससे बड़े थे और छोटी-मोटी ऐसी कारगुजारियों में लिप्त रहते थे जिन्हें आपराधिक कैरियर की शुरुआत कहा जा सकता है। पी.पी. उम्र में छोटा जरूर था लेकिन कद-काठी में बड़ी उम्र के लड़कों के बराबर लगता था। उम्र में छोटे होने का एहसास उस पर इस कदर तारी था कि अकसर वह अपनी औकात से बड़ा ऐसा काम करने की फिराक में रहता था जिससे उसके साथी उसे बड़ा मानने लगें। शराब पीते समय वह दूसरों से ज्यादा शराब पी जाता। मारपीट में खतरनाक परिस्थिति में भी नहीं भागता और दोस्तों के भाग जाने पर अकसर पिटता। शेखी बघारने में वह बढ़-चढ़कर बात करता। एक बार तो डींग हाँकने के चक्कर में वह अपने बाप की लाइसेंसी बंदूक उठा लाया। बाप को पता चला तो उसने जमकर पिटाई की। इन सारी हरकतों के चलते शुरू में तो वह हास्यास्पद बन जाता था लेकिन बाद में उसके दोस्त उसे गंभीरता से लेने लगे।

इन सारी हरकतों की तार्किक परिणति वही हुई जो इस परिस्थिति में हो सकती थी। पी.पी. ने हौले-हौले अपराध की दुनिया में कदम रखना शुरू कर दिया। अपराध की दुनिया शुरुआती दौर में बड़ी सम्मोहक लगती है और पी.पी. की उम्र और अनुभव के हर नौजवान को यह दुनिया बड़ी शिद्दत के साथ अपनी तरफ खींचती है। पी.पी. इस दुनिया की तरफ जब खिंचा तो उसे रोकने वाला भी कोई नहीं था। उसके बाप और चाचा लोगों के लिए घर के एक लड़के का अपराधी होना गाँव की मुश्किल जिंदगी में मजबूत सहारे की तरह था। नतीजा यह हुआ कि पी.पी. जब एक बार इस प्रवाह में बहा तो फिर बहता ही चला गया। किसी उद्दाम लहर की तरह जिंदगी उसे उछालती-पटकती रही और इस पूरे माहौल में सिर्फ एक चीज उसकी समझ में आई कि किसी भी तरह से अपनी जान बचाते हुए दुश्मन को खत्म करना है। दुश्मन को

इसलिए भी खत्म करना है कि अगर वह बचा रहा तो उसे खत्म कर देगा। अपराध की दुनिया में अपने शुरुआती सालों में वह लगातार अपने दुश्मनों को खत्म करता रहा। बाद में तो वह लगभग अपराजेय हो गया।

अपने जीवन का पहला अपराध उसे आज तक याद है। उसकी मित्र-मंडली में जयकिशन नाम का एक लड़का सबसे दुस्साहसी था। अकसर वह रास्ता चलते मार-पीट कर लेता था। यद्यपि वह उम्र में उससे काफी बड़ा था फिर भी साथियों का नेतृत्व करने के चक्कर में पी.पी. उससे स्पर्धा करता था, हालाँकि लाख स्पर्धा के बावजूद कहीं भीतर से वह उससे डरता भी था। जयकिशन के पास एक देशी पिस्तौल थी जिसे वह कट्टा कहता था और जिसे ललचाई आँखों से पी.पी. देखा करता था। वह बार-बार उसे छूना चाहता था। जयकिशन उसकी इस कमजोरी को समझता था और उसे तरसाने में उसे मजा आता था। बार-बार पी.पी. के मनुहार के बावजूद वह अपना कट्टा उसके हाथ में नहीं देता और अगर देता भी तो झपटकर फौरन वापस ले लेता। इसी जयकिशन ने उसे अपराध की दीक्षा दी।

हुआ कुछ ऐसा कि लड़कों के साथ खेलने में एक बार पी.पी. तीन दिन की कमाई एक साथ हार गया। उसका बाप कहीं रिश्तेदारी में गया हुआ था और चौथे दिन लौटने वाला था। दारू की कमाई पी.पी. को उसी के हाथ में रखनी होती थी इसलिए तीन दिन तक वह रोज शाम को बिक्री के बाद जुआ खेलता रहा। पहले दिन की कमाई हारकर उसने दूसरे दिन इस उम्मीद में जुआ खेला कि पहले दिन की हार वापस ले लेगा लेकिन दूसरे दिन भी वह हार गया। तीसरे दिन वह और कटिबद्ध होकर खेला कि दोनों दिनों का बदला ले लेगा लेकिन तीसरे दिन फिर हार गया। चौथे दिन बाप वापस आने वाला था। बाप के यहाँ सारे गुनाह माफ हो सकते थे, लेकिन बिक्री के पैसे हारने या गायब होने की सिर्फ एक ही सजा थी—चार-पाँच दिन चारपाई पर लेटे रहने लायक कुटम्मस। बाप की कुटम्मस आज भी पी.पी. को दुःस्वप्न की तरह याद है। लिहाजा घर खाली हाथ जाने का सवाल ही नहीं था।

पैसा जो गँवाया जा चुका था उतना बल्कि उससे भी ज्यादा हासिल करने का जो तरीका था उसे बताया जयकिशन ने। जयकिशन के बताए अभियान में शरीक होने के लिए छह लड़के चुने गए। तैयार तो बहुत से हो गए थे लेकिन चुने गए सिर्फ छह। चुनाव जयकिशन ने किया। चुनाव की कसौटी शरीर और मन से मजबूत होना था। जयकिशन ने ही सबका अलग-अलग टेस्ट लिया और पास होने वाले लड़कों को रात नौ बजे गाँव के बाहर एक पुलिया पर इकट्ठा होने के लिए कहाँ जो लड़के नहीं चुने गए, मुँह लटकाए अपने-अपने घर लौट गए और जो चुने गए, वे अपनी खुशी के छिपाने की कोशिश किए बिना जयकिशन की योजना को सरअंजाम देने की तैयारी में जुट गए।

गाँव के बाहर से गिट्टी वाली एक सड़क गुजरती थी। इस सड़क को गाँव वाले

दसियों सालों से इसी प्रकार देख रहे थे। सालों पहले इस सड़क पर मिट्टी पड़ी थी और उम्मीद हुई थी कि जल्दी ही यह सड़क पिच हो जाएगी। लेकिन सालों से इस पर कोई काम नहीं हुआ था और सड़क की मिट्टी धीरे-धीरे बेतरतीब होती गई और छितराती रही। यह सड़क आगे तीन-चार किलोमीटर दूर पक्की मुख्य सड़क से मिलती थी। मुख्य सड़क के दोनों किनारों पर बड़ी-बड़ी फैक्टरियों के लिए राजधानी के उद्योगपतियों ने जमीनें लेनी शुरू कर दी थीं। कुछ फैक्टरियों में आधा-तिहाई इमारती काम हो भी गया था। हमेशा से उदास सूनी पड़ी गिट्टी वाली सड़क हलकी-हलकी गुलजार होने लगी थी। दिन में हर दस-पंद्रह मिनट बाद यहाँ से कोई न कोई छोटी-बड़ी गाड़ी गुजरती। इन्हीं दिनों गाँव वालों ने पहली बार लंबी विदेशी गाड़ियों को देखा। शुरू-शुरू में तो लड़के शोर मचाते हुए कई-कई फर्लांग इन गाड़ियों के पीछे दौड़ते। अब तो आदी हो जाने के कारण गाँवों के कुत्ते भी इनकी ज्यादा पहवाह नहीं करते और दो-एक बार भौंककर या दस-पाँच कदम दौड़कर औपचारिकता पूरी कर लेते।

अँधेरा होने के बाद गाड़ियों की संख्या बहुत कम हो जाती। आधे-पौने घंटे बाद कहीं कोई गाड़ी गुजरती। गिट्टियों के अव्यवस्थित हो जाने के कारण सड़क पर जगह-जगह गड्ढे हो गए थे। इसके अतिरिक्त गट्टियाँ भी बड़े खतरनाक ढंग से तीखी नोकें निकाले हुई थीं। इसलिए दिन में भी गाड़ियों की रफ्तार काफी कम रहती। रात में तो लगभग रेंगती-सी चलती गाड़ियाँ तीन-चार किलोमीटर लंबी यह दूरी पार करने में आधा घंटे से ज्यादा समय ले लेतीं इसी सड़क पर कुछ कर गुजरना तय हुआ।

तय तो हुआ था नौ बजे इकट्ठा होना, लेकिन साढ़े आठ बजे तक सभी लड़के इकट्ठे हो गए। दो-एक ऐसे लड़के भी आ गए जिनका चयन जयकिशन ने नहीं किया था और जिन्हें नहीं आना था। उन्हें उसने डाँटकर भगाने की कोशिश की लेकिन वे थोड़ी दूरी पर जाकर खड़े हो गए। असंतुष्ट होने पर वे बाद में फूट सकते थे इसलिए जयकिशन ने उन्हें वापस बुला लिया। अब इस अभियान में दस लड़के शरीक हो गए।

सड़क एकदम सूनी थी। लड़कों ने जल्दी-जल्दी पत्थर उठाए और सड़क पर डाल दिए। पुलिया के पास बायीं तरफ सड़क पर एक बड़ा खड्डा था और दाहिनी तरफ पत्थर रख देने से सड़क पूरी तरह बंद हो गई और उधर से गुजरने वाली किसी भी गाड़ी को वहाँ रुकना पड़ता। जयकिशन और पी.पी. पुलिया पर बैठ गए, बाकी लड़कों को सड़क के दोनों किनारों पर खड़ी बेहया की झाड़ियों के पीछे छिपा दिया गया।

काफी देर तक कोई गाड़ी नहीं आई। झाड़ियों के पीछे बैठे लड़कों का धैर्य चुकने लगा और जयकिशन के डाँटने के बावजूद उन्होंने आपस में बातचीत करनी शुरू कर दी। जयकिशन झल्ला-झल्लाकर उन्हें गालियाँ देता रहा और थोड़ी देर में वह

भी ऊँघने लगा। सबसे ज्यादा उत्तेजित पी.पी. था और इसलिए वह एकटक सड़क की दोनों दिशाओं में क्षितिज तक आँखें गड़ाए बैठा देखता रहा। जयकिशन की बीच-बीच में उसे दी जाने वाली हिदायतें, शोर मचाने वाले लड़कों के साथ गाली-गलौज या सड़क पर आवारा कुत्तों के भौंकने की आवाजें—सब कुछ उसे बहुत दूर से आती लगतीं। उसका गला खुश्क हो रहा था। उत्तेजना और सनसनी ने उसकी छाती में एक अजीब किस्म की हलचल पैदा कर रखी थी। उसे जीवन का एक ऐसा अनुभव प्राप्त होने जा रहा था, जिसके लिए वह कुछ भी कुर्बानी कर सकता था।

सबसे ज्यादा एकाग्रचित्त वह था इसलिए सबसे पहले नजर भी उसी की पड़ी। दूर बहुत दूर पीले प्रकाश का एक धुँधला-सा वृत्त गाढ़े ठोस अँधेरे में से उभर रहा था। पी.पी. की आँखें फैलीं, ओठ हलके-हलके फड़के और उसने कुछ कहना चाहा लेकिन आवाज की जगह उसके हाथों ने हौले-हौले जयकिशन को ऊँघते से जगाया। बेहया के पीछे छिपे लड़कों ने पुलिया पर होने वाली हलचल भाँपी और वे सतर्क हो गए। जयकिशन ने सड़क से उतरकर वहाँ पड़े पत्थरों का मुआयना किया। सब कुछ ठीक था। कोई गाड़ी वहाँ से निकल नहीं सकती थी। वह वापस पुलिया पर आकर बैठ गया।

पी.पी. को सब कुछ तिलिस्म की तरह रहस्यमय लग रहा था उसके लिए प्रतीक्षा अब असह्य हो उठी थी। गाड़ी अभी भी बहुत दूर थी और पीली रोशनी का वृत्त बहुत धीमे-धीमे फैल रहा था। दूरी इतनी थी और रोशनी इस कदर मरियल कि इस बात का अंजाद लगाना कि वह किस किस्म की गाड़ी है, बहुत मुश्किल था। पी.पी. को यह बड़ा उबाऊ लग रहा था कि कार्यवाही का क्षण इतनी देर बाद आएगा। उसने अपनी जेब में हाथ डालकर टटोला। जयक्रिशन का दिया हुआ चाकू सुरक्षित था। चाकू बाहर निकाला। निकालकर उसने दो-एक बार उसे खोला और बंद किया। जयकिशन के घुड़कने पर फिर जेब में डाल दिया।

टूटी ऊबड़-खाबड़ पर गाड़ी धीरे-धीरे रेंग रही थी। प्रकाश वृत्त धीरे-धीरे बड़ा हो रहा था और अब स्पष्ट रूप से दो पीली गोलाइयाँ चमकने लगी थीं। हालाँकि अब भी यह स्पष्ट नहीं था कि यह गाड़ी किस प्रकार की है। कभी लगता ट्रक है, कभी ट्रैक्टर और कभी कार। तय हुआ था कि यदि कार नहीं हुई तो वे पुलिया से उतरकार पत्थर हटा देंगे और ऐसा दिखायेंगे कि जैसे पत्थर सड़क पर पड़े रहने के पीछे कोई राज नहीं है। अगर कार होगी तभी बेहया के पीछे छिपे लड़के उसके धीमे होते ही उस पर हल्ला बोल देंगे।

गाड़ी जब बहुत करीब आ गई तब जाकर स्पष्ट हुआ कि यह कार थी। सबसे पहले जयकिशन पुलिया से कूदकर झपटा। उसके पीछे यंत्र-चालित-सा लड़खड़ाते कदमों और खुश्क गले वाला पी.पी. था। सड़क के किनारे बेहया की झाड़ियों में भी हलचल हुई। लेकिन लगता था, उनसे जल्दीबाजी हो गई है। कार अभी पंद्रह-बीस गज

दूर ही थी उन्हें हरकत में आते देखकर संभवतः कार में बैठे लोग कुछ सतर्क हो गए थे। उन्होंने कार में तेजी के साथ ब्रेक मारा और कार को बैक करने की कोशिश की। कार इतने रफ्तार से बैक हुई कि लड़कों को निराशा घेरने लगी। लेकिन संयोग अच्छा था और कार पीछे हटते हुए एक बड़े पत्थर के टुकड़े से टकराई और घर्र-घर्र की आवाज के साथ बंद हो गई। केवल उसकी हेडलाइट्स जलती रहीं। अंदर बैठे ड्राइवर ने घबराहट में उसे फिर से स्टार्ट करने की कोशिश की लेकिन उसकी घबराहट ने कुछ इस तरह गड़बड़ी की कि लड़कों के चारों तरफ से घेर लिए जाने तक कार आगे-पीछे नहीं बढ़ी, सिर्फ घुर्र-घुर्र की आवाज करती रही।

हेडलाइट्स के जलते रहने के कारण बाहर आँखों को चौंधिया देने वाली रोशनी थी और भीतर कार में घटाटोप अँधेरा। बाहर से यह अनुमान लगाना मुश्किल था कि भीतर कितने लोग होंगे। जयकिशन ने ड्राइवर की खिड़की से अपनी देशी पिस्तौल अंदर डाल दी।

"बुझा, लाइट बुझा दे।"

लाइट बुझ गई।

"बाहर निकल आ।"

सिर्फ कहने भर से कोई बाहर नहीं निकला। जयकिशन ने माँ-बहन की कुछ गालियाँ दीं और पिस्तौल की बट से ड्राइवर के मुँह और कनपटियों पर कुछ प्रहार किए। ड्राइवर एक हाथ से कनपटी दबाए और दूसरा हाथ प्रहार रोकने की मुद्रा में मुँह के सामने किए उतरा। उसके उतरते ही लड़कों ने उसे दो-चार हाथ मारे और उसके दोनों हाथों को दो-दो लड़कों ने पकड़ लिया और वह काबू में आए परिंदे की तरह हौल-हौल काँपता हुआ सिसकने लगा।

"माँ के यार तू भी निकल आ।" जयकिशन ने पिछली सीट पर छुपने की कोशिश कर रहे दूसरे यात्री को ललकारा। हेडलाइट्स बुझा दिए जाने के बाद थोड़ी ही देर में लड़कों की आँखें साफ-साफ देखने में समर्थ हो गईं। अंदर ड्राइवर के अतिरिक्त सिर्फ एक आदमी और था जो पिछली सीट पर बायीं खिड़की पर दुबका बैठा था।

"उतरता है या करें तेरी भी सेवा?"

"उतर आएगा तब भी सेवा तो होगी ही। हम तो मेहनत की कमाई खाते हैं। बिना सेवा किए नहीं मानेंगे। लेकिन सीधे से उतर आएगा तो कम सेवा होगी।"

"चुप बे!" जयकिशन ने मजाक करने वाले लड़के को डाँटा। माहौल का तनाव कम नहीं होना चाहिए।

कार में दुबका आदमी और दुबक गया। उसके ओठ कुछ इस तरह फड़फड़ा रहे थे कि वह कुछ बोलना चाहता था लेकिन डर ने उसकी घिग्घी बाँध रखी थी।

दो-तीन लड़के उस खिड़की पर पहुँच गए जिसके पीछे वह छिपा बैठा था। उसने

खिड़की का शीशा घटना के शुरू होते ही चढ़ा दिया था। लड़कों ने शीशे को कसकर पीटा तो अंदर बैठा आदमी और दुबक गया। एक लड़के ने सड़क पर पड़ा ईंट का टुकड़ा उठा लिया और पूरी शक्ति से उसे शीशे पर पटक दिया। शीशा एकदम से चकनाचूर हो गया। उसकी किर्चें अंदर की तरफ बिखर गईं। अंदर बैठे आदमी के मुँह और सीने पर काँच के छोटे-बड़े टुकड़े पड़े और वह पहले से ज्यादा घबराहट में उन्हें झाड़ने लगा।

लड़कों में किसी ने पहले कार का दरवाजा नहीं खोला था। उन्होंने बाहर के हैंडिल को खींचा, अंदर हाथ डालकर कल-पुर्जे टटोले और झुँझलाकर अंदर बैठे आदमी को दो-तीन घूँसे मारे लेकिन दरवाजा न खोल पाए और न खुलवा पाए।

जयकिशन ही इस मौका पर भी काम आया। उसने पिस्तौल ड्राइवर की कनपटी पर अड़ा दी और उसे लेकर टूटे शीशे वाली खिड़की तक आया। ड्राइवर ने बाहर से दरवाजा खोलने की कोशिश की। दरवाजा अंदर से लॉक था। उसने हाथ अंदर डालकर दरवाजा खोल दिया।

घबराया हुआ आदमी बाहर खींच लिया गया। इतनी देर तक दरवाजा न खोलने की झुँझलाहट लड़कों ने उसे अच्छी तरह पीटकर निकाली। जयकिशन खुद पीटने वालों में था लेकिन उसने जल्दी ही लड़कों को डाँट कर रोक दिया।

"इसकी जेबें टटोलकर देख।" जयकिशन ने पी.पी. को ललकारा। पी.पी. किंकर्तव्यविमूढ़-सा पूरे नाटक को देख रहा था। बीच-बीच में मारपीट और भागदौड़ में वह शरीक जरूर हो रहा था लेकिन उसे पूरा घटनाक्रम स्वप्नलोक में घटित होता-सा लग रहा था। अपने हाथ-पैर या किसी भी अंग पर उसका वश नहीं था। पिटाई के लिए हाथ उठाते या भागने-दौड़ने के लिए पैरों का इस्तेमाल करते समय उसे लग रहा था कि उसके शरीर में ताकत ही नहीं बची है और उसके हाथ-पाँव लुंज-पुंज हो गए हैं। जयकिशन की आवाज उसे कहीं दूर से आती लगी। उस आवाज की कड़क ने उसे एकदम से चैतन्य कर दिया। उसने कार से उतरे आदमी की पैंट की दोनों जेबों को बारी-बारी से टटोला। कुछ नोट और कुछ कागजात निकल के उसके हाथ में आए। जयकिशन ने झपटकर दोनों उससे ले लिए। कागजों को उसने बिना देखे जमीन पर फेंक दिया और नोट अपनी जेब में डाल दिये। जो धन मिला था, वह आशा से बहुत कम था। जयकिशन ने उसकी कमीज की जेब में हाथ डाला, वह खाली थी। वह निराशा और गुस्से से भर उठा।

"साले इतना कम पैसा लेकर चलते हो! इतना कम नहीं हो सकता। और पैसा कहाँ है, बोल!"

मार खाए हुए आदमी की आवाज डर और घबराहट से रूँध गई थी। उसने हकलाते हुए जो कहने का प्रयास किया, उसका आशय यह था कि उसके पास इससे ज्यादा कुछ नहीं है।

जयकिशन ने उसकी और ड्राइवर की घड़ी कलाई से उतरवा ली। इतना कम पैसा मिला था कि उसे बार-बार लग रहा था कि सारी मेहनत बेकार गई। उसने दोनों सवारियों को लड़कों के हवाले किया और स्वयं कार की तलाशी लेने में जुट गया। उसने पहले अगली सीट का बारीकी से मुआयना किया। ड्राइवर की सीट पर एक डायरी पड़ी थी। उसने गुस्से से उसे उठाकर बाहर फेंक दिया। अगली सीट से उतरकर वह पिछली सीट की तरफ बढ़ा ही था कि लड़कों ने शोर मचा दिया। सामने दूर फिर से पीली रोशनी का एक कमजोर वृत्त दिखाई देने लगा था। वक्त बहुत कम था और अगले सात-आठ मिनटों में ही गाड़ी इतने करीब आ जाने वाली थी कि उनकी हरकत साफ-साफ दिखाई देने लगती।

जयकिशन ने फुर्ती दिखाई। वह तेजी से पिछली सीट में घुसा। उसने सीट पर हाथ फेरा। कुछ नहीं था। पीछे शीशे के पास वाली जगह पर भी कुछ नहीं दिखाई दे रहा था। वह निराश होकर लौट ही रहा था कि उसका पैर दोनों सीट के बीच की तंग जगह में किसी चीज से टकराया। उसने उत्सुकता से हाथ उस पर फेरा। उसकी आँखों में चमक आ गई। एक ब्रीफकेस था जिसे लगता था कि लूटपाट शुरू होते ही उसके मालिक ने सीटों के बीच में घुसेड़ने की कोशिश की थी। ब्रीफकेस लेकर वह बाहर आ गया। उसके पिछले अनुभव बताते थे कि सेठ लोग ब्रीफकेस में ही पैसा रखते हैं। पता नहीं यह मुसाफिर सेठ है भी कि नहीं। बहरहाल यह सब सोचने का वक्त नहीं था। सामने वाली गाड़ी अब इतने करीब आ गई थी कि किसी भी वक्त उसके प्रकाश की जद में लड़के आ जाते। उसने लड़कों को इशारा किया और दोनों मुसाफिरों को छोड़कर सभी ने खेतों में छलाँग लगा दी।

खेतों में चरी अच्छी घनी फसल थी। पिछली रात उनमें पानी चलाया गया था इसलिए जमीन काफी हद तक दलदली थी। लड़कों के लिए भागना मुश्किल हो रहा था, लेकिन वे भागते चले जा रहे थे। चरी के खेतों को रौंदते हुए उन्होंने देखा कि दूसरी आने वाली गाड़ी पहली गाड़ी के पास आकर रुक गई है। दूसरी गाड़ी की हेडलाइट्स बुझाई नहीं गई थी और उसके कुछ तिरछा होने के कारण रोशनी एक खास कोण से खेतों पर पड़ रही थी। हालाँकि लड़के इस रोशनी की जद के बाहर हो गए थे फिर भी खेतों का कुछ हिस्सा रौशन हो रहा था। दोनों गाड़ियों के चार-पाँच लोग इस रोशनी के सहारे खेतों की तरफ हाथ उठाकर थोड़ी देर तक कुछ इशारेबाजी करते रहे। लेकिन जल्दी वे वहाँ से चल दिए। सबसे पहले बाद में आई गाड़ी रवाना हुई और फिर उसके फौरन बाद पहले आई हुई गाड़ी भी रवाना हो गई।

खेतों-खेतों लड़के काफी दूर निकल गए और जब नदी के किनारे पहुँचकर खेतों से बाहर निकले तो बुरी तरह हाँफ रहे थे। हाथ में ब्रीफकेस लिए सबसे पहले जयकिशन नदी के किनारे रेत पर बैठ गया। धीरे-धीरे उत्तेजना से लड़कों की साँस धौंकनी की तरह चल रही थी। जयकिशन को छोड़कर बाकी सबने जिंदगी का पहला

शिकार किया था। इसलिए सभी पूरी भाग-दौड़ का नतीजा जानने के लिए उत्सुक थे।

जयकिशन ने लड़कों की उत्सुकता का खूब मजा लिया। वह स्वयं भी बेहद उत्सुक था, लेकिन दूसरों के सामने गंभीर बनकर लापरवाही दिखाने में उसे मजा आ रहा था। थोड़ी देर तक यह खेल चलता रहा लेकिन उसकी स्वयं की उत्सुकता ने उसे ब्रीफकेस खोलने पर मजबूर कर दिया। किसी भी लड़के को ब्रीफकेस खोलना नहीं आता था, लेकिन थोड़ी-बहुत जोर आजमाइश करने पर ब्रीफकेस खुल ही गया।

अगर मुहावरे की भाषा में कहा जाय तो ब्रीफकेस की तलाशी लेने पर लड़कों की आँखें फटी रह गईं। अंदर दो-तीन फाइलों के कागज भरे थे और सबसे निचली फाइल के नीचे सौ-सौ रुपयों की एक गड्डी थी। चारों तरफ से घिरी ललचाई आँखों और बेचैन हाथों के बीच जयकिशन ने नोटों को गिना। पूरे दस हजार रुपए थे। बीच-बीच में डाँटकर वह सबकों नोटों से दूर रखता रहा और फिर ईमानदारी से उसने पैसों का बँटवारा कर दिया। बँटवारे में एक हजार रुपए पी.पी. के हाथ लगे। खुशी और उत्तेजना से वह भर उठा। उसे पहली बार पता चला कि इतनी कम मेहनत करके इतना ज्यादा कमाया जा सकता है। जुए में हारे बाप के पैसे देकर भी उसके पास इतने पैसे बचते कि वह दो-तीन दिन ऐश कर सकता था। वह यही करता, लेकिन दूसरे दिन शाम तक गिरफ्तार हो जाने के कारण उसकी योजना में विघ्न पड़ गया।

दूसरे दिन बाप के पैसे वापस कर, तीन दिन तक घर से बाहर रहने के कारण बाप के हाथों पिटकर और दोपहर में डटकर सोने के बाद वह अपने दो-तीन साथियों के साथ गाँव के बाहर एक चाय के ढाबे पर बैठा ही था कि अचानक पुलिस की एक जीप ठीक उनकी चारपाई के पास आकर रुकी। पुलिस की गाड़ी देखते ही उसके साथ के लड़के भागे लेकिन पी.पी. सूखे हलक और फक्क पड़े चेहरे के साथ पुलिस वालों को झपटकर अपनी तरफ आते हुए देखता रहा। एक सिपाही ने उसे कालर पकड़कर उठा लिया और दूसरे ने कसकर एक डंडा उसके पैरों पर जमाया। वे उसे खींचते हुए जीप की तरफ ले जाने लगे। पी.पी. ने बिना किसी उद्देश्य के अपने को उल्टी दिशा में तानना शुरू किया, लेकिन ताबड़तोड़ कई डंडे और झापड़, घूंसे शरीर पर पड़ने से उसका प्रतिरोध ढीला पड़ गया। जल्द ही घसीटकर उसे जीप के पिछले हिस्से में फेंक दिया गया।

ढाबे पर बैठे ट्रकों के ड्राइवरों और तमाशबीनों ने जीप के इर्द-गिर्द भीड़ लगानी शुरू कर दिया था। पुलिस वाले बीच-बीच में उन्हें हाँकते रहे और भीड़ छँट-छँट कर फिर इकट्ठी होती रही। भागने वाले पी.पी. के साथियों के पीछे दौड़ने वाले पुलिस वाले थोड़ी देर में लौट आए। उनके हाथ एक ही लड़का लगा था। वे उसी को बालों से पकड़कर घसीटते और लात-घूँसों से पीटते जीप तक ले आए। उसकी कमीज के सारे बटन टूट चुके थे, सिर्फ एक पैर में चप्पल बची थी और गाल तथा ओठ कट जाने से खून सना चेहरा वितृष्णा पैदा कर रहा था। लगता था, उसने पुलिस वालों को बहुत

दौड़ाया था इसलिए उन्होंने उसकी मरम्मत खूब तबीयत से की थी। उसे भी पी. पी. के बगल में फेंक दिया गया। उसके बाद जीप में पुलिस वाले चढ़ गए।

छोटी-सी जीप में उसकी क्षमता से अधिक पुलिस वाले बैठ गए थे। वे सभी अंदर नहीं समा पा रहे थे। इसलिए दो-तीन तो गाड़ी के चारों तरफ लटके हुए थे। किसी की टाँग बाहर निकली हुई थी, किसी का पूरा धड़। उनके डंडे और लाठियाँ भी अंदर-बाहर इस तरह बेतरतीब थे कि गाड़ी के हिलने के साथ ही उनके शरीर में जगह-जगह टकराने का खतरा पैदा हो रहा था। जीप के चलने से हवा का झोंका भीतर आया ता अंदर बैठे लोगों को कुछ राहत महसूस हुई। थाने तक पहुँचने में जीप ने पौन घंटा लगाया और वह यात्रा पी.पी. के लिए नरक की तरह रही। उसके पंजों और घुटनों पर बूट समेत कई लोग चढ़े हुए थे और लगातार उसे लग रहा था कि तनाव से उसकी जाँघों की नसें फट जाएँगी। बीच-बीच में लाठी का कोई हिस्सा उसके पेट से टकराता और दर्द से वह बिलबिला उठता। थाने पहुँचने पर उसकी इस यातना का तो अंत हो गया, लेकिन दूसरी यातना शुरू हो गई।

अपनी इतनी जल्दी गिरफ्तारी का कारण सबब भी उन्हें फौरन ही पता चल गया। अपराध की योजना बनाते समय जिन लड़कों को जयकिशन ने अपने साथ शरीक करने से इनकार कर दिया था, उन्हीं में से एक लड़का उनकी गिरफ्तारी का कारण बना। ईर्ष्याजन्य क्रोध के कारण उसने गाँव के चौकीदार से जयकिशन का नाम बता दिया। उसका नाम किसी को न बताने का वायदा करके चौकीदार ने बहला-फुसलाकर और लड़कों के नाम पूछे, लेकिन फिर उसने चुप्पी साध ली और कहना शुरू कर दिया कि उसे कुछ नहीं पता। चौकीदार ने उसका नाम पुलिस को बता दिया और रात में ही पुलिस ने उसे उठा लिया। पुलिस के दो-तीन झापड़ों ने ही उससे सब कुछ उगलवा लिया। सबसे पहले जयकिशन के घर पुलिस की दबिश पड़ी, लेकिन वह गायब था। उसे ऐसी स्थिति की आशंका पहले से थी, इसलिए वह रात में घर सोया ही नहीं था। बाद में पी.पी. पकड़ा गया।

उन्हें पकड़वाने वाला लड़का सामने बेंच पर सिर झुकाए बैठा था। पुलिस वालों के बार-बार ललकारने के बावजूद उसने उन लोगों की आँखों में आँखें डालकर नहीं देखा। उसकी फिसलती हुई निगाह पी. पी. के सिर के ऊपर से गुजर गई और सीधे दीवाल पर टिक गई।

पहली गिरफ्तारी ने पी.पी. को काफी मजबूत और शिक्षित किया। उसकी जबर्दस्त पिटाई हुई। हाथ-पैर के हर जोड़ टूट-फूट या सूज गए। उसका पूरा चेहरा कई जगह से कट-फट गया। मुँह सूज कर अजीब ढंग से विकृत हो गया। इतना सब होने के बावजूद वह कुछ नहीं बोला। सिर्फ अपने पास बचे चार सौ रुपये उसने पैंट की चोर जेब से निकालकर पुलिस वालों के हवाले किए और फिर खामोश हो गया।

पी.पी. की खामोशी अनुभवी पुलिस वालों के लिए आश्चर्यजनक थी। पहला

अपराध करने वाला इतना सख़्तजान लड़का उन्होंने नहीं देखा था। पी.पी. के साथ पकड़े गए लड़के ने तो सब कुछ बता ही दिया था, वे तो केवल पी.पी. के मुँह से सुन कर उसके दिए विवरणों की ताईद करना चाहते थे, लेकिन पी.पी. नहीं बोला तो नहीं बोला।

थाने के आँगन में नीम का एक पेड़ था। चिढ़े हुए पुलिस वालो ने उसे पेड़ की एक मोटी डाल से उलटा लटका दिया। मुश्किल से पाँच-सात मिनट पी.पी. लटका होगा लेकिन उसे याद करके अभी भी उसे थरथरी छूट जाती है। ऐसा लगा कि पूरे जिस्म का खून निचुड़ कर उसके सिर में भर गया हो। यदि वह थोड़ी देर इसी स्थिति में रहता तो शायद यह खून उसकी आँखों से टपकने लगता। दिमाग पर, लगता था, जैसे कोई हथौड़े मार रहा था और जिस तरह के टन-टन की आवाज पी.पी. को अपने कानों से टकराती सुनाई दे रही थी, वह अजीब तरह की खौफनाक आवाज थी और आज तक वह आवाज उसने फिर नहीं सुनी। जितनी ऊँचाई से उसे लटकाया गया था, वह इतनी थी कि हाथों की उँगलियाँ जमीन से महज पाँच-छह इंच ऊपर रह गई थीं। जब तक वह होश में रहा, उसने लगातार कोशिश की कि किसी तरह उसका हाथ जमीन पर टिक जाए लेकिन वह कोशिश निरर्थक ही रही और इससे उसके शरीर का तनाव और बढ़ गया। पहली बार उसे पता चला था कि दर्द की ऐसी किसी लहर का झिंझोड़ा हुआ आदमी आजिजी के साथ सिर्फ अपनी मृत्यु की कामना कर सकता है।

चंद मिनटों के बाद ही आ जाने वाली बेहोशी ने उसे मुक्ति दिलाई। वह ज्यादा चीखा-चिल्लाया नहीं था, सिर्फ दाँत भींचे दर्द की लहर झेलने की कोशिश कर रहा था, इसलिए उसके आसपास खड़े पुलिस वालों का ध्यान एकदम से उसके चेहरे की बदलती रंगत पर नहीं गया। अचानक एक पुलिस वाले ने देखा कि पेड़ से लटके-लटके उसकी आँखें उलट गई हैं और उसके मुँह से गाज की तरह पानी खुले ओठों के किनारे से निकलकर बह रहा है। धरती छूने की कोशिश करती हुई उँगलियाँ कुछ ऐंठ सी गई हैं। वह बदहवास-सा झपटा और उसने पी.पी. के लटके हुए हाथों को थामकर उसे ऊपर उठा दिया ताकि पूरे शरीर का खिंचाव कम हो सके। इतनी देर में और पुलिसवाले भी झपटकर पहुँच गए। दो-तीन ने मिलकर उसे कमर के पास टेढ़ा कर दिया और सिर बाँहों में लेकर ऊपर कर दिया।

एक सिपाही पेड़ के ऊपर चढ़ गया और थोड़ी-सी मेहनत से उसने रस्सी की गांठ खोल डाली। उतारकर पी.पी. को बरामदे में लिटा दिया गया। उसकी आँखें तो कुछ ठीक हो गई थीं, लेकिन उसकी बेहोशी बरकरार थी। रह-रहकर पूरा शरीर अजीब तरह से ऐंठता था। पुलिस वाले दहशत में पड़ गए। एक ने दौड़कर स्टेशन ऑफिसर को ख़बर दी। वह अपने क्वार्टर में खाना खा रहा था। खाना छोड़कर हाथों पर पानी डालता हुआ वह भागता आया।

''साले भोसड़ी वाले मुझे जेल भिजवा कर छोड़ेंगे। किसने कहा था इसे लटकाने

को?'' वह अपने क्वार्टर से ही चीखता-चिल्लाता पहुँचा।

''अबे, अब खड़े-खड़े मुँह क्या देख रहे हो! डॉक्टर बुलाने क्या तुम्हारे बाप जायेंगे?''

एक दरोगा बाहर की तरफ लपका।

''गाड़ी लेता जा। कस्बे में जो डॉक्टर मिले, उठा ला।'' दरोगा गेट पर रुक गया। ड्राइवर ने जल्द से जीप स्टार्ट की और गेट पर खड़े दरोगा को बैठाते हुए कस्बे की तरफ लपका।

इस बीच एक सिपाही पानी ले आया और उसने कुछ छींटे बेहोश पी.पी. के मुँह पर मारे। पी.पी. थोड़ा कुनमुनाया लेकिन उसकी बेहोशी बरकरार रही।

स्टेशन ऑफिसर, जिसे लोग बड़े दरोगाजी कहकर बुलाते थे, लगातार झल्लाता और गरियाता रहा। उसे लग रहा था कि उसके नालायक मातहत उसे जेल भिजवाकर रहेंगे। वह धीरे से थाने के दफ्तर में खिसक गया और उसने रोजनामचे में पी.पी. के थाने में आने के समय से पहले ही अपनी दूसरी जगह के लिए रवानगी अंकित कर दी। रवानगी लिखने के बाद भी वह आश्वस्त नहीं हुआ और बेचैनी से डॉक्टर का इंतजार करता रहा।

डॉक्टर आया और पी.पी. की जान बचाने की मुहिम में जुट गया। उसने ताबड़तोड़ उसे कई इंजेक्शन दिए। थाने के एक कमरे में पलँग डालकर उसे लिटा दिया गया और डॉक्टर ने अपनी क्लीनिक से उपकरण और ग्लूकोज की बोतलें मंगाकर उसे ग्लूकोज चढ़ाना शुरू कर दिया। पी.पी. की जान बच गई और उसने थोड़ी देर में आँखें खोल दीं।

होश में आने के दो-तीन घंटे बाद ही पी.पी. को पुलिस की गाड़ी में बैठाकर मजिस्ट्रेट के पास भेज दिया गया। छुट्टी का दिन था, इसलिए उसे मजिस्ट्रेट के घर ले जाया गया।

बड़ी मुश्किल से डगमगाते कदमों से वह मजिस्ट्रेट के सामने पेश किया गया। मजिस्ट्रेट ने उसके वारंट पर दस्तखत कर दिए और पुलिस वाले अपनी गाड़ी से ले जाकर उसे जेल में दाखिल कर आए।

इस तरह उसके जीवन में अपराध के प्रथम अनुभव का पहला अध्याय समाप्त हुआ। इस अनुभव का दूसरा अध्याय जेल में शुरू हुआ। जेल ने सही अर्थों में उसे दीक्षित और अपराध के प्रति उसके मन में मौजूद आकर्षण को एक मूर्त आकार दिया।

जिस समय हाथ की हथकड़ी खोलकर पुलिस के सिपाहियों ने उसे जेल के स्टाफ के हवाले किया, उसका पूरा शरीर पका फोड़ा बन चुका था। जहाँ से छुआ जाय, वहीं दर्द होता। जितनी देर वह जीप में बैठा यात्रा करता रहा, उसे लगातार लगता रहा कि कोई उसके ऊपर चढ़कर बेलन चला रहा है। जीप का हर हिचकोला

उसे यातना और पीड़ा की धुंध में डुबो देता। यह धुंध जैसे उसके पूरे जिस्म से टकरा-टकराकर उसकी आँखों में घुस जाती और उसे नीम बेहोशी के झटके देती। होश में आने पर वह बार-बार कहना चाहता कि जीप धीमे चलाई जाय लेकिन पुलिस थाने पर अब तक मिला अनुभव उसे रोक लेता। पुलिस वालों की बातचीत से उसे पता चला था कि जेल का रास्ता चार घंटा लंबा है, लेकिन यह चार घंटा बीतने में युग लग गया।

जीप से उतरकर जेल के फाटक के अंदर जब उसने पहला कदम रखा, वह बायीं तरफ को हलका झुका हुआ काँपती टाँगों वाला एक ऐसा किशोर था जिसे अगर हलकी-सी सहानुभूति भी किसी कोने से मिलती तो वह फूट-फूटकर रो पड़ता, लेकिन उसे किसी से भी सहानुभूति नहीं मिली और वह थोड़ी देर में पूरी तरह से पत्थर बन गया। सबसे पहले उसकी तलाशी ली गई। जेल का एक बाबू एक कुर्सी पर बैठा लिख रहा था। एक पक्के ने उसे सीधा खड़ा करके उसकी तलाशी लेना चाहा। लाख कोशिश करने के बावजूद वह सीधा खड़ा नहीं हो पा रहा था। बार-बार उसके बायीं तरफ लुढ़कने से चिढ़कर पक्के ने उसके बाल कसकर पकड़ लिए और उसे सीधा करने की कोशिश की। दर्द से बिलबिलाकर वह स्वयं ही सीधा हो गया, लेकिन रोकने के बावजूद उसके मुँह से अस्फुट-सी गाली निकल गई, ''मादर...।''

''क्या बोला बे...?'' पक्के ने जो खुद अपने जमाने का बड़ा खूँखार अपराधी रह चुका था और पिछले कुछ वर्षों में जेल अधिकारियों का विश्वास प्राप्त कर पुराने कैदियों को प्राप्त होने वाले इस ओहदे तक पहुँचा था, हलकी-सी कुहनी उसके पेट में छुआई। दर्द से वह दोहरा हो गया। फिर उसने प्रतिरोध नहीं किया। उसकी तलाशी का विवरण नोट कराने के बाद पक्के ने उसकी चोटों का विवरण नोट कराया। चोटों का विवरण नोट कराते समय पक्के के हाथ उसके बदन पर फिरे तो उसे ऐसा लगा कि कोई पके फोड़ों को दबाकर उनसे पीब निकाल रहा हो। सीधा खड़ा होने के चक्कर में वह झुक-झुक जाता और अचानक पक्के को कोई हरकत करते देखकर सीधा तन जाता।

जेल में उसकी असली दीक्षा हुई। पहली बार जेल आने के कारण पी.पी. को पूरा माहौल बड़ा तिलिस्मी और रहस्यमय लग रहा था। हिंदी फिल्मों के तमाम नायक वहाँ मौजूद थे। उनके चेहरे से टपकने वाली क्रूरता और ओछेपन को वह ईर्ष्या से देखा करता था। जेल में उसने देखा कि किस तरह बड़ा अपराधी सामाजिक स्वीकृति और प्रतिष्ठा हासिल करता है। जेल में ही मश्क की उसने वह भाषा जो अंडरवर्ल्ड या अपराध-जगत की परत-दर-परत उसके सामने उघाड़ती चली गई।

जेल के अपने नायकों के सामने उसने देखा कि किस तरह जेल के आला हुक्काम उनके आगे हाथ बाँध बिछे पड़ते थे। मामूली अपराधियों के लिए जेल दारुण यातना की एक ऐसी अमानवीय अंधी प्रक्रिया थी जिसका अंग बन जाने के बाद

किसी को भी अपने इंसानी अस्तित्व पर शर्म आने लगती।

जेल की अवधारणा जिन परिस्थितियों में भी हुई होगी और उसके पीछे जो भी मूल्य रहे हों, आधुनिक समय में निश्चित रूप से बंदियों के नैतिक विकास की एक सदिच्छा भी उससे जुड़ गई है। पर जिस जेल से पी.पी. की अपराध-यात्रा शुरू हुई, वह भी देश की उन अधिसंख्य जेलों की तरह थी जहाँ आकर किसी अपराधी में सुधार की आशा करना व्यर्थ ही था। यहाँ आने पर पी.पी. जैसे अपराध के कच्चे खिलाड़ी को एक ऐसा प्रशिक्षण केंद्र प्राप्त होता था जहाँ से वह और पक्का होकर निकलता। यहाँ तक कि जेल की मुश्किल जिंदगी भी, जो सड़े-गले भोजन और कठोर मेहनत-मशक्कत से अमानवीय हदों को छूती थी, इन कैदियों के मनोबल को तोड़ नहीं पाती थी। पी.पी. को याद है कि पहली जेल-यात्रा के पूर्व कई बार वह अपने गाँव या पड़ोस के किसी जेलबंदी से मिलने यहाँ आता तो मजबूत पत्थरों की ऊँची दीवारों से घिरी यह इमारत उसे किसी रहस्यलोक की तरह लगती। उसके अड़ोस-पड़ोस में तमाम लड़के ऐसी हरकतों में लिप्त थे, जिनमें उन्हें समय-समय पर पकड़कर पुलिस जेल भेजती रहती थी। अपराध की दुनिया को लेकर पी.पी. के मन में जो मोह था, वह उसे बार-बार इन लड़कों से मिलने के लिए मौके तलाशवाता। कभी बाप की इजाजत लेकर और अकसर बिना इजाजत के ही पी.पी. घर से भाग आता और यहाँ दाखिल लोगों से मिलता। कई बार पता चल जाने पर बाप ने पीटा भी, लेकिन उसके ऊपर कोई असर नहीं पड़ता।

इस बार खुद जेल में आ जाने पर उसे इस इमारत से ज्यादा सीखने का मौका मिला। यह इमारत थी भी दरअसल एक स्कूल ही। शुरू के एक-दो दिन तो पूरी तरह से नर्क थे। पक्के ने दर्द से बिलबिलाते उसके शरीर की जिस तरह तलाशी ली, उसे आने वाले वक्त का आभास हो गया। तलाशी में उसके पास जो कुछ रुपये-पैसे थे, सब पक्के ने निकालकर रजिस्टर पर विवरण दर्ज करने वाले बाबू को थमा दिए। उसकी कलाई घड़ी भी उतरवा ली गई। उसके एक-एक जख्म का विवरण लिख गया।

लिखा-पढ़ी के बाद पी.पी. को एक वार्डर के हवाले कर दिया गया। उसने उसकी दाहिनी कलाई पकड़ी और लगभग घसीटता हुआ-सा एक तरफ ले चला। दर्द से बिलबिलाते हुए पी.पी. ने उससे अपना हाथ छुड़ाने की कोशिश की। जिस कलाई को उसने पकड़ रखा था, वह बुरी तरह सूजी हुई थी। एक तो पंजों में दबते ही कलाई से कंधों तक दर्द की लहरें उठनी शुरू हो गईं, दूसरे जरा खिंचाव पड़ते ही पूरा शरीर बुरी तरह ऐंठने लगा। पी.पी. ने पूरा जोर लगाकर अपने को छुड़ाने की कोशिश की लेकिन अशक्त, दर्द से बिलबिलाते शरीर के लिए यह संभव नहीं था। लाख वयस्क पके अपराधियों की नकल करने की कोशिश करे, पर था तो पी.पी. अभी किशोर ही। उसने चीख-चीखकर रोना शुरू कर दिया।

"बहन...! साले...! इतना ही दम है।" वार्डर ने उसका हाथ छोड़ दिया।

पी.पी. को लगा, उसकी गैरत को ललकारा गया है। उसने चीखना बंद कर दिया। पर पीड़ा की ऐसी गठरी बन चुका था उसका शरीर कि आँखों से आँसू टपकते ही रहे।

वार्डर उसे रास्ते भर धमकाता-गरियाता जिस इमारत में छोड़ गया, वह जेल का अस्पताल था। यह एक लंबी-सी खपड़ैल की पुरानी बैरक थी। बैरक काफी पुरानी और जीर्ण-शीर्ण हालत में थी। बैरक की शुरुआत में ही दो-तीन कमरे थे। एक कमरा, जो बंद जाली के दरवाजे से झाँकने पर अपेक्षाकृत साफ-सुथरा और ठीक-ठीक मेज-कुर्सी वाला लगता था, संभवतः डॉक्टर का था। एक दूसरा कमरा जिसमें पी.पी. को ले जाया गया, टूटी कुर्सियों और ईंट के चौथे पाए वाली मेज और किस्म-किस्म के अगड़म बगड़म सामान से भरा था। इसमें बैठे एक दूसरे वार्डर के हवाले करके पहला वार्डर चला गया। कमरे में एक कंपाउंडर भी मौजूद था, उसने दूर से ही उपेक्षा से पी.पी. की चोटों का मुआयना कर दिया। वार्डर ने रजिस्टर पर कुछ लिखा और पी. पी. को बाहर जाने का इशारा कर दिया। पी.पी. समझ नहीं पाया कि उसे कहाँ जाना है। वह अचकचाया इस उम्मीद में खड़ा रहा कि शायद उसे कोई दवा वगैरह दी जाएगी।

''भाग साले! यहाँ सिर पर क्यों खड़ा है? बाहर बरामदे में जाकर बैठ।''

''मुझसे खड़ा नहीं हुआ जा रहा। मुझे दवा चाहिए!'' उसने सहमते हुए कहाँ

''यहाँ तेरे ताऊ बैठे हैं, दवा देने के लिए? बाहर जाकर लेट जा! कल डॉक्टर साहब आयेंगे, तभी दवा मिलेगी।''

पी.पी. एक क्षण के लिए ठिठका लेकिन फिर निराश होकर बाहर निकल आया।

अस्पताल की बैरक के चारों तरफ चौड़ा-सा बरामदा था। बैरक के अंदर कुछ कैदी पत्थर के तख्तों पर पड़े थे। बरामदे के एक कोने में कुछ कैदी बैठे ताश खेल रहे थे। बीच-बीच में वे उत्तेजित होकर फोहश किस्म की गालियाँ देने लगते या ठहाका मारकर हँसते। उनमें से कोई बीमार नहीं लग रहा था। फिर उन्हें क्यों अस्पताल में रखा गया है, पी.पी. नहीं समझ सका। बैरक के चारों तरफ कुछ कैदी क्यारियों में फूल-पत्ते निरा रहे थे। वे जरूर बीमार लग रहे थे। उनकी पीठ पर खड़ा एक वार्डर उन्हें तेज काम करने के लिए बीच-बीच में ललकार रहा था।

पी.पी. लँगड़ाता हुआ बायीं तरफ को आधा बरामदे में आया तो कुछ देर के लिए दोनों स्थितियों में ठहराव आया। ताश खेलने वालों के खेल में व्यतिक्रम आया। जिनकी पीठ पी.पी. की तरफ थी, उन्होंने पीछे मुड़कर उसकी तरफ देखा। पी.पी. नया बछेड़ा था, यह समझने में उन्हें देर नहीं लगी। उनमें से किसी ने एक गंदा-सा जुमला फेंका। वे ठठाकर हँस पड़े। पी.पी. का चेहरा शर्म से लाल हो गया। वह घबराकर बरामदे में एक खंभे का सहारा लेकर इस तरह बैठ गया कि ताश खेलने वालों की तरफ उसकी पीठ हो गई।

खंभे से शरीर टिकाए पी.पी. न जाने कितनी देर तक बैठा रहा। उसका पूरा शरीर पके फोड़े की तरह था। जो हिस्सा जमीन पर खंभे के साथ अधिक देर तक सटा रहता, वही दर्द की उन्मत्त तरंगें उत्पन्न करने लगता। किशोर पी.पी. कराहते-कराहते रोने लगता। अगल-बगल बैठे लोगों की निगाहों में हास्यास्पद होने के भय से वह चुप होता और मुद्रा बदलकर दर्द से मुक्ति पाने का प्रयोग करता। थोड़ी देर में फिर पुरानी स्थिति आ जाती।

अपने दर्द के आगे पी.पी. को इस समय पूरा ब्रह्मांड क्षुद्र लग रहा था। थोड़ी दूरी पर ताश खेलते लोग या बगल के कमरे में बैठे कंपाउंडर और उसके साथी या सामने क्यारियों में बेखबर काम करते हुए कैदी उसे निकृष्ट और अधम प्राणी लग रहे थे जो उसकी तकलीफ से पूरी तरह तटस्थ होकर अपनी-अपनी गतिविधियों में लिप्त थे। बीच-बीच में उनके ठहाके या जोर-जोर से बोलने की आवाजें सुनाई देतीं तो उसे अपने दर्द के और सघन होने की अनुभूति होती। बार-बार उसका मन करता कि हँसने-बोलने वालों का मुँह नोच डाले, और कुछ न हो तो पास में पड़ी गिट्टियों से मार-मार कर उनका सिर फोड़ डाले। यह तो उसे बहुत बाद में पता चला कि जेल में उसके जैसे दर्द में डूबे लोगों का आगमन इतना रुटीन है कि जिंदगी में इससे कोई फर्क नहीं पड़ता।

पी.पी. को इस समय मरहम से ज्यादा सहानुभूति की जरूरत थी। अगर कोई जरा भी देर उसके पास बैठ जाता और प्यार से उसके सिर पर हाथ फेरते हुए उसकी चोटों के बारे में पूछता तो निश्चय था कि किशोर पी.पी. फूट-फूटकर रो पड़ता और यह भी निश्चित था कि आँसुओं के साथ उसके अंतर्मन की वह कठोरता भी पिघलकर बह निकलती जो धीरे-धीरे परिवेश की उपेक्षा से उसके अंदर उत्पन्न हो रही थी। कोई नहीं आया उसके साथ सहानुभूति प्रकट करने और वह रात भर में ही गँवई गाँव के खिलंदड़े किशोर से, जिसके लिए अपराध क्रूर अमानवीय कर्म से अधिक रूमानी औत्सुक्य और सनसनीखेज मजे से भरा कौतुक था, एक कठोर पत्थर दिल इंसान में तब्दील हो गया।

अस्पताल में उसकी कच्ची भर्ती की गई थी और यह निश्चित था कि कल सुबह डॉक्टर के आने तक उसे कोई दवा नहीं मिलनी थी। अँधेरा होने के समय खाना बँटा। इस समय तक उसे तेज भूख लग आई थी और दर्द के साथ-साथ उसकी भूख से ऐंठती अंतड़ियाँ भी उसे व्याकुल कर रही थीं। अभी तक उसे कोई बर्तन नहीं दिया गया था। भूख के आगे बर्तनों की परवाह नहीं की। दर्द से थरथराते हाथों की टूटी उँगलियों से अजीब तरह का दोना बनाते हुए उसने रोटियाँ उसमें रोप लीं और उनके ऊपर दाल गिरवा ली। उसके ऊपर सब्जी डालने का कोई जरिया नहीं था इसलिए परोसने वाले अंदर बैरक में परोसने गए। विभिन्न अंगों में लगी चोटों और दर्द के बीच ऐंठते हुए शरीर को भिन्न-भिन्न प्रकार का आकार देते हुए उसने जिस तरह मुँह-हाथ

के दोने में झुका-झुकाकार खाना खाया उसे अगर स्वयं ही वह कुछ दूर खड़ा होकर स्वस्थ किशोर के रूप में देख पाया होता तो उसके मुँह से एक ही शब्द घृणा के साथ निकलता, 'जानवर!'

दरअसल यह उसके पशु बनने की ही शुरुआत थी। कम उम्र में जेल आने से यह प्रक्रिया जल्दी शुरू हो गई।

रात में उसे भी अस्पताल के बैरक में बंद कर दिया गया। कंपाउंडर ने एक फटा-सा कंबल उसे दे दिया था जिसे लेकर वह बैरक में अपने लिए जगह तलाशने लगा।

अस्पताल की बैरक एक लंबी-सी इमारत थी। इसमें दोनों तरफ पत्थर के तख्त बने थे। बीच में एक गलियारा छूटा था। इन तख्तों पर कंबल बिछाकर कैदी लेटे थे। बैरक के एक किनारे नल लगा था जिससे लगातार पानी गिर रहा था। उसके इर्द-गिर्द भी पानी पीने वालों और जूठे बर्तन धोने वालों की भीड़ थी। पी.पी. ने बैरक में खड़े होकर अपने लिए खाली तख्त की तलाश की। सभी तख्तों पर बिस्तर या बर्तन जैसे सामान पड़े थे, सिर्फ कोने में एक तख्त उसे खाली-सा दिखाई दिया। वह उसी तरफ बढ़ चला।

"मादर...! देख नहीं रहा है हमारा सामान रखा हुआ है?"

पी.पी. ने आहत और कातर नजरों से देखा। खाना खाते हुए लोगों में से एक ने घूरकर देखा और फिर से ललकारा, "अबे, यहाँ क्यों मरने चला आया? भाग यहाँ से! अपना कंबल उठा और कहीं और रख।"

अपमान का दंश चोटों की पीड़ा से अधिक था लेकिन पुलिस की हिरासत में आने से लेकर जेल के इस मरीज वार्ड तक पहुँचने तक पी.पी. का मनोबल इतना टूट चुका था कि उसके लिए किसी तरह का प्रतिरोध संभव नहीं रह गया था। उसने अपना कंबल उठा लिया और पूरी बैरक की उपहास और उपेक्षा-भरी निगाहें अपने ऊपर महसूस करता हुआ डबडबाई आँखों से बैरक में जगह तलाशने लगा। वह जानता था कि पूरी बैरक में एक भी तख्त खाली नहीं है, फिर भी अपमान और उपेक्षा की मार से टूटा हुआ वह समझ नहीं पा रहा था कि क्या करे, इसलिए अपने को व्यस्त दिखाता हुआ वह वैसे ही निरुद्देश्य निगाहें चारों तरफ दौड़ाता रहा।

"आ जा रे छोरे! इधर आ जा!" हॉल के एक कोने से आवाज आयी।

दूसरे किनारे से कोई उसे पुकार रहा था। उसे लगा, जैसे बहुत बड़ा संबल मिल गया हो। वह घिसटते शरीर से उधर बढ़ा। हॉल में बंद कैदियों के लिए यह बहुत साधारण-सी रोजमर्रा की घटना थी और वे फिर अपने खाना खाने या दूसरे कामों में व्यस्त हो गए थे, पर पी.पी. को उनके बीच के गलियारे से गुजरते हुए लगातार यह लग रहा था कि सबकी निगाहें उसी पर टिकी हैं और सभी उसका मजाक उड़ा रहे हैं। दर्द से ज्यादा इस अहसास से उसकी चाल लड़खड़ाने लगती।

जिसने पी.पी. को आवाज दी थी, वह एक अधेड़ उम्र का खिचड़ी बालों वाला कमजोर-सा आदमी था। बड़े-बड़े रूखे बालों और हफ्तों की बढ़ी दाढ़ी ने पिचके गालों वाले उस कैदी को किसी गंभीर मर्ज का मरीज घोषित कर रखा था। साधारण स्थिति में उसे देखकर पी.पी. को वितृष्णा होती लेकिन इस समय तो वह उसे किसी देवदूत की तरह लग रहा था।

"यहाँ लगा ले अपना बिस्तर।" उसने अपने दो तख्तों के बीच की खाली जगह पर इशारा किया।

पी.पी. ने अपना कंबल वहाँ बिछा दिया और कराहते हुए उस पर बैठ गया।

"साले अस्पताल में आ जाते हैं मटरगस्ती करने। रोज दारू पीयेंगे और रात भर लड़ेंगे-झगड़ेंगे।" उसका मददगार बड़बड़ा रहा था।

पी.पी. ने ध्यान से उन लोगों की तरफ देखा। जब वह उनके पास वाले तख्त पर कब्जा लेने गया था तो उसे बैरक की मद्धिम रोशनी और अपनी घबराहट में उसने यह ध्यान ही नहीं दिया था कि उन लोगों के पास वाली तख्त पर जो गिलासें रखी थीं, उनमें दारू भरी थी। उनका खाना भी दूसरों से अलग था।

यह उसे बाद के दिनों में पता चला कि अस्पताल की इस बैरक में सिर्फ बीमार नहीं आते थे। यह कहना ज्यादा उचित था कि उनमें भर्ती लोगों में से ज्यादातर बीमार नहीं थे। यहाँ पर जो कैदी थे उनमें से कुछ तो राजनीति और पैसे से मजबूत थे, कुछ इतने बड़े अपराधी थे जिन्हें जेल के अधिकारी जेल में घुसते ही अस्पताल ले आते थे और कुछ दूसरे कारणों से डॉक्टर को मिलकर इस बैरक में पहुँच गए थे। यहाँ आने के बाद भी उनकी हैसियत उनके काम आती थी। दूध, मक्खन, फल या मांस उन्हें इसी हैसियत के मुताबिक मिलता था। जो लोग बैठे शराब पी रहे थे और जिनके लिए बाहर के सबसे अच्छे होटल से तंदूरी मुर्गे मँगाये गए, उनके बारे में पूरा पता पी.पी. को दूसरे दिन चला।

"बहन चो... इनके लिए सारे ऐश हैं। हमें दवा भी पानी मिलेगी।" वह इतनी धीमी आवाज में बड़बड़ा रहा था कि सिर्फ पी.पी. सुन पा रहा था।

"अभी साले झगड़ना शुरू करेंगे। रात-भर शोर होगा।"

सचमुच रात-भर शोर हुआ, लेकिन पी.पी. दर्द के समंदर में एक बार नींद के साथ उतरा तो फिर डूबता चला गया।

दूसरे दिन पी.पी. की तकलीफों का निवारण हो गया। सुबह डॉक्टर को दिखाकर उसने कुछ दवाएँ पाईं और धूप में जमीन पर लेट गया। कुछ तो दवाओं का असर था और कुछ धूप की गर्मी का, उसका दर्द कुछ कम हो गया। डॉक्टर ने उँगलियों के एक्स-रे की बात कही थी और दूसरे दिन शहर अस्पताल भेजने का तय हुआ था। खाना भी उसने पहले दिन के मुकाबले बेहतर ढंग से खाया। उसे जेल से बर्तन मिल गए थे। दिन भर जमीन पर लेटे-लेटे वह अस्पताल में भरती कैदियों को

देखता रहा। कल जो लोग ताश खेल रहे थे, वे आज भी दिन भर ताश खेलते रहे। ये वही लोग थे जिन्होंने उसे रात अपमानित किया था और शराब के साथ मुर्गा खाया था।

बैरक में बंद साधारण मरीजों को बैरक के चारों तरफ लगी घास या फूल-पत्तों को ठीक करने का काम सौंप दिया गया था, जबकि विशिष्ट मरीज आजादी के साथ घूम रहे थे, ताश खेल रहे थे या इधर-उधर अलसाये लेटे थे।

शाम को जब कैदियों की खेप आई तो पी.पी. ने आश्चर्यमिश्रित हर्ष के साथ देखा कि अस्पताल में जयकिशन दाखिल हो रहा था।

पी.पी. को ऐसा लगा जैसे किसी कठोर मुश्किल दुनिया में अचानक कोई सहृदय अवलंब मिल गया हो।

''तुझे सालों ने बहुत मारा?''

पी.पी. को जयकिशन की आवाज में छिपी शरारत बुरी लगी।

''होता है... शुरू-शुरू में ऐसा होता है। मैं तो इसीलिए आज कचहरी में हाजिर हो गया।''

''तुझे मार नहीं पड़ी?''

''मुझे कौन मारेगा बे!'' जयकिशन ने ऐंठते हुए कहा, ''तुझे धीरे-धीरे सब कुछ बता दूँगा। जब गिरफ्तारी से बचना मुमकिन न हो तो हमेशा अदालत में हाजिर हो जाना चाहिए। पुलिस के हाथ पड़ेगा तो पिटाई होगी ही।'' वह उसे छोड़कर कंपाउंडर के कमरे में चला गया।

जयकिशन पहले कई बार जेल आ चुका था इसलिए उसके पूरे व्यवहार में एक तरह की बेफिक्री-सी थी। उसे जेल के अधिकारी जानते भी थे, इसीलिए उसे बिना किसी चोट के जेल के अस्पताल में ले आया गया था। अस्पताल के वार्डर और कंपाउंडर का व्यवहार भी उसके साथ बदला हुआ था। कल उन्होंने पी.पी. के साथ जिस तरह रूखा व्यवहार किया था उसका जयकिशन के साथ किए जाने वाले व्यवहार में कहीं अता-पता नहीं था। जयकिशन उनके साथ दोस्ताना ढंग से बातचीत कर रहा था।

बाहर आकर जयकिशन ने चारों तरफ व्यग्र होकर देखा, ''कंपाउंडर साहब कह रहे थे कि ओमी अस्पताल में है।''

''कौन ओमी?'' पी.पी. ने पूछा।

ओमी नामक व्यक्ति को ढूँढ़ते हुए जयकिशन अस्पताल की बैरक के अंदर चला गया।

पी.पी. उत्सुकता से बरामदे में खंभे से पीठ टिकाए बैठा रहा। वह जानना चाहता था कि कौन है ओमी जिसे जयकिशन ने अंदर जाते-जाते जेल का असली हाकिम घोषित किया था।

जल्दी ही जयकिशन बाहर निकला, ''आ जा, बॉस अंदर है, वहीं बुला रहा है तुझे।''

पी.पी. उठकर अंदर चला गया। जयकिशन उसे जिस कोने की तरफ लेकर बढ़ा, वह वही हिस्सा था जहाँ कल रात वह अपमानित हुआ था। जिस व्यक्ति से उसने बॉस कहकर परिचय कराया वह वही व्यक्ति था जिसने कल रात जलील करके पी.पी. को वहाँ से खदेड़ दिया था। पी.पी. ने स्याह चेहरे से 'बॉस' नामक व्यक्ति को देखा। ''ये चिड़ीमार है यह तेरा दोस्त? अबे कल रात को क्यों नहीं बताया कि तू जयकिशन का दोस्त है?''

जयकिशन ने पी.पी. की तरफ उत्सुक दृष्टि से देखा। पी.पी. अपमानित-सा जमीन पर निगाहे टिकाए खड़ा रहा। वह चाहता था कि कल रात का प्रसंग न उठे और जयकिशन को उसके अपमान का पता न चले।

''खैर, कोई बात नहीं, आज से तू भी अपना यार हुआ। ले आ अपना कंबल।''

उस रात ओमी और उसके साथियों के लिए जो खाना और शराब आई उसमें पी.पी. को भी हिस्सा मिला।

अगले कुछ दिन जो उसने जेल में काटे, उनमें उसकी सभी तकलीफें समाप्त हो चुकी थीं और वह ठाठ से रहा।

ओमी सचमुच जेल का असली हाकिम था। जेल के सभी वार्डर और पक्के उसके हुक्म पर दौड़ते रहते थे। उसका रहन-सहन देखकर लगता ही नहीं था कि वह जेल में बंद है। सिर्फ जब जेल का बड़ा साहब राउंड पर होता तभी वह अनुशासित अथवा विनम्र दिखता अन्यथा एक उद्दंड सामंत की तरह उसका व्यवहार जेल के दूसरे कैदियों और छोटे कर्मचारियों के साथ होता।

पी.पी. को जेल के अंदर आकर पता चला कि बाहर की दुनिया को जेल के बारे में कितनी कम जानकारी है। यहाँ आकर उसे पता चला कि ओमवीर उर्फ ओमी जैसी कैदी जेल के भीतर आकर भी बाहरी दुनिया से अपना संपर्क कायम रखते हैं। शहर का अपराध-जगत, जेल में बंद ओमी किस तरह अपने इशारों से परिचालित करता है, इसका पता उसे परिचय के दूसरे दिन ही चल गया।

दूसरे दिन दोपहर को जब वह और जयकिशन अस्पताल के अहाते के एक पेड़ के नीचे धूप में बचते हुए गप लड़ा रहे थे, उन्होंने पुलिस के एक दरोगा के साथ दो लोगों को अहाते के अंदर आते देखा। उनमें से एक पैंतीस-चालीस साल का खूबसूरत इंसान था। खद्दर के कुर्ते-पाजामे में उसकी उद्धत मुखमुद्रा और अकड़ चाल देखकर कोई भी कह सकता था, कि वह कोई महत्वपूर्ण नेता होगा। उसके साथ जो दूसरा व्यक्ति था वह बहुत कीमती सूट पहने हुआ था। उसकी उम्र भी चालीस के ही आसपास लग रही थी, पर खद्दर पहने व्यक्ति की तरह उसका आत्मविश्वास छलका नहीं पड़ रहा था। वह अजीब रुआँसा-सा घबराया हुआ लग रहा था। एक कीमती सिगरेट उसकी उँगलियों में फँसी थी। अपनी घबराहट छिपाने के लिए जल्दी-जल्दी वह

सिगरेट का कश लेता और जरूरत न होने पर भी उसकी राख झाड़ता। उसकी पाँचों उँगलियों में कीमती अँगूठियाँ थीं और जब वह सिगरेट अपने मुँह की तरफ ले जाता, धूप में अंगूठियाँ उसकी समृद्धि की शहादत देती हुई चमक उठतीं।

ये लोग जेल में क्यों लाए गए हैं? पी.पी. और जयकिशन दोनों ने उत्सुकता से देखा।

वे तीनों अस्पताल के अहाते के एक कोने में खड़े हो गए। उनके साथ आया जेल का वार्डर अस्पताल की बैरक में चला गया।

जहाँ पी.पी. और जयकिशन बैठे थे, उसी के सामने थोड़ी दूर पर वे तीनों भी खड़े थे। पी.पी. गौर से उनकी गतिविधियों को देख रहा था। बीच-बीच में नेता और दरोगा थोड़ा अलग हटकर एक-दूसरे से फुसफुसाकर बात करने लगते और तीसरा आदमी अपनी परेशानी छिपाने के लिए और जल्दी-जल्दी सिगरेट पीने लगता। पूरे समूह में वही एक ऐसा प्राणी लगता था जो पहली बार जेल आया था, इसलिए वह अजीब-सी घबराहट और चौकन्नेपन के साथ जेल की इमारतों, कैदियों और वनस्पतियों को देख रहा था।

जल्दी ही उनके साथ आया वार्डर अस्पताल के बाहर निकल आया। उसके साथ ओमी था। ओमी को देखने से लग रहा था कि उसे सोते से जगाया गया है और वह उसे सख्त नागवार लगा है। उन दोनों के पीछे ओमी के और दो-तीन साथी भी निकल आए।

ओमी के साथी अस्पताल के बरामदे में ही रुक गए और ओमी एक कोने में खड़े तीनों लोगों की तरफ बढ़ा।

पी.पी. को कुछ समझ में नहीं आ रहा था। सब कुछ रहस्यलोक की तरह था। ओमी और दरोगा ने एक-दूसरे का अभिवादन किया। नेतानुमा आदमी ने पूरे दाँत निपोरते हुए ओमी से हाथ मिलाया। उसने तीसरे आदमी के बारे में कुछ कहाँ ओमी ने तीसरे आदमी की तरफ देखा तो उसने भी लगभग आधा शरीर झुकाते हुए एक व्यापारिक किस्म की विनम्रता से ओमी को नमस्कार किया। फिर दरोगा और ओमी अस्पताल के दूसरे छोर की तरफ चले गए। वे वहीं खड़े होकर देर तक बात करते रहे। उन्होंने नेता को भी हाथ के इशारे से बुला दिया। तीसरा आदमी फिर अकेला हो गया और वह व्यग्रता से नई सिगरेट जलाने के लिए माचिस की तीलियाँ रगड़ने लगा। ऐसा लगता था कि ओमी के साथ दरोगा और नेता की बातचीत पर उसका कोई बड़ा हित अटका था और निरंतर उनकी बातचीत का निर्णय जानने को उत्सुक उसकी आँखें आस-पास की चीजों से फिसलती हुई उन्हीं तीनों पर टिक जाती थीं।

"गुरू, कुछ सीरियस मामला है। पता लगाता हूँ।" जयकिशन ने कहा और पी.पी. को वहीं छोड़कर अस्पताल के बरामदे में खड़े ओमी के चेलों की तरफ चला गया। वे भी उत्सुकता से ओमी को दूसरे से बातचीत करते देख रहे थे।

पी.पी. के लिए सब कुछ नया और सम्मोहक था। वह लगातार इस घटनाक्रम के एक-एक पात्र के चेहरे पर निगाहें टिकाए उनके भावों को पढ़ने की कोशिश करता रहा। पात्र बीच-बीच में अपनी जगह बदल रहे थे। दरोगा या नेता ओमी के पास से तीसरे व्यक्ति के पास आते, फुसफुसाकर बातें करते और फिर ओमी के पास चले जाते। ऐसा लगता था कि ओमी और इस व्यक्ति के बीच किसी मसले का फैसला होना है और शर्तें तय नहीं हो पा रही हैं।

''ओमी और यह आदमी सीधे बात क्यों नहीं करते...?'' पी.पी. ने सोचा। उसकी इस शंका का समाधान तभी हुआ जब जयकिशन फिर उसके पास लौट आया।

पी.पी. ने उत्सुकता से जयकिशन की तरफ देखा। लेकिन वह गंभीर बना बैठा रहा। जाहिर था कि वह पी.पी. की उत्सुकता का मजा ले रहा था और एक बड़ा रहस्य जानने के बड़प्पन का मारा उसका चेहरा किसी गुरु-गंभीर चिंता में डूबा हुआ-सा लग रहा था।

''बता दे मेरे बाप! क्यों सता रहा है...?'' पी.पी. ने अधीरता से पूछा।

जयकिशन कुटिलता से मुस्कराया, ''तू मन में तो कुछ रखता नहीं, ओमी बाद में मुझे खा जायेगा।''

''किसी से नहीं कहूँगा। आज तक कभी मैंने कोई भेद खोला हो तो बता दे...।'' पी.पी. को एक-एक पल भारी लग रहा था।

थोड़ी देर मजा लेने के बाद जयकिशन खुल गया। उसके लिए भी चुप रहना उतना ही मुश्किल था।

''ये जो सूटेड-बूटेड देख रहा है, न यह मालदार आदमी है। इसके दर्जनों भट्ठे हैं, लोहे की मिल है और न जाने क्या-क्या है। शहर में इसकी कोठी देख आ कभी, आँखें खुल जायेंगी। इसका बेटा परसों स्कूल गया तो लौटा नहीं। एक चिठ्ठी आ गई कि पचास लाख पहुँचा दो तो जिंदा मिलेगा, नहीं तो लाश ले जाओ। वही चक्कर है।''

''पर इसमें ओमी क्या करेगा? ओमी तो कई दिन से जेल में बंद है! उससे क्या मतलब?''

''तू अभी बच्चा है।'' जयकिशन मुस्कराया, ''ओमी अगर कुछ नहीं कर सकता तो ये लोग यहाँ क्यों आए हैं?''

पी.पी. भौचक्का होकर सुन रहा था। अपराध की एक नई समर्थ और अपरिचित दुनिया उसके सामने उद्घाटित हो रही थी।

''अबे इस शहर में जो कुछ होता है, अपने बॉस को सब पता रहता है। अगर उसके आदमियों ने नहीं किया तब भी जिसने किया उसका इसे पता चल जाएगा। फिर कोई इससे बाहर है क्या? तुझे धीरे-धीरे सब पता चल जायेगा।''

सचमुच पी.पी. को धीरे-धीरे सब पता चला।

थोड़ी देर बाद सब इस नाटक के तीनों बाहरी पात्र ओमी को अभिवादन करके वापस गए, उसे पता चल गया कि सेठ का बेटा दूसरे दिन सुबह तक उसके पास पहुंच जायेगा। सेठ ने जाते समय जिस तरह ओमी का पैर छुआ, उससे यह भी पता चल गया कि सेठ सस्ते में छूट गया। निश्चित रकम का तो पता नहीं चला, पर यह मालूम हुआ कि बीस लाख से कुछ ज्यादा की राशि सेठ आज रात नेता के हवाले कर देगा। इस तरह की बहुत-सी चीजों का पता पी.पी. को अगले कुछ दिनों में होता रहा।

अकसर दिन में ओमी से मिलने अलग-अलग किस्म के लोग आते। जितनी देर वे ओमी से अलग किसी कोने में बात करते, अधिक जानने के बड़प्पन से भरा जयकिशन उसे नई-नई बातें बताता रहता।

"ये जो बंद गले का कोट पहने बॉस से बात कर रहा है, शहर कोतवाल है। कोई बड़ी वारदात हुई इसके थाने में। अफसरों ने डंडा किया होगा तो भागा आया है बॉस से मदद माँगने। बॉस का पुराना यार है।"

या

"ये जो सफेद खादी का कुर्ता-पाजामा पहने आ रहा है, इसे तू नहीं पहचानता? अबे बिलकुल गधा है तू! अरे ये चौधरी जगतपाल है। एम.एल.ए. है—एम.एल.ए.। अपने बॉस की वजह से एम.एल.ए. बना है। उसी के घर से रोज मुर्गा बनकर आता है।"

या

"इसे पूछ रहा है? ये सेठ तो अपने बॉस का सगा है। बाजार भर का टैक्स वसूल कर दे जाता है। इस तरह मुँह बाये देख रहा है? टैक्स नहीं जानता? कभी गुंडा-टैक्स का नाम सुना है? नहीं सुना... सुन लेगा। बाजार के सभी बनिये बॉस को टैक्स देते हैं। अखबार तू पढ़ता नहीं। अब तो अखबार में भी छपता है— गुंडा टैक्स... रंगदारी टैक्स। धीरे-धीरे समझ जायेगा।"

या

"ये जो बॉस का पैर छू रहा है बार-बार... एक नंबर का हरामी है। बॉस ने इसका मकान खाली कराया था। बीस साल से एक किरायेदार इससे मुकदमा लड़ रहा था। कोर्ट-कचहरी में तो यही होता है। बीस साल से मुकदमा चल रहा है। एक अदालत से जीतो तो दूसरे में अपील, दूसरे में जीतो तो फिर पहले में नया मामला। अंत में बॉस की शरण में आया। बॉस ने किरायेदार को सामान सहित सड़क पर फेंक दिया। इससे तीन लाख का सौदा हुआ था। मकान खाली होने के बाद इधर-उधर करने लगा। इस बीच बॉस जेल आ गया तो और शेर हो गया। लगता है, बॉस ने बाहर किसी से... में डंडा करवाया है तो फिर भाग आया है।"

इसी तरह की तमाम चीजों की जानकारियाँ उसे ओमी के बहाने अपराध-जगत के

बारे में होती गईं। ये जानकारियाँ उसके जीवन भर काम आने वाली थीं।

ओमी ने भी संभवतः उसके अंदर छिपी हुई प्रतिभा को पहचान लिया था और इसीलिए धीरे-धीरे उसे जयकिशन की आवश्यकता खत्म होती गई और वह खुद ही ओमी के करीब आता गया। जेल के अंदर उसकी तकलीफें भी खत्म हो गईं और वह अच्छी दवा-दारू और लजीज खाने के साथ स्वास्थ्य-लाभ करने लगा। टूटे हुए हाथों-पैरों की वजह से चलने में वह लंगड़ाता जरूर था और उसे तकलीफ भी होती, पर अब नियमित रूप से उसे डॉक्टर देखता और दवा देता।

ओमवीर उर्फ ओमी से जो संबंध उसने जेल के अपने सत्ताईस दिनों के पहले प्रवास के दौरान बनाए, उसने उसके जीवन के बाद के वर्षों का स्वरूप काफी हद तक निर्धारित किया।

तीन

पी.पी. के बाप और चाचा लोगों ने गिरफ्तारी के बाद शुरू के दो-तीन दिन तो उसकी सुध ली नहीं, लेकिन बाद में उसकी माँ के रोने-धोने और रिश्तेदारों और पड़ोसियों के तानों से वे सक्रिय हुए। खाता-पीता घर था इसलिए उनके लिए पाँच-छह हजार रुपया खर्च करना कोई मुश्किल काम नहीं था पर पी.पी. की जमानत में इससे अधिक खर्च होना था। उन्होंने अपनी एक दुधारू भैंस बेची और कुछ रुपया गाँव से कर्ज लिया और थाने से कचहरी तक की सीढ़ियाँ फलाँगते हुए सत्ताईसवें दिन उसकी जमानत करा डाली।

जेल उनके जिले में नहीं था और यहाँ से साठ किलोमीटर दूर मेरठ जेल में कैदियों को ले जाकर रखा जाता था। पी.पी. का बाप और चाचा रिहाई का आदेश लेकर जेल के दरवाजे पर पहुँचे तो शाम गहरा गई थी और हलका-हलका अँधेरा छाने लगा था। रिहाई का समय समाप्त हो चुका था। पर वापस जाने के स्थान पर फिर से प्रयास करने का उन्होंने इरादा किया। संतरी से लेकर जेल सुपरिंटेंडेंट तक पी.पी. का चाचा दौड़ता रहा। उसका बाप चुपचाप जेल के बाहर एक नीम के पेड़ के नीचे बैठ गया। थकान और वितृष्णा से वह खामोश उदास शाम को चुपचाप झरते देखता रहा। वह अधेड़ उम्र का, मेहनत से गढ़े शरीर वाला छह फुटा खुशमिजाज किसान था। लेकिन इस समय उसके भीतर पसरे हुए दुःख ने उसे उदास बना दिया था। उसे मौसम से लेकर बाहर के पूरे माहौल तक सब कुछ उदास-उदास-सा लग रहा था।

जेल की दुनिया उसके लिए कोई बहुत अपरिचित नहीं थी। वह खुद भी अवैध शराब बनाने के जुर्म में आधा दर्जन से अधिक बार जेल जा चुका था। उसके गाँव और आसपास के इलाकों में मारपीट और कत्ल बहुत साधारण घटनाएँ थीं और अकसर परिचित दुनिया में कोई जेल जाता रहता। पर पी.पी. की कद-काठी और उसके स्वभाव के दुःसाहस ने उसे अंदर से डरा दिया था। दारू के धंधे और खादर की जिंदगी की कठिनाई से अपने बेटे की दबंगई पर उसे शुरू में तो खुशी हुई पर बाद में जैसे-जैसे उसकी हरकतें बढ़ती गईं वह धीरे-धीरे दुश्चिंताओं से घिरता गया।

खादर में उसने देखा था कि किस तरह माँ-बाप दूसरों की जमीनें कब्जा करने, दारू के धंधे के पेसों की वसूली, दूसरों के जानवर चुराने या अपने जानवरों की

हिफाजत करने के लिए अपने लड़कों को शरीर बनाने के लिए प्रेरित करते और छोटी-मोटी मार-पीट करने पर प्रोत्साहित करते। जिसके घर में जितने सरहंग मुस्टंडे होते, वह घर उतना ही सुरक्षित और खुशहाल होता। लेकिन साथ ही उसने यह भी देखा कि जो लड़के अपनी उम्र के साथ घर-गिरस्ती या काम-धंधे की चक्कर में नहीं पड़े और मार-धाड़ में ही लिपटे रहे, उनमें बहुत कम जवानी की दहलीज लाँघ पाये। हर साल गाँव से दो-तीन जवान लाशें निकलतीं। इनमें से कुछ दादागीरी की रंजिश में मारे जाते और कुछ पुलिस मुठभेड़ में।

इधर पी.पी. जितनी तेजी के साथ अपराध की दुनिया में कदम बढ़ा रहा था, उसे देखकर बाप को डर लगने लगा था। हालाँकि अभी उसकी उम्र ज्यादा नहीं थी लेकिन उसकी कद-काठी निकलती हुई मूँछें उसे किसी युवक की तरह पेश करने लगी थीं। कभी-कभी खाट पर नंगे बदन उसे सोया देखकर बाप के मन में आता कि उसके बदन पर हाथ फेर उसके कल्याण की कामना करे लेकिन कठोरता का जो आवरण उसने उसके बचपन से अपने इर्द-गिर्द बना रखा था, वह उसे हास्यास्पद होने के डर से ऐसा करने से रोकता।

पी.पी. जब राहजनी के इस मामले में फँसा तब तक उसकी मार-पीट और छोटी-मोटी उठाईगीरी के तमाम मामलों की सूचनाएँ बाप को मिलती रहती थीं, लेकिन उसके मान में लगातार यह सदिच्छा बनी हुई थी कि धीरे-धीरे जवानी का जोश उतरता जायेगा और वह घर गृहस्थी के कामों में फँसता जायेगा। पर अब उसे भय लगने लगा था। एक तो पूरी तरह से जवान हुए बिना पी.पी. ने अपनी किशोरावस्था में ही लंबे हाथ मारने शुरू कर दिये थे और दूसरे, उसके संग-साथ जो चेहरे दिखाई देते थे, उन्हें देखने पर ऐसा लगता था कि वे पेशेवर किस्म के अपराधी थे। पी.पी. के पकड़े जाने पर उसने गुस्से और क्षोभ के मारे तय किया था कि वह उसकी जमानत जल्दी कराने का कोई प्रयास नहीं करेगा और उसे कुछ दिन जेल में सड़ने देगा, लेकिन ज्यादा दिन तक उसका हठ नहीं चला। परिवार और समाज के दबावों के चलते उसे भाग-दौड़ शुरू करनी ही पड़ी और आज उसका भाई जमानत के कागजात लेकर जेल पहुँच गए थे।

जमानत के कागज लेकर जब जेल पहुँचे, रिहाई का वक्त खत्म हो चुका था। संतरी ने उन्हें देखकर जिस तरह से सिर हिलाया, उससे पी.पी. का बाप निराश हो गया। लेकिन पी.पी. का चाचा जो उससे दस साल से अधिक छोटा था, ज्यादा समझदार और दुनियादारी से भरपूर था। उसने संतरी से लेकर सुपरिंटेंडेंट तक न जाने क्या-क्या मंत्र फूँका कि अंत में उनका परवाना ले लिया गया। थोड़ी देर में वह भी अपने भाई के पास नीम के पेड़ के नीचे आकर बैठ गया और दोनों भाई चुपचाप एकटक जेल के फाटक की तरफ ताकते बैठे रहे और पी.पी. की रिहाई का इंतजार करते रहे।

जेल के बड़े फाटक में एक छोटा-सा फाटक किसी बड़े कपड़े पर लगे पैबंद की तरह जुड़ा था। वह बीच में खुलता था और कोई-कोई बाहर निकलता और फिर फाटक बंद हो जाता था। कई बार निराश होने के बाद अंत में उनकी आँखें चमकीं। छोटे गेट से पी.पी. निकल रहा था। पर उनकी आँखों की चमक बड़ी अस्थायी-सी रही। पी.पी. बुरी तरह से लड़खड़ा रहा था और हर बार जमीन पर पैर रखते ही उसका चेहरा दर्द से भिंच जाता और अजीब तरह से विकृत लगने लगता था, वह एक खूबसूरत ऊँचे कद का किशोरावस्था की दहलीज पर खड़ा लड़का था, लेकिन जेल से निकलते समय झुके कंधों और तनी मांसपेशियों वाले अधेड़ की तरह लग रहा था।

बाप ने अपनी जगह से उठने की कोशिश की लेकिन अचकचाकर फिर बैठ गया। चाचा उठकर गया और सहारा देकर पी.पी. को नीम के पेड़ तक ले आया। दोनों जानते थे कि उसकी यह गत कैसे बनी है,, इसलिए किसी ने कुछ नहीं पूछा। बाप ने जरूर बार-बार गला खँखारकर कुछ कहने की कोशिश की, लेकिन हर बार आवाज साथ छोड़ जाती।

पी.पी. भी कुछ नहीं बोला। उसके अंदर इस कदर गुस्सा और क्षोभ था कि वह सिर्फ शून्य में ताकता रहा। जेल ने उसे किसी तरह से सुधारा नहीं था, बल्कि अपराध के प्रति उसकी आस्था को और ज्यादा मजबूत बनाया था। अगर उसके अंदर झाँकना किसी के लिए संभव होता तो वह देखता कि पी.पी. पहले से ज्यादा दृढ़ और निर्दय इरादों के साथ जेल के बाहर खड़ा था।

चाचा ने दो-चार औपचारिक वाक्य पी.पी. की दुर्गति और पुलिस की क्रूरता तथा जेल के खाने इत्यादि के बारे में कहे। बाप भी अस्फुट स्वर में कुछ बुदबुदाता रहा। पी.पी. सबसे निर्विकार चुपचाप खड़ा खाली और खोई आँखों से सामने की तरफ ताकता रहा। चाचा और बाप की सहानुभूति थोड़ी देर में उसके लिए असहाय हो गई। उसने दाँत पीसकर अपने बाप को झिड़का, "अब चलोगे भी, या यहीं बैठे रहोगे?"

दोनों बुजुर्ग घबराकर खड़े हो गए। जेल से छूटते ही उसमें एक गुणात्मक परिवर्तन हो गया था। अपने बाप के सामने भीगी बिल्ली बना रहने वाला पी.पी. एकदम से बड़ा हो गया था। अब वह बाप को डाँट सकता था।

आगे-आगे दर्द का मुकाबला करने के लिए दाँत पीसते हुए पी.पी. और उसके पीछे सिर झुकाए बाप और चाचा—तीनों उठकर जेल के सामने सड़क तक आए। थोड़ी देर तक खड़े रहने के बाद उन्हें एक रिक्शा मिला जिस पर वे बस स्टैंड के लिए बैठ गए।

जेल की पहली यात्रा पी.पी. के लिए अनुभव की दुनिया में इतना कुछ जोड़ गई कि उसकी शेष जिंदगी इन्हीं अनुभवों के आधार पर निर्धारित होने वाली थी।

घर पहुँचने पर थोड़ी देर तक घर की औरतों—माँ, चाचियों बहनों—के रोने-धोने का सिलसिला चलता रहा। पी.पी. ऊब और झल्लाहट के साथ इसे झेलता रहा। उसके

धैर्य का बाँध तब टूटा जब एक औरत हल्दी पीस लाई और उसने बदन के घावों पर यह लेप लगाने की कोशिश की।

इतनी जोर से उसने औरतों को झिड़का कि वे सहम कर चुप हो गईं। हल्दी की कटोरी हाथ में लिए उसकी बहन का मुँह उतर गया। उसकी माँ ने आँख के इशारे से सभी औरतों को बाहर जाने के लिए कहा और खुद भी बाहर निकल गई।

इस दिन के बाद घर में सभी ने पी.पी. को बड़ा मान लिया और उसे अनुशासित करने का इरादा छोड़ दिया। पी.पी. को भी पढ़ने या घर के किसी काम-काज में पड़ने के चक्कर से मुक्ति मिल गई। अब सिर्फ वह था, उसके दोस्त-यार थे और थी अपराध की एक सम्मोहक और विस्तृत रूप से फैली हुई दुनिया।

तीसरे दिन ओमवीर मिलने आया। हलका-हलका धुँधलका छाने लगा था और शाम से हलकी-सी ठंड पड़ने लगी थी कि पी.पी. को बाहर से चाचा की आवाज सुनाई दी।

"देख तो प्रेम। तुझे कौन ढूँढ़ने आया है!"

पी.पी. ने बाहर निकलकर देखा। एक शॉल से कंधा, सिर और चेहरे का एक-तिहाई भाग ढके बरामदे के बाहर ढोरों के पास कोई खड़ा था। बिना कुछ बोले उस नीम अँधेरे में भी वह पहचान गया। चुपचाप वह अँधेरे में खड़ी आकृति की तरफ बढ़ा। चाचा को कुछ संदेह हुआ। उसने पूछा, "कौन है... किसके पास जा रहा है तू?" पी.पी. ने कोई जवाब नहीं दिया।

चाचा ने फिर पूछा। पी.पी. ने बिना पीछे मुड़कर देखे स्वर को भींचते हुए डपटकर जवाब दिया, "चुपचाप बैठा रह। बात-बात में टाँग अड़ाता है।"

शॉल में लिपटे ओमवीर के पास पहुँचकर वह रुका नहीं। चुपचाप आगे बढ़ता गया। ओमवीर भी उसके पीछे हो लिया। दोनों थोड़ी दूर चलते रहे। लगभग एक फलाँग दूर पी.पी. के परिवार का ट्यूबवेल था। वहाँ पहुँचकर वे सीढ़ियों पर बैठ गए।

"छूटा नहीं, भागकर आया हूँ।"

ट्यूबवेल पर बाहर एक बल्ब जल रहा था। उसकी टिमटिमाती रोशनी में पी. पी. ने अचकचाकर ओमवीर की तरफ देखा। उसकी छठी इंद्रिय बता रही थी कि अगर ओमवीर भाग कर आया था तो जल्दी ही मुसीबत उसके ऊपर आने वाली थी।

"कैसे भागा? जेल से फाँदकर...?"

"जेल से नहीं, कचहरी से। आज पेशी थी, वहीं से भागा हूँ।"

कचहरी से भागकर सीधा यहाँ आया है तो मतलब साफ था कि मुसीबत जल्दी ही आने वाली थी।

"कचहरी से सीधा आया तो हथकड़ी कहाँ गई?"

'सीधा नहीं आया, रास्ते में हथकड़ी का इंतजाम करता आया हूँ।"

"अब?"

ओमवीर समझ गया कि पी.पी. डर रहा है। उसने उसे कस कर एक धौल जमाई, ''अब क्या है? डर गया साले। इसी बात पर जेल में डींग हाँकता था। डर रहा हो तो मैं चला जाता हूँ।''

पी.पी. को बुरा लगा। उसे कायर समझा गया था– इस बात से उसे झल्लाहट हुई।

''डरने की क्या बात है, डरा नहीं हूँ मैं। मैं तो तेरे लिए सोच रहा था कि तुझे कुछ दिनों के लिए कहीं रखना होगा। कहाँ रखा जाए?''

थोड़ी देर में तय हुआ कि ओमवीर को ट्यूबवेल पर रात में रोका जाय। दूसरे दिन क्या व्यवस्था होगी, इस पर पी.पी. का दिमाग काम नहीं कर रहा था, लेकिन दूसरे दिन की समस्या पर अभी से सिर खपाने की जगह उसे अगले दिन पर टाल देना उसको ज्यादा सुविधाजनक लगा। ट्यूबवेल की छत पर एक चारपाई डाल दी गई। वहाँ से दूर-दूर तक खेतों में से आने वाला कोई भी व्यक्ति दिखाई दे जाता था इसलिए यह जगह सुरक्षित थी। नीचे का बल्ब बुझा दिया गया। दोनों ऊपर बैठ गए।

कुछ देर बाद पी.पी. नीचे उतरा और सावधानी से घर की ओर चला। अभी तक गनीमत थी कि किसी ने उन्हें देखा नहीं था। देखा भी होगा तो किसी को संदेह होने का कोई कारण नहीं था। रात भर वहाँ रखने के बाद कल ओमवीर की कोई और व्यवस्था की जा सकती थी।

घर पर एक चाचा को छोड़कर और किसी के मन में कोई शंका नहीं थी। चाचा अभी बाहर बैठकर हुक्का गुड़गुड़ा रहा था। पी.पी. की तरफ प्रश्नवाचक निगाह से देखा। पी.पी. बिना किसी तरह का भाव चेहरे पर लाए मुँह ऊपर उठाए हुए सीधा घर के अंदर घुस गया। चाचा एक बार झिड़का जा चुका था। इसलिए कुछ टोकने की चाह मन में होते हुए भी उसकी हिम्मत नहीं पड़ी।

अंदर औरतें खाना बना रही थीं। पी.पी. एक कमरे में खाट पर लेटा उन्हें देखता रहा और मन ही मन भूमिका बाँधता रहा। माँ से ओमवीर के लिए खाना निकलवाकर ट्यूबवेल पर ले जाना था। पहली बार ऐसा हो रहा था इसलिए किस तरह बिना किसी प्रतिरोध या हंगामे के माँ से पोटली में खाना बँधवा लिया जाय– इसी उघेड़बुन में वह पड़ा था। कोई बहाना न सूझने पर उसने सीधे बात करने का फैसला किया।

''माँ, पोटली में एक आदमी का खाना बाँध कर दे दे।''

माँ को उसकी बात समझ में नहीं आई। यही समझ आया कि वह खाना माँग रहा है। उसे आश्चर्य हुआ कि रोज कई-कई बार पुकारने पर जो लड़का नहीं आता था, वह आज स्वयं कैसे खाना माँग रहा है!

''आ जा, बैठ जा। खाना तो तैयार ही है।''

''मैंने पोटली में बाँधने के लिए कहा है।'' उसने अपनी आवाज की झुँझलाहट छिपाने की कोशिश की।

''पोटली में क्यूँ? यहाँ बैठकर नहीं खायेगा?''

''मुझे नहीं खाना। किसी के लिए ले जाना है।'' उसकी आवाज विकृत हो गई। माँ ने सहम कर देखा।

''किसके लिए?''

''तुझे बहस करने की आदत पड़ी है। किसी के लिए ले जाऊँ। जल्दी बाँध दे पोटली।''

पी.पी. की आवाज इतनी कर्कश हो गई थी कि माँ के लिए और कुछ पूछना संभव नहीं रहा। दूसरी औरतों ने भी उसे नाराज होते देखा पर कुछ कहने की कोशिश नहीं की। पिछले दिनों उसके स्वभाव में आए परिवर्तन से सभी उससे डरते थे।

माँ ने चुपचाप एक कटोरदान में खाना निकाल दिया और उसे एक गंदे से कपड़े की पोटली में बाँध दिया। फिर भी चूँकि यह पहली बार हुआ था कि पी.पी. किसी के लिए इस तरह से खाना बँधवाकर बाहर ले जा रहा था, उसका मन अज्ञात आशंका से भरा हुआ था। पोटली देते हुए भी उसने सहमे स्वर में पूछा :

''कौन है रे? यहीं क्यों नहीं बुला लाता? घर में खा लेगा।''

पी.पी. ने उसके हाथ से पोटली छीन ली और बाहर निकल आया। बाहर वहीं चाचा बैठा था। उसने पोटली छिपाने की कोशिश की लेकिन चाचा की निगाह पड़ गई। चाचा ने खांस कर सवालिया निगाह से देखा। पी.पी. बिना उसकी परवाह किए तेजी के साथ खेतों की तरफ बढ़ गया।

ओमवीर को खाना खिलाकर जब पी.पी. लौटा तो रात इतनी चढ़ गई थी कि गाँव में सोता पड़ चुका था। हलकी-हलकी सर्दी पड़ रही थी। लोग घरों के दालानों और बरामदों में सोये पड़े थे। एकाध कुत्ते भौंके लेकिन पी.पी. खामोश अपने घर की तरफ बढता गया। कुत्तों का भौंकना, सर्दी और पी.पी. के शरीर की परिचित गंध के कारण बड़ा साधारण और मरियल-सा था। सोये हुए लोगों में से दो-एक ने अपने मुँह की चादर हटाकर गुजरने वाले को देखा और निष्क्रिय पड़े रहे। अपने घर के बरामदे में पहुँचकर पी.पी. ने चुपचाप खड़े होकर आहट ली थी। परिवार के दस-बारह मर्द और लड़के एक लाइन से सो रहे थे। बायीं तरफ से तीसरी चारपाई खाली पड़ी थी। वह पी.पी. के लिए थी। पी.पी. ने धीरे से सिरहाने पड़ा बिस्तर बिछाया और बिना कोई आहट किए उस पर लेट गया। चारपाई के बगल में माँ ने उसका खाना ढंक कर रख दिया था। पी.पी. का मन खिन्न था, वह थाली को चारपाई के नीचे सरकाकर सोने की कोशिश करने लगा।

उत्तेजना और घबराहट के मारे उसे नींद आ रही थी। आधा सोने आधा जगने की स्थिति में अभी थोड़ी देर और रहता कि कुत्तों के एकदम तेज स्वर में भौंकने, भारी बूटों की आवाजों और माहौल में तेज इंसानी हरकत से पैदा होने वाली हलचल ने उसे झकझोरकर जगा दिया। आशंका और भय ने उसे चारपाई से उठने न दिया। वह

लेटे-लेटे अँधेरे में बाहर से आने वाली आकृतियों की प्रतीक्षा करता था।

प्रतीक्षा ज्यादा देर तक नहीं चली। भड़भड़ाते हुए दस-बारह आदमियों ने आकर उसका पूरा बरामदा घेर लिया। टार्चों की रोशनियों के वृत्त सभी सोये हुए लोगों के चेहरे पर पड़ने लगे। अपने चेहरे पर रोशनी पड़ते ही पी.पी. ने आँखें मूँद लीं। आँखें मूँदते-मूँदते उसकी समझ में आ गया कि वे पुलिस वाले थे और उन्होंने पूरा बरामदा चारों तरफ से घेर रखा था। सोये हुए लोगों के चेहरे पर टार्च डालकर वे किसी को पहचानने की कोशिश कर रहे थे। इतना समझने में उसे तनिक भी देर नहीं लगी कि वे किसे तलाश रहे थे।

"कौन है... क्या चाहिए?" पी.पी. ने अपने बाप की घबराई हुई आवाज पहचानी।

"चुप बुड्ढे! चुपचाप पड़ा रह!"

धीरे-धीरे सोने वाले उठने लगे थे, लेकिन पुलिस की वर्दी और टार्चों की रोशनी ने जैसे उनकी संज्ञा छीन ली थी। वे चुपचाप बैठे या लेटे रहे। उनकी निष्क्रियता तभी टूटती जब रोशनी का तेज हमला उनकी आँखों पर होता और वे अपने हाथों की आड़ बनाकर उसकी चौंध से बचने का प्रयास करते। ज्यादा देर नहीं लगी और रोशनी का वृत्त बार-बार पी.पी. के चेहरे पर सिमटने लगा। उसने आँख बंद कर सोने का नाटक जारी रखा, लेकिन जल्दी ही यह सिलसिला टूट गया। फिर तीन-चार बलिष्ठ हाथों ने उसे दबोच लिया। उसके दोनों हाथ और पाँव दबोच लिए गए। उसने छटपटाकर उठ बैठने की कोशिश की लेकिन उन बलिष्ठ हाथों ने उसे चारपाई से जकड़ दिया था।

उठ बैठने की कोशिश एक सहज मानवीय प्रतिक्रिया मात्र थी, क्योंकि पी.पी. जानता था कि अपने ऊपर झुके इतने सारे चेहरों को परे ढकेलकर उठ बैठना उसके लिए संभव नहीं था। उसके चेहरे और शरीर के दूसरे हिस्सों पर कुछ तमाचों, घूँसों और कुहनियों के रद्दे पड़े और प्रतिरोध छोड़कर यह निष्क्रिय हो गया। फिर शुरू हुई सवालों की बौछार, "बता साले, कहाँ छिपा रखा है?"

"किसे?" लेटे-लेटे उसने अपना आत्मविश्वास बनाए रखने का प्रयास करते हुए पूछा।

"किसे? बहन चो...! अब ये भी हम बताएँ। अपनी माँ के यार को और किसे, बता कहाँ छिपाए है?"

"किसको ढूँढ रहे हो साहब? पूरा घर तो यहीं लेटा है। देख लो।"

"अबे घर के बच्चे, पिछली पिटाई भूल गया, फिर वही हाथ पड़ेंगे।"

"ओमवीर शाम को यहीं आया था। अब कहाँ है, बता?"

"ओमवीर? कौन ओमवीर?"

दो-तीन हाथ उसे कस-कस के पड़े।

"साले, बहुत बना चुका। सीधे-सीधे बता, नगले का ओमवीर आया था शाम

को, उसे कहाँ छुपा रखा है?''

हालाँकि पहला मौका था ऐसी स्थिति में फँसने का, फिर भी पी.पी. बड़ी सधी एक्टिंग कर रहा था।

''नगले का ओमवीर तो जेल में था। वहाँ से कब छूटा?''

''छूटा नहीं, आज कचहरी से भाग खड़ा हुआ। अब ज्यादा बनने की कोशिश मत कर, चुपचाप बक डाल।''

लगता था, पुलिस वालों के पास कोई निश्चित सूचना नहीं थी और वे केवल अंदाज से वहाँ आये थे। इसलिए पी.पी. की भोलेपन की मुद्रा काम आ गई और थोड़ी-सी पिटाई से उसको छुट्टी मिल गई। घर के और सदस्यों में सिर्फ एक चाचा को कुछ मालूम था। बाकी सब लोग वैसे भी अनभिज्ञ थे, इसलिए उनमें से कुछ को जब लात-घूँसे या डंडे पड़े तो उनके चेहरों पर सचमुच आश्चर्य या न जानने का भाव आ जाता। पुलिस वाले थोड़ी देर में निराश हो गए। उन्होंने फर्ज अदायगी के लिए घर की तलाशी ली। दो-दो, एक-एक के जत्थे में वे घर के अलग-अलग कमरों में गए, छत और पिछवाड़ा देखते रहे, जानवरों और भूसे की कोठरियों की तलाशी ली और फिर थक-हार कर बरामदे में पड़ी खाटों पर आड़े-तिरछे बैठ या लेट गए।

भोर होने वाली थी। आसमान के काले कैनवास पर लाल रंग फूलने लगा था। घर का एक सदस्य उठकर गया और एक भैंस दुह लाया। घर की महिलाएँ जो एक कोने में सहमी चुप बैठी थीं, दूध पाकर सक्रिय हुईं। उन्होंने पीतल के बड़े-बड़े गिलास माँजे। दूध गर्म करने के लिए कंडों में आग सुलगाई और दूध गर्म करके बड़े-बड़े गिलासों में उँड़ेल दिया। लड़के गर्म-गर्म गिलासों को गंदे कपड़ों से पकड़कर पुलिस वालों के पास ले आए। दूध देख कर कुछ पुलिस वाले चैतन्य हुए और गिलास पकड़कर दूध पीने लगे। कुछ ने इतने सवेरे बिना मुँह हाथ धोये दूध पीने में अनिच्छा व्यक्त की, उनके लिए चाय बन गई। चाय भी क्या थी, दूध और चीनी का शर्बत जिसमें नाम के लिए चाय की पत्ती डाल दी गई थी।

पुलिसवालों के जाने के बाद एक दूसरी तरह का हंगामा उठ खड़ा हुआ।

''जे लड़का पूरे खानदान को हथकड़ी लगवायेगा। शाम को मैं पूछ रहा था कि किसको छिपा रहा है, किसके लिए खाना ले जा रहा है, एक बार नहीं बोला। अब पिटवा लिया न अपने बाप-चाचा को। एक दिन हथकड़ी और लगवा देना।''

पी.पी. के बाप ने अचकचाकर देखा। वह शाम के घटनाक्रम से अनभिज्ञ था। खाना देने वाली महिलाओं के भी अब समझ में आया कि खाना किसके लिए गया था।

''शाम को कौन आया था?''

''इसी से पूछो। शाम को किसका खाना लेकर खेतों में गया था।''

''किसका खाना लेकर गया था? किसने खाना दिया था?''

औरतों ने दरवाजे से खिसकना शुरू किया। बूढ़ा किसान ऊँचे स्वर में अपनी बीवी को गाली देने लगा।

पी.पी. चुपचाप सिर झुकाए चारपाई पर बैठा था। किसी सवाल का जवाब देने की उसे जरूरत नहीं महसूस हो रही थी। वह दूसरी उधेड़बुन में था। किसी तरह ओमवीर को आज ही हटाना पड़ेगा। घर के लोगों का बोलना उसे किसी तरह से प्रभावित नहीं कर रहा था। अचानक अपनी माँ के चिल्लाने से उसका ध्यान भंग हुआ। उसका बाप इसी बीच में गाली-गलौज करते-करते लाठी लेकर अपनी बीवी को मारने घर में घुस गया था। दो-एक लाठी उसने जड़ भी दी थी। उसका इरादा बीवी को मारने के बाद पी.पी. को पीटने का था, लेकिन उसका यह इरादा पूरा नहीं हो पाया।

पी.पी. तड़पकर उठा और झपटता हुआ अंदर चला गया। अंदर अपने बचाव के लिए एक अँधेरे छोटे-से कमरे में छिपी उसकी माँ को बाप लाठी से मारने की कोशिश कर रहा था। चूंकि कमरे की छत नीची थी और उसमें लाठी घुमाने की पूरी जगह नहीं थी, माँ को कसकर एक भी लाठी नहीं लग पाई, फिर भी वह आदतन और जोर-जोर से चिल्ला रही थी। उसकी चिल्लाहट में पति के लिए भर्त्सना, अपने निर्दोष होने की गुहार और भविष्य में ऐसा न करने का आश्वासन—सब कुछ गड्ड-मड्ड था, इसलिए उसके रोने और चिल्लाने में क्या शब्द छिपे थे, किसी को समझ में नहीं आ रहे थे। वहाँ उपस्थित औरतों और मर्दों की इसे समझने में दिलचस्पी भी नहीं थी। हर तीसरे-चौथे परिवार की किसी न किसी औरत को उसका पति पीटता था और बाकी सब लोग अपने काम में निर्विकार भाव से लिप्त रहते थे। जब कभी हड्डी-पसली टूटने की नौबत आ जाती या कोई औरत अपनी चीख-पुकार से घर के किसी प्राणी को द्रवित कर देती तभी कोई हस्तक्षेप करता और गाली-गलौज करके पीटने वाले को छुड़ाता। आज इसमें व्यवधान पड़ा पी.पी. के हस्तक्षेप से जो इस घर के पैमाने से अनावश्यक और समय से पहले हुआ था, लेकिन यह हस्तक्षेप था जोरदार।

पी.पी. ने बाप की तनी हुई लाठी को पीछे से एक हाथ में पकड़ लिया और उसे खींचता हुआ कमरे से बाहर आ गया। लाठी के साथ-साथ बाप भी खिंचता चला आया। बाहर निकलकर उसने लाठी को एक झटके के साथ फेंकना चाहा। उसी झटके के साथ बाप भी लड़खड़ाता हुआ कुछ दूर तक चला गया।

बाप के लिए यह अप्रत्याशित था। यह मान लेना कि अब वह बेटे पर हाथ नहीं उठा सकता, आसान नहीं था। हालाँकि कुछ दिनों से पी.पी. में जो परिवर्तन हुए थे, उसने घर के लगभग सभी सदस्यों को यह एहसास करा दिया था कि पी.पी. अब बड़ा हो गया है लेकिन बाप के लिए स्थिति इस रूप में आई कि उसे स्वीकार करने में दिक्कत हुई। वह एक बार सँभलकर लाठी तौलते हुए पी.पी. की तरफ बड़ा। हालाँकि

उसकी चाल में लड़खड़ाहट और चित्त की दुर्बलता बड़ी स्पष्ट दिखाई पड़ रही थी, फिर भी वह अपने चेहरे पर गुस्से और खीज का भाव लाने में सफल हो गया था, पर पी. पी. के ऊपर इन सबका कोई असर नहीं पड़ा। उसने बाप के हवा में तने हाथ को नीचे आने का मौका नहीं दिया।

ऊपर-ऊपर ही उसने लाठी रोक ली और एक झटके के साथ उसने बाप को खाली हाथ बाहर ढकेल दिया। बाप बाहर जाकर एक चारपाई पर बैठ गया और वहीं से बैठे-बैठे उसे गाली देने लगा। बाप के ऊपर हाथ उठाने के लिए अंदर माँ ने भी गाली-गलौज शुरू कर दी। पी.पी. ने दाँत पीसकर एक बार उसे भी घुड़की दी और फिर बाहर निकल गया। बाहर बैठे किसी भी व्यक्ति पर उसने ध्यान नहीं दिया और सीधा खेतों में ट्यूबवेल की तरफ बढ़ गया।

ट्यूबवेल की छत पर खाली चारपाई पड़ी थी। लगता था कि सोने वाला उसे छोड़कर कहीं और चला गया था। पी.पी. ने छत पर चढ़कर चारों तरफ देखा। ट्यूबवेल के चारों तरफ ऊँची-ऊँची चरी लगी हुई। ऊँचाई से ध्यान से देखने पर पता चला कि लगभग सौ गज उत्तर की तरफ एक चरी के खेत में बीचो-बीच ओमवीर सो रहा था। उसने अपनी लुंगी जमीन पर बिछा ली थी और सिर्फ जांघिये में अपनी लंबाई के बराबर चरी दबाये वह सो रहा था। कंकड़ उसके पैर पर पड़ा। वह हड़बड़ाकर उठ बैठा। उसकी हड़बड़ाहट देखकर पी.पी. हँस पड़ा।

ओमवीर उठकर ट्यूबवेल पर आ गया।

''वहाँ कैसे पहुँच गया तू?''

''मैंने सोचा, तेरे घर का कोई बता दे और मैं पकड़ा जाऊँ, इसलिए रात में उठकर खेतों में सो गया।''

पी.पी. ने उसकी चालाकी को मन ही मन सराहा और बाद की जिंदगी में उसने यही चालाकी अपने व्यक्तित्व का अंग बना कर रखी।

''पुलिस आई थी। लौट गई।''

''कब आई थी?'

''रात आई थी, अभी लौटी। पूरी रात नहीं सोने दिया।''

''तेरे घर किसी ने नहीं बताया?''

''किसी को पता नहीं था। एक चाचा को पता था पर वो कुछ बोला नहीं। जाने के बाद जरूर उसने सबको बता दिया। बाप ने बहुत हंगामा किया। इसलिए आया हूँ कि अब तुझे कहीं और जाना पड़ेगा।'' ओमवीर ज्यादा नहीं रुका। आसन्न खतरे ने उसे चीते की तरह फुर्तीला बना दिया। पंद्रह मिनट के अंदर वह जाने के लिए तैयार हो गया।

''कहाँ जायेगा?''

"तुझसे क्या? निकल ही जाऊँगा।"

"फिर भी।"

ओमवीर चुप रहा। पी.पी. समझ गया कि वह बताना नहीं चाहता।

"कब मिलेगा।"

"शाम को सात बजे तू यहीं आ जाना। इसी ट्यूबवेल पर। यहीं मिलेंगे।"

यहीं मिलने का मतलब था कि ओमवीर कहीं आसपास ही रुकेगा। वह बताना नहीं चाहता था, यह सोचकर पी.पी. को बुरा लगा। पर उसके जाने के बाद उसने अपनी इस भावना पर काबू पा लिया। उसे लगा कि ओमवीर का यह सोचना सही था। अपराध की दुनिया में इसका बहुत महत्व था।

अगले कुछ दिनों तक ओमवीर अलग-अलग समय पर अलग-अलग जगहों पर उससे मिलता रहा। वे लंबी-लंबी बैठकें करते और अगली योजनाएँ बनाते रहे। पी.पी. की अपराध की दुनिया की नई-नई सच्चाइयों से वाकफियत बढ़ती गई। जो कुछ जेल में उसने देखा और सीखा था, वह सैद्धांतिक ज्यादा था, अब उसके असली रूप को समझने का मौका आ गया था।

ओमवीर, जिसे अब वह ओमी कहने लगा था, उसे धीरे-धीरे समझाने लगा था कि किस तरह केवल वही अपराधी जो पैसे, जाति या ताकत से कमजोर होते हैं, पुलिस के हाथ पड़ते है। जेले और अदालतें सिर्फ उनके लिए ही बनी हैं। जो ताकतवर होते हैं, उनका कोई कुछ नहीं बिगाड़ पाता उन्हें कामयाबी हासिल करने के लिए सिर्फ दो काम करने थे। एक तो किसी प्रभावशाली राजनीतिक नेता की छत्र-छाया प्राप्त करना और दूसरा इतना पैसा हासिल करना जिससे सब कुछ खरीदा जा सके।

पी.पी. को शुरू-शुरू में ये बातें सम्मोहक तो लगती थीं लेकिन उसे कभी विश्वास नहीं होता कि ऐसा हो सकता है। ओमी उसे जिन शानो-शौकत और ऐशो-आराम के सब्जबाग दिखाता, वह उसे अच्छा तो लगता लेकिन उसकी सच्चाई के बारे में कभी पूरी तरह उसका मन आश्वस्त नहीं होता। उसने अभी तक अपने आस-पास के अपराधियों को देखा था जो आम तौर से जलालत और गुरबत के दिन बिताते थे। वे छोटी-मोटी लूटमार करते, कुछ दिन ऐश करते और फिर अभावों की दुनिया में खो जाते। बीच-बीच में पुलिस उनके हाथ-पैर तोड़कर उन्हें महीनों हल्दी-तेल पीने के लिए भेजती रहती थी। पर ओमी के शब्दों में वे सब टुच्चे लोग थे। वह पी.पी. और अपने लिए ऐसी दुनिया तजवीज रहा था जहाँ बेशुमार दौलत थी और इस दौलत के सहारे हासिल होने वाला सामाजिक सम्मान था।

पी.पी. ने यह दुनिया फिल्मों में तो देखी थी लेकिन वास्तव में ऐसी दुनिया होगी, इसका उसे तब तक विश्वास नहीं हुआ जब तक उसने इसे अपनी आँखों से नहीं देख लिया।

ओमी उसे जगतपाल के यहाँ लेकर गया। वहाँ जाने पर पी.पी. को पता चला कि उसके ट्यूबवेल से हटने के बाद दो-तीन अड्डे बदलने के बाद ओमी पिछले दो-तीन दिनों से जगतपाल के यहाँ ही रुका हुआ था। जगतपाल को पी.पी. के नाम से जानता था। उसके इलाके में जगतपाल को लोग चौधरी साहब के नाम से पुकारते थे। दरअसल वह था तो पी.पी. के बगल के गाँव का ही लेकिन पिछले कई सालों से शहर में कोठी बनाकर रह रहा था। पी.पी. के इलाके में उसका आतंक अदृश्य रूप में हर जगह मौजूद रहता था। वह गूजर था इसलिए गूजर बिरादरी के लोग उसका जिक्र गर्व से करते थे, बाकी सभी बिरादरियों के लोगों के लिए उसका नाम खौफ से लिया जाता था।

चौधरी जगतपाल की कोठी शहर के समृद्ध इलाके में थी। इसके पहले पी.पी. ने न तो उसे देखा था और न ही उसकी कोठी में घुसने का उसे मौका मिला था। लगभग पंद्रह सौ गज के क्षेत्रफल में फैली कोठी में घुसते ही उसके ऊपर आँखें खुली रह जाने का मुहावरा लागू हुआ। वह अवाक् चौधरी जगतपाल के ऐश्वर्य को देखता रहा। कोठी का बड़ा-सा गेट बंद था। ओमी उसे अँधेरा हो जाने के बाद ले गया था। यद्यपि स्ट्रीटलाइट और आसपास की कोठियों की रोशनी सड़क पर पड़ रही थी फिर भी जगह-जगह अँधेरे के वृत्त थे। इन्हीं में से एक वृत्त में ओमी खड़ा हो गया और उसने पी.पी. को गेट खटखटाने का इशारा किया। पी.पी. ने गेट पर दस्तक दी। बड़े गेट के दरवाजे के एक-चौथाई हिस्से में छोटा गेट था। उसे खोलकर खाकी कपड़े पहने हुए दरबान ने बाहर सिर निकालकर झाँका, "क्या है?"

पी.पी. घबराहट में कुछ बोल न पाया।

"कौन चाहिए?"

पी.पी. ने फिर कुछ बोलने की कोशिश की लेकिन वह कुछ नहीं बोल पाया। उसने अँधेरे में खड़े ओमी की तरफ इशारा किया। दरबान ने गौर से अँधेरे में खड़े ओमी को देखा। शायद वह पहचान गया। वह बाहर निकल आया और ओमी की तरफ बढ़ गया। दोनों थोड़ी देर तक फुसफुसाकर बात करते रहे। फिर दरबान अंदर चला गया और ओमी ने पी.पी. को इशारा करके अपने पास बुला लिया। दोनों थोड़ी दूर अँधेरे में डूबी एक पुलिया पर जाकर बैठ गए।

"अंदर कोई है। चला जाए तब हम लोग अंदर चलेंगे।"

दोनों खामोश बैठे रहे। थोड़ी देर बाद गेट खुला और किसी कार के हेडलाइट्स का झोंका बाहर सड़क पर पड़ा। अचानक उन्होंने देखा कि कार उन्हीं की तरफ मुड़ गई। पर इसके पहले कि कार की रोशनी उनके चेहरों पर पड़ती, ओमी ने सड़क के किनारे लगभग छलाँग लगा दी और सड़क की तरफ इस तरह पीठ करके बैठ गया

मानो पेशाब कर रहा हो। पी.पी. कुछ समझ नहीं पाया कि क्या करना है, अतः चुपचाप पुलिया पर बैठा रहा।

गाड़ी निकल जाने के बाद वे लोग उठे और फिर गेट पर आ गए। दरबान ने बड़ा गेट तो बंद कर दिया लेकिन छोटा गेट खुला रखा। वह उन्हीं लोगों का इंतजार कर रहा था। उनके अंदर जाने पर उसने गेट बंद कर दिया। अंदर की दुनिया ने अपने ऐश्वर्य और रंगीन से उसे सम्मोहित कर दिया।

अंदर घुसते ही एक लंबी-चौड़ी लॉन थी। हरी-भरी घास का मैदान नीम अँधेरे में डूबा हुआ था। ओमी उसे लेकर लॉन के एक कोने में पड़ी कुर्सियों पर बैठ गया। लॉन का यह हिस्सा पूरा तरह से रोशन नहीं था। लॉन पर तीन-चार जगहों पर तरतीब से कुर्सियाँ लगी हुई थीं और छह बेंत की कुर्सियों के बीच एक बेंत की सेंट्रल टेबल लगी हुई थी। पूरा लॉन खाली पड़ा था। वहाँ बैठकर अंदर की चहल-पहल का कुछ नजारा दिखाई दे रहा था। सबसे पहले एक बरामदा था जिसमें कुछ कुर्सियाँ पड़ी थीं और उन कुर्सियों पर लोग बैठे थे। अंदर एक बड़ कमरा था जो शायद बैठक का काम करता था। तेज रोशनी की वजह से बाहर से बरामदे और इस कमरे की गतिविधियाँ दिखाई पड़ रही थीं। बैठक का दरवाजा खुला था सिर्फ जाली लगे पल्ले बंद होते तथा खुलते और बरामदे से कोई उठकर अंदर जाता या अंदर से निकलकर कोई बाहर आता। ऐसा लगता था कि अंदर कोई बैठा था और लोग बारी-बारी से उससे मिलने जा रहे थे।

वे लोग लॉन में बैठे आपी बारी का इंतजार कर रहे थे। ओमी धीमे स्वर में उसे चौधरी जगतपाल के बारे में बताता जा रहा था। उसने जो कुछ बताया, उसमें से कुछ पी.पी. ने सुन रखा था, कुछ उसके लिए नया था। बहरहाल सब कुछ अभिभूत कर देने जैसा था और पी.पी. पूरी श्रद्धा से चौधरी को अपने भविष्य के हीरो के रूप में स्थापित कर रहा था। इसी बीच गेट छोड़कर चौकीदार वहाँ आ गया और उनके पास बैठ गया।

''कल तू कहाँ रह गया? रात में चौधरी साहब तुझे पूछ रहे थे।''

''कल मैं इसके यहाँ रुक गया था।'' ओमी ने पी.पी. की तरफ इशारा किया। वह झूठ बोल रहा था, यह जानते हुए भी पी.पी. चुप रहा।

''आज एम.पी. आया था। अपने साथ थानेदार को लाया था। माफी मँगवाने के लिए। साले ने परसों चौधरी साहब के आदमी को बंद कर दिया था। चौधरी साहब ने कप्तान को बोल दिया था कि ये वाला थानेदार नहीं चाहिए। साला भागकर एम. पी. के पास पहुँचा और आज एम. पी. को लेकर आया अपनी पैरवी करवाने। इसीलिए तो देर हो गई, नहीं तो चौधरी साहब अब तक इस भीड़ को निपटा चुके होते।'' उसने बरामदे में बैठे लोगों की तरफ इशारा किया।

अब पी.पी. की समझ में आया कि अभी गाड़ी से कौन कोठी से निकलकर गया था।

चौकीदार और ओमी बतियाते रहे और वह चुपचाप बैठा सुनता रहा। चौकीदार की बातचीत के लहजे से लग रहा था कि उसकी हैसियत मात्र चौकीदार की नहीं है। उसे अंदर-बाहर की काफी जानकारी थी। गेट पर किसी तरह की हलचल हुई और चौकीदार उठकर उधर चला गया।

कौन है वह, उसने ओमी से जानना चाहा। ओमी चुप रहा।

"बहुत तेज है।" पी.पी. ने छेड़ा जरूर लेकिन उसे उम्मीद नहीं थी कि ओमी अपने स्वभाव के विपरीत कुछ उगलेगा।

ओमी हलके से हँसा। जगते में, सोते में उसे पी.पी. की उत्सुकता पर मजा आ रहा था। थोड़ा रुककर बोला, "यहाँ हर आदमी तेज है। ड्राइवर, चौकीदार, चपरासी—सब। तू क्या समझाता है, बिना तेज लोगों को रखे चौधरी साहब इतना बड़ा कारोबार खड़ा कर लेते? इस चौकीदार को इस बार ध्यान से देखना। हलका लँगड़ाकर चलता है। पैर में गोली लगी थी बैंक लूटते समय। तभी से चौधरी साहब ने कोठी पर रख लिया है। नहीं तो पहले बड़े-बड़े की फूँक सरक जाती थी इसका नाम सुनकर।"

चौकीदार गेट पर खड़ा किसी से बात कर रहा था। बातें खत्म कर वह उनकी तरफ बढ़ा। पी.पी. ने ध्यान से देखा। बहुत ध्यान से देखने पर ही उसकी चाल में कुछ अस्वाभाविकता नजर आती थी।

चौकीदार उसके पास आकर बैठ गया, "आज तो ससुरे चौधरी साहब को दम मारने की फुरसत नहीं दे रहे हैं। दोपहर का खाना चार बजे खाया। रात पता नहीं कब खाना मिले! हटते ही नहीं। इलेक्शन आ गया है, इसलिए किसी को रोका भी नहीं जा सकता।"

पी.पी. को उत्सुकता हुई कि आखिर किस काम के लिए इतने सारे लोग चौधरी को घेरे रहते हैं। लेकिन अपनी उत्सुकता को दबाए रखना ही उसे उचित लगा। चौकीदार या ओमी से यह पूछने से कोई फायदा नहीं था, क्योंकि वे लोग कुछ बताएँगे, इसकी गारंटी नहीं थी। उल्टे उसे बच्चा जरूर समझेंगे।

बहुत बाद में आकर उसे इस भीड़ का रहस्य समझ में आया। किसी दूसरे प्रभावशाली नेता की ही तरह चौधरी के पास तरह-तरह के काम लेकर भीड़ जुटा करती थी। नौकरियों के लिए, थानेदार की ज्यादती के खिलाफ, सरकारी मशीनरी के भ्रष्टाचार से छटपटाते हुए या गाँवों में आपसी झगड़ों में सुलह-सपाटा करवाने की अर्जी लिए हुए लोग सुबह से शाम तक उसे घेरे रहते थे। बल्कि किसी और नेता से ज्यादा लोग उसे घेरते थे क्योंकि वह काम करवा सकता था। उसका एक सहायक लगातार अफसरों को फोन लगाता रहता था। दूसरा एक बगल के छोटे से कमरे में

बैठा सिफारिशी चिट्ठियाँ टाइप करता रहता था।

बैठक में एक आरामकुर्सी पर स्वच्छ शुभ्र धवल कुर्ते-पाजामे में वह मुलाकातियों से घिरा बैठा रहता था और उसकी धैर्ययुक्त स्निग्ध मुस्कान देखकर कोई यह अंदाज नहीं लगा सकता था कि उसके ऊपर तीन बैंक डकैतियों, दर्जनों हत्याओं, पचासों लूटपाट के मुकदमे चल चुके हैं और अभी आठ-दस साल पहले वह कुत्तों की तरह पुलिस से भागता फिरता था।

अपने अतीत को उसने इतनी खूबसूरती से भुला दिया था कि कभी-कभी उसको बहुत निकट से जानने वालों को भी आश्चर्य होता कि क्या यह वही पुराना जगतपाल था जिसके नाम से आस-पास के दो-तीन जिले काँपते थे। उसका पूरा आपराधिक जीवन मुश्किल से दस साल का रहा होगा। उसके बाद उसे फिर अपराध करने की जरूरत ही नहीं पड़ी। सबसे पहले उसने अपने खिलाफ दर्ज मुकदमों को सुलझाया। शुरू में कुछ गवाह मारे गए, बाद में लगभग सभी गवाहों के हलफनामे लगा दिए। उसकी तारीखों पर वकीलों के झुंड के झुंड अदालतों को घेरे खड़े रहते। पहले से बिका सरकारी वकील इस झुंड के सामने कुछ मिमियाता और विरोधी वकील उसे दहाड़कर चुप करा देते। अदालती नाटक के सभी पात्र अपनी निश्चित भूमिका निभाते रहे और वह एक-एक मुकदमे से बाइज्जत बरी होता रहा। इन भूमिकाओं के पात्रों को जो मेहनताना वह देता, उससे उसकी जेब पर जरा भी फर्क नहीं पड़ता। अब उसकी हैसियत ऐसी हो गई थी कि उसके साथ एक टेलिफोन पर लाखों रुपये उसके पास पहुँच जाते। अब उसे अपराध लिए मेहनत करने की जरूरत नहीं थी और न ही पुलिस से लुकते-छिपते भागते रहने की।

अपनी सक्रिय आपराधिक जिंदगी में ही उसने राजनीति को समझना शुरू कर दिया था। वह उसके कैरियर के शुरुआती दिनों की ही बात थी जब सब ने उसका राजनीतिक इस्तेमाल करने की कोशिश की।

विधानसभा के मध्यावधि चुनाव होने वाले थे और वह जमानत पर छूटकर घर पहुँचा था। जेल में मारपीट हो गई थी और वह काफी चोट खा गया था। उसके पास पिछली वारदातों के पैसे भी बचे हुए थे, लिहाजा वह बिना किसी लफड़े में पड़े घर पर आराम करना चाहता था। इलाके के थानेदार से बात हो गई थी। अगर वह इलाके में कोई जुर्म नहीं करता तो थानेदार उसे कुछ नहीं कहने वाला था। आराम से दिन कट रहे थे कि अचानक उसे गाँव के प्रधान ने बुलवाया।

प्रधान ने जो काम उसे करने के लिए कहा, वह उसकी समझ में नहीं आया। चुनाव में उसे बूथ कैप्चरिंग करनी थी। अपने गाँव और पासपास के गाँवों में प्रधान की पार्टी के उम्मीदवार के खिलाफ लड़ने वाले उम्मीदवार के पक्ष में कोई वोट न डालने पाए—इसका प्रयास करना था।

प्रधान के लिहाज से यह बहुत महत्वपूर्ण काम था और इससे उसकी जिंदगी बन जाती, लेकिन जगतपाल की समझ में नहीं आया कि बिना पैसा-कौड़ी तय किए वह इस तरह की बेवकूफी के काम में क्यों फँसे। वह वापस आ गया। इस बात का अफसोस उसे आज तक है, क्योंकि इस वापसी की वजह से वह अपनी जिंदगी में कई साल पीछे हो गया।

अगला चुनाव आते-आते उसे अपराध की दुनिया में राजनीतिज्ञों के महत्व का पता चल गया। उसने देखा कि किस तरह उन लोगों पर पुलिस हाथ नहीं डालती थी जिनकी पीठ पर किसी प्रभावशाली नेता का वरदहस्त होता था। अगर वे पकड़े भी जाते तो उनका संरक्षक नेता चीख-पुकारकर आसमान सिर पर उठा लेता और उन्हें छुड़ा लेता। जगतपाल जैसे अनाथ अपराधी दिन-रात पुलिस के डर से भागते फिरते और चार-छह महीने में एक बार जरूर पुलिस के चंगुल में फँस जाते। थाने, अदालत और जेल के चक्कर में उनका पैसा भी खर्च होता और बीच-बीच में उनका हाथ-पैर भी तोड़ा जाता।

जगतपाल को जैसे ही यह बात समझ में आई, उसने एक मजबूत वटवृक्ष की तलाश शुरू कर दी। चौधरी भोजराज सिंह के रूप में उसे यह आश्रय भी मिल गया। चौधरी भोजराज उसके बिरादरी के प्रभावशाली नेता थे। पिछले चुनाव में हार गए थे और अब इस बार फिर लड़ना चाहते थे। जगतपाल ने उनके यहाँ आना-जाना शुरू किया। पहले तो उन्होंने कोई ध्यान नहीं दिया। जगतपाल सुबह-शाम उनकी कोठी पर जाता और नमस्कार कर आसपास किसी ऐसी जगह बैठ जाता जहाँ से उस पर चौधरी की निगाह पड़ती रहे। कुछ दिनों तक चौधरी ने उसकी उपेक्षा की। लेकिन जल्दी ही उसकी प्रतिभा पहचान ले गई। चुनाव सिर पर था और ऐसे लोगों की तलाश हो रही थी जो उसमें काम के साबित हो सकें। जगतपाल का नाम सूची में जुड़ गया और जल्दी ही सबसे ऊपर हो गया।

इसके बाद से जगतपाल की बहुत सारी परेशानियाँ हल हो गईं। जब कभी वह पकड़ा जाता, चौधरी भोजराज उसके लिए जमीन-आसमान एक कर देते। वह उसके लिए थानों पर धरना देता, कलेक्टर, कप्तान के बंगलों के चक्कर लगाता तथा थाने से न छुड़ा पाने की स्थिति में कचहरी में वकीलों की लाइन लगा देते। उसकी वजह से जगतपाल के लिए जेल अब दुःस्वप्न नहीं रह गया था। अब जेल में उसे सारी सुविधाएँ मुहैया की जाती थीं। जेल का सुपरिंटेंडेंट दूसरे-तीसरे दिन खुद उसका हाल पूछता। वह कोई मेहनत-मशक्कत न करता, उसे घर का खाना मिलता और कभी-कभी तो उसके पास शराब भी पहुँच जाती। अपराध की मामूली स्थिति से उठाकर इस सम्मानजनक स्थिति तक पहुँचाने में चौधरी भोजराज का बहुत बड़ा हाथ था।

"चलो चौस्साब बुला रहे हैं।" चौकीदार जो बीच में उठकर कहीं चला गया था,

यह संदेशा लेकर फिर आ गया।

दोनों उठ खड़े हुए। ओमी चेहरे पर बिना किसी भाव के और पी.पी. उत्सुकतामिश्रित उत्तेजना और अपरिभाषित भय के साथ। अचानक उसे पेट में मरोड़-सी उठती लगी और मन करने लगा कि बाहर जाकर पेशाब कर आए। लेकिन वह कुछ कह नहीं पाया और ओमी के पीछे खिंचा चला गया।

बरामदे में अब इक्का-दुक्का लोग ही रह गए थे। उन्हें पार करते हुए वे उसे कमरे में पहुँच गए जहाँ चौधरी जगतपाल बैठा था। उसके पास भी सिर्फ दो लोग बैठे थे जो उसके साथ दबे स्वर में एकदम करीब झुककर बात कर रहे थे। वे इन्हें देखते ही चुप हो गए। ओमी ने लॉन से चलते समय एक रूमाल जेब से निकालकर हाथ में ले लिया था और बरामदे की सीढ़ियों पर चढ़ते समय उससे अपना मुँह ढक लिया था कि उसकी पहचान भी छिपी रहे और देखने वालो को लगे कि वह मुँह पोंछ रहा है। कमरे में पहुँचकर दोनों ने जगतपाल को अभिवादन किया। कुर्सियाँ खाली पड़ी थीं। किसी ने बैठने को नहीं कहाँ वे कुछ देर खड़े रहे फिर पहले ओमी एक कुर्सी पर बैठ गया और फिर पी.पी. दूसरी पर।

थोड़ी देर खोमोशी रही। पी.पी. लगातार महसूस करता रहा कि चौधरी की तेज अंदर तक वेध देने वाली निगाहें उसके चेहरे पर गड़ी हुई थीं। थोड़ी देर तक तो वह इन निगाहों का मुकाबला करता रहा पर जल्दी ही उसने अपनी निगाहें नीचे झुका लीं।

"यही है?"

"हाँ, चौस्साब यही है। बहादुर लड़का है।" ओमी ने उसकी पैरवी की।

पी.पी. ने निगाहें उठाकर एक बार फिर चौधरी की आँखों में झाँकने की कोशिश की। उन आँखों में कुछ पढ़ पाना मुश्किल था।

"हूँ... क्या करता है रे छोरे?"

पी.पी. सीधे सवाल के लिए प्रस्तुत नहीं था। वह थोड़ा लड़खड़ाया पर ओमी ने बात सँभाल ली, "अभी तो छोटे-मोटे काम कर रहा है पर बड़ा काम मिले तो उसे भी कर लेगा।"

चौधरी इससे संतुष्ट नहीं लगा। यह शायद सीधे पी.पी. से सुनना चाहता था। पी.पी. के लिए यह परीक्षा की घड़ी थी। उसे लगा कि उसके शरीर का सारा खून उसकी कनपटी के पास इकट्ठा हो रहा है। कुछ लड़खड़ाहट के साथ आवाज को संयत करने की कोशिश करते हुए उसने कहा, "कुछ भी कर सकता हूँ चौस्साब। जो काम मिले, कर लूँगा।"

"अच्छा।" उसकी उम्र और अभी तक पूरी परिपक्व न हुई आवाज को लक्ष्य कर व्यंग्य-सा करते हुए चौधरी ने अपनी आँखें नचाईं।

पी.पी. तिलमिला गया। अगर एक अपरिचित माहौल में न बैठा होता तो वह

किसी भी क्षण उबलकर गाली-गलौज करने लगता। चौधरी निर्विकार बैठा रहा और सिर्फ अपनी निगाहों से पी.पी. को तौलता रहा।

"अच्छा... कल आना।"

चौधरी ने जिस तरह से कहा, उससे पी.पी. को उठ जाना चाहिए था लेकिन वह नासमझ-सा बैठा रहा।

"तू बाहर चल। गेट के बाहर इंतजार कर... मैं आता हूँ।"

पी.पी. उठकर बाहर चला आया। बाहर दो-एक अपरिचित से चेहरे थे। वह समझ नहीं पाया कि क्या करे। थोड़ी देर असहज-सा इधर-उधर टहलता रहा, फिर गेट के पास चौकीदार दिखाई दे गया तो उसी तरफ लपक लिया।

"हो गई बात?"

"हो गई।"

"क्या हुई?"

पी.पी. को समझ में नहीं आया कि क्या उत्तर दे। वह लड़खड़ा गया। पर चौकीदार के सामने स्वीकार करने में कि उसकी चौधरी से कोई खास बात नहीं हुई उसे शर्म लगी। वह जबर्दस्ती गंभीर बना रहा।

"खुशकिस्मत है, तेरी जल्दी बात हो गई। हम लोगों को तो चौस्साब ने कितने चक्कर लगवाए। शायद इसलिए तुझे पहले ही दिन बात करने का मौका मिल गया कि तुझे ओमी लेकर आया था।"

पी.पी. कुछ नहीं बोला। उसे ओमी के जरिये यहाँ तक पहुँचना खराब लगा। उसने उसी दिन तय किया कि वह अपनी स्वतंत्र पहचान बनाएगा। हालाँकि यह मौका उसे काफी दिन बाद में मिला, पर जब मिला तो वह बिलकुल नहीं चूका और उसने ओमी के साथ कोई मुरव्वत नहीं की।

थोड़ी देर बाद ओमी बाहर निकल आया। उसने पी.पी. को एक किनारे ले जाकर कहा, "तू घर चला जा। मैं यहीं रुकूँगा। मेरे यहाँ रात में रहने का किसी से जिक्र मत करना। कल सुबह आ जाना। चौस्साब ने एक काम बताया है। परसों करना है। कल बात कर लेंगे।"

"करना क्या है?" पी.पी. ने कई तरह से जानने की कोशिश की।

लेकिन ओमी हर बात टालता रहा, "जल्दी क्या है! कल बता दूँगा।"

अरे मैंने तेरी इतनी तारीफ कर रखी थी कि चौस्साब ने पहले ही दिन काम बता दिया, नहीं तो कितने चक्कर लगवाते हैं। जा... अब निकल जा। देर हो रही है।"

पी.पी. चला आया। पर उत्सुकता और रोमांच से उसे रात भर नींद नहीं आई।

दूसरे दिन इतना सवेरे उठकर वह घर से चल दिया कि शहर पहुँचते-पहुँचते उसे खुद ही संकोच होने लगा। इतनी जल्दी चौधरी के घर पहुँच जाने पर चौकीदार या ओमी के सामने हास्यास्पद हो जाने का खतरा था। वह बस से उतरकर निरुद्देश्य

बस अड्डे की चाय की दुकान पर बैठा रहा। वहाँ से उठकर बस अड्डे पर ही एक बस से दूसरी बस में ताका-झाँकी करता रहा। इसके बाद भी जब वह चौधरी की कोठी पर पहुँचा, तो वहाँ के लिहाज से अभी दिन नहीं शुरू हुआ था।

कोठी पर दूसरा चौकीदार था। वह बंद फाटक के बाहर पुलिया पर बैठा दातुन कर रहा था। पी.पी. थोड़ी देर संकोच में खड़ा रहा। चौकीदार अपनी गिद्ध दृष्टि से उसे तौलता रहा और बिना कुछ बोले दातुन करता रहा।

''मुझे ओमी से मिलना है।''

चौकीदार का हाथ दातुन मुँह में छोड़कर नीचे आ गया। उसने अपनी भौंहें सिकोड़ीं और ध्यान से पी.पी. का चेहरा देखते हुए कहा, ''कौन ओमी? यह चौधरी जगतपाल की कोठी है।''

''मालूम है। ओमी को बुलवा दो।'' पी.पी. ने अपना आत्मविश्वास बनाए रखने का प्रयास करते हुए कहाँ

''यहाँ कोई ओमी नहीं रहता।'' चौकीदार ने फिर दातुन करना शुरू कर दिया।

''ओमी जाट, नगले का रहने वाला। कल रात मुझे यहाँ लाया था। आज सुबह बुलाया था।''

चौकीदार के चेहरे पर कोई भाव नहीं आया। पी.पी. के समझ में नहीं आया कि उसे किस तरह विश्वास दिलाया जाए। एक बार तो उसे लगा कि वह किसी गलत जगह पर आ गया है। लेकिन फिर उसने ध्यान से आसपास के माहौल का जायजा लिया। रात अँधेरी जरूर थी लेकिन बिजली की रोशनी पर उसने गेट के एक खंभे पर 'गुर्जर भवन' तथा दूसरे खंभे पर चौधरी जगतपाल के नाम संगमरमर की पट्टियों पर लिखे देखे थे। खंभों पर वही पट्टियाँ मौजूद थीं, गेट भी वही था। आस-पास के मकान और सड़क भी वही थी, फिर कैसे चौकीदार मना कर रहा था? उसने एक बार समझाने का प्रयास किया, ''हापुड़ के पास नगला गाँव का ओमी अभी पिछले महीने कचहरी से भागा है। आज मुझे सुबह बुलाया था।''

लेकिन इस प्रयास का असर कुछ उलटा हुआ। चौकीदार का चेहरा कुछ विकृत-सा लगने लगा। उसने खँखारकर दातुन समेत सब कुछ गेट के किनारे सड़क की तरफ थूक दिया और पी.पी. को घूरता हुआ अंदर चला गया। अंदर जाते-जाते उसने गेट जरूर पूरी तरह बंद कर दिया।

पी.पी. को कुछ अजीब लगा। उसने न रुकने को कहा था, न जाने को। वह अपमानित-सा सड़क के किनारे खड़ा रहा। उसकी समझ में नहीं आ रहा था कि रुके या वापस चला जाय। गनीमत हुई कि बहुत देर तक ऐसे नहीं खड़ा होना पड़ा। थोड़ी देर में ही गेट का एक दरवाजा थोड़ा-सा खुला और रात वाले चौकीदार का झाँकता हुआ चेहरा दिखाई पड़ा। पी.पी. खुश हो गया और उसके चेहरे पर खुशी साफ झलकने भी लगी। पर उसे बड़ी अपमानजनक निराशा की अनुभूति हुई जब उसने

देखा कि इस चौकीदार का भी चेरहा लटक गया था। पर धीरे-धीरे चौकीदार के चेहरे की कठोरता कुछ कम हुई और उसने अंदर आने का इशारा किया। गेट का दरवाजा बस इतना खुला कि पी.पी. उससे सटकर अंदर जा सकता था और वह अंदर चला गया।

अंदर का माहौल रात से पूरी तरह से भिन्न था। अभी शायद इस घर के लोगों के लिए सुबह नहीं हुई थी। लॉन में कुर्सियाँ बेतरतीब-सी उल्टी-पुल्टी पड़ी थीं। बरामदा भी बेरौनक और गर्द से अटा था। अभी लगता था कि सफाई शुरू नहीं हुई थी। अंदर कोई प्राणी नजर नहीं आ रहा था। सिर्फ एक बछड़े के आकार का विशालकाय कुत्ता जंजीर से बँधा एक किनारे सो रहा था और एक आदमी अंदर अलग-अलग आकार-प्रकार की खड़ी गाड़ियों में से एक की सफाई कर रहा था। चौकीदार पी.पी. को कुत्ते के बगल से लेकर गया। कुत्ते ने जरा-सी आँख खोलकर उन्हें देखा। पी.पी. अपना कलेजा कड़ा कर उसके पास से आगे बढ़ गया। कुत्ता फिर आँख बंद कर ऊँघने लगा। आगे गाड़ियों को खड़ा करने के लिए एक बड़ा गैराज बना हुआ था। गैराज के अंदर वे दोनों घुसे और गाड़ियों के पीछे एक कोने में खड़े हो गए।

पी.पी. को अजीब लग रहा था। एक खास तरह की रहस्यात्मकता से भरपूर पूरा वातावरण मोबिल, डीजल तथा पेट्रोल की गंध से महक रहा था। चौकीदार उसे छोड़कर चला गया। वह गाड़ियों के पीछे इस तरह खड़ा था कि बाहर से उसे कोई देख नहीं सकता था। पूरा गैराज मोटे कंक्रीट के खंभों पर टिका था। वह चुपचाप खड़ा गाड़ियों और खंभों के पार देखने की कोशिश करता रहा।

"आ, मेरे पीछे चला आ।" ओमी की आवाज सुनाई दी। उसने चौंककर देखा। उसके थोड़ा ही पीछे एक खंभे की आड़ से निकलकर ओमी उसके बायीं तरफ चला जा रहा था।

पी.पी. उसके पीछे हो लिया। ओमी उसके पास ही एक खंभे के पीछे खड़ा था और उसे पता भी न चला। इससे माहौल उसे और भी रहस्यमय लगने लगा था।

गैराज के बायें किनारे पर ऊपर जाने के लिए सीढ़ियाँ थीं। ओमी और उसके पीछे यंत्रचालित पी.पी. उन सीढ़ियों से ऊपर चढ़ गए। गैराज के ऊपर कई छोटे-छोटे कमरे बने थे। इनमें ड्राइवर और चौकीदार वगैरह रहते थे। वे दोनों इनमें से एक कमरे में घुस गए। ओमी ने दरवाजा बंद कर दिया।

पी.पी. ओमी के साथ जिस कमरे में घुसा, वह एक छोटा-सा कमरा था, जिसमें एक चारपाई, एक छोटी मेज और एक स्टूल आने भर जगह थी और यह सामान इसमें इस बेतरतीबी से रखा था कि पूरा कमरा भरा नजर आ रहा था। चारपाई पर एक हरे रंग की गंदी-सी चादर थी और एक कोने पर तेल से चीकट तकिया था। ओमी ने आँख से उसे दरवाजा बंद करने का इशारा किया और खुद चारपाई पर बैठ गया। वह दरवाजा बंद करके अभी मुड़ा ही था कि ओमी की दाँत पीसती आवाज उसके कान

से टकराई, ''क्या कह दिया तूने चौकीदार से?'' वह भरसक आवाज दबाने की कोशिश कर रहा था, लेकिन कटुता थी कि छलकी पड़ रही थी।

''कुछ तो नहीं कहाँ मैं तो बार-बार तुम्हें बुलाने के लिए कह रहा था।''

''बुलाने के लिए कह रहा था... चूतिया... जेल से भागने की क्या बात कही... ।''

पी.पी. समझ गया कि कहाँ गलती हुई थी। यह सबक उसे पूरी जिंदगी काम आने वाला था। जिस दुनिया में वह प्रवेश करने जा रहा था, वहाँ इस बात का बहुत महत्व था कि दाहिने हाथ को कभी मालूम न पड़े कि बायें हाथ ने क्या किया है। आज तक इस बात को वह नहीं भूला।

''अच्छा हुआ, चौधरी साहब अभी सो रहे हैं और अभी तक यह बात उन तक नहीं पहुँची। उन्हीं पता चल जाता तो तू तो बाद में फाटक के अंदर घुसता, मैं पहले बाहर कर दिया जाता।''

पी.पी. चुपचाप सुनता रहा।

''मुझे तेरे लिए चौकीदारों की मस्का पालिश करनी पड़ी। सालों को बाप बनाना पड़ा। कोई भी चौधरी को बता देगा तो सब बँटाधार हो जायेगा।''

वे दिन भर उस कोठरी में पड़े रहे। ओमी ने दो-तीन बार कोशिश की कि चौधरी से उसकी मुलाकात करा दे लेकिन यह संभव नहीं हो सका। चौधरी देर तक सोता रहा और उठने के फौरन बाद कहीं निकल गया। अब उसके रात से पहले लौटने की उम्मीद नहीं थी।

वे दोनों दिन भर दरवाजा बंद कर कमरे में पड़े रहे। चारों तरफ से बंद सीलन-भरे कमरे में फुसफुसाते हुए बात करने में पी.पी. का दम घुटता रहा। लेकिन कोई चारा नहीं था। ओमी उसे न तो खिड़की-दरवाजा खोलने दे रहा था और न ही बाहर जाने दे रहा था। बीच में दो-एक बार वे पेशाब करने बाहर निकले और दोपहर में एक चौकीदार ओमी का खाना दे गया। उस खाने को दोनों ने मिलकर खाया। उसका पेट नहीं भरा। पी.पी. ने प्रस्ताव रखा कि वह बाहर से खरीदकर कुछ ले आए, लेकिन ओमी ने झिड़क दिया।

दिन में कई बार वे सोये, कई बार उठे, बातें करते रहे और निरुद्देश्य समय काटने से जो बोरियत हो सकती थी, उसे झेलते रहे।

शाम को अँधेरा होने के बाद वे बाहर निकले और नीचे उतरे। नीचे आकर ओमी उसे रोशनी से बचाते हुए लॉन की तरफ ले गया। लॉन में पिछली रात का सा ही माहौल था। तमाम बेतरतीब पड़ी कुर्सियों पर लोग बैठे थे। वे एक खंभे की आड़ में खड़े होकर बैठे हुए लोगों का मुआयना करने लगे। शायद ओमी कुछ आश्वस्त होना चाहता था। अचानक रात वाला चौकीदार उधर आ निकला। वह आँख के इशारे से ओमी को एक कार की आड़ में ले गया। वे दोनों कुछ देर फुसफुसाते रहे, फिर ओमी लौटा और सीधा वापस ऊपर की तरफ बढ़ गया। उसके पीछे-पीछे पी.पी. भी

चला गया। उसे दिन भर कमरे में बंद रहने के बाद वापस फिर कमरे में बंद होने में कोफ्त हो रही थी लेकिन विवशता में कुछ कह नहीं पा रहा था।

''ऊपर क्यों आ गया?''

''चौस्साब रात में मिलेंगे। तब तक यहीं रहना है। आज नीचे कई पहचानने वाले लोग हैं।'' उसने अपनी बुशर्ट उतारकर दीवाल पर गड़ी एक कील पर टाँग दी और चारपाई पर लेट गया।

पी.पी. जलता-भुनता रहा और कुर्सी पर पीठ टिकाए अपनी आँखें बंद किए ज्यादातर वक्ता निष्क्रिय पड़ा रहा। उसे भूख लग आई थी लेकिन चुपचाप पड़े रहने के सिवाय कोई चारा नजर नहीं आ रहा था। ओमी बाहर जाने नहीं दे रहा था और दोपहर की तरह खाना देने अभी कोई आया नहीं था। एक ही चारपाई थी जिस पर ओमी अधलेटा पता नहीं क्या सोच रहा था। वह कुर्सी पर पड़े-पड़े सो गया। पता नहीं, कब तक वह उसी तरह पड़ा रहा। उसकी नींद तब टूटी जब ओमी ने उसे झिंझोड़कर उठाया। नीचे चौधरी बुला रहा था।

वे जब चौधरी के सामने पहुँचे, भीड़ पूरी तरह से छँट चुकी थी। चौधरी बैठक में दो आदमियों से बैठा कुछ बातें कर रहा था। उनके पहुँचने पर बातें बंद हो गईं।

चौधरी ने उन्हें बैठने के लिए कोई इशारा नहीं किया, पर ओमी एक कुर्सी खींचकर बैठ गया। पी.पी. ने भी यही किया। चौधरी ने पहली मुलाकात की तरह पी. पी. के चेहरे पर अपनी निगाहें गड़ा दीं। न जाने क्यों पहले दिन की तरह पी.पी. को फिर सिहरन हुई।

''क्या कहा तन्ने चौकीदार से?''

पी.पी. के गले में आवाज अटक गई। इसका मतलब चौधरी से कोई बात छिपाई नहीं जा सकती?

''गलती हो गई चौस्साब! फिर नहीं होगी।''

ओमी को आश्चर्य हुआ कि पी.पी. ने कैसे इतनी जल्दी समझ पैदा कर ली! चौधरी के सामने बहस या सफाई देने का कोई अर्थ नहीं था। गलती अगर बदनीयती से न हुई तो चौधरी माफ कर देता था। इसलिए माफी माँगने से अच्छा कोई और विकल्प नहीं था। चौधरी के चेहरे से भी लगता था कि वह आश्वस्त हो गया था।

ओमी के लिहाज से पी.पी. भाग्यशाली था कि चौधरी ने उसे दूसरी मुलाकात में ही काम बता दिया। औरों को तो वह महीनों ठोकता-बजाता था। उसके बाद किसी छोटे-मोटे काम के लिए कहता था। पी.पी. को कल वाले अभियान में शरीक करने का आदेश खुद ओमी के लिए काफी चौंकाने वाला था। कल का काम बड़ा था और उसमें पी.पी. कितना कामयाब हो सकेगा, इसके बारे में उसके अपने मन में संदेह था। लेकिन जब चौधरी ने उसे कल के काम में पी.पी. का शरीक करने के लिए कहा और उठने का इशारा किया तो वह समझ गया कि अब बहस का कोई अर्थ नहीं है और

चौधरी पी.पी. को अपने मुँह से काम के बारे में कुछ बताना भी नहीं चाहता। यह चौधरी की खास शैली थी। उसे ही पी.पी. को सब कुछ बताना पड़ेगा, अतः वह पी. पी. को लेकर उठ गया।

वे उठकर ऊपर कमरे में आ गए। पी.पी. को इतना एहसास तो हो गया कि उसे कोई महत्वपूर्ण काम करना है, लेकिन चौधरी ने जिस रहस्यात्मकता के साथ उससे गोपनयीता बरती थी, उससे उसके मन में एक बेचैन उत्सुकता भर गई। वह ओमी के पीछे घिसटता ऊपर चला आया। रास्ते भर उसके मन में एक ही इच्छा थी कि ओमी कुछ बोले और उसे रहस्य से उबारे लेकिन अपने स्वभाव के अनुकूल ओमी चुपचाप ऊपर आया। पी.पी. के अंदर घुसने पर दरवाजा अच्छी तरह से बंद किया और कमीज उतारकर खूँटी पर टाँगकर चारपाई पर अधलेटा-सा पसर गया। थोड़ी देर तक चुप रहने के बाद बिना किसी भूमिका के उसने पी.पी. के सामने कल की योजना रख दी।

योजना जितने कम शब्दों में उत्तेजना रहित तरीके से रखी गई, उसने पी.पी. को उतना ही उत्तेजित और अंदर से आंदोलित कर दिया।

शेरपाल नाम के एक आदमी को मारना था। सिर्फ इतनी जानकारी थी कि कल वह इंडिया गेट से शाहजहाँ रोड और औरंगजेब रोड से होता हुआ चाणक्य सिनेमा तक जायेगा। समय होगा शाम चार से छह बजे के बीच। राजधानी में भीड़-भाड़ वाले इलाके में दिन-दहाड़े किसी को मारना और सही-सलामत भागने का प्रयास करना—पी.पी. को अचानक लगने लगा कि कमरे में उमस और ज्यादा बढ़ गई है। पर अब किसी तरह की कमजोरी दिखाने का मतलब था हमेशा के लिए जिंदगी में पिछड़ जाना और ओमी की नजरों में हास्यास्पद बनना। चौधरी भी दुबारा उसे विश्वास नहीं देगा। वह गंभीर बना रहा।

खाना-पीना निपटाने तक ओमी दूसरी बातें करता रहा। शेरपाल के कत्ल की योजना का उसने कोई जिक्र ही नहीं किया। खाना खाकर वह दीवाल की तरफ मुँह करके लेटा और इतनी जल्दी गहरी नींद में सो गया कि पी.पी. आश्चर्यमिश्रित श्रद्धा से भर उठा। इतनी गंभीर बात को कोई इतनी बेफिक्री से ले सकता है, यह विचार ही उसके लिए अकल्पनीय था। उसकी पूरी रात सोते-सोते जगने सा जगते-जगते सोने में बीती। वह शेरपाल को नहीं जानता था। आज तक कभी उससे नहीं मिला। कोई दुश्मनी नहीं—कोई दोस्ती नहीं। ऐसे आदमी को जान से मारने का खयाल ही उसे अजीब लग रहा था। पर अब कुछ नहीं हो सकता था।

कुछ इसी तरह के खयाल उसे दूसरे दिन तब तक परेशान करते रहे जब तक शेरपाल उन्हें दिख नहीं गया। वे इंडिया गेट के पास फैले घास के मैदानों में से एक में अधलेटे इस तरह पड़े थे कि सामने की सड़क पर गुजरने वाले हर वाहन पर उनकी निगाह पड़ रही थी। उनकी मोटरसाइकिल सड़क के किनारे उनसे थोड़ी ही दूर पर

खड़ी थी। ओमी गिद्ध की तरह सड़क पर नजरें गड़ाए था और पी.पी. लगातार अपनी उत्तेजना पर काबू पाने का प्रयास करता हुआ पूरी तरह से सहज दिखने की कोशिश कर रहा था। वह ओमी की लापरवाही और तटस्थता से मुग्ध था और उस्ताद की प्रतिभा से प्रभावित किसी चेले की तरह रह-रहकर उसके चेहरे को निहार रहा था। अचानक उसे ओमी के चेहरे पर परिवर्तन नजर आया और वह सतर्क हो गया। ओमी की आँखें सिकुड़ीं, थोड़ी देर तक सड़क पर स्थिर रहीं और उसके चेहरे पर सख्ती का भाव आ गया। पी.पी. को अपने अंदर झुरझुरी-सी दौड़ती नजर आयी। निर्णायक घड़ी आ पहुँची थी।

ओमी उठा, पी.पी. भी यंत्रचालित-सा उसके पीछे खड़ा हो गया। अब उसके अंदर का अंतर्द्वंद्व समाप्त हो गया था। ओमी के झपटते ही वह भी उसके पीछे-पीछे मोटरसाइकिल की तरफ दौड़ा। कब मोटरसाइकिल स्टार्ट हुई और कब चालक ओमी के पीछे वह उछलकर बैठ गया, उसे पता भी नहीं लगा।

सड़क पर इतने ज्यादा वाहन थे कि उसे मालूम ही नहीं चल रहा था कि किसका पीछा किया जा रहा है। दो-तीन सौ गज की भागदौड़ के बाद उसे यह अहसास हुआ कि चूहे-बिल्ली के इस खेल में वह और ओमी सिर्फ दो ही पीछा नहीं कर रहे थे, दो और मोटरसाइकिलें रास्ते में चील की तरह झपटीं और उनकी हमराह हो गईं। इन पर सवार लोग समान उद्देश्य की पूर्ति के लिए इस समय सड़क पर थे, यह जानकारी पी.पी. को उन पर सवार लोगों और ओमी के मध्य हाथों और आँखों की इशारेबाजी से मिली। योजना इतनी गोपनीय थी कि न तो पी.पी. को इन मोटरसाइकिल सवारों की भागादारी की खबर थी और न ही वह उनमें से किसी को पहचानता ही था।

तीनों मोटरसाइकिलें राजधानी की चिकनी सड़कों पर भागती चली जा रही थीं। वे कभी समानांतर हो जातीं, कभी एकदम चिपक जातीं, लेकिन ज्यादातर एक-दूसरे के आगे-पीछे रहतीं। कई किलोमीटर बाद दौड़ का स्वरूप स्पष्ट होने लगा। उसे किसी ने बताया नहीं लेकिन उसे खुद-ब-खुद समझ में आ गया कि उनका शिकार कौन है। कई ट्रैफिक की रोशनियों को लाँघते-फलाँगते वे लगातार एक मोटरसाइकिल के बीच पच्चीस गज की दूरी बनाए हुए थे। कई बार ऐसा हुआ कि किसी ट्रैफिक लाइट पर वह मोटरसाइकिल निकल गई और पीछा करने वाली मोटरसाइकिल खतरनाक ढंग से ट्रैफिक सिगनल पार कर पीछा करने का सूत्र जारी रखती। अभी तक ऐसा नहीं हुआ था कि वह क्रम टूटा हो।

अगली मोटरसाइकिल बेखबर थी और पीछा करने वाले शायद सन्नाटे के इंतजार में थे। राजधानी की सड़कों पर सन्नाटा आसानी से नहीं मिलता इसलिए चूहे-बिल्ली की दौड़ का अंतहीन-सा सिलसिला चल रहा था। पी.पी. को सब कुछ एक तिलिस्म की तरह लग रहा था। अचानक एक ट्रैफिक सिगनल पर वह तिलिस्म टूट गया। अगली मोटरसाइकिल पर पीछे बैठे हुए आदमी ने पीछा करने वालों में से किसी

को देख लिया। उसने कुहनी से चलाने वाले को कुरेदा और उसके कान में जल्दी-जल्दी कुछ कहाँ चौराहे पर विपरीत दिशाओं का ट्रैफिक चल रहा था। सामने लाल बत्ती जल रही थी लेकिन इसके बावजूद खतरनाक ढंग से अगली मोटरसाइकिल लपकी और ट्रैफिक की भीड़ से सनसनाती हुई निकल गई। पीछे से देखने पर पी.पी. का चेहरा फक्क पड़ गया। दो-तीन बार लगा कि किसी बस या कार की चपेट में वे लोग अब आए-तब आए लेकिन वे सुरक्षित निकल गए। पीछा करने वाली मोटरसाइकिलें भी तड़पीं, लेकिन अगली मोटरसाइकिल के कतार तोड़कर भागने से जो अस्तव्यस्तता उत्पन्न हुई थी—उसने चौराहे पर खड़े पुलिस वालों को अतिरिक्त रूप से सतर्क कर दिया। उन्होंने इतनी तेज और इतनी ज्यादा सीटियाँ बजायीं कि पीछा करने वाले मन मसोसकर रुके खड़े रहे। पीली बत्ती जलते-जलते ओमी ने अपनी मोटरसाइकिल दौड़ा दी। अभी भी चौराहा पार करना निरापद नहीं था लेकिन वह आड़ा-तिरछा काटता बिना किसी दुर्घटना के निकल गया।

चौराहा पार करने पर ओमी ने गालियाँ देनी शुरू कर दीं। वह किसको गाली दे रहा था, यह पता करना मुश्किल नहीं था। वह अपने उस साथी को गाली दे रहा था जिसकी मोटरसाइकिल चौराहे की रोशनी पर रुकने पर शिकार के एकदम पास तक चली गई थी और जिससे सारा खेल बिगड़ गया था। चौराहे के दूसरी तरफ आने के बाद ऐसा लगा कि उनका प्रयास असफल हो गया और वे अब उन्हें नहीं ढूँढ़ पायेंगे। थोड़ी देर बाद पी.पी. को लगने लगा कि वे बेकार प्रयास कर रहे हैं और अब उन्हें लौट पड़ना चाहिए। ओमी मोटरसाइकिल चलाने के ढंग से जितना उत्तेजित लग रहा था उससे पी.पी. की हिम्मत वापस लौटने की सलाह देने की नहीं पड़ रही थी। वह उस तेज रफ्तार की मोटरसाइकिल पर सीट से चिपका बैठा निरुद्‌देश्य-सा चारों तरफ निगाहें दौड़ा रहा था।

अचानक एक गली के सामने से गुजरते समय पी.पी. को सनसनाहट के अपने कानों से होकर गुजरने का अहसास हुआ। हुआ यह कि मुख्य सड़क से थोड़ी-थोड़ी दूरी पर कई गलियाँ फूटी थीं। उन्हीं में से एक के सामने से गुजरते हुए उसे एक मोटरसाइकिल और उस पर बैठे दो लोगों की पीठ दिखाई दी। कपड़ों से उसे कुछ देर पहले देखे गए पीछा किए जाने वालों का भ्रम हुआ। उसने ओमी को लगभग झकझोर डाला और ओमी ने एक झटके से मोटरसाइकिल रोक दी। सड़क पर हॉर्न और ब्रेक की चीखों का स्वर गूँज उठा। बिना किसी की परवाह किए ओमी ने मोटरसाइकिल दाहिने मोड़ी और खतरनाक ढंग से सड़क पार करते हुए उसके दाहिने बाजू से निकली हुई गली में घुसा दी। गली काफी लंबी थी और सीधे जाकर दूसरी मुख्य सड़क से मिल गई थी। वे झपटते हुए से गली पार करते गए। गली अपेक्षाकृत शांत और निर्जन थी और दोनों तरफ बड़ी-बड़ी कोठियाँ थीं जिनके गेट बंद थे।

गली पार करते ही उनकी मुलाकात अपने शिकार से हो गई। जहाँ गली खत्म

होती थी, वहीं पर बायीं तरफ डी.टी.सी. का एक बसस्टैंड था। दिन का ऐसा वक्त था जब अधिक भीड़भाड़ नहीं रहती थी इसलिए वहाँ मुश्किल से चार-पाँच आदमी-औरतें खड़े थे। उनकी मोटरसाइकिल शायद खराब हो गई थी। उनमें से एक मोटरसाइकिल खड़ा करके उससे छेड़छाड़ कर रहा था और दूसरा पास खड़ा होकर सतर्क दृष्टि से चारों तरफ देख रहा था। ओमी और पी.पी. की मोटरसाइकिल इतने अप्रत्याशित रूप से पहुँची कि उसका चेहरा एकदम सफेद हो गया। उसने घुटे स्वर में कुछ कहने का प्रयास किया लेकिन उसकी आवाज कुछ साफ नहीं निकली। मोटरसाइकिल ठीक करने वाले को खतरे का अहसास उसकी अस्फुट आवाज से नहीं बल्कि उसके सरपट सड़क पर भागने से हुआ। उसने बैठे-बैठे पीछे मुड़कर देखने का प्रयास किया लेकिन तब तक बहुत देर हो चुकी थी। ओमी लगभग अपनी मोटरसाइकिल खड़ा कर चुका था।

बस स्टाप पर खड़े हुए लोगों की समझ में स्थितियाँ बाद में आईं और घटनाएँ पहले घटित हो गईं। बैठे हुए आदमी ने उठने की कोशिश की। खड़े हुए दोनों लोगों के हाथों में पिस्तौल थी और वे लगातार आग उगल रही थीं। बैठा हुआ आदमी आधा उठने की मुद्रा में ही लुढ़क गया। दहशतजदा लोग मुँह बाये देखते रहे। सड़क पर गुजरने वाले वाहन धीमे हुए और फिर तेज रफ्तार से भाग निकले।

पी.पी. के गले में काँटे उग आए थे। वह बार-बार ओठों पर जबान फेरकर उन्हें तर कर रहा था। सड़क पर खड़े लोग या दौड़ते वाहन उसे धुँधली आकृतियों की शक्ल में नजर आ रहे थे। उठने की कोशिश करते हुए आदमी के दोनों हाथ हवा में लटक गए और जमीन पर गिरते समय उसका चेहरा आतंक, घबराहट और दर्द की लकीरों से भर गया था। काफी दिनों तक वह चेहरा पी.पी. को परेशान करता रहा। बाद के सालों में जब ऐसी घटनाएँ आम हो गईं तभी उसे इस चेहरे से मुक्ति मिली।

वहाँ से वापस भागते हुए पी.पी. एक बदला हुआ इंसान था। थोड़ी देर तो वह बेसुध-सा बैठा रहा। भागती हुई मोटरसाइकिल पर बैठे हुए उसकी सारी इंद्रियाँ सुन्न-सी पड़ गई थीं। किस तरह भीड़ चीरती हुई मोटरसाइकिल आगे बढ़ती रही और किस तरह लाल-हरी बत्तियाँ वाले चौराहे पार करती रही, काफी देर तक तो कुछ पता नहीं चला। लेकिन जल्दी ही उसने अपने ऊपर काबू पा लिया और अपनी घबराहट को छिपाने के लिए गुनगुनाने लगा। बाद में बहुत बड़े-बड़े काम उसने किए लेकिन फिर कभी ऐसी घबराहट नहीं हुई।

इसके बाद की कहानी पी.पी. के निरंतर अपराध की इस दुनिया में आगे और आगे बढ़ते जाने की है। वह इतनी तेजी से आगे बढ़ा कि खुद उसके संरक्षक या गॉडफादर भी उससे घबराने लगे। वह धीरे-धीरे सूबे के पश्चिमी इलाकों के अपराध-जगत का बेताज बादशाह बनता जा रहा था। उसके रास्ते में सिर्फ दो रोड़े थे और उसने दोनों को बिना किसी माया-मोह के बड़ी निर्ममता से साफ कर दिया। उसे मालूम था कि अगर उसने उन्हें नहीं मारा तो वे उसे मार देंगे। अपराध की दुनिया का यही दस्तूर

था। कोई गुरु अपने शिष्य को आगे बढ़ना बर्दाश्त नहीं कर सकता था। ये दोनों लोग थे– ओमी और चौधरी जगतपाल।

ओमी को उसने खुद मारा। मारने के पहले जगतपाल को यह अहसास जरूर करा दिया कि ओमी का मरना चौधरी के लिए जरूरी था। उसने ओमी की हत्या की योजना इस तरह बुनी कि चौधरी जैसा घाघ भी बिना यह भांपे कि उसे फँसाया जा रहा है, इसमें फंसता गया और अंत में खुद ही उसने पी.पी. को बुलाकर ओमी को मारने के लिए कह दिया। पी.पी. ने उस पर अहसान जताते हुए यह काम किया और उसी का पैसा हत्या के पहले तैयारी और बाद की पैरवी पर खर्च कराया। कुछ दिनों बाद जब तक चौधरी की समझ में आया कि उसे धोखा दिया गया है, जब तक पी. पी. बहुत ताकतवर हो गया था और उसकी पहुँच के बाहर हो गया था। फिर भी ऊपर से दोस्ताना संबंध रखते हुए दोनों ने एक-दूसरे को मारने की कई योजनाएँ बनाईं और असफल हुए, लेकिन अंत में पी.पी. सफल हुआ।

चार

ओमी और जगतपाल ने पी.पी. के सामने सबसे पहले यह रहस्य उद्घाटित किया था कि अपराध की आधुनिक शहरी दुनिया में अकूत पैसा है। वह अभी तक सिर्फ गाँवों या कस्बों के छोटे अपराधियों की जिंदगी से वाकिफ था जहाँ कुछ हजार रुपये साल भर में मिलते थे और उन्हें कमाने के लिए बुरी तरह से मशक्कत और जलालत का सामना करना पड़ता था। हर दो-तीन महीने पर पुलिस पकड़ लेती थी, पीटती थी और जेल-कचहरी के चक्कर लगाने पड़ते थे। चुनाव के समय नेता लोग बूथ कैप्चरिंग या अपने विरोधियों की चुनाव-सभाओं में विघ्न डलवाने जैसा काम करते थे और फिर चुनाव खत्म हो जाने के बाद कतराने लगते थे। अपराध की यह दुनिया सिर्फ ताकतवर लोगों के लिए बनी थी जो अपने कमजोर साथियों को रौंदते-कुचलते आगे बढ़ सकते हों।

अपराध की इस दुनिया में एक बात बड़ी साफ थी— एक निश्चित हैसियत हासिल करने के बाद अपराधी पुलिस, कानून, अदालत सबकी पहुँच के बाहर हो जाता है। इस हैसियत को हासिल करने का समीकरण भी जल्दी ही उसकी समझ में आ गया। अपने इलाके की ऐसी कई बड़ी हस्तियों का उसने निकट से अध्ययन किया जिन्होंने छुटभैये अपराधी की हैसियत से काम शुरू किया और जो अब राजनीति या दौलत की ऐसी अकूत ताकत के मालिक हो गए थे जिसके आगे पूरे समाज को टुकर-टुकर ताकने के अलावा कोई चारा नहीं बचता। इस प्रक्रिया में लगभग एक ही जैसी कहानी दुहराई जाती। शुरुआत में एक व्यक्ति छोटे-मोटे अपराध करता। पुलिस पकड़ती, वह पीटा जाता, जेल जाता और बमुश्किल तमाम जमानत कराकर बाहर आता। धीरे-धीरे उसका हाथ खुलता और वह एक-दो सनसनीखेज डकैती या हत्या जैसी वारदातें कर बैठता। शुरू में तो लोग उसके खिलाफ एफ.आई.आर. लिखाते और गवाही देने के लिए तैयार रहते। लेकिन जैसे ही जमानत पर छूटकर वह एकाध गवाहों को मार देता और एकाध के घर पर चढ़ बैठता, उसके आतंक का दौर शुरू हो जाता। पुराने मुकदमों के गवाह धड़ाधड़ उसके पक्ष में हलफनामे लगा देते तथा नई वारदाताओं में उसके खिलाफ गवाह मिलने मुश्किल हो जाते। फिर धीरे-धीरे उसके आतंक का प्रभाव-मंडल कुछ इस तरह निर्मित होता कि उसे अपराध करने की जरूरत

नहीं पड़ती। उसके एक संदेश पर व्यापारी खुद ही लाखों रुपये पहुँचा जाते, उसके टेलीफोन पर मकान खाली हो जाते और छोटे-बड़े राजनीतिक नेताओं के लिए वह अपरिहार्य बन जाता। अगर कभी किसी को सबक सिखाने या कहीं शक्ति प्रदर्शन के लिए जाने की नौबत आती भी तो उसे स्वयं हाथ-पाँव हिलाने की जरूरत नहीं पड़ती। इसके लिए उसके चेले-चापड़ की काफी होते।

इस बात को समझने के बाद पी.पी. को यह हैसियत प्राप्त करने में ज्यादा समय नहीं लगा। ओमी ने उसे अपराध की दुनिया में हासिल होने वाली अकूत धन-संपदा से वाकिफ कराया और जगतपाल के जरिये राजनीति की ताकत से उसका साक्षात्कार हुआ। शुरू-शुरू में उसने छोटे-मोटे काम ओमी के कहने पर करने शुरू किए। किसी के मकान या दुकान को खाली कराना, किसी फैक्टरी में चल रही हड़ताल को तोड़ने के लिए मालिकों की तरफ से गुंडई करना या किसी बैंक या समृद्ध कालोनी में लूट-पाट करना— यही सब अपराध थे जिसमें उसने महारत हासिल कर ली थी। कभी कोई तगड़ी रकम मिलती तो वह भाड़े पर हत्या भी कर देता था। लेकिन इन सारे अपराधों से उसे उतना पैसा नहीं मिलता जितने की उसने कल्पना कर रखी थी। वह हिंदी फिल्मों के गॉडफॉदर या डान देखता और उसके अंदर उनके जैसा सब कुछ हासिल करने का एक कोमल सपना अँगड़ाइयाँ लेने लगता। उन्हीं जैसा बड़ा भव्य मकान, लकदक ड्राइंगरूम, लंबी गाड़ियाँ, खतरनाक हथियारों वाले बॉडीगार्ड्स और खूबसूरत औरतें।

इन सब चीजों को हासिल करने का रास्ता तब खुला जब वह पहली बार शराब माफिया के चक्कर में फँसा। देश की राजधानी के एकदम करीब शराब के सबसे बड़े उत्पादक की फैक्टरियाँ थीं। मुल्क में कोई भी सरकार बने, यह उत्पादक उसमें अपने मित्र तलाश ही लेता था। अकसर बड़े सरकारी अधिकारियों और राजनेताओं की दावतें उसके यहाँ होती थीं। लोग इन दावतों का बेसब्री से इंतजार करते और इनमें निमंत्रित होना स्टेटस-सिंबल मानते। शराब का यह माफिया अफसरों और राजनेताओं पर जो कुछ खर्च करता, उससे कई गुना ज्यादा वसूल लेता। पी.पी. भी उसी वसूली की प्रक्रिया का अंग बन गया।

खेल बड़ा सीधा था। पड़ोस के राज्य में शराब पर सेल्स टैक्स कम था। एक बोतल पर लगभग 30 रुपये की बचत थी। वह जिला प्रदेश के सीमा पर स्थित था, अतः केवल सीमा पर करते ही प्रति बोतल तीस रुपये की बचत हो जाती थी। एक ट्रक पर तीन हजार बोतलें लदती थीं। मतलब एक ट्रक पार कराने का नब्बे हजार रुपये बचते। तमाम सरकारी महकमों के अफसरों-कर्मचारियों को रिश्वत और दूसरे खर्चे काटकर भी शुद्ध बचत सत्तर हजार की हो जाती। रात में चार-पाँच गाड़ियाँ पार होना साधारण बात थी। पी.पी. इसी खेल में शरीक हो गया। अपनी दुस्साहसी प्रवृत्ति और लगन के कारण वह शराब माफिया का प्रिय हो गया। हर ट्रक के सही-सलामत

पहुँचने पर उसे दस हजार रुपये मिल जाते। उसने सपने में भी नहीं सोचा था कि अपराध की दुनिया में इतना ज्यादा धन है।

पैसा आया तो उसके गँवई संस्कार बदले और उसने तेजी से शहरी चालाकी और चुस्ती हासिल करना शुरू कर दिया। अपने हाथ से वह सरकारी मुलाजिमों को रिश्वत देता, नेताओं से बातचीत करता, पत्रकारों को पटाता या पुलिस और आबकारी विभाग के कर्मचारियों से मिलकर अपने प्रतिद्वंद्वी तस्करों की गाड़ियाँ पकड़वा देता। इन सारी चीजों से उसके अंदर आत्मविश्वास बढ़ा और जिस तेजी से उसने अपने को अपने आका शराब-निर्माता के लिए उपयोगी सिद्ध किया, उन्हें देख-सुनकर शराब-निर्माता भी वाह-वाह करने लगता था। मसलन यह उसके दिमाग की ही उपज थी कि शराब बजाय ट्रकों पर पार किए जाने के सिर्फ कागजों पर पार होने लगी और मुनाफा भी बढ़ गया। जाड़े की कड़कड़ाती सर्दी में कोहरे से घिरी सड़कों पर ट्रक में बैठकर सफर करना और रास्ते भर चुंगी-नाकों या चेकिंग पर कंबल ओढ़कर ठिठुरते हुए उतरना बड़ा कष्टसाध्य होता था। पैसे की हवस में लगभग रोज रात भर जागना पड़ता था। इससे खतरे भी थे। कभी कोई ट्रक दुर्घटनाग्रस्त हो जाता या रास्ते में लुट जाता। लाख सेटिंग के बावजूद विपक्षी माफिया किसी न किसी सरकारी एजेंसी को पैसा खिलाकर कभी-कभी उसकी ट्रक पकड़वा देता। एक ट्रक पकड़े जाने पर कई रातों का मुनाफा चला जाता। यह तय था कि शराब-निर्माता भुगतान तभी करता जब माल सही-सलामत पहुँच जाता। इसीलिए पी.पी. का दिमाग लगातार ऐसी उधेड़बुन में लगा रहता था जिससे रात भर की उस भागदौड़ से मुक्ति मिल सके। अंत में उसने एक ऐसी योजना पेश की जिससे उसके आका भी चमत्कृत हो गए।

देश के कई छोटे-छोटे प्रांत ऐसे थे जहाँ शराब पर एक्साइज ड्यूटी बहुत कम थी। इस प्रदेश में उनके मुकाबले बहुत अधिक थी। एक्साइज ड्यूटी शराब के फैक्टरी से निकलते समय लगती थी। अगर शराब प्रदेश के किसी शहर की दुकान के नाम निकलती तो वह महँगी होती लेकिन अगर यही शराब पांडिचेरी या नागालैंड के नाम निकलती तो सस्ती होती। पी.पी. के दिमाग ने इसके लिए एक बेहतरीन योजना बनाई। पांडिचेरी की किसी दुकान के नाम शराब के ट्रक की निकासी होती और यह शराब पचास-साठ किलोमीटर की परिधि में ही किसी दुकान पर उतार दी जाती। एक कार पांडिचेरी तक जाती और रास्ते भर की चुंगियों पर ट्रक के नंबर का इन्दराज होता जाता। पांडिचेरी की दुकान पर माल की आमद हो जाती और माल बिक भी जाता। सब कुछ कागज पर होता। असली माल ऊँची कीमत पर प्रदेश की ही किसी दुकान पर बिकता। बाद में यह व्यवस्था इतनी पुख्ता और दोषरहित हो गई कि किसी को पांडिचेरी भेजने की जरूरत भी नहीं पड़ती और सिर्फ टेलीफोन से ही सभी कागजों का पेट भरता जाता और पांडिचेरी या नागालैंड तक के सरकारी अमले संतुष्ट होते जाते। इसमें खतरा कम और फायदा ज्यादा था। शराब के निर्माता और पी.पी. दोनों ने इसमें

अकूत धन कमाया।

अपराध की दुनिया में कितना पैसा है, इसका पहला अहसास पी.पी. को शराब की इसी तस्करी में हुआ।

शराब की तस्करी का उसका साथ ज्यादा दिन नहीं चला। जिन लोगों के लिए वह काम कर रहा था, उन्हें लगातार लगने लगा कि पी.पी. उनके धंधों के बारे में कुछ ज्यादा ही जानने लगा है। पी.पी. को हमेशा यह कसक रहने लगी थी कि उसका इस्तेमाल हो रहा है और उसका पूरा मेहनतामा उसे नहीं मिल रहा है। दोनों पक्ष एक-दूसरे से छुटकारा पाना चाहते थे। मालिकों ने उसकी गतिविधि लीक कर दी और बाद में उसे पकड़वा भी दिया। एक बार हमला भी कराया गया जिसमें वह सिर्फ आदतन चौकन्ना होने के कारण बाल-बाल बच गया। उसे जल्दी ही पता चल गया और उसने मालिकों का माल पकड़वा दिया और उसके विरुद्ध इस्तेमाल किए जा सकने वाले कागजात सरकारी एजेंसियों तक पहुँचा दिए। मालिकों को बचने के लिए काफी पैसा खर्च करना पड़ा। दोनों पक्ष एक दूसरे से सतर्क रहने लगे और एक दूसरे से अलग हो गए।

अलग होने तक पी.पी. ने इतना पैसा कमा लिया था कि अपराध की दुनिया में उसकी एक हैसियत बन गई थी। उसने अब जमीनों का धंधा करना शुरू कर दिया। देश की राजधानी के चारों तरफ पहले जो छोटे-मोटे कस्बे थे वे अब तेजी के साथ आधुनिक नगरों में तब्दील होते जा रहे थे। पंजाब में आतंकवादी घटनाओं की वृद्धि ने एकदम से जमीनों पर दबाव बढ़ा दिया। राजधानी में अब एक इंच भी जमीन उपलब्ध नहीं रह गई थी, लिहाजा लोग तेजी के साथ पड़ोसी नगरों में बसने के लिए जमीन तलाश रहे थे। हर साल राजधानी और उसके उपग्रह नगरों की आबादी में कई लाख का इजाफा हो जाता। पंजाब की भगदड़ के अलावा पूरे मुल्क के रोजगार की तलाश में लाखों लोग निकलते और उस भीड़ का अंग बन जाते जो रेलवे स्टेशनों, फुटपाथों और गंदी बस्तियों में सिर छिपाने की जगह तलाशती रहती। एक अदद मकान या छोटा बड़ा भूखंड इनकी जिंदगी का सबसे बड़ा सपना था और इस सपने को हासिल करने के लिए वे अपने जीवन भर की पूंजी लुटाने के लिए तैयार रहते। उनके इसी सपने की तिजारत के लिए रातों-रात बिचौलियों की एक फौज खड़ी हो गई थी। ये बिचौलिये प्रॉपर्टी डीलरों का बोर्ड लगाकर गली-गली में बैठ गए थे। ये किसी की जमीन किसी और के नाम से किसी को बेच सकते थे, एक-एक जमीन की चार बार रजिस्ट्री कर सकते थे, सरकारी जमीन किसी के नाम चढ़ा सकते थे, गरज यह कि पैसा कमाने के लिए कुछ भी कर सकते थे।

भोले-भाले जरूरतमंद लोगों की एक लंबी कतार थी, जो बार-बार ठगे जाने पर भी समाप्त नहीं होती थी। लोग ठगे जाते, अखबारों में ठगी के किस्से पढ़ते, धड़कते दिलों से दूसरों के लुटने के किस्से सुनते लेकिन फिर भी बार-बार धोखा खाने के लिए

इन्हीं प्रॉपर्टी डीलरों के दफ्तरों के आगे लाइन लगाकर खड़े हो जाते। पी.पी. भी पूरे जोरशोर से प्रॉपर्टी डीलिंग के धंधे में कूद गया। जल्दी ही उसने इस पेशे में लगे दूसरे सभी लोगों को पीछे छोड़ दिया।

पी.पी. की कामयाबी के पीछे कारण भी बड़ा स्पष्ट था। दूसरे सिर्फ दिमाग की खाते थे, पी.पी. दिमाग और बाहुबल दोनों की खाता था। शहर के व्यस्त भीड़ भरे इलाके में हसन मंजिल के नाम से एक बहुत पुरानी इमारत थी। इसके मालिकान देश के विभाजन के साथ पाकिस्तान चले गए थे। एक वकील साहब जो इस इमारत में दूसरे पचासों किरायेदारों की तरह छोटे से टुकड़े में किरायेदार थे, मालिक मकान के रिश्तेदार बनकर किराया वसूलने लगे। जो कमजोर किरायेदार थे, वे किराया देने लगे और जो जरा भी सरहंग थे, उन्होंने वकील को घुड़ककर हर महीने भगाना शुरू कर दिया। इमारत बहुत पुरानी और जर्जर हो गई थी। पी.पी. ने सैकड़ों बार इस इमारत को देखा था लेकिन इसका महत्व उसे प्रापर्टी डीलिंग के धंधे में जाने के बाद ही पता चला।

एक दिन दो जीपें हथियारों से लदे-फदे लोगों से भरी हसन मंजिल के अहाते में आकर रुकीं।

"मैं यहाँ नौमंजिला इमारत बनवाऊँगा। नीचे दुकानें और ऊपर फ्लैट।" पी.पी. ने हवा में घोषित किया।

उसके आदमी चारों तरफ फैल गए। इमारत की तमाम खिड़कियाँ खुल गईं। खेलते हुए बच्चे सहमकर खड़े हो गए। घबराई हुई औरतों ने अपने पतियों को बाहर निकलने से रोक दिया।

"क्या हो रहा है यहाँ? तुम लोग बिना मेरी इजाजत के कैसे आ गए?" बूढ़ा वकील छड़ी पर दोनों हाथों का बोझ डाले काँप रहा था।

"मैं यहाँ बहुत ऊँची इमारत बनाऊँगा। नीचे दुकानें होंगी, ऊपर फ्लैट।" पी.पी. ने आसमान की तरफ हाथ उठाकर इमारत की ऊँचाई बताने की कोशिश की।

"लेकिन तुम हो कौन? मेरी जमीन पर तुम कैसे इमारत बनाओगे?"

"मैंने यह जमीन और इमारत खरीद ली।"

"बॉस ने पाकिस्तान जाकर हसन साहब से रजिस्ट्री करवा ली।" पी.पी. के एक चेले ने बूढ़े को समझाया।

"लेकिन कैसे? हसन साहब तो पाकिस्तान जाने के दो साल बाद ही मर गए। तुमने किससे जमीन लिखवायी?"

"मेरे ऑफिस आ जाना ताऊँ सब समझा दूँगा।" पी.पी. ने अपने चेलों को इकट्ठा किया और दोनों जीपें बूढ़े के परेशान और असहाय चेहरे पर धूल उड़ाती चली गईं।

उसके बाद बूढ़ा बहुत दौड़ा। सरकारी अधिकारियों से लेकर शहर के मोअज़िज़

लोगों तक। उसने कई प्रॉपर्टी डीलरों से भी बातचीत की कि औने-पौने भाव में संपत्ति उन्हें बेच दे। पूरे शहर को मालूम हो गया था कि हसन मंजिल पी. पी. ने खरीद ली है। कई प्रॉपर्टी डीलरों ने आश्वासन दिया, लेकिन कोई खरीदने आगे नहीं आया। बूढ़ा दौड़ता रहा, दौड़ता रहा और एक दिन पी. पी. के लोग उसे पी. पी. के दफ्तर में उठा ले गए।

पानी में भीगे चूहे की मानिंद बूढ़ा सहमा हुआ एक छोटी-सी कुर्सी पर बैठा था। सामने बड़ी घूमने वाली कुर्सी पर बैठा हुआ पी. पी. उसे किसी शातिर शिकारी बात की तरह लग रहा था। बोलता हुआ वह बूढ़े को डैने फैलाये झपट पड़ने को आतुर पक्षी-सा बार-बार हकलाने या गिड़गिड़ाने पर मजबूर कर रहा था।

"ताऊ, जो मैं दे रहा हूँ, यह भी ज्यादा है। तेरा हक क्या बनता है? हसन साहब के जाने के बाद तूने जबर्दस्ती किराया वसूलना शुरू कर दिया। अब मालिक की तरह पूरा दाम माँग रहा है। लेना हो तो बता, नहीं तो ये भी नहीं मिलेगा। मैं इतनी देर बात नहीं करता।" पी. पी. ने दो टूक फैसला सुनाते हुए जब बात खत्म की तब तक बूढ़ा खूब समझ गया था। उसने अपने बच्चों से सलाह-मशवरा करने की मोहलत माँगी। पी. पी. ने दे दी। उसकी अनुभवी आँखों ने ताड़ लिया था कि शिकार पूरी तरह से दम तोड़ने के लिए तैयार था।

बच्चों से सलाह करने की बात एक बार फिर से प्रयास करने का बहाना था। वह एक बार फिर बंगलों, कोठियों और दफ्तरों के चक्कर लगाता रहा। इस बार के चक्कर जल्दी खत्म हो गए। इस बार इस फैसले पर पहुँचने में उसकी बीवी का हाथ था। शहर में पिछले कुछ सालों में लूट-पाट और हत्या की घटनाओं में बेतहाशा वृद्धि हुई थी। हाल के दिनों में अपराध की दुनिया में एक नया काम जुड़ गया था—अपहरण। खास तौर से सूबे के पश्चिमी जिलों में जहाँ समृद्धि बहुत आ गई थी, अपहरण काफी तेजी से बढ़ा था। सामान्य अपराध से कई गुना पैसा अपेक्षाकृत कम मेहनत से इसमें मिलता था। एक अपहरण में चार-छह लाख मिलना तो मामूली बात थी, अकसर पच्चीस-तीस लाख वाली पार्टियाँ भी मिल जाती थीं। पी. पी. कभी पकड़ा तो नहीं गया, लेकिन आम शोहरत थी कि उसका भी हाथ इन घटनाओं में था। यह भी आम शोहरत थी कि अपहरण का पैसा अपराधियों, राजनेताओं, पत्रकारों, सरकारी कर्मचारियों—सबके बीच बँटता था। बूढ़े वकील को सभी दफ्तरों और बंगलों ने टरका दिया। जिस तरह की उपेक्षा और दुनियादारी वाली नसीहतें उसको इन दफ्तरों और कोठियों से मिलीं, उन्हें सुन-सुनकर उसकी पत्नी का दिल बैठता गया। ज्यादातर घर की चहारदीवारी में बंद रहने के बावजूद वह अपने शौहर से ज्यादा अक्लमंद थी। उसने एक बार निर्णयात्मक रूप से अपने शौहर को समझाया और बूढ़ा मान गया। शायद उसे भी अब ऐसी ही किसी सलाह की जरूरत थी।

बूढ़े वकील को पी. पी. ने इतने पैसे दे दिए कि वह दो कमरों का फ्लैट

खरीदकर उसमें चला गया। उसके रास्ते से हटने के बाद पी. पी. के लोगों ने बड़ी तेज गति से कार्यवाही की। ज्यादातर किरायेदार थोड़े-बहुत पैसे लेकर खुद ही चले गए। कुछ के सामान पी. पी. के आदमियों ने सड़क पर फेंक दिए। वे बिना पैसा लिए चले गए। पी. पी. के एक विरोधी माफिया ने लोगों को पैसे देकर अगल-बगल की दुकानें बंद करवाकर चक्का जाम करवाने की कोशिश की। उन्हें पुलिस ने लाठियाँ मारकर भगा दिया। दुकानदारों के घरों पर रात में पी. पी. के लोग गए। दूसरे दिन दुकानें भी खुल गईं।

केवल एक प्रतिरोध कुछ दिनों तक उपस्थित रहा। बिल्डिंग के गेट के पास छोटी-सी कोठरी में एक कुबड़ी अपने तीन बच्चों के साथ रहती थी। उसका सामान फेंका गया तो वह अपने बच्चों के साथ गेट पर ही अनशन करने लगी। पी. पी. के लोग सुबह-शाम उसके चक्कर काटते रहे। रात में पुलिस वाले उसे धमका जाते। अगर वह मानती तो शायद इस बिल्डिंग में सबसे ज्यादा पैसा उसी को मिलता लेकिन वह तो जिद पकड़कर बैठ गई तो बैठ गई। उसकी एक ही जिद थी कि उसे रहना है तो उसी कोठरी में जिसमें तीस साल से वह रहती आई थी। तीन-चार दिन मनाने के बाद डॉक्टरों से उसकी दशा चिंताजनक घोषित कराकर उसे अस्पताल में भर्ती करा दिया गया। पर वहाँ से डिस्चार्ज होकर वह फिर बच्चों के साथ गेट पर बैठ गई।

शहर को कुबड़ी के खेल में मजा आने लगा। पी. पी. के आतंक से किसी की हिम्मत नहीं थी कि बुढ़िया के पास सहानुभूति के लिए बैठ सके। विरोधी माफिया ने कोशिश करके जरूर कुछ नेताओं को भेजने की कोशिश की, लेकिन किसी ने जरूरत से ज्यादा बोलने की जुर्रत नहीं की। स्थानीय अखबारों ने भी बुढ़िया के अनशन की खबर बिना किसी टिप्पणी के बीच के पृष्ठों में छापी। पर एक बात जरूर थी कि पूरे शहर में एक अजीब तरह की सनसनी थी। घरों में, दफ्तरों में, चायखानों या बसों में घूम-फिरकर बात बुढ़िया पर जरूर आ जाती। अदृश्य लेकिन महसूस की जा सकने वाली सहानुभूति बुढ़िया को शहर से मिल रही थी।

पर अचानक एक दिन शहर को अपनी रगों में झुरझुरी-सी दौड़ती महसूस हुई। लोग आतंक और नपुंसक गुस्से से स्तब्ध रह गए। बुढ़िया और उसका कुनबा एक रात न जाने कहाँ गायब हो गया। उन्हें फिर कभी नहीं देखा गया।

मुहावरे की भाषा में कहें तो दिन दूनी रात चौगुनी खड़ी हुई पी. पी. की इमारत। कई मंजिला इमारत में नीचे दुकानें थीं। पहली मंजिल दफ्तरों और बैंकों के लिए थी और ऊपरी मंजिलों में रिहायशी फ्लैट थे। मौके की जगह पर होने के कारण इतनी जबर्दस्त माँग थी कि हफ्ते-दस दिन में सब बिक गए। ज्यादातर की बुकिंग तो निर्माण शुरू होते ही हो गई थी। पगड़ी और कीमत मिलाकर उसे इतनी आय हुई जिसकी उसे कल्पना नहीं थी। आगे भी इस धंधे में बाहुबल, तिकड़म और दिमाग ने उसे बेशुमार दौलत का मालिक बनाया।

पाँच

पैसा और आतंक कमाने के बाद पी.पी. का ध्यान राजनीति की तरफ गया। राजनीति में सबसे पहले उसका इस्तेमाल चौधरी जगतपाल ने किया था। चौधरी ने शुरू में तो उससे शुद्ध आपराधिक कृत्य करवाए। अपने विरोधी खेमे के लोगों का अंग भंग करवाना या कभी मामला हद से बढ़ जाने पर किसी की हत्या करवा देना जैसे काम ओमी के साथ पी.पी. को सौंपे जाते थे। चौधरी जब कहीं निकलता उसके साथ पुलिस की गारद तो रहती साथ में ओमी और पी.पी. जैसे आठ-दस लोग राइफलों और बंदूकों के साथ दो-तीन गाड़ियों में और लदे फंदे रहते। चौधरी को हर समय मार दिए जाने का खतरा था इसलिए वह हमेशा चौकन्ना रहता। पुलिस से ज्यादा भरोसा उसे अपनी गारद पर था इसलिए कभी भी वह सिर्फ पुलिस की सुरक्षा लेकर नहीं निकलता था। उसके इर्द-गिर्द चलने वालों को उनके साहस और चौकन्नेपन के लिहाज से काफिले में आगे पीछे जगह मिलती थी। पी.पी. कुछ ही दिनों में उसका सबसे करीबी अंगरक्षक बन गया। वह चौधरी की ही गाड़ी में आगे पुलिस के शैडों के साथ बैठता और गाड़ी रूकते ही झपटकर पिछले दरवाजे के पास आकर पोजीशन ले लेता। गिद्ध की तरह चौकन्नी उसकी आँखें चारों तरफ तेजी के साथ घूमतीं और सब कुछ ठीक होने का इशारा होता था उसका कार का गेट खोलना। दरवाजा खुलने तक चौधरी पी. पी. की हरकतें देखता रहता। पी.पी. का चौकन्नापन उसे मुग्ध कर देता। इसीलिए चौधरी उससे राजनीतिक मसलों पर भी सलाह-मशविरा करने लगा था।

राजनीति में पी.पी. ने पहला योगदान किया विधानसभा के चुनाव में। चौधरी जगतपाल अभी तक ब्लॉक प्रमुख था और पहली बार विधानसभा के लिए लड़ रहा था। ब्लॉक प्रमुख के लिए धन और बाहुबल का प्रयोग ज्यादा आसान था। उसमें वोटर मुख्य रूप से ग्राम प्रधान होते थे जिन्हें खरीदना या आतंकित करना चौधरी के लिए मुश्किल नहीं था। पिछली बार चुनाव के दस दिन पहले उसने चालीस के करीब ग्राम प्रधानों को अपने यहाँ उठवा लिया। गर्मियों के दिन थे। उसने एक लक्जरी बस की और सबको शिमला भेज दिया। साथ में उसके खजांची और बंदूकची थे। रास्ते भर प्रधानों को उन्होंने खाने-पीने और संगीत से तर कर दिया। रही सही कसर शिमला में पूरी हो गई। शहरी वैभव और ऐश्वर्य से प्रधान धन्य हो गए।

चुनाव के दो दिन पहले सभी प्रधानों को वापस लाया गया। एक बार फिर से उनके लिए दिव्य व्यवस्था की गई। प्रधानों ने डटकर अच्छी शराब पी मुर्गों की टाँगें तोड़ीं फूहड़ कैबरे देखा और कूलर की ठंडी हवा में कैद रहे। उनके कमरों के बाहर लगातार पहरा रहा और उन्हें किसी से मिलने-जुलने की इजाजत नहीं थी। चुनाव के दिन फिर वे एक लक्जरी बस में बैठाए गए और उनकी बस के आगे पीछे दो-दो गाड़ियों में सशस्त्र लोग उन्हें लेकर मतदान केंद्र के लिए रवाना हुए। रास्ते में एक पुलिस पर विरोधी खेमे के बंदूकची गाड़ाबंदी किए बैठे थे लेकिन चौधरी जगतपाल का इंतजाम ज्यादा पक्का था। वह काफिले को दूसरे लंबे रास्ते से लेकर चला और जब तक विरोधियों को पता चलता कि उन्हें धोखा हुआ है, सभी प्रधान मतदान केंद्र के अंदर पहुँच गए।

यद्यपि पिछले कई दिनों से प्रधानों की सेवा हो रही थी और उन्हें इसके अतिरिक्त काफी पैसा भी दिया गया था, फिर भी उनमें से कुछ का भरोसा नहीं किया जा सकता था। इसलिए उनमें से तीन के लिए डॉक्टरी सर्टिफिकेट प्राप्त किए गए कि उनकी आँखों में इतनी रोशनी नहीं है कि वे स्वयं वोट दे सकें। अतः उन्हें एक-एक सहायक प्रदान किया गया जिसकी सहायता से उन्हें अपने मतपत्र पर निशान लगाना था। चार दूसरे प्रधान ऐसे निरक्षर भट्टाचार्य घोषित किए गए जिन्हें भी वोट देने के लिए सहायकों की नितांत आवश्यकता थी। उन्हें भी एक-एक सहायक प्रदान किया गया। इस तरह सातों प्रधानों के साथ जिनके ऊपर चौधरी को पूरा विश्वास नहीं था, चौधरी का एक-एक आदमी सहायक के रूप में लग गया। विरोधी खेमा शोर मचाता रहा लेकिन निर्वाचन अधिकारियों को चौधरी ने पहले से ही खुश कर रखा था।

चौधरी ब्लाक प्रमुख का चुनाव जीत गया और इस तरह उसकी राजनीतिक यात्रा शुरू हुई। पर इस बार चुनाव विधानसभा का था और मामला कुछ टेढ़ा था।

चौधरी जगतपाल देश की राजनीति में पिछले दो दशकों में आए गुणात्मक परिवर्तन की उपज था। 1967 के आम चुनावों में बिहार और पूर्वी उत्तर प्रदेश के चुनाव क्षेत्रों में पहली बार एक नया प्रयोग शुरू हुआ। पहली बार बूथ कैप्चरिंग जैसे शब्द से देश का व्यापक परिचय हुआ। सभी राजनीतिक दलों को अहसास हुआ कि वे जोर-जबर्दस्ती करके अपने पक्ष में वोट डलवा सकते हैं। उन्होंने स्थानीय दबंग भूस्वामियों और अपराधकर्मियों की मदद लेनी शुरू की। ये लोग मतदान केंद्रों से अपने विरोधी वोटरों को भगा देते। अपने वोटरों को सुरक्षा प्रदान करते और एक-एक वोटर से कई-कई वोट फर्जी डलवाते। अकसर मतदान केंद्र से दूर गाँव की सरहद पर ही इनके आदमी पहरा देते और विरोधी उम्मीदवार के समर्थकों की गाड़ी बाहर ही रोककर उनसे लगभग एक जैसा प्रश्न पूछा जाता वोट डालकर हाथ-पैर तुड़वाना है या सही-सलामत घर वापस जाना है? ज्यादातर लोग दूसरे विकल्प के पक्ष में राय देते।

जो लोग अंदर गाँव में जाकर मतदान केंद्रों तक जाने का प्रयास करते उनके हाथ-पैर टूटते या सिर फूटते।

धीरे-धीरे बूथ कब्जे ने एक संगठित और निर्णायक हस्तक्षेप का रूप ले लिया। जो राजनीतिक दल जहाँ मजबूत था, वह वहीं कब्जा करने का प्रयास करने लगा। बूथ कब्जा शब्द भी अप्रासंगिक हो गया। उसकी जगह बूथ डकैती शब्द का प्रयोग होने लगा। आवश्यकता के अनुसार इस बूथ डकैती में नए-नए आयाम जुड़ने लगे। शुरुआती दिनों में जहाँ बूथ से दूर अपने मुखालिफ वोटरों को रोका जाता था, बाद में बूथ पर पहुँच चुके और लाइन में खड़े विरोधी वोटरों को भी बम फोड़कर या फायरिंग करके खदेड़ा जाने लगा। कुछ दिनों बाद इसकी भी जरूरत नहीं रही। जीपों में भरकर हथियारबंद लोग मतदान शुरू होने के प्रारंभिक घंटों में ही आते और मतदान अधिकारियों से बैलेट पेपर छीनकर उन पर ठप्पे लगाते और उन्हें बक्सों में भर देते। वे एक के बाद एक मतदान केंद्र पर लूटपाट करते आगे बढ़ते चले जाते।

देश में धीरे-धीरे ऐसे मतदान केंद्रों की संख्या बढ़ती जा रही थी जिनमें सुबह दस-ग्यारह बजे तक ही चुनाव समाप्त हो जाता था। वोटरों के नब्बे-पच्चानवे प्रतिशत वोट लेकर जीतने वाले बड़ी बेशर्मी से फूलमालाएँ अपने गले में डाले विधानसभाओं और लोकसभा में पहुँच रहे थे।

बूथ कब्जा करने की यह पूरी प्रक्रिया बिना गुंडों बदमाशों या डकैतों के पूरी नहीं हो सकती थी। चुनाव की घोषणा होते ही दादा लोंगों की बांछें खिल जातीं। हथियारों की देशी फैक्टरियों में रात-दिन काम होने लगता। जिस तरह निर्वाचान आयोग और प्रशासनिक मशीनरी युद्धस्तर पर काम करके चुनाव की सभी तैयारियाँ पूरी करते उसी तरह बूथ कब्जा करने वाले भी अपने उम्मीदवारों को जिताने के लिए पूरे विस्तार के साथ योजनाएँ बनाते और साधन जुटाते। देश के बहुत सारे चुनाव क्षेत्रों में बिना इन दादाओं के चुनाव लड़ाने की कल्पना भी असंभव लगने लगी।

चुनावों में इस्तेमाल बढ़ने के साथ-साथ अपराधियों की सामाजिक स्थिति में भी गुणात्मक परिवर्तन आया। पहले अपने साथ जुड़े सारे आतंक और दबंगई के बावजूद एक अपराधी की समाज में कोई हैसियत नहीं होती थी। इसका सबसे बड़ा उदाहरण जमींदार का लठैत था। जमींदार और लठैत दोनों जानते थे कि बिना लठैत के जमींदार को कोई नहीं पूछेगा, फिर भी दोनों का आपस में संबंध मालिक और चाकर का रहता। लठैत कभी भी जमींदार के सामने बैठने की कल्पना नहीं करता। वह हाथ बाँध के कोने में खड़ा रहता और जमींदार के इशारों का इंतजार करता।

आजादी के बाद के राजनेताओं की पहली पीढ़ी आदर्शवाद के नशे से पूरी तरह गफिल नहीं हुई थी। उसके लिए अपराधियों से खुला संबंध रखने की कल्पना भी असंभव थी। दो-तीन आम चुनावों के बाद चुनाव के मैदान में जो नई पौध आनी शुरू हुई उसके लिए किसी तरह का आदर्शवाद बेमानी अवधारणा की तरह था। लेकिन

इतनी आँख की शर्म उसके पास भी थी कि अपराधियों से खुलेआम उसके संबंध उजागर न होने पायें। वे रात के अँधेरे में अपराधियों से मिलते, चुनावों में उनका इस्तेमाल करते, उन्हें भरपूर भुगतान करते लेकिन सार्वजनिक रूप से इसका पर्दाफाश होने से डरते। अपराधियों के साथ किसी उत्सव या कार्यक्रम में अगर कोई फोटो खिंच जाती तो उसे किसी तरह हासिल करके नष्ट करने का प्रयास करते।

यह स्थिति कम समय तक रही। अपराधियों पर निर्भरता कुछ इस कदर बढ़ी कि यह चुनाव के दिनों तक ही सीमित नहीं रही। चुनावों के अतिरिक्त भी अपने विरोधियों को आतंकित करने के लिए उनका इस्तेमाल होने लगा। इस दौरान अपनी ही पार्टी के संगठनात्मक चुनावों में अपराधियों का इस्तेमाल शुरू हुआ। एक पार्टी में जितने गुट होते, वे सभी पार्टी दफ्तर में मुखालिफ गुट के लोगों से इन अपराधियोँ की मदद से निपटने लगे। चुनाव भी ग्राम पंचायत से लेकर संसद तक इतने होने लगे कि शायद ही किसी वर्ष चुनाव नहीं होते। हर समय तैयारी की हालत में रहना पड़ता और हर समय अपराधकर्मियों की जरूरत पड़ती।

इसी के साथ शुरू हुआ अपराधी और राजनेता का खुला गठबंधन। खुले आम नेता ने अपराधियों को पालना शुरू कर दिया। अपराधी उसकी सभाएँ कराने लगे, उसके विरोधियों के मुँह पर कालिख पोतने लगे, उसे चुनाव जिताने लगे और एवज में नेता उनके लिए थाने पर टेलीफोन करने लगा, गिरफ्तार होने पर उनकी जमानत कराने लगा, उन्हें हथियारों के लाइसेंस दिलाने लगा और ऐसे सरकारी अधिकारियों के तबादले कराने लगा जो उसके रास्ते में अड़ंगा लगाते। जुलूस में मालाओं से लदी गर्दन वाले नेता के ठीक पीछे जीप पर उसी तरह हाथ जोड़े कोई अपराधी खड़ा होता। कार्यक्रमों के संचालक के रूप में मोहल्ले का सबसे बड़ा दादा माइक पर मौजूद होता। रेलवे स्टेशन पर या हवाई अड्डे पर सबसे आगे स्वागत करने वाला भी इलाके का कोई सबसे बड़ा अपराधी होता। नेता के घर शादी पड़ती, अपराधी आगे-आगे सारे इंजताम में लगा रहता। अपराधी के बच्चे का जन्मदिन पड़ता, नेता राजधानी के अपने व्यस्त कार्यक्रम छोड़कर भागता हुआ आता।

नेता के पुराने जमाने का जमींदार था और गंडा लठैत, लेकिन दोनों के बीच का संबंध अब पुराने जमाने के जमींदार और लठैत के संबंधों जैसा नहीं रह गया था। बल्कि कई मामलों में तो वह उल्टा होने लगा था। बड़े माफिया सरगना खुद नेता पालने लगे। वे अलग-अलग क्षेत्रों से अपने नेताओं को लड़ाते और उन्हें जिताते। ये नेता उनके सामने हाथ बाँधे खड़े रहते। अपने आका पर संकट आता देखकर ये कटखने कुत्ते की तरह अफसरों पर झांव-झांवकर टूट पड़ते।

चौधरी जगतपाल और पी.पी. ऐसे वक्त की उपज थे जब अपराधकर्मियों की उमंगें एक कदम आगे के धरातल पर उड़ानें भर रही थीं। वे अपराधियों की उस पीढ़ी की उपज थे जिन्हें दूसरों के लिए बूथ लूटते-लूटते यह इलहाम हो गया था कि अगर

वे दूसरों को विधायक या सांसद बना सकते हैं तो स्वयं क्यों नहीं बन सकते? समाज के पूरे दृष्टिकोण में एक खास तरह का फर्क आ रहा था। अब वे किसी तरह की घृणा के पात्र या अछूत नहीं रह गए थे। उनके घर जाने में या उन्हें अपने घर बुलाने में पहले वाली झिझक नहीं रह गई थी। उन्हें सामाजिक स्वीकृति हासिल होने लगी थी और लोग उनसे संबंध बनाने या उन संबंधों का इजहार करने में फख्र का अनुभव करने लगे थे।

ऐसे ही महत्वपूर्ण समय में अवतरित हुए थे चौधरी जगतपाल और पी.पी. जब पूरा देश लुटने के लिए अपराधियों के सामने प्रस्तुत था। इन अपराधियों ने दूसरों को शासक बनाते-बनाते खुद शासक बनने की ठान ली थी और एक-एक करके मुल्क की मनसबदारियाँ उनके कदमों में गिरने लगी थीं।

ब्लॉक प्रमुख का चुनाव जीतने के बाद चौधरी जगतपाल ने विधायक की कुर्सी पर नजर जमाई और उस चुनाव में पहली बार पी.पी. के बाहुबल की परीक्षा हुई। जाड़ों के दिन थे और चुनाव सुबह आठ बजे से शाम चार बजे तक होता था। पी.पी. की मंडली मुँह अँधेरे ही सक्रिय हो गई। जिन गाँवों के हरिजनों के वोट मिलने की आशा नहीं थी, उनमें रात को ही पी.पी. का गैंग घूम आया था। हरिजनों को बता दिया गया था कि उन्हें वोट देने जाने की जरूरत नहीं है। उनका वोट पड़ गया है। सुबह एक बार उन गाँवों में फिर घूमकर देख लिया गया कि हरिजन घर से निकल तो नहीं रहे। सिर्फ दो गाँवों में चेतावनी के बावजूद हरिजन निकलते हुए दिखाई दिए। वहाँ पी.पी. को सख्ती करनी पड़ी। कुछ को लठियाया गया, कुछ जगहों पर बम फोड़े गए और कहीं हवाई फायर करने पड़े। बिना अधिक प्रतिरोध के इस मोर्चे पर कामयाबी मिल गई।

जो गाँव विपक्षी उम्मीदवार के गढ़ थे वहाँ दूसरी तरह से निपटा गया। मतदान के लिए खड़े मतदाताओं की कतारों के पास पहुँचकर अचानक हल्ला बोला जाता। एक साथ बम पटकने और फायरिंग की इतनी घटनाएँ होतीं कि लोग लाइन तोड़कर भागते और फिर घंटों वापस नहीं आते। ऐसे पोलिंग स्टेशनों पर सबसे बड़ी सफलता यही होती कि कम से कम वोट पड़ें।

अपने प्रभाव के क्षेत्र चुनाव केंद्रों पर अपने उम्मीदवार को शत प्रतिशत मत पड़े—इसके लिए बड़ा आसान तरीका था। केंद्र के बाहर गाँव के रास्ते पर दो लोग चारपाई डालकर बैठ जाते। बाकी गैंग आस-पास छितरा गया। जैसे ही कोई ऐसा वोटर आता दिखाई पड़ता जिसका वोट मिलने का पूरा विश्वास नहीं होता चारपाई पर बैठा एक व्यक्ति पूछता, ''क्यों ताऊ, किसे वोट देगा?''

''जिसको कहो। तुम्हीं को दे दूँगा।''

''हमें देगा तो चल हमने ले लिया! बेकार क्यों परेशान हो रिया है। वापस चला जा तेरा वोट हमें मिल गया।''

समझदार के लिए इशारा काफी होता। विरोधी वोटर वापस चला जाता। जो खुशी से वापस जाने में झिझकता, उसे मजबूती से समझा दिया जाता। वापस गए सभी वोट अपने लोगों से फर्जी नामों से डालवा दिए जाते।

कुछ चुनाव क्षेत्र काफी अंदर दुर्गम मार्गों पर थे। वहाँ बाहर से किसी का जल्दी पहुंच पाना असंभव था। ऐसी जगहों पर बूथ डकैती डाली गई। जीपों पर भरकर पी. पी. का गिरोह पहुँचता। पहुँचते ही वे हवाई फायर करते और गोलियों की बौछार करते। जो लोग कतारों में होते थे, भाग खड़े होते। विपक्षियों के जो एजेंट बूथ के अंदर मौजूद होते उन्हें मारकर भगा दिया जाता। बच रहते सिर्फ थर-थर काँपते चुनाव कराने वाले सरकारी कर्मचारी। उनसे बैलेट पेपर छीनकर एक आदमी आराम से ठप्पे मारता और बक्सों में भर देता। चुनाव कर्मचारियों को बता दिया जाता कि अगर उन्हें अपने बच्चों की जान प्यारी हो तो इसकी शिकायत किसी से नहीं करें।

बहुत से गाँवों में तो पहले से ही चुनाव पार्टियों को मिला लिया गया था। चौधरी ऊँचा खिलाड़ी था। उसे साम-दाम-दंड-भेद से चुनाव जीतना ही था इसलिए जहाँ जिसकी जरूरत पड़ी वहाँ उसने उसका इस्तेमाल किया। मसलन दाम का प्रयोग करके उसने कुछ मतदाता केंद्रो पर पूरी पार्टी ही अपने बिरादरी या समर्थकों की बनवा दी थी। ये पार्टियाँ चुनाव में एक शाम पहले संबंधित गाँव में पहुँचीं। गाँव में उनके ठहरने की व्यवस्था पंचायत घर या स्कूल में की जाती, लेकिन वे ठहरते किसी प्रभावशाली व्यक्ति के आरामदेह घर में। वहाँ उनके लिए मुर्गे और शराब की व्यवस्था होती थी और वे रात भर जश्न मनाते रहे। जश्न के दौरान ही ज्यादातर मतपत्रों में चौधरी जगतपाल के नाम पर ठप्पा मारकर उन्हें बक्सों में भर दिया जाता था। दूसरे दिन सुबह अव्वल तो विपक्षी उम्मीदवार के एजेंटों को पता ही नहीं चलता और अगर पता चल भी गया तो उन्हें मार-पीटकर चुप करा दिया जाता। कई जगहों पर हल्ला-गुल्ला होता, लेकिन पूरी मतदान पार्टी कहने को तैयार थी कि चुनाव ठीक समय से शुरू हुआ था और चुनाव शुरू होने के पहले बैलेट बक्से उलटकर सभी उम्मीदवारों के एजेंटों को दिखाए गए थे, अतः कुछ भी नहीं किया जा सकता था। बड़े सरकारी अधिकारी विपक्षी उम्मीदवारों को सलाह देते कि वे मतदान के बाद हाईकोर्ट में पिटीशन दाखिल करें। इसी हल्ले-गुल्ले के बीच चार बज जाते। जहाँ लोग बैलेट बक्सों को रोकने की कोशिश करते, वहाँ अतिरिक्त कुमुक भेज कर लाठी-गोली चलाते हुए बक्से वापस ले आए जाते।

मतदान केंद्रों पर औसतन एक सिपाही, एक होमगार्ड और एक चौकीदार होते। न इनके बस में था कि ये धाँधलियों और बूथ डकैतियों को रोक सकते और न ही उनमें कर्तव्यपालन करने की ऐसी पागल दिलचस्पी थी कि अपनी जान पर खेलकर वे बूथ कैप्चरिंग का प्रतिरोध करते। घंटे-दो घंटे पर कोई बड़ा अफसर आता तो सब कुछ शांत हो जाता। अकसर बूथ के अंदर घुसकर एक कोने में खड़ा होकर अपने

हाथ का बेंत हलके-हलके अपने पैरों पर मारता रहता और अंदर की स्थिति का जायजा लेता रहता। उसकी मौजूदगी में सब कुछ व्यवस्थित-सा लगता। उसके जाने के बाद फिर खेल शुरू हो जाता।

चौधरी जगतपाल विधानसभा का चुनाव जीत गया। उस चुनाव में चौधरी की टक्कर के बहुत-से खूँखार अपराधी चुनाव जीते। पहली बार अपराधियों के हाथों खुल जा सिमसिम लगा था। उनकी समझ में यह आ गया था कि अगर वे दूसरों को जिता सकते तो खुद भी जीत सकते हैं। अखबार चिल्लाते रहे लोग नाक-भौं सिकोड़ते रहे, एक से एक दादा किस्म के लोगों ने खद्दर पहनकर विधानसभों की शोभा बढ़ानी शुरू कर दी।

मजेदार बात यह थी कि इनमें से ज्यादातर जनता द्वारा बड़े बहुमत से चुनकर आए थे। मूल्यों के स्तर पर परिवर्तन इतना तेज हो रहा था कि जातियों के नेता के रूप में अपराधी प्रतिष्ठित हो रहे थे। प्रदेश के पूर्वी हिस्से में एक ब्राह्मण अपराधी था जिसे ब्राह्मणों ने अपना नेता मान लिया था। उसी के समानांतर एक ठाकुर हत्यारे पर ठाकुरों को गर्व होने लगा था। उनके लिए अधिकारी, पत्रकार और नेता सभी पंडितजी और बाबू साहब जैसे आदरसूचक शब्द इस्तेमाल करते। इसी तरह सूबे के मध्य हिस्से में यादव डकैत यदुवंशियों के नायक बने बैठे थे। पश्चिम में जाटों और त्यागियों ने लुटेरों और डकैतों में अपने-अपने नेता तलाश लिए थे। जो जितना दुर्दांत अपराधी था, वह अपना जाति का उतना ही बड़ा रत्न था।

इस परिदृश्य में अगर चौधरी जगतपाल धीरे-धीरे अपनी जाति का नेता बन रहा था और पी.पी. अपनी जाति का नेता बनने का सपना पाले हुए था तो यह कोई अस्वाभाविक बात नहीं थी।

चुनाव के परिणाम तो काफी हद तक मत पड़ने के दिन ही स्पष्ट हो गए थे लेकिन फिर भी उसकी घोषणा तो मतगणना के बाद ही हो सकती थी। मतगणना हुई और चौधरी जगतपाल विजयी घोषित हुआ।

परिणाम घोषित के बाद चौधरी खुली जीप में खड़ा था। उसकी पूरी गर्दन फूल-मलाओं से भर गई थी। उसी जीप में उसके पीछे पी.पी. और ओमी खड़े थे। दोनों के ऊपर कई ऐसे मुकदमे थे जिनमें वे फरार घोषित हो चुके थे। चुनाव के दौरान अपनी सारी गतिविधियाँ उन्हें छिपाकर करनी पड़ी थीं लेकिन परिणाम घोषित होते ही उनकी दुनिया बदल गई थी। वे खुले आम खड़े थे। लोग टूट पड़ रहे थे चौधरी को बधाई देने के लिए। उनमें पत्रकार थे जो चौधरी, पी.पी. और ओमी की तस्वीरें खींच रहे थे, पुलिस वाले थे जो चौधरी जगतपाल से हाथ मिलाने की होड़ में पी.पी. और ओमी को नजरअंदाज कर रहे थे और समाज के तथाकथित बुद्धिजीवी थे जिनका जीवन इन तीनों को बधाई देने में धन्य हो रहा था।

जिस विनम्रता से चौधरी हाथ जोड़े अभिवादन और बधाइयाँ स्वीकार कर रहा

था, उसी भावना से पी.पी. और ओमी भी लोगों की बधाइयाँ हाथ जोड़ जोड़कर स्वीकार कर रहे थे। बहुत-से लोग उन्हें ही बधाइयाँ दे रहे थे। दरअसल वे इसके हकदार थे भी। आज की जीत उन्हीं की वजह से संभव हो पाई थी।

"एक दिन मैं जीप के आगे इसी तरह खड़ा होऊँगा। दरअसल इस भैंसे की जगह मुझे ही होना चाहिए था।" ओमी ने पी.पी. के कान में फुसफुसाकर कहाँ

पी.पी. का चेहरा फक पड़ गया। उसने घबराकर चारों तरफ देखा। उसे लगा, जैसे उसके मन का चोर पकड़ा गया हो। जिस समय ओमी उसके कान में फुसफुसा रहा था, उस समय लगातार उसके कान में एक आवाज गूँज रही थी, वहाँ मुझे होना चाहिए, जीप की अगली सीट पर मुझे खड़ा होना चाहिए था एक दिन मैं वहाँ खड़ा होऊँगा।

पी.पी. भी बड़ी मुश्किल से मुस्कराया। ओमी ने उसके मन का चोर नहीं पकड़ा था, बल्कि अपने मन का भेद उसके सामने खोल दिया था। वह एक ऐसी भूल थी जिसे अपराध की दुनिया में कभी माफ नहीं किया जाता।

छह

पी.पी. को अपराधों की दुनिया में ओमी लाया था। आज पी.पी. जो कुछ था, वह ओमी की वजह से ही था। पी.पी. इस बात का एहसानमंद भी था, पर एहसान सिर पर ढोते रहकर तो कोई नंबर एक नहीं हो सकता। यह सिर्फ राजनीति या व्यवसाय के लिए ही सच नहीं था। अपराध की दुनिया के लिए भी उतना ही सच था। पी.पी. को हर हालत में नंबर एक बनना था। वह महत्वाकांक्षा से बलबला रहा था लेकिन ओमी से ज्यादा गहरा था। ओमी भी महत्वाकांक्षी था और अपनी भावनाओं को, अपनी समझ से विश्वासपात्र लोगों के सामने खोलने लगता। पी.पी. भी उसके लिए विश्वासपात्र-सा ही था। चौधरी जगतपाल को फूल-मालाएँ पहने देखता तो कहता, ''वहाँ मुझे होना चाहिए था।''

पी.पी. मुस्कराता।

''मैंने इस गूजर को जिताया है। एक दिन मैं खुद जीतूँगा।''

पी.पी. उसे रोकता नहीं। उसकी मुस्कान ओमी को प्रोत्साहित करती।

''कब तक हम इसकी चाकरी करेंगे? पुलिस हमें दौड़ाती है। यह मजे करता है। कुछ करना चाहिए बे। तू कुछ बोलता क्यों नहीं?''

पी.पी. कुछ बोलता नहीं, सिर्फ सुनता है और यही उसकी शक्ति है।

ऐसा नहीं कि चौधरी जगतपाल को ओमी की भावनाओं का पता नहीं चलता। कुछ बातें पी.पी. उसे बताता रहता है और कुछ वह चौधरी के विश्वसनीय दरबानों, ड्राइवरों या अंगरक्षकों को सुनवा देता है।

पी.पी. को पता है कि बिना ओमी के रास्ते से हटे वह नंबर एक नहीं हो पाएगा, सिर्फ नंबर दो ही रहेगा। उसे नंबर एक होना है। इसलिए ओमी को तो मरना ही है। ओमी के मरने के बाद जो लफड़े उत्पन्न होंगे, उन्हें सिर्फ चौधरी जगतपाल ही हल कर सकता है, इसलिए ओमी को मरना है तो चौधरी जगतपाल की मर्जी से मरना है, बल्कि चौधरी पर एहसान के बतौर वह ओमी को मारेगा।

वह दिन भी आ गया जिसका पी.पी. को इंतजार था। चौधरी ने पी.पी. को अकेले बुलवाया। ओमी को हलका-हलका आभास हो गया था कि चौधरी उससे नाशुख हैं, इसलिए वह चौकन्ना रहने लगा था। अब वह बजाय चौधरी के यहाँ रहने

के अलग रहता था। ऊपर से दोनों किसी तरह का मतभेद छिपाते थे लेकिन अंदर-अंदर सतर्क रहते थे। मुलाकात अकसर अचानक किसी तीसरे के यहाँ होती या टेलीफोन से बात होती। ओमी ने किसी निर्धारित समय या निर्धारित जगह पर चौधरी से मिलना छोड़ दिया था। दो-एक बार चौधरी ने बुलाया भी तो वह समय तय करके नहीं गया। टेलीफोन भी किसी तीसरे का इस्तेमाल करता और बात करते ही वहाँ से हट जाता। शहर में उसका ठिकाना भी चौधरी के आदमियों के लगातार प्रयास के बावजूद किसी को मालूम नहीं हो पा रहा था। दरअसल वह चौधरी के साथ इतना अधिक रहा था कि अपने शत्रुओं के सफाये की चौधरी की एक-एक चाल को समझता था।

इसी तरह चौधरी भी उससे सतर्क रहता। हालाँकि चौधरी के साथ सुरक्षा का सरकारी और निजी इतना तामझाम था कि ओमी के लिए उस पर वार करना बहुत मुश्किल-सा था, फिर भी चौधरी कोई जोखिम नहीं लेना चाहता था।

पहले चौधरी ने अपने दूसरे अस्त्र-शस्त्र इस्तेमाल किए। सबके फेल हो जाने पर उसने पी.पी. को बुलाया। शुरू में पी.पी. को न बुलाने के पीछे एक कारण यह भी था कि उसे इस बात का भरोसा नहीं था कि ओमी को मारने के लिए पी.पी. तैयार होगा। पर धीरे-धीरे पी.पी. ने ही होशियारी से वे बातें उस तक पहुँचवाईं जिनसे उसे विश्वास हो गया कि पी.पी. ओमी को पसंद नहीं करता।

पी.पी. को सामने बैठाकर वह अपनी पैनी बाघ जैसी आँखों से उसे तौलता रहा।

''तुम्हारा गुरु तो अब ज्यादा दुखी कर रहा है।''

''कौन-सा गुरु? अजी चौधरी साहब, मैं तो आप ही को गुरु मानता हूँ। आपके अलावा कौन गुरु हो गया?''

चौधरी हौले से हँसा। स्साला पूरा घाघ हो गया। इससे भी निपटना है। पहले ओमी से निपट लिया जाय, फिर इसें देखेंगे। ज्यादा दिन इसे भी खुला छोड़ना खतरनाक है।

''अरे, वही ओमी, तुम्हारा गुरु तो असली वही है। आजकल काफी ऊँची उड़ान उड़ रहा है।''

पी.पी. सतर्क हुआ।

''क्या हुआ चौस्साब?''

''तुम नहीं जानते?'' चौधरी झुँझलाया। पी.पी. के भोलेपन से उसे चिढ़ होने लगी।

पी.पी. अपनी तरफ से कुछ नहीं कहना चाहता था। वह चौधरी से सुनना चाहता था। चौधरी ने कई तरह से कोशिश की, लेकिन पी.पी. से कुछ कहलवा नहीं पाया।

चौधरी मान गया कि कुछ ही सालों में पी.पी. कितना घाघ हो गया है। उसे याद आया वह दिन जब पी.पी. गाँव से नया-नया उसके पास आया था। यह उसी की ट्रेनिंग थी जिसने पी.पी. को एक उतावले, अनपढ़ और सरल ग्रामीण युवक से गहरे, चालाक और घाघ शहरी नौजवान में तब्दील कर दिया था। उसे अपनी ट्रेनिंग पर गर्व हुआ, लेकिन आज तो उसका शागिर्द उसी पर भारी पड़ रहा था।

दोनों के बीच लुका-छिपी अधिक नहीं चली। अंत में चौधरी को टूटना पड़ा।

''स्साला... कबूतर की औलाद! मैंने उसे हगना-मूतना सिखाया और मुझी को गच्चा दे रहा है।''

चौधरी कहीं से कमजोरी नहीं दिखाना चाहता था। पर गुस्से और प्रवाह के कारण उसने बहुत-सी ऐसी बातें बता दीं जिन्हें वह नहीं कहना चाहता था। मसलन ओमी ने उसे मारने के लिए किन-किन लोगों से संपर्क किया या कितनी बार चौधरी ने योजना बनाई और ओमी सतर्क होने के कारण बच गया। पी.पी. लगभग सब कुछ जानता था। उसने होशियारी से ऐसा तंत्र बुना था जो उसे दोनों तरफ की सूचनाएँ पहुँचाता रहता था। पर वह चुपचाप सुनता रहा। उसने एक बार भी यह आभास नहीं दिया कि उसे कुछ पता है।

अंत में चौधरी आजिजी और अनुनय-विनय पर उतारू हो गया। वह जानता था कि ओमी को पी.पी. की मार सकता है। अपना मतलब पड़ जाने पर वह किसी हद तक गिड़गिड़ा सकता था।

पी.पी. यह जानता था। इसलिए वह मजा ले रहा था लेकिन ऊपर से गंभीर बना चौधरी को बीच-बीच में उत्तेजित करता रहा। अंत में यह तय हुआ कि पी.पी. ओमी को मार देगा। चौधरी उसके एवज में पाँच लाख नकद एडवांस देगा और बाद में पैरवी की जिम्मेदारी उसकी होगी। पी.पी. जब बाहर निकला, तो उसके हाथ में एक बड़ा सूटकेस था, जिसमें पाँच लाख रुपये भरे थे।

ओमी को मारना पी.पी. के लिए एक विचित्र अनुभव था। एक ऐसा अनुभव जो उसे पहले या बाद की किसी हत्या में प्राप्त नहीं हुआ। ओमी वह शख्स था जिसके साथ पिछले कई वर्षों से वह छाया की तरह रहा था। साथ रहने के कारण न चाहते हुए भी एक रागात्मक किस्म का संबंध विकसित हो गया था जिसे अचानक झटके से तोड़ डालना निहायत मुश्किल और तकलीफदेह था। ओमी ने ही पी.पी. को दुनिया के उस अंश से परिचित कराया था जिसका सम्मोहन उसे बरसों से अपनी तरफ खींचता रहा था। यह पी.पी. भी जानता था कि अगर ओमी से जेल में वह न मिला होता तो आज भी वह देहात का छोटा-मोटा चोर या उठाईगीर होता, जिसके पीछे पुलिस कुत्ते की तरह पड़ी रहती और किसी नियमित पर्व की तरह हर साल उसका हाथ-पैर तोड़ती रहती। सत्ता, धन और ताकत की इस दुनिया में ओमी ही उसे लाया था। लेकिन वह यह भी जानता था कि यह दुनिया बहुत निर्मम है और इस दुनिया में बने रहने के

लिए जरूरी था कि वह ओमी को मार डाले।

एक बार फैसला करने के बाद वापस लौटने का अब कोई चारा नहीं था। उसने तय किया कि यह काम जल्दी निपटा डाला जाए।

इसके बाद शुरू हुआ चूहे-बिल्ली का खेल। ओमी भी इसी खेल का खिलाड़ी था। उसके सारे ठिकाने पी.पी. को मालूम थे, वे ठिकाने भी जो चौधरी जगतपाल भी नहीं जानता था। पी.पी. जानता था कि अगर पहला वार ओमी बचा ले जायेगा तो फिर उसे पाना मुश्किल होगा और हुआ भी यही। पहला वार ओमी बचा ले गया। पी. पी. ने फैसला होने के बारह घंटे के अंदर पहला वार किया। उसने सटीक उसी कमरे पर हमला किया जहाँ ओमी के होने की सबसे ज्यादा संभावना थी। अपनी चालाकी की वजह से ओमी बच गया। उसने उस रात तीन जगहें बदली थीं और इस कमरे से मुश्किल से आधा घंटा पहले उठकर गया था। कमरे में सोये दूसरे दो आदमियों को पी.पी. के लोगों ने यातना दे-देकर मार डाला, लेकिन वे नहीं उगलवा पाए कि ओमी कहाँ गया। दरअसल ओमी इतना सतर्क था कि उसके आदमियों को भी नहीं मालूम था कि वह कहाँ जायेगा। इस हादसे से ओमी को पता जरूर चल गया कि पी.पी. उसके पीछे पड़ गया है।

अगले दो-तीन दिन ओमी और पी.पी. दोनों के लिए बड़े त्रासदायक थे। पूरे अपराध-जगत के साथ उन्हें भी पता था कि अब दो में एक ही जिंदा रहेगा। बेचैन खामोशी के साथ साँस रोके अपराध-जगत दोनों के बीच के निर्णायक मुकाबले का इंतजार कर रहा था।

पी.पी. को अब तेजी से हरकत करनी थी क्योंकि बात खुल जाने के बाद दो ही संभावनाएं थीं। एक तो ओमी किसी बिफरे हुए हिंस्र पशु की तरह पलटकर आघात करेगा और दूसरी वह बंबई या अहमदाबाद जैसे किसी महानगर में जाकर छिप जायेगा जहाँ उसको शरण देने वाले काफी थे। एक बार वहाँ छिप जाने के बाद उसे ढूँढ़ निकालना बेहद मुश्किल, लगभग असंभव था, इसलिए जो कुछ करना था, जल्दी करना था।

अपराध जगत की सरगर्मियाँ तब थमीं जब पहले हमले के तीसरे दिन ही सुबह सूरज निकलने के साथ सड़क के किनारे गड्ढे में ओमी का क्षत-विक्षत शव मिला। पूरे शहर में सनसनी फैल गई। सबको मालूम था कि इस हत्या के पीछे कौन हो सकता है लेकिन बीती रात को क्या हुआ था, यह पी.पी. और उसके दो-एक विश्वसनीय लोगों के अलावा किसी को मालूम नहीं था।

अपनी आसन्न मृत्यु की जानकारी ओमी को भी तब हुई जब इतनी देर हो चुकी थी कि कुछ नहीं हो सकता था। पहला वार बचाने के बाद वह एकदम नई जगह पर सोने लगा था। यह नई जगह दिल्ली की एक घनी आबादी वाली कालोनी में थी जिसका पता उसके किसी घनिष्ठ से घनिष्ठ सहयोगी को भी नहीं था। पर उससे एक

गलती हो गई। वह लगातार दो रात उस कमरे में सो गया और दूसरी रात पकड़ा गया। पी.पी. जितना शातिर और तेज ढंग से काम करने वाला था, उसके लिए इतना ही काफी था।

उस रात ओमी अपने दो साथियों के साथ एक ही कमरे में सोया। सोने के पहले उन्होंने शराब पी। ओमी सतर्क था कि शराब इतनी न हो कि रात में उसे बेसुध होने की नौबत आ जाय। एक साथ तीनों ने पी लेकिन कोई बात थी जरूर कि बेहोश सिर्फ दो ही हुए। तीसरा कब धीरे से उठा और कमरे से निकल गया, उन दोनों को पता नहीं चला।

ओमी को होश तब आया तब वह एक बंद गाड़ी में यमुना पार कर रहा था। उसके हाथ पीछे बँधे हुए थे और मुँह में कपड़ा ठूँसा हुआ था। पूरा बदन शराब और उसमें हुई खतरनाक मिलावट से टूट रहा था। यमुना पुल के हिचकोलों और गाड़ी में असुविधाजनक स्थिति में ठूँस दिए जाने के कारण उसकी नींद या बेहोशी टूटी। ओमी को समझने में देर नहीं लगी कि उसका क्या अंत होगा। ऐसी स्थिति वह पहले भी कई बार देख चुका था। फर्क सिर्फ इतना था कि पहले उसका रोल शिकारी का होता था और आज वह शिकार की हैसियत से असहाय पड़ा था।

दूसरों की जान लेना आसान होता है, लेकिन जब अपनी जान देने की बारी आती है तब बड़े-बड़े पत्थर दिल लोगों को दहशत के समुद्र में उतरना पड़ता है। ओमी को भी होश में आते ही घबराहट और आतंक की ऐसी अनुभूति हुई कि उसे सीट पर बैठे-बैठे पेशाब हो गया। उसने इतने लोगों की जान ली थी कि अगर उसे याद करने को कहा जाय तो शायद ही एक बार में सही संख्या बता पाता। पर खुद मौत की तरफ बढ़ते जाना दूसरी बात थी।

गाड़ी में घुप अँधेरा था और काले शीशे खिड़कियों में चढ़े होने के कारण इस बात की संभावना भी कम थी कि बाहर से कोई उसे पिछली सीट पर पड़े देख सकता है। होश में आने के बाद उसने लेटे-लेटे यह समझ लिया कि कार में पाँच आदमी थे। दो पिछली सीट पर दोनों दरवाजों पर लगभग उसको दबाये हुए उसके किसी-न-किसी अंग पर सवार थे। शेष तीन अगली सीट पर थे। यद्यपि उसका मुँह नीचे की ओर दबा था और वह देख नहीं सकता था फिर भी आवाजों से उसने पाँचों को पहचान लिया। ये वही लोग थे जिन्हें पिछले कुछ वर्षों में उसने अपराध के विभिन्न आयामों की ट्रेनिंग दी थी। इनमें से एक तो उसके साथ रात में सोया ही था। इन सबके साथ उसने कितनी ही वारदातें की थीं जेलों में साथ रहे थे। कितनी ही बार विरोधी गैंगों या पुलिस के साथ मुठभेड़ों में अपनी जान पर खेलकर एक-दूसरे की जान बचाई थी। आज ये उसकी जान लेने जा रहे थे। अपराध की दुनिया थी ही ऐसी बेहद निर्मम और अप्रत्याशित। उसके मन में आतंक के ऊपर अवसाद की एक परत छा गई।

ओमी जानता था कि इनमें से कोई उसकी आँख का सामना नहीं कर सकता।

अगर एक बार सिर्फ एक बार उसके मुँह से कपड़ा निकल सके और उसका मुँह ऊपर को आ सके तो पासा पलट सकता है। उससे आँख मिलते ही हत्यारों का इरादा बदल सकता है। लेकिन ऐसा संभव नहीं हो पा रहा था। उसने कई बार हलके से ऊपर करवट लेने की कोशिश की लेकिन उन्होंने उसे बुरी तरह दबा रखा था। अपनी हरकत से वह उन्हें यह आभास नहीं देना चाहता था कि वह होश में आ गया है। वे उसे कार में ही मार सकते थे। मुँह में ठूँसे कपड़े को उसने धीरे-धीरे चबाना शुरू कर दिया।

उन्होंने उसे दिल्ली में सोये-सोये क्यों नहीं मार दिया? उसका जवाब भी उसे लेटे-लेटे उनकी बातों से लग गया। दिल्ली में लफड़ा हो सकता था। वहाँ उनकी पूरी सेटिंग नहीं थी। अपने सूबे में उनके ज्यादा अच्छे ताल्लुकात थे। फिर चौधरी जगतपाल का रसूख और पैसा भी काम आने वाला था।

गाड़ी सड़क पर हिचकोले खाने लगी। स्पष्ट था कि राजधानी की अच्छी सड़कें छोड़कर अब किसी खराब देहाती सड़क पर उनकी गाड़ी मुड़ गई थी। ओमी अंदाज लगाने लगा कि वे कहाँ जा रहे थे। बहुत स्पष्ट नहीं हो पा रहा था फिर भी कुछ-कुछ आभास उसे होने लगा था।

लगभग एक ही साथ उसके मुँह का कपड़ा हटा और गाड़ी रुकी। वह काफी देर से मुँह के कपड़े को चबा-चबाकर ढीला कर रहा था। जब तक उसे इसे ढीला करने में कामयाबी मिली तब तक शायद उनका गंतव्य भी आ गया। गाड़ी रुकी। बाहर पूरी तरह अँधेरा था। शायद किसी अँधेरी खड़ंजे की सड़क पर आबादी के बाहर गाड़ी खड़ी की गई थी। तो क्या उसका अंत समय आ गया है? आतंक उसके शरीर पर एक दुखते फोड़े की मानिंद लग रहा था।

ओमी को थोड़ी राहत मिली। उनमें से चार गाड़ी से उतर गए थे और सिर्फ एक पीछे की सीट पर उसके पैर के पास बैठा था। "क्यों बे जग्गे, तू मेरे ऊपर क्यों लदा है?"

ओमी का निशाना सही बैठा। वे उसे सोते में मार सकते थे, लेकिन उसकी आँख या आवाज का सामना नहीं कर सकते थे।

थोड़ी देर तक सन्नाटा रहा। अचानक जग्गा सरककर कार के बाहर चला गया।

ओमी उठ बैठा। उसके हाथ पीछे बँधे थे। यही अंतिम मौका था। उसने हाथों को झटककर खोलने की कोशिश की, लेकिन उन्हें इतनी मजबूती से बाँधा गया था कि रस्सियाँ लगभग उसके मांस में गड़-सी गई थीं। हाथों को हिलाने-डुलाने से कोई फायदा नहीं हुआ, केवल दर्द और बढ़ गया। समय गँवाने का कोई अर्थ नहीं था। वह कार से नीचे उतर आया।

नीचे उतरते ही उसने अँधेरे में भागने की कोशिश की। पर वे भी सतर्क थे। वे उसका सामना नहीं कर सकते थे पर उसे जिंदा भी नहीं छोड़ सकते थे।

"मारो साले को!" यह पी.पी. की आवाज थी। इसका मतलब है कि पी.पी.

पहले से ही यहाँ मौजूद था और वे उसी से बात करने के लिए उतरे थे।

भागता हुआ ओमी लड़खड़ाकर गिरा। धाँय की आवाज हुई और एक लपकता हुआ शोला उसकी कमर में घुस गया। अँधेरे ने उसका साथ दिया। वह अँधेरे का फायदा उठाता हुआ घनी और कमर तक उगी घासों में सरक गया।

चारों तरफ दौड़ती पद-चापों के बीच वह दम साधे पड़ा रहा। खून उसकी कमर में लगे जख्म से तेजी से गिर रहा था लेकिन इस समय उसके बारे में सोचने का वक्त नहीं था। जिंदगी और मौत के बीच बहुत कम फासला रह गया था। वह मरना नहीं चाहता था और बचने का एक ही रास्ता था कि वह अँधेरे में भागे और उनसे बचता हुआ दूर निकल जाय। लेकिन क्या यह संभव था? कई जोड़ा कदमों की आहट बार-बार दूर जाते-जाते एकदम पास आ जाती। चारों तरफ से हिंस्र पशुओं से घिरे किसी जख्मी मृगछौने सदृश वह अपनी मृत्यु की प्रतीक्षा करता हुआ-सा उसके दूर चले जाने की कामना कर रहा था।

''अबे सालो! गाड़ी की हेडलाइटें जला दो।''

बहुत करीब से ही पी.पी. की आवाज सुनाई दी। इसका मतलब पी.पी. उसके पास ही कहीं खड़ा था। ओमी को अपनी सारी इंद्रियाँ सुन्न होती-सी जान पड़ीं।

कार का इंजन स्टार्ट होने की आवाज सुनाई दी। प्रकाश के दो वृत्त उभरे और घासों के ऊपर तैरने लगे। ओमी ने प्रकाश में पी.पी. को देखा। अभी वह रोशनी की जद के बाहर था लेकिन पी.पी. लगभग प्रकाश में नहा रहा था। उसके हाथ में रिवाल्वर था। पी.पी. के चेहरे पर वही तटस्थ ठंडापन था जिसे ऐसे मौकों पर ओमी देखता आया था और जिसका वह प्रशंसक रहा था। यह ठंडापन मजबूत से मजबूत दुश्मन की रीढ़ की हड्डियों में झुरझुरी पैदा कर देने के लिए काफी होता था। उसकी आँखों में इस भाव को देखते ही ओमी को विश्वास हो गया कि वह बचेगा नहीं, फिर भी अंतिम समय तक उसे प्रयास करना था।

''गाड़ी को चारों तरफ घुमाओ।''

पी.पी. के आदेश पर गाड़ी को अलग-अलग दिशाओं में घुमाया जाने लगा। हेडलाइट्स से निकले वृत्त पूरे निर्जन क्षेत्र के ऊपर नाचने लगे।

ओमी का चेहरा जर्द पड़ गया। रोशनी आगे-पीछे होती हुई सीधे उसके ऊपर मार करने लगी। अब छिपने से कोई फायदा नहीं था। उसे उठकर एक बार पी.पी. की आँख में आँख डालकर बात करने का मौका चाहिए। वह लड़खड़ाता हुआ उठा। पीछे बँधे हुए हाथ और प्राणों का भय उसे सीधे खड़े होने से रोक रहे थे। वह सामने को आधा झुका था। उसने पी.पी. को संबोधित करने की कोशिश की। घबराहट से उसकी जुबान लड़खड़ा रही थी।

''पी.पी., मेरे यार, मुझे छोड़ दे! तू चौधरी के कहने से मुझे मार रहा है। तेरे लिए मैं पहले हूँ या चौधरी?'' उसकी आवाज रूँध गई।

यह आखिरी मौका था। उसने सुबकना शुरू किया। पर पी.पी. की कोई प्रतिक्रिया उसे नहीं दिखाई दी। रोशनी कुछ इस तरह पड़ रही थी कि इस बार ओमी उसकी जद में था और पी.पी. बाहर। पी.पी. अँधेरे में सिर्फ एक बुत की तरह खड़ा था। उसकी आँखों और चेहरे पर क्या भाव था, यह जानना ओमी के लिए संभव नहीं था। पर उसने अंतिम हथियार के रूप में भावुकता का इस्तेमाल जारी रखा :

"तुझे मैं लाया था इस दुनिया में। कितनी बार हम साथ-साथ लड़े हैं। चौधरी साला हरामी का पिल्ला है। दो यारों को लड़ा रहा है।"

बोलते-बोलते उसकी आवाज रूँधी जा रही थी। अचानक वह थर्राकर चुप हो गया। उसके बोल गले में अटक गए और सिर्फ गों... गों... जैसी कुछ अस्फुट आवाजें निकलीं। हुआ यह कि पी.पी. अपनी जगह से कुछ आगे बढ़ आया और रोशनी में इस तरह खड़ा हो गया कि ओमी को उसकी आँखों का ठंडापन साफ-साफ दिखने लगा। उसका चेहरा पूरी तरह से भावनाशून्य था और आम तौर पर रहने वाली धूर्तता और चौकन्नापन भी वहाँ से गायब था।

इसके बाद ओमी को सब कुछ दूर किसी दूसरे के साथ घटित होता-सा लगा। पिछले कई मौकों पर जब पी.पी. किसी शिकार को मारता था और वह कुछ दूरी से खड़ा होकर देखता था तो कुछ-कुछ ऐसी ही अनुभूति उसे होती थी। उसने जड़ भाव से देखा कि पी.पी. का रिवाल्वर वाला हाथ कुछ ऊपर उठा। उसके अंदर यह समझने की शक्ति भी नहीं रह गई थी कि यह हाथ उसी की वजह से हिला है। वह अजीब उदासीनता से देखता रहा कि ट्रिगर पर उँगली का दबाव पड़ा और रिवाल्वर की नली से एक लपट-सी उठी। हालाँकि सेकंड के एक छोटे से हिस्से का ही फासला था लेकिन जब तक गोली उसके पेठ में घुस नहीं गई, वह यही समझता रहा कि अंत किसी और का होना है। इसके बाद उसे दूर कहीं बहुत दूर से गोलियों की आवाजें आती सुनाई दीं। उसका शरीर एक बार हलके से उछला और जमीन पर गिरकर बिना तड़पे ही शांत हो गया।

ओमी की हत्या से पी.पी. का रुतबा एकबारगी बहुत बढ़ गया। अब वह सूबे के पश्चिमी जिलों के अंडरवर्ल्ड का बेताज का बादशाह बन गया था। बहुत जल्द स्थिति यह हो गई कि इन जिलों में शराब या बालू का कोई ठेका ऐसा नहीं था जो बिना उसकी मर्जी के उठता। या तो ये ठेके वह खुद लेता या उसके आदमी लेते। अगर कहीं भूल-चूक से किसी और को कोई ठेका मिल जाता तो पी.पी. को चौथ मिलती। पुलों की चुंगी वसूली के ठेके उसकी सहमति से उठते। मादक औषधियों के तस्कर या शराब के अवैध विक्रेता बिना माँगे उसे उसका हिस्सा पहुँचा जाते। कोई मकान या दुकान गुंडई के बल पर खाली होती तो उसे दो में से एक पक्ष चौथ जरूर देता। ओमी के मरते ही जैसे अपराध की पूरी दुनिया उसकी हो गई।

पर जितनी तेजी से पी.पी. का विस्तार हुआ, इससे स्वाभाविक था कि चौधरी

जगतपाल को उससे खतरा महसूस होने लगता। इस दुनिया में यही होता था। चौधरी के सामने यह जल्दी ही स्पष्ट हो गया कि पी.पी. उसके अब तक के सभी बाहुबलियों में सबसे काइयाँ और शातिर था। चौधरी का अनुभव था कि कम बोलने वाले ज्यादा खतरनाक होते हैं और पी.पी. बहुत कम बोलता था। अगला चुनाव आने वाला था और पी.पी. की महत्वाकांक्षाओं के बारे में उसे खबरें मिलने लगी थीं। इसलिए पी.पी. का खत्म होना जरूरी था।

चौधरी जितना सोचता था, पी.पी. उससे कहीं ज्यादा चालाक था। वह शतरंज के उस खिलाड़ी की तरह था जो अगली दो-तीन चालें पहले से ही सोचकर रखता हो। जिस दिन उसने ओमी को मारा, उसी दिन से वह चौधरी से सतर्क रहने लगा। चौधरी ने कई बार कोशिश की कि उसे दावत या काम के सिलसिले में अपने घर पर बुलाये, लेकिन हर बार वह गच्चा दे जाता। वह अपनी तरफ से चौधरी को शक का कोई मौका नहीं देना चाहता था, लेकिन कोई ऐसी गफलत भी नहीं पाल सकता था जिसमें चौधरी को उस पर वार करने का मौका मिलता।

पी.पी. को मारने का एक ही तरीका था कि उसे असावधान कर दिया जाय। चौधरी ने उसे एक दिन किसी तीसरे के घर पकड़ा :

''क्यों भई पी.पी., तू अब हमसे ही इतना खिंचा-खिंचा रहता है। क्या नाराजगी हो गई! बतायेगा नहीं तो दूर कैसे होगी?''

''कुछ नहीं, चौस्साब, आपसे नाराज होकर कहाँ रहेंगे। हम तो आपके बालक हैं।''

''नाराज तो है, भले बताए ना। दो बार खाने पर बुलाया, नहीं आया। मिलता भी नहीं, सिर्फ टेलीफोन पर बात करने से कैसे चलेगा!''

''आप भी चौस्साब, क्यों जूते मारते हो! आपके घर की जूठन खाकर तो हम बड़े हुए हैं।''

''फिर खाने पर क्यों नहीं आया?''

''दोनों बार कुछ न कुछ लफड़ा फँस गया। मैंने हर बार माफी तो माँगी थी।''

''अच्छा, बता, अब कब आयेगा?''

''जब आप हुक्म करो।''

''मैं अब कुछ नहीं कहूँगा। तू खुद टाइम तय कर दे। तेरी भाभी कई बार कह चुकी कि तुझे खाना खिलाए कितने दिन हो गए।''

''और शर्मिन्दा मत करो चौस्साब! मैं बाहर से लौट आऊँ तो आते ही आपसे खुद ही बात करके तय कर लूँगा।''

''कहाँ जा रहा है।''

''लखनऊ कुछ काम पड़ गया है। कल सुबह मारुति से निकल जाऊँगा और परसों रात तक लौट आऊँगा।''

पी.पी. का शक सही था। दूसरे दिन उसकी मारुति कार पर हमला हुआ। हमलावरों ने यह जाने बिना ही कि उसमें पी.पी. नहीं बैठा है, कार को छलनी कर डाला। पी.पी. का ड्राइवर और दो आदमी मारे गए, लेकिन पी.पी. को चौधरी के इरादों के बारे में सही जानकारी मिल गई।

इसके बाद खुली जंग शुरू हो गई। एक बार फिर सूबे के पश्चिमी जिलों, दिल्ली और हरियाणा के सीमावर्ती नगरों के अपराध-जगत ने साँस रोककर दो दिग्गजों की लड़ाई देखी। पुलिस, प्रेम और अपराधी—सभी दो खेमों में बँट गए। चौधरी राजनीतिक रूप से ताकतवर था इसलिए शुरू में वही भारी पड़ा। पी.पी. के खिलाफ कई झूठे-सच्चे मुकदमे दायर हुए। उसके कई आदमी मारे गए। अगर पी.पी. इतना शातिर न होता तो निश्चित रूप से पुलिस के हाथों मारा जाता या चौधरी के लोग ही उसे जिंदा नहीं छोड़ते।

पी.पी. के ये दिन बहुत खराब गुजरे। खासतौर से इसलिए भी कि इधर वह एक समृद्ध और आराम के सारे साजो-सामान से लैस शहरी जिंदगी बसर कर रहा था। उसने शहर के आलीशान इलाके में एक आलीशान कोठी बनवा ली थी, जहाँ उसके बीवी-बच्चे ऐश की जिंदगी बिता रहे थे। अगर वहाँ हर समय कुत्तों के साथ चार-पाँच बंदूकची पहरा देते हुए नहीं दिखाई पड़ते तो शायद ही किसी राहगीर को कुछ अस्वाभाविक लगता। यह कोठी भी उस इलाके के किसी उद्योगपति की कोठी जैसी लगती थी और पी.पी. के बच्चों या बीवी को देखकर उनके अतीत का पता नहीं चलता था। उसने अपने बच्चों को शहर के सबसे अच्छे स्कूलों में दाखिल कर रखा था और घर पर महँगे ट्यूटर उन्हें पढ़ाने आते थे। उसकी बीवी अच्छी साड़ियों और भारी-भरकम जेवरों से लदी रहती। गाँव की मुश्किल और गाय-भैंस के मूत-गोबर से गंधाती जिंदगी उनके लिए किसी दुःस्वप्न की तरह थी और एक बार फिर से उस जिंदगी में प्रवेश की कल्पना भी उन्हें असह्य लगती थी।

चौधरी ने पी.पी. को तोड़ने के लिए उसके इसी मर्मस्थल पर प्रहार किया। पुलिस ने पी.पी. की फरारी को आधार बनाकर उसकी संपत्ति कुर्क करने का आदेश प्राप्त कर लिया। उसकी पूरी संपत्ति कुर्क कर ली गई। कई ट्रकों पर उसका कीमती घरेलू सामान बेदर्दी से लादा गया और ले जाकर पुलिस लाइन में पटक दिया गया। मकान पर पुलिस का ताला लग गया। पी.पी. के जो समर्थक या वकील इस कार्यवाही के दौरान उसके घर पर इकट्ठे हुए उन्हें पुलिस ने लठियाकर खदेड़ दिया। पी.पी. के बीवी-बच्चे घर के सामने एक पार्क में खड़े होकर टुकुर-टुकुर पूरी कार्यवाही देखते रहे। जिस मोहल्ले में वे बादशाहों की तरह रहते थे, वहीं असहाय और अपमानित से वे खड़े थे। छोटे बच्चे रो रहे थे और उनकी माँ बीच-बीच में अपने आँसू पोंछती हुई पुलिस वालों को अपने गाँव की भाषा में गालियाँ दे रही थी। पूरा मोहल्ला छतों या सड़कों पर खड़ा होकर यह दृश्य देख रहा था। किसी की न तो हिम्मत थी और न ही

इस परिवार से इतनी सहानुभूति कि कोई मौके पर आता। पी.पी. के परिवार को पड़ोसियों की आँखों में छिपी नफरत और उपहास की भावना साफ दिखाई दे रही थी। ये वही लोग थे जो आम दिनों में इस परिवार की कृपा पाने के लिए बिछे पड़ते थे। आज वही लोग अपने अंदर छिपी भावनाओं को प्रकट करने में बहुत संकोच नहीं कर रहे थे।

पी.पी. ने इस मौके पर भी अपने सभी विरोधियों को हर बार की तरह हतप्रभ और निराश किया। सबसे पहले तो उसके वकील ने अदालत में एक ऐसा दस्तावेज प्रस्तुत किया जिससे साबित हुआ कि उसकी पत्नी के रूप में जानी जाने वाली औरत से तो उसका कई साल पहले तलाक हो चुका है और पुलिस द्वारा कुर्क की गई सारी संपत्ति उसी औरत की है। इस तरह पुलिस की पूरी कार्यवाही अवैध है और उस औरत की संपत्ति उसे वापस मिलनी चाहिए। पी.पी. का वकील इतना तेज था और सब कुछ इतनी सुनियोजित फुर्ती से घटित हुआ कि शाम तक अदालत से सामान वापसी का आदेश भी हो गया। विरोधी भ्रष्टाचार का विलाप करते रहे और दूसरे दिन रात तक पी.पी. के घर का ताला खुल गया और उसकी तलाक-शुदा पत्नी पुलिस की हिरासत से मिले आधे सुरक्षित और आधे टूटे-फूटे सामान को घर में फिर से जमाने में लग गई।

चौधरी और पुलिस ने सिर पटक डाला लेकिन पी.पी. उनके हाथ नहीं लगा। दसियों ऐसी जगहों पर छापे मारे गए जहाँ हर बार यही पता लगता कि अभी थोड़ीं देर पहले तक पी.पी. वहाँ था और छापे से थोड़ा पहले ही निकल गया। चौधरी ने अपनी पूरी ताकत झोंक दी थी। उसे पता था कि अगर इस बार पी.पी. जिंदा बचा तो वह नहीं बचेगा। उसके आदमी मुख्य रूप से पी.पी. और ओमी की टीम से ही टूटे लोग थे। उन्हें उसके एक-एक अड्डे का पता था लेकिन वे बार-बार असफल हो रहे थे। पी.पी. की चालाकी उन सबके ऊपर भारी पड़ रही थी।

थक कर चौधरी ने कुछ दिनों के लिए ढील देने का फैसला किया। पुलिस ने अपनी कार्यवाही बंद कर दी। चौधरी के लोग भी पी.पी. के संभावित अड्डों पर कम दिखाई पड़ने लगे। उम्मीद थी कि पी.पी. लापरवाही बरतेगा और अपने खिलाफ मौका देगा। लेकिन कई महीने बीत गए, इसमें भी कोई सफलता नहीं मिली। पता नहीं पी. पी. दुनिया के किस कोने में छिपा था। इतना चौधरी को पता था कि पी.पी. के सभी काम चल रहे थे। उसके विश्वस्त लोग उसका सारा कारोबार सँभाले हुए थे। उसके शराब या बालू के ठेकों में कहीं कोई मंदी नहीं दिखाई पड़ रही थी। मतलब साफ था कि पी.पी. कहीं न कहीं निकट से ही सब कुछ संचालित कर रहा था।

चौधरी के आदमी टेलीफोन एक्सचेंज में भी थे। उसने पी.पी. के घर और उसके सभी जानने वालों के टेलीफोन टेप करवाने शुरू कर दिए, पर इसमें भी उसे कोई कामयाबी नहीं मिली। यह एक ऐसा उपाय था जिसे उसने, ओमी और पी.पी. ने

अपने कई विरोधियों पर आजमाया था। पी.पी. जानता था कि चौधरी उसका पता लगाने के लिए टेलीफोन एक्सचेंज का इस्तेमाल करेगा, इसलिए वह इस मामले में पहले से सतर्क था। करीब-करीब रोज उसकी बात अपने विश्वस्त आदमियों से होती थी लेकिन ऐसे टेलीफोन नंबरों का इस्तेमाल होता था जिनकी भनक चौधरी या उसके लोगों को नहीं होती थी।

दो-तीन महीनों की ढील से पी.पी. तो असावधान नहीं हुआ, लेकिन चौधरी ने जरूर कुछ लापरवाही बरतनी शुरू कर दी और यही उसके लिए महँगी साबित हुई।

चौधरी ऐसी जगह मारा गया जहाँ उसे सबसे कम उम्मीद थी। वह विधानसभा के अधिवेशन में भाग लेने के लिए हमेशा कार से जाता था। उसकी कार के साथ उसे अंगरक्षकों से लदी-फदी एक जिप्सी चलती थी। पी.पी. से झगड़े के बाद उसने अपना कार्यक्रम निर्धारित ढर्रे से हटकर बनाना शुरू कर दिया था। कभी वह कार से जाता और कभी अचानक ऐन मौके पर अपनी यात्रा दिल्ली जाकर हवाई जहाज पकड़कर पूरी करता। उसके चलने का वक्त भी उसके ड्राइवर को छोड़कर किसी को नहीं पता होता। इस बीच उसे खबरें मिल रही थीं कि पी.पी. उस पर हमला करने की पूरी जुगत में है। इसलिए वह बेहद सतर्क था लेकिन पी.पी. की तरफ से एक बार भी प्रयास नहीं हुआ, बल्कि उसके दबाव के कारण पी.पी. ही भूमिगत हो गया था। धीरे-धीरे उसकी सतर्कता में ढील आने लगी और इस बार उसने ट्रेन से लखनऊ जाने का फैसला किया।

रेलवे स्टेशन जिस कदर भीड़-भाड़ भरा होता था और जिस तरह हर समय पुलिस वाले वहाँ दिखाई पड़ते थे, उसमें किसी तरह के खतरे की संभावना बहुत कम थी। इसीलिए चौधरी ने ट्रेन से लखनऊ जाने का कार्यक्रम बना लिया। ट्रेन में उसके साथ सफर करने के लिए पर्याप्त संख्या में पुलिस और निजी सुरक्षाकर्मी थे। इसलिए स्टेशन पर वह एक परिचित चाय की दुकान पर खड़ा ट्रेन का इंतजार कर रहा था। उसके साथ पाँच-छह चमचे खड़े थे जो उसे छोड़ने आए थे। पी.पी. को फरार हुए कई महीने बीत चुके थे। चौधरी के साथ उसके बंदूकची भी लापरवाह हो गए थे।

चौधरी के सामने खड़े व्यक्ति ने देखा कि अचानक चौधरी का चेहरा सफेद पड़ गया है। बोलते-बोलते उसकी आवाज लड़खड़ाई और उसकी आँखों की पुतलियाँ अजीब तरह से हरकत करने लगीं। दहशत और घबराहट उसके चेहरे पर इतनी साफ अंकित हो गई कि अगर वह चेहरा पारदर्शी होता तो सामने खड़ा खतरा इसमें स्पष्ट रूप से झलकने लगता। चौधरी के सामने खड़े लोग भी अपराध की दुनिया से ही आए थे इसलिए आसन्न खतरे के समय क्या करना चाहिए, यह उन्हें बताने की जरूरत नहीं थी। पहली गोली चलने के पहले ही वे इधर-उधर लपके। चौधरी ने भी भागकर चाय की दुकान के पीछे छिपने की कोशिश की, लेकिन उसके मुड़ते ही उसकी पीठ पर स्टेनगन की पूरी मैगजीन खाली हो गई। उसका शरीर लहरदार ऐंठन के साथ हवा

में उछला और जमीन पर गिरते ही ठंडा पड़ गया।

सब कुछ इतनी तेजी के साथ घटित हुआ कि चौधरी के साथ आए अंगरक्षक भौचक्के खड़े रह गए। हमलावरों ने इतनी सावधानी से अपनी योजना बनाई थी कि किसी को भी पता नहीं चला कि कब एक कुली आकर चाय की दुकान पर खड़ा हो गया और कब एक अजनबी ने चाय बनाने का आर्डर देकर निरुद्देश्य-सी हरकत करते हुए अपना ब्रीफकेस खोला। सबसे पहले ब्रीफकेस से उसे स्टेनगन निकालते हुए चौधरी ने देखा। खतरा भाँपते हुए उसने जब चाय की दुकान के पीछे छिपने की कोशिश की, तब तक देर हो चुकी थी।

इसके पहले कि स्टेशन पर मौजूद लोग कुछ समझें, कुली ने भी चारों तरफ धुआँधार फायरिंग शुरू कर दी। पूरे प्लेटफार्म पर कोहराम मच गया। लोग सामान फेंकते हुए खोमचों और ठेलों से टकराते हुए भागे। चौधरी के साथ के लोगों ने भी फायरिंग की। लेकिन किसी को नहीं पता था कि कौन किसे मार रहा है। इस अफरातफरी का फायदा उठाते हुए मारने वाले दोनों न जाने कहाँ बिला गए।

चौधरी विधायक था इसलिए स्वाभाविक ही था कि पूरे सूबे में उसकी हत्या पर हाय-तौबा मचती। पुलिस की खूब छीछालेदर हुई। सभी जानते थे कि हत्या पी.पी. ने कराई होगी लेकिन उसके खिलाफ कुछ नहीं हो सकता था। चौधरी के लोगों ने उसे एफ.आई.आर. में नामजद करा दिया। पर उसके विरुद्ध कोई मुकदमा कैसे बन सकता था? जिस समय हत्या हुई ठीक उसी समय वहाँ से लगभग सौ किलोमीटर दूर एक छोटे से स्टेशन पर वह बिना टिकट पकड़ा गया था। एफ.आई.आर. में लिखाए गए समय पर तो उसे एक मजिस्ट्रेट एक हफ्ते की सजा सुना रहा था।

चौधरी और ओमी के मरने के बाद पी.पी. के पास अनंत संभावनाओं वाला आकाश था जिसमें बिना किसी अधिक प्रयास के रूई के फाहों की तरह उसे उड़ते चला जाना था—आगे...आगे...और आगे।

सात

पूरी रात पी.पी. ने आधा सोने आधा जागने में काटी थी। रात शांतिप्रसाद कब उठकर चला गया था, उसे याद नहीं। प्रेस कान्फ्रेंस में पैदा हुए तनाव को कम करने के लिए वह बेतहाशा पीता रहा। तनाव उसे नशे में बेसुध होने से भी रोकता रहा। वह एक बड़ा पेग लेता और थोड़ी देर के लिए सोफे पर होशोहवास खो देता लेकिन फिर जल्दी ही में अचकचाकर उठ बैठता। न जाने कब तक वह पीता रहा।

बीच में दो-तीन बार उसके नौकरों ने उसे उठाकर अंदर कमरे में ले जाने की कोशिश की, लेकिन पूरी तरह से बोलने में समर्थ न होने पर भी उसने अस्फुट स्वरों और लहराते हाथों से उन्हें भगा दिया था। उसके बीवी-बच्चे इस समय देहरादून गए हुए थे इसलिए उसने यह आयोजन अपनी कोठी में रखा था। इधर उसके मन में अपने बीवी-बच्चों की—खास तौर से बड़े दोनों बेटों को अपने अतीत से दूर रखने की इच्छा इतनी बलवती हो गई थी कि उनकी उपस्थिति में कभी भी वह ऐसे कार्यक्रम अपने घर में नहीं रखता था। यदि वे शहर में होते तो किसी अच्छे होटल में या किसी और के घर में इस तरह के कार्यक्रम वह करता था।

नींद की अनुपस्थिति और पत्रकारों के साथ हुई बदमजगी रात भर फ्लैश बैक की तरह उसका अतीत उसके सामने उघाड़ते रहे। बीच-बीच में उसके अंदर अजीब तरह की खीज और बेचारगी का अहसास भर जाता। क्या विधायक होकर समाज में सम्मान हासिल करने का उसका प्रयास हमेशा-हमेशा के लिए दफन हो जायेगा? अगर कहीं पत्रकारों ने रात के उसके व्यवहार को अपने-अपने अखबारों में बढ़ा-चढ़ाकर छापा तो शरीफ आदमी का मुखौटा पहने टिकट की लाइन में लगे पी.पी. को अवसर की तलाश में खड़े उसके शत्रु एक बार फिर ढकेलकर परे नहीं कर देंगे? वे चिल्ला-चिल्लाकर पार्टी हाईकमान के समक्ष नहीं कहेंगे कि यह आदमी शराफत का सिर्फ ढोंग रच रहा है? वास्तव में यह अभी भी गुंडा है और इसे अपने असली स्वरूप में आने में देर नहीं लगती। अगर इस बार उसे टिकट नहीं मिला तो फिर जीवन में कभी नहीं मिलेगा। कितनी मेहनत से उसने और शांतिप्रसाद ने गोटियाँ बिछाई थीं। पार्टी हाईकमान के ऐसे कई सदस्यों को उन्होंने हमवार कर लिया था जो पार्टी के उस नेता के करीब थे जिसका फैसला टिकट बाँटने में अंतिम होना था। कुछ को उन्होंने

पैसा दिया, कुछ को उनके क्षेत्रों के असरदार माफिया सरदारों से कहलवाया और कुछ को आने वाले चुनाव में बाहुबल की मदद का आश्वासन दिया। ऐसा मौका फिर नहीं आने वाला था।

कुछ-कुछ ऐसा ही शांतिप्रसाद सोच रहा था। कल रात घर लौटने के बाद वह भी नहीं सोया था। सारे रास्ते कार में पिछली सीट पर आँखें बंद किए वह पी.पी. को और उसे समर्थन देने के अपने फैसले को कोसता रहा। पर घर पहुँचते-पहुँचते वह काफी हद तक प्रकृतिस्थ हो चुका था। इतनी जल्दी हार मान जाता तो वह शांतिप्रसाद किस बात का था? पी.पी. के साथ उसका भविष्य भी दाँव पर लगा था। घर पहुँचते ही वह टेलीफोन लेकर जुट गया :

"देखिए शर्मा जी, जो हुआ उसकी माफी हमने माँग ली। अब इसे छापने से क्या फायदा... हाँ-हाँ, यादवजी ने भी माफी माँग ली थी। आपके संवाददाता को याद नहीं है। दरअसल उन्होंने पी ज्यादा ली थी... नहीं-नहीं, पीने पर हमें क्या आपत्ति हो सकती है। सभी ने पी थी, हमने भी...। मैं तो यह कहना चाहता हूँ कि इसमें फायदा किसी को नहीं है। हर साल हम आपको कितना विज्ञापन देते हैं। फिर आप दूसरे हुकुम भी तो करते रहते हैं। आपके बहनोई वाला मकान किसने खाली कराया था... जी हाँ, मैं यही तो कह रहा हूँ कि आदमी ही आदमी के काम आता है जी... अगर एक-दूसरे की मदद नहीं करेंगे तो कैसे चलेगा शर्मा जी!"

इसी तरह के कई टेलीफोन उसने कई अखबारों के वर्मा जी, शांडिल्य साहब, खान चाचा वगैरह-वगैरह को किए। दरअसल उसका दलाली का धंधा ही ऐसा था कि अखबारों के दफ्तरों में उसे आत्मीय संबोधनों वाले संबंध रखने पड़ते थे।

सारे स्थानीय अखबारों को खटखटाकर शांतिप्रसाद सोया जरूर, लेकिन उसके अंदर बेचैनी बनी रही। पहली बार ऐसा हो रहा था कि अखबार वालों से निपटने में उसे दिक्कत हो रही थी। जिस तरह पत्रकारों का अपमान हुआ था, उससे इस बात का पूरा खतरा था कि पी.पी. के आतंक और शांतिप्रसाद के अहसानात के बावजूद अखबार कल उनके खिलाफ रंगे ही। राजधानी के अखबारों से निटपने के लिए तो अभी समय था। उनके डिस्पैच कल रात नहीं जा सके होंगे। सब कुछ स्थानीय अखबारों के रुख पर निर्भर करता था। रात की घटना की रिपोर्टिंग वे किस तरह करेंगे, इसी उधेड़बुन में वह आधा सोता आधा जागता रहा।

अभी पूरी तरह भोर नहीं हुई थी पर शांतिप्रसाद बिस्तर से उतर आया। पैरों में चप्पलें डालकर वह बाहर निकल आया। बाहर एक पहाड़ी नौकर बरामदे में झाड़ू-पोंछा लगा रहा था।

"अखबार आया, बहादुर?"

"नहीं, शाब।"

"बाहर देखो, गेट पर तो नहीं फेंक कर चला गया।"

बहादुर ने आश्चर्य से सिर उठाया।

"अखबार तो अंदर बरामदे में फेंकता है, शाब!"

"बाहर देखकर आओ! जितना कहा जाता है, उतना ही सुना करो।"

शांतिप्रसाद के मुँह में कड़वाहट भरी थी।

बहादुर ने पोंछा रख दिया और गेट तक गया। गेट खोलकर उसने बाहर झाँककर देखा और लौट आया।

"नहीं आया, शाब।"

शांतिप्रसाद को अपने उतावलेपन पर कुछ खीज-सी हुई।

"ठीक है, तुम अंदर सफाई करो, बाहर बाद में कर लेना।" उसने बहादुर को अंदर भेज दिया और स्वयं एक कुर्सी पर बैठकर उँघने लगा।

लगता था कि शांतिप्रसाद कुर्सी पर लगभग सो गया था क्योंकि जब कई अखबार एक साथ बरामदे में गिरे तो वह चौंककर उठ गया। झपटकर उसने सारे अखबार उठा लिए और सबसे पहले स्थानीय अखबारों को उलटना-पलटना शुरू कर दिया। जल्द ही उसके शरीर में संतुष्टि और सुख की धारा प्रवाहित होने लगी। किसी अखबार में कुछ नहीं छपा था।

"स्साले...! जनखों की औलाद...! हरामजादों ने बेकार रात भर नींद खराब की।" उसने अखबार वालों को कोसा और अंदर पी.पी. को फोन मिलाने चला गया।

राजधानी के अखबार वालों को भी दिन भर में ठीक कर लिया गया। शांतिप्रसाद और पी.पी. के आदमियों ने बीच-बीच में रिपोर्ट दी कि बागी जरूर सुबह से शाम तक सक्रिय रहा और अखबार वालों को संगठित करने की कोशिश करता रहा लेकिन उसे बहुत सफलता मिली नहीं। उसके साथ सिर्फ गुप्ता और भारद्वाज नामक पत्रकार थे जिनको रात में पी.पी. ने अपमानित किया था। इनमें से भी शाम तक गुप्ता अपने बच्चे की बीमारी का बहाना बनाकर खिसक लिया। बचा केवल भारद्वाज जिसे लेकर बागी एक अखबार के दफ्तर तक दौड़ता रहा, फिर थककर भारद्वाज के घर शराब पीने बैठ गया।

भारद्वाज दिन भर तो बागी के साथ दौड़ता रहा था इसलिए अभी तक अपने अखबार के लिए भी डिस्पैच नहीं बना सका था। उसके अखबार ने उसे एक लड़का दे रखा था जो शाम को सात बजे की ट्रेन से उसके लिए कागज लेकर अखबार के दफ्तर जाता था और फिर दस बजे तक लौट आता था। आज भी जब वे घर पहुँचे तो लड़का उनका इंतजार कर रहा था। समय बहुत कम रह गया था और लिखना काफी था, इसलिए वह हड़बड़ी से भर गया।

"छोड़ो पार्टनर! अब कितनी भी जल्दी करो, सात बजे वाली ट्रेन तो मिलेगी नहीं। टेलीफोन से खबर नोट करा दो।"

"ठीक है, तू जा। मैं टेलीफोन कर दूँगा।" भारद्वाज को लगा, बागी सही कह

रहा है।

लड़के के चले जाने के बाद वे बोतल खोलकर बैठ गए। दिन भर की भागदौड़ ने थकान से ज्यादा अवसाद उनके मन में भर दिया था। वह अवसाद दिन में मिली असफलता की उपज था। अपने साथियों के प्रति खीज और कड़वाहट ने उन्हें खिन्न कर दिया था।

दिन भर वे अखबारों के दफ्तरों और मित्र पत्रकारों के घरों तक दौड़ते रहे। हर जगह रात की घटना मिर्च-मसाले के साथ पहुँच चुकी थी। लोग भोले बनकर पूछते, "क्या हुआ यार, रात पी.पी. ने तुम्हारे साथ बदतमीजी कर दी?"

बागी उन्हें पूरी घटना समझाने की कोशिश करता लेकिन सामने बैठे लोगों की आँखें जिस शरारत से एक दूसरे से इशारे करतीं या जिस तरह वे बात करते-करते मुस्कराते, यह स्पष्ट हो जाता कि वे सब कुछ जानते हैं।

शीघ्र ही उन्हें अहसास हो गया कि वे बेकार सिर पटक रहे हैं। बागी ने जिंदगी में इतना धैर्य कभी नहीं प्रदर्शित किया था। धीरे-धीरे उसका धैर्य चुकने लगा। वह उतावला होने लगा और विनम्रता का लबादा उतारकर उसने लोगों को तुर्की-बतुर्की जवाब देने शुरू कर दिए। अंत में शाम होते-होते वह फट पड़ा। एक अखबार के दफ्तर में उन्हें पाँच-छह पत्रकारों ने घेर लिया।

"आप तो बागी जी बुजुर्ग हैं। आपने कैसे प्रेस का इतना अपमान बर्दाश्त कर लिया? भई, शराब तो कहीं भी पी जा सकती है।"

बागी ने भवें सिकोड़कर बोलने वाले को देखा। उसकी आँखों में छिपी शरारत ऐसी थी जिसे कोई भी पकड़ सकता था।

"हाँ भैये, प्रेस की इज्जत का ठेकेदार तो मैं ही हूँ। तुम लोग बैठकर यहाँ अपनी माँ...। एक बार अपने संपादक से पूछ लेते कि रात की घटना की रिपोर्ट तो पहुँच गई थी फिर आज सुबह एक लाइन तक क्यों नहीं छपी तुम्हारे अखबार में? तुम्हारे अखबार का कॉरेस्पोण्डेंट भी तो था वहाँ।"

एक क्षण के लिए सन्नाटा छा गया। भारद्वाज समझ गया कि अब बात और बिगड़ेगी, इसलिए वह बागी का हाथ पकड़कर बाहर खींच ले गया।

शराब पीते-पीते भारद्वाज ने कागज पर खास–चीजें लिखनी शुरू कीं ताकि अपने अखबार में टेलीफोन पर खबर नोट कराते समय कुछ छूट न जाए।

"बागीजी, पत्रकारों द्वारा निंदा का प्रस्ताव पास करने वाली बात लिखूँ या छोड़ दूँ?"

"लिख दो, बाद में साले इसे तो मना नहीं कर पायेंगे कि उन्होंने पी.पी. के खिलाफ प्रस्ताव पास किया।"

"कोई भरोसा नहीं। लेकिन चलिए, बाद में मना करेंगे तो देखा जायेगा।"

भारद्वाज ने लिखना बंद कर फोन उठाया। फोन पूरी तरह डेड था।

"अरे फोन तो डेड है बागीजी! दोपहर को तो मैंने घर फोन किया था, तब ठीक था।"

"उसी के बाद से डेड पड़ा है।" अंदर से भारद्वाज की पत्नी की आवाज आई।

"इसमें भी पी.पी. का हाथ तो नहीं?" भारद्वाज ने मजाक किया।

लेकिन बागी गंभीर हो गया। उसने कुछ सोचते हुए उत्तर दिया, "हो सकता है। इसमें आश्चर्य की क्या बात है। पी.पी. का असर सिर्फ अखबार वालों पर नहीं है। थाना, कचहरी, टेलीफोन—सभी जगह उसके आदमी हैं। आपका टेलीफोन किस खेत की मूली है? चुटकियों में खराब हो सकता है।"

"फिर.....?"

"फिर क्या भैये! अभी तो शुरुआत है। बड़े आदमी से लड़ोगे तो लड़ाई भी बड़ी होगी। जल्दी से खबर लिख डालो। दारू खत्म करके हम लोग दिल्ली चलेंगे। बारह बजे रात तक भी पहुँचे तो खबर लग जायेगी।"

लेकिन उनके दिल्ली जाने की नौबत नहीं आई। भारद्वाज की पत्नी बड़े ध्यान से उनकी बात अंदर बैठी सुन रही थी। कल की घटना के बारे में भारद्वाज ने उसे कुछ नहीं बताया था लेकिन कुछ तो उड़ती-पड़ती वह दिन में सुन चुकी थी और बाकी इन दोनों की बातचीत से वह समझ गई। जैसे ही बागी ने दिल्ली जाने की बात कही, वह झपटते हुए बाहर आ गई।

"इस रात में कहीं जाने की जरूरत नहीं। जो आदमी टेलीफोन कटवा सकता है, वह और भी कुछ कटवा सकता है। अब घर से निकलने की जरूरत नहीं।" उसकी आवाज रुँध गई थी।

भारद्वाज को लगा कि वह रंगे हाथ पकड़ा गया है। अपनी पत्नी के सामने कायर साबित हो जाने के खतरे ने उसे स्वयं को साहसी दिखाने के लिए मजबूर कर दिया।

"तो क्या चूड़ी पहनकर घर में बैठ जाऊँ?"

"बैठ जाओ। कुछ करना था तो रात में करते, अब बहादुर बनने से क्या फायदा।"

भारद्वाज का चेहरा तमतमा उठा। रात का अपमान याद करते ही उसके तन-बदन में आग लग जाती थी लेकिन वह यह भी जानता था कि पत्नी जो कह रही है, वह भी सच है। यह एक असमान लड़ाई थी जिसमें बार-बार उसकी हिम्मत जवाब दे जा रही थी। अगर कहीं बागी बीच में न कूदता तो शायद वह इसमें पड़ता भी नहीं। सुबह से बागी साथ था इसलिए उसने कुछ और नहीं सोचा, पर बीवी जो कह रही थी, उसमें भी सच्चाई थी। बागी ने बात सँभालीः

"ठीक है भाभी, नहीं जायेंगे। क्या नाम है उस छोकरे का, उसी को बुलाओ। हाथ-पैर जोड़कर उसी को भेजेंगे। पर खबर जायेगी जरूर।"

भारद्वाज ने अपने बेटे को दफ्तर के लड़के को बुला लाने को भेजा। वह पास ही रहता था। जल्दी आ गया। इस बीच बागी और भारद्वाज ने खबर बना डाली। लड़का एक बार वापस जाकर फिर आने में नानुकुर कर रहा था। आ गया तो दिल्ली जाने के लिए तैयार नहीं हो रहा था बागी ने बड़ी मुश्किल से बहला-फुसलाकर उसे तैयार कर दिया। एक दस का नोट चाय-पानी के लिए अलग से देना पड़ा।

लड़के के जाने के बाद वे काफी देर तक रणनीति बनाते रहे। इसके तहत समर्थकों और मददगारों की सूची बनती-बिगड़ती रही। हर बार बात इस पर आकर अटक जाती कि गुप्ता को छोड़कर कोई और पत्रकार खुलकर उनके साथ आयेगा भी या नहीं। दिन में पत्रकारों के संगठनों की आपात बैठक बुलाने का प्रयास उन्होंने किया लेकिन असफल रहे। यहाँ तक कि एक बयान पर दस्तखत कराने के नाम पर भी कोई उत्साह नहीं दिखाई दिया। गुप्ता का भी क्या भरोसा। बीच में ही लड़के की बीमारी का बहाना बनाकर खिसक गया।

''बीमारी की बात सही भी हो सकती है।'' बागी से समझाया।

''सही हो सकती है पर अब तो कई घंटे हो गए, अब तक लौट आना चाहिए था।'' भारद्वाज ने झुंझलाकर कहाँ उसे लग रहा था कि बागी ने उसे फँसा दिया है। कल जितना अपमान पी.पी. के घर पर नहीं हुआ उससे ज्यादा अपमान तो अब गले में तख्ती बाँधकर घूमने में हो रहा है कि मुझे पीटा गया है, मुझे जलील किया गया है। दिन में जितनी बार उसे रात की घटना बयान करने को कहा गया, उसे लगता था कि उसे दोहराने से बेहतर है कि धरती फट जाय और वह उसमें समा जाय। पर अब तो बागी ने इतनी दूर तक पहुँचा दिया है कि वापस लौटने का जरिया भी नहीं बचा। उसने क्षोभ से बागी को देखा।

बागी मजे से बैठा शराब पी रहा था। उसकी आँखे बंद थीं और चेहरे को देखकर अनुमान नहीं लगाया जा सकता था कि उसके मन में क्या भाव आ-जा रहे थे। कम-से-कम किसी तरह के भय या घबराहट का भाव तो नहीं ही दिखाई पड़ रहा था।

बागी इस पूरे प्रकरण से निर्लिप्त एक दूसरी तरह का सुख भोग रहा था। इस तरह सम्मान के साथ बैठकर उसे किसी पत्रकार के घर शराब पीने को नहीं मिलती थी। दरअसल शराब उसकी बहुत बड़ी कमजोरी थी और पीने के बाद वह जिस तरह के हंगामे करता था, उसे किसी भी घर में एक या दो बार से ज्यादा खुशी से शराब नहीं पिलाई जाती थी। महिलाएँ खास तौर से उससे चिढ़ती थीं। उन्हें हमेशा यही लगता था कि उनके पतियों को बागी बिगाड़ देगा। मजे की बात तो यह थी कि बागी के हमउम्र धुआँधार पियक्ड़ों की बीवियों की भी यही राय थी। बागी का जिक्र महिलाओं के बीच में उपहास और विद्रूप से किया जाता। मुफ्त की शराब पीने के चक्कर में वह शाम को तरह-तरह के अवांछनीय त्तवों, लंपटों, लफंगों, चोर-बाजारियों,

ठेकेदारों, अफसरों, नेताओं को फँसाने के लिए घूमता था। इसमें उसका पत्रकार होना उसके काम आता। उसका अखबार बहुत कम छपता था। कभी-कभी वह किसी ऐसे अखबार में काम पा जाता जो जरा नियमित छपता होता। ऐसे समय थाने से उसके लिए रोज का पव्वा बँध जाता। जब उसका नियमित अखबार बंद हो जाता या अखबार वाले उसे निकाल देते तो थाने वाले भी उसकी शराब बंद कर देते।

वे काफी देर तक शराब पीते रहे। गुप्ता नहीं आया। वे बीच-बीच में उसे कोसते और फिर खामोश हो जाते। शुरू-शुरू में तो वे बोलते-बतियाते रहे फिर धीरे-धीरे शांत हो गये। दोनों के चुप हो जाने के कारण अलग-अलग थे। अलग होने के पहले का ज्यादा समय बिना बोले शराब पीने में ही उन्होंने बिताया।

''चलें बिरादर, सुबह देखते हैं तुम्हारे अखबार में क्या छपता है!'' बागी ने लड़खड़ाते स्वर में जो कहा, उसका मतलब कुछ यही था।

सुबह अखबार देखकर उन्हें निराशा हुई होगी। भारद्वाज के साथ घटी घटना का जिक्र तीसरे पृष्ठ पर सिर्फ चार-पाँच पंक्तियों में था और उनमें भी पी.पी. के नाम की जगह शराब का एक व्यापारी छपा था।

इस निराशा के अतिरिक्त बागी के लिए तिलमिलाने वाली एक दूसरी खबर अखबार के मुख-पृष्ठ पर थी। पी.पी. को चुनाव में टिकट मिल गया था। फर्क सिर्फ इतना था कि जिस पार्टी से उसने प्रेस कान्फ्रेंस की रात दावा किया था उससे नहीं, लेकिन दूसरी पार्टी का वह उम्मीदवार घोषित हुआ था। बागी का माथा चकरा गया। इसका मतलब वह एक साथ कई पार्टियों में कोशिश कर रहा था। किसी न किसी से तो टिकट मिलता ही। कल रात तक किसी को भनक भी नहीं थी कि वह किसी और पार्टी से भी कोशिश कर रहा है।

''है साला तेज खोपड़ी का।'' बागी ने मन-ही-मन सोचा। इससे लड़ने में मजा आयेगा।

बागी के अंदर एक बार फिर से पुराना बागी अंगड़ाइयाँ ले रहा था।

औसत लंबाई, लंबोतरा चेहरा जिसमें उभर आयी हड्डियों वाला गाल प्रमुखता से दीखता था, साँवला रंग और खिचड़ी सफेद बालों वाले बागी को जो लोग इस शहर में पहले से जानते हैं, वे अकसर इस बासठ साल की उम्र वाले इंसान के जीवन में घटित परिवर्तनों को बड़े आश्चर्य से देखते रहे हैं। जिसने निकट से इन परिवर्तनों को देखा नहीं है वह कैसे विश्वास करेगा कि यही बागी चालीस साल पहले जब इस शहर में आया तो आदर्श से बलबलाता हुआ एक जुझारू नौजवान था। इस शहर की, जो उस समय पड़ोसी जिले की तहसील मात्र था, अनगिनत लड़ाइयों का नेतृत्व बागी ने किया था। चाहे पुलिस की ज्यादतियाँ रही हों या मालिकों के शोषण के खिलाफ मजदूरों का संघष—बागी हर जगह आगे ही आगे दिखाई देता था। अगर कपड़े उतरवा कर देखे जाएँ तो उसके शरीर पर लाठियों के पुराने निशान सर्टिफिकेट की तरह

अलग-अलग हिस्सों पर अब भी साफ दिखाई देंगे।

"फिर कैसे हुआ कि एक संघर्षशील जुझारू नौजवान एक पतित और गलीज इंसानी ढाँचे में परिवर्तित होकर रह गया?"

अगर कभी कोई बागी से पूछे तो हमेशा उसका अनिच्छा से भरा एक ही उत्तर होगा, "छोड़ो बिरादर!"

शहर में विश्वनाथ शास्त्री नाम का एक व्यक्ति अभी भी मौजूद है जो बिना किसी नफरत के बागी के पतन को तार्किक ढंग से व्याख्यायित कर सकता है। पुराने लोगों में वही एक व्यक्ति ऐसा है जिससे अभी भी बागी मिलता है और हफ्ते-दस दिन में घंटे-दो घंटे उसके साथ बैठकर बहस करता है। बाकी सारे पुराने साथियों से बागी आँखें चुराता है और आत्मनिर्वासन की एक ऐसी स्थिति में रहता है जहाँ कोई भी पुरानी पहचान घबराहट और शर्म उत्पन्न करती है।

बागी और विश्वनाथ शास्त्री लगभग एक ही साथ इस शहर में आए थे। दोनों लगभग एक साथ ही पार्टी के होल टाइमर बने थे। शास्त्री पार्टी का साहित्य बेचता था और एक छोटी-सी दुकान चलाता था। उसकी दुकान पार्टी का दफ्तर भी थी और बहस-मुबाहिसों के लिए नौजवान वहाँ इकट्ठे भी होते थे। बागी ट्रेड यूनियन फ्रंट पर काम करता था। जब तक पार्टी का दफ्तर स्वतंत्र रूप से दूसरी जगह पर नहीं बना, दोनों रोज घंटों दुकान पर साथ बैठते। नया-नया देश आजाद हुआ था लेकिन पार्टी और उसके समर्थकों का मानना था कि यह आजादी झूठी है। विदेशी शासकों के हाथों से देशी पूँजीपतियों के हाथों सत्ता का हस्तांतरण हुआ है। ऐसे में वास्तविक आजादी का संघर्ष अभी बाकी है।

अजीब सनसनी और उत्साह के दिन थे। बागी और शास्त्री जैसे हजारों नौजवान सुख-सुविधा से भरे सुरक्षित पारिवारिक माहौल छोड़कर समाज-परिवर्तन के लक्ष्य को लेकर संघर्ष में कूद पड़े थे। उस समय शास्त्री ने देखा था बागी की बहादुरी और निष्ठा को। उसका एक पैर जेल में होता और दूसरा सड़कों पर। फरारी, पिटाई, फाकाकशी, जेल, कचहरी सब ऐसे लगते जैसे बागी के लिए जीवन के सबसे सहज शब्द वही हों। शास्त्री स्वयं तो साहित्य का काम करने के कारण इन सबसे दूर था लेकिन बागी को हम-उम्र होने के बावजूद अजीब-सी श्रद्धा और ईर्ष्या से देखा करता था।

बागी के पतन को भी शास्त्री ने उसी सूक्ष्मता से देखा और विश्लेषित किया है। पार्टी के दूसरे नेता बागी का नाम सुनते ही नाक-भौं सिकोड़ते हैं और उससे मिलने से इनकार करते हैं लेकिन शास्त्री अब भी उससे मिलता है और अगर बागी जल्दी में न हो तो घंटों उससे बतियाना चाहता है। इसके पीछे शायद यही कारण था कि उसके पतन के मानवीय पक्षों को उसने कभी भी नजरअंदाज नहीं किया और हमेशा उसके पतन को इंसानी कसौटियों पर कसा है।

विश्वनाथ शास्त्री जानता है कि बागी अपने पतन के लिए जितना जिम्मेदार खुद है उतनी ही बाहरी परिस्थितियाँ भी हैं। पार्टी ने आजादी के कुछ ही वर्षों के अंदर संघर्ष की अपनी नीतियाँ बदल दी थीं। संघर्ष के साथ-साथ सत्ता से सहयोग का दौर भी शुरू हुआ। पार्टी संसदीय लोकतंत्र में भाग लेने लगी और उसके साथ-साथ पार्टी में ऐसी बहुत-सी कमजोरियाँ उभारकर सामने आ गईं जो संघर्ष के दौर में दबी थीं। चुनाव लड़ने वाली पार्टियों की तरह पार्टी में पदों और टिकटों की होड़ शुरू हुई और उसी के साथ अंदरूनी गुटबंदी और आपसी राजनीति का दौर शुरू हुआ। बागी भी इसी दौड़ में शरीक हो गया। विश्वनाथ शास्त्री ने बड़ी पीड़ा और दिलचस्पी से देखा था उसके पतन का खेल। उसकी इतनी मजबूत जुझारू नेता की साख थी कि पार्टी में उसके सभी प्रतिद्वंद्वी उसके सामने बौने लगते थे। शायद इसीलिए उसकी कीमत भी खूब लगी। शहर के उद्योगपति, कालाबाजारियों, नाकैरशाह सभी उस पर दाँव लगाने के लिए तैयार बैठे थे। लड़ाई में जरूरत का बहाना बनाकर बागी अपने को छलता रहा और वे सभी उसके ऊपर पैसा बहाते रहे। विश्वनाथ ने कई बार बागी को इस खतरनाक खेल से रोकने की कोशिश की लेकिन फिसलन में जब आदमी को आनंद आने लगता है तो उसे कोई नहीं रोक सकता।

जैसे-जैसे बागी पतित होता गया वैसे-वैसे उसका आत्मनिर्वासन भी बढ़ता गया। विश्वनाथ शास्त्री को छोड़कर उसने पुराने साथियों से मिलना बंद कर दिया। पुराने संघर्षों का कोई कामरेड अगर दिख जाता तो मुँह चुराकर निकल भागता। अब पत्रकारिता के नाम पर वह शुद्ध दलाली कर रहा था जिसका एकमात्र लक्ष्य था दिन में दो जून खाना और रात में शराब। शादी उसने की नहीं थी इसलिए कोई घर-बार की चिंता नहीं थी।

सबेरे-सबेरे बागी को देखकर विश्वनाथ शास्त्री कुछ चौंका। अमूमन वह तीसरे पहर आता था क्योंकि तब तक विश्वनाथ दुकान बढ़ाकर खाने के लिए लौटता था और बागी को उसकी यह दिनचर्या पता थी। आज सुबह उसे देखकर विश्वनाथ को आश्चर्य हुआ।

"कहो कामरेड, आज सुबह इधर कैसे निकल आए?"

"बिरादर, बड़ी भारी समस्या है। तुमसे राय-मशविरा करना जरूरी था।"

सर्दियों में धूप अच्छी लग रही थी इसलिए वे बाहार कुर्सी निकालकर बैठ गए। शास्त्री ने दोनों के लिए चाय मँगा ली और ध्यान से बाहर बागी को सुनने लगा।

बागी बोलता रहा, बोलता रहा और शास्त्री सिर्फ सुनता रहा। सालों बाद उसने देखा कि बोलते समय उत्तेजना बढ़ जाने पर बागी के नथुने अब भी फड़कने लगते थे और उसकी आँखों में एक खास किस्म की चमक दिखाई देने लगती थी। उसे अच्छा लगा। इसलिए उसने टोका नहीं और सिर्फ बोलने दिया। शायद यह बागी की वापसी हो, इसलिए उसने इसके कथन में बार-बार आ रहे अनावश्यक विस्तार को भी

रोका नहीं और चुपचाप सुनता रहा।

"सोच लो बागी। पहले वाला वक्त नहीं है। अब ये लोग ज्यादा क्रूर हो गए हैं तुम्हारे साथ कुछ भी हादसा कर सकते हैं।"

"करने दो बिरादर! साठ पार कर चुका हूँ। किसी दिन शराब पीकर नाली में मरा दिखाई पड़ता, इससे अच्छा है इन्हीं के हाथों मारा जाऊँ। मरते समय तो अफसोस नहीं रहेगा।" बागी हँसता है। उसकी इस बेफिक्र हँसी को शास्त्री पहचानता था। फर्क सिर्फ इतना था कि सालों बाद वह इसे देख रहा था।

"तुम्हारे शोर मचाने से क्या होगा! गुप्ता का साथ कौन देगा। पुलिस और प्रशासन छोड़ दो, पत्रकारों का समर्थन तो तुम लोग जुटा नहीं सके।"

"मैं जानता हूँ। मैं यह भी जानता हूँ कि चुनाव भी पी.पी. जीत जायेगा। जनता का एक तबका तो उसे नेता मानकर धन्य महसूस करेगा। दूसरों के वोट वह जबर्दस्ती अपने पक्ष में डलवा लेगा। जीतेगा वही, पर इस बार उसे अहसास कराना चाहता हूँ कि जनता उसकी भेड़-बकरी नहीं है जिसे हर बार लाठी से वह जहाँ चाहे हाँक दे। जनता को भी शिक्षित करना पड़ेगा। उसे भी बताना पड़ेगा कि इन गुंडों के आगे हमेशा समर्पण करने का ही नतीजा है कि दूसरे नेताओं के लिए बूथ कब्जा करते-करते अब ये गुंडे खुद ही एम.पी...एम.एल.ए. बनने लगे हैं। इनका मुकाबला करने का वक्त आ गया है।" बोलते-बोलते बागी हाँफने लगा।

"ठीक है, लड़ो कामरेड, जमकर लड़ो। पिछली लड़ाइयों में भी मैं सिर्फ शुभकामनाओं के साथ ही तुम्हारे साथ रहता था, तुम मेरा मजाक उड़ाते थे लेकिन मैं किताबें बेचता रहता और दुकान पर बैठा-बैठा ही तुम्हारी लड़ाइयों का हालचाल लेता रहा था। इस बार भी यही करूँगा, लेकिन इस बार खुशी पहले से ज्यादा हो रही है।"

विश्वनाथ शास्त्री ने बागी का हाथ पकड़ लिया और काफी देर तक पकड़े रहा। उसके बूढ़े हाथों की ऊष्मा बागी को पुरानी स्मृतियों में ले गई। वह भावुक हो उठा।

"बस बिरादर, इतना काफी है। चलूँ। बड़ी लड़ाई है, तैयारी भी उसी तरह होनी चाहिए।"

बागी जब वहाँ से उठा और वापस चला तो उत्साह से मग्न होकर वह गुनगुना रहा था।

पी.पी. ने जिस दिन परचा दाखिल किया, ऐसा लगा जैसे पूरे शहर में कोई भूकंप आ गया हो। कई सौ कारों, जीपों, ट्रैक्टर, ट्रॉलियों और मोटर साइकिलों पर सवार उसके जुलूस ने सड़कों और बाजारों में आतंक की लहर पैदा कर दी। एक साथ इतनी राइफलों का प्रदर्शन शहर ने पहली बार देखा था। बीच-बीच में उसके आदमी हवा में फायर करते जा रहे थे। शांतिप्रसाद ने, जो जुलूस के आगे-पीछे व्यस्त-सा दौड़ रहा था, फायरिंग रोकने के लिए कई बार उन्हें डाँटा-डपटा, लेकिन पी.पी. के उत्साही समर्थकों पर कोई असर नहीं पड़ा। अंत में हारकर वह जुलूस के आगे चल रही खुली

जीप पर चढ़ गया जिस पर पी.पी. खड़ा था।

खुली जीप पर खड़े पी.पी. के गले में तमाम मालाएँ पड़ी हुई थीं। वह विनम्र मुस्कान के साथ शुभ्र खादी के कुर्ते, पाजामे में हाथ जोड़े खड़ा था। सड़कों पर चलते राहगीर ठिठककर खड़े हो जा रहे थे। औरतें घरों के छज्जों पर खिड़कियों से सटी चिपकी थीं। दुकानदार अपने ग्राहकों से ध्यान हटाकर इस विचित्र जुलूस को देख रहे थे।

"देश का नेता कैसा हो?"

"पी.पी. यादव जैसा हो।"

बीच-बीच में दूसरे नारों के साथ लहर की तरह यह नारा भी उठता। जैसे-जैसे कचहरी करीब आती गई, यह नारा सबसे महत्वपूर्ण बन गया। बाद में तो जोश में उछल-उछलकर अपनी राइफलों को हवा में उछाल-उछालकर उसके समर्थकों ने सिर्फ यही नारा थाम लिया।

खबर मिल चुकी थी कि पी.पी. का मुख्य प्रतिद्वंद्वी कचहरी में अपने जुलूस के साथ मौजूद था इसलिए जैसे-जैसे कचहरी करीब आ रही थी, पी.पी. के समर्थकों का उत्साह भी बढ़ रहा था। विजय के विश्वास से भरे सेनापति की तरह पी.पी. बीच-बीच में मुड़-मुड़कर अपनी सेना को देख ले रहा था। उसके पीछे मुड़कर देखते ही समर्थकों का उत्साह और बढ़ जाता और वे और जोर-जोर से उछल-उछलकर झूमकर नारे लगाते :

"देश का नेता कैसा हो?"

"पी.पी. यादव जैसा हो।"

जुलूस कचहरी से थोड़ी ही दूर रह गया था कि शांतिप्रसाद की निगाह कचहरी गेट पर खड़े बागी पर पड़ी। वह गेट पर मौजूद छोटी-मोटी भीड़ के बीच में खड़ा था। यह भीड़ वकीलों, मुवक्किलों और कचहरी में घूमने वाले निठल्लों की थी जो आज पर्चा दाखिला का तमाशा देखने इकट्‌ठे हुए थे। बागी एक ऊँची-सी जगह पर खड़ा होकर उन्हें संबोधित कर रहा था।

शांतिप्रसाद का चेहरा गंभीर हो गया। उसने पी.पी. के कान से अपना मुँह सटाकर कुछ कहाँ पी.पी. की मुखमुद्रा भी सख्त हो गई। उसने बागी की दिशा में देखा। निश्चित रूप से बागी उसी के खिलाफ मीटिंग कर रहा था।

उसके समर्थकों की इस भीड़ के सामने बागी की हैसियत पिद्‌दी के शोरबे जैसे भी नहीं थी। उसका एक इशारा पाते ही उसके समर्थक बागी को कुचल डालेंगे। उसने शांतिप्रसाद से कुछ कहाँ शांतिप्रसाद के चेहरे पर घबराहट तैर गई। ऐसा लगा जैसे उसने बड़ी आजिजी से पी.पी. को कुछ समझाया है और उसे रोका है।

पिछले कई दिनों से पी.पी. सुन रहा था कि बागी शहर में जगह-जगह उसके खिलाफ मीटिंग कर रहा है लेकिन आज तो उसने हद ही कर दी थी। उसे जरूर पता

होगा कि पी.पी. का जुलूस इसी रास्ते से गुजरेगा। इसके बावजूद वह रास्ते में खड़ा होकर भाषण दे रहा था, यह तो खुली चुनौती थी। ऊपर से ओढ़ी सारी विनम्रता के बावजूद पी.पी. अंदर ही अंदर सुलगने लगा।

शांतिप्रसाद ने पी.पी. के चेहरे पर आए परिवर्तनों को ध्यान से देखा और उसे घबराहट होने लगी। इस कम्बख्त बागी को भी आज ही यहाँ मरना था! पी.पी. के साथ जो शंकर जी की बारात चल रही थी, उसे रोकना किस कदर मुश्किल था, यह वह जानता था। रास्ते में कई बार दुकानदारों से उसका झगड़ा होते-होते बचा था। वे बीच-बीच में किसी खोमेचे वाले को लूट लेते या महिलाओं पर फब्तियाँ कस देते थे। अगर कोई बीच में विरोध कर देता तो मार-पीट की नौबत आ जाती। कई बार शांतिप्रसाद को दौड़कर जाना पड़ा और जुलूस में शामिल लोगों को ढकेलकर या गालियाँ देकर वापस जुलूस में शरीक करना पड़ा। वह बाजार वालों से माफी माँगते-माँगते थक गया था। हवाई फायरिंग तो वह अंत तक नहीं रोक पाया इसलिए थककर उसने यह कोशिश छोड़ ही दी। बागी को अगर इनमें से किसी ने भी देख लिया और वे उसकी तरफ झपट पड़े तो शांतिप्रसाद जानता था कि उसके लिए उन्हें रोक पाना संभव नहीं हो सकेगा।

पता नहीं क्या हो गया है बागी को? ऐसा दुस्साहस तो पागलपन में ही किया जा सकता! शांतिप्रसाद ने सोचा।

पिछले कई दिनों से शांतिप्रसाद पी.पी. को रोके हुआ था। प्रेस कान्फ्रेंस वाली रात की घटना के बाद से ही बागी सक्रिय हुआ था। उन्हें लगातार खबर मिल रही थी कि वह अखबार वालों को संगठित कर उनसे पी.पी. के खिलाफ बयान दिलवाने की कोशिश कर रहा था। शुरू में तो वह असफल हुआ, बाद में उसे कुछ आंशिक सफलता मिलने लगी। पी.पी. के खिलाफ लड़ रहे उम्मीदवारों ने भी उसकी मदद की। कुछ अखबार वालों ने पी.पी. के खिलाफ बयान दिए। कुछ राष्ट्रीय अखबारों ने भी पी.पी. के खिलाफ खबरें छापीं। विरोधी नेताओं के भाषण आए। एक हलका-फुलका माहौल बनने लगा।

इस बीच सबसे महत्वूपर्ण बात यह हुई कि बागी शहर में जगह-जगह पी.पी. के खिलाफ भाषण देने लगा। पी.पी. के उत्थान के गड़े मुर्दे उखाड़े जाने लगे। ऐसा पहली बार हुआ था। पी.पी. को लग रहा था कि उसके आतंक का तिलिस्म टूट जायेगा। एक बार अगर आतंक खत्म हो गया तो फिर इस शहर पर राज करना असंभव हो जायेगा। पिछले कई वर्षो से उसने अपने हाथ से कोई खून-खराबा नहीं किया था। लेकिन पिछला आतंक ही उसे जिंदा रखने के लिए काफी था। बागी उसके इसी आधार पर आघात पहुँचा रहा था।

अगर शांतिप्रसाद न होता तो बागी अब तक अपने दुस्साहस की सजा पा चुका होता। यह वही था जो पी.पी. को रोके हुआ था। शांतिप्रसाद जानता था कि चुनाव

के दौरान बागी की हत्या का क्या असर पड़ेगा। पूरे देश में एक पत्रकार की हत्या पर कोहराम मच जाता। पी.पी. और शांतिप्रसाद के लिए इसे झेलना मुश्किल हो जाता। विरोधी ऐसा तूफान खड़ा कर देते कि प्रशासन को भी पी.पी. के खिलाफ कार्यवाही करनी पड़ती।

पहली बार इस शहर में ऐसा हुआ कि छोटी ही सही, लोगों की भीड़ पी.पी. के खिलाफ भाषण सुनने एकत्र होने लगी थी। जिस आदमी के बारे में सार्वजनिक स्थलों की तो बात क्या, घरों में भी फुसफुसाकर बातें की जाती थीं, उसके खिलाफ इस तरह खुले आम कोई भाषण दे सकता है, यह शहर के निवासियों के लिए अविश्वास और रोमांच से भरा एक ऐसा नाटक था जो उन्हें उत्तेजना के उस कगार तक ले जा रहा था जहाँ से भय मुक्ति की हदें शुरू होती थीं शुरू-शुरू में तो कम लोग इकट्ठे होते थे, फिर धीरे-धीरे बागी की सभाओं में सुनने वालों की तादाद भी बढ़ने लगी। पी.पी. और उसके गुर्गों के सताए तमाम लोग उसमें आने लगे। विरोधी उम्मीदवारों ने भी अपने आदमी भेजने शुरू कर दिए। बागी के अलावा भी कुछ और वक्ता बोलने के लिए तैयार हो गए।

पी.पी. और उसके साथी बेचैनी से घटनाक्रम के इस विकास को देख रहे थे। यह चुनाव का मायाजाल था जिसने पी.पी. को शांतिप्रसाद की सलाह मानने पर विवश कर रखा था, अन्यथा बागी तो अब तक कब का गायब हो चुका होता। उन्होंने तय कर रखा था कि चुनाव खत्म होने के बाद बागी से निपटेंगे। पर उन्हें पता था कि बागी तब तक उनकी छवि को खासा नुकसान पहुँचा देगा। आतंक का तिलिस्म एक बार टूट जाय तो उसे फिर से बनाना काफी मुश्किल होगा। पर अब वे कर भी क्या सकते थे?

जुलूस जैसे-जैसे कचहरी के गेट के पास आता गया, शांतिप्रसाद की घबराहट और दिल की धड़कन बढ़ती गई। अगर बागी ने बोलना बंद नहीं किया और जुलूस में शरीक लोगों ने पी.पी. के खिलाफ कुछ सुन लिया तो उन्हें रोकना मुश्किल हो जायेगा। लाठी, डंडों, राइफलों से लैस वह जुलूस बागी पर टूट पड़ा तो उसके बूढ़े शरीर के टुकड़ों का भी पता नहीं चलेगा।

पता नहीं अपने अंदर के भय पर काबू पाने की कोशिश थी या जुलूस को देखकर पैदा हुई उत्तेजना, बागी ने अपनी आवाज को गला फाड़ने के स्तर तक उठा दिया। ऐसा लगा जैसे जुलूस के शोर और उसके भाषण के बीच कोई प्रतियोगिता हो रही है। उसके इर्द-गिर्द खड़े लोगों ने धीरे-धीरे वहाँ से खिसकना शुरू कर दिया। पूरे माहौल में सनसनी और खौफ छा गया। कचहरी के अंदर से भी काफी लोग बाहर निकल आए और इमारतों की छतें और बरामदे ठसाठस भर गए। कचहरी की चहारदीवारी पर लोग खड़े हो गए। आसपास की चाय और पान की दुकानों पर समय ठहर गया।

लोग नाटक के अंतिम दृश्य की बाट जोह रहे थे। दृश्य जो चल रहा था, वह किसी रोमन राजा के दरबार का सा लगता था जिसमें एक निहत्थे आदमी को शेर के पिंजड़े में डाल दिया गया हो। दर्शक दम साधे शेर के हमले का इंतजार कर रहे थे। उनकी सहानुभूति निहत्थे आदमी के साथ थी, लेकिन उस निहत्थे आदमी के ललकारने के बावजूद अभी वे नाटक में भाग लेने के लिए तैयार नहीं हो पा रहे थे। नाटक में फर्क सिर्फ इतना आया था कि निहत्था आदमी शेर के भय से दुबकने के लिए कोई स्थान नहीं तलाश रहा था, बल्कि वह शेर की आँखों में आँखें डालकर उसे चिढ़ाने का दुस्साहस कर रहा था।

''हमारा नेता कैसा हो?''

''पी.पी. यादव जैसा हो।''

नारे एकदम सिर पर आ गए। बागी ने अपनी आवाज और तेज कर दी। उसके गले में खराश आ गई थी और बार-बार उसे खाँसना पड़ रहा था। बार-बार उसकी इच्छा हो रही थी कि वह किसी से एक गिलास पानी मँगा ले। पर अब तो आसपास कोई नहीं बचा था और इतना वक्त भी नहीं था कि दूर खड़े किसी आदमी से पानी लाने का इशारा करता। उसने पूरी ताकत से, फटी जा रही आवाज से जुलूस में शामिल आवाजों का मुकाबला करना जारी रखा।

शांतिप्रसाद का चेहरा और जर्द पड़ गया। बागी की आवाज जुलूस के शोर से छनती हुई अब उसे साफ सुनाई देने लगी थी। वह नाम लेकर पी.पी. के पुराने कारनामों का जिक्र कर रहा था।

नाटक अपने चरम उत्कर्ष पर पहुँच चुका था। शेर के साथ-साथ उसका शिकार निहत्था आदमी भी दहाड़ रहा था। रोमन सम्राट द्वारा प्रायोजित नाटकों में अकसर शिकार एक कोने में दुबक जाता था। भूखे शेर का उतावलेपन से उसकी ओर लपकना और उसे चीर फाड़ डालना भीड़ को हिंस्र आनंद से भर देता। उसकी छटपटाहट या शरीर से बहता खून दर्शकों के अंदर और अधिक उत्तेजना पैदा करता था और वे और अधिक तुमुलनाद से अपनी प्रसन्नता व्यक्त करते थे।

इस नाटक में दृश्य बदल गया था। दर्शक खामोश थे। पहली बार उन्हें लग रहा था कि यह असमान मुकाबला उन्हीं के लिए हो रहा है। ऐसा दृश्य कई शताब्दियों पहले भी कभी-कभी आता था। जब कभी साम्राज्य का कोई बागी शेर के सम्मुख होता तो दर्शक उसका मनोबल बढ़ाने के लिए भी शोर मचाते। सम्राट उसके हाथ में ढाल और भाला थमा देता, यह जानते हुए कि यह तब भी मारा जायेगा। लोग चीख-चीखकर उसकी हिम्मत बढ़ाते पर इससे फर्क इतना ही आता कि जनता के हौसला अफजाई के कारण वह कुछ ज्यादा देर लड़ता। पर यहाँ तो दर्शक खामोश थे और भिंचे हुए चेहरों से सब कुछ देख रहे थे। निहत्थे आदमी ने कई बार हाथ उठाकर उनकी गैरत को ललकारने की कोशिश की लेकिन अलावा एक बेचैन छटपटाहट के

उन्होंने कोई हरकत नहीं की। पर उनकी आँखों से जो भाव तैरते हुए बागी की आँख तक पहुँच रहे थे, वे स्पष्ट थे। दर्शक बागी की जीत चाहते थे।

बागी जनता की लड़ाइयों का पुराना योद्धा था। यद्यपि पिछले कई सालों से वह संघर्ष के मैदान में नहीं उतरा था। पर लड़ाई के मनोविज्ञान को नहीं भूला था। लोगों की निष्क्रियता से उसके मन में जो क्षोभ और तकलीफ पैदा हुई थी, वह उनके मूल समर्थन से धीरे-धीरे दूर होने लगी। उसे लगा, उसने आधी लड़ाई जीत ली है।

जुलूस का अगला सिरा बागी के सामने पहुँच गया। अगले सिरे में खुली जीप पर सवार था पी.पी. और उसके बगल में शांतिप्रसाद खड़ा था। उनके पीछे आठ-दस कार्यकर्ता बुरी तरह जीप में ठूँसे से थे। पी.पी. के गले में मालाएँ पड़ी थीं और वह कचहरी के गेट पर चारों तरफ खड़े तमाशाइयों को हाथ जोड़े अभिवादन कर रहा था। बीच-बीच में बागी की आवाज उसके चेहरे का संतुलन खत्म कर देती और उसका चेहरा विकृत हो जाता। कई बार उसके मन में यह इच्छा उठी कि वह अपनी शराफत का लबादा उतार फेंके और एक बार फिर अपनी पुरानी तेजी से झपट पड़े और बागी के टुकड़े-टुकड़े कर दे। ऐसी ही इच्छा उसके तमाम अनुयायियों के मन में भी उत्पन्न हो रही थी। पर पी.पी. ने अपना नियंत्रण नहीं खोया और उसके अनुयायी भी बागी की आवाज को अपने नारों के समुद्र में डुबोने की कोशिश करते रहे।

जुलूस का अगला सिरा कचहरी के गेट के अंदर मुड़ा। बागी पी.पी. के पीठ पीछे हो गया लेकिन अब उसकी आवाज पत्थर के नुकीले टुकड़ों की तरह उसकी पीठ से टकराने लगी। पी.पी. को चिंता अकेले बागी के बोलने की नहीं थी। बड़ी चिंता इस बात की थी कि सामने चारों तरफ खड़े सैकड़ों लोग उसके हाथ हिलाने या अभिवादन का माकूल उत्तर नहीं दे रहे थे। बागी कहीं उसके आतंक का तिलिस्म तोड़ तो नहीं देगा?

अचानक शांतिप्रसाद ने जीप रुकवा दी। वह जीप के गेट के अंदर घुसने के बावजूद पीछे मुड़-मुड़कर अपने समर्थकों की प्रतिक्रिया देखता जा रहा था। उसकी समझ में आ गया कि उनके आँख से ओझल होते ही जुलूस के मध्य या पीछे के भाग का कोई हिस्सा बागी के ऊपर हमला कर सकता है। बागी के व्यंग्य बाणों को पी. पी. तो झेल सकता है लेकिन उसके समर्थक भी झेल लेंगे, इसकी कोई गारंटी नहीं थी। उसने पी.पी. के कान में कुछ कहाँ पी.पी. की समझ में भी आ गया। इस समय बागी को साधारण-सी चोट भी लगी तो यह चुनाव में उनके खिलाफ जा सकती थी। जनता के सामने अपने को शरीफ दिखाने का भी अच्छा मौका था। वे दोनों जीप से उतर पड़े।

पी.पी. और शांतिप्रसाद पैदल चलकर बागी के पास खड़े हो गए। उनके उतरकर बागी के पास तक जाने से आसपास खड़ी जनता और उनके समर्थकों के बीच हलचल-सी मची और फिर शांत हो गई। पी.पी. के समर्थकों का जो जत्था बागी

के पास से गुजरता वह बागी की तरफ उछल-उछलकर नारे लगाता और अकसर उनकी मुट्ठियाँ या हथियार बागी के चेहरे को छूने लगते। पी.पी. और शांतिप्रसाद हाथ जोड़कर उन्हें रोकता और कभी-कभी अतिरिक्त उत्साह में बागी के पास खड़ा होकर चिल्लाने लगता तो उसे ढकेलकर या गर्दनिया कर कचहरी के गेट के अंदर कर देते। बागी इस घटनाक्रम से इतना ही प्रभावित हुआ कि वह और चीख-चीखकर भाषण देने लगा।

दर्शक जो किसी हादसे की प्रतीक्षा कर रहे थे, ऊबने लगे। उनमें से कुछ कचहरी के अंदर भी जाने लगे।

जुलूस का पिछला हिस्सा कुछ अधिक देर तक बागी के पास खड़ा रहा। पी.पी. और शांतिप्रसाद भी कुछ-कुछ थके-से बेमन-से उन्हें अंदर जाने को कहते रहे पर वे उछल-उछल कर बागी को चिढ़ाने के लिए ऊट-पटाँग नारे लगाते रहे। बागी भी अपनी बची-खुची शक्ति से चिल्लाकर-चिल्लाकर उन्हें ललकारने लगा। थोड़ी देर में स्थिति यह यह हुई कि बागी, पी.पी. के समर्थकों और दर्शकों-तीनों का मजा आने लगा। जो लोग पी.पी. के आतंक और बागी पर आसन्न संकट को सोचकर खामोश थे, उन्होंने तालियाँ बजा-बजाकर और अपने गलों में से किस्म-किस्म की आवाजें निकालकर बागी का हौसला बढ़ाना शुरू किया।

''हमारा नेता कैसा हो?'' जुलूस का नारा होता।

''चोर-उचक्कों जैसा हो।'' बागी तुर्की-बतुर्की जवाब देता।

लोग हँसते और ललकारते, ''जीयो बेटा, ललकारे रहो।''

पी.पी. को लग रहा था कि सारी गंभीरता नष्ट जो जाएगी और सब कुछ विद्रूप में बदल जायेगा। इसमें उसी का नुकसान था। उसने और शांतिप्रसाद ने जुलूस के पीछे रह गए लोगों को बागी के सामने से ढकेल-ढकेलकर गेट के अंदर करना शुरू किया। थोड़ी देर के लिए जुलूस में शामिल लोगों में जोश आ गया। वे उलट-पुलटकर बागी के मुँह तक हाथ ले जाकर नारे लगाते और फिर गेट के अंदर चले जाते। दो-एक गेट के अंदर ढकेले जाकर वापस बागी की तरफ झपटते और फिर शांतिप्रसाद या पी. पी. की गाली खाकर कचहरी के गेट में घुस जाते। फर्क इतना जरूर आ गया था कि अब तमाशबीन खामोश नहीं रह गए थे। पी.पी. के आतंक की बर्फ उनके मजा ले-लेकर उछलने-कूदने और बागी के ऊटपटाँग नारों के साथ स्वर मिलाने से पिघलने लगी। बाकी किसी आशुकवि की तरह जल्दी-जल्दी ऐसे नारे गढ़ने लगा था जिनसे बातावरण की सारी गंभीरता समाप्त हो गई थी और मजाक में ही सही, लोगों का समर्थन उसके साथ प्रकट होने लगा था। पी.पी. और शांतिप्रसाद इस स्थिति को समझ रहे थे इसलिए वे निरंतर प्रयासरत थे कि जुलूस पूरा-का-पूरा कचहरी में दाखिल हो जाय।

उन दोनों के न चाहते हुए भी जुलूस के आखिरी हिस्से और बागी में अंताक्षरी

शुरू हो गई। वे नारा उठाते, "देश का नेता कैसा हो?"

बागी जवाब देता, "चोर-उचक्कों जैसा हो।"

वे ताली बजा-बजाकर कहते, "पी.पी. का टेम्पो..."

बागी अगली पंक्ति लपक लेता, "डाउन है।"

इस अंताक्षरी में दर्शक भी शरीक हो गए। जुलूस में अब कम लोग थे इसलिए उनकी आवाज दबने लगी। वे खिसियाने लगे। उन्होंने कई बार अपने नारे बदले, पर हर बार बागी झपटकर समस्यापूर्ति की तरह उनके नारे को अपने ढंग से पूरा कर देता और भीड़ ठहाका मारकर हँस पड़ती। फिर कोरस की तरह भीड़ ही उस नारे को उठा लेती। पी.पी. और शांतिप्रसाद को लगा कि बाजी उनके हाथ से फिसली जा रही है। उन्होंने बचे-खुचे समर्थकों को कचहरी के अंदर धकियाना शुरू कर दिया।

इसी अफरा-तफरी में जुलूस में शामिल एक व्यक्ति ने अपनी राइफल बागी के सीने से अड़ाकर उसे दो-चार गालियाँ दीं और शांतिप्रसाद का धौल खाकर गेट के अंदर चला गया।

बागी को लगा, मुकाबले का आखिरी दाँव जीने का अच्छा मौका है। उसने अचानक झपटकर अपनी कमीज के बटन तोड़ दिए और सीना खोलते हुए चिल्लाया :

"मारो...मार डालो मुझे। भाग क्यों रहे हो, मारो मुझे... ।"

बागी की सफेद रोयेंदार छाती खुली थी और वह आवेश में काँप रहा था :

"मारो मुझे... अगर माँ का दूध पीया हो, तो मारो मुझे... ।"

आसपास खड़ी जनता ने शोर मचाना शुरू कर दिया। उनकी आवाजें तरह-तरह की भावनाओं को व्यक्त कर रही थीं और अस्पष्ट नारों की शक्ल में इस नाटक के सभी पात्रों को डुबोती चली जा रही थीं।

"मारो मुझे!" हिस्टीरिया के रोगी की तरह बागी एक ही वाक्य दुहरा रहा था।

"बेटा, चुनाव न होता तो तेरी यह इच्छा भी पूरी कर देते।" यह वाक्य पी.पी. ने दाँत पीसते हुए दबे स्वर से लेकिन इतनी ऊँची आवाज में कहा कि बागी सुन ले।

"खत्म होने दे इलेक्शन, तुझसे निपटेंगे।"

शांतिप्रसाद ने उसका हाथ पकड़ा और हलका दबाव डालकर उसे कचहरी की तरफ खींचने की कोशिश की।

बागी ने अपना चेहरा विकृत बनाते हुए उनकी तरफ देखा और गला खँखारकर पिच्च से उनके पास की जमीन पर थूक दिया।

घबराकर शांतिप्रसाद ने पीछे हटते हुए पी.पी. को खींच लिया और कचहरी के गेट के अंदर बढ़ चला। उसका चेहरा स्याह हो गया था और कचहरी की तरफ मुड़ते हुए उसने देखा कि पी.पी. के चेहरे पर भी स्याही पुती हुई थी।

तबादला

एक

सर पर कुम्भ और तबादला! अगर मुहावरे की भाषा में कहा जाय तो श्री कमलाकान्त वर्मा, अधिशासी अभियन्ता, प्रान्तीय खंड, सार्वजनिक निर्माण विभाग के लिए यह स्थिति किसी वज्राघात से कम नहीं थी। अक्टूबर खत्म हो रहा था और कुम्भ का काम धीरे-धीरे जोर पकड़ने लगा था। ज्यादातर कामों के टेंडर हो चुके थे। कुछ काम अवार्ड हो चुके थे, कुछ पर निर्णय की प्रक्रिया अपने अन्तिम चरण में थी। मेला क्षेत्र में सड़कें आकार लेने लगी थीं और पुलों के लिए पीपे नदी के किनारे पहुँचने लगे थे। बल्लियाँ, शामियाने, चेकर प्लेटें—ढेर-के-ढेर गंगा-यमुना के तट पर पड़े थे। जीप से मेला क्षेत्र में जब भी कमलाकान्त निकलते तो लगभग हर बार बन्धे पर कहीं गाड़ी रुकवाकर क्षेत्र में फैले इन सारे सामानों पर देर तक सन्तुष्ट नज़र डालते। इनसे टकराकर आती हुई हवा को वे गहरी साँसें खींचकर अपने फेफड़ों में भरते। लगता जैसे कि सरकारी नोट छापने की मशीनों से टकराकर आ रही हो यह हवा। शीतल और स्फूर्ति देनेवाली।

ऐसे समय में तबादला! जितना कुछ खर्च करके वे यहाँ आये हैं, अभी तो दसवाँ हिस्सा भी नहीं निकला। बचत की तो बात ही क्या की जाए। इसलिए कमलाकान्त वर्मा, जिन्हें दफ्तर में सब लोग बड़े साहब कहते हैं, हतप्रभ हैं और दफ्तर का कमरा बन्द कर अपने विशेष मातहतों के साथ उस आदेश पर विचार-विमर्श कर रहे हैं जिसे अभी-अभी मुख्यालय का एक चपरासी थमा गया है।

कमरे में वर्मा साहब के अलावा चार लोग और थे। ये चार लोग अलग-अलग कारणों से वहाँ मौजूद थे। एक कारण ऐसा था जो चारों की उपस्थिति के पीछे था। दफ्तर में सत्ता-परिवर्तन हो रहा था। ये चारों सत्ता पक्ष के लोग थे। नौकरशाही में भी राजनीति की तरह सत्ता परिवर्तित होते ही मुँह फेरने की परम्परा शुरू हो गई थी, पर ये लोग कुछ हयादार लगते थे, जो तबादले का आदेश आने के बाद भी मन्त्रणा के लिए उपलब्ध थे। या यह भी हो सकता है कि छोटे-मोटे बनाना रिपब्लिकों की तरह यहाँ भी अभी सब कुछ अनिश्चित था। तख़्तापलट हो भी सकता है और यह भी हो सकता है कि शाहे-वक्त दुश्मन के हाथी-घोड़ों को रौंदता हुआ वापस गढ़ पर काबिज हो जाय। वैसे भी इस प्रदेश में नौकरशाही के तबादलों के हुक्म नीलाम होते थे। दिन

में चार बार भी उनमें परिवर्तन हो सकता था। जो भी कारण हो ये चारों लोग तबादले का आदेश आने के बाद भी वहाँ थे और आदेश को बार-बार उलट-पुलटकर पढ़ रहे थे, फुसफुसाकर बातें कर रहे थे और बड़े साहब को अपनी बहुमूल्य राय दे रहे थे।

वर्मा साहब के बाईं तरफ थे रिजवानुल हक जो इस दफ्तर में सहायक अभियन्ता थे। पचास के पेटे में पहुँचा उनका शरीर बीमारी और दुर्घटनाओं के कारण लगभग ढल चुका था। माथे के ऊपर आधी सफाचट चाँद के कारण उनका पूरा व्यक्तित्व काफी गम्भीर किस्म का लगता था। वे कम बोलते थे और बिना माँगे कभी राय नहीं देते थे। दफ्तर में कोई भी बड़ा साहब आ जाय उनको इसी आदत के कारण अपना राजदार बना लेता था। लोगों को याद नहीं पड़ता था कि कभी किसी अधिशासी अभियन्ता से उनकी नहीं पटी हो।

जब कमलाकान्त वर्मा यहाँ आए तो कुछ दिनों तक उनसे भड़कते रहे। कारण सिर्फ यह था कि वे उनके पूर्वाधिकारी के करीब थे और पिछली बार जब वर्मा इसी तरह का आदेश कराकर लखनऊ से रवाना हुए तो उनके पूर्वाधिकारी ने अपने बँगले पर जो आपात बैठक बुलाई थी उसमें वे भी शरीक हुए थे। दफ्तर में कुछ दिनों तक हक साहब को बेचैन देखा गया। उनके विरोधियों ने चटखारे ले-लेकर वास्तविक, अर्द्ध वास्तविक और काल्पनिक खबरें प्रसारित कीं कि किस तरह हक साहब को बड़े साहब के कमरे में घुसने के पहले तीन घंटे प्रतीक्षा करनी पड़ती है या कि उनके पास अब कोई महत्त्वपूर्ण काम नहीं है या कि जल्दी ही बड़े साहब उन्हें डिजाइन सेक्शन में शंट कराने वाले हैं।

हक साहब इन सारी चर्चाओं से विचलित नहीं हुए। दफ्तर के अनुभवी बाबुओं की तरह उन्हें भी पता था कि यह तो अस्थायी दौर है। यह हर बार सत्ता परिवर्तन के साथ आता है, फिर कुछ महीनों में ठीक हो जाता है। इस बार भी यही हुआ। कभी ईद पड़ी, कभी बकरीद। हक साहब की बेगम अच्छा मुर्गा पकाती थीं और वर्मा साहब की पत्नी खाने की शौकीन थीं। पहली ईद पर हक बड़े साहब के बेरुखे मुबारकबाद के बावजूद दोहरे होते हुए बोले, “सर, मेरी फैमिली की बड़ी इच्छा थी कि मैडम और बच्चे हमारे गरीबखाने पर तशरीफ लाते, पर आप इतने बिजी रहते हैं कि अर्ज करने की हिम्मत नहीं पड़ी और मैं खुद ही हाजिर हुआ हूँ। बेगम ने अपने हाथ से मुर्गा पकाया है। उम्मीद है बच्चों को पसन्द आएगा।”

मुर्गा बच्चों को खूब पसन्द आया, पर वर्मा साहब की फाँस अभी दूर नहीं हुई थी।

अगले कुछ दिनों हक साहब की बेगम साहिबा किसी न किसी मौके पर मुर्गे या बकरे की कोई लजीज डिश बनाकर भेजती रहीं।

विरोधी खेमे का चपरासी बड़े साहब के घर पर तैनात था। उससे बात खुली तो यह खेमा चौकन्ना हुआ।

एक शाम जब दो टिफिन कैरियरों में भरकर मटन कोरमा, चिकन मुगलाई, मटन यखनी और सींक कबाब जैसी चीजों के साथ जानीवाकर ब्लैक लेबल की बोतल इस आग्रह के साथ पहुँची कि "सर, मेरा साला कल सऊदी अरब से आया है। वही एयरपोर्ट से मेरे लिए ड्यूटी फ्री स्काच ले आया। अब मैंने तो छोड़ रखी है। साला ठहरा नमाजी, हाथ नहीं लगाता। बेगम ने कहा बड़े साहब इसकी कद्र जानते हैं, उन्हें यह तोहफा दे आओ। साथ में थोड़ा सा नान वेजिटेरियन बच्चों के लिए लेते जाओ। पता नहीं कैसा बना है। मेम साहब ने कभी राय नहीं दी," विरोधी कैम्प सक्रिय हो गया। गुप्तचर छोड़े गए और जो सूचना वे लेकर आए उससे इस कैम्प की बाँछें खिल गईं।

दूसरे दिन बड़े साहब के कमरे में स्टाफ मीटिंग के दौरान जब चाय का मध्यान्तर हुआ तो हलकी-फुल्की बातों के दौरान सहायक अभियन्ता गुप्ता ने हक से ऐसे ही अनायास पूछ लिया, "भाभी को कब ला रहे हैं हक साहब? कब तक मातादीन के हाथ का खाना खाएँगे?"

हक साहब ने चौंककर देखा। वे बोलते कम थे पर उनका दिमाग बड़ी तेज हरकत करता था। स्पष्ट था कि बड़े साहब को विरोधी खेमा यह बताने की कोशिश कर रहा है कि पिछले दो महीने से उनकी पत्नी अपने मायके बाराबंकी गई हुई हैं और वे करीम ढाबे से मुर्गा बनवाकर अपनी बेगम के नाम पर बड़े साहब को खिला रहे थे।

बड़े साहब ने चाय का प्याला नीचे रख दिया और हलके से चश्मा हाथ में लेकर उसे रूमाल से पोंछने लगे।

"बेगम तो बाराबंकी और यहाँ के बीच चक्कर लगाती रहती हैं। दरअसल, सर, जब से फादर-इन-ला की तबीयत खराब हुई है उन्हें दो जगह के इन्तज़ाम देखने पड़ रहे हैं। एक ही भाई है उनका जो सऊदी अरब में है। जमींदारी है—छोड़ी भी नहीं जा सकती। बेगम को ही देखनी पड़ रही है। कल साला उन्हें लेकर आया था। आज फिर वापस गए हैं वे लोग।"

विरोधी खेमे के लोग इस तरह मुस्कुराए कि किसी और को मुस्कान दिखाई दे न दे, बड़े साहब को जरूर दिखाई दे जाय।

अपने देश में पिछले कुछ सालों में और कोई तरक्की हुई हो या नहीं, पर इलेक्ट्रॉनिक एक्सचेंजों की बहार जरूर आ गई है। मोहल्ले-मोहल्ले में खुले पी.सी.ओ. में से एक बाराबंकी के लिए सक्रिय हुआ और देर रात तक बेगम हक शहर में हाजिर हो गईं। विरोधी खेमा दूसरे दिन हतप्रभ रह गया जब उसे पता चला कि मेम साहब की बीमारी की खबर, जिसकी कोई बुनियाद नहीं थी, सुनकर बेगम साहिबा बड़े साहब के घर अगले दिन दोपहर हालचाल पूछती देखी गईं। साथ में पिछले दिन से बड़ा टिफिन कैरियर था।

बाद में जैसा कि पिछले कई मौकों पर हुआ था और दफ्तर के अनुभवी बाबू पहले से जानते थे, वैसा ही हुआ। वे बड़े साहब की अन्तरंग टीम के सदस्य बन गए और उसी हैसियत से आज की मन्त्रणा में शरीक थे।

कमरे में वर्मा साहब के दाहिनी तरफ बैठे हुए व्यक्ति की उपस्थिति का कारण बड़ा दिलचस्प था। छोटे-छोटे बाल, गैंडे जैसी गर्दन और टूटे हुए कानवाले इन सज्जन को किसी अखाड़े में होना चाहिए था। वे दफ्तर में थे पर इससे कोई फर्क नहीं पड़ता था। उनके जीवन का मूलमन्त्र था कि पूरा जीवन ही अखाड़ा है। वे कभी भी कहीं भी कुश्ती लड़ने के लिए तैयार रहते थे। चूँकि अपने जाग्रत समय का बड़ा हिस्सा वे दफ्तर में बिताते थे इसलिए मौजूदा जीवन की अधिकांश कुश्तियाँ भी वे यहीं लड़ते थे। अकसर उनके साथ बातचीत करने वाले को उनकी कुश्ती कला से परिचित होने का अवसर मिलता था। धोबिया पाट उनका प्रिय दाँव था और दफ्तर के बरामदों में अगर कोई कर्मचारी, ठेकेदार या मुलाकाती लँगड़ाता हुआ दिखाई दे जाता तो बिना बताये लोग मान लेते कि वह व्यक्ति इनसे कुछ गम्भीर विचार-विमर्श करके जा रहा है।

ध्रुवलाल यादव नामक ये सज्जन जूनियर इंजीनियर थे और डॉ. रघुबीर जैसे उत्साही हिन्दी-प्रेमियों की मेहनत को धता बताते हुए लोग उन्हें अवर अभियन्ता न कहकर जे.ई. कहते थे। वे जे.ई. थे इसलिए जब तक बोलते या लिखते नहीं थे, लोग मानकर चलते थे कि उन्होंने सिविल इंजीनियरिंग में डिप्लोमा जरूर हासिल किया होगा। जैसे ही उनके श्रीमुख से कोई वाक्य निकलता या वे कागज पर अपने पेशे से सम्बन्धित कोई चीज लिखते, सामनेवाला मान लेता कि वे भी उन फैक्टरियों से निकला हुआ माल थे जिन्हें हमारे शिक्षाविद स्कूल, कॉलेज, यूनिवर्सिटी या पालीटेक्नीक के नाम से पुकारते थे और जो धड़ाधड़ साल-दर-साल हजारों लाखों की तादाद में ध्रुवलाल जैसे होनहार निकालते रहते हैं। उन्होंने पालीटेक्नीक में पढ़ाई के अतिरिक्त प्रयुक्त होनेवाले दो तरीकों में से एक का प्रयोग करके डिप्लोमा हासिल किया था। उनके द्वारा प्रयुक्त तरीका विभाग में बड़ा काम आता है, यह उन्हें नौकरी शुरू करने पर ही पता चला।

जे.ई. ध्रुवलाल यादव के सामने जीवन की प्राथमिकताएँ शुरू से ही बड़ी स्पष्ट थीं। उनके बाप मझोले दर्जे के काश्तकार थे और लगभग बीस भैंस-गायों की सेवा-शुश्रूषा करके अपने परिवार को औसत भारतीय किसान की जिन्दगी से बेहतर जीवन प्रदान किये हुए थे। लेकिन ध्रुवलाल अपने परिवेश के मुकाबले ज्यादा महत्त्वाकांक्षी थे। टखने-टखने तक गोबर में डूबकर गाय-भैंसों की सेवा करना और शाम को कान पर हाथ रखकर बिरहा गाना—सिर्फ इन्हीं दो कामों तक वे अपनी जिन्दगी सीमित नहीं रख सकते थे। लिहाजा उन्होंने पढ़ने का फैसला किया। बाप के बहुत बच्चे थे। जमाना भी बदल रहा था। अपने लिए अब 'करिया अच्छर भैंस

बराबर' सुनना बाप को खलने लगा था। इसलिए एक लड़के का पढ़ाई की तरफ रुझान उसके लिए खुशी की बात थी। उसने औपचारिक रूप से ससुरी महँगाई का जिक्र जरूर किया, पर ध्रुवलाल को शहर भेज दिया।

बचपन से ही घी-दूध का सुख होने तथा बाप के प्रिय मुहावरे के अनुसार जूता मारकर सुबह-सुबह अखाड़े में ठेले जाने के कारण ध्रुवलाल एक अदद कसरती बदन के मालिक थे। उनका कद छह फुट से कुछ ऊपर था, दोनों तरफ के कान टूटे हुए थे, रंग गन्दुम और स्वर लट्ठमार हद तक उजड्ड था। यही सारी चीजें उनकी पूँजी थीं। सबसे पहले यह पूँजी पालीटेक्नीक में काम आई।

पालीटेक्नीक में पहुँचने के पहले दो-तीन हफ्ते में ही यह स्पष्ट हो गया कि राष्ट्रभाषा हिन्दी में छपी पाठ्य-पुस्तकें उनके लिए ग्रीक और लैटिन के महाकाव्यों की तरह थीं।

ध्रुवलाल यादव के ईमानदार मन ने उन्हें सलाह दी कि भाग चल प्यारे! कहाँ फँस गया! जीवन इन किताबों से परे ज्यादा सुखद है। दर्जा आठ में किसी कवि ने, जिसका नाम स्वाभाविक था कि वे भूल गए थे, सही ही लिखा था कि अहा! ग्राम्य जीवन भी क्या है, क्यों न इसे सबका मन चाहे। पर आगे काशी फल कूष्मांड के साथ-साथ भूसा, गोबर और बाप के जूते का ऐसा त्रिकोण फ्लैश बैक की तरह सामने आता कि वे तो वे उनका ईमानदार मन भी काँप जाता। उन्होंने अपने मन की अनसुनी कर दी और सफलता के गुर दूसरी जगह तलाशने शुरू कर गए।

भारतीय समाज में बिरादरी बहुत बड़ा सम्बल है। ध्रुवलाल के काम भी यही सम्बल आया। पहले रैगिंग के समय भी यह सम्बल उनके साथ था। रैगिंग में तो उनका डील-डौल और टूटे हुए कान भी निपट लेते पर पढ़ाई में मामला कुछ दूसरा था। उनके बिरादरी के सीनियरों ने बताया कि सूबे के दूसरे पालीटेक्नीकों की तरह इस पालीटेक्नीक में भी सफलता के लिए पढ़ाई के अलावा दो रास्ते थे। पढ़ाई तो निरीह छात्र करते थे। ध्रुवलाल सरीखों को तो शेष दो रास्तों में से एक चुनना था।

पहला रास्ता था बाहुबल का और दूसरा था धनबल का। बाहुबली छात्र कट्टा या चाकू मेज पर रखते और आराम से किताबें खोलकर नकल करते। इन बाहुबली छात्रों की प्रतिभा सत्र के प्रारम्भ में ही पहचान ली जाती और अध्यापकों का कोई न कोई गुट उनके सिर पर वरद-हस्त रख देता। बाहुबली से यह गुट साल-भर अपने विरोधी अध्यापकों को पिटवाता या गाली दिलवाता और इम्तहान में इन्हें पर्चा आउट करने से लेकर छोटी-छोटी पुर्जियों पर उत्तर लिखकर पहुँचाने तक का काम करता।

दूसरा रास्ता था धनबल का। जिस समय ध्रुवलाल पालीटेक्नीक में पहुँचे भारतीय समाज में बहुत कुछ बदल रहा था। शिक्षा की दुनिया बदल रही थी और उससे जुड़े गुरु बदल रहे थे। अब गुरु राजपुत्रों को दौड़ जिताने के लिए निर्धन शिष्यों के अँगूठे नहीं कटवाते थे। वे धनिक पुत्रों से वाजिब फीस लेकर उन्हें दौड़

शुरू होने के पहले ही आगे कर देते थे। प्रधानाध्यापकों और कॉलेजों के मैनेजरों ने नकल को एक व्यवस्थित रोजगार का रूप दे दिया था। हर चीज के रेट निर्धारित हो गए थे। यदि अपने तयशुदा कक्ष में नकल करनी थी तो उसकी एक कीमत थी, किसी अलग कमरे में बैठकर सहायक की मदद से उत्तर पुस्तिका लिखनी थी तो उसकी दूसरी कीमत थी, किसी दूसरे को बैठाकर उससे उत्तर पुस्तिका लिखवाने की कीमत अलग थी और अगर कोई छात्र चाहता कि विषय का अध्यापक ही उसके पास खड़ा होकर इमला दे तो इसकी फीस सबसे भिन्न थी।

ध्रुवलाल ने पहला रास्ता चुना। वे एक-एक कर सारी कक्षाएँ पास करते गए। यह रास्ता परीक्षा पास करने के अलावा नौकरी में भी उनके काम आया। प्रारम्भ में जब वे इस दफ्तर में आए उनकी छवि पहले ही यहाँ पहुँच चुकी थी। अपने सुगठित शरीर और उजड्ड जुबान के साथ वे एक ऐंटी इस्टैब्लिसमेंट छवि लिए दफ्तर में घुसे। नियुक्ति पत्र के मुताबिक जिस समय उन्हें वहाँ होना चाहिए था उससे वे सिर्फ पाँच महीने लेट थे। हुआ यह कि सरकारी नौकरी मिलने के पहले ही उन्हें कहीं विदेश में भी नौकरी दिलाने का भरोसा किसी एजेंट ने दिया था। अतः इस नौकरी का नियुक्ति-पत्र जेब में रखे वे विदेशी नौकरी के लिए दौड़ते रहे और अन्त में निराश होकर पाँच महीने बाद ज्वाइन करने इस दफ्तर में पहुँचे। पहुँचते ही उनके और बड़े बाबू के बीच में बड़ी संवैधानिक किस्म की बहस छिड़ गई। बड़े बाबू के मुताबिक कोई भी नियुक्ति-पत्र कुछ खास समय तक ही वैध रहता है। कम से कम पाँच महीने तक तो नहीं ही रहता। उनकी राय में ध्रुवलाल यादव को फिर से जाकर अपने नियुक्ति-पत्र का नवीनीकरण कराना चाहिए था। इसके विपरीत ध्रुवलाल का मानना था कि एक बार नियुक्ति-पत्र मिलने के बाद रिटायरमेंट की उम्र तक प्रभावी रहता है। उन्होंने बड़े बाबू को चुनौती भी दी कि वे एक भी नियम ऐसा दिखा दें जिसके मुताबिक कोई नियुक्ति-पत्र पाँच महीने बाद रद्द हो जाता है। बड़े बाबू कोई भी ऐसा नियम नहीं दिखा पाये। फिर भी बड़े बाबू को धर्मसंकट से उबारने के लिए उन्होंने मीठे स्वर में आग्रह किया कि उन्हें पाँच महीने पहले की निर्धारित तारीख में ही ज्वाइन करा दिया जाय। बड़े बाबू जो दफ्तर के दूसरे बाबुओं की तरह उन्हें उनके सुगठित शरीर और मुँह में ठूँसे हुए पान के कारण 'महिमा बरनि न जाय' वाले भाव से निहार रहे थे, उनके इस आग्रह पर एकदम से बड़े बाबू बन गए। उन्होंने अपने तीस साल की बाबूगिरी का निचोड़ फाइनेंसियल हैंडबुक के फलाँ पेज और अलाँ पैरे तथा गवर्नमेंट सर्वेंट्स कांडक्ट रूल्स के पेज नं. इतने से इतने तक के उद्धरण के रूप में देना शुरू कर दिया जिसे ध्रुवलाल काफी अनिच्छा और अधैर्य के साथ झेलते रहे। इसीलिए पब्लिक सेक्टर इस मुल्क में असफल हो रहा है—उन्होंने निराशा से सोचा और हवा में मुँह उठाकर किसी काल्पनिक व्यक्ति की माँ-बहन के साथ अपने शारीरिक सम्बन्ध कायम करने लगे। बड़े बाबू अगर काफी मोटी चमड़ी के न होते

तो इन सम्बोधनों को अपने लिए ही समझ लेते, पर वे निर्विकार भाव से किसी फाइल में डूब गए। दूसरे बाबुओं ने जरूर आँखें मटकाईं, एक दूसरे को देखकर मुस्कराए और अपने उद्गारों से यह स्पष्ट करने का प्रयास किया कि श्री ध्रुवलाल जिन स्त्रियों के सम्मान में कसीदे पढ़ रहे थे, वे बाबू की ही पत्नी और बेटियाँ थीं।

बड़े बाबू ने भारतीय नौकरशाही का मूल मन्त्र पकड़ा। जब कोई फैसला न करना हो तो फौरन फाइल लिखो—बात करें। यहाँ उनके नीचे कोई ऐसा नहीं था जिसके पास 'प्लीज स्पीक' लिखकर वे फाइल भेज सकते थे और यमदूत की तरह ध्रुवलाल सामने खड़े थे इसलिए वे भुनभुनाते हुए स्वयं ही उनका नियुक्ति-पत्र लेकर उठ खड़े हुए और बड़े साहब के कमरे की तरफ बात करने के लिए बढ़ गए और दो-तीन घंटे तक नहीं लौटे।

इन दो-तीन घंटों का बड़े साहब के विरोधियों ने जमकर सदुपयोग किया। दूसरे दफ्तरों की तरह इस दफ्तर में भी काम होता हो या नहीं, राजनीति खूब होती थी। कौटिल्य ने सहस्रों वर्षों पूर्व राजनीति और गुप्तचरी का सम्बन्ध परिभाषित कर दिया था और यह दफ्तर पूरी श्रद्धा के साथ उस पर विश्वास करता था। सरकारी गुप्तचर एजेंसियों की तरह यहाँ गोपनीय सूचनाएँ अखबारों की कतरनों से नहीं उपजती थीं, बल्कि इन्हें हासिल करने के लिए मेहनत की जाती थी, इसलिए अकसर इनमें कुछ दम भी होता था। ध्रुवलाल यादव का कमरे में प्रवेश, बड़े बाबू के साथ उनके नाटकीय संवाद और बाबुओं की प्रतिक्रिया के बीच अचानक जायसवाल नामक ठेकेदार क्यों? बाबुओं की सेवा के लिए लाया गया मगही पान का आधे से ज्यादा भरा खोखा तिवारी बाबू की मेज पर छोड़कर कमरे से गायब हो गया, इसका पता करने के लिए अशोक कुमार शुक्ला सहायक अभियन्ता अर्थात ए.ई. के कमरे में चलना पड़ेगा जो इस कमरे से तीन कमरे दूर था और जिसमें चौरसिया नामक एक अन्य ए.ई. भी बैठते थे और जो इस समय किसी साइट पर गए हुए थे। उनके न होने से ही ध्रुवलाल वहाँ निमन्त्रित किये गए थे। अगर वे होते तो यह गोष्ठी कहीं और होती क्योंकि उनके बारे में शुक्ला का मानना था कि वे बड़े साहब के गुप्तचर थे और उन्हें इस कमरे में बिठाया ही इसलिए गया था कि वे शुक्ला एंड कम्पनी पर निगरानी रख सकें।

इस कमरे में ध्रुवलाल यादव की दफ्तरी दीक्षा शुरू हुई।

कमरे में दो मेजें थीं। दो मेजें इसलिए थीं कि सिर्फ दो ही मेजें उसमें आ सकती थीं। दोनों मेजों के पीछे एक-एक कुर्सी थी। एक कुर्सी का एक हत्था उखड़ा हुआ था और पीछे के ताँत भी जगह-जगह से टूटे हुए थे, उस पर शुक्ला बैठे हुए थे। दूसरी कुर्सी घूमनेवाली थी और उस पर न सिर्फ मैली-सी एक गद्दी थी, बल्कि पीछे एक लिहाफ भी था जो शुरू में जरूर सफेद रहा होगा, पर अब बदरंग हो चुका था। कुर्सियों की यह दशा दफ्तर में बड़े साहब से निकटता का पैमाना था।

दोनों मेजों के सामने दो कुर्सियाँ थीं। चार में से कोई कुर्सी साबुत नहीं थी। किसी के पीछे के ताँत टूटे थे किसी के नीचे के, किसी का हत्था हिल रहा था तो किसी के पाँव डगमग कर रहे थे। मेजों पर बेतरतीब फाइल कवर, कागज, पेपरवेट और पान के खोखे फैले हुए थे। पूरे कमरे में सिगरेट के टुकड़े और राख बिखरी हुई थी और कमरे के हर कोने में दीवारें पान की पीक से अमूर्त चित्रकला का नमूना पेश कर रही थीं। दफ्तर में बड़े साहब के कमरे को छोड़कर सभी कमरों की ऐसी ही हालत थी और इस कमरे में भी दूसरे कमरों की तरह सरकारी काम के अलावा सब कुछ होता था।

इसी कमरे में ध्रुवलाल यादव नौकरशाही में दीक्षित हुए। उन्हें चौरसिया ठेकेदार कनखियों से इशारा करते हुए यहाँ तक ले आया था।

कमरे में शुक्ला नामक सहायक अभियन्ता या ए.ई. के अलावा दो जे.ई. और एक बाबू पहले से थे। छोटे से कमरे में उन्होंने सामने पड़ी कुर्सियों का रुख इस तरह मोड़ लिया था कि पहली बार घुसने पर किसी गोलमेज सम्मेलन का-सा माहौल लगता था। किसी को बताने की जरूरत नहीं पड़ी, ध्रुवलाल ने चौथी खाली पड़ी कुर्सी पर कब्जा कर लिया। जायसवाल ने चारों तरफ इस प्रकार देखा मानो उसकी दृष्टि से वहाँ कोई कुर्सी उत्पन्न हो जाएगी। अभी उसकी हैसियत ऐसी नहीं थी कि शुक्ला उसे चौरसिया की कुर्सी पर बैठने को कहते इसलिए थोड़ी देर इधर-उधर देखकर वह 'अभी पान लेकर हाजिर होता हूँ' जैसा कोई वाक्य बुदबुदाकर अदृश्य हो गया।

"आइए...आइए यादवजी। विभाग में आपका स्वागत है।" ध्रुवलाल कुछ असहज हुए। इस तरह के औपचारिक माहौल के वे अभ्यस्त नहीं थे। उन्होंने गम्भीर होकर अंग्रेजी में 'थैंक यू' से मिलता-जुलता कुछ कहाँ

कमरे में मौजूद आठ जोड़ा शातिर आँखों ने उनका मुआयना कर दिया था। बीच-बीच में ये आँखें एक-दूसरे को अपना मूल्याँकन भी दे रही थीं। है पट्ठा जोरदार! ऐसा आदमी जो शरीर और भाषा से मजबूत हो और दिमाग से कमजोर, उनके लिए बड़े काम का था।

ध्रुवलाल को कमरे का माहौल घबराहट पैदा करनेवाला लग रहा था। वे वहाँ मौजूद किसी व्यक्ति की आँखों में आँखें डालकर अपना आत्मविश्वास प्रदर्शित करने का प्रयास बीच-बीच में करते, पर शीघ्र ही उनकी आँखें झुक जाती थीं। उनके लिए यह एकदम अपरिचित दुनिया थी। अगर कोई कहता कि वहाँ बैठे लोगों में से किसी को जूता निकालकर मारो तो वे बड़े प्रसन्न होते, पर यहाँ तो मामला एक्रास द टेबल यानी मेज के आर-पार था। दूसरे खिलाड़ी ज्यादा मँजे हुए थे, इसलिए वे फँसते गए।

"ज्वाइन कर लिया?" बगल में बैठे बाबू ने भोलेपन से मीठे स्वर में पूछा।

"कर लेंगे। बड़े बाबू को ज्वाइनिंग लेटर दे दिया है," ध्रुवलाल ने अपना आत्मविश्वास बरकरार रखते हुए कहाँ

"साला एक नम्बर का पाजी है। ज्वाइन करते समय तारीख देख लीजिएगा।"

"दर हरामी है साहब। बिना पैसा लिए पादता भी नहीं। एक पैसा मत दीजिएगा। ज्वाइन तो उसके बाप कराएँगे।"

"इतना आसान मत समझिएगा मिश्रा बाबू। पिछली बार उपधिया का केस नहीं याद है। बेचारा कितने दिन यहाँ से लखनऊ तक दौड़ा। बस एक नुक्स था कि उपधिया बेचारा तीन दिन लेट आया था। साले ने उसके हजारों रुपये गलवा दिए जब जाकर ज्वाइन करवाया।"

ध्रुवलाल के कान खड़े हो गए। वे तो पाँच महीने लेट हैं।

"पर ये सब साले जूते के यार हैं। आपने तो अच्छा किया कि साले की माँ-बहन कर दी। आपसे शराफत से बोलेगा।"

अच्छा तो ख्याति यहाँ तक पहुँच गई। ध्रुवलाल प्रसन्न हुए।

यह प्रसन्नता क्षणिक थी। आगे जो भयावह सम्भावनाएँ उनके सामने रखी गईं उनके मुताबिक कुछ भी हो सकता था। वे पाँच महीने लेट थे। (बिना बताये यह बात इस कमरे की मंडली को मालूम थी)। बड़ा बाबू उन्हें ज्वाइन कराने से मना कर सकता था। और भी कुछ हो सकता था। मसलन उनकी नियुक्ति रद्द हो सकती थी, उनकी वरिष्ठता खतरे में पड़ सकती थी या इस जैसा कुछ और। आत्मविश्वास बनाये रखने का प्रयास करते-करते वे रुआँसे हो गए। खँखारकर उन्होंने गला साफ किया और जो कुछ उन्होंने पूछा उसका मतलब था कि अब उन्हें क्या करना चाहिए।

उन्हें बताया गया कि अब उनके पास तीन विकल्प बचते थे–

पहला, वे उच्च न्यायालय की शरण में जाएँ जो सौभाग्य से इसी शहर में था और जहाँ निलम्बन, स्थानान्तरण या उनके सामने उपस्थित वर्तमान समस्या जैसे मसलों में इस शहर के सरकारी कर्मचारी जाते थे। समस्या सिर्फ इतनी थी कि वकीलों पर उन्हें कुछ हजार रुपये खर्च करने पड़ते और अगर "किस्मत काम कर जाय तो परसों तक, नहीं तो कुछ साल प्रतीक्षा करनी पड़ सकती है।"

दूसरा, वे शाम की गाड़ी से लखनऊ चले जाएँ और किसी जोरदार विधायक को पकड़कर कल तक मन्त्रीजी के समक्ष हाजिर हो जाएँ और "जब मन्त्री साले की खास जगह में डंडा करेगा तो बड़े बाबू को छोड़ो, बड़ा सहबवा जयमाला हाथ में लेकर ज्वाइन कराएगा।"

तीसरा, वे वही करें जो ऐसी परिस्थिति में फँसने पर उनके जैसे वीर पुरुष को करना चाहिए। अर्थात "निकालिए जूता और दीजिए हनाहन। लगाइए पचास और गिनिए पाँच। साला पैंट में हग देगा और ज्वाइन कराएगा।"

तीनों विकल्पों पर बड़ी गम्भीरता से विचार-विमर्श हुआ। उच्च न्यायालय का विकल्प ध्रुवलाल ने ही खारिज कर दिया। न तो उनके पास पैसा था और न ही इतना धैर्य कि अगर किस्मत साथ न दे तो वे कुछ वर्ष प्रतीक्षा कर सकें। सुझाव देनेवाली

मंडली भी इस विकल्प के बारे में गम्भीर नहीं थी क्योंकि इसमें मसाला फिल्मों का सबसे महत्त्वपूर्ण अंश ऐक्शन नहीं था। बिना ऐक्शन के वे इस दफ्तर के इसी तरह उपेक्षित अंग बने रहते और सारी मलाई बड़े साहब के इर्द-गिर्द बैठे लोग खाते रहते।

दूसरे विकल्प के लिए एक अदद जोरदार विधायक की आवश्यकता थी। बिना अधिक जोर डाले ध्रुवलाल को याद आ गया कि उनके एक दूर के ममिया ससुर विधायक हैं। जोरदार हैं या नहीं, बार-बार पूछने पर वे इसका कोई सन्तोषजनक उत्तर नहीं दे पा रहे थे क्योंकि अभी तक उनसे कोई काम नहीं पड़ा था। पर वे जोरदार होंगे इसके पक्ष में वे सिर्फ यही दलील दे पाये कि विधायक होने के पहले उनके ऊपर हत्या और डकैती के कई मुकदमे दर्ज हुए थे। वे इस समय लखनऊ में होंगे या उनके पी.डब्ल्यू.डी. मन्त्री से अच्छे सम्बन्ध हैं या वे ध्रुवलाल के पहुँचते ही हाथ में सोटा लेकर सचिवालय चल देंगे—प्रश्नों की ऐसी भूल-भुलैया थी जिसमें फँसाकर कमरे में मौजूद लोग चालाकी से उन्हें तीसरे विकल्प की ओर ढकेलकर ले गए।

तीसरा विकल्प ध्रुवलाल को शुरू से ही पसन्द था क्योंकि वह उनके व्यक्तित्व और सोच के अनुकूल पड़ता था।

इस विकल्प को सरअंजाम कैसे दिया जाय, इस पर गम्भीरता से विचार-विमर्श शुरू हुआ।

इस विमर्श में जायसवाल ठेकेदार की भूमिका बड़ी महत्त्वपूर्ण रही। वह इस बीच पान लेकर लौट आया था। सबको बारी-बारी से पान दिखाने के बाद वह चौरसियावाली मेज पर इस तरह टिककर खड़ा हो गया कि देखनेवाले अपनी-अपनी सुविधा के अनुसार उसे खड़ा या बैठा मान लें। इससे उसे बैठने का सुख भी मिलने लगा और कमरे में मौजूद ए.ई. और जे.ई. उस जैसे टुटपुंजिया ठेकेदार के सामने मेज पर बैठकर अनुशासन भंग करने के त्रास से भी बच गए।

जायसवाल ठेकेदार ने दफ्तरों में पिटाई के बारे में ध्रुवलाल के सामान्य ज्ञान में काफी वृद्धि की। "यादवजी, अभी तो आपको बड़ी नौकरी करनी है। इन सालों को जूते की नोक पर रखिए। पिछली फरवरी में सक्सेना जे.ई. ने मुझे पेमेंट में बड़ा दौड़ाया। मैंने कहा कि साले एडवांस कमीशन तुम लो, घर की सब्जी और राशन-पानी तुम मँगाओ, बच्चों की फीस तुम हमसे भरवाओ। अब राजा हरिश्चन्द्र के अवतार तुम्हें और क्या चाहिए। अरे पेमेंट करो और बाकी कमीशन भी लो। हम कहाँ भाग रहे हैं। पर नहीं साहब, पट्ठा हाथ न धरने दे। कभी बोले साइट पर फिर से मेजरमेंट करेंगे, कभी मैटीरियल घटिया होने की शिकायत, कभी कुछ, कभी कुछ। मैं परेशान हो गया। ये तो बाद में शुक्ला साहब ने बताया कि इसमें दफ्तर की पालिटिक्स है। मैं तो सीना ठोंककर कहता हूँ कि शुक्ला साहब का आदमी हूँ। तो इसलिए नहीं हो रहा था पेमेंट। पर रास्ता भी साहब ने ही बताया," जायसवाल शुक्ला साहब की

तरफ इशारा कर चुप हो गया है। ध्रुवलाल के सामने एकनई दुनिया उद्घाटित हो रही थी। वे चाहते थे कि जायसवाल उस तथाकथित रास्ते के बारे में तफसील से बताए।

काफी देर तक कमरे में बैठे लोग उनकी उत्सुकता का मजा लेने के लिए पान खाने, खाँसने-खँखारने या मौसम के वर्णन जैसी बेहूदगियों में लिप्त रहे। यदि ध्रुवलाल यादव आज जैसी माहिर और पुख्ता तबीयत के मालिक होते तो वे भी इन सारी हरकतों में मजा लेते और निरपेक्ष तटस्थता में 'हमसे क्या मतलब' वाला भाव चेहरे पर ओढ़कर जायसवाल ठेकेदार को मुख्य मुद्दे पर आने के लिए विवश कर देते। पर उस समय तो वे पूरे बुरबक थे। (यह शब्द बाद में उनका प्रिय विशेषण बन गया और गम्भीर-से-गम्भीर माहौल में अपने विरोधी के लिए बिना किसी शिकन के इसका इस्तेमाल कर सकते थे।) थोड़ी देर में उनके धैर्य का बाँध टूट गया और बेफिक्री का प्रदर्शन करने के बावजूद जब वे बोले तो उनकी आवाज कुछ-कुछ टूटी हुई थी।

"फिर क्या हुआ जायसवाल साहब?"

कमरे में बैठे पात्रों के चेहरों पर मुस्कानें दौड़ गईं।

"अजी सरकार हुआ क्या? वही फार्मूला नं. उन्नीस।"

ध्रुवलाल ने मूर्खतापूर्ण ढंग से आँखें झपकायीं।

"अपने शुक्ला साहब का फार्मूला नं. उन्नीस बड़ा कारगर है साहब। साहब ने हरी झंडी दी और मैं दूसरे दिन अपनी बुलेट पर... ।"

"अरे पाजी, मुझे क्यों बदनाम करता है?" शुक्ला ने आँखों से बरजा।

जायसवाल काइयाँ ढंग से मुस्कुराया, "बिना आपके हुकुम के मैं एक कदम नहीं रखता। यादव साहब तो अपने आदमी हैं इसलिए जबान फिसल गई नहीं तो मजाल है कहीं ज़बान खोली हो।"

ध्रुवलाल को इस अनावश्यक विस्तार में कोई दिलचस्पी नहीं थी। वे फार्मूला नं. उन्नीस जानना चाहते थे, पर ये लोग बात को विस्तार देने पर तुले थे।

बहरहाल थोड़ी देर में उनकी उत्सुकता शमन हो गई। हुआ कुछ ऐसे कि जायसवाल ठेकेदार अपनी बुलेट मोटरसाइकिल पर दो स्थानीय गुंडों को लेकर जूनियर इंजीनियर सक्सेना के घर पर सुबह-सुबह पहुँचा। वह मोटरसाइकिल स्टार्ट किये सड़क पर खड़ा रहा और दोनों गुंडे, जिन्हें उसके कथनानुसार 'ठेकेदारों को पालना ही पड़ता है' दनदनाते हुए ऊपर सक्सेना के घर पर चढ़ गए। जब तक नीचे मकान मालिक का परिवार या ऊपर सक्सेना की पत्नी कुछ समझें तब तक दोनों सक्सेना को बनियान-पाजामे में घसीटते हुए नीचे ले आए। उसके बाद "साला चार घूँसों में ही लाइन पर आ गया। बीवी के पीछे छिप गया। बीवी ने—भैया-भैया कहना शुरू कर दिया। हमने भी कहा कि चल बेटा किस्मत ही खराब है साली, सारी बहनें ही मिलती हैं।" जायसवाल अश्लील ढंग से मुस्कराया।

आगे की कहानी हिन्दी फिल्मों के अन्त की तरह स्पष्ट थी। जायसवाल ठेकेदार का पेमेंट हो गया। हाँ, उन्होंने सक्सेना जे.ई. या ऊपरवालों का कमीशन पूरा दिया क्योंकि "साहब, धन्धे के उसूल बहुत साफ हैं। अगर ठेकेदारी करनी है तो कमीशन तो नकद गिनकर देना ही पड़ेगा।"

उस दिन यादवजी ने भी फार्मूला नं. उन्नीस ही अपनाया।

हनुमान की तरह कमरे में उपस्थित लोगों द्वारा अपने बल से अवगत कराते ही वे चमककर उठे और पहले उन्होंने दफ्तर के कमरे में बड़े बाबू नामक जीव को तलाशा। कई घंटे व्यतीत हो जाने के बाद भी वह अभी तक अपनी कुर्सी पर नहीं आया था। बाद में जब वे इस तन्त्र के अंग बन गए तभी उनकी समझ में इतनी लम्बी अनुपस्थिति का कारण समझ में आया। जब कभी ऐसी कठिन घड़ी बड़े बाबू के समक्ष आती थी वह राजनेताओं की तरह उस मुहावरे पर अमल करने लगते थे जिसमें शुतुरमुर्ग और रेत का जिक्र आता है। वह बड़े साहब के कमरे में फाइल दबाये घुसे और थोड़ी देर तक खुसुर-पुसुर करके दूसरे दरवाजे से बाहर निकल गए थे और नीम, इमली, जामुन जैसे पुराने दरख्तों के नीचे खुले बहुत से ओपन एयर रेस्टोरेंटों में से किसी एक में बैठे चाय-समोसे के तीसरे दौर से गुजरते हुए चायवाले का भुगतान करनेवाले किसी ठेकेदार के साथ गम्भीर वार्तालाप में लिप्त थे।

इस बीच बड़े साहब भी लंच पर उठकर चले गए थे।

समस्या गम्भीर थी और ध्रुवलाल अकेले इसका हल नहीं निकाल सकते थे। मित्र, दार्शनिक और मार्गदर्शक के रूप में यदि जायसवाल ठेकेदार बीच-बीच में अवतरित न होता रहता तो वे दफ्तर के भूल-भुलैया जैसे गलियारों में अभिशप्त आत्मा की तरह भटकते रहते।

जायसवाल बीच-बीच में उन्हें इशारे से किसी चाय या पान की दुकान पर ले जा कर जो बताता रहा उससे यह स्पष्ट हो गया कि आज न बड़ा साहब आएगा और न बड़ा बाबू। ये दोनों तभी आ सकते थे, जब ध्रुवलाल अपनी हरकतों से उन्हें मजबूर कर दे। ध्रुवलाल ने यही किया।

बड़े साहब के कमरे के सामने खड़े होकर उन्होंने हवा में किसी अदृश्य को माँ-बहन की गालियाँ दीं। भौचक चपरासी के सामने उढ़के हुए किवाड़ को लात मारकर खोला और बड़े साहब की अनुपस्थिति नामक तथ्य को अपने उजड्ड थोबड़े के माध्यम से कमरे में झाँककर सत्यापित किया। फिर वे हुंकारते साँड की तरह बड़े बाबू के कमरे की तरफ आए। वहाँ जायसवाल द्वारा इंगित बड़े बाबू के खास चमचे बाबू के समक्ष खड़े होकर उन्होंने तरह-तरह की घोषणाएँ कीं।

ध्रुवलाल की घोषणाएँ शरीर-वैज्ञानिकों और भाषा-शास्त्रियों दोनों के लिए बड़ी महत्त्वपूर्ण थीं। शरीर के विभिन्न अंगों के इतने सुन्दर और ललित प्रयोग दोनों के लिए आँख खोलनेवाले सिद्ध होते। उनकी घोषणाएँ अन्तर्राष्ट्रीय राजनय की भाँति

निरर्थक और भाषा का अपव्यय नहीं थीं। इनसे ठोस कार्यक्रम छलछला रहे थे। इन कार्यक्रमों के मुताबिक अगर शाम तक उन्हें ज्वाइन नहीं करा दिया गया तो बड़े साहब और बड़े बाबू नामक प्राणियों के नश्वर शरीरों के कुछ भागों का ऐसा प्रयोग होता जिसका वर्णन सुनकर निरन्तर अश्लील और फूहड़ भाषा का इस्तेमाल करनेवाले बाबू, ठेकेदार और दफ्तर में प्रचुर मात्रा में घूमनेवाले दलाल भी सनाका खा गए होते।

अश्वमेध यज्ञ के अश्व की तरह अपनी उन्नत ग्रीवा से बरामदों, कमरों, फाइलों, कुर्सियों, मेजों पर प्रभाव का आकलन करनेवाली भरपूर दृष्टि डालनेवाले श्री ध्रुवलाल यादव बाहर वटवृक्ष के नीचे की चाय की दुकान पर अगले कुछ घंटों तक रहनेवाली अपनी उपस्थिति की घोषणा करते हुए चले तो गए पर उनकी ओजस्वी वाणी से उत्पन्न थरथराहट काफी देर तक उस दफ्तर को कँपकँपाती रही।

इसके बाद घटनाएँ बड़ी तेजी से घटित हुईं। बड़े साहब और बड़े बाबू यानी दफ्तर के सत्ता पक्ष के समर्थक बाबुओं, चपरासियों और ठेकेदारों की आपात बैठक हुई। आम राय बनी कि ऐसी प्रतिभा को विरोधी खेमे में जाने देना जोखिम भरा है। बाहुबल और भाषा के इस धनी को तो अपने साथ ही रखना उचित होगा। इस पूरे घटनाक्रम में ध्रुवलाल के शुक्ला के कक्ष में जाने और बार-बार जायसवाल ठेकेदार के साथ फुसफुसा कर बातें करने का भी विस्तार से विश्लेषण किया गया और रामदीन चपरासी और विमल तिवारी जे.ई. को अगली कार्यवाही के लिए अधिकृत किया गया। इन दूतों ने बड़े बाबू को कचहरी की एक लस्सी की दुकान पर डकारते हुए पकड़ा। उनके साथ गप्प लगा रहे ठेकेदार को भुगतान करने का इशारा करते हुए वे इन्हें एक पान के खोखे पर ले गए। जितनी देर में बनारसी पान लगा, मुँह में गया और पहली पीक थूकी गई, बड़े बाबू सारा मामला समझ गए। लस्सी का पैसा देकर उनका पिछला साथी जब तक लौटा बड़े बाबू रिक्शे पर बैठकर चल चुके थे और विमल तिवारी पान का पैसा दे रहे थे।

शाम को चार बजते-बजते बड़े बाबू के अदृश्य होने का परिणाम भी आ गया।

रामदीन चपरासी ने वटवृक्ष के नीचे चाय की दुकान पर ध्रुवलाल को विनीत भाव से सम्बोधित किया—

"साहेब, आप इहाँ बैठे हैं। हम पूरी कचहरी ढूँढ़-ढूँढ़कर हैरान हो गए। चलें, बड़े बाबू कब से बुला रहे हैं।"

ध्रुवलाल ने बौड़म की तरह आँखें झपकायीं। वे लगातार दफ्तर के दरवाजे पर निगाहें टिकाए बैठे थे। बड़ा बाबू अन्दर घुसा कैसे? अब उनकी बुलाहट क्यों है? वे इस खेल के नए खिलाड़ी थे, ये सारे प्रश्न उनकी समझ में अबूझ पहेली की तरह थे। पर बगल में बैठे जायसवाल ठेकेदार ने आँख के इशारे से उन्हें चपरासी के साथ जाने को कहा और वे उठ गए।

अन्दर का माहौल सौहार्द और स्वागत से बजबजा रहा था। दिन-भर के तनाव का मद्रासी फिल्मों जैसा सुखद अन्त ध्रुवलाल के लिए सर्वथा अप्रत्याशित था। उन्होंने लाख गम्भीर रहने की कोशिश की, पर बीच-बीच में उनके भदेस चेहरे पर बड़े बाबू की मिसरी घुली बातें सुनकर फिस्स से मुस्कान आ ही जाती थी।

"कहाँ थे यादवजी, बड़े बाबू कब से आपको तलाश रहे हैं। बेचारे इस दुपहरिया में आपका कागज दस्तखत कराने बड़े साहब के बँगले तक गए थे।"

ध्रुवलाल ने देखा कि बोलनेवाला वही बाबू था जिसे जायसवाल ठेकेदार ने बड़े बाबू का खास चमचा बताया था और जिसे अभी-अभी वे गरियाकर गए थे। उसके चेहरे पर कोई शिकन नहीं थी।

"बिना मिठाई खाए तो ज्वाइन नहीं कराऊँगा।"

बड़े बाबू के इसरार पर ध्रुवलाल शरमाये। उन्होंने जेब से सौ का नोट निकालकर पास खड़े चपरासी को थमाया।

"इन अफसरों का तो टाइम से लंच और टाइम से सोना, मरन तो हमारी होती है। आपका कागज तो टाइप हो गया था, पर बड़े साहब के लंच का टाइम हो गया। जब तक कागज लेकर पहुँचूँ साहब निकल गए। फिर इस धूप में रिक्शे पर बैठकर उनके घर गया। सर धूप में चिटक गया।"

ध्रुवलाल पूरी तरह चित हो गए। बेकार बड़े बाबू को जद्‌द-बद्‌द बक रहे थे। कृतज्ञता से लबरेज स्वर में बोले, "बेकार परेशान होने की क्या जरूरत थी बड़े बाबू। शाम को दस्तखत हो जाते।"

"अरे नहीं भैया, एक बार दफ्तर से निकले अफसर का कोई भरोसा नहीं होता, फिर मिले न मिले। इसलिए मैंने कहा कि एक होनहार नौजवान हमारे दफ्तर में आया है, कल को हमारा साहब बनेगा, इसके कागज पर आज ही चिड़िया बिठवा—कल का भरोसा नहीं, साहब कहीं निकल जाएँ। इसीलिए चटखती धूप में गया। अच्छा हुआ जो चला गया। जरा भी आलस करता तो कई दिन की छुट्‌टी थी। साहब कल लखनऊ जा रहे हैं। मीटिंग है।"

ध्रुवलाल को जायसवाल ठेकेदार और उसके गुट के लोग दुनिया के सबसे नीच प्राणी लग रहे थे। अगर उस समय जायसवाल ठेकेदार मिल गया होता तो वे शर्तिया उसके साथ अपने बाहुबल का प्रयोग कर चुके होते। बड़े बाबू जैसे भले प्राणी के लिए उनके मन में कैसे-कैसे दूषित विचार भर दिये थे उसने।

अब जब ध्रुवलाल यादव इस व्यवस्था के अंग बन चुके हैं, उन्हें कभी-कभी इस प्रसंग की याद आती है तो वे मुस्कुराकर अपने मुँह के पान की पीक थूकते हुए, गोल-सा मुँह बनाकर कहते हैं, "साला...धूर्त...अच्छी ऐक्टिंग करता है। खूब बुरबक बनाया।"

पहले दिन ध्रुवलाल की ऐंग्री यंग मैन की जो छवि बनी वह आज तक उनसे

चिपकी हुई है।

दफ्तर में कई गुट थे। अकसर कोई न कोई गुट उनका इस्तेमाल अपने विरोधी खेमे से किसी सदस्य की पिटाई कराने या उसे गाली दिलाने के लिए कर लिया करता था। पर शुरू के वर्षों में वे अपनी इस छवि के कारण घाटे में रहा करते थे। वे व्यवस्था विरोध के चक्कर में अकसर दफ्तर के सत्ता पक्ष के खिलाफ खड़े हो जाते थे। नतीजा यह रहता कि लोग उनसे आतंकित रहते, दफ्तर में बिगड़ैल साँड की तरह नथुने फुलाकर घूमते हुए उन्हें देखकर मुग्ध भाव से उनकी देहयष्टि पर प्रशंसा-भरी निगाहें डालते अथवा चाय-पान की दुकानों पर घेरकर उनकी वाहवाही करते रहते, किन्तु मार्च में जब कमीशन के अन्तिम बँटवारे का समय आता वे सबसे कम पैसा जेब में डाले निकलते।

वक्त ने धीरे-धीरे उन्हें होशियार बना दिया था। वे अब भी लम्पट थे, उजड्ड थे और बुद्धि से अधिक बाहुबल का प्रयोग करते थे, पर अब वे सत्ता पक्ष के उपयोग की चीज थे। जिस तरह हिन्दी का क्रान्तिधर्मा लेखक पहले तो 'वाम वाम वाम दिशा समय साम्यवादी' का उद्‌घोष करता है फिर धीरे-धीरे पुरस्कारों और अध्यापक से रीडर बनने के चक्कर में रणनीति निर्धारित करता हुआ दुनियावी सफलताओं के सोपान चढ़ता है, उसी प्रकार ध्रुवलाल यादव जे.ई. को भी वक्त ने धीरे-धीरे इतना प्रशिक्षित कर दिया था कि इधर वे दफ्तर के सत्ता पक्ष के साथ रहकर दफ्तर के मुहावरे में साल-भर काफी मोटी रकम चीरते थे।

इसीलिए ध्रुवलाल यादव इस समय इस गम्भीर मन्त्रणा में शरीक थे।

मन्त्रणा में सम्मिलित अन्य दो व्यक्ति बड़े साहब के सामने बैठे थे। बाईं तरफ बैठे थे दफ्तर के बड़े बाबू लाभचन्द्र श्रीवास्तव उर्फ लाला बाबू। इन्होंने इस दफ्तर में अपनी जिन्दगी का अधिकांश भाग बिताया था। उन्होंने लगभग तीन दशक पहले अपनी सरकारी जिन्दगी इसी दफ्तर में बाबुओं की सबसे निचली जमात से शुरू की थी। वे मक्कारी, चापलूसी और गिरावट के मानवीकरण थे और इसीलिए स्वाभाविक रूप से निरन्तर सफल थे। भारतीय नौकरशाही उन जैसे पुख्ता खम्भों पर ही टिकी हुई थी।

लाभचन्द्र श्रीवास्तव जिनका असली नाम दफ्तर के ज्यादातर बाबू, अफसर या ठेकेदार नहीं जानते थे और जिन्हें लोग लाला बाबू के नाम से पुकारते थे, बीच-बीच में तब्दील होकर बाहर जाते थे, लेकिन फिर घूम-फिरकर साल-छह महीने में वापस आ जाते थे। इस शहर में उन्होंने एक मकान बना लिया था जिसे वे बड़ी दयनीय विनम्रता से झोंपड़ा कहते थे और उनके विरोधी उनके तबादले के लिए दरखास्तें देते समय तिमंजिला महल कहते थे। सबसे ऊपरी मंजिल पर दो छोटे-छोटे कमरों में वे अपने कुनबे यानी खुद, बीवी और चार लड़कों के साथ रहते थे। शेष दोनों मंजिलों पर उनके अनगिनत किरायेदार रहते थे। अनगिनत इसलिए कि उनके और उनकी

बीवी के अलावा उस भवन में रहनेवाले भी नहीं जानते थे कि किस समय वहाँ कितने किराएदार थे। मकान बनवाते समय उन्हें जहाँ कहीं जगह मिली उन्होंने पाखाना, गुसलखाना या रसोईघर बनवा दिया। इससे फायदा यह हुआ कि इमारत की दो मंजिलों पर कई स्वतन्त्र हिस्से निकल आए जिनमें उन्होंने किरायेदार बसा दिये। पूरा घर सराय की तरह लगता था और उसमें रहनेवाले गोर्की के चरित्रों की तरह भाँति-भाँति के लोग थे। जिनसे निरन्तर गालियाँ, घुड़कियाँ, धमकियाँ प्राप्त करते हुए भी वे अपनी नियमित प्रातःकालीन पूजा में ईश्वर को धन्यवाद देते रहते।

लाला बाबू के जीवन के कुछ बुनियादी उसूल थे, जिन्हें वे कभी नहीं छोड़ते थे। इनमें से एक विनम्रता थी। बड़ी से बड़ी अपमानजनक परिस्थिति में भी वे हे...हे... करते हुए अपने को क्रोध से दूर किए रहते थे। भारतीय नौकरशाही में बाबू की स्थिति ही कुछ ऐसी है कि अपमान की घड़ियाँ पल-पल उसके समक्ष आती रहती हैं। कभी अफसर घुड़कता है, कभी मातहत। लाला बाबू के महकमे में तो ठेकेदार नामक एक तीसरा दुष्ट ग्रह भी है जिससे बाबुओं का निरन्तर पाला पड़ता था। ठेकेदारी में जो नई पौध आ रही थी वह पूरी तरह से लम्पट और उजड्ड नौजवानों की थी जो चाकू-पिस्तौल के बल पर सारा काम कराना चाहती थी। इनके गाली-गलौज का सबसे ज्यादा शिकार निरीह बाबू ही बनते थे। पर लाला बाबू कठिन से कठिन परिस्थिति में भी अपना धैर्य नहीं खोते थे।

हाल के सालों में जो नए बाबू आ रहे थे उन्हें देखकर लाला बाबू को जरूर कुछ निराशा होती थी। ये बाबू नए फैशनों के कपड़े पहनते, अफसरों के सामने कुर्सी पर बैठ जाते, कई बार उनसे तू-तड़ाक भी कर देते और सबसे बुरी बात दफ्तर में अपने पैसे से मँगाकर चाय-समोसा खा लेते। लाला बाबू अपनी पीढ़ी के बाबुओं के साथ बैठकर इनके पतन पर शोक प्रकट करने के सिवाय कुछ न कर पाते।

किसी नए बाबू के दफ्तर में आने पर लाला बाबू उसे अपने जीवन का एक अनुभव जरूर सुनाते। यह किस्सा दफ्तर के सारे बाबुओं के सामने अलग-अलग ढंग से सुनाया जा चुका है। कभी लाला बाबू के मुख से, कभी उनके किसी विरोधी खेमे के सदस्य द्वारा। इसलिए दफ्तर के लगभग सभी लोग इसके एक-एक प्रसंग को जानते हैं। किसी अंश पर अगर कथावाचक भूल करता है तो श्रोता उसकी पूर्ति कर देते हैं। बड़े बाबू इस किस्से को यों शुरू करते हैं, “बरखुरदार, जब मैं भी तुम्हारी तरह जवान था” या “जब मेरी भी कमर में ताकत थी तब का वाकया है।” विरोधी इसे कुछ ऐसे सुनाते, “साला जब नया-नया दफ्तर में आया तब से ही अफसरों के सामने पतलून खोल देता है। एक बार ऐसा हुआ कि...”

जिस तरह हिन्दी की ज्यादातर फिल्मों में कहानी घुमा-फिराकर एक जैसी होती है और केवल तर्जे-बयाँ बदलता रहता है, उसी तरह दोनों पक्षों की कहानी का मूल तत्त्व एक ही था, केवल उसे सुनाने का ढंग बदल जाता था। कहानी का प्रारम्भ होता

था लाला बाबू के एक नौजवान कनिष्ठ लिपिक के रूप में दफ्तर में प्रवेश से और अफसरों के प्रति उनकी ताबेदारी की भावना के वर्णन से। इस दृश्य को लाला बाबू अपनी कर्तव्य निष्ठा और अनुशासनप्रियता जैसे विशेषणों से बखान करते और उनके विरोधी 'पक्का हरामुद्दहर जो हमेशा अफसर का गू उठाने को तैयार रहता था' जैसे ईर्ष्यालु वाक्यों से व्यक्त करते।

इसके बाद कथा का ललित पक्ष आ जाता। इसको बड़े बाबू तेजी के साथ इस सूचना से निपटा देते कि 'मेरी घरवाली को गाँव का पानी रास नहीं आ रहा था इसलिए न चाहते हुए भी उसे यहाँ लाना पड़ा और यहीं कालोनी में बड़े साहब से कह-सुनकर एक क्वार्टर मिल गया जिसमें बाद में पन्द्रह साल हम लोग रहे और एक-एक कर चार पुत्ररत्नों की प्राप्ति हुई।'

पर विरोधी पक्ष इतनी जल्दबाजी में नहीं रहता। पहले तो वह इस मामले की तह में जाने की कोशिश करता कि उनकी पत्नी अचानक गाँव से एक दिन दफ्तर के दरवाजे पर कैसे प्रकट हुईं। इसके बारे में अलग-अलग किंवदन्तियाँ थीं। पर कमोबेश सभी इस मामले पर एकमत थीं कि लाला बाबू की शहर में गुलछर्रे उड़ाने की अफवाहें कुछ इस रूप में गाँव में पहुँचीं कि एक दिन उनके वृद्ध पिता अपनी बहू को सीधे उनके दफ्तर लेकर पहुँच गए और इस आघात से हक्का-बक्का मुँह बाये लाला बाबू के पास छोड़कर सीधे बस अड्डे रवाना हो गए।

समस्या बड़ी विकट थी। लाला बाबू खुद एक दूसरे बाबू के साथ एक कमरा लेकर रहते थे। दोनों अकेले थे, इसलिए कोई दिक्कत नहीं थी। दफ्तर के एक चपरासी को उन लोगों ने पटा रखा था। वह खाना उनके साथ खाता और एवज में उनका खाना पका दिया करता था। जिन गुलछर्रों की खबरें उड़ती-पुड़ती गाँव में पहुँची थीं वे इसी सान्निध्य और छड़ेपन की उपज थीं। उस माहौल में लाला बाबू पत्नी को लेकर कैसे जाते?

दफ्तर में पत्नी की उपस्थिति से अलग-अलग चेहरों पर जो मुस्कानें तैर रही थीं उन्होंने लाला बाबू को असहज बना दिया। ये मुस्कानें कुटिलता, उपहास, अश्लीलता और तरस से भरी थीं। उन्होंने पहला काम किया कि सर से पैर तक कपड़े की गठरी बनी पत्नी को दफ्तर के सामने एक परिचित चायवाले की दुकान पर बैठा दिया और उस समय के दफ्तर के बड़े बाबू लक्ष्मी बाबू के पास रुआँसा चेहरा बनाकर अपनी आवास समस्या लेकर पहुँच गए।

घटना लगभग दो दशक पुरानी है, पर दफ्तरों में राजनीति आज जैसी ही थी।

उस जमाने के बड़े बाबू लक्ष्मीधर द्विवेदी उर्फ लक्ष्मी बाबू की बड़े साहब से नहीं पटती थी। उन्होंने लाला बाबू को दफ्तर की राजनीति का शिकार बना दिया।

लक्ष्मी बाबू के मेज के इर्द-गिर्द दफ्तर के कर्मचारियों की आपात बैठक हुई और लाला बाबू की समस्या पर गम्भीर-विचार विमर्श हुआ। लक्ष्मी बाबू खुद तो कम

बोले पर उनके एक समर्थक ने जो हल सुझाया वह उस समय लाला बाबू को बहुत आसान लगा। अब, जब वे भी उसी खुर्राट व्यवस्था के अंग बन चुके हैं उन्हें उस साधारण सुझाव का पेंच समझ में आता है।

पी.डब्लू.डी. कॉलोनी में एक टाइप टू का मकान काफी दिनों से खाली था। उस जमाने में कॉलोनी में मकान काफी कम थे, पर आज के मुकाबले अधिकारी और कर्मचारी भी कम ही थे, इसलिए मारामारी भी कमोबेश आज जैसी ही थी। यह मकान किसी बाबू को मिल सकता था और कई बाबू शहर में गन्दे तंग मकानों में रहते थे। उन सभी ने इस मकान के लिए अपनी-अपनी दरखास्तें लगा रखी थीं। वे बारी-बारी से बड़े साहब के सामने पेश होते रहते थे और झिड़की खाकर वापस लौट आते थे।

यह मकान किसी बाबू को अलाट क्यों नहीं हो रहा था, यह राज लक्ष्मी बाबू और दफ्तर के सभी घाघ बाबू और चपरासी जानते थे। नहीं जानते थे तो सिर्फ लाला बाबू या उनके जैसे दो-चार गावदी जो इस दुनिया में नए-नए आए थे। बात कुछ ऐसी थी कि बड़े साहब का एक दूर का साला काफी दिनों से बेरोजगार था। उनकी मेम साहब का हठ कुछ ऐसा था कि बड़े साहब ने अपना सारा रसूख और जोर लगाकर उसे किसी तरह बाबू बनवा दिया था। अब वे कोशिश कर रहे थे कि उसका तबादला इसी दफ्तर में हो जाय। तबादला हो भी जाता, पर इस बीच प्रमुख अभियन्ता कार्यालय में उनका एक विरोधी प्रमुख अभियन्ता का पी.ए. होकर पहुँच गया था। वह लगातार अड़ंगे डाल रहा था और कई महीनों से उनका प्रयास सफलता के कगार पर पहुँच-पहुँचकर लक्ष्य से थोड़ी दूर रह जाता था। यह मकान इसी चक्कर में उनके साले की प्रतीक्षा में पिछले कई महीनों से खाली पड़ा था।

उस दिन लक्ष्मी बाबू के मेज के इर्द-गिर्द जो मीटिंग हुई, उसमें यह तय पाया गया कि लाला बाबू बड़े साहब के सामने उसी मकान के लिए दरखास्त पेश करेंगे। सम्भावित तर्क एवं उनकी काटें भी उन्हें समझा दी गईं। बड़े हलके ढंग से बताया गया कि लखीमपुरखीरी में कोई बाबू है जो बड़े साहब का दूर का रिश्तेदार है और जिसका यहाँ तबादला कराने के लिए बड़े साहब प्रयासरत हैं। अव्वल तो यहाँ कोई जगह नहीं है जिस पर उसका तबादला हो सके और अगर हो भी गया तो उसके यहाँ पहुँचने में दो-चार महीने तो लग ही जाएँगे। लाला बाबू की समस्या तो तात्कालिक है। फिलहाल वे अपनी पत्नी को लेकर उस क्वार्टर में चले जाएँ, बाद में अगर बड़े साहब का रिश्तेदार यहाँ आया तो वे मकान खाली कर देंगे। तब तक सभी लोग मिलकर उनके लिए शहर में कोई न कोई मकान ढूँढ़ ही लेंगे।

लाला बाबू को एक बात और अलग तरह से समझाई गई। इस दफ्तर में सीधी उँगली से घी नहीं निकलता। सीधे कर्मचारी पर सभी अफसर सवारी गाँठने की कोशिश करते हैं। बड़ा साहब भी आसानी से नहीं मानेगा, पर लाला बाबू को अपनी

आवाज थोड़ी ऊँची करनी होगी और आँखें तरेरनी होंगी। मकान देगा कैसे नहीं? कोई उसके बाप का क्वार्टर है? इतने महीने से खाली पड़ा है, सरकार को किराये का इतना नुकसान हो रहा है, उसे कौन भरेगा?

सारे तर्क-वितर्क का यही अंश थोड़ा कठिन था। लाला बाबू की प्रकृति के यह खिलाफ था कि वे बड़े साहब के सामने ऊँचे स्वर में बोल सकें। पर बीवी बाहर चाय की दुकान पर घूँघट काढ़े बैठी थी। इस शहर में कोई सगा-सम्बन्धी नहीं था जिसके पास जाकर दो-चार दिन बिताए जा सकें। किराये का मकान भी इतनी आसानी से कहाँ मिलेगा? उन्हें रह-रहकर अपने बाप और बीवी पर गुस्सा आ रहा था। पर अब गुस्सा करने से भी क्या मिलनेवाला था? शाम हो रही थी। एक बार बड़े साहब उठकर घर चले गए तो फिर उन्हें पकड़ पाना मुश्किल होगा। उन्होंने मन कड़ा किया। कागज-कलम लेकर एक दरखास्त लिखी और कुरुक्षेत्र की तरफ बढ़ चले।

लक्ष्मी बाबू ने उनके साथ दो-तीन बाबू और कर दिये। यह एक डेलीगेशन की सी शक्ल बन गई जिससे शुरू में तो लाला बाबू का हौसला बढ़ा, पर बाद में कमरे से बाहर निकलने पर उन्हें सबको साथ ले जाने का अफसोस हुआ क्योंकि बहुत सी बातें बाहर नमक-मिर्च लगाकर इन्हीं लोगों द्वारा फैलाई गईं।

जब यह शिष्टमंडल कमरे में घुसा। बड़ा साहब ऐनक नाक के ऊपर चढ़ाये किसी फाइल को पढ़ने में मशगूल था। एक बाबू उसके बगल में खड़ा उसे कुछ समझाने की कोशिश कर रहा था। तीन-चार बाबुओं के एक साथ कमरे में घुसने में कोई नयी बात नहीं थी, इसलिए उसने कोई ध्यान नहीं दिया। पहले से खड़े बाबू की बात बड़े साहब की समझ में आ गई और उसने फाइल के सामने खुले पन्ने पर हस्ताक्षर करके फाइल सरका दी।

बड़े साहब ने थोड़ी देर इन्तजार किया कि नए आनेवाले बाबू कोई फाइल या कागज उसके सामने रखेंगे, पर उनकी तरफ से कोई हरकत न होने पर उसने चिढ़कर पूछा, "हाँ...क्या बात है?"

"सरकार...ये लाला बाबू कुछ अर्ज लेकर आए हैं। इनकी बीवी गाँव से आ गई है," लाला बाबू की खामोशी न टूटने पर एक दूसरे बाबू ने खीस निपोरी।

"अच्छा," साहब ने कौतूहल से लाला बाबू को निहारा जैसे उसने आज की सबसे मजेदार खबर सुनी हो।

थोड़ी देर फिर खामोशी रही। एक बाबू ने लाला बाबू से मजाक कर माहौल को अपनी विनोदप्रियता, साहब की विशालहृदयता और लाला बाबू की निरीहता जैसी स्थितियों से भरने की कोशिश की। "अरे समस्या बताओ लाला बाबू। साहब से क्या शर्म। कोई भगाकर तो लाये नहीं हो। ब्याहता है। इस अनजान शहर में साहब ही तो गार्जियन हैं। बता डालो।"

लाला बाबू ने साहस बटोरा और अर्जी साहब के समक्ष बढ़ा दी।

बड़ा साहब चौकन्ना हुआ, 'तो ये मामला है। साले बड़े घाघ हैं। बीवी का बहाना बनाकर मकान लेना चाहते हैं। हरामजादे लक्ष्मी ने पट्टी पढ़ाई होगी।' उसने मन-ही-मन अपनी रणनीति बनाई।

इसके बाद कथा में क्या हुआ, इसके बारे में लाला बाबू और उनके विरोधियों में मतभेद हैं।

लाला बाबू बताते हैं कि काफी-बहस मुबाहिसों और जद्दो-जहद के बाद जब बड़े साहब किसी तरह टस-से-मस नहीं हुए तो उन्होंने साफ-साफ कह दिया कि "हम तो आपकी औलाद हैं। नहीं मकान देंगे तो आपकी बहू को लेकर शाम को आपके घर पहुँच जाएँगे। कहीं-न-कहीं सर छुपाने की जगह मेम साहब दे ही देंगी। कुछ रूखा-सूखा भी मिल जाएगा। पड़े रहेंगे।"

उनके सामने तो कोई कुछ न कहता। पर पीठ पीछे लोग उन बाबुओं की फैलाई बातें दोहराते जो लाला बाबू के साथ उस ऐतिहासिक क्षण मौजूद थे।

विरोधी खेमा इस प्रसंग को इस तरह बयान करता है कि जब काफी देर तक बड़ा साहब दुत्कारता रहा और डपटता रहा, साथ गए बाबुओं के इशारों के बावजूद लाला बाबू ने आवाज़ ऊँची नहीं की और पूरे शिष्टमंडल को यह विश्वास हो गया कि अब ज्यादा तर्क-वितर्क करने से कोई फायदा नहीं, इसलिए वापस लौटना चाहिए। तभी एक ऐसी घटना हुई जिसने कमरे में मौजूद सभी लोगों को हतप्रभ कर दिया।

अफसरों की मौजूदगी में सदा दीनता की प्रतिमूर्ति बने रहनेवाले लाला बाबू अचानक अधिक दीन हो गए। उन्होंने हाथ जोड़ लिए और बोलते-बोलते उनकी आवाज़ रुँध गई, "हुजूर माँ-बाप की जगह हैं। नहीं पालेंगे तो हम कहाँ जाएँगे।"

इसके अलावा भी लाला बाबू बहुत कुछ बोले पर आवाज़ के रुँध जाने से सब कुछ अस्पष्ट सा हो गया।

साहब कौतूहल, वितृष्णा और आत्म-मुग्धता के भाव से लाला बाबू का विलाप सुनता रहा। वह इस उद्गार से सहमत था कि वह दयालु है, बन्दापरवर और गरीब-नवाज जैसा न जाने क्या-क्या है।

लाला बाबू और विरोधी खेमे दोनों की कथाओं का सार यही था कि साहब ने अन्त में लाला बाबू के प्रार्थना-पत्र पर घसीटकर 'मकान आवंटित' लिख दिया और विजयोल्लास की भावना के साथ पूरा शिष्टमंडल बाहर आ गया।

यह कथा लाला बाबू नए बाबुओं को इस भाव से सुनाते थे कि वह भी अफसर को अपना माई-बाप समझे। शुरुआती दौर में तो सब ठीक-ठाक चलता था, लेकिन पिछले कुछ वर्षों से बाबुओं की पौध में बड़ा गुणात्मक परिवर्तन आ गया है। अब बाबू पहले जैसी श्रद्धा से यह प्रसंग नहीं सुनते। कुछ तो उनका लिहाज-शर्म छोड़कर कथा के बीच में ही उठकर चल देते हैं, कुछ मुँह बिचकाते हैं, कुछ तरस खाने के भाव से मुस्कराने लगते हैं और कुछ-कुछ तो इतने शरारती हो गए हैं कि विरोधी पक्ष

द्वारा प्रचारित झूठ को समस्यापूर्ति की तरह उनके किस्से में बीच-बीच में जड़ते जाते हैं। बाबुओं के बीच हो रहे ये परिवर्तन लाला बाबू को विचलित करते हैं।

सारे परिवर्तनों के बावजूद लाला बाबू ने अपनी लीक नहीं छोड़ी। वे पिछले तीस सालों से अफसर को माई-बाप समझते आए हैं। आज भी एक आदत की तरह नए से नए छोकरे अफसर के लिए उनका सर लिहाज से झुका रहता है। आज भी वे रोज सबेरे एक घंटे भगवान की पूजा करते हैं। रोज भगवान को इस बात के लिए धन्यवाद देते हैं कि उसने उन्हें लड़कियाँ नहीं दीं, चार बेटे ही दिये। घर का कुछ बाहर नहीं जाएगा, घर में ही कुछ-न-कुछ आएगा। कभी-कभी कोई किराएदार बहुत तंग करता तब अन्तिम विकल्प के रूप में ही लाला बाबू उसके अशुभ की प्रार्थना भगवान से करते थे, नहीं तो अकसर वे इतने से ही सन्तुष्ट हो जाते थे कि भगवान किराएदार की जेब में पैसा और मन में सद्बुद्धि पैदा कर दे कि वह उन्हें समय से किराया दे दिया करें या किराएदार की पत्नी में इतनी सुघड़ता भर जाय कि वह अपना कूड़ा-कचरा लाला बाबू के बाहर निकलनेवाले दरवाजे पर न डाला करे या किराएदारों में से भगवान जाने किसका बच्चा जो अकसर उनकी साइकिल का पहिया ब्लेड से काट देता है, उसे अक्ल आ जाय और वह ऐसा करना बन्द कर दे। ये छोटे-मोटे संवाद थे जो वर्षों से लाला बाबू धन्यवाद या शिकायत के रूप में ईश्वर से करते आ रहे थे।

वर्षों से लाला बाबू दाल-रोटी खाकर दफ्तर के समय से आधा घंटा पहले घर का दरवाजा खोलकर बाहर निकलते थे। अपनी बुढ़िया साइकिल को पन्द्रह मिनट तक झाड़ते-पोंछते थे, दोनों पहियों की हवा चेक करते थे, ब्रेक, पैडिल और चेन का मुआयना करते, घंटी बजाते और सब कुछ ठीक-ठाक होने पर दफ्तर के समय से दस मिनट पहले घर से निकल पड़ते। उनके घर से दफ्तर पास ही था और सात-आठ मिनट में वे दफ्तर पहुँच जाते। जब यह जमीन उन्होंने खरीदी थी तब शुरू के कई सालों तक ईश्वर को धन्यवाद देने के एजेंडा में यह जमीन भी थी जो दफ्तर के इतने करीब थी और जो भगवान की दया से उन्हें प्राप्त हो गई थी। इधर वे जरूर ईश्वर को इस बात के लिए धन्यवाद नहीं देते क्योंकि अब धन्यवाद देने के लिए और बहुत सी चीजें हो गई थीं।

दफ्तर में पहुँचने वालों में लाला बाबू हमेशा पहले या दूसरे होते। चौकीदार और फर्राश अभी दफ्तर का ताला खोल रहे होते या मेज-कुर्सियों की धूल पर कपड़ा मार रहे होते कि लाला बाबू की बुढ़िया साइकिल दफ्तर के बाहर आकर खड़ी होती। चौड़े पाँयचे वाली पेंट में लोहे का हुक फँसाकर उसे पतला किये हुए लाला बाबू धीमी रफ्तार वाली अपनी साइकिल बिना किसी हड़बड़ी के रोकते और आहिस्ता से नीचे उतर आते। जब से वे बड़े बाबू हुए हैं, कोई-न-कोई चपरासी या चौकीदार कहीं-न-कहीं से प्रकट हो जाता और उनकी साइकिल पकड़कर बरामदे में खड़ा कर देता। अगर

कोई नज़र नहीं आता तो स्वयं ही धीरे-धीरे ले जाकर साइकिल नियत जगह खड़ी कर देते। उनकी साइकिल हमेशा ऐसी जगह खड़ी होती जहाँ पर अपनी कुर्सी से वे बैठे-बैठे फाइलों से सर उठाकर थोड़ी-थोड़ी देर में उसे देख लेते। इस दफ्तर में वे अलग-अलग जगह बैठे हैं, लेकिन साइकिल के लिए हमेशा उन्होंने ऐसी जगह तलाश ही ली है जहाँ से साइकिल उन्हें दिखाई देती रहे। इसी तरह साइकिल में ताला लगाने का काम भी वे एक खास नियम की तरह करते हैं। साइकिल खड़ी कोई करे, ताला वे खुद लगाते हैं। ताला लगाकर वे दो-तीन बार जाँचते हैं, फिर सन्तुष्ट होने पर ही आगे बढ़ते हैं। इधर जमाना खराब हो गया है इसलिए वे रबड़ चढ़ी लोहे की चेनवाला दूसरा ताला भी साथ रखने लगे हैं जिसे अगले पहिए में लगा देते हैं। कभी-कभी भावुक होकर वे प्रातःकालीन ईश वन्दना में प्रभु को इस बात का भी धन्यवाद देते हैं कि इतने खराब वक्त में भी उनकी साइकिल कभी चोरी नहीं हुई।

पचास के आसपास लाला बाबू अपनी उम्र से काफी बड़े लगते हैं। चेहरे पर हमेशा मौजूद रहनेवाली दो-तीन दिन की बढ़ी दाढ़ी, दयनीयता बिखेरते हुए पिचके गाल, छोटे-छोटे सीधे खड़े बाल, गन्दे कालरों वाली कमीज और चौड़े पाँयचोंवाली बदरंग पतलून ट्रेडमार्क से उनके व्यक्तित्व के अभिन्न अंग की तरह उनके साथ रहते हैं।

आज की इस गम्भीर मन्त्रणा में लाला बाबू के उपस्थित रहने के दो कारण हैं। वैसे तो सारे अफसर लाला बाबू के लिए माई-बाप हैं, पर वर्तमान बड़े साहब कमलाकान्त वर्मा से उनके कुछ विशेष सम्बन्ध हैं। एक तो वे अपनी बिरादरी के हैं, दूसरे ससुराल पक्ष से वे उनकी पत्नी के मामा के फुफिया ससुर भी लगते हैं। यह लाला बाबू की शाइस्तगी ही थी कि उन्होंने आज तक कभी भी इस रिश्ते का अनुचित लाभ उठाने की कोशिश नहीं की और अफसर और मातहत के रिश्ते को कभी नहीं भूले।

दूसरा कारण भी कम महत्त्वपूर्ण नहीं था। नए आनेवाले बड़े साहब थे बटुकचन्द उपाध्याय। लाला बाबू जैसा विनम्र व्यक्ति भी कभी-कभी दाँत किटकिटाकर उनके लिए कह उठता था, 'हरामुद्‌दहर'। पहले भी वे इस दफ्तर में रह चुके थे। एक बार नहीं—दो-दो बार। दोनों बार का लाला बाबू का अनुभव बड़ा कटु था। उपाध्यायजी एक नम्बर के जातिवादी थे। उनके आते ही दफ्तर के ब्राह्मण चपरासियों और बाबुओं का राज हो जाता। बेचारे ठाकुर-कायस्थ एक किनारे कर दिए जाते। पंडितजी मुँह में पान दबाये अपने पैर मेज के बाहर निकालकर दफ्तर में बैठते। उनके कमरे में घुसने पर ठेकेदारों या बाबुओं को उनका पैर छूना पड़ता। अफसरों में भी ज्यादातर पैर छूते। पैर तो लाला बाबू ने भी खूब छुआ पर बात कुछ बनी नहीं। दोनों बार उपाध्याय ने लाला बाबू का तबादला करा दिया और दोनों ही बार काफी परेशान होकर वे वापस इस दफ्तर में लौट पाये।

आज लाला बाबू की इस मन्त्रणा में भागीदारी का राज यही था। वे अपने

स्वभाव के विपरीत बटुकचन्द उपाध्याय की सम्भावित उपस्थिति से उत्तेजित थे और अपने स्वभाव के विपरीत ही अपने वरिष्ठ अधिकारियों की उपस्थिति में उपाध्याय का नामोल्लेख होने पर कभी-कभी मुँह बिचकाकर कह उठते थे, 'हरामुद्दहर'।

लाला बाबू की बगल में यानी बड़े साहब के सामने मेज की दूसरी तरफ चेचक के दागोंवाला चेहरा लटकाये, हरे और काले रंगों के बीच के किसी रंगवाला चश्मा पहने ऊपर की दो खुली बटनोंवाला चारखानेदार सफारी सूट चढ़ाये और बोलते समय अपने मुँह में ठुँसे पान की पीकें दाहिने-बाएँ-सामने हर तरफ उछालते हुए, फूहड़ता ही जिनके जीवन का सबसे बड़ा धन था ऐसे श्री लल्लन राय विराजमान थे। उनका यहाँ होना कोई आश्चर्य की बात नहीं थी। दफ्तर का कोई भी व्यक्ति उन्हें इस विभागीय गोष्ठी में शिरकत करते देखता और वह लल्लन राय की पृष्ठभूमि जानता होता तो वह उन्हें कत्तई बाहरी व्यक्ति न मानकर उनकी उपस्थिति को सहज रूप में लेता।

लल्लन राय बहुमुखी प्रतिभा के धनी थे। उन्होंने अपना जीवन अखबारों की हाकरी से प्रारम्भ किया था। अखबार बेचते-बेचते वे पत्रकार बन बैठे। शुरुआत में एक दैनिक अखबार, जो इसी शहर से छपता था, के वे अपने मोहल्ले के संवाददाता बन गए थे। यद्यपि वे सही हिन्दी नहीं लिख पाते थे और उनकी ज्यादातर खबरों को डेस्क पर बैठा कोई उप-सम्पादक अपना माथा पीटते हुए लगभग फिर से पूरा लिखता था, पर वे शीघ्र ही शहर के सबसे सक्रिय खबरनवीस बन गए। वे रोज बिना किसी पारिश्रमिक की अपेक्षा किये कई-कई पेज काले करते थे और उन्हें अँधेरा होते-होते अपने अखबार के दफ्तर पहुँचा आते थे।

लल्लन और उनका अखबार दोनों एक दूसरे के लिए बड़े उपयोगी थे। वे एक ऐसे समय पत्रकारिता की दुनिया में आए थे जब समाज के दूसरे अंगों की तरह अखबारों की दुनिया में भी आदर्शवाद एक फालतू शब्द हो गया था। उपभोक्ता संस्कृति ने हर चीज की तरह अखबार को भी व्यापार बना दिया था। इस दुनिया में या तो बड़े उद्योगपति थे जो राजधानियों से अखबार निकाल रहे थे और जिनका उद्देश्य अखबारों की ताकत के बल पर अपने जूट, सीमेंट या तेल साम्राज्यों की रक्षा करना था अथवा छोटे और मझोले पूँजीपति थे जो छोटे शहरों से अखबार निकालकर अपनी जमीनों की खरीद-फरोख्त, चिटफंडों या राजनीतिक दलाली जैसे धन्धों में बिना किसी बाधा के फलना-फूलना चाहते थे। जिस तरह के अखबार के लल्लन राय संवाददाता थे उनमें काम करनेवाले ज्यादातर लोग अर्द्ध शिक्षित या लगभग अशिक्षित थे। उन्होंने अपनी साइकिलों, स्कूटरों और मोटरसाइकिलों पर मोटे-मोटे अक्षरों में प्रेस लिखवा रखा था और खुद को पत्रकार कहते थे। उनके सम्पर्क में आनेवाले सरकारी कर्मचारियों की दृष्टि में वे सिर्फ दलाल थे जो पार्टटाइम पत्रकारिता भी करते थे।

इन पत्रकारों की एक न्यूजसेंस वैल्यू थी जिसके कारण सरकारी अधिकारी या कर्मचारी इनसे डरते थे। खबरें इकट्ठी करने के बहाने ये थानों, दफ्तरों या अस्पतालों

में कोई न कोई सिफारिश लिए घूमते रहते थे। जिन अफसरों के पास वे सिफारिश लेकर पहुँचते वे अकसर उनसे बड़े घाघ होते थे। सिफारिश करनेवाला चाहे जितने भोलेपन से सिफारिशी को अपना रिश्तेदार, पड़ोसी, मित्र या परिस्थितियों का मारा निरीह घोषित करे, घाघ अफसर को यह ताड़ने में ज्यादा वक्त नहीं लगता कि पैरवी के पीछे कितने का लेन-देन हुआ है। कुछ पत्रकारों के अफसरों से बिचौलिए के सम्बन्ध कायम हो जाते। वे थाने पर पैरवी की जगह सीधे-सीधे लेन-देन की बात करने लग जाते। इस लेन-देन का एक हिस्सा उन्हें भी मिल जाता। ठेकेदार और इंजीनियर के बीच में कमीशन को लेकर विवाद हो तो वे मध्यस्थ की भूमिका निभाते। विकास प्राधिकरण में प्लाट या फ्लैट अलाट कराकर वे अपना हिस्सा काटकर अफसर को घर पर उसके हिस्से की राशि पहुँचा आते।

लल्लन राय को पत्रकार बनने का सौभाग्य उनकी एक विशेष योग्यता के कारण मिला। उनके पिता अपने क्षेत्र के सबसे बड़े समाचार पत्र एजेंट थे। उन्होंने शुरुआत तो एक साधारण हॉकर के रूप में की थी, पर धीरे-धीरे पिछले दो दशकों में उन्होंने एक बड़े एजेंट की हैसियत हासिल कर ली थी। इसमें तिकड़म के साथ-साथ उनकी मेहनत ने भी उनका साथ दिया था। पहले वे अपने पाँचों लड़कों के साथ सबेरे तीन बजे उठकर मीलों साइकिल चलाते थे। गर्मी-जाड़ा-बरसात उनकी एक जैसी दिनचर्या रहती थी। सारे बाप-बेटे भोर में उठकर अखबारों के दफ्तरों या एजेंटों की दुकानों का चक्कर लगाते और फिर आठ बजे तक घर-घर घूमकर अखबार और पत्रिकाएँ बाँटते। इसके बाद ही उनके पेट में कुछ अन्न जाता। दिन में पूरा परिवार अलग-अलग जगहों में अलग-अलग धन्धे करके जीविका कमाता था। बाप ने सभी बच्चों को पढ़ाने की कोशिश की थी। पर पारिवारिक माहौल और जीवन की दुश्वारियों के चलते सभी लड़के पाँच-सात साल स्कूल में बिताकर बारी-बारी से बाहर निकल आए। बाद में बाप ने कुछ अखबारों की एजेंसी ले ली। मेहनत और व्यावसायिक बुद्धि ने अब यह स्थिति पैदा कर दी थी कि बाप-बेटों को सिर्फ प्रबन्ध देखना पड़ता था और बीसियों हॉकर उनके नौकर की हैसियत से अखबार ले जाकर बाँटते थे। इसी एजेंसी के कारण लल्लन राय को पत्रकार की हैसियत प्राप्त हुई।

हुआ कुछ ऐसे कि प्रदेश में तीन अखबार घरानों में भयानक युद्ध छिड़ गया। ये अखबार प्रदेश के पूर्वी, पश्चिमी और केन्द्रीय भागों से निकलते थे और इनके अपने-अपने क्षेत्र थे। व्यापारिक प्रतिस्पर्धा के चलते तीनों के मालिकों ने एक दूसरे के इलाकों में घुसपैठ शुरू कर दी। उन्होंने धड़ाधड़ नए-नए शहरों से अपने संस्करण निकालने शुरू कर दिए। बैंकों और सरकारी संस्थाओं का पैसा उनकी अखबारी ताकत के कारण आसानी से उपलब्ध था। हलवाइयों, हज्जामों या हर्र-बहेड़ा बेचनेवालों की दुकानों में तमाम महत्त्वाकांक्षी नौजवान मौजूद थे जो पत्रकार बनने के लिए दो-तीन सौ रुपयों पर भी आने के लिए तैयार थे।

सनसनी ही इन अखबारों की सबसे बड़ी पूँजी थी। हर तरह की नैतिकता और दायित्वबोध से मुक्त ये अखबार अपनी खबरों के कारण कस्बों या देहातों के चायखानों में सबसे लोकप्रिय थे। इनमें छपनेवाली खबरों को लिखने के लिए पढ़ा-लिखा होना जरूरी नहीं था। इसलिए लल्लन राय जैसे लोग यहाँ पूरी तरह से फिट थे।

लल्लन राय में कुछ विशेष बात जरूर थी जिससे वे अपने जैसे अर्द्धशिक्षितों के बीच भी अलग पहचान बना लेते थे। उनके सम्पादक-कम-मालिक उनकी इस प्रतिभा को पहचानते थे। जब अयोध्या में बीस आदमी कार सेवा के दौरान मरे और उनके अखबार के अलग-अलग संस्करणों ने मरनेवालों की संख्या दो हजार से शुरू करके बीस हजार तक पहुँचा दी, उसी दौर में लल्लन राय की एक खबर ने उनके कल्पनाजीवी सम्पादक को भी भौचक्का कर दिया। लल्लन राय ने एक शाम खबर दी कि जब से राम जन्मभूमि आन्दोलन चल रहा है, शहर की सब्जी मंडी की एक धर्मपरायण बुढ़िया को सब्जी-विक्रेता की दुकान पर बिकने वाले बैगनों को काटने पर उनमें जय श्री राम लिखा हुआ दिखाई देता है।

उनकी प्रतिभा का ही परिणाम था कि उनका मालिक जिसका नाम अखबार के सम्पादक के रूप में जाता था, उन्हें पत्रकारिता के अलावा बहुत सारे काम सौंपता था। उसके बच्चे का दाखिला कराना हो, घर में गैस खत्म हो गई हो या बन्दूक के लाइसेंस का नवीनीकरण हो—ये सारे काम लल्लन राय के जिम्मे रहते थे। मालिक की पत्नी को बाजार जाना हो, लल्लन राय की खोज होती। बच्चे सर्कस जाना चाहते तो लल्लन राय पास लेकर हाजिर होते। घर में किसी का जन्मदिन होता तो लल्लन राय शहर के आला हुक्कामों को निमन्त्रित करने का दायित्व उठाते। वे उत्सव के समय लगातार मालिक के पोर्टिको में खड़े रहते और अफसरों की अगवानी और विदाई करते रहते।

बदले हुए समय में पत्रकारिता ज्यादातर लोगों के लिए दलाली बन गई थी। अपनी-अपनी हैसियत के हिसाब से बड़ी या छोटी। मसलन लल्लन राय का मालिक कोलोनाइजिंग करता था। अखबार ने ही उसे यह ताकत दी थी कि सारे नियम-कायदों की धज्जियाँ उड़ाकर ऐन सिविल लाइंस में बनाई गई उसकी बहुमंजिला इमारत का उद्‌घाटन प्रदेश के नगर विकास मन्त्री ने किया था और अब जब उसने आधी खरीदी और आधी अवैध कब्जा की गई सरकारी जमीन पर एक नयी कालोनी बनाने की घोषणा की तो उसका शिलान्यास शहर के कमिश्नर से कराने जा रहा था। यह अखबार उसका सबसे बड़ा कवच था।

अखबार के इस मालिक-कम-सम्पादक की व्यावहारिक बुद्धि बड़ी तेज थी। जब प्रदेश के दूसरे अखबारों ने उसके शहर में धावा बोला तो अपनी इसी व्यावहारिक बुद्धि के चलते उसने उन्हें काफी दुखी किया। सबसे पहले उसने हॉकरों के तन्त्र पर

कब्जा किया। हॉकरों को मोपेड से लेकर टेलीविजन जैसे उपहार बाँटे गए। इसी चक्कर में लल्लन राय पत्रकार बन गए। उनके पिता बड़े वितरक थे और यह उनका प्रभाव था कि नए अखबारों को बरसों उनके प्रभाव क्षेत्र में हॉकर नहीं मिले। शुरू के वर्षों में तो नए अखबारों को लगता था कि उनके वितरण का कोई तन्त्र इस शहर में नहीं बन पाएगा। पर अब धीरे-धीरे उनके पाँव भी जमने लगे हैं, हालाँकि अब भी हॉकरों पर लल्लन राय के अखबार का ही असर मुख्य है। हॉकर बार-बार माँगने पर ही कोई दूसरा अखबार देता है नहीं तो अगर बहुत आग्रही ग्राहक न हो तो उसे लल्लन राय का अखबार ही पढ़ने को मिलता है। बरसों तक इन नए अखबारों के दफ्तरों में रहस्यमय ढंग से आग लगती रही या उनके अखबार में छपी छोटी सी खबर पर छात्रों का कोई दल आकर तोड़-फोड़ करता रहा और पुलिस देर से पहुँचती रही या रात की पाली से लौटते उनके सहायक सम्पादकों की पिटाई होती रही। अब तो इन अखबारों ने भी बहुत सारे हथकंडे सीख लिए हैं, पर फिर भी लल्लन राय का भवन-निर्माता मालिक अब भी उन पर भारी पड़ता है।

लल्लन राय के शहर के पत्रकारों को दुख था कि राजधानी की तरह उनके यहाँ दलाली के लिए बड़ी सम्भावनाएँ नहीं थीं। राजधानी के पत्रकारों की मन्त्रियों और बड़े अफसरों के साथ बिताई जानेवाली शामों की खबरें जब उन तक पहुँचतीं, वे ईर्ष्या और आत्मग्लानि में डूबने-उतराने लगते। उनका शहर कहने के लिए तो सूबे के बड़े शहरों में था, पर व्यवहार पूरी तरह कस्बाई शहर की तरह करता था। एक बोतल शराब देकर अफसर दस जगह गा देता। एक थानेदार को कमाऊ जगह लगवाने में जितना पैसा मिलता उससे ज्यादा शहर में इसकी चर्चा हो जाती। हाल में यह चलन जरूर शुरू हो गया था कि प्रेस कान्फ्रेंस रेस्तराँओं या होटलों में होने लगी थीं, पर उनमें भी शहर का कस्बाई टुच्चापन झलकता। अकसर तो कान्फ्रेंस बुलानेवाले चाय-समोसे पर ही टरका देते। बहुत कम मौकों पर राजधानी की तरह शराब मयस्सर होती। राजधानी में प्रेस कान्फ्रेंसों में मिलनेवाले सूट के कपड़े, घड़ियाँ या टू-इन-वन तो अभी भी इस शहर के पत्रकारों के लिए हसरत-भरी व्यथा थे। अभी तक इस शहर ने सिर्फ इतनी तरक्की की थी कि अब पेन या सस्ती घड़ी तक बात पहुँचने लगी थी।

राजधानी के पत्रकारों की तरह इस शहर के पत्रकारों ने भी अपने-अपने बीट चुन लिए थे—खबरों और दलाली के बीट। इनमें पुलिस सबसे लोकप्रिय बीट थी। हर पत्रकार क्राइम रिपोर्टर बनना चाहता था। इस बीट में मेहनत कम और मक्खन ज्यादा था। अपराध की ज्यादातर खबरें तो कंट्रोल रूम में शाम को फोन करने पर मिल जातीं। दिन-भर क्राइम रिपोर्टर थानों और पुलिस दफ्तरों के चक्कर लगाकर काजू और मिठाई खाते और एकाध मुर्गा भी ढंग का फँस जाता तो उसकी पैरवी करके दिन-भर की मेहनत वसूल कर लेते। एक-दो आदर्शवादी किस्म के पत्रकारों को

छोड़कर बाकी सबकी शाम का इन्तजाम हो जाता। सब कुछ यहाँ संस्थागत हो गया था। समझदार पुलिस कप्तान एक-एक क्राइम रिपोर्टर एक-एक थानेदार के हवाले कर देता। थानेदार ही उसके बीवी-बच्चों के लिए फिल्म अथवा सर्कस के पास पहुँचा आता या शाम को निर्धारित मात्रा में शराब और मुर्गे की व्यवस्था कर देता। छुटभैये क्राइम रिपोर्टर जो कप्तान तक नहीं पहुँच पाते वे चौकियों या थानों में रम जाते और वहीं से फलते-फूलते। लल्लन राय ने भी शुरू में इसी बीट की माँग अपने सम्पादक से रखी थी। पर उनका सम्पादक उनकी इस माँग से सहमत नहीं हुआ क्योंकि उस समय उसका एक खास चमचा इस बीट में लगा था और वह लल्लन राय की प्रतिभा से आज की तरह वाकिफ भी नहीं था। उसने लल्लन राय को पी.डब्लू.डी. नामक महकमा आवंटित कर दिया। पहले तो लल्लन राय ने काफी नाक-भौं सिकोड़ी, हाथ-पाँव मारे कि पुलिस मिल जाय, पर बाद में जब उन्होंने इसमें प्रवेश किया तो पाया कि यहाँ भी पुलिस की तरह चरने-खाने के लिए विस्तृत मैदान था।

शुरू-शुरू में लल्लन राय को काफी मेहनत करनी पड़ी। पी.डब्लू.डी. यानी सार्वजनिक निर्माण विभाग उनके लिए एकदम नई दुनिया थी। पर वे जल्दी ही कामयाब पत्रकार माने जाने लगे। एक तो वे बेहद मेहनती थे। बचपन की ट्रेनिंग काम आई। इस पेशे में सफलता के साथ क्रमशः परिवर्तित होनेवाली साइकिल, मोपेड और स्कूटर पर वे हाड़ कँपाती सर्दी या माथा चकरा देनेवाली लू में बारह घंटे से अधिक काम कर सकते थे। दूसरे सफलता के कुछ गुर उन्हें उन्हीं के अखबार में काम करनेवाले अमृतलाल गुप्ता ने सिखाये।

अमृतलाल गुप्ता अखबार की पुलिस बीट के वही पत्रकार थे जिन्हें हटाने का प्रयास प्रारम्भ में लल्लन राय ने किया था और बाद में निराश होकर मित्रता गाँठ ली थी। गुप्ताजी जीवन में कुछ भी उधार रखने में विश्वास नहीं रखते थे। वे दोस्त के दोस्त और दुश्मन के दुश्मन थे। स्थानीय थाने से रोज उन्हें एक पाव शराब मिलती थी। जब तक यह व्यवस्था जारी रहती उनके थाने में अमन-चैन का साम्राज्य रहता। जैसे ही कोई थानेदार इस व्यवस्था में विघ्न डालता वैसे ही गुप्ता जी का अखबार कुछ खास तरह के शीर्षकों से भर उठता। इनमें से कुछ की बानगी इस तरह थी—'थाना रूपनगर में चोरों की बन आई', 'डाकू कस्बा लूटते रहे, पुलिस थाने में सोती रही' या 'दिन दहाड़े थाने में बलात्कार'। बाद में जब उनकी शराब फिर से बँध जाती तो शीर्षक कुछ इस तरह हो जाते—'थाना रूपनगर में पूरी तरह अमन-चैन', 'रात-भर पुलिस की गश्त से चोरों के हौसले पस्त' या 'अब नहीं लुटेगी किसी अबला की इज्जत—रूप नगर के थानाध्यक्ष लोहा सिंह की गर्जना'। दरअसल उनके शीर्षक देखकर ही यार-दोस्त बता देते थे कि आजकल पुलिस और अमृतलाल गुप्ता की कैसी छन रही है।

इन्हीं गुप्ता पत्रकार ने लल्लन राय को पेशे के गुर सिखाए। शुरू-शुरू में तो

जब लल्लन राय टुटपुँजिया साइकिल पर सवार अपने चेचकहरू चेहरे पर हरे और काले रंग के बीच के किसी रंग का चश्मा पहने अपने चारखानेवाले सफारी सूट के साथ पी.डब्लू.डी. के दफ्तर में पधारे तो अफसरों और बाबुओं ने उन्हें किसी चिड़ीछाप हॉकर से ज्यादा महत्त्व नहीं दिया। उन्होंने पत्रकारों के रोब-दाब और महत्त्व को लेकर जो सपने देखे थे, वे चूर-चूर होने लगे थे। वे निराशा और क्षोभ के समुद्र में डूबते-उतराते रहते अगर उन्हें अमृतलाल गुप्ता की विशेषज्ञ सेवाएँ न मिली होतीं। काफी दुख उठाने के बाद वे अमृतलाल गुप्ता के शरणागत हो गए।

अमृतलाल गुप्ता ने सबसे पहले लल्लन राय की मुलाकात एक ऐसे जूनियर इंजीनियर से कराई जो पी.डब्लू.डी. महकमे में सत्ता चलनेवाले सत्ता-संघर्ष में विरोधी खेमे में था। उसने जो-जो सूचनाएँ दीं उनसे लल्लन राय के दिव्य चक्षु खुल गए। कुछ निर्माणाधीन इमारतों, पुलियों और सड़कों का उन्होंने चुपके-चुपके मुआयना किया। कुछ जगहों के फोटो उतारे गए। फिर दिखाये जौहर उनके शीर्षकों ने—'एक बरसात नहीं झेल पाएगी प्राइमरी स्कूल की इमारत : अपने बच्चों को दाखिल कराने से पहले अभिभावक सौ बार सोचेंगे', 'इंजीनियर शर्मा का कमाल : सड़क बनी बाद में बही पहले', 'विचित्र किन्तु सत्य : एक बोरा सीमेंट में मिला रहे हैं छब्बीस बोरा बालू' या 'सार्वजनिक निर्माण विभाग का प्रान्तीय खंड लूट का अड्डा बना'। इन शीर्षकों का जादुई असर हुआ और एक दिन बड़े साहब ने लल्लन राय को बुलवा भेजा। बन्द कमरे में दोनों के बीच डेढ़ घंटे की शिखर-वार्ता के दौरान हर मुलाकाती को चपरासी लगातार 'साहब बिजी हैं' कहकर टरकाता रहा। इस गोष्ठी के बाद जब लल्लन राय बाहर निकले तो वे इस प्रतिष्ठान के अभिन्न अंग बन चुके थे।

कुछ ही दिनों में लल्लन राय को पी.डब्लू.डी. इतना रास आया कि उन्होंने पुलिस के बारे में सोचना बन्द कर दिया। पी.डब्लू.डी. बीट ने घर में उनकी हैसियत बढ़ा दी थी। बेटा पत्रकार हो गया है और हाकिम-हुक्काम उससे मिलने आएँगे, यह सोचकर उनके बाप ने पास पड़ी सरकारी जमीन घेरकर दो कमरे बनवा डाले। पत्रकारजी का मकान बन रहा है, यह जानकर नगर महापालिका वाले रोकने नहीं आए। बालू, सीमेंट, सरिया वगैरह पी.डब्लू.डी. के बड़े साहब ने अलग-अलग जूनियर इंजीनियरों के जिम्मे लगा दी। ईंट अमृतलाल गुप्ता ने एक थानेदार से कहकर आधे दाम में भट्ठेवालों से दिला दी। शुरुआती पत्रकारिता में ही परिवार तथा पड़ोसियों पर लल्लन राय का रोब पड़ गया। जल्दी ही उन्होंने अपने सबसे छोटे भाई को, जो चाकूबाजी और लड़कियाँ छेड़ने के दो मामलों में जेल जा चुका था और भविष्य में जिसके ज्यादा समय जेल में ही बिताने की सम्भावना थी, ठेकेदारी में लगवा दिया। देखते ही देखते वह इस क्षेत्र में तरक्की कर गया।

लल्लन राय हर बड़े साहब के लिए काम की चीज हुआ करते थे। वर्तमान बड़े साहब भी उनका तरह-तरह का इस्तेमाल करते थे। अपने विरोधियों के खिलाफ

अखबार-बाजी करानी हो, शहर में आए हुए सार्वजनिक निर्माण विभाग के मन्त्री की प्रेस कान्फ्रेंस में विरोधी खेमे के पत्रकारों को साधना हो, किसी नेता को हमवार करना हो या बड़े साहब के किसी बड़े अफसर को खुश करने के लिए अखबारों में कोई इंटरव्यू छापना हो—हर मौके पर लल्लन राय अपनी सेवाओं के साथ हाजिर होते। वर्तमान बड़े साहब का तो कुछ ज्यादा ही विश्वास जम गया था उन पर। राजधानी में कुछ लोग थे जिन्हें वह नियमित पैसा भेजते थे। कभी-कभी कोई नहीं मिलता तो वह लल्लन राय को ही पैसा लेकर भेज देते। लल्लन राय के अपने राजनीतिक सम्बन्ध भी इस बीच बन गए थे।

यही सारे कारण थे कि आज की आपात बैठक में लल्लन राय उपस्थित थे।

रोज की दिनचर्या के मुताबिक वे 11 बजे पी.डब्लू.डी. दफ्तर में प्रवेश करते थे। उसके पहले दस से ग्यारह तक का समय वे कचहरी और दूसरे सरकारी दफ्तरों के सामने चाय या लस्सी की दुकानों पर बिताते थे। अकसर उनके साथ अमृतलाल गुप्ता भी होता। रोज ही कोई न कोई जूनियर इंजीनियर या ठेकेदार मिल जाता जो उन्हें चाय, समोसा या लस्सी का सेवन कराता। जब लल्लन राय की बीट का कोई मुर्गा नहीं फँसता तो अमृतलाल गुप्ता किसी दरोगा या सिपाही को पकड़ लेता जो उनके चाय-पानी का खर्च उठाता। इस बीच तरह-तरह के लोगों से उनका साक्षात्कार चलता रहता और वे खबरें एकत्रित करते रहते। दिन-भर के कार्यक्रम की रूपरेखा वे यहीं बैठे-बैठे तय करते। घंटे डेढ़ घंटे की मटरगश्ती के बाद वे मगही पान का जोड़ा मुँह में दबाते और अपनी-अपनी बीट पर रवाना हो जाते। अमृतलाल गुप्ता की मंजिल होती वरिष्ठ पुलिस अधीक्षक का कार्यालय या कोई थाना और लल्लन राय पी.डब्लू.डी. दफ्तर में प्रवेश करते।

आज इस दिनचर्या में थोड़ा फर्क आया। अभी लल्लन राय ने अपना स्कूटर चाय की दुकान के बाहर खड़ा कर अपना चश्मा उतारकर इस उम्मीद से पोंछना शुरू किया ही था कि कोई न कोई परिचित चाय पिलानेवाला या अमृतलाल गुप्ता कहीं न कहीं से उन्हें देखकर उनकी तरफ आ जाएगा, तभी बड़े साहब का ड्राइवर जाने कहाँ से उनके सामने प्रकट हो गया।

"आज बड़ी देर कर दी राय साहब। बड़े साहब कब से ढुँढ़वा रहे हैं? चार बार हमें भेज चुके।"

लल्लन राय ने गौर से ड्राइवर की तरफ देखा। मामला कुछ संगीन लगा। अभी मुश्किल से सवा दस बजा था। बड़े साहब इतनी जल्दी दफ्तर आ गए और उन्हें ढूँढ़ रहे हैं, जरूर कोई खास बात है। "हमें कुछ नहीं पता, बस बार-बार साहब हमें भेज रहे हैं आपको देखने को। अभी आप न मिलते तो गाड़ी लेकर आपके घर पहुँच जाते हम।"

"अच्छा...चलो...एक जोड़ा पान मुँह में दबा लिया जाय तो चलें।"

"आप चलें, हम पान लगवाकर ला रहे हैं। यहाँ खड़े रहेंगे तो अभी आपके चाहने वाले घेर लेंगे, फिर निकलना मुश्किल हो जाएगा।"

"ठीक है। पान लगवा के आओ, हम चल रहे हैं," लल्लन राय ने कहा और स्कूटर स्टार्ट कर सड़क के दूसरी तरफ स्थित पी.डब्लू.डी. दफ्तर की तरफ कचहरी की भीड़ में से धीरे-धीरे स्कूटर निकालते हुए बढ़ गए।

लल्लन राय जब बड़े साहब के कमरे के सामने पहुँचे तो उन्होंने पाया कि दरवाजा बन्द था। पर जिस तरह लपककर चपरासी ने दरवाजा खोलकर उन्हें अन्दर जाने का इशारा किया उससे यह स्पष्ट हो गया कि मामला कुछ खास था और उनका इन्तजार हो रहा था।

अन्दर पसरी हुई उदासी और क्षोभ को घुसते ही सूँघा जा सकता था। लल्लन राय ने भी बिना पूरा मामला समझे मुँह लटका लिया। उन्होंने यह सोचकर जरूर सन्तोष का अनुभव किया कि वे बड़े साहब के लिए इतने महत्त्वपूर्ण हैं कि चार लोगों के अन्तरंग विचार-विमर्श में उनका नम्बर पड़ता है।

कमरे में बैठे लोग फुसफुसाकर बातें कर रहे थे। उन्हें देखते ही सभी चुप हो गए। बड़े साहब की अर्द्ध चन्द्राकार और काफी हद तक भव्य मेज के बाईं तरफ सहायक अभियन्ता रिजवानुल हक, दाईं तरफ अवर अभियन्ता ध्रुवलाल यादव तथा सामने बड़े बाबू बैठे थे। हालाँकि तीनों के बगल में कुर्सियाँ खाली पड़ी थीं, पर लल्लन राय बड़े बाबू के पासवाली एक कुर्सी पर बैठ गए।

थोड़ी देर तक खामोशी छायी रही। मामला क्या है, इस उत्सुकता में लल्लन राय ने बौड़म की तरह बारी-बारी से सबकी तरफ देखा। कोई नहीं बोला तो वे असहज हो गए। उन्हें कुछ नहीं सूझा तो सामने प्लेट में रखे पान के बीड़ों में से दो पान उठाये, उसके बगल में रखे तम्बाकू में से एक चुटकी तम्बाकू उठायी और मुँह में डाल लिया।

पान खाकर लल्लन राय चूना-कत्था अपने बालों में पोंछ रहे थे कि साहब ने अपने सामने पड़े एक कागज को उनके सामने सरका दिया। यह स्थानान्तरण आदेश था जो सुबह-सुबह एक विशेष पत्रवाहक लाया था। "बड़ी शुद्ध हिन्दी है साहब," लल्लन राय ने लोगों को हँसाने की कोशिश की, पर कोई मुस्कुराया तक नहीं।

क्लिष्ट सरकारी हिन्दी में जो लिखा था उसे पढ़ने में लल्लन राय को दिक्कत जरूर हुई, पर समझने में नहीं। मतलब साफ था कि बड़े साहब अर्थात श्री कमलाकान्त वर्मा का स्थानान्तरण विभागीय हेडक्वार्टर में डिजाइन सेल में हो गया था और उन्हें तत्काल दफ्तर के नम्बर दो श्री ऋषभचरण शुक्ल सहायक अभियन्ता को कार्यभार सौंप देना था। बटुकचन्द उपाध्याय नामक अधिशासी अभियन्ता को शीघ्र ही आकर ऋषभचरण शुक्ल से कार्यभार लेकर इस खंड का अधिशासी अभियन्ता बनना था। इतना पढ़ने के बाद लल्लन राय की समझ में आ गया कि

मामला गम्भीर है क्योंकि समय कम था।

उन्हें पता नहीं था कि अभी तक क्या रणनीति बन चुकी है और क्या-क्या फैसले किये जा चुके हैं। इस पूरे प्रकरण में उनकी क्या भूमिका होगी, इसे समझने के लिए उन्होंने कागज सामने से सरकाया और बड़े साहब की तरफ देखते हुए निरर्थक-सा शब्द मुँह से उच्चारित किया—

"तो..."

"तो क्या...पत्रकारजी आप बताइए क्या करना है?" रिजवानुल हक ने पूछा।

इसका मतलब उनकी राय का महत्त्व है। लल्लन राय गम्भीर हो गए। राय देने के पहले कुछ जरूरी जानकारियाँ होनी चाहिए।

"बटुकचन्द उपाध्याय कब तक आ रहा है।"

"चल चुका है। आधे-एक घण्टे में पहुँच रहा है।"

"कैसे पता?"

"लखनऊ फोन किया गया था। उसके दफ्तर से पता चला कि सुबह किसी प्राइवेट कार से रवाना हो गया है। अब तो पहुँचनेवाला होगा।"

"बड़े साहब इतना सबेरे दफ्तर क्यों आ गए?"

"धोखा देकर बुलाया गया। एस. ई. ने फोन किया कि दस बजे वो दफ्तर आएँगे। यहाँ आने पर यह स्पेशल मैसेंजर खड़ा था।"

"ऑर्डर रिसीव कर लिया?"

"साहब ने नहीं किया, पर ऋषभचरण साले ने डिस्पैचर से करा दिया है।"

"इस हरामजादे ऋषभचरण से तो मैं निपटूँगा। दफ्तर में सालों ने ब्राह्मणवाद फैला रखा है," ध्रुवलाल ने दाँत पीसते हुए कहाँ

बड़े साहब के सामने तबादलों से उपजी ऐसी स्थिति कई बार उत्पन्न हुई थी। उनका आधा ध्यान अपने मातहतों की बातचीत पर था और आधा आगे की रणनीति बनाने में था। बीच-बीच में मुस्कुराकर या कुछ मजाकिया वाक्य बोलकर वे अपने को सहज दिखाने की कोशिश कर रहे थे।

"अब क्या करना है साहब, जल्दी फैसला किया जाय। नहीं तो बटुकवा सार कभी भी पहुँच सकता है," ध्रुवलाल यादव कर्म में विश्वास करते थे। इतनी लम्बी गोष्ठी में उन्हें ऊब महसूस होने लगी थी।

"आपने जो करने का फैसला किया है, पत्रकारजी को भी सुना दीजिए। बेचारे देर से आए हैं," बड़े साहब ने चुहल की। बड़े बाबू मुस्कुराए और रिजवानुल हक हँसने लगे।

ध्रुवलाल को भी मजा आया। उन्होंने अपनी खास अदा में लल्लन राय पत्रकार को समझाया, "पत्रकारजी अपना तो खुला खेल फर्रूखाबादी है। लात के देवता से बात नहीं करनी चाहिए। आने दो बटुकचन्द उपाध्याय को। पोर्टिको में गाड़ी रुकते

ही दूँगा हनाहन सौ जूते और गिनूँगा एक, साले ने जितना पैसा खर्च किया होगा लखनऊ में, पीछे के रास्ते सब निकल जाएगा। बड़े साहब बस एक बार हाँ कर दें।"

बात तो लल्लन राय को भी जमी। अगर कुछ दिनों पहले यह प्रस्ताव उनके सामने रखा गया होता तो वे किलकारी मारकर हँसते और अपने चेचकहरू चेहरे पर शरारत-भरी मुस्कान लाकर एक आँख दबाते और शरारती अन्दाज में कहते, "गुरु आइडिया तो ठीक है, पर जूता कडुआ तेल में डुबोया होना चाहिए।" पर इस समय वे पत्रकार थे इसीलिए गुरु-गम्भीर तरीके से सिर्फ मुस्कुराए।

"चलिए आप लोगों को छुट्टी मिली मुझसे। सोचते होंगे बड़ा परेशान करता था पाजी," बड़े साहब ने अपने को सहज दिखाने के लिए मजाक किया। पर उनका चेहरा देखकर कोई भी व्यक्ति जो उन्हें करीब से जानता हो समझ सकता था कि उनके अन्दर तेजी के साथ कुछ पक रहा था।

"आप भी कैसी बात कर रहे हैं साहब? उस हरामुद्दहर के साथ..." बड़े बाबू की आवाज रूँध गई।

"काम करने का मजा तो आपके साथ ही आया। आपको जाने नहीं देंगे हम," रिजवानुल हक ने इसरार किया।

"हम तो साहब लंठ थे। आपने हमें जे.ई. बना दिया। पहली बार ध्रुवलाल यादव ने भी काम करना शुरू कर दिया। आप गए तो बटुकचन्द को चार जूता मारकर फिर लंठई शुरू कर देंगे," ध्रुवलाल यादव ने भी अपनी वफादारी का इजहार किया।

बड़े साहब ने चश्मे को नाक पर खिसकाया और बोलनेवालों को गौर से तौला। 'साले यही सब डायलाग बटुकचन्द के सामने बैठकर भी झाड़ेंगे। बड़ी जलील दुनिया है यह', मन में सोचकर उन्होंने ठण्डी साँस ली।

"राय साहब आपको लखनऊ का मोर्चा सँभालना पड़ेगा," रिजवानुल हक ने कहाँ

"मुझे हुकुम चाहिए," लल्लन राय ने बड़े साहब की तरफ देखा।

"हक साहब सबको बताएँगे कि किसे क्या-क्या करना है?" बड़े साहब ने युद्ध का सेनापति हक साहब को मुकर्रर कर दिया।

"सबसे पहले तो आप ही यहाँ से तशरीफ ले जाइए। आपको धोखा देकर यहाँ बुलाया गया है। पर अब आपको बीमार पड़ने से कोई नहीं रोक सकता। बटुकचन्द को आसानी से चार्ज नहीं मिलना चाहिए।"

बड़े साहब के चेहरे पर हिचकिचाहट देखकर हक ने चापलूसी और शरबती चाशनी में भिगोकर अपनी जुबान का वार किया, "फिर आप एस.ई. साहब की मुरव्वत में पड़े। उन्होंने आपके लिए क्या किया है आजतक? झूठ बोलकर दफ्तर बुला लिया। इसका मतलब उन्हें बटुकचन्द के आदेश का पता चल गया था। प्रमुख

अभियन्ता के दफ्तर से हुकुम मिला होगा कि आपका चार्ज करा दो तो झूठ बोलकर आपको यहाँ बुला लिया। थोड़ी देर में बटुकचन्द यहाँ पहुँच जाएगा। फिर आप देखिएगा कि एस.ई. साहब भी पीछे-पीछे हें...हें...करते पहुँच जाएँगे। तब आपके पास क्या चारा होगा। वक्त कम है, आप पहले यहाँ से जाइए तब हम फैसला करेंगे कि क्या करना है।"

"वक्त सचमुच कम है," बड़े साहब अर्थात कमलाकान्त वर्मा ने सोचा और उठ खड़े हुए। ऐसा नहीं था कि वे इस बात को समझ नहीं रहे थे। अपने मातहतों की बातें सुनते हुए वे बोले बहुत कम, पर उनका दिमाग लगातार काम कर रहा था। दफ्तर में आते ही वे समझ गए थे कि उनके साथ षड्यन्त्र हुआ है। सुपरिंटेंडिंग इंजीनियर प्यारेलाल ने सुबह-सुबह उनके घर चपरासी भेजा कि वे दस बजे दफ्तर आएँगे और कोई जरूरी रिपोर्ट लखनऊ भेजनी है, उसी के बारे में बात करनी है। उन्होंने फौरन फोन से एस.ई. से सम्पर्क करके जानना चाहा कि मामला क्या है। लेकिन एस.ई. का फोन लगातार व्यस्त मिला। अब समझ में आया कि उसका रिसीवर ही हटा दिया गया होगा। इतने सबेरे दफ्तर पहुँचना और एस.ई. का भी उनके दफ्तर आना उन्हें खटका जरूर, लेकिन यह उम्मीद नहीं थी कि यहाँ पहुँचने पर उन्हें स्थानान्तरण आदेश थमा दिया जाएगा।

इस उम्मीद के पीछे सबसे बड़ा कारण तो यह था कि कमलाकान्त वर्मा अपने को एस.ई. प्यारेलाल का सबसे खास समझते थे। उनके और अधीक्षण अभियन्ता के सम्बन्ध दूसरे अधिशासी अभियन्ताओं के लिए ईर्ष्या का बायस थे। इन सम्बन्धों के कारण लोग उनकी पीठ पीछे तरह-तरह की बातें करते थे। उन्हें इन बातों का पता था, लेकिन इसे ईर्ष्याजन्य क्षुद्रता मानकर उन्होंने कभी किसी की परवाह नहीं की। उन्हें पूरी उम्मीद थी कि कभी उनके ऊपर कोई मुसीबत आई भी तो प्यारेलाल सबसे पहले उन्हें चेतावनी देंगे। इस तरह धोखा देकर दफ्तर बुला लिए जाने की तो उन्होंने कल्पना भी नहीं की थी। दूसरे इस समय कुम्भ मेले की तैयारियाँ चल रही थीं। रोज लखनऊ तरह-तरह की सूचनाएँ मँगाई जाती थीं। कई बार तो देर रात तक सूचनाएँ एकत्रित की जातीं, लम्बे-चौड़े ड्राफ्ट बनते और रात में ही जाकर एस.ई. के दस्तखत कराए जाते और सुबह ट्रेन पकड़कर कोई बाबू लखनऊ रवाना होता। महीने में दस दिन से ज्यादा वे और एस.ई. लखनऊ में रहकर अलग-अलग किस्म की बैठकों में शरीक होते। यह उनकी मेहनत और कौशल का परिणाम था कि कुम्भ मेले का बजट पिछले कुम्भ से ड्योढ़ा हो गया था।

इस सारी मेहनत का यही फल उन्हें मिलना चाहिए था? कमलाकान्त वर्मा ने उदास होकर सोचा। इस साले प्यारेलाल से तो वे बाद में निपटेंगे। साला उनका नहीं हुआ तो दुनिया में किसी का नहीं होगा। उन्होंने उसके लिए दफ्तर के सारे उसूल तोड़ दिये। पिछले एस.ई. जिन टेंडरों को खुद मंजूर करते थे, उन पर एक प्रतिशत

लेते थे। इसने डिवीजन की कैश बुक देखकर पूरे काम पर एक प्रतिशत लेना शुरू कर दिया। दूसरे अधिशासी अभियन्ताओं ने विरोध किया, पर कमलाकान्त वर्मा ने मंजूर कर लिया तो झख मारकर उन्हें भी यह स्थिति स्वीकार करनी पड़ी। इसी तरह पिछला एस.ई. हर डिवीजन से दो हजार रुपया महीना लेता था, लेकिन इसने तो आते ही पाँच हजार रुपया कर दिया। पहले बड़ी हाय-तौबा मची, पर कमलाकान्त ने यहाँ भी सबसे पहले समर्पण किया। दूसरे डिवीजनों के अधिशासी अभियन्ताओं ने कुछ दिन तो प्रतिरोध किया, पर उनको भी झुकना पड़ा। हर महीने एस.ई. पहले हफ्ते में सबकी मीटिंग करता था। उसी दौरान सभी अपना-अपना लिफाफा बढ़ा देते थे। कई महीने तक एस.ई. उन इंजीनियरों को छोटे-मोटे कारणों पर जलील करता रहा जिन्होंने कमलाकान्त वर्मा की तरह लिफाफे में पाँच हजार रखने नहीं शुरू किये थे। उनके कागजों पर तरह-तरह की आपत्तियाँ लगती रहतीं। अन्त में एक-एक कर सबने समर्पण कर दिया। आपसी बातचीत में वे सब कमलाकान्त को इस बात के लिए कोसते थे कि उन्होंने पूरा माहौल बिगाड़ दिया है।

इतना सब करने के बाद प्यारेलाल ने उनके साथ ऐसा सलूक किया—कमरे के बाहर निकलते-निकलते उन्होंने दर्द-भरे अन्दाज में सोचा।

उनके कमरे के बाहर दफ्तर का माहौल उत्सुकता और रहस्य से सराबोर था। बाहर आते ही वे अपनी जीप की तरफ बढ़े। मुश्किल से दस कदम पर जीप खड़ी थी, लेकिन ये दस कदम तय करते हुए उन्हें लगा कि जैसे पूरा एक युग बीत गया हो। पता नहीं कि यह उनका भ्रम था या हकीकत, उन्हें अहसास हुआ कि दफ्तर के दरवाजों और खिड़कियों से आँखें चिपकी हुई थीं और वे सभी उन्हें घूर रही थीं। रास्ते में दफ्तर के मातहतों और ठेकेदारों ने हाथ उठाकर अभिवादन किया और वे अपने स्वभाव के अनुरूप सर की हलकी जुम्बिश से उन्हें जवाब देते रहे। उनके जीप में बैठते ही ड्राइवर ने गाड़ी रवाना कर दी। पूरे माहौल का उस पर भी असर था। रोज की तरह एक बार भी उसने गन्तव्य के बारे में नहीं पूछा और हड़बड़ाहट में दूसरे गेयर में गाड़ी उठा दी। इंजन ने दो-तीन बार झटके खाए, ड्राइवर ने क्लच दबाया तो हलकी थरथराहट के बाद गाड़ी लय में आ गई और दफ्तर के गेट से बाहर निकल गई।

दो

प्रान्तीय खंड, सार्वजनिक निर्माण विभाग नामक इस कार्यालय में अगल-बगल स्थित कई दर्जन सरकारी कार्यालयों की तरह पहले भी कोई काम नहीं होता था, आज भी नहीं हुआ। फर्क सिर्फ इतना आया कि आज बाबुओं और अफसरों ने कामचोरी के साथ रहस्य, रोमांच और सनसनी में पूरा दिन बिताया। शुरुआत रहस्य से हुई।

दफ्तर का नियम था कि सवा नौ बजे से इसके धूल से अटे और पान की पीक से अमूर्त चित्रकला गैलरी का भ्रम पैदा करने वाले बरामदों में चहल-पहल शुरू होती थी। सवा नौ बजे फर्राश नामक कर्मचारी कहीं से प्रकट होता था। इसका काम था दफ्तर के कमरों के अन्दर की मेज-कुर्सियों की सफाई। वह आकर दफ्तर की किसी सीढ़ी पर बैठ जाता और अगल-बगल की सीढ़ियों और दीवालों पर अपने मुँह से भरे तम्बाखू की पीक से कुछ नई चित्रकारी करता रहता। बीच-बीच में वह हवा में मुँह उठाकर कुछ अस्पष्ट-सा बुदबुदाता। दफ्तर की दीवार पर छप्पर टिकाकर चलने वाली चाय की दुकान के जो नियमित ग्राहक उसकी अलंकरणों से भरी भाषा समझते थे, वे जानते थे कि वह इस दफ्तर के चौकीदार नामक एक दूसरे कर्मचारी के परिवार की महिलाओं से इस बात के लिए अन्तरंग सम्बन्ध कायम कर रहा था कि चौकीदार को इस समय तक दफ्तर के सारे दरवाजे खुले रखने चाहिए थे, पर उसका कहीं पता नहीं था। फर्राश की बातों से यह रहस्य भी उद्घाटित होता था कि चौकीदार की नालायकी से उसकी कर्तव्य-परायणता में बाधा पहुँच रही थी। वह चाहता था कि दफ्तर के कमरे चमाचम चमकते रहें और इसके लिए आवश्यक था कि चौकीदार उसके दफ्तर पहुँचने तक सारे दरवाजे खोलकर रखे। थोड़ी देर बाद तो बाबू लोग आने लगेंगे और उसके किये-धरे पर पानी फेरेंगे ही लेकिन उसके पहले वह अपना कर्तव्य पूरा कर ही लेना चाहता था। चौकीदार के गायब होने से उसकी यह सदिच्छा पूरी नहीं हो पा रही थी। फर्राश को जाननेवाले जानते थे कि उसकी यह भावना अकादमिक अधिक थी और अकादमिक होने के कारण सच्चाई से उसका कुछ लेना-देना नहीं था। आज भी यही सब हुआ। आज भी वह तब तक बड़बड़ाता रहा जब तक चौकीदार आ नहीं गया और जब चौकीदार ने आकर कमरे खोलने शुरू किये वह दफ्तर की दीवाल से सटी चाय की दुकान पर चला गया और उसने

दिन-भर में दूसरों के पैसे से पी जानेवाली पच्चीस-तीस कप में से पहले कप चाय का हुकुम सुनाया।

इसके बाद चौकीदार ने एक-एक कमरे का दरवाजा खोलना शुरू कर दिया और वायुमंडल रोज की तरह फिर एक बार अज्ञात महिलाओं की शान में गूँजनेवाली कसीदाकारी से भर उठा। इस बार ये महिलाएँ फर्राश के परिवार की थीं। चौकीदार की बातों को सच माना जाय तो उसके मुखारविंद से निकले वाक्यों से कुछ इस तरह के नतीजे निकलते—यह पूरा दफ्तर कामचोरों से भरा हुआ है, फर्राश उनमें सबसे बड़ा कामचोर है, चूँकि सरकार ने फर्राश की तनखाह काफी कम रखी है लिहाजा उसके परिवार की महिलाओं को तरह-तरह के ऐसे काम करने पड़ते हैं जिनका वर्णन कर वह अपनी जुबान गन्दी नहीं करेगा, यह दफ्तर सिर्फ बड़े साहब और चौकीदार के बल पर चल रहा है और जैसा कि जमाने का चलन है, लोग उसकी अहमियत नहीं समझ पा रहे हैं; वगैरह वगैरह। इस बीच में इक्का-दुक्का बाबू, ठेकेदार, दलाल आदि आने शुरू हो जाते हैं। उन्हें देखकर चौकीदार का स्वर थोड़ा और ऊँचा हो जाता है, पर उनमें से ज्यादातर उसकी बात सुनकर अपनी कमीज पर से धूल झाड़ने लगते हैं या अधिक से अधिक किसी काल्पनिक मक्खी को उड़ाने में मशगूल हो जाते हैं।

आज भी इस दफ्तर में दिन की शुरुआत रोज की तरह हुई।

बाबू लोग आए और हालाँकि उन्हें दिन का काफी हिस्सा चाय की दुकान पर बिताना था, वे अपना-अपना झोला, रूमाल या तौलिया अपनी कुर्सियों पर फेंककर चाय की दुकानों पर चले गए।

कुछ दलाल और ठेकेदार आए और बरामदों में पान की पच्चीकारी करते हुए, कमरों में झाँकते हुए 'इस मुल्क में साला कोई काम नहीं करता' जैसा कोई अमूर्त सा वाक्य बड़बड़ाते हुए चाय की दुकानों पर चले गए।

दो जे.ई. एक बुलेट मोटरसाइकिल पर आए। उन्होंने दफ्तर के बाहर हच्च से मोटरसाइकिल रोकी, क्लच और एक्सीलेटर का कुछ ऐसा खेल खेला कि मनुष्य नामक प्राणी से शून्य दफ्तर की दीवालें और छत देर तक थरथराते रहे और फिर वे एक चाय की दुकान पर मोटरसाइकिल लेकर इस अन्दाज में चढ़ गए जैसे मध्य युग का कोई बिगड़ैल राजपूत सरदार अपनी प्रियतमा के स्वयंवर में पहुँचा हो।

किस्सा कोताह यह कि रोज की तरह आज भी सारी सड़कें चाय की दुकानों की तरफ जाती थीं।

ये चाय की दुकानें देश के किसी कोने में किसी सरकारी दफ्तर के सामने उग सकती थीं। यहाँ भी उग आई थीं। यहाँ चूँकि सरकारी दफ्तर काफी संख्या में थे, इसलिए दुकानें भी बड़ी तादाद में थीं। ये दुकानें आवास और भूमि प्रबन्ध जैसी सरकारी चिन्ताओं का शाश्वत इलाज थीं। इनका मूलमन्त्र था—जहाँ भी दो गज जमीन मिले अपना छप्पर डाल लो। फिर उसमें चूल्हा, फर्नीचर और नल जैसी चीजें

अपने आप समा जाएँगी। छप्पर को टिकाने के लिए बाँस-बल्ली के साथ-साथ सरकारी चारदीवारियाँ बहुतायत से थीं। दुकानों के लिए जमीन जैसी बेकार की चीज खरीदने की कोई आवश्यकता नहीं थी क्योंकि इफरात में चारों तरफ सरकारी जमीन पसरी हुई थी।

विपक्षी दल सही कहते हैं कि हमारी सरकार बहरी है क्योंकि अगर वह सुन सकती तो इन दुकानों से विस्फोट जैसी आवाजों में प्रसारित होनेवाले ये सन्देश अवश्य सुनती–

देश में जमीनों की कोई कमी नहीं है। जो जमीन सरकारी है, वो जमीन हमारी है।

सफाई, हाईजीन और इनसे मिले-जुले शब्द पश्चिम ने इसलिए गढ़े हैं कि वेदों जैसे महान ग्रन्थों के प्रणेता भारतीयों को बीच-बीच में शर्मिन्दा कर सकें, पर चूँकि शर्मिन्दगी हमारी राष्ट्रीय नीति के खिलाफ है इसलिए वे बकते रहते हैं और हम उनसे कर्ज लेकर उनकी बकवास मक्खियों, मच्छरों और तिलचट्टों के साथ मिलाकर चाय के कप में परोसते रहते हैं।

समोसा नामक एक राष्ट्रीय खाद्य इस देश में विकसित हुआ है जिसके लिए आवश्यक कच्चा माल पूरे देश में बहुतायात से मिलता है। यह पहला राष्ट्रीय आहार है जिसमें आलू के साथ कश्मीर से कन्याकुमारी तक की धूल और लीद मिलाई जा सकती है।

सरकार इतने महत्त्वपूर्ण सन्देशों की उपेक्षा करती है, लेकिन जिम्मेदार शहरी के रूप में दफ्तरों के बाबू, चपरासी और फरियादी अपने दफ्तरी समय का अधिकांश हिस्सा इन चाय की दुकानों पर बिताते हैं और राष्ट्र के नाम प्रसारित होनेवाले इन सन्देशों को पूरी तन्मयता से सुनते रहते हैं।

रोज की तरह बड़े बाबू की साइकिल नियत समय पर दफ्तर में घुसी। फर्राश न जाने कहाँ से प्रकट हो गया। उसने झुककर नमस्कार किया और साइकिल पकड़ ली। बड़े बाबू ने निर्विकार भाव से उसे देखा और नमस्कार का उत्तर नहीं दिया। उन्हें पता था कि फर्राश ने प्रोविडेंट फंड से उधार के लिए अर्जी लगा रखी है और कागज बड़े बाबू के पास है। इसलिए उसके नमस्कार का उत्तर नहीं देना ही उचित था। फर्राश ने साइकिल ऐसे स्थान पर खड़ी कर दी, जहाँ से बैठे-बैठे बड़े बाबू उसे देख सकें। उसने साइकिल में ताला लगाकर चाभी बड़े बाबू को दे दी। रबड़ की जंजीरवाला ताला बड़े बाबू ने खुद लगाया और फर्राश के लगाये ताले को हिला-डुलाकर सुनिश्चित किया कि ताला सही लगा है। फिर वे अपनी सीट पर बैठ गए।

कमरा खाली था। पहले बड़े बाबू भी आते ही कुर्सी पर अपना झोला रखकर चाय की दुकान पर चले जाते थे, पर बड़े बाबू होने के बाद से नहीं जाते। उनके लिए चाय-समोसा यहीं से आ जाता है। दिन में जरूर तीन-चार बार ठेकेदारों या जूनियर इंजीनियरों का अनुरोध मानकर वे इन दुकानों पर चले जाते हैं। आते ही चाय की दुकान

पर जाने से दफ्तर के अनुशासन पर बुरा असर पड़ता है, ऐसा उनका मानना था।

आज भी वे खाली कमरे की अपनी कुर्सी पर बैठे अपनी साइकिल निहार रहे थे। बीच-बीच में किसी बाबू या चपरासी के अन्दर झाँकने पर सामने पड़ी फाइल के पन्ने उलटने लगते थे। उनका मानना था कि उनके इस तरह नियम से कुर्सी पर बैठने से दफ्तर का अनुशासन सुधरेगा और बाबुओं में कार्य करने की प्रवृत्ति पैदा होगी। बाबुओं की राय दुर्भाग्य से इस मामले में बिलकुल उलटी थी, इसलिए रोज की ही तरह वे अन्दर बैठे रहे और बाबू दुकानों पर मटरगश्ती करते रहे। तभी उस रहस्य और रोमांच की शुरुआत हुई जिससे अगले कुछ दिनों तक इस दफ्तर की जिन्दगी प्रभावित होने जा रही थी।

अभी दस बजने में पाँच मिनट बाकी थे कि दफ्तर में बड़े साहब की जीप घुसी और पोर्टिको में जाकर खड़ी हो गई।

दफ्तरों में बड़े साहब लोग दस बजे नहीं आते, उनका आने का वक्त ग्यारह-साढ़े ग्यारह के बाद शुरू होता है। कभी-कभी दोपहर बाद भी हो सकता है। खास तौर से ऐसे बड़े साहबों के लिए जिनके काम में दौरों की गुंजाइश होती है, दफ्तरों में बैठने का समय निर्धारित नहीं किया जा सकता था। इस दफ्तर के बड़े साहब को भी दौरे करने पड़ते थे, इसलिए उनके दस बजे के पहले दफ्तर पहुँचने पर छोटा-मोटा तूफान-सा आ गया।

बड़े साहब के कमरे को खोलने और साफ करने का काम उनका चपरासी करता था। वह चाय की दुकान पर था। सबसे पहले वह भागा।

साहब ने अपने दरवाजे के सामने खड़े होकर चारों तरफ नज़र दौड़ायी। उनका ड्राइवर बाहर की तरफ दौड़ा, पर आधे रास्ते में ही चपरासी से मुलाकात हो गई। दोनों दौड़ते हुए दरवाजे तक आ गए। चपरासी ने ताला खोला, ड्राइवर पर्दा उठाये खड़ा हो गया और बड़े साहब अन्दर घुस गए।

बड़े बाबू ने बड़े साहब को अन्दर घुसते देखा तो बगल में एक फाइल दबाये उनके कमरे की तरफ लपक लिए। एक तो उत्सुकता-शमन का मामला था, दूसरे बड़े साहब को दिखाने का अच्छा मौका था कि इस दफ्तर में सिर्फ वे समय से आकर अपना काम शुरू कर देते हैं।

बड़े बाबू जब कमरे में घुसे तो चपरासी कमरे के फर्नीचर की जल्दी-जल्दी सफाई कर रहा था और साहब जेबों में हाथ डाले पंखे के नीचे खड़े हलके-हलके सीटी बजा रहे थे। सब कुछ सहज लग रहा था। बड़े बाबू को देखते ही बड़े साहब बड़े साहब बन गए। उन्होंने सीटी बजाना बन्द कर दिया। जल्दबाजी में साफ की गई कुर्सी पर हाथ फेरते हुए वे बैठ गए। बड़े बाबू ने फाइल सामने रख दी, पर उसे परे सरकाते हुए वे बोले—

"एस.ई. साहब पहुँचने वाले हैं। आपके दफ्तर में तो ग्यारह बजे तक काम

शुरू होगा। जाइए इन सब कमबख्तों को चाय की दुकानों से खदेड़कर अन्दर कीजिए। कुछ काम-धाम शुरू करें। कुम्भवाले बाबू से कहिए कि फाइल मुझे दे जाय। शायद उसी बारे में शासन को कुछ भेजना है।"

आदत के मुताबिक बड़े बाबू 'बहुत बेहतर' जैसा कुछ बुदबुदाये और बाहर निकल आए।

बाहर जो कुछ उनके साथ हुआ, उससे वे पाँच मिनट के अन्दर भागकर फिर बड़े साहब के कमरे में आ गए।

बड़े बाबू की कुर्सी के पास जो आदमी खड़ा उनका इन्तजार कर रहा था उसे वे जानते थे। वह लखनऊ मुख्यालय का चपरासी था। पिछले बीसियों सालों से वहीं था। वहाँ की डाक लेकर आता था। उसके दफ्तर में आते ही अफसरों से लेकर बाबू तक उसे अलग-अलग बैठाकर मुख्यालय की खबरें पूछा करते थे। उसकी अच्छी आवभगत भी होती थी। पर वह इतना सबेरे कभी नहीं पहुँचता था। लखनऊ से आनेवाली रेलगाड़ी नौ बजे तक आती थी। शहर में उसके दो-एक अड्डे थे जहाँ से वह नहा-धोकर बारह बजे तक आराम से डाक लेकर आता था। आज इतनी जल्दी कैसे आ गया? बड़े बाबू का माथा ठनका।

"क्या लाए सोनेलाल? इतनी जल्दी आ गए आज। कोई डाक है क्या?" मुख्यालय के चपरासी को भी विशिष्ट अतिथि का दर्जा हासिल होता है, यह बात बड़े बाबू ने अपनी लम्बी नौकरी में अच्छी तरह सीख रखी थी, इसलिए उनकी आवाज शहद घुली थी।

सोनेलाल चपरासी था तो मुख्यालय का पर पिछले बीस साल से इस दफ्तर में आ रहा था। इसलिए यहाँ के बाबुओं और चपरासियों से उसका आत्मीय किस्म का सम्बन्ध था। वह जब इस दफ्तर के कर्मचारियों से बात करता तो उसकी आवाज़ में थोड़ी ऐंठ जरूर होती थी, पर इस तरह की उजड्डता नहीं होती थी जो आज उसकी आवाज में बड़े बाबू के प्रश्न का उत्तर देते समय सुननेवालों ने महसूस की–

"इसे रिसीव कर लीजिए बड़े बाबू," उसने बड़े बाबू की तरफ एक लिफाफा बढ़ाया।

रीलबन्द खाकी रंग का लिफाफा बिच्छू के डंक की तरह हवा में झूलता रहा। बड़े बाबू के लम्बे दफ्तरी अनुभव ने उन्हें चौकन्ना कर दिया। आगे बढ़ाने की जगह उन्होंने अपना हाथ पीछे कर लिया।

"भैया, तुम इस दफ्तर में नए हो क्या? डाक तो डिस्पैचर कालिका रिसीव करता है। दे दो उसे," बड़े बाबू ने दयनीय स्वर में कहाँ

"कालिका अभी आया नहीं। इस दफ्तर में सब साले कामचोर हैं," सोनेलाल ने उस गुरु-गम्भीरता से कहा जिसे मुख्यालय वाले अमूमन अपने सिर पर लादे चलते हैं।

"आप ही ले लीजिए बड़े बाबू। दफ्तर के बड़े तो आप हैं। सारा दफ्तर आप चलाते हैं।"

"नहीं भैया, इससे डिसिप्लिन बिगड़ जाती है। सबको अपना-अपना काम करना चाहिए।"

सोनेलाल ने बहुत समझाया कि इस दफ्तर में डिसिप्लिन नामक पदार्थ वैसे ही इतनी कम मात्रा में है कि बड़े बाबू के एक कागज ले लेने या न लेने से उस पर कोई फर्क नहीं पड़ेगा, पर बड़े बाबू नहीं माने। सवाल सिद्धान्त का था। राष्ट्रीय बहसों की तरह यह बहस भी बिना किसी निष्कर्ष के घंटों चलती रह सकती थी, पर तभी इस बहस के सबसे महत्त्वपूर्ण पात्र कालिका बाबू घटनास्थल पर प्रकट हो गए जो डिस्पैच क्लर्क का काम देखते थे और बड़े बाबू के सैद्धान्तिक आग्रह के अनुसार जिन्हें यह कागज रिसीव करना था।

"लीजिए कालिका बाबू आ गए। रिसीव कर लीजिए यह कागज," सोनेवाल ने लिफाफा उनकी तरफ बढ़ाया। इस बीच बड़े बाबू और कालिका बाबू की आँखों में न जाने किस प्रकार के सन्देश का आदान-प्रदान हुआ कि कालिका बाबू को प्रकृति की पुकार सुनाई देने लगी।

"बैठो सोनेलाल, चाय-वाय पीओ, हम अभी पेशाब करके आते हैं।"

एक बार फिर सैद्धान्तिक बहस होने लगी। कालिकाप्रसाद चूँकि बड़े बाबू की तरह पुरानी पीढ़ी का नहीं था, लिहाजा उसने दीन बनने से इनकार कर दिया। उसने सोने लाल को बताया कि दफ्तर दस बजे शुरू होता है और अगर वह कई घंटे से मारा-मारा फिर रहा है तो इसमें कालिकाप्रसाद की गलती नहीं है। फिर उसने बताया कि पेशाब करना एक मौलिक अधिकार है जिसे संविधान नामक किसी किताब में भी शरीक किया गया है। लेकिन सोनेलाल ने चूँकि इस किताब का अध्ययन नहीं किया था, इसलिए उसने यह मानने से इनकार कर दिया कि मुख्यालय के कागज से पेशाब करना ज्यादा महत्त्वपूर्ण था।

बड़े बाबू अपने स्वभाव के अनुसार दयनीय तटस्थता से लबरेज खड़े रहे और बहस में हस्तक्षेप से बचते रहे।

यह बहस भी पहली की तरह लम्बी खिंचती, पर चूँकि इसमें नयी पीढ़ी शरीक थी इसलिए आवाजें कुछ ऊँची हो गईं। और, इसीलिए दूसरों को भी हस्तक्षेप का मौका मिल गया।

निर्णायक हस्तक्षेप साबित हुआ ऋषभचरण शुक्ल नामक सहायक अभियन्ता का। अफसर होने के कारण उसने मिठास और रोब दोनों का प्रयोग करते हुए कालिका बाबू को समझाया कि उसे लिफाफा फौरन ले लेना चाहिए क्योंकि मुख्यालय की डाक हमेशा महत्त्वपूर्ण होती है और दो-चार मिनट पेशाब रोकने से उसे डायबिटीज नहीं होनेवाली। अफसर के बीच में पड़ने से बड़े बाबू लिहाज में पड़ गए और

कालिका बाबू ने भी यह भुनभुनाते हुए कि “अब साहब कह रहे हैं तो ले लेते हैं,” लिफाफा ले लिया और सोनेलाल की डाकबही पर दस्तखत कर दिया।

यह तो बड़े बाबू को बाद में समझ में आया कि सहायक अभियन्ता ऋषभचरण शुक्ल का दस बजे ही दफ्तर में उपस्थित रहना और बहस में निरपेक्ष भाव से हस्तक्षेप करना उतना निर्दोष नहीं था जितना उस समय लग रहा था।

इतनी बहस के बाद रिसीव किये गए लिफाफे में क्या था, सभी को जानने की उत्सुकता थी। डिस्पैचर सीधे लिफाफा लेकर बड़े बाबू के पास आ गया। इसी बीच बड़े साहब के दफ्तर में होने की खबर बाहर चाय की दुकानों तक पहुँच गई थी और बरामदों और कमरों में पान की पीक की बारिश, शोर-शराबा, गाली-गलौज और भाग-दौड़ जैसी गतिविधियाँ शुरू हो गई थीं, जिनसे ऐसा लगने लगा था कि दफ्तर में काम शुरू हो गया है।

बड़े बाबू ने अपनी उत्सुकता छिपाते हुए लिफाफा खोला, कागज निकाला, ऊपर की दो-तीन लाइनें पढ़ीं और फिर से कागज लिफाफे में डाल दिया। उनके इर्द-गिर्द खड़े लोगों की उत्सुकता विस्फोटक बिन्दु पर पहुँचती कि बड़े बाबू झटके से अपनी कुर्सी से उठे और बड़े साहब के कमरे की तरफ लिफाफे के साथ लपक लिए।

काफी देर तक बड़े साहब के कमरे में उनके विश्वस्तों की बैठक चलती रही और बड़े बाबू कमरे से बाहर नहीं निकले। पर लिफाफे में बन्द कागज में क्या था, इसे जानने के लिए उनके निकलने की जरूरत भी नहीं पड़ी।

“लद गए न। बड़े तीसमार खाँ बनते थे,” बड़े बाबू के पीठ फेरते ही सोनेलाल ने पिच्च से थूकते हुए कहाँ

“कौन में...का बड़े बाबू फिर गए।”

“नहीं जी, ई ससुर बड़े बाबू के लिए सोनेलाल इतनी दूर से सीलबन्द लिफाफा लेकर नहीं दौड़ेंगे। अरे तुम्हारे बड़े साहब लद गए। अबकी चीफ साहब खुद लिफाफा थमा के बोले कि सोनेलाल सँभल के जाना किसी को कानोकान खबर न हो, नहीं तो साला फिर भाग जाएगा। जाते ही ऑर्डर रिसीव करा देना। पिछली बार की तरह न हो...”

सोनेलाल को पिछली बार का किस्सा सुनाने की जरूरत नहीं पड़ी। दफ्तर के सभी लोग उससे वाकिफ़ थे। पिछली बार बड़े साहब के तबादले का हुक्म लेकर चपरासी उनके घर सबेरे-सबेरे पहुँच गया। उसके लिए बाहर चाय भेजकर साहब पीछे की दीवाल से कूदकर भाग गए। काफी देर बाद चपरासी को बताया गया कि साहब तो पिछली रात ही अपनी बीमार माँ को देखने शहर के बाहर चले गए हैं और दो-तीन दिन बाद लौटेंगे। घर के लोग सरकारी कागज नहीं लेते हैं इसलिए चपरासीजी बाद में आएँ। तीन दिन बाद साहब तबादला कैंसिल कराकर लौटे। जितनी देर बड़े साहब के कमरे में बैठक चली ऋषभचरण शुक्ल के कमरे में दूसरी उच्चस्तरीय

मन्त्रणा चलती रही।

इतिहास के अध्येताओं को इस बैठक को देखकर दकन से झपटकर आते हुए किसी ऐसे सूबेदार के दरबार का भ्रम हो सकता था जिसे आगरा पहुँचते-पहुँचते पता चल जाता है कि दिल्ली में उसके आका को गद्दी मिलनेवाली है। दिल्ली सामने है और सूबेदार आगरे में अपने खेमे गाड़कर जश्न की तैयारी शुरू करता है। ऐसे तमाम लोग जिनकी स्वामिभक्ति सन्देह के घेरे में थी, दिल्ली दरबार के पहले आगरा दरबार में अपनी-अपनी वफादारी की कसमें खाने हाजिर होते हैं।

आज सबसे पहले कालिका बाबू हाजिर हुए : "मैं तो सरकार आज बाल-बाल बचा। मैं समझा ई ससुर सोनेलाल कोई रोजमर्रा की चिट्ठी लेकर आ गया है और बकबका रहा है। वो तो सरकार ने बचा लिया। सरकार डपटकर बोले कि ले लो कालिका तो हमने ले लिया नहीं तो हम बेकार फँसते।" कालिका बाबू ने दाँत निपोरते हुए जो कहा उसका निहितार्थ यह था कि उन्हें गलत न समझा जाय। सोनेलाल का कागज पहले न लेने के पीछे उनका प्रकृति के प्रति उत्कट प्रेम अकेला कारण था। यदि उन्हें मामले का पता होता तो प्रकृति की पुकार अनसुनी कर वे कागज पर खुद ही झपट पड़ते।

सभी को पता था कि नए बड़े साहब बटुकचन्द उपाध्याय, सहायक अभियन्ता ऋषभचरण शुक्ल के दूर के साढ़ू लगते हैं। पिछला सत्ता-सन्तुलन उनके खिलाफ था। बाबू लोग उन्हें नमस्कार करते समय नाक से मक्खी उड़ाते थे। कोई जे.ई. सामने से उन्हें आते देखता तो उसे शाकभाजी का हिसाब याद आ जाता और वह इस तरह बुदबुदाने लगता कि रीतिकाल के कवि भी सनाका खा जाते। जिस तरह वे राधाकृष्ण के शृंगार का वर्णन करके कविताई और सुमिरन दोनों का भ्रम पैदा करते थे, उसी तरह बाबू बुदबुदाकर ऋषभचरण शुक्ल को यह आश्वस्त करते कि उन्होंने सामने पड़ने पर उनके प्रति अभिवादन रूपी सम्मान प्रकट कर दिया है और विरोधियों को बताया जाता कि कमबख्त बीवी इतनी लम्बी फेहरिस्त थमा देती है कि हर बार शुक्लजी के सामने पड़ने पर उन्हें याद करना पड़ता है।

आज दृश्य बदला हुआ था। लोगों को झुककर मेज के नीचे उनका पैर तलाशने में दिक्कत हो रही थी, इसलिए उन्होंने अपने पैर बाहर निकालकर फैला दिये। नायलान के मोजों को न जाने कितने हफ्तों से धूप या साबुन के दर्शन नहीं हुए थे इसलिए जूते से बाहर आते ही उन्होंने बदबू के भभूके पंच लोगों की नाक पर मारे, पर कमरे में आनेवाले चेहरों पर उन्हें छूते समय स्निग्ध मुस्कान बनी रही। वे सत्ता पक्ष के चरणों पर चढ़े हुए थे इसलिए पूज्य थे।

बीच-बीच में ऋषभचरण शुक्ल कुछ सूचनाएँ भी हवा में पटाखों की तरह छोड़ते जाते थे।

"बस पहुँचनेवाले होंगे। हमें तो रात जगाकर दो बजे फोन पर बताया कि सुबह

सात बजे चल रहे हैं।"

"इस बार बड़ी सावधानी रखनी पड़ी। ई साला लाला असली कायस्थ खोपड़ी का है। जरा भी भनक लगती तो अब तक लखनऊ होता। पिछली बार क्या हुआ था नहीं मालूम... ।"

लोगों को पिछली बार का मालूम था। लेकिन फिर भी कोई बड़े साहब के घर तबादले का हुक्म सुबह पहुँचने और उनके पीछे के दरवाजे से निकल भागने का किस्सा सुनाने लगा।

"अबकी चीफ साहब ने एस.ई. साहब को लगा दिया है कि अपने सामने चार्ज करा दो। एस.ई. साहब पहुँच रहे होंगे।"

इस बीच विरोधी खेमे की भी बैठक शुरू हो गई थी। उसमें पहुँचनेवाले हर नए योद्धा की खबर इस दरबार में पहुँच जाती। उनके साथ भविष्य में किस तरह का सलूक किया जाएगा इसकी घोषणा भी दरबार करता जाता था।

"इस साले रिजवानुल हक को पहली बार पता चलेगा कि ऊँट पहाड़ के नीचे आता है तो कैसा लगता है। साले ने पूरी नौकरी मुर्गा खिला के काट दी। मैंने भाई साहब से साफ-साफ कह दिया था कि अगर आपको मियाँ मुकड़ी का मुर्गा खाना है तो हमसे नहीं पटेगी। भाई साहब बोले कि भई जिन्दगी में बहुत मुर्गा खा लिया, अब कुछ दिन शाकाहारी रहेंगे।"

"बाबू ध्रुवलाल यादव बहुत दिनों तक ओवरसीयरी कर चुके। भाई साहब फिर इन्हें भैंस चराने भेजेंगे। भूल गया वो दिन जब इसी दफ्तर में भाई साहब ने बचाया था, नहीं तो कब का सस्पेंड हो गया होता। साले ने कमलाकान्त वर्मा की रिजीम में खूब पैसा चीरा है। अब पता चलेगा नौकरी कहते किसे हैं?"

"ई साला कनवा लल्लन राय। पत्रकार के नाम पर कलंक है। हमारे यहाँ पुरानी मसल है कि भूमिहार डंडे का यार। इन सालों को जूतों की नोक पर रखना चाहिए। पर नहीं साहब, कमलाकान्त तो अपने बेडरूम में घुसाये रहते थे। सबसे ज्यादा उनकी बदनामी इसी लल्लनवा के कारण हुई। पत्रकार है या दलाल। ऐसे लोगों को तो भाई साहब इस दफ्तर में नहीं घुसने देंगे।"

बड़े बाबू तो घर की मुर्गी साग बराबर थे। इस दरबार का नजला उन पर भी गिरा, पर वे मनसबदारों में इतनी निचली सीढ़ी पर माने गए कि बीच-बीच में उनका जिक्र जरूर आया और जिन शब्दों में आया उन्हें सुनकर उन जैसा स्वभाव से दब्बू आदमी भी उबाल खा जाता, पर वे हाशिए पर ही याद किये गए। उनकी हैसियत स्वतन्त्र रूप से गाली खाने की भी नहीं मानी गई।

सार्वजनिक निर्माण विभाग के प्रान्तीय खंड के इस कार्यालय में सुबह-सुबह सोनेलाल नामक दूत के आने, कालिका बाबू द्वारा प्रारम्भ में उसका सन्देश ग्रहण करने से इनकार करने और बाद में ले लेने से जो रहस्य का माहौल बना था, वह तो

बड़े बाबू के लिफाफा खोलने से समाप्त हो गया था। लेकिन अब वह धीरे-धीरे रोमांच में परिवर्तित हो रहा था। हिन्दी फिल्मों की तरह यहाँ सब कुछ निश्चित नहीं था। अन्त में कुछ भी हो सकता है। बटुकचन्द उपाध्याय को चार्ज मिल भी सकता है और नहीं भी। उन्हें चार्ज मिलने के बाद भी कमलाकान्त वर्मा आदेश रद्द कराकर वापस आ सकते हैं। कुछ भी हो सकता है।

बाहर चायखानों से लेकर दफ्तर के अन्दर तक सबको पता चल गया था कि एस.ई. साहब पहुँचनेवाले हैं। कमलाकान्त वर्मा के कमरे में बैठक अभी जारी थी। लोग दम साधे उस लमहे का इन्तजार कर रहे थे, जब दोनों पक्षों का आमना-सामना होगा। दफ्तर के लोगों को प्यारेलाल और कमलाकान्त वर्मा, दोनों के बीच के अन्तरंग सम्बन्धों का पता था, इसलिए उनकी मुलाकात का उन्हें दिलचस्पी से इन्तजार था।

सबको निराशा हुई। लोगों ने देखा कि कमलाकान्त वर्मा अपने दफ्तर से निकले और पूरी कोशिश से चेहरे पर ओढ़ी गई निर्विकार तटस्थता के साथ अपनी गाड़ी में बैठकर रवाना हो गए।

फौरन बाद अधिशासी अभियन्ता के कमरे में बड़े बाबू, रिजवानुल हक, ध्रुवलाल यादव और लल्लन राय निकले। सबके चेहरे गम्भीर थे। उन्हें पता था कि पूरा दफ्तर उन्हीं लोगों को देख रहा था। एक ऐसा रहस्य उनके सीनों में दफन था जिसे दफ्तर से लेकर चायखानों तक सभी लोग जानते थे, पर चूँकि सभी लोग उन्हें देख रहे थे इसलिए उन्होंने अपने चेहरे लटका लिए और सारे जहाँ का दर्द अपने जिगर में लिए अपनी चालें मन्थर कर दीं।

बड़े बाबू अपने कमरे तक पहुँचते-पहुँचते फिर से पुराने, दयनीय बड़े बाबू बन गए। फर्क सिर्फ इतना आया कि बवासीर का उनका पुराना रोग तेज दर्द की लकीरों के रूप में उनके चेहरे पर पछाड़ें खाने लगा। उन्होंने एक फाइल के पन्ने खोले और उसमें इस भाव से डूब गए कि 'कोइ नृप होय हमें का हानी'।

लल्लन राय ने स्कूटर स्टार्ट किया और दफ्तर से बाहर निकल गए। पिछले दो सालों से दफ्तर में वे बड़े साहब के खास आदमी की तरह जाने जाते थे। दफ्तर के सारे अफसर उन्हें अपने पास बैठाकर चाय पिलाते, बाबू लोग बाहर सड़क पर घेरकर बनारसी पान पेश करते और चपरासियों की जमात खीसें निपोरकर सलाम करती। आज उन्होंने गौर किया कि गेट पर फर्राश उनके स्कूटर के बगल से मक्खी उड़ाते निकल गया। उन्होंने मकान की दूसरी मंजिल शुरू करवा रखी थी। स्कूटर भी पुराना हो गया था, बिना नए के काम नहीं चलेगा। छोटे भाई की ठेकेदारी अभी शुरुआती दौर में थी। बहुत सारे कारण थे जिनसे कमलाकान्त वर्मा का तबादला रुकना आवश्यक हो गया था। उनके मन में संकल्प और दृढ़ हुआ।

रिजवानुल हक और ध्रुवलाल यादव कमरे से निकले तो साथ-साथ पर अपने-अपने

स्वभाव के मुताबिक उन्होंने हरकतें अलग-अलग कीं। रिजवानुल हक पहले से ही कम बोलते थे। आज तो वे और भी ज्यादा खामोश हो गए थे। वे सर झुकाये अपने कमरे की तरफ बढ़ गए। रोज से थोड़ा सा ही फर्क आया। ऋषभचरण शुक्ल के कमरे में दरबार चल रहा था। बाहर दरवाजे पर ही रुककर वे कुछ बुदबुदाए। अन्दरवालों ने भाष्य किया कि विरोधी खेमे का एक मजबूत सरदार अपनी स्वामिभक्ति के रूप में खिलवतें पेश कर रहा है। बुदबुदाहट इतनी अस्पष्ट थी कि यदि कमलाकान्त के खेमे का कोई सदस्य देखता तो उसे समझाया जा सकता था कि रिजवान साहब ऋषभ की मादर-पिदर कर रहे हैं।

ध्रुवलाल यादव ने दफ्तर के बरामदों में किसी डकारते हुए साँड़ की तरह एक चक्कर लगाया। सत्ता पक्ष और विपक्ष दोनों उनके बारे में आश्वस्त नहीं थे, इसलिए उनके भ्रमण के दौरान सबने कोशिश की कि उनके सामने न पड़े। खम्बे, दरवाजे और खिड़कियाँ छिपने के लिए बड़े आदर्श पाये गए। क्रोधी विश्वामित्र की भाँति जब विपक्षी खेमे के कमरे के दरवाजे पर उन्होंने अपना पैर पटका तो नाटक की भाषा में मंच पर सन्नाटा छा गया। इसके पहले कि खामोश पात्र सदमे से उबरें, आगे बढ़ गए। अपने कमरे में बैठे वे जरूर, पर उनका मन कमरे के फर्नीचर को उलटने-पलटने और कागजों को चिन्दी बनाकर फर्श पर फेंकने के अपने प्रिय खेल में नहीं लगा। वे उठे और कमरे के बाहर निकल गए, कमरे के ही नहीं दफ्तर के भी बाहर निकल गए।

हिन्दी फिल्मों के लिहाज से आदर्श स्थिति थी। जिस समय ध्रुवलाल यादव दफ्तर के बाहर निकल रहे थे, एक अम्बेसडर कार दफ्तर के गेट से अन्दर आ रही थी। इसके सामने की तरफ लाल रंग की एक बड़ी सी तख्ती लगी थी जिस पर पीतल के मोटे-मोटे अक्षरों में अधीक्षण अभियन्ता, सार्वजनिक निर्माण विभाग लिखा था। यदि ध्रुवलाल यादव गुस्से में बलबलाते हुए जमीन पर पड़े हुए ईंट-पत्थरों के टुकड़ों में काल्पनिक दुश्मनों की छवि तलाशते हुए अपने पैरों को दुख नहीं दे रहे होते तो वे देखते कि कार की पिछली सीट पर अधीक्षण अभियन्ता प्यारेलाल और नए अधिशासी अभियन्ता बटुकचन्द उपाध्याय बैठे हुए थे। अगर ये तीनों किसी मसाला फिल्म के पात्र होते तो अब तक एक धाँसू गाने या ढिशुम-ढिशुम की स्थिति बन गई होती, पर जिन्दगी हिन्दी फिल्मों के ढर्रे पर नहीं चलती, इसलिए हुआ सिर्फ इतना कि ध्रुवलाल यादव अपने पैरों से कंकड़ी उड़ाते हुए बाहर निकल गए और लाल नामपट्टवाली कार दफ्तर के पोर्टिको में जाकर खड़ी हो गई।

कार के रुकते ही दफ्तर के चपरासियों में भगदड़ मच गई। एक ने दौड़कर कार का दरवाजा खोल दिया और दूसरा बड़े साहब के कमरे की चिक उठाकर खड़ा हो गया।

प्यारेलाल बाईं तरफ से और बटुकचन्द कार के दाहिनी तरफ से उतरे। प्यारेलाल के चेहरे पर वही गम्भीर भाव था जो किसी भी वरिष्ठ अधिकारी के चेहरे

पर ऐसे मौके पर होना चाहिए था। इस दफ्तर में सभी उनके मातहत थे और मातहतों के अभिवादन का उत्तर देना बड़े अधिकारियों को शोभा नहीं देता—नौकरशाही के इस सुनहरे नियम के अनुसार वे सर उठाये सीधे चलते रहे और चपरासी द्वारा उठाये गए चिक को पार करते हुए अधिशासी अभियन्ता की तख्ती लगे कमरे में प्रवेश कर गए। बटुकचन्द उपाध्याय को कोई जल्दी नहीं थी, इसलिए वे थोड़ा पीछे रह गए।

सबसे पहले ऋषभचरण ने उनके पैर छुए। उनके मुँह में इतने पान ठुँसे थे कि आशीर्वचन के रूप में जो शब्द फूटे उन्हें सुनकर किसी को भी ऊँट के बलबलाने का भ्रम हो सकता था।

इसके बाद पैर छूने और पान पेश करने की जो अद्भुत छटा वहाँ उपस्थित हुई उसे देखकर चाय की दुकानों और दफ्तर के बाहर की सड़क पर मौजूद तमाशबीनों को आश्वस्ति हो गई कि इस दफ्तर में अगले कुछ दिनों तक लोकतन्त्र के प्रमुख स्तम्भ चापलूसी और भाई-भतीजावाद की स्थिति मजबूत बनी रहेगी।

बटुकचन्द इस दफ्तर में कई हैसियत से पहले रह चुके थे। पर बड़े साहब के रूप में उनका पहला प्रवेश था, इसलिए उन्होंने सन्तुष्ट और गर्वीली निगाहों से दफ्तर के गलियारों, कमरों और अपने इर्द-गिर्द घिरे चाटुकार मातहतों को देखा। इस समय उनके मन में वही उच्च विचार आ रहे थे जो नौकरशाही के किसी भी पुर्जे के मन में अपनी नयी नियुक्ति के सीन पर पहुँचने पर आते हैं।

नया अफसर आते ही सबसे पहले अपने दफ्तर की दुर्दशा पर दुखी होता है जो उसके पूर्वाधिकारी की नालायकी की उपज होती है। सब कुछ बरबाद हो गया—वह चिन्तित भाव से सोचता है। पूर्वाधिकारी का भौंडा सौन्दर्यबोध उसे शर्मिन्दगी के गहरे समुन्दर में डुबो देता है। कैसा फूहड़ फर्नीचर खरीदा है उसने कि कमरे में बैठने का मन न करे, और पर्दे कितने भद्दे हैं—चटख और आँखों को चुभनेवाले। क्या सोचते होंगे लोग इस दफ्तर के बारे में। कोई समय से नहीं आता, सब कमबख्त लूटने में लगे हैं। हर तरफ गड़बड़ है। खैर, अब मैं आ गया हूँ, सब ठीक कर दूँगा।

भारतीय नौकरशाही की गतिशीलता का मूलमन्त्र शायद यही भावना है। जिले में नया कलक्टर आता है। लोग दफ्तरों में समय से आना शुरू कर देते हैं। बाबू रिश्वत अपनी मेज पर बैठे-बैठे नहीं लेता, बल्कि उठकर पान की दुकान तक जाने लगता है। कई बार कुछ कागज भी सचमुच में निकल जाते हैं। नया कप्तान आते ही प्रेस कान्फ्रेंस करता है और घोषणा कर देता है कि अब वह आ गया है इसलिए जिले में या तो अपराधी रहेंगे या वह। थानों में पुलिस जनता की सेवक बनकर रहेगी। बँगलों और दफ्तरों के पर्दे बदल जाते हैं, फर्नीचर का कोण बदल जाता है। लोग कुछ ही दिनों में पंचवर्षीय योजनाओं के लुभावने नारों की तरह इन घोषणाओं को भूल जाते हैं। बाबू मेज पर बैठे-बैठे रिश्वत लेने लगता है और जनता फिर से थानों में

मुर्गा बनने लगती है। फिर नए अफसर आते हैं। फिर सब कुछ ठीक होने लगता है और इस तरह गतिशीलता बरकरार रहती है।

बटुकचन्द ने दफ्तर की दीवारों पर पड़ी पीक और गलियारों में जमी धूल पर निराश दृष्टि डाली। 'कितना पतन हो गया है इस दफ्तर का! दो साल पहले जब वे यहाँ से गए थे, तब तो हालात इतने बुरे नहीं थे। अच्छा हुआ कि वे आ गए, नहीं तो न जाने अभी क्या होता।' उन्होंने दुःख और सन्तोष से सोचा और पिच्च से अपने मुँह की पीक दीवाल पर मारी। वे और उनके साथ चल रही भीड़ अब उस कमरे के सामने पहुँच गई थी जो बड़े साहब के रूप में उनका कमरा होने जा रहा था और जिसमें थोड़ी देर पहले प्यारेलाल नामक उनका बॉस घुस गया था। चपरासी चिक उठाकर खड़ा था। पीक थूकने के बावजूद उनके गले और मुँह में अभी भी इतनी पीक भरी थी कि वे बस गो-गो की आवाज में ऐसा कुछ कह पाए जिसका मतलब था कि उनके प्रशंसक, अनुयायी, चापलूस और मातहत अपने-अपने कमरों में जाएँ और अब वे आ गए हैं, इसलिए सब कुछ ठीक हो जाएगा। इतना कहकर वे तेजी से साझे कमरे में घुस गए।

जैसी कि हमारे देश में परम्परा है कि हर नायक या खलनायक के साथ एक चिपकू जरूर रहता है जो अपनी मूर्खतापूर्ण बातों से उसका दिल बहलाने और गोपनीय किस्म की सलाह देने जैसे काम करता रहता है, बटुकचन्द उपाध्याय के साथ एक और व्यक्ति उस कमरे में घुस गया जिसका नाम था ऋषभचरण शुक्ल और जिसने कमरे में घुसते-घुसते पहला फर्ज यह निभाया कि फुसफुसाहट-भरी आवाज में बटुकचन्द को यह सलाह दे डाली–

"इस साले से सावधान रहिएगा भैया। दर हरामी है।"

सलाह छोटी और दबे स्वर में सिर्फ इसलिए थी कि जिस व्यक्ति से सावधान रहने की बात की जा रही थी वह दस-बारह फुट की दूरी पर ही बैठा मेज पर पड़े बेतरतीब कागजों पर प्रत्यक्ष रूप से नजरें गड़ाये परोक्ष रूप से उनकी हरकतें भाँपने की कोशिश कर रहा था।

दूरी और समय ने बटुकचन्द को बाअदब मातहत बना दिया था, इसलिए उन्होंने सामने बैठे अधीक्षण अभियन्ता प्यारेलाल की शान में कसीदे नहीं पढ़े। सिर्फ अपने पीक-भरे मुँह को गोल बनाते हुए अपनी आँखों के माध्यम रो उन्होंने सलाह के प्रति आभार व्यक्त करते हुए जो भाव प्रकट किये उन्हें सलाह देनेवाले शुभचिन्तक ने इस रूप में ग्रहण किया कि–

"इस जैसे चिड़ीमार बहुत देखे हैं, बन्धु। इससे भी निपट लेंगे।"

किसी छोटे-मोटे राष्ट्र में राष्ट्रपति या प्रधानमन्त्री की कुर्सी उलटने के बाद जैसी गहमागहमी पैदा होती है, कुछ-कुछ वैसी ही इस दफ्तर में हुई। कमरे में प्यारेलाल के सामने बटुकचन्द और ऋषभचरण बैठ गए। ऋषभचरण ने मुख्यालय से सोनेलाल के

आने, बड़े बाबू और डिस्पैचर द्वारा प्रारम्भ में डाक लेने से मना करने और बाद में लेने, बड़े बाबू के भागकर कमलाकान्त वर्मा के पास जाने और फिर कमलाकान्त वर्मा के कमरे में चलनेवाली बैठक तथा उसके बाद उनके अज्ञात स्थान पर हुए पलायन का विस्तार से वर्णन किया। वर्णन समाप्त होते ही प्यारेलाल ने कहा, "अब?"

इस अब के कई मतलब थे। पहला मतलब था कि अब क्या किया जाय। दूसरा मतलब था कि जब कमलाकान्त भाग ही गए हैं तो क्या किया जा सकता था? ऋषभचरण ने पहला अर्थ निकाला और वही कहा जिसके लिए बटुकचन्द उन्हें अपने साथ अन्दर लाये थे।

"अब क्या? बुलाये हैं सर बड़े बाबू को। चार्ज सर्टिफिकेट पर दस्तखत हो जाय। कमलाकान्त नहीं होंगे तो क्या चार्ज नहीं होगा।"

इसके बाद उन्होंने भारतीय परम्परा के अनुसार एक मुहावरा सुनाया जिसे प्यारेलाल ने भी अपने छात्र-जीवन में पढ़ा था और जिसका मतलब था कि अगर मुर्गा नहीं बोलेगा तो क्या सूरज नहीं निकलेगा।

प्यारेलाल ने घंटी दबायी। चपरासी आया। बड़े बाबू को बुलाकर लाने का हुक्म सादिर हुआ।

जितनी देर में बड़े बाबू आए, नौकरशाही की उस परम्परा का निर्वाह होता रहा जिसके अनुसार मन में उठनेवाले विचारों और मुख से निर्गत होनेवाले वाक्यों में कोई घनिष्ठ सम्बन्ध नहीं होता। बटुकचन्द ने कमलाकान्त वर्मा के सम्बन्ध में कुछ वाक्य कहे जिन्हें सुनकर प्यारेलाल ने ऐसा मुँह बनाया मानो खबरें खत्म होने के पहले मौसम विभाग की भविष्यवाणी सुन रहे हों। जानते हुए भी कि ये भविष्यवाणियाँ गलत होंगी, उन्हें सुनना औसत भारतीय श्रोता की मजबूरी है, अतः वे भी कान खोदते रहे और सुनते रहे।

"सरकार की यही बात खराब लगती है साहब। बीच सेशन में तबादला कर दिया। बेचारे बच्चों की शामत आती है। मैंने तो वाइफ से कह दिया कि बच्चे अब लखनऊ में ही रहेंगे। रोज-रोज कौन स्कूल बदलेगा।"

"बेचारा कमलाकान्त बड़ा गऊ आदमी है। उसकी बीवी तो उससे भी गऊ है। हम दो बार साथ रहे। इतना अच्छा सम्बन्ध रहा दोनों परिवारों के बीच कि लोग जलते थे कॉलोनी में।"

"मैंने चीफ साहब से बहुत कहा कि मुझे मत डालिए इस पचड़े में। मेरा क्लासफेलो है कमलाकान्त, उससे चार्ज लेने में बड़ा बुरा लगेगा। पर नहीं माने चीफ साहब। बोले—उपाध्यायजी कुम्भ का मामला है, आप ही सँभाल सकते हो, पूरे विभाग की इज्जत दाँव पर लगी है, रोज सी.एम. पूछते हैं" जब तक बड़े बाबू नहीं आए तब तक बटुकचन्द उपाध्याय बोलते रहे और प्यारेलाल कान खोदते रहे। बड़े बाबू के आने में देर हुई तो कान खोदना छोड़कर वे दीवाल पर रेंग रही छिपकली को

घूरने लगे। इस एकालाप में उन्हें न तो कोई अपना रोल नजर आ रहा था और न ही उन्होंने कोई हस्तक्षेप किया। अन्त में इन्तजार की घड़ियाँ समाप्त हुईं और बड़े बाबू प्रकट हुए।

"चार्ज सर्टिफिकेट बन गया, बड़े बाबू?" प्यारेलाल ने पूछा।

बड़े बाबू ने अपने दयनीय चेहरे को और दयनीय बनाते हुए ऐसी प्रश्नवाचक निगाहों से प्रश्नकर्त्ता की तरफ देखा जैसे भारत की परमाणु नीति के बारे में कोई प्रश्न पूछा गया हो।

"साहब पूछ रहे हैं कि चार्ज सर्टिफिकेट टाइप हो गया कि नहीं?" इतनी देर में ऋषभचरण को अपनी उपस्थिति का औचित्य सिद्ध करने की जरूरत पड़ी।

"सरकार मुझसे चार्ज सर्टिफिकेट के लिए तो कोई नहीं बोला।"

"बड़े बाबू ज्यादा काबिलियत मत झाड़िए!" ऋषभचरण के लिए आत्म-नियन्त्रण पहले भी मुश्किल होता था, आज तो और भी मुश्किल हो गया, "आपको मालूम नहीं कि बड़े साहब का तबादला हो गया है। इतनी देर जो मीटिंग कर रहे थे उसमें आपको नहीं बताया कमलाकान्त वर्मा ने। नए साहब आ गए और आपने अभी तक चार्ज सर्टिफिकेट नहीं टाइप किया।"

ऋषभचरण अपनी आवाज पर नियन्त्रण नहीं रख पाते, अगर बड़े बाबू के चेहरे से फिसलकर एक बार उनकी निगाह बटुकचन्द की बरजती निगाहों से न टकराई होती।

अधीक्षण अभियन्ता की उपस्थिति में बटुकचन्द कोई तमाशा नहीं खड़ा करना चाहते थे।

"नहीं टाइप किये हों तो कर लाइए। मुख्यालय का आदेश तो आप ही के पास होगा। कमलाकान्तजी तो जाते समय ले नहीं गए, उसी से नम्बर वगैरह डाल लीजिएगा। एस.ई. साहब कितनी देर बैठेंगे? जल्दी ले आइए।" बटुकचन्द ने मुलायमियत से कहाँ बड़े बाबू कुछ बुदबुदाये और बाहर निकल गए।

"बड़ा घाघ है साहब। जितना ऊपर उतना नीचे," ऋषभचरण ने झुँझलाते हुए कहाँ

"शुक्लाजी आप खुद देख लीजिए जाकर। नहीं तो दफ्तरवाले न जाने कितनी देर करें। साहब के लिए कुछ चाय-वाय भिजवा दीजिएगा।"

बटुकचन्द ने कहा तो ऋषभचरण उठकर बाहर निकल गए। कमरे में थोड़ी देर मौन रहा। प्यारेलाल अभी तक कुछ नहीं बोले थे, केवल सुनते रहे थे। वे इस बात में विश्वास करते थे कि ज्यादा बोलनेवाला कहीं न कहीं गलती अवश्य करता है। गलती करने का मौका वे अपने विपक्षी को ही देने में विश्वास करते थे इसलिए अकसर खुद चुप रहते थे। आज भी बोले तो बहुत देर से बोले और सूत्र-वाक्य के रूप में उतना ही बोले जिससे बटुकचन्द उपाध्याय कुछ न कुछ गलतियाँ करें और

यह सत्ता-परिवर्तन कैसे हुआ, इसे समझने का मौका दें।

"भाई उपाध्यायजी बड़ा चैलेंजिंग मामला है। कुम्भ पर सबकी निगाह लगी है। अगले महीने से हर हफ्ते मुख्यमन्त्रीजी रिव्यू करेंगे। अभी भी तीसरे-चौथे चीफ साहब के यहाँ पेशी होती है। वैसे तो आपका पुराना अनुभव है, आपको कोई दिक्कत नहीं होनी चाहिए। सुबह चीफ साहब का फोन आया तो मैंने तो कह दिया कि आपको सही ही चुना गया।"

बटुकचन्द ने आँखों ही आँखों में तौला। है साला घाघ, इससे आज ही निपट लिया जाय, नहीं तो बाद में दुखी करेगा। उन्होंने भोलेपन से जो कुछ कहा उसमें कुछ ठोस था, कुछ द्रव और कुछ गैस।

ठोस, द्रव और गैस का फार्मूला उन्हीं का बनाया हुआ था। उनका मानना था कि नेताओं, मातहतों और अपने से ऊँचे ओहदेदारों से बातें करते समय हमेशा वही नहीं कहना चाहिए जो सच हो। सच तो गैस की तरह होता है, जो सामनेवाले से चिपकता नहीं और वाष्प की तरह उड़ जाता है। ठोस के रूप में कुछ नाम छोड़े जाते हैं जो अकसर राजनेताओं और वरिष्ठ अधिकारियों के होते हैं। सावधानी सिर्फ इतनी रखनी होती है कि ये नाम ऐसे हों जिनसे सही-गलत की छानबीन सुननेवाला न कर सके। अंग्रेजी में जिसे नेम ड्रापिंग कहते हैं। उस कला को भारतीयों ने अंग्रेजों से भी अधिक खूबसूरती से अपना लिया है। ठोस एवं गैस के अतिरिक्त द्रव का प्रयोग समय-काल के अनुसार चेहरे और आँखों में तरलता लाने के लिए किया जाता है। बटुकचन्द ने तो इस फन में इतनी महारत हासिल कर रखी थी कि वक्त-जरूरत के मुताबिक उनकी आवाज कभी भी रुँध सकती थी। कई बार तो वे रोने भी लगते थे। अकसर वे ऐसी स्थिति पैदा कर देते कि उनका विपक्षी अगर मजबूत कलेजे का न हो तो उसका भी रोने का मन करने लगता।

आज भी उन्होंने अपने फार्मूले को जमकर इस्तेमाल किया।

"मैंने तो सर बहुत मना किया कि मुझे मत फँसाओ इस झमेले में, पर अपने मुख्यमन्त्रीजी के साले हैं न...वही नौगढ़वाले विधायक, वे पीछे पड़ गए। मैं जब वहाँ पोस्टेड था तब से ही उनसे मेरे घरेलू ताल्लुकात हैं। बोले उपाध्यायजी आपके बिना कुम्भ नहीं सँभल पाएगा। जीजाजी बड़े परेशान हैं, सरकार की इज्जत दाँव पर लगी है। अगर कुछ हो गया कुम्भ में तो बड़ी थू-थू होगी। मैंने बहुत मना किया, लेकिन साहब बड़े आदमियों का मामला..."

बटुकचन्द बोलते समय प्यारेलाल के चेहरे पर निगाह गड़ाये हुए हैं। ठोस कुछ असर कर रहा है, पर है साला घाघ। चेहरे पर कोई भाव उत्पन्न नहीं होने दे रहा है। "चीफ साहब से भी मैंने हाथ जोड़े कि सर अब तो बुढ़ापा आ रहा है, अब पहले जैसी मेहनत नहीं हो सकती। आप हुकुम देंगे तो क्यों नहीं जाऊँगा? लेकिन कुछ ऊँच-नीच हो गई तो सफेदी में कलंक लग जाएगा, लेकिन नहीं माने।"

इस तरह उन्होंने कई लोगों के हवाले दिए और बताया कि किस तरह प्रदेश के समक्ष कुम्भ नामक समस्या के उत्पन्न होने पर उन्होंने बटुकचन्द उपाध्याय नामक महाबली के समक्ष बीड़ा रख दिया और किस तरह हर बड़े आदमी को उन्होंने समझाने की कोशिश की कि वे योग्य अवश्य हैं, पर उम्र नामक एक बाधा ऐसी है जिसके चलते वे इस बीड़े को उठाने में असमर्थ हैं। पर हर प्रसंग का अन्त इसी टेक पर हुआ कि जैसा कि बड़े लोगों का स्वभाव है उनकी दलील ठुकरा दी गई और वे अनिच्छापूर्वक यहाँ आ गए। लेकिन अब जब वे आ ही गए हैं तो सब कुछ ठीक कर देंगे और भगवान की कृपा और एस.ई. साहब के आशीर्वाद से जो कुछ होगा, अच्छा ही होगा।

प्यारेलाल बोल कुछ नहीं रहे हैं। बस उनके ठोस के पीछे छिपे सच को पकड़ने का प्रयास कर रहे हैं।

इसमें कोई शक नहीं कि बटुकचन्द की पोस्टिंग के पीछे सी.एम. और चीफ साहब दोनों हैं, पर सच्चाई उस तरह नहीं है जिस तरह बटुकचन्द बयान कर रहे हैं। उन्होंने उड़ती-पुड़ती सुन रखी थी कि इस मामले में काफी लेन-देन हुआ है।

जिस विधायक को बटुकचन्द ने मुख्यमन्त्री का साला और अपना घनिष्ठ घोषित किया था, उसके बारे में यह आम चर्चा थी कि बिना नकद गिनाए वह घर के बाहर कदम नहीं रखता था। बटुकचन्द जब उससे घनिष्ठता के दावे कर रहे थे, प्यारेलाल उस रकम का अन्दाज लगाने की कोशिश कर रहे थे जो इस हाथ से उस हाथ पहुँची होगी।

कुम्भ के साल हर बार यही होता है। बड़ी-बड़ी बोलियाँ लगती हैं, बड़े-बड़े वारे-न्यारे होते हैं। इस साल भी यही हुआ था। पाँच-छह नाम शुरू से ही दौड़ में थे। प्यारेलाल की मुख्य चिन्ता अपने को बचाए रखने की थी। उनके ओहदे के लिए भी कई दावेदार थे। वे अपने को तो बचाए रखने में कामयाब हो गए, पर कमलाकान्त वर्मा को जाना ही पड़ा।

कमलाकान्त वर्मा से उनकी अच्छी पट रही थी और कुम्भ में प्यारेलाल यही चाहते थे कि कमलाकान्त बने रहें। पिछले कुछ दिनों से रोज किसी न किसी के आने की अफवाह उड़ती थी, पर कमलाकान्त भी खूँटे से मजबूत थे। प्यारेलाल अपनी कुर्सी बचाने में इतने मशगूल रहे कि उन्हें कमलाकान्त की चिन्ता करने की फुर्सत ही नहीं मिली। वैसे भी वे जानते थे कि कमलाकान्त को हटाना आसान नहीं था।

पिछले हफ्ते से बटुकचन्द उपाध्याय का नाम चल रहा था। प्यारेलाल ने नाम सुनते ही समझ लिया था कि अब मुकाबला कड़ा होगा, उन्होंने कमलाकान्त को चेतावनी भी दे दी थी। बटुकचन्द की गिनती विभाग में बड़े घाघ अधिकारियों में होती थी। कुम्भ की तैनाती के लिए हर बार बोली बोली जाती थी, पर लगा कि इस बार मुकाबला ज्यादा कड़ा था। बीच में दो-तीन बार देर रात गए कमलाकान्त की

घबराई आवाज में फोन आता और वह किसी तगड़े उम्मीदवार की चर्चा चलने की खबर देते। प्यारेलाल की इजाजत लेकर वह फौरन लखनऊ रवाना हो जाते और दो-तीन दिन में सब कुछ ठीक-ठाक कर लौट आते।

इस बार सब कुछ इतनी तेजी से घटित हुआ कि प्यारेलाल और कमलाकान्त जैसे मँजे हुए खिलाड़ी भी हतप्रभ रह गए।

बहुत सबेरे चीफ साहब का फोन प्यारेलाल के लिए आया। बिना किसी लाग-लपेट के जो सन्देश दिया गया उसके मुताबिक रात एक बजे मुख्यमन्त्री ने कमलाकान्त के तबादले के आदेश पर दस्तखत कर दिये थे। पी.डब्लू.डी. मन्त्री ने यह काम चीफ साहब को सौंपा था कि आदेश का पालन हो जाना चाहिए और चूँकि बकौल चीफ साहब वे अपने और प्यारेलाल में कोई फर्क नहीं समझते इसलिए यह जिम्मेदारी उन्होंने प्यारेलाल को सौंप दी। सन्देश के मुताबिक विभाग के मन्त्रीजी को दोपहर बारह बजे तक मुख्यमन्त्रीजी को अनुपालन रिपोर्ट देनी थी। मन्त्रीजी ने चीफ साहब को साढ़े ग्यारह बजे तक का समय दिया था, इसलिए चीफ साहब ने उन्हें ग्यारह बजे तक का समय दे दिया। चीफ साहब दफ्तर में ग्यारह बजे उनके फोन का इन्तजार करेंगे।

चीफ साहब का आदेश मिलने पर प्यारेलाल को अपना कर्तव्य निर्धारित करने में तनिक भी विलम्ब नहीं हुआ। वे अधिकांश नौकरशाहों की तरह गीता के सन्देश में विश्वास करते थे। नौकरी उनके लिए महाभारत के युद्ध की तरह थी। युद्ध के मैदान में पिता, पुत्र, भाई, बहन, सखा, अनुचर कोई भी सम्बन्ध मायने नहीं रखता था और आवश्यकता पड़ने पर किसी का भी वध किया जा सकता था। सफलता की यही शर्त थी। नौकरशाही में तो सफलता की यही एकमात्र शर्त थी।

सबसे पहले उन्होंने कमलाकान्त वर्मा के घर एक चपरासी दौड़ाया और उसे दस बजे दफ्तर पहुँचने का सन्देश दिया। इसके बाद अपने फोन का रिसीवर उतारकर नीचे रख दिया। उन्हें पता था कि कमलाकान्त वजह जानने के लिए उन्हें फोन करेंगे और यह मानकर कि उनका फोन खराब है, उनके मन में कुम्भ का खयाल आएगा। आज कल कुम्भ के बारे में निरन्तर मुख्यालय सूचनाएँ मँगाई जा रही थीं। यह जरूर था कि अधीक्षण अभियन्ता के अपने दफ्तर में आने की बात कुछ अटपटी जरूर लगेगी, पर उनके बीच सम्बन्ध ऐसे थे कि कमलाकान्त को अपने विरुद्ध षड्यन्त्र का सन्देह नहीं हो सकता।

यही हुआ। दफ्तर आकर ही कमलाकान्त को पता चल पाया कि उनके साथ षड्न्त्र हुआ है।

प्यारेलाल का वश चलता तो वे कमलाकान्त को ही इस पद पर रखते, पर अब उन्हें धोखा देकर बुलाने और बटुकचन्द को चार्ज दिलाने पर उन्हें कोई अफसोस भी नहीं था।

यहाँ सारे पात्र निष्काम भाव से अपना रोल अदा कर रहे थे। बटुकचन्द निष्काम भाव से दनादन झूठ बोल रहे थे। प्यारेलाल निष्काम भाव से सुन रहे थे और सच पकड़ने की कोशिश कर रहे थे। इसके पहले उन्होंने निष्काम भाव से कमलाकान्त को छलने की कोशिश की थी। बाहर ऋषभचरण शुक्ल निष्काम भाव से बाबुओं और जूनियर इंजीनियरों को बता रहे थे कि भैया ने तो साफ-साफ मना कर दिया था, वो तो चीफ साहब ने बहुत समझाया और साथ में एस.ई. साहब को भेजा, नहीं तो भैया चार्ज थोड़े न लेते।

निष्काम भाव से ही बड़े बाबू का मंच पर प्रवेश हुआ।

"ले आए बड़े बाबू।"

"हाँ सर।"

"लाइए।" निर्धारित सरकारी भाषावाले चार्ज सर्टिफिकेट की दस से अधिक प्रतियाँ बटुकचन्द के सामने रख दी गईं। मोचक अधिकारी लिखी पंक्ति के ऊपर वे दस्तखत करते रहे और बड़े बाबू हस्ताक्षर के बाद एक-एक कागज को हटाते गए।

जैसे कि ऋषभचरण नामक उनके सलाहकार ने नाटक की शुरुआत में ही उन्हें सलाह दी थी, उनका जरा भी विश्वास इस बड़े बाबू नामक पात्र में नहीं था। इसलिए पूरी लापरवाही से हस्ताक्षर रूपी चिड़िया कागजों पर बैठाते हुए भी उन्होंने कागजों पर छपी इबारत लगभग पूरी पढ़ ली।

"ट्रेजरी की कापी नहीं दी बड़े बाबू।"

"दी है सर।" बड़े बाबू ने चार्ज सर्टिफिकेट के नीचे जिनकी प्रतिलिपि और भेजी जा रही थी, उनकी सूची के नवें नम्बर पर उँगली रख दी।

बटुकचन्द ने उड़ती निगाह डाली।

"स्टेट बैंक को कापी नहीं गई।"

"हाँ...ये गलती हो गई सर। अभी एक और कापी टाइप कर लाता हूँ।"

"मेरे हस्ताक्षर भी बैंक भिजवा दीजिए।"

"अभी बैंक की कापी टाइप कर लाऊँ, उसी के साथ आपके दस्तखत वाला कागज भी भेजता हूँ," बड़े बाबू चले गए। बटुकचन्द ने विजयी भाव से प्यारेलाल की तरफ देखा।

"इस दफ्तर में बड़ी सफाई की जरूरत है सर। सब साले घाघ इकट्ठे हो गए हैं। यह बड़ा बाबू मेरे साथ पहले भी रहा है, पिछली बार तो मैंने ही हटवाया था। अब बताइए, साले तीस साल से नौकरी कर रहे हैं और बैंक को चार्ज सर्टिफिकेट की कापी भेजना भूल गए। अरे साहब जरा सा चूक जाएँ तो लो बहराइच वाला किस्सा हो गया।"

नौकरशाही में हर मौके के लिए मौजूँ कोई-न-कोई किस्सा रहता है। बटुकचन्द ने इस मौके पर बहराइचवाला किस्सा सुनाया। इस किस्से के मुताबिक उन्हीं जैसे

भोले-भाले एक अफसर ने इस बड़े बाबू जैसे बदमाश बाबू का विश्वास कर चार्ज सर्टिफिकेट पर दस्तखत कर दिये। इस कागज की कापी सबको गई पर स्टेट बैंक को नहीं गई, लिहाजा उसका पूर्वाधिकारी अगले काफी दिनों तक चेक काटकर ठेकेदारों के भुगतान करता रहा। बाद में जब तक पता चला और पछतावे की स्थिति नए अफसर के समक्ष उत्पन्न हुई तब तक उस मुहावरे के से हालात बन गए थे जिसमें चिड़िया के खेत चुग जाने के बाद पछतावे की निरर्थकता पर प्रकाश डाला गया है।

बटुकचन्द के पास किसी भी घाघ अफसर की तरह और भी बहुत से किस्से थे। अगर बड़े बाबू ने कलक्टर के नाम प्रतिलिपि नहीं जारी की होती तो वे बुलन्दशहर वाला किस्सा सुनाते और अगर ट्रेजरी के नाम प्रतिलिपि नहीं गई होती तो सुनाने के लिए बलियावाला किस्सा होता।

किस्सा कोताह यह कि सुनाने के लिए बटुकचन्द के पास बहुत सारे किस्से थे और प्यारेलाल कुछ भी सुनने के लिए बहुत उत्सुक नहीं थे।

जितनी देर में बटुकचन्द ने अपना किस्सा खत्म किया, प्यारेलाल की टेलीफोन पर घूमती उँगलियों ने लखनऊ में प्रमुख अभियन्ता से फोन मिला लिया।

"हाँ सर। चार्ज हो गया सर। कमलाकान्त ने तो चार्ज दिया नहीं सर, पर मैंने बटुकचन्दजी को चार्ज दिला दिया सर।"

"नहीं सर, पता नहीं चला सर। कमलाकान्त को तबादले का पता नहीं चला सर। वो तो दफ्तर आकर भाग गया सर। मैं ढुंढ़वा रहा हूँ सर।"

"ठीक है सर। मेहरबानी सर।"

प्यारेलाल विजेता की भाँति उठे। उन्हें सौंपा गया काम सफलतापूर्वक सरअंजाम हो गया था।

"अच्छा भाई उपाध्यायजी, बेस्ट आफ लक, सँभालिए अपना राजपाट," उन्होंने कुछ इस तरह आशीर्वाद दिया मानो महर्षि विश्वामित्र किसी राजकुमार को अभयदान दे रहे हों।

बटुकचन्द ने भी आज्ञाकारी शिष्य की भाँति अपने गुरु के सम्मान में दो-तीन वाक्यों में जो कसीदा पढ़ा उसके भाव कुछ-कुछ यही थे कि वे योग्य और मेहनती तो पहले से थे, बस गुरुकृपा की आवश्यकता थी। अपनी लम्बी सफल नौकरी के दौरान पहली बार एक सही मार्गदर्शक उन्हें प्यारेलालजी के रूप में प्राप्त हुआ है, इसलिए उनकी सफलता में कोई सन्देह नहीं है। वे आ गए हैं और सब कुछ ठीक कर देंगे।

वे आ गए हैं और सब कुछ ठीक कर देंगे, यह वाक्य उन्होंने प्यारेलाल के जाने के बाद अपने शुभचिन्तकों और समर्थकों की भीड़ के सामने भी कहा जो उन्हें प्यारेलाल को पोर्टिको में खड़ी उनकी कार तक पहुँचाकर वापस अपने कमरे में आने पर मिली।

कमरे में वे सारे लोग थे जिन्हें पिछले कुछ वर्षों में इस कार्यालय में सताया

गया था। पात्र होते हुए भी उन्हें उन जगहों पर नहीं रखा गया जहाँ सरस्वती की लक्ष्मी से भेंट होती थी। इनमें वे लोग भी थे जो पिछले सत्ता-सन्तुलन में भी कमाऊ जगहों में थे और इस परिवर्तन में भी उन्हीं जगहों पर रहना चाहते थे। वे यह बताने आए थे कि पिछली बार तो उन्हें अपने सीनों पर पत्थर रखकर पैसा कमाना पड़ा था। काम करने का मजा तो अब आएगा। इस भीड़ में ठेकेदारों, दलालों, पत्रकारों, पेशेवर चापलूसों और इस तरह के तमाम वर्गों के प्रतिनिधि पान के खोखों के साथ हाजिर थे। ये हर सत्ता-परिवर्तन के समय इस कमरे में उपस्थित रहा करते थे।

कई वर्षों बाद बड़े साहब के कमरे में चरण छूने की परम्परा फिर वापस आ गई।

लोगों को मेज के नीचे घुसकर पैर छूने पड़ रहे थे इसलिए बटुकचन्द ने पाँव बाहर निकालकर एक स्टूल पर रख दिए। लोग आते ही पैर छूते थे और पान का खोखा आगे बढ़ा देते थे। बटुकचन्द अपने गोल ठूँसे हुए मुँह में एक बीड़ा और ठूँस देते।

"साहब अब आप आ गए हैं, सब ठीक हो जाएगा।"

बटुकचन्द को इसमें क्या आपत्ति हो सकती थी! वे स्वयं भी बीच-बीच में घोषित करते जा रहे थे कि वे आ गए हैं तो सब ठीक हो जाएगा।

"पत्रकारों ने तो इस दफ्तर में आना बन्द कर दिया था। वही लल्लनवा बैठकर दलाली करता रहता था। चलिए अब आप आ गए हैं तो सब ठीक हो जाएगा," शहर से छपनेवाले अंग्रेजी अखबार के संवाददाता ने कहाँ

"हाँ साहब, आपके दफ्तर का तो सारा तन्त्र ही बिगड़ गया था। पता लगा लीजिए जो कोई आत्म-सम्मानवाला व्यक्ति यहाँ आता हो। अब सब ठीक हो जाएगा," खद्दरधारी नेता ने कहाँ

"सब ठीक हो जाएगा," ठेकेदारों ने कहाँ

"सब ठीक हो जाएगा," दलालों ने कहाँ

बाबुओं, चपरासियों, कुर्सियों, बरामदों, चायखानों, गरज यह कि जिन-जिन की आवाज श्री बटुकचन्द उपाध्याय अधिशासी अभियन्ता अर्थात् दफ्तर के बड़े साहब तक पहुँच सकती थी, सबने पूरे विश्वास के साथ कहा कि अब सब कुछ ठीक हो जाएगा।

बटुकचन्द ने भी सभा बर्खास्त करने के पहले कहा कि अब वे आ गए हैं इसलिए सब ठीक हो जाएगा।

इस प्रकार सार्वजनिक निर्माण विभाग के प्रान्तीय खंड नामक इस दफ्तर में दिन-भर 'सब ठीक हो जाएगा, ठीक हो जाएगा,' की ध्वनि गूँजती रही और रोज की तरह आज भी कुछ काम नहीं हुआ।

तीन

इस सड़क के दोनों तरफ बाबुओं के कत्लगाह बिखरे हुए थे।

सड़क को सड़क कहना काफी हद तक औपचारिकता निभाने जैसा था। इस पतली-दुबली मरियल सड़क पर चलने के अलावा सभी काम सुविधा के अनुसार किए जा सकते थे। सरकारी रिकॉर्ड में सड़क के नाम से जो चीज दर्ज थी उसे शौचालय या मूत्रालय जैसे किसी नाम से पुकारा जा सकता था। दोनों पटरियाँ और आधी सड़क देश की बेरोजगारी और आवास नामक समस्याओं को हल करने में इस्तेमाल हो रही थीं। प्रणय-लीलाओं से लेकर फौजदारी तक कई राष्ट्रीय गतिविधियाँ थीं जो इस सड़क पर ही सम्पादित होती थीं। इन सबके अलावा यह सड़क चलने के भी काम आती थी। यही सबसे बड़ा आश्चर्य था जो सिर्फ हमारे देश में ही सम्भव हो सकता था।

इसी सड़क के दोनों तरफ दूर-दूर तक दफ्तरों की कतारें फैली हुई थीं। इन दफ्तरों में एक ऐसा जीव पाया जाता है जिसे बाबू कहते हैं और जिसके बारे में जानकारों का कहना है कि उसे मैकाले नामक एक अंग्रेज विद्वान ने खोजा था। दरअसल कोलम्बस और वास्कोडिगामा की खोजों के बाद यह सबसे महत्त्वपूर्ण खोज पायी जाती है, और जैसा कि इन दोनों विद्वानों की खोजों के साथ हुआ कि उनके मरने के बाद भी उनकी खोजें दुनिया में बरकरार हैं, उसी प्रकार मैकाले की खोज उसके बाद भी हमारे बीच फल-फूल रही है।

अफसरों को करने के लिए इस देश में बहुत सारे काम हैं। उन्हें दौरा करना पड़ता है, अपने से बड़े अफसरों को खुश रखना पड़ता है, लंच पर जाना पड़ता है और काफी समय बाथरूम में रहना पड़ता है। इतनी सारी व्यस्तताएँ होती हैं कि वे दफ्तर में बैठ नहीं पाते। बाबुओं को दफ्तर में इतना बैठना पड़ता है कि वे किसी काम लायक नहीं रहते। कभी-कभी किसी फाइल की किस्मत अच्छी होती है। बाबू उसे नोटिंग-ड्राफ्टिंग करके सजा-सँवार कर ले आता है और अफसर उसमें एक अमूर्त पच्चीकारी करता है। इसे कुछ लोग चिड़िया बैठाना कहते हैं, और कुछ लोग हस्ताक्षर।

बाबू की दुनिया की सबसे अहम चीज फाइल होती है। यह कहना बहुत मुश्किल है कि फाइल बाबू के लिए बनी है या बाबू फाइल के लिए। इतना ही कहा जा सकता है कि बिना फाइल बाबू की कल्पना नहीं की जा सकती। इन फाइलों के बारे में यह भी कहा गया है कि इन्हें बाबू लिखते हैं और बाबू ही पढ़ते हैं। हिन्दी लेखन में तो कई बार बाबू के मरने के बाद उसकी आत्मा इन्हीं फाइलों में भटकती हुई पायी गई है। कई लेखकों ने रात के सन्नाटे में इन फाइलों के बीच से अजीब दर्दनाक कराहें सुनी हैं। इन्हें वे उन मृत बाबुओं की मानते हैं जिनकी जवानियाँ और समय से पहले आए बुढ़ापे इन फाइलों में दफन हैं। बाज वक्त तो ऐसा भी हुआ है कि जिन्दगी-भर पेंशन बनानेवाले बाबू की आत्मा अपनी पेंशन के चक्कर में उसी सेक्शन की फाइलों में भटकती हुई पायी गई।

सार्वजनिक निर्माण विभाग के प्रान्तीय खंड के इस दफ्तर में भी सब कुछ दूसरे दफ्तरों की ही तरह था। बाबू भी दूसरे दफ्तरों की ही तरह थे। वे रोज देर से आते थे, आते ही चाय की दुकानों पर चले जाते थे, चाय पीकर पान खाते थे, दोनों के पैसे किसी ठेकेदार से दिलवाते थे, वापस दफ्तर आकर गप्प लड़ाते थे और फिर चाय की दुकान पर चले जाते थे। उनके जिम्मे दूसरे दफ्तरों की ही तरह यहाँ भी इतनी व्यस्ताएँ थीं कि वे हर समय व्यस्त रहते थे। दूसरे दफ्तरों की ही तरह यहाँ भी एक मूत्रालय था जिसके दरवाजे पर 'सिर्फ अधिकारियों के लिए' लिखा था। इसलिए यहाँ भी बाबू पेशाब जैसी क्रिया का सम्पादन करने के लिए इस सड़क पर स्थित बहुत सारे दफ्तरों की चारदीवारियों में से किसी एक का उपयोग कर लिया करते थे।

बाबुओं के बैठने के लिए हालनुमा दो कमरे थे। इनमें भाँति-भाँति की चीजें थीं। लकड़ी, लोहे और बेंत को मिलाकर बनी हुई एक वस्तु थी जिसे कुर्सी कहते हैं। अगर किसी स्कूली बच्चे को इसे दिखाकर इस पर निबन्ध लिखने को कहा जाय तो वह इसकी दो विशेषताएँ जरूर लिखेगा। पहली तो यह कि इसमें दो से लेकर चार तक टाँगें होती हैं। एक टाँग इसलिए नहीं होती क्योंकि एक टाँग पर यह अधिक देर खड़ी नहीं रह पाएगी। जिन कुर्सियों की सिर्फ एक टाँग बचती है उनके नीचे ईंटें लगाकर दूसरी, तीसरी या चौथी टाँग की कमी पूरी कर ली जाती है। दूसरी खास बात यह है कि कुर्सी नामक इस पदार्थ पर बाबू लोग बैठते हैं। वे इन पर इसलिए बैठते हैं कि जब तक उनकी और इन दफ्तरों की खोज हुई, तब तक जमीन पर बैठने का चलन समाप्त हो चुका था। जब कभी बाबू लोगों का मन इन कुर्सियों की बची-खुची टाँगों को तोड़ने का करता है, वे मार-पीट में भी इनका इस्तेमाल कर लेते हैं। कई बार सरकार खुश होकर ज्यादा बजट दे देती है या अफसरों का मन कमीशन से विरक्त हो जाता है तो कुछ नयी कुर्सियाँ आ जाती हैं। पर उन्हें देखकर बाबुओं को घबराहट होने लगती है। उन्हें लगता है कि उनका वर्क कल्चर समाप्त करने का भयानक षड्यन्त्र किया जा रहा है, अतः वे नयी कुर्सियों के बेंत ब्लेड से काट देते

हैं। अगर किसी सहकर्मी का सर फोड़ने का मन नहीं करता तो कमरे की फर्श तोड़ने के लिए इन कुर्सियों का इस्तेमाल कर लेते हैं। एक बार जब कुर्सी चार से तीन या दो टाँगवाली हो जाती है तो उस पर बैठने भी लगते हैं।

बाबुओं के कमरे में कुर्सी-परिवार की एक और चीज़ थी जिसे मेज कहते हैं। इसके बारे में भी कहा यही जाता है कि इसकी चार टाँगें होती हैं। पर इन दोनों कमरों में काफी मुश्किल से ऐसी कोई मेज तलाशी जा सकती है जिसकी चारों टाँगें धरती को छू रही हों। टाँगों में क्या रखा है, यह माननेवाले बाबुओं ने चपरासियों से मँगाकर ईंटों के सहारे इन मेजों को खड़ा कर रखा था। मेजों पर फाइल नामक वस्तुएँ गँजी थीं। वज़न कम न हो जाय इसलिए फाइलों के अलावा धूल भी इन पर प्रचुर मात्रा में थी। मेजों के अलावा फाइलें फर्श पर भी थीं। यह कहना सही होगा कि ज्यादातर फाइलें फर्श पर ही थीं। फाइलों में दबे महत्त्वपूर्ण कागजों के बारे में दफ्तर के चपरासी इतने चिन्तित रहते थे कि वे फर्श की कभी सफाई नहीं करते थे। इसलिए फर्श पर भी फाइलों के अलावा काफी मात्रा में धूल थी।

कमरों में जहाँ-जहाँ जगह हो सकती थी वहाँ लकड़ी या लोहे के बड़े ढाँचे खड़े कर दिये गए थे। जब फर्श पर जगह नहीं बचती थी तो बाबू लोग इनमें भी फाइलें रख देते थे। वे इन्हें अलमारी कहते हैं। अगर कभी यह इमारत नष्ट हुई और पुरातत्त्वविदों को काल-निर्धारण का काम सौंपा गया तो निश्चित रूप से उन्हें यह तय करने में दिक्कत होगी कि इस जगह दफ्तर पहले बना था या वहाँ पहले अलमारी रखकर उसके चारों तरफ दफ्तर बना दिया गया था। इन अलमारियों को रखने के बाद हटाया नहीं गया था इसलिए अकसर कोई पुरानी फाइल तलाशनी होती है तो बाबू लोग उनके नीचे तलाशते हैं।

बाबू, कुर्सी, मेज, अलमारी और फाइल नामक पाँच तत्त्वों से जो चीज़ बनती है उसी को दफ्तर कहते हैं। एक विद्वान ने कहा है कि एक बार स्थापित हो जाने के बाद दफ्तर अपने लिए काम खुद ही पैदा कर लेता है। काम करने के लिए कागज नामक माध्यम का इस्तेमाल होता है। जैसा कि पहले बताया गया है, इस पर बाबू कुछ लिखते हैं और बाबू ही, अगर हस्तलिपि पढ़ने लायक हो तो, पढ़ते हैं। इस कागज का थोड़ा हिस्सा सरकार देती है। सरकार के दिए कागज से दफ्तर का काम नहीं चल सकता इसलिए उसका बड़ा हिस्सा अफसरों और बाबुओं के घर चला जाता है और वहाँ उनके बच्चों के शैक्षणिक विकास में काम आता है। बिना कागज के दफ्तर का काम नहीं चल सकता और बिना काम किये सरकारी अमला रह नहीं सकता इसलिए वे जन सहयोग नामक उस कार्यक्रम का सहारा लेते हैं, जो भारतीय नौकरशाही के कलपुर्जों में तेल-पानी देने के लिए सबसे आवश्यक है। अलग-अलग महकमे अपने सम्पर्क में आनेवाली जनता से अलग-अलग तरीकों से सहयोग माँगते हैं। मसलन थाने पर रपट लिखाने जानेवाले को राष्ट्र के नाम पर एक ताव कागज,

थोड़ी स्याही या पेन भेंट करने के लिए कहा जाता है। कई बार यह भेंट चोरी गए सामान की कीमत से ज्यादा होती है, इसलिए बहुत सारे लोग रपट लिखाने में दिलचस्पी नहीं दिखाते। अकसर कागज की बरबादी बचाने के लिए थानेवाले ही रपट नहीं लिखते। इस दफ्तर ने भी कागज की इस राष्ट्रीय कमी को पूरा करने के लिए तय कर रखा था कि जिसका काम हो वह अपना कागज खुद लाए। इसके अलावा अतिरिक्त कागज भी लाये जिससे कर्मचारियों के बच्चों की शिक्षा पर प्रतिकूल असर न पड़े।

काग़जों को फाइलों में रखते हैं। फाइलों में इसलिए रखते हैं क्योंकि अभी तक कागजों को गायब करने की इससे बेहतर विधि ईजाद नहीं हुई है। बाबुओं की नयी पीढ़ी इस मामले में अधिक मौलिक है। इस पीढ़ी के बाबू कागजों को अपनी मेज, कुर्सी या अलमारी के नीचे भी रखते हैं। पहले इन फाइलों को लाल फीते से बाँधते थे। लाल फीते से फाइल बँधते ही मान लिया जाता था कि उसमें बन्द कागजों के आराम में अब अगली दो-तीन पीढ़ियों तक कोई खलल नहीं डालेगा। इसी से भाषा को एक नया शब्द मिला—लाल फीताशाही। हमारे देश के बाज मुख्यमन्त्रियों को यह शब्द पसन्द नहीं आया इसलिए उन्होंने लाल की जगह हरे, पीले, गुलाबी जैसे दूसरे रंगों के फीते इस्तेमाल करने के हुक्म दे दिये। इस तरह लाल फीताशाही खत्म हो गई और कागज दूसरे रंगों के फीतों के नीचे दफन होने लगे।

दफ्तरों की कार्यकुशलता का आकलन कागज़ों के निस्तारण से लगाया जाता है। इस दफ्तर का बाबू भी दूसरे दफ्तरों के बाबू की तरह कागजों के निस्तारण में खासी दिलचस्पी रखता था। हर कागज को बाबू पहले सूँघता था, फिर तौलकर देखता था और फिर उसके भविष्य का निर्धारण करता था। बाबू के हाथ में आते ही काग़ज के रोम-रोम से कुछ ऐसी ध्वनियाँ निकलने लगती थीं जिन्हें सिर्फ वही पकड़ पाता था। कुछ-कुछ कविता की उस पंक्ति जैसा मामला था जिसमें खग को ही खग की भाषा जाननेवाला बताया गया है। ऊपर की एक-दो पंक्तियाँ पढ़ते ही बाबू समझ जाता था कि उसे क्या करना है? इसके बाद काग़जों का निस्तारण शुरू होता है। 'अति आवश्यक', 'तुरन्त' या 'गोपनीय' जैसे भारी-भरकम विशेषणों से दबे कागज बाबू की कुर्सी, मेज या अलमारियों के नीचे पहुँच जाते हैं। कुछ अधिक भाग्यशाली होते तो किसी फाइल के अन्दर समा जाते हैं। कुछ नई उम्र के बाबू अभी तक कागज़ से नाव या हवाई जहाज़ बनाने के खेलों के शौक से मुक्त नहीं हुए थे, इसलिए कुछ कागज बीच-बीच में हवा में उड़ते नज़र आते हैं। दिन-भर बाबुओं को चाय-पकौड़ों से जूझना पड़ता है, इससे भी कागज़ों के निस्तारण में सुविधा होती है। चायवाले का छोकरा बाबुओं को समोसा या पकौड़ी देने के लिए उनके सामने का कागज़ खींचकर उस पर तेल टपकता खाद्य पदार्थ रख देता है। इस तरह दिन में जितनी बार वह आता है, उतने कागज़ों का निस्तारण होता चलता है।

शाम होते-होते बाबू सन्तुष्ट हो जाता है कि भारतीय नौकरशाही के आदर्श पुर्जे के रूप में उसने दिन-भर कठिन परिश्रम किया है और उसे मिले कागज़ों में अधिकांश का निस्तारण हो गया है। अब वह बचे-खुचे उन काग़जों पर ध्यान केन्द्रित करता है जिन पर कुछ वज़न रखा हुआ दिखाई देता है। वज़न शब्द का इस्तेमाल भी बाबुओं के साहित्य प्रेम का ही परिचायक अधिक था। अकसर वह सामने खड़े फरियादी से कागज़ लेकर उसका कुछ इस तरह मुआयना करता जैसे उसमें लिखी हुई भाषा ग्रीक या लैटिन हो। फिर वह कागज़ को एक तरफ रख देता और दूसरी किसी फाइल में सर गड़ाकर पूरे दृश्य से अनुपस्थित हो जाता। फरियादी अगर उसकी एकाग्रता में खलल डालने की कोशिश करता तो वह अपार कष्ट का भाव चेहरे पर लाकर उसे बताता कि देश के सामने बहुत से संकट हैं और अभी जिस फाइल के गहन अध्ययन में वह डूबा हुआ था, अगर उसका निस्तारण उसने फौरन नहीं किया तो संकट के बादल और घने हो जाएँगे। फरियादी थोड़ी देर में वह प्रश्न पूछता जिसका उत्तर देना नौकरशाही के किसी भी पुर्जे के लिए सबसे कठिन होता। फरियादी अपने कागज़ के भविष्य के बारे में जिज्ञासा प्रकट करते हुए जानना चाहता कि उसका निस्तारण कब तक सम्भव होगा। इस पर बाबू रहस्यलोक में डूबे किसी दार्शनिक की तरह जवाब देता कि निस्तारण आज भी हो सकता है, अगले साल भी हो सकता है या फिर मामला आनेवाली पीढ़ियों पर भी टाला जा सकता है। फरियादी अगर दफ्तरों में नियमित आता-जाता है तो उसे निहितार्थ समझने में देर नहीं लगती, पर अगर कोई नया आदमी हो तो उसे जरूर दिक्कत होती है। उसके ज्ञान-चक्षु तभी खुलते हैं जब कोई चपरासी या दूसरा बाबू उसे इशारे से अलग बुलाकर किसी अदृश्य आँधी का हवाला देता है जो उसके कागज़ को उड़ाये लिए जा रही है। अगर कागज़ मजबूती से अपने स्थान पर स्थिर नहीं रहेगा तो उसका निस्तारण कैसे होगा? फिर फरियादी को सलाह दी जाती है कि वह अपने कागज़ पर कुछ वज़न रखे। फरियादी फौरन समझ जाता है और रिजर्व बैंक ऑफ इण्डिया के गवर्नर के हस्ताक्षरयुक्त कागज के कुछ वज़नी टुकड़े पहलेवाले कागज़ के ऊपर या नीचे रखे जाते हैं।

लाला बाबू को नयी पीढ़ी के बाबुओं से जो असंख्य शिकायतें हैं उनमें एक यह भी है कि पहले के बाबू बड़ी शाइस्तगी से वज़न रखवाते थे। अकसर यह क्रिया बाहर किसी चाय की दुकान या बाबू के घर पर सम्पादित होती थी। अगर दफ्तर में करना भी पड़े तो मेज के नीचे हाथ डालकर कर लेते थे। सम्बन्धित बाबू झेंपकर चारों तरफ देखता था कि कोई देख तो नहीं रहा। बाकी बाबू ऐसे मौके पर फाइलों में अपना सर गड़ा लेते जिससे उनके सहयोगी को असुविधा न हो। पर नए जमाने के बाबुओं ने तो सारी लाज-हया घोलकर पी ली थी। वे खुलेआम लेन-देन करते हैं। अपने मुँह से खुद ही बता देते कि कागज़ बड़ा हलका है और इस पर वज़न रखना पड़ेगा। कितना वज़न रखना पड़ेगा, वह भी बता देते हैं और अकसर ऊँची आवाज़

में वज़न का मोल-तोल भी करते हैं।

शाम तक सारे वज़नी कागज़ों को इकट्ठा करके बाबू उन्हें सुन्दर-सुन्दर फाइलों में सजा लेता है। फिर अपना पूरा भाषा-ज्ञान ऊँड़ेलते हुए उस पर नोटिंग-ड्राफ्टिंग करता है। यह नोटिंग-ड्राफ्टिंग नौकरशाही का सबसे ललित पक्ष है। इसके बारे में यह प्रचलन है कि इसे सबसे निचले ओहदेवाला बाबू तैयार करता है और ऊपरी सीढ़ियों पर बैठे तमाम ओहदेदार अपने-अपने तरीके से इसके लालित्य में वृद्धि करते चलते हैं। जिन फाइलों में अफसर की दिलचस्पी होती है, उनके बारे में बाबू को बता दिया जाता है और वह उसी प्रकार नोटिंग करके ले आता है। जिनके बारे में उसे ऊपर से कोई इशारा नहीं मिलता, उनमें वह वज़न के अनुसार नोटिंग करता है। नौकरशाही में भ्रातृत्व भावना कुछ इतनी प्रबल है कि नीचे से भेजा गया प्रस्ताव ऊपर तक चलता चला जाता है और स्वीकृत होकर लौट आता है। 'बाबू लिखते हैं और बाबू पढ़ते हैं', वाली कहावत के अनुसार अफसर सिर्फ चिड़िया बैठाते हैं।

हर अफसर नौकरी शुरू करते ही जान जाता है कि उसे और कुछ करना हो, न हो, पर दस्तखत बहुत करने होंगे। इसलिए वह अपने हस्ताक्षरों का एक लघु संस्करण ईजाद करता है, जिसे चिड़िया कहते हैं। फाइलों में बैठनेवाली चिड़िया पर अभी तक पक्षीविदों का ध्यान नहीं गया है इसलिए उनके आकार-प्रकार अथवा प्रजाति के बारे में कोई गम्भीर काम नहीं हुआ है। भविष्य में अगर कभी किसी शोधकर्ता ने काम किया तो वह पाएगा कि इन परिन्दों की भी बहुत सारी किस्में हैं। सुबह दफ्तर खुलने पर बैठाई गई चिड़िया शाम को दफ़्तर बन्द होते समय बैठाई गई चिड़िया से भिन्न होती है। अच्छे मूड की चिड़िया का आकार बुरे मूड की चिड़िया से छोटा होता है। कमीशन की खुशबू बिखेरनेवाली फाइल पर बैठी चिड़िया चहकती नज़र आती है और सूखे कागज़ों पर बैठी हुई मरियल। हमारे देश में, जिस तरह के विषयों पर शोध हो रहा है, उसे देखते हुए इस बात की पूरी सम्भावना है कि विश्वविद्यालयों में किसी दिन इस महत्त्वपूर्ण विषय पर भी काम होगा।

हॉलनुमा एक कमरे में बड़े बाबू उर्फ लाला बाबू का साम्राज्य था। वे हाल के बीच में एक बड़ी मेज के पीछे बैठते थे। बरसों से, जब वे बड़े बाबू नहीं भी बने थे, यह मेज़ यहीं रखी है। उन्होंने सिर्फ इतना किया कि मेज का कोण इस तरह कर दिया कि उसके पीछे बैठकर उन्हें बाहर खड़ी अपनी साइकिल दिखाई देती रहे। चूँकि यह बड़े बाबू की मेज़ थी इसलिए इसकी चारों टाँगें सलामत थीं और इस पर एक कपड़ा बिछा हुआ था जिसके लिए बड़े बाबू और फर्राश आपस में बातें करते समय मेजपोश शब्द का इस्तेमाल करते थे। इस कपड़े के रंग के बारे में बाबुओं में एकमत नहीं था। बताया जाता है कि लाला बाबू जब नए-नए बाबू बनकर इस कमरे में बैठने आए थे तब के हेड क्लर्क लक्ष्मी बाबू ने उनसे एक नोटशीट तैयार कराकर टेबुलक्लाथ खरीदने की स्वीकृति ली थी। उस समय जो कपड़ा खरीदकर आया था,

उसका रंग हरा था। पिछले बीस सालों में उस पर इतनी स्याही और धूल जमा हुई थी कि हरा रंग पूरे कपड़े में कहीं-कहीं कुछ धब्बों के रूप में ही मौजूद था। कपड़ा इतनी जगह से नुचा-चुथा था कि उसकी लम्बाई-चौड़ाई के बारे में भी बाबुओं में मतभेद रहता था।

इस मेज के पीछे बैठकर लाला बाबू अपना चश्मा नाक पर नीचे करके अपना साम्राज्य निहारते थे।

आज भी वे बीच-बीच में चश्मे को नीचा करके सामने बैठे बारह बाबुओं, उनकी मेजों को घेरकर खड़े ठेकेदारों और दलालों को देख रहे थे। आज कुछ स्थिति भिन्न थी। आज वह देखना सिर्फ आदतवश नहीं था। आज का देखना कुछ-कुछ उस घबराये आदमी की प्रतिक्रिया जैसा था जो पूरी तरह तटस्थ होने का नाटक करता हुआ सामनेवालों के चेहरों से यह भाँपने की कोशिश करता है कि कहीं उसका मज़ाक तो नहीं उड़ाया जा रहा है।

कल दफ्तर में सत्ता परिवर्तन हुआ था। सभी को मालूम था कि बड़े बाबू के पुराने बड़े साहब कमलाकान्त वर्मा से कैसे सम्बन्ध थे। यह भी सबको मालूम था कि नए बड़े साहब बटुकचन्द से उनकी नहीं पटती। बटुकचन्द ने आने के बाद बड़े बाबू को तलब करके क्या-क्या कहा, इसकी भी जानकारी मिर्च-मसाला लगाकर चारों तरफ पहुँचाई जा चुकी थी।

जिस तरह परीकथाओं के दैत्य की जान तोते में बसती थी, उसी तरह दफ्तरों की जान बड़े साहब नामक प्राणी में बसती है। यद्यपि दफ्तरों में सब कुछ काफी हद तक रुटीन हो चुका है और बड़े साहबों के आने-जाने से कुछ बुनियादी फर्क नहीं पड़ता फिर भी किसी पुराने बड़े साहब के तबादले या नए-नए बड़े साहब के आने पर छोटा-मोटा जलजला तो आ ही जाता है। अधिशासी अभियन्ता कमलाकान्त वर्मा के जाने और बटुकचन्द उपाध्याय के आने पर यही हुआ। लंच के पहले का पूरा वक्त दफ्तर की दीवारों, चपरासियों, बाबुओं और मातहतों ने मुहावरे की भाषा में नहीं, बल्कि सचमुच दम साधे किसी अनहोनी की आशंका में बिताया।

बड़े साहब की बदली को सिर्फ एक दिन हुआ था। बटुकचन्द को दफ्तर के लोग पहले से जानते थे लेकिन उन्होंने कोई जोखिम लेना मुनासिब नहीं समझा। आज दस बजे तक सारे बाबू दफ्तर में आ गए थे। आने पर उन्हें कमरे खुले भी मिले। आकर वे फौरन चाय की दुकानों पर नहीं गए, बल्कि उन्होंने अपने सामने रखी फाइलों में कुछ लिखा भी। बटुकचन्द भी सवा दस बजे आ गए। उन्होंने भी कुछ फाइलों पर दस्तखत किये। घंटे-डेढ़ घंटे दफ्तर में जो कुछ हुआ उसे देखकर कुछ पुराने दलाल यह सोचकर कि वे किसी दूसरे दफ्तर में चले आए हैं, बाहर भाग गए। बाहर से बोर्ड पर एक बार फिर दफ्तर का नाम पढ़कर वे वापस अन्दर आए। पर यहाँ यह सब बहुत देर तक नहीं चल सकता था। लंच तक दफ्तर में जीवन

वापस अपनी लीक पर लौट आया। तब तक सत्ता-हस्तान्तरण का एक दौर समाप्त हो गया था। घटनाएँ कुछ इस तरह घटीं कि उन्हें देखकर किसी को भी उन छोटे-मोटे राष्ट्रों का स्मरण हो सकता था जहाँ अभी भी मध्ययुग ठहरा हुआ था और जहाँ सत्ता-हस्तान्तरण के लिए इसी तरह के तरीके लोकप्रिय थे। एक राष्ट्राध्यक्ष राज्य छोड़कर भाग गया था। सिंहासन पर दूसरा व्यक्ति आसीन होकर सत्ता के दलालों से उनकी निष्ठा के प्रमाण-पत्र बटोर रहा था।

रोज की तरह आज भी आधे घंटे का लंच ब्रेक आधे घंटे की जगह तीन घंटे तक चला। एक बजे से लेकर चार बजे तक आज भी अफसर और बाबू लंच लेते रहे। फर्क इतना आया कि रोज़ इस दौरान सारे कमरे खाली हो जाते थे। आज अफसर किसी-न-किसी बहाने बड़े साहब के कमरे में इकट्ठे हो गए और बाबू भी आते-जाते रहे। बटुकचन्द पहले भी इस दफ्तर में रह चुके थे इसलिए लोगों को पता था कि उन्हें कचौड़ियाँ और मगही पान एक सौ बत्तीस नम्बर के तम्बाखू के साथ पसन्द थे। इसलिए पूरे तीन घंटे उनके कमरे में यही सब पहुँचते रहे। स्थिति कुछ-कुछ ऐसी थी कि अगर पूरे सन्दर्भ को काटकर उनका कोई फोटो खींचा जाता तो यही लगता कि कोई कचौड़ी का दुकानदार किसी दफ्तर की मेज़ उड़ा लाया है और उस पर कचौड़ी के साथ-साथ पान भी रखकर बेच रहा है।

दरअसल पान और कचौड़ी के साथ-साथ अपनी निष्ठा भी पेश की जा रही थी। जैसे ही कोई नया मुसाहिब अन्दर पहुँचता, उसकी सुविधा के लिए बटुकचन्द अपना कोई एक पैर आगे-पीछे करने लगते। उसके करीब आते-आते पैर ऐसी स्थिति में पहुँच जाता कि आगन्तुक को हवा में एक खास कोण पर अपना हाथ लहराना पड़ता और पान ठूँसे मुँह से विशेष प्रकार की गों...गों...की ध्वनि यह स्पष्ट कर देती कि खिलवत कबूल कर ली गई है। इस प्रक्रिया में बाधा सिर्फ दो दशाओं में पड़ती। पहली तो तब जब कोई धृष्ट मनसबदार पैरों को हिलाने-डुलाने जैसे सहज सुबोध इशारे को समझने से इनकार कर देता और दोनों हाथ जोड़कर नमस्कार जैसी औपचारिकता से मामला निबटाने की कोशिश करता। ऐसी स्थिति में नौकरशाही में आने के बाद भी पाठ्य-पुस्तकों में पढ़े साहित्य से सम्बन्ध विच्छेद न करनेवाले सुधीजन कवि भूषण की उन पंक्तियों का स्मरण करने लगते जिनमें औरंगजेब द्वारा पर्याप्त सम्मान न दिये जाने पर शिवाजी की प्रतिक्रिया का बखान था। वक्त बदल गया था और बटुकचन्द तुरत-फुरत हिसाब करने से अधिक भविष्य में निबट लेने में अधिक विश्वास करते थे इसलिए धृष्टता करनेवाले के अभिवादन का पूरी स्निग्ध मुस्कान से उत्तर देते। सिर्फ उन्हें करीब से जाननेवाले ही उस कौंध को महसूस कर पाते जो सेकेण्ड के पता नहीं कितने हजारवें क्षण के लिए उनकी आँखों में चमकती और गायब हो जाती। मुँह से निकलनेवाली ध्वनियों में भी इतना बारीक अन्तर होता कि सिर्फ समझनेवाले ही समझ पाते कि वे ऊपर फैली हुई लापरवाही के नीचे यह

पता करने की कोशिश कर रहे हैं कि नमस्कार नामक औपचारिकता सायास की गई है या आगन्तुक अपनी मूर्खता से सही सिग्नल नहीं पकड़ पा रहा।

दूसरी स्थिति आसपाठ बैठे लोगों के लिए असुविधाजनक होती, पर बटुकचन्द आनन्दित होते थे, इसलिए नौकरशाही के सुनहरे नियम के अनुसार सभी लोग आनन्दित होते।

इस स्थिति के अनुसार मुँह में बटुकचन्द से भी अधिक पान ठूँसे हुए कोई मुसाहिब दरवाज़े से प्रवेश करते ही बटुकचन्द के चरणों की तरफ लपकता। विघ्न-बाधाओं से न घबरानेवाले वीर की तरह वह मार्ग में पड़नेवाली कुर्सियों और उन पर बैठे नरपुंगवों को हिलाता-झकझोरता उस बड़ी बाधा के समक्ष पहुँच जाता जिसे मेज कहते हैं और जिसके पीछे छिपे दो चरण कमल अपनी स्थितियाँ बदल-बदलकर उसे उसी तरह अपनी तरफ आकर्षित कर रहे होते हैं जिस तरह अपने शरीर-सौष्ठव का प्रदर्शन कर हिन्दी फिल्मों की नायिका अपने नायक को आकर्षित करती है। नायक की तरह वह भी नायिका को प्राप्त करने के लिए कुछ भी कर सकता है।

मेज़ के सामने खड़े होकर वह कई सम्भावनाओं पर विचार करता है। एक विकल्प के अनुसार उसे मेज़ पर चढ़कर दूसरी ओर कूद जाना चाहिए और चरणरज लेते हुए वापस इसी क्रिया को सम्पादित करते हुए अपने स्थान पर आ जाना चाहिए। दूसरी स्थिति यूँ हो सकती है कि वह जिम्नास्टिक नाम से जानी जानेवाली उस विधा का सहारा ले जिसके दर्शन अधिकांश भारतीयों को टेलीविजन पर होते रहते हैं और जिसमें दूसरे तमाम खेलों की तरह हर ओलम्पिक के पहले पदक जीतने के मंसूबे बाँधे जाते हैं और हर ओलम्पिक के बाद इन मंसूबों को बस्ता-खामोशी में बाँधकर रख दिया जाता है ताकि अगले ओलम्पिक में फिर खोलने पर ये उसी तरह चमचमाते हुए निकलें। यहाँ पर इस रास्ते को आजमानेवाले को भारतीय और पाश्चात्य शैली के कई व्यायाम एक सा करने पड़ते हैं। वह पहले मेज़ के सामने खड़े होकर सामने की ओर झुकता है और हाथ इधर-उधर फेंककर पाँव छूने का प्रयास करता है। पाँव चूँकि मेज के नीचे हैं और वह बटुकचन्द का पान ठुँसे मुँह से गों... गों जैसी ध्वनियों को, बस हो गया...बस हो गया जैसा कुछ मानने से इनकार कर देता है, इसलिए अब वह मेज पर साष्टांग दण्डवत करने लगता है। हवाई जहाज की शक्ल में लेटा हुआ उसका शरीर धीरे-धीरे गोताखोरी की मुद्रा में आ जाता है। इसमें पिछले दोनों पैर ऊपर उठ जाते हैं और दोनों हाथ और सर नीचे को झुक जाते हैं। इस पूरी उठा-पठक का नतीजा यह होता है कि उसे वे चरण मिल ही जाते हैं जो कई दिनों तक न बदले जानेवाले गन्दे नायलॉन के मोजों से आवृत्त, जूतों के बाहर आकर दुर्गन्ध के भभूके छोड़ रहे होते हैं और जिन्हें छूकर किसी भी चमचे को अपने आनेवाले वर्षों के उपलब्धिमय होने का विश्वास हो सकता है।

पैर छूने का एक तरीका और भी है। बटुकचन्द के मेज़ के दाहिने-बाएँ कुर्सियों

पर बैठे चमचों ने मेज और दीवाल के बीच दोनों तरफ का चप्पा-चप्पा घेर रखा है। पर ध्येय का पक्का और चरणस्पर्श का आकांक्षी इन सबको ढकेलता हुआ, पैरों को कुचलता हुआ और कमीशन ही जिनके जीवन का एकमात्र ध्येय है, ऐसे अफसरों की खरीदी कुर्सियों की मज़बूती की परीक्षा लेता हुआ कहीं-न-कहीं से रास्ता निकाल लेता है और बटुकचन्द के स्पर्शातुर चरणों तक पहुँच ही जाता है।

आज भी आनेवाले अपनी-अपनी श्रद्धा के अनुसार इन विकल्पों में से किसी एक का सहारा लेते जा रहे थे। वे आते और मेज़ पर लगे हुए कचौड़ियों और पान के ढेर के बीच एक-दो लिफाफे और रख देते, फिर चरणस्पर्श की क्रिया सम्पादित करते और तत्पश्चात् अपनी मनसबदारी हैसियत के अनुसार कोई कुर्सी ग्रहण कर लेते। कुर्सियाँ भरी हुई थीं इसलिए कई बार उन्हें एक तरफ खड़ा होना पड़ता। ऐसे में वे बात करते-करते कनखियों से पूरे कमरे का मुआयना करते रहते और जैसे ही कोई कुर्सी खाली होती उस पर झपट पड़ते। किसी बड़े मनसबदार के आने पर छोटे मनसबदार अपनी कुर्सी खाली कर देते। बड़ा मनसबदार हाथ और मुँह के इशारे से 'रहने दो रहने दो' कहता हुआ उस पर बैठ जाता।

हम भी दरबार के हैं, यह साबित करने के लिए कुछ लोगों ने अपने सामर्थ्य से अधिक पान मुँह में ठूँस लिए थे। कमरे में घुसने के बाद स्वामिभक्ति प्रदर्शित करने के लिए वे मेज़ पर पड़े पान में से दो-एक बीड़ा पान और मुँह में डाल लेते। पान के छींटों की छटा से अगल-बगल वालों को सराबोर करते हुए भाषा और सम्प्रेषणीयता का ऐसा अद्भुत रिश्ता पेश करते जिसे देख-सुनकर बड़े से बड़ा ताकतवर लेखक भी वाह वाह करने लगेगा। उनकी भाषा मूर्त और अमूर्त के बीच झूलती हुई बिना वाक्य पूरा किये ध्वनियों के आधार पर बहुत कुछ कह डालती। मसलन कोई एक मुसाहिब अपनी ठुड्डी पर बह रही पीक को पोंछता हुआ मुँह पैंतालीस डिग्री के कोण में थोड़ा ऊपर उठाता हुआ कहता...

"सा...गों...गों...अब आप...गों...गों...गों...अब...गों...ठीक हो...गों... ।"

बटुकचन्द या कमरे में बैठे लोगों को समझने में दिक्कत नहीं होती कि इस गों...गों...वाक्य के पीछे बोलनेवाले की इस दफ्तर की वर्तमान दुर्दशा के लिए चिन्ता झलक रही है और साथ ही वह आश्वस्त है कि अब इस दफ्तर का स्वर्णयुग आनेवाला है। इसलिए पूरा वाक्य वे समझ जाते कि "साहब अब आप आ गए हैं, अब सब ठीक हो जाएगा।"

इसके जवाब में बटुकचन्द भी अपना मुँह थोड़ा ऊपर उठाते जिससे पीक की फुहार सीधे सामने वाले के मुँह पर न पड़े बल्कि थोड़ा वायुमंडल का चक्कर लगाते हुए ज्यादा बड़े श्रोता समुदाय को भिगो सके, फिर गों...गों...मिश्रित भाषा उनके मुँह से फूटती..."हाँ गों...गों...आ गया...गों...अब...गों...गों...हो...गों... ।"

इसका भाष्य करने में भी सुधीजनों को कोई दिक्कत नहीं होती। वे वाक्य पूरा

कर लेते, "हाँ, अब मैं आ गया हूँ। अब सब ठीक हो जाएगा।"

लंच तक जो सन्नाटा बाबुओं के कमरे में छाया था वह लंच शुरू होते-होते टूट गया। एक बार फिर बाबुओं ने काम करना शुरू कर दिया। आज फर्क सिर्फ इतना हुआ कि कोई बाबू इस तीन घंटे के लंच के दौरान दफ्तर से दूर नहीं गया। चाय की दुकानों पर भी वे अधिक देर नहीं ठहरे। उनके लिए चाय-समोसा यहीं आता रहा। दलाल आते रहे, फर्श पर पान की पीक थूकी जाती रही, तुरन्त या अत्यन्त आवश्यक की मोहर लगे कागज बत्ती बनकर नाक या कान खुजलाते रहे और बाबू लोग एक दूसरे की माँ-बहन करते रहे—गरज यह कि शुरुआती सदमे से उबरकर दफ्तर में फिर से सारे जरूरी काम होने लगे।

कोई जोर से हँसता तो बड़े बाबू कनखी से देखते। कोई खाँसता-खँखारता तो बड़े बाबू का चश्मा नाक पर सरक जाता।

संकट के ऐसे क्षणों में बड़े बाबू को अपना पुराना वक्त बड़ी शिद्दत से याद आता। पहले के बाबू कितना सम्मान देते थे अपने से ऊँचे ओहदेदारों को। इसी सीट पर लक्ष्मी बाबू बैठते थे, मजाल थी कि कोई बाबू उनकी मौजूदगी में ऊँचे स्वर में बोल दे। हँसने की तो बात ही दीगर है। आज संकट की इस घड़ी में उनका रोम-रोम यही प्रार्थना कर रहा था कि सामने बैठे बाबू फिर से पुराने बाबू बन जाएँ और अनुशासन नामक शब्द का महत्त्व उनके मन में कुछ इस तरह बैठ जाय कि वे सत्ता-परिवर्तन से घायल बड़े बाबू की तरफ देखकर आँख मटकाना या हवा में फिकरे उछालना बन्द कर दें।

प्रातःकालीन प्रार्थना सभाओं की बहुत सारी कामनाओं की तरह बड़े बाबू की यह इच्छा भी बीच-बीच में कटूक्तियों की चट्टान से टकराकर टूटी जा रही थी। बड़े बाबू के फाइल में सर गड़ाये किसी काल्पनिक गम्भीर समस्या का हल ढूँढ़ने की कोशिश करते ही कि भाषा के लालित्य का एक नमूना उनके कानों से टकराता, "खूब पादता था साला हवा में...अब हुई बत्ती बन्द।"

बड़े बाबू समस्या में और गहरे डूब जाते, पर उनके न सुनने का बहाना अधिक देर नहीं चलता। बाबू लोग फिस्स से ऐसे हँसते कि और कहीं पहुँचे न पहुँचे, हँसी बड़े बाबू तक जरूर पहुँच जाय। बड़े बाबू चश्मा नाक पर सरकाकर चारों तरफ देखते। तब तक हँसनेवाले बाबुओं की फाइलों में गम्भीर समस्याएँ प्रकट हो जातीं। वे फाइलों में आँख गड़ा लेते। आँख के इस लिहाज को बड़ा बाबू अच्छा मानते हैं, पर मुश्किल यह है कि बाबू लोग फाइलों में मुँह जरूर गड़ा लेते हैं, पर उनके होंठों पर खास तरह की मुस्कान तैरती रहती है।

बाबुओं में हर दफ्तर में दो पक्ष रहते हैं। यहाँ भी थे। सन्तुष्ट पक्ष में वे बाबू थे जिन्हें कैम्प क्लर्क या प्री-आडिट क्लर्क बनने का मौका मिला था। इन्हीं जगहों पर वह सब कुछ हासिल होता था जिसे बाबुओं की भाषा में तर माल कहा जाता है।

असिस्टेंट इंजीनियरों से सम्बद्ध कैम्प क्लर्कों को हर भुगतान में एक प्रतिशत तथा डिवीजनल एकाउंटेंट से जुड़े प्री-आडिट क्लर्क को आधा प्रतिशत मिलता है। बाकी पूरे दफ्तर में एक प्रतिशत बँटता था इसलिए स्वाभाविक था कि बाबू लोग कैम्प क्लर्क या प्री-आडिट क्लर्क बनने के लिए मार-धाड़ करते रहते थे। दूसरा पक्ष असन्तुष्टों का था जिनमें वे बाबू शरीक थे जिन्हें सूखी जगहों पर रखा गया था।

बड़े बाबू को अफसोस यह हो रहा था कि फब्तियाँ कसनेवालों में सन्तुष्ट पक्ष के लोग भी थे, बल्कि वही बढ़-चढ़कर थे। अपने को निवर्तमान सत्ता पक्ष से दूर दिखाने का यह सबसे आसान तरीका था जिसे शायद बाबुओं ने देश के राजनीतिज्ञों से सीखा था।

बीच-बीच में लाला बाबू को बड़े साहब के कमरे में तलब किया जाता रहा। आज तो उन्हें ऋषभचरण शुक्ला भी अपने कमरे में बुला लेता था। बड़े बाबू निर्विकार भाव से जाते और हुक्म नोट करके वापस आ जाते। आकर वे किसी बाबू को हुक्म पास कर देते और फिर फाइल में सर गड़ा लेते। उन्हें पता था कि ऋषभ उन्हें सिर्फ अपमानित करने के लिए और दफ्तर में अपनी हैसियत जताने के लिए बुला रहा था, पर अफसर तो अफसर है। वे हर बार भागते हुए जाते और डाँट खाकर अपने चेहरे से अपमान के छींटे झाड़ते चले आते। अफसर की उन्होंने हमेशा इज्जत की है और ऋषभचरण तो बदले सत्ता-सन्तुलन में ऊँची चीज हो गया था।

हर बार बड़े बाबू जब उठकर या वापस लौटते उन्हें लगता कि बाबुओं को खँखारने की बीमारी आज कुछ ज्यादा ही सता रही है। कई बार किसी बाबू को देखकर उन्हें भ्रम हो जाता कि वे किसी टूथपेस्ट के विज्ञापनवाला कैलेंडर देख रहे हैं।

बाबू रोज़ की तरह चीख-चीखकर बात कर रहे थे, फोहश मज़ाक कर रहे थे, दलालों से झगड़ रहे थे और ठहाकों के साथ इस बात को साबित करने में लगे थे कि और कुछ हो न हो, अपना देश फेफड़ों की ताकत के मामले में किसी तरह कम नहीं था। बड़े बाबू की समस्या यह थी कि उन्हें हर ठहाका और लतीफा अपने को लक्ष्य करके किया गया प्रतीत हो रहा था। चारों तरफ से चीख-चीखकर आनेवाली आवाजें उनके कान तक पहुँचते-पहुँचते अपनी ध्वनि बदल देतीं और बड़े बाबू के कान में प्रवेश करतीं तो कुछ इस तरह का भाव सम्प्रेषण करतीं—

"शाला...कैशा बगुला भगत बना बैठा है। अब पता चलेगा।"

"चोट्टे ने मुझे कैम्प क्लर्क लगवाया तो कैसा अहसान जताता था। सबसे बताता फिरता था, पर यह नहीं बताता था कि रोज़ शाम को जो सब्जी का झोला मुझे थमा देता है, उसके साथ पैसा कभी नहीं देता। अब पता चलेगा।"

"खूब कमलाकान्त वर्मा का गू उठाता था। अब पता चलेगा।"

"अब पता चलेगा," कुछ-कुछ इस तरह हर वाक्य के साथ चस्पाँ हो गया था कि लोग बोलें चाहे कुछ, लाला बाबू को शास्त्रीय संगीत की तरह उसकी टेक हमेशा

'अब पता चलेगा' पर टूटती सुनाई देती। घपला तब हुआ जब कैशियर बाबू ने अपनी सीट पर बैठे-बैठे पूछा, "लाला बाबू महाशिवरात्रि गजटेड हालीडे है या रिस्ट्रिक्टेड?"

लाला बाबू के कान तक जो वाक्य पहुँचा उसकी टेक टूटी 'अब पता चलेगा' पर।

अपने स्वभाव के विरुद्ध लाला बाबू झुंझलाए और अपने स्वभाव के विरुद्ध उन्होंने तल्ख स्वर में कहा, "क्या पता चलेगा? किसी बनिए की नौकरी करते हैं क्या?"

कैशियर बाबू ने अचकचाकर उनकी तरफ देखा। लाला बाबू को भी लगा कि उनकी आवाज़ अनावश्यक रूप से तेज़ हो गई थी। वे थोड़ा सकुचाये और उन्होंने कैशियर बाबू को फिर से सवाल दोहराने को कहने की कोशिश की, पर उसकी जरूरत नहीं पड़ी। दो आवाज़ें एक साथ गूँजीं।

"भइया अभी तो पहला दिन है। सिर्फ ऊँचा सुनाई देने लगा है—आगे-आगे देखिए होता है क्या?"

"महाशिवरात्रि लोकल हालीडे है कैशियर बाबू।"

लाला बाबू के सामने फैली फाइल के खुले हुए पन्ने में छिपी समस्या और भी जटिल हो गई। वे तेरहवीं बार उसे पढ़ने की कोशिश करने लगे। इस बार भी उसके सारे अक्षर धुँधले लग रहे थे।

बड़े साहब के चपरासी ने दफ्तर के कमरों में घूम-घूमकर इत्तला देनी शुरू कर दी कि शाम को साढ़े चार बजे बड़े साहब अपने कमरे में मीटिंग करेंगे। सारे अधिकारी और कर्मचारी उसमें शरीक होंगे।

बाबुओं ने भुनभुनाना शुरू कर दिया। पाँच बजे कौन सा वक्त है मीटिंग करने का—सुबह दस बजे से चाय-समोसा खाते-खाते, अपने फेफड़ों की ताकत का प्रदर्शन करते-करते और कागज़ों को जहाज या नाव बनाते-बनाते बाबू इस समय तक बुरी तरह थक जाते थे। सरकारी नियम के अनुसार दफ्तर पाँच बजे तक खुलता था। पर हर सरकारी नियम की तरह यह नियम भी उल्लंघन के लिए बना था। इसलिए चार बजे के बाद बाबुओं के जाने का सिलसिला शुरू हो जाता था। अपनी बीवियों से ऊबे और सुबह झगड़ा करके निकले बाबुओं को अचानक घर किसी सुनहरे सपने की तरह पुकारने लगता।

हर नया बड़ा साहब आने के बाद मीटिंग करता है। मीटिंग दफ्तर के बाबुओं और अफसरों को यह बताने के लिए होती है कि उन्होंने बहुत हरामखोरी कर ली, अब चूँकि नए साहब का पदार्पण हो गया है, इसलिए उन्हें काम भी करना पड़ेगा। बोलनेवाला दफ्तर में समय की पाबन्दी, ईमानदारी, फाइलों के तेज निस्तारण और दफ्तर में आनेवाली जनता के साथ सद्व्यवहार पर जोर देता है। वक्ता और श्रोताओं

में इस पहली मीटिंग के दौरान वन डे क्रिकेट मैच चलता रहता है। वक्ता बाउंसर, गुगली और यार्कर की झड़ी लगा देता है। श्रोता जानते हैं कि सरकारी नौकरी में विकेट तो गिरता नहीं इसलिए वे विकेट की चिन्ता छोड़कर गेंदबाजी के जबर्दस्त प्रहारों से अपना शरीर बचाने का प्रयास करते हैं। दरअसल जो भारी-भरकम अपेक्षाएँ वक्ता उनसे करता है, उनसे कुछ बनना-बिगड़ना तो है नहीं, केवल कुछ देर के लिए वे श्रोताओं को दुःखी कर देती हैं। पुराने घाघ श्रोताओं का मन भी थोड़ी देर के लिए विचलित हो जाता है कि वे अभी तक समय से दफ्तर नहीं आकर रिश्वत लेकर या जनता को दुत्कारते हुए, जरूरी सरकारी कागज़ों पर रखकर समोसा-पकौड़ी खाकर कितना जघन्य काम कर रहे थे? बाज़ कमजोर दिलवाले, नौकरशाही के नए पुर्जों की तो आँखें सजल हो जाती हैं। कभी-कभी किसी मद्रासी फिल्म का नज़ारा उत्पन्न हो जाता है—इधर वक्ता ने दफ्तर में आनेवाली जनता के साथ अधिकारियों-कर्मचारियों द्वारा दुर्व्यवहार का जिक्र किया कि सामने श्रोताओं में से कुछ ने सिसकियाँ भरीं। वक्ता का जोश बढ़ता है और वह 'समय से दफ्तर आने के महत्त्व' नामक विषय को निपटाने लगता है। सामने बैठे श्रोताओं में से कइयों के मुँह लटक जाते हैं। कुछ भोले किस्म के वक्ता तो इतने जोश में आ जाते हैं कि उन्हें लगने लगता है, अब तक बहुत हुआ पर अब उनका भाषण इस दफ्तर को पटरी पर ला ही देगा। वे महसूस करने लगते हैं कि जिस नेतृत्व की जरूरत उनके विभाग को थी, वह अब मिल गया है और अब सब ठीक हो जाएगा। यह विचार उन्हें और बोलने के लिए प्रेरित करता है और वे बोलते-बोलते झाग फेंकने लगते हैं।

श्रोताओं में अधिकांश ऐसे दृश्यों से ऊबे हुए, यथार्थवादी कला-समीक्षकों की तरह अपना ध्यान वक्ता के भाषण से अधिक अवान्तर प्रसंगों की तरफ लगाये रहते हैं। इधर वक्ता ने ईमानदारी की तान छेड़ी उधर फुसफुसाहट शुरू हुई, "अब साला कमीशन बढ़ाएगा।" वक्ता ने जनता के साथ सद्व्यवहार की अपील जारी की कि एक बाबू ने दूसरे के कान में, संस्कृत के नाटकों के स्वगत कथनों की तरह जिन्हें सामने बैठा दर्शक समूह भली-भाँति सुन सकता हो, फुसफुसाते हुए कहा—'बेटा अब जो ठेकेदार आए, उससे हाथ जोड़कर कहना—आइए जीजाजी।'

संसार को क्षणभंगुर और नश्वर माननेवाले भारतीय ऋषियों ने अगर किसी बड़े साहब की पहली स्टाफ मीटिंग देखी होती तो उन्हें समझ में आ जाता कि सबसे कम देर तक टिकनेवाली चीज़ विश्व में बड़े साहब के भाषण का प्रभाव है। बाहर निकलते-निकलते मातहत अपनी फाइलें, कमीज या चप्पल जिस तरह झाड़ते हैं उससे इस बात की कोई गुंजाइश नहीं बचती कि बड़े साहब के भाषण का कोई कतरा उनसे चिपका रह गया होगा।

साढ़े चार बजते-बजते बड़े साहब यानी बटुकचन्द उपाध्याय का कमरा स्टाफ मीटिंग के लिए तैयार कर दिया गया। कुर्सियाँ जो आड़ी-तिरछी थीं, व्यवस्थित ढंग से

लगा दी गईं। चापलूस मातहतों और दलालों ने पूरे कमरे में पान और कचौड़ी के दोने फेंक रखे थे, उन्हें झाड़कर चपरासी बाहर फेंक आया। कमरे की कुर्सियाँ कम थीं इसलिए दफ्तर के दूसरे कमरों से टीन, प्लास्टिक, लकड़ी—जिस भी चीज़ की कुर्सियाँ चार पैरों पर खड़ी थीं—लाकर लगा दी गईं। दो या तीन पैरवाली कुर्सियाँ इसलिए छोड़ दी गईं कि उनके साथ उन्हें सन्तुलित करने के लिए ईंटें लानी पड़तीं और चपरासी इस श्रमदान के लिए बहुत उत्साहित नहीं थे। सबसे पीछे दो-तीन बेंचें लगा दी गईं। सब कुछ किसी पारसी थियेटर के नाटक की तरह घटित हुआ। साढ़े चार बजते-बजते बटुकचन्द उपाध्याय गम्भीर हो गए। उनके दरबारी कमरे को किसी युद्धस्थल की तरह क्षत-विक्षत छोड़कर चले गए थे। चपरासियों ने कमरे को व्यवस्थित कर दिया। बटुकचन्द ने कमरे के साथ अटैच्ड बाथरूम में जाकर खूब कुल्ला करके पान थूकने की कोशिश की। फर्क सिर्फ इतना आया कि उनके गल चुके मसूढ़ों और पीले दाँतों के अलावा होंठों के कोरों तक से यह सदा आने लगी कि इस पूरे अमूर्त माहौल में पान अकेला मूर्त घटक था। मुँह धोकर बटुकचन्द गम्भीर होकर अपनी कुर्सी पर बैठ गए। उन्होंने निश्चय किया कि वे मीटिंग में आनेवाले मातहतों के नमस्कार का उत्तर नहीं देंगे और पूरी मीटिंग पान नहीं खाएँगे। पहले निश्चय पर तो वे मीटिंग शुरू होने से लेकर अन्त तक टिके रहे, पर दूसरा निश्चय उन्होंने अपना भाषण शुरू होने के पहले ही तोड़ दिया। मुँह धुल कर आने के बाद पाँच सात मिनट तक वे शून्य में ताकते हुए, कुर्सी पर चिपके खटमलों को मारते हुए या सामने रखे पुराने अखबार की खबरों को चाटते हुए पान की तलब को दबाये रखने की कोशिश करते रहे, पर अधिक देर तक उनका धैर्य बरकरार नहीं रहा। उन्होंने पान से भरा लिफाफा उठाया और वापस मेज़ पर रख दिया, फिर उठाया और फिर रख दिया, फिर उठाया और दो बीड़ा पान निकालकर अपने मुँह में ठूँस लिया।

पाँच बजते ही कमरा धीरे-धीरे भरने लगा। मातहत अन्दर घुसते और आँख, हाथ या सर हिलाकर अभिवादन करते। अपने निश्चय के मुताबिक बटुकचन्द ने किसी के अभिवादन का उत्तर नहीं दिया। वे निरन्तर शून्य में ताकते रहे और अपने मातहतों को यकीन दिलाते रहे कि बहुत सी गम्भीर समस्याएँ हैं, जिन पर उनका फौरन ध्यान देना जरूरी है। अभिवादन जैसी तुच्छ औपचारिकता में वे समय जाया नहीं कर सकते। वे शून्य में ताकते रहे और उन लोगों के नाम अपने दिमाग में दर्ज करते रहे जो उनकी बेखुदी का फायदा उठाकर बिना अभिवादन किये बैठते जा रहे थे।

दस-पन्द्रह मिनट में कमरा पूरी तरह भर गया। बटुकचन्द ने शून्य पर टिकाई अपनी निगाहें सामने बैठे लोगों पर डालीं। कमरे में दो हिन्दुस्तान थे। एक में साफ-सुथरे कपड़े पहने, चिकने गालों और बाहर निकले पेटोंवाले सात अफसर थे जो बटुकचन्द के दाहिने-बाएँ बैठे थे। दूसरे हिन्दुस्तान में सामने बैठे बाबू लोग थे

जिनकी कमीजों के कालर गन्दे थे, ठुड्डियों पर बालों के गुच्छे थे और जिनके पेट और गाल दोनों पिचके हुए थे।

बटुकचन्द ने दाहिने, बाएँ और सामने हर तरफ देखा। कुछ लोगों ने उनके अमृत वचनों को नोट करने के लिए कलम हाथों में लेकर डायरी के पन्ने खोल रखे थे। ऐसे लोगों के चेहरों का मुआयना करते समय उनकी निगाहें कुछ स्निग्ध हुईं। जो लोग बिना कागज़-कलम के थे उन्होंने अपने ऊपर फिरती निगाहों में तपिश महसूस की। उनमें से कुछ और ने पेन निकाल लिए और डायरी की कमी पूरी करने के लिए अपने हाथ की फाइल उलटी कर उसके कवर पर ही अमूर्त चित्रकारी करने लगे।

बटुकचन्द ने अपना भाषण उसी तरह शुरू किया जिस तरह कोई बड़ा साहब करता है। मातहत उसी तरह से झेलने लगे जिस तरह किसी भी दफ्तर के मातहत झेलते हैं।

सबसे पहले बटुकचन्द ने बताया कि वे इस दफ्तर के लिए नए नहीं हैं। यही तो रोना है—बड़े बाबू ने सोचा। पिछली बार बच गए थे बच्चू, इस बार नहीं बचोगे—सक्सेना जे.ई. ने अपने सामने रखे कागज़ पर चूहेदानी और चूहे का चित्र खत्म करते हुए नीचे कैप्शन के रूप में लिखा।

फिर बटुकचन्द ने राजनय की भाषा का इस्तेमाल करते हुए चाशनी-भरे शब्दों में यह बताने की कोशिश की कि वे यहाँ नियुक्त सभी अधिकारियों तथा कर्मचारियों से भली-भाँति परिचित हैं। श्रोताओं ने हवा में तैरती स्वर-लहरी से चिपकी चाशनी बिना समय गँवाये खुरच डाली और उसका निहितार्थ फौरन पकड़ लिया कि वे यहाँ मौजूद सारे बदमाशों की नस-नस से वाकिफ हैं और उन्हें भोला समझने की भूल न की जाय।

इसके बाद वे उस विषय पर आ गए जो भारतीय नौकरशाही में अपने मातहतों को भाषण देने के लिए सबसे मुफीद माना जाता है। उन्होंने 'जीवन में ईमानदारी का महत्त्व' नामक विषय पर बोलना शुरू किया और तब तक बोलते चले गए जब तक उन्हें यह अहसास नहीं हो गया कि अचानक उनके सामने बैठे श्रोताओं के बीच खाँसने, खँखारने या शरीर के विभिन्न छिद्रों से अलग-अलग तरह की ध्वनियाँ उत्पन्न करने की प्रतियोगिता शुरू हो गई है। यह स्थिति सायास पैदा की गई है या देर तक एक ही मुद्रा में बैठने का परिणाम है, यह जानने के लिए उनकी उत्सुक आँखें कमरे का मुआयना करने लगीं। जिस भाग से उनकी निगाहें गुजरती थीं वहाँ सन्नाटा खिंच जाता था, पर दूसरे हिस्से में पहुँचते ही पहली तरफ से फिर से ध्वनियों की तरंगें हवा में तैरने लगतीं।

इसके बाद बटुकचन्द ने जल्दी-जल्दी समय की पाबन्दी पर अपने विचार व्यक्त किये। उन्होंने बताया कि सरकार ने बहुत सोच-विचारकर दफ्तरों के खुलने का समय दस बजे निर्धारित किया है। यह समय अंग्रेज जैसी बुद्धिमान कौम ने तय किया था

और इसीलिए उसके राज में सूरज कभी नहीं डूबता था। चूँकि जनता को भी यह समय पता चल गया है, इसलिए वह ठीक दस बजे दफ्तर आ जाती है और इसीलिए बाबुओं और अधिकारियों को भी दस ही बजे दफ्तर आ जाना चाहिए। इन लोगों को न सिर्फ दफ्तर समय पर आ जाना चाहिए, बल्कि वहाँ बैठकर काम भी करना चाहिए। फिर उन्होंने दिन-भर चाय पीने और समोसा खाने से होनेवाली हानियों पर भी प्रकाश डाला। दूसरी तमाम सलाहों की तरह इस सलाह को भी श्रोताओं ने इतनी गम्भीरता से लिया कि उनके लटके चेहरों ने वक्ता को आश्वस्त कर दिया कि दूसरे दिन से इस दफ्तर में सब लोग समय से दफ्तर आएँगे और न सिर्फ समय से आएँगे, बल्कि वहाँ बैठकर काम भी करेंगे। इसके अलावा दफ्तर में आकर वे और जो कुछ करें, कम-से-कम समोसा नहीं खाएँगे।

और भी बहुत से विषय थे, जिन पर बटुकचन्द विस्तार से देर तक बोलना चाहते थे। वे बोलते भी, पर उन्हें लगा कि अचानक कमरा शास्त्रीय संगीत के मंच में तब्दील हो गया है। विलम्बित और द्रुत दोनों में नाक, गले और शरीर के दूसरे छिद्रों से इतनी ध्वनियाँ निकलने लगीं कि उनके जैसे घाघ व्यक्ति के लिए भी यह जानना मुश्किल हो गया कि इसमें कितना सहज स्वाभाविक है और कितना सायास। दिन-भर समोसा-पकौड़ी खाते रहने से उत्पन्न हुई अपान वायु पूरे कमरे में इतनी विस्फोटक आवाज़ के साथ घूम रही थी कि बटुकचन्द ने कई बार सोचा कि सारा भाषण बन्द करके अब केवल वे पर्यावरण-सुरक्षा और स्वस्थ शरीर में स्वस्थ मस्तिष्क पर ही श्रोताओं का ज्ञानवर्धन करें, पर ये विषय उनके सरकारी कर्तव्यों की सूची में सम्मिलित नहीं थे, इसलिए उन्होंने अपने ऊपर नियन्त्रण रखा और उस ब्रह्म वाक्य से अपना भाषण समाप्त किया जिससे बार-बार यह ध्वनि निकल रही थी कि अब वे आ गए हैं, इसलिए सब ठीक हो जाएगा।

भाषण समाप्त होते ही अधिकांश श्रोता निकल भागे। ऐसा लगता था कि जैसे किसी काजी हाउस का गेट टूट गया हो और कई दिनों से उसमें बन्द भूखे-प्यासे जानवरों को अचानक स्वतन्त्रता और हरी घास दिखने लगी हो। बाबू इतने चट गए थे कि वे अपनी सहज स्वाभाविक रुटीन भूलकर बिना एक दूसरे को गरियाते, ऊँचे स्वर में बोलते-बतियाते या ठहाका लगाते बस किसी तरह दफ्तर के द्वार से बाहर निकल गए। उन्हें डर लग रहा था कि बड़े साहब का चपरासी कहीं एक बार फिर न उन्हें अन्दर बुला ले और एक बार फिर न भाषण का सिलसिला शुरू हो जाय। वे अपनी साइकिलों, स्कूटरों, रिक्शों, पैरों—गरज यह कि जो भी सवारी मिली उस पर भाग निकले।

दफ्तर बन्द होने का समय हो गया था। बाहर चौकीदार ऊँघते हुए उन चापलूस मुसाहिबों के जाने का इन्तजार कर रहा था जो मीटिंग खत्म होने के बाद एक बार फिर बड़े साहब को घेरे हुए थे। फर्क सिर्फ इतना था कि इस बार सभी खड़े

थे और दिन की रही-सही कसर पूरी कर रहे थे। न जाने कहाँ से जादू की तरह उनके हाथों में पान के दोने उग आए थे जिनमें से थोड़ी-थोड़ी देर बाद वे निकालकर पान बड़े साहब को पेश करते जा रहे थे जिसे बटुकचन्द अपने पहले से फूले गालों में ठूँसते जा रहे थे। खास तौर से वे लोग जो सुबह चूक गए थे या जिन्हें भ्रम था कि उनका सलाम पूरी तरह कुबूल नहीं हुआ है, वे बढ़-बढ़कर अपनी निष्ठा के प्रतीक के रूप में पान पेश करते जा रहे थे।

चार

कमलाकान्त जिस बड़े दफ्तर के इस हालनुमा कमरे में बैठे हुए थे उसके गलियारों और दरवाजों पर एक वाक्य मोटे-मोटे अक्षरों में लिखा था–'कृपया तबादलों के बारे में बात न करें।' वहाँ उपस्थित हर व्यक्ति सिर्फ तबादलों के बारे में बात कर रहा था। किसी को किसी का तबादला करवाना था और किसी को किसी का रुकवाना था। इस कमरे में लोग खचाखच भरे थे और सामने एक घूमनेवाली कुर्सी पर बैठे हुए व्यक्ति को एक साथ सम्बोधित कर रहे थे। सामनेवाला व्यक्ति अपने चेहरे पर स्निग्ध मुस्कान लिए धैर्य और सहिष्णुता की साक्षात प्रतिमूर्ति बना बैठा था। एक साथ कई लोगों की बातें सुन रहा था, उनके उत्तर दे रहा था, बीच-बीच में उन्हें हँसा रहा था और खुद भी ठहाके लगा रहा था। वह एक साथ कई लोगों की दरखास्तें पकड़ता, उन पर कुछ लिखता और अपने पी.ए. को पकड़ा देता। लगभग सभी को एक ही जैसा वाक्य सुनने को मिलता–

"हो जाएगा...लिख दिया है...आप घर जाइए। आदेश पहुँच जाएगा।"

कागज के पी.ए. के हाथों में पहुँचते ही कागज देनेवाले पी.ए. के पास लपकते। पी.ए. के हाथ और होंठ साथ-साथ चल रहे होते। वह हाथों से कागजों को तह लगाकर एक फाइल में लगाता जाता और उसके होंठ जो कुछ बुदबुदाते रहते उसका अर्थ यह निकाला जा सकता है कि अब तो साहब ने लिख दिया है, अब घर जाकर मौज करो, आदेश खुद ही पहुँच जाएगा। पर दरखास्त देनेवाले जानते थे कि आदेश ऐसे नहीं पहुँचता। वे पहले भी ऐसे वाक्य सुन चुके थे। इसलिए वे वहीं मँडराते रहते।

कमलाकान्त यही दृश्य कई बार देख चुके थे। वे सारे शोर-शराबों से निर्लिप्त सिर्फ एकसूत्री कार्यक्रम के तहत कमरे में अपना स्थान बदल रहे थे। वे किसी तरह ऐसी जगह पर बैठना चाहते थे जहाँ से घूमनेवाली कुर्सी के इतना करीब पहुँच सकें कि उसे सीधे सम्बोधित किया जा सके। कुर्सी-दौड़ के सिद्धान्त के अनुसार वे जैसे ही आगे कोई कुर्सी खाली होती, उस पर झपट पड़ते। इस दौड़ में उनके अलावा भी कई लोग थे इसलिए निरन्तर सावधानी बरतनी पड़ रही थी। कोई अपनी दरखास्त

हाथ में लेकर खड़ा होता कि ये लोग सतर्क हो जाते। जैसे ही उसका एक कदम आगे बढ़ता पीछे से कोई झपटकर उसकी कुर्सी हथिया लेता। एकाध बार तो ऐसा भी हुआ कि दरखास्ती घूमती कुर्सी को व्यस्त देखकर वापस अपनी कुर्सी पर बैठा तो उसने अपने को किसी की गोद में पाया।

पुरानी कहावत है कि सब्र का फल मीठा होता है। कमलाकान्त पूरी तरह इसमें विश्वास करते थे और उन्हें भी तीन घंटे के सब्र का फल मीठा मिलनेवाला था कि कमरे में हंगामा हो गया।

हुआ कुछ ऐसे कि घूमनेवाली कुर्सी के सामने दो कागज एक साथ पहुँचे। उसने दोनों पर लिख दिया कि आदेश जारी कर दिये जाएँ। पर अचानक एक कागजवाले की निगाहें दूसरे कागज़ पर पड़ गईं। यह तो शोरगुल से मालूम हुआ कि एक कागज़ किसी को किसी जगह पर एक वर्ष और रखने से सम्बन्धित था और दूसरा उसी जगह पर नियुक्त व्यक्ति को हटाकर दूसरे को वहाँ नियुक्त करने का अनुरोध लिए था। पहले कागज के साथ दो लोग थे और दूसरे के साथ तीन। इन पाँच लोगों ने एक साथ जोर-जोर से चिल्लाना शुरू कर दिया। एक बार तो कमरे में बैठे लोग सहमकर चुप हो गए और घूमनेवाली कुर्सी के चेहरे से भी मुस्कान गायब हो गई।

घूमनेवाली कुर्सी ने समझाने की कोशिश की कि दोनों अपने हैं। चलो दोनों को वहीं रख देते हैं।

एक क्षण को लगा कि मामला सुलझ गया है। दोनों पक्षों की आवाज़ें मन्द पड़ गईं। यकायक उस पक्ष को, जो पहले से उस जगह पर काबिज था जिसके लिए झगड़ा हो रहा था, यह अहसास हुआ कि उसे इस कमाऊ जगह पर किसी दूसरे के साथ हिस्सेदारी करनी पड़ेगी। इस पक्ष के तीन लोग थे। उन्होंने अपनी आँख, कान और मुँह जैसी इन्द्रियों का उदारता के साथ प्रयोग किया और एकदम से कमरा फिर चिल्ल-पों से भर गया। दूसरा पक्ष जिसमें दो लोग थे और जिसने अहसान करने के अन्दाज में कि चलिए आपने कहा तो मान लेते हैं—अपनी आवाज़ धीमी कर ली थी, फौरन चौकन्ना हो गया। उसने देश की संसदीय राजनीति का वह मूल मन्त्र पकड़ा जिसके अनुसार अगर आपके फेफड़ों में ताकत है तो आप कोई भी स्याह सफेद कर सकते हैं। इस पक्ष के दोनों योद्धाओं के फेफड़े कुछ ज्यादा ही मजबूत थे, इसलिए दूसरे पक्ष के महारथी जब चीखते-चीखते खाँसने-खँखारने लगे तब भी वे चिल्लाते रहे और तब तक चिल्लाते रहे जब तक घूमनेवाली कुर्सी पर बैठे सज्जन जिन्हें लोग मन्त्रीजी की संज्ञा से सम्बोधित कर रहे थे, अचानक अपनी कुर्सी से उठकर अन्दर की तरफ नहीं खिसक गए।

मन्त्रीजी के अन्दर लपकने की जाहिर वजह किसी शंका का समाधान था, पर जब वे काफी देर तक बाहर नहीं आए, तब लोगों की समझ में आ गया कि वे चाहते

थे कि समस्या अपना समाधान स्वयं ढूँढ़ ले। यह वह नायाब नुस्खा था जिसके बल पर हमारे देश के बाज महापुरुष सालोंसाल सरकारें चलाते हैं। किसी समस्या के पैदा होने पर शतुरमुर्ग की तरह गर्दन रेत में गड़ा लेने से कुछ समय बाद समस्या खुद अपना हल ढूँढ़ लेती है। पर यहाँ पर नुस्खा नहीं चला और मन्त्रीजी को बाहर निकलना पड़ा।

हुआ कुछ ऐसे कि दोनों पक्षों ने आपसी वाद-विवाद को उस बिन्दु पर पहुँचा दिया जहाँ पहुँचने की उम्मीद ऐसे किसी मौके पर हमेशा की जा सकती है।

उस पक्ष ने, जो कमाऊ जगह पर बैठा था, अचानक यह घोषित कर दिया कि अगर उसे इस जगह से अपदस्थ किया गया तो उसकी बिरादरी के जो हजारों-लाखों वोटर थे, वे चुप नहीं बैठेंगे और अगले चुनाव में मन्त्रीजी को इस अन्याय का सबक सिखाकर रहेंगे।

दूसरे पक्ष ने इससे भी ऊँची आवाज़ में घोषित किया कि बहुत हो चुकी लूट। आखिर कोई हद होती है। एक ही आदमी क्यों उस कमाऊ जगह पर रहे। अगर फौरन वहाँ इनके आदमी को नहीं रखा गया तो उन चौबीस गाँवों में मन्त्रीजी का घुसना मुहाल हो जाएगा जहाँ इनकी बिरादरी का बहुमत था।

कमरे में बैठे हर आदमी को लगा, मामला गम्भीर है और जैसी अपनी राष्ट्रीय आदत है, लोग बीच-बचाव करने लगे।

एक सुझाव आया कि दोनों को वहीं रख दिया जाय और कुर्सी का क्षेत्रवार बँटवारा कर दिया जाय। एक आदमी लूटकर दाहिना क्षेत्र चरे और दूसरा बायाँ। इस सुझाव को पहले से नियुक्त पक्ष ने ठुकरा दिया।

दूसरा सुझाव आया कि छह महीने अभी पहले से नियुक्त पक्ष को और रहने दिया जाय। बेचारे को कई लड़कियों की शादी करनी है। इसे दूसरे पक्ष ने अस्वीकार कर दिया। उसे भी तो बाल-बच्चे पालने थे।

यह सिलसिला काफी देर तक चला। सुझाव आते गए और अस्वीकृत होते गए। मन्त्रीजी अन्दर शंका समाधान करते रहे। लोग कुर्सियों पर पसर गए। पी.ए. ने चुनाव में उपयोगिता को ध्यान में रखते हुए कुछ लोगों के लिए चाय मँगा दी। चाय दूसरों ने हड़प ली और उपयोगी लोगों के लिए और चाय आ गई। कुछ लोग बाहर गए और उनकी जगह पर दूसरे आ गए। सब कुछ उसी तरह चल रहा था जिस तरह राजकाज को चलना चाहिए था।

कमलाकान्त इस तरह की स्थिति कई बार झेल चुके थे। अभी पता नहीं कितनी देर यह सब चलेगा। उन्होंने सोचा झपकी ले लें। वे न जाने कितनी देर तक सोए कि सपना देखने लगे। सपने में उन्होंने देखा कि जिस कमरे में वे बैठे थे, वह यकायक युद्धस्थल में तब्दील हो गया है। लोग बहस करने के लिए सिर्फ मुँह का नहीं, बल्कि हाथ-पैरों का भी इस्तेमाल करने लगे हैं। कोई किसी के परिवार की

महिलाओं के बारे में कसीदे पढ़ रहा है तो कोई दूसरे के शरीर पर पटककर कुर्सियाँ तोड़ने का प्रयास कर रहा है। एक रणबाँकुरे को जब कोई कुर्सी नहीं मिली तो उसने कमलाकान्त की कुर्सी हिलाने की कोशिश की। कमलाकान्त ने हड़बड़ाकर आँखें खोलीं तो पाया कि वे सपना नहीं देख रहे हैं, कमरा सचमुच क्षत-विक्षत योद्धाओं और विकलांग कुर्सियों से भरा हुआ था।

हुआ कुछ ऐसे कि दोनों पक्षों के वाद-विवाद से ऊबकर कुछ लोगों का धैर्य जवाब दे गया। उन्होंने भी घोषित कर दिया कि मन्त्रीजी पर सिर्फ इन्हीं दोनों पक्षों का हक नहीं बनता है। उन्होंने भी चुनाव में मन्त्रीजी के पसीने पर अपना खून बहाया है। इसलिए अगर इनके काम के सम्बन्ध में आज सहमति नहीं बन पा रही तो ये दोनों पक्ष कुछ देर बैठें। दूसरे लोगों के कागजों पर आदेश हो जाने तक मन्त्रीजी इन लोगों का भी अला-भला कर देंगे।

ऐसे समय में जो हो सकता था, वही हुआ। युद्धरत दोनों पक्षों में सुलह हो गई और उन्होंने दूसरे लोगों के खिलाफ साझा मोर्चा खोल दिया। उनमें से एक पक्ष पिछले सात दिन से राजधानी में पड़ा था और अब जाकर उसे मन्त्रीजी से मिलने का मौका मिला था। दूसरा दस दिन से ज्यादा धूल फाँकने के बाद यहाँ तक पहुँच सका था। यह बात और थी कि यह धूल इस पक्ष ने शहर के सबसे आलीशान होटल में फाँकी थी। इस पक्ष के एक व्यक्ति को छोड़कर जिसकी जेब से इस धूल का बिल अदा हो रहा था, शेष दोनों को कोई आपत्ति नहीं थी कि यह मामला अगले कुछ दिनों तक लटका रहे। पर इन दोनों के कमजोर पड़ते ही बिलवाला उन्हें कुछ ऐसी चीजें याद दिला देता जिससे उनकी आवाजें फिर तेज़ हो जातीं। दोनों पक्ष अड़ गए कि पहले उनका फैसला हो जाय। दूसरे लोग इस राय के थे कि ये दोनों चुपचाप बैठ जाएँ और पहले और सबका काम हो जाय, तब इनकी बात सुनी जाय।

मन्त्रीजी रात को दौरे पर जानेवाले थे और अगले कुछ दिनों तक फिर उनके दर्शन नहीं होते, इसलिए कोई भी अपने मामले को बाद के लिए नहीं टालना चाहता था। बहस का अन्त इस युद्ध में हो सकता था और इसी में हुआ।

पर युद्ध का एक लाभ भी हुआ। कमलाकान्त ने जब आँखें खोलीं तो मन्त्रीजी अपनी शंका का समाधान कर कमरे में वापस प्रवेश कर रहे थे।

मन्त्रीजी के कमरे में प्रवेश करने पर न जाने कहाँ से उनके चपरासी, शैडो वगैरह उपस्थित हो गए। उन्होंने कुर्सियाँ ठीक कर दीं। लोग फिर उन पर बैठ गए और उनके हाथों में फिर से कागज़ लहराने लगे।

कमलाकान्त ने ऐसी कुर्सी हथिया ली जिस पर बैठा आदमी अपना कागज़ हाथ में लेकर खड़ा हो गया था और जो मन्त्रीजी के ठीक बगल में थी। खड़े आदमी को लगा कि अभी नम्बर देर में आएगा, इसलिए वह वापस कुर्सी पर बैठ गया। कुर्सी पर क्या कमलाकान्त की गोदी में बैठ गया। वह कुछ देर तक इस उम्मीद में बड़बड़ाता

रहा कि कमलाकान्त कुर्सी छोड़कर उठ जाएँगे, पर बेशर्मी की इस लड़ाई में कमलाकान्त जीत गए। वह आदमी उठकर मेज पर पूरी तरह झुक गया और तब तक खड़ा रहा जब तक उसका कागज़ मन्त्री के हाथ से पी.ए. तक नहीं चला गया। फिर वह पी.ए. की तरफ चला गया।

इस बीच दोनों युद्धरत पक्ष फिर से अपनी पुरानी घोषणा दोहराने लगे जिसके मुताबिक उन्होंने मन्त्रीजी के लिए पिछले चुनावों में अपना खून-पसीना एक कर दिया था। पर इस बार लगता है, मन्त्रीजी उनके क्षेत्र में नहीं घुसना चाहते हैं। ठीक है अब मुलाकात चुनाव में होगी। उन्होंने बार-बार बाहर जाने का इरादा दोहराया और अपनी कुर्सी पर जमे बैठे रहे।

मन्त्रीजी दूसरों के कागजों पर दस्तखत करते रहे और युद्धरत पक्षों को हँसाने के लिए चुटकुले सुनाते रहे, जिस पर उनके पी.ए. और चपरासी तो खूब हँसे पर लड़ने वालों ने हँसने से मना कर दिया। अन्त में मन्त्रीजी ने अपने पी.ए. के कान में कुछ कहा, पी.ए. ने दोनों पक्षों के नेताओं के कानों में कुछ कहा, नेताओं ने अपने अनुयायियों के कानों में कुछ कहा, फिर दोनों पक्षों के एक-एक आदमी ने मन्त्रीजी के कान में कुछ कहा और फिर मन्त्रीजी ने अपने पी.ए. के कान में कुछ कहाँ काफी देर तक वह स्थिति रही जिसे भाषा के अध्यापक कानाफूसी कहते हैं। इस बीच लोग अपने कागज भी बढ़ाते रहे और मन्त्रीजी उन पर दस्तखत भी करते रहे। एकाध बार ऐसा हुआ कि कानाफूसी करते हुए मन्त्रीजी ने दरखास्ती के हाथ पर दस्तखत कर दिये। फिर दोनों हँस दिये और मन्त्रीजी ने उसके कागज पर भी दस्तखत कर दिये।

कानाफूसी हमारे देश की राष्ट्रीय विधा है। संसद से लेकर डिनर डिप्लोमेसी तक इसकी छटा दिखाई पड़ती है। कानाफूसी शुरू हुई और कमलाकान्त ने राहत की साँस ली। उन्हें लगा अब मामला तय हो जाएगा और उन्हें कुछ कहने का मौका मिल जाएगा। मामला सचमुच तय होने के कगार पर आ गया था। मन्त्रीजी का पी.ए. दोनों पक्षों को अन्दर के एक कमरे में ले के चला गया।

कमलाकान्त कुछ मायूस हो गए। दरअसल अन्दर के कमरे में वे जाना चाहते थे। अन्दर का कमरा छोटा था, पर बड़े फैसले वहीं होते थे।

मन्त्रीजी तेजी से कागजों का निस्तारण करने लगे। कमलाकान्त समझ गए कि वे अब अन्दर के कमरे में जाने के लिए उठेंगे। समय कम था और मत चूको चौहान की तर्ज पर उन्होंने कुछ तीर छोड़े। ये तीर मुख, उँगलियों और आँखों की मदद से कुछ इस तरह छोड़े गए कि वे रहस्यवादी कला समीक्षकों के लिए नए प्रतिमान पेश कर सकते थे। थोड़ा कहना ज्यादा समझना और कई बार मुँह से कुछ न कहना सिर्फ आँखों और उँगलियों से मतलब सम्प्रेषित कर देना—अगर मन्त्रीजी और कमलाकान्त के बीच जो संवाद हुआ उसे परिभाषित करना हो और उसे एक वाक्य में कहना हो तो इसी तरह कहा जाएगा।

एक-दूसरे से डेढ़ फुट के फासले पर बैठे दोनों पक्षों के बीच हुई बातचीत कुछ इस तरह थी।

कमलाकान्त ने कागज़ों पर दस्तखत करते हुए मन्त्रीजी को कनखियों से देखते हुए जो कुछ दीवारों से कहा उसका मतलब समझनेवाले के लिए साफ था कि खादिम आप से बाहर नहीं है। जैसा हुकुम देंगे तामील हो जाएगी।

मन्त्रीजी ने सामने पड़े कागज़ पर आदेश कुछ ज्यादा लम्बा लिखा और वही भाव बनाये रखा जो कमलाकान्त के कमरे में घुसने के बाद से बनाये हुए थे और अब भी वे कमलाकान्त के कमरे में अस्तित्व को स्वीकार करने को तैयार नहीं थे। उन्होंने कलम चलाते-चलाते हवा में न जाने किसे सम्बोधित किया कि पिछले चुनाव में खबर भेजने पर भी लोग दिखाई नहीं दिये और अब दर्शन दे रहे हैं।

कमलाकान्त ने कुछ अज्ञात दुश्मनों को कोसा जिन्होंने बार-बार कोशिश के बावजूद उन्हें मन्त्रीजी से मिलने नहीं दिया था और मन्त्रीजी की सेवा की उत्कट अभिलाषा अपने दिल में लिए हुए हर बार उन्हें वापस लौटना पड़ा था।

मन्त्रीजी के चेहरे पर कोई भाव नहीं आया। वे दूसरी दरखास्त पर और लम्बा आदेश लिखने लगे।

कमलाकान्त ने भारतीय रेल और प्रादेशिक रोडवेज के टाइम टेबलों का पाठ करना शुरू कर दिया। उन्होंने बताया कि फलाँ-दिन जब अलाँ ट्रेन से वे मन्त्रीजी की कोठी के लिए रवाना हुए तो ट्रेन अपनी आदत के मुताबिक कितने घंटे लेट थी और उनके पहुँचने के बस तीन मिनट पहले मन्त्रीजी अपनी कोठी से निर्वाचन क्षेत्र के लिए निकल चुके थे। मन्त्रीजी के चेहरे पर कोई भाव नहीं आया तो उन्होंने फिर बताया कि अमुक-दिन तमुकजी के साथ वे रोडवेज बस से समय से घर से रवाना हुए, लेकिन जैसा कि मन्त्रीजी जानते हैं कि रोडवेज की कोई बस रास्ते में बिना मुसाफिरों से धक्का लगवाये अपनी मंजिल पर नहीं पहुँचती, यह बस भी रास्ते में एक बार पंक्चर हुई, एक बार इसका ब्रेक फेल हुआ और एक बार ऐसी स्थिति में पहुँच गई जिसे मन्त्रीजी चाहे तो उलटना कह सकते हैं। इसके बाद भी जब वे मन्त्रीजी की कोठी पर पहुँचे तो मन्त्रीजी सिर्फ चार मिनट पहले हवाई अड्डे के लिए रवाना हो चुके थे।

इस कारुणिक यात्रा वृत्तान्त का भी मन्त्रीजी पर कोई असर नहीं हुआ। वे अगले कागज पर और लम्बा आदेश लिखने लगे। ऐसा लगता था कि वे भाषा के कठिन उलझाव में डूबे हुए थे और एक बार सिर उठाकर कमलाकान्त की तरफ देखते ही उनकी भाषा भ्रष्ट हो जाएगी।

कुर्सी पर मन्त्रीजी के पृष्ठ भाग ने कुछ ऐसी हरकतें कीं कि कमलाकान्त समझ गए कि वे अब उठने ही वाले हैं। कमरे में मौजूद मुलाकातियों में भी हलचल मच गई वे सारे घूमनेवाली कुर्सी के इर्द-गिर्द खड़े हो गए।

समय कम था। कमलाकान्त ने अब मुँह के साथ हाथों और उँगलियों का भी प्रयोग करना शुरू कर दिया। सम्प्रेषण की यह विधि भाषा की सीमाओं को तोड़ने के लिए होती है। साहित्य में अभी तक इसका प्रयोग नहीं हो पाया है इसलिए बार-बार सम्प्रेषणीयता के संकट की बात होती रहती है।

कमलाकान्त ने कुहनियाँ मजबूती के साथ मन्त्रीजी के सामने मेज पर टिकायीं, अपने मुँह को गोल-गोल घुमाया, आँखों में खास तरह की चमक पैदा की और अपनी उँगलियों को एक-दूसरे पर इस तरह रगड़ा कि उनसे सिक्कों के खनकने की याद आने लगी। इन सारे प्रतीकों के साथ उन्होंने भाषा का एक वाक्य भी कहा "मैं आपसे बाहर थोड़े हूँ। जो हुक्म देंगे। तामील हो जाएगी।"

जिस समय यह वाक्य कहा गया, मन्त्रीजी के सर, कन्धों, हाथ, सामने की मेज और कुर्सियों पर हर तरफ लोग लदे हुए थे। वे एक साथ बोल रहे थे। उनके हाथों में अलग-अलग रंगों और आकारों के झण्डों जैसे कागज लहरा रहे थे। इस मछली बाजार में लोगों की भीड़ के बीच में मजबूती से इतनी जगह बनाते हुए कि उनके कोहनी पर टिके सर में अवस्थित आँखें सामने बैठे मन्त्रीजी की आँखों से संवाद कर सकें, उनकी उँगलियाँ इस तरह की हरकत करती रहें कि मन्त्रीजी को किसी बैंक में नोट गिनने का भ्रम हो सके और गोल-गोल घूमते हुए होठों से निकला वाक्य फुसफुसाहट और शोर के बीच इतनी ध्वनि पैदा कर सके कि सामनेवाला सुन भी ले और अनसुना होने का भ्रम भी पैदा कर सके। उन्होंने जो अन्तिम वाक्य कहा उसका असर यह हुआ कि मन्त्रीजी ने अपने पी.ए. के कानों में कुछ कहा पी.ए. कमलाकान्त की तरफ बढ़ा, पर तब तक कमलाकान्त छोटे कमरे की तरफ बढ़ चले थे। जब वे छोटे कमरे के दरवाजे पर पहुँचकर अन्दर बैठने के लिए जगह तजवीज कर रहे थे तब पी.ए. ने उनके कान में कहा कि वे इस कमरे में बैठ जाएँ जिसे कमलाकान्त ने बड़ी सहृदयता से स्वीकार कर लिया और प्रत्युत्तर में पी.ए. के कान में कुछ ऐसा कहा कि वह खुश हो गया। मुस्कुराता हुआ पी.ए. वापस गया और कमलाकान्त ने एक सोफे पर आठवें व्यक्ति के रूप में अपना पृष्ठ भाग टिका दिया। वे भारतीय रेल के उस दर्शन में विश्वास करते थे जिसके मुताबिक किसी सीट को यदि आप अपने पृष्ठ भाग से छू दें तो वह खिंचकर इतनी बड़ी हो जाती है कि आप उस पर बैठ भी सकते हैं।

कमरे में पहले से बैठे हुए लोग दोनों युद्धरत कैम्पों के लोग थे। बाहर की कटुता समाप्त हो गई थी और वे हँस-हँसकर एक दूसरे से बतिया रहे थे। दरअसल पूरे कमरे में सिर्फ दो ही लोग तनावग्रस्त थे। ये वे थे जिनके तबादला होने या न होने को लेकर थोड़ी देर पहले का महाभारत हुआ था। उनके साथ जो लोग थे वे मस्त थे। मस्ती उनके होंठों से पान की पीक या मुँह से खट्टी डकारों के रूप में निकल रही थी। वे पिछले कुछ दिनों से इन दो तनावग्रस्त प्राणियों को चर रहे थे और मस्त

थे। दरअसल वे उस प्रजाति के जन्तु थे जिनका जन्म ही दूसरों की सेवा के लिए होता है। साल भर भाँति-भाँति के दुखियारे उनकी शरण में आते रहते हैं जिनमें किसी को तबादला करवाना होता है, किसी को तबादला रुकवाना होता है, किसी का लाइसेंस या परमिट अटका पड़ा है तो किसी को किसी मुकदमे में मदद चाहिए होती है। वे इन दुखी जनों का दुख दूर करते हैं और मस्त रहते हैं।

ये मस्त लोग एक ही पेशे के थे, इसलिए एक दूसरे को जानते थे। वे कई बार एक साथ किसी मामले की पैरवी के लिए इस छोटे कमरे में बैठे थे। दरअसल वे उन वकीलों की तरह थे जो अलग-अलग मुकदमों में एक-दूसरे के खिलाफ या साथ खड़े होते हैं और फिर बाहर कचहरी की कैंटीन में साथ-साथ चाय पीते हैं और गप्पें लड़ाते हैं। मस्त लोग एक-दूसरे से मज़ाक करने लगे और ठहाके लगाने लगे।

मस्त लोगों की मस्ती से उनके दोनों मुअक्किल दुखी हो गए। जब कोई ठहाका लगता वे घबराकर अपने पैरोकारों को निहारते। उन्हें लगता कि ठहाकों की झील में उनके पैसे और सम्भावनाएँ डूबती जा रही हैं।

कमलाकान्त इस समय तक आराम से सोफे पर अपने बैठने की जगह बना चुके थे। पर अचानक उन्हें लगा कि यह जगह रणनीति के लिहाज से उचित नहीं है। यद्यपि कमरा छोटा था, पर इसमें भी सबसे अन्त में बैठना उचित नहीं था। उन्हें किसी तरह मन्त्रीजी के सोफे के पासवाले सोफे पर जगह चाहिए थी।

कमरा खासा छोटा था। एक छोटा-सा दीवान मन्त्रीजी के लिए दीवार से सटाकर रखा था। उसके सामने एक सेंट्रल टेबल थी और टेबल के दोनों तरफ एक-एक लम्बा सोफा रखा था। इन सोफों पर आराम से तीन-तीन लोग बैठ सकते थे, पर जिस सोफे पर कमलाकान्त बैठे थे उस पर आठ लोग बैठ चुके थे। सामनेवाले पर भी सात लोग थे। कमरे में आने पर पता चला कि इन दो युद्धरत पक्षों के अलावा और भी कई लोग थे जिनके फैसले इस छोटे कमरे में हो सकते थे और वे पहले से वहाँ थे।

कमलाकान्त को लगा कि उन्हें मन्त्रीजी के आने के पहले दीवान के पास पहुँच जाना चाहिए। वे उठे और बाहर आ गए।

बाहर कमलाकान्त को मन्त्रीजी का चपरासी दिखाई दे गया। वह कमलाकान्त को जानता था और कमलाकान्त उसे जानते थे। कमलाकान्त ने तपाक से उसके कन्धे पर हाथ रखा और उसके बाल-बच्चों का हाल-चाल पूछा। हर भारतीय की तरह उसने अपने परिवार की जिम्मेवारी भगवान पर डाल रखी थी, इसलिए उसने ऊपर की तरफ नज़र उठा दी। कमलाकान्त ने उसे दोनों लड़कों की मिठाई के लिए दस-दस के दो नोट दिये। उसने नोट इत्मिनान से अपने अचकन की जेब में रखते हुए यह जानकारी दी कि उसके तीन बेटे हैं। कमलाकान्त ने उसे बताया कि बच्चे तो भगवान की बरक्कत होते हैं और इस बात की शिकायत की कि उसने तीसरे बेटे के

जन्म के बारे में पिछली मुलाकात पर नहीं बताया था। चपरासी ने बताया कि पिछली मुलाकात, जो न उसे याद थी कि कब हुई थी और न कमलाकान्त को, पर उन्हें बताया तो था कि उसकी बीवी उम्मीद से है। कमलाकान्त ने अपनी स्मरणशक्ति कम होते जाने की शिकायत की और एक दस का नोट निकालकर चपरासी को थमा दिया। चपरासी ने अपने सत्रह साल के तीसरे बेटे के लिए भी मिठाई खरीदने की सहमति जताते हुए पैसा रख लिया।

इसके बाद चपरासी ने जो कमाल दिखाया उसे देखकर कोई भी शर्त लगा सकता था कि सचिवालय में आने के पहले वह जरूर किसी सर्कस में काम करता रहा होगा। उसने उस ठसाठस भरे हुए कमरे में मन्त्रीजी के दीवान के ठीक बगल में एक कुर्सी स्थापित कर दी। इसकी वजह से यह जरूर हुआ कि उसने दो लोगों के पैरों की उँगलियाँ कुचलीं, एक के सर की मजबूती की जाँच की और थोड़ी देर तक हवा में इस तरह लटका रहा कि निश्चय के साथ यह कहना मुश्किल था कि वह करतब दिखाकर कमरे में बैठे लोगों का मनोरंजन कर रहा था या फिर सोफों के ऊपर बैठे कुछ लोगों को उनके नीचे ढकेलकर वहाँ कुछ जगह बनाना चाहता था।

कुर्सी स्थापित करने से अधिक मुश्किल था उस पर कमलाकान्त को स्थापित करना। कुर्सी जैसे ही रखी गई उस पर बैठने के लिए दो लोग लपके। कमलाकान्त पीछे रह गए और आगे बैठे हुए एक सज्जन उस पर बैठ गए। कमलाकान्त ने असहाय नज़रों से चपरासी की तरफ देखा। उसकी जेब में मिठाई के लिए पड़े तीन नोट कुछ इस तरह फड़फड़ाए कि चपरासी की जिह्वा पर सरस्वती का वास हो गया। कुर्सी पर बैठे सज्जन दो ही वाक्यों की मार से सहमकर वापस सोफे पर आ गए। वे मन्त्रीजी के क्षेत्र में जरूर थे, पर चपरासी तो सचिवालय नामक इमारत का अभिन्न भाग था। जब मन्त्रीजी नहीं थे, तब भी वह यहीं था और जब मन्त्रीजी नहीं रहेंगे, तब भी वह यहीं रहेगा।

कमलाकान्त ने कुर्सी पर बैठकर एक बार फिर कमरे का निरीक्षण किया। मन्त्री के चपरासी द्वारा उनके लिए कुर्सी रखने और फिर उस पर उन्हें बिठा देने से उनका रुतबा बढ़ गया था। कमरे में बैठे लोग उन्हें उत्सुकता, प्रशंसा और ईर्ष्या के मिले-जुले भावों से निहार रहे थे। कमलाकान्त को लगा कि ये सब क्षुद्र लोग हैं जिनसे आँखें मिलाने का कोई मतलब नहीं है, इसलिए वे सामनेवाली दीवार को घूरने लगे और उनका मस्तिष्क अलग रणनीति बनाने में व्यस्त हो गया।

कमरा पारसी थिएटर के स्वगत कथन के सिद्धान्त पर बजबजा रहा था। इस सिद्धान्त के मुताबिक गोपनीय और नितान्त व्यक्तिगत बातें इस आशा से जोर-जोर से बोलकर कही जाती हैं कि उन्हें बोलनेवाले के अलावा मंच पर मौजूद कोई पात्र नहीं सुन रहा है। कमरे में ठुँसे हुए लोग एक साथ बोल रहे थे, जोर-जोर से बोल रहे थे और अलग-अलग विषयों पर बोल रहे थे। एक-दूसरे को काटती और पछाड़ती हुई

आवाज़ें दीवारों से टकरातीं, सोफों पर रेंगती, जमीन पर पसर जातीं, पर उन कानों तक पहुँच ही जातीं जिनके लिए वे बोली गई होतीं। इस पूरे माहौल में सिर्फ कमलाकान्त निर्लिप्त बैठे थे। भीड़ में उनका कोई पैरोकार नहीं था, इसलिए उन्हें वहाँ बैठे सभी लोग ओछे लग रहे थे। यहाँ तक कि उनकी बातें सुनने का प्रयास करते दीखना भी ओछा था, इसलिए वे सिर्फ सामने ताकते रहे और बातों में केवल वही अंश पकड़ते रहे जिनमें मन्त्रीजी के अगले कुछ दिनों तक राजधानी और उसके बाहर आने-जाने की सूचनाएँ निहित होती थीं।

कमरे में मन्त्रीजी का प्रवेश हुआ और जैसा होना था, कमरे की आवाज़ें खामोश हो गईं।

लोग खड़े हो गए। जिस कमरे का वर्णन करते समय सबसे पहले यह कहा जाता कि उसमें तिल रखने की जगह नहीं थी, उसमें मन्त्रीजी न सिर्फ प्रवेश कर गए, बल्कि बिना हाथों पर उठाए हुए अपने पाँवों पर चलकर दीवान तक पहुँच भी गए और बैठ गए।

"हाँ...बताइए!"

यह मन्त्रीजी का तकिया कलाम था। उन्हें जाननेवाले जानते थे कि इसका कोई मतलब नहीं है, इसलिए किसी ने कुछ नहीं बताया।

मन्त्रीजी ने दीवार पर पड़े तौलिए के टुकड़े से अपने चेहरे पर किसी काल्पनिक वस्तु को पोंछना शुरू कर दिया। कमरे में बैठे लोगों में से कुछ ने खाँसे-खँखारे, कुछ ने अपने शरीर के पृष्ठ भाग को हिला-डुलाकर यह सुनिश्चित किया कि वे हवा में लटके हुए नहीं हैं और फर्नीचर की श्रेणी में आनेवाली किसी वस्तु पर टिके हुए हैं। जिनके काम थे उन्होंने बेचारगी से अपने महँगे पैरोकारों की तरफ देखा और उन्हें तरह-तरह के इशारों से बोलने के लिए प्रेरित किया। मन्त्रीजी ने तौलिया वापस दीवान पर रखते हुए एक बार फिर कहा—

"हाँ...तो बताइए।"

किसी ने कुछ नहीं बताया।

थोड़ी देर तक कमरा निरर्थक बातों से गूँजता रहा। लोगों ने मन्त्रीजी को इलाके में बारिश के बारे में बताया, सड़कों की मरम्मत में होनेवाली देरी पर रोष व्यक्त किया, फसली कीड़ों के सम्बन्ध में अपने ज्ञान का आदान-प्रदान किया। मन्त्रीजी दिलचस्पी से सुनते रहे और बीच-बीच में अपनी भागीदारी जाहिर करने के लिए कुछ न कुछ बोलते भी रहे।

सभी जानते थे कि मन्त्रीजी दुनिया की तमाम चीजों में बिना दिलचस्पी के दिलचस्पी दिखा सकते थे। मन्त्रीजी भी जानते थे कि लोग यहाँ बारिशों, सड़कों या फसली कीड़ों पर बातें करने नहीं आए थे। वे बीच-बीच में टेक की तरह कहते रहे—

"और बताइए...साहब!"

किसी ने कुछ नहीं बताया और यह स्पष्ट हो गया कि कोई भी पहले कुछ नहीं कहना चाहता। सबको उम्मीद थी कि दूसरे चले जाएँगे और केवल वे रह जाएँगे तब अपनी बात अकेले में मन्त्रीजी से करने का मौका उन्हें मिलेगा और वे अपनी बात कहेंगे।

जाहिर था कि ऐसा समय आसानी से नहीं आनेवाला था।

मन्त्रीजी ने अपने बाएँ बैठे शख्स को देखा और मुस्कुराये। मन्त्रीजी के बाएँ बैठा शख्स भी मुस्कुराया। फिर मन्त्रीजी ने अपने दाएँ बैठे और सामने बैठे व्यक्तियों के लिए भी यही क्रिया सम्पादित की। उन्होंने भी 'कोई उधार नहीं रखना चाहिए' सिद्धान्त के अनुसार अपने दाँत दिखा दिये। फिर मन्त्रीजी ने कमलाकान्त वर्मा की तरफ देखा। कमलाकान्त पहले ही मुस्कुरा दिये, इसलिए मन्त्रीजी नहीं मुस्कुराए। वे उठे और इस छोटे कमरे से भी छोटे एक-दूसरे कमरे में चले गए। यह छोटा कमरा इस छोटे कमरे का अटैच बाथरूम था और नयी स्थापत्य कला के अनुरूप हर महत्त्वपूर्ण कमरे के साथ जुड़ा रहता था।

मन्त्रीजी ने जाते-जाते अपने शरीर के न जाने किस अंग से कौन सा इशारा किया कि उनके पीछे-पीछे कमलाकान्त भी उठकर दूसरे और छोटे कमरे में चले गए।

दरअसल इस खेल में वाणी से अधिक इशारों का महत्त्व था। कमलाकान्त पुराने खिलाड़ी थे, इसलिए वे एक साथ सामनेवाले के हाथ, नाक, आँख, कान जिह्वा सब पर नज़र रखते थे। मन्त्रीजी ने उठते-उठते अपने सिर को जैसे झटका और फिर हवा में फटकारा, उसे सिर्फ कमलाकान्त ही समझ सकते थे।

अन्दर वाश बेसिन और कमोड के बाद जो जगह बचती थी, वह बस इतनी थी कि उसमें कमलाकान्त और मन्त्रीजी एक-दूसरे से लगभग सटकर खड़े हो सकें। सामने के वाश बेसिन पर लगे शीशे में उनके चेहरे कुछ-कुछ विकृत से नजर आ रहे थे। इस कमरे में वे पहली बार कोई डील कर रहे थे, इसलिए कमलाकान्त को बीच-बीच में शीशे में देखकर लगता कि उनके अतिरिक्त भी कमरे में कोई है। वे थोड़ा सहम जाते पर मन्त्रीजी के लिए यह कमरा पुराना वार्तास्थल था इसलिए वे सहज ढंग से बात कर रहे थे।

दोनों वार्ताकारों के बीच वार्ता संक्षिप्त वाक्यों के रूप में फुसफुसाहट के साथ हो रही थी। अकसर एक ही वाक्य बार-बार दोहराया जाता।

"मैं आपसे बाहर थोड़े हूँ। जो हुकुम देंगे हो जाएगा।"

"भाई जो मौके पर गायब हो जाय, उसका क्या भरोसा?"

"जो हुकुम देंगे हो जाएगा।"

"मौके पर गायब हो गए।"

"मैं आपसे बाहर थोड़े हूँ। जो हुकुम...।"

थोड़ी देर में छोटा गुसलखाना बाम्बे स्टाक एक्सचेंज में तब्दील हो गया। फर्क

सिर्फ इतना था कि बोलियाँ ऊँचे स्वर की जगह नीचे स्वरों में लग रही थीं—

"पच्चीस।"

"नौ।"

"पच्चीस।"

"मैं आपसे बाहर थोड़े हूँ...चलें दस...।"

"बाईस।"

"जो हुक्म देंगे बाद में कर देंगे...दस इस बार।"

"इस बार हुक्म...बीस से कम नहीं।"

एक आवाज उत्तेजित होकर डाँट रही थी, दूसरी दीन स्वर में गिड़गिड़ा रही थी। दोनों आवाज़ें एक-दूसरे को तौल रही थीं, परख रही थीं और दुकानदारी के सिद्धान्त के मुताबिक बेस्ट बारगेन करना चाह रही थीं।

अचानक उत्तेजित आवाज ने अपने हाथ को कुछ इस तरह से झटका जिसका मतलब यह भी हो सकता था कि उसने कोई मक्खी उड़ाने की कोशिश की है और यह भी कि गिड़गिड़ाती आवाज अब बाहर निकल जाय। कमलाकान्त ने मान लिया कि कोई मक्खी उड़ाई गई है।

"बारह कर दें सर। अगली बार जो हुकुम देंगे हो जाएगा।"

"बीस से एक कम नहीं।"

मन्त्रीजी ने इस बार दुकानदारी का वह दाँव खेला जिससे कमलाकान्त एकदम चित होते-होते बचे। उन्होंने अपने पैरों और धड़ को इस तरह हिलाया कि वे अब चलनेवाले हैं। दुकानदारी का पुराना सिद्धान्त दोहराया गया कि लेना हो तो लो वरना हम दुकान बढ़ाते हैं। कमरे में इतनी जगह नहीं थी कि मन्त्रीजी कुछ कर सकते। पर उनका कदमताल कुछ ऐसा था कि लगा कि वे कमोड की तरफ बढ़ रहे हैं। उनका हाथ भी अपने पाजामे के नाड़े की तरफ जाने लगा तो कमलाकान्त घबराए। उन्हें लगा मन्त्रीजी कहीं कमोड पर बैठ न जाएँ। उन्होंने घबराकर मन्त्रीजी को लगभग घसीट-सा लिया।

"एक मौका और दें सर...आपसे बाहर थोड़े हैं...बारह कर दें...फिर आगे और देख लेंगे।"

"अठारह से कग गहीं। नहीं देना है तो..."

मन्त्रीजी फिर कमोड की तरफ चले।

"चलो सर आपकी भी बात रह जाय और मेरे बच्चों के पेट पर भी लात न पड़े...पन्द्रह कर देते हैं।"

"आप भी इंजीनियर साहब बनियों की तरह बात करते हैं। चलिए सोलह ठीक है। इसके बाद तो मौके पर आप दिखाई नहीं देंगे।"

"हें...हें...हें...आप भी सर मज़ाक करते हैं। आपसे बाहर कब रहा मैं। वो तो..."

कमलाकान्त ने एक बार फिर भारतीय रेलों और रोडवेज की बसों को कोसना शुरू किया जिन्होंने पिछली बार चाहते हुए भी उन्हें मन्त्रीजी की सेवा का मौका नहीं दिया था। पर मन्त्रीजी ने हाथ से उन्हें बरज दिया।

कमलाकान्त ने सौदे की अन्य शर्तें, मसलन उन्हें कब तक तबादला रुकने का आदेश मिल जाएगा और बदले में तय राशि कहाँ पहुँचानी होगी, भी अभी तय करने की कोशिश की पर मन्त्रीजी को देर हो रही थी। बाहर बैठे लोगों को तरह-तरह की बातें बनाने का मौका मिल रहा था, इसलिए वे कमलाकान्त से यह कहकर कि वे शाम को उनकी कोठी पर आएँ, सचमुच कमोड की तरफ बढ़ गए।

कमलाकान्त सीधे सर उठाए छोटे कमरे से बाहर निकल आए। उन्हें इस तरह मन्त्रीजी के पीछे अन्दर जाते और फिर बाहर आते देखकर बैठे हुए लोगों ने ईर्ष्या से देखा। उनमें से कुछ ने उन्हें आदरपूर्वक नमस्कार भी किया, पर कमलाकान्त बिना दाएँ-बाएँ देखे बाहर आ गए।

बाहर चपरासी खड़ा था। कमलाकान्त ने इस बार फिर उसे दोनों लड़कों को पान खिलाने के लिए दस-दस के नोट दिये। चपरासी ने याद दिलाते हुए फिर बताया कि उसके एक लड़का और भी है। कमलाकान्त ने फिर जेब में हाथ डाला पर इस बीच बातचीत में चपरासी ने भेद खोल दिया कि रात में साहब की कोठी पर उसकी ड्यूटी नहीं है। कमलाकान्त ने जेब से हाथ निकाल लिया। वे कुछ फुसफुसाए। इसका परोक्ष मतलब चपरासी ने यह निकाला कि वह परले दर्जे का मूर्ख है। अगर कुछ देर बाद अपनी रात की ड्यूटी के बारे में बताता तो कमलाकान्त उसके तीसरे लड़के के पान का पैसा नहीं मारते।

चपरासी से निपटने के बाद कमलाकान्त ने पी.ए. की तलाश में निगाहें दौड़ायीं। पी.ए. बगल के कमरे में आज मिले हुए कागजों की छँटाई करके उन्हें अलग-अलग फाइलों में रख रहा था। उसके इर्द-गिर्द छोटी-सी भीड़ थी। ये वो लोग थे जिनके कागजों पर मन्त्रीजी ने आदेश तो लिख दिए थे, पर उन्हें विश्वास नहीं था कि कागज अपने गन्तव्य तक पहुँचेंगे। वे पी.ए. से घर के कागजों को लिफाफों में रखवा रहे थे और उन पर लिखे गए पतों को देखकर सन्तुष्ट हो रहे थे कि लिफाफे सही स्थानों पर पहुँच जाएँगे।

कमलाकान्त भीड़ में एक ऐसे स्थान पर खड़े हो गए जहाँ से पी.ए. के सर उठाने पर उनकी आँखें मिल सकती थीं।

पी.ए. ने कागजों का निस्तारण करते-करते सर उठाया और उसकी आँखें कमलाकान्त से टकरायीं। आँखों ने आपस में न जाने क्या संवाद किया कि पी.ए. ने एकदम से हड़बड़ाहट दिखाते हुए अपनी कुर्सी से उठने का प्रयास किया। आधा उठते-उठते वह वापस कुर्सी पर गिर गया। पर उसकी हड़बड़ाहट ने लोगों को अहसास करा दिया कि कमलाकान्त कोई महत्त्वपूर्ण व्यक्ति हैं। भीड़ ने थोड़ी जगह

बना दी और कुर्सियों पर बैठे लोगों में से एक खड़ा हो गया।

"बैठें सर।"

कमलाकान्त बैठ गए।

"देख रहे हैं सर, दम मारने को फुर्सत नहीं है।"

"भई, सरकार तो आप लोगों के बल पर चल रही है। मन्त्री लोगों के पास कहीं समय है," ...कमलाकान्त ने पिछले कई सालों से अलग-अलग पी.ए. लोगों के सामने कहा गया वाक्य फिर से दोहराया। हर पी.ए. की तरह यह पी.ए. भी खुश हो गया।

"अरे...नहीं सर। हम तो सेवक हैं, जो हुक्म होता है बजा लाते हैं।"

इस वाक्य के विरोध में एक साथ कई आवाज़ें उभरीं। जितने लोग अपने कागज़ों के इन्तजार में खड़े थे, सबने एक स्वर से घोषित किया कि सरकार तो पी. ए. साहब ही चला रहे हैं। मन्त्रीजी तो सीधे-सादे आदमी हैं, उनसे किसी कागज़ पर कुछ भी लिखवा लो। लिखा हुआ होता तभी है, जब पी.ए. साहब चाहते हैं।

पी.ए. ने फिर कुछ कहने का प्रयास किया, पर एक बुजुर्ग व्यक्ति ने उसे झिड़क दिया। जब उसने कहा तो पी.ए. को मानना पड़ा कि सरकार चलाने में उसका भी योगदान है।

बातचीत का नतीजा यह निकला कि पी.ए. की उँगलियाँ कुछ और तेज चलने लगीं।

"बस सर...थोड़े कागज रह गए।"

"नहीं-नहीं...आप आराम से निपटा लीजिए। मुझे कोई जल्दी नहीं है।"

कमलाकान्त आराम से कुर्सी पर पसर गए। उन्हें पता था कि उन्हें जल्दी हो भी तो कुछ नहीं किया जा सकता था। भीड़ में मौजूद ज्यादातर लोग मन्त्रीजी के चुनाव क्षेत्र के थे। पी.ए. उन्हें छोड़कर कमलाकान्त से बातें नहीं कर सकता था। ढंग से बातें करने के लिए भीड़ का छँटना भी जरूरी था।

थोड़ी देर में स्पष्ट हो गया कि भीड़ अनन्त समय तक समाप्त नहीं होगी। जितने लोग हटते थे उससे ज्यादा उसमें जुड़ते जा रहे थे।

अचानक पी.ए. उठा और कमरे के एक कोने में चला गया। उसने आवाज़ देकर भीड़ में से एक आदमी को अपने पास बुला लिया। कमलाकान्त समझ गए कि अब उन्हें बात करने में आसानी होगी।

दरअसल पी.ए. ने लोगों को निपटाने के काफी गुर मन्त्रीजी से सीखे थे। उसने किसी को एक कोने में निपटाया, किसी को दूसरे कोने में ले गया। कोई दरवाजे पर खड़ा-खड़ा निपट गया, किसी को उसकी कुर्सी से नहीं उठने दिया गया और वहीं उसका काम तमाम कर दिया। पी.ए. इस समय किसी मध्ययुगीन योद्धा की तरह विचरण कर रहा था। कमरा हल्दी घाटी या पानीपत जैसा कोई मैदान था और उसके

आँख, कान, नाक और ज़ुबान अस्त्र-शस्त्र की तरह चल रहे थे।

इस धमा-चौकड़ी में कमलाकान्त को भी अवसर मिल गया।

वे दोनों थोड़ी देर के लिए एक कोने में अवस्थित हो गए।

कमलाकान्त ने ऐसे मौके के लिए जेब में एक लिफाफा पहले से तैयार कर रखा था। उन्होंने सबसे पहले उसी को निकाला और पी.ए. की कमीज की ऊपरी जेब में उसे सरका दिया। उन्होंने पी.ए. को बताया कि वह उनसे उम्र में छोटा है और यह तो उनका हक है कि उसकी पत्नी को जो कमलाकान्त की बहू हुई, दीवाली पर साड़ी पहनाये। चूँकि वे जल्दी में साड़ी लाना भूल गए और औरतों को अपनी पसन्द की साड़ी खरीदने का मौका देना चाहिए, इसलिए वे साड़ी की कीमत दे रहे हैं। उन्होंने पी.ए. को यह भी बरजा कि लिफाफा सीधे बहू के हाथ में पहुँच जाना चाहिए। पी.ए. ने भी बताया कि उसकी पत्नी कितनी बार कह चुकी है कि भाई साहब बहुत दिनों से घर नहीं आए। इस बार मिलें तो जरूर आने को कहना। उसका बहुत मन उन्हें पकौड़ियाँ खिलाने का है। कमलाकान्त ने वादा किया कि अगली बार राजधानी आए तो जरूर पी.ए. के घर आएँगे और बहू के हाथ की गरमा-गरम पकौड़ियाँ खाएँगे।

कमलाकान्त ने बताया कि मन्त्रीजी ने तो हाँ कर दी है, पर अब आदेश निकलवाना तो पी.ए. के ही बस में है। शाम को वे मन्त्रीजी की कोठी पर पहुँच रहे हैं। पी.ए. ने माफी माँगी कि शाम को तो उसे किसी जरूरी काम से किसी और जगह जाना है। कमलाकान्त को अचानक कुछ याद आया। उन्होंने जेब में हाथ डालकर एक और लिफाफा निकाला। उनकी पत्नी को पी.ए. के लड़के की शरारतें खूब याद थीं। उन्होंने बच्चे को मोपेड खरीदने के लिए कहा था, पर कमलाकान्त को समय नहीं मिला इसलिए उसकी कीमत लिफाफे में रखकर ले आए थे। पी.ए. ने लिफाफा जेब में रखते हुए बताया कि लड़का भी आंटीजी को कितना याद करता है। बहरहाल कमलाकान्त जी का मसला है तो पी.ए. शाम को अपना काम छोड़कर भी मन्त्रीजी की कोठी पर पहुँच जाएगा। मन्त्रीजी रात दस वाली गाड़ी से बाहर जा रहे हैं, इसलिए कमलाकान्त आठ बजे तक कोठी पर आ जाएँ। पी.ए. वहीं मिलेगा।

इसके बाद सचिवालय नामक उस इमारत में करने के लिए कुछ नहीं बचा। वे बाहर निकल आए।

बाहर इमली के विशाल वृक्ष के नीचे बैंगनी रंग की पतलून, हरी कमीज और काले चश्मे में खड़े व्यक्ति ने उन्हें देखकर एक पीले रंग की रूमाल से अपना मुँह पोंछना शुरू कर दिया। हालाँकि वह इस गन्दी रूमाल से यह हरकत न भी करता तब भी कमलाकान्त वहीं जाते, पर चूँकि तय यही हुआ था और रंग-बिरंगी धजा वाला व्यक्ति बचपन में जासूसी फिल्मों का बेहद शौकीन था इसलिए उसने पूरी गम्भीरता से लाइन क्लीयर का इशारा किया।

"बोर तो नहीं हुए राय साहब! मन्त्रीजी ने..."

"श्श...श्श..." लल्लनराय ने धीरे से उँगली होंठों पर रखी और एक तरफ को बढ़ लिए। इस बार उसकी गर्दन में एक भूरे रंग की रूमाल थी। इशारा साफ था। चप्पे-चप्पे पर दुश्मन के आदमी बिखरे हुए थे इसलिए वहाँ बात करना ठीक नहीं था।

कमलाकान्त ने अगल-बगल के दृश्य का जायजा लिया। इमली के दरख्त के नीचे खाद्य पदार्थों के माध्यम से राष्ट्रीय एकता जैसे महत्त्वपूर्ण विषय पर सेमिनार हो रहा था। छोले भटूरे से लेकर इडली डोसा और रसगुल्ला से लेकर फ्रूट सलाद जैसे देश के विभिन्न भागों में पाये जानेवाले व्यंजन उस वृक्ष की छाया तले परोसे जा रहे थे। राष्ट्र की सार्वभौमिक उपस्थिति मक्खियाँ, धूल और पेड़ पर बैठे पक्षियों की बीट इन खाद्य पदार्थों में प्रचुर मात्रा में थीं। इन सारे पकवानों को भकोसने के लिए बाबू, चपरासी, नेता, दलाल और याचक थोक में थे और बेचने के लिए गन्दगी और मुनाफा ही जिनके जीवन का परम लक्ष्य है, ऐसे दुकानदार थे। इनमें दुश्मन के जासूस कौन हैं, यह जानना कमलाकान्त के लिए थोड़ा मुश्किल था। वे यह जरूर जान गए कि इनमें से दुश्मन का जासूस कौन नहीं है। सामने एक आदमी उलटा अखबार इस तरह से पढ़ रहा था कि उसका आधा चेहरा छिपा रहे। उसने उन्हें देखकर अखबार अपनी नाक तक चढ़ा लिया। कमलाकान्त समझ गए कि उलटा अखबार पढ़ने वाला आदमी ध्रुवलाल यादव है।

मामला काफी रहस्यमय था। आगे-आगे भूरा रूमाल गर्दन में डाले लल्लनराय, उनसे दस कदम पीछे कमलाकान्त और उनसे दस कदम पीछे ध्रुवलाल यादव—लगभग पचास गज आगे जाकर सचिवालय के गेट के बाहर निकलते हुए लल्लन राय एक गली में मुड़ गया। जिस जगह गली खत्म होती थी वहाँ की दीवारों पर उदारता के साथ मूत्र विसर्जन किया गया। वहाँ से आगे जाने की गुंजाइश नहीं थी इसलिए लल्लन राय खड़े हो गए। धीरे-धीरे कमलाकान्त और ध्रुवलाल भी करीब आकर खड़े हो गए। लल्लन राय ने भूरी रूमाल जेब में डाली, काला चश्मा आँखों से उतारकर पोंछा और फुसफुसाते हुए दो-तीन वाक्य कहे। इन वाक्यों के अनुसार इस बार बड़े शातिर दुश्मन से पाला पड़ा है। चप्पे-चप्पे पर फैले उसके आदमी उन पर निगाहें रखे हुए हैं। दुश्मन का कोई एजेंट यहाँ पर भी पेशाब करके गया है और उन्हें फौरन इस इलाके से निकल भागना चाहिए और रेलवे स्टेशन के गेट नं.3 पर मिलना चाहिए। इसके बाद लल्लन राय वापस मुड़े और तेज कदमों से वापस चल दिये। उनका चश्मा उनकी आँखों पर था और गर्दन पर नीली रूमाल आ गई थी। उनके पीछे-पीछे शेष दोनों भी गली से निकल भागे।

स्टेशन की चाय की दुकान पर लल्लन राय और ध्रुवलाल ने जो सूचनाएँ दीं उनमें से कुछ कमलाकान्त के लिए निराशाजनक थीं और कुछ उत्साहवर्द्धक। पहली सूचना यह थी कि अपने खेमे का एक सिपहसालार पाला बदलकर दुश्मन के पाले में

चला गया है। रिजवानुल हक ने पहले दिन ही ऋषभचरण शुक्ल के घर कबाब भिजवाए और दूसरे दिन दफ्तर खुलने के पहले सुबह-सुबह ऋषभचरण उसे बटुकचन्द के यहाँ लेकर गया था।

"जाने दो स्साले को...," कमलाकान्त ने कहा, "एक बार तबादला रुकने के बाद मुर्ग-मुसल्लम लेकर इधर आ जाएगा।"

दूसरी सूचना अच्छी थी। उन दोनों ने कौशिक के घर का पता मालूम कर लिया था।

कमलाकान्त ने इतनी महत्त्वपूर्ण खोज के लिए लल्लन राय की पीठ थपथपाई। फिर उन्होंने उन्हें बताया कि किस तरह से मन्त्रीजी की आँखें उन्हें देखते ही भर आईं और कितनी देर तक वे उनका हाथ थामे बैठे रहे। जब उन्होंने कहा कि वर्माजी आपका तबादला तो धोखे में हो गया, बदमाश बटुकचन्द ने उनसे झूठ बोलकर फाइल पर दस्तखत करवा लिया तो उनकी आँखें टपटप चूने लगीं। मन्त्रीजी तो उसी समय तबादला रोकने का आदेश टाइप करा रहे थे, पर वो तो टाइपराइटर में कुछ गड़बड़ी आ गई। आज रात मन्त्रीजी ने कोठी पर बुलाया है, वहीं आदेश की कॉपी मिल जाएगी।

"तब तो गुरुजी हो जाय आज..." लल्लन राय ने किलकारी मारी। खबर ने उन्हें गुरु-गम्भीर जासूस से वापस दलाल पत्रकार बना दिया। उनकी इच्छा थी कि जब किला फतेह हो ही गया है तो फिर जश्न भी लगे हाथ मना ही लिया जाय। वे राजधानी में इस तरह के कामों के सिलसिले में आते रहते थे इसलिए यह भी जानते थे कि किस स्तर पर जश्न कहाँ मनाया जाता है। उन्होंने दो-तीन होटलों का नाम लिया पर कमलाकान्त ने उन्हें निरुत्साहित कर दिया। मन्त्रीजी आज ही दौरे पर निकल जाएँगे इसलिए उन्हें फौरन उनकी कोठी पर पहुँचना था।

लल्लन राय और ध्रुवलाल यादव भी आदेश हस्तान्तरण की प्रक्रिया के चश्मदीद गवाह बनना चाहते थे, पर कमलाकान्त की राय थी कि दुश्मन बड़ा चौकन्ना है। पूरे शहर में उसके एजेंट बिखरे हुए थे। जरूरी था कि लल्लन राय और ध्रुवलाल जैसे मँजे हुए जासूस शहर का चक्कर लगाते हुए होटल पहुँचे। वे सीधे मन्त्रीजी की कोठी जा रहे हैं। वहाँ से आदेश लेकर होटल आ जाएँगे।

इसके बाद लल्लन राय ने काला चश्मा आँखों पर चढ़ाया, अपने रंग-बिरंगे रूमालों को तह करके जेब में रखा और एक रिक्शे पर बैठ गए। ध्रुवलाल यादव ने भी एक अखबार खरीदा और दूसरे रिक्शे पर बैठकर उसे उलटा पढ़ने लगे। जैसा कि तय था कमलाकान्त वर्मा ने मन्त्रीजी की कोठी के लिए एक तीसरा रिक्शा तय कर लिया।

कमलाकान्त मन्त्रीजी की कोठी पर जब पहुँचे तो वहाँ सिर्फ इतने लोग थे कि आसानी से उसे वीरान कहा जा सकता था। दरअसल इस कोठी की रौनक या

वीरानी से ही पता चलता था कि मन्त्रीजी अन्दर कोठी में विराजमान हैं या कहीं बाहर गए हुए हैं। चमचों, मुलाकातियों, काम करानेवालों की एक भीड़ थी जो मन्त्रीजी के कोठी में प्रवेश करते ही न जाने कहाँ से पाँच-सात मिनट के अन्दर प्रकट हो जाती थी। इसी तरह मन्त्रीजी की कार कोठी के बाहर निकलती और यह भीड़ फिर यकायक किसी अदृश्य कोटर में समा जाती। कोठी सूनी पड़ी थी, इसका मतलब मन्त्रीजी अभी नहीं आए थे।

गेट पर एक सन्तरी अपने चेहरे पर महा ऊब का भाव लिए खड़ा था। उसे पार करने के बाद एक माली फुलवारी में काम करता दिखाई दिया। दिन-भर की थकान के बाद वे कहीं बैठकर सुस्ताना चाहते थे। बरामदे में कुछ कुर्सियाँ पड़ी थीं। वे उधर ही बढ़ गए।

कुर्सी पर एक चपरासी उनींदा-सा बैठा था। उसने आँखें आधी खोलकर कमलाकान्त की तरफ देखा। कमलाकान्त ने भी लापरवाही दिखाते हुए उसे तौला। आदमी काम का नहीं इसलिए उन्होंने उसके बच्चों में कोई दिलचस्पी नहीं दिखाई और मन-ही-मन प्रसन्न हुए कि उनके अन्दर की जेब में पड़े लिफाफों में एक कम होने से रह गया।

यह एक बड़ी सी कोठी थी जिसमें बहुत सारे कमरे थे, बहुत बड़ा लॉन था, पीछे ढेर सारे सर्वेंट्स क्वार्टर थे। लोगों को इसकी ताकत का अहसास था इसलिए वे छोटे या बड़े समूहों में इसके गलियारों, बरामदों और कमरों में फुसफुसाकर बातें करते थे। यहाँ ठठाकर हँसने पर कोई पाबन्दी तो नहीं थी, पर ठठाकर हँसा तभी जाता था जब कोठी का मालिक ठठाकर हँसता था। ज्यादातर अहम फैसले यहाँ होते थे इसलिए समझदार लोग सचिवालय नहीं जाते थे। वे केवल मन्त्रीजी के मूड, उपलब्धता, भीड़-भाड़ या मित्रों-शत्रुओं की उपस्थिति जैसे कारकों का पता करते रहते थे और सही समय पर सही चोट करने के इरादे से यहाँ प्रकट हो जाते थे।

इस कोठी में रहने वाले बदलते रहते थे। कई बार यह बदलाव बड़ी जल्दी-जल्दी होता था और कई बार सालो-साल एक ही व्यक्ति इसमें रहता चला जाता। हर परिवर्तन के साथ कोठी के पर्दे और फर्नीचर बदल जाते। जैसे ही नया व्यक्ति इस कोठी में रहने के लिए आता, वहाँ पहले रहे लोगों की कुरुचि और चयन पर नाक-भौं सिकोड़ता। सरकार का एक विभाग इन कोठियों की देखभाल करता था। उसका बड़ा अफसर पहुँचकर नए रहनेवाले को बताता कि कोठी के कालीन, पर्दे या फर्नीचर उसकी पसन्द और हैसियत से बहुत नीचे दर्जे के हैं। कोठी को तुरन्त नए सामान की जरूरत है। कोठी का नया मालिक फौरन इससे सहमत हो जाता। देखभाल करनेवाले विभाग के अफसर नए मालिक की पत्नी को बाजार ले जाते और उसकी पसन्द के सोफे और कालीन खरीदे जाते। पर्दे के कपड़े और सोफों के कवर दर्जी को सिलने के लिए दिये जाते।

इस पूरी कार्यवाही का एक अंग यह भी था कि अगले कुछ दिनों तक अखबारों में छपता रहता कि अमुक मन्त्री ने अपनी कोठी और दफ्तर को सजाने में जनता की गाढ़ी कमाई का कितने लाख रुपये कितनी बेदर्दी के साथ खर्च किया। यह जानकारी उन्हें देखभाल करनेवाले विभाग से ही मिलती थी। बहुत सारे लोगों को कोठियों में नए मालिकों के आने की जानकारी भी इसी खबर से मिलती थी। ये खबरें इतने नियमित रूप से छपती थीं कि मौसम विभाग की बुलेटिनों की तरह लोग इन्हें गम्भीरता से नहीं लेते थे।

फर्नीचर के साथ-साथ कोठियों के चपरासी, पी.ए. और मुलाकाती भी नए मालिकों के साथ बदल जाते। जुटनेवाली भीड़ की बोली और लतीफों को सुनकर बताया जा सकता था कि कोठी में रहनेवाला किस क्षेत्र का है। कुछ मामलों में जनतन्त्र ने एकरूपता पैदा कर दी थी। मसलन हर क्षेत्र का दलाल कुर्ता-पाजामा पहनने लगा था, हर विभाग का अफसर पैंट-कमीज पहनता था और हर क्षेत्र का किसान मुड़ा-तुड़ा कुर्ता और फटी बनियान पहनता था तथा मन्त्री के सामने अपनी दरखास्त रखते समय हकलाता था।

इस कोठी में रहने वाला भोजपुरी क्षेत्र का था, इसलिए हर तीसरा आदमी खैनी मलता हुआ दिखाई दे जाता था। कमलाकान्त के बगल में बैठे चपरासी ने अपनी हथेली पर रगड़कर खैनी मली और दो-तीन बार ताली बजाने के अन्दाज में अपने दाएँ हाथ को बाएँ पर मारा तो हवा में तैरते हुए तम्बाकू के कणों ने कमलाकान्त को चैतन्य कर दिया। चपरासी ने रगड़ने के बाद अपना बायाँ हाथ उनके सामने बढ़ा दिया। कमलाकान्त घबराए कि कहीं उन्हें लेना न पड़े। उन्होंने झट से अपनी आँखें बन्द कर लीं और तब तक सोते रहे जब तक उन्हें विश्वास नहीं हो गया कि चपरासी ने पूरी खैनी दाँतों के बीच दबा ली होगी। एक बार वे फँस चुके थे। उनके विभाग के एक पुराने मन्त्री खैनी खाने के इतने शौकीन थे कि उनका पी.ए. हर दस-पन्द्रह मिनट बाद खैनी बनाकर लाता और उनके सामने पेश करता। वे फिर वहाँ मौजूद हर व्यक्ति के सामने खैनी बढ़ा देते। उनका मानना था कि अगर कोई मर्द खैनी नहीं खा सकता तो उसकी मर्दानगी को धिक्कार है। ऐसे मर्दों के बारे में उनके पास बहुत सारे लतीफे थे, जिन्हें वे खूब खुलकर सुनाया करते थे। इन लतीफों पर सबसे ज्यादा खैनी न खानेवालों को हँसना पड़ता था। एक बार कमलाकान्त का काम इतना बड़ा था कि उन्होंने भी खैनी खा ली। काम तो हो गया, पर काफी देर तक वे उन मन्त्रीजी के लतीफे सुनकर रोते रहे। उनका सर चकरा रहा था और अपने ऊपर पूरा नियन्त्रण रखने की कोशिश करते-करते अन्त में वे भी मन्त्रीजी और उनके चमचों की तरह भव्य सरकारी कालीन पर पिच्च-पिच्च करके थूकने लगे।

बहरहाल खतरा टल चुका था, इसलिए कमलाकान्त ने अपनी आँख खोल दीं। वे अनमने से उस चपरासी को देखते रहे जो खैनी मुँह में दबाकर फिर ऊँघने लगा

था। अचानक उन्होंने देखा कि मूँछों का बायाँ हिस्सा कुछ फरफराया, फिर दाहिने हिस्से ने भी वैसी ही हरकत की। उसने अपनी आँखें खोलीं और तेज-तेज साँसें लीं। जंगल में जैसे जानवर हवा सूँघकर विपत्ति का अन्दाज लगा लेते हैं, कुछ-कुछ वैसी ही प्रतिक्रिया थी उसकी। उसने सुस्त, आलस्य में डूबे चौपाए की तरह अपनी देह तोड़ी और एकदम से खड़ा हो गया।

कमलाकान्त समझ गए मन्त्रीजी आनेवाले हैं।

चपरासी की ही तरह प्रतिक्रियाएँ अलग-अलग लोगों की थीं।

सन्तरी अचानक चौकन्ना हो गया और किसी काल्पनिक गाय को हाँकने लगा।

माली ने एकदम से लॉन में खरपतवार तलाश लिए और यह निश्चय उसने थोड़े ऊँचे शब्दों में व्यक्त कर दिया कि आज उन्हें उखाड़कर ही दम लेगा चाहे आधी रात क्यों न हो जाय।

कोठी के कैम्पस में न जाने कहाँ से भीड़ नजर आने लगी।

कमलाकान्त भी बरामदे से निकलकर लॉन में आ गए और ऐसी जगह पर खड़े हो गए जहाँ मन्त्रीजी की नज़र कार से उतरते समय सीधे उन पर पड़े।

इस कोठी के लिए यह आम बात थी। जानकार लोग हवा को सूँघकर बता सकते थे कि अब मन्त्रीजी आनेवाले हैं। पूरे शहर में फैले हुए दलालों और दरखास्तियों को पता चल जाता था कि मन्त्रीजी कोठी पर पहुँचनेवाले हैं। उनके पहुँचने के चन्द मिनट पहले एक कार रुकती और उससे कुछ दलाल उतरते। फिर कुछ रिक्शे रुकते और कुछ छोटे दलाल और मुलाकाती उतरते। मुलाकाती रिक्शे का किराया चुकाते और दलाल झपटते हुए गेट के अन्दर चले जाते। फिर कुछ और कारें आतीं। बड़े दलाल सन्तरी को डपटकर कार अन्दर ले जाने की कोशिश करते। जिनके अरदब में सन्तरी आ जाता वे अन्दर कार समेत चले जाते और जिनके रोब में सन्तरी नहीं आता वे कार बाहर सड़क पर आड़ी-तिरछी लगाकर अन्दर भागते। उन्हें सिर्फ यह देखना होता कि कार इस तरह खड़ी की जाय कि सड़क पर आनेवाला ट्रैफिक जरूर बाधित हो।

इस पूरे दृश्य में गति का विशेष महत्त्व होता। लोग भागते हुए आते और अन्दर घुस जाते। धीमी रफ्तारवाले रिक्शों के रुकते-रुकते उनका धैर्य समाप्त हो जाता और जिसका काम होता उसे छोड़कर दौड़ते हुए अन्दर चले जाते। जिसका काम होता वह भी रिक्शेवाले को पैसा देकर अन्दर भागता। अन्दर लोग लॉन से भागकर मुलाकातियों के कमरे तक जाते, फिर वहाँ से भागकर गेट पर आ जाते। लोगों ने यह समझ लिया था कि अगर देश को तरक्की करनी है तो तेज़ गति से चलना होगा।

इस बीच अचानक एक कार लाल बत्ती बुझाती तेज रफ्तार से गेट पर

पहुँचती। सन्तरी तेजी से गेट खोलते और कार बाहर से भी तेज गति से अन्दर घुसती। पोर्टिको में पहुँचकर ड्राइवर जोर से ब्रेक मारता और लोग आश्वस्त हो जाते कि मन्त्रीजी आए हैं। एक चपरासी कूदकर अगली सीट से उतरता और फुर्ती से पिछला दरवाजा खोलकर खड़ा हो जाता। मन्त्रीजी भी तेजी के साथ उतरकर अन्दर की तरफ लपकते। अगर कोई विदेशी, जो इस माहौल से पूरा अपरिचित हो, इस दृश्य को देखता तो यही समझता कि देश के सामने कोई गम्भीर संकट उत्पन्न हो गया है और अन्दर किसी आपातकालीन काउंसिल की बैठक होनेवाली है और अगर फौरन मन्त्रीजी वहाँ नहीं पहुँचे तो कोई महत्त्वपूर्ण फैसला अधर में लटका रह जाएगा।

यह बात और है कि इस विदेशी को हैरत होती, जब वह देखता कि इतनी तेज रफ्तार से आने के बाद मन्त्रीजी अपनी बैठक के मध्य में स्थित सोफे पर पालथी मारके बैठ गए हैं और आराम से दो गिलास ठंडा पानी पीने के बाद मुलाकातियों की भीड़ से घिरे हुए बिना किसी हड़बड़ाहट के तबादलों, कोटा परमिटों और ठेकों की दरखास्तों पर आदेश लिख रहे हैं।

आज भी यही हुआ। जैसे ही मन्त्रीजी की कार पोर्टिको में पहुँची और झपटते हुए चपरासी ने दरवाजा खोला, कमलाकान्त ने अपने को ऐसे स्थान पर केन्द्रित करने की कोशिश की जहाँ से मन्त्रीजी को उतरते ही सीधे वे दिखाई दे जाएँ। पर उनकी यह छोटी-सी इच्छा पूरी होने के पहले रौंद दी गई। रौंदनेवाले पाँव उनके इर्द-गिर्द ही खड़े थे, पर कार रुकते-रुकते वे सब लपककर उसके चारों तरफ इस तरह खड़े हो गए कि मन्त्रीजी की तेजी को बरकरार रखने के लिए उनके सुरक्षाकर्मियों को धक्कम-धुक्का करनी पड़ी।

मन्त्रीजी को यह धक्कम-धुक्की पसन्द थी। यदि किसी दिन उनके कार के रुकने पर भीड़ उनकी कार के दरवाजे पर धक्का-मुक्की नहीं करती तो वे उदास हो जाते। उन्हें लगता कि उनके जाने के दिन करीब आ गए हैं। उनके सुरक्षाकर्मी इसे जानते थे इसलिए इक्का-दुक्का लोगों को भी खींच-खींचकर हटाते और मन्त्रीजी के रास्ते से काल्पनिक भीड़ को हटाने के लिए हाथ-पैर चलाते।

आज भी मन्त्रीजी भीड़ के बीच से धक्कम-धुक्की करते हुए अपनी बैठक की तरफ बढ़े। चालीस-पचास आदमियों की भीड़ में हर कोई अपना चेहरा दिखाने को बेताब था। लोगों के हाथों में दरखास्तें लहरा रही थीं। कुछ के हाथों में मालाएँ भी थीं। कुछ लोग पैर छूने के लिए लपक रहे थे। चपरासियों और सुरक्षाकर्मियों ने कुछ लोगों को कालर पकड़कर पीछे खींचा, कुछ को कुहनियों से रगेदा और हाथों का घेरा बनाकर मन्त्रीजी को बरामदे की तरफ ले चले। सब कुछ इतना अस्त-व्यस्त था कि मन्त्रीजी प्रसन्न हो गए और एक चौड़ी मुस्कान उनके चेहरे पर चिपक गई।

कमलाकान्त की समझ में आ गया कि वहाँ खड़े-खड़े कुछ होनेवाला नहीं था,

अतः वे भी घिसटते हुए भीड़ का भाग बन गए।

अन्दर बैठक में सचिवालय वाला नाटक शुरू हो गया था। मन्त्रीजी एक दीवान पर पालथी मारकर बैठ गए। बड़े से कमरे में कई सोफासेट और कुर्सियाँ पड़ी थीं। लोगों ने उनकी क्षमता का इम्तहान लेना शुरू कर दिया। हर कुर्सी के बेंत पर एक आदमी और हत्थों पर दो-दो लोग लटके हुए थे। सोफों की स्प्रिंग से महीन रुदन की स्वर-लहरियाँ बीच-बीच में उठ रही थीं और कई बार तो ऐसा लगता था कि कोई कुर्सी या सोफा दोहत्थड़ मारकर रोया हो।

मन्त्रीजी जिस दीवान पर बैठे थे उसके सामने एक फर्श पर कालीन पूरी तरह से भर गई थी। इस पूरी भीड़ का मकसद एक ही था। हवा में लहराते टाइप किये या हाथ से लिखे फुलस्केप कागज किसी तरह मन्त्रीजी के हाथों तक पहुँचाना, मन्त्रीजी के कागज पढ़ने के प्रयास को हाल में गूँज रही आवाजों के बीच चिल्लाकर अपनी आवाज़ से मदद करना और उनसे कागज के हाशिए पर कुछ लिखवाकर पी. ए. की तलाश में बाहर लपकना। इस मकसद को पूरा करने के लिए वे जो कुछ कर रहे थे उसे किसी बाहरी मुल्क में टिकट लगाकर सर्कस की तरह भी दिखाया जा सकता था।

होता कुछ ऐसे कि जैसे ही मन्त्रीजी के हाथ से एक कागज सरकता, सामने बैठे लोगों में से तीन-चार एक साथ उठकर उनकी तरफ लपकते। इनके अलावा सोफों पर बैठे लोगों में से कुछ यही हरकत करते। बीच में बैठे खड़े लोगों के हाथों-पैरों की उँगलियों का जम्पिग प्लेटफार्म की तरह इस्तेमाल करते हुए वे जिस तरह मन्त्रीजी के सामने पहुँचते उसे हवा में तैरने से लेकर रस्सी पर चलने तक कुछ भी नाम दिया जा सकता था।

एक कागज मन्त्रीजी के हाथों में पहुँच जाता। दूसरे कागज़वाले दाहिने-बाएँ झुककर खड़े हो जाते। एक-दो सामने ही उकड़ूँ बैठ जाते। अकसर यह अन्दाज लगाना मुश्किल होता कि कागज़ किसका है। अगर मन्त्रीजी की कलम रुकते ही कागज का मालिक झपटकर उसे छीन न लेता तो ज्यादा उम्मीद यही थी कि उसे मन्त्रीजी सामने उकड़ूँ बैठे किसी को थमा देते।

कमलाकान्त ऐसे स्थान की तलाश में लग गए जहाँ खड़े होने पर मन्त्रीजी से उनकी आँखें टकरा सकें। जल्दी ही उन्हें ऐसी जगह मिल भी गई। वे खुश हो गए। पर उनकी खुशी इस नश्वर संसार की तरह क्षणभंगुर रही। किसी निष्ठुर नायिका की तरह मन्त्रीजी की आँखें उनकी आँखों से टकरायीं जरूर और उन्होंने हर बार दिलफेंक नायक की तरह अपने पूरे दाँत दिखा दिये, पर उन निर्दयी आँखों में परिचय की कौंध एक बार भी नहीं लपकी। वे दुखी हो गए। उन्हें हिन्दी फिल्मों के नायकों की तरह एक कामेडियन की सख्त जरूरत थी जो उन्हें नायिका के अन्तःपुर तक पहुँचा सके। उन्होंने चारों तरफ तलाशती निगाहें दौड़ायीं। उनका कामेडियन कहाँ गया?

वे बाहर बरामदे में आ गए। जिस पी.ए. के बीवी-बच्चों के लिए वे इतना चिन्तित थे, वह कमबख़्त कहीं नहीं दिख रहा था।

उन्होंने पूरी कोठी का चक्कर लगाया। ज्यादातर लोग अन्दर बैठक में ठुँसे हुए थे। बाहर कार के पास कुछ चपरासी और सिपाही खड़े थे। कार में सामान रखा जा रहा था। उन्हें ध्यान आया कि मन्त्रीजी को रात में ही बाहर जाना है। समय बहुत कम था। उन्होंने चारों तरफ देखा।

"अपने कौशिक साहब कहाँ मिलेंगे?"

जिस चपरासी के कन्धे पर हाथ रखकर उन्होंने पूछा था, उसने पिच्च से ज़मीन पर थूक दिया।

कमलाकान्त घबराकर उछल पड़े। वही चपरासी था जिसके बीवी-बच्चों का हाल उन्होंने नहीं पूछा था। उन्होंने उस कुघड़ी को कोसा जब उनके मन में एक लिफाफा बचाने की बात आई थी। यह मौका नहीं था जब वे उसके बच्चों के बारे में सोचते। उन्होंने फिर चारों तरफ देखा। वे प्रसन्न हो गए। वह चपरासी भी वहीं था, जिसके दो लड़कों को पान खाने के लिए कमलाकान्त ने दिन में सचिवालय में दस-दस रुपये दिये थे। यद्यपि कमलाकान्त ने उसके तीसरे लड़के के लिए कुछ नहीं किया था, पर आदमी शरीफ निकला। उसने तरस खानेवाली मुस्कान के साथ कहा—

"कौशिक बाबू पीछेवाले बरामदे में हैं।"

कमलाकान्त पीछे की तरफ लपक लिए। कोठी कुछ इस तरह बनी थी कि इसके चारों तरफ बरामदे थे।

बरामदों की भूल-भुलैया में कमलाकान्त कौशिक बाबू नामक उस पी.ए. को तलाश रहे थे जिसे तेजी के साथ घट रहे इस नाटक में विदूषक का रोल अदा करना था और उनका लगभग बिगड़ चुका काम फिर से बनवाना था। समय कम था और मन्त्रीजी कभी भी अपनी गाड़ी में बैठकर हवाई अड्डे के लिए फुर्र हो सकते थे।

कमलाकान्त लगभग दौड़ने लगे। बरामदों में भी लोग खचाखच भरे थे। ये वे लोग थे जिन्हें अभी अन्दर मन्त्रीजी के कमरे में जाने की जरूरत नहीं थी। बीच-बीच में उनमें से कुछ अन्दर जाकर मन्त्रीजी को अपनी सूरत दिखा आए थे। ये लोग चार-चार, पाँच-पाँच के झुंड में खड़े होकर फुसफुसाने के उस अन्दाज में बातें कर रहे थे जिसमें यदि सौ गज से अधिक आवाज़ न पहुँचे तो उसका शुमार फुसफुसाहट में कर लिया जाता है। मन्त्रिमंडल में परिवर्तन होनेवाला था जिसमें मन्त्रीजी को अधिक महत्त्वपूर्ण विभाग मिल सकता था, मन्त्रीजी ने अपने सचिव को कमरे में बन्द कर उस पर चप्पल निकाल ली थी, बहुत सारे तबादले थे जिनके आदेश मन्त्रीजी ने कर दिये थे, पर नौकरशाही उन्हें जारी नहीं कर रही थी, मन्त्रीजी के जिले का पुलिस कप्तान उनके कार्यकर्ताओं को आपस में लड़ाने की चाल चल रहा था...आदि-आदि।

कमलाकान्त को ये सब बातें निस्सार लग रही थीं। दाँत दर्द के रोगी की तरह

उनका ध्यान दुनिया की किसी चीज़ पर नहीं था। लोगों से बचते-टकराते उन्होंने अपने संकटमोचक को तलाश ही लिया।

कौशिक बाबू एक खम्भे की आड़ में दो लोगों से बातें कर रहे थे और उनकी बातें सचमुच फुसफुसाहट की ही सीमा में आती थीं। कमलाकान्त उनसे लगभग सट गए थे, लेकिन कुछ सुन नहीं पा रहे थे। कौशिक बाबू ने आँखों से उन्हें बरज न दिया होता तो अब तक वे उनके बीच में घुस गए होते। खड़े-खड़े उनका धैर्य जवाब देने लगा। उन लोगों की फुसफुसाहट खत्म ही नहीं हो रही थी।

"अच्छा..." कौशिक बाबू ने ऐसे कहा जैसे मक्खी उड़ा रहे हों और फिर फुसफुसाने लगे।

कमलाकान्त को लग रहा था कि दिन-भर की उनकी मेहनत पर पानी फिर गया। एक बार मन्त्रीजी निकल गए तो फिर से पूरी कवायद करनी पड़ेगी।

बरामदों में खड़े लोगों में कुछ हलचल हुई। कमलाकान्त रुआँसे हो गए, "साहब निकल रहे हैं।"

"अभी कैसे निकलेंगे?" कौशिक बाबू नामक उनके संकटमोचक ने फिर बरजा।

"जहाज का टाइम हो गया," कमलाकान्त मिनमिनाये।

"जहाज का कोई टाइम नहीं होता। जब मन्त्रीजी पहुँचेंगे तभी उसका टाइम होगा।"

इसका कोई जवाब कमलाकान्त के पास नहीं था। वे तब तक असहाय से खड़े रहे जब तक सामने चल रही फुसफुसाहट ऊँचे स्वर में 'नमस्ते...मिलते रहिए...काम हो जाएगा...निशाखातिर रहिए...' जैसे आश्वस्ति कारक शब्दों में बदल नहीं गई।

"आइए। कहाँ रह गए थे आप अब तक?"

कमलाकान्त ने मिमियाते हुए यह बताने की कोशिश की कि वे शाम से अब तक क्या कर रहे थे, लेकिन उनके आगे लपके जा रहे कौशिक बाबू तब तक उस कमरे के द्वार से अन्दर घुस गए जिसमें मन्त्रीजी का दरबार अपने अन्तिम सोपान तक पहुँच गया था।

मन्त्रीजी खड़े हो गए थे और कमरे में भरे हुए लोगों ने उनके लिए रास्ता बनाना शुरू कर दिया था। यह रास्ता बनाना इस तरह था जिसमें हर आदमी दूसरे को बगल में धकियाता हुआ स्वयं को मन्त्रीजी के सामने पेश कर दे रहा था। इस धकापेल में मन्त्रीजी दो कदम आगे और एक कदम पीछे चल रहे थे। साथ-साथ वे कागज़ों पर दस्तखत करने से लेकर अपना पैर छूनेवालों को आशीर्वाद देने तक का काम करते जा रहे थे।

कौशिक बाबू बगल में पहुँच गए। मन्त्रीजी ने उन्हें देखा और उन्हें याद आया कि उन्हें जहाज पकड़ना है।

"कौशिकजी आप मेरा जहाज छुड़वाएँगे। अभी तक कहाँ थे?"

"नहीं सर, अभी तो काफी समय है। सामान गाड़ी में रख दिया गया है।"

"भाई मुझे हड़बड़ाहट पसन्द नहीं है। बाद में अखबारवालों को मसाला मिलता है कि मेरी वजह से जहाज लेट हो गया।"

"जहाज जनता का है। आप भी जनता का काम कर रहे हैं। थोड़ा इन्तजार कर लेगा तो कौन सा पहाड़ टूट पड़ेगा।"

"नहीं भाई। मुझे यह सब पसन्द नहीं है। मेरे आदर्श तो पंडित नेहरू रहे हैं—समय की पाबन्दी कोई उनसे सीखे...।"

कौशिक को पता था कि मन्त्रीजी अब कौन-सा किस्सा सुनाएँगे। मन्त्रीजी के पास अलग-अलग विषयों के अलग-अलग किस्से थे। उसे इतना समय मन्त्रीजी के साथ हो गया था कि वह मन्त्रीजी के भूल जाने पर खुद किस्से याद दिला देता था। आज भी मन्त्रीजी बताते रहे कि कैसे एक बार फलाँ शहर की मीटिंग में उन्होंने कलाई पर बँधी घड़ी में समय देखा तो उन्हें घड़ी बन्द मिली। पंडितजी के आने का समय हो गया था। उन्होंने किसी से सही समय नहीं पूछा। जैसे ही पंडितजी मंच पर चढ़े उनके घोषित समय से मन्त्रीजी ने अपनी घड़ी मिला ली।

कौशिक मुग्ध भाव से यह किस्सा सुनता रहा। उसने सिर्फ तीन सौ सत्तरहवीं बार मन्त्रीजी को याद दिलाया कि मीटिंग खत्म होने के बाद पंडितजी को उन्होंने यह वाक्य सुनाया तो वे खूब ठठाकर हँसे थे। मन्त्रीजी ने प्रशंसात्मक नज़रों से उसकी तरफ देखा और ठठाकर हँसे। उनके इर्द-गिर्द खड़े खुशामदी, मुलाकाती और फरियादी भी ठठाकर हँसे। लोग भूल गए कि मन्त्रीजी को हवाई जहाज पकड़ना है और उन्हें देर हो रही थी।

इसके बाद जो कुछ हुआ, पलक झपकते हुआ और इस खेल के माहिर जानते थे कि ऐसा सिर्फ कौशिक ही कर सकता था इसीलिए मन्त्रीजी पिछले बीस वर्षों से उसे अपने साथ रखे हुए थे।

मन्त्रीजी मुलाकातियों के बीच से होकर अपनी कार की तरफ बढ़ रहे थे। वे एक साथ मुस्कराने, हाथ जोड़कर अभिवादन करने और फरियादी कागजों पर कुछ लिखते जाने का काम करते जा रहे थे। उनके सुरक्षाकर्मी और चपरासी लोगों को धकियाते हुए रास्ते बना रहे थे। इसी बीच कौशिक ने मन्त्रीजी के कान में कुछ कहाँ मन्त्रीजी चलते-चलते कुछ फुसफुसाए जिसे कौशिक के अलावा जिन्होंने सुना उन्हें लगा मन्त्रीजी ने अपने इष्ट देवता का जाप किया है। कौशिक ने चलते-चलते ही कमलाकान्त के कानों में कुछ कहा और मन्त्रीजी के कार में बैठकर दरवाजा बन्द करते ड्राइवर के बगल वाली सीट का दरवाजा खोलकर कार के अन्दर घुस गया।

कमलाकान्त ने कार के चलने का इन्तजार नहीं किया। वे भीड़ को धकियाते बाहर निकल आए। काम हो गया था, पर जब तक आदेश हाथ में न आ जाये

राजधानी में कोई काम हुआ नहीं माना जाता।

दूसरे दिन सुबह-सुबह कमलाकान्त कौशिक के घर पहुँच गए। उन्हें पता था कि मंत्रीजी कुछ भी कहें इस दर पर तो हाजिरी लगानी ही है इसलिए अपने जासूसों को उन्होंने पी.ए. के घर पर पता लगाने को कह रखा था। कौशिक अभी सोया हुआ था। उसकी पत्नी ने दरवाजा खोला। उसने अपरिचित निगाहों से उन्हें देखा और दरवाजा छेंककर खड़ी रही। कमलाकान्त ने हें...हें करते हुए बताया कि वे तो घर के ही आदमी हैं। कौशिक साहब अगर सो रहे हैं तो वे इन्तजार कर लेंगे। दरवाजा छेंके खड़ी औरत के न हटने पर उन्होंने कुछ मजाकिया लहजे में कहा कि कल अपनी बहू की साड़ी के लिए उन्होंने कौशिक को जो रुपये दिए थे, बहू आज ही उनसे अपनी पसन्द की साड़ी ले आए, नहीं तो मर्दों का क्या भरोसा, कहीं और खर्च कर डालें।

इस पर औरत के चेहरे पर खिंचा अपरिचय का तनाव कुछ ढीला पड़ा और वह एक किनारे हट गई। कमलाकान्त अन्दर घुस गए और जो पहली कुर्सी उन्हें खाली दिखाई दी, उस पर उन्होंने कब्जा कर लिया।

औरत एक गिलास पानी ले आई। उसके चेहरे का तनाव अब तक खत्म हो गया था।

"मैं तो चाय पियूँगा बहूरानी।"

चेहरे पर तनाव फिर खिंच आया।

"कल गलती से मैंने सिर्फ साड़ी का पैसा कौशिक साहब को दिया। होटल में पहुँचने पर पता चला कि तुम्हारी दीदी ने ब्लाउज और पेटीकोट के लिए जो पैसा दिया था वह तो मेरी जेब में ही रह गया," कमलाकान्त ने अपनी जेब से एक लिफाफा निकाला।

"रहने दीजिए भाई साहब, ये उठेंगे तो नाराज होंगे," औरत ने एक कदम पीछे हटने का नाटक किया।

"भाई तुम मुझे डाँट खिलवाओगी। घर जाकर तुम्हारी दीदी से क्या कहूँगा? साड़ी के पैसे दे आया और पेटीकोट ब्लाउज कौशिक भाई के जिम्मे छोड़ आया। ना बाबा...मुझे नहीं खानी डाँट," वे ठहाका मारकर हँसे।

चेहरे का तनाव खत्म हो गया था। औरत ने लिफाफा हाथ में थामते-थामते कहा, "आप मुझे डाँट खिलवाएँगे।" और चाय बनाने चली गई।

कमलाकान्त फिर खुलकर हँसे और तब तक हँसते रहे जब तक उनकी हँसी का मकसद पूरा नहीं हो गया। ठहाकों से टूटी नींद की झुँझलाहट लिए कौशिक अन्दर से इस कमरे में निकल आया।

"उठ गए कौशिक साहब। रात देर से सोए शायद। मन्त्रीजी का प्लेन लेट हो गया था क्या?"

कौशिक ने अपने कुर्ते की बाँह से आँखों की कीचड़ साफ की और ठंडे स्वर में

जो सूचनाएँ दीं, उनके अनुसार वह रोज दस के बाद उठता है, मन्त्रीजी का प्लेन बिलकुल सही समय से उड़ा और सरकारी दफ्तर दस बजे के बाद ही काम-काज शुरू करते हैं।

आखिरी सूचना कमलाकान्त के लिए थोड़ी पीड़ादायक थी। इसी बीच चाय लेकर कौशिक की पत्नी आ गई। उन्होंने अपनी पीड़ा का इजहार किये बिना चाय ले ली और चहकते हुए कहा, "भई कौशिक साहब हमारे लिए तो जहाँ आप हैं, वहीं दफ्तर है और जब आप उठ गए तभी सरकारी काम शुरू हो गया।"

कौशिक पर कोई असर नहीं हुआ। वह बिना अपनी खिन्नता छिपाये कुर्ते की बाँह से कीचड़ साफ करता रहा और कमलाकान्त 'बेशर्मी कामयाबी की सबसे बड़ी सीढ़ी है' नामक सिद्धान्त के अनुसार चाय सुड़कने के साथ अखबार भी पढ़ने लगे।

"मैं अभी फ्रेश होकर आता हूँ," बुदबुदाते हुए कौशिक अन्दर चला गया।

इस बीच ब्लाउज और पेटीकोट के प्रताप से पकौड़ियाँ भी बनकर आ गईं।

कौशिक जब गुसलखाने से निकलकर वापस आया तो दफ्तर के काम शुरू करने का वक्त हो गया था।

"हाँ सर, बताएँ क्या करना है...कैसे करना है?"

कमलाकान्त ने कुछ नहीं बताया। उन्हें पता था कि राजधानी में बातचीत की शुरुआत इसी तरह होती है।

कौशिक ने अखबार का एक पेज लेकर उस पर आँखें गड़ा लीं। खबरें देखते-देखते उसने कहा—

"कैसे करना है...क्या करना है?"

"करना क्या है...कुम्भ एकदम सर पर है...सारा काम पिछड़ रहा है। बाद में मेले में कुछ हो गया तो आप लोग मेरी गर्दन पकड़ेंगे। मेरा आदेश दिलवाइए। मैं फौरन भागूँ? अब तक तो पान्टून पुलों का टेंडर निकल जाना चाहिए था। सड़कों का काम भी शुरू हो..."

कौशिक ने कुम्भ मेले के कामों की फेहरिश्त में कोई दिलचस्पी नहीं दिखायी। उसने फिर अखबार में सर गड़ा लिया।

कमलाकान्त समझ गए कि उन्होंने जल्दबाजी कर दी। स्साला पूरा घाघ है। ऐसे दिखा रहा है जैसे कोई भिखमंगा सामने बैठा गिड़गिड़ा रहा हो। उन्होंने भी अपनी निगाहें अखबार में गड़ा दीं और पढ़ी हुई खबरों को फिर से पढ़ने लगे।

"हाँ तो सर जी क्या करना है?"

कमलाकान्त ने कुछ नहीं बताया कि क्या करना है? उन्हें अचानक चार बार पढ़ी हुई खबर बहुत महत्त्वपूर्ण लगने लगी। वे गहरी सोच की मुद्रा में उसे पाँचवीं बार पढ़ने लगे।

"क्या मिल गया सर! कोई खास खबर?"

"नहीं...ऐसा कुछ खास नहीं," कमलाकान्त ने अखबार से सर उठाया। अब साला पटरी पर आया।

"साहब से कुछ बात हुई आपकी?"

"हुई थी हवाई अड्डे जाते समय। मिल जाएगा आपका ऑर्डर भी। परेशान क्यों होते हैं।"

"नहीं, परेशानी कुछ नहीं...बस कई दिन हो गए राजधानी में पड़े-पड़े...कुम्भ एकदम सर पर आ गया है और..."

कौशिक ने कुम्भ गाथा शुरू होते ही आँखें मूँद लीं। कुम्भ शुरू होनेवाला है और अभी तक सड़कें बननी नहीं शुरू हुईं, पान्टून पुल का टेंडर नहीं निकला या मेला क्षेत्र में मिट्टी भराई अभी शुरू नहीं हुई तो आगे काम कैसे होगा...ये सारी बातें वह चौदहवीं बार सुन रहा था, चार बार कमलाकान्त के मुँह से और दस बार बटुकचन्द उपाध्याय के मुँह से। इसलिए अगर कमलाकान्त भूल जाते तो वह याद दिला देता कि अभी छतनाग की तरफ जमीन को समतल करने का काम भी नहीं शुरू हुआ है। बनारस, बिहार या बंगाल से आनेवाली गाड़ियाँ पार्क कहाँ होंगी? पर कमलाकान्त नहीं भूले। उन्हें और भी बहुत सी चीजें याद थीं, लेकिन कौशिक का धैर्य जवाब देने लगा। वह अब सीधी बात पर आ गया, "साहब ने रास्ते में कहा था कि आपसे सचिवालय में बात हो गई है। मुझे आपने बताया नहीं कि क्या बातें तय हुईं।"

कमलाकान्त ने आँखें सिकोड़कर देखा। स्साला फिर घाघपना कर रहा है।

"बातें क्या कौशिक साहब...मैंने तो कह दिया कि हम आपसे बाहर थोड़े हैं, जो हुक्म होगा हो जाएगा।"

"आपको बाहर का कौन समझता है...आप तो अपने हैं। पिछली बार चुनाव में नहीं दिखायी दिये तब भी हम तो आपको अपना ही मानते रहे," कौशिक मन्त्रीजी की अनुपस्थिति में हमेशा 'हम' कहता था जिससे सामनेवाला उसे और मन्त्रीजी को एकाकार समझे।

कमलाकान्त ने चौंककर देखा। कमबख्त महीन ढंग से बातें कर रहा है। कल दिन में तो इस विषय पर बात हो ही चुकी थी। कुछ और बढ़ाने का इरादा है क्या? उन्होंने एक बार फिर विस्तार से भारतीय रेलों और बसों के टाइम टेबल की निरर्थकता पर प्रकाश डालना शुरू कर दिया। जब समय की पाबन्दी नहीं करनी तो छापते क्यों हैं? उन्होंने बताया कि किस तरह वे हर बार मन्त्रीजी को सिर्फ कुछ मिनटों से मिस करते रहे हैं। एक बार तो दृढ़ निश्चय भी कर लिया कि वे चुनाव क्षेत्र में जाकर ही मन्त्रीजी के चरण कमलों पर श्रद्धा-सुमन अर्पित कर आएँ, लेकिन वो तो वाइफ को कालरा हो गया, उन्होंने तो कहा भी कि आप हो आइए, मन्त्रीजी गाढ़े में कितना काम आते हैं, नहीं जाएँगे तो दुश्मनों को कहने का मौका मिल जाएगा कि जब काम पड़ा तो मुँह छिपाने लगे, लेकिन मैंने ही सोचा कि सीरियस हालत में वाइफ

को छोड़कर जाने पर कुछ उलटा-सीधा हो गया तो किसे मुँह दिखाएँगे और फिर मन्त्रीजी को ही पता चल गया कि इस हालत में आए हैं तो जरूर डाँटेंगे।

कौशिक को अचानक लगा कि कमरे में मक्खियाँ अधिक हो गई हैं। वह अखबार को तलवार की तरह इस्तेमाल कर उनका संहार करने लगा। कमलाकान्त जब यह वर्णन कर रहे थे कि कैसे एक बार कड़ी धूप में वे मन्त्रीजी के बँगले पर पहुँचे और यह पता चला कि वे अभी-अभी निकल गए हैं तो उन्हें गश आते-आते बचा, कौशिक ने मक्खी मारो अभियान रोकते हुए धीरे से कहा–

"अन्दर आ जाते। मैं तो होता ही। ठंडा पानी पिला देता।"

कमलाकान्त ने अपना वर्णन बन्द कर आँखें मूँद लीं। कमबख्त पूरी चमड़ी उधेड़े बिना नहीं छोड़ेगा। उन्होंने मन-ही-मन हिसाब लगाया, मन्त्री के अलावा अभी इसे कितना देना पड़ेगा। वे तब तक आँखें मूँदे रहे जब तक कौशिक की बीवी की आवाज नहीं सुनाई दी–

"आप तो भाई साहब सो गए। पकौड़ियाँ ठंडी हो गईं। मैं तो गरम ले आई," उसने ठंडी पकौड़ियाँ सामने से हटाकर गरम पकौड़ियों की प्लेट सामने कर दी।

"बस करो बहूरानी। सुबह-सुबह कितना खा गया।"

कमलाकान्त को लगा कि दूसरी प्लेट में हाथ लगाते ही एक और साड़ी का हक बन जाएगा।

"हाँ तो सर जी, वापस जाने का क्या प्रोग्राम बनाया?"

"हमारा प्रोग्राम तो आपके हुक्म पर है कौशिकजी, जब आप कह देंगे अपन रवाना हो जाएँगे," कमलाकान्त ने ठहाका लगाया। पर कौशिक ने यह मानने से इनकार कर दिया कि कमलाकान्त का वाक्य कोई ऐसा लतीफा था जिस पर हँसा जा सके। उसने एक बार फिर अपने हाथ के अखबार को मक्खी मारो अभियान में लगा दिया।

कमलाकान्त को अचानक यह पूरी कार्यवाही बड़ी दिलचस्प लगने लगी। उन्होंने एक बार निशाना सटीक लगने पर कौशिक की तारीफ की, दो बार चूक जाने पर अफसोस जाहिर किया और एक बार थोड़ी दूरी पर बैठी हुई मक्खी की तरफ इशारा किया कि कौशिक ने हाथ का अखबार जमीन पर फेंक दिया।

"हाँ तो सर जी और क्या हुकुम है?"

सर जी यानी कमलाकान्त चुपचाप बैठे रहे।

"सर जी दफ्तर भी जाना है।"

"आज तो मन्त्रीजी नहीं हैं, आज क्या जल्दी है?"

"अजी हमें कहाँ फुर्सत..." कौशिक ने विस्तार से बताना शुरू किया कि मन्त्रीजी रहें या न रहें, उसे तो वही दस बजे दफ्तर पहुँचना होता है और रात आठ बजे तक खटना पड़ता है। उसकी पत्नी ने हस्तक्षेप करते हुए कहा कि वह तो कई बार कह चुकी है कि दफ्तर में अपना बिस्तर भी ले जाया करो, रात में भी घर आने

की क्या जरूरत है। इस पर कमलाकान्त ने उसे बरजा कि मर्दों का कोई भरोसा नहीं, उसे कौशिक को इतनी छूट नहीं देना चाहिए। कौशिक और उसकी पत्नी हँसे तो कमलाकान्त ने कौशिक की पत्नी को बताया कि सरकार का काम तो कौशिक साहब के भरोसे चलता है। मन्त्रीजी तो बेचारे किस कदर व्यस्त रहते हैं! यह तो उसके पति हैं जिनकी वजह से सरकार में कुछ काम हो रहा है और जनता को थोड़ी-बहुत राहत मिल रही है।

कौशिक का प्रिय विषय शुरू हो गया था। वह कुर्सी पर अधलेटा हो गया और उसने अपनी बीवी को बताया कि सर जी तो पुराने मेहरबान हैं और आदमी पहचानते हैं। काम वह जरूर जमकर करता है और सरकार भी उसी के दम पर चल रही है, पर सब कुछ कमलाकान्त जैसे बुजुर्गों की मेहरबानी और आशीर्वाद का फल है।

कमलाकान्त ने यह तो माना कि वे बुजुर्ग हैं और उनकी शुभकामनाएँ हमेशा कौशिक के साथ हैं, पर अगर कौशिक में इतनी खूबियाँ न होतीं तो क्या मन्त्रीजी उस पर इतना विश्वास करते? अब उनके तबादले को ही ले लिया जाय। कौन व्यक्ति विश्वास के बिना अपने पी.ए. को सोलह सौंपने का हुक्म देगा।

सोलह सुनते ही कौशिक की पत्नी को लग गया कि अब कुछ गम्भीर सरकारी काम का समय आ गया है। उसने अचानक देखा कि दूसरी बार की पकौड़ियाँ भी ठंडी हो गई हैं। वह तीसरी बार गर्म पकौड़ियाँ लाने का इरादा घोषित करते हुए उठ गई।

"सर जी सोलह का क्या चक्कर है। साहब तो मुझे कह गए थे कि आप बीस लेकर आएँगे।"

"आप भी कौशिक साहब खूब मजाक करते हैं," कमलाकान्त इस सिद्धान्त के मुताबिक हँसे कि अपने विपक्षी को चित करने के लिए तर्क से ज्यादा मुफीद ठहाके होते हैं।

कौशिक ने उनसे भी तेज ठहाका लगाया। उसका मानना था कि अगर आप विरोधी से तेज आवाज़ में हँस सकते हैं तो आप उसे ज्यादा आसानी से हतप्रभ कर सकते हैं।

"मन्त्रीजी ने खुद मुझसे सोलह कहा था।"

"मुझे बीस लेने को बोला।"

"सोलह...।"

"बीस।"

एक बार फिर स्टाक एक्सचेंज की गहमागहमी छा गई। कमलाकान्त ने रिप्ले की तरह सचिवालय में मन्त्रीजी के शौचालय में घटित पूरे घटनाक्रम को दोहराना शुरू किया। कौशिक ने अपनी आँखें बन्द कर लीं। जैसे ही वे विस्तार से वर्णन करते हुए बीस से होकर सोलह पर सौदा तय होने तक पहुँचे, कौशिक ने आँखें खोल दीं—

"सर जी महँगाई बहुत बढ़ गई है।"

कमलाकान्त ने मुद्रास्फीति की रफ्तार को इतना तेज मानने से इनकार कर दिया जिसमें एक रात में पच्चीस प्रतिशत महँगाई बढ़ जाय। कौशिक ने उन्हें विश्वास दिलाने की कोशिश की कि महँगाई तो इससे भी तेज बढ़ रही है। दिन-दूनी रात-चौगुनी नामक कहावत, कौशिक के अनुसार गुणी जनों ने महँगाई को ही ध्यान में रखकर ईजाद की थी।

महँगाई का जिक्र चला तो कौशिक की पत्नी भी बहस-मुबाहिसे में शरीक हो गई। हमारे देश में माना जाता है कि महँगाई का सीधा सम्बन्ध चौके-चूल्हे से है, इसलिए जैसे ही उसके कान में बहस का यह हिस्सा पड़ा, वह गर्म पकौड़ियाँ आग की दया पर छोड़कर वहाँ पहुँच गई।

"अब भाई साहब महँगाई की क्या बात करें...हर तरफ आग लगी है। कल जो लौकी डेढ़ रुपए की लाई थी आज आपके आने के पहले वही मुझे सवा दो की दे के गया सब्जीवाला। मुआ एक पैसा कम करने को राजी नहीं हुआ।"

कमलाकान्त ने इस वाक्य में उल्लिखित लौकी के ताजा भाव में कोई दिलचस्पी नहीं दिखायी। उन्होंने इसमें छिपे निहितार्थ पर ही अपना ध्यान लगाया। कौशिक जिस महँगाई की बात कर रहा था वह मन्त्रीजी की नहीं उसकी अपनी महँगाई थी। स्साला चार अपने लिए माँग रहा है। उन्होंने सोचा पिच्च से जमीन पर थूक दें, पर गोल-गोल मुँह बनाने के बाद वे थूक निगल गए और मुस्कुराने लगे।

एक बार फिर वह लम्बी बहस छिड़ गई जो ऐसे मौकों पर छिड़ा करती है। कमलाकान्त ने कौशिक को बताया कि वे तो उसे घर का आदमी समझे, कि वे उससे बाहर थोड़े ही हैं, कि वे हमेशा कौशिक के लिए कुछ-न-कुछ करते ही रहे हैं और आगे भी करते रहेंगे, कि वे मन्त्री-वन्त्री किसी को नहीं जानते क्योंकि वे तो आते-जाते रहते हैं और कौशिक एक शाश्वत सत्य है, इसलिए उनके लिए तो कौशिक का हुक्म सर माथे पर है और सबसे अन्त में यह कि कुम्भ का काम तो शुरू ही हुआ था कि उनका तबादला हो गया। अभी तो टेंडर डालने की तारीखें भी तय नहीं हुई हैं, खुलने की तो बात दूर है। आजकल ठेकेदार इतने पाजी हो गए हैं कि सिर्फ कुर्सी को सलाम करते हैं। जैसे ही उनका तबादला हुआ जिन्होंने एडवांस दिये थे उन्होंने वापसी का तकादा करना शुरू कर दिया है। अब वे वापस जाएँगे तो फिर कुछ-न-कुछ कौशिक के लिए भी करेंगे।

कौशिक ने उनका भविष्य में कुछ करने का इरादा उसी तरह सुना जैसे मलिन बस्ती के लोग चुनावी सभा में अपने हालात सुधारने की घोषणाएँ सुनते हैं।

उसने भी विस्तार से बताया कि वह तो कमलाकान्तजी को हमेशा बड़ा भाई मानता रहा है। जब पिछले चुनाव में वे मन्त्रीजी को बुलाने पर भी नहीं आए, तब विरोधियों ने किस कदर मन्त्रीजी के कान भरने की कोशिश की थी कि कमलाकान्त

इस अफवाह के तहत अपना मुँह नहीं दिखा रहे हैं कि मन्त्रीजी इस चुनाव में हारने वाले हैं, और अगर जीते भी तो पार्टी उन्हें मन्त्री नहीं बनाएगी। वह तो कौशिक ही था जिसने मन्त्रीजी को लगातार कमलाकान्त की वफादारी का भरोसा दिला रखा था। कल भी कमलाकान्त जी को देखकर मन्त्रीजी ने तो कौशिक के कान में कह दिया था कि उन्हें जाने को बोल दिया जाय, पर कौशिक ने ही चिरौरी की थी। एक बार कमलाकान्तजी की भी सुन लें। मन्त्रीजी के दरबार में वह हमेशा कमलाकान्त जी के हित का ध्यान रखता है। पर वह क्या करे महँगाई इतनी बढ़ गई है कि आदमी का जीना मुश्किल हो गया है।

महँगाई की टेक पर बात समाप्त होते ही कमलाकान्त को एक बार फिर याद आया कि कौशिक उनका छोटा भाई है और छोटे भाई की गृहस्थी में मदद करना उनका फर्ज नहीं, बल्कि हक है। वे कहीं भागे तो जा नहीं रहे हैं, हमेशा काम आएँगे। कौशिक को इसमें कोई आपत्ति नहीं थी, पर महँगाई सारे रिश्ते गड्ड-मड्ड करने पर तुली थी।

कमलाकान्त की समझ में आ गया कि किसी पिछड़े चुनाव क्षेत्र की जनता की तरह कौशिक भी शातिर हो गया है और अब सिर्फ आश्वासन से काम नहीं चलेगा। उन्होंने हथियार डाल दिये और वह वाक्य बोल दिया जिसका कौशिक इन्तजार कर रहा था—

"हाँ तो बताइए कौशिक साहब क्या करना है? कैसे करना है?"

"क्या करना है" के जवाब में कौशिक ने जो बताया उससे एक बार वही लम्बी बहस छिड़ गई जिसमें कमलाकान्त को बार-बार बताना पड़ा कि वे तो घर के आदमी हैं और कहीं भागे थोड़े ही जा रहे हैं और कौशिक को हर बार बढ़ती महँगाई की याद आती रही। काफी चख-चख के बाद यह तय हुआ कि कौशिक को कमलाकान्त मन्त्रीजी के सोलह लाख के अलावा पचास हजार और देंगे।

'कैसे करना है' पर कमलाकान्त के बार-बार यह कहने के बावजूद कि वे उन लोगों से बाहर नहीं हैं और जो तय हुआ है कर देंगे, एक बार आदेश मिल जाय तो सब हो जाएगा, कौशिक ने साफ कर दिया कि मन्त्रीजी कह गए हैं कि पहले सारा पैसा कौशिक के पास पहुँचा दिया जाय, फिर वह विभाग के सचिव को फोन करके आदेश जारी करने के लिए कहेगा।

कमलाकान्त थोड़ी देर में ही समझ गए कि पैसा भावुकता का सबसे बड़ा शत्रु है। इसलिए उन्होंने देर तक यह दुहाई नहीं दी कि वे उन लोगों से बाहर नहीं हैं और घर के आदमी हैं। यह तय हुआ कि वे दोपहर लंच के समय सारा पैसा लेकर कौशिक के घर आ जाएँगे और कौशिक भी दोपहर में थोड़ी देर के लिए दफ्तर छोड़कर घर आ जाएगा।

कमलाकान्त जब कौशिक के घर से निकले, उनका दिमाग तेजी से काम कर रहा था। वे राजधानी रवाना होने के पहले जितना सोचकर चले थे लगभग उतने में ही मामला तय हो गया था, बल्कि कुछ बच भी गया था। उन्होंने 15 से 20 लाख में मसला सुलटाने की सोच रखी थी और 16 लाख में बात बन गई। पचास हजार जो कौशिक को देने पड़ रहे थे, वह उन्हें नहीं खल रहा था क्योंकि वे जानते थे कि कौशिक को खुश रखना मन्त्रीजी को खुश रखने से कम जरूरी नहीं था। उन्होंने हिसाब लगाया कि वे दस लाख साथ लेकर चले थे। बाकी साढ़े छह लाख की व्यवस्था राजधानी में करनी थी। राजधानी में बहुत से लोग थे जिनसे उनके ऐसे सम्बन्ध थे कि वे इस राशि का इन्तजाम कर सकते थे, पर मामला इतना नाजुक था कि वे हर किसी के पास इस सूचना के साथ नहीं जा सकते थे कि उनका तबादला रुक रहा है। उन्हें अधिक देर तक सर खपाने की जरूरत नहीं पड़ी। उसके दो गण राजधानी में मौजूद थे। इनमें ध्रुवलाल यादव तो बहुत काम का नहीं था। उससे कौशिक के हाथ-पैर तुड़वाए जा सकते थे, पर पैसे का इन्तजाम नहीं करवाया जा सकता था। उसके मुकाबले लल्लन राय ज्यादा उपयोगी था। वह राजधानी के चक्कर लगाता रहता था और उन्हें पूरी उम्मीद थी कि वह शहर में जरूरी पैसे का कहीं न कहीं से जुगाड़ जरूर कर लेगा। कौशिक के घर से निकलकर कमलाकान्त लल्लन राय और ध्रुवलाल यादव की तलाश में निकल पड़े।

पाँच

कमरे में वही प्रसंग चल रहा था जो ऐसे किसी कमरे में चल सकता था अर्थात् जमाने को कोसा जा रहा था। चूँकि यह भरे पेट अघाए लोगों का जमावड़ा था इसलिए बातें जमाने में आग लगानेवाली महँगाई को लेकर नहीं हो रही थीं। जमाने का एक दूसरा पहलू आज की चिन्ता का विषय था। लोग इस बात पर दुखी थे कि रिश्वत लेने-देने वालों में नैतिकता समाप्त होती जा रही है।

औसत भारतीय की तरह हर व्यक्ति के पास अनुभवों का अकूत खजाना था और औसत भारतीय की ही तरह हर व्यक्ति इस खजाने को लुटाने के लिए तत्पर था। कई पीढ़ियाँ वहाँ जमा थीं और इस तरह कई पीढ़ियों का अनुभव वहाँ जमा था।

पुराने लोगों ने ऐसी-ऐसी कहानियाँ सुनायीं, जिन पर नयी पीढ़ी के लोगों की आँखें मुहावरे की भाषा में खुली रह गईं। मसलन "क्या जमाना था साहब। एक बार नोट गिन आइए, फिर निश्चिन्त हो जाइए। यह नोट गिनवानेवाले की जिम्मेदारी हो जाती थी कि आपके घर आपका कागज पहुँच जाय।"

"अरे साहब नोट गिनने की भी जरूरत नहीं थी। आप एक बार जबान हिला दीजिए। फिर आपका काम खत्म। काम करनेवाले को पता है कि काम खत्म हो जाने के बाद माल अपने आप पहुँच जाएगा।"

"भाई पुराने लोगों की वफादारी की बात ही कुछ और थी। मेरे पड़ोस में एक रिटायर डिप्टी साहब रहते हैं। उनसे सुनिए पुराने किस्से। एक बार किसी थाने से हड़बड़ी में उन्हें अपनी रवानगी करानी पड़ी। शराब का ठेकेदार रिश्तेदारी में बाहर गया हुआ था। उससे हर महीने सौ रुपए मिलते थे, उन्होंने मान लिया कि इस महीने का पैसा बट्टेखाते में गया। लेकिन साहब पुराने लोगों की बात...एक दिन क्या देखते हैं कि घर के सामने एक रिक्शा रुकता है और एक नौजवान उतरता है। डिप्टी साहब बरामदे में बैठे अखबार पढ़ रहे हैं। चश्मा नीचे करके नौजवान को पहचानने की कोशिश करते हैं। नहीं पहचान पाते। कैसे पहचानते? कभी देखा ही नहीं था। वो तो जब नौजवान अन्दर आता है, तब मालूम होता है कि वह उसी शराब के ठेकेदार का बेटा है, जिसके ऊपर सौ रुपये का कर्ज छोड़कर डिप्टी साहब चले आए थे और

उसका ठेकेदार बाप जब तक जिन्दा रहा उन्हें तलाशता रहा और अन्त में मरते-मरते उसे यह जिम्मेदारी सौंप गया कि वह दरोगाजी की धरोहर उन्हें सौंपकर अपना पितृ ऋण चुकाये। कलियुग के बावजूद पुत्र ने अपना धर्म निभाया और ढूँढ़ते-ढूँढ़ते पता लगा ही लिया कि दरोगाजी तरक्की पाते-पाते डिप्टी एस.पी. हो गए थे और फिर रिटायर होकर इस शहर में रहने लगे हैं। डिप्टी साहब ने नौजवान का दिया हुआ लिफाफा खोला तो उसमें मलका विक्टोरिया की फोटोवाला सौ का कड़क नोट मिला। आजकल का कागज तो था नहीं, तुड़-मुड़ जाता...”

श्रोताओं ने संस्कृत नाटकों के पात्रों की तर्ज पर धन्य-धन्य कहाँ कुछ ठेकेदार पुत्र की पितृभक्ति पर मुग्ध थे तो कुछ ठेकेदार की नैतिकता पर। दोनों प्रसंगों पर लोगों के पास ढेर सारे अनुभव थे और कुछ देर तक कमरे में एक साथ कई लोग बोलते रहे। कभी किसी रिश्वत देनेवाले की ईमानदारी का प्रसंग कमरे में छा जाता तो कभी रिश्वतवाले को पटककर पितृभक्त सन्तान ताल ठोंकने लगती।

कमरा चूँकि कौशिक साहब का था और उसमें समाये या ठूँसे किस्सागो किसी न किसी काम से वहाँ उपस्थित थे इसलिए जाहिर था कि जब उन्होंने एक प्रसंग छेड़ा तो सब चुप हो गए। प्रसंग की भूमिका में उन्होंने भी जमाने के अधोपतन पर कुछ दर्दनाक जुमले सुनाये और फिर सीधे किस्से पर आ गए।

“अब मुझसे नाम मत पूछिएगा, पर मुझे सीतापुर के एक ताल्लुकेदार ने यह आपबीती सुनाई थी। हुआ कुछ ऐसा कि उनकी अपने पड़ोसी ताल्लुकेदार से ठन गई। थोड़ा जमीन का मामला था और ज्यादा नाक का, सो हुई मुकदमेबाजी। निचली अदालतों से होता हुआ मुकदमा अवध हाईकोर्ट पहुँच गया। जिन जज साहब के यहाँ मुकदमा था उनकी शोहरत कुछ ऐसी थी कि चाँदी की जूती से कुछ भी करा लो, तो साहब सीतापुर वाले ताल्लुकेदार ने मिलने की जुगत भिड़ाई और गिन आए पूरे एक लाख रुपये। सस्ती का जमाना था। उस समय एक लाख आज बीसियों लाख के बराबर थे। रुपया गिनने के बाद निश्चिन्त होकर बैठ गए। एक दिन उड़ती-पुड़ती खबर मिली कि दूसरे ताल्लुकेदार ने भी किसी वकील के जरिये एक लाख भिजवा दिये हैं। बेचारे के काटो तो खून नहीं। भागते-पड़ते पहुँच गए जज साहब की कोठी पर। बड़ी मुश्किल से मुलाकात हुई। बोले, हुजूर माई-बाप खादिम कुछ और रकम लेकर आया है, कबूल किया जाय। जानते हैं जज साहब ने क्या जवाब दिया? जज साहब ने कहा कि “अब तो दोनों पलड़े बराबर हैं—नाऊ केस विल बी डिसाइडेड आन मेरिट।”

जोर का ठहाका लगा और एक बार फिर लोगों ने अंग्रेज बहादुर के राज की तारीफ की कि तब न्यायाधीश इतनी मुंसिफाना तबीयत के होते थे। आज तो रिश्वतखोर भी बेईमान हो गए हैं।

अवध हाईकोर्टवाला किस्सा सुनाते समय कौशिक की निगाह जिस चेहरे पर

गड़ी थी उस पर पहले से ही मुर्दनी छायी हुई थी, किस्सा खत्म होते-होते वह और मुरझा गया। मुरझाए चेहरेवाले ने मन-ही-मन अन्दाज लगाने की कोशिश की कि दोनों पलड़ों को बराबर करने के लिए कितना बड़ा बटखरा रखना पड़ेगा। चर्चा थी कि कमलाकान्त ने तबादला रुकवाने के लिए बीस लाख खर्च किये थे। उसे अपना आदेश करवाते समय दस दिये थे, इस तरह अभी ग्यारह-बारह और देने पड़ेंगे। लोगों के ठहाकों के बीच इस दुखी उदास चेहरे ने, जिसका नाम बटुकचन्द उपाध्याय था, ने भी उनका साथ देने की कोशिश की, लेकिन इस हँसी को देखकर आसपास बैठे लोगों को भ्रम हुआ कि वे रो रहे थे।

कौशिक का कमरा कई दिनों तक सूना रहने के बाद आवाजों से बजबजा रहा था। मन्त्रीजी आज तीसरे पहर लौटनेवाले थे इसलिए तमाम फरियादी और उनके पैरोकार लौट आए थे। ये लोग सूबे के अलग-अलग हिस्सों से आए थे। वे अपने-अपने हिस्सों की बोलियाँ बोल रहे थे। फरियादी धोती-बनियान से लेकर सफारी सूट तक में थे। पैरोकार खादी के कुर्ते-पाजामों में। अमूमन फरियादी की वेशभूषा का असर पैरोकारों की पोशाक पर साफ दिखाई दे रहा था। धोती-बनियानवाले का पैरोकार मुड़े-तुड़े पाजामे कुर्ते में था तो सफारी सूट पहने और नम्बरोंवाला ब्रीफकेस लिए हुए फरियादी का पैरोकार कड़क कलफ लगी पालिस्टर खादी के कुर्ते-पाजामे में सुशोभित था।

कमरे में नया घुसने वाला हर व्यक्ति पहला सवाल एक जैसा ही कर रहा था, इसलिए थोड़ी देर बाद कौशिक जैसे ही कोई आदमी सारस की तरह आगे की तरफ अपना थोबड़ा बढ़ाता, सवाल के पहले ही उत्तर दे देता—

"साहब तीन बजे तक आ जाएँगे!...नहीं लंच के लिए घर नहीं जाएँगे...सीधे सचिवालय आएँगे।"

आनेवालों में नब्बे प्रतिशत को वह चेहरे से पहचानता था। पैरोकार सभी पुराने थे। सालों से वह उन्हें देख रहा था। पहले दूसरे मन्त्री के साथ था तब भी ये वहाँ आते थे, आज इस मन्त्री के यहाँ है और यहाँ भी वे आ रहे हैं। उनका पूरा नाम तो शायद ही किसी को याद हो, लेकिन शर्माजी, वर्माजी, खान साहब या त्रिपाठीजी जैसे उपनाम सभी को याद थे। उसकी कामयाबी का राज भी यही था कि उसने कभी किसी शर्माजी को वर्माजी कहकर नहीं पुकारा। हाँ, उसने अपनी सुविधा के लिए कुछ वर्गीकरण जरूर कर रखे थे। सारे ब्राह्मण उपनामों वाले उसके लिए पंडितजी थे और जहाँ उसे किसी के बारे में शक होता वह उसे मान्यवर कहकर पुकारता और तब तक मान्यवर कहता जब तक उसे सामनेवाले को पुकारने लायक शब्द न मिल जाता।

"आराम से बैठिए पंडितजी, साहब सीधे यहीं आएँगे।"

"लंच-वंच कहाँ करते हैं।"

कौशिक ने जिसे पंडितजी के सम्बोधन के साथ बैठने के लिए कहा वह कुछ विशिष्ट व्यक्ति नजर आ रहा था क्योंकि कौशिक ने उसे बैठने के लिए आमन्त्रित करने के साथ अपने पृष्ठ भाग को थोड़ा उठाया। पंडितजी ने हवा में हाथ कुछ इस तरह हिलाया जैसे अगर थोड़ी भी देर हो गई तो कौशिक खड़ा हो जाएगा।

पंडितजी के साथ इस समय बाहर लोगों की भीड़ थी। उनमें से कुछ फरियादी नजर आ रहे थे और कुछ उनके जूनियर। ये जूनियर इस पेशे की सीढ़ियाँ चढ़ने की ट्रेनिंग ले रहे थे। वे अलग-अलग उम्र के थे, पर सबकी पोशाक एक ही जैसी थी। खद्दर का लम्बा कुर्ता और अलग-अलग पायचोंवाले पाजामे। जवान शागिर्दों की खास अन्दाज में तराशी हुई दाढ़ियाँ थीं और अधेड़ उम्रवालों के चेहरों पर दो-दो तीन-तीन दिन तक दाढ़ी न बनाने से उगी हुई खिचड़ी खूटियाँ थीं। कुछ के कन्धों पर गाँधी आश्रम के झोले लटके थे और कुछ के हाथों में चमड़े के ब्रीफकेसनुमा बैग थे। एक बात सबमें समान थी। सबके झोलों में कागज ठुँसे थे। ये कागज़ अलग-अलग किस्म की दरख्वास्तें थीं।

शागिर्दों को हलके-फुल्के शिकार खुद करने की इजाजत थी। वे अपने झोलों में छोटे-मोटे तबादलों या कोटे परमिट की दरख्वास्तें रखे हुए थे। किसी सिपाही या किसी पटवारी या किसी नगरपालिका मुंशी के तबादले उनके क्षेत्र में आते थे। इसी तरह मिट्टी के तेल का कोटा या सस्ते गल्ले की दुकान के निलम्बित लाइसेंस की बहाली की लड़ाई वे खुद लड़ लेते थे। पंडितजी सिर्फ किसी अनुभवी उस्ताद की तरह अखाड़े के बाहर बैठकर अपने पट्ठों को वात्सल्य-भरी नजरों से निहारते रहते थे। केवल जब कोई चेला सामने बैठे अफसर की अवज्ञापूर्ण दृष्टि से घबराकर उनकी तरफ कातर भाव से देखता तभी वे अपनी गुरु-गम्भीर आवाज से हस्तक्षेप करते। उन्होंने अपने चेलों को सिखा रखा था कि मुकदमा कमजोर हो तो वकील की आवाज का उतार-चढ़ाव कानूनी दलीलों पर भारी हो जाता है। उनके चेले उतार कम, चढ़ाव में अधिक विश्वास रखते थे, इसलिए अकसर किसी चेले के कमजोर पड़ते ही सारे के सारे इतनी जोर-जोर से चिल्लाने लगते थे कि नब्बे फीसदी मामलों में सामने बैठा अफसर घबराकर कागज पर कुछ न कुछ लिख देता था।

आज लगता है कोई बड़ा काम था इसलिए पंडितजी अपनी पूरी फौज लेकर आए थे।

चेलों ने पंडितजी के लिए कुर्सी खाली कराने के लिए पूरे कमरे पर धावा बोल दिया। कमरे में कुर्सियाँ कम थीं और सभी भरी हुई थीं। चेले नादिरशाह की फौज की तरह झपटे। उन्होंने कुर्सी पर बैठे लोगों की तरह-तरह से परीक्षा ली। कुर्सी के हत्थे, पाये और बैठे लोगों के हाथ कन्धे...सभी कुछ को उखाड़ने के भरपूर प्रयास हुए।

इम्तहान बटुकचन्द उपाध्याय का भी हुआ। पर वे ऐसी स्थितियों से गुजरने के

आदी हो चुके थे। इससे उबरने का एक ही तरीका था कि अपना आत्मविश्वास बनाये रखते हुए सामनेवाले को भुनगे या कीड़े-मकोड़े के रूप में देखना। इसलिए जब एक चेले ने उनकी कुर्सी झकझोरते हुए उन्हें सूचना दी कि 'पंडितजी हैं, पंडितजी' तो उन्होंने दरवाजे के ऊपर कोने में जाला बनाती हुई मकड़ी को पूरी दिलचस्पी से देखना शुरू कर दिया और जब दूसरे चेले ने फुसफुसाते हुए बताया कि बहराइच के विधायकजी हैं तब तक वे जाले में इतने तल्लीन हो गए थे कि अगर चेला आगे न बढ़ गया होता तो वे जाले बुनने की रचना-प्रक्रिया के बारे में उसका ज्ञानवर्धन करने लगते।

वहाँ कुर्सियों पर बैठे कुछ लोगों के पास इतना दृढ़ आत्मविश्वास नहीं था। एक तो चेलों को झपटते देखकर ही घबराकर खड़ा हो गया, उसकी कुर्सी पर पंडितजी विराजमान हो गए। दूसरे ने आधा खड़ा होकर बैठने की कोशिश की तो उसे पता चला कि उसकी कुर्सी खींच ली गई थी और अगर समय से उसे चेतावनी न मिल गई होती तो अब तक वह दंडवत कर रहा होता। उसकी कुर्सी पर एक चेला बैठ चुका था। तीसरे क्षीण आत्मविश्वास वाले व्यक्ति को घसीटकर उठा दिया गया और दो चेले उसकी कुर्सी आधा-आधा शेयर करने लगे।

"और सुनाइए कौशिकजी।" पंडितजी ने कहा कौशिक से लेकिन उसके सुनने की फिक्र न करके चारों तरफ नजर घुमाकर उस व्यक्ति को तलाशा जिसके काम के लिए इतने चेलों की फौज लेकर उन्होंने चढ़ाई की थी। इस कमरे के माहौल से भौचक एक अधेड़ उम्र का व्यक्ति सफारी सूट में खड़ा हुआ अपनी घबराहट छिपाने के लिए अपने हाथ के ब्रीफकेस को हिला-डुला रहा था।

"अरे कपूर साहब इधर आ जाइए।"

पंडितजी ने पास बैठे चेले को इशारा किया। चेले ने अपने बगलवालों को देखा, पर वह कुछ ज्यादा ही आत्मविश्वास से भरपूर था। उसे बेफिक्री से पान मसाला खाते देखकर चेला ही उठ गया। वहाँ कपूर साहब नामक व्यक्ति बैठ गए।

"कौशिकजी, इन्हें नहीं पहचानते! अरे भाई कपूर साहब हैं। कल के अखबार में पूरा सप्लीमेंट था। कोरिया की कम्पनी के साथ मिलकर कार की फैक्टरी लगा रहे हैं। कल उसी में तो पी.एम. आ रहे हैं। सी.एम. भी जाएँगे ही। मुझसे बोले पी.डब्ल्यू. डी. मिनिस्टर के बिना तो फंक्शन अधूरा रह जाएगा। उन्हें विशिष्ट अतिथि बनाना चाहते हैं। मैंने कहा चलिए अभी तय करा देते हैं। अपने मन्त्रीजी मना नहीं करेंगे। मैं सोचता था कि मन्त्रीजी सुबहवाली फ्लाइट से आ रहे हैं। कपूर साहब जल्दी तो नहीं है? थोड़ी देर इन्तजार कर लें।"

"जल्दी तो नहीं है, पर शाम को मिल लेते हैं कोठी पर... ।"

कपूर साहब और पंडितजी की आँखों ने आपस में जो बातें कहीं उसे देखकर कोई भी समझदार आदमी कह सकता था कि मन्त्रीजी के साथ कपूर साहब की

मुलाकात कोठी पर ही होनी उचित थी, लेकिन कौशिक ने इशारा समझने से इनकार कर दिया। उसने सामने पड़े कागजों पर कुछ लिखते-लिखते कहा–

"आज तो मन्त्रीजी खाली नहीं हैं। दस बजे तक तो कैबिनेट है, फिर कांस्टिचुएंसी के एक आदमी के लड़के के जन्म दिन में...वहाँ से एक शादी...।"

"आप भी कौशिक साहब...आपको पता है कपूर साहब कितनी मुश्किल से हमारे प्रदेश में कारखाना लगाने के लिए तैयार हुए। खुद सी.एम. ने दसियों बार इन्हें फोन किया, इनके घर गए, मुझे लगाया। तब कहीं जाकर हम लोग कपूर साहब को तैयार कर पाये कि वे इस प्रदेश में कारखाना लगाएँ और आपके मन्त्रीजी को फुर्सत नहीं है कि..."

"पर आज तो कैबिनेट है..."

"हो चुका प्रदेश का विकास..."

"फिर जन्म दिन..."

"इसीलिए पिछड़े हुए हैं..."

"वहाँ से शादी..."

"भाड़ में गई शादी...। यहाँ प्रदेश का सवाल है और आपको मुंडन और शादी की पड़ी है," पंडितजी अपने उस रूप में आ रहे थे जिनके लिए वे प्रदेश की राजधानी में मशहूर थे।

इस बीच उनके चेलों ने गुरु की तरफ आज्ञा के लिए देखा। गुरु ने न जाने क्या सन्देश प्रसारित किया कि छोटे से कमरे में घमासान छिड़ गया।

चेलों की फ़ौज किसी मध्ययुगीन सामरिक रणनीति के तहत काम करती थी। एक अनुभवी सिपहसालार की तरह पंडितजी पहले अपनी पैदल सेना को आगे बढ़ाते थे। पैदल सेना का मतलब उन सैनिकों से था जो सिर्फ अपनी आवाज़ का इस्तेमाल करते। पैदल सैनिक असफल होने लगते तो घुड़सवार आगे बढ़ते थे। ये तरह-तरह के अस्त्रों-शस्त्रों से दुश्मन पर टूट पड़ते। अकसर उनका सबसे प्रभावी हथियार उनके जूते या चप्पलें होतीं।

पंडितजी के पास तोपखाना भी था, पर उसका इस्तेमाल वे सचिवालय या विधानसभा परिसर में नहीं करते थे। उन्होंने अपने बहुत से चेलों को लाइसेंसी हथियार दिला रखे थे और उनके बहुत से चेले कागजी खानापूरी में विश्वास नहीं रखते थे इसलिए गैरलाइसेंसी हथियार रखते थे। उनके लाइसेंसी चेले राष्ट्रीय एकता की जीती-जागती मिसालें थीं इसलिए उनके लाइसेंस भी नागालैंड, मणिपुर से लेकर हरियाणा तक न जाने किन-किन प्रान्तों के थे। पंडितजी के विरोधी उनके तोपखाना ब्रिगेड पर उनके विरोधियों की हत्या और अपहरण के आरोप लगाते रहते थे, लेकिन पंडितजी ने घोषित कर रखा था कि जनता की अदालत सबसे बड़ी अदालत है और जब तक वहाँ वे मुकदमा नहीं हारते तब तक उन्हें अपराधी नहीं माना जा सकता

और जनता की अदालत में वे पिछले पच्चीस सालों से तो जीत ही रहे थे।

आज भी पहला हमला उनकी पैदल सेना ने किया। एक साथ फेफड़ों की ताकत का अलग-अलग परिमाण में इस्तेमाल करते हुए कई चेले झपटे—

"बाबुओं ने इस देश का सत्यानाश कर रखा है..."

"पंडितजी कहाँ-कहाँ से लोगों को चिरौरी करके प्रदेश का विकास करने के लिए लाएँ और इनके पास मिलने का समय..."

"समय कैसे नहीं है...नोट गिनने का समय है...विकास..."

"साले...मादर..."

कौशिक ने घबराकर चारों तरफ मदद के लिए देखा। उसका अनुभव बताता था कि ऐसे मौकों पर सामने बैठे लोग अन्धों, गूँगों, बहरों का रोल करने लगते हैं। उसने मिमियाना शुरू किया—

"शाम को कैबिनेट है..."

"भाड़ में गई कैबिनेट, प्रदेश का विकास..."

"फिर शादी..."

"शादी की माँ की...प्रदेश ऐसे ही पिछड़ा रहेगा..."

"बर्थ डे..."

"रंडी का नाच नहीं है क्या...इसी तरह होगा औद्योगिकीकरण, ऐसे ही लगेंगे कारखाने..."

"पर मैंने मना कब किया पंडितजी...मैं तो कह रहा था कि कैबिनेट जाने के पहले आप कोठी पर आकर मिल लें...मेरी बात तो पूरी सुनते नहीं आप लोग, बस चिल्लाने लगते हैं।"

कौशिक के इस हृदय-परिवर्तन के पीछे प्रदेश के विकास या पिछड़ेपन को दूर करने की सदिच्छा कम थी और उसकी छठी इन्द्रिय द्वारा समय से दी गई चेतावनी का असर अधिक था। चारों तरफ बचाव के लिए नजरें दौड़ाते समय उसने पंडितजी के एक चेले को हाथ में चप्पल उलटते-पुलटते देख लिया था। उसके अनुभव ने उसे बता दिया कि चप्पल में कोई खराबी नहीं है और शत्रु पक्ष अब अपनी पैदल सेना की मदद के लिए घुड़सवारों को मैदान में उतारनेवाला था।

कौशिक के हृदय-परिवर्तन के साथ ही कमरे का माहौल एकदम सामान्य हो गया। हाथ में चप्पल लेकर उलट-पुलटकर देखनेवाले को विश्वास हो गया कि उसकी चप्पल में कोई खराबी नहीं है इसलिए उसने उसे वापस पहन लिया। फेफड़ों की जोर आजमाइश करनेवाले चेले फुसफुसाकर बातें करने लगे। पंडितजी, जो पूरे घटनाक्रम में सिर्फ मुस्कुरा रहे थे, बगल में बैठे कपूर साहब नामक प्राणी के चेहरे पर आदर, विस्मय और आश्वस्ति जैसे भावों को एक साथ देखकर थोड़ा और बड़े कोण से मुस्कुराने लगे।

"अरे मैं तो जानता ही था कि कौशिक साहब तो घर के आदमी हैं। मुलाकात तो होगी ही। तुम लोग बेकार चिल्ल-पों मचा रहे हो," पंडितजी ने चेलों की तरफ देखकर किसी काल्पनिक व्यक्ति को डाँटा, "फिर इनके मन्त्रीजी भी प्रदेश के विकास की कितनी चिन्ता करते हैं!"

पंडितजी अपने प्रिय विषय पर आ गए। देर तक वे प्रदेश के पिछड़ेपन पर विलाप करते रहे। जब उन्होंने बताया कि प्रदेश में सड़कें नहीं हैं, उनके चेलों ने कुछ ठेकेदारों के प्रार्थना-पत्र आगे बढ़ा दिये जिन पर कौशिक ने सम्बन्धित कुछ इंजीनियरों के नाम लिख दिये। पंडितजी ने याद दिलाया कि उनके इलाके में गरीबों को मिट्टी का तेल नहीं मिल रहा, इस पर उनके एक चेले ने फौरन अपने झोले से एक प्रार्थना पत्र निकाला जिसमें उसके किसी आदमी को मिट्टी के तेल की दुकान का लाइसेंस आवंटित करने का अनुरोध किया गया था, लेकिन फिर यह सोचकर प्रार्थना-पत्र वापस अपने झोले में रख लिया कि यह तो पी.डब्ल्यू.डी. मन्त्री के पी.ए. का कमरा है। तेल की दुकान का प्रार्थना-पत्र दूसरे मन्त्री के कमरे में दिया जाना है।

अब कमरे में उस विषय पर तबादला-खयालात होने लगा जो भ्रष्टाचार के बाद सचिवालय का सबसे प्रिय विषय था अर्थात् प्रदेश का पिछड़ापन। सबके पास कहने के लिए बहुत कुछ था और सभी कहने के लिए बेकरार थे। अतः जल्दी ही वह समय आ गया जब सभी लोग कुछ न कुछ कहने लगे।

जिस व्यक्ति ने सीतापुर के जमींदार का किस्सा सुनाया था कौशिक ने उससे आग्रह किया—

"अरे भाई अपने पंडितजी को तो वो किस्सा सुनाओ...अरे वही जिसमें फैसला मेरिट पर होता है..."

कमरे में ठहाका लगा। पंडितजी ने उत्सुकता से देखा। सीतापुरवाला किस्सा शुरू हुआ तो बटुकचन्द का चेहरा और लटक गया। वह एक बार फिर मन ही मन में हिसाब लगाने लगे कि मुकदमे का फैसला मेरिट पर न हो, इसके लिए उन्हें कितना और खर्च करना पड़ेगा। उन्होंने शुरू में दस दिये थे। उड़ती-पुड़ती खबर थी कि कमलाकान्त बीस देकर गया है। यह खबर कमलाकान्त के गुर्गों ने ही उड़ायी थी। रात की बस से जब बटुकचन्द राजधानी के लिए रवाना हो रहे थे तो बस अड्डे की पान की दुकान पर रिजवानुल हक न जाने कहाँ से टपक पड़ा था। उसे देखते ही बटुकचन्द ने अखबार के पीछे अपना चेहरा छिपाने की कोशिश की, लेकिन थोड़ी देर में ही उन्हें पता चल गया कि ऐसी किसी हरकत का कोई लाभ नहीं। रिजवानुल हक ने बचपन में खो-खो जरूर खेला होगा तभी तो जब वे मुसीबत टलीवाले अन्दाज में पान की दुकान के पीछे से बाहर निकले, न जाने कहाँ से प्रकट होकर रिजवानुल हक ने खो...कह दिया। यह बात और थी कि इस खो की प्रतिध्वनि 'बड़े साहब नमस्ते' जैसी सुनाई दी।

"नमस्ते...नमस्ते...हक साहब पान खाने निकले हैं?"

"हाँ सर पुरानी आदत है। खाना खाने के बाद टहलने निकलता हूँ...बिना पान खाये खाना पचता ही नहीं। आप कैसा लेंगे...सादा या जर्दा...?"

बटुकचन्द ने मरे स्वर में जो कुछ कहा वह कुछ भी हो सकता था। सादे या जर्दे वाले पान की जगह कोई रसगुल्ले का भी ऑर्डर हो सकता था। वे चुपचाप रिजवानुल हक को पानवाले को जर्देवाले पान का हुक्म सुनाते देखते रहे। जब वह जर्दे के नम्बरों का उल्लेख कर रहा था तो वे बुझे मन से आने-जानेवाली बसों के नम्बर पढ़ रहे थे और यह अन्दाजा लगा रहे थे कि यह कमबख्त कब टलेगा और वे सामने खड़ी लखनऊ वाली बस पर लपककर चढ़ जाएँगे।

रिजवानुल हक ने गिरगिट से भी तेज रंग बदला था। जिस दिन उन्होंने चार्ज लिया उसी दिन रात को रिजवानुल हक के यहाँ से कबाबों से भरा टिफिन कैरियर पहुँचा था। उन्हें दिन की पूरी खबर थी। दिन में दफ्तर में कमलाकान्त वर्मा के कमरे में जो बैठक हुई उसमें रिजवान भी उपस्थित था। उन्होंने पहले तो कबाब लेकर आए चपरासी को डाँटकर वापस जाने को कह दिया, पर फिर यह सोचकर कि दुश्मन के खेमे का एक आदमी टूटकर आया है तो कुछ जानकारी ही देगा, कबाब रख लिए। दूसरे दिन सुबह ऋषभचरण रिजवान को लेकर उनके बँगले पर आया तो समर्पण की शर्तें भी पक्की हो गईं। रिजवान से ही कमलाकान्त के राजधानी अभियान की पूरी जानकारी उन्हें मिली। यही रिजवान आज उनके ऊपर जासूसी कर रहा है। इसका मतलब साफ था कि आज कमलाकान्त के वापस गद्दी पर काबिज होने के बाद रिजवान अपनी वफादारी उसके दरबार में पेश कर आया था और अब यहाँ से सीधे इस जानकारी के साथ कमलाकान्त के घर जाएगा कि बटुकचन्द लखनऊ रवाना हो गए हैं।

"बड़े साहब लखनऊ जा रहे हैं क्या?"

"नहीं...नहीं..." बटुकचन्द ने घबराकर अपनी निगाह लखनऊवाली बस से हटा ली।

पान लेते-लेते उन्होंने रिजवानुल हक को आँखों ही आँखों में तौला। कितना पता है इस बदमाश को? क्या यह जानता है कि कमलाकान्त ने राजधानी में अपना तबादला रुकवा लिया है? उसके नाक का बाल था यह। यह नहीं हो सकता कि उसे पता न हो कि कमलाकान्त लखनऊ से चल चुका है और अब इलाहाबाद पहुँचनेवाला होगा।

अचानक बटुकचन्द का माथा ठनका। ऐसा तो नहीं कि कमलाकान्त इलाहाबाद पहुँच गया हो। उन्होंने आँखें सिकोड़कर सामनेवाले को तौला। उनकी निगाहों में भेदने की जो शक्ति थी उसने रिजवानुल हक को थोड़ा गड़बड़ा दिया।

हूँ तो ये मामला है? बटुकचन्द को अचानक लगा कि राजधानी जानेवाली बसें

लम्बे अन्तराल से चलती हैं और न जाने कितना अधिक समय लेती हैं। पर अभी तो बस से ज्यादा जरूरी था कि कमलाकान्त के इस जासूस को यहाँ से दफा किया जाय। उसने आते ही इसे भेजा होगा मेरी अगली चाल के बारे में पता करने के लिए। पान तो बहाना था।

"असल में वाइफ के एक ममेरे भाई हैं रायबरेली में। उनके बारे में पता चला कि उनकी तबीयत कुछ सीरियस है। वाइफ बनारस में हैं, मैंने कहा चली जाओ। पर साहब लेडीज कहाँ मानती हैं। मुझे ही जाना पड़ रहा है। काम तो आप जानते ही हैं, कितना लदा हुआ है। पर वो पुरानी मसल है न कि सारे खुदाई एक तरफ जोरू का भाई एक तरफ..." हँसी का दौर थमते ही बटुकचन्द ने कई तरीकों से इशारा किया कि रिजवानुल हक चला जाय, पर उसने जो कुछ कहा उसका मतलब यह था कि मातहत का फर्ज बनता है कि वह अपने साहब को गाड़ी में चढ़ाकर ही घर की तरफ प्रस्थान करे। फिर घर जल्दी जाकर रिजवानुल हक करेगा भी क्या, फैमिली यानी रिजवानुल हक की पत्नी आजकल यहाँ नहीं है। उसकी पत्नी कहाँ है, इसमें बटुकचन्द को कोई दिलचस्पी नहीं थी। छुटकारे का कोई चारा नहीं था इसलिए वे चुपचाप रिजवानुल हक को रायबरेलीवाली बस में अपना सामान चढ़ाते देखते रहे। लखनऊवाली बस छूटने को तैयार थी, पर अब क्या किया जा सकता था? गनीमत थी उन्होंने अपने साले को रायबरेली में बताया, बनारस में नहीं। लखनऊ वाली बसें रायबरेली होकर ही जाती थीं। थोड़ा कष्ट जरूर होगा, पर रायबरेली उतरकर फिर लखनऊ की बस पकड़ लेंगे।

बटुकचन्द ने कंडक्टर से टिकट खरीदते रिजवानुल हक को देखा। लखनऊवाली बस हरकत कर रही थी। कमबख्त अभी चला जाय तो वे सामान उतारकर उस बस में चढ़ सकते हैं, पर रिजवानुल हक उन्हें बस में बिठाकर आखिरी बार पान खिलाकर जब उतरा तब तक लखनऊ की बस को गए काफी समय हो गया था और बटुकचन्द का धैर्य इतना जवाब दे गया था कि अपनी सारी सौम्य मुस्कान को बरकरार रखने की कोशिश करते-करते भी उनके मुँह से निकल ही गया—"कमलाकान्त कब आए?"

"जी ज ज ज..." उसका उत्तर सुनने से अधिक बटुकचन्द की दिलचस्पी रिजवान का चेहरा देखने में थी। उन्हें ज्यादा देर यह हरकत भी नहीं करनी पड़ी थी। जल्दी ही बस चल पड़ी।

कमरे में जोर का ठहाका लगा तब बटुकचन्द को पता चला कि सीतापुरवाले जमींदार का किस्सा खत्म हो गया था। लोग मुकदमे के उसके गुण-दोष के आधार पर फैसला होने के विचार मात्र से ही गद्‌गद हो रहे थे। भारतीय वाङ्मय की पुरानी परम्परा यहाँ भी जीवित थी। लोग अवास्तविक काल्पनिक सम्भावना पर हँस रहे थे। मुकदमे का फैसला मेरिट पर भी हो सकता है, यह उन्हें हँसाने के लिए बहुत था।

कोई और दिन होता तो बटुकचन्द भी हँसते, पर यहाँ तो उन्हें ऐसा लग रहा था कि किस्सा उन्हीं के लिए सुनाया जा रहा है। पता नहीं यह उनका भ्रम था या हकीकत कि उन्हें किस्से के दौरान लगातार कौशिक की आँखें अपने ऊपर गड़ी नज़र आ रही थीं।

कौशिक कमरे में बैठे लोगों को जो जानकारी बीच-बीच में दे रहा था उसके अनुसार मन्त्रीजी तीन बजे हवाई अड्डे पर पहुँचेंगे और वहाँ से सीधे सचिवालय आएँगे। उसके बादवाली सूचनाएँ विरोधाभासी थीं। किसी को उसने बताया कि शाम की कैबिनेट मीटिंग चार बजे से है, किसी को छह बजे से। कैबिनेट के बाद शादी, जन्म-दिन, मुंडन वगैरह की सूचनाएँ कुछ इस तरह से गड्डमड्ड थीं कि वहाँ बैठा कोई भी व्यक्ति उनके समय, स्थान या आतिथेय के बारे में शर्तिया कुछ नहीं कह सकता था। बटुकचन्द के लिए जरूरी था कि मन्त्रीजी का सही कार्यक्रम उन्हें मालूम हो...तभी आगे की रणनीति बनायी जा सकती है। इतनी भीड़ में कौशिक से कोई जानकारी पाना निहायत मुश्किल था। वे सिर्फ उसके सामने बैठे मुस्कुराते रह सकते थे या सीतापुरवाले किस्से पर हँसने की कोशिश कर सकते थे, पर इससे तो काम नहीं चल सकता था। समय कम था, अगर दो-तीन दिन के अन्दर कमलाकान्त की जगह फिर से उनका पदस्थापन नहीं हुआ तो फिर उनकी वापसी मुश्किल होते-होते असम्भव हो जाएगी। यहाँ बैठे रहने से कोई फायदा नहीं था। वे बाहर निकल आए।

कमरे के बाहर चौड़ा गलियारेनुमा बरामदा था। गलियारा एक वृत्ताकार विशाल इमारत को साँप की तरह अपनी कुण्डली में लपेटे हुए था। बाहर धूप सीधी पड़ रही थी और अन्दर के ए.सी. कमरे की ठंड बाहर आकर कुछ इस तरह पिघली की बटुकचन्द अचकचाकर वापस अन्दर की तरफ भागे। इस बार वे जिस कमरे में घुसे वह कुछ छोटा था और उसमें दो बाबू टाइपराइटरों पर कुछ खट-खट कर रहे थे। कमरे में एक छोटी-सी तिपाई पर जूठे कप-प्लेट और गिलास पड़े थे। एक कोने में एक वाटर कूलर था जिसकी टोंटी से पानी की पतली-सी धार लगातार बह रही थी। दोनों बाबुओं के सामने तीन-चार कुर्सियाँ पड़ी थीं, जिन पर इस समय कोई बैठा नहीं था। जैसा कि इस इमारत का दस्तूर था, बटुकचन्द बिना किसी औपचारिकता के उनमें से एक पर बैठ गए। पर दस्तूर के खिलाफ एक बात हुई। बाबुओं में से एक उन्हें देखकर मुस्कुराया। दस्तूर के खिलाफ दूसरी बात यह हुई कि उस बाबू ने उनसे चाय के लिए पूछा।

बटुकचन्द बिना किसी तरह का आश्चर्य चेहरे पर लाये मुस्कुराये और बाबू को तौलते रहे। वे इस इमारत के नियमित यात्री थे और निश्चित था कि बाबू उनसे कहीं-न-कहीं टकराया जरूर है, पर कहाँ? उन्होंने अपने दिमाग पर जोर डाला।

बाबू ने जिस चपरासी को चाय के लिए कहा, उसने इस गुत्थी से उन्हें निजात दिला दी।

यह तो वही चपरासी था जो अन्दर कौशिक के बुलाने पर आ-जा रहा था। वे जिस कमरे में घुसे वह मन्त्रीजी के स्टाफ का ही कमरा था। मन्त्रीजी चूँकि महत्त्वपूर्ण मन्त्री थे इसलिए उनके स्टाफ को दो कमरे मिले हुए थे। एक में कौशिक का राजपाट फैला था और दूसरे में बाकी स्टाफ बैठता था। कौशिक का कमरा मन्त्रीजी के कमरे से सटा हुआ था और अत्यन्त विशिष्ट व्यक्तियों को छोड़कर अन्य सारे आगन्तुकों को मन्त्रीजी से मिलने के लिए उसी के कमरे से होकर जाना पड़ता था। उसका कमरा मन्त्रीजी की अनुपस्थिति में मुलाकातियों के लिए प्रतीक्षालय का भी काम करता था। इस छोटे कमरे में भी बटुकचन्द दो बार आए थे, पर आज बाहर की गर्मी की मार ने उनकी स्मृति को कुछ इस कदर गड़बड़ा दिया था कि कुछ देर लगी उन्हें व्यवस्थित होने में।

मुख्यमन्त्री लोग जब मन्त्रिमंडल बनाते हैं तो कुछ कैबिनेट मन्त्री नियुक्त करते हैं। इन कैबिनेट मन्त्रियों की सहायता के लिए कुछ राज्यमन्त्री या उपमन्त्री नियुक्त कर दिए जाते हैं। ये जूनियर मन्त्री अपने वरिष्ठ मन्त्रियों की मदद के लिए बेकरार रहते हैं, पर कैबिनेट मन्त्री स्वावलम्बन का नारा लगाते-लगाते उसमें इस कदर विश्वास करने लगते हैं कि वे अपने छोटे भाइयों को कोई कष्ट नहीं देना चाहते हैं। लिहाजा सचिवों को हुक्म जारी हो जाता है और छोटे मन्त्रियों के पास फाइलें पहुँचती ही नहीं, सीधे बड़े मन्त्री के पास चली जाती हैं। छोटे मन्त्री शुरू-शुरू में अफसरों पर रोब गाँठने की कोशिश करते हैं फिर मुख्यमन्त्री के पास विलाप करने जाते हैं और अन्त में हारकर अपने कमरे में दुखी हो अपने दलालों, चमचों और मुसाहिबों के बीच घूमनेवाली कुर्सी पर बैठकर अपने मन्त्री या मुख्यमन्त्री को कोसते रहते हैं। उनके श्रोता कभी कम नहीं होते क्योंकि फाइलें भले उनके पास न पहुँचें, चाय-समोसे की आपूर्ति कभी बाधित नहीं होती। कई बार सरकारी खजाना खाली होने की दुहाई देकर मुख्यमन्त्री या कैबिनेट मन्त्री इस चाय-समोसे की आपूर्ति को रोकने का प्रयास करते हैं, पर राज्यमन्त्री चाय-समोसे बन्द होते ही 'समोसा नहीं तो फाइल भेजो' का ऐसा समवेत शोर करते हैं कि मुख्यमन्त्रियों को यह ज्यादा फायदेमन्द सौदा लगने लगता है कि राज्यमन्त्रियों की चाय-समोसे की सप्लाई लाइन फिर से जोड़ दी जाय।

राज्यमन्त्रियों की ही तरह कनिष्ठ बाबुओं का भी एक सर्वहारा वर्ग ऐसा होता है जो सहायक पी.ए. का काम करता है और पी.ए. लोगों को मलाई खाते देखकर उनकी हाँडियाँ फोड़ने की फिराक में रहता है। ये लोग भी देश के उन दुर्भाग्यशालियों में होते हैं जो काम करने के लिए व्यग्र रहते हैं, पर उनके आका उन्हें काम नहीं देना चाहते। ये लोग सुबह-सबेरे दफ्तर आ जाते हैं और देर रात तक वहीं जमे रहते हैं। कोई न कोई बहाना ढूँढ़कर मन्त्रीजी के इर्द-गिर्द चक्कर भी लगा आते हैं। कई बार मुँह खोलकर अलादीन के चिराग के जिन की तरह काम...काम...चिल्लाने लगते हैं। इस पर भी बात नहीं बनती क्योंकि जिनके पास यह विकल्प था कि अगर अलादीन

उसे काम नहीं देता तो वह उसे खा जाता, लेकिन इन अभागे बाबुओं के पास ऐसी कोई सुविधा नहीं थी।

बटुकचन्द समझ गए कि वे ऐसे ही एक अभागे प्राणी के समक्ष बैठे हैं जिसके तन का रोआँ-रोआँ काम-काम चिल्ला रहा है और काम है कि उसके पास फटक नहीं रहा। पर इस दुखियारे ने उन्हें चाय पिलाने की क्यों सोची? इस गुत्थी को सुलझाने के लिए उन्हें कुछ सवाल पूछने चाहिए थे, पर वे यह फैसला नहीं कर पा रहे थे कि कमरे में मौजूद दूसरा बाबू सुखी था अथवा दुखी। इसलिए उन्होंने इस मौके पर वही किया जो आमतौर से हिन्दुस्तानी करते हैं। वे चाय पीते-पीते मुस्कुराने लगे।

बाबू नं. एक भी मुस्कुराया और उसने एक प्याला चाय बाबू नं. दो के सामने बढ़ा दी। बाबू नं. दो भी मुस्कुराया। बटुकचन्द समझ गए कि दोनों ही दुखी हैं। अब बात आसान हो गई।

दोनों बाबुओं ने एक दूसरे को सम्बोधित किया तो बात और आसान हो गई। दोनों बाबू ब्राह्मण थे। बटुकचन्द भी ब्राह्मण थे अतः तीनों ने एक दूसरे को पंडितजी कहकर सम्बोधित करना शुरू कर दिया। इस सम्बोधन से प्रगाढ़ परिचय की जो अन्तःसलिला किल्लोल मारती हुई वहाँ फूटी उसने अपरिचय के सारे विन्ध्याचल ढहा दिये और चाय के जूठे कप हटाने जब चपरासी वहाँ आया तो उसे लगा कि बटुकचन्द भी उस कमरे के उतने ही पुराने अंग हैं जितने ये दो बाबू।

इसके बाद बटुकचन्द ने परनिन्दा और ईर्ष्या नामक दो ऐसे हथियारों को एक साथ मिलाकर इस्तेमाल किया जिनके बारे में उनका अनुभव था कि ये कभी खाली नहीं जाते। आज भी ये कारगर सिद्ध हुए। उन्होंने कौशिक के कमरे की तरफ इशारा करते हुए जो पूछा उसका आशय यह जानना था कि उस कमरे में बैठनेवाला व्यक्ति भी क्या उनमें से ही है।

उत्तर में जो सूचनाएँ मिलीं उनके अनुसार वह व्यक्ति यानी कौशिक उनमें से हो ही नहीं सकता। यह व्यक्ति लोगों को धोखा देने के लिए अपने नाम के आगे कौशिक लगाता है। उसके आचार-विचार ऐसे हैं कि वह ब्राह्मण कैसे हो सकता है? चूँकि ये तीनों यू.पी. के हैं और वह पंजाब का है, इसलिए स्वाभाविक है कि वह क्षुद्र और लालची है। इसलिए दोनों उसे मुँह नहीं लगाते और उनकी सलाह के अनुसार बटुकचन्द को भी उसे मुँह नहीं लगाना चाहिए।

कौशिक-पुराण सुनने के बाद बटुकचन्द ने सिर्फ इतना कहा, "तभी तो।"

इस छोटे से वाक्य के बहुत से अर्थ लगाये जा सकते थे। उन दोनों बाबुओं ने इसका वही अर्थ लगाया जो वे चाहते थे कि 'तभी तो कौशिक इतने घटिया तरीके से आचरण करता है।'

इसके बाद के संवाद फुसफुसाहट में बदल गए। यह फुसफुसाहट कुछ-कुछ पारसी थिएटर में बोले जानेवाले स्वगत कथन की तरह थी। फर्क इतना था कि वहाँ

पूरा हाल उसे सुनता था, यहाँ कमरे में चूँकि सिर्फ तीन ही पात्र थे इसलिए सिर्फ वे ही सुन रहे थे। बीच-बीच में चपरासी कमरे में आ जाता था तो वह भी सुन लेता था। पर उसे सुनकर खामोश रहने की आदत थी। उसके बारे में यह मशहूर था कि वह तभी बोलता है जब वह बोलना चाहता है। वह नहीं बोले इसका उपाय दोनों बाबू जानते थे। उन्होंने कुछ सूत्र-वाक्य टुकड़ों में कहे और नतीजतन जब वे तीनों उठे तो बटुकचन्द को चपरासी के कन्धे पर हाथ रखकर पूछना ही पड़ा, "और बच्चे कैसे हैं उपाध्यायजी?"

उपाध्यायजी ने दोनों हाथ जोड़े और आँखें मूँदकर सिर आसमान की तरफ तान दिया। मतलब साफ था कि ऊपर ईश्वर है जो उनके बच्चों की देखभाल करता है और इसी देखभाल नामक क्रिया को सम्पादित करने के लिए बटुकचन्द जैसे प्राणियों को भेज देता है।

बटुकचन्द ने उन अफसरों की शान में कुछ कसीदे कहे जिन्होंने दफ्तर में चपरासी की जगह पर भी किसी शूद्र को नहीं घुसने दिया और बताया कि इस तरह वे भी अपने दफ्तर में तो जमादार की नौकरी भी सिर्फ ब्राह्मणों को ही देते हैं। यह बात और है कि उनके दफ्तर में कोई ब्राह्मण चपरासी या जमादार अपना काम खुद नहीं करता और अपनी तनख्वाह का चौथाई देकर दूसरों को काम पर रख लेता है।

"महँगाई बहुत बढ़ गई है।"

बटुकचन्द ने सिर हिला दिया। उपाध्याय ने महँगाई की वजह से इतना बड़ा त्याग किया था कि ब्राह्मण होकर चपरासी का काम कर रहा था और उसने अपनी जगह किसी शूद्र को नहीं रखा था और इसीलिए उसके बच्चों को मिठाई खाने के लिए बटुकचन्द को दो बार जेब में हाथ डालकर दस-दस के दो नोट निकालने पड़े।

उपाध्याय खुश हो गया और उसने फिर दोनों हाथ ऊपर उठा दिये। वह उन्हें नहीं ईश्वर को धन्यवाद दे रहा है, इस बात का बटुकचन्द ने बुरा नहीं माना। ईश्वर खुश नहीं होता तो वे उस कमरे में कैसे आते? वे उस कमरे में नहीं आते तो उपाध्याय को बीस रुपये कैसे मिलते और उनकी उन दोनों दुखी बाबुओं से मुलाकात कैसे होती? उन्होंने भी चपरासी की तर्ज पर दोनों हाथ ऊपर उठाये और बाबू नं. एक को लेकर बाहर निकल गए।

बाहर अभी धूप में तेजी थी, पर सचिवालय के गलियारों से गुजरने में पहले जैसी घबराहट नहीं हुई।

"आइए, कहीं चाय पीते हैं।"

बटुकचन्द ने घूमकर बाबू की तरफ देखा। वह उनसे कुछ दूरी बनाकर चल रहा था। उसके चेहरे से पूरी तरह अपरिचय टपक रहा था और अगर कोई तीसरा देखता तो उसे यही लगता कि वे दोनों एक-दूसरे को नहीं जानते।

"कहीं चाय पी जाय।"

बटुकचन्द ने अपनी चाल धीमी की, लेकिन बाबू ने अपनी चाल और धीमी कर दी। मतलब साफ था। बाबू नहीं चाहता था कि वहाँ से गुजरनेवाला कोई व्यक्ति यह समझे कि वे दोनों साथ जा रहे हैं। बटुकचन्द ने अपनी चाल बढ़ा दी।

सचिवालय का गलियारा किसी भूल-भुलैया की तरह था। बटुकचन्द सैकड़ों बार यहाँ आए थे और हर बार की तरह आज भी रास्ता भूल गए। वे कुछ ठिठककर बाहर निकलने का रास्ता तलाश रहे थे कि उनके पीछे से बाबू उन्हें कोहनी मारता हुआ आगे निकल गया। वे उसके पीछे लपक लिए। दोनों जब बाहर निकल आए तभी बाबू उनसे मुखातिब हुआ।

"हाँ, सर बताएँ क्या हुकुम है?"

"कहीं बैठकर चाय पी जाय।"

"कहाँ चलें?"

बटुकचन्द ने सचिवालय की कैंटीन की तरफ इशारा किया। बाबू ने चेहरे पर सहमने का भाव लाते हुए अपने कन्धे उचकाये और कहा, "सर जी, यहाँ दीवारों के भी आँख-कान हैं।"

"फिर?" के जवाब में बाबू ने जिस रेस्तराँ का नाम लिया वह राजधानी के इकलौते पाँचतारा होटल का हिस्सा था। बटुकचन्द एक क्षण को तो लड़खड़ाये, उन्होंने बाबू को नज़रों से तौला और इस फैसले पर पहुँचे कि बाबू इस लायक तो नहीं है कि उसे किसी पाँचतारा होटल में ले जाया जाय, पर ऐसा था कि अब इसके सिवाय कोई दूसरा विकल्प भी नहीं था। अन्दर दोनों बाबुओं से जो बातें हुई थीं उनसे यह आशा बँधी थी कि बाबू किसी ऐसे शख्स को जानता है जो मुख्यमन्त्री के बहुत करीब है और इतना करीब है कि उनके मन्त्री के आदेश को भी मुख्यमन्त्री से उलटवा सकता है। यह बाबू अलीबाबा के खुल जा सिमसिम की तरह कोई मन्त्र जानता था और इसी मन्त्र से उनकी किस्मत का ताला खुल सकता है और इस मन्त्र को जानने के लिए उन्हें उसे पाँच सितारा होटल में ले ही जाना पड़ेगा। कोई चारा नहीं, इसलिए वे बाबू को लेकर पार्किंग की तरफ बढ़े जहाँ उनकी कार खड़ी थी।

छह

कमरा कोई बड़ा नहीं था, लेकिन चटख रंग के गिलाफ चढ़े सोफासेटों से भरा हुआ था। कमरे में दो खिड़कियाँ थीं और दो दरवाजे। इन पर भी चटख रंग के पर्दे लटक रहे थे। समृद्धि अभी इस घर के निवासियों के जीवन में नयी-नयी आई थी इसलिए दरवाजों और खिड़कियों के दोनों तरफ एक-एक कील गाड़कर और उनमें स्प्रिंग बाँधकर पर्दे लटका दिये गए थे। एक को छोड़कर बाकी सारे स्प्रिंग ढीले पड़ गए थे इसलिए पर्दे लटककर जमीन में लथड़ रहे थे। फर्श पर सुर्ख लाल रंग का एक कालीन था जिसने सोफों से घिरी जमीन को छोड़कर सारे फर्श को ढँक रखा था। जैसा कि राजधानी के ऐसे किसी कमरे में होना चाहिए था यहाँ भी पूरा कमरा ठसाठस भरा था और इस ठसाठस-भरे कमरे में बटुकचन्द भी तीन के लिए बने एक सोफे पर पाँचवें सवार के रूप में बैठे थे और वही सब कर रहे थे जो दूसरे और लोग कर रहे थे।

ये लोग जोर-जोर से एक दूसरे से बातें कर रहे थे। ऐसे स्थलों और मौकों पर बातें कम की जाती हैं, खुद ब खुद ज्यादा होती रहती हैं। यहाँ बातें जुबान से ज्यादा फेफड़ों से की जाती हैं। जरूरी नहीं कि लोग अपने बगलवाले से ही बात करें। कमरे में ठुँसे हुए लोग अगल-बगल, दाहिने-बाएँ, सामने-पीछे, गरज यह कि किसी भी दिशा को मुखातिब हो सकते थे। बात करने के लिए जरूरी नहीं है कि आप जिसे सम्बोधित कर रहे हों, उसे जानते भी हों। यह भी जरूरी नहीं है कि एक समय में एक ही व्यक्ति को सम्बोधित किया जाय। आवाजें किसी गेंद की तरह आड़ी-तिरछी एक दूसरे को काटती हुई एक कोने से दूसरे कोने में उछल रही थीं। अकसर गेंद उछाली किसी के लिए जाती थी उसे लपक कोई और लेता था और फिर वह अपने तरीके से उसे किसी तीसरे के लिए उछाल देता था।

अफसर के लिए यह शर्मनाक माना जाता है कि वह धोती-कुर्ता, पाजामा पहने लोगों के साथ सार्वजनिक रूप से हँसे या बोले-बतियाए। अपने कमरे में या नेता के घर में वह उसके सामने पसर सकता है, उसके रोने लायक चुटकुलों पर छतफाड़ ठहाके लगा सकता है, सामनेवाले के वाक्य खत्म होने के पहले ही यस सर...जी सर

की मुद्रा में सर हिला सकता है, पर सार्वजनिक जगहों पर गम्भीरता उसका सबसे बड़ा हथियार होता है। आज भी इस कमरे में कुछ लोग सारी गहमागहमी में निर्लिप्त तटस्थ भाव से बैठे थे। उनकी आँखें दीवालों पर, पंखों पर या पर्दों पर टिकी हुई थीं। सिर्फ गौर से किसी के चेहरे पर आँखें टिकाने से ही पता चल पाता था कि कमरे में चल रही गतिविधियों को न देखने का प्रदर्शन करनेवाली उनकी आँखें कमरे में घटनेवाली अपने मतलब की हर घटना को देख रही थीं, कुछ न सुनने का भ्रम पैदा करनेवाले उनके कान अपनी दिलचस्पी का हर शब्द पकड़ रहे थे। ठहाकों पर निर्लिप्त दिखनेवाले उनके होंठ ध्यान से देखने पर फड़फड़ाते नज़र आते थे। ये अफसर लोग थे। निःसंग भाव से कमरे में बैठे लोगों में बटुकचन्द भी थे, जो लगातार यह प्रदर्शित कर रहे थे कि वे इस कमरे में अपनी खुशी से नहीं, बल्कि ढकेलकर लाये गए हैं। यहाँ तक कि वे अपने बगल में बैठे कुर्ता-पाजामाधारी प्राणी से भी ऐसे व्यवहार कर रहे थे जैसे वे उसे जानते ही नहीं। जबकि घोड़े जैसे लम्बे मुँह, खिचड़ी बालों और फरफराती मूँछोंवाला तथा उजली खादी का कुर्ता-पाजामा पहने हुए यह व्यक्ति अगर न होता तो वे इस कमरे में प्रवेश नहीं कर पाते।

यह व्यक्ति उन्हें कुछ ही घंटों पहले मिला था और राजधानी के इतिहास, भूगोल के बारे में उनके ज्ञान में उसने ऐसी-ऐसी जानकारियाँ जोड़ी थीं कि वे चमत्कृत थे। अगर वे अफसर न होते और उस कमरे में गम्भीर बने रहने की मजबूरी उनके समक्ष न होती तो अब तक दो-तीन बार उसके पैर छू चुके होते या हाथ जोड़कर अपने पान भरे मुँह को चुभलाते हुए यह जरूर कहते कि ‘धन्य हो गुरु’। ये सारी क्रियाएँ होटल से इस घर तक आने के दौरान वे सम्पादित करते आए थे।

इस विलक्षण शख्सियत से उनकी मुलाकात उस पाँचतारा होटल में हुई थी जहाँ सचिवालय से वे बाबू को लेकर पहुँचे थे।

होटल जाते समय रास्ते में बाबू ने जो बताया वह अगर क्रमवार लिखा जाय तो कुछ-कुछ इस तरह के वाक्य बनेंगे—बाबू उन्हें शर्माजी से मिलवाएगा। शर्माजी अपने ही आदमी हैं और बाबू तब से उन्हें जानता है जब वे राजधानी में नए-नए आए थे और बाबू के घर के पास सब्जी का ठेला लगाते थे।

उन्हीं दिनों शर्माजी की आँख एक ऐसी महिला से लड़ गई जो उस समय कुछ नहीं थी, पर आज पूरे देश में उसे इस प्रदेश की मिनी मुख्यमन्त्री कहा जाता है।

उन दिनों वह महिला भी गर्दिश में थी। उसका पति बेरोजगार था। महिला खूबसूरत थी और महत्त्वाकांक्षी भी।

शर्माजी ने उसे उधार सब्जियाँ दीं। उसकी सुन्दरता की तारीफ की और उसकी महत्त्वाकांक्षा को भड़काया।

राजधानी में कोई सुन्दर महिला अगर महत्त्वाकांक्षी भी हो तो सीधे राजनीति की तरफ भागती है।

आज की मिनी मुख्यमन्त्री, जिसका नाम सुमन है और जिसे लोग भाभीजी के नाम से पुकारते हैं और जो उस समय सुन्दर और महत्त्वाकांक्षी दोनों थीं, भी राजनीति की तरफ भागीं और बकौल बाबू के शर्माजी हालाँकि बेचते तो सब्जी थे लेकिन जमीनी यथार्थ पर उनकी इतनी मजबूत पकड़ थी कि उनके बताये गुरों से सुमन सिर्फ राजनीति की तरफ भागी ही नहीं, बल्कि राजनीति के अन्दर इतनी तेज दौड़ी कि मुहावरे की भाषा में देखनेवाले दाँतों तले उँगली दबाये देखते रह गए।

ये सूचनाएँ बाबू ने बटुकचन्द को होटल पहुँचते-पहुँचते रास्ते में दी थीं। रास्ते में ही एक पी.सी.ओ. के पास कार रुकवाकर वह अन्दर गया और थोड़ी देर बाद बाहर आकर कार में बैठते-बैठते उसने बताया, "शर्माजी से बात हो गई। साइत अच्छी थी जो घर में मिल गए। व्यस्त थे, पर मैंने इसरार किया तो मान गए। आधे घंटे में होटल पहुँच जाएँगे।"

आधे घंटे में तो नहीं, एक घंटे में शर्माजी इन लोगों के पास पहुँच गए। वे लोग जिस स्थान पर बैठे थे, वहाँ से प्रवेश द्वार बाबू के सामने पड़ता था। बटुकचन्द की पीठ उधर थी। चाय पीते-पीते उन्होंने देखा कि बाबू का चेहरा खिल उठा। मतलब साफ था कि प्रवेश द्वार पर शर्माजी प्रकट हो गए थे। बटुकचन्द ने घूमकर देखा। राजधानी की विशिष्ट पहचान अर्थात् खादी के कुर्ते-पाजामे, बेतरतीब घुँघराले बालों और हाथ में सेलुलर फोन लिए चालीसेक साल का एक व्यक्ति रेस्तराँ में घुस रहा था। होटल के कर्मचारी उसे सलाम कर रहे थे और वह उद्धत भाव से उपेक्षा का प्रदर्शन करते हुए अपने हाथों से उनके अभिवादनों का कुछ-कुछ ऐसे उत्तर दे रहा था कि अगर कोई चाहे तो यह भी समझ सकता था कि उसकी दिलचस्पी उन मक्खियों को उड़ाने में थी जो उस वातानुकूलित हाल में थीं ही नहीं।

शर्मा के व्यक्तित्व में कुछ ऐसा था जो किसी को भी चुम्बक की तरह खींचता है। उसने बैठते ही बेतकल्लुफी से पूछा, "और उपाध्यायजी क्या हाल-चाल है...ससुर लाला ने कायस्थपना दिखा ही दिया...आप ठहरे गऊ आदमी, उसकी मार में आ गए।"

उपाध्यायजी उर्फ बटुकचन्द ने आँखें सिकोड़ते हुए उसकी तरफ देखा। नौकरशाही का उसूल है कि अगर नेतानुमा व्यक्ति उपयोगी न हो तो उसके साथ बेतकल्लुफ नहीं हुआ जा सकता और अगर वह काम का हो तो उसके आगे पूरी तरह पसर जाना चाहिए।

अभी इस बात का फैसला होना बाकी था कि घोड़े जैसे मुँहवाला, लक-दक करता सफेद खादी कुर्ता-पाजामा पहने हुए और खाये-अघाये शरीर की चुगली करने वाली हलकी तोंद का मालिक शर्मा नामक यह व्यक्ति किस हद तक उपयोगी है?

बैठते-बैठते शर्मा ने जिन सूचनाओं के बारे में अपनी जानकारी का प्रदर्शन किया था वे तो उसे बाबू से भी मिल सकती थीं जब वह पी.सी.ओ. में उसे फोन

करने गया था। इसलिए अभी शर्मा से बेतकल्लुफी नहीं की जा सकती थी। बटुकचन्द सिर्फ हलके से मुस्कुराए और शर्मा को तौलते रहे।

"अरे ये साला कायस्थ बड़ी ऊँची खोपड़ी का है। आप सीधे-सादे आदमी हैं। कमबख्त ने सबसे पहले कौशिक को पकड़ा। उसने तो इस पी.डब्ल्यू.डी. मन्त्री के बेडरूम में घुसपैठ कर रखी है। अरे आप नहीं जानते उस कौशिक के बच्चे को? वही कौशिकवा जो आपके मन्त्री का पी.ए. है। साला मन्त्री के किचन से लेकर बेडरूम तक का इन्तजाम करता है। उसी ने सारी गड़बड़ की। आप तो अपना आर्डर लेकर चले गए इलाहाबाद और उधर लाला भाई आकर बैठ गए राजधानी में। अपने मन्त्री को तो जानते ही हैं। हर तरह की कमजोरी है वहाँ...अब आपसे क्या छुपा है! कौशिक करता है सारे इन्तजाम। कितना पेमेंट हुआ है हमें सब पता है।"

शर्मा पानी पीने के लिए रुका। बटुकचन्द ने एक बार उसे तौलने की कोशिश की, लेकिन अब तक उनकी आँखों में कमजोरी आने लगी थी। इतनी जानकारी बाबू पी.सी.ओ. से नहीं दे सकता था। इस नेता के सामने बिछा जा सकता था। उन्होंने होंठ फैलाये और पान से रँगे कत्थई दाँतों का प्रदर्शन किया, "अब यहाँ आपसे क्या छिपा रह सकता है?"

बाबू को लगा कि यहाँ तो दोनों पक्षों में सीधे संवाद की गुंजाइश बन रही है। 'अब तेरा क्या होगा कालिया' वाले अन्दाज से वह भी मंच पर कूद पड़ा।

"राजधानी में दिन-भर क्या होता है, सबकी रिपोर्ट शाम तक शर्माजी के पास पहुँच जाती है। इसीलिए तो मैंने साहब से कहा कि एक बार शर्माजी के दबरार में बात पहुँच जाय फिर निश्चिन्त होकर हम लोग घर बैठें। शर्माजी सब देख लेंगे।"

शर्मा ने हाथ से हवा में कुछ मारने की कोशिश की। बटुकचन्द ने चारों तरफ मक्खी तलाशने के लिए नज़र दौड़ायी। सामने एक बैरा आकर खड़ा हो गया तब उनकी समझ में आया कि शर्मा की यह खास अदा है जिसे इस होटल के बैरे भी पहचानते थे।

बैरा सिर्फ आया नहीं। शर्मा ने अपनी जुबान, आँख और ठोढ़ी के इशारों से जितना कुछ समझाया उससे ज्यादा वह अपनी पेंसिल से कागज के टुकड़ों पर लिखता रहा। बटुकचन्द की समझ में सिर्फ इतना आया कि उन्हें पूरी कार्यवाही के बाद काफी कुछ भुगतान करना पड़ेगा। पर अब उन्हें खल नहीं रहा था। जिस तरह की सूचनाएँ शर्मा के पास थीं और जितने विश्वास के साथ वह राजधानी के बड़े लोगों के नाम ले रहा था उससे बटुकचन्द को लगा कि खाद्य और पेय पदार्थों की जो लम्बी सूची बैरे ने नोट की थी, वह उतनी लम्बी नहीं थी जितनी उसकी पेंसिल चलते समय लग रही थी।

"दिसम्बर में कमलाकान्त का तबादला कराने का क्या मतलब? अरे आपको तो मार्च-अप्रैल में ही कोशिश कर लेनी चाहिए। दिसम्बर तक तो फसल पककर

तैयार हो गई, अब कटने का वक्त आया तो आप डिगरी लाकर किसान को दिखा रहे हैं कि भाई खेत तुम्हारा नहीं है। ऐसे में तो किसान लड़ेगा ही। क्यों भाई, मैं कुछ झूठ बोल रहा हूँ?" उसने बाबू की तरफ देखा।

बाबू का ध्यान मेज पर लगनेवाली प्लेटों की तरफ था जिन्हें बैरा धीरे-धीरे मेज पर सजा रहा था। शर्मा को अपनी तरफ मुखातिब होते देखकर वह सकपकाया, फिर मुँह में थूक घोंटते हुए उसने कहा, "अरे शर्माजी हम भी तो किसान आदमी हैं। कौन साला फसल पकने के बाद हमारे खेत की तरफ आँख उठाकर देखेगा। साले की आँख निकालकर...उसमें डाल देंगे।" बाबू पाँच सितारा होटल से आक्रान्त था। सचिवालय होता तो अंग विशेष का नाम भी ले लेता।

बटुकचन्द ने गला खँखारकर कुर्सी पर अपनी जगह बदली। बाबू को लगा उसने शर्मा के मतलब की बात कह दी थी, वह फिर से प्लेटों को घूरने लगा।

"यही तो हम भी कह रहे हैं। लड़ाई में हमें दुश्मन की ताकत और कमजोरी का बराबर खयाल रखना चाहिए," किसी अनुभवी सैन्य विशेषज्ञ की तरह शर्मा ने सलाह दी, "अब आप देखिए कि पूरे प्रदेश को मालूम था कि इस बार बारहसाला कुम्भ लगने वाला है। छोटे-मोटे चपरासी मेट भी लाख-दो लाख घर ले आएँगे। एक दर्जन से ज्यादा अधिशासी अभियन्ता लाइन में थे। यहाँ राजधानी में खुली बोली हो रही थी। पता नहीं आप उस बोली में थे या नहीं?" उसने बटुकचन्द की आँखों में आँखें डालीं।

बटुकचन्द ने आँखें झुका लीं। यह कमबख्त जितना जानता है उसमें अपनी तरफ से कुछ जोड़ने की जरूरत नहीं है। उन्होंने प्लेट में से एक पनीर पकौड़ा उठाया और मुँह में डाल लिया। बाबू के लिए यह इशारा था। उसने अपनी प्लेट भरनी शुरू कर दी।

"आप सीधे आदमी हैं। आप नहीं रहे होंगे या रहे भी होंगे तो किसी सही आदमी के पास नहीं पहुँचे होंगे। हमारे पास तो आए नहीं। एक चिड़ीमार आया था भाभीजी के पास। लगा सौदेबाज़ी करने। हमने डाँटकर भगा दिया। अरे हम, कोई बनिया-बक्काल तो है नहीं कि दुकान खोल कर बैठे हों। हम तो सम्बन्ध बनाते हैं और फिर जीवन भर उसका निर्वाह करते हैं।"

बटुकचन्द ने अपनी प्लेट भर ली। अब तक के वार्तालाप से उन्होंने दो सन्देश पकड़े थे। शर्मा जब 'हम' शब्द का इस्तेमाल करता था तो उसका मतलब खुद से और भाभीजी से था। भाभीजी वही महिला थीं जिनको लोग प्रदेश की मिनी मुख्यमन्त्री कहते थे और जिनके बारे में बाबू उन्हें बताता आया था। दूसरा सन्देश यह था कि शर्मा को सिर्फ एक बार पेमेण्ट नहीं करना होगा। वह जीवन भर का सम्बन्ध बनाता था अर्थात् नौकरी के बाकी साल भी उसे कुछ न कुछ देना ही पड़ेगा।

शर्मा ने अपनी प्लेट में कुछ नहीं लिया। सीधे हाथ डालकर डोंगे में से दो

रसगुल्ले निकाले और गपागप मुँह में डाल लिए। खूबसूरती यह थी कि चाशनी उसके हाथों और होंठों से चारों तरफ टपकी, पर उसके स्वच्छ धवल कुर्ते-पाजामे पर एक बूँद नहीं गिरी। बटुकचन्द के सामने दो विकल्प थे। वे शर्मा के बड़े-बड़े मैले नाखूनों वाले हाथ को चाशनी में डूबते और फिर जूठी चाशनी को चारों तरफ गिरते देखकर घिना आए अपने चित्त के भाव मुँह पर आ जाने देते या फिर शर्मा की इस कलाबाजी पर कि चाशनी की एक भी बूँद उसके सफेद कपड़ों पर नहीं पड़ी, स्निग्ध प्रशंसात्मक भाव से मुस्कुराते। उन्होंने दूसरे विकल्प को चुना। मन्द-मन्द मुस्कुराते हुए वे प्रतीक्षा करते रहे कि शर्मा अब किस खाद्य पदार्थ पर हमला करेगा। पर उसने अपनी हथेली उलटी करके अपने मुँह पर लगी हुई चाशनी मिली लार पोंछी और फिर दोनों हाथों को मेजपोश से पोंछ डाला।

"मैंने कहा न, बड़े साहब आप सीधे आदमी हैं। आप हम लोगों के पास आए नहीं उस सीतापुरवाले फ्राड के साथ घूमते रहे..."

बटुकचन्द खामोशी से शर्मा को पानी पीते देखते रहे। साला पूरा घाघ है। जानता सब है, पर मेरे मुँह से सुनना चाहता है।

"कमलाकान्त ने सही ताले की सही चाबी पकड़ ली..."

फिर शर्मा ने विस्तार से अपने सूत्र वाक्य की व्याख्या की। राजधानी में अलग-अलग ताले थे और उनको खोलने के लिए अलग-अलग चाबियाँ थीं। सही चाबी लग जाने पर ताला खुल जाता था। पी.डब्ल्यू.डी. मन्त्री नामक ताले की चाबी कौशिक नामक पी.ए. था।

"पर गुरुजी आप भी कम नहीं निकले। साले ललवा को उसी के दाँव से पटखनी दे दी। दिसम्बर में कौशिक से ही उसका तबादला करवा दिया.."

इस बार शर्मा ने उन्हें सीधा आदमी नहीं कहा था और उन्हें कमलाकान्त के बराबर रखा था इसलिए बटुकचन्द ने कुर्सी पर जगह जरूर बदली, पर चेहरे पर वही मुस्कान रहने दी जिसका मतलब यह होता है कि सामनेवाला कहता रहे, सुननेवाला सुन भी रहा है, नहीं भी सुन रहा है, सहमत भी है असहमत भी।

"हमें सब पता है सरकार बहादुर, क्या-क्या हुआ? पहले वर्मा आया, ऑर्डर ले गया। फिर आप आए आपका ऑर्डर हो गया। फिर वर्मा आया और अपना ऑर्डर कराकर ले गया। हमें तो साहब ये खेल पसन्द नहीं है। अपना तो एक उसूल है, एक बार सम्बन्ध बनाएँ तो फिर पूरी जिन्दगी उसे निभाते हैं। अगर हमने बीस लेकर वर्मा को ऑर्डर दिलवा दिया तो फिर आप पच्चीस-पचास कुछ भी दें हम तो नहीं बदल सकते। क्यों साहब ठीक कह रहे हैं न..."

बटुकचन्द ने कुछ उत्तर नहीं दिया। सिर्फ मुस्कुराते रहे और उसे तौलते रहे। जो संख्या उसके मुँह से निकली थी, वह सही नहीं थी, पर सच के काफी करीब थी। अपने मुँह से वे लेन-देन में खर्च हुई रकम का आभास नहीं देना चाहते थे। उनकी जगह उत्तर

दिया बाबू ने जो अब तक सामने रखी खाने-पीने की सारी सामग्री निपटा चुका था और मेज पर रखे सारे नैपकिनों से बारी-बारी अपना मुँह-हाथ पोंछकर मुँह में उँगली डाल-डालकर दाँतों में फँसे रेशे निकाल रहा था। शर्मा की बात का जवाब उसने दिया, पर सम्बोधित किया बटुकचन्द को ही—"मर्द की बात तो यही होती है पंडितजी। ये क्या कि ज्यादा पैसा देखकर जुबान बदल दें।"

फिर काफी देर तक दोनों ने मर्दानगी और रिश्वत के सम्बन्धों पर विचार-विनिमय किया। उसके अनुसार जिस तरह मर्द की जुबान एक होती है उसी तरह अगर आपने किसी से पैसा ले लिया है तो फिर आप बदल नहीं सकते। अगर आपने विरोधी से ज्यादा पैसा लेकर पहलेवाले का काम बिगाड़ दिया तो आप मर्द नहीं हैं। शर्मा चूँकि मर्द था इसलिए वह जीवन-भर के लिए सम्बन्ध बनाता था।

बटुकचन्द मुस्कुराते रहे और सुनते रहे। उनकी दिलचस्पी जीवन-भर के सम्बन्धों में नहीं थी। कुम्भ खत्म होने के बाद वे सम्बन्धों का नवीनीकरण कर सकते थे। अब समय आ गया था जब उन्हें हस्तक्षेप करना था।

"इसीलिए तो आपकी शरण में आया हूँ शर्माजी। मैं तो खुद एक बार किसी से रिश्ता कायम हो जाय, तो जीवन-भर निभाता हूँ। आप आजमाएँगे तो पीछे नहीं पाएँगे।"

"सो तो है। आपको देखते ही मुझे लग गया था कि आप सीधे आदमी हैं। आपसे खूब पटेगी। आश्चर्य है कि अभी तक आपसे मुलाकात क्यों नहीं हुई थी?"

"सब समय-समय की बात होती है। जब तक लिखा न हो कुछ नहीं होता," बटुकचन्द ने छत की तरफ निगाहें उठा दीं।

"हाँ, यह तो है साहब। जब तक भाग्य में न लिखा हो इनसान कुछ नहीं कर सकता। आज बदा था इसलिए साहब मेरे कमरे में आ गए। मैंने सुनते ही कहा कि बस शर्माजी ही कष्ट-निवारण कर सकते हैं। जब तक लिखा न हो..." बाबू ने भी छत की तरफ देखने की कोशिश की, पर ऊपर जाती-जाती उसकी निगाहें उस सुन्दर औरत के चेहरे पर अटक गईं जो इस बीच उनके सामनेवाली कुर्सी पर आकर बैठ गई थी और वह वहीं भाग्यविधाता को तलाशने लगा।

"चलिए साहब किस्मत को आज ही मंजूर था तो आज ही सही। अब मिल गए हैं तो कुछ-न-कुछ अच्छा ही होगा। अब बताइए कि क्या करना है...कैसे करना है।"

बटुकचन्द खुश हुए कि इतनी लम्बी-चौड़ी भूमिका के बाद वे उस बिन्दु तक आ गए हैं जहाँ से काम की बातें शुरू हो सकती हैं। इसके बाद उन्होंने वही किया जो उन्हें ऐसे मौके पर करना चाहिए था और जिसकी उम्मीद शर्मा कर रहा था। उन्होंने अर्थपूर्ण नजरों से बाबू की तरफ देखा। बाबू जो अभी तक कनखियों से सुन्दर महिला की तरफ देख रहा था अब पूरी तरह उसी को घूरने लगा। साफ था कि वह कोई इशारा समझने के लिए तैयार नहीं था। उसने सारी जमीन जोती-बोई थी

और अब जब बीज छींटने का मौका आया तो उससे अपेक्षा की जा रही थी कि वह वहाँ से चला जाय। उसने इशारा समझने से इनकार कर दिया।

"पंडितजी आप जरा हजरतगंज से बढ़िया पान लगवा लाओ। साहब की गाड़ी ले लो...नहीं तो मेरी गाड़ी लेते जाओ," अब शर्मा ने हस्तक्षेप किया।

"अभी यहाँ से निकलेंगे तो बाहर कहीं खा लेंगे," बाबू ने हलके स्वर में प्रतिवाद किया।

"नहीं...नहीं...ले आओ। ससुर घंटा भर हो गया बिना पान खाये। हम तो साहब बनारस के हैं। लाख लखनऊ में रह लें, पर पान के बिना मन नहीं मानता," शर्मा हँसा। बाबू भी हँसा, पर बेमन से और उठकर बाहर चला गया। उसके बाहर जाते ही बटुकचन्द ने अपनी जेब से पनडब्बा निकाला और शर्मा के आगे बढ़ा दिया। शर्मा ने दो बीड़े निकाले और मुँह में ठूँस लिए।

"पान बढ़िया है पंडितजी।"

"यही तो एक चीज है साहब जिसका हमें नशा है। शराब हम छूते नहीं... सिगरेट हमने पी नहीं...एक चीज के सहारे जिन्दगी काट रहे हैं।"

दोनों ठठाकर हँसे। बटुकचन्द ने भी दो बीड़ा पान मुँह में ठूँसे। अब मैदान बराबर हो गया था और बात की जा सकती थी।

"हाँ, तो बताइए साहब क्या करना है...कैसे करना..?"

क्या करना है? इसे बताने की जरूरत नहीं थी। कैसे करना है, इसी पर बहस होनी थी। सामनेवाले को कितना पता है, इस पर कैसे करना है, तय होना था। अब तक की बातचीत से यह तो साफ हो गया था कि शर्मा जानता है कि कैसे कमलाकान्त ने मार्च में अपना तबादला कुम्भ मेला डिवीजन में कराया, फिर बटुकचन्द ने दिसम्बर में उसे हटाकर खुद को वहाँ तैनात करा लिया और फौरन बाद कमलाकान्त ने फिर अपना तबादला रुकवा लिया।

पर यह तो पूरी राजधानी को पता था। इसमें पेंच यह था कि लेन-देन कितने का हुआ, यह उसे पता है या नहीं? बीच-बीच में उसने जो रकमें बोली थीं वे सच के करीब थीं, पर सच नहीं थीं। इसका मतलब इस पर सौदेबाजी हो सकती है।

सौदेबाजी इसी पर शुरू हुई। शर्मा ने जो रकम कमलाकान्त द्वारा खर्च की गई बतायी वह यथार्थ में दोगुनी से ज्यादा थी। जवाब में बटुकचन्द ने जो अपना खर्चा बताया, वह उनके द्वारा खर्च किए गए धन का तिहाई था। यह काम का उसूल था। इसमें दोनों पक्ष एक दूसरे को तौलते हैं, आगे-पीछे होते हैं। फिर किसी एक रकम पर सौदा तय कर लेते हैं।

"पच्चीस। देखिए भाभीजी तो अब छोटे कामों में हाथ डालती नहीं। इससे कम कहूँगा तो मेरा घर में घुसना भी बन्द हो जाएगा।"

"मेरे लिए तो आप सब कुछ हैं शर्माजी। पाँच ठीक रहेगा।"

"पच्चीस।"

"पाँच।"

"क्या बनियावाली बातें करते हैं पंडितजी आप। पाँच-दस के लिए भाभीजी किसी काम में हाथ नहीं डालतीं।"

"मेरे लिए तो आप ही भाई साहब हैं आप ही भाभीजी। मैं जितना कर सकता हूँ आपसे निवेदन कर दिया। इसके बाद गर्दन पकड़ेंगे तो एक-दो और कर दूँगा, पर इसके आगे तो हाथ जोड़ दूँगा।"

"ऐसे तो बात नहीं बनेगी बड़े साहब। इससे ज्यादा तो कमलाकान्त वर्मा को खबर कर दी जाये तो वही पहुँचा जाएगा जबकि उसके लिए करना कुछ नहीं है। मैं तो समझा था कि आप सीधे आदमी हैं आपके साथ एक सम्बन्ध बन रहा है, जीवन-भर चलेगा। पर आप व्यापार करनेवाली बात कर रहे हैं..."

अन्तर्राष्ट्रीय कूटनीति की तरह इस तरह की सौदेबाजी में भी धैर्य सबसे बड़ा निर्णायक तत्त्व होता है। दोनों पक्ष इसे जानते थे, इसलिए दोनों पक्षों ने बीच-बीच में बात खत्म होने की घोषणा की, दोनों ने उठने का इरादा जताया, लेकिन न तो बात खत्म हुई और न ही कोई उठा।

बात तभी खत्म हुई जब बाबू पान लेकर हाल में वापस घुसा। बटुकचन्द ने अपना पनडब्बा उठाकर जेब में रख लिया।

"बड़ी देर लगा दिये," बाबू के लाये पान के बीड़ों में से दो उठाकर मुँह में ठूँसते हुए शर्मा ने कहा, "तम्बाखू नहीं लाये क्या?"

"लाए हैं। हमें पता नहीं क्या कि आप एक सौ बत्तीस नम्बर लेते हैं।"

बाबू ने पलाश के पत्ते में लिपटा तम्बाखू सामने बढ़ाया। "अरे हम जानते हैं, आपका कोई काम हलका नहीं होता। ई तो साला आपका मन्त्री चूतिया है, आपको काम नहीं देता, सारा काम कौशिकवा से कराता है..." शर्मा ने बाबू की दुखती रग पर हाथ रखा।

"अब आपको हमारा भी कुछ उद्धार कराना है शर्माजी। पहले साहब का काम हो जाये फिर हमारा भी कुछ खयाल कीजिएगा। भाभीजी से या तो हमारे मन्त्री को डँटवा दीजिए या फिर सी.एम. के यहाँ लगवा दीजिए हमें। आपका एक आदमी होना चाहिए वहाँ भी।"

"करेंगे...करेंगे। इस बार भाभीजी से कहेंगे ताकि आपको सी.एम. के यहाँ ही लगवा दें," शर्मा ने फिर हाथ से कुछ मक्खी जैसा मारने का प्रयास किया। एक बैरा बिल लेकर हाजिर हो गया। बिल शर्मा ने उठाने का प्रयास किया। बाबू ने भी ऐसा प्रदर्शन किया कि अगर बिल उसने नहीं चुकता किया तो उसके साथ बहुत बड़ा अन्याय हो जाएगा। बटुकचन्द को मालूम था कि बिल चुकाना तो उन्हें ही है, इसलिए उन दोनों की मजबूत पकड़ में से उन्होंने आसानी से बिल अपनी तरफ खींच

लिया और जेब से पर्स निकालकर रुपये गिनने लगे।

"फिर?"

बाबू के इस प्रश्न का किसी ने उत्तर नहीं दिया। उसकी भूमिका खत्म हो गई थी और नाटक के दूसरे पात्र मंच से उसके प्रस्थान की प्रतीक्षा कर रहे थे।

"फिर?"

इस बार भी किसी ने उत्तर नहीं दिया। शर्मा उठा और हाल के बाहर की तरफ चल दिया। बटुकचन्द ने बैरे द्वारा वापस लाये गए नोट गिने, उसमें से दस का एक नोट तश्तरी में रखकर बैरे को जाने का इशारा किया। बैरे के जाने के बाद अपनी जेब से कुछ और नोट निकाले और पहलेवाले नोटों में मिलाकर बाबू की तरफ बढ़ा दिया। बाबू को उसके प्रश्न का उत्तर मिल गया। उसने खीसें निपोरीं और नोट जेब में रख लिए।

जब वे लोग बाहर निकले, बाहर पूरी तरह अँधेरा छा गया था।

"आपको कहाँ छोड़ें?" बटुकचन्द ने बाबू से पूछा। बाबू ने जिस जगह का नाम लिया वह उनके गन्तव्य के विपरीत पड़ती थी।

"टैक्सी का पैसा दे दीजिए, चले जाएँगे।" शर्मा ने अपनी आवाज की झुँझलाहट छिपाते हुए कहाँ

बटुकचन्द ने जेब से एक नोट निकाला और बाबू के हाथ में थमा दिया। बाबू ने फिर अपने दाँत चियार दिये।

"देखिएगा शर्माजी। मेरा भी देखिएगा। और नहीं तो सी.एम. के यहाँ ही रखवा दीजिए। एक बार भाभीजी चाह लें तो..." बाबू रिरियाया।

"देखेंगे...देखेंगे। कुछ न कुछ करेंगे।" शर्मा ने हाथ से काल्पनिक मक्खी उड़ायी। "अपनी गाड़ी को कहिए हमारे पीछे आए।" शर्मा अपनी कार की तरफ बढ़ा। बटुकचन्द ने अपने ड्राइवर को पीछे आने का इशारा किया और खुद शर्मा की कार का दरवाजा खोलकर उसमें बैठ गया।

भारतीय होने का एक फायदा है। आप कभी भी दार्शनिक हो सकते हैं। इसके लिए अवसर, समय या साथी की बाध्यता नहीं होती।

कार चली तो शर्मा भी दार्शनिक हो गया। उसके लिए दार्शनिक होने के पीछे दो कारण थे। एक तो उनकी आज की मुलाकात जिसके लिए वह बार-बार भाग्यवादी हुआ जा रहा था।

"अब देखिए न पंडितजी जब लिखा था तभी मुलाकात हुई। पिछले साल आप सीतापुरवाले साले फ्राड के साथ घूम रहे थे तो हमें पता चल गया था। हमने सोचा भी कि आप भले आदमी हैं, आपको बुला लें, पर भाभीजी ने कहा कि शर्मा सब भाग्य-भाग्य की बात होती है। जिस दिन लिखा होगा, उस दिन हो जाएगी मुलाकात। तो आज हो गई साहब।"

दार्शनिक होने का दूसरा कारण कुछ ऐसा था कि बटुकचन्द अचकचा गए। उनकी समझ में नहीं आया कि वे इस पर हँसें या उदास हो जाएँ।

"आज मैं आपको भाभीजी के पास ले जा रहा हूँ। एक जमाना था यही भाभीजी मेरे पास लोगों को लाती थीं। सब समय-समय की बात है साहब।"

शर्मा ने उसाँस ली तो बटुकचन्द कार के शीशे से बाहर झाँकने लगे। कहावत है कि दीवारों के भी कान होते हैं। यहाँ दीवार तो नहीं थी, पर दो कानोंवाला ड्राइवर कार चला रहा था। कुछ भी कहना खतरे से खाली नहीं था, इसलिए सबसे आसान रास्ता था कि वे बाहर झाँकने लगते, और वे यही करने लगे।

दार्शनिकता का हमला अकसर लोगों को खामोश कर देता है। यहाँ तो उसने शर्मा को सुला दिया। शर्मा की नींद तभी खुली जब कार उस मकान के बाहर रुकी जिसके कमरे में बटुकचन्द इस समय बैठे हुए थे और उनके बगल में शर्मा बैठा था।

कमरे में बैठे लोगों के बीच में बातचीत जिन विषयों पर हो रही थी वे राजधानी के सबसे प्रिय विषय थे। तबादले और लाइसेंस राजधानी के साहित्य और संस्कृति थे। राजनेताओं के घरों, दलालों के ठिकानों, पार्टी दफ्तरों और सचिवालय के कक्षों में चौबीस घंटे इन्हीं पर गोष्ठियाँ होती रहती थीं। राजनीतिक दलों के घोषणा पत्रों में बड़ी-बड़ी बातें लिखी जाती थीं, पर उनके कार्यकर्ता जानते थे कि लिखी बातें प्रमाण नहीं होतीं। चुनाव खत्म होते ही चौराहों पर गायें घोषणा-पत्रों को खाती दिखाई पड़ने लगती थीं। नेता लोग वापस तबादला और लाइसेंस उद्योग में लग जाते। और जो नेता तबादले करा सकता या लाइसेंस दिला सकता उसी के यहाँ सबसे अधिक भीड़ लगती। भाभीजी उर्फ मिनी मुख्यमन्त्री के यहाँ आजकल सबसे अधिक भीड़ लग रही थी क्योंकि आजकल सबसे अधिक तबादले वही करा रही थीं।

बटुकचन्द अफसर थे इसलिए भीड़ में बैठे दूसरे अफसरों की तरह मुँह गिराये बैठे थे। ये सभी किसी न किसी दलाल के साथ यहाँ पहुँचे थे। सबका कोई न कोई काम था। पर चूँकि ये अफसर थे इसलिए मातमी सूरत बनाये रखने के लिए अभिशप्त थे। दलाल चहक रहे थे, अफसर मुँह लटकाये हुए थे।

भाभीजी मुख्यमन्त्री की कोठी पर किसी मीटिंग में गई हुई थीं। मीटिंग होते ही वहाँ पहुँचेंगी, इसकी सूचना लेकर बीच-बीच में लोग आ रहे थे और अन्दर चले जा रहे थे।

सूचना देनेवाले नौजवान लड़के थे जो अन्दर से प्रकट होते और कमरे में बैठे एक दो लोगों से हाथ मिलाते, एक दो लोगों के पैर छूते, एक-दो लोगों को जेब से निकाल कर पान देते और इन सारी व्यस्त कार्यवाहियों के बीच यह भी घोषित करते रहते कि भाभीजी बस आ ही रही हैं...वो तो मुख्यमन्त्रीजी ने इतनी इम्पोर्टेण्ट मीटिंग रख ली है, नहीं तो आज तो कहीं निकलने वाली नहीं थी।

इन लड़कों में कुछ चीजें अद्‌भुत रूप से समान थीं। पच्चीस-तीस के बीच की उम्र

वाले ये लड़के खद्दर का कड़क कलफदार कुर्ता-पाजामा पहने, हाथों में सेल फोन लिए, हलकी दाढ़ी बढ़ाए, मुँह में पान ठूँसे एक ही जैसी व्यस्तता में डूबे लगते थे। वे ये दिन थे जब अभी सेल फोन राजधानी में भी बहुत कम लोगों के पास थे इसलिए मुग्ध भाव से लोग उन्हें इसका इस्तेमाल करते देखते। वे तेजी के साथ कमरे में घुसते। अकसर उस समय सेल फोन पर बतियाते रहते और फिर उसी तेजी के साथ कमरे का एक चक्कर लगाते हुए अन्दर चले जाते।

ये लड़के भाभीजी के कार्यकर्ता थे। पार्टी के पुराने नेता जब उनके और मुख्यमन्त्री के बीच किसी रिश्ते की तरफ अश्लील ढंग से इशारा करते तो यही लड़के उनकी ठुकाई करने के काम आते थे। कोई अफसर अगर सिर्फ फोन से बात नहीं समझ पाता तो ये जाकर उसे उसके कमरे में समझा आते। पार्टी का केन्द्रीय नेतृत्व प्रदेश के झगड़े सुलझाने के लिए कोई पर्यवेक्षक भेजता तो ये लड़के उसे बताते कि किस तरह पुराने नेतृत्व ने आज तक कार्यकर्ताओं की उपेक्षा की है और किस तरह भाभीजी ने पहली बार जमीनी कार्यकर्ताओं को पहचाना है और उन्हें महत्त्व देना शुरू किया है। अकसर यह फैसला भी यही लड़के करते कि केन्द्रीय नेताओं से प्रदेश का कौन सा नेता मिलेगा और किसे मिलने से रोकना है।

सत्ता पार्टी की मुख्य शक्ति उसके भीतर का अनुशासन था और वे लड़के उसी अनुशासन को कायम करते थे।

बटुकचन्द थोड़ा असहज हो उठे। काफी देर से उन्हें लग रहा था कि कमरे में आनेवाले लड़कों का व्यवहार शर्मा के प्रति ऐसा है कि जिसे परिभाषित करना कुछ-कुछ मुश्किल-सा है। लगभग हर अन्दर आनेवाला लड़का शर्मा को अभिवादन जरूर करता है और कुछ एक तो उसका पैर भी छूते हैं, पर इससे अधिक कुछ नहीं। शर्मा कुछ कहने की कोशिश करता है तो उसका वाक्य अनसुना रह जाता है और 'हाँ...हूँ...' से अधिक उत्तर नहीं मिलता। एक बार शर्मा ने एक लड़के को हाथ पकड़कर बगल में बिठा लिया। उसने उसके कान में कुछ कहना शुरू किया ही था कि लड़के ने जेब से पान निकाला, शर्मा की तरफ बढ़ाया और जैसे ही शर्मा ने पान मुँह में डाला लड़का उठकर आगे बढ़ गया।

सहसा शर्मा उठा और अन्दर की तरफ बढ़ चला। बटुकचन्द का दिल धड़कने लगा। इस दरबार में शर्मा की हैसियत का पता इसी से चलेगा कि घर के अन्दर उसका प्रवेश होता है या नहीं? जिस आत्मविश्वास के साथ शर्मा अन्दर जा रहा था उससे यह तो स्पष्ट था कि वह इस घर के अन्दर जाता रहा है। बटुकचन्द को लगा कि उनके अभियान की सफलता शर्मा की इस हरकत में निहित है। शर्मा अन्दर चला गया तो उन्होंने लम्बी साँस ली।

दो ही मिनट बाद शर्मा बाहर आ गया। एक मजबूत लड़का उसे अपनी बाँहों में भरकर ला रहा था। शर्मा बटुकचन्द को देखकर मुस्कुराया। उनकी जान में जान

आई। लड़का दोस्ताना अन्दाज में गलबहियाँ डाले शर्मा को ला रहा था। पता नहीं क्यों उन्हें लगा कि शर्मा को वहाँ लाया जाना घसीटने जैसा था और उसकी मुस्कुराहट खिसियाहट का आभास दे रही थी। बटुकचन्द अचकचाये। लड़का जबर्दस्ती ढकेलता हुआ शर्मा को उनकी बगल में पटक गया।

"यहीं बैठिए शर्माजी...भाभी जी आने ही वाली हैं...क्या है कि उनकी सी.एम. के यहाँ मीटिंग पड़ गई न...नहीं तो आज कहीं जानेवाली नहीं थी।"

बटुकचन्द का दिल डूबने लगा। वे समझ नहीं पा रहे थे कि कौन सी स्थिति ठीक थी। लड़का दोस्ताना अन्दाज में शर्मा को वहाँ तक लाया या फिर अवांछित अनाहूत सामग्री की तरह पटक गया था। पाँच सितारा होटल का बिल कितने का था? उन्होंने याद करने की कोशिश की। फिर उस साले बाबू को इनाम-इकराम और टैक्सी का किराया अलग से दिया। सब बेकार गया। खैर यहाँ तक आ तो गए ही हैं। अब बाकी ऊपरवाले के हाथ। उन्होंने छत की तरफ देखा जहाँ पंखा चल रहा था, उस पर अगर कोई ईश्वर बैठा था तो वह इतनी तेज घूम रहा था कि उन्हें दिखाई नहीं पड़ा। वे कमरे की आवाजों से दूर होकर उसी को खोजने लगे।

कमरे की आवाजें एक क्षण की खामोशी में डूबीं और फिर ज्यादा तेजी से भनभनाने लगीं।

भाई साहब अर्थात् भाभाजी के पतिदेव का कमरे में प्रवेश हो गया था। उनके इर्द-गिर्द वही लड़के थे जो बार-बार कमरे में आ-जा रहे थे। खचाखच भरे कमरे में बीच वाले सोफे पर कुछ हलचल हुई और उसके बीचोंबीच इतनी जगह बन गई जिस पर भाई साहब बैठ गए। यह चमत्कार सिर्फ राजधानी के इन्हीं कमरों में होता था जहाँ तीन की जगहवाले सोफे पर सात लोग बैठे हों और बिना किसी के अपदस्थ हुए एक और व्यक्ति के लिए जगह बन जाय।

"आ गई हैं...बस अन्दर हाथ-मुँह धोकर आ रही हैं," भाई साहब ने बिना किसी की तरफ मुखातिब हुए कहा, मतलब सूचना सभी के लिए थी। सबने सिर हिला दिया।

"आज गर्मी कुछ ज्यादा है भाईजी।"

"गर्मी नहीं उमस है।"

थोड़ी देर इस पर बहस हुई कि गर्मी ज्यादा है या उमस।

"इसीलिए तो आज कहीं निकलने का मन नहीं था। इन्होंने तो मना कर दिया था कि कहीं आएँ-जाएँगी नहीं। वो तो सी.एम. लौटे दोपहर बाद दिल्ली से और शाम को उनकी कार हाजिर। पहले तो मना कर रही थीं, फिर मैंने कहा तो मान गईं। मैंने कहा बेचारे दो दिन बाद दिल्ली से लौटे हैं, कुछ न कुछ सलाह-मशविरा करना होगा। तब गईं। बस अभी वापस लेकर आया हूँ। अन्दर हाथ-मुँह धोकर आ रही हैं।"

"गर्मी भी खूब है।"

"उमस है साहब...हर समय नहाने का मन करता है।"

भाई साहब भाभीजी के बारे में और सूचना देने लगे। बोलते समय उनकी आँखें किसी चालाक बिल्ली की तरह अपने कोटर में घूम रही थीं; लगभग एक बार उन्होंने पूरे कमरे का मुआयना कर लिया था और अब दूसरी बार फिर कमरे में बैठे लोगों के चेहरे पर फिसल रही थीं। इस बार कुछ रुक-रुक कर। उनकी आँखों की चमक या तटस्थता से ही कमरे में बैठे व्यक्ति की हैसियत का आकलन हो रहा था।

बटुकचन्द का दिल फिर डूबने लगा। पहली बार तो लगा था कि शर्मा के चेहरे पर से फिसलती भाई साहब की आँखों ने कुछ अभिवादन-सा किया था। शर्मा ने भी खीसें निपोरीं थीं। लेकिन दूसरी बार जब स्लो मोशन में आँखें घूमीं तो मामला काफी कुछ ठंडा और तटस्थ लगा। हो सकता है उनका भ्रम रहा हो। उन्होंने फिर एक बार पंखे की तरफ देखा और तेजी से घूम रही किसी अदृश्य शक्ति से कामना की कि यह उनका भ्रम हो और शर्मा नामक इस प्राणी का भाभीजी के ऊपर वैसा ही असर हो जैसा बाबू ने बयान किया था। या कम-से-कम तब तक तो बना ही रहे जब तक उनका काम न हो जाय।

बटुकचन्द की प्रार्थना सुनी गई या नहीं, इसको जाँचने का क्षण भी आ गया।

भाभीजी कमरे में आईं तो सभी लोग अचकचाकर खड़े हो गए। भाई साहब ने भी अपना पृष्ठ भाग थोड़ा सा उठाया, पर कुछ याद आ गया और उन्होंने फौरन उसे फिर सोफे पर टिका दिया।

भाभीजी जब तक खड़ी रहीं, कमरे में एक व्यक्ति को छोड़कर सभी खड़े रहे। इस बीच उनके जमीनी कार्यकर्ता अन्दर से एक कुर्सी ले आए और जो कमरा पूरी तरह से भरा नजर आ रहा था उसके बीचोबीच में इतनी जगह बना दी गई जहाँ कुर्सी रखी जा सके। उसके बगले में एक स्टूल भी आ गया जिस पर एक टेलीफोन स्थापित हो गया। भाभीजी ने खड़े-खड़े कमरे में मौजूद सभी लोगों का नजरी मुआयना किया। कुछ लोगों के अभिवादन का हाथ जोड़कर जवाब दिया, कुछ के लिए मुस्कुराईं, कुछ के जवाब में सर हिला और कुछ को ठंडी नजरों से देखा गया और फिर कुर्सी पर बैठ गईं। बाकी सभी लोग भी बैठ गए।

बटुकचन्द का हौसला कुछ बढ़ा। शर्मा की तरफ देखकर भाभीजी मुस्कुराई थीं।

इसके बाद कमरे में वही सब शुरू हुआ जिसके लिए बटुकचन्द तैयार होकर आए थे।

प्रदेश में तबादला सबसे बड़ा उद्योग था। लाखों की तादाद में सरकारी कर्मचारी थे। सरकार जनता से जितना धन लूटती थी उसका बड़ा हिस्सा ये कर्मचारी सरकार से लूट लेते थे। सरकारी खजाने की लूट-पाट से इनका पेट नहीं भरता था इसलिए बाकी समय में ये जनता को सीधे लूटते थे। ज्यादातर विभागों में तो सरकार को लूटने के लिए सिर्फ पहली तारीख को ही मौका मिलता था इसलिए महीने के बाकी

दिन ये जनता की फिराक में रहते थे। लूटने के लिए अपने घर से दूर नहीं जाना चाहते थे, इसलिए जब कभी इनका तबादला किसी ऐसी जगह हो जाता जहाँ से इनका घर बारह घंटे से ज्यादा दूरी पर होता ये बिलबिला जाते। उन्हें ऐसी जगहें चाहिए थीं जहाँ जनता को लूटने में ज्यादा श्रम न करना पड़े और जो उनके घर के भी करीब हो। ऐसी जगहें कम थीं और उम्मीदवार ज्यादा, इसलिए इन जगहों पर पहुँचने के लिए मदद करने को भाभीजी और उनके जैसे सैकड़ों लोग राजधानी में मौजूद थे।

आज भी ऐसे दुखियारों की भीड़ कमरे में भरी थी और भाभीजी उनका शोक निवारण करने में लगी थीं।

भाभीजी अभी तक मन्त्री या किसी ऐसे ओहदे पर नहीं रही थीं जहाँ उन्हें कागजों के निस्तारण का अनुभव हुआ हो, पर जिस तेजी और फुर्ती के साथ वे कागजों को निपटा रही थीं उसे देखकर बटुकचन्द का मन हो रहा था कि वह उठें और उनके चरण पकड़ लें। यहाँ चरण पकड़ना खतरनाक हो सकता था इसलिए वे चुपचाप बैठे रहे।

मुलाकातियों को निपटाने का उनका तरीका बड़ा जटिल था और ज्यादातर मौजूद लोगों की पकड़ के बाहर था। बटुकचन्द जैसे कुछ और लोग जो कमरे में मौजूद थे और जिनका इस तरह की परिस्थितियों से निपटने का पुराना अनुभव था, वही उनके निपटान की बारीकी समझ रहे थे।

ज्यादातर लोग जो काम लेकर आए थे, अपने साथ कोई न कोई पैरोकार भी लाये थे। पैरोकार और सवाली भाभीजी की तरफ मुखातिब होते। पैरोकार इस अन्दाज में भाभीजी के सामने फुसफुसाता कि उन्हें छोड़कर पूरा कमरा उसे सुनता। कमरे में बैठे दूसरे लोग यह मानकर चलते कि उन्होंने कुछ नहीं सुना और भाभीजी यह दर्शातीं कि उन्होंने सब कुछ सुन लिया है। दरअसल यह एक ऐसी स्थिति होती जिसके लिए किसी हिन्दी कवि ने कहा है कि वह नहीं बोलेगा, शब्द बोलेंगे। ये सारे शब्द अगर समवेत कोई मतलब की बात बोलते तो भाभीजी पैरोकार को निकट आने का इशारा करतीं। पैरोकार उनके अगल-बगल बैठे किसी को धकेलकर वहाँ बैठ जाता, धकेले जानेवाला अगर अपना शरीर हटाने से इनकार कर देता तो भाभीजी के सामने उकड़ूँ जमीन पर बैठ जाता या फिर अगल-बगल बैठे किसी की गोद में इस तरह बैठ जाता कि देखने वाले उसे सोफे नामक बैठने की जगह पर बैठा मान लें।

इसके बाद संवाद शुरू होता। पैरोकार अपने मुँह से कुछ कहता, भाभीजी आँखों से कुछ जवाब देतीं। पैरोकार उँगलियाँ घुमाने लगता, भाभीजी वाणी का सहारा लेतीं। बीच में भाई साहब कूद पड़ते। पैरोकार अपनी मुद्रा बदल देता। एक साथ दोनों को सम्बोधित करने लगता। भाभीजी सेल फोन सुनने लगतीं। भाई साहब किसी मुलाकाती से क्षेत्र का हालचाल पूछने लगते। पैरोकार बोलता रहता। फरियादी

भकुआया-सा कभी अपने पैरोकार को देखता, कभी भाभीजी को देखता, कभी भाई साहब को देखता। कमरे की जिन्दगी चलती रहती।

जिन पैरोकारों से संवाद कुछ सार्थक स्तर पर होता उन्हें लेकर भाई साहब अन्दर चले जाते। कुछ को किसी जमीनी कार्यकर्ता के हवाले कर दिया जाता। उन्हें लेकर वह अन्दर किसी और कमरे में चला जाता। अन्दर कमरे भर जाते तो कार्यकर्ता लोग पैरोकारों और फरियादियों को लेकर बाहर लॉन, गैराज, पेशाब-घर, सड़क—जहाँ जगह मिलती चले जाते। पूरा माहौल हिन्दी कवि की सदिच्छा का वह स्वर्ग हो जाता जहाँ संवादहीनता की कोई गुंजाइश नहीं रहती और जहाँ लोग आपसी मतभेद मिल-बैठकर सुलझा लेते थे।

बटुकचन्द शर्मा की पहलकदमी की प्रतीक्षा कर रहे थे, पर शर्मा आराम से सोफे पर पीठ टिकाये बैठा था। बीच-बीच में वह राजनीति से लेकर मौसम तक किसी भी मुद्दे पर कोई जुमला उछाल देता। अकसर कमरे के किसी कोने में कोई उसे लपक लेता और जवाब में कुछ कहता जिसके उत्तर में कोई तीसरा कुछ ऐसा कहता जिसका पहले वाक्य से कोई सम्बन्ध हो, यह जरूरी नहीं होता।

शर्मा की निष्क्रियता सायास लग रही थी, इसलिए बटुकचन्द ने चुपचाप सोफे की सीट पर सिर टिकाया और ऊँघने लगे।

कमरे में जिन्दगी रोज की तरह आराम से चलती रहती अगर खसखसी दाढ़ी और उभरी हड्डियोंवाले चेहरेवाले अपनी आँखें नीचे किये अपनी डायरी में कुछ लिख रहे नौजवान पर भाई साहब की नज़र न पड़ जाती।

"आपका परिचय?"

भाई साहब ने जिस लहजे में यह प्रश्न पूछा उसमें वह चाशनी गायब थी जिसे अभी तक वे अपनी आवाज में घोलकर कमरे में बैठे लोगों से बातें कर रहे थे।

प्रश्न जिससे पूछा गया था उसने अपनी नोटबुक बन्द कर, चश्मा उतारकर पोंछा, फिर भाभीजी की आँखों में आँखें डालकर बोला—

"आप लोग इनको निपटा लें...फिर बात करेंगे।"

"क्या बात करेंगे?"

"आप फुर्सत में हो जाइए..."

"नहीं, पहले आप अपना काम बताइए।"

कुछ देर तक पहले आप...पहले आप का कोरस चला।

"आप हैं कौन? कहाँ से आए हैं?" इस बार भाभीजी ने कुछ सख्ती के साथ पूछा।

"इंटरव्यू..."

वाक्य पूरा होने के पहले ही एक जमीनी कार्यकर्ता झपट पड़ा।

"कहाँ है इंटरव्यू? यही तो भाभीजी पूछ रही हैं। कौन अफसर लेगा? किसी नौकरी का है? नाम, रोल नम्बर लिखवाइए न। इस दरबार में आए हैं तो हो न जाएगा।"

दढ़ियल, जिसे सम्बोधित किया जा रहा था, थोड़ा अचकचाया। उसने घबराकर चारों तरफ देखा। वह जिस दुनिया से आया था वहाँ इस तरह की स्थिति से उसका साबका अभी तक नहीं पड़ा था।

"इंटरव्यू...इंटरव्यू तो मैं लूँगा। सुमनजी खाली हो जाएँ तो मैं इनका इंटरव्यू लूँगा।"

थोड़ी देर तक माहौल गमगीन रहा। मतलब दढ़ियल किसी अखबार से आया था। आजकल देश और प्रदेश की राजधानी से छपनेवाले अखबार और पत्रिकाएँ भाभीजी की तस्वीरोंवाली खबरें बीच-बीच में छाप रही थीं। कुछ में उनके इंटरव्यू भी छपे थे। शुरू-शुरू में तो भाभीजी को आनन्द आता था। अपनी फोटो छपी अखबार या पत्रिका लेकर बाथरूम में चली जातीं और देर तक निहारती रहती थीं। फिर पता नहीं क्या हुआ कि अखबारवालों का नाम सुनते ही भड़कने लगीं। वे तो मिनी मुख्यमन्त्री थीं जो असली मुख्यमन्त्री थे, वे भी भड़कने लगे। अकसर प्रेस कान्फ्रेंसों में यह होता कि कोई पत्रकार सवाल पूछता किसी कमरे में, पर उत्तर मिलते-मिलते पता चलता वह बाहर बरामदे में फर्श पर पड़ा इस बात का अनुमान लगा रहा है कि उसकी कितनी पसलियाँ अपनी जगह पर सुरक्षित हैं।

मिनी मुख्यमन्त्री यानी श्रीमती सुमन को यह सुविधा थी कि वे इसी कार्यवाही को अपने जमीनी कार्यकर्ताओं के द्वारा सवाल पूछे जाने के पहले ही सम्पादित करा देतीं।

आज भी यही हुआ कि भाभीजी के जमीनी कार्यकर्ता दढ़ियल पत्रकार के इर्द-गिर्द खड़े हो गए थे। उनकी कार्यवाही तय थी, इसलिए उन्हें किसी इशारे की जरूरत नहीं थी। पर कोई दूसरा इशारा उन्हें मिल रहा था जिसके कारण कार्यवाही शुरू होने में देर हो रही थी।

भाभीजी ने भाई साहब की तरफ देखा। शहर के सारे पत्रकारों को वे लोग पहचानते थे। वैसे भी इस शहर में अब कोई माई का लाल नहीं बचा था जो किसी अखबार के लिए काम करता हो और जिसने उनका लिफाफा या जूता न स्वीकार किया हो।

लिफाफा और जूता भाभीजी के दरबार का मुहावरा था। यहाँ बहुत कम लोगों को मालूम था कि यह मुहावरा मुख्यमन्त्री के दरबार से निकला है। यहाँ के ज्यादातर जमीनी कार्यकर्ताओं को मुख्यमन्त्री के दरबार तक पहुँचने की इजाजत नहीं थी इसलिए वे इसे भाभीजी की मौलिक खोज मानते थे।

मुख्यमन्त्री की राय में वह राजा दो कौड़ी का होता है जो खुश होने पर किसी को कुछ दे न सके और नाराज होने पर किसी का नुकसान न कर सके। इसलिए उन्होंने लिफाफे और जूते का प्रचलन किया था। पत्रकार भी उनकी प्रजा थे। इसलिए उन्हें भी लिफाफे और जूते मिलते रहते थे। लिफाफे अकसर रात में लिए जाते थे

जबकि जूते किसी भी प्रेस कान्फ्रेंस में मिल सकते थे बशर्ते पत्रकार मुख्यमन्त्री से मिनी मुख्यमन्त्री के बारे में पूछ लें।

आज भी मौका था जब लिफाफे और जूते में से किसी का इस्तेमाल किया जाता। जमीनी कार्यकर्ताओं की दिलचस्पी आमतौर से जूते में अधिक होती थी, इसलिए वे उसी तैयारी से पत्रकार के इर्द-गिर्द खड़े थे, पर आँखों की कोई भाषा थी जो उन्हें रोके हुए थी।

"किस अखबार से आए हैं आप?" अखबार का नाम जो लिया गया उसका उच्चारण करना भाई साहब, भाभीजी या उनके जमीनी कार्यकर्ताओं के लिए थोड़ा मुश्किल था, इसलिए उन्होंने सिर्फ यह अनुमान लगाने की कोशिश की कि अखबार फ्रांसीसी भाषा का है या जर्मन का। पर उस मुश्किल और आसानी से उच्चारित न हो सकनेवाले शब्द से यह फर्क जरूर पड़ा कि कमरा कुछ भयमिश्रित आदर से भर गया और जूता लगानेवालों को थोड़ी देर के लिए अपना इरादा बदलना पड़ा।

"अरे तो आप हमारा क्या इंटरव्यू लेंगे? इंटरव्यू लीजिए बड़े नेताओं का, हम तो छोटे-मोटे कार्यकर्ता हैं," भाभीजी की आवाज में फिर से चाशनी घुल गई।

"आपकी पार्टी तो कार्यकर्ताओं की पार्टी है। आपके नेता कहते हैं कि कार्यकर्ता उनकी ताकत हैं। आप से ज्यादा सक्रिय कौन कार्यकर्ता मिलेगा। इसलिए हमारे अखबार ने..."

"पर मैं तो बहुत छोटी कार्यकर्ता हूँ..."

"हम तो छोटे कार्यकर्ताओं से ही बात करना चाहते हैं।"

"पर मैं किस लायक हूँ?"

"यहाँ तो लोग कह रहे हैं कि आप ही सरकार चला रही हैं।"

"आप भी मजाक कर रहे हैं। मैं तो बहुत छोटी..."

जैसा कि इस मौके पर उम्मीद की जा सकती थी, दोनों पक्षों में कोई झुका नहीं। एक पक्ष यह घोषित कर रहा था कि श्रीमती सुमन नामक जिस महिला का इंटरव्यू यह पत्रकार लेना चाह रहा था वे तो पार्टी की एक अदना-सी कार्यकर्ता थीं और पार्टी जो काम उन्हें सौंपती है उसे पूरा करने के अलावा उनकी किसी चीज में दिलचस्पी नहीं है और चूँकि पार्टी ने उन्हें इंटरव्यू देने से मना कर रखा है इसलिए बेहतर होगा पत्रकारजी अपना समय न खराब करें और पार्टी के किसी बड़े नेता का जाकर इंटरव्यू लें।

दूसरा पक्ष, जिसमें अकेला पत्रकार शामिल था, यह मानता था कि चूँकि सत्ता पार्टी कार्यकर्ताओं की पार्टी है और श्रीमती सुमन स्वयं मान रही हैं कि वे इस पार्टी की एक अदना कार्यकर्ता हैं और पूरा प्रदेश जानता है कि वे कितनी महत्त्वपूर्ण कार्यकर्ता हैं, इसलिए पूरे विश्व को उनके बारे में जानने की उत्सुकता है और इसलिए उसके लिए उनका इंटरव्यू लेना निहायत जरूरी है।

और जैसा कि ऐसे मौके पर होता आया है, दोनों पक्षों में से न तो कोई झुका और न ही यह तय हो पाया कि होना क्या है।

"आप कब से राजनीति में हैं?" पत्रकार ने बहस समाप्त करते हुए अपनी डायरी और पेन सँभाले।

"देखिए मैं कह चुकी हूँ मैं इंटरव्यू नहीं दूँगी।"

"आपके पिताजी भी राजनीति में थे?"

"मुझे कोई बात नहीं करनी।"

जमीनी कार्यकर्ता सतर्क हुए। मामला कुछ नाजुक था। किसी ऐसे अखबार के संवाददाता के साथ कैसे सुलूक किया जाय जिसके नाम का उच्चारण करना मुश्किल हो, यह उनकी समझ में नहीं आ रहा था।

"आपके पास कोई पद नहीं है फिर आपके पास इतनी भीड़ कैसे रहती है?"

"मुझे कुछ नहीं मालूम। मैं तो साधारण कार्यकर्ता हूँ।"

"फिर आपके पास इतनी भीड़..."

"मैं जा रही हूँ। आप नहीं चाहते कि मैं यहाँ बैठूँ। मैं जा रही हूँ..."

"आपका घर है...आप क्यों जाएँगी...आपकी पार्टी में और कितने कार्यकर्ताओं के यहाँ इतनी भीड़ होती है?"

भाभीजी उठ खड़ी हुईं। कमरे में हड़कम्प मच गया। दूर-दूर से लोग बड़ी आस-उम्मीद लगाकर आए थे। इन साले पत्रकारों का क्या...लीपने में न पोतने में ...बाहर-भीतर गए दूसरे मुलाकाती और पैरोकार भी खिड़की दरवाजों से झाँकने लगे... "मारो साले को चार-छह चप्पल...ठीक हो जाएगा...बड़े आए हैं इंटरव्यू लेनेवाले।" दढ़ियल पत्रकार भौचक्का सा चारों तरफ देख रहा था। उसने दुनिया की बड़ी-बड़ी हस्तियों का इंटरव्यू लिया था। इस इंटरव्यू से कैसे निपटा जाय, इसके बारे में न तो पत्रकारिता प्रशिक्षण महाविद्यालय में पढ़ाया गया था और न ही अपने पेशे के दौरान अब तक उसने सीखा था। उसकी समझ में एक बात आई कि उसे अभी पीटा नहीं जाएगा। इसी का उसने फायदा उठाया।

"आपकी पार्टी नहीं चाहती कि कार्यकर्ताओं का इंटरव्यू लिया जाय?"

"मैं कुछ नहीं जानती...मैं जा रही हूँ..."

मामला कुछ नाजुक था। भाभीजी का पक्ष जानता था कि भाभीजी अपने ही घर में बायकाट करके अन्दर नहीं जा सकतीं और किसी विदेशी अखबार के प्रतिनिधि को घर में पीटा भी नहीं जा सकता।

तभी ऐसा कुछ हुआ जिससे बटुकचन्द की बाँछें खिल गईं। अचानक शर्मा तमतमाता हुआ पत्रकार के सामने खड़ा हो गया और इस सिद्धान्त के अनुसार कि अगर आपके पास तर्क न हो तो आपके फेफड़े आपके सबसे बड़े तर्क होते हैं, चीखा, "लीजिए कार्यकर्ता का इंटरव्यू। हम भी तो पार्टी के कार्यकर्ता हैं। लीजिए हमारा

इंटरव्यू। बेचारी लेडीज को परेशान कर रहे हैं। पूछिए क्या पूछना है?"

शर्मा महिलाओं के लिए हमेशा लेडीज शब्द इस्तेमाल करता था। महिला एक हो या कई उसके लिए हमेशा लेडीज ही होती थी।

पत्रकार थोड़ा सकपकाया पर उसने खुद ही कार्यकर्ता के इंटरव्यू की बात कही थी और जो व्यक्ति सामने खड़ा होकर अपने फेफड़ों का भरपूर प्रयोग कर रहा था, वह अपने कथनानुसार कार्यकर्ता था। उसने दाएँ-बाएँ देखने की कोशिश की तो शर्मा ने मुस्कुराकर भाभीजी की तरफ देखा। भाभीजी ने कमरे में उपस्थित दूसरे लोगों की तरफ देखा। सबने एक दूसरे की तरफ देखा और अब पत्रकार के अलावा सभी मुस्कुरा रहे थे।

सबको पता था कि शर्मा से इंटरव्यू लेकर कोई जीत नहीं सकता। पत्रकार ने एक और प्रश्न भाभीजी की तरफ दागा।

"आप इतनी विवादास्पद क्यों हैं?"

"इसलिए कि हम लेडीज हैं," शर्मा सफाई के वकील जैसे अपने मुअक्किल की तरफ से बोलते समय उत्तम पुरुष की तरह बोल रहा था, "हमारा तो गुनाह है कि हम लेडीज हैं और राजनीति में आ गए हैं। और साहब पालिटिक्स में अपने बलबूते पर आगे बढ़ रहे हैं तो कैसे आप बर्दाश्त करिएगा! बताइए न...बोलिए ...बोलिए।"

पत्रकार फिर लड़खड़ाया—"इंटरव्यू किसका हो रहा है?"

"पर महिलाएँ तो बहुत हैं राजनीति में और कोई क्यों नहीं इस तरह विवादास्पद होता?"

"कौन नहीं होता? किस पर आप लोगों ने उँगली नहीं उठायी...अरे आपने सीता मैया को नहीं छोड़ा...भाभीजी की क्या बिसात है..." शर्मा की आवाज रुँध गई। वहाँ बैठे लोग जानते हैं कि अब वह रोएगा। सिर्फ दो लोग नहीं जानते थे। एक तो बटुकचन्द जो शर्मा के संवाद कम सुन रहे थे उनका प्रभाव भाभीजी के चेहरे पर ज्यादा ढूँढ़ रहे थे और इस बात पर प्रसन्न थे कि उसके हर शब्द से भाभीजी के चेहरे पर पुराने परिचय, विस्मय, हर्ष और लालसा के भाव तैरने लगते थे। दूसरा अनभिज्ञ व्यक्ति वह पत्रकार था जो यह नहीं समझ पा रहा था कि इंटरव्यू किसका हो रहा था।

"आप लोग लेडीज को बढ़ते हुए नहीं देखना चाहते। अरे साहब, हम तो जानते हैं आप लोगों को। बड़े प्रगतिशील बनते हैं। अरे हमारी पार्टी तो भारतीय संस्कृति की पुजारी है। हमारे यहाँ तो कालिदास लिख गए हैं कि यत्र नार्यस्तु...इसके बाद शर्मा ने संस्कृत, उर्दू, भोजपुरी, अवधी न जाने किन-किन भाषाओं-बोलियों में क्या-क्या सुनाया। उसके लिए संस्कृत में जो कुछ लिखा गया है सभी कालिदास ने लिखा था और उर्दू में गालिब के अलावा और कोई शायर नहीं था। इसलिए हर

श्लोक के पहले वह कालिदास का नाम लेता था और हर शेर के आखिर में चचा गालिब को याद करता था। वह इतना तेज बोल रहा था कि पत्रकार को समझ नहीं आ रहा था कि वह अगला प्रश्न कहाँ दागे।''

बोलते-बोलते शर्मा के मुँह से फेन निकलने लगा। उसने उन प्रश्नों के उत्तर देने शुरू कर दिये जो अभी तक पूछे नहीं गए थे।

"अब आप पूछिएगा कि इस दरबार में इतने लोग क्यों इकट्ठा हैं? अरे साहब जहाँ कार्यकर्ता की पूछ होगी वहीं तो जाएगा। और कोई है राजधानी में जो कार्यकर्ता को इतना सम्मान देता है। जाइए न मन्त्रियों की कोठी पर। कोई एक गिलास पानी को नहीं पूछेगा। यहाँ हमको सम्मान मिलता है इसलिए हम आते हैं साहब। आपकी क्यों फटती है?"

शर्मा पूरे मूड में आ गया था और अब उन शब्दों को धड़ल्ले से इस्तेमाल कर रहा था जिनकी अपने इंटरव्यू में दढ़ियल पत्रकार को सबसे कम उम्मीद थी। उसका सिद्धान्त था कि दुश्मन पर जब हमला करो तो उसे सँभलने का मौका मत दो। उसने अपने फेफड़ों को कोयले के इंजन में तब्दील किया और मुँह से फेन छोड़ते हुए भाषण की पटरी पर सरपट दौड़ा, फिर पटरी बदलते हुए डीजल के इंजन के पीछे लटक गया और जब तक उस प्रसंग पर पहुँचा जहाँ उसे रुकना था वह बिजली के इंजन पर कूदकर चढ़ गया था।

भारतीय संस्कृति की परिभाषा करना थोड़ा मुश्किल है, लेकिन अगर उसकी उपयोगितावादी व्याख्या करनी हो तो कहा जा सकता है कि अलग-अलग अवसरों पर इसका अलग-अलग इस्तेमाल किया जा सकता है। आप औरतों को घर के अन्दर बन्द रखना चाहें तो इससे मुफीद कोई नुस्खा नहीं है। आप उनकी बराबरी की हैसियत के पक्षधर हों तब भी इससे धारदार कोई दलील नहीं हो सकती। शर्मा और सुमन की पार्टी भारतीय संस्कृति की सबसे बड़ी ध्वजवाहक थी और किसी विदेशी अखबार का संवाददाता इसका सबसे बड़ा दुश्मन हो सकता था इसलिए शर्मा ने रोने के लिए यही मुद्दा चुना।

"अरे हमारी भारतीय संस्कृति से बढ़कर लेडीज को महत्त्व कौन देगा! पश्चिमवाले आप लोगों ने तो लेडीज को उपभोग की वस्तु बना दिया है। आप लोग तो हर चीज को बाजार के नजरिए से देखते हैं। अर्थशास्त्र का एक नियम है..."

बटुकचन्द पानी पी रहे थे। उन्हें लगा कि गिलास उनके हाथ से छूटते-छूटते बचा। पट्ठा इतने मुश्किल शब्दों का इस्तेमाल कर रहा है!

"लेकिन मैं तो विदेशी नहीं हूँ," पत्रकार मिमियाया।

"पर काम तो विदेशी अखबारों के लिए करते हैं।"

"इससे क्या?"

"इससे बहुत कुछ है। आप लोग विदेशी पैसे पर पलते हैं। आप क्या जानें

भारतीय संस्कृति में क्या लिखा है? हमारे यहाँ कहा गया है कि..."

शर्मा ने धाराप्रवाह संस्कृत के श्लोकों की भरमार कर दी। वेदों, पुराणों, उपनिषदों से कालिदास झाँक रहे थे। पंडित बटुकचन्द उपाध्याय के पिता संस्कृत के पंडित थे और अध्यापकी भी करते थे। उनके जीवन का एक ही लक्ष्य था—बच्चों को अष्टाध्यायी घोटाना। बटुकचन्द इंजीनियरिंग कॉलेज पहुँच गए तब भी घर आने पर कोई भरोसा नहीं था कि कब किसी सन्धि का विच्छेद पूछ लें। इतनी छूट उन्होंने जरूर दी थी कि अब बेंत हाथ में लेकर अष्टाध्यायी की परीक्षा नहीं लेते थे। पर इतने बेंत पीठ पर पड़े थे कि बटुकचन्द को उनके खाली हाथ में भी बेंत नजर आता।

इसलिए आज शर्मा के मुँह में संस्कृत के श्लोक सुनकर बटुकचन्द अचकचा गए। वे घबराकर बीच-बीच में चारों तरफ देख लेते। कहीं उनके स्वर्गवासी पिता तो नहीं सुन रहे। इतनी भ्रष्ट और अशुद्ध संस्कृत बोलनेवाले व्यक्ति के साथ वे यहाँ तक आए हैं, यह जानकर तो उनके पिताश्री उनकी पीठ छलनी कर डालेंगे। उन्होंने चेहरा थोड़ा ऐसा घुमा लिया कि अगर पकड़े जाएँ तो पिताजी से कह सकें कि वे तो इस उजड्ड, मूर्ख, संस्कृत के हत्यारे को जानते तक नहीं, उसके साथ यहाँ तक आने की बात कहाँ उठती हैं!

शर्मा को जाननेवाले लोग दम साधे उस क्षण की प्रतीक्षा कर रहे थे जब उसे रोना था। और, वह क्षण आ गया।

शर्मा ने संस्कृत की ऐसी-तैसी की। फिर वह उर्दू के मैदान में कूद पड़ा। संस्कृत अगर उसके लिए कालिदास थी तो उर्दू चचा गालिब। फर्क सिर्फ इतना पड़ा कि दढ़ियल पत्रकार उर्दू थोड़ा-बहुत जानता था। उसने एकाध बार टोकने की कोशिश की। शर्मा को मालूम था कि उर्दू में ज को ज़ कहा जाता है। जैसे ही उसने ज़ो...कहा पत्रकार टपक पड़ा...

"भाई साहब ज़ो...नहीं...जो।"

"अब आप मुझे उर्दू सिखाएँगे। मुझे! कल को आप मुझे भारतीय संस्कृति भी सिखाने लगिएगा। अरे साहब आप जैसे लोगों ने हमारी संस्कृति का बँटाढार किया है। आप लोग लेडीज को राजनीति में बढ़ते नहीं देख सकते। गोस्वामीजी ने लिखा है कि विदेशी अखबार का प्रतिनिधि अयोध्या में आकर सीता जी के बारे में भगवान राम से ऊटपटाँग सवाल पूछने लगा..."

शर्मा ने विजेता भाव से चारों तरफ देखा। बटुकचन्द का मन हुआ कि दौड़कर उसके चरण पकड़ लें। कमरे में मौजूद सारे श्रोता पत्रकार की तरफ देख रहे थे कि बोलो बेटा, अब जवाब दो।

"विदेशी अखबार का प्रतिनिधि अयोध्या में..."

"और क्या! वो साला धोबिया कौन था बताइए...बताइए...बड़े आए हैं इंटरव्यू

लेने। उस जमाने में आप लोगों ने सीता मैया को नहीं छोड़ा और अब भाभीजी जैसी सती-साध्वी नारी पर कीचड़ उछाल रहे हैं। अरे आप भाभीजी पर नहीं भारतीय संस्कृति पर... ।"

शर्मा की आवाज रुँध गई। उसने दो-तीन बार भाभीजी...सीता मैया...भारतीय संस्कृति जैसे शब्दों का उच्चारण किया और फिर बुक्का फाड़-फाड़कर रोने लगा।

कमरे में एक साथ कई चीजें हुईं। श्रोता थोड़ी देर के लिए चुप हुए...पत्रकार को लगा कि दुनिया का सबसे बड़ा उल्लू वही है...गाँव से अपने लगान की किश्त माफ कराने आए एक किसान को लगा कि कथा का वह अंश आ गया है जब जय-जयकार की जा सकती है। वह एकदम से चैतन्य हुआ और उसने जयकारा लगाया..."बोल सीता मैया की..."

"मार साले को...!" एक जमीनी कार्यकर्ता ने ललकारा।

"जय...जय...बोल सियापत राम चन्द की..."

"मार साले को। बहन चो...इंटरव्यू लेने आया है।"

इसके बाद जो कुछ घटा उसे संक्षिप्त में सिर्फ इतना कहा जा सकता है कि पत्रकार नामक जीव को पहले कमरे से निकालकर बाहर लॉन में फेंका गया और फिर फेंकने की जरूरत नहीं पड़ी। वह लुढ़कता-पुढ़कता सड़क पर पहुँच गया। लॉन तक उसकी नोटबुक, पेन और कैमरा उसके साथ-साथ थे, पर जब वह सड़क तक पहुँचा तो बकौल एक शायर के, उसकी दशा कुछ-कुछ दुनिया छोड़ रहे सिकन्दर जैसी थी जो इस नश्वर संसार से विदा लेते हुए खाली हाथ ही गया था। इतना जरूर हुआ कि उसकी नोटबुक कुछ नुचे-चुथे स्वरूप में उसके पास पहुँच गई। पेन दो टुकड़ों में बँट गया था। उसका ढक्कन भी उसके नजदीक आकर गिरा। जाहिर था कि पेन का निचला हिस्सा किसी पढ़ने-लिखनेवाले कार्यकर्ता के हाथ लगा था और इस विश्वास के साथ कि उसका सही इस्तेमाल उसी के पास है और अगर उसे उसके असली मालिक को दे दिया गया तो वह फिर कहीं खुराफात करेगा, उसने इस हिस्से को अपनी जेब में डाल लिया था।

कैमरे के बारे में तो अगर पत्रकार से भी इस समय पूछा जाता तो वह पूरे विश्वास के साथ नहीं कह सकता था कि वह उसे लेकर आया भी था या नहीं। वहाँ मौजूद कोई नहीं बता सकता था कि कैमरा कहाँ गया।

कमरे में माहौल फिर पुरानी व्यस्तता से भर गया। फर्क सिर्फ इतना आया था कि अपने राष्ट्रीय चरित्र के मुताबिक अभी-अभी घटे पूरे घटनाक्रम पर लोग अपनी एक्सपर्ट ओपीनियन दे रहे थे।

"इन सालों से बात नहीं करनी चाहिए। इनको तो शुरू में ही जूता..."

"हाँ भाई जी, इनको सौ जूते मारने चाहिए, पर सत्तर के बाद गिनती भूलकर फिर एक से शुरू करना चाहिए।"

कुछ देर इस पर तबादला-खयालात हुआ कि गिनती कहाँ भूलनी चाहिए। राष्ट्रीय चरित्र के ही मुताबिक कोई आम सहमति नहीं बनी। इस मुद्दे पर भी सहमति नहीं बन सकी कि जूता किस नस्ल का हो।

"भाई जी अपने गाँव का चमरौंधा सबसे अच्छा है। थोड़ा-सा तेल पिला दो और फिर देखो।"

"अजीब लड़बहेंग हो यार। अब चमरौंधा कौन पहनता है जी, अरे मल्टीनेशनल वाले इतने बढ़िया जूते बना रहे हैं..."

"पर हम तो स्वदेशीवाले हैं," बहरहाल इस पर भी कोई सहमति नहीं बन पायी। स्वदेशी नारा अच्छा था लेकिन कोई यह मानने के लिए तैयार नहीं था कि इस तरह के पत्रकारों के लिए जूता मारने का कार्यक्रम सफल बनाने को एक अदद चमरौंधा रखा जाय।

एक मुद्दे पर सहमति हो गई।

"शर्मा भैया ने कमाल कर दिया। साला जिन्दगी भर याद करेगा," कई लोगों ने यह वाक्य दोहराया कि 'शर्मा ने कमाल कर दिया।'

भाभीजी ने भी स्वीकार किया।

"अरे इन्हीं के चरणों में बैठकर तो हमने राजनीति सीखी है। इनका कमाल तो हम खूब जानते हैं।"

शर्मा ने पत्रकार को खदेड़ने के अलावा जो कमाल किया था उसे देखकर बटुकचन्द को अपने संस्कृताध्यापक स्वर्गीय पिता की याद आई। वे किसी को भी सही उच्चारण के साथ कोई श्लोक पढ़ते देखकर धन्य...धन्य कहने लगते। उनके मन में भी आ रहा था कि वे धन्य...धन्य कहने लगें।

पत्रकार को कमरे में से बाहर फेंकने की क्रिया जब सम्पादित हो रही थी उसी समय दूसरा चमत्कार हो रहा था।

शर्मा की रुँधी आवाज़ चहकने लगी और उसके आँसू हिन्दी फिल्मों की उस विरहिणी नायिका के आँसुओं की तरह न जाने कहाँ बिला गए जिसका प्रीतम अचानक पेड़ों के झुरमुटों से निकलकर उसके सामने खड़ा हो जाता है और वह रोना भूलकर कमर मटकाते हुए गाने लगती है।

जिस समय आधे लोग पत्रकार को कमरे के बाहर फेंकने में और आधे उनका हौसला बढ़ाने में तल्लीन थे, शर्मा अचानक अपनी जगह से उछला और उस कुर्सी के बगल में पड़े सोफे पर बैठ गया जहाँ भाभीजी बैठी थीं और शालीनता की मूर्ति बनी निरपेक्ष भाव से सारी कार्यवाही को देख रही थीं।

बटुकचन्द ने शर्मा को उठकर जाते और बैठते तो देखा, पर दोनों के बीच क्या संवाद हो रहा था यह देखने और सुनने में कमरे के अन्दर चल रही गतिविधियाँ बाधा बन रही थीं। सब कुछ कस्बे के सिनेमा हॉल में चल रहे थ्रिलर की तरह था।

नायक खलनायक की नाक पर एक घूँसा जमाता कि आपके सामने 'वाह पट्ठे...' की ललकार मारता हुआ एक दर्शक खड़ा हो जाता। घूँसे को आप नाक के करीब पहुँचते हुए देखकर अगली स्थिति की कल्पना कर लेते हैं। पटेबाजी के बीच में नायक नायिका की तरफ तेजी से झुकता तो दो सीट आगे बैठा दर्शक 'जियो राजा'...जैसी कोई किलकारी भरता और आप मान लेते हैं कि दोनों के बीच प्रणय निवेदन से सम्बन्धित कोई संवाद हुआ होगा।

कुछ-कुछ ऐसे ही बटुकचन्द को आभास हो गया कि शर्मा और भाभीजी के बीच उनको लेकर ही कुछ बातचीत हो रही थी।

शर्मा ने कुछ कहा और बटुकचन्द की तरफ देखा। भाभीजी ने भी उनकी दिशा में नजरें घुमायीं और मुस्कुराईं।

"अरे इधर आइए न पंडिज्जी। उतनी दूर काहे बैठे हैं?"

शर्मा चहका तो बटुकचन्द उठकर भाभीजी के सामने खड़े हो गए। उन्होंने विनीत भाव से दोनों हाथ जोड़ दिये। भाभीजी मुस्कुराईं।

"इधर बैठिए बड़े साहब। वहाँ क्यों बैठे हैं? शर्माजी ने यहाँ किसी को बताया नहीं। आपको तो अन्दर बैठाना चाहिए था। आप लोग तो सरकार चलाते हैं। हम तो मानते हैं कि शासन को प्रशासन का पूरा सम्मान करना चाहिए। तभी न शासन ठीक से चलेगा। इधर बैठिए।"

कमरे की अस्त-व्यस्तता ने बैठने की जगह भी बना दी थी और काम की बात करने का अवसर भी।

"शर्माजी ने सब बता दिया। आपका मन्त्री बड़ा बदमाश है। यही लोग तो हमारी सरकार की बदनामी करा रहे हैं। बेचारे मुख्यमन्त्री सबको साथ लेकर चलना चाहते हैं, पर इन बदमाशों के साथ कितने दिन सरकार चलाएँगे। मैंने तो पी.एम. से भी कह दिया है कि अगर स्वच्छ सरकार चलानी हो तो ऐसे लोगों को निकालना पड़ेगा। देखिए कब तक ये रावण रहते हैं सरकार में।"

बटुकचन्द बैठे थे, थोड़ा उचके। समय कम था। पार्टी हाइकमांड और सी.एम. में उनकी दिलचस्पी नहीं बन पा रही थी। पत्रकार को लॉन से सड़क की तरफ ले जाया जा रहा था। कब यह क्रिया सम्पादित हो जाय और कब लोग कमरे में वापस आ जाएँ, कुछ कहा नहीं जा सकता।

"जी मैडम, आप सही कह रही हैं। हमारा तो विभाग मन्त्री ने चौपट कर दिया है। कोई काम नहीं हो रहा है। कुम्भ सर पर है और मेरा एक हफ्ते में दो बार तबादला..."

"अरे वो तो बात हो गई है न भाभीजी से। आप निशाखातिर रहें। कल्ले आडरवा मिल जाएगा न। कल बुलाया है सुबह कोठी पर। इतनी भीड़-भाड़ में आप जैसे बड़े अफसर से क्या बतियाएँगी?"

“हाँ, बड़े साहब कल आइए। सुबह-सुबह भीड़ नहीं रहती। आप जैसे अफसरों को भीड़ में खड़ा होना पड़े, मुझे तो नहीं अच्छा लगता। मैं तो मानती हूँ कि शासन को प्रशासन की...”

बटुकचन्द गदगदा गए। इतनी बड़ी हस्ती और ऐसी विनम्र। हें...हें...करते हुए उन्होंने भाभीजी के चरणों की तरफ हाथ बढ़ाया।

“क्या करते हैं...क्यों नरक में डालते हैं साहब... आप तो उम्र में भी बड़े हैं।... मैं तो कहती हूँ कि अगर शासन प्रशासन की कद्र...”

जब भाभीजी के जमीनी कार्यकर्ता पत्रकार को जुतियाकर कमरे के अन्दर प्रवेश कर रहे थे, बटुकचन्द का हाथ पकड़े शर्मा उन्हें कमरे के बाहर ले जा रहा था।

सात

"सब वक्त-वक्त की बात होती है।"

गुसलखाने में घुसते समय जब शर्मा ने तीसरी बार यह वाक्य दोहराया तो बटुकचन्द समझ गए कि अब फिर से रास्तेवाली दार्शनिकता उसके ऊपर तारी होनेवाली थी।

शर्मा को बटुकचन्द अपने साथ पकड़ लाये थे। मिनी मुख्यमन्त्री उर्फ सुमन के घर से बाहर निकलने पर शर्मा अपनी गाड़ी के पास जाकर खड़ा हो गया और उसके दरवाजे पर हाथ टिकाकर उसने पूछा...अब?

इस अब के कई मतलब निकाले जा सकते थे। एक मतलब तो यह था कि अब अपने-अपने रास्ते नापे जाएँ, सिर्फ कल के मिलने को तय कर लिया जाये।

बटुकचन्द ने दूसरा मतलब निकाला। उन्होंने जो मतलब निकाला उसके अनुसार अभी कुछ तय नहीं था। इसके अनुसार उन्हें अभी तय करना था कि क्या करना है। और उन्होंने तय कर लिया कि वे शर्मा को रात-भर के लिए अकेला नहीं छोड़ सकते। राजधानी में रात-भर के लिए किसी को अकेला छोड़ने का मतलब था कि सुबह वह आपको पहचानने से इनकार कर दे। उन्होंने कसकर शर्मा की कलाई थाम ली, "अरे शर्माजी, अभी आपके साथ सत्संग कहाँ हुआ? आप इतने पहुँचे हुए आदमी हैं कि मन कर रहा है आपके चरण पकड़ लूँ। अइसा लेक्चर दिया आपने कि साले पत्रकार की बोलती बन्द हो गई। आइए कुछ देर हमारे साथ ही सत्संग कीजिए।"

"यहाँ कौन आपका घर है पंडितजी। कभी कुम्भ नहाने आए तो आपके यहाँ बैठेंगे। पसीने से बदन चिपचिपा रहा है, घर चलकर नहाएँगे-धोएँगे, तब चैन पड़ेगा।"

"घर नहीं है तो क्या हुआ, होटल तो है। वहीं चलिए गुरुजी।"

इसके बाद थोड़ी देर तक दोस्ताना चखचख हुई। फार्मेलिटी नाम का एक शब्द था जिसके बारे में शर्मा बार-बार कह रहा था कि वह उसे पसन्द नहीं है। बटुकचन्द के मुताबिक उन्हें भी यह शब्द निहायत नापसन्द था। वे जो कुछ कर रहे हैं उसमें

फार्मेलिटी यानी औपचारिकता जैसा कुछ है भी नहीं। चार-पाँच घंटे साथ रहकर शर्मा तो अब घर का आदमी हो गया है और घर के आदमी के साथ कैसी औपचारिकता!

"अरे बड़े साहब, पहले अपनी गाड़ी का कुछ इन्तजाम तो कर लूँ," शर्मा कार से बाहर निकला और गेट पर खड़े सन्तरी को उसने इशारे से कुछ कहा। मतलब साफ था कि वह सन्तरी को यह बताने की कोशिश कर रहा था कि उसे तो सुबह वहाँ आना ही है, रात-भर उसकी गाड़ी यहीं खड़ी रहेगी। सन्तरी क्या कह रहा है इसे सुनने के लिए वह नहीं रुका और वापस बटुकचन्द की कार की तरफ आ गया।

बटुकचन्द ने शर्मा का हाथ पकड़कर अपनी कार में घसीट लिया और बहस खत्म हो गई।

रास्ते में शर्मा ने बाहर देखते हुए कहा, "आप तो पंडितजी सूफी आदमी हैं, पान के अलावा कुछ लेते नहीं।"

बटुकचन्द ने पनडब्बा निकालकर शर्मा की तरफ बढ़ाया और ड्राइवर से कहा कि बाजार में गाड़ी रोक लेना। गाड़ी रुकने पर उन्होंने उसके हाथ में सौ-सौ के कुछ नोट बढ़ाये, "व्हिस्की की एक बोतल ले आओ। ब्रांड साहब बताएँगे।"

"कोई-सी ले आओ। ससुर शराब तो शराब है।"

होटल में पहुँचते ही शर्मा ने सबसे पहला काम किया कि अपना कुर्ता उतारकर फर्श पर फेंक दिया, बनियान पीठ के ऊपर तक उठायी और एयर कंडीशनर के आगे बैठ गया।

"अब तो बड़े साहब नहाये बिना चैन नहीं पड़ेगा।"

"तो नहा लीजिए। तब तक मैं कुछ खाने के लिए मँगाता हूँ।"

बटुकचन्द ने अखबार में लिपटी शराब की बोतल से लिपटा कागज फाड़कर फेंक दिया और बोतल शर्मा की आँख के सामने मेज पर रख दी।

इशारा साफ था कि जाकर नहा लो पट्ठे और फिर आकर दारू छको। पर शर्मा ने इशारा समझने से इनकार कर दिया। उसने पीठ के ऊपर तक उठायी बनियान पूरी तरह से निकालकर फेंक दी और भावुक होने लगा।

बटुकचन्द को लगा कि शर्मा की आवाज कुछ-कुछ रुँधने लगी है।

"वक्त-वक्त की बात होती है बड़े साहब। आज इस औरत के यहाँ जाकर इन्तजार करना पड़ा। कल तक यही ससुरी..."

शर्मा पूरी तरह से दार्शनिक मुद्रा में आ गया था और जैसा इस स्थिति में स्वाभाविक था, वह भावुक हो गया।

बटुकचन्द जानते थे कि भावुक होने पर आदमी दो में से एक काम करता है—या तो वह सच बोलने लगता है और अपने अन्दर की गहरी कन्दराओं में दबी-छिपी तमाम बातें सामनेवाले को बताने को व्याकुल हो जाता है या फिर पूरी तरह से झूठ बोलने पर उतारू हो जाता है और रुँधे गले, भर्राये कंठ और डबडबायी

आँखों से ऐसी कहानी गढ़ सकता है जिसे सुननेवाला शुरुआत से पहले ही सच मानने लगता है। बटुकचन्द इन्तजार करने लगे कि शर्मा किस खाने में जाता है।

लगता था कि शर्मा को भावुकता के उस स्तर पर पहुँचने में, जहाँ उसे सच या झूठ में से किसी एक का चुनाव करना हो, अभी थोड़ी देर थी। शायद शराब की कमी थी। इसलिए तीसरी बार वक्त को कोसता हुआ वह उठा और गुसलखाने में घुस गया।

शर्मा जब गुसलखाने से बाहर निकला तो किसी कवि के शब्दों में उसकी 'छटा बरनि नाहिं जाय' थी। इस विश्वास के साथ कि अगर साथ वाले कमरे में पंखा चल रहा हो तो ऊपरी धड़ का पानी सुखाने की जरूरत नहीं पड़ती, उसने सर से लेकर पैर तक का पानी इतना पोंछा था कि वह पर्याप्त मात्रा में कमरे में गिरता रहा और वह पंखे के नीचे खड़ा होकर उसे सुखाता रहा। कमर में चूँकि उसने तौलिया लपेट रखी थी इसलिए उसके अन्दर ढके अंगों पर पानी की क्या स्थिति थी, इसे जानना थोड़ा मुश्किल था, पर पैरों से जितना पानी टपककर कमरे की फर्श पर बिछे कालीन पर गिर रहा था, उससे साफ जाहिर था कि शरीर पर तौलिए का प्रयोग बड़ी कृपणता से किया गया है। उसका ज्यादा बेहतर इस्तेमाल कमर में लपेटने में किया जा सकता है यह साबित करने के लिए शर्मा उसे लपेटकर पंखे के नीचे खड़ा था।

"कोई बैरा नहीं आया?"

जैसे ही शर्मा ने कहा, बटुकचन्द ने लपककर कालबेल दबा दी। इस दहशत से छुटकारा पाने में उन्हें थोड़ा समय लगा कि शर्मा अपने शरीर-सौष्ठव का प्रदर्शन करते हुए इस तीन सितारा होटल के गलियारे में निकल पड़ेगा।

"बैरा आ ही रहा होगा। आप नहा रहे थे, तभी मैंने ऑर्डर दे दिया था।"

बटुकचन्द ने इतनी देर तक घंटी दबाये रखी कि कई लोग एक के बाद एक यह मालूम करने चले आए कि मामला क्या है? थोड़ी देर और वह घंटी दबाये रखते तो शायद होटलवाले फायर ब्रिगेड बुला लेते। जो लोग आए, उनमें वह बैरा भी था जो उनका ऑर्डर लेकर गया था।

शर्मा बैरे को मेज पर खाने की चीजें लगाते देखता रहा और इस बीच बटुकचन्द की चिन्ता के केन्द्र में कपड़े का वह टुकड़ा बना रहा जिसे होटलवाले ने तौलिए के नाम से बदन पोंछने के लिए गुसलखाने में रखा था और शर्मा ने जिसे मुहावरे की भाषा में अपनी हया ढँकने के लिए अपनी मोटी कमर के इर्द-गिर्द लपेट रखा था और स्थिति यह थी कि बटुकचन्द किसी जासूसी फिल्म के नायक के रोल में यह पता लगाने में जुटे थे कि कपड़े का यह टुकड़ा उसकी कमर पर अटका कैसे है? शर्मा ने थोड़ी आँखें सिकोड़ीं, नथुने फैलाये और मेज पर लगनेवाली प्लेटों का मुआयना किया। "साहब बहादुर वेजीटेरियन हैं।"

"जी..." शर्मा के पृष्ठ भाग और तौलिए से बिना नजरें हटाये बटुकचन्द मिमियाए।

"तभी...।"

इस 'तभी' का अर्थ उन्हें तब समझ में आया जब शर्मा ने बैरे को सामिष पकवानों की एक लम्बी सूची नोट करा दी।

बैरा जब मुड़ा तो शर्मा ने उसे रोका।

"नीचे साहब का ड्राइवर होगा, उसे ऊपर भेज दो। क्या नम्बर है गाड़ी का साहब..."

"कहीं जाएँगे क्या शर्माजी?"

"अरे नहीं साहब जाएँगे कहाँ? अब तो रात को डेरा यहीं जमेगा। कुर्ता-पाजामा गन्दा हो गया। दिन-भर चिपचिपाहट में घूमे। सोच रहे हैं मँगा लें। अभी दारूलशफा वाली दुकानें खुली होंगी।"

"ड्राइवर को भेज देना," बटुकचन्द ने ड्राइवर का हुलिया और गाड़ी नम्बर बैरे को बताया।

जब तक ड्राइवर आया तब तक बटुकचन्द ने जबर्दस्ती शर्मा को अपनी लुंगी पहनने को दे दी। उसने लुंगी पहन ली तब उनकी जान में जान आई और वे उस संकट से उबर पाये जिसके तहत शर्मा की कमर से लिपटा कपड़ा कभी भी जमीन पर टपक सकता था और वे खुद को नंगा महसूस करने लगते।

शर्मा ने बिना किसी औपचारिकता के गिलास में शराब उँड़ेली, बर्फ डाली, पानी से खाली गिलास भरा और गटगट पी गया। बटुकचन्द ने आँखें फाड़कर देखा। वे पहले नियमित पीते थे। उनके शब्दकोश के लार्ज, स्माल या पटियाला पेग सब गड्ड-मड्ड हो गए।

ड्राइवर दरवाजे पर खड़ा था। गिलास खत्म कर शर्मा ने उसकी तरफ देखा... "ड्राइवर साहब, दारूलशफा चले जाइए। वहाँ चारों ओर खादी के कुर्ते-पाजामे बेचनेवाले बैठे होंगे। किसी के यहाँ से मेरे नाप का कुर्ता-पाजामा ले आइएगा।"

ड्राइवर ने पलकें झपकायीं पर अपनी जगह से हिला नहीं।

"अरे सबसे बड़ी नाप का लीजिएगा...एक्स्ट्रा लार्ज..."

ड्राइवर इस पर भी नहीं हिला। शर्मा ने अपनी लुंगी में किसी काल्पनिक जेब को तलाशने की कोशिश की। जेब नहीं मिली तो पेट पर एक बार हाथ फेरकर गिलास में दूसरा पेग बनाने लगा।

"ये लो," बटुकचन्द ने जेब में हाथ डाला।

"छह जोड़े लाना जी," शर्मा ने दूसरे पेग को मुँह से लगाया।

बटुकचन्द का हाथ जेब में ठिठक गया। वे उठे और गुसलखाने में खिसक गए। सामने गाली देना ठीक नहीं है। शर्मा की कई पुश्तों को गरियाते हुए उन्होंने जेब से नोटों की गड्डी निकाली, उसमें से अन्दाज से नोट बाहर निकाले और वापस आ गए। ड्राइवर के हाथ में रुपये थमाते हुए उनके मुँह से हिदायत निकली..."अच्छी

क्वालिटी का लाना। अपने शर्माजी बड़े लीडर हैं। रोज मुख्यमन्त्री जी से मिलते हैं, कपड़ा बढ़िया होना चाहिए।"

शर्मा ने ड्राइवर के जाते ही एक दूसरी गिलास में एक छोटा पेग बनाया और बटुकचन्द के सामने रख दिया।

"लीजिए बड़े साहब।"

"पर मैं तो पीता नहीं।"

"मैं अकेले नहीं पीता," बटुकचन्द ने हें...हें...करना शुरू कर दिया। उनके जीवन का कई बार आजमाया हुआ फार्मूला था कि जब कुछ न कर सको तो हें...हें...करो। कोई न कोई रास्ता निकल आएगा। आज भी निकल आया।

"चलिए आप नहीं पिएँगे तो मैं पी लूँगा। एक बार इस गिलास से, दूसरी बार दूसरी गिलास से।"

फिर शर्मा ने अपने उसूल की बात बतायी। उसूलन वह अकेले नहीं पीता। जब अकेला होता है तो दो पेग रख लेता है और बारी-बारी से दोनों से पीता है। उसूलन अपने लिए बड़ा पेग बनाता है और सामनेवाले के लिए छोटा पेग। कई बार उसे लगता है कि दोनों एक ही शराब कैसे पी सकते हैं, इसलिए अपने लिए व्हिस्की बनाता है तो सामनेवाले के लिए रम या जिन।

इस काकटेल से कई बार गड़बड़ भी हो जाता है। बटुकचन्द दिलचस्पी से शर्मा से गड़बड़ी के बारे में सुनते रहे। आज तो काकटेल नहीं हुआ था। शर्मा दोनों गिलासों में व्हिस्की डालकर पी रहा था, पर गड़बड़ शुरू हो चुकी थी। दरअसल यह गड़बड़ दार्शनिकता से जुड़ी थी।

दार्शनिकता और शराब में बड़ा गहरा सम्बन्ध होता है। वैसे तो औसत भारतीय हमेशा दार्शनिक हो सकता है। जन्म से मृत्यु तक का कोई भी क्षण उसे दार्शनिक बना सकता है, पर अगर वह शराब पीता हो और उसने शराब पी रखी हो तो उसे दार्शनिक बनने से कोई नहीं रोक सकता।

शर्मा भी दो बड़े पेग हलक के अन्दर उतारते ही दार्शनिक हो गया। बटुकचन्द उसे दोनों हाथों से मुर्गा और मछली की प्लेटें साफ करते देखते रहे और उस प्रस्थान-बिन्दु की प्रतीक्षा करते रहे जब शर्मा या तो सच की पर्त-दर-पर्त छीलते हुए उसे उनके सामने बिखेर देगा या फिर झूठ को इस तरह रोचक आख्यान के रेशमी आवरण में लपेट कर पेश करेगा कि वे थोड़ी देर के लिए उसे सच मान लेंगे। और वह प्रस्थान-बिन्दु आ ही गया।

"सब वक्त-वक्त की बात होती है बड़े साहब," शर्मा ने कहा और रोने लगा।

शराब और दार्शनिकता दोनों रोने में मदद करती हैं। गड़बड़ यह है कि रोते-रोते आदमी अकसर सच बोलने लगता है। राजधानी में सच बोलनेवाला कम फँसता है, उसे सुननेवाले जरूर फँस जाते हैं। बटुकचन्द ने घबराकर चारों तरफ

देखा। दीवारों के भी कान होते हैं, वाले फार्मूले के अनुसार उन्होंने कमरे की दीवारों का मुआयना किया। बाथरूम का दरवाजा खुला था, उसे उठकर बन्द कर दिया।

"पुरुष बली नहीं होत है समय होत बलवान।" अगली पंक्ति शर्मा भूल गया था इसलिए उसने इसे गद्य में व्याख्यायित किया..."बड़े साहब सब वक्त-वक्त की बात होती है। अर्जुन और उसके बाण कोई काम नहीं आए और भील गोपियों को लूटकर ले गए। यही होता है बड़े साहब जब वक्त खराब होता है। ये स्साली..."

दार्शनिकता के दौरे पड़ने पर रोने का रोल हारमोनियम की तरह होता है। गायक दम लेने के लिए और अपनी आवाज की हँफनी रोकने के लिए हारमोनियम बजाने लगता है। शराबी दार्शनिक सुस्ताने के लिए रोने लगता है। शर्मा भी रोने लगा।

इस बार सुस्ताकर शर्मा जब दार्शनिक हुआ तो देर तक उसे रोने की जरूरत नहीं पड़ी। उसने बिना दम लिए अपनी कहानी सुनानी शुरू की।

बटुकचन्द के सामने राजधानी का पंक अपनी पूरी बदबू के साथ गाढ़े काले द्रव के रूप में पसर रहा था और वे उसमें छपाछप हाथ-पैर पटक रहे थे। इस कीचड़ में छपकियाँ मारने का अपना अलग ही मजा होता है और बटुकचन्द पूरा रस लेकर उसका आनन्द ले रहे थे। बीच में यह जरूर देख रहे थे कि दीवारों के कान खुले तो नहीं हैं। एकाध बार कोई दरवाजा या खिड़की खुलने को हुए तो उन्होंने कथानक के बीच में उठकर उन्हें बन्द कर दिया।

औसत भारतीय स्वाभाविक अवस्था में विस्तारवादी होता है, अगर शराब उदर में हो और दार्शनिकता सर पर नाच रही हो तो वह थोड़ा अतिरिक्त विस्तार में चला जाता है। शर्मा के साथ तीनों स्थितियाँ थीं, अतः उसने जो कुछ बताया पूरे विस्तार के साथ बताया। चूँकि रात अपनी थी और बटुकचन्द की समझ में आ गया था कि शर्मा रात में यहीं रुकेगा और मामला कीचड़ में लोटने-पोटने का था, इसलिए बटुकचन्द ने शर्मा को एक बार भी रोका-टोका नहीं। उन्होंने सिर्फ इतना किया कि ड्राइवर इस बीच जब शर्मा के कुर्ते-पाजामे लेकर आया तो उसे भी खा-पीकर आराम करने और सुबह सात बजे गाड़ी लगाने का हुक्म दिया और दरवाजे अन्तिम रूप से बन्द कर दिये। जितना कुछ शर्मा ने शराब के साथ खाने के लिए मँगा लिया था और दोनों हाथ में उसमें से निकाल-निकालकर खाने तथा कालीन पर गिराने के बाद जो कुछ बचा था, वह उनके लिए काफी था। बिना शर्मा को व्यवधान पहुँचाए उन्होंने अपने कपड़े बदले और सोफे से उठकर बिस्तर पर पहुँच गए और दो तकिए दीवाल के सहारे लगाकर उस पर पीठ टिकाकर बैठ गए और देर रात तक शर्मा की व्यथा-कथा सुनते रहे।

लोग सोचते हैं कि मसाला फिल्मों में ही होता है। बटुकचन्द ने विवरण शुरू होते ही मान लिया कि असली जीवन में ज्यादा मसाला हो सकता है। इस विवरण में तो मसाला फिल्मों से ज्यादा सब कुछ था। सब कुछ यानी सेक्स, मारधाड़, आँसू,

महत्त्वाकांक्षा और दगा। दगाबाजी पर आते ही शर्मा को फिर वक्त की याद आने लगी और उसकी सुई फिर उसी रिकॉर्ड पर अटक गई..."सब वक्त वक्त की बात है बड़े साहब, नहीं तो इस कुतिया की ये हैसियत कि मुझे इसके घर के बाहर इन्तजार करना पड़े।"

जिस औरत को शर्मा इस समय कुतिया नामक विशेषण से सम्बोधित कर रहा था और जिसे पूरा प्रदेश मिनी मुख्यमन्त्री के नाम से जानता था, उससे शर्मा की मुलाकात तब हुई थी जब वह राजधानी की सड़कों पर सब्जी का ठेला लगाता था। यह औरत उससे सब्जी खरीदती थी। बम्बइया फिल्मों की तरह आँखें लड़ने के लिए आदर्श स्थितियाँ थीं। लौकी या तोरई तौलते हुए कब उँगलियाँ छूने लगीं और कब आँखे लड़ने लगीं, शराब की वजह से शर्मा को यह याद करने में दिक्कत जरूर हुई पर आधुनिक हिन्दी कवियों की तरह उसके सामने सम्प्रेषणीयता की समस्या कभी नहीं रही। शराब से लड़खड़ाती जुबान और दार्शनिकता से रुँधे गले से उसने लोकभाषा का सहारा लेते हुए कुछ लसड़-पसड़ जैसे शब्द कहे जिनसे जो वह समझाना चाहता था उसे बटुकचन्द फौरन समझ गए कि उन दोनों के बीच का सम्बन्ध हिन्दी फिल्मों की तरह अट्ठारह रीलों की प्रतीक्षा किये बिना दूसरी रील से ही शारीरिक हो गया।

कहानी में सेक्स के बाद महत्त्वाकांक्षा नामक तत्त्व शामिल हो गया। शर्मा सब्जी जरूर बेचता था, पर रहता था अपने इलाके के एक एम.एल.ए. के बँगले के आउट हाउस में। सब्जी बेचने के बाद के वक्त वह एम.एल.ए. जिन्हें पूरा क्षेत्र अध्यक्षजी के नाम से जानता था क्योंकि वे एक कॉलेज की प्रबन्ध समिति के खानदानी अध्यक्ष थे, के अवैतनिक राजनीतिक सलाहकार के रूप में काम करता था। शाम होते ही उनके क्षेत्र के वे सारे लोग जिन्हें अध्यक्षजी अपना कार्यकर्ता कहते थे और जिनके बारे में उनके मोहल्ले के लोगों की राय थी कि वे उठाईगीर और लफंगे थे और जो राजधानी में दिन-भर किसी-न-किसी काम से दफ्तरों के चक्कर लगा रहे होते, अध्यक्षजी की कोठी पर इकट्ठे हो जाते। कोठी के बाहर एक चबूतरा था जिस पर सूरज डूबते-डूबते शर्मा के नेतृत्व में क्षेत्रीय कार्यकर्ताओं की एक फौज पानी छिड़कती। फिर घर में मौजूद सारी साबुत और टूटी कुर्सियाँ जो बैठनेवालों के साथ खुद न बैठ जाएँ, चबूतरे पर लगा दी जातीं। कोठी के बरामदे में पड़ी चार-पाँच चारपाइयाँ भी चबूतरे पर पहुँच जातीं।

इन बैठकों में अध्यक्षजी के होने-न-होने का कोई मतलब नहीं था। उनका क्षेत्र राजनीति के मामले में बहुत जरखेज था। इलाके में सड़कें टूटी-फूटी थीं, उद्योग किस चिड़िया का नाम है लोग नहीं जानते थे, बाँध का सही इस्तेमाल बाढ़ रोकने में भी हो सकता है, इस पर लोगों के मन में संशय था। उनकी राय हमेशा इस पक्ष में रहती कि बाँध मछली पालने के लिए ज्यादा मुफीद होते हैं। तमाम फालतू चीजें थीं जिन

पर अकसर महानगरों के वातानुकूलित कमरों में बैठे लोग बहसें करते हैं और विकास नाम की किसी फालतू-सी चीज के रूप में अध्यक्षजी के क्षेत्र पर लादना चाहते हैं। क्षेत्र के लोग जानते थे कि इन महानगरी बाबुओं की सदिच्छाएँ सिर्फ बहसों और मैगासेसे पुरस्कार पाने के लिए होती हैं, इसलिए वे इनकी बहुत चिन्ता नहीं करते और अपने उस उद्यम में और जोर-शोर से लग जाते हैं जो उनका सबसे प्रिय शगल है और जिसके कारण वे शाम को अध्यक्षजी की कोठी के इस चबूतरे पर इकट्ठे होते हैं।

अध्यक्षजी के क्षेत्र के लोगों का सबसे प्रिय शगल था राजनीति अर्थात् पालिटिक्स। वे हर चीज में राजनीति करते थे। उठते-बैठते, खाते-पीते, दिशा फरागत के लिए लपकते, प्रेम करते, दलितों को जलाते, उनकी बस्तियों में हैंडपम्प लगाते, कोर्ट-कचहरी जाते, थाने की दलाली करते, गरज यह कि जीते-मरते हर समय राजनीति करते रहते। उनके इलाके में हर चौराहे पर काफी हाउस खुले हुए थे, लोग उन्हें जानते भले ही चाय या पान की दुकान के रूप में हों, पर क्षेत्र की बौद्धिक चेतना के विकास में उनका योगदान कॉफी हाउसों से कम नहीं था। सुबह होते ही गुनीजन इन कॉफी हाउसों पर पहुँच जाते थे। उनकी बहसों का दायरा अकसर राष्ट्रीय या बाज अवसरों पर अन्तर्राष्ट्रीय होता था। उनके पास देश की सारी समस्याओं के हल होते थे। देश क्या अन्तर्राष्ट्रीय मुद्दों पर भी उनकी राय चमत्कृत करनेवाली होती।

राजनीति से इन लोगों के सरोकार बड़े सीधे-सादे हैं। अगर बिना घुमाये-फिराये कहना हो तो कहा जा सकता है उनकी स्थानीय राजनीति का केन्द्र-बिन्दु है तबादला। इस राजनीति को करने में मदद के लिए दो खेमे हैं। अध्यक्षजी का खेमा और अध्यक्षजी के विरोधियों का खेमा। एक थानेदार का तबादला करा आता है। भला यह भी कोई बात हुई कि अध्यक्षजी का कार्यकर्ता जेब काटते पकड़ा जाये तो उसे दारोगाजी हवालात में बन्द कर दें। क्षेत्र का ला एंड ऑर्डर पहली बार इतना खराब हुआ है। दूसरा खेमा जिला मुख्यालय पर जाकर धरना दे देता है कि ऐसा थानेदार तो आज तक आया ही नहीं। पूरा राम-राज्य है। इलाके के चोर गाँधी टोपी जनता के पैर पर रख देते हैं और भाई साहब, माताजी अथवा बहनजी जैसे सम्बोधनों का इस्तेमाल करते हुए बस एक ही निवेदन करते हैं कि लोग उन पर तरस खाएँ और जेब का माल-मत्ता उनके हवाले कर दें। अगर लुटनेवाला बिना पिटे उनकी मदद करने को तैयार नहीं होता तो वे हाथ जोड़कर एक ही वाक्य बार-बार दुहराते हैं कि जब तक यह दुष्ट दारोगा उनके इलाके में है, तब तक उनका ऐसा कठिन इम्तहान न लिया जाय।

इलाके में बिजली के खम्भे गड़े हैं। दो खम्भों के बीच तार नामक एक अनावश्यक चीज भी बाँधी गई है जिन्हें लोगों ने बीच-बीच में से निकाल लिया है

और घरों में कपड़ा टाँगने या मवेशी बाँधने जैसे बेहतर इस्तेमाल के लिए उनका उपयोग कर रहे हैं। जहाँ खम्भों के बीच तार मौजूद हैं, वहाँ लोग सरकार से उम्मीद करने लगते हैं कि उनमें बिजली भी दौड़े। सरकार वैसे ही बहुत व्यस्त चीज होती है। इसलिए इलाके के लोग या उनके नेता उसे और परेशान नहीं करना चाहते। वे उससे ऐसी फिजूल माँगें नहीं करते कि खम्भों के बीच तार भी हों और उनमें बिजली भी दौड़े। बिजली से उनका मतलब स्थानीय सब स्टेशन के जे.ई. से होता है। अगर अपना आदमी जे.ई. हुआ तो इलाके के बिजली की सप्लाई ठीक-ठाक चल रही होती है। बिना तार के भी खम्भे बिजली के लट्टू से जगमगाने लगते हैं। बिना बिजली के थ्रेसर चलने लगते हैं, ट्यूबवेल पानी फेंकने लगते हैं और विरोधी विद्युत आघात से धराशायी होने लगते हैं। जैसे ही अपने वाले जे.ई. का तबादला होता है बिजली की व्यवस्था चरमरा जाती है। इलाके में हाहाकार मच जाता है और जनता के दुःख से विचलित कार्यकर्ता राजधानी का रुख लेते हैं और अध्यक्ष जी के चबूतरे पर गम्भीर मन्त्रणा में जुट जाते हैं।

ऐसी मन्त्रणाओं में शर्मा भी बराबरी का हिस्सेदार होता था। दिन-भर सब्जी बेचकर शाम ढले वह उनके आउटहाउस पहुँच जाता। वहाँ ठेला खड़ा कर दिन-भर का हिसाब-किताब मिलाकर वह नहाता और फिर चकाचक कुर्ता-पाजामा पहनकर शाम की बैठक का इन्तजाम करने पहुँच जाता।

अध्यक्षजी के यहाँ पूरा जनतन्त्र था। वहाँ की गोष्ठियों में भाग लेने के लिए सिर्फ तीन-चार शर्तें पूरी करनी होती थीं। शर्त नम्बर एक थी कि गोष्ठी में भाग लेनेवाला अध्यक्षजी के क्षेत्र का हो। दूसरी के मुताबिक उसके फेफड़े मजबूत होने चाहिए। तीसरी शर्त पोशाक से सम्बन्धित थी। वहाँ आनेवाला अगर खद्दर के कुर्ते-पाजामे में हो तो उसकी हैसियत और बढ़ जाती।

शर्मा ये सारी शर्तें बखूबी पूरी करता। खासतौर से बीचवाली। उसके फेफड़े इतने मजबूत थे कि वह किसी भी बहस में कभी भी गला फाड़कर चिल्लाने लग सकता था और पक्के राग के किसी सधे गायक की तरह देर तक विलम्बित में रह सकता था। इसके अलावा एक और गुण था जिसके कारण अध्यक्षजी के दरबार में उसकी विशिष्ट स्थिति थी। वह हमेशा चप्पल पहनता था और कभी भी उसे पैर से निकालकर हाथ में ले सकता था। फेफड़े की ताकत से भरपूर आवाज और हाथ में चप्पल कुछ ऐसा दृश्य उपस्थित करते कि अध्यक्षजी मुग्ध होकर उसे देखते रहते। यह दृश्य सचिवालय में अकसर दिखाई देता जब अध्यक्षजी किसी नादान अधिकारी को यह समझाने की कोशिश में लगे होते कि सच वह नहीं है जो फाइल में टिप्पणियों से झलक रहा है, बल्कि वह है जिसे वे पिछले कई घंटों से उसे समझाने में लगे हैं। बहस का अन्त आमतौर से शर्मा के हस्तक्षेप से होता।

अध्यक्षजी दिल के मरीज थे। वैसे भी उनकी राजनीतिक दीक्षा गाँधीवादी

परम्पराओं में हुई थी। उनका मानना था कि नादानी करना तो अधिकारियों का स्वभाव है, इसलिए उनकी नादानी पर नाराज नहीं होना चाहिए। वे मुस्कुराते रहते और धीमे स्वर में रुककर बातें करते। पर इस तरह की बन्दिश शर्मा और उनके दूसरे चेलों पर नहीं थी। इसलिए वे मुस्कुराते रहते और उनके चेले अपने फेफड़ों का इस्तेमाल करके अधिकारी का ध्यान उस स्थिति की तरफ आकर्षित करते जिसमें चप्पल पाँव से निकल हाथों में पहुँच जाती है। शर्मा किसी भी अधिकारी के समक्ष चप्पलों के भारतीय दफ्तरों में उपयोग नामक विषय पर घंटों भाषण दे सकता था। अकसर अधिकारियों की इस भाषण में बहुत गहरी दिलचस्पी नहीं होती। कई बार कुछ नादान अधिकारी इस विषय में कुतर्क करने लगते। वे शर्मा को बताने की कोशिश करते कि चप्पल से ज्यादा मुफीद जूता होता है और अपने छात्र-जीवन में या अपनी पिछली तैनाती तक वे भी चप्पलें ही पहनते थे, पर अब वे जूता पहनने लगे हैं। बहस इस बात पर टिक जाती कि जूते और चप्पल में किसे पहले निकाला जा सकता है।

अध्यक्षजी मुस्कुराते रहते और इस बहस को देखते-सुनते रहते। कई बार यह बहस जूते-चप्पल निकालने की प्रतियोगिता में तब्दील हो जाती। तब उनकी मुस्कान बड़ी काम आती। अगर शर्मा जीतता तो वे अधिकारी को बताते कि शर्मा द्वारा फेंककर मारी गई चप्पल उसकी उस सदिच्छा का प्रमाण है जिसके तहत वह चाहता है कि भारतीय नौनिहाल इस तरह के करतबों में पारंगत हों और ओलम्पिक में पदक जीतने की राष्ट्रीय इच्छा पूरी करने की तैयारी में जोर-शोर से लग सकें। अगर शर्मा हारता हुआ दिखाई पड़ता तो उनकी मुस्कान 'अभी बच्चा है' वाले भाव से उसकी रक्षा करने आगे बढ़ती।

अध्यक्षजी के घर शाम को इकट्ठे होनेवाला हल्ला-ब्रिगेड सिर्फ सरकारी दफ्तरों के बाबुओं के साथ तबादला-खयालात के लिए ही उपयोगी नहीं था, राजनीति में उनका ज्यादा उपयोग था। अध्यक्षजी वात्सल्य के साथ हल्ला-ब्रिगेड के नौजवानों को बच्चे कहा करते थे। उनके अनुसार इन बच्चों की उपयोगिता के आधार पर दो टुकड़ियों में बाँटा जा सकता था। एक तरफ फेफड़ेवादी थे और दूसरी तरफ चप्पलवादी। फेफड़ेवादी अपने फेफड़ों में हवा भरकर उसे मुँह के रास्ते से इस तरह निकालते थे कि सामनेवाला अफसर या राजनीतिक प्रतिद्वन्द्वी अकबकाया-सा मुँह खोले तब तक देखता रह जाता जब तक उसके मुँह से लार न टपकने लगती। ज्यादातर समस्याएँ तो फेफड़ेवादियों के सहारे हल हो जातीं। कभी-कभी हाईकमांड का कोई प्रतिनिधि या कोई अफसर यह साबित करने का प्रयास करता कि उसके फेफड़ों में भी उतना ही दम है तब फेफड़ेवादी बगल हट जाते और चप्पलवादी टुकड़ा हल्ला बोलता।

शर्मा दोनों टुकड़ियों में था। इसलिए उसकी उपयोगिता ज्यादा थी।

शर्मा की उपयोगिता के और भी कारण थे।

हालाँकि शराब ने तकल्लुफ और शर्मो-हया की जरूरत खत्म कर दी थी, पर फिर भी शर्मा ने कमरे में चल रहे पंखे, कोनों और खिड़कियों-दरवाजों के ऊपर से झाँकते हुए जो कुछ कहा उससे बटुकचन्द की समझ में यह आया कि अध्यक्षजी लँगोट नामक किसी पोशाक के बड़े कच्चे थे। शराब शर्मा पी रहा था, पर समझ में आने पर बटुकचन्द ने भी खिड़की, दरवाजों और पंखों को घूरना शुरू कर दिया।

राजधानी में बहुत से राजनेता थे जो अध्यक्षजी की तरह लँगोट के कच्चे थे। राजधानी में ऐसी बहुत सी औरतें भी थीं जो सुमन की तरह सुन्दर और महत्त्वाकांक्षी थीं। इन दोनों तरह के प्राणियों के साथ शर्मा जैसे स्वयंसेवकों की एक लम्बी फौज थी जो सुन्दर महत्त्वाकांक्षी औरतों को लँगोट के कच्चे इन राजनेताओं से मिलाने को उत्सुक रहा करती थी। अकसर ये स्वयंसेवक अँधेरी रातों में अपनी, राजनेता या महत्त्वाकांक्षिणी सुन्दरी की हैसियत के अनुसार चौपहिया, तिपहिया या दुपहिया सवारी से उतरते और उनके साथ उतरती वह महत्त्वाकांक्षिणी सुन्दरी जिसे नेताजी से बहुत जरूरी प्रश्नों पर राजनीतिक मन्त्रणाएँ करनी होती थीं। कई बार शर्मा की प्रजाति के लोग बाहर ही रुक जाते और बाज वक्तों ये सुन्दरी को स्वयं नेताजी के शयनकक्ष तक पहुँचा आते। यह भी समय, सामर्थ्य और सुविधा पर निर्भर करता था कि सुन्दरी को लानेवाला बाहर अपने वाहन में प्रतीक्षा करेगा या घर जाकर भोर होने के पहले आकर उसे वापस ले जाएगा।

शर्मा ने जब सुमन को अध्यक्षजी से मिलाने की बात कही तब उसे उम्मीद थी कि उसके साथ जीने-मरने की कसमें खानेवाली सुन्दरी भड़क जाएगी, लेकिन हर मूर्ख प्रेमी की तरह उसने भी उस सुन्दर जिस्म के अन्दर धड़कते हुए महत्त्वाकांक्षी दिल की टिक-टिक नहीं सुनी थी। जैसे ही उसने प्रस्ताव रखा वैसे ही मुहावरे की भाषा में सुमन ने उसे लपक लिया।

दो-चार दिन सुमन शामवाली गोष्ठियों में शरीक हुई। राजनीतिक विषयों पर उसकी बुद्धि इतनी तेज चलती कि कई बार शर्मा भी अचकचा जाता। अध्यक्षजी उसकी उपस्थिति से ही गद्‌गद रहते। अन्त में वह क्षण आ ही गया जिसके लिए शर्मा और सुमन प्रतीक्षा कर रहे थे। अध्यक्षजी सुमन से ज्यादा गम्भीर विषयों पर ज्यादा देर तक तबादला-खयालात करना चाहते थे। जाहिर है कि इतने गम्भीर विषयों पर शाम के दरबारे-आम में चर्चा नहीं हो सकती थी, इसलिए शर्मा रात को पहले रिक्शे पर और बाद में कार पर बैठाकर सुमन को अध्यक्षजी के घर पर लाने लगा। अन्दर अध्यक्षजी और सुमन गम्भीर राजनीतिक मन्त्रणा करते और बाहर रिक्शे पर बैठकर शर्मा 'मच्छरों से बचने के उपाय' नामक पुस्तक के पाठ दोहराता। बाद के दिनों में कार आ जाने पर उसमें रेडियो चलाकर सो जाता। मन्त्रणा समाप्त करके पौ फटने के पहले सुमन बाहर

आती तो वह उसे वापस घर छोड़ता।

इस तरह की कहानी में जैसे मोड़ आ सकते हैं वैसे ही इस कहानी में भी आए। एक सुन्दर और महत्त्वाकांक्षिणी औरत अपनी राजनीतिक पटुता को उन लोगों तक बाँटना चाहती है जो जनता की सेवा में उसका बेहतर इस्तेमाल कर सकें। एक विधायक अपने क्षेत्र की जनता की सेवा के लिए मन्त्री बनना चाहता है। एक मुख्यमन्त्री जो सत्ता के रपटीले-पथरीले रास्तों पर साँप-सीढ़ी का खेल खेलते-खेलते शीर्ष पर पहुँच गया और दिन-भर की उबाऊ, एकरस और थका देनेवाली दिनचर्या के बाद अपनी क्लान्त और शिथिल काया को विश्राम देने के लिए, राजनीति में सफलता हासिल करने के लिए व्याकुल सुन्दरियों से गम्भीर मन्त्रणा करने को लालायित रहता है। ऊपर से देखने में तीनों में कोई अन्तःसम्बन्ध नहीं लगता, पर थोड़ा गौर से झाँकने पर उनके बीच कल्लोल मारती कीच की एक ऐसी धारा बहती हुई दिखाई दे जाएगी जिसमें तीनों स्नान करने के लिए व्याकुल होंगे और कहानी का स्वाभाविक अन्त यही हो सकता था और यही हुआ कि शीघ्र ही तीनों उस पंक में छप-छपकर नहाने लगे।

इस कहानी में भी यही हुआ। मन्त्री बनने को व्याकुल राजनेता महत्त्वाकांक्षिणी सुन्दरी को लेकर शिथिल गाल, थुल-थुल काया और पायरियाग्रस्त दाँतोंवाले मुख्यमन्त्री के दरबार में हाजिर हुआ और उन दोनों को गम्भीर मन्त्रणा में लीन छोड़कर बाहर कार में रात बिताने लगा। मन्त्री बन जाने के बाद भी अध्यक्षजी ने अपना रोल छोड़ा नहीं। फर्क सिर्फ इतना पड़ा कि पहले अपनी गाड़ी खुद चलाते हुए जाते थे और सुमन के अन्दर चले जाने के बाद गाड़ी की अगली सीट पर टाँग पसारकर सो जाते थे। अब झंडा लहराती हुई गाड़ी पर पिछली सीट पर सुमन के साथ बैठकर जाते और उसे अन्दर तक पहुँचाकर पिछली सीट पर सो जाते। अगली सीट पर ड्राइवर सोता। उसने पहले दूसरे मन्त्रियों के साथ इतनी बार यह क्रिया सम्पादित की थी कि मन्त्रणा समाप्त होने के समय उसकी नींद अपने आप खुल जाती। जब सुमन तेज कदमों से गाड़ी की तरफ आती दिखाई देती तो वह एक हाथ से दरवाजा खोलता होता और दूसरे हाथ से मन्त्री हो जाने के बाद भी अध्यक्षजी नाम से पुकारे जानेवाले प्राणी को जगाता हुआ दिखाई देता।

यह वह बिन्दु था जब शर्मा को फिर से वक्त का महत्त्व समझ में आने लगा।

"सब वक्त-वक्त की बात होती है बड़े साहब। उस समय मेरी मत मारी गई थी..."

बटुकचन्द को समझ में आ गया कि मति कहाँ मारी गई थी। इन कहानियों में एक गलती हमेशा दुहराई जाती है। महत्त्वाकांक्षिणी सुन्दरी का प्रेमी यह मानकर चलता है कि अपने पति से बेवफाई करनेवाली उसकी प्रेमिका उसके प्रति वफा से लबरेज है। यहीं वह धोखा खाता है और यहीं मंच पर वक्त का प्रवेश होता है।

शर्मा ने दो-तीन बार मुख्यमन्त्री निवास पर सुमन को ले जाने के लिए सारथी की भूमिका निभाने की पेशकश की, पर शुरू में विनम्रता से और बाद में सख्ती से यह अनुरोध ठुकरा दिया गया। अध्यक्षजी के व्यवहार में जरूर कुछ ऐसे बदलाव आ गए कि शर्मा को शाम की बैठकें काफी बेगानी-सी लगने लगीं। उसकी उपस्थिति में अध्यक्षजी को ऐसा कुछ महत्त्वपूर्ण प्रसंग याद आ जाता कि वे गम्भीर चर्चा में लीन हो जाते। अगर वह बहस में हस्तक्षेप करने की कोशिश करता तो अध्यक्षजी की श्रवणशक्ति कुछ ऐसी हो जाती कि उन्हें दूसरों की बातें तो सुनाई देतीं, लेकिन शर्मा की आवाज उनके कानों तक नहीं पहुँचती। शर्मा शाम की बैठकों के लिए कुर्सी-मेज लगवाने पहुँचता तो उसे नम्रतापूर्वक बताया जाता कि उसे तकलीफ करने की जरूरत नहीं है, उसकी दुआ से वहाँ ये सब काम करने के लिए दूसरे स्वयंसेवक मौजूद हैं।

बड़ी मुश्किल से शर्मा अध्यक्षजी को यह विश्वास दिलाने में सफल हुआ था कि सुमन को मुख्यमन्त्री निवास तक छोड़कर आने के प्रस्ताव के पीछे उसकी मंशा सिर्फ यह थी कि अध्यक्षजी को ऐसे काम न करने पड़ें जो उनकी गरिमा के अनुकूल न हों। अध्यक्षजी मन्त्री हो गए थे और किसी को मुख्यमन्त्री निवास पहुँचाकर स्वयं बाहर कार में सोते हुए इन्तजार करना उन्हें शोभा नहीं देता।

शर्मा अध्यक्षजी को इतना विश्वास तो नहीं दिला पाया कि उसे मुख्यमन्त्री और सुमन के बीच सेतु बनने का मौका मिल जाए पर इतना विश्वास जरूर दिला ले गया कि उनकी कोठी पर शाम को कुर्सी और चारपाई बिछाने का उसका पुराना काम उसे फिर मिल गया। अध्यक्षजी भी ज्यादा दिनों तक सन्देशवाहक का रोल नहीं निभा पाये। जल्द ही सुमन के पति ने यह भूमिका सँभाल ली। पति नामक ये प्राणी काफी दिनों से बेरोजगार थे। मुख्यमन्त्रीजी ने सुमन के साथ पहली रात को ही गम्भीर मन्त्रणा के बाद यह तय कर दिया कि वे पति महाशय को ओ.एस.डी. बना देंगे।

ओ.एस.डी. यानी ऑफिसर ऑन स्पेशल ड्यूटी यानी विशेष कार्याधिकारी नौकरशाही पुराण में नारद की तरह होता है। यह हर जगह हो सकता है और कहीं भी नहीं हो सकता है। ओ.एस.डी. बनाकर चपरासी से मुख्य सचिव की भूमिका निभाने को कहा जा सकता है और बाज वक्त किसी मुख्य सचिव को उसकी औकात बताने के लिए ओ.एस.डी. बनाकर चपरासी की हैसियत में पहुँचा दिया जाता है।

सुमन का पति जब ओ.एस.डी. बना तब तक सुमन मिनी मुख्यमन्त्री बन चुकी थी। इसलिए प्रदेश की नौकरशाही के लिए इस ओ.एस.डी. पति की वही हैसियत बनी जो प्रदेश के मुख्यमन्त्री की पत्नी की थी। मुख्यमन्त्री के बहुत करीबी कुछ अफसरों को छोड़कर वह किसी को भी हड़का सकता था और कोई भी अफसर उसके बताये गए काम को कर उसको सूचित करने में स्वयं को धन्य महसूस कर सकता था।

"बड़े साहब क्या वक्त आ गया है?" इस बार वक्त की याद करने के पीछे

शर्मा के मन में अकुलाती वह बेताबी थी जिसकी वजह से वह बटुकचन्द को ओ. एस.डी. पति की नयी भूमिका बताने के लिए व्यग्र था।

"अब आपने कभी सुना है बड़े साहब, कि कोई पति खुद ही अपनी बीवी को किसी साले के बेडरूम में पहुँचाकर बाहर स्टूल पर बैठकर चौकीदारी करे?"

बटुकचन्द ने सुना और देखा दोनों था कि तरक्की और अच्छी तैनाती की चाह में कई मातहत अपनी बीवियों का इस तरह उपयोग भी करते थे, पर अभी शर्मा उनसे किसी उत्तर की उम्मीद नहीं कर रहा था, इसलिए चुपचाप श्रोता बने रहने को वक्त की पुकार मानकर उन्होंने सलाद में से मूली का एक टुकड़ा उठाया और उसे टूँगते रहे।

"ऊ साला कहता है कि उसकी मेहरारू सी.एम. के साथ पोलिटिकल डिस्कशन कर रही है और खुद गाड़ी में बैठकर मच्छर मारता रहता...। डिस्कशन नहीं ठेंगा करती है...पूरा प्रदेश जानता है कि क्या डिस्कशन होता है...।"

इसके बाद शर्मा ने पोलिटिकल डिस्कशन का जो नख-शिख वर्णन किया उसका बटुकचन्द ने उस भारतीय परम्परा के अनुसार जमकर आनन्द लिया जिसमें श्रोता अपने चेहरे और आँखों में लगातार ऐसा भाव भरे होता है कि उसके लिए इस गलीज प्रसंग को सुनना साक्षात् कुम्भीपाक नरक का दर्शन करना है पर उसके कान एकाग्र भाव से सामनेवाले की वाणी से छलकते रसीले प्रसंग का छककर पान करते रहते हैं। वे बीच-बीच में अपने शब्दकोश में उपलब्ध धिक्कार के पर्यायवाची शब्दों का जमकर उपयोग करते रहे और जब भी शराब के प्रभाव से शर्मा की जिह्वा कुछ लड़खड़ाती, उसे वापस कथा के सरस प्रसंगों की तरफ मोड़कर लाते रहे।

अगले कुछ मिनटों में शर्मा ने जो कथा सुनाई वह इस पिछड़े प्रदेश में कई बार दुहराई जा चुकी थी और बटुकचन्द जैसे लोगों ने अलग-अलग मुख्यमन्त्रियों के शासनकाल में अलग-अलग तरीकों से सुन रखी थी। इसी प्रदेश में एक नरपुंगव मुख्यमन्त्री हो चुके थे जो अपनी बहू की सलाह से राजकाज चलाते थे। उनके जमाने में प्रदेश बहुमत से नहीं बहू-मत से चलता था। एक जिले में अकसर दो कलक्टर चार्ज लेने पहुँच जाते थे। एक को सरकार आदेश देती थी, दूसरा बहूजी के दरबार से जारी आदेश की कापी फड़फड़ाता पहुँच जाता। जाहिर है कि बहूजी का कृपापात्र ही कलक्टर की कुर्सी पर विराजमान हो पाता। एक दूसरे महानुभाव, जिनकी ख्याति चप्पल-उठाऊ मुख्यमन्त्री की थी, प्रदेश के हर शहर में डिस्कशन के लिए अलग-अलग पात्रों को रखने में विश्वास रखते थे। अपनी पत्नी से सन्तान उत्पन्न करने में असमर्थ इनकी सन्तानें प्रदेश के कोने-कोने में दिखाई पड़ जातीं। शर्मा जिन मुख्यमन्त्री की चर्चा कर रहा था उनकी दिक्कत यह थी कि वे पिछड़ी जाति के थे और डिस्कशन हमेशा अगड़ी जातियों की महिलाओं से करते थे। शर्मा के दुख का एक कारण यह भी था।

"अब आप बताइए बड़े साहब...साला वक्त इतना खराब आ गया है कि..." इसके बाद शर्मा ने दुःख जाहिर करते हुए बताया कि इस खराब वक्त में अमुक-अमुक जातियों की महिलाओं को तमुक-तमुक जातियों के पुरुषों से पोलिटिकल डिस्कशन जैसा घृणित कार्य करना पड़ रहा है। उसके अनुसार, "अमुक जाति के अध्यक्षजी तक तो ठीक था, पर तमुक जाति के मुख्यमन्त्री के साथ...छि...छि...।"

थोड़ी देर तक छि...छि...होती रही, पर जाहिर था कि छि...छि...से न तो वह व्यग्रता शान्त होती जो सब कुछ बयान कर देने के लिए उतावली थी और न उस उत्सुकता का शमन होता जो रस-भरे प्रसंगों का जी भरकर आस्वाद लेना चाहती थी। लिहाजा देर रात तक शर्मा वे सारे विवरण देता रहा जिन्हें सुनकर बटुकचन्द को लग रहा था कि उन्होंने आज दिन-भर जो कुछ बाबू और शर्मा पर खर्च किया था, वह बेकार नहीं जानेवाला था।

शर्मा की कथा का लुब्बो-लुआब यह था कि पहले अध्यक्षजी की निकटता में सुमन की जीवनचर्या बदली और फिर मुख्यमन्त्री के सान्निध्य ने तो पूरा जीवन ही बदल डाला। कैसे कुछ हजारों से शुरू करके सुमन ने लाखों और कभी-कभी करोड़ों फीस के रूप में वसूलना शुरू कर दिया। इसका दर्द-भरा वर्णन शर्मा ने अपनी खाली होनेवाली गिलास को बार-बार भरकर किया। दर्द उसे इस बात का था कि शुरू में तो कई सौदे उसके जरिये हुए थे और उसे भी उसका हिस्सा मिल गया था। बाद में सुमन के पति और देवरों ने सीधे सौदे करने शुरू कर दिये। शर्मा के पास शिकार नहीं आते थे, उसे खुद शिकार की तलाश में सचिवालय से लेकर रेलवे स्टेशन तक खाक छाननी पड़ती थी।

इस विवरण के बाद शर्मा कुछ ठिठका। शराब में उसका जिस्म जरूर धुत था, पर दिमाग अभी काम कर रहा था। उसने पूरी तरह बेसुध होकर लुढ़कने के पहले बटुकचन्द को आश्वस्त किया, "पर कुछ भी कहो बड़े साहब...कितनी बड़ी तोप हो गई है साली, पर अपने पुराने यार को अभी भी नहीं भूली। मैं कोई केस लेकर जाता हूँ तो कभी मना नहीं करती। आपका केस भी करेगी...बड़े साहब...आपने देखा नहीं कैसे मुझसे बात कर रही थी..."

शर्मा तो बिस्तर पर लुढ़क गया, पर इस वाक्य से बटुकचन्द का चेहरा लटक गया।

उन्होंने सुमन के कमरे में जो देखा था उससे उनका चेहरा लटकना ही चाहिए था। सुमन उर्फ भाभीजी का एक जमीनी कार्यकर्ता जब शर्मा को बाँहों में भरकर अन्दर से कमरे में वापस ला रहा था और शर्मा उनकी तरफ इस तरह से देखकर मुस्कुरा रहा था कि ये तो अपना यार है और दोस्ती में यह सब चलता है, उन्होंने उस समय इसे मान लिया था और खुद भी मुस्कुराए थे। अब अचानक उन्हें लगने लगा था कि वह जमीनी कार्यकर्ता शर्मा को घर के अन्दर बिना इजाजत घुस आने पर गर्दनिया कर बाहर निकाल रहा था। इसी तरह सुमन की निगाहें कमरे में बैठे लोगों

के चेहरों पर घूमते हुए शर्मा के मुखड़े पर बिना टिके उछलते-कूदते आगे बढ़ जा रही थीं। तब उन्होंने सोचा था कि पति और कार्यकर्ताओं की उपस्थिति में पुराने प्रेमी के प्रति जान-बूझकर उपेक्षा दिखाई जा रही है, पर अब लगने लगा कि यह उपेक्षा तो स्थायी भाव की तरह सुमन की निगाहों में मौजूद थी। उन्होंने याददाश्त पर काफी जोर डाला, पर उन्हें एक भी मौका याद नहीं आया जब सुमन ने अपने पति से छिपाकर शर्मा से आँखें लड़ाई हों।

ऐसा याद न आने पर बटुकचन्द का चेहरा और लटक गया।

ऐसा तो नहीं कि दिन-भर जो खर्चा-पानी किया सब नाली में चला गया? अब तो दो ही विकल्प थे—एक तो यह कि दबाकर मुर्गा तोड़ने और छककर दारू पीनेवाली इस मोटी थुल-थुल काया को जो इस समय अपने शरीर के हर छिद्र से हवा और ध्वनि का वितृष्णा उत्पन्न करनेवाला प्रभाव बाहर फेंकने में मशगूल थी, उठाकर होटल के बाहर फेंक दें। दूसरा विकल्प थोड़ा आसान लग रहा था। वे नींद में धुत इस शरीर को अपनी नाक से अन्य प्राणियों की गुर्राहट की ध्वनियाँ निकालने दें और इन सबसे बेखबर होकर सोने की कोशिश करें। उन्होंने यही किया और जल्दी ही उनके शरीर के छिद्र भी वही क्रिया सम्पादित करने लगे जो उनके कमरे में मौजूद दूसरे प्राणी के कर रहे थे।

दूसरे दिन जब बटुकचन्द की आँखें खुलीं तो उन्होंने पाया कि शर्मा नहा-धोकर, रात में लाये नए कुर्ते-पाजामे में सजा-धजा, सेंट्रल टेबल पर टाँग पसारे अखबार पढ़ रहा है।

"बड़े साहब, जल्दी उठिए। अब तक तो दरखास्ती भाभीजी के यहाँ इकट्ठे हो गए होंगे।"

बटुकचन्द हड़बड़ाकर उठे। कई बार का सीखा हुआ पाठ वे भूल गए थे। राजधानी में सोओ कभी भी, उठो मुँह-अँधेरे और नहा-धोकर निकल पड़ो नेता की कोठी की तरफ। इससे पहले कि नेता अपने घर से बाहर निकले उसे पकड़ लो।

जब बटुकचन्द और शर्मा कार से उतरे तो सुबह के साढ़े सात ही बजे थे, लेकिन पूरे माहौल में इस कदर गर्मी थी कि शर्मा का मन हुआ कि दौड़ते हुए मुलाकातियों के कमरे तक पहुँच जाये और पंखे के नीचे बैठकर पूरे बदन से चू रहे पसीने को सुखाए। उसने बटुकचन्द के सौजन्य से प्राप्त नए कुर्ते-पाजामे को धारण कर रखा था और बीती शाम के अपने प्रदर्शन को याद करके मुस्कुरा रहा था। इस प्रदर्शन ने उसे एक खास तरह का आत्म-विश्वास प्रदान कर दिया था जो इस घर की चारदीवारी लाँघते समय उसकी चाल से झलक रहा था। गेट पर पुलिस का एक सिपाही बन्दूक लिए खड़ा था। शर्मा ने उसकी प्रश्नाकुल आँखों की उपेक्षा की और इस धारणा का प्रदर्शन करते हुए कि अगर आप पूरे विश्वास के साथ सर उठाये और अपनी आँखें सीधी किये महल में प्रवेश करें तो किसी दरबान की हिम्मत नहीं कि

आपको टोक सके, सीधे अन्दर चला गया। बटुकचन्द पीछे थे और उनकी चाल को सिपाही की आँखों ने लंगी मार दी। उन्होंने सिपाही की आँखों से अपनी आँखें टकराने दीं। नतीजे में वे लड़खड़ाये और सिपाही ने उन्हें डपट लिया।

"किसने मिलना है जी? सबेरे-सबेरे मुँह उठाये चले आए..."

"अजीब लड़बहेर हो तुम...बड़े साहब को नहीं पहचानते!"

शर्मा जो कुछ आगे बढ़ गया था बटुकचन्द की रक्षा के लिए झपटा। लड़बहेर और साहब दो ऐसे शब्द थे जिनसे सिपाही के चेहरे का तनाव दूर हो गया। वह मुस्कुराया। अभी इस कोठी की गार्ड में वह नया-नया आया था, पर तीन-चार दिन में ही कुछ चीजें उसकी समझ में आ गई थीं। लड़बहेर जैसा सांस्कृतिक शब्द भाभीजी के जमीनी कार्यकर्ता ही इस्तेमाल कर सकते थे। अपने छोटे से प्रवास के दौरान उसने तमाम बड़े साहबों को तबादलों और तरक्कियों के चक्कर में भाभीजी की ड्योढ़ी के चक्कर लगाते देखा था। इसलिए लड़बहेर और बड़े साहब शब्दों को सुनने के बाद उसने आदर के साथ रास्ता छोड़ दिया और बटुकचन्द कोठी के अन्दर दाखिल हो गए।

अन्दर का दृश्य किसी ऐसी रणभूमि का-सा था जहाँ से युद्धरत सेनाएँ लम्बे युद्ध के बाद रात्रि-विश्राम के लिए अपने-अपने शिविरों में वापस चली गई हों। बाहर खुले मैदानी हिस्से में जिसे उसके अच्छे दिनों में लॉन कहा जा सकता था, पालीथीन के लिफाफे, मूँगफली के छिलके, अधखाये समोसों के टुकड़े, सिगरेट के ठूँठ और चाय के कागजी कप छितरे पड़े थे। यदि किसी वीर रस के कवि को इस मनोहारी छटा का वर्णन करने के लिए बुला लिया जाता तो शायद उसे इस तथाकथित लॉन में उलटी बिखरी कुर्सियों को देखकर नरमुंडों की याद आ जाती।

बटुकचन्द खुश हुए। सुबह का सूरज माथे तक चढ़ आया था, पर लॉन में कोई नहीं था। राजधानी में लोग इधर आलसी हो गए हैं। पिछले महीने तक तो ऐसा नहीं था। वे अपने विभाग में मन्त्रीजी के यहाँ मुँह-अँधेरे पहुँचे थे, तब भी फरियादियों की अच्छी-खासी भीड़ थी। अच्छा है लोग देर तक सोने लगे हैं।

उनकी खुशी क्षणिक ही रही। जैसे ही शर्मा उन्हें लॉन से धकियाता हुआ बीती रातवाले मुलाकाती कमरे के अन्दर ले गया, उनका चेहरा उतर गया। अन्दर आधे से ज्यादा कमरा भरा था। फर्क सिर्फ इतना था कि लोग सोफों पर आराम से बैठे थे, कल की तरह दो की जगह पाँच नहीं थे और बटुकचन्द को आसानी से बैठने की जगह मिल गई। शर्मा ने जरूर खाली जगह की तलाश नहीं की। पहले वह किसी की गोदी में बैठा, फिर उसने किसी का पैर कुचला, अन्त में दो-तीन लोगों के शरीर के विभिन्न हिस्सों को लाँघता-फलाँगता एक जगह पर स्थिर हो गया। उसके बैठने के बाद बटुकचन्द को समझ में आया कि उसे खाली जगह नहीं बल्कि सही जगह चाहिए थी। वह जहाँ बैठा था वहाँ से घर के अन्दर तक देखा जा सकता था। बीच

में एक दरवाजा था जिस पर पड़ा पर्दा इतनी बार खिसकाया जा चुका था कि अब उसकी स्थिति होने-न-होने के बीच की थी।

बैठकर बटुकचन्द ने कमरे में निगाहें दौड़ायीं। पहले से बैठे कुछ लोगों ने पहलू बदले। जासूसी फिल्मों जैसा माहौल हो गया। एक साहब ने अखबार इस तरह पढ़ना शुरू किया कि उनका चेहरा तो ढक गया, पर पन्ने उलटे हो गए। एक के चेहरे पर पसीना इस कदर चुहचुहाने लगा कि उसने रूमाल जेब की जगह चेहरे पर ही रख ली। बटुकचन्द ने भी बाईं तरफ बैठे सज्जन से बचने के लिए दाहिनी तरफ गर्दन मोड़ ली, पर दाहिनी तरफ एक ज्यादा परिचित चेहरा था इसलिए घबराकर वे सीधे देखने लगे। जिस तरह कमरे में दूसरे लोग गम्भीर थे और यह मानकर चल रहे थे कि उन्हें कोई नहीं देख रहा है उसी तरह वे भी गंभीर हो गए और उनके तईं कमरे में सारे अन्धे मौजूद थे।

थोड़ी देर में माहौल सामान्य हो गया। अखबार और रूमाल अपनी-अपनी जगह पहुँच गए। हम्माम में दूसरों को नंगा देखकर अपने नंगे होने का अहसास शर्मिन्दगी की जगह कौतूहल उत्पन्न करने लगा। अखबार से चेहरा ढँके व्यक्ति ने जैसे ही अखबार सीधा किया, बटुकचन्द ने उसे अभिवादन किया—"गुडमार्निंग सर।"

"गुडमार्निंग कपूर...कैसे हो?"

"जी आपका आशीर्वाद है...मेरा नाम बटुकचन्द उपाध्याय है। आपसे पिछले साल मुलाकात..."

बटुकचन्द ने उन्हें याद दिलाने की कोशिश की कि किस तरह पिछले साल वे सचिवालय में, कब उनसे मिले थे और कौन उस मुलाकात के पीछे था, पर जिन्हें 'सर' कहकर सम्बोधित किया गया था उन्होंने कुछ भी याद करने से इनकार कर दिया।

बटुकचन्द को उन्हें याद दिलाने में कुछ-कुछ ऐसा आनन्द आ रहा था जिसे कुछ विद्वान कुटिल आनन्द कहते हैं। सर भूल रहे थे और बटुकचन्द याद दिला रहे थे। उन्हें याद दिलाकर वे अपने अपमान का बदला ले रहे थे। जिन्हें याद दिलाया जा रहा था वे बटुकचन्द के विभाग के कुछ दिन पहले तक सचिव थे। बटुकचन्द पिछले साल एक विधायक को पकड़कर उनके पास पैरवी के लिए ले गए थे। सचिव महोदय काफी देर तक उन्हें डाँटते रहे। उन्होंने हर वाक्य में डिसिप्लिन नामक उस तत्त्व को तलाशने की कोशिश की जो पोलिटिकल इंटरफियरेंस नामक लकड़बग्घे के जबड़े में नुचा-चुथा तड़फड़ा रहा था और जिसे बचाना उन जैसे नौकरशाह का परम कर्तव्य था। जिस विधायक के साथ बटुकचन्द गए थे, उसने दहाड़ने से ज्यादा मिमियाना शुरू कर दिया। यह तो बाद में पता चला कि जिस विधायक को लेकर वे सचिव के कक्ष में घुसे थे, मिमियाना उनके चरित्र का स्थायी भाव था। नौकरशाह उसी विधायक के साथ अदब से बातचीत करते हैं जिसकी जुबान और जूता एक

साथ चलते हैं। गनीमत थी कि अन्दर आने के पहले उन्होंने सिर्फ आधी फीस ही दी थी। निकलने के बाद उन्हें इशारों से कई बार समझाया गया, लेकिन उन्होंने बकाया राशि के बारे में याद करने से इनकार कर दिया।

बटुकचन्द को पता था कि सचिव महोदय का तबादला किसी ऐसे विभाग में हो गया है जहाँ गजेटियर नामक किसी पुस्तक को संशोधित-परिवर्द्धित किया जाता था। भारतीय नौकरशाहों को दुःख इसी बात का था कि अंग्रेज जैसी चुतर और साहिबी तबीयत की कौम ने ऐसे-ऐसे महकमे बना दिये थे जो नौकरशाही के लिए कलंक की तरह थे। अगर उनके बीच कुछ ऐसे सिरफिरे थे जिन्हें वनस्पतियों, पशु-पक्षियों या जनजातियों जैसी फिजूल की चीजों के पीछे मारे-मारे फिरना अच्छा लगता था तो उन्हें करने देते ये सारे काम। वे लिखते रहते किताबें, बनाते रहते गजेटियर। पर यहाँ से जाते-जाते तो उन्हें ये सारे फिजूल के महकमे खत्म कर ही देने चाहिए थे। यह क्या बात हुई कि उनके जाने के बाद भी कुछ भारतीय नौकरशाहों को झाड़-झंखाड़ साफ करने पड़ रहे थे।

इन सचिव महोदय का भी कुछ ऐसा ही दुख था। उन्हें सार्वजनिक निर्माण विभाग से हटाकर गजेटियर विभाग में भेज दिया गया था। पिछले तीन महीनों से वे इसी उलझन में डूबे थे कि गजेटियर नाम की यह चिड़िया है क्या चीज और अगर अंग्रेजों ने इसे ढूँढ़ निकालने की हिमाकत कर ही दी थी तो अब इसे शान्ति के साथ अपने घोंसले में बैठने क्यों नहीं दिया जा रहा? उसमें नए रंग-रोगन करने की कोशिश क्यों की जा रही है? उनके पहले जो सज्जन वहाँ तैनात थे वे तो कई सालों तक इन प्रश्नों का उत्तर नहीं ढूँढ़ पाये। ये सचिव तो तीन महीनों में ही घबराकर भाभीजी की शरण में आ गए थे।

सचिव महोदय की याददाश्त दुरुस्त करने के साथ-साथ बटुकचन्द कमरे की उस गतिविधि पर भी निगाह रखे हुए थे जिसके अन्तर्गत बैठा कोई व्यक्ति अचानक उठता और अन्दर वाले दरवाजे से होता हुआ अन्तर्धान हो जा रहा था। कोई इस कमरे में वापस नहीं आ रहा था। स्पष्ट था कि अन्दर बात करने के बाद उसे किसी दूसरे निकास से बाहर भेजा जा रहा था।

अन्त में वह क्षण भी आ ही गया जिसकी उन्हें प्रतीक्षा थी।

एक जमीनी कार्यकर्ता अन्दर आया। अन्दर क्या आया, दरवाजे की दहलीज से उसने एक कदम आगे बढ़ाया और शेष हरकत उसकी गर्दन ने की। सारस की तरह लम्बी गर्दन चारों तरफ घूमी और कमरे में बैठे लोगों पर घूमती हुई बटुकचन्द पर स्थिर हो गई।

"आइए बड़े साहब।"

बटुकचन्द उठे। शर्मा भी उठ गया।

"आप नहीं...बड़े साहब को बुलाया है।"

बटुकचन्द ने कहना चाहा कि शर्मा उनके साथ है, बल्कि वही उन्हें लाया है, पर उन्हें बोलने की जरूरत नहीं पड़ी। शर्मा खुद ही बोल पड़ा, "अरे भाई जी, हम भी साहब के साथ हैं न।"

"सिर्फ बड़े साहब को बुलाया है।"

आवाज़ की सख्ती ने बहस खत्म कर दी। बटुकचन्द अन्दर चले गए। अन्दर आँगन था, आँगन के बाद बरामदा था और बरामदे की तरफ खुलनेवाले कई छोटे-बड़े कमरों में से एक कमरे में उन्हें ले जाया गया।

कमरा छोटा ही था। इतना भर कि उसमें एक सोफासेट आ जाय और एक कोने में टी.वी. रखकर उसे एक तरह चलाया जा सके जिससे बातचीत करनेवाले जब बातचीत से ऊबें तो टी.वी. देखने लगें।

अन्दर भाभीजी थीं, भाई साहब थे, ढेर सारे अखबार थे और एक टी.वी. था। अखबार भाई साहब और भाभीजी के हाथों में थे, उनके कदमों पर बिखरे हुए थे, सोफों पर थे और फर्श में जहाँ कहीं जगह बची थी वहाँ पर भी छितरे हुए थे। बटुकचन्द अखबारों के ऊपर चलकर आए थे और जब सोफे पर बैठे तो कुछ उनके पृष्ठ भाग के नीचे दब गए। उन्होंने पहले तो उन्हें निकालने की कोशिश की फिर थोड़ी देर में यह हरकत छोड़कर उस टी.वी. की तरफ देखने लगे जो इस तरह चल रहा था कि उसकी आवाज में बात की भी जा सकती थी और नहीं भी की जा सकती थी और जिसकी उपस्थिति से यह जानना मुश्किल था कि कमरे में मौजूद पति-पत्नी अखबार पढ़ रहे थे या उसे देख रहे थे।

भाभीजी ने पूरा मुँह खोलकर जमुहाई ली। उन्होंने ढीला-ढाला गाउन पहन रखा था। रात का मेकअप बदरंग धब्बों की तरह कहीं-कहीं चेहरे पर चिपका हुआ था। भाई साहब पाजामे और बनियान में थे। वहाँ बैठने पर बटुकचन्द को पता चला कि उनके शरीर के अलग-अलग अंगों में खुजली थी। वे एक हाथ से एक के बाद दूसरे अंग को खुजला रहे थे, एक हाथ से अखबार पकड़े हुए थे, एक आँख से अखबार पढ़ रहे थे और दूसरी आँख टी.वी. के पर्दे पर गड़ाए हुए थे। टी.वी. के पर्दे पर एक नायिका अपने वक्ष मटकाती हुई नायक के पीछे दौड़ रही थी। जब नायक पर्दे पर रह जाता, भाई साहब दूसरी आँख भी अखबार पर गड़ा देते। नायिका का उछलता-कूदता वक्ष जैसे ही पर्दे पर आता उनकी दोनों आँखें टी.वी. पर टिक जातीं और खुजली मिटाता हाथ एक ही अंग पर घूमने लगता।

जमुहाई दोबारा ली गई और पूरी तबीयत से ली गई। जमुहाई इस तरह से ली गई कि उसके दो अर्थ निकलते थे। एक तो जमुहाई लेने वाले की नींद पूरी नहीं हुई थी और दूसरे आगन्तुक को कमरे में अखबार पढ़ने या टी.वी. देखने के लिए नहीं बुलाया गया है।

बटुकचन्द ने दोनों अर्थ ग्रहण करने से इनकार कर दिया और टी.वी. पर नायिका

के मटकते हुए वक्ष देखने में मशगूल भाई साहब का अनुसरण करने लगे।

"बताइए बड़े साहब, क्या आज्ञा है?" भाभीजी ने फिर जमुहाई ली।

इस सवाल का भी जो लम्बा उत्तर दिया गया उसका आशय यह था कि आज्ञा वे क्या देंगे, वे तो सौभाग्यशाली हैं कि आज भाभीजी के दर्शन हो गए। रही बात पहले न आने की तो उसी का दंड ही तो भुगत रहे हैं वे। पहले अगर इस दरबार की शरण में आ गए होते तो आज का दिन क्यों देखना पड़ता?

टी.वी. पर कोई दूसरा कार्यक्रम शुरू हो गया था और नायिका अपने वक्ष के साथ अदृश्य हो गई थी। इसलिए भाई साहब ने वार्तालाप में हस्तक्षेप किया।

"फिर बताइए क्या करना है...कैसे करना है?"

बटुकचन्द का अनुभव बताता था कि यही प्रश्न ऐसे मौके पर किया जाता है। उनका अनुभव यह भी बताता था कि ऐसे प्रश्न का फौरन और सीधा उत्तर नहीं देना चाहिए।

"मैं क्या बताऊँ भाई साहब।...बताना तो आपको ही है।" इसके आगे फिर उन्होंने एक लम्बा वाक्य कहा जिसका आशय यह था कि वे उम्र में बड़े भले हों, पर हैं उनके बच्चों की तरह। इसलिए इस मुसीबत से, जिसे लोग तबादला नाम से पुकारते हैं, निकालने के लिए क्या करना है, कैसे करना है, यह तो भाई साहब या भाभीजी के श्रीमुख से सुनना ही अच्छा लगेगा।

"उस साले मन्त्रिया को कितना दिया था?" प्रश्न इतना सीधा-सपाट था कि बटुकचन्द अचकचा गए। यह समझने में भी उन्हें थोड़ा समय लगा कि जिसे मन्त्रिया कहकर इंगित किया गया था, वे उनके विभाग के मन्त्रीजी थे।

इस सवाल का जवाब किसी लम्बे वाक्य से नहीं दिया जा सकता था, इसलिए उन्होंने इसका जवाब देने के लिए एक लम्बे पैराग्राफ का सहारा लिया। उनके पैराग्राफ में प्रयुक्त भूमिका, अभिधा, लक्षणा और रूपकों को निकाल दिया जाय तो उसमें निम्नलिखित अर्थ काम के निकलते थे—

कि बटुकचन्द अज्ञानी प्राणी हैं और दूसरे अज्ञानियों की तरह उनसे भी जीवन में तमाम गलतियाँ हुई हैं, पर जीवन की सबसे बड़ी दो गलतियाँ इस तबादले के प्रकरण में हुईं। पहली तो यह कि वे शुरू ही में भाभीजी की शरण में नहीं आए और दूसरी यह कि कुछ दुष्टात्माओं की सलाह मानकर वे मन्त्रीजी के पास चले गए।

कि पैसा तो हाथ की मैल की तरह है, आता-जाता रहता है। एक बार हाथ से निकल जाने के बाद बटुकचन्द उसे याद नहीं करना चाहते। मन्त्रीजी को कितना पैसा दिया था, इसे वे भूल गए हैं और इस दरबार की भी जो सेवा करेंगे उसे यहाँ से निकलते ही भूल जाएँगे।

कि तबादले तो जीवन में होते रहते हैं और उनका सिद्धान्त है कि सरकार जहाँ तैनात कर दे वहीं वे नौकरी करने लगते हैं और भाई साहब तथा भाभीजी के

आशीर्वाद से ठसक के साथ करते हैं। इस बार तो मामला इज्जत का फँस गया है। पहली बार ऐसा हुआ है कि किसी माई के लाल ने उनको हटाकर अपनी तैनाती करायी है। इस अपमान को वे नहीं सह सकते इसलिए कुछ भी करना पड़े, वे वापस उसी जगह जाना चाहते हैं।

अपने लम्बे पैराग्राफ का अन्त उन्होंने उस निवेदन के साथ किया जो ऐसे मौके पर किया जाता है कि वे उनसे बाहर थोड़े हैं, जो हुकुम हो, वो सेवा इस बार करेंगे और जीवन-भर सेवा के मौके तलाशते रहेंगे।

लम्बे पैराग्राफ का एक नतीजा यह हुआ कि भाभीजी को याद आ गया कि उन्होंने अभी कुछ ऐसी क्रियाएँ नहीं सम्पादित की हैं जिन्हें स्वस्थ रहने के इच्छुक लोग सुबह-सवेरे करते हैं और उनके मुलाकाती हमेशा उनकी इस इच्छा में बाधक बन जाते हैं। उन्होंने एक लम्बी जमुहाई ली और उठ खड़ी हुईं।

"मेरे लिए क्या आदेश है?" बटुकचन्द हाथ जोड़कर खड़े हो गए।

"साहब बता देंगे। आप बात करिए, मैं आती हूँ", भाभीजी ने भाई साहब की तरफ इशारा किया।

"अब यह गरीब ब्राह्मण आपकी शरण में है। आदमी अपनों के ही पास जाता है। अब ब्राह्मणों के नेता ही कितने बचे हैं?"

बटुकचन्द ने जिस तरफ इशारा किया था उसके कारण भाभीजी ने स्वास्थ्य में सहायक क्रियाओं को थोड़ी देर के लिए स्थगित किया और बैठ गईं।

उन्होंने बताया कि वक्त ऐसा आ गया है कि छोटी जातियों के लोग चोरी, छिनैती या बूट पॉलिश जैसे आदर्श काम छोड़कर आई.ए.एस., पी.सी.एस. बन रहे हैं या मन्त्री, मुख्यमन्त्री की कुर्सियों पर बैठे नजर आ रहे हैं। अब ऐसे में ब्राह्मण बेचारे कहाँ जाएँ, पर इसमें गलती उनकी भी है। भाभीजी ने कितनी बार अपील की है कि वे आपसी झगड़े छोड़कर एक हो जाएँ और एक ही न हों उनके नेतृत्व में भी आ जाएँ। इसके बाद भी अगर वे एक नहीं होते और आपस में लड़ते रहते हैं तो इसमें उनका क्या दोष? पर अपनी ऐंठ में डूबी ऊँची जातियाँ अपना फर्ज भूल जाएँ तो भूल जाएँ, वे कैसे भूल सकती हैं? उनका दरबार हमेशा इन लोगों के लिए खुला रहता है।

इसके बाद भाभीजी के चेहरे पर शरारती मुस्कान तैर गई। उन्होंने भाई साहब की तरफ इठलाती निगाहों से देखते हुए कहा, "मैं तो मुख्यमन्त्रीजी से भी कहती हूँ कि आप लोग कहाँ से इस कुर्सी पर बैठ गए...आपको तो..."

उन्होंने बहुत सारे ऐसे धन्धों का जिक्र किया जिसे मुख्यमन्त्रजी को इसलिए करना चाहिए था क्योंकि वही उनकी जाति के लोगों को शोभा देते हैं। वहाँ सिर्फ वही तीन लोग थे इसलिए तीनों धन्धों की इस सूची पर ठठाकर हँसे।

"अरे भाई, मुख्यमन्त्रीजी के सलाहकार कौन लोग हैं, ये भी तो देखो। हमारी

सलाह पर चलेंगे तो परमानेंट मुख्यमन्त्री रहेंगे।" भाई साहब के कथन पर भाभीजी और बटुकचन्द ने सर हिलाया।

भाभीजी उठीं और अन्दर चली गईं।

"हाँ तो बताइए बड़े साहब...क्या करना है?"

"मुझे क्या बताना है? मैं तो आपकी शरण में आया हूँ। बताना तो आपको है।"

इसके बाद दोनों पक्षों में इस बात पर लम्बी बहस हुई कि किसे बताना है। इतना जरूर हुआ कि बहस के दौरान भाई साहब ने जानने की कोशिश की कि कमलाकान्त को हटाकर कुम्भ मेला डिवीजन में पहुँचने के लिए बटुकचन्द ने मन्त्री की कितनी सेवा की थी। बटुकचन्द ने एक बार फिर बताया कि वे पैसे को हाथ की मैल समझते हैं और एक बार किसी की सेवा करने के बाद उस रकम को याद करने की इच्छा उनके मन में कभी नहीं उठती। इस दरबार की सेवा करने के बाद तो उनके प्राण भी निकाल लिए जाएँ वे किसी के सामने मुँह नहीं खोलेंगे। भाई साहब ने इसके उत्तर में जो कहा उसका आशय यह था कि बटुकचन्दजी के प्राण बड़े कीमती हैं और उनकी इस भावना की वे कद्र करते हैं कि ऐसे सम्बन्धों में गोपनीयता बड़ी जरूरी चीज है।

इसके बाद जो वार्तालाप हुआ उसे अगर सन्दर्भ से अपरिचित कोई छात्र आड़ में बैठकर सुनता तो यही समझता कि इस कमरे में अंकगणित, बीजगणित और रेखागणित की कुछ जटिल समस्याओं पर दो कमजोर विद्यार्थी विचार-विमर्श कर रहे हैं।

भाई साहब ने कुम्भ के बजट की राशि का उल्लेख करते हुए बताया कि अब तो प्रधानमन्त्री ने भी घोषित कर दिया है कि सोलह आने में सिर्फ चार आने जनता तक पहुँचता है इसलिए इस कुम्भ में तो बड़े साहब की चाँदी है और उनकी सात पुश्तों को इस कुम्भ के बाद कोई काम नहीं करना पड़ेगा।

बटुकचन्द ने विनम्र निवदेन किया कि हालाँकि भाई साहब खुद राजनीति में हैं, पर अगर वे बुरा न मानें तो बटुकचन्द उन्हें बताना चाहेंगे कि राजनीतिज्ञों की बातों को गम्भीरता से नहीं लेना चाहिए। वे लोग अकसर गम्भीर मुद्रा बनाकर मजाक करते हैं। प्रधानमन्त्री ने भी जनता को हँसाने के लिए कुछ कहा था, पर हमारे देश में लोगों का सेंस ऑफ ह्यूमर इतना कम है कि लोगों ने हँसने की जगह उसे मुँह लटकाकर सुना और ज्यादा गम्भीर हो गए।

फिर कुछ देर तक कुम्भ के बजट पर गम्भीर चर्चा हुई। दोनों अनुमानों में कुछ इतना अन्तर था कि अगर उसे कोई सुन रहा होता तो सुननेवाले को संसद में बजट पर होनेवाली बहसों का-सा आनन्द आ जाता। भाई साहब ट्रेजरी बेंच पर बैठे वक्ता की तरह बोल रहे थे जिसके अनुसार बजट में इतना पैसा था कि देश इस साल तो क्या अगले कई सालों में इस बजट का पैसा खर्च नहीं कर पाएगा। बटुकचन्द की

भूमिका विपक्षी सदस्य की थी जो यह साबित करने में लगा था कि इस बजट से तो बस इतना ही हो सकता है कि सरकार पिछले कर्जे चुका दे और नए कर्जों के लिए फिर कटोरा लेकर निकल पड़े। कुम्भ का बजट भी कुछ ऐसा है कि बस राम-राम करते कुम्भ निकल जाएगा।

जैसा कि इस तरह की लम्बी बहसों में होता है, यहाँ भी हुआ कि दोनों पक्षों को याद आने लगा कि उनके पास सब कुछ है, पर एक बहुमूल्य चीज जिसे समय कहते हैं, उसकी कमी है। दोनों की अपनी विवशताएँ थीं। भाई साहब को उन दुखियारों की चिन्ता सता रही थी जो प्रदेश के दूर-दराज इलाकों से आकर उनके ड्राइंग रूम में बैठे थे और चूँकि राजधानी में कोई काम नहीं करता, सिर्फ उनके दरबार में सबके दुख-दर्द सुने जाते हैं इसलिए उनका यह फर्ज बनता है कि वे इन दुखीजनों का दुख-दर्द सुनें और उनकी मदद करें। यह मदद तभी हो सकती है जब बटुकचन्दजी अपना दुखड़ा कुछ संक्षेप में कहें और शीघ्र ही मंच से प्रस्थान करें। बटुकचन्द को भी समय की चिन्ता कम नहीं थी। कुम्भ सर पर आ गया है। अभी तक कुछ हुआ नहीं। कमलाकान्त नामक एक अयोग्य प्राणी सिर्फ सिफारिश के बल पर मेला डिवीजन का अधिशासी अभियन्ता बनकर बैठा था और सब कुछ बर्बाद करने पर तुला हुआ था। अभी तक जितना नुकसान वह कर चुका था उसी को सँभालने में बटुकचन्द के छक्के छूट जाएँगे, उसे और कुछ दिन रहने दिया गया तो बटुकचन्द भी क्या कर पाएँगे? जो कुछ नुकसान होगा उसकी भरपाई असम्भव हो जाएगी। बटुकचन्द को आज ही आदेश मिल जाना चाहिए।

समय की कमी का अहसास होते ही दोनों में उसी राशि के बारे में तबादला-खयालात होने लगा जिसे भाई साहब पार्टी फंड में जमा करने की बात कर रहे थे और जिसका उल्लेख करने से पहले वे हर बार यह स्पष्ट करना जरूरी समझते थे कि उनके और उनकी पत्नी के लिए तो किसी तरह का धन छूना गो-मांस खाने के बराबर है। वो तो मुख्यमन्त्रीजी ने पार्टी फंड के लिए कुछ धन-संग्रह करने का काम सौंप रखा है इसलिए वे लोग दुखी जनों से उनकी श्रद्धा के अनुसार कुछ शुल्क ले लेते हैं। पार्टी का मसला न होता तो उनके छोटे-से परिवार के लिए भगवान ने बहुत कुछ दे रखा है। बटुकचन्द भी हर बार बड़ी श्रद्धा के साथ सर हिलाकर यह स्पष्ट कर देते कि उन्हें भाई साहब के कथन में पूरा यकीन है। पूरे प्रदेश में उनकी और भाभीजी की ईमानदारी के डंके बज रहे हैं, अब तो अदालतों में लोग उनकी कसमें खाकर गवाही देते हैं।

समय की कमी थी, राशि पार्टी फंड के लिए माँगी जा रही थी, बाहर बैठे दुखियारों के दूत के रूप में कुछ जमीनी कार्यकर्ता आकर ताक-झाँक कर गए थे—पर इन सब के बावजूद काफी जद्दो-जहद के बाद ही एक राशि पर बात टूटी। बहस में भाग लेने वाले दोनों प्राणी अन्तर्यामी नहीं थे, अगर होते तो भाई साहब पाते कि

ऊपर से लुट गए का भाव बनाए, मुँह लटकाए बटुकचन्द का दिल अन्दर-अन्दर खुशी से उछल रहा था। उन्होंने जितने का अनुमान लगाया था उससे काफी कम में सौदा पट गया था। इसी तरह बटुकचन्द अगर भाई साहब का मन पढ़ सकते तो पाते कि वे भी खुश थे। वे इस समय यह हिसाब लगाने में जुटे थे कि मुम्बई में जिस फ्लैट का सौदा उन्होंने अपने साले के नाम किया है उसके लिए बकाया रकम का इन्तजाम आज सुबह के दुखियारों से हो जाएगा या नहीं? उन्हें लग रहा था कि हो जाएगा।

रकम तय हो जाने के बाद उसके भुगतान की अवधि और स्थान पर थोड़ी देर तक बहस हुई। बटुकचन्द की राय थी कि विश्व बैंक और आई.एम.एफ. की तरह भाई साहब इस रकम को एक लम्बी अवधि के कर्जे की शक्ल में चुकाने का अवसर दें। भाई साहब की राय थी कि इस तरह के मामलों में अपने बाप का भी यकीन नहीं किया जा सकता। बटुकचन्द के बार-बार यह कहने पर कि वे उन लोगों से बाहर थोड़े ही हैं और अब तो उनके परिवार के सदस्य बन चुके हैं, भाई साहब ने हर बार सहमति में सर हिलाया, लेकिन हर बार यह बताने से नहीं चूके कि भुगतान की देरी तरह-तरह की गलतफहमियों को जन्म देती है और वे नहीं चाहते कि उनके और बटुकचन्द के बीच, जो अब उनके परिवार के अंग हो गए हैं, कोई गलतफहमी हो। उन्होंने बटुकचन्द को वह मुहावरा सुनाया जिसे बटुकचन्द बचपन से पंसारियों की दुकान पर पढ़ते आए थे और जिसका मतलब था कि उधार नामक कैंची प्रेम नामक किसी तत्त्व को काटती है। भाई साहब नहीं चाहते थे कि यह कैंची उनके बीच चले।

सहमति इस बात पर बनी कि तयशुदा रकम का आधा बटुकचन्द अभी दे दें। शेष का आधा आदेश की प्रति हाथ में आने पर शाम को पहुँचा दें। शेष कुम्भ का पहला टेंडर पास होते ही दे दिया जाय। इसके लिए बटुकचन्द ने आश्वस्त किया कि पहले टेंडर की नोटिस अखबार में छपते ही वे स्वयं इस रकम को लेकर राजधानी हाजिर हो जाएँगे।

भाई साहब ने प्यार से मना किया और अनुरोध किया कि बटुकचन्दजी बड़े अफसर हैं और कुम्भ में इतने व्यस्त हो जाएँगे कि उनके लिए राजधानी आना सरकारी काम में बाधा पहुँचाने जैसा होगा। इसलिए वे स्वयं न आएँ, उनके किसी दूत द्वारा यह कार्य सम्पादित हो सकता है।

बटुकचन्द ने अपने ब्रीफकेस को खोलकर रुपये गिनने शुरू कर दिये और वे तब तक उन्हें गिनते रहे जब तक भाभीजी वापस नहीं आ गईं। रुपये भाई साहब के हाथ में थमाते हुए उन्होंने रकम का उच्चारण इस तरह किया कि भाभीजी भी उसे सुन लें।

"आप निशाखातिर रहें। शाम तक ऑर्डर मिल जाएगा।"

भाई साहब के इस वाक्य की जरूरत नहीं थी। बटुकचन्द को मालूम था कि

भाभीजी जो आदेश चाहेंगी वही शाम तक हो जाएगा। वर्तमान मुख्यमन्त्रीजी जब तक हैं तब तक इसमें किसी शक की गुंजाइश नहीं थी। इसीलिए अपने उसूल के खिलाफ उन्होंने आधी रकम एडवांस में दे दी थी।

"तो मुझे आदेश दें," बटुकचन्द ने खड़े होकर आधा झुककर पति-पत्नी को बारी-बारी से नमस्कार किया।

"अरे क्यों धर्म-संकट में डालते हैं बड़े साहब...आप तो हमारे बुजुर्ग हैं।"

बटुकचन्द बाहर दरवाजे की तरफ बढ़े।

"बड़े साहब यह दलाल आपको कहाँ मिल गया?"

बटुकचन्द खड़े हो गए। उन्होंने पीछे मुड़कर भाभीजी की तरफ देखा।

"अरे यही लड़बहेर। शर्मा...कल भी था...आज भी आपके साथ आया है।"

बटुकचन्द हौले से हँसे—

"आपके दरबार में कैसे-कैसे जीव-जन्तु पलते हैं भाभीजी, कल आया तो बाहर खड़ा था। मेरे साथ-साथ दरबार में घुस आया। आज भी सुबह पहुँचा तो गेट पर मिल गया। लगता है, आपने कल मुझे आज सुबह आने के लिए कहा तो इसने सुन लिया था।"

"अच्छा ऽऽऽ तभी...आप इधर से निकल जाइए। उसे हमारे लड़के देख लेंगे।"

प्रेम की भूतकथा

नो रिग्रेट्स माय लव : फादर कैमिलस और कसाई कल्लू मेहतर के बीच का संवाद

कितना मुश्किल था कल्लू का प्रश्न, "फादर आपको लगता है कि साहब कतल किये हन?"

फादर कैमिलस के मन की छटपटाहट और कल्लू का सहज विश्वास ! फादर पढ़े-लिखे हैं और पादरी हैं, कल्लू के हाथ की पर्ची लेकर उलटते पुलटते हैं। एक अनगढ़ सी हस्तलिपि में लिखा हुआ एक वाक्य, 'नो रिग्रेट्स माय लव।'

इसे पढ़कर कल्लू की नजर बचाकर अपनी बायीं आँख पोंछते हैं। कल्लू की तरह कह नहीं पाते—"साहब लड़ाई के मैदान में बहुतन के जान लिये हैं पर ई कतल ऊ नाहीं किये।"

कल्लू ने कितनों को फाँसी पर चढ़ाया है पर रो पहली बार रहा है।

फादर कैमिलस रो नहीं सकते। पढ़े लिखे आदमी का दुख! पढ़ा-लिखा आदमी इतनी आसानी से किसी नतीजे पर नहीं पहुँच सकता। या शायद पहुँच भी जाय तो इतनी आसानी से किसी अनपढ़ के सामने स्वीकार नहीं कर सकता। उसी जैसे गोरों का न्यायप्रिय शासन है। इस व्यवस्था में एक निर्दोष को फाँसी पर कैसे चढ़ाया जा सकता है? वह भी एक निर्दोष गोरे को? फादर कैमिलस इस द्वन्द्व को इस अनपढ़ जाहिल कसाई के सामने स्वीकार भी नहीं सकते। फादर कैमिलस इसलिए भी रो नहीं सकते कि वे एक पादरी हैं। इनके सामने कितने लोग क्या-क्या कनफेस करते हैं। पत्थर जैसा भावहीन चेहरा लिये वे अकसर सामने देखते रहते हैं, कई बार तो कन्फेशन करने वाले की आँखों में भी झाँकते हैं पर उस समय भी चेहरा पूरी तरह भावशून्य बना रहता है।

मैं भूत से जानना चाहता हूँ कि कल्लू जिस पर्ची को जेल से अपनी तहमद में छिपाकर लाया था और डाक बम्बे में डालने के पहले फादर कैमिलस को दिखाकर आश्वस्त होना चाहता था कि उसमें सरकार के खिलाफ कुछ ऐसा वैसा तो नहीं था

कि बाद में वह किसी झमेले में फँस जाय, और उस पर लिखा वाक्य– 'नो रिग्रेट्स माय लव' किसे सम्बोधित था।

मैं जानना चाहता था कि उस पर्ची के साथ एलन ने पता लिख कर जो एक दूसरा पर्चा कल्लू को दिया था और जिस पते को फादर कैमिलस ने एक लिफाफे पर लिखकर कल्लू को डाकखाने में डालने के लिए दे दिया था, वह किसका था? क्यों उस पते को कल्लू की नजरें बचाकर अपनी डायरी में नोट करने के बाद भी फादर कैमिलस ने इलाहाबाद वापसी के दौरान यमुना पुल पर से गुजरते हुए धीरे से डायरी खोलकर, पता लिखा पृष्ठ ढूँढ़ निकाला और चलते इक्के के हिचकोलों के बीच उसे इतनी सावधानी से फाड़ा कि डायरी के दूसरे पन्ने अव्यवस्थित न हों और फिर धीरे-धीरे उसकी चिन्दियाँ करते हुए विशालकाय लोहे के पुल से एक-एक कर नीचे फेंकते चले गये। डायरी का वह पृष्ठ असंख्य छोटे-छोटे टुकड़ों में बँटा हुआ हवा में इस तरह उड़ाया गया कि कुछ टुकड़े पुल के दैत्याकार खम्बों के बीच की दरारों से तैरते हुए यमुना की तरफ उड़ गए, कुछ पुल पर ही गिरे तो कुछ इक्के के पहियों और पायदान पर चिपक से गये। ऐसा लगता था कि फादर कैमिलस उस संभावना को भी नष्ट कर देना चाह रहे थे जिसमें कोई सतर्क खोजी इन टुकड़ों को मेहनत करके बीन ले और एक-एक टुकड़े को जोड़ता हुआ उस पते तक पहुँच जाय जिसके पास उस अभागे कैदी का यह आश्वासन पहुँचने वाला था कि जो कुछ हुआ उसका उसे कोई पछतावा नहीं है...

'नो रिग्रेट्स माय लव!'

सँकरे पुल पर फादर कैमिलस के इक्के के आगे-आगे भैंसों का एक झुण्ड जा रहा है, नीचे धीर गम्भीर यमुना डूबते सूरज की ललौंछ में धीरे धीरे बह रही है और उसके गहरे हरे जल के बरक्स दूर थोड़ी छिछली गंगा का हलका सफेद जल उसकी प्रतीक्षा कर रहा है। डूबता सूरज कुछ ऐसे कोण से जल समाधि लेने जा रहा है कि उसकी कमजोर रोशनी गंगा-यमुना की सन्धि-स्थली पर हिलती डोलती श्वेत फेनिल पानी की मेंड़ पर पड़ रही थी। इन सबके बीच एक निर्लिप्त किला खड़ा है जैसे उसका काम सिर्फ यमुना को मोड़कर गंगा से मिलने के लिए प्रेरित करना है। फादर कैमिलस हवा में उड़ती चिन्दियों को देख रहे हैं और उनके चेहरे पर वही निर्लिप्त तटस्थता है जो कन्फेशन के दौरान उन्हें घेरे रहती है।

जिस भूत ने यह दृश्य मुझे दिखाया उसी भूत ने कितनी आसानी से मेरी जिज्ञासा को एक वाक्य में खारिज कर दिया।

'मुझे पता नहीं।'

अगर पता लिखे कागज के हजार टुकड़े हुए भी और बावजूद भूत के इस शायराना वक्तव्य के कि–

'कोई यहाँ गिरा कोई वहाँ गिरा।'

उसके लिए क्या मुश्किल है कि कागजों के उन टुकड़ों को एक बार फिर से जोड़कर उसमें लिखा हुआ पता वह मुझे पढ़कर सुना दे। भूत तो कुछ भी कर सकते हैं! आखिर इसी भूत ने तो मुझे तमाम ऐसे दृश्य दिखाये थे, तमाम ऐसी घटनाओं का आँखों देखा हाल सुनाया था जहाँ वह खुद उपस्थित नहीं था। फिर इसी एक मामले में यह इतना जिद्दी क्यों हो रहा है? मैं जितना पूछता गया वह उतना ही खामोश होता गया। यह भी भूतों को लेकर मेरे अब तक के अनुभवों के खिलाफ था। मेरा अनुभव था कि भूत वाचाल होते हैं और उन्हें आप दुख या सदमे की किसी ऐसी भँवर में नहीं डाल सकते जहाँ से खामोशी की यात्रा शुरू होती हो।

आप थोड़ा चकित होंगे कि भूत इस कथा का सूत्रधार कैसे हो गया? दरअसल बिना इस गुत्थी को सुलझाये कथा आगे बढ़ेगी भी नहीं।

आपने कभी कोई भूत देखा है? कभी उसके साथ वक्त काटा है? उसके साथ हँसे हैं, बोले बतियायें हैं या कुछ दूर साथ चलें हैं? अगर आप भूत में यकीन करते हैं तब तो मैं दावे से कह सकता हूँ कि आप भूत से डरे होंगे। अँधेरे एकांत में भूत के खिलखिलाने से आपके मन में गुदगुदी नहीं पैदा हुई होगी, भय से आपके माथे पर पसीना चुहचुहाने लगा होगा और आपकी घिग्घी बँध आयी होगी। अगर आप भूत के अस्तित्व में विश्वास रखते होंगे तो यह हो ही नहीं सकता कि आपने फुसफुसाकर भूत से अपने मन का रहस्य बतलाया हो या भूत ने मुस्कुराकर आपके कंधे पर हाथ रखा हो और आप और आपका मित्र भूत गपियाते हुए दूरदराज किसी अनजान अपरिचित वादियों में उतर गए हों। भूत आपका दोस्त तभी हो सकता है जब आपका उसके अस्तित्व पर विश्वास न हो। आधा अधूरा यकीन आपके किसी काम नहीं आएगा। जरा भी संशय आपका काम बिगाड़ सकता है। इसलिये भूत के साथ दोस्ती करने की जरूरी शर्त है कि आपके मन में भूतों के अस्तित्व को लेकर सौ प्रतिशत अनास्था हो।

मेरी भूतों से चटपट दोस्ती हो जाती है। मजेदार बात यह है कि एक साथ कई भूतों से एक ही समय में दोस्ती चलती रहती है। भूतों में एक अच्छी बात मैंने यह पायी है कि वे ईर्ष्यालू नहीं होते। एक ही समय में आपके कई बेस्ट फ्रेंड हो सकते हैं। कोई बेस्ट फ्रेंड किसी दूसरे बेस्ट फ्रेंड से ईर्ष्या नहीं करता। इन भूतों से मैं घंटों बतिया सकता हूँ। भूत भी अपने मन की अतल गहराइयों से निकाल निकाल कर न जाने कैसी-कैसी गाथायें ले आते हैं और किसी पटु किस्सागो की तरह मुझे सुनाते हैं। कई बार ये कथायें किश्तों में सुनाई जाती हैं और दो वृत्तांतों के बीच कई-कई दिनों और कभी-कभी तो महीनों का फर्क पड़ जाता है। जाहिर है कि निपुण से निपुण किस्सागो भी लम्बे अंतराल के बाद जब कहानी के सूत्र फिर से पकड़ता है तो उसमें कुछ न कुछ जुड़ जाता है या कुछ छूट जाता है। अगर आप भूत को याद दिलायें कि गुरू कुछ गड़बड़ हो रही है, पिछली बार तो तुमने नायिका का नाम फलानी बताया था, इस बार अलानी कैसे हो गया या फलाँ घटना इस तरह नहीं उस तरह घटी थी

या ऐसी ही कोई और गलती तो भूत इस पर मनुष्य कथाकार की तरह तर्क कुतर्क नहीं करेगा या आपको दुष्ट, अज्ञानी और विरोधी खेमे का एजेंट घोषित नहीं करेगा। वह तो सिर्फ फिस्स से हँस देगा और कथा के सूत्र को फिर से जोड़कर आगे बढ़ जायेगा। इसीलिए कई बार कथा की शुरूआत में आप जिस अंत की कल्पना कर रहे होते हैं वह एकदम उलटा हो जाता है।

इस कथा का सूत्रधार था नहीं, थी। मेरा पाला इस बार एक स्त्री भूत से पड़ा था। मैंने बड़ी कोशिशें कीं पर मुझे भूत का कोई सम्मानजनक स्त्रीलिंग नहीं मिला। हमारा समाज सिरे से स्त्री विरोधी है। स्त्री वाचक शब्द और स्त्री शरीर गालियों के लिये सबसे उपयुक्त माने जाते हैं, शायद यही कारण है कि भूत के स्त्रीलिंग भूतनी या चुड़ैल गाली-गलौज के काम ही ज्यादा आते हैं। आपने कभी किसी पुरुष को गाली देते समय भूत नहीं कहा होगा पर जब कभी किसी औरत को चुड़ैल कह कर पुकारा होगा आपके मन में उसके लिए खराब भाव ही रहे होंगे। इसीलिए मैं अपनी इस बार की मित्र को भूतनी नहीं भूत ही कहूँगा। जो कथा मैं आपको सुनाने जा रहा हूँ वह मुझे इसी भूत ने सुनाई थी और पूरी कथा के दौरान मैं सजग रहा कि मैं उसे भूतनी न कह बैठूँ। क्या पता वह मुझसे नाराज हो जाय या यह भी हो सकता है कि वह मुझसे नाराज न हो क्योंकि एक बार मनुष्य योनि से छुटकारा पाने के बाद ज्यादा संभावना है कि भूत उन सारे ओछेपनों से मुक्त हो जाते हों जिनसे पृथ्वी पर वे ग्रस्त रहते हैं। बहरहाल मैं कोई जोखिम नहीं लेना चाहता था। जो कहानी मुझे सुनायी जा रही थी वह इतनी दिलचस्प थी कि मैं कथावाचक को नाराज कर के कहानी के बीच में व्यवधान नहीं पैदा करना चाहता था। इसलिए मैंने पूरी कथा भूत से सुनी भूतनी से नहीं।

इस भूत से मुलाकात अचानक हुई थी और मिलने की कथा भी कम दिलचस्प नहीं है।

एक औसत भारतीय के मन में गोरी चमड़ी को लेकर हमेशा लालसा मिश्रित कौतूहल रहता है। आजादी के इतने सालों बाद भी इसमें बहुत फर्क नहीं आया है। गोरी चमड़ी अगर किसी मेम की हो तब तो हिन्दुस्तानी मर्द के मन में फौरन ही खदबदाहट शुरू हो जाती है। मैं अब आप से क्या छिपाऊँ कि मेरे मन में भी मादा गोरी चमड़ी के लिए दुर्निवार आकर्षण है। कभी कोई गोरी मेम किसी हिल स्टेशन पर मुझसे टकरा जाय यह मेरी एक बहुत पुरानी फैण्टेसी का भाग था। जीवित संसार में तो ऐसा हुआ नहीं, पर एक बार फिर इस मामले में भूत ही मेरे काम आये। इस बार जो भूत मेरे सम्पर्क में आया या यूँ कहिये आयी वह एक गोरी मेम का था। गोरी भी ऐसी वैसी नहीं विशुद्ध योरोपीय नस्ल की और उस पर सोने में सोहागा यह कि उस अँग्रेज कौम से ताल्लुक रखने वाली जिन्होंने दो सौ वर्षों तक हमारे ऊपर हुकूमत की थी।

मुलाकात का लोकेल भी बड़ा खूबसूरत था। मसूरी हिल स्टेशन की रानी कही

जाती है। मुलाकात वहीं हुई। मसूरी आज वाली नहीं, जिसका नाम सुनते ही टूटी सड़कें, बजबजाती नालियाँ, पॉलीथीन के ढ़ेर, कन्धे से कन्धा छीलती भीड़ और ग्राहकों को लूटना ही जिनके जीवन का एकमात्र उद्देश्य है ऐसे दुकानदारों से पटी कंक्रीट के जंगल वाली नगरी का चित्र ऑखों के सामने घूमने लगता है और जिसे बसाने वाले गौरांग महाप्रभुओं की भाषा में ही अगर कहना हो तो कहा जाएगा कि इट इज बर्स्टिंग एट द सीम्स।

मैं मसूरी गया था एक निहायत ही घटिया मकसद से। घटिया सिर्फ इसलिए कह रहा हूँ कि मैं भी उन तमाम हजारों लाखों लोगों में शरीक हूँ जो यह मानते हैं कि उन्होंने जिस पेशे को अपनाया है वे उससे कहीं बेहतर जरिया माश के पात्र थे। उन्हें जहाँ होना चाहिए था वे वहाँ नहीं हैं। वहाँ वे लोग बैठे हैं जिन्हें वहाँ नहीं होना चाहिए था। मसलन मैं पत्रकारिता में आ गया लेकिन हमेशा सोचता हूँ कि मुझे किसी रोबदाब तड़का भड़क वाली जगह पर होना चाहिए था जैसे पुलिस, सेना या इसी तरह की कोई और संस्था मेरे व्यक्तित्व के अनुकूल होती। बहरहाल कुछ नहीं मिला तो पत्रकारिता में आ गया और शुरूआती सालों में लगातार हाथ-पैर मारता रहा कि किसी मनपसंद जगह पर पहुँच जाऊँ पर मेरी जैसी स्थिति में आमतौर से जैसा होता है चार-पाँच वर्षों की जद्दोजहद के बाद नियति मानकर मैंने अपने दफ्तर में कलम घसीटना शुरू कर दिया था।

मेरा सम्पादक कब्ज, अपच और बवासीर का पुराना मरीज था। वह अजीब उकतायी नजरों से मुझे देखता था। उसकी दृष्टि में मैं निहायत ही नाकारा, बोर, काहिल और न जाने क्या क्या था। मुझे भी कोई असुविधा नहीं थी। वह मुझे चुपचाप काम करने देता और रात को दारू पीने के समय दफ्तर छोड़ देने देता तो मैं भी खुश और वह भी खुश। टकराव के मौके तभी आते जब वह मेरी इस छोटी सी कामना के रास्ते में रोड़े अटकाता। तब कुछ दिनों तक दफ्तर में तनाव रहता। उसकी बवासीर उसे कुछ ज्यादा परेशान करने लगती, मुझसे भी वर्तनी की गल्तियाँ अधिक होतीं और मेरी कुर्सी के नीचे की धरती कागज की चिन्दियों से पट जाती। गनीमत यह थी कि मेरे अखबार के मालिकान पुराने स्कूल के लोग थे। उनके अखबारों से सिर्फ अर्थियाँ ही बाहर निकलती थीं। इसलिए मेरी नौकरी को खतरा नहीं था और तनाव के इन अस्थायी क्षणों के अलावा जीवन काफी हद तक इकहरी दिनचर्या और बेस्वाद अनुभवों के साथ, आप कह सकते हैं कि मजे से बीत रहा था।

मेरे इस उथल-पुथल रहित जीवन में भूचाल इस दुष्ट सम्पादक की वजह से आया।

अनुभवी लोग जानते हैं कि जब वह अपने खल्वाट खोपड़ी पर पेंसिल से टिक-टिक करने लगता और यह टिक-टिक एक निरंतर मद्धम संगीत लहरी की भाँति उसके शीशों वाले कैबिन से टकराने लगती तब बाहर हाल में बैठे लोगों को सतर्क

हो जाना चाहिए कि कोई दुष्टतापूर्ण विचार उसके भुस्स भरे दिमाग में उमड़ घुमड़ रहा है। भाई लोग पेंसिल के शुरूआती आघातों से ही सतर्क हो जाते। इन दिनों वह आश्चर्यजनक रूप से भलामानुष हो जाता। अपनी घूमने वाली कुर्सी पर बैठकर शीशों वाले कैबिन से वह बाहर हॉल में बैठे हम लोगों की निगरानी करता था। मुझसे पुराने लोगों का कहना था कि उसके पहले वाले संपादक का कैबिन शीशे का नहीं था। इस दुष्ट ने आते ही मालिकों से कहकर जिस हॉल में हम लोग बैठते थे उसी में अपने लिए शीशे का कैबिन बनवाया था। अन्दर से बैठकर वह हम लोगों के हगने-मूतने पर निगाह रखता था। हम बतियाते रहते और अचानक पाते कि कोई ठंडी निगाह हमें घूर रही है। हमारे ठहाके हवा में लटके रह जाते और उन्हें उसकी घूरती दृष्टि बीच में ही लोक लेती। जिन दिनों उसकी सफा बाल चाँद पर पेंसिल ठक-ठक करती उन दिनों उसकी निगाह अदृश्य हो जाती। हम जोर-जोर से बातें करते और उम्मीद करते कि एक डाँटती हुई नजर हमें बरजेगी पर हम पाते कि कैबिन के पीछे से संपादक की निगाहें हमारे ऊपर से सर्कस की सर्चलाइट की तरह घूमती हुई गुजर जातीं। हम उसकी आँच से झुलसते नहीं बल्कि उसकी निरपेक्ष उदासी से चकित रह जाते। छुट्टी माँगने पर वह काट खाने को नहीं दौडता। उन दिनों यह भी होता कि कैबिन में खबर की बाबत बात करने गये किसी रिपोर्टर को पानी या चाय के लिए पूछ लेता।

पुराने घाघ ऐसी स्थिति में उससे दूर ही रहते। मुझे बहुत अनुभव नहीं था इसलिए फँस गया।

हुआ कुछ ऐसे कि मैं एक राष्ट्रीय दलाल के बारे में जो आजकल हमारे सूबे की सरकार का सूत्रधार था, संपादक से पूछने गया था कि उसका हाजमा खराब होने की खबर मुखपृष्ठ पर छपेगी या तीसरे पेज पर। पहले तो मुखपृष्ठ पर छपती थी लेकिन इस बीच केन्द्र में उस दलाल को नापसन्द करने वाली पार्टी की सरकार आ गयी थी और मैंने उड़ती पुड़ती अफवाहें सुनी थीं कि हमारे मालिकान अब इस दलाल से दूरी दिखाना चाहते हैं। मामला गंभीर और नीतिगत था इसलिए संपादक की राय जरूरी थी।

मैं जब कमरे में घुसा वह पेंसिल से अपनी खोपड़ी खटखटा रहा था। हालाँकि उसके चेहरे पर वही पुरानी उबाऊ उदासी थी पर मुझे देखकर वह मुस्कुराया। मैं थोड़ा असहज जरूर हुआ पर बिना किसी औपचारिकता के मैंने अपनी समस्या उसके सामने रखनी शुरू कर दी।

वह आँख मूँदे मुझे सुनता रहा। उसकी पेंसिल खोपड़ी पर टिक-टिक करती रही। अचानक उसने अपनी आँखें खोलीं। हाथ के इशारे से मुझे बोलने से रोका और मुझे उसका यह बेहूदा प्रस्ताव सुनने को मिला जिसके कारण मैं मसूरी पहुँच सका।

''तुम इस सड़ी गर्मी में यहाँ क्या कर रहे हो किसी हिल स्टेशन पर क्यों नहीं चले जाते?''

मैंने अचकचा कर उसे देखा। जाहिर था कि पैसे या छुट्टी जैसी बातें इस समय बहुत छोटी लगतीं। मेरा कुछ बोलना ही मुझे निरर्थक लगा। इसलिए मैं चुप रहा।

"मेरा मतलब है तुम मसूरी हो आओ—मालिकों के खर्चे पर।"

वह हँसा जैसे उसने कोई बहुत बड़ा मजाक किया हो। मेरी चुप्पी से उसकी हँसी लम्बी नहीं खिंची।

"मेरे पास एक दिलचस्प काम है तुम्हारे लिए। एक घंटे बाद आओ, बताऊँगा। तब तक इस कूड़े करकट को निपटा लूँ।"

उसने अपने सामने पड़े कागजों की तरफ इशारा किया।

मैंने राष्ट्रीय दलाल वाला मसला फिर उसके सामने रखने का प्रयास किया पर उसने सामने पड़े कागजों में अपनी आँखें गड़ा ली थीं और हाथ से मुझे जाने का इशारा करते हुए बुदबुदाते हुए जो कुछ कहा उसका मतलब कुछ भी हो सकता था—मैं खुद फ़ैसला करने में सक्षम था, फोटो ऊपरी पृष्ठ पर छपनी चाहिए या कि फोटो अन्दर कहीं जा सकती है। यह उसकी पुरानी आदत थी। ऐसा कोई फैसला वह नहीं करता था जिसमें बाद में कोई पचड़ा हो। वह हमेशा इतनी गुंजाइश रखता था कि ऐसा काम जो बाद में मालिकों को पसंद न आये उसके लिए नीचे वाले को दोषी ठहराया जा सके।

मैं बाहर निकल आया। अब दलाल के फोटो की समस्या उतनी बड़ी नहीं रह गयी थी। मेरी समझ में आ गया था कि ज्यादा बड़ी मुसीबत मेरे सामने आने वाली थी।

हमारे संपादक के दिमाग में अकसर मूर्खतापूर्ण तरंगें उठा करती थीं। इन तरंगों की वजह से वह अधीनस्थों को भाँति-भाँति के प्रोजेक्ट सौंपा करता था। दरअसल हमें बहुत बाद में पता चला कि इन योजनाओं के पीछे मालिकों के परिवार की विलायत पलट लड़की थी जो उनके कागज, जूट, स्टील और दूसरे कारखानों के साथ-साथ अखबारों में भी प्रयोग करती रहती थी। उसने विदेशी अखबारों को सालों साल पढ़ा था और देशी खासतौर से हिंदी अखबारों के बारे में निहायत घटिया राय रखती थी। जब वह विलायत से पढ़कर लौटी और उसे अपने घराने के साम्राज्य में दखल देने का मौका मिला तो सबसे पहले उसने हिंदी के अखबारों को बन्द करने का ही फैसला किया। उसका इरादा तब बदला जब परिवार के बुजुर्गों ने यह समझाया कि इस देश में जूट और कागज के कारखाने भी फायदे में तभी चलते हैं जब पास में घाटे में चलने वाला एक अखबार भी हो। उसे बताया गया कि विलायत में कल कारखाने किसी भी वजह से चलते हों पर हमारे यहाँ तो तभी चलते हैं जब अफसर और नेता उन पर मेहरबान हों। अफसरों और नेताओं को ठीक रखने के लिए अखबार सबसे बढ़िया तरीका है। नेताओं की नयी पीढ़ी भले ही अंग्रेज़ी अखबार पढ़ती हो पर उनके वोटर अभी भी देशी भाषाओं के जरिये ही खबरें हासिल करते हैं। उसकी समझ में यह बात

बैठ गयी और उसने हमारे अखबार को बंद करने का इरादा छोड़ दिया लेकिन इसे सुधारने का बीड़ा जरूर उठा लिया।

हमारे अखबार में तरह-तरह के प्रयोग किये गये। उसका शीर्षक अंग्रेजी में रखा गया, कॉलम विदेशी अखबारों से उठाये गये, पूरी की पूरी सामग्री अनूदित जाने लगी वगैरह वगैरह। मेरे जैसे लोगों की सेहत पर इससे ज्यादा असर नहीं पड़ा। जब तक नौकरी सुरक्षित रहे और देर शाम तक दफ्तर में न बैठना पड़े-मुझे कोई दिक्कत नहीं आने वाली थी। पर दिक्कतें दूसरे रूप में आयीं। हम पूरी तरह से आश्वस्त थे कि यह आइडिया उस विलायत पलट लड़की की वजह से हमारे संपादक के मस्तिष्क में आया होगा। संपादक के मन में तो ऐसे विचार आ ही नहीं सकते थे—ऐसा हम सभी का मानना था।

दूसरे अखबारों से हम अलग दिखें—इसे लेकर संपादक ने हम सभी की बैठक बुलायी। सभी की राय माँगी गयी। सब जानते थे कि यह सिर्फ औपचारिकता है। मालिकों ने खासतौर से मालिकों के परिवार की इस विलायत पलट लड़की ने कुछ न कुछ तय कर रखा होगा और सनकी संपादक बड़े दंभ और मूर्खता से मुस्करायेगा और जादू के पिटारे की तरह अपने मेज की दराज खोलेगा, उसमें से एक कागज निकालेगा और हम सबको तुच्छ और बुद्धि तथा कल्पना से हीन साबित करता हुआ कुछ मूर्खतापूर्ण सुझाव रखेगा। हममें से कुछ वाह वाह करने लगेंगे, कुछ नजरें दायें बायें करते हुए उपहास से अपने होंठ चौड़े करेंगे और कुछ मेरे जैसे दो एक ऊब कर जमुहाई लेंगे और सभा के बर्खास्त होने का इंतजार करेंगे। हर बार यही होता था।

आज भी कमोबेश यही हुआ।

हम में से कुछ नये थे। वे जोश में बोले। उन्होंने तरह-तरह के सुझाव दिये। संपादक बत्तख की तरह अपनी गर्दन आगे बढ़ाकर आधी मूँदी आँखों से उन्हें ध्यान से सुन रहा था। पुराने लोग जानते थे कि यह उत्सुकता सिर्फ दिखावटी थी। अगर किसी वक्ता को बीच में रोक कर उसके सुझाव के बारे में संपादक की राय पूछी जाती तो निश्चित था कि वह अचकचा जाता। उसके बारे में मशहूर था कि वह सिर्फ मालिकों की बात ध्यान से सुनता था। उनका टेलीफोन आने पर फौरन जेब से छोटी डायरी निकाल कर पेन खोल लेता था। इसलिए पुरानों में से ज्यादातर कुछ बोले नहीं और जब उनमें से एक दो का नाम लेकर संपादक ने बोलने को कहा तो उन्होंने कुछ औपचारिक से वाक्य बोलकर अपनी छुट्टी पा ली।

फिर वह क्षण आया जिसका ऊब और खीझ के साथ हम इंतजार कर रहे थे।

"हम कुछ हत्याओं की रिपोर्टिंग करेंगे।" उसने घोषणा की।

हे भगवान ! हममें से ज्यादातर के चेहरे उतर गये। हम और क्या करते हैं

"हम शताब्दी की हत्याओं की रिपोर्टिंग करेंगे।" उसने रहस्यमय मुस्कान के साथ कहाँ हम सुनने के अलावा कर भी क्या सकते थे। वह हमारा बॉस था। बॉस

की दिमागी तरंगें हमेशा अद्भुत होती हैं।

''पिछली शताब्दी में बहुत सी हत्यायें हुई हैं जो अनसुलझी रह गयीं। मेरा मतलब उन हत्याओं से है जिनमें अदालतों ने तो सजा दे दी पर लोगों के मन में हमेशा यह शक बना रहा कि जिन्हें फाँसी पर लटका दिया गया क्या वे सचमुच हत्यारे थे! हम ऐसी हत्याओं की पड़ताल करेंगे।''

हम सुनते रहे और वह बोलता रहा। वह बोलता रहा और हम सुनते रहे। बाहर निकलकर हममें से कोई बहुत उत्साही नहीं दिखा। कम से कम मैं तो नहीं ही था। जो कुछ मैं समझ पाया उसके मुताबिक हमें पुरानी केसों की फाइलें खँगालनी थीं, अगर उन मामलों में कोई जीवित बचा हुआ था तो उससे बातें करनी थीं और किसी न किसी तरह एक ऐसा सनसनीखेज मामला बनाना था जिससे पाठकों की सहानुभूति हत्यारे के साथ हो जाय। ऐसी सीधी-सादी कहानी, जिसमें वास्तविक हत्यारा फाँसी चढ़ गया हो हमारे लिए बेकार थी। हमें तो ऐसी कहानी ढूँढ़नी थी जिसमें कोई निर्दोष फाँसी चढ़ गया हो या कम से कम कहानी सुनाते समय साबित करना था कि जो फाँसी चढ़ा वह निर्दोष था। तभी पाठकों की दिलचस्पी हमारी कहानी में पैदा होगी।

बाहर निकलते समय मैंने यह नहीं सोचा था कि इस योजना का पहला शिकार मैं बनूँगा।

राष्ट्रीय दलाल की तस्वीर वाला मसला तो पीछे रह गया और यह एक नयी मुसीबत मेरे सामने आ गयी थी। एक घंटे बाद जब मुझे संपादक ने अपने कैबिन में बुलाया, मैं किसी बड़ी मुसीबत के लिए तैयार था। मेरे बैठते ही वह शुरू हो गया।

''1909 में मसूरी में एक हत्या हुयी थी।'' उसने मेरे चेहरे पर नजरें गड़ायीं।

जरूर उसे निराशा हुई होगी। मेरे चेहरे पर कोई भाव नहीं थे। हर साल मसूरी में हत्यायें होती हैं। इसमें नया क्या है?

"यह मसूरी की पहली हत्या थी ।" मैं खामोश बैठा रहा ।

''1909 में मसूरी में पहली बार बिजली आयी थी।'' उसने चौंकाने वाले भाव से मुझे देखा। मुझे उस पर दया आयी। हर शहर में बिजली कभी न कभी पहली बार आयी होगी। इससे क्या बनता बिगड़ता है

इसके बाद वह फिल्मी वकीलों की तरह बोलने लगा। उसने कातिल, मकतूल, मौकाये वारदात, अंतरात्मा, कत्ल जैसे न जाने कितने शब्द मेरे सामने दोहराये और हर बार उनके इस्तेमाल के बाद मेरे चेहरे पर पड़ने वाले भावों का अध्ययन करने के लिए रुका। मेरा खयाल है कि हर बार उसे निराशा ही हाथ लगी होगी। मेरा चेहरा खाली था।

उसका सुनाया हुआ किस्सा कुछ यूँ था कि सन् 1909 में, जब मसूरी अभी बसनी शुरू ही हुई थी और जब तक उस इलाके में लैण्डोर नाम का एक छोटा-सा कैण्टोनमेंट ही आबाद हुआ था और उसी सन में जब मसूरी में पहली बार बिजली

आयी थी, एक अँग्रेज कैमिस्ट की हत्या हुई थी। हत्या उसी दवा की दूकान के अन्दर की गयी थी जिसमें वह कैमिस्ट काम करता था और जिसके पिछले हिस्से में वह रहता था। कैमिस्ट की हत्या के सिलसिले में एक अँग्रेज सिपाही पकड़ा गया था और देहरादून सेशन अदालत में मुकदमे की सुनवाई के बाद उसे फाँसी की सजा सुनाई गयी थी और बाद में नैनी सेण्ट्रल जेल में उसे फाँसी पर लटका दिया गया था।

मामला बड़ा सीधा-सादा था। जो कथा सुनाई जा रही थी उसमें मुझे सिर्फ यही दिलचस्प लगा कि यह मसूरी की पहली हत्या थी इसलिए मसूरी और लैण्डोर के छोटे से ऐंग्लो-इण्डियन समुदाय में अगले कई वर्षों तक इस हत्या की चर्चा होती रही। उन दिनों योरोपियन खासतौर से अँग्रेज जो भारत में काम या व्यापार के सिलसिले में रह रहे थे, ऐंग्लो-इण्डियन कहलाते थे। यह तो कुछ दशकों बाद हुआ कि आधे गोरे आधे हिन्दुस्तानी ऐंग्लो-इण्डियन कहलाने लगे और गोरे अँग्रेज या योरोपियन हो गये।

उन दिनों मसूरी से एक अखबार मसूरी टाइम्स निकलता था और हत्या के बाद बहुत दिनों तक यह घटना उस अखबार की सुर्खियों में छायी रही। संपादक के नाम सैकड़ों पत्र छपे, कई संपादकीय लिखे गये और सालों-साल लोग मनुष्य स्वभाव की उस कमजोरी को तलाशते रहे जिसके वश में होकर कोई अपने इतने नजदीकी दोस्त की ऐसी नृशंस हत्या कर सकता था। कैमिस्ट जेम्स रेगिनैल्ड क्लैप और उसका हत्यारा सार्जेंट एलन घनिष्ठ मित्र थे। एलन ही नहीं उस जैसे दर्जनों गोरे सिपाही जेम्स के करीबी थे। खुशमिजाज जेम्स अभी कुँवारा था। पीछे ब्रिटेन में वह अपनी माँ को छोड़कर अकेला पैसा कमाने हिन्दुस्तान आया था। किसिम-किसिम के धन्धे करती हुई पेशावर से कलकत्ता तक घूमी हुई उसकी जवान काठी आराम करने के लिहाज से मसूरी में टिकी तो फिर यहीं की हो कर रह गयी। कुछ दिन मटरगश्ती करने के बाद उसने इस कैमिस्ट शॉप पर नौकरी कर ली। दूकान जिस कैप्टन सैमुअल की थी उसकी उसी साल सहारनपुर में हैजे से मृत्यु हो गयी थी। गर्मियों में दूसरी अंग्रेज मेमों के साथ मसूरी आयी हुई उसकी पत्नी को उसकी मृत्यु की सूचना तब मिली जब सैमुअल के रेजिमेण्ट की एक टुकड़ी उसके सामान के साथ सहारनपुर से देहरादून की यात्रा नई-नई आरम्भ हुई रेल से और उसके बाद बैलगाड़ी और खच्चरों पर करने के बाद मसूरी में दाखिल हुई। ऐसे ही थे वे दिन। सहारनपुर से देहरादून की यात्रा रेल से तय की जाती थी और वहाँ से मसूरी तक का सफर बैलगाड़ी और फिर पैदल या खच्चरों पर होता था। वर्दी, पेटी और दूसरे सामानों के साथ पलटन के कमाण्डिग अफसर का शोक संदेश था और यह सूचना थी कि पलटन नें अपने बहादुर अफसर को पूरे धार्मिक कर्मकाण्ड तथा सैनिक सम्मान के साथ दफ्न कर दिया है और मिसेज सैमुअल जब कभी अपने पति की कब्र पर आयेंगी उसे अपने स्वर्गीय पति की गरिमा के अनुकूल पायेंगी।

मिसेज सैमुअल उसी टुकड़ी के साथ दूसरे दिन सहारनपुर रवाना हो गयीं। जाते

समय उन्होंने मसूरी के उस छोटे से समूह के सामने, जो उन्हें सान्त्वना और विदा देने के लिए इकट्ठा हुआ था, जरूर यह घोषणा की कि पति के बिना जीवन निरर्थक हो गया है लिहाजा वे मसूरी वापस नहीं लौटेंगी और शेष जीवन किसी कॉनवेंट में प्रभु यीशू की पूजा और दीन दुखियों की सेवा करते हुए बिता देंगी।

पर पुरानी कहावत है कि सब कुछ वही नहीं होता जो मनुष्य चाहता है। पता नहीं यह सहारनपुर की सड़ी गर्मी थी या कैप्टन सैमुअल की पलटन के कमाण्डिग अफसर मेजर स्टीव और उनकी पत्नी की निरंतर सलाह, दो महीने बाद मिसेज सैमुअल वापस मसूरी लौट आयीं। जब तक वे वापस विलायत नहीं जातीं उन्हें जीवन यापन के लिए कुछ करना था। उन दिनों न तो फौज में अच्छी पेंशन थी और न ही आज की तरह ड्यूटी पर मरने वालों के परिजनों को पूरा वेतन मिलता था पर इसके बावजूद सरकार, रेजिमेंट और मसूरी के गोरे समुदाय ने श्रीमती सैमुअल की इतनी मदद जरूर की कि मसूरी के धीरे-धीरे विकसित हो रहे बाजार में उन्होंने दवा की यह दूकान खोल ली और हर साल इस इरादे के साथ सर्दियाँ बिताने के बाद कि अगले साल जरूर सब कुछ बेच बाच कर वह विलायत वापस चलीं जायेंगी, वे कहीं नहीं गयीं और एक निःसंतान विधवा की तरह उन्होंने शेष जीवन मसूरी में ही काटा जहाँ दवा की यह दूकान उनके भरण पोषण का भरपूर सहारा बनी रही।

दवा की इस दूकान पर पहले तो मिसेज सैमुअल खुद ही बैठती थीं पर बाद में जब कारोबार बढ़ा और मसूरी की सोशल सर्किल में उनकी व्यस्तता बढ़ी तो उन्हें एक सहायक की जरूरत पड़ी और तभी यह जेम्स नौकरी की तलाश में मसूरी आ पहुँचा। आजकल की तरह बेरोजगारी नहीं थी, जेम्स दुनिया घूमा था, मसूरी के प्रभु वर्ग में सब एक दूसरे को जानते थे इसलिए यह स्वाभाविक ही था कि एक रविवार को प्रार्थना समाप्त होने के बाद जैसे ही उसने पादरी के सामने अपनी नौकरी की इच्छा रखी उसे मिसेज सैमुअल से मिलने की सलाह दी गयी। सलाह ही नहीं दी गयी बल्कि उसे वहीं मिला भी दिया गया। पादरी के सहायकों में से एक दौड़ा हुआ गया और प्रार्थना समाप्त कर चर्च के बाहर निकली ही थी मिसेज सैमुअल कि उन्हें पादरी का संदेश देकर बुला लाया।

मिसेज सैमुअल और जेम्स चर्च से दूकान तक टहलते हुए आये और रास्ते में ही सारी शर्तें तय हो गयीं। उसी शाम जेम्स ने कारोबार सँभाल लिया। छोटी सी दूकान थी। एलोपैथिक दवायें बिकती थीं इसलिए शहर के गोरे और पास के लैण्डोर कैण्टोनमेंट के फौजी ही ग्राहक थे। ज्यादातर ग्राहकों को नाम से पुकारा जाता था। जेम्स ने भी हफ्ते दस दिन में ज्यादातर के नाम याद कर लिये थे। इस दूकान पर जेम्स ने अपने जीवन के नौ वर्ष बिताये और यहीं से ही उसकी अंतिम यात्रा कब्रिस्तान के लिये रवाना हुई।

जैसा कि एक छोटे कस्बे में, जहाँ सिर्फ गर्मियों से बचने के लिए गोरी मेमें रहतीं

थीं, थोड़ी बहुत शिक्षण संस्थायें थीं और पास के लैण्डोर कस्बे में स्वास्थ्य लाभ कर रहे फौजी रह रहे थे, हो सकता था यहाँ भी हुआ। संध्याकालीन चाय पार्टियों और खच्चरों की पीठ पर चढ़कर पहुँचे जाने वाले पिकनिक स्थलों में चटखारों के साथ जेम्स और मिसेज सैमुअल के बीच पल बढ़ रहे प्रेम प्रसंगों की चर्चा हुई। इस पूरे घटनाक्रम के लगभग सौ वर्षों बाद जब मैं मसूरी पहुँचा यह प्रसंग अफवाहों के रूप में अभी भी कहीं न कहीं जीवित था। सुन्दर सिंह थापा नाम के एक कुली ने, जिसकी उम्र उसके चेहरे की झुर्रियों में कहीं गुम हो गयी थी और जो अभी भी पचास-साठ किलो का वजन अपनी पीठ पर रस्सी से बाँधे फुर्ती से ऊबड़-खाबड़ पहाड़ियों पर चढ़ सकता था, एक बार मेरा सामान एक चट्टान पर रखकर सुस्ताते हुए मुझे बताया था कि एक ऐसी अपराह्न चाय पार्टी में जिसमें अठारह साल की उसकी नानी गोरी मेमों को चाय परोस रही थी मिसेज सैमुअल ने अपने छलकते हुए आँसुओं को दबाकर मिसेज जेफरसन से जो कहा उसका मतलब था कि अच्छा ही हुआ जो उन्होंने जेम्स का प्रस्ताव अभी तक स्वीकार नहीं किया था अन्यथा ईश्वर उन्हें एक बार फिर विधवा बना देता। यह जेम्स की हत्या के बाद वाले सप्ताह का कोई दिन था।

दूकान के पिछले हिस्से में जेम्स रहता था। रोज ठीक दस बजे वह दूकान खोलता था, दोपहर 12 से 2 तक लंच और आराम के लिए दूकान बंद करता और फिर 2 बजे से अँधेरा होने तक दूकान खोले रहता। बंदी का समय मौसम के अनुसार घटता बढ़ता रहता। हालाँकि मसूरी में उसकी मृत्यु के साल बिजली आ गयी थी लेकिन बिजली का मतलब स्ट्रीट लाइट से था। एक खम्बा तो मिसेज सैमुअल की दूकान के ठीक सामने भी था पर अभी घरों या दूकानों में बिजली नहीं पहुँची थी और जेम्स को अँधेरा होने के बाद लालटेन की रोशनी में काम करना पड़ता था। जब तक कोई ग्राहक दूकान की साँकल पीटकर रात में ही दवा खरीदने की जिद नहीं करता वह अँधेरा होने के बाद दूकान नहीं खोलता था।

शाम होते-होते जेम्स की व्यस्तता और बढ़ जाती थी। लैण्डोर के फौजियों के बीच वह बहुत लोकप्रिय था। शाम ढलते ही उसके यहाँ फौजियों का जमावड़ा लग जाता। फौजी अपने साथ शराब और अलग-अलग तरह का गोश्त लाते थे। इनमें एलन भी था जो दक्ष शिकारी था और जिसके मारे गये खरगोश, तीतर या हिरन अकसर जेम्स के यहाँ पकते। फौजी ताश खेलते, गोश्त खाते और नाइट रोल कॉल के पहले अपनी-अपनी बैरकों की तरफ भागते। जेम्स में उनके लिए एक दूसरा आकर्षण भी था। वह फौजियों को कर्ज देता था। ज्यादातर फौजी जुआ खेलते थे। शराब और जुआ उनकी एकरस जिन्दगी के सबसे बड़े सहारे थे।

ये सभी बीमार लोग थे जो स्वास्थ्य लाभ के लिए लैण्डोर छावनी में लाये गये थे। सुबह एक बार वे पी.टी. के लिए फालिन होते थे फिर दिन भर अमूमन उन्हें कोई नहीं पूछता था। अफसरों का दिन अस्पताल और डाक्टरों के चक्कर में बीतता था

इसलिए रात की रोलकॉल के पहले अमूमन उन्हें कोई नहीं पूछता था। इन्हीं फौजियों को जेम्स कर्ज देता था। तीन रूपया सैकड़ा, महीना। ब्याज की यह पद्धति जेम्स ने भारत में आकर यहाँ के साहूकारों से सीखी थी। जुए और शराब में रूपया गँवाकर फौजी उससे कर्ज लेते और अपने घरों को पैसा भेजते। तनख्वाह मिलते ही जेम्स का कर्ज चुकाते और दूसरा हफ्ता खत्म होते-होते फिर कर्ज ले लेते। वह फौजियों की लाई शराब पीता और वसूले गये ब्याज के पैसे मिसेज सैमुअल के पास जमा करके एक सपना बुनता। वह देखता कि बुढ़ापे में वापस बर्मिंघम चला गया है और एक लम्बे फार्म हाउस का मालिक बनकर ठाठ से घोड़े पर सवार अपने गायों और भेड़ों के झुण्ड को तृप्त आँखों से निहार रहा है। जाहिर है कि उसका यह सपना उसकी भय और दर्द की पछाड़ें मारती लहरें समेटे अधमुँदी आँखों के साथ मसूरी के गोरा कब्रिस्तान में दफन हो गया।

"तो कब जा रहे हो मसूरी?" संपादक ने कथा का प्रवाह बीच में रोककर टोका तो मैं अचकचा गया।

"भूत से पूछ कर बताऊँगा।" अनजाने में मेरे मुँह से निकला।

"भूत से!" संपादक के चेहरे पर बेचौनी थी।

"मेरा एक दोस्त है उसे मैं भूत कहता हूँ।" मैंने बात टाली।

संपादक के चेहरे पर कुटिल मुस्कान थी–

"भाई तुम भी खूब हो। हिल स्टेशन पर जाने का फैसला बीवी की जगह दोस्त से पूछ कर करते हो।"

वह अपनी कुटिल मुद्रा में वापस लौट रहा था। मैं जानता था कि वह कुछ न कुछ ऐसा कहेगा जो मुझे आहत करे। मैंने उसे इसका मौका नहीं दिया। पूरी कहानी सुने बिना मैं उठ खड़ा हुआ।

"मैं एक दो दिन में बताऊँगा।"

"बताना क्या है .... जाना तो तुम्हें ही है ....।"

मैं अंदर से जल भुन गया लेकिन बिना कुछ जवाब दिये बाहर निकल आया। उससे कुछ कहने का मतलब था उसे नमक-मिर्च लगाकर मालिकों से अपनी शिकायत करने का मौका देना।

उन दिनों मेरी एक फ्रांसीसी भूत से खूब छन रही थी। मेरा यह दोस्त निकोलस फ्रांसीसी क्रान्ति में राजा के खिलाफ लड़ा था। उसका दावा था कि मेरी अल्लायेनेत की गर्दन जिस गिलेटिन पर कटी थी उसे चलाने वाला वही था। इस भूत से मेरी मुलाकात बड़ी दिलचस्प परिस्थितियों में हुई थी। मैं इस बीच फ्रांसीसी इतिहास पढ़ रहा था। 1789 की फ्रांसीसी क्रान्ति के बारे में पढ़ते-पढ़ते अचानक एक रात यह भूत किताब में छपी अपनी तस्वीर से बाहर निकल आया।

मुझे इतिहास के पन्नों में छिपी गाथायें हमेशा आकर्षित करती रही हैं और

इसीलिए ऐसे भूतों से मेरी दोस्ती भी जल्दी और गाढ़ी हो जाती है जो मुझे इतिहास कथायें सुनाते हैं। इतिहास में भी असफल क्रांतियों में मेरी विशेष दिलचस्पी रही है। मेरा मानना है कि सफल क्रांतियाँ अन्ततः अपने नायकों के खुदगर्ज, अहंकारी और भ्रष्ट हो जाने की गाथा बन कर रह जाती हैं जब कि असफल क्रांतियाँ शायद अपनी असफलता में उस आदर्शवाद की कसक छिपाये होती हैं जिनके चलते हजारों लाखों लोग फाँसी के फंदों पर झूल जाते हैं। यही बात मुझे उनकी तरफ आकर्षित करती है । फ्रांस की यह क्रांति तो बाद की सभी क्रांतियों की माँ कही जाती है इसलिए इसके किस्से मुझे और भी आनन्द देते हैं।

एक दिन लेटे-लेटे मैं इस क्रान्ति के नायकों प्रतिनायकों की तस्वीरें देख रहा था। बड़े-बड़े गलमुच्छों, फ्राक कोटों और ब्रीचेज पहने लांग बूट डाटे अहंकार से मदमस्त सिपाही और उनके नायक। काले रंग के स्वर्णाभूषण जड़ित जैकेट और प्लम हैट धारण किये हुए सामंत और प्लेन ब्लैक में मध्यवर्ग, जिनके सर पर बिना किसी अधिकार चिह्न वाला हैट दिख रहा था। इन सबसे अलग लियो और पेरिस की सड़कों पर 'रोटी-रोटी' की पुकार लगाते गैंती, फावड़ों और छूरों के साथ तेज रफ्तार से हवा में मुट्ठियाँ लहराते चलते किसानों के ठट्ठ के ठट्ठ। सब कुछ इतना सम्मोहक था कि मैं पिछले कई दिनों से इन सबमें उलझा हुआ था।

मुझे इन सबमें से एक ऐसे भूत की तलाश थी जो तस्वीरों से बाहर निकल कर आये और मुझे अपने समय की गाथा सुना सके। भूतों को बुलाने का मेरा अपना तरीका है। आपने प्लेन चिट से भूतों को बुलाने का आह्वान करते लोगों को देखा होगा, ओझों सोखाओं को भूत नचाते भी देखा सुना होगा। पर मेरा तरीका इन सबसे भिन्न है।

दरअसल मेरी भूतों से इतनी जल्दी दोस्ती हो जाती है कि आपको सुनकर आश्चर्य होगा। मुझे बस किसी चीज को पूरे मन से ध्यान लगाकर याद करने की जरूरत पड़ती है और उसका भूत मेरे सामने हाजिर हो जाता है।

अब आप अगर इस तरह के सवाल पूछें कि क्या भूत इतने सहज उपलब्ध हैं या हर मनुष्य मरने के बाद भूत बन जाता है क्या या दूसरे क्यों नहीं इतनी आसानी से भूतों का सान्निध्य हासिल कर पाते हैं तो जाहिर है कि मैं आपको कोई बहुत आश्वस्तिकारक उत्तर नहीं दे पाऊँगा। मेरा मानना यही है कि आप भी यदि निश्छल मन से भूत की संगत मांगें और आप भी मेरी तरह उसके अस्तित्व में यकीन न रखते हों तो आपको भी भूत की दोस्ती सहज उपलब्ध हो सकती है।

मेरा यह दोस्त निकोलस फ्रांस के उन हजारों दीन हीन किसानों में से एक था जिनकी ठठरियों की नींव पर फ्रांसीसी क्रान्ति खड़ी हुई थी। जमीन के छोटे से टुकड़े का मालिक निकोलस का बचपन अपने बाप को भूमि कर, धर्म कर और नमक कर अदा करते हुए देखते बीता था। इन करों के अलावा जमींदार की लड़की की शादी,

बपतिस्मा या किसी बड़ी दावत के लिए भी उससे वसूली की जाती थी। बेगार अलग से। जमींदार के कारिन्दे भी अपने हिस्से की लूटपाट करते थे। कहावत थी कि सामंत लड़ता है, पादरी पूजा करता है और सामान्य जन कर देता है।

ऐसे मुश्किल वक्त में वही हुआ जो होना चाहिए था। किसानों के सब्र का बाँध जब टूटा तो वे गोदामों और कारखानों पर टूट पड़े। उन्होंने अनाज के बोरे लूट लिये, मशीनें तोड़ दीं और जहाँ बन पड़ा सामंतों के सर काट दिये। लियों में ऐसी ही एक भीड़ 1786 की हाड़ कँपाती सर्दियों में 'रोटी-रोटी' चिल्लाती हुई गलियों में पगलाई घूम रही थी जब राजा की जर्मन और स्विस पलटनों से उसकी मुठभेड़ हो गयी। निकोलस को अब भी अच्छी तरह से याद नहीं कि उनमें कितने मरे और कितने जख्मी हुए थे। उसे सिर्फ इतना याद था कि उसके सर पर बन्दूक का एक कुंदा पड़ा था और उसे जब होश आया तो वह एक ऐसी अँधेरी, सीलन और बदबूदार तंग कोठरी में था जहाँ से उसे 14 जुलाई 1789 को ही मुक्ति मिली। यही वह कोठरी थी जहाँ मेरी निकोलस से पहली मुलाकात हुई थी।

हुआ कुछ ऐसा कि मैं फ्रांसीसी क्रान्ति पर एक ऐसी किताब पढ़ रहा था जिसमें बहुत सी तस्वीरें थीं। इसमें एक पूरा अध्याय 14 जुलाई 1789 को बास्तीय के किले पर मजदूरों, किसानों और छोटे किरानियों के हमले पर था। बास्तीय पेरिस से थोड़ी दूर एक छोटा सा किला था जो वर्षों से खूँखार कैदियों को रखने के काम आ रहा था। इस समय स्वतंत्रता और समानता का नारा लगाते हुए 'रोटी-रोटी' चिल्लाते किसानों से खतरनाक कौन हो सकता था ।

मेरी जब निकोलस से मुलाकात हुई, किले का कमाण्डर द लोने मारा जा चुका था।, राजा के शस्त्रागार से लूटे गये शस्त्रों और अपने विशाल संख्याबल से जनता राजा के सिपाहियों के शस्त्र रखवा चुकी थी और वह शोर मचाती हुई, मशालों की रोशनी में किले के छोटे-छोटे तहखानों, कोटरों की तलाशी ले रही थी।

मेरी नजर हड्डियों की ऐसी ठठरी पर पड़ी जो सीधे खड़ी नहीं हो पा रही थी और जिसे कई लोग सहारा देकर चला रहे थे। उसने अपनी आँखें ढ़ाँप रखी थीं। ऐसा लग रहा था कि मशाल से पड़ने वाली रोशनी से उसकी आँखें चकाचौंध हो रही थीं। उसमें कुछ ऐसा था जिसने मुझे यकबारगी उसकी तरफ आकर्षित किया। मैं टकटकी लगाकर उसे देखता रहा और जैसा कि ऐसे मौकों पर होता था वह मेरा दोस्त बन गया। उससे मेरा मतलब उसके भूत से था।

निकोलस के भूत ने मुझे बताया कि बास्तीय के नर्क में उस जैसे बहुत से लोग थे जो बरसों से अँधेरी तंग कोठरियों में बंद थे। वे चलना फिरना भूल चुके थे और उनकी आँखें अँधेरे की ही अभ्यस्त हो चुकी थीं। इसलिए जब क्रान्तिकारी जनता ने उन्हें आजाद कराया तो उन्हें अपने पैरों पर खड़े होने में दिक्कत हुई और जरा सी रोशनी से उनकी आँखें चौंधियाने लगती थीं।

निकोलस ने मुझे बहुत कुछ बताया। फ्रांसीसी क्रान्ति के तमाम नायकों से मेरी मुलाकातें करायीं। जिन लोगों से मैं मिला उनमें रूसो, मान्टेस्क्यू और वाल्तेयर थे, लूई सोलहवाँ और मारी आंतुआनेत थे, तूर्जो, नेकर और मिराबो थे, इतिहास की एक से एक शखिसयतें थीं जिन्होंने अगले दो सौ सालों तक मनुष्यता के इतिहास को प्रभावित किया था। उसने उन युद्धों, षड्यन्त्रों, जन सैलाबों से मुझे परिचित कराया जिनका असर सिर्फ उस समय के फ्रांसीसी समाज पर ही नहीं पड़ा बल्कि पूरी दुनिया जिनके प्रभाव से वर्षों थरथराती रही।

आजकल वह मारी आंतुआनेत के बारे में बता रहा था। मारी आंतुआनेत—वही दंभी कुटिल रानी जिसने अपने सौंदर्य और षड्यन्त्रों के बल पर राजा को बेबस कर दिया था और जिसका यह कथन कि अगर लोगों को रोटी नहीं मिल रही तो केक क्यों नहीं खात—जनता के गाल पर तमाचे की तरह पड़ा तो लेकिन उसने मुकुट राजा का गिराया। उसने रस ले लेकर मारी के बारे में महल में प्रचलित कहानियाँ सुनायीं। वह प्रसंग भी हँस हँस कर सुनाता रहा जिसमें महल के कुछ दुष्ट षडयंत्रकारी सामंतों ने एक धूर्त पादरी को मारी आंतुआनेत को एक मँहगी भेंट देने के लिए उकसाया और फिर भेंट लेती रानी को पकड़वा दिया। रानी की कामुकता को लेकर महल और उसके चारों तरफ फैले वर्साय शहर में जो गीत दबे स्वर में गाये जाते थे, वे भी उसने सुनाये।

अब वह मारी को गिलोटिन पर चढ़ाये जाने की कथा सुनाने वाला था और इसे लेकर बहुत उत्तेजित था। अन्य कथाओं के बीच-बीच में वह किसी मँजे कथावाचक की तरह यह सूचना देता रहता था कि अभी तो मुझे उसने सिर्फ ट्रेलर दिखाया है। असली कथा तो अब आयेगी। उसने मेरे अंदर यह जानने की उत्कट इच्छा पैदा कर दी थी कि कैसे एक अधखाया अधनंगा किसान क्रान्ति की लड़ाई में सिपाही बन बैठा और कैसे उसने एक कड़ी प्रतियोगिता में दूसरे सिपाहियों को पछाड़ते हुए मारी आंतुआनेत की गर्दन गिलोटिन पर काटने का सम्मान हासिल कर लिया।

"क्या मैं इस दिलचस्प गाथा से वंचित रह जाऊँगा?"

मैंने दफ्तर में बैठे-बैठे सोचा कि अगर मैं मसूरी चला गया और किसी दूसरे गंभीर प्रोजेक्ट में लग गया तो इस कथा का क्या होगा? हालाँकि मेरा पुराना अनुभव कहता था कि भूत समय का व्यतिक्रम नहीं मानते और किसी भी कथा के सूत्र कहीं भी छोड़कर कभी भी उठा सकते हैं। वे इतने पटु किस्सागो होते हैं कि आपको पता भी नहीं चलता और कहानी अपनी पुरानी रफ्तार से चलने लगती है। इसके बावजूद मेरा अनुभव यह भी था कि कई मामलों में एक बार साथ छूटने के बाद फिर वे पकड़ में नहीं आते। अगर ऐसा इस भूत के साथ भी हुआ तो मैं फ्रांसीसी क्रांति की इस अद्भुत कथा से वंचित रह जाऊँगा।

मैं कर भी क्या सकता था? यह तय था कि दुष्ट सम्पादक मुझे मसूरी भेज कर ही मानेगा। मैंने सब कुछ भूत के ऊपर ही छोड़ने की ठानी और अपने काम में डूब

गया। घर लौटकर रात में जब मेरी मुलाकात भूत से हुई और उसने कहानी आगे बढ़ायी तो मैं इसी उलझन में था।

कहानी सुनाते-सुनाते अचानक भूत ठिठका। उसका स्वर कुछ धीमा हुआ और उसने पूछा–

"क्या हुआ दोस्त कुछ अनमने लग रहे हो?"

मैं समझ गया कि वह क्षण आ गया है जब मैं उससे अपनी समस्या के बारे में प्रश्न कर सकता था।

"देखो मुझे गलत मत समझना। मुझे तुम्हारी बातों में बड़ा मजा आ रहा है। अब तो कहानी का वह क्षण आने वाला है जिसका मैं इतने दिनों से इन्तजार कर रहा था। रोटी माँगने पर केक खिलाने वाली रानी की गर्दन कटती और उसे तुम काटते। मजा आ जाता। पर दोस्त मुझे कुछ दिनों के लिए बाहर जाना है। शहर से बाहर। क्या ऐसा हो सकता है कि कुछ दिनों के लिए तुम इस कथा को यहीं रोक दो। लौटने के बाद फिर यहीं से शुरू करेंगे।"

मैंने देखा कि भूत का चेहरा लटक गया। बात सँभालने के लिए मैंने कहा–

"या ऐसा करते हैं कि तुम भी साथ चलो। हिल स्टेशन चलेंगे। तुम्हारा साथ रहेगा तो और मजा आयेगा। रास्ते में कहानी भी चलती रहेगी।"

भूत को बच्चों की तरह बहलाया-फुसलाया नहीं जा सकता। मेरा दोस्त भी कोई अपवाद नहीं था। यह उसकी भलमनसाहत ही थी कि उसने सख्ती से कुछ नहीं कहा पर नर्मी से जो कुछ कहा उसका मतलब यह था कि कल किसने देखा है। कल का भरोसा उसने जीवित रहते नहीं किया तो अब भूत योनि में जाने के बाद क्यों करेगा? रही बात बाहर जाने की, तो भूत बाहर सिर्फ विश्वासी लोगों के साथ ही जाते हैं। मेरे जैसे आदमी का क्या भरोसा जिसे भूतों के अस्तित्व पर ही विश्वास नहीं है। मुझे पहाड़ों पर कोई दूसरा भूत मिल जाएगा तो मैं उसकी दोस्ती में रम जाऊँगा और उसे भूल जाऊँगा। इससे अच्छा है कि वह यहीं रह जाए और अगर मेरे लौटने तक उसे कोई दूसरा श्रोता नहीं मिला या मेरी उससे दोस्ती की इच्छा बरकरार रही तो फिर मिलेंगे। तब तक के लिए बाय-बाय, टा-टा।

मुझे अफसोस हुआ कि मैंने उसे बताने में जल्दी क्यों कर दी अभी तो मसूरी के लिए निकलने में पूरे अड़तालीस घंटे बाकी थे। तब तक उससे इस दिलचस्प कथा के अगले हिस्से सुने जा सकते थे। हालाँकि वह कातता बहुत था और कहानियों से कहानियाँ गढ़ता था पर क्या पता वह इन अड़तालीस घंटों में उस बिन्दु तक पहुँच ही जाता जिसका मैं बेसब्री से इंतजार कर रहा था–यानी रानी मारी आंतुआनेत की गिलेटिन पर कटती हुई गर्दन और दर्प, विस्मय तथा भय से भरी आँखों वाला कटा सर, गिलोटिन के सामने छटपटाकर शांत होता धड़, गिलोटिन के पीछे और गिलोटिन का लीवर हाथ में पकड़े हुए सिपाही में तब्दील एक किसान जो काम खत्म होने के

सन्तोष के अलावा दुख और घृणा के साथ अपने माथे का पसीना पोंछ रहा है—इस दृश्य में मैं अपने दोस्त का दो सौ साल पुराना चेहरा देखना चाहता था। जिस तरह से वह कहानी बुनता था उसमें उम्मीद तो कम थी पर क्या पता हम अगले अड़तालीस घंटों में वहाँ तक पहुँच ही जाते।

बहरहाल अब किया ही क्या जा सकता था?

शायद उसे मेरी बेवफाई की फितरत का सही अंदाज था। उसका शक सही था। पहाड़ पहुँचने के दो एक दिनों के अंदर ही मेरी दोस्ती दो भूतों से हो गयी जिनमें एक स्त्री भूत थी और जैसा मैं ऊपर निवेदन कर चुका हूँ मैं उसे भूतनी नहीं भूत ही पुकारूँगा। मुलाकात के बाद मैं उसमें इतना रम गया कि अपने इस मित्र को लगभग भूल-सा गया।

इस भूत से मिलने की कथा भी बड़ी दिलचस्प है और बिना आपको सुनाये कहानी आगे नहीं बढ़ेगी।

मैं मई के पहले हफ्ते में मसूरी पहुँचा था और उस समय मसूरी भीड़ से पटी पड़ी थी। कंधे से कंधा छिल रहा था। टैक्सी से उतरते ही मेरा मूड ऑफ हो गया। इस भीड़ में काम क्या हो पायेगा? मेरे हाथ में जो प्रोजेक्ट था उसके लिए सन्नाटा और एकाग्रता दोनों जरूरी थी। चलो दो एक दिन घूम घाम कर लौट जाएँगे, संपादक की बात भी रह जाएगी और कुछ तफरीह भी हो जाएगी मैंने सोचा। अगली बार बड़े दिन की छुट्टियों में आऊँगा। बेटे की छुट्टियाँ होने के कारण बीवी भी आ सकेगी और सर्दियों में भीड़भाड़ न होने के कारण मसूरी में काम करना भी आसान होगा।

मैंने कुली से सामान किसी होटल में ले चलने के लिए कहाँ कुली मेरा सामान पीठ पर लादे कई होटलों में गया पर जगह कहीं नहीं थी। होटलों के रिसेप्शन पर बैठे लोग सीधे मुँह बात नहीं कर रहे थे। घुसते ही सर हिलाने लगते थे। काफी जद्दोजहद के बाद कुली मुझे इस खटारा से होटल में लेकर आया जहाँ एक छोटे से सीलन भरे कमरे में, जिसमें पहले से ही एक दूसरा मुसाफिर ठहरा हुआ था मुझे एक चारपाई और सामान रखने भर की जगह मिल सकी ।

होटलों की तलाश में कई घंटे पैदल चलने ने मुझे इतना थका दिया था कि जैसे ही इस होटल में बिस्तर पर लेटने की संभावना दिखायी दी मैंने कमरे की सीलन और उसके साथ जुड़े बाथरूम की बदबू नजरअंदाज की, कमरे में मौजूद दूसरे बिस्तर पर बेसुध लेटे व्यक्ति पर उचटती हुई नजर डाली और खुद भी जिन कपड़ों में वहाँ तक पहुँचा था उन्हीं में अपने बिस्तर पर लुढ़क गया।

मुझे याद नहीं कि मैं कितनी देर सोया। जब उठा तो अजीब तरह का आलस बदन पर तारी था। मेरे सिर के ठीक सामने कमरे की बड़ी सी खिड़की थी जिससे शहर की रोशनियाँ दिखायी दे रही थीं। मैं जब बिस्तर पर गिरा था तब सूरज डूबा नहीं था। इसका मतलब मैं कई घंटे सोता रहा था।

कमरे में नीम अँधेरा था। हलके टिमटिमाते बल्ब की रोशनी में कुछ समय लगा यह देखने में कि कमरे के दूसरे बिस्तर पर कोई बैठा था।

''मैं आपके उठने का इंतजार कर रहा था। अपना सामान चेक कर लीजिए, मैं जा रहा हूँ।''

मैंने अनमने भाव से कमरे के उस कोने पर नजर दौड़ाई जहाँ सामान पटककर मैं बिस्तर पर लेटा था। मेरे दोनों सूटकेस और कपड़े का झोला वहीं पड़े थे।

मैंने औपचारिकता में पूछा– ''आप मसूरी से जा रहे हैं?''

''मसूरी से नहीं सिर्फ इस होटल से जा रहा हूँ।''

''कोई बेहतर जगह मिल गयी?''

मैंने सोचा कि मेरी तरह मसूरी में यह भी इस घटिया होटल में आ गया था और अब ठीकठाक जगह मिल जाने के कारण जा रहा है।

''अजी इतने पैसे में इससे अच्छा होटल कहाँ मिलेगा जहाँ जा रहा हूँ वह भी ऐसा ही है। लेकिन वहाँ कमबख्त भूत से तो छुटकारा मिल जाएगा।''

''भूत से! यहाँ कोई भूत भी रहता है?'' मैं खुशी से चिहुँका।

''हाँ जी, रात भर ससुरे ने सोने नहीं दिया। पूरी रात घोड़े की टाप सुनायी देती रही। मैं तो रात ही में भाग जाता पर कमबख्त होटल वाले ने नीचे से दरवाजा बन्द कर रखा था।''

''चलो अब मजा आयेगा।'' मैंने उसकी घबराहट का आनन्द लेते हुए कहाँ

''मजा आयेगा ! आपको भूत से डर नहीं लगता?''

''डर! डर किस बात का? भूत तो मेरे दोस्त हैं।''

मेरे रूममेट का मुँह खुल गया था और वह आश्चर्य से मुझे परख रहा था। इस बीच उसने दोनों हाथों में अपना सामान उठा लिया था।

''भूत तुम्हारे दोस्त हैं?''

''दोस्त ! मैं तो खुद ही एक भूत हूँ।''

मेरे मुँह से निकल तो गया पर जिस तरह गिरते पड़ते अपने सामान के साथ वह कमरे से भागा, उसे देखकर मुझे उस पर तरस भी आया और हँसी भी।

उसके निकल भागने के बाद मैं देर तक हँसता रहा। दरअसल ये लोग जो भूतों के अस्तित्व पर विश्वास करते हैं, उनसे सिर्फ डर सकते हैं, मेरी तरह उनसे दोस्ती नहीं कर सकते।

कमरे में अकेले होते ही मैंने भूत की तलाश शुरू कर दी। कैसा है? कहाँ है? भूत योनि में कब से है? तमाम प्रश्न थे जिनके उत्तर तलाशने थे सबसे पहले तो यह जानना जरूरी था कि भूत है किसका?

भूतों से मेरी दोस्ती तभी शुरू होती है जब कुछ बुनियादी सूचनाएँ मेरे पास हों। सूचनाएँ किसी किताब से हासिल हो सकती थीं या फिर कोई किस्सागो दे सकता है।

एक बार भूत की शक्ल सूरत या जन्म मृत्यु से परिचित होते ही फिर मुझे किसी तीसरे की जरूरत नहीं रह जाती है। फिर तो भूत होता है और मैं। भूत से अच्छा किस्सागो नहीं होता और मुझसे अच्छा श्रोता भी दुर्लभ है, लिहाजा दोस्ती और कहानी चल निकलती है।

इस भूत के बारे में जानकारी हासिल करने के लिए मुझे देर तक इन्तजार नहीं करना पड़ा। पहला बेयरा जो कमरे में घुसा वही मेरी शंका समाधान के लिए पर्याप्त था।

''भाग गये साहब।'' उसने कमरे के खाली बिस्तर की तरफ देखते हुये कहाँ

''हाँ, किसी भूत का जिक्र कर रहे थे।''

मैंने उसके हाथ से चाय का प्याला ले लिया, ''कहाँ है भूत?''

''अरे साहब आप आराम से रहिये, कोई भूत वूत नहीं है।''

''भूत नहीं है तो मैं क्या करूँगा रहकर। मैं तो भूत की वजह से ही आया था।''

''आप भूत से मिलने आये हैं अखबार वाले हैं क्या?''

मेरे हाँ में सर हिलाने पर उसने ट्रे मेज पर रख दिया।

''अखबार वाले कभी-कभी आते हैं कप्तान साहब के बारे में जानकारी हासिल करने। इस होटल की खिड़कियों से मैंने देखा है कप्तान साहब को घोड़े पर सवार अपनी कोठी की बाहरी दीवार पर टप-टप की आवाज करते। मेरी तो फोटू भी उतार कर ले गये हैं कई बार। कई अखबारों में छपी भी। कल दिखाऊँगा आपको।'' उसने गर्व से कहाँ

इसके बाद काफी देर तक एक दूसरे के धैर्य की परीक्षा ली गयी।

मैं बार-बार उससे इसरार करता रहा कि वह मुझे कप्तान साहब के भूत से मिलवा दे जिसका जिक्र अभी-अभी उसने किया था और वह हर बार कोई न कोई बहाना बनाकर इसे टालता रहा।

''साहब सिर्फ उजाले पक्ष में आता है। आपको सात आठ दिन बाद आना पड़ेगा तब आप उसे अपना घोड़ा टप-टप दौड़ाते हुए देख पायेंगे।''

''एक बार मुझसे दोस्ती हो जाएगी तो अँधेरी रातों में भी साहब आ जाएगा।''

''नहीं अँधेरी रात में नहीं आयेगा।''

''फिर कल इस कमरे में उसके घोड़ों की टाप कैसे सुनायी देती रही कि बेचारा भला आदमी भाग गया।''

''अरे ये तो डर गये थे। किसी से सुन लिया था कि यहाँ भूत आता है तो खिड़की दरवाजे बन्द करके सोये। सपने में टप-टप सुन कर डर गये होंगे। साहब तो उजाले पक्ष में ही आता है। खास तौर से पूरे चाँद की रात आपको घोड़ा दौड़ाता दिखेगा।''

''अरे भाई, मेरे पास तो भूत कभी भी आ सकते हैं।''

इस तरह के कुछ वाक्यों के आदान-प्रदान से मैं समझ गया कि भूत से ज्यादा कठिन इस बैरे से निपटना है। पहाड़ों पर भी अर्थशास्त्र पहुँच गया था, खास तौर से मसूरी जैसे हिल स्टेशनों पर तो सिर्फ अर्थशास्त्र ही बचा था।

भूत के बारे में जानकारी फोकट में नहीं मिलेगी—यह स्पष्ट हो गया।

मैंने बैरे को अपनी शाम के लिए एक बोतल रम लाने को कहा और उसे इतना पैसा दिया जिसमें दो बोतलें आ सकें और बिना किसी लाग लपेट के यह बता दिया कि दूसरी बोतल उसके लिए है। इसके बाद चीजें आसान हो गयीं। वह मुझे कमरे की खिड़की के पास ले गया और उससे बाहर झाँकते हुए थोड़ी दूर पर स्थित एक विशाल हवेली की तरफ इशारा किया। शहर चारों तरफ बिजली के लट्टुओं की रोशनियों से जगमगा रहा था। इन रोशनियों के बीच खँडहर में तब्दील होती यह हवेली किसी बीमार की तरह पीली और उदास लग रही थी।

मैं समझ गया कि दूसरे भूतों की तरह यह भूत भी खँडहरों का शौकीन है। पता नहीं ये भूत खँडहरों को ही क्यों पसन्द करते हैं? वे चाहें तो आलीशान मकानों को भी अपना डेरा बना सकते हैं। वे चाहें तो क्या नहीं कर सकते पर शायद वे मानते हैं कि दुनिया में रहने वाले जीवित लोगों को अच्छे मकानों की ज्यादा जरूरत है। उनके लिए क्या फर्क पड़ता है—किसी खँडहर के कोने अँतरे में लटके रह सकते हैं।

दूसरों की सुख-सुविधा के लिए खुद को आराम से वंचित रखना कोई भूत से सीखे !

इस विशाल हवेली, जो इस समय मुकदमेबाजी से पस्त है, के बड़े से फाटक पर एक पत्थर लगा है जिस पर उसके बनाने वाले ने बड़े प्रेम से एक इटैलियन संगमरमर पर इमारत का नाम खुदवाया था। डेढ़ सौ सालों की गर्द गुबार चढ़ने के बाद भी अगर थोड़ा सा खुरचा जाए तो अभी भी इस नाम को साफ-साफ पढ़ा जा सकता है। बैरे ने मकान के नाम का जो उच्चारण किया वह मेरे पल्ले नहीं पड़ा। मैं सिर्फ इतना ही समझ पाया कि कोई विदेशी नाम है और बैरा उसका गढ़वाली संस्करण पेश कर रहा है। मैं बहुत परेशान इसलिए नहीं हुआ कि सही नाम तो भूत बता ही देगा।

भूत के नाम का भी गढ़वालीकरण हो गया था। यह समझने में थोड़ा वक्त लगा कि जिन सज्जन को वह कप्तान साहब कह रहा था वह अँग्रेजी फौज के कैप्टन थे। आज के कैप्टन नहीं जहाँ तक पहुंचने में इस समय हिन्दुस्तानी फौज के अफसरों को चार-पाँच साल लगते हैं, उस जमाने के कैप्टन—जब इस पद पर ज्यादातर अफसर अपनी उम्र के ढलान पर पहुँचते थे।

जिस भूत को वह कप्तान जंग का भूत कह रहा था वह तो मुझे उससे मुलाकात के बाद पता चला कि वह कैप्टेन यंग नामक आइरिश अफसर का भूत था और जो अपने गोरखा सिपाहियों के बीच इतना लोकप्रिय था कि उसके सिपाही उसे यंग की जगह जंग और जंग से भी ज्यादा जंग बहादुर कह कर पुकारते थे और जो लड़ाई के

मैदान में उनसे तेज आवाज में 'आयो आयो रे गुरखाली' का रणघोष करता था और जो विजया दशमी के दिन अपनी खुखरी से उनसे अधिक प्रवीण तरीके से भैंसे की मोटी गरदन एक बार में उड़ा देता था। यह तीसरी गुरखा पलटन थी जिसे अंग्रेजों ने खड़ा किया था और जिसकी पहली कमान कैप्टन यंग ने सँभाली थी।

मैंने बाजार से रम लेकर लौटे बैरे से कैप्टन यंग का कोई फोटो दिखाने के लिए कहाँ बैरा काफी देर तक घूमघाम कर असफल लौट आया। चूंकि बिना पूरे हुलिये की जानकारी के किसी भूत से मेरी दोस्ती नहीं हो पाती इसलिए यह बहुत जरूरी था कि मैं उसकी शक्ल सूरत से वाकिफ होऊँ। मैंने चौकीदार से कैप्टन यंग के चेहरे मोहरे की जानकारी देने को कहा क्योंकि उसने शुरू में ही दावा किया था कि वह हर चाँदनी रात में सरपट घोड़ा दौड़ाते हुए यंग के भूत को देखता है पर अपने खौफजदा चेहरे और आतंकित आँखों से उसने सिर्फ इतना ही कहा कि काला लबादा ओढ़े भूत को ऊँचे घोड़े पर सवार टप-टप दौड़ते हुए उसने हमेशा पीछे से देखा है, सामने से भूत को देखने की ताब किसमें है?

भूत अपनी जीवित अवस्था में कैसा था इसे जानने का एक ही तरीका था कि शहर के इतिहास पर लिखी गयी कोई ऐसी किताब हाथ लगती जिसमें कैप्टन यंग की तस्वीर हो। मैं फौरन बिस्तर से उठ खड़ा हुआ।

''साथ में सोड़ा लेंगे या सिर्फ पानी लगाऊँ?"

''आसपास कोई किताबों की दूकान है?"

बैरे ने अचकचा कर मुझे देखा। शराब और किताब में क्या सम्बन्ध हो सकता है, उसकी समझ में नहीं आया।

''किताब की कोई दूकान खुली होगी इस समय?"

मैंने उतावली से पूछा।

आठ बज रहे थे और मई का महीना होने के बावजूद दोपहर बाद हुई बारिश से खासी ठण्ड थी और इस बात की बिलकुल उम्मीद नहीं थी कि मसूरी में इस समय कोई दूकान खुली होगी, पर मैं बाहर निकल आया।

मेरा होटल जहाँ था वह जगह मुख्य सड़क से थोड़ा हटकर थी। एक पतली सी गली आगे चलकर सड़क से मिलती थी। मैं बाहर निकला तो गली एकदम सुनसान थी। तेज हवाओं में ठंडी नमी घुली हुई थी जो थपेड़ों की तरह मेरे चेहरे से टकरा रही थी और एक बार तो मेरे मन में आया कि वापस अपने कमरे में भाग जाऊँ लेकिन भूत से मिलने की उत्तेजना ने मुझे बाहर दूर तक चलने के लिए प्रेरित किया।

मेरा पुराना अनुभव है कि जब मैं किसी भूत से मिलने को मन से उत्सुक होता हूँ तो भूत मेरी मदद करते हैं। यहाँ भी कुछ ऐसा ही हुआ। निर्जन मालरोड पर जब कुहरा बूँद-बूँद कर ठण्ड की शक्ल में टपक रहा हो और जब स्ट्रीट लाइट से झरने वाले प्रकाश की किरणें सड़क से तीन-चार फीट ऊपर ही टँग कर रह जा रहीं हों और

निर्जन बन्द शटरों वाले बाजार में आपको दूर-दूर तक कोई न दीख रहा हो, उसी समय अगर दूर एक दूकान पर कोई बूढ़ा आदमी अपनी दूकान का शटर गिराता सा दिखे तब आप क्या सोचेंगे? यही न कि कोई आपके ही इन्तजार में था और ऐसा नहीं कि वह निराश होकर जा रहा है, वह तो सिर्फ बाहर सड़क पर खड़ा होकर शटर गिराने का अभिनय कर रहा है ताकि आप उस आदम न आदमजात बाजार में भी उसे देख लें और कहीं दूर से ही वापस न लौट जायँ। जाहिर है कि ऐसी दूकान उसी चीज की होगी जिसकी आपको तलाश है। इस दूकानदार ने कोई सपना नहीं देखा होगा कि आप उसे ढूँढ़ते हुए ऐसे एकांत समय में उसके पास आयेंगे। निश्चित रूप से आपके मित्र भूत ने ही उसे यह बताया होगा और प्रेरित किया होगा कि जब पूरा बाजार शटर गिरा कर सर्दियों की मार से बचने के लिए लिहाफ में दुबक जाए यह बूढ़ा आदमी भूख और अपनी बुढ़िया की प्रतीक्षारत चिंतित आँखों की उपेक्षा कर अपनी दूकान में आखिरी ग्राहक के रूप में आपका इंतजार करे!

कम से कम मैं तो यही मानता हूँ। पिछले बहुत सारे अनुभवों की तरह यहाँ भी मैं गलत नहीं हो सकता।

मैं करीब पहुँचा तो बूढ़े ने ताले पर फिरती उंगलियाँ रोक दीं। उसके हाथ में कोई चाभी नहीं थी। साफ था कि वह शटर गिराकर ताला बन्द करने का अभिनय सिर्फ समय काटने के लिए कर रहा था। जैसे ही मैं उसकी तरफ मुड़ा उसने बिना कुछ कहे सुने ताला शटर के छेद से बाहर निकाला और शटर ऊपर उठा दिया।

''बहुत देर कर दी।''

मैंने कोई जवाब नहीं दिया।

शायद बूढ़े को किसी जवाब का इन्तजार भी नहीं था। वह शटर उठाकर दूकान के अन्दर घुसा। अन्दर की बत्तियाँ जल रही थीं। जैसे कोई जानता था कि अभी फिर दूकान खुलेगी, कोई चीज बिकेगी और तब दूकान बढ़ा दी जाएगी।

मैं बूढ़े के पीछे-पीछे अंदर घुसा। बिना दूकान का बोर्ड देखे मैं यह जानता था कि यह किताबों की दूकान होगी और यह किताबों की ही दूकान थी।

बूढ़ा एक तरफ खड़ा हो गया और उदास नजरों से मुझे रैक में लगी किताबों पर दृष्टि दौड़ाते देखता रहा। काफी समृद्ध दूकान थी। साहित्य, कला, इतिहास और दर्शन शास्त्र जैसे खानों में बँटी हुई। मुझे पता था कि मेरा भूत किसी इतिहास की किताब में छुपा होगा। इसलिए मैं इतिहास वाली रैक के सामने जुट गया। काफी देर तक मैं अपने मतलब की किताब नहीं तलाश पाया और मैंने बूढ़े की तरफ यह जानने के लिए देखा कि वह मेरी उपस्थिति से छुटकारा तो नहीं पाना चाहता है। उसका चेहरा पहले की ही तरह निर्विकार था लेकिन उसके हाथों में एक मोटी जिल्ददार किताब थी जिसे इस बीच उसने न जाने कहाँ से निकाल लिया था। उसने किताब मेरी तरफ बढ़ाई।

मैंने किताब की कीमत चुकाई और बिना उसे उलटे पुलटे बाहर निकल आया। मुझे पता था कि जिस भूत से मेरी मुलाकात होनी है वह इसी किताब में मौजूद है।

सड़क पर ठण्ड के कारण सन्नाटा तो था ही, अँधेरा भी कोहरे से लिपटा हुआ बूँद-बूँद कर पानी की शक्ल में टपक रहा था। रही सही कसर सर्द हवा के थपेड़े पूरी कर रहे थे। इन सबसे बचने के लिए मैं लगभग दौड़ता हुआ अपने होटल में लौटा।

मैंने अपने कमरे में पहुँचते ही ओवर कोट उतारकर कुर्सी पर फेंका, अपने लिए एक बड़ा पेग बनाया और किताब लेकर रजाई में घुस गया।

किताब देहरादून के सैनिक इतिहास पर लिखी गयी थी। मैंने बेचैनी से उसके पन्ने पलटने शुरू किये और जल्दी ही मुझे अपनी बेचैनी का जवाब मिल गया। किताब के बीच में मोटे आठ पन्ने चित्रों से भरे थे और उनमें से तीसरे ही चित्र पर मेरी आँखें टिक गयीं।

35-40 की पकी उम्र को छूती हुई एक गर्वीली काया, दोनों कानों के कुछ नीचे तक चौड़े गलमुच्छों और हलके से बाहर निकले पेट पर ब्रीचेज डाँटे, घुटनों तक के लांग बूट के ऊपर फ्राक कोट और कमर से लटकी जमीन को छूती तलवार के साथ पूरे पृष्ठ पर टँकी हुई थी। नीचे बोल्ड में छपा था कैप्टन यंग, —तीसरी गोरखा रेजीमेण्ट के प्रथम कमाण्डेंट।

मैं काफी देर तक कैप्टन यंग की तस्वीर निहारता रहा। सब कुछ बड़ा ही भव्य और सम्मोहक था। तस्वीर थी ही ऐसी कि लगा बोल पड़ेगी। मुझे कोई आश्चर्य नहीं हुआ कि बोलने का आतुर यह व्यक्ति भूत बन गया था। ऐसे व्यक्ति बोलने को आतुर होते ही हैं। कम से कम मेरा मानना यह है कि मेरी संगत में आते ही ऐसे लोग बोलने के लिए बेताब हो जाते हैं। वे भूत होते ही इसलिए हैं कि मेरे दोस्त बन जाएँ और दोस्त होते ही मुझसे बतियाने लगते हैं। उनके बोलने से ही मेरी कहानी आगे बढ़ती है।

गोरखा पलटनों का इतिहास पढ़ते हुए एक सैनिक इतिहासकार ने इस दिलचस्प विरोधाभास की तरफ मेरा ध्यान आकर्षित किया कि ब्रिटिश इंडियन आर्मी का एक बड़ा हिस्सा उस नेपाल से आता था कि जिसके शासकों ने प्राणपण से प्रयास किया कि गोरों की परछाईं भी उसके भू-भाग और प्रजा के आसपास न फटक पाये। दुनिया के सैनिक इतिहास में शायद यह पहला उदाहरण है जहाँ पहले दो कौमों में घनघोर युद्ध लड़ा जाता है और फिर लड़ाई के फौरन बाद पराजित लड़ाके विजेता फौज के सबसे महत्वपूर्ण अंग बन जाते हैं। गुरखे 1815 में अपने बहादुर नायक अमर सिंह के नेतृत्व में जनरल आक्टरलोनी की अपने से कई गुना बड़ी फौज से हारे जरूर पर उन्होंने अंग्रेजों से अपनी बहादुरी का लोहा मनवा लिया।

शुरू में जो चार गोरखा पलटनें खड़ी हुईं उनमें से तीसरी पलटन को पहले कमाण्डेंट के तौर पर कैप्टन यंग मिला। ये सारी पलटनें लोकल इनफैंटरी कहलाती थीं

और वेतन तथा भत्तों में नियमित पलटनों से थोड़ा कमतर थीं।

कैप्टन यंग के भूत से मिलने के पहले जो तैयारी जरूरी थी वह मैंने अगले दो-तीन घंटों में पूरी की। बेयरे के बयान के मुताबिक आधी रात के आसपास घोड़े की टापों की आवाजें सुनाई देती हैं और तभी हिम्मत वालों को घोड़े पर सवार कैप्टन यंग का भूत दिखायी देता है। कमजोर दिल वाले होटल के कर्मचारी और मुसाफिर तो टापों की आवाजें सुनते ही अपने बिस्तरों में रजाई ओढ़ कर दुबक जाते हैं। गोरखा रेजिमेंट पर जो किताब मैं लाया था उसे अगले कुछ घंटों में मैंने खत्म कर दिया। गुरखों, कैप्टन यंग और उनकी तीसरी पलटन, जिसे सिरपूर बटालियन भी कहते थे, के बारे में मुझे इतनी जानकारी मिल गयी थी कि मुझे पूरा विश्वास था कि कैप्टन यंग से मेरी खूब छनेगी।

मेरा विश्वास सही साबित भी हुआ। मैंने लौटकर कमरे में ही अपना खाना मँगा लिया था और किताब शुरू करने के पहले अपना पहला पेग भी बना लिया था पर जब तक किताब खत्म हुई मेरा भोजन और पेय अनछुआ पड़ा रहा।

बेयरे के मुताबिक पूरे चाँद की रात 12 बजे के बाद मलिंगर नाम की इस कोठी के खँडहरों के छत पर काले रंग के एक ऊँची काठी वाले घोड़े पर सवार जंग बहादुर का भूत दिखता है। यदि आप किसी खिड़की दरवाजे के पीछे सटकर स्थिर खड़े हो जाएँ और ध्यान से देखें तो पहले काफी देर तक यह आकृति स्थिर खड़ी दिखती है। फिर किसी बेचैन आत्मा की तरह सवार अपने घोड़े को एड़ मारता है और मलिंगर की छतों, दीवारों, दालानों और खाली भरी जगहों पर घोड़ा और उसका सवार दौड़ते ही रहते हैं---दौड़ते ही रहते हैं। बेयरे का दावा था कि उसने खुद अपनी आँखों से हर पूर्णिमा को यह दृश्य देखा है। कई बार तो उसने देशी-विदेशी पत्रकारों को भी यह दृश्य दिखाया भी है। मसूरी की उस रात होटल के साधारण से कमरे में मैं पूरी खिड़की खोले नीम अँधेरे में डूबी एक ऐसी इमारत को निहार रहा था जिसे डेढ़ सौ साल पहले आयरलैण्ड के मलिंगर नामक कस्बे से आये कैप्टन यंग ने बीस साल से अधिक समय तक अफगानिस्तान से लेकर कुमाऊँ और गढ़वाल की पहाड़ियों में लड़ते लड़ते थक गये अपने शरीर को आराम देने के लिए बनवाया था। यह उन दिनों की बात है जब मसूरी अभी बस ही रही थी और मलिंगर उसकी पहली इमारतों में एक है। आज खँडहर हो चुकी इस इमारत को देखकर भी इसके भव्य अतीत का अनुमान लगाया जा सकता था। यंग को यह जगह इतनी पसन्द आयी कि उसने रिटायरमेंट के बाद आयरलैण्ड वापस लौटने का इरादा छोड़ दिया और यहीं बस गया।

खुली खिड़कियों से ठंडी हवा के थपेड़े अन्दर आ रहे थे और बर्फानी सलाखों से सटा मेरा चेहरा सुन्न सा हो रहा था। ठीक बारह बजे मुझे मलिंगर की छत पर एक आकृति उभरती सी दिखी। अगर मुझे यंग का इंतजार न होता तो मैं उसे खँडहरों का ही एक हिस्सा समझता। पर नहीं ...थोड़ी देर नजरें गड़ाते ही मुझे एक विशाल घोड़ा

और उस पर बैठे बड़ी कद-काठी के सवार की आकृति साफ दिखने लगी। मैं जिस कुर्सी पर बैठा था उसे लगभग धकेलता हुआ बाहर भागा। पूरे होटल में सन्नाटा था। पहली मंजिल के सूने गलियारे को लगभग दौड़ते हुए पार कर सीढ़ियों से मैं नीचे उतरा। नीचे रिसेप्शन पर एक अधेड़ सा आदमी ऊँघ रहा था, उसके सामने सोफे पर एक बेयरा सोया पड़ा था और सर्दियों से बचने के लिए बाहर का दरवाजा पूरी तरह बन्द था। मेरे दरवाजा खोलने तक उन दोनों को पता नहीं चला पर जैसे ही मैंने सिटकनी गिराई, खट की आवाज ने दोनों को चैतन्य कर दिया। उनके प्रश्नों का उत्तर सिर्फ हाथों को हिलाते हुए देकर मैं कमरे के बाहर टपकती हुई नम बूँदों वाले ठण्डे कोहरे में समा गया।

''जय गोरख हूजूर।''

जैसे ही मैंने गोरखों का पारम्परिक अभिवादन किया कैप्टन यंग जंग बहादुर बन गया और घोड़े से कूदकर मेरे सामने आ खड़ा हुआ। फिर शुरू हुई लम्बी बातें—दूसरे भूतों की तरह यह भूत भी बातूनी था। फौजी था इसलिए कड़क और सनक से भरपूर।

उसने कितनी बातें कीं। दुनिया जहान की बातें। फौजियों की तरह ज्यादातर बातें युद्धों की, शूरमाओं की और युद्धस्थल पर बिछड़ने वाले अपने साथियों की। उसने मलाउन की पहाड़ियों पर जनरल आक्टरलोन के नेतृत्व में लड़े गये लोमहर्षक युद्ध के विवरण सुनाये जिसमें पहली बार गोरखों की बहादुरी के दृश्य उसने देखे थे और जो अब भी उसकी स्मृति में टँके हुए हैं। 1815 की शुरुआत में गोरखा जनरल अमर सिंह को हरा कर आक्टरलोन ने जो जंग जीती, उसने अँग्रेजों को गोरखा पलटने खड़ा करने की प्रेरणा दी और कैप्टन यंग को इनमें से एक की कमान सँभालने का मौका दिया।

उस लड़ाई में कैप्टन यंग को जो जख्म लगे थे उन्हें वह अपनी कमान के गुरखों को प्रेम से दिखाता था और उन्हें अँग्रेजी में चुनिन्दा गालियाँ देता था। गुरखे कभी बुरा नहीं मानते थे, उन्हें पता था कि उनका कमांडिंग अफसर उन्हें बेटा सिर्फ औपचारिक सम्बोधन के रूप में नहीं कहता बल्कि सचमुच उन्हें अपने बेटे के रूप में मानता भी है। यंग उनके साथ मधु या छाँग पीता, झामरे नृत्य करता और दशहरे के मौके पर शर्त लगाकर बलि के लिए बनी विशेष खुखरी से भैंसे की गर्दन पर वार करता। अकसर शर्त भी वही जीतता। बहुत कम ऐसा हुआ कि उसके एक वार से किसी भैंसे का सर कटकर जमीन पर न लोटने लगा हो। गोरखों से उनकी भाषा खासकुरी में धारा प्रवाह बातें करता हुआ, शस्त्र पूजा करता, भैंसे का प्रसाद ग्रहण करता या रणभूमि में 'आयो रे गुरखाली' का उद्घोष करते हुए हमला करता यंग इतना अधिक गोरखा लगने लगा था कि उसके सिपाहियों ने उसका नाम भी गोरखा कर दिया था—पहले यंग बहादुर और फिर जंग बहादुर।

यही जंग बहादुर उर्फ कैप्टन यंग मुझे न जाने कितनी देर तक मसूरी और गोरखों के किस्से सुनाता रहा। उसने मजे ले लेकर अपनी पत्नी के खीजने और लड़ने के किस्से सुनाये जब उसने मसूरी में बसने और कोठी बनाने का फैसला किया था। बड़ी मुश्किल से उसकी आइरिश बीवी यहाँ रहने को तैयार हुई। उस बेचारी ने तो यंग की वर्दी पेटी टँगते ही आयरलैंड वापसी की योजना बना रखी थी। उसकी बात करते करते यंग उदास हो गया। मिसेज यंग मसूरी रुकी तो जरूर पर अधिक दिन रही नहीं।

अकसर जब यंग लम्बी घुड़सवारी या शिकार से लौटता उसे कोठी के बाहर एक चट्टान पर उदास पश्चिम की तरफ टकटकी लगाये देखता। यंग को करीब आता देखकर वह फीकी सी हँसी हँसती, उसका बढ़ा हाथ थामकर चट्टान से उतरती और अन्दर चली जाती। यंग का फौजी मन बहुत बाद में समझ पाया कि वह अन्दर ही अन्दर घुल रही थी। जब उसने पहली बार बिस्तर पकड़ा और यंग लैण्डोर से फौजी डाक्टर लेकर आया तब तक बहुत देर हो चुकी थी। वह बहुत दिन जी नहीं पायी। यंग को दुख है कि उसका गुस्सा अभी तक खत्म नहीं हुआ था और आज भी हर पूर्णिमा को यंग चिरौरी करता है लेकिन वह भूत योनि में भी मलिंगर के खँडहरों में आने को तैयार नहीं होती।

यंग को और भी बहुत से दुख थे। एक दुख तो ऐसा था जिससे मैंने हर जीवित फौजी को पीड़ित देखा है। पत्रकारिता के अपने अनुभवों से मैं कह सकता था कि फौजी सिविल शब्द का उच्चारण बड़े अपमान के साथ करते हैं। उनके लिए दुनिया की हर खराबी के लिए सिविल यानी असैनिक जिम्मेदार हैं। यंग भी दुख के साथ बयान करता रहा कि कैसे सिविलियनों ने मसूरी बरबाद कर दी। यहाँ तक कि लैण्डोर जो उसके समय सिर्फ फौजी छावनी थी, भी अब कंक्रीट के जंगल में तब्दील हो गया है। हर तरफ गन्दगी है, पेड़ कट गए हैं और भीड़ में एकांत तलाशना मुश्किल हो गया है।

यंग को अब के फौजी अफसरों से भी शिकायत है। यंग को अपनी पलटन के एक एक जवान का नाम याद था। उनके छुट्टी से लौटने पर उनका चेहरा देखकर वह बता सकता था कि उनके घर में क्या चल रहा था। आज अफसर अपने जवानों के सुख-दुख में शरीक नहीं होते। वे उन्हें बेटा सिर्फ औपचारिकता में कहते हैं। इसीलिए जवान भी अफसरों की कद्र नहीं करते। पुराने फौजी की तरह यंग शिकायतों का पिटारा खोलता रहा और मैं सुनता रहा...... सुनता रहा। और मुमकिन था कि मेरे पेट में जो थोड़ी बहुत शराब और खाना पहुँचा था वह अपना असर दिखाता और मैं सो जाता पर तभी यंग ने एक ऐसा नाम लिया जिसको सुनने की मुझे एकदम उम्मीद नहीं थी और जिसे सुनते ही मैं चैतन्य हो गया।

सार्जेंट मेजर एलन...जैसे ही कैप्टन यंग के मुँह से यह नाम निकला मैं सतर्क हो गया।

"सार्जेंट मेजर या कारपोरल एलन?" मैं लगभग चीखा।

"तुम कैसे जानते हो एलन को?" यंग ने चौंक कर मेरी तरफ देखा।

"पहले यह बताओ कि सार्जेंट मेजर या कारपोरल?"

एलन का नाम यंग की शिकायतों में से निकला था। अपने बाद की पीढ़ी के फौजी अफसरों की शिकायत करते करते यंग ने सार्जेंट मेजर एलन का नाम लिया जिसे उसके अफसरों ने उसके हाल पर छोड़ दिया था। मजाल थी कि ऐसी कोई घटना उसकी पलटन में होती, यंग आसमान न उठा लेता। पर एलन के अफसरों ने तो उसे सब कुछ अकेले ही भुगतने दिया।

"मुझे एलन के बारे में बताओ।" मैं चिरौरी पर उतर आया था।

"एलन का रैंक था तो कारपोरल ही। 14वीं लाइट कैवेलरी में भरती हुआ था। मेरी पलटन में तो दो सालों के लिए ही आया था और उसे लोकल प्रमोशन देकर सार्जेंट मेजर बना दिया गया था। तुम्हें पता नहीं कि उन दिनों पलटनों में कमाण्डेंट, एडजुटेंट, सार्जेंट मेजर और क्वार्टर मास्टर सार्जेंट योरोपियन होते थे.........।"

मुझे पता था लेकिन मैंने भूत को टोका नहीं। युद्ध और सेनाओं के इतिहास में तो मुझे पहले से ही दिलचस्पी थी, फिर इस मामले में तो मैंने वैसे भी खूब तैयारी की थी। मुझे पता था कि हजार से ज्यादा की जनशक्ति वाली पलटनों में जिम्मेदारी के सारे ओहदे योरोपियन गोरों के पास ही रहते थे पर मैंने उसे बोलने दिया।

चूँकि नेटिव भले जमादार या सूबेदार के ओहदे तक पहुँच जाए उन्हें सार्जेंट मेजर या क्वार्टर मास्टर सार्जेंट नहीं बनाया जा सकता था इसीलिए दूसरी पलटनों से योरोपियन कारपोरल या लांस कारपोरल को लोकल प्रमोशन देकर दो-तीन साल के लिए किसी पलटन में इन पदों पर तैनात कर दिया जाता था। मेरी समझ में आ गया था। कारपोरल एलन भी 14 वीं लाइट कैवेलरी से तीसरी गोरखा पलटन में इसी तरह आया होगा और फिर अपना समय काट कर वापस चला गया होगा।

"एलन मेरा अच्छा ओहदेदार था। सख्त और कड़क -- परेड ग्राउण्ड पर गोरखों का खून पी जाता था। शाम को उनके साथ शराब पीता था और खसकुरी में गाली-गलौज करता था। दो वर्षों में ही दक्ष हाथों से भैंसे की बलि देने लगा था। मैं परेड ग्राउण्ड के बाहर से उसे देखता तो मुझे अच्छा लगता था।"

"पर तब तुम कहाँ थे? तुम्हारे पेंशन जाने के बीसियों साल बाद एलन के पैर भारत की जमीन पर पड़े थे......।"

यंग ने तरस खाते हुए मुझे झिड़का–

"मैंने पलटन खडी की थी। पलटन आज भी मुझे अपना पिता समझती है। आज भी उनके अफसर मेस के डायनिंग हाल में सबसे बड़ी तस्वीर मेरी है। आज भी जंग के मैदान में लड़के 'आयो रे गुरखाली' के साथ-साथ कप्तान जंग बहादुर की जय के नारे लगाते हैं। आज भी जब सुबह परेड ग्राउण्ड पर लड़के फालिन होते हैं मैं बाहर

खड़ा होकर उन्हें निहारता रहता हूँ ...।" कप्तान उत्तेजित हो गया था। मैं समझ गया कि चुप रहने में ही भलाई है। काफी देर तक वह बकबक करता रहा। न जाने कितने अफसरों को उसने ब्लडी बास्टर्ड कहा, कितनों की तारीफ की, न जाने कितने युद्धों में मिली हार जीत का विश्लेषण किया...कितनी बार बताया कि अगर उसके पास कमान होती तो किस लड़ाई में कौन सी गलती नहीं होती और कैसे वह हार के जबड़ों से जीत खींच कर ले आता। मैं सुनता रहा और अपनी गलती पर पछताता रहा। भूत और खास कर फौजी भूत को कभी ऐसे नहीं टोकना चाहिए कि उसे लगे कि उस पर अविश्वास किया जा रहा है। एक ही चारा था कि उसे बोलने दिया जाए और बहला फुसला कर वापस अपने मतलब पर ले आया जाए। मैंने यही किया और घुमा फिरा कर उसे एलन तक ले आया। हालाँकि इसमें वक्त बहुत लग गया।

"तुम एलन को कैसे जानते हो?"

"मैंने एलन के बारे में पढ़ा है। मुझे लगता है कि इतना अच्छा इंसान हत्यारा नहीं हो सकता।"

"तुम्हें कैसे पता कि एलन अच्छा आदमी था?"

"जितना पढ़ा और आज जितना आपसे सुना उससे तो यही लगता है। आप भी तो यही कह रहे थे.......। आपसे अच्छा पारखी कौन हो सकता है?"

मेरी चापलूसी से उसकी आवाज कुछ नर्म पड़ी।

"सही कहते हो। एलन जैसे मस्त मौला और बहादुर सिपाही किसी पलटन में कम ही होते हैं। तुम क्या पत्रकार हो? एलन के बारे में जानकर क्या करोगे?"

"मैं अपने अखबार में लिखूँगा। आपको क्या लगता है कि एलन ने सचमुच कत्ल किया होगा?"

"देखो सौ साल बाद कुछ कहना बहुत मुश्किल है। कम से कम मेरे लिए तो कुछ भी कहना संभव नहीं है। पर मुझे लगता है कि मेरी पलटन के उस बहादुर सिपाही के साथ न्याय होना चाहिए। शायद तुम कर सको।"

"पर मैं शुरू कहाँ से करुँ ? कोई तो ऐसा चाहिये जो मेरी मदद कर सके।"

"तुम पत्रकार हो—मेहनत तो तुम्हें ही करनी होगी। "वह फिर उपदेश देने लगा। किसी दूसरे बूढ़े की तरह यह भूत भी नसीहतों से भरा था। वह देर तक आज के पत्रकारों की तुलना अपने समय के पत्रकारों से करता रहा। मुझे अहसास था कि उसे टोकने से कोई फायदा नहीं है। मैं चुपचाप सुनता रहा। शायद मेरे चेहरे की बेचारगी थी या फिर भूत को खुश करने के लिए मेरे द्वारा की गयी बेइंतहा चापलूसी, भूत पिघल ही गया।

"देखो मैं खुद उत्सुक हूँ, यह जानने के लिए कि एलन हत्यारा था या नहीं। मैंने बहुत कोशिश की लेकिन सच्चाई जानना इतना आसान है क्या? चलो तुम कोशिश करो। तुम कामयाब होगे तो मुझे भी खुशी होगी। मैं देखता हूँ कि मैं क्या

मदद कर सकता हूँ?”

उसके बाद कैप्टन यंग के भूत ने जिस मदद की बात की वह बहुत आशा तो नहीं पैदा कर रहा था पर मेरे पास विकल्प भी क्या था? उसने मुझे एक ऐसे भूत से मिलवाने का वायदा किया जो 1909 में जीवित था और जिसके सीने में ऐसे कई राज दफन हैं जिन्हें कैप्टन यंग बहुत कोशिश करके भी नहीं उगलवा सका था। मैं भी कोशिश करके देख सकता हूँ।

वह लम्बी रात जब तक बीती तब तक मैं बुरी तरह थक गया था। अभी आसमान के पूरब में ह्लकी लाली दिखी ही थी कि भूत की बेचैनी उसके चेहरे पर साफ छलकने लगी थी। मुझे पता था कि उजाला भूतों का दुश्मन होता है इसलिए मैंने एड़ लगाकर अपने घोड़े पर खँडहरों को फलाँगते और हवा में विलीन होते कैप्टन यंग के भूत को रोकने की कोशिश नहीं की।

मैं जब थका माँदा होटल के कमरे में पहुँचा तब मन में केवल एक इच्छा थी—बेसुध होकर बिस्तर पर गिर जाऊँ और नींद मुझे अपने आगोश में ले ले। पर इस नये भूत की दोस्ती ने मेरी यह छोटी सी कामना पूरी नहीं होने दी। मेरे सिरहाने स्टूल पर एक डायरी रखी हुई थी। जब मैं गया था तो उस पर पानी का जग रखा था। लौटा तो जग गायब था और यह डायरी मौजूद थी। मैंने बिस्तर पर लेटे-लेटे उत्सुकता से डायरी खोली। पहला पेज पलटते ही मैं उछल पड़ा। 14 अगस्त 1910 की पहली प्रविष्टि ने ही मेरी नींद उड़ा दी। स्पष्ट था कि मेरी सहायता करने के लिए भूत यह डायरी वहाँ रख गया था। इतने अच्छे दोस्त तो सिर्फ भूत ही हो सकते हैं। हर कदम पर आपकी मदद को तत्पर।

धन्य है वह मनुष्य जिसका अपराध क्षमा किया गया

एक बार डायरी पढ़नी शुरू की तो फिर उसे छोड़ नहीं पाया। सोना तो दूर अधलेटा जिस करवट पढ़ना शुरू किया था उसी स्थिति में मैं आखिर तक टँगा रह गया। बाद में जब मैंने इस डायरी के बारे में खोजबीन शुरु की तब पता चला कि कैमिलस नाम का यह इटैलियन डायरी लेखक 1910 में इलाहाबाद डायोसिस का सर्वोच्च पादरी था। इलाहाबाद डायोसिस के पुराने दस्तावेज इस बात के गवाह हैं कि यह सिर्फ धर्म गुरु ही नहीं था बल्कि एक वास्तुविद के रूप में भी इसे लोग याद करते हैं। सधे हुए हाथों से लिखे सुडौल अक्षर धुँधले पड़ जाने के बावजूद स्पष्ट रूप से पढ़े जा सकते थे।

14 अगस्त 1910

सुबह उठा तो झड़ी लगी हुई थी। इस साल प्रभु की भरपूर कृपा हुई है। मानसून अच्छा बरस रहा है। कल रामअजोर माली ने बताया था कि गंगा पार उसके गाँव में धान की फसल अच्छी है। नित्य क्रियायों से निपट कर बाहर बरामदे में बैठकर चाय पी। रामअजोर की मेहनत लॉन और फूलों की क्यारियों में दिखायी दे रही थी।

हर रविवार की तरह आज भी कुछ जल्दी थी। आज विशेष मौका यह था कि लंच पर सेंट पैट्रिक चर्च से फादर रेमिरो आने वाले थे। उनके साथ मेजर अलबर्ट आयेंगे जो अभी हाल ही में दून से इलाहाबाद छावनी आये हैं। मैंने गिरजा जाने के पहले खानसामे को मेहमानों के बारे में बताया और लंच तैयार करने के लिए कहाँ खानसामा रोशन पिछले बीस साल से इलाहाबाद डायोसिस में खाना बना रहा है। उसका बाप किसी ताल्लुकेदार का खानसामा था। बपतिज्मा लेने के बाद वह कैथेड्रल के कम्पाउण्ड में ही रहने लगा है। उसके सभी नौ लड़के लड़कियाँ अच्छा खाना बनाते हैं। बाप के मरने के बाद सभी कैथेड्रल में ही लग गये हैं। रोशन पिछले बीस सालों से किसी न किसी फादर के साथ काम करता रहा है। तीन सालों से तो मेरे ही साथ है। ऐसी इटैलियन डिशें बनाता है कि इलाहाबाद और वेनिस के बीच के अट्ठारह हजार मील की दूरी खत्म हो गयी लगती है। उसे सिर्फ मेहमानों की संख्या और उनके मुल्कों के नाम बताने होते हैं और बाकी उस पर छोड़ा जा सकता है। आज भी मैंने यही

किया और चर्च के लिए निकल पड़ा।

चर्च में ठीक दस बजे प्रार्थना सभा शुरू हुई। बारह बजे मैं वापस लौटा। प्रार्थना सभा के पहले मुझे नैनी जेल का जेलर आगस्टीन दिखायी दे गया। मैं पिछले कई हफ्तों से जेल नहीं जा सका था। इस बीच वहाँ कोई ईसाई कैदी नहीं आया था। आगस्टीन प्रार्थना शुरू होने पर मेरे पास आया।

''फादर आपके लिए एक नया मेहमान आने वाला है।''

उसने कहा तो मैं समझ गया कि उसके जेल में कोई नया कैथोलिक आने वाला है।

''प्रभु उसे अपनी शरण में लेंगे, आ जाने दो फिर मैं भी उससे मिलने आऊँगा।''

मैंने कहा और फिर प्रार्थना की तैयारी में लग गया।

आगस्टीन वापस अपनी सीट पर नहीं गया और वहीं खड़ा रहा। मुझे लगा वह कुछ और कहना चाहता है।

''कितने दिन तुम्हारे पास रहेगा तुम्हारा नया मेहमान?'' मैंने पूछा।

''सिर्फ तीन हफ्ते।''

''इतनी छोटी सजा पर आया है ... कौन है यह?''

''सजा तो बड़ी है पर तीन हफ्ते में ही खत्म हो जाएगी। मृत्युदण्ड मिला है। 5 सितम्बर को फाँसी दी जानी है।''

''हे ईश्वर।'' मेरा मन कुछ खिन्न हो गया। मैंने अपना ध्यान प्रार्थना पर केन्द्रित करते हुए कहा–

''ठीक है, मास खत्म होने पर बात करेंगे।''

मास खत्म होने पर मैंने आगस्टीन को अपने घर चलने के लिए निमंत्रित किया। वहाँ आराम से बात हो सकती थी। अभी मेरे मेहमानों के आने में वक्त था। आगस्टीन तैयार हो गया। हम दोनों घर आ गये।

बादल तभी बरस कर रुके थे। पूरे माहौल पर उमस तारी थी। मैंने बाहर बरामदे में ही कुर्सियाँ निकलवा लीं और आगस्टीन को वहीं बिठाकर अन्दर का इन्तजाम देखने चला गया। खानसामे ने लगभग पूरी तैयारी कर ली थी और मेज लगाने के लिए मेरे हुक्म का इंतजार कर रहा था। मैंने उसे मेहमानों के आने तक रुकने को कहा और बाहर दो कप चाय लाने के लिए कहता हुआ आगस्टीन के पास आ गया।

आगस्टीन इस बीच मेरे माली से लान और फूल पत्तियों के बारे में बात कर रहा था। मुझे उसकी दिलचस्पी का पता था। मैंने हँसते हुए कहा-

''मेरे पास तुम्हारी तरह काम करने के लिए कैदियों की फौज नहीं है पर उम्मीद है रामअजोर ने तुम्हें निराश नहीं किया होगा।''

‘‘निराश नहीं फादर इसने तबियत खुश कर दी। इतनी अच्छी लान पूरे इलाहाबाद में दो-तीन ही होंगी। जाने के पहले मैं इसे कुछ इनाम देना चाहूँगा।’’

इसी तरह की दो-चार बातें करके हम जल्द ही नये कैदी पर आ गये।

आगस्टीन ने जो बताया उसके मुताबिक एलन नाम का यह कैदी अँग्रेज है और 14वीं लाइट कैवलरी में कारपोरल था। मसूरी में उसने किसी केमिस्ट की हत्या की थी और उसे फाँसी की सजा हुई है। हाईकोर्ट से पुष्टि हो जाने के बाद वह नैनी जेल भेजा जा रहा था जहाँ उसे फांसी लगने वाली थी। आगस्टीन को आज सुबह जो तार मिला था उसके मुताबिक कल दोपहर वह ट्रेन से इलाहाबाद लाया जा रहा है। स्टेशन से नैनी जेल तक ले जाने के लिए एक बैलगाड़ी और गारद का इन्तजाम करने के लिए आगस्टीन ने पुलिस सुपरिंटेंडेंट को लिख दिया है। आगस्टीन को अभी सिर्फ इतना मालूम था। कैदी के साथ उसके मुकदमे के कागजात आने पर ही पता चल सकेगा कि उसने किसकी हत्या की थी और उसके पीछे क्या कारण रहे होंगे कैदी के पूरे कागजात नहीं आये थे लेकिन उसके ओहदे से आगस्टीन का अंदाज था कि वह 27-28 साल का नौजवान होगा। मेरा मन बुझ गया।

आगस्टीन जल्दी में था। मैंने उसे अपने यहाँ आने वाले मेहमानों के बारे में बताया और उसे भी खाने के लिए रुकने का आग्रह किया। फादर रोमिरो को तो वह जानता भी था लेकिन क्षमा माँगकर वह उठ खड़ा हुआ। मैं उसे छोड़ने गेट तक गया। माली गेट पर खड़ा था। आगस्टीन ने उसे आठ आने इनाम के तौर पर दिया। माली ने झुककर सलाम किया और गेट खोल दिया।

उसी समय फादर रेमिरो का ताँगा हमारे सामने आकर रुका। आगस्टीन रुक गया। ताँगे से फादर रेमिरो के उतरते ही वह अभिवादन करने उनकी तरफ बढ़ा। आगस्टीन के अभिवादन का उत्तर देते हुये फादर रेमिरो ने अपने साथ आये दूसरे आगंतुक से उसका परिचय कराया -

‘‘इनसे मिलो। ये हैं मेजर अलबर्टो। पिछले दिनो देहरादून से यहाँ तबादले पर आये हैं।’’

फिर मुझसे हाथ मिलाते हुए बोले–

‘‘अच्छा हुआ आज आगस्टीन भी लंच पर हमारे साथ होंगे। बहुत दिनों बाद मुलाकात हो रही है।’’

‘‘नहीं फादर मैं नहीं रुक पाऊँगा। मुझे वापस जेल जाना है कल एक कैदी बाहर से आ रहा है, उसके लिए कुछ इन्तजाम करने हैं।’’

‘‘ऐसा कौन कैदी है जिसके लिए जेलर को इतना परेशान होना पड़ रहा है?’’

‘‘फादर कोई गोरा फौजी है जिसे तीन हफ्ते बाद फाँसी पर चढ़ना है।’’

‘‘ओह.........’’

फादर रेमिरो का चेहरा लटक गया लेकिन मेजर अलबर्टो की प्रतिक्रिया ने हम

सबको चौंका दिया। अलबर्टो मेरे पास ही खड़ा था और मेरी ही तरह फादर रेमिरो और आगस्टीन के संवाद को खत्म होने का इंतजार कर रहा था। आगस्टीन की बात सुनते ही वह उसकी तरफ लगभग झपटा।

''क्या कारपोरल एलन तुम्हारी जेल में आ रहा है?"

''हाँ वही है। पर तुम उसे कैसे जानते हो?"

''लम्बी कहानी है सुनने के लिए तुम्हें लंच तक हमारे पास रुकना पड़ेगा।''

जेलर आगस्टीन के चेहरे पर हिचकिचाहट साफ झलक रही थी।

''कम ऑन आगस्टीन। ये मत सोचो कि मैंने तुम्हें पहले से निमंत्रित नहीं किया था। तुमसे जो ताल्लुकात हैं उनमें इस तरह की औपचारिकता की जरूरत शायद नहीं है। मेरा कुक बहुत होशियार है। हुकुम मिलते ही वह तीन लोगों के खाने को चार लायक बना देगा।''

मैंने आगस्टीन के संकोच को दूर करने की कोशिश की।

पता नहीं यह मेरा प्रयास था, मेजर अलबर्टो के मुँह से एक दिलचस्प प्रसंग सुनने की उत्सुकता या कुछ और कि जब फादर रेमिरो ने हलके से आगस्टीन का हाथ पकड़कर अन्दर की तरफ चलने का इशारा किया तब वह मना नहीं कर पाया।

अगले एक घंटे में मेजर अलबर्टो ने हमें जो कहानी सुनायी वह मनुष्य की क्रूरता एवं कृतघ्नता की ऐसी कथा थी जिसे हममें से कोई भी अपने जीवन में दोहराना नहीं चाहेगा।

31 अगस्त 1909 की वह सुबह मेजर अलबर्टो को अच्छी तरह याद है जब लैण्डोर कनवालसेंस डिपो के उसके दफ्तर में पुलिस के दो सिपाही बदहवास से पहुँचे थे। अलबर्टो कनवालसेंस डिपो का कमाण्डिंग अफसर था और सुबह की पी.टी. में भाग लेने के बाद अस्पताल की बैरकों का चक्कर लगाते हुए अपने दफ्तर पहुँचा ही था। रोज की तरह आज भी वह साढ़े पाँच बजे सुबह पीटी ग्राउण्ड पर पहुँचा था। सूबेदार मेजर ने स्टेशन पर मौजूद स्वस्थ जे.सी.ओ. और एन.सी.ओ. को फालिन कर उसे रिपोर्ट दी। मेजर अलबर्टो ने स्टेशन के दूसरे सात अफसरों के साथ थोड़ी देर वर्जिश की और सूबेदार मेजर को पी.टी. जारी रखने की हिदायत देते हुए दूसरे अफसरों को साथ लेकर बैरकों का चक्कर लगाने निकल पड़ा।

1827 में निर्मित यह कनवालसेंस डिपो मुख्य रूप से ईस्ट इंडिया कम्पनी के अंग्रेज सिपाहियों एवं अधिकारियों के स्वास्थ्य लाभ के लिए बनाया गया था। डिपो में खासतौर से फ्रंटियर के अफगान युद्ध के घायल सैनिक इलाज के लिये आते थे। उनके अलावा मैदानी इलाकों की भीषण गर्मी से पीड़ित या छोटे बड़े युद्धों में घायल सिपाही यहाँ के अस्पताल में भर्ती रहते थे। रोज की तरह भर्ती मरीजों का हाल चाल पूछते और डाक्टरों से उनके इलाज के बारे में जानकारी हासिल करते हुए वह अपने दफ्तर तक आ गया। एक निर्धारित दिनचर्या थी। परेड के बाद थोड़ी देर वह दफ्तर

में रुकता जहाँ एडजुटेंट उसे जरूरी डाक दिखाता था, वे दिन भर के कार्यक्रमों के बारे में बातें करते और 9 बजे वह वापस अपने बंगले पर चला जाता। नहाने-धोने और नाश्ता करने के बाद, जिसमें लगभग दो घंटा लगता होगा, वह वापस अपने दफ्तर लौटता।

उस दिन भी डाक देखकर वह उठने ही वाला था कि स्टिकमैन आर्डरली ने अन्दर कमरे में आकर सलाम किया–

''साहब पुलिस के दो सिपाही मिलना चाहते हैं।''

अलबर्टो ने कोफ्त से एडजुटेंट की तरफ देखा। सुबह के तीन घण्टों ने उसे थका दिया था। वह घर जाकर आराम करना चाहता था। ऐसे समय किसी तरह का खलल उसे अच्छा नहीं लगा।

एडजुटेंट उसकी नजरें पहचानता था। वह बाहर चला गया।

बाहर से एडजुटेंट थोडी देर में ही अंदर आ गया। उसके साथ एक सिपाही भी था। सिपाही ने कमरे में घुसते ही सलाम किया पर बोला कुछ नहीं। एडजुटेंट ने ही किस्सा बयान किया।

मसूरी के माल रोड पर कैमिस्ट शाप पर बैठने वाले जेम्स की बीती रात हत्या हो गयी थी। अलबर्टो के लिए यह खबर बुरी तरह से चौंकाने वाली थी। वह जेम्स को जानता था। दरअसल लैण्डोर डिपो में रहने वाले सारे फौजियों के लिए यह सदमा पहुँचाने वाली बात हो सकती थी। जेम्स के फौजियों से बड़े अच्छे ताल्लुकात थे। लगभग सभी को वह नाम से पुकारता था। फौजी दिन भर उसकी दूकान पर भीड़ लगाये रहते थे। वे वहाँ जुआ खेलते, शाम को शराब पीते और पैसा खत्म होने पर जेम्स से ही कर्ज लेते।

कभी-कभी जेम्स लैण्डोर भी आता और कई बार अलबर्टो से भी मिलता। अलबर्टो उससे मजाक में शिकायत करता कि उसकी वजह से स्टेशन के अनुशासन पर बुरा असर पड़ रहा है। रोज कोई न कोई नाइट रोल काल से अनुपस्थित मिलता है और सभी जानते थे वह कहाँ होगा।

अलबर्टो ने जेम्स को हमेशा एक खुशमिजाज और बेफिक्र इंसान के रूप में देखा। ऐसे व्यक्ति की किससे दुश्मनी हो सकती है लेकिन एडजुटेंट के पास तो इससे भी बुरी खबर थी।

पुलिस को लैण्डोर डिपो में भर्ती कारपोरल एलन पर शक था। वही शख्स था जो जेम्स के साथ अंतिम बार देखा गया था। वे उसी की तलाश में लैण्डोर आये थे। कौन है यह कारपोरल एलन–अलबर्टो ने एडजुटेंट की तरफ खोजती निगाहें डालीं।

एडजुटेंट को भी पक्का यकीन नहीं था लेकिन उसे नाम सुना हुआ लग रहा था। शायद 14 वीं लाइट कैवेलरी का सिपाही था। उसने सूबेदार मेजर को बुलवा भेजा था। उसके आने पर स्पष्ट हो पायेगा।

थोड़ी देर में ही सूबेदार मेजर बदहवास सा लगभग दौड़ता हुआ वहाँ पहुँचा। एडजुटेंट का बुलावा मिलने के पहले ही खबर उस तक पहुँच गयी थी। सिर्फ उसे नहीं स्टेशन के सभी लोगों को जेम्स की हत्या की खबर मिल गयी थी। जेम्स के मित्रों की संख्या काफी अधिक थी। परेड ग्राउण्ड पर, अस्पताल में, बैरकों में हर जगह लोग झुण्ड में खड़े होकर इसी बारे में बातें कर रहे थे।

पुलिस के दोनों सिपाहियों ने कमाण्डिंग आफिसर के कार्यालय तक पहुँचने के पहले रास्ते में जिन लोगों से बातचीत की थी उन सभी ने स्टेशन के चप्पे चप्पे तक यह सूचना पहुँचा दी थी। न सिर्फ जेम्स की हत्या बल्कि कारपोरल एलन के हत्यारा होने की जानकारी सभी को मिल गयी थी। जितनी स्तब्धकारी जेम्स की हत्या थी उससे कम एलन की भागीदारी नहीं थी। जिस तरह जेम्स खुशमिजाज और दोस्तबाज मनुष्य के रूप में जाना जाता था उसी तरह एलन भी हमेशा हँसते हुए खिलंदड़े सिपाही के रूप में अपनी पलटन में मशहूर था। ऐसा आदमी हत्यारा कैसे हो सकता था?

सूबेदार मेजर ने एडजुटेंट की जानकारी की पुष्टि कर दी थी। कारपोरल एलन 14वीं लाइट कैवेलरी का सिपाही था। फ्रंटियर की पहाड़ियों पर अफगानों से लड़ता हुआ बुरी तरह जख्मी हुआ था। जख्म कुछ भर जाने और यात्रा लायक हो जाने पर वह साल भर पहले ही इस डिपो पर स्वास्थ्य लाभ के लिए आया था। अब पूरी तरह स्वस्थ हो गया था और वापस अपनी पलटन जाने वाला था। लैण्डोर डिपो से वापस जाने के पहले उसने तीन महीने की छुट्टी माँगी थी और कल शाम ही वह रवाना हुआ था। सूबेदार मेजर को इसलिए यह सब स्पष्ट याद था क्योंकि कल अपराह्न छुट्टी पर रवानगी के पहले वह उसके सामने पेश हुआ था।

कनवालसेंस डिपो पर नियम यह था कि छुट्टी पर रवाना होने के पहले और छुट्टी से लौटने के बाद हर सैनिक एडजुटेंट के सामने पेश होता था। कल दोपहर बाद एलन सूबेदार मेजर की बैरक में आया और उसे एडजुटेंट के सामने पेश करने के लिए कहाँ एडजुटेंट तीन बजे खेल के मैदान पर होता था इसलिए उसने एलन को पाँच बजे तक इंतजार करने के लिए कहाँ एलन जल्दी मचा रहा था। वह पूरी तरह रात घिर जाने के पहले राजपुर पहुँच जाना चाहता था। उसे बहस करता देखकर सूबेदार मेजर ने अपने जोखिम पर उसे जाने दिया। शाम को वह एलन के छुट्टी के कागज एडजुटेंट के सामने रखना चाहता था पर एडजुटेंट दफ्तर में बैठा ही नहीं। आज यह घटना हो गयी।

सूबेदार मेजर ने स्टेशन का कानून जरूर तोड़ा था परन्तु इसमें उसकी कोई बदनीयती नहीं थी। वह अनुशासन का पक्का था और कमाण्डिंग अफसर तथा एडजुटेंट दोनों उसकी इस बात के कायल थे इसलिए उसके साथ ज्यादा डाँट फटकार नहीं हुई।

मेजर अलबर्टो ने सूबेदार मेजर और एडजुटेंट को पुलिस के सिपाहियों को लेकर माल रोड पहुँचने का हुक्म दिया। अपने बंगले पर पहुँचकर उसने जल्दी-जल्दी स्नान किया, वर्दी बदली और साइस को घोड़ा तैयार कर लगाने के लिए कहाँ जितनी देर में घोड़ा कस कर तैयार किया गया उसने हल्का फुल्का नाश्ता कर लिया। उसका पूरा ध्यान जेम्स की हत्या पर था। बार-बार जेम्स का चेहरा आँखों के सामने घूम जाता। क्यों हुई होगी उसकी हत्या? वह एलन की शक्ल याद करने की कोशिश कर रहा था पर कोई स्पष्ट आकृति नहीं उभर रही थी। कनवालसेंस डिपो पर चार सौ से अधिक मरीज थे। इसके अलावा स्टेशन पर दूसरी टुकड़ियाँ भी थीं। इनमें से एलन का चेहरा याद करना बहुत मुश्किल था। जो भी हो हुआ बहुत बुरा। अलबर्टो को इस स्टेशन पर दो साल हो चुके थे और वह जल्द ही पोस्टिंग की उम्मीद कर रहा था। ऐसे समय एक धब्बा उसके कैरियर पर लग ही गया।

पहाड़ी रास्तों पर जरूरी सावधानी को कई बार नजर अंदाज करता हुआ तेज रफ्तार से अलबर्टो माल पहुँचा। लाइब्रेरी से थोड़ा आगे बढ़ते ही उसे हवा में घुली सनसनी सूँघने का मौका मिल गया। थोड़ी-थोड़ी दूर पर पहाड़ियों और गोरों के छोटे-छोटे झुण्ड रास्ते के किनारे खड़े होकर इसी हत्या की बातें कर रहे थे। मसूरी के बसने के बाद यह पहली हत्या थी और वह भी एक इतने लोकप्रिय इंसान की जिसे लगभग सभी लोग जानते थे। रास्ते में अलबर्टो को कई फौजी और भी मिले जो माल की तरफ भागे चले जा रहे थे। उनके अभिवादन का जवाब देता हुआ जब वह माल पहुँचा तो दूर से ही उसे केमिस्ट की दूकान के चारों तरफ गोरे फौजियों की भीड़ दिखायी पड़ी।

अलबर्टो के घोड़े के लिए भीड़ ने रास्ता बना दिया। दूकान के सामने जाकर उसने घोड़ा रोका और हवा में छलाँग लगाते हुए घोड़े से उतरा। इस बीच एक सिपाही ने घोड़े की रास पकड़ ली। उसके आने की खबर पाकर दूकान के अन्दर से एडजुटेंट और सूबेदार मेजर निकल आये। वे उसके आने के थोड़ा पहले ही वहाँ पहुँचे थे और केमिस्ट शाप के अन्दर पुलिस के जमादार से मामले के बारे में जानकारी ले रहे थे। उनके पीछे-पीछे जमादार भी निकल आया। तीनों के अभिवादनों का जवाब देता हुआ अलबर्टो तेजी से दूकान के अन्दर चला गया।

अन्दर दूकान में कुछ खास नजर नहीं आ रहा था। सब कुछ वैसा ही था जैसा कि किसी केमिस्ट शाप में हो सकता था।

"हुजूर अंदर चलें।" जमादार ने दूकान के पीछे बने कमरे की तरफ इशारा किया

अंदर जाकर अलबर्टो को समझ आया कि दूकान से सटा कमरा जेम्स की रिहायश थी। कमरा कोई बहुत बड़ा नहीं था। एक तरफ तख्त था जिस पर बिना सलवटों वाला बिस्तर इस बात की गवाही दे रहा था कि उसपर रात में कोई सोया

नहीं था। कमरे के बीचोंबीच एक कुर्सी आधी उलटी पड़ी थी। कमरे में फर्श पर खून और काँच के टुकड़े बिखरे पड़े थे। पास ही में एक बोतल आधी टूटी पड़ी थी।

अलबर्टो की निगाह कमरे के एक कोने में कुर्सी पर बैठी एक औरत पर पड़ी जो हौले हौले सुबक रही थी। वह फौरन उसे पहचान गया। यह तो मिसेज सैमुअल थीं जिनके पति कैप्टन सैमुअल की कई वर्ष पहले सहारनपुर में मृत्यु हो गयी थी। मसूरी के सोशल सर्किल में अकसर उनसे मुलाकात होती रहती थी। ये यहाँ क्यों हैं यह पूछने का समय नहीं था अतः वह चुप ही रहा।

लाश का मुआयना कर चुके जमादार ने बताया कि हत्या हुए कम से कम बारह घण्टे हो गए हैं। हत्यारे ने पहले मृतक के सिर पर बोतल से प्रहार किया था और फिर किसी तेज धार वाले टीन के टुकड़े से उसकी गर्दन इस तरह काटी थी कि एक कान से दूसरे कान तक चीरा लग गया था। गले के बीचोंबीच एक सूराख दिख रहा था जिससे अभी भी खून टपकता सा लग रहा था। फर्श पर खून थक्कों में चिपक कर काला पड़ चुका था। लाश में हलकी सड़न शुरू हो गयी थी। जिस नृशंस तरीके से जेम्स को मारा गया था उसे देखकर अलबर्टो के लिए कमरे में खड़ा रहना मुश्किल हो गया। वह बाहर दूकान में आ गया। उसके पीछे-पीछे उसके दोनों अफसर भी बाहर आ गये।

दूकान में बैठकर उन्होंने अगली कार्यवाही के बारे में तय किया। जमादार हिन्दुस्तानी था और कातिल तथा मकतूल दोनों गोरे, इसलिए थोड़ा घबराया सा लग रहा था, पर मेजर अलबर्टो ने उसका हौसला बँधाया। सूबेदार मेजर जो सूचनायें एलन के बारे में इकट्ठी कर पाया था, उसके मुताबिक उसे देहरादून जाकर आगे के लिए ट्रेन पकड़नी थी। अगर वह हत्या के फौरन बाद भी रवाना हुआ हो तब भी सात मील का पहाड़ी रास्ता तय कर वह भोर के पहले राजपुर नहीं पहुँचा होगा और ज्यादा उम्मीद थी कि वह राजपुर में ही किसी जगह आराम कर रहा होगा या फिर अभी राजपुर से देहरादून के रास्ते पर किसी बैलगाड़ी में थोड़ी दूर गया होगा। अलबर्टो ने दो मजबूत कद काठी वाले सिपाही तैयार करने को कहा और सूबेदार मेजर को उनके साथ दो गोरे फौजी भेजने का हुकुम दिया। आधे घंटे में ही दो हिन्दुस्तानी सिपाही और दो गोरे फौजी पहाड़ी टट्टुओं पर राजपुर के लिए निकल पड़े। उनके पास मेजर अलबर्टो का देहरादून के पुलिस कप्तान के नाम एक खत भी था।

उनका अनुमान सही निकला। दो घंटे बाद जब यह टुकड़ी राजपुर पहुँची तो एलन उन्हें वहीं मिल गया। राजपुर में जहाँ जंगल खत्म होता था और पहाड़ी शुरू होती थी वहीं पर दो-तीन परचून की दूकानें थीं। पहली दूकान पर पूछते ही पता चल गया कि एक फौजी रात भर पहाड़ी रास्ते का सफर तय करके सुबह सवेरे उस दूकान पर पहुँचा था। रात भर के सफर की थकान और नींद से उसके कदम लड़खड़ा रहे थे। उसने इस दूकान पर तंबाखू खरीदी और रुकने के लिए किसी सराय का पता पूछा

था। दूकानदार ने उसे थोड़ी दूर पर स्थित एक सराय का नाम बता दिया। वहाँ गोरे फौजी मसूरी से आते जाते रुकते थे। टुकड़ी के सिपाहियों ने घोड़ों से उतरने की जगह सीधे सराय का रास्ता लिया। सराय में उन्हें ज्यादा मेहनत नहीं करनी पड़ी। हुलिया बताते ही सराय मालिक ने उन्हें उस कमरे के सामने ले जाकर खड़ा कर दिया जिसके अंदर एलन सो रहा था।

थोड़ी देर खटखटाने के बाद दरवाजा खुला और आधी नींद से जगा एलन उनके सामने था। मामला गोरे का था इसलिए हिन्दुस्तानी सिपाही खड़े रहे लेकिन गोरे फौजियों ने झपटकर एलन की मुश्कें कस दीं। अचानक हमले से एलन घबराया जरूर लेकिन जल्द ही उसने हाथ-पैर फेंकना और अंग्रेजी में हमलावरों को गालियाँ देनी शुरू कर दीं। पर उसकी चली नहीं। काले सिपाही भी गोरों की मदद को आ गये और उन चारों ने एलन को निरुपाय कर दिया। तलाशी में दो ऐसी चीजें मिलीं जो इस हत्या की तफतीश में बहुत महत्वपूर्ण साबित हो सकती थीं। उसके बस्ते से कुछ सोने के सिक्के मिले। जेम्स को हत्या वाले दिन ही वेतन मिला था और उसमें भी सोने के सिक्के थे। एलन के सामान में टिन का छोटा टिफिन बाक्स भी था जिसमें अधखाये सैण्डविचेज थे। अनुमान था कि जेम्स की गर्दन किसी धारदार टिन के टुकड़े से काटी गयी थी।

सबसे पहले एलन को पुलिस कप्तान के बंगले पर ले जाया गया।

मसूरी से आने वालों ने मेजर अलबर्टो का खत संतरी के हाथ अंदर भिजवा दिया। थोड़ी देर बाद ही कप्तान के सामने उनकी पेशी हुई।

मसूरी से आये हुये पुलिस वालों ने कप्तान से पूरा वाकया कह सुनाया।। किस्सा सुनते-सुनते उसके जबड़े भिंचते गये और एलन के चेहरे पर टिकी उसकी निगाहें लाल होती गयीं। उसकी जानकारी में मसूरी का यह पहला कत्ल था। मसूरी उसके क्षेत्राधिकार में सबसे शांत और खूबसूरत इलाका था। कत्ल भी एक गोरे का और कातिल भी गोरा। क्या सोचेंगे नेटिव गोरों के बारे में?

पूरी घटना सुनने के बाद कप्तान ने कैदी के चेहरे पर निगाहें गड़ा दीं। वहाँ कुछ ऐसा नहीं था जिससे पश्चात्ताप या दुख झलक रहा हो। कैदी का चेहरा भावशून्य था। वह कप्तान से सीधे आँखें भी नहीं मिला रहा था।

"कल रात तुमने जेम्स को क्यों मारा?"

"मैंने जेम्स को नहीं मारा। उसके कत्ल की जानकारी मुझे इन लोगों से पहली बार मिली है।"

एलन ने मसूरी से आये सिपाहियों की तरफ इशारा किया।

उसकी आवाज के ठण्डेपन से कप्तान बिलबिला गया। उसने दोनों हिन्दुस्तानी सिपाहियों को बाहर जाने का इशारा किया। कमरे में सिर्फ चारों गोरे रह गये। एलन के दोनों हाथ पीछे को बँधे थे और उसकी कमर में एक मजबूत रस्सी थी जिसे एक

गोरे फौजी ने पकड़ रखा था।

कप्तान मजबूत लेकिन धीमे कदमों से एलन के सामने जाकर खड़ा हो गया। कमरे में पूरी तरह से एक ऐसा सन्नाटा पसरा हुआ था जिससे खौफ की अनुभूति होती है। कप्तान जिस कुर्सी पर बैठा था उसके खड़े होने से जमीन पर उस कुर्सी के हलकी सी रगड़ने की आवाज हुई और फिर वही खामोशी छा गयी।

"तुमने उसे क्यों मारा?"

"मैंने उसे नहीं मारा।"

एक झन्नाटेदार उलटा झापड़ कैदी के मुँह पर पड़ा और उसका मुँह बायीं तरफ लटक गया।

"तुमने उसे क्यों मारा?"

"मैंने नहीं............."

एक और तगड़ा हाथ पड़ा और कैदी ने पिच्च से खून थूक दिया। गाढ़े कत्थई खून के साथ दाँत का आधा टुकड़ा भी जमीन पर गिरा।

काफी जद्दोजहद के बावजूद कप्तान एलन से कबूल नहीं करवा पाया कि जेम्स का कत्ल उसने किया था। थक कर वह एक कुर्सी पर बैठ गया।

"कोतवाल को बुलाओ।"

कोतवाल के बुलाने की जरूरत नहीं पड़ी। मसूरी के सिपाहियों के कप्तान के बंगले पर पहुँचने और उनके साथ अंग्रेज कैदी की आमद की खबर कोतवाली तक पहुँच चुकी थी और कोतवाल बावर्दी पेटी दुरुस्त बाहर मौजूद था। अन्दर एक गोरे फौजी की धुनाई हो रही थी इसलिए वह बाहर ही इन्तजार कर रहा था।

हुकुम मिलते ही कोतवाल अंदर आया और उसने कप्तान को कड़क सलामी पेश की।

कप्तान कैदी की तरफ देखकर दाँत पीसते हुए अँग्रेजी में गालियाँ बक रहा था। कोतवाल चुपचाप सर झुकाये खड़ा रहा।

"इस बास्टर्ड को बाहर ले जाओ।"

दोनों अँग्रेज फौजी कैदी को लेकर बाहर चले गये।

अन्दर सिर्फ कोतवाल और कप्तान रह गये। काफी देर तक माथापच्ची करने के बाद यह तय हुआ कि एलन को वापस घटनास्थल पर ले जाया जाए। अपने पुराने दोस्त के हत्या की जगह देखने पर शायद उसकी अंतरात्मा उसे धिक्कारे और वह अपना गुनाह कुबूल ले।

दोपहर ढल रही थी और तीन-चार घंटे में अँधेरा घिरने लगता। वैसे भी बरसात के दिन थे और उस समय भी बादलों के कुछ टुकड़े आसमान में तैर रहे थे। कभी भी बारिश हो सकती थी। ऐसे में जंगलों और पहाड़ी रास्तों से एक हत्यारे को लेकर जाना खतरे से खाली नहीं था, इसलिए तय यह हुआ कि कैदी को सुबह तड़के मसूरी ले जाया

जाए। रात भर के लिए एलन को कोतवाली की हवालात में बंद कर दिया गया।

भोर में पाँच बजे उनकी यात्रा शुरू हुई। अभी पहली किरण भी नहीं फूटी थी। वे सात थे। मसूरी से दो गोरे और दो देशी सिपाही आये थे। यहाँ से कोतवाल, एलन और उसके साथ एक और सिपाही इस काफिले में शरीक हो गये। मसूरी तक सात मील की पहाड़ी यात्रा तीन घंटे से कम में तय नहीं हो सकती थी। उनके टट्टू इन पहाड़ी रास्तों के अभ्यस्त थे लेकिन फिर भी बहुत तेज नहीं चला जा सकता था। शुरू में उन्होंने एलन के हाथ पीछे बाँध रखे थे लेकिन जल्द ही उन्हें खोलना पड़ा क्योंकि बँधे हाथों से टट्टू हाँकना संभव नहीं था।

सात लोगों का काफिला था—बीच में एलन और उसके आगे पीछे तीन-तीन टट्टू सवार। पहाड़ी पगडंडी पर दो टट्टू एक साथ नहीं चल सकते थे इसलिए उन्हें एक कतार में चलना पड़ रहा था। जब कभी पगडंडी पहाड़ियों से हटकर चौड़े समतल भूभागों से गुजरती, कोतवाल के इशारे पर दो सिपाही एलन के अगल बगल अपने टट्टू लगा देते और आगे पीछे वाले भी सिमट कर एक तंग घेरा बना लेते।

वे जब मसूरी में जेम्स की दवा की दूकान पर पहुँचे तो सूरज ठीक सर के ऊपर चमक रहा था। सुबह जो बादल के टुकड़े दिख रहे थे वे कब के गायब हो चुके थे और तीन घंटे की कठिन यात्रा ने सिर्फ टट्टुओं को ही चूर नहीं किया था बल्कि उन पर सवार मुसाफिर भी पस्त हो गये थे। कोतवाल और हिन्दुस्तानी सिपाहियों ने अपनी पगडियाँ हाथों में ले लीं। पसीना उनके माथे से पानी की धार की तरह बह रहा था। एलन नंगे सर था पर उसका पूरा माथा और सर के बाल भी पसीने से लथपथ थे।

हत्या हुए चौबीस घंटे से अधिक हो गये थे और शव भी पिछली शाम को ही हटाया जा चुका था पर दूकान के आसपास हवा में सनसनी घुली हुई थी। भीड़ कल की तरह तो नहीं थी पर इतनी तब भी थी कि कोतवाल को घोड़े से उतरना पड़ा। उसके पीछे बाकी सवार भी उतर गये। एक हाथ में घोड़े की लगाम और दूसरे में अपनी पगड़ी थामे वह भीड़ के बीच से केमिस्ट शॉप की तरफ बढ़ा। एलन एक कतार में चल रहे काफिले के बीच में सर झुकाये चल रहा था। थकान से ज्यादा शर्म उस पर तारी थी।

''हियर कम्स द बास्टर्ड।''

कोतवाल ने चौंक कर पीछे देखा। हिंस्र उत्तेजना से भरी आवाज थी जिसे बोलने वाले ने अपना गला दबाने की पूरी कोशिश की थी पर आवाज घुटे स्वर में बाहर निकल ही आयी थी।

भीड़ में गोरे फौजी भी थे और उनमें से किसी ने एलन को पहचान लिया था।

प्रत्युत्पन्नमति कोतवाल समझ गया कि एलन को खतरा हो सकता है। रास्ते भर दोनों गोरे फौजियों और मसूरी के सिपाहियों ने जो कुछ बताया था उससे उसे यह समझने में कोई दिक्कत नहीं हुई थी कि जेम्स गोरे सिपाहियों के बीच बहुत लोकप्रिय

था। वे वक्त-बेवक्त उससे कर्जा लेते थे, उसके साथ रोज कोई न कोई फौजी बैठकर शराब पीता था, हर शाम उसका रिहायशी कमरा जुआरियों का प्रिय अड्डा बन जाता और लैण्डोर के हर फौजी कार्यक्रम में उसकी एक उपस्थिति अनिवार्य होती थी।

आवाज ने भीड़ में बिजली का संचार कर दिया। अगर कोतवाल अपने घोड़े की रास छोड़ते और पगड़ी जमीन पर गिराते हुए एलन की तरफ न लपकता और उसके ललकारने पर उसके साथ चल रहे दो गोरे फौजियों और तीन देशी सिपाहियों ने एलन के चारों तरफ मजबूत घेरा न बना लिया होता तो एलन भीड़ के हाथों नुच चुथ गया होता।

कुछ तो अँग्रेजी हुकूमत का अखलाख था और कुछ भीड़ में बड़ी संख्या में गोरे फौजियों की उपस्थिति जो लाख गुस्से के बावजूद अनुशासन की डोर में बँधे थे, कि कोतवाल और उसके साथी एलन को लेकर भीड़ चीरते हुए केमिस्ट शॉप में घुस गये। इसी बीच मसूरी में मौजूद पुलिस जमादार अपने कुछ चौकीदारों के साथ पहुँच गया। वह कब्रिस्तान में जेम्स के दफनाने का इंतजाम देख रहा था, कोतवाल के आने की खबर सुनते ही भागता हुआ आया। उसके साथ के चौकीदारों ने टट्टुओं को सँभाल लिया और उनमें से कुछ को जमादार ने भीड़ को नियंत्रित करने के लिये लगा दिया।

सबसे मुश्किल था भीड़ को नियंत्रि करना। वक्त बीतने के साथ भीड़ और उसका पागलपन दोनों बढ़ता जा रहा था। चौकीदार अपनी लाठियों में लगी बर्छियों को चमका चमका कर भीड़ को दूर रखने की कोशिश कर रहे थे पर भीड़ को सँभालना मुश्किल हो रहा था। बाहर से बस इतना दिख रहा था कि दूकान में एक स्टूल पर भीड़ की तरफ पीठ करके एलन बैठा हुआ था। उसे घेर कर देहरादून से आये कोतवाल और उसके साथी खड़े थे। दूर से ऐसा लगता था कि कोतवाल एलन से कुछ पूछ रहा था और एलन उसका जवाब दे रहा था। कोतवाल के चेहरे पर झुँझलाहट से साफ था कि वह एलन के जवाब से संतुष्ट नहीं हो पा रहा था।

बाहर हर कोई एलन की झलक पाना चाहता था। भीड़ इतनी ज्यादा हो गयी थी कि केमिस्ट शॉप के सामने शायद ही कोई खाली जगह बची थी जहाँ लोग न खड़े हों। लैण्डोर छावनी तक खबर पहुँच गयी थी और वहाँ से भी धीरे-धीरे गोरे फौजी आने लगे थे। भीड़ के देशी पहाड़ी तो सिर्फ एलन को देखना चाहते थे। खुले आम किसी गोरे के खिलाफ, चाहे वह हत्यारा ही क्यों न हो, बोलना उनके लिए मुश्किल था। वे सिर्फ गोरों की धकापेल से बचकर उस हत्यारे को एक नजर देखना चाहते थे जिसने अपने मित्र की हत्या करके कृतघ्नता की खास मिसाल पैदा की थी।

पहाड़ियों से भिन्न गोरे उन्माद से पगलाये हुए थे। वे खून का बदला खून से लेना चाहते थे। उनमें से कुछ जिन्होंने जेम्स के साथ दोस्ताना वक्त बिताया था, ज्यादा उत्तेजित थे। एक-दूसरे को धकेल धकेल कर वे सामने आ जाते और हवा में मुट्ठियाँ तान तान कर एलन को गालियाँ देते। चौकीदारों के लिए उन्हें रोकना मुश्किल

हो रहा था। वे माँग कर रहे थे कि एलन को उन्हें सौंप दिया जाए। वे उसकी बोटियाँ काट डालना चाहते थे।

अन्दर कोतवाल एलन से पूछताछ जरूर कर रहा था पर उसके कान बाहर से आने वाली आवाजों की तरफ ही लगे थे। उसे समझ में आ गया था कि यदि जल्दी ही एलन को वहाँ से नहीं निकाला गया तो उसके चौकीदारों और तीन सिपाहियों के वश का नहीं था कि पगलाई गोरी भीड़ को देर तक रोक सकें। एक बार एलन उनके हाथ आ गया तो फिर उसका क्या हश्र होगा इसकी सिर्फ कल्पना ही की जा सकती थी। वह जल्दी से जल्दी एलन को वहाँ से निकाल कर वापस राजपुर ले जाना चाहता था पर उसकी समझ में नहीं आ रहा था कि यह कैसे संभव हो सकेगा?

यह उम्मीद कि एलन अपने दोस्त के हत्या स्थल पर आते ही भावुक हो जाएगा और टूट जाएगा—सही नहीं साबित हुई। एलन पूरी तरह निर्विकार बैठा रहा। कोतवाल की झुंझलाहट इसी बात पर थी कि कई बार पूछने पर उसने एक-एक वाक्यों में जो जवाब दिये उन सबको मिला दिया जाए तो उनसे सिर्फ यही अर्थ निकाला जा सकता था कि उसने जेम्स को नहीं मारा। वह पिछली रात जेम्स के पास आया जरूर था लेकिन उसके साथ बैठकर सिर्फ एक पेग शराब पीकर वह चला गया था। जेम्स के यहाँ से उठकर वह कहाँ गया—वह नहीं बतलायेगा, उसके पास जो टिन का डिब्बा मिला है उसमें किसी ने सैण्डविचेज दिये थे, सैण्डविचेज मसूरी से राजपुर के रास्ते में उसने खा लिये, सैण्डविचेज किसने दिये थे वह नहीं बतायेगा। सोने के सिक्के जरूर जेम्स के थे लेकिन उन्हें हत्या के काफी पहले जेम्स ने कर्ज के रूप में उसे दिया था। उसने जेम्स का कर्ज अपनी तनख्वाह में मिले कागज के नोटों से चुका दिया था। सिक्के सुविधा के लिहाज से यात्रा में ले जाना आसान था इसलिए रख लिये थे।

कोतवाल को ज्यादा गुस्सा एलन की धृष्टता पर नहीं अपनी अक्षमता पर आ रहा था कि वह कैदी का कुछ बिगाड़ नहीं सकता था। अपने इलाके में अपराधियों के लिए वह आतंक का पर्याय था। बड़े-बड़े खूनी और डकैत उसके सामने आने पर थर थर काँपते थे। वह खुद बड़े गर्व से सबको बताता था कि उसके पेशाब से चिराग जलता है, लेकिन यहाँ तो मामला एकदम उलटा था। सामने जो बैठा था वह हत्यारा होने के अलावा गोरा भी था। यानी शासक वर्ग का सदस्य। पुलिस रेगुलेशन भी यही कहता था कि उसको सिर्फ एंग्लो-इण्डियन सारजेंट ही गिरफ्तार कर सकता था। वही उससे कड़ाई से पूछताछ भी कर सकता था।

अभी तो ज्यादा बड़ी समस्या थी कि एलन को कैसे बदले पर उतारू भीड़ से बचाकर निकाल ले जाया जाए और कैसे राजपुर तक पहुँचाया जाए!

इस विकट स्थिति से कोतवाल को उबारा जमादार ने। जमादार देहरादून थाने में तैनात था लेकिन मसूरी में रहता था। उसे और उसके साथ नियुक्त चार सिपाहियों

के कन्धों पर मसूरी, लैण्डोर और आसपास के लगभग 20 गाँवों की जिम्मेदारी थी जिसे वह इन गाँवों के चौकीदारों की मदद से पूरा करता था। वह मसूरी के पास के ही एक गाँव का रहने वाला था और उसकी पूरी जिंदगी वहीं बीती थी। वह मसूरी के हर छोटे बड़े को जानता था। पिछले छत्तीस घंटों से वह सोया नहीं था पर कोतवाल के आने के बाद से पूरी तरह से चौकन्ना नजर आ रहा था।

कोतवाल अन्दर एलन से पूछताछ कर रहा था और वह अपने सिपाहियों और चौकीदारों को लेकर भीड़ को दूकान से दूर रखने की कोशिश में लगा था। वह भी समझ रहा था कि ज्यादा देर तक गोरे फौजियों को रोकना मुश्किल था। उसने एक सिपाही को लैण्डोर छावनी रवाना कर दिया था ताकि स्टेशन के अफसरों को यहाँ की स्थिति का पता चल जाए और फौजियों को नियंत्रित करने के लिए वे भी कोई कुमुक भेज दें पर लैण्डोर जाने और वहाँ से मदद आने में वक्त लग सकता था। तब तक उसे ही स्थिति सँभालनी थी।

अचानक बाहर भीड़ को नियंत्रित करते-करते उसके दिमाग में कुछ कौंधा और वह अंदर की तरफ लपका।

अन्दर आकर कोतवाल के कान में वह कुछ फुसफुसाया। कोतवाल अविश्वास से सर हिलाता रहा। साफ था कि जमादार की बातें उसे आश्वस्त नहीं कर रही थीं लेकिन शायद कोई विकल्प था भी नहीं इसलिए उसने आँख के इशारे से उसे अपनी सहमति दे दी और जमादार अन्दर के कमरे में चला गया। दूकान से सटा जो कमरा था और जहाँ जेम्स की हत्या हुई थी उससे एक दरवाजा बाहर गली की तरफ खुलता था। जमादार उससे बाहर निकल कर गायब हो गया।

थोड़ी देर बाद उसी दरवाजे से वह वापस आया और उसके साथ एक गोरा था। रस्ट नाम वाला यह गोरा स्थानीय फोटोग्राफर था जिसने स्थानीय अखबार के लिए कल भी तस्वीरें उतारी थीं और आज भी कोतवाल के आने की खबर पाकर इसी मकसद से आया हुआ था।

फोटोग्राफर रस्ट की माल रोड पर ही फोटोग्राफी की इकलौती दूकान थी। वह जेम्स का दोस्त था और एलन को पहचानता था। जेम्स की दूकान पर एलन के साथ उसने कई बार शराब पी थी और दो एक बार ताश के हाथ भी आजमाये थे। अपनी कद-काठी से वह काफी हद तक एलन जैसा ही था।

अन्दर लाकर रस्ट को जमादार ने जेम्स के शयनकक्ष में बिठा दिया और दूकान में खुलने वाले दरवाजे से झाँक कर कोतवाल को अन्दर आने का इशारा किया। रस्ट कुर्सी पर बैठा था। कोतवाल ने अन्दर आकर उसका अभिवादन किया और उसके पास ही खड़ा हो गया। जमादार भी वहीं था, कोतवाल ने उसे बात करने का इशारा किया।

जमादार ने अदब से झुककर रस्ट के कान में कुछ कहना शुरू किया। उसने

अभी दो एक वाक्य ही कहे होंगे कि रस्ट को हँसी का दौरा पड़ गया और वह खड़ा हो गया।

बात थी ही कुछ ऐसी। जो योजना रस्ट के सामने रखी गयी उसके मुताबिक उसे एलन की जगह लेनी थी। एलन की कमीज पहनकर तब तक अपनी पीठ बाहर खड़ी भीड़ को दिखानी थी जब तक पुलिस एलन को सुरक्षित निकाल कर राजपुर का आधा रास्ता न पार कर ले। रस्ट को यह पूरा सुझाव काफी मजेदार लगा। उसके खड़े होते ही जमादार और कोतवाल के चेहरे उतर गये। इसके बाद एलन के बचने का और क्या रास्ता हो सकता था?

"ओ के सर हम करेगा।"

कोतवाल और जमादार दोनों के चेहरे खिल गये। लगता था कि बात बन गयी है।

एलन को अन्दर लाकर जमादार ने अपनी कमीज उतारने के लिए कहाँ उसने चौंक कर जमादार को देखा। वह कैदी जरूर था पर कोई हिन्दुस्तानी पुलिस वाला उसके साथ गुस्ताखी नहीं कर सकता था।

रस्ट ने स्थिति स्पष्ट की। वह जेम्स का दोस्त था और हत्या ने उसके मन में एलन के लिए गुस्सा भी भर रखा था पर वह यह नहीं स्वीकार कर सकता था कि भीड़ एलन को पीट पीट कर मार डाले। कानून एलन को फाँसी पर लटका देगा तो उसे बहुत खुशी होगी पर अभी उसकी मदद करने में उसे कोई दुविधा नहीं हुई।

"अपनी शर्ट मुझे दो और मेरी तुम पहन लो।" कमीज के बटन खोलते हुए उसने कहाँ

एलन समझ गया। बाहर उग्र भीड़ जिस तरह चिल्ला चिल्ला कर उसे सौंपने की माँग कर रही थी और हिन्दुस्तानी कोतवाल और सिपाहियों के परेशान तथा खौफजदा चेहरों को देखकर उसे काफी देर से लग रहा था कि कभी भी भीड़ चौकीदारों को धकेलती हुई अंदर घुस आयेगी और पीट पीट कर उसका कचूमर निकाल देगी। वह अंदर से बुरी तरह हिल गया था और ऊपर से चाहे जितना शांत दिखने की कोशिश कर रहा हो खौफ की लकीरें उसके चेहरे पर बार-बार उभर आ रही थीं। रस्ट का प्रस्ताव किसी अप्रत्याशित चमत्कार से कम नहीं था। उसका तनाव कुछ ढीला पड़ा।

एक सिपाही रस्ट की कमीज पहने एलन को इस तरह बाहर ले गया कि उसका पूरा शरीर कोतवाल की आड़ में छिपा रहा। दूसरे सिपाही ने उस स्टूल को जिस पर एलन बैठा था ऐसे कोण पर खिसका दिया कि उस पर बैठे रस्ट का चेहरा भीड़ की दृष्टि से बाहर हो गया। सिर्फ पीठ बाहर से दिखती रही। एलन और रस्ट कद-काठी में एक जैसे ही थे। दूर से उनमें फर्क करना मुश्किल था। कोतवाल थोड़ी देर रस्ट से पूछताछ का नाटक करता रहा और फिर जमादार को अपनी जगह छोड़कर वापस अन्दर वाले कमरे में आ गया।

जमादार ने बाहर सारा इंतजाम कर रखा था। एलन को मसूरी लाने वाली एस्कोर्ट पार्टी अपने टट्टुओं को लेकर वहाँ से दो मील दूर राजपुर जाने वाले पहाड़ी रास्ते पर जंगलों में छिपी हुई थी। कोतवाल ने बाहर झाँककर देखा, पूरी गली सुनसान थी। आसपास की आबादी केमिस्ट शॉप के बाहर इकट्ठी थी। मसूरी की पहली हत्या और वह भी अपने एक पड़ोसी की—पिछले दो दिनों में शायद ही कोई सोया हो। सब उस हत्यारे की एक झलक पाना चाहते थे जिसने यह जघन्य काम किया था, सभी हत्या का कारण जानना चाहते थे और सभी हत्यारे को सजा देना चाहते थे।

मौका अच्छा था, कोतवाल एलन के कमर में बँधी रस्सी मजबूती से हाथों में पकड़े गली में निकल गया। हाथ में बल्लम लिये दो चौकीदार आगे थे और एक सिपाही उसके पीछे। सुनसान गली में वे तेजी के साथ आगे बढ़े। माल रोड पर अभी ज्यादा दुकानें या घर नहीं बने थे। वे थोड़ी ही दूर चलकर ढलुआ पहाड़ियों पर उतर गये। ढलान से ही जंगल शुरू हो जाता था। थोड़ा चलने के बाद ही उनकी रफ्तार धीमी हो गयी। घने दरख्तों की वजह से उन्हें देख लिये जाने का खतरा खत्म हो गया था। नियत स्थान पर उनके टट्टू लिये दोनों अँग्रेज फौजी और कुछ चौकीदार खड़े थे। हुकुम के मुताबिक वे अपने साथ कुछ खाने-पीने का सामान भी लाये थे। सुबह से कोतवाल और एलन ने कुछ नहीं खाया था। सबने जल्दी-जल्दी अपने-अपने पेट भरे और फिर आने के ही क्रम में एलन की वापसी यात्रा शुरू हुई।

मेजर अलबर्टो का वृतांत खत्म हुआ तब हमें अहसास हुआ कि हममें से कोई एक घंटे तक बोला नहीं था। आगस्टीन खास तौर से पूरी तरह डूब कर आने वाले कैदी के बारे में सुन रहा था।

"क्या तुम्हें लगता है कि ऐसा आदमी प्रभु के चरणों में कन्फेशन करेगा?" मैंने अलबर्टो से पूछा।

"मुझे नहीं लगता फादर। वह अदालत में भी इसी जिद पर अड़ा रहा कि उसने हत्या नहीं की है। पुलिस वाले उसे यह सोचकर घटना स्थल पर ले गये थे कि वहाँ पर पहुँचते ही वह पश्चात्ताप से टूट जाएगा पर उसके ऊपर वहाँ भी कोई असर नहीं पड़ा। दरअसल वह राक्षस है, कभी कन्फेशन नहीं करेगा।"

"देखा जाएगा। प्रभु सारे पापियों को अपने शरण में ले लेते हैं, यह भी वहाँ स्थान पाएगा।"

मैंने बावर्ची को खाना लगाने को कहाँ लंच के दौरान भी हम सिर्फ एलन की ही बातें करते रहे। फादर रेमिरो ने खाते-खाते मुझसे कहा—

"तुम्हें बहुत धैर्य दिखाना होगा फादर कैमिलस, ऐसे लोग आसानी से नहीं टूटते।"

"मुझे उम्मीद है फादर प्रभु मेरी मदद करेंगे। आगस्टीन अगले इतवार को मैं तुम्हारे कैदी से मिलने आऊँगा। तुम्हारी इजाजत है न?"

"फादर आपका हमेशा स्वागत है।"

21 अगस्त 1910

आज पहली बार नैनी जेल एलन से मिलने जाना था। कल रात मैं सो नहीं सका। क्या यह सिर्फ एक ऐसे हत्यारे से मिलने की उत्तेजना थी जिसे कुछ ही दिनों में फाँसी पर चढ़ना है या फिर मेरे मन की वह जुगुप्सा जो उस घृणित इंसान से मिलने की संभावना से उत्पन्न हुई थी जिसने थोड़े से पैसों की लालच में एक ऐसे भले और खुशमिजाज इंसान को मार डाला जो उसका दोस्त भी था।

इतवार की प्रार्थना सभा खत्म करके मैंने हलका नाश्ता किया। इक्का मेरा इंतजार कर रहा था। यमुना पार नैनी जेल तक पहुँचने में डेढ़ घंटा लगा। हर बार की तरह मेरा इक्का सीधे सुपरिंटेंडेंट के बंगले पर पहुँचकर रुका। आगस्टीन शायद मेरा ही इंतजार कर रहा था। इक्का रुकने की आवाज सुनते ही बाहर निकल आया। मेरे अभिवादन का जवाब देने के साथ ही उसने मेरा हाथ थामा और मुझे अपने लान की तरफ ले गया।

लगभग आधे एकड़ में फैली उसकी लान में दस बारह कैदी काम कर रहे थे। उनके पैरों में इस तरह बेड़ियाँ पड़ी थीं कि वे मुश्किल से उकड़ूँ बैठकर काम कर पा रहे थे। उनके इर्द गिर्द तीन चार संतरी अपने बल्लम लिये खड़े थे। कैदियों की मेहनत का ही फल था कि सुपरिंटेंडेंट के बंगले की लान चमचमा रही थी। चारों तरफ फूलों की क्यारियाँ थीं जिनमें मौसमी फूल खिलखिला रहे थे। लान के बगल में कई एकड़ का रकबा था जिसमें धान और सब्जियाँ लगी हुई थीं। उनमें भी कैदी काम करते हुए दिख रहे थे।

अगस्त की दोपहरी लान में बैठने लायक नहीं थी। आगस्टीन मुझे हाथ पकड़े हुए एक बड़े से पाकड़ के पेड़ के नीचे ले गया जहाँ कुर्सियाँ पड़ी हुई थीं और सफेद कपड़ों में लैस एक बेयरा हाथ बाँधे हमारा इंतजार कर रहा था। कुर्सियों पर हमारे बैठते ही बेयरा अंदर चला गया और हमारे लिए पानी लेकर आया। हम औपचारिक कुशल-क्षेम से लेकर मौसमी फूलों तक की बातें करते रहे और बेयरा हमारे लिए खाने पीने का सामान लगाता रहा।

आगस्टीन मेरे स्वर में छिपा अनमनापन भाँप गया था। मेरी आवाज में उस तरह की गर्मजोशी नहीं थी जो उससे बातचीत में रहा करती थी।। चाय का प्याला मेरे हाथ में थमाते हुए उसने कहा–

"फादर मैंने एलन की फाइल मंगा रखी है। आप उससे मिलने के बाद पढ़ना चाहेंगे या अभी?"

मेरी चोरी पकड़ी गयी थी। मैं रास्ते भर एलन के बारे में ही सोचता रहा था। आगस्टीन के उस खूबसूरत लान में चहचहाते मौसमी फूलों के बीच में बैठे होने के

बावजूद मेरा मन उसी में अटका हुआ था। कुछ भी खाते-पीते मैं उसके बारे में ही सोच रहा था। आगस्टीन ने जब यह सवाल पूछा तो मैं झेप गया। मैंने झिझकते हुए कहा—''मैं एलन की फाइल जेल में जाने के पहले देखना चाहूँगा। अगर संभव हो तो अभी।''

''क्यों नहीं?'' आगस्टीन ने हाथ से इशारा किया। हमारी चाय लगाकर थोड़ी दूर एक दूसरे पेड़ की छाया तले खड़ा बेयरा भागता हुआ हमारे पास आ गया।

''अन्दर डाइनिंग टेबल पर एक फाइल रखी है। उसे ले आओ।''

बेयरा तेज कदमों से अन्दर गया और थोड़ी ही देर में लाल फीते से बँधी एक मोटी फाइल लेकर हमारे पास आ गया।

आगस्टीन ने फाइल के ऊपर बँधा लाल फीता खोलते हुए फाइल मुझे थमा दी।

''ऊपर इसकी सर्विस बुक लगी हुई है। उससे आप रेजिमेण्ट में इसके आचरण और प्रदर्शन के बारे में जान सकेंगे। उसकी पारिवारिक पृष्ठभूमि भी इसमें है। अंदर एक जजमेण्ट है जो जज ने मुकदमे की सुनवाई के बाद दिया था। जजमेण्ट से आपको हत्या के बारे में जानकारी मिल सकेगी।''

फाइल को हाथ में लेकर मैं उसे यूँ ही उलटता-पलटता रहा। आगस्टीन मेरी दुविधा ताड़ गया—

''फादर आप अकेले पढ़ना चाहेंगे? यहीं बैठकर पढ़ेंगे या गर्मी लग रही हो तो अन्दर बैठ जाएँ।''

मैं एकान्त चाहता था।

''मैं अन्दर पढ़ना चाहूँगा।''

मैं फाइल लिये उठ खड़ा हुआ।

आगस्टीन अंदर मुझे अपने शयनकक्ष में ले गया। बड़े से कमरे में कपड़े का काफी विशाल पंखा लटका हुआ था और बाहर बरामदे तक उसकी रस्सी गयी हुई थी। वहाँ पहले से इंतजार कर रहे और फर्श पर पालथी मार कर बैठे एक कैदी ने हमारे कमरे में घुसते ही अपने हाथों से पंखा खींचना शुरू कर दिया।

''फादर आपको किसी चीज की जरूरत हो तो आवाज दे दीजियेगा। दरवाजे के बाहर एक बेयरा खड़ा है। मैं भी बगल के कमरे में हूँ।''

''बहुत बहुत धन्यवाद आगस्टीन। मैं आराम से हूँ।''

आगस्टीन बाहर निकल गया और मैंने उतावले हाथों से फाइल खोल दी।

सबसे पहले मैंने उसकी सर्विस बुक उलटनी शुरू की। पहले पन्ने पर उसकी भर्ती का विवरण था।

जन्म—27 सितम्बर 1880। अट्ठारह साल पाँच महीने की उम्र में भारत के लिए खड़ी की गयी 14 वीं लाइट कैवेलरी में भर्ती हो गया। भर्ती के समय पिता की मृत्यु हो चुकी थी इसलिए उस कालम में लिखा था—स्व. ए.डब्ल्यू. हीयरसे। 14 वीं लाइट

कैवेलरी का एक संक्षिप्त इतिहास सर्विस बुक में दर्ज था। पलटन जब से खड़ी हुई थी ज्यादातर बम्बई प्रेसीडेन्सी में तैनात रही थी। 1856-57 वाली फारस की लड़ाई में इसने भाग लिया था और 1857 के सिपाही विद्रोह के दौरान इसे वापस बुला लिया गया था। हालाँकि इसके लौटते-लौटते विद्रोह कुचल दिया गया था लेकिन तबसे बार बार इसकी तैनाती पंजाब और अफगानिस्तान सरहद पर होती रही। जब एलन पलटन में आया तो पलटन सतारा में थी। बीच में इसके अच्छे रिकार्ड के कारण लोकल प्रमोशन देकर उसे तीसरी गोरखा राइफल्स में ढाई साल के लिए सार्जेन्ट मेजर बनाकर भेजा गया। 1905 की गर्मियों में पलटन को सरहदी सूबे की तरफ कूच करने का हुक्म मिला। वहाँ की कई लड़ाइयों का जिक्र था और सबमें एलन की बहादुरी का बयान था। साल दर साल कम्पनी कमाण्डरों और कमाण्डिंग अफसरों ने एलन को अच्छे रिमार्क्स दिये थे। कमाण्डिंग अफसरों के कई प्रशस्ति पत्र थे जो उसके सर्विस बुक में लगे हुए थे। वहीं मार्च 1907 में एलन बुरी तरह जख्मी हुआ। कुछ दिनों तक बटालियन अस्पताल में ही उसका इलाज हुआ। बाद में उसे क्वेटा के बेस अस्पताल में भेज दिया गया। अगस्त में वह यात्रा लायक हो गया तो बेस अस्पताल से उसे लैण्डोर आराम और पूर्ण स्वास्थ्य लाभ के लिए रवाना कर दिया गया। अक्टूबर की शुरुआत में वह लैण्डोर पहुँच गया और अगर हत्या के इस दुश्चक्र में न फँसा होता तो इस समय उसकी पलटन में वापसी की यात्रा शुरू हो गयी होती। लैण्डोर कनवालसेंस डिपो में एलन डेढ़ साल से अधिक रहा था और सर्विस बुक में दर्ज मंतव्यों के मुताबिक वह एक खुशमिजाज और मस्तमौला फौजी था। अपने सहभागियों और कमाण्डरों के बीच समान रूप से लोकप्रिय। कुछ मेडिकल रिपोर्ट सर्विस बुक में नत्थी थी। वे सभी उसके दृढ़ निश्चय और जिस्मानी सहनशीलता का प्रमाण थीं। जैसे घाव उसे लगे थे उनके बावजूद जिंदा बच निकलना किसी चमत्कार की ही तरह था।

एलन के बारे में पढ़ते समय मैं लगातार सोच रहा था कि 31 अगस्त 1909 को ऐसा क्या हुआ था कि सबकी प्रशंसा का पात्र यह प्रसन्नचित्त खिलंदड़ा इन्सान हत्यारा बन गया और इसने अपने करीबी दोस्त का जघन्यतम तरीके से खून कर दिया ।

एलन से पहली मुलाकात में ही इतनी बेचैनी क्यों महसूस हुई? उसकी कोठरी में घुसने और जेल के वार्डरों द्वारा बाहर से ताला फिर से बन्द करने के बाद जिस चीज से मैं सबसे ज्यादा चकित हुआ वह थी इस छह फुट से कुछ लम्बे नौजवान के चेहरे पर लगातार खेलने वाली मुस्कान। उभरी हड्डियों वाले गाल पर कई दिनों की बढ़ी हुई दाढ़ी के बावजूद उसकी मुस्कान अजीब सम्मोहन और इनफेक्शन से भरी हुई थी। मौत के पन्द्रह दिन पहले कोई इस तरह मुस्करा सकता है? गौर से देखने से साफ लगता था कि पिछला एक वर्ष उसके लिए यातना और दुख से भरा रहा होगा। उसके सीने और बाजुओं की चौड़ी हड्डियों पर बहुत कम मांस चिपका था। जेल के पाजामे में छिपी टाँगें भी इतने बड़े शरीर पर अस्वाभाविक रूप से पतली लग रही थीं। इन

सबके बीच उसकी मुस्कान बेचैन करने वाली थी।

मेरे पिछले अनुभवों के विपरीत मुझे देखकर उसने एक बार भी घबराहट या दुख के लक्षण नहीं दिखाये, मेरे सामने घुटनों पर बैठकर मेरे चोंगे में मुँह छिपाकर नहीं रोया और न ही मुझे यह समझाने की कोशिश की कि वह निर्दोष है। मेरे रस्मी सवालों का आराम से जवाब देता रहा। कमरे में मेरे लिए जेल के कर्मचारी एक कुर्सी रखकर चले गये थे। मैं उस पर बैठ कर बातें कर रहा था और वह खड़े होकर जवाब दे रहा था। मैं काफी कुछ उसके बारे में पढ़ कर आया था। सवाल तो सिर्फ उसको सहज बनाने के लिए पूछे जा रहे थे।

मैंने उसे इशारे से उसके सोने के तख्त पर बैठने के लिए कहा और उसके सामने पवित्र बाइबिल का पाठ करने लगा। खास तौर से वे अंश पढ़े जहाँ कन्फेशन का महत्व समझाया गया है। वह पूरी श्रद्धा और ध्यान से सुनता रहा। मुझे खुशी हुई कि एक सच्चे ईसाई के सामने प्रभु यीशू की महिमा बखानने का मौका मुझे मिल रहा था। गलती किससे नहीं होती? उन्तीस साल के इस नौजवान से भी हुई है और अगले कुछ दिनों में तो इसे इसका दंड भी मिल जाएगा पर एक बार प्रभु के समक्ष कन्फेस करते ही वे इसे अपनी शरण में ले लेंगे और नर्क से इसे मुक्ति मिल जाएगी।

मैंने पाठ करते-करते उसके चेहरे पर नजरें दौड़ागे। मुझे फिर वही बेचैनी हुई जो उसके कमरे में घुसते समय हुई थी। उसके चेहरे पर जो मुस्कान थी वही मुझे बेचैन कर रही थी। जिसे सिर्फ 15 दिन बाद मरना हो और जो इसे जानता भी हो कैसे ऐसे मुस्करा सकता है? क्या था इस मुस्कान में—बचपना, खिलन्दड़ापन या चुनौती? समझना मुश्किल था।

जब मैं उठा तो यह मुस्कान मुझे चुनौती जैसी लगी। मैंने पाठ समाप्त कर शांत स्वर में उसे कन्फेस करने के लिए कहा तो उसने इसी मुस्कान के साथ, आवाज में बिना किसी उतार-चढ़ाव के कहा—

"मैंने कुछ किया ही नहीं फादर, मैं कनफेस क्या करूँ?"

मैं अन्दर से हिल गया। मृत्यु इतनी करीब और कोई इस तरह मुस्करा सकताहै! अभी दो मौके और मिलने थे। मैं आश्वस्त था कि इसे समझा सकूँगा और यह प्रभु की शरण में जाने लायक बन सकेगा।

28 अगस्त 1910

रात भर जम कर बारिश हुई थी। सुबह थोड़ी देर आसमान खुला जरूर पर जल्द ही घने बादल आकाश में छा गये। छाता लेकर चर्च तक गया। मास में उपस्थिति काफी कम थी। घर लौटा तो बारिश और तेज हो गयी थी। गेट के बाहर सड़क के किनारे इमली के छतनार दरख्त के नीचे खड़ा हुआ इक्का मुझे आते ही दिख गया। घने पेड़ की पत्तियों से छन-छन कर बूँदें नीचे खड़े घोड़े को भिगो जरूर रही थीं पर

इतनी भी नहीं कि वह बहुत बेचैनी दिखाता। वह पानी से ज्यादा शरीर पर मँडराती मक्खियों से परेशान था जिन्हें वह लगातार अपनी भीगी दुम से उड़ा रहा था। और सामने पड़े घास के ढेर में मुँह घुसाये हुआ था। इक्के वाला बारिश से बचने के लिए किसी आड़ में चला गया लगता था।

"हुजूर आज जेल की विजिट रहनें दें। इतनी बारिश में नाहक जी हलकान करेंगें।"

मेरा छाता पकड़ कर रामअजोर ने कहाँ

मेरा फैसला भी कुछ डगमगाया। हालाँकि सुबह जब मैं उठा तब भी झड़ी लगी हुई थी लेकिन मुझे फैसला करने में एक मिनट भी नहीं लगा था। दरअसल फैसला करने के लिए कुछ था भी नहीं। पिछले शनिवार की तरह आज की रात भी मैं सो नहीं सका था। पूरी रात आधा सोने और आधा जागने में एलन का चेहरा आँखों के सामने घूमता रहा था। उसकी वह निश्छल बच्चों जैसी हँसी बार-बार हांट करती रही जिससे पहली मुलाकात में मेरे हर प्रश्न पर उसने मुझे निरुत्तर कर दिया था। प्रभु की आज्ञा मैंने कितनी बार कितनी तरह से दोहरायी पर जैसे ही उसे कन्फेस करने के लिए कहता उसके ओठों पर एक निष्पाप हँसी फैल जाती और एक ही वाक्य से वह मेरे सारे प्रयत्नों पर पानी फेर देता–

'मैंने हत्या की ही नहीं फादर, मैं कन्फेस क्या करूँ?"

रामअजोर के इसरार ने मेरा निश्चय कुछ कमजोर जरूर किया किंतु कोई दुर्निवार आकर्षण था जो मुझे एलन की तरफ खींच रहा था। कौन सी चीज है जो एक हत्यारे में इस कदर दिलचस्पी पैदा कर रही है? क्या उसकी यह क्षमता कि पूरी तरह हत्यारा साबित होने के बाद भी बिना किसी पश्चात्ताप या हिचकिचाहट के वह बच्चों जैसी हँसी के साथ अपने को निर्दोष घोषित कर सकता है या फिर यह कि उसके पास समय कम है और मैं उसे एक चुनौती के रूप में पा रहा हूँ। मुझे उससे लम्बी बहसें कर उसे परास्त करना होगा और उसके इस छद्म आवरण को जो उसने झूठे आत्मविश्वास से ओढ़ रखा है तार-तार कर देना होगा। तभी जाकर वह कन्फेस करेगा।

मैं कह नहीं सकता कि क्या था जिसने मेरे मुँह से कहलवा लिया–

"नहीं, मैं जाऊँगा। इक्केवान से कहो तैयार रहे। बारिश रुकते ही हम चल पड़ेंगे।"

नैनी जेल जाने की उत्सुकता मुझे कितनी थी इसका अन्दाजा सिर्फ इस बात से लगाया जा सकता था कि मैं लंच लेकर बाहर बरामदे में ही बैठ गया। मेरा मन किसी चीज में नहीं लग रहा था। आराम कुर्सी पर अधलेटा पवित्र बाइबिल के पृष्ठ उलटता रहा और बारिश रुकने का इंतजार करता रहा।

बारिश पूरी तरह से रुकी तो नहीं थी पर इतनी हलकी जरूर पड़ गयी थी कि

आप उसे झींसा पड़ना कह सकते हैं और मैंने राम अजोर को इक्का लगवाने का हुक्म दिया। मैं और इंतजार नहीं कर सकता था।

इक्का मेरे पोर्टिको में आकर खड़ा हुआ। भीगा घोड़ा बेचैन लग रहा था। वह लगातार अपनी दुम अपनी पीठ पर मार रहा था। दुबले मरियल इक्केवान को उसे सँभालने में अपना पूरा जोर लगाना पड़ रहा था। मुझे बाहर निकलते देखकर बायें हाथ से घोड़े की लगाम कसकर थामे साइस ने लगभग दोहरा होते हुए झुककर मुझे दाहिने हाथ से सलाम किया। उसके सलाम का जवाब सिर हिलाकर मैंने दिया और अपना चोंगा सँभालते हुए इक्के पर बैठ गया। इक्केवान ने इक्के के अगले हिस्से पर एक बोरी उलटी कर के रख रखी थी। इक्के पर बैठने के पहले उसने बोरी को इस तरह से सिर पर डाल लिया कि वह उसके लिए बरसाती बन गयी। बोरे की बरसाती सिर पर डाले जब वह इक्के पर बैठा और उसने घोड़ा हाँका तो स्थिति यह थी कि हलकी-हलकी बूँदों से वह काफी हद तक सुरक्षित था।

रास्ते भर बारिश रुक थम कर होती रही। जब पानी तेज होता हम आम, इमली या बरगद के किसी बड़े पेड़ की शरण ले लेते और जैसे ही पानी हलका होता हमारी यात्रा शुरू हो जाती।

जेलर के बंगले के सामने इक्का रुका तो मुझे अहसास हुआ कि आज आगस्टीन ने मेरे आने की उम्मीद छोड़ रखी थी। बारिशों की वजह से आम तौर से उसके बड़े बँगले के अहाते में काम करने वाले कैदियों की फौज नदारद थी। घर का मुख्य दरवाजा बन्द था और बरामदे भी सूने पड़े थे। मुझे भीगने से बचाने के लिये इक्केवान ने घोड़े की लगाम खींचते हुए और खुद पैदल चलते हुए उसे ऐसे स्थान पर लाकर खड़ा किया कि मैं कूदकर सीधे बरामदे में उतर गया।

इक्के की खटपट और मेरे कूदने की आवाज ने अन्दर कुछ हलचल पैदा की और घर का बड़ा सा प्रवेश द्वार खोलते हुए पहले एक नौकर और उसके पीछे आगस्टीन बाहर निकल आया।

"फादर आप!" आवाज से स्पष्ट था कि आगस्टीन मेरी इस विजिट के लिए तैयार नहीं था।

"इलाहाबाद में बारिश रुक गयी थी। यमुना के इस तरफ ज्यादा है।" मैंने अपनी झेंप मिटाते हुए कहाँ मैं एलन में अपनी उत्सुकता का जिक्र नहीं करना चाहता था।

"कोई बात नहीं। अच्छा हुआ आप आ गये फादर। आपके साथ खूब गप्प लड़ेगी। बारिश ने तो घर में कैद कर रखा है।"

वह मुझे साथ लेकर अन्दर बैठक में चला गया। मेरा गाउन भीग गया था। उसे एक नौकर भीतर बरामदे में सुखाने के लिए ले गया। दूसरा नौकर तौलिया ले आया जिससे रगड़-रगड़ कर मैंने अपना सर और चेहरा सुखा डाला। हम एक गोलमेज के

इर्दगिर्द बैठ गये। नौकर चाय बनाकर ले आया था और आगस्टीन ने एक प्याले में ढ़ाल कर चाय मेरे आगे बढ़ाई।

"क्या हाल है तुम्हारे उस कैदी का?"

"किसका फादर, आप किस कैदी की बारे में पूछ रहे हैं?"

"उसी अँग्रेज का.......... जिसे फाँसी की सजा हुयी है।"

"अच्छा आप एलन की बात कर रहे हैं। माफ कीजिएगा फादर मैं आपके जाने के बाद उसके पास जा नहीं पाया। फाँसी की बैरक की तरफ गया तो पर एलन की कोठरी तक नहीं गया। फाँसी के दो और कैदी दाखिल हैं, उनकी कोठरियाँ तो चेक की मैंने, एलन की कोई शिकायत नहीं थी इसलिए वहाँ नहीं गया।"

आगस्टीन की आवाज में कुछ झिझक थी जैसे वह मुझे सफाई दे रहा हो।

"नहीं नहीं मैं तो ऐसे ही पूछ रहा हूँ। इतने कैदियों का भार है तुम पर...... सबसे कैसे मिल सकते हो हर हफ्ते। मैं तो उसी के लिए आया था।" मैंने उसे आश्वस्त किया।

मुझे जल्दी-जल्दी चाय खत्म करते देख आगस्टीन ने टोका–

"जल्दी क्या है फादर। आराम से जेल हो आइयेगा। तब तक मेरे खानसामे की बनाई पकौड़ियाँ खाइये। बरसात में अच्छी लगेंगी।"

मैं एलन से मिलने के लिए इतना उत्सुक था कि सामान्य शिष्टाचार और औपचारिकताओं की उपेक्षा करता हुआ उठ खड़ा हुआ।

"जेल से लौट कर आराम से बैठेंगे। आज तो बारिश जल्द जाने नहीं देगी तुम्हारे साथ ही गप्प लड़ेगी।"

जेल का एक सिपाही मुझे जेलर के घर से जेल के फाटक तक ले गया। वहाँ तैनात संतरी मुझे पहचानते ही थे इसलिए जरूरी औपचारिकतायें पूरी करता हुआ मैं चन्द मिनटों में ही तनहाई बैरक के सामने था।

तनहाई बैरक में तीन फाँसी के कैदी थे। दाहिने ओर सबसे कोने वाली कोठरी में कैद था एलन। हेड वार्डर और एक सिपाही मुझे वहाँ लेकर गये। हमारे कदमों की आहट से ही एलन जान गया कि मैं आया हूँ। जब तक हम उसकी कोठरी के सीखचों वाले दरवाजे के सामने पहुँचते वह खुद ही सामने आ गया। वार्डर ने अपनी पेटी से बँधी चाभियों के गुच्छे की एक चाभी से ताला खोला और मैं धीरे से अन्दर चला गया। उसने दरवाजा फिर से बन्द कर दिया और सामने से हट गया।

"फादर शुक्र है आप आ गये। कोठरी के अन्दर रात से ही बरसात की आवाज आ रही है। मैं तो निराश हो गया था कि आप आज नहीं आयेंगे।"

मेरे अन्दर घंटियाँ बजीं। मेरी प्रतीक्षा कर रहा था एलन ! पाप एक सच्चे ईसाई को अन्दर से झकझोरता जरूर है ! लेकिन जल्दी ही मुझे निराश होना पड़ा। मैंने पवित्र बाइबिल का अपना सबसे प्रिय अंश डूब कर पढ़ना शुरू किया.....

धन्य है वह मनुष्य, जिसका अपराध क्षमा किया गया, और जिसका पाप ढाँपा गया।

धन्य है वह मनुष्य जिस पर प्रभु अधर्म का अभियोग नहीं लगाता, और जिसके मन में कोई कपट नहीं है। जब तक मैंने अपना पाप प्रकट नहीं किया, मेरी देह दिन भर की कराह से कमजोर हो गई।

मैंने तेरे सम्मुख अपना पाप स्वीकार किया, और अपने अधर्म को छिपाया नहींय

मैंने कहा, "मैं प्रभु के समक्ष अपने अपराध स्वीकार करूँगा।"

और तूने मेरे पाप और अधर्म को क्षमा कर दिया..........।

पढ़ते-पढ़ते मैंने एलन की तरफ देखा। उसके चेहरे की मुस्कान ने मुझे भ्रमित कर दिया। शुरू में तो पिछली मुलाकात की तरह यह किसी बच्चे सी निश्छल हँसी लगी लेकिन आज न जाने क्यों इसमें उपहास और चुनौती जैसी छवियाँ ज्यादा दिखीं। क्या प्रभु यीशू मेरा इम्तहान ले रहे हैं? हे भगवान कितना सधा हुआ कठोर अपराधी है यह? मैं जब भी उसे कन्फेस करने के लिए कहता हूँ तब उसका एक ही जवाब मिलता है—

"मैंने हत्या की ही नहीं है तो मैं कनफेस क्या करूँ?"

मैंने अपने पूरे जीवन में अपने को इतना असहाय कभी महसूस नहीं किया था।

ऐसा क्या है जो मुझे उसकी आँखों में आँखें डालकर सीधे देखने से रोकता है? क्यों हर बार मैं ही अपनी निगाहें झुका लेता हूँ जैसे कि अपराधी मैं ही हूँ। क्या है उसकी नजरों में कि हर बार मैं कमजोर पड़ जाता हूँ । उसे अपराधी मानते मानते खुद को लगने लगता है कहीं कुछ छूट रहा है।

झुंझलाकर मैं पादरी से कोतवाल बन जाता हूँ। पूरी तफ्तीश पर उतारू हो जाता हूँ। हालाँकि इसका कोई मतलब नहीं है। एक अँग्रेज सिपाही के खिलाफ झूठा मुकदमा चले और कोई अँग्रेज जज उसे फाँसी की सजा दे दे इसकी तो मैं कल्पना भी नहीं कर सकता पर उसके आत्मविश्वास को देखते हुए मैं इस तफ्तीश में उलझता हूँ पर किसी नतीजे पर नहीं पहुँच पाता। पिछली मुलाकात में उसने पूरा वाकया सुनाया था। मैंने जेल में अदालत से आयी उसकी फाइल पढ़ी थी, दोनों विवरण पूरी तरह मिलते थे। ऐसा कैसे था कि एक ही जैसे विवरण के आधार पर अदालत ने उसे दोषी करार दिया और वह स्वयं को निर्दोष मान रहा है। पिछली मुलाकात में एक पेंच रह गया था। मैं आज उसे पूरी तरह सुलझा लेना चाहता हूँ। एलन पुलिस और अदालत के सामने बयान में 31 अगस्त 1909 को अपने एक-एक पल की गतिविधियों की जानकारी देता है। सिर्फ रात साढ़े सात बजे से लेकर आधी रात तक का विवरण नहीं देता। पुलिस के सामने तो एक बार उसके मुँह से निकल भी गया कि वह इस बीच किसी लड़की के साथ था पर अदालत में तो उसने इस बारे में पूरी चुप्पी साधे रखी। पुलिस को भी उसने लड़की का नाम नहीं बताया था।

मैंने भी एलन से 31 अगस्त 1909 के बारे में पूछना आरम्भ किया।

पहले तो एलन ने सहयोग करने से ही इंकार कर दिया पर शायद मेरे चेहरे पर उभर आये खिसियाहट और खीझ के भाव ने उसे पिघला दिया। तरस खाने वाले अन्दाज में मुस्कराते हुए उसने जवाब देना शुरू किया। पर बात वहीं आकर अटक गयी। 31 अगस्त को अँधेरा होने से थोड़ा पहले वह जेम्स की दूकान पर पहुँचा। जेम्स को पता था कि वह छुट्टी जा रहा है। वह बेसब्री से उसका इंतजार कर रहा था। दोनों के स्वभाव में कुछ ऐसी समानतायें थीं कि पूरे कैंटोनमेंट में उन्हें अच्छा दोस्त माना जाता था। जेम्स ने उसके आते ही दूकान बढ़ाई और उसे लेकर अन्दर के कमरे में चला गया। शाम को ही मिसेज सैमुअल ने जेम्स को वेतन दिया था जो सावरेन की शक्ल में उसके बिस्तर पर पड़ा था। उन्हें एक तरफ करके जेम्स बिस्तर पर बैठ गया और सामने पड़ी आराम कुर्सी पर एलन बैठा था। कमरा छोटा ही था और जेम्स की रिहायश के काम आता था। थोड़ी दूर पर एक छोटी सी सराय थी जहाँ से जेम्स के लिए खाना आता था। खाना आ चुका था और बिस्तर तथा आराम कुर्सी के बीच पड़ी मेज पर रखा था। वे दोनों देर तक दुनिया जहान की बातें करते रहे। एलन घर जाने की कल्पना से रोमांचित था। दोनों के घर दूरी पर थे पर जेम्स ने एलन से अनुरोध किया कि यदि समय मिले तो वह उसकी माँ से जरूर मिलता आये। एलन ने वादा भी किया। जेम्स ने शाम को ही एक पहाड़ी से छाँग मँगा कर रखी थी। इरादा था कि एलन के साथ छक कर पियेगा। लेकिन एलन ने मना कर दिया। उसने साथ देने के लिए एक छोटा पेग पिया। जेम्स को आश्चर्य भी हुआ पर एलन की यह बात कि उसे अभी छावनी वापस जाना है और फिर वहाँ से सामान लेकर रात में ही पहाड़ी रास्तों से उतरकर राजपुर पहुँचना है उसकी समझ में आ गयी।

लगभग घंटे भर का समय बिताकर एलन जेम्स की दूकान से निकल गया। बाहर सन्नाटा था और सर्द हवाओं के बीच एकांत गलियों से निकलते समय एलन ने पाया कि आसपास कोई नहीं था।

पर इसके बाद एलन कहाँ गया? अगर सचमुच वह किसी लड़की के पास गया तो कौन थी वह?

मेरे लाख पूछने पर एलन ने कुछ नहीं बताया। मेरे सवालों के उत्तर में कभी वह शून्य में ताकने लगता, कभी शर्मीली सी मुस्कान उसके चेहरे पर तैरती और कभी ऐसा गुमसुम बैठ जाता कि जैसे मेरी बात उसने सुनी ही न हो। सिर्फ एक बार जब मैंने बड़ी सख्ती से अपनी आवाज से उसे लगभग झकझोरते हुए पूछा तो वह हौले से बुदबुदाया—

"आप जिसे प्यार करते हैं उसे रुसवा कर सकते हैं क्या?"

मुझे पूरा यकीन हो गया था कि एलन एक नम्बर का मक्कार है। सिर्फ अपने को निर्दोष साबित करने के लिए उसने यह कहानी गढ़ी है। वह किसी लड़की के पास

नहीं गया। कोई लड़की थी भी नहीं उसकी जिन्दगी में। वह एक खिलन्दड़ा और दोस्तबाज आदमी था। अगर सचमुच की कोई प्रेमिका होती तो उसके दोस्तों को पता न हो—ऐसा हो नहीं सकता। इस लड़की का जिक्र उसने सिर्फ खुद को फाँसी के फन्दे से बचाने के लिए किया था पर उसके दुर्भाग्य से उसकी यह तिकड़म उसके काम नहीं आयी।

4 सितम्बर 1910

एक साल पहले मसूरी में जो नाटक शुरू हुआ था कल सुबह चार बजे उसका पटाक्षेप हो जाएगा। अब हत्यारे से मेरी मुलाकात नहीं हो सकेगी। पता नहीं उसे हत्यारा कहना उचित भी है या नहीं? अदालत ने फाँसी की सजा दी है तो उसे हत्यारा मानने में मुझे दिक्कत क्यों होनी चाहिए। अगर पिछले दो रविवार मैंने एलन के साथ नहीं बिताये होते तो मैं पूरे विश्वास के साथ कह सकता था कि वह हत्यारा है। जितनी बार मैं उससे मिला हूँ उतनी ही बार मेरा विश्वास डगमगाया है। क्या मैं कह सकता हूँ, वह हत्यारा नहीं है या मैं पूरे यकीन से कह सकता हूँ कि वह हत्यारा है? प्रभु यीशू मेरी मदद करें।

फाँसी चढ़ने वाले कैदियों की दोष-मुक्ति से मुझे हमेशा आंतरिक शान्ति मिलती है। प्रभु बहुत दयावान है। कन्फेशन करने वाले सारे पापियों को क्षमा कर देता है। मैं भाग्यशाली हूँ कि उसने मुझे निमित्त बनाया है। इसे भी क्षमा कर देगा। मेरा अनुभव है कि फाँसी पाये कैदी पहली मुलाकात में ही कन्फेशन के लिए आतुर रहते हैं। वे मिलते ही फूट-फूट कर रोने लगते हैं और अपना पाप कबूल करने के लिये तैयार दिखते हैं। उनके और प्रभु के बीच में मेरे सिवाय कोई नहीं होता, इसलिए मेरे सामने वो सब बता डालते हैं जो उन्होंने अदालत के सामने भी नहीं बताया होता है। सिर्फ एक बार ऐसा भी हुआ था कि फाँसी की बैरक से निराश मैं सिर झुकाये लौट रहा था कि कैदी ने दौड़कर मुझे रोकने का प्रयास किया। मैं उसकी कोठरी से बाहर निकल आया था और संतरी उसकी कोठरी में ताला लगा रहा था। यह मृत्युदण्ड की सजा पायी हुई एक औरत थी और पिछले कई हफ्तों से मेरे सामने गुम-सुम बैठी रहती थी। मैं उसकी अंतरात्मा को झकझोरने की कोशिश करता और वह ठण्डी सर्द निगाहों से सिर्फ मुझे घूरती रहती। कई बार झुँझलाकर मैंने तय किया कि अब उसके पास नहीं आऊँगा लेकिन हर रविवार चर्च से अनायास मेरे कदम जेल की तरफ उठ जाते। जब कभी जेल में कोई ऐसा कैदी होता जिसे प्रभु यीशू की शरण में शांति मिल सकती हो तो रविवार को मेरा कार्यक्रम काफी हद तक तय शुदा रहता है। चर्च से मैं आगस्टीन के साथ सीधे जेल आ जाता हूँ। पहले वह मुझे जेलर की बड़ी सरकारी कोठी में ले जाता है। सर्दियाँ होतीं तो हम बाहर उसकी खूबसूरत लान में बैठकर चाय पीते हैं। कैदियों की मशक्कत से चहकते हुए अपने एक-एक पौधे के बारे में वह

विस्तार से बताता है। गर्व से अपने गुलाबों की किस्में गिनाता। गुलदाउदी और डहेलिया के पौधों के साथ अपने प्रयोगों की जानकारी देता है। मैं पिटूनियाँ, नैस्टर्शियम, डाग फ्लावर, स्वीट पी, गेदों और इनकी तरह के तमाम खिले हुए फूलों की क्यारियों के बीच बैठकर आगस्टीन से गप्पें लड़ाता हूँ। अगर गर्मियों का मौसम होता है तो हम उसके बीस फीट से भी ऊँची दीवारों वाले ड्राइंगरूम में बैठते हैं जहाँ बाहर बरामदे में बैठकर दो कैदी मोटे कपड़ों वाले छत से लटके दो पंखों को रस्सी के सहारे डुलाते रहते हैं। आगस्टीन से चाय के प्याले पर गप्पें लड़ाकर मैं जेल की तरफ बढ़ता हूँ। आगस्टीन मुझे जेल के फाटक तक छोड़कर वापस लौट आता है। जेल का संतरी सलाम करके मेरे लिए जेल के विशाल लौह कपाट का छोटा विकेड गेट खोल देता है और मैं अभिशप्त प्राणियों की उस अँधेरी दुनिया में प्रवेश कर जाता हूँ जहाँ आकर हमेशा मुझे लगा है कि वहाँ के निवासियों को प्रभु की कृपा की सबसे ज्यादा जरूरत है। इसलिए वहाँ बपतिस्मा प्राप्त किसी प्राणी को धार्मिक उपदेश देने जाने का मौका मिलने पर मुझे आंतरिक खुशी मिलती है।

उस दिन भी सभी कुछ ऐसा ही था। थोड़ा सा फर्क यह आया था कि जेल के अंदर घुसते समय मुझे खुशी से अधिक अवसाद की अनुभूति हो रही थी। मैं अंदर एक ऐसी महिला कैदी से मिलने जा रहा था जिसे दूसरे दिन फाँसी लगने वाली थी। पिछले कई हफ्तों से मैं उसे नियमित रूप से पवित्र बाइबिल सुना रहा था। मैंने विस्तार से उसे कन्फेशन के बारे में बताया था। वह एक श्रद्धालु ईसाई लगती थी और हर बार पूरी तन्मयता से मेरे प्रवचन सुनती थी। पहली बार जब मुझे लगा कि वह पूरी तरह से प्रभु चरणों में लीन हो गयी है तब मैंने उसे कन्फेशन के लिये कहा तो एकदम से उसका चेहरा विकृत हो गया। उसके होंठ फड़फड़ाने लगे और आँखें शून्य में टिक गयीं। मेरी लाख कोशिशों के बावजूद उसने मुझसे आँखें नहीं मिलायीं। थक हार कर मैं लौट आया। उसके बाद कई हफ्तों तक मैं कोशिश करता रहा पर हर बार कन्फेशन के दरवाजे पर पहुँचकर मैं लौट आता।

फाँसी के एक दिन पहले सब कुछ पहले जैसा ही हुआ। मैंने विस्तार से उसके सामने कन्फेशन के महत्व पर प्रकाश डाला। मैंने देखा कि हर बार की तरह वह बेचैन हो उठी, हर बार की तरह उसके होंठ फड़फड़ाये और हर बार की तरह उसकी आँखें शून्य पर अटक गयीं। मुझे पता था कि आज आखिरी मौका है, अगर आज उसने कन्फेशन नहीं किया तो उसके पाप कभी माफ नहीं किये जाऐंगे। प्रभु यीशू की शरण में जाने का आज अंतिम मौका है। मैं लगा रहा—उसकी आँखों में भरी घोर अवज्ञा के बावजूद। लेकिन कब तक मैं चट्टान से सिर टकराता, निराश होकर उठा और थके कदमों से उसके सेल से बाहर निकल आया। तभी वह कुछ घटा जिसकी मैंने उम्मीद नहीं की थी।

मैं मुश्किल से दस कदम चला हूँगा कि मुझे सलाखों के पीटने की आवाज

सुनायी दी। पीछे मुड़कर मैंने देखा कि वह सेल के सलाखों वाले दरवाजे पर अपना सर पटक रही थी और दरवाजे पर ताला लगा चुका संतरी फटी आँखों से उसे देख रहा था। मैं वापस झपटा।

"मुझे कन्फेशन करना है फादर।" सलाखों पर सर पटकते हुए उसने सिर्फ इतना कहाँ

"दरवाजा खोलो।"

मेरे मुँह से निकला। संतरी ने हिचकिचाहट से मेरी तरफ देखा। शायद नियम उसे इस बात की इजाजत नहीं दे रहे थे कि मृत्युदण्ड के कैदी का कक्ष एक बार बंद कर देने के बाद बिना बड़े अफसर के हुक्म के दुबारा खोला जाए।

"दरवाजा खोलो।"

मैंने सख्ती से फिर कहाँ शायद यह मेरे और उस जेल के जेलर आगस्टीन के बीच मित्रता थी जिसे जेल के मुलाजिम जानते थे और शायद इसी की वजह से संतरी ने कुछ क्षण की हिचकिचाहट के बाद सेल का दरवाजा खोल दिया।

उसके बाद उस पतिहंता औरत ने जो कुछ मेरे सामने कन्फेस किया वह इतना यातनाजनक था कि मैं काफी देर तक स्तब्ध बैठा सुनता रहा। उसने कब बोलना बन्द किया और कब जमीन पर लुढ़क गयी, मुझे पता ही नहीं चला। उसका मुँह नीचे जमीन की तरफ था और वह एक मद्धम लय में हौले-हौले सुबक रही थी। मैंने घुटने के बल बैठकर अपनी सलीब चूमी और हलके हाथों से उसका सर सहलाया और तेज कदमों से बाहर निकल आया। वहाँ एक क्षण भी रुकना संभव नहीं था। प्रभु यीशू तुम्हें क्षमा करेंगे, यह भी मैं बाहर निकल कर ही कह सका।

क्या सचमुच उसे क्षमा की जरूरत थी? उसका कन्फेशन सिर्फ मेरे और प्रभु के लिए है इसलिए मैं उसे लिख नहीं सकता लेकिन अगर मैं उसकी जगह होता तो क्या मैं उस राक्षस पति को नहीं मारता? कन्फेशन करने की जरूरत किसे थी—मारे गये पति को या हत्यारोपी पत्नी को—तय करना मुश्किल था। पता नहीं कई बार पाप और पुण्य की विभाजक रेखा इतनी क्षीण क्यों हो जाती है?

आज जिसके सेल से मैं थका हारा लौटा हूँ वह मेरे जीवन का पहला कैदी है जिसने मृत्युदण्ड की पूर्व संध्या पर भी कन्फेशन नहीं किया। मेरी हर कोशिश के बाद वह सिर्फ हलके से मुस्कुराता और बस इतना कहता—

"मैंने कोई पाप नहीं किया फादर, किस बात को कनफेस करूँ।"

ऐसा क्यों हुआ कि हर बार मैंने अपने को और अधिक कमजोर पाया। पहली बार जब उसने कहा तो अपनी सारी कोशिशों के बावजूद मैं झुंझला उठा। मैंने कठोर निगाहों से उसे देखा। वह हत्या के कुछ ही घंटों बाद पकड़ा गया था और सारे साक्ष्य उसके खिलाफ थे। अदालत में उसे सफाई देने का मौका मिला था और सब कुछ सुनने के बाद ही जज ने उसे मृत्युदण्ड दिया होगा। इसके बावजूद भी अगर वह

कन्फेस करने के लिए तैयार नहीं था तो ऐसे ढीठ आदमी के साथ आप कैसे सहानुभूति रख सकते हैं पर प्रभु यीशू ने एक पादरी की हैसियत से मुझे जो दायित्व सौंपा है उसे तो निभाना ही था। संत पीटर से चली आ रही परम्परा को मैं कैसे छोड़ सकता था?

एलन के साथ जो कागजात देहरादून की सेशन अदालत से जेल में आये थे उन्हें सुपरिंटेंडेंट आगस्टीन के दफ्तर में बैठकर मैंने पढ़ा था। मामला बहुत सीधा-सादा था। काफी कुछ तो 14 अगस्त को मेरे घर पर लंच लेते समय लैण्डोर के कमाण्डिंग अफसर मेजर अलबर्टो ने हमारे सामने बयान किया ही था। अदालत के कागजात पढ़कर चीजें और साफ हो गयीं।

31 अगस्त 1909 को मसूरी के माल रोड पर एक कैमिस्ट की दूकान में काम करने वाले मि. जेम्स रेगिलैण्ड क्लैप की दूकान के अन्दर किसी ने हत्या कर दी। हत्या बड़े जघन्य तरीके से की गयी थी। किसी ने पहले सोड़ा वाटर की बोतल से मृतक के सर पर वार किया था। सर पर गहरी चोट के कारण मृतक अचेत होकर अपनी कुर्सी से नीचे लुढ़का होगा और उसके बाद तेज टिन जैसी चीज से उसकी गर्दन पर एक कान से दूसरे कान तक चीरा लगा दिया गया था। इसी टिन से उसकी गर्दन में एक सूराख किया गया था। शायद हत्यारे को टिन के अलावा कोई हथियार नहीं मिला होगा। इससे यह भी साबित हो गया कि हत्यारा मृतक का परिचित था और बिना किसी हथियार के उसके पास गया था। हत्या का इरादा करते ही उसने वहीं जेम्स के कमरे में उपलब्ध सोडावाटर बोतल और टिन से काम चलाया था।

हत्या का पता दूसरे दिन सुबह तब चला जब दूकान की सफाई करने वाला लडका वहाँ आया और बहुत आवाज लगाने और दरवाजा पीटने के बाद भी जेम्स ने दरवाजा नहीं खोला। आस पड़ोस के काफी लोग वहाँ इकट्ठे हो गये और दूकान की मालकिन मिसेज सैमुअल को भी खबर भेजी गयी। उनके आने के बाद ही यह फैसला लिया गया कि दूकान का दरवाजा तोड़ दिया जाए। दूकान का दरवाजा तोड़ने के बाद मिसेज सैमुअल और उनके साथ कुछ लोग अंदर घुसे तो उन्हें दूकान के अंदर सब कुछ सामान्य सा लगा। एक ही चीज असामान्य थी कि दूकान से सटे कमरे का दरवाजा अंदर से बंद नहीं था। मिसेज सैमुअल को पता था कि जेम्स रात में सोने से पहले दूकान और अपने रहने के कमरे के बीच का दरवाजा बंद कर देता था। दरवाजा खुला देख किसी अनिष्ट की आशंका से वे उधर झपटीं।

अंदर कमरे की दशा देखते ही एक लम्बी चीख के साथ मिसेज सैमुअल बेहोश होकर जमीन पर गिर पड़ी ।

मिसेज सैमुअल के साथ अंदर आये दूसरे लोग भी सकते में आ गये। अन्दर का दृश्य था ही ऐसा। अन्दर फर्श पर खून के थक्कों के बीच जेम्स मृत पड़ा था। पास ही एक कुर्सी उलटी हुई थी। उसके पास एक सोडे की आधी टूटी बोतल पड़ी

हुई थी । शव के पास ही टूटी बोतल के टुकड़े बिखरे हुए थे। शव औंधा पड़ा था। सर पर गहरे जख्म के इर्दगिर्द खून जम गया था। बाद में पुलिस ने आकर जब शव को सीधा किया तब यह स्पष्ट हुआ कि उसके चेहरे पर एक कान से दूसरे कान तक एक लम्बा चीरा लगा हुआ था।

यद्यपि, एलन के खिलाफ कोई प्रत्यक्षदर्शी साक्ष्य नहीं था पर सारी परिस्थितियाँ उसके खिलाफ थीं। वह जेम्स के साथ देखा जाने वाला अंतिम व्यक्ति था। जेम्स को उसी दिन अपनी मालकिन से वेतन मिला था, मृतक के पास उसका वेतन नहीं था। वेतन में कुछ मलका विक्टोरिया की तस्वीर वाले सोने के सिक्के या सावरेन भी थे और एलन ने राजपुर के होटल में सावरेन से भुगतान किया था। एलन के पास एक टिन का डिब्बा मिला जिसमें वह कुछ सैण्डविचेस लेकर मसूरी से चला था। जेम्स की हत्या भी टिन से गर्दन काटकर की गयी थी। अदालत ने पूरी सुनवाई के बाद उसे दोषी करार दिया था अतः मेरे पास भी शुरू में उसे हत्यारा मानने के सिवाय कोई विकल्प नहीं था। यह तो बाद में जैसे-जैसे मैं उससे मिलता गया मेरे मन का संशय बढ़ता गया।

आज जब मैं उसके सेल से बाहर निकल रहा था मैं पूरी तरह से भ्रमित था। शायद भ्रमित कहना उचित नहीं होगा। ऐसा तो नहीं कि जब सेल से सर झुकाये, थके कदमों से मैं बाहर निकला तो कहीं न कहीं मुझे भी लग रहा था कि एलन अपराधी नहीं था? फिर वह कन्फेशन किस बात का करता?

वापस लौटते समय मेरे मन में कई बार आया कि मैं जेल के उस एकांत भरे कारीडोर में, जिसका सन्नाटा सिर्फ मेरे कदमों की चाप से टूट रहा था, रुकूँ और पीछे मुड़कर काल कोठरी की सलाखों को दोनों हाथों से पकड़े और मेरी पीठ पर एकटक निगाहें गड़ाये एलन को अंतिम बार देख लूँ पर सिर्फ इस झिझक से मैं सीधे चलता चला गया कि उसके चेहरे पर नजरें डालते ही मेरी निगाह उस मुस्कान पर पड़ेगी जिसके बारे में मैं अब तक फैसला नहीं कर पाया था कि उसमें सिर्फ खिलन्दड़ा भोलापन है या कोई चुनौती छिपी है।

दोस्त हाथों से कत्ल हुआ

बचपन में नानी के सुने किस्सों में आने वाले भूत बहुत वाचाल होते थे। वे वक्त-बेवक्त कभी भी बोल सकते थे। न सिर्फ बोल सकते थे बल्कि बोलते थे और खूब बोलते थे। शायद यही वजह है कि जिन भूतों से मेरी दोस्ती होती है वे सभी खूब बोलते हैं। उन्हें चुप कराना मुश्किल हो जाता है। बचपन में मैं भूतों से डरता था और उनके डर से बीच में ही जग जाता या भाग कर किसी बड़े की शरण में चला जाता इसलिए उनसे संवाद बीच में ही टूट जाता। अब डर नहीं रहा इसलिए मेरे साथ भूतों के भी मजें हैं। वे देर तक बोल सकते हैं और मैं सुन सकता हूँ।

भूतों और मँजे हुए किस्सागो में क्या समानताएँ हो सकती हैं? मेरी नानी जबरदस्त किस्सागो थीं। मेरी बचपन की स्मृतियों में अपने ननिहाल में बितायीं वे रातें अब तक टँगी हैं जिनमें आधा सोते आधा जगते और हुँकारी भरते नानी को घेरे बच्चों में से एक मैंने विलक्षण कहानियाँ सुनी थीं। ये कहानियाँ साल दर साल गर्मियों की छुट्टियों में सुनायी जातीं थीं और इनमें आदि और अंत ही तय होता था। मध्य में हमेशा नये पात्र जुड़ते घटते रहते थे। पूरा का पूरा कथानक बदल जाता था पर नानी किसी सधे कथाकार की तरह अंत वहीं करती थीं। हर साल और हर चौथी-पाँचवीं रात दुहरायी जाने वाली कहानियों में इन परिवर्तनों से इतनी विविधता भर जाती थी कि हम कभी भी ऊबते नहीं थे और हर बार ऐसा लगने के बावजूद कि कहानी पहले कही जा चुकी है, कोई भी नानी को नहीं टोकता। सारे जोड़-घटाने के बावजूद अंत तयशुदा ही होता।

इसमें नानी की कोई गलती नहीं थी। उनके बचपन में, जब ये कहानियाँ नानी को सुनायी गयी थीं, कहानियों का सुखद अंत रखने का चलन था। सौभाग्य से इन कथाओं के रचयिता आज के उन यथार्थवादियों के चंगुल में नहीं फँसे थे जो जीवन को उसकी खुरदुरी सच्चाइयों के साथ पेश करना चाहते हैं। किस्सागोई की इस परम्परा में पेड़, पौधे, पशु, पक्षी सब हँसते-खिलखिलाते थे, परियाँ, राजकुमारियाँ, राजकुमार उड़नखटोलों पर बैठकर वहाँ तक चले जाते थे जहाँ तक मनुष्य की कल्पना जा सकती थी, लोभी मंत्री और दुष्ट राक्षस हमेशा असफल होकर सजा पाते थे। कहानी का अंत इस सदिच्छा के साथ होता था कि जैसे इस कथा के राजकुमार को

उसका राजपाट और राजकुमारी वापस मिल गयी वैसे ही सबको मिल जाए।

आज मैं सोचता हूँ तो लगता है कि कितने अच्छे थे वे दिन। न कहीं भूख थी, न दैन्य, न रोग, न शोक। सब कुछ अच्छा ही अच्छा था। आज के शासकों की तरह उन दिनों के राजा महाराजा जनता को सिर्फ लूटते नहीं थे। तोता मैना आसन्न संकट की सूचना पहले ही दे देते थे। कथा के मध्य तक जितना भी रहस्य रोमांच हो, श्रोता अन्दर से कहीं न कहीं आश्वस्त होता था कि अन्त भला ही होगा। सौभाग्यशाली थीं नानी और उनकी नानी कि उनका परिचय यथार्थवादी कथा लेखकों से नहीं हुआ था। वे अपनी खुशगवार दुनिया में मस्त रहते थे।

मेरे मित्र किस्सागो भूत इतने भाग्यशाली नहीं हैं। उनसे ऐसे समय में मेरा परिचय हुआ जब सुखांतवादी किस्सागोई की परंपरा लगभग खत्म हो चुकी है। अब न परिवारों में किस्से सुनाने वालीं दादी नानी हैं और न इंटरनेट, टी.वी. में उलझे बच्चों के पास इतना समय कि उन्हें तलाश सकें। ऐसे समय में तो सिर्फ ये भूत ही बचे हैं जो कि किस्सागोई की परम्परा को बचाये हुए हैं। उनके साथ दिक्कत सिर्फ इतनी ही है कि वे उन्हीं को किस्से सुनाते हैं जिन्हें इनके अस्तित्व में यकीन न हो। जो उनमें विश्वास करते हैं उन्हें तो सिर्फ डराते हैं। मुझे दूसरों से क्या मतलब, मुझे उनके होने में विश्वास नहीं है इसलिए वे मुझे खूब किस्से सुनाते हैं।

भूतों में किस्सागोई की रिले परम्परा है, कम से कम मेरे भूतों में तो है ही। रिले रेस के धावकों की तरह वे अपना हिस्सा दौड़ चुकने के बाद कथा दूसरे व्यास को थमा देते हैं। मजे की बात यह है कि हर व्यास किसी मजे कथा वाचक की तरह इस तरह कथा कहता है कि लगता ही नहीं कि कोई कथा टुकड़ों में कही जा रही है।

कैप्टन यंग के भूत ने भी इस मुकाम पर पहुँच कर कथा का बेटन दूसरे भूत को थमा दिया। मैं उसका साथ छोड़ना नहीं चाहता था। पिछले कई दिनों से वह मेरे साथ था। उठते, जागते, सोते, जागते का साथी था कप्तान। उसका अरबी घोड़ा, लाल फौजी जैकेट, कानों को छोपते हुए उसके गलमुच्छे, उन्नत ललाट, चौड़ा वक्ष और इन सबसे अधिक मेरे कानों में फुसफुसाती उसकी मीठी आवाज—इन सबसे बिछुड़ना तकलीफदेह था। लेकिन मैं जानता था कि भूत जब एक बार फैसला कर लेते हैं तो फिर उन्हें डिगाना बड़ा मुश्किल होता है। इस भूत ने साथ छोड़ने की जो वजह बतायी वह बड़ी अजीब थी।

कैप्टन यंग ने तीसरी गोरखा पलटन खड़ी की थी। इसलिए आज तक अपने को उसका जनक मानता है। हर सुख-दुख में वह उसके साथ रहता है। पलटन जहाँ कहीं तैनात हो वह उसी के आसपास मंडराता रहता है। सारे युद्धों में जहाँ तीसरी गोरखा लड़ी है वह रणभूमि के पास किसी ऊँचे दरख्त या खँडहर के ऊपर बैठकर अपने लड़कों को बहादुरी से लड़ते देखता रहा है। जब कभी लड़के जीते हैं उसने जम कर उनके साथ मधु पी है और झूम कर झामरे नाचा है। लड़कों की हार पर महीनों उदास

बेचैन इधर-उधर भटका है। पूरे चाँद की रात वह जरूर मलिंगर के खँडहरों में अपना घोड़ा दौड़ाता है लेकिन बाकी सारा वक्त तो वह तीसरी गोरखा की लाइन में, बैरकों या मेसों के कोने-अँतरे में ही बिताता है।

इस तीसरी गोरखा पलटन के सार्जेंट मेजर एलन को वह कैसे अकेला छोड़ सकता था? भले ही एलन उसकी पलटन में सिर्फ दो ढाई साल ही रहा हो, पर रहा तो था। रेजिमेंट की परम्परा थी कि एक बार जो उसका हुआ हमेशा के लिए हो कर रह गया। इसलिए जैसे ही उसे एलन के मुसीबत में होने का पता चला वह भागता हुआ देहरादून की अदालत में पहुँचा। अदालत के रोशनदान से लटके लटके उसने पूरे मुकदमे की कार्यवाही देखी थी। पूरी कार्यवाही में एलन जिस बहादुरी से तन कर खड़ा रहा उस पर कैप्टन यंग को आज भी गर्व है। ऐसा सिर्फ वही कर सकता है जिसका ताल्लुक तीसरी गोरखा पलटन से रहा हो।

कैप्टन यंग ने मुझे वह प्रसंग कितनी बार सुनाया था जिसमें वकील बार-बार एलन से पूछता था कि शाम सात-साढ़े सात बजे से आधी रात तक वह कहाँ था और एलन हर बार एक ही जवाब देता था कि उसे याद नहीं। चिढ़कर वकील एलन को पुलिस के सामने दिये बयान की याद दिलाता था कि वह इस बीच किसी लड़की के साथ था लेकिन उसका नाम नहीं बतायेगा। इस पर हर बार एलन खामोश हो जाता और वकील या जज के बार-बार पूछने पर भी कोई जवाब नहीं देता था।

कैप्टन यंग का मन अदालती कठघरे में खड़े एलन का माथा चूम लेने का करता रहा। उस क्षण उसे भूत होने पर अफसोस हुआ पर इस बात पर गर्व भी कि उसने तीसरी गोरखा को ऐसी शानदार परम्परा दी है कि उसमें कुछ दिन काटने वाला भी फाँसी चढ़ सकता था पर कोई ऐसा काम नहीं कर सकता था जिससे किसी भद्र महिला की प्रतिष्ठा खतरे में पड़ जाए। विक्टोरियन नैतिकता की यह मिसाल सिर्फ उसके लड़के ही पेश कर सकते थे। एलन को फाँसी की सजा सुनाते हुए जज को कैप्टन यंग ने देखा था और यह भी देखा था कि कैसे सजा सुनते समय एक क्षण के लिए एलन का चेहरा स्याह हुआ और फिर कैसे निर्विकार हो गया। उसके ओंठों पर खेलने वाली भोली भाली मुस्कान कैसे क्षण भर में ही वापस आ गयी, यह भी यंग को याद है। पर इस मुकदमे के दौरान और उसके बाद से आज तक उसे यह जानने की उत्सुकता बनी हुई है कि क्या एलन सचमुच हत्यारा था । उसने बहुत कोशिश की लेकिन सच्चाई का पता नहीं लगा सका। पूरे मसूरी में पागलों की तरह वह भटका है, हर उस किसी की जिससे एलन का सम्बन्ध हो सकता था, उसने जासूसी की है, उन दिनों वह घंटों पब्लिक लाइब्रेरी में बैठा है और मसूरी से छपने वाले मसूरी टाइम्स और बाहर से आने वाले स्टेट्समैन में इस हत्याकाण्ड को लेकर छपने वाली बहसों को पढ़ा है लेकिन अंतिम सच तक नहीं पहुँच पाया है। इसी सच की तलाश में वह उस भूत तक पहुँचा था जिसके बारे में उसे पूरा यकीन था कि वह घटना का चश्मदीद गवाह

हो सकता था। हालाँकि कैप्टन यंग पूरी कोशिश करके भी उससे कुछ उगलवा नहीं पाया था पर एक मनुष्य के रूप में शायद मैं कामयाब हो सकूँ। इसीलिए वह मुझे इस नये भूत से मिलवाने के लिए तैयार हो गया। शर्त सिर्फ इतनी थी कि अगर मैं सफल हुआ तो मुझे कैप्टन यंग को सच्चाई से अवगत कराना होगा।

कथा के जिस मोड़ पर वह मुझे पहुँचाकर छोड़ रहा था वहाँ बहुत से ऊबड़ खाबड़ रास्ते थे। मैं समझ नहीं पा रहा था कि कथा अपनी तार्किक परिणति तक कैसे पहुँचेगी? यह स्पष्ट हो गया था कि यंग खुद जानना चाहता है कि एलन हत्यारा था या नहीं? वह तो उगलवा नहीं पाया पर शायद एक मनुष्य यानी मैं दूसरे भूत से सच मालूम कर सकूँ। पूरे विश्वास से तो नहीं कह सकता लेकिन शायद यही कारण था कि यंग ने मेरा साथ छोड़ दिया। जाने से पहले वह मुझे जिसके हवाले कर गया वह भी कुछ कम दिलचस्प किस्सागो नहीं था।

इस बार का किस्सागो था नहीं थी। दरअसल यह भूत एक स्त्री का था। मैंने पहले ही अपने पाठकों से निवेदन किया था कि लैंगिक भेदभाव से भरे हमारे समाज में स्त्री का शरीर अकसर गाली-गलौज के काम आता है। हम शायद ही किसी पुरूष को गाली देते समय 'भूत' शब्द का इस्तेमाल करते हों पर 'भूतनी' स्त्रियों के लिये जरूर गाली देने के काम आती है। जो भूत मेरे लिए इतने मित्रवत हैं उन्हें कोई ऐसा संबोधन देने की मैं कैसे सोच सकता हूँ जिससे वे अपमानित महसूस करें । आप कह सकते हैं कि भूत तो मान-अपमान और प्रेम-घृणा इन सबसे ऊपर होते हैं। कोई गाली उन्हें नहीं व्यापेगी। पर मैं नहीं मानता। भूतों के अपने लम्बे अनुभव से मैं कह सकता हूँ कि कोई भी भूत अपनी वर्तमान योनि में मान-अपमान और प्रेम-घृणा से उतना ही प्रभावित होता है जितना जीवित अवस्था होता था। इसलिए मैं व्याकरण दोष अपने मत्थे लेते हुए अपनी इस नयी मित्र को भूत ही कहूँगा, भूतनी नहीं।

कैप्टन यंग ने जब इस भूत से मुझे मिलवाया, उसे नहीं पता था कि मेरी इससे पहले ही मुलाकात हो चुकी है।

मेरी यह नयी मित्र मैडम रिप्ले बीन थी और कैप्टन यंग की तरह इससे भी मेरी मुलाकात माल रोड पर ही हुई थी। जिस दूकान पर कैप्टन यंग मुझे मिला था उसी के बगल में एक किताबों की दूसरी दूकान थी। यह फुटपाथ पर लगने वाली एक छोटी सी दूकान थी। दो बड़ी दूकानों की सीढ़ियों को इस तरह घेरकर कि उनमें जाने वालों को दिक्कत न हो, एक काम चलाऊ दूकान निकाली गयी थी। यह पुरानी किताबों की दूकान थी—बिलकुल उसी तरह की जैसी दिल्ली में दरियागंज के फुटपाथों पर दिखती है। या फिर अकसर मसूरी जैसे हिल स्टेशनों पर दिखायी देती है। इन पर व्यक्तिगत संग्रहों या पुराने पुस्तकालयों से औने-पौने भावों पर बेची गयी किताबें, बड़े-बड़े एटलस, विश्वयुद्धों की सचित्र गाथायें या बच्चों के कामिक्स बिकते रहते हैं। मुझे अकसर इन्हीं दूकानों पर दुनिया भर की बेहतरीन किताबें मिली हैं। इसीलिए मैं जब

भी किसी नये शहर में घूम रहा होता हूँ तो मेरा काफी वक्त इन दूकानों पर भी बीतता है।

मसूरी में मेरा यह दूसरा दिन था और पिछली रात मैंने जग कर गोरखों के बारे में पढ़ा था और डायरी पढ़ते-पढ़ते मैं कब सोया मुझे याद नहीं था। थकान और अनिद्रा से मेरा सर फटा जा रहा था। बाहर हलकी गुनगुनी धूप खिली थी। हल्का नाश्ता करके मैं माल रोड पर निकल आया। बाहर शायद सुकून मिल सके या कुछ देर टहलकर मैं खुद को इतना थका सकूं कि दोपहरी में भी थोड़ी देर नींद आ जाए। मैं यही सब सोचकर बाहर निकला था।

माल रोड पर मजे की भीड़ थी। मैं कई सालों बाद मसूरी आया था और मेरी स्मृति में तब की मसूरी थी जब सड़कों पर इतनी भीड़ नहीं होती थी। रात होते ही शहर सूना हो जाता था। इस बार सब कुछ बदला-बदला सा था। बाजार लोगों से पटे थे। स्थानीय लोगों के अलावा काफी सैलानी सड़क पर थे। इस समय तो हलकी धूप की वजह से और ज्यादा लोग मटरगश्ती कर रहे थे। धूप गुनगुनी थी और अच्छी लग रही थी। एहतियातन कुछ लोगों ने भारी गर्म कपड़े पहन रखे थे पर मसूरी की ढलान और चढ़ाई वाली सड़कें धूप में चलने वालों के माथों पर पसीना चुहचुहा रही थीं। मैं भी उन्हीं में से एक था। मुझे पता था कि पहाड़ों पर मौसम कितना दगाबाज हो सकता है। कब मौसम का मिजाज बदल जाए और सूरज को ढकते हुए बादल मसूरी की पहाड़ियों को ढक ले इसे कोई भी नहीं बता सकता। जरा तेज हवा या हलकी बारिश कँपकँपाती ठंड का सबब बन सकती है। इसीलिए मैंने भी कोई जोखिम नहीं लिया था और ढेर सारे ऊनी कपड़े पहने हुए था। धूप में थोडी देर चलने पर मुझे गर्मी सी लगने लगी और मैं कहीं रुक कर सुस्ताना चाहता था कि तभी मुझे फुटपाथ की यह दूकान मिल गयी।

इसी दूकान पर मिस रिप्ले बीन से मेरी मुलाकात हुई। यह मुलाकात इतनी अचानक थी कि मुझसे छूट भी सकती थी। दूकान पर बहुत सी पुरानी किताबें थीं। डिकेंस, हेमिंग्वे, शेक्सपियर, चेखव, गोर्की, टालस्टॉय, आर्थर कानन डायल जैसे बहुत से बड़े नाम थे जो इस तरह की दूकानों पर अकसर मिल जाते थे। मेरी निगाहें जिस पर टिकीं वह एक अद्‌भुत खजाना था। 'द इंटरनेशनल लाइब्रेरी आफ फेमस लिटरेचर' के सात खण्ड एक तरफ पड़े थे। मैंने पहला ही खण्ड उठाया कि मेरा शरीर खुशी से उत्तेजित हो उठा। मैं उन्हें लेकर फुटपाथ के एक किनारे जमीन पर बैठ गया। सन् 1900 में बीस खण्डों में छपी इस शृंखला में उस समय तक योरोपीय भाषाओं में जो कुछ श्रेष्ठ छपा था, उपलब्ध था। इस तरह के दूकानदार गुणी ग्राहकों को फौरन ताड़ लेते हैं। यह दूकानदार भी अपने दूसरे ग्राहकों को निपटाते-निपटाते मुझपर उचटती निगाहें डालता रहा और फुटपाथ पर फैली अपनी किताबों के बगल में रखे बक्से में से निकाल कर शृंखला की पाँच किताबें और मेरे पास रख गया।

"और भी है। आप इन्हें देखिये, मैं अभी निकालता हूँ।"

उसे शेष खण्ड निकालने की जरूरत नहीं पड़ी। आठवें खण्ड में मुझे वह पर्चा मिल गया जिसने रिप्ले बीन से मेरी मुलाकात करायी थी।

सारे खण्ड बुरी हालत में थे। ऐसा लगता था कि बहुत दिनों तक किसी बक्से में धूप और हवा से वंचित ये किताबें सिर्फ कबाड़ी को बेचने के लिए ही निकाली गयीं थीं और छपने के लगभग अस्सी साल बाद ये मसूरी के इस फुटपाथ पर बिकने आयी थीं। नुची-चुथी, जगह-जगह से उखड़ी जिल्दों और पीले पड़ चुके पन्ने वाली इन किताबों में जिस किसी का पहला पृष्ठ सुरक्षित था उस पर बड़े कलात्मक ढंग से पुस्तक के मालिक के हस्ताक्षर और खरीदने की तारीख अंकित थी। हस्ताक्षर इतने स्पष्ट थे कि उन्हें पढ़ने में कोई दिक्कत नहीं हो सकती थी। ऐसा लगता था कि किसी ने निब को काली स्याही में डुबोकर बड़े सुरुचिपूर्ण ढंग से लिखा था—रिप्ले बीन। शुरुआत में अर्द्ध गोलाकार आर और अंत में एक लम्बी सीधी रेखा के साथ खत्म होता एन। जितनी किताबों पर हस्ताक्षर थे वे सब एक ही जैसे सधे और सुघड़ थे ।

पुरानी कहावत है कि आप लिखावट से लिखने वाले के व्यक्तित्व का अंदाज लगा सकते हैं। खासतौर से हस्ताक्षर किसी व्यक्ति को समझने में बड़ी मदद करते हैं। काली स्याही में डुबोकर निब से सुघड़ता से अंकित रिप्ले बीन। एक कलात्मक और अपने में मस्त छवि वाला चेहरा सामने कौंधा। दर्प की हदों को छूने वाला आत्मविश्वास पर किसी को टूट कर प्यार करने को मचलता दिल भी।

मैं अलग-अलग खण्ड़ों के प्रथम पृष्ठ पर उपलब्ध हस्ताक्षरों को ध्यान से देखकर रिप्ले बीन की छवि उकेरने की कोशिश कर ही रहा था कि द 'इंटरनेशनल लाइब्रेरी ऑफ फेमस लिटरेचर' के चौथे खण्ड के पीले जर्जर पृष्ठों में से किसी डायरी के पन्ने को आधा फाड़कर उस पर एक पंक्ति में लिखा गया वह पुर्जा गिरा जिसने रिप्ले बीन में एकदम से मेरी दिलचस्पी बढ़ा दी।

नो रिग्रेट्स माय लव—एक पंक्ति किसी मोटी नोक वाली कलम से लिखी गयी थी। कागज पूरी तरह से पीला पड़ गया था। उसे दो बार तह कर मोड़ा गया था और न जाने कितने बरसों बाद सीधा किया जा रहा था। जरा सी असावधानी से वह किसी कड़ी सतह वाली धातु सा टूटकर चार टुकड़ों में तब्दील हो सकता था। मैंने पूरी सावधानी से उस पर हाथ फेरकर उसे सीधा करने की कोशिश की। जहाँ-जहाँ से कागज मुड़ा था वहाँ उसमें गहरी दरारें पड़ गयी थीं। ऊपर की दाहिना बाजू वाली दरार में धुँधली सी कोई संख्या दिख रही थी। गौर से देखने पर समझ में आया कि खत लिखने की तारीख थी। दिन और महीना तो इतना धुँधला गये थे कि बड़ी कोशिशों के बावजूद भी मैं उन्हें नहीं पढ़ सका। सन् का अंदाजा लगते ही मेरा पूरा शरीर झनझना उठा। सन् 1910 यानी जिस सन् में एलन को फांसी हुई थी। मैंने अपनी सारी इन्द्रियों को एकाग्र करते हुए कागज के निचले हिस्सों में छिपे उन अक्षरों

को पढ़ने की कोशिश की जिनमें पत्र लेखक का नाम छिपा था। पाँच अक्षरों में सिर्फ बीच में एक ई ही पढ़ा जा सकता था। हे भगवान... क्या यह एलन था? ए एल एल इ एन ! सचमुच यह तो एलन का ही खत था। रिप्ले बीन की हस्तलिपि से उलट यह किसी कम पढ़े-लिखे और उतावले व्यक्ति द्वारा मोटी नोक वाली कलम से लिखी गयी पंक्ति थी। अगर यह 1910 में लिखा गया था तो निश्चित रूप से मरने के कुछ पहले नैनी जेल से उसने लिखा था। पर यह खत रिप्ले बीन तक कैसे पहुँचा? कौन है या कौन थी ये मिस रिप्ले बीन? मेरे अंदर का खोजी पत्रकार बेचैन होने लगा।

सर्दियों की शाम धीरे-धीरे रात में तब्दील हो रही थी। बूँद-बूँद कर टपकते हुए सर्द कोहरे ने स्ट्रीट लाइट और दूकानों के बाहर लगे बल्बों की रोशनी को इतना कमजोर कर दिया था कि अब थोड़ी दूर की चीजों को देखने के लिए भी अनुमान का सहारा लेना पड़ रहा था।

रिप्ले बीन की गुत्थी सुलझाने का प्रयास करते हुए मैंने चारों ओर देखा। जिस छोटे से बरामदे की सीढ़ियों पर किताबें फैली हुईं थीं उसमें तेज वाट के बल्ब जल रहे थे लेकिन कोहरे के तैरते हुये बादल बरामदे के अंदर घुस आये थे और रोशनी के कमजोर चकत्ते किताबों पर पड़ जरूर रहे थे पर उन्हें पढ़ना मुश्किल लगने लगा था।

कुछ दूर सीढ़ियों पर उकडूँ बैठा दूकानदार मुझे ही एकटक देख रहा था। मैं 'द इंटरनेशनल लाइब्रेरी ऑफ फेमस लिटरेचर' के खण्डों में इस कदर उलझा हुआ था कि मुझे पता ही नहीं चला कि कब उसने अपनी ज्यादातर किताबों को समेटकर दो बड़े-बड़े बक्सों में भर लिया था और कब उसकी इस फुटपाथी दूकान पर अकेला ग्राहक मैं ही रह गया था। थोड़ी-सी किताबें उसके पैरों के पास पड़ी थीं जिन्हें वह समेट जरूर रहा था पर उसकी निगाहें मुझ पर ही गड़ी थीं। शायद वह तौल रहा था कि मैं कुछ खरीदूँगा भी या सिर्फ किताबें उलट पुलट कर अपना वक्त काट रहा था।

रिप्ले बीन के बारे में वही मुझे बता सकता था।

मैंने 'द इंटरनेशनल लाइब्रेरी ऑफ फेमस लिटरेचर' के सातों खण्डों को एक के ऊपर एक रखते हुए पूछा—

"बाकी कहाँ मिलेंगे?"

"बस ये ही हैं। सात खण्ड ही छपें हैं।"

"अरे नहीं भाई, बीस खण्डों में छपी है यह शृंखला। बाकी भी रिप्ले बीन के यहाँ होंगी।"

दूकानदार ने चौंक कर देखा—

"वे होंगी तब तो मिलेंगी। मिलेंगी तो मेरे यहाँ ही ...आप सात वाल्यूम ले जाओ। मैं दो एक दिन में बाकी भी ले आऊँगा।"

मैं समझ गया। वह मुझे तौल रहा था। मैं कुछ खरीदूँगा भी या सिर्फ बहानेबाजी कर निकल भागना चाहता हूँ। फुटपाथ की दूकानों पर जहाँ खिड़कियाँ नहीं होतीं वहाँ

भी विन्डोशापिंग खूब होती है। लोग घंटों किताबें देखते हैं फिर कोई न कोई बहाना बना कर उठ जाते हैं। कई बार तो बहाने की भी जरूरत नहीं होती। घंटों किताबें उलटने-पुलटने के बाद कोई अगर किताबों को बेतरतीबी से उनके ढेर में वापस रखते हुए उठने लगता है तब इस आदमी के पास बेचारगी से उसे घूरने के अलावा और क्या चारा रह जाता है।

"रिप्ले बीन क्या मसूरी में रहती हैं?"

"उन्हें मरे तो कई साल हो गये।"

उसने जिस बेरुखी से जवाब दिया था उससे स्पष्ट हो गया था कि वह रिप्ले बीन का पता मुझे नहीं बताना चाहता था। उसने धीरे-धीरे बाकी किताबों को भी बक्सों में भरना शुरू कर दिया। उसका हाथ मेरे पास पड़े सात खण्डों तक पहुँच चुका था। अगर एक बार किताबें उसके बक्से में चली जातीं तो संभव था कि उससे मेरा संवाद ही खत्म हो जाता और खत्म हो जाती रिप्ले बीन को ढूँढ़ने की उम्मीदें। मैंने किताबों को अपने पास समेट लिया।

"कितने में दोगे?"

दूकानदार के चेहरे का तनाव ढीला पड़ने लगा। उसने मुझे किताबों की कीमत बतायी। इस तरह की खरीदारी के मेरे अनुभव ने मेरे मुँह से जो कीमत बुलवाई वह दूकानदार की कही राशि की तिहाई से भी कम थी। वह भी इस मोल तोल का अभ्यस्त था। बिना किसी झुँझलाहट या अधैर्य के वह राशि घटाता बढ़ाता रहा। अंत में पुरानी बोली के आधे पर सौदा तय हो गया। मैंने जेब से रुपये निकालते हुए फिर पूछा—

"रिप्ले बीन कहाँ मिलेंगी?"

दूकानदार चुप रहा। पैसा उसके हाथ में पकड़ाते हुए मैंने अपना सवाल दुहराया। पैसा हाथ में लेने के बाद उसने जवाब दिया—

"उन्हें मरे कई साल हो गये।"

"अरे नहीं भाई...मैं जब मिला था तब तो ठीक लग रहीं थीं।"

"कब मिले थे आप?"

दूकानदार ने ध्यान से मुझे देखा। मुझे लगा कि मेरा झूठ पकड़ा गया। मैंने धीमी आवाज में कहा—

"काफी पहले।"

"मैडम को मरे कई साल हो गये।" उसने बात नहीं बढ़ाई।

"उनके पास पुरानी किताबों का खजाना था। शायद उनके बाप का रहा हो। बुढ़ऊ को मैंने देखा नहीं था पर मैडम बताती थीं कि उन्हें पढ़ने का बहुत शौक था। स्काटलैण्ड से जवानी में ही आ गये थे व्यापार करने, फिर लौट कर नहीं गये। यहीं गोरा कब्रिस्तान में दफन हैं। मैडम की बड़ी इच्छा थी कि उनके बगल में मिट्टी मिले

लेकिन ईश्वर को कुछ और मंजूर था। जब हम लोग उन्हें ले कर गये तो बगल में जगह कुछ कम पड़ गयी और फिर उनके लिए थोड़ी दूर कब्र खोदनी पड़ी।''

दूकानदार रौ में आ गया था। शायद उन सात खण्डों की बिक्री ने उसके अंदर जोश भर दिया था। अब उसे किताबें समेटने की जल्दी नहीं लग रही थी। मैंने भी उसे नहीं रोका।

''मैं बचपन से मैडम के पास जाता रहता था, पहले बाप के साथ, फिर अकेले। मेरा बाप उनसे घंटों चिरौरियाँ करता तब वे कोई किताब बेचने के लिए तैयार होतीं। कहतीं पापा डाँटेंगे।''

''तुमने उनके पापा को देखा था?"

''नहीं.....। जब मैंने जाना शुरू किया पापा को मरे कई साल हो गये थे। पर वे रोज आते थे और मैडम बूढ़ी होने को आयीं थीं लेकिन उन्हें बुरी तरह डाँटते थे।''

अरे ये तो भूत का मामला है...... मेरे कान खड़े हो गये। मेरे भीतर की सारी इन्द्रियाँ चौकन्ना हो गयीं। रिप्ले बीन के पापा से दोस्ती हो सकती है... या फिर हो सकता है कि रिप्ले बीन से ही दोस्ती हो जाए। मुझे एक अदद फोटो चाहिए थी। दोनों में से किसी एक की।

''तुम्हारे पास उनकी कोई फोटो होगी?"

''किसकी?"

''रिप्ले बीन मैडम की या फिर उनके पापा की।''

दूकानदार ने आश्चर्य से मुझे देखा।

''फोटो मेरे पास कहाँ से आयेगी और फिर फोटो का आप करोगे क्या?"

मैं उसे समझा नहीं सकता था। अगर मैं कहता कि मेरी भूतों से दोस्ती हो जाती है और दोस्ती शुरू करने के लिए जरूरी है कि मुझे जीवित अवस्था की उसकी फोटो मिले तो वह निश्चित रूप से मुझे पागल समझता।

मैंने सात खण्ड एक साथ खरीदे थे। निश्चित रूप से उसे अच्छी खासी आय हुई थी और शायद यही कारण था कि जितनी देर उसने किताबें समेटीं और अपना बक्सा बन्द किया वह लगातार रिप्ले बीन, जिन्हें वह 'मैडम' कह रहा था, के बारे में बोलता रहा।

उसके मुताबिक वह अपने बाप के साथ मैडम के यहाँ जाया करता था। उसका बाप पुरानी किताबों का मसूरी का सबसे जानकार विक्रेता था। वह भी इसी जगह पर दूकान लगाता था। बेटे के मुताबिक बाप को शहर के सारे उन बूढ़े बूढ़ियों के नाम पते याद थे जिनके यहाँ किताबों के खजाने गड़े हुए थे। इस सूची में सबसे ऊपर थीं रिप्ले बीन मैडम जिनके पास बेमिसाल किताबें थीं। बाप ने पहली बार ही अलमारियों में सलीके से लगी किताबों पर विस्फारित नेत्रों से निगाहें दौड़ाईं थीं। पहली नजर में ही उसने जान लिया था कि अनमोल खजाना है बुढ़िया के पास और दो एक

मुलाकातों में ही उसे यह भी समझ में आ गया था कि करीने से सजी किताबों में से एक भी खरीदना बहुत मुश्किल है।

मैडम किताबें क्यों नहीं बेचना चाहती थीं इसका जो कारण सर्दी की उस शाम, जब अँधेरा धीरे-धीरे सर्द कोहरे के रूप में टपक रहा था, उसने मुझे बताया वही रिप्ले बीन से मेरी दोस्ती का सबब बना।

पचहत्तर पार कर रही रिप्ले बीन अपने पिता से बहुत डरती थीं। उनके पिता को मरे सालों हो गये थे किन्तु अभी भी रिप्ले उनके लिए किसी लापरवाह किशोरी की तरह थीं जिन्हें सीधे रास्ते पर रखने के लिये डाँटते रहना पिता बहुत जरूरी समझते थे। उनकी इस समझ को गलत भी नहीं कहा जा सकता। उनके पिता मसूरी के शुरुआती गोरे बाशिंदों में से थे। मैडम सिर्फ इतना बताती थीं कि कार्डिफ के किसी देहाती इलाके से काफी कम उम्र में ही वे जड़ी-बूटियों की तलाश में मसूरी आये और यहाँ के एकांत और खूबसूरती से इतने प्रभावित हुए कि यहीं के होकर रह गये। सालों उन्होंने पहाड़ों से जड़ी-बूटियाँ तलाशीं और अपने देश भेजते रहे। हर साल सोचते थे कि अगले क्रिसमस में वतन वापस लौटेंगे लेकिन जा कभी नहीं पाये। जड़ी-बूटियों के धंधे में पहले तो खूब कमाई हुयी पर बाद में कलकत्ते के बिचौलियों ने धोखा देना शुरू कर दिया। उन्होंने जड़ी-बूटियों का काम छोड़ दिया और दूसरे धंधों पर हाथ आजमाये। हर जगह एक ही कहानी दोहराई गयी। शुरू में तो हर बार फायदा होता लेकिन बाद में कभी कोई पार्टनर धोखा दे देता तो कभी बाजार टूट जाता तो कभी कलकत्ते से विलायत जाने वाला जहाज दुर्घटनाग्रस्त हो जाता। मैडम की मानें तो उनके पिता व्यापार करने लायक ही नहीं थे। जो आदमी दिन का अधिकांश समय किताबों के साथ बिताये वह व्यापार में घाटा नहीं तो और क्या पायेगा। बहरहाल मैडम कुछ भी कहे पिता ने व्यापार में इतना जरूर कमाया था कि उन्होंने बारलोगंज की पहाड़ियों पर एक खूबसूरत बंगला बनवाया और उसके लाल खपरैलों से ढके चौड़े बरामदों में बैठकर वे नीचे दून की घाटी निहारते, दिन में बीयर या रात में व्हिस्की की चुस्की लगाते अपनी किताबों में उलझे रहते।

दूकानदार को उनकी पारिवारिक जिन्दगी के बारे में ज्यादा कुछ नहीं पता था। मैडम ने कभी अपनी माँ के बारे में बताया भी नहीं। शुरू-शुरू में जब अपने बाप के साथ उसने जाना शुरू किया तब उनके साथ उनकी एक कुबड़ी बहन और मानसिक रूप से अविकसित भाई रहते थे। बहन और भाई एक एक करके मर गये और काफी दिनों तक मैडम अकेली एक नौकर के साथ रहती रहीं।

मैडम अपने पिता से बहुत डरती थीं—यह तो दूकानदार ने शुरू में ही बताया था पर मरने के बाद उनसे मुलाकात कैसे होती थी यह प्रसंग अभी तक नहीं आया था। मैं साँस रोके उसी प्रसंग का इंतजार कर रहा था।

किस्से में वह मोड़ भी आया जिसमें मेरी दिलचस्पी थी। लगभग रोज रात रिप्ले

बीन के सोने के बाद उनके पिता आते। उन्हें बचपन से ही रिप्ले बीन की इस आदत का पता था कि वे रात में अपने ऊपर से कंबल या रजाई फेंक देती है और ठंड में सिकुड़ती रहती है। उनकी आदत में शुमार था कि वे रात में दो एक चक्कर उनके बेड रूम का जरूर लगाते और जमीन पर आधा लुढ़का ओढ़ना ठीक करते, उन्हें अच्छी तरह ढक कर एक बार उनका माथा सहलाते और फिर चुपचाप कमरे से बाहर निकल जाते। अब रिप्ले बीन बूढ़ी जरूर हो चुकी थीं पर उनकी आदत नहीं बदली थी।

बचपन में तो अकसर उन्हें पता ही नहीं चलता था कि कब पिता आये, कम्बल उढ़ाया और दबे पाँव वापस चले गये। अब शायद बुढ़ापे में गहरी नींद न आने के कारण उन्हें पिता के आने का पता चल जाता। वे साँस रोके उनकी बडबड़ाहट सुनती रहतीं। पिता की झुँझलाहट कई चीजें को लेकर थी। इस बात पर नाराजगी तो थी ही कि इतनी उम्र दराज होने के बाद भी रिप्ले रात में ढंग से ओढ़ कर नहीं सोती और उन्हें अब भी उसका बिस्तर ठीक करना पड़ता है, सबसे बड़ी नाराजगी इस बात पर थी कि उन्होंने जो आलीशान कोठी बनवाई थी, उसे बेचकर रिप्ले बीन सर्वेंट्स क्वार्टरनुमा दो कमरों के इस मकान में किरायेदार के रूप में रह रही थीं। रिप्ले बीन ने कई बार दबे स्वर में पिता को समझाने की कोशिश की कि अपने नीम पागल भाई और कुबड़ी बहन की देखरेख के लिए ही उन्हें उस कोठी को बेचकर इस घटिया जगह में रहना पड़ रहा है। पिता कभी इस बात को समझ नहीं पाते थे। वे उनकी सफाई को अनसुना कर बड़बड़ाते और पैर पटकते हुए कमरे के बाहर चले जाते।

जाहिर था कि ये पिता नहीं उनका भूत था जो बार-बार रिप्ले बीन को संभालने चला आता था। इसी के डर से वे पुरानी किताबें बेचने से डरती थीं। दूकानदार और उनके बाप को जब रिप्ले बीन मैडम ने बताया कि उनके पिता ही रात बिरात आकर किताबों को झाड़-पोंछ जाते हैं और रैक में से एक भी किताब गायब होने पर उनकी लानत मजम्मत करते हैं तो उन्होंने इसे बुढ़िया के सनक जाने के तौर पर लिया था पर मुझे इसमें कोई अस्वाभाविक बात नजर नहीं आयी। भूत तो होते ही भोले और सहृदय हैं। अगर सत्तर के ऊपर पहुँची रिप्ले बीन के पिता का भूत उनकी देखभाल करता है तो इसमें आश्चर्य क्या था?

दूकानदार के विस्तार भरे वर्णनों में मुझे सिर्फ एक दिक्कत महसूस हो रही थी। वह उस बिन्दु पर नहीं आ रहा था जिसमें मेरी सबसे अधिक दिलचस्पी थी। यह तो समझ में आ गया था कि रिप्ले बीन को मरे कई साल हो चुके हैं और उनके मरने के बाद ही उनके संग्रह की किताबें इस दूकान पर पहुँची पर उनका कोई फोटोग्राफ कहीं मिल सकेगा क्या, इसकी भनक वह नहीं लगने दे रहा था।

इसका हल भी निकल आया।

मैंने दूकानदार को आश्वस्त किया कि मुझे वैसी ही किताबों की दरकार है जैसी

रिप्ले बीन के पिता पढ़ा करते थे और जो अब उसके कब्जे में है।

ये किताबें उसके पास कैसे आयीं यह समझना बहुत मुश्किल नहीं था। रिप्ले बीन के मरने के बाद निश्चित रूप से लालची गिद्ध की तरह मंडराने वाले दूकानदार और उसके बाप को मकान मालिक ने पहले भी देखा होगा। रिप्ले बीन के मरने के बाद उनके सामान पर कब्जा करते समय और उन्हें एक-एक करके बेचते समय जरूर वह बड़बड़ाता रहा होगा कि बुढ़िया उसे लूट कर चली गयी। उसका इतना किराया बाकी है कि एक-एक सामान बेचकर भी वह उसकी भरपायी नहीं कर पायेगा। बुढ़िया छोड़ भी क्या गयी है– टूटा-फूटा फर्नीचर और किताबों का कबाड़। यह तो उसे पता ही था कि इन किताबों के लिए मसूरी के ये बाप-बेटे किस कदर चक्कर लगाते रहते थे। दूकानदार के बताये बिना ही मैं जान गया था कि किताबों के रूप में पड़ा कबाड़ वह मकान मालिक को पटाकर उठा लाया था और अब एक-एक कर के बेच रहा है।

मैंने उसे समझाया कि मेरी और रिप्ले बीन के पिता की पसंद एक जैसी ही है और मैं उन किताबों को खरीदना चाहूँगा–किसी भी कीमत पर।

किताबें कई सौ की संख्या में थीं। दूकानदार ने उन्हें एक गोदाम में भर रखा था और रोज उनमें से कुछ अपनी जरूरत के मुताबिक निकालकर बेचने ले आता था।उन्हें उठा कर यहाँ तक लाना सम्भव नहीं था अतः तय यह हुआ कि मैं दूसरे दिन सुबह उसके गोदाम पर पहुँच कर अपनी पसंद की किताबें छाँट लूँगा।

मेरी बहुत कोशिशों के बाद भी उसने मुझे रिप्ले बीन के उस मकान का पता नहीं बताया जहाँ अपने जीवन के आखिरी दिनों में वे रही थीं।

इस तरह रिप्ले बीन का कोई फोटो हासिल करने का एक ही उपाय था कि मैं उनकी किताबों के ढेर में से कोई फोटो ग्राफ ढूँढ़ निकालूँ और इस तरह उनसे दोस्ती की सूरत बने।

कुछ घंटों की मेहनत के बाद यह सूरत बन भी गयी। दूसरे दिन उसकी बतायी जिस जगह पर मैं पहुँचा वह मसूरी की तंग गलियों में गुजरने के बाद आने वाली एक ऐसी पुरानी इमारत थी जिसके छोटे-छोटे कमरों में दरिद्रता पसरी हुई थी।

दर्जनों कमरों वाली इस इमारत के हर कमरे में एक परिवार बसा था। उस दोपहर जब मैं वहाँ पहुँचा तो सामने पहाड़ियों में एक कमजोर धुँधला सा सूरज टँगा हुआ था और उसकी पीली धूप के चकत्ते बर्फीली हवाओं के झोंकों से लड़ने की कमजोर कोशिशें कर रहे थे। जहाँ-जहाँ धूप के वृत्त बन रहे थे वहाँ औरतों बच्चों के झुण्ड बैठ कर सर्दी का मुकाबला करने में लगे थे। सुबह से गर्मी पड़ रही थी और ग्यारह बजते-बजते पहाड़ियों पर बादल भर गये और मूसलाधार बारिश के साथ ठंड झरने लगी थी।

बेतरतीब बिखरे सामानों और अचानक सामने आ जाने वाले बच्चों से बचाता हुआ दूकानदार मुझे एक सर्पाकार गलियारे से अंदर ले गया। इमारत की हर दीवार

और हर कोने में सीलन भरी हुई थी। सीलन की एक खास तरह की गंध होती है जो लगातार नमी और बारिशों से उपजती है और पहाड़ों में आपकी नाक में देर तक बसी रहती है। यह सीलन उन किताबों में भी रच बस गयी थी जो अँधेरों की गिरफ्त में कैद एक छोटे से कमरे में बेतरतीबी से गँजी हुई थी।

थोड़ी देर लगी, आँखों को अँधेरे का अभ्यस्त होने में। हलका-हलका दिखने लगा तो मैंने पाया कि सीलन से नम फर्श पर अखबार बिछाकर उस पर किताबें गँजी हुई थी। किताबों को नमी चाट रही थी। खासतौर से निचली किताबों के पन्ने पीले पड़ गये थे। रिप्ले बीन के पिता का भूत अगर भटक कर यहाँ आ पाया होता तो निश्चित रूप से इस दूकानदार की शामत आ जाती।

मुझे कमरे में छोड़कर दूकानदार बाहर निकल गया। मैंने कमरे में अखबार का एक टुकड़ा तलाशा, उसे कमरे के एक कोने में बिछाया और उस पर पालथी मार कर बैठ गया। मेरे सामने एक अकूत खजाना मौजूद था। कथा, कविता, नाटक, दर्शन, इतिहास, यात्रा वृत्तांत—कितना कुछ था जो मेरे सामने बिखरा पड़ा था। रिप्ले बीन के पिता की रुचि और समझ की दाद देनी होगी। जिस किताब पर हाथ रखता वही मुझे ललचा देती। पर अपने लालच पर नियंत्रण रखना जरूरी था। मैंने तेजी के साथ किताबों को उलटना-पुलटना शुरू किया। लगभग हर किताब के शुरुआती पन्ने पर एक हस्ताक्षर था और उसके नीचे तिथि अंकित थी। हस्ताक्षर थोड़े प्रयास के बाद स्पष्ट हो गया। शायद विलियम नाम था रिप्ले बीन के पिता का जिन्होंने पहले पृष्ठ पर हस्ताक्षर कर उसके नीचे किताब को हासिल करने की तारीख दर्ज कर रखी थी। कुछ किताबों पर रिप्ले बीन के हस्ताक्षर थे। शायद पिता के मरने के बाद ये किताबें रिप्ले बीन ने खरीदी थीं।

काफी देर तक उलटने-पुलटने के बाद भी मुझे किसी किताब पर रिप्ले बीन के जीवन से संबधित कोई कागज नहीं मिला। उनके फोटो की तो उम्मीद ही निरर्थक थी। इस बीच दूकानदार कई बार आकर ताक-झाँक कर गया था। मैंने उसे भरमाने के लिए कुछ किताबें एक किनारे एक के ऊपर एक रख दी थीं। वह उस ढेर को देखकर संतुष्ट हो रहा था पर समय शायद उसके पास भी अधिक नहीं था। उसने कहा भी कि फिर कभी और आ जाएँगे लेकिन मैं हर बार थोड़ी और मुहलत का आग्रह करता और वह मान जाता। मैं निराश होकर अपनी तलाश मुल्तवी करने ही वाला था कि मेरे हाथ गत्ते का एक टुकड़ा लगा। लगता था किसी ने रिप्ले बीन को कोई सामान पार्सल बना कर भेजा था और उसी पार्सल का एक हिस्सा यह गत्ते का टुकड़ा था। बिना किसी विशेष प्रयास के मुझे गत्ते पर लिखी वह इबारत दिख गयी जिसने मुझे झकझोर कर रख दिया। थोड़ी सी मेहनत के बाद कोई भी गत्ते पर लिखे उन दोनों पतों को पढ़ सकता था जो किसी सुघड़ हाथ नें निब को काली स्याही में डुबोकर लिखे थे और न जाने कितने वक्तों की धूल और पानी के थपेड़ों को झेलने

के बावजूद जिन्हें अभी पढ़ा जा सकता था। पाने वाले के रूप में रिप्ले बीन का पता था इसका मतलब था कि जब यह पार्सल उन्हें मिला था तब वे किराये के मकान में आ गयी थीं। डाकखाने की मोहर धुँधला गयी थी और पूरी कोशिश के बावजूद मैं उस पर छपी तारीख नहीं पढ़ पाया। भेजने वाला न्यूजीलैण्ड में रहता था। उसका नाम भी बहुत साफ नहीं था पर मुझे लगा कि थोड़े प्रयास से उसे भी पढ़ा जा सकता था। सबसे जरूरी था कि गत्ते को लेकर वहाँ से खिसक लिया जाए। मैंने सावधानी से गत्ते के पते वाले हिस्सों को फाड़ा और अपनी जेब में ठूँस लिया। इसके बाद छाँट कर रखी गयी किताबों में से एक किताब उठायी और बाहर निकल आया।

घर के बाहर निकलते-निकलते दूकानदार मुझसे टकरा गया। शायद उसका धैर्य चुक गया था और इस बार वह मुझे निकाल देने के इरादे से ही आ रहा था। मुझे निकलते देखकर वह ठिठका और मेरे हाथ में सिर्फ एक किताब देखकर उसका चेहरा लटक गया।

"आपके पास तो पूरा खजाना है। मैं फिर आऊँगा। आज तो बस यही एक.....।"

उसने मुझे जो कीमत बतायी उसे चुकाकर मैं सीधे अपने होटल की तरफ लपका। सूरज बादलों के पीछे छुप गया। कभी भी बारिश हो सकती थी। वैसे भी ठण्ड और चेहरे से टकराते हुए बादलों की वजह से मैं तेज कदमों से चल रहा था, रिप्ले बीन से मुलाकात की संभावना से मैं इस कदर उत्तेजित था कि लगभग दौड़ते हुए मैंने होटल का रास्ता तय किया।

होटल मैं लगभग भीगते हुए पहुँचा था। रास्ते में बारिश कई जगह थमी और शुरू हुई। मुझे खुद के भीगने से ज्यादा उस गत्ते के टुकड़े की चिंता थी जो मेरे पैंट की जेब में था और मैं लगातार अपने हाथ की मोटी किताब जेब पर रखकर उसे भीगने से बचाने की कोशिश कर रहा था। होटल पहुँचकर भी मैंने पहला काम गत्ते के टुकड़े को निकालकर एक सूखी जगह पर रखने का किया। अपना बदन सूखे तौलिये से रगड़कर मैंने उसका निरीक्षण करना आरम्भ किया। बारिश से तो गत्ते का यह टुकड़ा अछूता था पर उस पर लिखा पता समय की मार से इतना धुँधला हो गया था कि लिखावट को पढ़ना बहुत आसान नहीं था।

मैंने बड़ी सावधानी से धुँधली पड़ी लिखाई पर एक पेंसिल हलके-हलके फेरी। थोड़ी देर में अक्षर आकृतियों की शक्ल में उभरे। मसूरी के मोहल्लों से अपरिचित होने के कारण मुझे उन्हें पढ़ने में दिक्कत हुई पर मैं जानता था कि नीचे काउण्टर पर बैठे रिसेप्शनिस्ट को दिखाने से पते का अन्दाज लगाया जा सकेगा।

मेरा सोचना सही निकला। दूसरे दिन सुबह जब दिन भर भूख न लगे इतना नाश्ता कर मैं अपने कमरे से निकला और पता लिखा गत्ता रिसेप्शनिस्ट के हाथ में थमाया तो थोड़ी देर में ही मुझे कामचलाऊ जानकारी मिल गयी। पता पढ़ पाना

अकेले रिसेप्शनिस्ट के बस का नहीं था, उसकी मदद के लिये दो तीन बेयरे वहाँ इकट्ठे हो गये, एक स्थानीय व्यक्ति भी, जो होटल में किसी से मिलने आया था, इस काम में लगा और अलग अलग उच्चारणों से पुकारनें के बाद एक नाम पर सहमत हो गये। फिर रिसेप्शनिस्ट ने एक अलग कागज पर वहाँ पहुँचने का नक्शा सा बनाया और उसे लेकर मैं बाहर निकल आया।

उस पते को ढूँढ़ने में थोड़ा वक्त जरूर लग गया लेकिन मैं उस खस्ता हाल दो मंजिला इमारत तक पहुँचने में कामयाब हो ही गया जो मसूरी के बाहरी हिस्से में स्थित थी और जिसमें रिप्ले बीन ने अपने जीवन के अंतिम वर्ष एक किरायेदार की हैसियत से बिताये थे। लगभग सौ वर्ष पुरानी इस इमारत का पलस्तर लगभग पूरा झड़ चुका था, रंग रोगन वर्षों से नहीं हुआ लगता था, नतीजतन दीवारों पर लगातार नमी की वजह से जमी काई के बीच छोटे-बड़े रंगीन चकत्ते मौजूद थे जिन्हें गौर से देखने पर भी यह अन्दाज लगाना मुश्किल था कि वे मूलतः किस रंग के रहे होंगे।

इमारत जब बनी होगी तब भले ही यह क्षेत्र हरीतिमा से भरा, कोलाहल से दूर, मसूरी में शुरुआती दौर में बसने वाले एंग्लो-इंडियन बाशिन्दों का प्रिय रिहायशी इलाका रहा हो पर अब तो अगल-बगल के सारे खुले हिस्से कंक्रीट की दूकानों और मकानों से इस कदर पट गये थे कि इस दुमंजिला इमारत को बिलकुल करीब पहुँचकर ही पहचाना जा सकता था। काफी दूर से ही लोगों ने मेरे हाथ के कागज पर लिखे पते को पढ़कर इमारत की दिशा की तरफ इशारा करना शुरू कर दिया था पर मैं जब तक एकदम बगल में जाकर खड़ा नहीं हो गया मुझे उसका आभास नहीं हुआ।

करीब पहुँचने पर ही पता चला कि उस इमारत में तो कई किरायेदार रहते हैं और रिप्ले बीन आसपास के दूकानदारों के लिए कोई अपरिचित नाम नहीं थी। कुछ वर्षों पूर्व ही उनका निधन हुआ था और नजदीकी दूकानदारों के पास उनके और उनसे उम्र में थोड़े ही छोटे नौकर को लेकर तमाम किस्से थे। जो कुछ मुझे सुनने को मिला उसके अनुसार मैडम—रिप्ले बीन को वे इसी नाम से पुकारते थे— मरने के लगभग पन्द्रह वर्ष पहले इस इमारत की ऊपरी मंजिल के एक छोटे से हिस्से में रहने आयी थी। उन्होंने सुना था कि वे पहले लैण्डोर के पास किसी बड़ी आलीशान कोठी में रहती थी। जाने क्यों सब बेच-बाच कर यहाँ चली आयी। साथ में मानसिक रूप से अविकसित एक भाई और एक कुबड़ी बहन थी। एक बूढ़ा नौकर था जिसके खुद के अनुसार वह मैडम के पिता के जमाने से था और अब इनके पास से सीधे कब्रिस्तान ही जाएगा। भाई, बहन जो बुढ़िया से छोटे थे इस मकान में आने के बाद कुछ दिनों में गुजर गये। यहाँ इस मकान में ज्यादा समय मैडम और नौकर ही रहे। उनके पास एक कुत्ता भी था जो उनके मरने के कुछ पहले गुजर गया।

वे ज्यादातर घर में ही रहती थी और शायद ही कभी भूले-भटके उससे मिलने कोई आता हो। नौकर भी जरूरी सौदा सुलुफ के लिए ही निकलता था और अगर

कभी किसी दूकान पर देर तक गप्प लड़ाने लगता तब ऊपरी मंजिल की खिड़की से बाहर झाँकता मैडम का चेहरा दिखायी देता जो अजीब कर्कश आवाज में नौकर को तब तक बुलाता रहता जब तक सकपकाया हुआ वह अन्दर न भाग आता।

दूकानदार ने मुझे किराये पर रहने का ठिकाना तलाशने वाला समझा था...... यह मुझे थोड़ी ही देर में पता चल गया। दरअसल रिप्ले बीन वाला हिस्सा अभी तक खाली था। उनके मरने के बाद से ही खाली पड़ा था। ऐसा नहीं था कि किरायेदार आये नहीं पर कुछ बात थी कि किरायेदार आते और आसपास की दूकानों पर दरयाफ्त करके ही लौट जाते। मकान मालिक तक जाने की नौबत ही नहीं आ पायी। सिर्फ एक किरायेदार सीधे मकान मालिक तक पहुँच पाया था और मकान मालिक ने पहले उससे पेशगी किराया वसूला फिर अपने नौकर को चाभी लेकर उसे कब्जा देने के लिए भेजा। नौकर ने उसे ताला खोलकर पूरा हिस्सा दिखाया और चाभी सौंपकर चला गया। इतने कम किराये में अपनी जरूरत से बड़ी जगह पाकर खुश किरायेदार वापस ताला लगाकर नीचे उतरा। उसे थोड़ी दूर से अपना सामान लेकर लौटना था। बाहर निकलकर पहली ही दूकान पर वह सिगरेट सुलगाने के लिए रुका। दूकानदार से जो थोड़ी बहुत बातें हुईं उनमें दो आस पास के लोगों को अब तक याद हैं -- एक तो उसकी सिगरेट उसकी उँगलियों में सुलगती हुई राख हो गयी थी और दूसरे वह वहाँ से जो गया तो फिर सामान लेकर वापस नहीं लौटा।

उस किरायेदार के भाग जाने का जो कारण था वह अगर बाहर नौकरी न कर रहा होता तो मेरे मसूरी में बस जाने का सबसे बड़ा सबब बन जाता। किरायेदार इसलिए भाग गया कि उसे दूकानदार ने बता दिया था कि ऊपर वाले हिस्से में रिप्ले बीन मैडम का भूत रहता है।

मैं जब एक दूकान पर बैठकर बात कर रहा था तो आस-पास के बहुत से दूकानदार, उनके ग्राहक और रास्ता चलने वाले मेरे इर्दगिर्द इकट्ठे हो गये। सबके पास अपने अनुभव थे। ज्यादातर ने ऊपर वाले हिस्से में आधी रात के बाद अचानक बल्ब को जलता-बुझता देखा था। कुछ ने तो ऊपर वाली खिड़की से मैडम को झाँकते और अपने नौकर को फटकारते भी सुना था। कई शर्त लगाने के लिए तैयार थे कि मैडम अकेली नहीं बल्कि उनका नौकर और कुत्ता भी वहाँ आता है। लोगों के पास अलग अलग अनुभव थे और अपनी उत्तेजित आवाजों में एक-दूसरे को काटते हुए वे मुझे सुनाना चाहते थे। वहाँ मौजूद लोगों को आश्चर्य हो रहा था कि सब कुछ सुनते हुये भी मैं मुस्करा रहा हूँ और जब तीसरी बार मैंने मकान मालिक का पता पूछा तो बगल के एक दूकानदार ने अपने यहाँ काम करने वाले एक छोकरे को मकान मालिक का घर दिखाने के लिए भेज दिया। ज्यादा दूर नहीं जाना पड़ा। हम मुश्किल से दो सौ गज चले होंगे कि छोकरा ठिठक कर खड़ा हो गया। सामने से एक वृद्ध सज्जन आ रहे थे। उनके एक हाथ में छाता और दूसरे में एक बड़ा सा झोला था। शायद खरीदारी

के लिए निकले थे। छोकरे ने जोर-जोर से हाथ हिलाकर उनका ध्यान आकर्षित किया। वे अपनी जगह पर खड़े हो गये। हम दोनों सड़क पार करते हुए उन तक पहुँचे। जैसे ही उन्हें समझ आया कि मैं उनका किरायेदार बनना चाहता हूँ उन्होंने अचकचा कर पहले मुझे और फिर छोकरे को देखा। 'इन्हें मैडम से डर नहीं लगता।' छोकरे ने कहा तो मैंने सर हिलाया।

"अरे भूत वूत कुछ नहीं है। लुच्चों ने सारी अफवाहें फैला रखीं हैं ताकि कोई वहाँ टिके नहीं। खुद ये लफंगे वहीं बैठ जुआ खेलते हैं तब कोई भूत नहीं आता। सब मेरे दुश्मन हैं।" बूढ़ा देर तक बड़बड़ाता रहा- "और वह बुढ़िया तो जीते जी भूत से कुछ कम थी क्या? बाप रे बाप कितनी कंजूस थी। उससे किराया वसूलना कितना मुश्किल था। पुराना मकान है टूट फूट लगी रहती है, यही कहकर हर साल आधा किराया तो मरम्मत में ही लगवा देती थी। उसे मरने के बाद भूत बनने की क्या जरूरत है?"

वह देर तक रिप्ले बीन को कोसता रहा। पर बीच-बीच उसकी खुशी भी छलकती रही। किरायेदार और ऐसा किरायेदार जो भूत के साथ रहने को तैयार हो, मिलने की उत्तेजना उसकी आवाज में छलक रही थी। वह मुझे लेकर एक चाय की दूकान पर बैठ गया और छोकरे को अपने घर जाकर चाभी लाने के लिए कह दिया। जब तक छोकरा उसके घर से चाभी लेकर लौटा, हम दो-दो कप चाय पी चुके थे और मुझे रिप्ले बीन के बारे में काफी कुछ पता चल चुका था।

मकान मालिक मेरे साथ मुख्य द्वार तक तो गया लेकिन ऊपर नहीं गया। उसने मुझे नीचे ही चाभियाँ थमायीं और विदा ली। उसकी जल्दबाजी को मैं समझ रहा था लेकिन मुझे कोई दिक्कत भी नहीं थी। मुख्य द्वार को हलका सा धक्का देता हुआ मैं अन्दर चला गया।

पुराने जर्जर, दो मंजिला मकान के निचले हिस्से में दो किरायेदार थे। बीच से ऊपर जाने की सीढ़ियाँ इस तरह थीं कि बिना किसी को परेशान किये स्वतंत्र रूप से ऊपरी हिस्से तक जाया जा सकता था। नीचे के किरायेदारों के कमरे अन्दर से बन्द थे पर खटपट से उनके अन्दर चल रहे जीवन का अन्दाज लगाया सकता था। मैं उनमें से किसी कि बताये बिना सीढ़ियों से ऊपर चला गया। ऊपर एक बालकनी थी जहाँ से सामने हिमालय की श्रृंखलायें दिखती थीं। यही मकान मालिक के शब्दों में, 'चुड़ैल बुढ़िया खुले मौसम में दिन भर राकिंग चेयर पर बैठी-बैठी मुझे कोसती रहती थी।'

मौसम खुला था लेकिन बालकनी खाली थी। बावजूद इसके कि—"बाजार के सारे लफंगे ऊपर जाकर जुआ खेलते हैं" बालकनी में धूल की एक मोटी पर्त जमी थी। बालकनी में इस हिस्से के अकेले बड़े कमरे का दरवाजा खुलता था, उस पर मोटा सा ताला लटका था। मुझे तीन चाभियों वाला एक गुच्छा मिला था। मैंने ताले को देखकर अन्दाज से जो चाभी लगायी उसी से वह खुल गया। अन्दर घुसा तो सीलन जन्य बदबू

का ऐसा थपेड़ा मुँह पर लगा कि उल्टे पैर वापस लौटना पड़ा। कमरे को खुला छोड़कर मैं कुछ देर तक बालकनी में ही खड़ा रहा और नीचे सड़क एवं बाजार की चहल-पहल देखता रहा। नीचे लोगों की उत्सुकता अभी तक मुझमें बनी हुयी थी वे सड़क पर चलते-चलते रुक कर या दूकानों से बाहर निकल निकलकर मुझे देख रहे थे। बालकनी पर बिना किसी भय, स्थिर खड़ा मैं उन्हें मुँह चिढ़ाता सा लग रहा हूँगा, ऐसा मुझे लगा।

पर्याप्त ताजी हवा कमरे के अन्दर जा चुकी थी कि मैं अन्दर घुसा। अभी भी सीलन थी पर साँस ली जा सकती थी। कमरे में अँधेरा था। बाहर की रोशनी से इतना तो हुआ कि थोड़ी देर दम साधे खड़े रहने पर स्विच बोर्ड दिखायी दे गया। मैंने एक-एक करके सारे स्विच आन किए पर कोई बल्ब नहीं जला। यह तो मुझे बाद में पता चला कि पिछले कई वर्षों से इस कमरे में बिजली नहीं थी। पता नहीं बाहर वालों को कैसे बीच-बीच में रातों को यहाँ रोशनी दिखती थी।

जितना भी उजाला बाहर से आ रहा था उससे मैंने अन्दर के कमरे का मुआयना करना आरम्भ किया। अब तक मेरी आँखें भी कुछ अभ्यस्त हो चली थीं। कमरा पुराने कबाड़ से भरा था। एक पुराना पलँग जो काफी बड़ा था और जिसने लगभग आधा कमरा घेर रखा था, अपनी तीन टाँगों पर दीवार के किनारे पड़ा था उसकी चौथी टाँग ईंटों पर टिकी हुई रही होगी क्योंकि इस टूटी टाँग के पास कई ईंटें गिरी पड़ी थीं और पलंग उधर की तरफ लटकी हुयी थी। पलँग पर लगभग चिथड़ा हो गयी एक बदरंग सी चादर पड़ी थी। कमरे की दो दीवारें अलमारियों से भरी हुईं थीं जो कभी रिप्ले बीन की किताबें रखने के काम आती रही होंगी। अलमारियों के पल्ले या तो गायब थे या लटक गये थे। खाली अलमारियों को देख कर अन्दाज लगाया जा सकता था कि उनकी किताबें मकान मालिक ने रिप्ले बीन के दूसरे सामानों के साथ बेच दिया था। इस कमरे से सटे दो कमरे और थे। मकान मालिक ने जो विवरण मुझे दिया था उससे इनके दरवाजे खोले बिना ही मैं समझ गया कि एक गुसलखाना था और दूसरा छोटा कमरा जो रिप्ले बीन के जमाने में किचन के तौर पर इस्तेमाल होता था। इसलिए उन्हें खोलने की जगह मैंने अपने मतलब की चीज कमरे में ही तलाशनी शुरू की।

मैं अपने मकसद में थोड़ी मेहनत के बाद कामयाब भी हो गया। नीम अँधेरे कमरे की पलस्तर उखड़ी दीवारों पर टँगी टेढ़ी-मेढ़ी हो गयी तस्वीरों पर ढूँढ़ती मेरी निगाहें जिसे तलाश रही थीं उस तक पहुँच गयीं। दीवारों पर कई लैण्ड स्केप और पेंटिंग लगी थीं। धुँधले होने के बाद भी जिनके रंग अभी इतने निष्प्राण नहीं हुए थे कि आपकी दृष्टि को थोड़ी देर बाँधे न रख सके। कुछ पारिवारिक फोटोग्राफ्स थे पर उन्हें देखकर केवल यह अन्दाजा लगाया जा सकता था कि धब्बों में परिवर्तित आकृतियाँ रिप्ले बीन, उनकी माँ, पिता या छोटे भाई-बहन की हो सकती थीं। पर उस भूरी दीवार पर एक फोटोग्राफ ऐसा भी था जिस पर एकदम से मेरी निगाहें ठहर गयीं।

यद्यपि कमरे में रोशनी इतनी कम हो गयी थी कि कुछ भी साफ-साफ देख पाना मुमकिन नहीं था पर यह फोटोग्राफ ऐसा था कि जालों और धूल से अटे होने के बाद भी एक बार मेरी निगाह उस पर पड़ी तो अटक कर रह गयी। मैं कमरे में मौजूद हिलती टाँगों वाले एक मात्र मेज को घसीट कर दीवार तक ले आया और फिर डगमग काँपते उस मेज पर चढ़कर थोड़ी मुश्किल से ही सही पर तस्वीर उतार ली। उतार क्या ली मेरे थोड़े बहुत खींचने से वह कील सहित उखड़ कर मेरे हाथ में आ गयी और मैं गिरते-गिरते बचा।

अन्दर कमरे में अब इतनी रोशनी नहीं बची थी कि फ्रेम में जड़ी तस्वीर साफ दिखायी दे इसलिए मैं उसे लेकर बाहर निकल आया। रूमाल से थोड़ा रगड़ने से साफ हो गया कि यह कोई फोटोग्राफ था जिसे एनलार्ज किया गया था। नीचे फोटोग्राफर का नाम था और एक तारीख लिखी थी। मैंने माचिस की तीली जलायी और जब तक लौ मेरी त्वचा को जलाने नहीं लगी तब फोटोग्राफर का नाम पढ़ने की कोशिश की। दूसरे प्रयास में हाथ से लिखे इस नाम को पढ़ने में मैं सफल हो गया। दूसरी तीली बुझने के पहले मैं उत्तेजना से भर गया। फोटोग्राफर का नाम रस्ट था जिसने नीचे अपने हस्ताक्षर किये थे। रस्ट का नाम पढ़ते हुए मुझे अन्दर से बेचैनी महसूस हुई। यह तो वही फोटोग्राफर था जिसे एलन को उत्तेजित फौजियों की भीड़ से बचाने के लिए कोतवाल ने एलन की कमीज पहनाकर और उसकी पीठ भीड़ की तरफ करके बैठाया था।

रस्ट रिप्ले बीन को कैसे जानता था मुझे सब कुछ बड़ा रहस्यमय लगा। फोटोग्राफ पर अपने हस्ताक्षर के नीचे रस्ट ने जो तारीख डाली थी वह सोलह वर्ष पुरानी थी। यानी मरने के कुछ ही दिन पहले खींची गयी थी यह फोटो!

रोशनी खत्म हो गयी थी पर अँधेरे में बालकनी में बैठे मैं माचिस की तीलियाँ तब तक फूँकता रहा जब तक पूरी माचिस खाली नहीं हो गयी। मैं एक तीली जलाता और तस्वीर पर अलग-अलग कोण से रोशनी फेंकता रहा। जब तीली जलते जलते ऊँगलियाँ सुलगने लगतीं तब मैं उसी से दूसरी तीली जला लेता। यह एक उम्रदराज बूढ़ी औरत का चित्र था जो एक कुशल फोटोग्राफर के कैमरे ने खींचा था और जिससे उसके चेहरे की एक-एक रेखा इतनी सजीव उभरी थी कि आप आँख मूँदकर उसे साक्षात अनुभव कर सकते थे। मैडम ने आखिरी तीली बुझने के बाद अपनी आँख बन्द की।

"अरे कमबख्त बाहर कब तक बैठा रहेगा। ठण्ड लग जाएगी।" मैंने अचकचा कर आँखें खोलीं। अन्दर कमरे में लाइट जल रही थी। रिप्ले बीन आ गयी क्या?

मैं झपटते हुए अन्दर गया। सचमुच रिप्ले बीन का भूत उनकी पसन्दीदा जगह राकिंग चेयर पर बैठकर झूल रहा था। रोशनी हो जाने से कमरे साफ दिखायी दे रहा था। सारी दीवारें जालों से अटी पड़ी थीं। अलमारियों, तस्वीरों और टूटे फूटे फर्नीचरों

पर जाले फैले हुए थे और हर जगह धूल की मोटी पर्तें जमी हुईं थीं।

"मैं कमरे की सफाई कर दूँ मैडम?" मैंने भूत की खुशामद करते हुए कहाँ

"रहने दे.......... रहने दे...... एक बार भूत बन जाने के बाद इन सब चीजों का कोई मतलब नहीं रह जाता" उसने कुछ दार्शनिक अन्दाज से कहा "अपने बैठने के लिये कोई जगह साफ कर ले। जिन्दा आदमी के लिये हजार लफड़े होते हैं।" भूत हँसा तो मैंने भी उसे खुश करने के लिए दाँत निपोर दिये। तीन पाये के पलँग पर बैठने के इरादे से मैंने जैसे ही अपनी रूमाल से उसे झाड़ने की कोशिश की भूत चीखा —"अरे नालायक वहाँ नहीं। मेरी पलँग पर कोई नहीं बैठता। इसी बात पर नौशाद ने मुझसे कितनी डाँट खायी थी। उधर उस स्टूल को खींच ले।" मुझे बाद में पता चला कि नौशाद उसके नौकर का नाम था जो रिप्ले बीन से दो चार बरस ही छोटा था और अंतिम बीसियों साल उनकी खिदमत में रहा था। मैंने स्टूल खींचा, झाड़ा-पोंछा और उस पर बैठ गया।

"मुझे पता है कि तुम मुझे क्यों ढूँढ़ रहे थे।"

मैं चुप रहा। भूत को क्या नहीं पता होता?

"आदमी था बहुत बदमाश। भला बताओ अपने दोस्त को कोई कैसे मार सकता है तुमने जेम्स की कब्र देखी है उस पर क्या लिखा है?"

मैं उसके इस प्रश्न पर भी खामोश रहा। मैं अभी तक जेम्स की कब्र देखने नहीं जा पाया था। मुझे खुद पर गुस्सा आया कि अभी तक यह बात मेरे दिमाग में आयी क्यों नहीं।

"कैमल बैक रोड से गन हिल की तरफ जाओ तो ढलानों पर तुम्हें योरोपियन सिमेट्री मिलेगी। कमबख्त पहाड़ी इसे गोरा कब्रिस्तान कहने लगे हैं। पहले तो सिर्फ योरोपियन दफनाये जाते थे वहाँ, आज की तरह नहीं कि कोई भी ऐरा-गैरा ईसाई दफ्न होने के लिए पहुँच जाये वहाँ ।"

इस भूत का दर्द छलक आया कि उसे न जाने कितने कालों के बीच दफन किया गया है।

"वहीं तुम्हें जेम्स की कब्र मिलेगी जिसकी कब्र पर दर्ज है— मर्डर्ड बाई द हैंड दैट ही बीफ्रेंडेड! अँग्रेजी समझते हो?"

मैंने हाँ में सर हिलाया। दोस्त हाथों से कत्ल हुआ।

"क्या एलन सचमुच कातिल था?"

शायद मेरा प्रश्न कुछ जल्दी पूछ लिया गया था—भूत उसके लिये तैयार नहीं था। सवाल सुनते ही वह चुप हो गया। मैं थोड़ी देर तक चुप-चाप बैठा उसके जवाब का इंतजार करता रहा। उसने मुँह लटका लिया था और बोलने के लिए जरा भी उत्सुक नजर नहीं आ रहा था। काफी देर तक खामोशी छायी रही फिर हौले से उसने कहा— "पता नहीं हत्या उसने की थी या नहीं पर सारा मसूरी तो यही मानता था।

दूसरे दिन जब देहरादून से पुलिस वाले उसे लेकर वापस जेम्स की दूकान पर लाये तो कितनी भीड़ थी आस-पास! अगर पुलिस ने होशियारी न दिखायी होती तो लोग उसे पीट-पीट कर मार डालते। तुमने उन दिनों के मसूरी के अखबार पढ़े होते! कितने नाराज थे मसूरी के लोग! यह भी कोई बात हुई कि चन्द सिक्कों के लिए अपने दोस्त को कत्ल कर दे कोई!"

"तुम्हें क्या लगता है, जेम्स की हत्या एलन ने ही की थी?"

इस बार का दुस्साहस मुझे महँगा पड़ा। भूत ने गन्दा सा मुँह बना कर मुझे देखा और फिर जो खामोश हुआ तो फिर उसकी खामोशी नहीं टूटी तो अंत तक नहीं टूटी।

मैं कब तक इंतजार करता! रात घिर आयी थी और ठण्ड भी बढ़ने लगी थी। मुझे होटल जाकर सामान लाना था। मैंने उसे खामोश राकिंग चेयर पर झूलते हुए छोड़ा, बाहर आकर दरवाजे में ताला लगाया और नीचे उतर आया। गेट के बाहर निकलकर ऊपर देखा तो कमरे की लाइट आफ थी। शायद मेरे जाते ही भूत भी वहाँ से चला गया था।

होटल से दूसरे दिन सामान लेकर मैं उस मकान में आ गया। जब मैं कुली की पीठ पर सामान लदवाये वहाँ पहुँचा तब एक अजूबे की तरह लोगों ने मुझे घेर लिया। कल रात मेरे जाने के बाद आसपास के लोगों ने मान लिया था कि मैं भाग गया हूँ इसलिए स्वाभाविक था कि मेरे लौट आने पर उन्हें उत्सुकता हुई। वे मुझसे तमाम चीजें पूछना चाहते थे लेकिन मेरी दिलचस्पी उनसे बात करने में एकदम नहीं थी। कुली स्थानीय था इसलिए इस भुतहे मकान के बारे में जानता था। उसने भी सामान गेट के बाहर पटका और अपनी मजूरी लेकर चलता बना।

सामान बहुत था भी नहीं—एक अटैची और एक बिस्तरबन्द। मैंने खुद ही ढो—ढोकर उन्हें ऊपर पहुँचा दिया।

नीचे वाले किरायेदारों के दरवाजे-खिड़कियाँ कल की तरह आज भी बन्द थे। शायद उन्हें डर था कि खुले रास्तों से ऊपर का भूत उनके घर में प्रवेश कर सकता था इसलिए वे घर हर समय बन्द रखते थे। कमरे का ताला खोलकर मैं अन्दर घुसा तो कल के मुकाबले सीलन की गन्ध कम थी। मैंने खिड़कियाँ खोल दीं। मेज पर अपनी अटैची रखी और एक कपड़ा लेकर जितना कुछ झाड़-पोंछ सकता था, किया। पलंग झाड़कर उस पर अपना बिस्तर बिछाने का इरादा तो मैंने शुरू में ही छोड़ दिया था। रिप्ले बीन की पलँग पर सोते देख कहीं भूत और नाराज न हो जाए। मैंने जमीन पर ही अपना बिस्तर बिछा दिया। होटल से यहाँ तक आने की थकान ने मजबूर किया कि थोड़ी देर पीठ सीधी कर लूँ पर जब लेटा तो पता नहीं कब गहरी नींद आ गयी। उठा तो चारों तरफ अँधेरा था। खुली खिड़कियों और दरवाजे से ठण्ड अन्दर आ रही थी। आँख खुलते ही पहली चीज जो याद आयी वह थी कमरे में बिजली का गुल

होना।

दिन भर सोते रह जाने से मैं किसी मिस्त्री को बुला कर चेक नहीं करा सका कि बिजली क्यों नहीं आ रही । मकान मालिक के अनुसार तो घर में एक मीटर था और बिजली का बिल बाकी नहीं था। कोई न कोई अन्दरूनी फाल्ट थी। पर क्या पता बुलाने पर कोई मिस्त्री ऊपर आता भी ! मैं काफी देर तक यह सोचकर पड़ा रहा कि भूत आ जाए और लाइट आन कर दे पर वह नहीं आया। लगता है नाराज हो गया था।

जोर की भूख लगी थी, देर तक लेटे रहना मुमकिन नहीं था। मैं उठा और खाने की तलाश में बाहर निकल आया। इस बार मैंने दरवाजा बन्द करने की जरूरत भी नहीं समझी। जिस घर में भूत रहते हों वहाँ चोर-चाईं क्या आयेंगे?

मैं अपने नये ठिकाने के आस-पास की किसी दूकान पर नहीं रुकना चाहता था क्योंकि वहाँ लोगों से घिर जाने और तमाशा बन जाने के इमकानात थे इसलिए बिना किसी से नजरें मिलाये एक अपरिचित दिशा में तेज कदमों से बढ़ चला। थोड़ा ही आगे चलने पर मुझे समझ आ गया कि मैं कैमल बैक रोड पर आ गया हूँ। कैमल बैक रोड पहले भी मसूरी आने पर मेरा पसन्दीदा सड़क रहती थी। माल रोड़ की भीड़-भाड़ से दूर यह आमतौर से रोमांटिक जोड़ों या भीड़ से दूर रहना चाहने वाले सैलानियों के सैर के लिए प्रिय जगह थी। मुझे गनहिल के इर्दगिर्द रेंगती यह पहाड़ी इसलिए भी प्रिय थी कि इसके ढलान से लिपटी एक बड़ी सिमेट्री थी जिसमें फैली सफेद संगमरमर की कब्रें बादलों से रहित चाँद रातों में एक अजीब सा रहस्य लोक निर्मित करती थी और कैमल बैक रोड के कई घुमावदार मोड़ों से अलग-अलग कोण पर उन्हें देखना मुझे रोमांचित कर देता था। सिमेट्री मुझे इसलिए भी आकर्षित करती थी कि उसमें मेरे सबसे प्रिय मित्र यानि भूत अपने अंतिम रूपों में लेटे हुए थे। आज भी यही हुआ। मैंने कैमल बैक रोड की शुरुआत में ही एक टी शॉप पर पाव रोटी खायी और चाय पी। पेट में कुछ जाने पर मैं चैतन्य हुआ और कैमल बैक रोड पर मटर गश्ती करने निकल पड़ा।

कैमल बैक रोड के उस मोड़ पर पहुँचते ही जहाँ से ढलानों पर स्थित सिमेट्री की पहली झलक मिली, मेरा दिल धड़कने लगा। एक खास बिन्दु पर जहाँ से सिमेट्री का विहंगम दृश्य दिखता था और लोहे की एक खाली बेंच जैसे मेरा ही इंतजार कर रही थी, मैं बैठ गया। सामने की कब्रों में कितने परिचित लेटे थे—कैप्टन यंग, रिप्ले बीन, जेम्स, मिसेज सैमुअल,रस्ट और न जाने कौन कौन। इन सबने कितना साथ दिया है मेरा, कितनी मित्रता निभाई है। मेरा मन कृतज्ञता से भीग गया।

मैं एकटक संगमरमर के उस रहस्य लोक में अपने मित्रों के आशियाने तलाशता रहा। कल के अनुभव से मन कुछ व्यथित सा था। मैंने कुछ ऐसी गलती की थी जिसे मैं समझ नहीं पा रहा था पर जिससे भूत इतना नाराज हो गया था कि आज दिन भर

इंतजार करने के बाद भी नहीं आया। मेरी कहानी बीच में ही छूट गयी थी।

मुझे अपने मित्र कैप्टन यंग की याद बुरी तरह सता रही थी। कहाँ होगा जरूर 3 गोरखा पलटन की लाइंस के पास किसी पीपल या बड़ के पेड़ से लटका मटरगश्ती कर रहा होगा। मलिंगर हाउस में अगली पूर्णिमा को आयेगा। उसने कहा था वह एक ऐसे भूत को जानता है जिसे इस हत्याकाण्ड के बारे में सब कुछ पता है और मुझसे उसे मिलवाने का वायदा भी किया था। उस भूत ने कैप्टन यंग को तो कुछ नहीं बताया पर उसे उम्मीद थी कि मैं उससे सच्चाई उगलवा लूँगा। मनुष्य की क्षमता पर भूतों को भी यकीन होता है। मेरा अब तक का अनुभव यही बताता था कि भूत वायदा निभाते हैं और मित्रों की मदद करते हैं। कैप्टन भी करेगा पर पन्द्रह दिन इंतजार करना तो बड़ा मुश्किल है। मेरा दुष्ट संपादक एक स्टोरी के लिये मुझे एक महीने मालिकों के खर्चे पर मसूरी घूमते पायेगा तो जल भुन कर राख हो जाऐगा। क्या किया जा सकता था?

बेंच पर असहाय बैठा मैं कब्रिस्तान में फैली असंख्य कब्रों को उदास निहारता रहा।

अचानक अपने कन्धे पर किसी के हलके स्पर्श का आभास हुआ। मैंने चौंक कर देखा तो बेंच के दूसरे कोने पर मुस्कराता हुआ कैप्टन यंग दिखायी पड़ा। मुसीबत में काम आने वाले इस दोस्त पर इतना प्यार उमड़ा कि जी हुआ उसे चूम लूँ। मुझे पता था कि भूत इन सब इंसानी चोंचलों से दूर रहते हैं, अगर मैंने ऐसा कुछ किया तो हो सकता है कि शरमा कर भूत भाग ही न जाए। इसलिए मैं सिर्फ कृतज्ञ नजरों से उसे भिगोता रहा।

"जय गोरख हुजूर! कैसे आ गये?"

मेरे आश्चर्य पर भूत खिलखिलाया– "तुम्हें उदास देखा तो चला आया। मेरी पलटन तो दूर सियाचिन में है। कमबख्त हाड़ कँपाने वाली ठण्ड है। मैं तो ऊनी वर्दियों के स्टोर में छिपा बैठा था। तुम मुँह लटकाये बैठे थे इसलिए इधर आ गया।"

मुझे उदास देख सकता है तो मेरी उदासी का सबब भी जानता ही होगा, यह सोचकर मैं चुप रहा। पर लगा वह मेरे मुँह से ही सुनना चाहता है। इसलिए मुझे विस्तार से बताना पड़ा। अच्छा, तो तुम रिप्ले बीन से मिल चुके। उसने शरारत से आँख मारी , "चलो मेरा काम आसान हो गया। उसी से तो मिलाना चाहता था मैं तुम्हें।"

"अजीब बात है। रिप्ले बीन से मैंने भी जब जब यह सवाल किया कि एलन हत्यारा है या नहीं वह चुप हो जाती है। मुझे कोई जवाब नहीं देती।"

"हाँ मुश्किल तो है।"

"फिर कैसे बात बनेगी?" मैंने आजिजी से पूछा।

"तुम्हें कोशिश करनी होगी। अब तो तुम्हें मेरे लिए भी कोशिश करनी होगी।

तुम नहीं जानते कि मैं कितना व्याकुल हूँ यह मालूम कर सकते हो कि एलन हत्यारा था या नहीं। तुम्हीं जान सकते हो। तुम इंसान हो और मुझे पता है कि इंसानों के लिये कुछ भी मुश्किल नहीं है।"

सुनकर मुझे हँसी आ गयी। हम इंसान मानते हैं कि भूतों के लिए कुछ भी मुश्किल नहीं है जबकि भूत हमारे बारे में यही सोचते हैं।

मैंने अपनी हँसी रोकते हुए अपनी अगली समस्या उसके सामने रखी– "पर वह तो नाराज होकर चला गया। आज पूरा दिन मैंने इंतजार किया पर आया ही नहीं। पता नहीं अब आयेगा भी या नहीं?"

"आयेगा...... जरूर आयेगा......, भूत इंसानों की तरह नहीं होते। वे कोई बात गाँठ में बाँध कर नहीं रख लेते। वे दिल के साफ होते हैं। अगर नाराज हुआ भी होगा तो अब तक गुस्सा उतर गया होगा। तुम घर चलो मैं भी थोड़ी देर में पहुँचता हूँ, तुम्हारे बुलाने से नहीं आया तो मैं पकड़ कर ले आऊँगा।"

शाम की उदासी दूर हो गयी। मैंने झटपट अपने आशियाने की राह पकड़ी। रास्ते में मैंने खाना पैक करा लिया पर मोमबत्ती लेना भूल गया। घर के पास पहुँच कर याद आया तो न चाहते हुए बगल की दूकान पर रुकना पड़ा। जैसे ही मैंने मोमबत्ती माँगी। किसी और कार्य में व्यस्त दूकानदार ने मेरी तरफ देखा और चौंकते हुये कहा "कल आपने पूरी रात अँधेरे में बितायी। आपको डर नहीं लगा?"

"कल तो पूरी रात मेरे कमरे में रोशनी रही। बल्ब जलता रहा।"

दूकानदार ने अचकचा कर मुझे देखा। मैंने उसे ज्यादा बोलने का मौका नहीं दिया तथा मोमबत्तियों का पैकेट और पानी की दो बोतलें लेकर ऊपर चला गया।

मेरे दो दोस्त आने वाले थे। अन्दर से एक खास तरह की खुशी महसूस कर रहा था मैं। मैंने एक कोने में मोमबत्ती जलाई, पानी की बोतल खोल कर कमरे में ही हाथ धुला और जल्दी-जल्दी साथ लाया खाना खत्म किया।

कमरे में सिर्फ दो कुर्सियाँ थीं। राकिंग चेयर तो मैडम के लिए हो गयी, दूसरी कुर्सी पर बैठकर मैंने खाना खाया था, उसी को कैप्टन यंग के लिए छोड़ दूँगा। जिस स्टूल पर रखकर खाना खाया था उस पर मैं बैठ जाऊँगा। अपने घर में भी मेहमानों के लिए इतनी व्यवस्थित तैयारियाँ मैंने स्वयं नहीं की थीं। मेरी पत्नी देखती तो उसे विश्वास नहीं होता कि मैं भी इतने सलीके से ऐसा इंतजाम कर सकता हूँ!

स्टूल को राकिंग चेयर के पास जमाकर अभी मैं हटा ही था कि मुझे उस पर बैठा कैप्टन यंग दिखायी दे गया। लगता था कहीं बगल में खड़ा होकर इन्तजार ही कर रहा था और मौका मिलते ही स्टूल पर बैठ गया। कमरे में बल्ब जल गया था।

"अरे यार, तुम इतना कम खाते हो? "इसका मतलब वह मुझे खाते हुए देख रहा था।

मैंने झेंपते हुए कहा, "अरे नहीं कैप्टन साहब! आज तो कुछ ज्यादा ही खा

लिया।"

"भाई जवान आदमी हो इतने को ही ज्यादा कहोगे तो कैसे चलेगा। मेरी पलटन के लड़कों की खुराक देखना कभी..."

"आप भी हुजूर... फौजियों की तुलना पत्रकारों से करते हैं! हम तो कलम के सिपाही हैं ...स्याही खाते हैं।" हम दोनों हँसे।

"अभी तक रिप्ले बीन नहीं आयीं? "उसने बातचीत का रुख दूसरी तरफ मोड़ा।

"पता नहीं आयेंगी भी!" मेरे मन की शंका बाहर आ गयी।

"आयेगी कैसे नहीं?" वह खामोश हो गया। लगता था उसने मेरे प्रश्न को चुनौती की तरह लिया था। आँखें बन्द कर चुपचाप बैठ गया। मैं डरा कि कहीं मैंने अपनी मूर्खता से इस भूत को भी तो नाराज नहीं कर दिया था।

यह तो बाद में, जब मैडम रिप्ले बीन का भूत राकिंग चेयर पर आकर बैठ गया, मुझे पता चला कि मौन भी संवाद का माध्यम हो सकता है। खासतौर से भूतों के बीच तो मौन ही ऐसा अचूक माध्यम था जिसके द्वारा कैप्टन यंग का सन्देश, आग्रह, चिरौरी, नाराजगी, धमकी...... और न जाने किन-किन भावनाओं से भरा हुआ रिप्ले बीन तक पहुँचा था।

मैडम रिप्ले बीन के भूत को देखकर इतना तो साफ लग रहा था कि वह नाराज था। नाराजगी उसके चेहरे पर भी थी और जिस तेजी से वह राकिंग चेयर पर झूल रहा था उससे भी स्पष्ट थी।

मैं भले डरा पर कैप्टन यंग पर रिप्ले बीन की नाराजगी का कोई असर नहीं लग रहा था। वह चिढ़ाने जैसे भाव से मुस्कुरा रहा था जैसे कोई बड़ा किसी बच्चे के नाराज होने पर उसे छेड़ता है। कैप्टन यंग था भी तो उससे सत्तर पचहत्तर साल बड़ा!

"अब गुस्सा थूक दो मैडम और इस बेचारे खोजी पत्रकार की कुछ मदद करो।"

"मदद क्या करूँ खाक, जिस मामले के बारे में पूछ रहा है उसके बारे में मुझे कुछ नहीं पता।"

"क्यों तुम तो उन दिनों मसूरी में ही थी! तुम्हारे बाप के साथ उस शानदार बँगले में मैं भी कई बार गया था।"

"थी जरूर पर मुझे उतना ही मालूम है जो उन दिनों मसूरी के अखबारों में छपता था। मसूरी में हर कोई जानता था कि एलन हत्यारा है। कत्ल क्यों हुआ यह किसी को पता नहीं था। कम से कम मुझे तो नहीं ही पता है।"

"देखो रिप्ले तुम्हारे सामने जो बैठा है वह एक इंसान है और ऊपर से खोजी पत्रकार भी। कितना डेडली काम्बिनेशन है। हम तुम भूत हैं– हमें यह तो पता ही है कि इंसान क्या कुछ नहीं कर सकता? इस मामले में तो मेरी भी दिलचस्पी है। मैं भी जानना चाहता हूँ। इस पत्रकार से मिलने के बाद तो मुझे भी उम्मीद बँधी है कि

शायद मैं जान सकूँ कि मेरी पलटन का सिपाही सचमुच कातिल था या उसे बेगुनाह लटका दिया गया।"

काफी देर मान मनव्वल का दौर चला। रिप्ले बीन मना करती रही कि उन्हें नहीं पता कि कत्ल किसने किया था। उन्हें मसूरी के दूसरों लोगों की इस जानकारी पर सन्देह करने का कोई कारण नजर नहीं आता कि कातिल एलन ही था। वही था जो जेम्स के साथ आखिरी बार देखा गया था। उसके बाद जेम्स से मिलने कोई दूसरा आदमी वहाँ नहीं पहुँचा था।

पुलिस की सारी तफतीश उसी को दोषी पाती है, पूरी मसूरी में कोई ऐसा नहीं था जिससे जेम्स की दुश्मनी रही हो। फिर कौन मारेगा जेम्स को? एलन ने चन्द सिक्कों के लिए अपने दोस्त को मार डाला। बार-बार रिप्ले बीन मुँह बिचका कर उसे कोसती रही पर कैप्टन यंग भी किसी ऐसे सेना नायक की तरह अड़ा रहा जिसे एक टास्क मिला है और जो उसे किसी भी कीमत पर पूरा करना चाहता है। अंत में रिप्ले बीन को झुकना ही पड़ा। शर्त सिर्फ इतनी रखी उसने कि मैं ऊलजुलूल सवाल नहीं पूछूँगा। वह जितना बतायेगी चुपचाप सुनूँगा। उसके बारे में जितना मैंने उसके मकान मालिक और आस पड़ोस के दूकानदारों से सुना था उससे उसकी पूरी छवि एक चिड़चिड़ी और तुनक मिजाज बुढ़िया की बनती थी। वह जीवित मिलती तब भी मेरी क्या मजाल थी कि उससे ज्यादा सवाल जवाब करता अब तो खैर भूत बन जाने के बाद इसका सवाल ही नहीं उठता था।

इसके बाद रिले यात्रा शुरू हुई। कैप्टन यंग ने कथा का सूत्र रिप्ले बीन को थमाया और फुर्र से उड़ गया। मुझे अफसोस हुआ कि मैं उसे ढंग से धन्यवाद भी नहीं दे पाया।

"देखो तुम मुझसे बहुत उम्मीद मत करना।"

जैसे ही रिप्ले बीन के भूत ने बोलना शुरू किया मेरा चेहरा उतर गया। कैप्टन यंग के जाते ही मुझे निःशस्त्र पाकर अपने रंग में आ रही है बुढ़िया। पर उसकी अगली बात से कुछ ढाढस बँधा–

"सामने अलमारी में जो बंडल दिख रहा है उसमें कुछ खत हैं जो एलन ने लिखे थे। पिछले सौ सालों में किसी ने इन्हें नहीं पढ़ा था। इन्हें पढ़ लो फिर आगे बात करते हैं।"

मैंने अचकचाकर देखा तो सिर्फ राकिंग चेयर हिल रही थी। उस पर से भूत गायब था। कमरे की रोशनी गुल हो गयी थी। और अँधेरे में राकिंग चेयर की हिलती काया का आभास हो रहा था। मैंने तीली जलाकर पहले तो वह मोमबत्ती तलाशी जो भूतों के आने पर बुझ गयी थी और फिर उसे हाथ में लेकर सामने वाली अलमारी की तरफ लपका। ज्यादा ढूँढ़ना नहीं पड़ा। अलमारी के ऊपरी खाने में ही पुराने और लगभग चिथड़ा हो चुके कपड़े के बस्ते में लिपटा खतों का एक बंडल पड़ा था। उसे

उतार कर मैं कमरे के बाहर बालकनी में ले आया। कुछ रोशनी बाहर भी आ रही थी और कुछ मोमबत्ती की लौ से उपजी थी जिसमें मैंने सावधानी से बस्ते को खोला। उसका कपड़ा जो पूरी तरह से पीला पड़ गया था छूते ही फट फट जा रहा था। अन्दर नीम अँधेरे में जो कुछ मैंने देखा उसे पढ़ने की व्यग्रता ने मुझे इतना भी नहीं रुकने दिया कि मैं कमरे में ताला लगा दूँ। मैं बंडल को लेकर सीधा अपने होटल की तरफ भागा। उम्मीद थी कि मुझे वहाँ फिर से कमरा मिल जाएगा।

हम जिन्हें बरसों से जानते हैं उन्हें कितना जानते हैं

"हर सम्बन्ध की अपनी भाषा होती है। यह भाषा हमें कहीं से मिलती नहीं है हम इसे स्वयं विकसित करते हैं। सम्बन्ध के साथ यह खुद-ब-खुद विकसित होती जाती है। तुम्हें नहीं लगता कि पिछले तीन महीनों में हमने भी एक भाषा हासिल की है। शब्दकोशों से परे है यह भाषा। इसके शब्दों के वही अर्थ नहीं हैं जो डिक्शनरी में मिलते हैं। कुछ के पास तो सिर्फ ध्वनियाँ हैं, अर्थ हैं ही नहीं। कल उस लम्बे-चौड़े छतनार हार्स चेस्ट नट के दरख्त के नीचे जब तुम पिघल रही थीं तब अचानक मेरी गर्दन में नाखून गड़ा कर तुम क्या चीखी थीं याद है तुम्हें? मेरी स्मृतियों में टँक गयी है वह अस्फुट पर तेज ध्वनि। नीचे जमीन पर पतझड़ था और हमारे शरीरों में बसंत फूट रहा था। शायद हम साथ ही स्खलित हुए और तभी तुम्हारे मुँह से वह ध्वनि फूटी जिसने कल के संभोग को मेरे अनुभव संसार की सबसे अद्भुत वस्तु बना दिया। मैं देख रहा हूँ कि तुम हँस रही हो पर तुम्हें वही ध्वनि फिर पैदा करनी होगी... अगली बार...बार-बार।

हाँ... इस बार भी मैं कोई नाम नहीं तलाश पाया। फिर कोशिश करूँगा। मुझे लगता है कि अचानक ही कोई सम्बोधन सूझेगा। यह भाषा के लिहाज से असाधारण नहीं होगा पर होगा हमारा नितांत अपना। एक ऐसा सम्बोधन जिससे सिर्फ मैं तुम्हें पुकारूँगा, जिसका इस्तेमाल न मेरे पहले किसी ने तुम्हारे लिए किया होगा, न बाद में कोई करेगा।"

ढेर सारा प्रेम......

एलन

'तुमने एक बार कहा था कि कई बार अनुपस्थिति से हम अपनी उपस्थिति दर्ज कराते हैं, कहीं इसीलिए तो यह खामोशी नहीं? चार दिन....... पूरे चार दिन हो गये तुमने कुछ नहीं लिखा। मिलने की तो बात ही सोचना बेकार है...।"

एलन

"अगर आज भी तुम्हारा खत नहीं मिला होता तब भी मैं लिखता ही। तुम

रूठकर मुझसे पाँच दिन दूर रह सकती हो पर मैं बिना लिखे कैसे रह सकता हूँ? फर्क सिर्फ इतना पड़ा है कि आज खत लिखने का एक अतिरिक्त कारण है। आज मैंने तुम्हारे लिए एक नाम भी तय कर लिया है। बूझना तुम्हें पड़ेगा। इतना इशारा दे सकता हूँ कि पहली बार यह मेरे मुँह से तब निकला था जब पूरे चाँद की दूधिया धवल रात तुम हार्स चेस्ट नट के पेड़ के नीचे पहली बार पूरी तरह से निर्वस्त्र हुई थी। मैंने तुम्हें दो-तीन सम्बोधनों से पुकारा था। एक पर तुम खिलखिला कर हँसी थीं। याद है तुम्हें वह सम्बोधन ! याद करो, मैं नहीं बताऊँगा। लिखना फौरन। अगर तुम्हें याद है तो उसी से पुकारूँगा मैं तुम्हें।"

एलन

इस तरह के आठ खत थे जो रिप्ले बीन के भूत ने मुझे दिये थे। दिक्कत यह थी कि इन खतों का दूसरा पक्ष खतों के इस बंडल में नहीं था। बाद में मिलने पर मैंने भूत से कई बार इसरार भी किया कि वह मुझे एलन की प्रेमिका के खत भी उपलब्ध कराये पर हर बार वह टाल जाता। उसका कहना था कि प्रेमिका के खत एलन के पास थे और पकड़े जाने के बाद जब देहरादून के कोतवाल और उसकी टीम उसे देहरादून से मसूरी वापस ला रही थी तब रास्ते में एक जगह एलन ने उनसे शौच की इच्छा जाहिर की और वे उसे जिस झरने के पास इसके लिये ले गये उसी में धीरे से सबकी आँखे बचाकर उसने खत बहा दिये थे।

भूत की इस दलील से मैं कभी आश्वस्त नहीं हुआ। भूत के लिए मुश्किल क्या है? वह चाहता तो एलन की प्रेमिका के खत भी मेरे लिये उपलब्ध करा ही सकता था। पृथ्वी, आकाश, पाताल—हर जगह तो उसकी रसाई है। अगर पानी में बहे उसके खतों के अक्षर मिट भी गये हों तो क्या वह उन्हें पुनः नहीं लिख सकता या अगर कागज लुगदी बन कर नदी के पेट में या उसके किनारे उगे किसी वनस्पति में समा भी गये हों तब भी तो एक भूत के लिए हमेशा यह संभव है कि वह मिट्टी का अंग बन चुके उन अवशेषों को वापस उसी तरह के रूलदार हस्तनिर्मित कागजों में तब्दील कर दे जिन पर एलन की प्रेमिका ने उसे पत्र लिखे थे और जिनके ऊपर लिखे एलन के आठ खत मुझे भूत ने उपलब्ध कराये थे। सत्तर-अस्सी साल बाद चौकोर मुड़े इन कागजों को खोलने और पढ़कर वापस तह करने पर यह डर तो जरूर लगता था कि वे किसी सूखे पत्ते की तरह टूट जाएँगे लेकिन उनकी चमक पूरी तरह से फीकी नहीं पड़ी थी और निब की काली स्याही में डुबोकर लिखे लगभग बेडौल और खुरदुरे उनके अक्षर, अभी भी धुँधलाये नहीं थे।

भूत से असंतुष्ट होकर आप कर भी क्या सकते हैं? अगर वह कुछ नहीं देना चाहेगा तो फिर नहीं देगा। मन मार कर मैंने मान लिया कि भूत मुझे एलन की प्रेमिका के खत उपलब्ध नहीं करायेगा।

मैंने एलन के पत्रों से उस मजमून को भाँपने की कोशिश की जो प्रेमिका ने किसी खत को मिलने से पहले या बाद में लिखा होगा। काफी हद तक गालिब वाला मामला था। फर्क सिर्फ इतना था कि गालिब लिफाफा देखकर खत का मजमून भाँपने की कोशिश करते थे पर यहाँ भूत मेरी मदद करने के लिए मौजूद था। उसने प्रेमिका के खत मुझे भले न दिये हों पर एलन के खतों को पढ़कर दूसरे पक्ष की प्रतिक्रिया समझने या खत लिखने के पीछे की पृष्ठभूमि समझने में भरपूर मदद की।

"छुटकू!
तूने ठीक पहचाना। फर्क सिर्फ इतना है कि मैंने उस रात हार्स चेस्ट नट के पेड़ के नीचे तुझे छुटकू नहीं, छुटकी कहा था। तेरे लिये कई संबोधन मैंने होठों से दुहराये और अलग-अलग अंदाज से दुहराता चला गया। यही संबोधन सबसे अच्छा लगा। थोड़ी देर बाद मैंने पाया की छुटकी की जगह मेरे मुँह से छुटकू निकल रहा है। शायद बचपन की कोई स्मृति हो। बहरहाल आज से मैं तुझे सिर्फ छुटकू कहूँगा। आज रात जब तू हार्स चेस्ट नट के नीचे खड़ी होकर मुझे ढूंढ़ रही होगी तब अपने कान खुले रखना...। कहीं से हौले हौले कोई पुकारेगा...छुटकू...छुटकू।"

तेरा—

एलन

लिखे गये पत्रों को तारीखवार क्रम से रखने पर यह पहला पत्र था जिस पर सम्बोधन पड़ा था। इसके पहले वाले तीनों पत्रों पर संबोधन नहीं थे। ध्यान से देखने पर ही पता चलता था कि किसी ने उनके ऊपर का सम्बोधन खुरच डाला था। जाहिर है कि पत्र पाने वाले ने ही ऐसा किया था। पर क्यों किया होगा? ऐसा क्यों नहीं चाहती थी वह कि उसका नाम किसी को पता चले। बहुत पूछने पर भी भूत नहीं बता सका।

इस भूत ने मुझे कुछ हद तक निराश किया था। मेरा यह विश्वास टूट रहा था कि भूत सब कुछ जानते हैं और अगर मैं यह मान लूँ कि यह भूत भी सब कुछ जानता था तो यह विश्वास टूट जाता कि भूत इतने भले होते हैं कि एक बार दोस्ती हो जाने पर कुछ नहीं छिपाते।

बहरहाल कुछ किया नहीं जा सकता था। भूत जो कुछ कर रहा था वह भी कम नहीं था। कम से कम वह पत्रों के माध्यम से एक अद्‌भुत प्रेम कथा से मेरा परिचय करा रहा था।

शुरुआती चारों खतों से एक सीधा-सादा लेकिन पहाड़ी नदियों जैसा उद्दाम प्रेम प्रसंग सामने खुल रहा था पर अचानक ऐसा लगा कि सामने कोई बड़ा शिला खण्ड

आ गया हो और कल-कल करता जल उस पर पछाड़ खा कर गिरने लगा हो।

चौथे और पाँचवें खतों के बीच के कुछ पत्र गायब थे। अगला खत जो दो महीने बाद की तारीख का लिखा हुआ था, इस बात की गवाही दे रहा था कि इन साठ दिनों में बहुत कुछ ऐसा घटा है जिसने दो प्रेमियों के बीच कुछ खिंचाव पैदा कर दिया था।

"छुटकू

हम जिन्हें बरसों से जानते हैं उन्हें कितना जानते हैं? साथ-साथ उठते, बैठते, सोते हैं पर कितना जान पाते हैं अपने साथी को? कई बार अचानक ऐसा नहीं लगता है क्या कि हमारे बगल में कोई नितांत अपरिचित शरीर लेटा हुआ है? गौर से देखने पर उसे पहचान पाना मुश्किल लगता है। तेरा सोचना सही है कि सिर्फ चार-पाँच महीने ही तो हुए हैं हमें मिलते। इतने में तू मुझे कितना जान पायी होगी या जो कुछ जान पायी है उसमें जानने जैसा कितना है।

छुटकू मेरी जान, मुझे सिर्फ यह कहना है जितना कुछ हम एक-दूसरे के बारे में जान पाये हैं वही काफी है। एक साथ गुजारा लम्बा समय इस बात की गारंटी नहीं होता कि दो प्राणी एक दूसरे को अच्छी तरह से जानने लगे हों।

और एक पल का साथ भी हमें कितना परिचित कर देता है। इसलिए अब इस उहापोह से निकल और उस तरह के खत मत लिख जो तूने पिछले दिनों लिखे हैं और अच्छे बच्चे की तरह आज हार्स चेस्ट नट के नीचे आ जा—मेरी बाँहों में समाने के लिए।

आज मैं तुझे एक अद्‌भुत पहाड़ी गीत सुनाऊँगा जो मुझे मेरी पलटन के पहाड़ी साईस ने सुनाया है। मुझे लगता है यह गीत तेरे लिये लिखा गया है। तू जानती है मेरी पहाड़ी कितनी खराब है। तुझे मेरे लिए इसका अंग्रेजी अनुवाद करना होगा।"

एलन

"डियरेस्ट वन,

आज मुँह अँधेरे उठ गया। बैरक की खिड़कियाँ खुली थीं और बाहर की नीम ठंडी हवा दबे पाँव अंदर प्रवेश कर रही थी। लेटे-लेटे मैंने बादलों से अठखेलियाँ करते चाँद और तारों की स्थिति देखी। पी.टी. के लिए उठने से पहले एक नींद ली जा सकती थी। मैंने सोने की कोशिश की। आधा सोते आधा जगने की स्थिति में कई तरह के खौफ मेरे ऊपर तारी हो गये।

मुझे लगा कि अचानक एक दिन तू मुझसे मिलना बंद कर देगी। जाहिर है कि दुनिया उसी दिन खत्म नहीं हो जाएगी लेकिन निश्चित है कि दुनिया पहले जैसी भी नहीं रह पायेगी।

मैं डरा कि एक दिन तू शरारतन यह कहना छोड़ देगी कि तू मुझे प्यार नहीं करती। शायद उस दिन तू सचमुच मुझे प्यार करना छोड़ देगी।

पता नहीं, ऐसा क्या हुआ होगा कि एक दिन तेरी आवाज सुनायी देगी और नहीं भी सुनायी देगी। जब सुनायी देगी तब मेरे अन्दर कुछ नहीं घटेगा।

इसी तरह के बहुत सारे डर जो पहली बार तुझसे मिलने जाते समय मुझे महसूस हुए थे। उस समय मैं डर रहा था कि तुझसे मिलते ही मैं बाँहें फैलाये तुझे उनमें समाने का अनुरोध करूँगा और तू दूर खड़ी मुझे बरजेगी। तेरी तरेरती आँखों की अवज्ञा करता हुआ मैं तुझे अपनी बाँहों में भर लूँगा। तू मेरे सीने पर मुक्के बरसायेगी और मैं तुझे चूम लूँगा। मैं कुछ ऐसा करूँगा जो तुझे नाराज करेगा लेकिन जब बाद में हम हार्स चेस्ट नट के नीचे धरती पर फैली हरी घास पर बैठेंगे और बतियाएँगे और हँसेंगे तब तू धीरे से बिना कहे कह देगी कि तुझे सबकुछ बहुत अच्छा लगा।

इसी तरह के बहुत सारे डर। शायद ये डर इसलिए सता रहे थे कि छुट्टी पर जाने का वक्त करीब आता जा रहा है। एक बार लैण्डोर छोड़ने के बाद कम से कम तीन महीने तुझे नहीं देख पाऊँगा। पर यह आखिरी छुट्टी होगी जो मैं अकेले काटूँगा।"

प्यार, प्यार और सिर्फ प्यार,

एलन

"सी,

कल मैंने तुझे बहुत दुखी किया। सॉरी...सॉरी...सॉरी...मुझे पता है कि तू कहेगी कि सॉरी से कुछ नहीं होता। मैं भी यही मानता हूँ कि सिर्फ सॉरी कहने से काम नहीं चलेगा। मैं कल जैसे ही कैम्प से खिसकने चला, रोलकाल का बिगुल बजने लगा। किसी ने कमाण्डेंट से शिकायत कर दी थी... मेरी नहीं, दूसरे दो-तीन कमबख्त हैं जो पता नहीं कहाँ कहाँ गायब हो जाते हैं रात भर, उनकी शिकायत थी। इस रोलकॉल के बाद इतनी देर हो गयी थी कि तेरे पास तक आना मुमकिन नहीं रह गया था। मुँह मत फुला। माफ कर दे।"

एम

इस खत के सम्बोधन सी को समझने में थोड़ी दिक्कत जरूर हुई पर यह समझ में आ ही गया कि 'सी' छुटकू के लिए प्रयोग हो रहा है। अगले सारे खतों में सम्बोधन के लिए सी का इस्तेमाल हुआ। पर एलन एम कब बन गया और एम का मतलब क्या है?

"सी

आय लव यू... आय लव यू... आय लव यू...आय लव यू... "

एम

लगता है किसी शर्त के तहत लड़की ने चिढ़ाने के लिए एलन से कहा होगा कि क्या वह लिख कर दे सकता है कि वह उससे प्यार करता है और इस पर एलन ने यह खत भेजा था जिसमें पूरे कागज पर सिर्फ यही लिखा था— आय लव यू!

हार्स चेस्ट नट के नीचे प्रेम

उन आठ खतों से गुजरना प्रेम की अंधी गली से गुजरने जैसा था। इस गली का कोई ओर-छोर नहीं था लेकिन ओर-छोर की तलाश किसे थी खत एकतरफा थे। दूसरी तरफ से लिखे गये पत्रों को भूत ने मेरे बहुत माँगने पर भी नहीं दिया। न चाहते हुए भी मुझे उसकी इस बात पर यकीन करना पड़ा कि एलन को लिखे गये खतों तक उसकी रसाई नहीं थी।

मैंने बहुत तर्क दिये कि भूत के लिए एलन को लिखे गये पत्रों को पाना क्या मुश्किल था, वह जब चाहे वे पत्र भी उसको हासिल हो सकते हैं, उसी तरह जैसे एलन के लिखे पत्र उसे मिल गये थे, पर वह नहीं माना। बार-बार यही कहता रहा कि प्रेमिका ने खुद के लिखे पत्र तो नष्ट कर दिये पर एलन के लिखे पत्रों को बार बार कोशिश करके भी नष्ट नहीं कर पायी। एलन द्वारा लिखे पत्रों में से सिर्फ आठ ही क्यों बचे? बाकी का क्या हुआ? बाकी प्रेमिका ने नष्ट कर दिये। पर क्यों?

पहली बार किसी भूत से मेरा झगड़ा हुआ। मेरा अब तक का अनुभव झूठा साबित हो रहा था। जब मैडम रिप्ले बीन से मेरी पहली मुलाकात हुई थी तभी मुझे लग गया था कि वे खासी तुनकमिजाज हैं। बाद में उनके बारे में मसूरी में जो सूचनायें मैंने इकट्ठी की थीं वे भी यही बताती थीं कि वे जिद्दी, अकड़ू और गुस्सैल हैं। लेकिन ऐसे तो कई भूतों से मेरा साबका पड़ा था जो जीवित अवस्था में कठिन मनुष्य रह चुके थे पर भूत बनते ही उनका अतीत उनका पीछा छोड़ देता है। कम से कम मेरा अनुभव तो यही कहता था। एक से एक खूँखार दुर्दांत हत्यारों को मैंने नर्म पंखुरी की तरह पसरते और मक्खन सा पिघलते देखा है। भूत बनते ही उनकी कठोरता न जाने कहाँ गायब हो जाती है।

लड़ने-झगड़ने का एक फायदा यह हुआ कि रिप्ले बीन के भूत ने वृत्तांत का फारमेट बदल दिया। नैरेटर की भूमिका से वह वीडियो आपरेटर की भूमिका में आ गया। वाचिक परम्परा छोड़कर उसने मुझे फिल्म दिखानी शुरू कर दी। दूसरे पक्ष के पत्र न मिलने के कारण जो खालीपन था उसे भरने का सबसे आसान तरीका मुझे यही समझ में आया कि मैं उससे कहानी सुनाने की जिद न करके जो कुछ वह दिखाने जा रहा है उसी को देखूँ। शायद ऐसा इसलिए भी हुआ कि उससे लड़-झगड़ कर मैं थक

गया और पता भी नहीं चला कि कब गहरी नींद के आगोश में डूब गया।

बहुत से दृश्य मेरे मित्र भूत ने दिखाये। इस मामले में वह पत्रों के मुकाबले ज्यादा उदार दिखा। मैं जिस प्रसंग की फरमाइश करता, उसके पूरे दृश्य एवं श्रव्य छवियों के साथ वह हाजिर हो जाता।

कई दृश्य थे।

दृश्य-1

चट्टानों के ऊपर पत्थरों को काटकर समतल बनाया गया मकान। ऊपरी मंजिल के एक कमरे में लैम्प की रोशनी में किताब पढ़ती हुई एक लड़की। इस कमरे के अलावा पूरा मकान अँधेरे में डूबा हुआ है। बाहर की हलकी ठण्डी हवा कमरे में दाखिल न हो सके इसलिए काँच की बड़ी खिड़कियाँ सख्ती से बंद हैं।

किताब पढ़ते-पढ़ते लड़की का जी उचटता है तो उसकी दृष्टि काँच के परे घने वृक्षों से घिरी और टिमटिमाती रोशनियों वाली वादी में तैरने लगती है। यही क्रिया बार-बार दोहरायी जाती है। अचानक लड़की की निगाहें लपटों की हिलती परछाइयों पर पड़तीं हैं। रुक-रुक कर खिड़की के शीशों पर परछाइयाँ पड़ती थीं और फिर अँधेरे में बिला जाती थीं। कुछ-कुछ भय और उत्सुकता से लड़की ने परछाइयों को देखा। वह सहमते हुए उठी और खिड़की के पास जाकर शीशों से नाक सटाकर खड़ी हो गयी।

जिस मकान में लड़की थी वह इस पहाड़ी का आखिरी मकान था। मुश्किल से बीस गज की दूर से ढलान शुरू हो जाती थी। ढलान जिस घाटी में उतरती चली गयी थी, उसकी शुरुआत में ही हार्स चेस्ट नट के विशाल दरख्तों का झुरमुट था। रात में अकसर लड़की खिड़की के पल्ले खोलकर अँधेरे में झूमते इस झुरमुट को निहारती थी– खास तौर से पूरे चाँद की रात जब आकाश पर बादल न हों। आज भी आकाश साफ था पर बाहर हवा में हलकी सी ठण्ड थी इसलिए लड़की ने खिड़की बंद कर रखी थी पर उसने बाहर जो कुछ देखा उसने उसे खिड़कियाँ खोल देने के लिए मजबूर कर दिया।

सामने मुश्किल से पचास गज की दूरी पर एक छोटी सी चट्टान के दामन में आग जल रही थी। कोई था जो आग के बगल में लेटा धीरे-धीरे गा रहा था। आग की लपटें हवा के झोंकों के साथ काँप रही थीं। एक खास कोण पर पहुँचने पर ही इन लपटों की कौंध लड़की की खिड़की के काँचों पर पड़ रही थी।

सामने लेटा पुरुष क्या गा रहा था लड़की ने ध्यान से सुनने की कोशिश की। थरथराती स्वर लहरियों की मद्धम आवाज जब वह पकड़ पायी तो अचानक रोमांचित हो उठी।

क्या यह वही धुन नहीं थी जिसे लड़की के पिता बीच-बीच में गुनगुनाते थे? उसका पूरा जिस्म कान हो गया। वही धुन थी। एक बार धुन पकड़ लेने के बाद बोल

स्पष्ट हो गये। उसके पिता कई बार अपने इर्द-गिर्द फैली किताबें सरका कर अवसाद में डूब जाते हैं और काफी देर चुप रहने के बाद अचानक जो कुछ गुनगुनाते हैं, वह यही धुन है।

सालों पहले जब उसकी माँ जिन्दा थी और वह बहुत छोटी थी तब वह उस छोटे से कस्बे में गयी थी जहाँ से उसके पिता आये थे और जहाँ के लोक गीत इसी धुन में गाये जाते हैं। महीनों बैलगाड़ी, ट्रेन और समुद्री जहाज से यात्रा करने के बाद वे उस कस्बे में पहुँचे थे। उस समय तो उसकी समझ में नहीं आया लेकिन अब इतने वर्षों बाद वह समझ सकती है कि क्यों जैसे-जैसे वह कस्बा करीब आता गया क्यों उसके पिता चुप होते गये। घोड़ागाड़ी की पिछली सीट पर बैठी उसकी माँ ने जब पाया कि अगली सीट पर कोचवान के पास बैठे पिता की आवाज सुनायी देना बंद हो गयी है और उनके दो-तीन सवालों का जवाब सिर्फ हाँ हूँ में मिल रहा है तो उन्होंने हलके से सिर्फ एक सवाल पूछा– "क्या कार्डिफ आ गया?"

छोटी सी लड़की जो माँ के बगल में बैठी घोड़ागाड़ी की खिड़कियों से बाहर सेब के बागों में लदे फल निहार रही थी अचानक अपने पिता को जमीन पर कूदते और फिर लुढ़कते देखकर घबरा गयी। उसे लगा कि किसी ने उसके पिता को गाड़ी से नीचे ढ़केल दिया है और वे दर्द से लोट-पोट हो रहे हैं। गाड़ी झटके से रुक गयी और तेजी से अपने स्कर्ट सँभालती हुई माँ भी लगभग कूदती हुई पिता के पास पहुँची। लड़की के दिमाग में अभी तक वह दृश्य अंकित है जिसमे माँ घुटने के बल बैठकर औंधे मुँह जमीन पर लेटे सिसकियाँ भरते पिता की पीठ सहला रही थीं। बागों में काम कर रहे किसानों और राहगीरों से घिरे माँ-बाप से थोड़ी दूर गाड़ी में बैठी, उस छोटी सी लड़की की घबराहट जब हिचकियों और तेज स्वर के रुदन में बदल गयी तब माँ का ध्यान उसकी तरफ गया। वह तेजी से गाड़ी की तरफ झपटी और बच्ची को लगभग घसीटती हुई अपने सीने से चिपकाये वापस उस जगह पर पहुँच गयी जहाँ पिता अपने मातृभूमि की धूल कपड़ों पर लपेटे बागों में काम करने वाले पुराने संगी-संगतियों से गले मिल रहे थे।

लड़की अपना रोना भूल कर भौचक्की सी अपने पिता को रोते, खिलखिलाते, गले लगते, नाचते देखती रही। थोड़ी देर में माँ की तरह वह भी हँसने लगी और फिर न जाने कितनी गोदों और कन्धों पर झूलते उछलते उस धर के दालान में पहुँची जो सालों बाद खुलने के कारण अजीब सी सीलन भरी गंध से सराबोर था और माँ के बताने से पता चला कि यह उनका अपना घर था। यहीं से सत्रह साल पहले व्यापार की सनक में पिता समुद्र के रास्ते एक अपरिचित अनजान प्रायद्वीप की तरफ चले गये थे जिसके बारे में उन्होंने सिर्फ किस्से कहानियाँ और वहाँ से लौटने वाले सैनिकों से सुना था लेकिन जिसका आकर्षण इतना जबरदस्त था कि अपनी बूढ़ी माँ की तमाम कोशिशों को नजरअंदाज करते हुए एक दिन उन्हें इस मकान में अकेला छोड़कर

लम्बी यात्रा पर निकल गये थे।

पड़ोसियों ने बताया कि तीन साल पहले लड़की की दादी मर गयी। पूरे चौदह साल उसने हर शाम समुद्र की तरफ से आने वाली घोड़ा-गाड़ियों को प्रतीक्षा करते बितायी थी। हर दोपहर वह सेबों के बगीचों को पार करते हुए पथरीली सड़क तक जाती और निर्धारित स्थान पर एक टूटी चट्टान पर बैठकर उस दिशा से आने वाली घोड़ा-गाड़ियों को निहारती रहती। सूर्यास्त होने पर वह चुपचाप सर झुकाये सेबों के दरख्तों के बीच से चलती हुई वापस लौटती। कोहरों और सर्दियों वाले दिनों में, यहाँ तक भी कि जब बारिशें हो रही हों, वह छाता लिये निर्धारित समय पर चट्टान पर दिखायी देती थी। उसकी उपस्थिति के लोग इस कदर आदी हो गये थे कि एक खास वक्त पर चट्टान की कल्पना बिना उसके नहीं कर पाते थे। एक दिन जब हलकी बूँदा-बाँदी और रुई के फाहों से विरल बादलों के बीच सूरज धूप-छाँह कर रहा था, वह सूर्यास्त के समय वहाँ नहीं दिखी तो चट्टान से सटे बाग के मालिक ने फल तोड़कर डिब्बों में भरते मजदूरों की तरफ देख कर कहा–

'बुढ़िया मर गयी।'

किसी ने इस पर कोई प्रतिक्रिया नहीं की। सिर्फ वापसी में वे बुढ़िया के घर का चक्कर लगाते हुए आये। यह सिर्फ औपचारिकता थी कि उन्होंने बाहर बरामदे से अन्दर कमरे में झाँक कर देखा। एक आरामकुर्सी पर बैठे-बैठे लड़की की दादी मर चुकी थी– उन सारे कपड़ों को पहने हुए जिन्हें पहनकर वह बाहर चट्टान तक जाने वाली थी। उसके बायें हाथ की मुट्ठी की पकड़ छाते पर अभी तक ढीली नहीं पड़ी थी।

देर रात गये जब पड़ोसियों और रिश्तेदारों की भीड़ कमरे से छँटी, लड़की का पिता अंदर गया। तब तक लड़की की माँ ने कमरों की खिड़कियाँ खोलकर सीलन भगाने की कोशिश की थी। हालाँकि ठण्डी हवा से बचने के लिए खिड़कियाँ देर तक खुली नहीं रखी जा सकती थीं पर फिर भी कुछ तो असर हुआ ही था। उस रात, जब घर में सिर्फ वे तीनों ही थे, पिता न जाने कब तक दरी बिछी फर्श पर दीवाल से पीठ टिकाये अपरिचित धुनों के लोकगीत गाते रहे। लड़की ने इससे पहले ये धुनें कभी नहीं सुनी थीं। मसूरी में वर्षों से विस्मृत धुनें कार्डिफ पहुँचते ही अचानक कैसे याद आ रही थीं और यह याद आना भी कितना अद्भुत था। पिता गाते गाते-गीत की पंक्तियाँ भूल जाते थे–कुछ देर तक सिर्फ धुन गुनगुनाते–तभी माँ को कोई पंक्ति याद आ जाती–दोनों मिल कर छूटे हुए को पकड़ने की कोशिश करते और फिर अपनी असफलता पर हँसते और आगे बढ़ जाते।

लड़की कब सोयी उसे पता नहीं चला लेकिन जब उठी तो नीचे फर्श का दृश्य देखकर ऐसा लगा कि पूरी रात पिता गाते ही रहे थे। माँ न जाने कब बिस्तर से सरक कर उनके पास चली गयी थी और दीवाल से सर टिकाये सोते हुए पिता के कंधे पर सर रखे बेसुध पड़ी थी। लड़की कुछ देर तो उन्हें देखती रही और जल्द ही एक बार

फिर नींद के आगोश में डूब गयी।

सर्दियाँ शुरु होने पर वापसी की यात्र आरम्भ हुयी। इस बार झर रहे पत्तों वाले उदास दरख्तों के बीच। पूरा गाँव एक जूलूस की शक्ल में उन्हें कस्बे की सड़क तक छोड़ने गया। लड़की इस बार भी उछाली जाती हुयी कंधों और गोदियों का सफर तय करती रही। सेबों के बाग से बाहर निकल सभी कंकरीली सड़क के किनारे खड़े हो गये। उनका सामान घोड़ा-गाड़ी पर चढ़ाया जाने लगा। पिता पहले की तरह घुटनों के बल जमीन पर बैठ गये। अपनी धरती को चूमते हुये उनके अंदर पहले वाला आवेग नहीं था। शायद इसके पीछे वह दिलासा थी जो पिछले कुछ घंटों से हर मिलने-जुलने वाले के सामने वे खुद को दे रहे थे –

'हर साल गर्मियाँ मैं यहीं बिताऊँगा।'

बीच-बीच में अगले वर्ष अपने आने की तारीखें भी दुहराते जा रहे थे।

अगला वर्ष फिर कभी नहीं आया। लड़की जानती है कि प्रत्येक वर्ष सर्दियों में पिता कार्डिफ जाने की जो योजना बनाते हैं, वह पूरी नहीं होने वाली। सर्दियाँ खत्म हो जाती हैं और जैसे-जैसे मसूरी का मौसम खुशगवार होता चला जाता है पिता की इच्छा शक्ति कमजोर होती जाती है। हर बार कार्डिफ की यात्रा अगले साल और फिर अगले साल पर टल जाती है। अब तो योजना बनाते समय उतना उत्साह भी नहीं झलकता जितना शुरू के वर्षों में दिखता था।

वापसी में घोड़ागाड़ी की अगली सीट पर माँ-बेटी बैठे। पिता पिछली सीट पर बैठे थे। लड़की को अगली सीट असुविधाजनक लगी तो उसने पीछे जाने की जिद की। माँ ने लगभग दबोचते हुए पीछे मुड़ कर देखने से उसे रोका। घोड़ागाड़ी थोड़ा आगे बढ़ी तो लगा कि पीछे पिता हलक-हलकी सिसकियाँ ले रहे थे। माँ के हाथों के बलिष्ठ दबाव के बावजूद लड़की ने सिर पीछे घुमाकर देखा कि पिता की पीठ काँप रही थी। माँ एक हाथ से उसे पीछे देखने से रोकती हुई दूसरे हाथ से बीच-बीच में पिता की पीठ सहला रही थी।

दृश्य-2

अगली रात फिर वही दृश्य। दूर हार्स चेस्ट नट के दरख्त के नीचे जलती, काँपती हुई आग की लपटों के अक्स लड़की के कमरे के शीशे पर ज्यादा साफ पड़ रहे हैं। इसकी वजह शायद यह है कि आज अलाव की स्थिति बदल गयी है और वह पेड़ से कुछ दूर ऐसी जगह पर है जहाँ से उसके और खिड़की के बीच कोई बाधा नहीं है या फिर शायद इसलिए कि आज लड़की बेसब्री से इन अक्सों का इंतजार कर रही थी।

आज फर्क सिर्फ इतना है कि लपटों की रोशनी में कल दिखने वाला पुरुष गायब था और उसकी आवाज भी नहीं सुनायी दे रही थी। लड़की काफी देरे तक

शीशे से मुँह सटाये बाहर उसे ढूँढ़ने की कोशिश करती रही फिर थक कर अपनी स्टडी चेयर पर बैठ गयी। बैठ भी कितनी देर पायी- व्यग्रता उसे बार-बार खींच कर शीशे तक लाती गयी। काफी देर बाद उसकी प्रतीक्षित वस्तु दिखायी दी।

अँधेरे के बीच से एक आकृति उभरती है जो, यदि पूरी एकाग्रता से शीशे पर नाक टिकाये लड़की बाहर न देख रही होती तो उससे छूट जाती। लपटों की रोशनी की जद में आते-आते आकृति एक बलिष्ठ फौजी युवा में तब्दील हो जाती है जिसने लाँग बूट और ब्रीचेज के ऊपर हलकी ऊनी शर्ट पहन रखी है। अभी तक उसके लापता होने का रहस्य भी लपटें खोलती हैं। उसके एक हाथ में बन्दूक है और दूसरे हाथ में लटका एक छोटा सा जानवर है जो रोशनी पड़ने पर स्पष्ट होता है कि खरगोश है।

लड़की समझ गयी कि फौजी आग जलाकर जंगल में शिकार करने चला गया था और अब एक खरगोश मारकर लौटा था। इसके बाद फिर कल वाला अनुभव। फर्क सिर्फ इतना था कि चट्टान से पीठ टिकाकर गिटार बजाते हुए परिचित स्वर लहरियों में गीत गाता फौजी आज ऐसे कोण पर था कि उसका चेहरा साफ दिखायी दे रहा था। लड़की चकित थी कि एक बलिष्ठ जवान शरीर पर एक भोले-भाले छोटे बच्चे का चेहरा कैसे चिपका हुआ था।

एकटक उसे गाते हुए वह देखती है। कल की ही तरह वह पूरे शरीर से सुन रही है। दूरी और बंद खिड़कियाँ गीत के बोल टूट-टूट कर पहुँचने दे रही हैं पर काँपती स्वर लहरियाँ इतनी परिचित सी हैं कि लड़की कल की तरह आज भी जोड़-तोड़ कर हर गीत पूरा कर ही ले रही है। गाने का क्रम बीच-बीच में टूटता। फौजी शिकार को काटने, छीलने, भूनने जैसे कामों में लग जाता लेकिन लड़की खिड़की से हट नहीं पाती। कोई अबूझ आकर्षण उसे खिड़की से हटने नहीं दे रहा। बाहर ठंड बूँद-बूँद कर टपक रही है। खिड़की के काँच जमी बूँदों के कारण अपारदर्शी हुए जा रहे हैं। लड़की व्यतिक्रम नहीं बर्दाश्त कर पाती है और बीच-बीच में खिड़की खोलकर बाहर शीशों की बाहरी पर्त साफ कर देती है। हर बार सर्द हवा उसके हाथ सुन्न कर देती है पर हर बार शीशे के धुँधलाने पर वह यही क्रिया दुहराती है।

अचानक लड़की जड़ हो जाती है। क्या यह वही गीत नहीं है जिसको उसके पिता ने उस समय गाया था जब लौटते समय उनका जहाज अपना लंगर उठा रहा था? लड़की की स्मृति में अब भी वह दृश्य साफ अंकित है। पिता डेक पर खडें हैं और रेलिंग पकड़कर थोड़ा आगे को झुकें हुए हैं। बगल में माँ और उससे सटकर छोटी लड़की। समुद्री हवायें थपेड़ों की तरह चेहरे से टकरा रही हैं और तीनों के बाल अस्त-व्यस्त हो रहे हैं। बिलकुल आज की तरह। फर्क सिर्फ इतना है कि आज इस गीत को सुनने के लिये लड़की ने खिड़की पूरी तरह खोल ली है और चौखट को पकड़ कर आगे को झुके उसके चेहरे से जो हवा टकरा रही है वह बर्फीली है और बार-बार

अपने बाल ठीक करती आज की लड़की उस छोटी लड़की की तरह खिल-खिला नहीं रही है जो समुद्र से आने वाली हलकी ठंडी हवाओं के झोंकों से बिगड़ते अपने बालों को ठीक करते हुये शरारत से भरी हुई थी।

रात और शीत एक साथ झर रहे हैं। सामने एक पुरुष शरीर है जो अलाव की मचलती लपटों में जल बुझ रहा है। खुली खिड़की पर कुहनी टिकाये आगे को झुकी लड़की ठण्डी हवा के थपेड़ों के बीच न जाने कब से खड़ी है और अन्दर बाहर भीग रही है।

दृश्य -3

एक बड़ा हार्स चेस्ट का छतनार दरख्त :

कई दिनों बाद आज फिर वही दृश्य! फर्क सिर्फ इतना है कि खिड़की और अलाव के बीच की दूरियाँ मिट गयी है! लड़की अलाव से थोड़ी दूर एक चट्टान पर बैठी है। अलाव की लपटें तेज हवा से बहक रही हैं। लपटों की काँपती परछाइयाँ लड़की के चेहरे पर अग्नि नृत्य का भ्रम पैदा कर रही हैं। थोड़ी दूरी पर फौजी शिकार में मारे गये खरगोश को पहाड़ी दाव से छील रहा है। वह एक ऐसे कोण और दूरी पर है जहाँ आग अपनी ऊष्मा के साथ तो है पर लड़की के चेहरे पर खेलती अग्नि शिखाओं के साथ उसके पूरे शरीर को घूँट-घूँट कर पीने से फौजी को रोक भी नहीं रही। सिर्फ वही बोल रहा है और लड़की चुपचाप सुन रही है— एकटक... अपलक। बीच-बीच में अगर बर्फानी हवाओं से अस्त-व्यस्त होती अपनी लटों को ठीक करने के लिए लड़की के हाथ हरकत न करते तो किसी को भी तेज और मद्धम होते अलाव के प्रकाश में शिला पर अवस्थित एक बुत का आभास हो सकता था।

लड़की चुपचाप सुन रही है और सिर्फ फौजी बतिया रहा है। कितना कुछ कहने को है उसके पास। पेशावर से काबुल के बीच फैली कठोर और दुर्गम पहाड़ियों के नीचे के भू-प्रांत में लड़े गये युद्ध, मृत्यु के बीच से बार-बार निकलना और फिर-फिर लौटकर उसके करीब पहुँच जाना। बर्बरता, बहादुरी, कायरता, घात-प्रतिघात— लड़की पलक झपकाना भी भूल चुकी है। कैसा तो अद्भुत किस्सागो है फौजी! बातों के लच्छों से कहानियों के सूत कातता है। लड़की के लिए अन्दाज लगाना मुश्किल है कि उसके वृत्तांत में कितना सच है और कितना अतिशयोक्ति। उसे सब कुछ सच जैसा ही लगता है।

अचानक फौजी उठता है और लड़की की चट्टान के पास उकड़ूँ बैठ जाता है। लड़की थोड़ा असहज होती है पर फौजी की आँखों और चेहरे पर न जाने ऐसा क्या है जो उसे आश्वस्त करता है। वह फिर एकटक उसे सुनने लगती है।

युद्ध गाथायें— मारकाट की कहानियाँ लड़की को कभी अच्छी नहीं लगतीं। कई बार पिता ने नौसैनिक बेड़ों और समुद्री लुटेरों की कथायें उसे सुनानी शुरू की थी पर कभी भी उनके वृत्तांत समाप्त नहीं हो पाते। पिता लड़की की ऊब और अनिच्छा भाँप

जाते और वापस राजकुमारियों और परियों की दुनिया में उठा ले जाते। आज क्यों लड़की को युद्ध की गाथायें आकर्षक लग रही है? क्यों मन कर रहा है कि ये कहानियाँ कभी खत्म न हों?

फौजी लड़की से दो बालिश्त लम्बा है। उकड़ूँ बैठ-बैठे भी वह लगभग उसके बराबर का लगता है। पता भी नहीं चला कि कब किस्सागोई के बीच उसका हाथ लड़की के बालों तक पहुँच गया। उसकी उँगलियाँ तब तक लड़की के बालों में फिरती रहीं जब तक उसके जूड़े की पिन खुल नहीं गयी और घने रेशमी बाल गहरे काले बादलों की तरह उसके कन्धों पर फैल नहीं गये।

फौजी ने उन प्रहारों का जिक्र किया जिन्हें उसके मजबूत शरीर ने काबुल और पेशावर की खड़ी चट्टानों में झेला था। लड़की सिहर सिहर उठी! फौजी ने कमीज के बटन खोल कर उसे अपने पीठ और सीने के वे जख्म दिखाये जो लैण्डोर छावनी के अस्पताल में भर तो गये थे लेकिन अपने ऐसे निशान छोड़ गये थे जिन पर हाथ फिराते हुए लड़की की आँखें डब-डब करने लगीं।

ऊपर मरियल पीला चाँद था, नीचे झरे सूखे पत्ते और थोड़ी दूर पर हवा के थपेड़ों से नाचती आग की लपटों और उनके बीच किसी फ्रेम में जड़ी-सी लड़की एकटक फौजी को सुनती रही, सुनती रही, जब तक फौजी ने हौले से खींचकर उसे अपने बगल में चटखते हुए पत्तों की सदा के बीच लिटा नहीं लिया। लाँग बूट, ब्रीचेज और वर्दी की खाकी कमीज पहने लम्बे गलमुच्छों और ऊपर के ऐंठे हुए दोनों किनारों वाली मूँछों वाला कारपोरल एलन जमीन पर चित पड़ा हुआ है। एक लड़की है जो औंधी उसके ऊपर लेटी है। कमीज की ऊपर की तीन बटनें खुली हुई हैं। लड़की की दो उँगलियाँ बटनों के बीच से रेंगती हुई एलन के सीने पर रेंग रही हैं। उनींदा एलन बीच-बीच में चिहुँक उठता है। लगता है लड़की उसके सीने में अपने नाखून गड़ा दे रही है। अचानक एलन छटपटाकर आधा उठता है, वापस गिरता है और इस बार उसकी बलिष्ठ बाँहों में बँधी हुई लड़की उसमें समा जाती है। देर तक नीचे पड़े सूखे पत्ते, हरी घास और पूरी धरती काँपती रह्ती है।

दृश्य-4

"तू परसों क्यों नहीं आयी?"

"क्यों आती?"

"मेरे खत का जवाब क्यों नहीं दिया?"

"क्यों देती?"

"क्यों-क्यों क्या लगा रखा है, सीधे-सीधे जवाब क्यों नहीं देती?"

"क्यों दूँ?"

"फिर क्यों...?" लड़की खिलखिलाती है पर एलन के सीने पर दबे-दबे उसका

दम घुट रहा है। वह एलन के पेट में जोर से घूसा मारती है और ढीली पड़ गयी जकड़ तोड़कर झटके से बाहर निकल भागती है। ढलवां पहाड़ियों पर दोनों दौड़ रहे हैं। धीरे-धीरे घाटी में डूब रहा सूरज अपनी शाख से टूटकर कब छपाक से घने दरख्तों में समा गया, पता ही नहीं चला। दौड़ती हुई लड़की अँधेरे में ठोकर खाकर नर्म दूब पर गिरी पर ऐसा कैसे हुआ कि जहाँ गिरी वहाँ एलन की मजबूत बाँहें उसे थामने के लिए मौजूद थीं? देर तक धरती, आकाश, जंगल-तारे एक-दूसरे में गड्ड-मड्ड होते रहे।

दृश्य-5

"बीच-बीच में तू कहाँ गुम हो जाती है, उठते, बैठते, चलते, बोलते अचानक खामोश हो जाती है। लगता है मुझे जानती ही नहीं।"

"कितना जानतीं हूँ मैं तुम्हें? सिर्फ इतना कि जिस जमीन से मेरे पिता आये थे तीस साल पहले, तुम भी वहीं से आये हो। पर इससे ज्यादा क्या जानती हूँ?"

"पगली, हम जिन्हें बहुत जानते हैं, उन्हें कितना जानते हैं? तूने एक बार लिखा भी था कि तुझे सोचकर डर लगता है कि तेरे पास तो सिर्फ एक कागज का टुकड़ा भर है जिस पर मेरा नाम और पता लिखा है। किसी दिन तेरी हथेलियों से फिसलता हुआ यह टुकड़ा अनंत में खो जाएगा और उसी के साथ मैं भी कहीं गायब हो जाऊँगा।"

"और तुमने लिखा था कि हम जिनके साथ बरसों रहते हैं, उन्हें भी कितना जानते हैं? सालों साल साथ उठते, बैठते, सोते, जागते अचानक लगता है कि जो बगल में है वह नितांत अपरिचित और अनजाना है। पर इससे मेरा डर कम तो नहीं हो जाता। तुम छुट्टी जा रहे हो...।"

एलन ठहाका मार कर हँसता है और लड़की को बाँहों में जकड़ लेता है। लड़की तो यही चाहती थी। उसके सीने में मुँह गड़ाये सिसक रही है लड़की।

"वहाँ सिल्विया है।"

"हाँ है.........तो?"

"तो क्या......?"

एलन की जकड़ मजबूत होती जाती है। लड़की का दम घुट रहा है। उसका पुराना हथियार है एलन के पेट में घूँसा मारना। इस बार एलन उसे यह मौका भी नहीं दे रहा। उसका बाँयाँ हाथ लड़की के पीठ पर और दाहिना कमर को इस तरह जकड़े हुए हैं कि लड़की की कलाइयाँ बहुत कम हिलडुल पा रही हैं। अंत में बड़ी मुश्किल से लड़की अपनी उँगलियाँ एलन के पेट तक पहुँचा सकी। उँगलियाँ पेट गुदगुदाती हैं और एलन की हँसी छूट जाती है। पकड़ ढीली पड़ते ही लड़की उसे ढकेल कर परे हटा देती है। लड़खड़ाने का अभिनय करता हुआ एलन जमीन पर लेट जाता है और लड़की उसके पास बैठ जाती है। लड़की की आँखें और मुँह सूजा हुआ है।

"तूने सिल्विया का नाम क्यों लिया?"

"क्यों ! नहीं है सिल्विया वहाँ?"

"है तो पर चार साल से उसने कभी कोई खत नहीं लिखा। माँ ने लिखा था कि पिछले कई सालों से उससे भी नहीं मिली। तुझे क्या लगता है कि वहाँ बैठकर मेरा इंतजार कर रही होगी।"

"और अगर कर रही हो तो...?"

"तुझे मेरे ऊपर कब यकीन आयेगा?"

एलन झुँझलाकर उठने की कोशिश करता है। लड़की उसे हाथ के हलके से दबाव से फिर लिटा देती है। इस बार एलन का मुँह फूला हुआ है। लड़की उसे हलकी-हलकी थपकियाँ देती है। एलन थोड़ी देर तक आँखें बंद कर पड़ा रहता है। फिर आधा उठकर लड़की को अपने हाथों के घेरे में लेकर धीरे-धीरे अपने बगल में लिटा लेता है।

दृश्य -6

सितार की तरह बज रहे थे दो शरीर... खिंचे हुए तारों को छूते ही जो स्वर-लहरी निकलती उसमें बहुत कुछ भरा होता— आह्लाद, सीत्कार, विलाप और लास्य। शरीर सधी हुई जुगलबन्दी कर रहे थे।

अद्‌भुत थी यह जुगलबन्दी भी। कभी एक द्रुत में होता और दूसरा इतना मध्यम कि लगता स्थिर है और कभी दोनों द्रुत और कभी दोनों मद्धम।

इस जुगलबन्दी के दोनों पात्रों के शरीर में मानों संगीत बह रहा था। संगीत क्या समय बह रहा था या समय स्थिर था और सिर्फ संगीत बह रहा था...समय और संगीत दोनों में डूबते-उतराते दो शरीर बह रहे थे...एक शरीर में दूसरा बह रहा था... समय, संगीत, शरीर इन सबके बीच कहीं आनन्द बह रहा था... दो पुष्ट जाँघें सितार के तारों की तरह खिंची हुई थीं और दो जोड़ी ओंठ जल रहे थे।

तार खिंचे, कुछ इस तरह से खिंचे कि लगभग टूट से गये। जुगलबन्दी द्रुत हुई, मद्धम हुई और धीरे-धीरे स्थिर हो गयी। दोनों शरीर एक-दूसरे में गुँथे खामोश पड़े रहे हार्स चेस्ट नट के छतनार दरख्त के नीचे। ऊपर गुच्छों में खिले हार्स चेस्ट नट के फूलों और नीचे झरे पत्तों के ऊपर, निरावरण, थोड़ी दूर जल रही आग की गर्मी से ऊष्मा हासिल करते हुए।

लड़की हलकी सी सिहरी। थोड़ी देर पहले सक्रिय शरीर आग की आँच से झुलस-झुलस जा रहे थे। निष्क्रिय एक-दूसरे से चिपटे शरीरों को अचानक लकड़ी के सुलगते कुन्दे अपर्याप्त लगने लगे। लड़के ने बाँहों के घेरे में लड़की को इतने जोर से जकड़ रखा था कि कई बार वह हिचकियाँ लेने लगती। लगता उसका दम घुट जाएगा। अलसाया लड़का जकड़न कुछ ढीली कर देता।

ऊपर से शीत झर रही थी। सर्दियाँ अभी दूर थी लेकिन खुले में निर्वस्त्र सोना मुश्किल था। लड़की सिहरी तो लड़के ने बाँहें ढीली कीं, उठा और आग के करीब जाकर उसमें कुछ सूखे पत्ते और लकड़ियाँ डाल दीं। लड़की एकटक उसकी सुडौल माँसपेशियाँ निहारती रही। उसकी पीठ, नितम्ब, टाँगें सभी जख्मों के निशानों से भरी थीं। धूप और श्रम से तपे उसके शरीर पर मांसपेशियाँ मछलियों सी खेल रही थीं।

लपटें तेज हुईं और वह वापस लड़की के बगल में लेट गया। लड़के ने एक बार फिर लड़की को अपनी बाँहों में भर लिया। इस बार उसके हाथ हरकत करते रहे। लपटें जब तक तेज थीं उसके स्पर्श को सुख से भरती रहीं। हाथ शरीर की गोलाइयों और गहराइयों को नापते रहे। तेज हवा में नाचती लपटें कई बार उनकी नग्नता को पूरे जंगल की थाती बना देतीं तो कई बार इस कोण से गिरती कि दोनों शरीर अँधेरे उजाले का अजीब रहस्य लोक बन जाते।

लड़की फिर सिहरी। आग कमजोर पड़ रही थी। लड़के ने बाँहों की पकड़ ढीली की पर इस बार लड़की ने उसे उठने नहीं दिया। ठण्ड आग की मोहताज नहीं थी। ठण्ड में धीरे-धीरे धनुष की तरह अर्द्धचन्द्राकार होता उसका शरीर, जिसके निचले हिस्से में दोनों घुटने लड़के की नाभि से जुड़ गये थे और ओंठ लड़के के सीने पर पैबन्द थे, तड़प कर सीधा होने लगा। उसने अपनी कमजोर बाँहें लड़के के इर्द-गिर्द लपेट दीं। लड़के का चेहरा उसके दोनों स्तनों के बीच वक्ष पर टिक गया। जैसे-जैसे ठण्ड बढ़ती गयी बाहों का घेरा कसता गया। इस बार दम घुटने की बारी लड़के की थी। साँस लेने के लिए उसने मुँह खोला और एक स्तनाग्र उसके ओंठों से टकराया। वह धीरे-धीरे उसे चूसने लगा।

इस बार सितार बना लड़का। कुशल वादक की तरह लड़की उसे बजाती रही।

दृश्य-7

चीड़ के जंगलों के बीच खिले जाड़ला के पौधे। लड़की फौजी को बताती है कि ये फूल बारह वर्ष बाद खिलते हैं। आज पहली बार लड़की साहस कर दिन में बाहर निकल आयी है। फौजी को इन्हीं फूलों को दिखाने जिनके खिलने पर पहाड़ी फूलों का कुंभ कहते हैं। फूल के इस कुंभ पर असंख्य मधुमक्खियाँ थीं तितलियाँ थीं और तरह तरह के कीट-पतंगे थे जिनके नाम लड़की पहेलियों की तरह फौजी से पूछती है और उसके न बता पाने पर खिलखिला कर हँसती है और फिर तरस खा कर बताती है।

वे चीड़ की पत्तियों से ढँकी धरती पर बैठ जाते हैं। खिलवाड़ करते-करते लड़की को अचानक कुछ याद आता है।

"तुमने लिखा था कि तुम्हारे पहाड़ी साईस ने एक गीत सुनाया था उसे तुम मुझे सुनाओगे गाकर?" फौजी शरारत से पूछता है।

"हाँ गाकर।" लड़की उसी शरारत से कहती है।

"पर मुझे तो गाना आता ही नहीं।" फौजी नर्वस हो जाता है।

"पर मुझे तो गाकर ही सुनना है।" देर तक खिलवाड़ चलता है। अंत में एलन जितनी याद है उतनी ही कथा गद्य में सुनाता है।

कथा एक सुन्दर पहाड़ी लड़की फ्यूली की थी। वह इतनी सुन्दर थी कि दूर-दूर से उसको ब्याहने की इच्छा लिये गबरू जवान उसके माँ-बाप के पास पहुँचने लगे। पर वह प्यार तो भूपू से करती थी। दोनों के परिवार एक-दूसरे के दुश्मन थे इसलिए उनका ब्याह नहीं हो सका और फ्यूली कहीं और ब्याह दी गयी। विवाह के बाद भी दोनों का प्यार समाप्त नहीं हुआ। एक दिन जब फ्यूली भूपू से मिलकर लौट रही थी तो पति ने उसे जान से मार दिया। तब से फ्यूली फूल बन कर पहाड़ों पर खिलती है। लोककथा के अनुसार फ्यूली सिर्फ एक साधारण पीला फूल नहीं है बल्कि अधूरी कामनाओं को पूरा करने की उद्दाम लालसा का प्रतीक भी है।

फ्यूली की कथा सुनकर न जाने क्यों लड़की उदास हो जाती है। एलन निरा फौजी जरूर है पर यह समझना उसके लिए मुश्किल नहीं है कि लड़की किस संभावना से उदास हुई है। वह धीरे-धीरे उसकी पीठ सहलाता रहता है।

दृश्य-8

"तुम मुझे छुटकू क्यों कहते हो क्या मैं इतनी छोटी लगती हूँ?"

"तू बातें तो करती है बूढ़ी दादी की तरह, पर है छुटकू ही। मैं तुझे छुटकू ही कहूँगा। पर तूने मेरे लिए कोई नाम नहीं तलाशा?"

"तलाश लिया, पर बताऊँगी नहीं।" लड़की शरारत पर उतारू है।

"बता न।" एलन उसे गुदगुदाता है। लड़की हँसती है और इंकार में सिर हिलाती रहती है।

एलन के सामने अधिक देर तक यह इंकार नहीं चल पाता।

"मैंने पहाड़ियों के गीतों में एक संबोधन सुना है। तुम्हारे लिए वही इस्तेमाल करूँगी। अगले खत में देख लेना।"

एलन नहीं मानता। फिर से गुदगुदाना शुरू कर देता है। आखिर जब हँसते -हँसते आँखों में पानी आ जाता है, लड़की टूट जाती है।

फौजी की छाती में मुँह गड़ाये हुए वह कहती है, "मैं तुम्हें मितवा कहूँगी। हो न तुम मेरे मितवा?" देर तक फौजी उसे अपनी बाँहों में भरे खड़ा रहता है।

दृश्य-9

अगस्त के अंतिम दिन की दोपहर, घर में पिता को दोपहर के भोजन के बाद की तन्द्रा में छोड़कर लड़की भीगती हुई इस घने झुरमुट में आकर बैठ गयी है। बादल अभी-अभी टूट कर बरसे हैं। लड़की जब घर से निकली बारिश रुकी हुई थी, पिता सो रहे थे पर कभी भी जग सकते थे। बारिश भी कभी भी फिर से शुरू हो सकती

थी। हड़बड़ाहट में वह घर से निकली तो छाता लेने की सुध भी नहीं रही। एलन आज रात जा रहा है, लम्बी छुट्टी पर अपने वतन। आमतौर से वे दिन में नहीं मिलते पर आज जोखिम उठाकर भी वह मिलने आयी है।

मसूरी का मौसम—थोड़ी देर पहले जम कर बरसते बादल न जाने कहाँ गायब हो गये थे पर अचानक वे फिर कब कहाँ से आ टपकेंगे इसे कोई नहीं जानता! लड़की जब घर से निकली थी बादल उसके घर में भरे थे। जब बाहर निकली तब भी बादलों के बीच से आयी और थोड़ी ही देर में जब बादल बरसे तब उसे याद आया कि हड़बड़ी और उत्तेजना में वह छाता लेना तो भूल ही गयी थी। लड़की जहाँ बैठकर एलन का इंतजार कर रही थी वह चार-पाँच घने दरख़्तों और उन पर लिपटी लताओं से बना था जिसकी खोज एलन ने अपनी छोटी सी प्रेमयात्रा के दौरान की थी।

शिकार का शौकीन एलन छावनी से निकल भागने की फिराक में रहता था। शाम की रोल-कॉल के बाद अकसर वह बैरक से गायब हो जाता। वह एक खुशमिजाज खिलन्दड़े सिपाही के रूप में जाना जाता था और उसके दोस्तों की संख्या इतनी बड़ी थी कि रात-बिरात चेकिंग पर वह कभी पकड़ा नहीं गया और अगर पकड़े जाने की नौबत आयी भी तो उसका कोई न कोई दोस्त किसी न किसी तिकड़म से उसे बचा लेता। छुट्टियों में, खास तौर से रविवार को गिरजाघर जाने की जगह वह शिकार की तलाश में लैण्डोर के आसपास भटकता।

ऐसे ही भटकते हुए उसने एक बार लड़की को ढूँढ़ा था और एक दोपहर इस रहस्य लोक तक पहुँचा था जहाँ दिन में भी इतना सन्नाटा और अँधेरा होता कि बगल से पूरी पलटन गुजर जाए और उसमें छिपे दो प्रेमियों को तलाश न पाये।

दो-तीन बार उसके बहुत जोर देने पर लड़की इस अँधेरे एकांत में आयी थी। एक तो दिन में निकलना बहुत मुश्किल था दूसरे लड़की उन कीड़े-मकोड़ों से डरती थी जो हर समय किसी वनस्पति से टपकने को तैयार दिखते थे और एलन जिन्हें उसे चिढ़ाने के लिए कभी भी अपनी हथेलियों पर उठाकर उसकी तरफ बढ़ा सकता था। हर बार वह चिहुँकती, एलन खिलखिलाता और जब उसकी हथेली का कीड़ा उड़ जाता तब लड़की उसकी पीठ और पेट पर मुक्के बरसाती और तब तक बरसाती रहती जब तक एलन उसे अपनी बाँहों में भर नहीं लेता।

आज तो लड़की ने ही दिन में मिलना तय किया था। रात में तो मिलना ही था पर लड़की हर मुमकिन समय उसके साथ बिताना चाहती थी।

बाहर फिर बारिश शुरू हो गयी। अन्दर सघन छतनार आश्रय में लड़की एलन का इंतजार कर रही है। बाहर पानी गिरने की तेज आवाज आ रही है। चारों तरफ वनस्पतियों का इतना मजबूत आवरण है कि न सिर्फ उनसे छन कर आना प्रकाश के लिए मुश्किल है बल्कि बारिश की बूँदे भी ज्यादातर हिस्सों को नहीं भिगो पा रहीं। लड़की भी ऐसे ही एक सूखे हिस्से में एक मोटे दरख़्त की जड़ पर बैठी है। बाहर

जितनी तेज आसमान की बारिश है उससे तेज उसका मन भीग रहा है। वह सख्ती से मुँह भींचे अपनी रुलाई रोक रही है।

एलन छुट्टियों में घर जा रहा है। आज उसकी रवानगी है। हालाँकि अब वह स्वस्थ हो चुका है और उसे अपनी पलटन वापस जाना है लेकिन अफसरों से अपने सम्बन्ध के कारण उसने उन्हें मना लिया है कि वह विलायत छुट्टी मना कर वापस लैण्डोर आयेगा और फिर यहाँ से पलटन के लिए उसकी रवानगी होगी। कारण एक ही है। पलटन वापस जाने के पहले वह लड़की के साथ थोड़ा और वक्त गुजारना चाहता है। दोनों के साझे सपने हैं। इस बार एलन लड़की के पिता से मिलेगा और उनसे उसका हाथ माँगेगा। लड़की को पता है कि थोड़ी मुश्किल होगी। पिता की निगाह में उसके लिए जो लड़का है उसे भी वह जानती है पर उसे यह भी पता है कि माँ के मरने के बाद अब कोई जिद ऐसी नहीं है जिसे वह पिता से मनवा न सकेगी।

विलायत से जो तार आया है, उसके मुताबिक एलन की माँ सख्त बीमार है। पता नहीं लम्बी समुद्री यात्रा के बाद जब एलन वहाँ पहुँचेगा वह जीवित उसकी प्रतीक्षा कर रही होगी भी या नहीं! वह यह भी जानती है कि एलन अपनी माँ से कितना प्यार करता है। लम्बी रातों में उसकी बाँहों में भिंची उसने घंटों उसे अपनी माँ के बारे में बातें करते सुना है। कई बार चिढ़ कर उसने ऊबने का नाटक भी किया है पर एलन को अच्छा लगेगा यह सोचकर फिर उसे कुरेद कुरेद कर माँ के बारे में बोलने को प्रोत्साहित किया है और सप्रयास एकाग्रता से उसे सुना है। अचानक माँ की बीमारी के तार ने उनकी योजना गड़बड़ा दी।

एलन के पलटन वापसी के दिन करीब आ रहे थे और वह किसी भी दिन लड़की के पिता के पास जाने की तैयारी कर रहा था। लड़की लगभग रोज उसे अपने पिता के स्वभाव और आदतों के पाठ पढ़ाती और खिलखिलाते हुए उसे वे संवाद रटाती जिसे एलन को उनके सामने दोहराना था और जिसे वह हर बार भूल जाता। शायद जान-बूझकर! माँ की बीमारी का तार मिलने पर लड़की समझ गयी कि अब वह उसे नहीं रोक पायेगी। उसने कोशिश भी नहीं की बावजूद इसके कि विलायत में बीमार माँ के अलावा सिल्विया भी है। आज लड़की के आँसू रुक नहीं रहे हैं। एलन से बिछुड़ने के दर्द के साथ कहीं यह सिल्विया के वहाँ होने का डर तो नहीं है?लड़की जानती है कि सिल्विया का नाम लेने पर एलन हँसता हैं। कई बार उसे चिढ़ाने के लिए जानबूझ कर सिल्विया का जिक्र करता है। लड़की नहीं चिढ़ती और बनावटी उपेक्षा से कंधे उचकाती है तो फिर फिर ऐसे प्रसंग ले आता है जिनमें सिल्विया हो और जब लड़की रुँआसी हो जाती है तो उसे बाँहों में भरकर सिर्फ हँसता रहता है।

उसकी हँसी से लड़की भ्रमित हो जाती है। कई बार यह हँसी इतनी निश्छल और निष्पाप लगती है कि उसे खुद पर कोफ्त होने लगती है। पर कई बार एलन उसे जादूगर की तरह लगता है जो उन्मुक्त हँसी से उसे छल-छल जाता है।

कहीं वह एलन को खोने तो नहीं जा रही?

मुलाकातों के शुरुआती दिनों में एक बार उसने कहीं पढ़ा कि यू लव टु लूज ऐंड देन यू अगेन लव ऐंड यू अगेन लूज। पढ़ते ही उसकी आँखें छलछला उठी थीं। उसी शाम उसने एलन को ये पक्तियाँ सुनायीं। पर वह तो निरा फौजी था। सिर्फ खुलकर हँस सकता है। इस तरह के वाक्यों को अर्थाना उसके बस का नहीं। लड़की ने चिढ़ कर तय किया कि कभी कोई गंभीर चीज उसे पढ़कर नहीं सुनायेगी। तो क्या वह एलन को खोने जा रही है?

"हा ऽ ऽ ऽ ऽ ऽ ऽ ऽ।"

लड़की नहीं डरती। आज वह डरना भी नहीं चाहती। उसे पता है कि यह एलन है। उसका पुराना तरीका है। अचानक प्रकट होकर हा ऽ ऽ ऽ ऽ ऽ कह कर लड़की को डराना और फिर अपने वक्ष से चिपटा उसे हौले-हौले आश्वस्त करना।

आज उसे डरने का भी होश नहीं है। पहले भी दो-तीन बार वे उस झुरमुट में मिले हैं पर लड़की कभी भी अन्दर अकेले नहीं घुसी है। अगर कभी उसके पहले पहुँची भी है तो बाहर ही मँडराती रही है। अन्दर साँप, बिच्छू, कीड़ों, मकोड़ों—न जाने किन-किन जानवरों की कल्पना करती रही है। आज तो कब से अकेले अन्दर बैठी है। प्रिय को खोने के भय ने तो कहीं उसे सुन्न नहीं कर दिया है?

एलन खुद उदास है। लड़की नहीं डरती तो वह और उदास हो जाता है। उसका हाथ पकड़कर एक बड़े पेड़ की जड़ों पर अपने बगल में बैठा लेता है।

"छुटकू मैं आज आते समय सोच रहा था कि इस करोड़ों करोड़ इंसानों वाली दुनिया में क्या यह भी हो सकता था कि हम कभी नहीं मिलते। बिना एक दूसरे को जाने यहाँ से विदा हो जाते?" लड़की कुछ नहीं बोलती। चुपचाप बायें पैर के अँगूठे से जमीन कुरेदती रहती है।

"मैं जल्दी लौटूँगा।"

"मुझे पता है।"

डबडबाई आँखों से लड़की एलन को देखती है।

"खाक पता है। मैं नहीं लौटूँगा।" एलन को शरारत सूझती है।

"मुझे पता है..." लड़की किसी तरह रुँधे गले से कह पाती है।

"क्या पता है? वहाँ सिल्विया मेरा इंतजार कर रही है—ये पता है तुझे?"

एलन उसे हँसाने की कोशिश करता है।

"मुझे पता है," लड़की दृढ़ता से अपने आँसू रोकने की कोशिश कर रही है, "तुम लौट आओगे।"

एलन खुद उदास हो जाता है। उसका बेफिक्र खिलन्दड़ापन न जाने कहाँ गायब हो जाता है। चुपचाप अपनी बाँयीं बाँह पर टिके उसके सर को दाहिने हाथ से सहलाता रहता है देर तक... पता नहीं कितनी देर तक।

"मुझे तैयारी करनी है।"

"तैयारी करके क्यों नहीं आये..." लड़की रूठती है।

"पागल... तैयारी क्या इतनी जल्दी हो जाती है। मुझे वर्दी के बहुत से आइटम स्टोर में जमा कराने हैं। जाने के पहले एडजुटेंट के सामने पेश होना है। रास्ते के लिए अपना सामान बाँधना है और फिर... और फिर..."

एलन वाक्य अधूरा छोड़कर शरारत से मुस्कुराता है। लड़की अचकचाकर उसकी तरफ देखती है।

"जेम्स से भी तो मिलना है।"

लड़की रोना भूलकर उसके पीठ और पेट पर मुक्के बरसाने लगती है। एलन यही तो चाहता था। वह तब तक मुक्के खाता रहता है जब तक लड़की हँसने नहीं लगती, "मेरी सौतन सिल्विया नहीं, जेम्स है।"

एलन खिलखिलाकर हँसता है। दोनों हँसते हैं। आज वे उस सावधानी को भी भूल जाते हैं जिसके तहत रोज उनके संवाद लगभग फुसफुसाते हुए या बहुत धीमी आवाज में होते हैं।

जेम्स से लड़की शुरू से चिढ़ती है। उसे कभी भी समझ नहीं आया कि जेम्स में ऐसा कौन सा चुम्बक है कि एलन और दूसरे फौजी उसकी तरफ खिंचे चले जाते हैं। एलन ने जितना कुछ बताया है उसके अनुसार जेम्स यारों का यार है। फौजी उसके साथ बैठकर शराब पीते हैं, जुआ खेलते हैं और हार जाने पर उससे उधार लेते हैं। एलन की उससे कुछ खास ही पटती है। जेम्स के चलते कई बार लड़की से वादा करके एलन नियत समय पर नहीं पहुँचा और कई बार मुलाकात जल्दी खत्म करके भाग गया। हर बार वह झूठ बोलता है और हर बार उसका झूठ पकड़ा जाता है। लड़की रूठने लगती है तो वह अपना कान पकड़कर झूठ कबूल करता है और लड़की हर बार उसकी इस बात पर विश्वास कर लेती है कि वह आइंदा जेम्स के चक्कर में नहीं पड़ेगा। आज भी एलन एक बार जेम्स से मिलने जा रहा है। लड़की को गुस्सा आ जाता है। अब पता नहीं कब मुलाकात हो पर उसे पता है कि एलन उसे मना लेगा। काफी मनुहार के बाद लड़की मान जाती है। एलन अभी सीधे छावनी जाएगा, अपना सामान पैक करेगा, एडजुटेंट के सामने पेशी कराकर अपनी रवानगी करायेगा, थोड़ा समय जेम्स के साथ बितायेगा और फिर वापस लड़की के पास आयेगा। सब कुछ भगदड़ में होगा लेकिन दूसरा कोई उपाय भी नहीं है। यहाँ से पूरी रात चलकर सुबह राजपुर रोड पहुँचा जा सकता है। वहाँ दिन भर आराम कर देहरादून के लिए बैलगाड़ी मिल सकती है। लड़की जानती है कि और कोई उपाय नहीं है, कि बातों का धनी एलन छलिया है। उसे मना ही लेता है। लड़की को कुछ नहीं पता कि क्या कहना है। वह जाने के लिए उठ खड़े हुए एलन से चिपट कर सिर्फ रोती रही।

रोते हैं भूत भी

क्या भूत भी कभी रोते हैं?

यह कोई मुश्किल सवाल नहीं है, कम से कम इस भूत से दोस्ती करने के पहले तक तो मैं यही समझता था। रोना-धोना तो मनुष्यों की कमजोरी है। एक बार भूत योनि में पहुँचते ही वे इस दुर्बलता से मुक्त हो जाते हैं। मेरा अनुभव था कि भूत गजब के किस्सागो होते हैं–किसी मँजे सधे कथाकार की तरह वे बिना भावुक हुए बड़े उतार-चढ़ाव वाली कथा सुना सकते हैं। अगर भावुक हुए तो फिर गये काम से ! मनुष्य हो जाएँगे या कम से कम भूत तो नहीं ही रहेंगे। भूतों के बारे में मेरी समझ अपनी नानी से सुनी कथाओं से बनी थी जिनके अनुसार चुड़ैलों के पाँव उलटे होते हैं और उनकी आँखों में पानी नहीं होता।

इस भूत ने मेरी इस धारणा को उलट-पुलट दिया। इस भूत ने मेरी कई धारणाओं को उलट-पुलट दिया था। मसलन मेरा मानना था कि भूत सब कुछ जानते हैं या चाहें तो सबकुछ जान सकते हैं। पर यह भूत तो काफी कुछ नहीं जानता या कम से कम दावा तो यही कर रहा है।

मेरा अनुभव यह भी कहता था कि भूत झूठ नहीं बोलते। मनुष्यों से भिन्न उन्हें झूठ बोलने की जरूरत भी नहीं है। वे कौन से राग द्वेष के चक्कर में पड़े हैं कि झूठ बोलेंगे। इस भूत ने तो मेरी सारी समझ ही उलट-पुलट कर रख दी थी। ऐसा तो नहीं कहूँगा कि यह झूठ बोलता है पर इसे क्या कहें कि कई बार सच छिपाने के लिए यह मेरा सवाल टाल जाता या फिर ऐसा गोलमोल जवाब देता कि सच-झूठ की विभाजक रेखा धुँधली पड़ जाती।

जब मेरा यह मित्र भूत रोया तो सच मानिये मैं गड़बड़ा गया। किसी भूत को रोते देखने के लिए मैं प्रस्तुत नहीं था। मैं तो यह मानने के लिए ही राजी नहीं होता कि कोई भूत रो भी सकता है अगर मैं खुद इसे रोते नहीं देख लेता।

मैंने भूत से सिर्फ इतना पूछा–

"तुम्हें क्या लगता है कि एलन ने सचमुच हत्या की थी?"

"मुझे नहीं मालूम।"

भूत की आवाज कुछ लड़खड़ाती-सी लगी।

"तुम्हें मालूम है। तुम भूत हो तुम्हें सब कुछ मालूम है। जेम्स को किसने मारा?"

मेरी आवाज कुछ सख्त हुई।

"मैं नहीं जानती।"

मुझे लगा इस बार उसकी आवाज कुछ और कमजोर हुई है।

मैंने मौके का फायदा उठाया। मुझे लगा उस पर भावनात्मक दबाव बनाया जा सकता है। मैंने आजिजी से कहा—

"बता दो मेरे दोस्त भूत। तुम जानती हो कि मेरे लिए यह जानना कितना जरूरी है। पहले तो मैं सिर्फ एक ऐसी कहानी पर काम कर रहा था जिसमें मेरे अखबार को दिलचस्पी हो सकती थी। इस स्टोरी से पत्रकारिता के मेरे कॅरियर को ब्रेक मिलता। पर अब तो एक बड़े शिलाखण्ड की तरह यह पूरा प्रसंग मेरी आत्मा पर सवार हो गया है। बिना सच जाने मुझे मुक्ति नहीं मिलेगी। मुझे बताओ न किसने मारा था जेम्स को...।"

मैं गिड़गिड़ाने लगा। मैंने अपनी दोस्ती का वास्ता दिया, भूतों की साख की दुहायी दी और अंत में वह किया जो अपने किसी मित्र के लिए नहीं कर सकता था। मैंने अपनी आत्मा के एक-एक जख्म उसे दिखाये। ये सारे जख्म मुझे इस दर्दनाक कथा ने दिये थे। मेरी आत्मा पर ये जख्म कैसे टँके? मैं तो मात्र एक श्रोता था इस पूरे आख्यान में। इसे सुनते-सुनते कब मैं इसका एक हिस्सा बन गया— मुझे पता भी नहीं चला। जब तक मुझे हत्यारे का पता नहीं चलेगा मेरी मुक्ति नहीं हो सकेगी। मेरी ही क्यों, इस त्रासदी के किसी पात्र की मुक्ति हो पायेगी क्या?"

मुझे जेम्स याद आया। कान से जबड़े तक तेज धार वाले टिन से कटा उसका चेहरा...। गले में बने सूराख से बोलने की कोशिश करता हुआ...।

अचानक एक रात मॉल पर मुझसे उसकी मुलाकात हो गयी। इस बीच मेरी दिनचर्या हो गयी थी—शाम होते-होते रिप्ले बीन के भूत से मिलने किराये वाले मकान में पहुँचना, जल्दी-जल्दी रास्ते में खरीदे हुए खाने को निगलना और फिर रिप्ले बीन का इंतजार करना। बुढ़िया कभी तो फौरन आ जाती और कई बार इंतजार कराती। रुक-रुक कर कथा के जितने अंश वह मुझे दिखाती, सुनाती या पढ़ाती उन्हें देख-सुन या पढ़ कर वापस अपने होटल लौटना। उस किराये के मकान में न तो बिजली थी और न ही सोने का माकूल इंतजाम, इसलिए रोज ही मैं वापस आ जाता। ऐसी ही एक रात जो जरा ज्यादा ही ढल गयी थी और जिसमें कोहरा हलकी-हलकी बूँदों में तब्दील होकर बार-बार चेहरे को गीला कर रहा था, अपने दोनों हाथ पैंट की जेब में डाले मैं तेज रफ्तार से चलते हुए ठण्ड का मुकाबला करने की कोशिश कर रहा था। सड़कें सुनसान थीं और एक मोड़ पर होटल के लिए मैं मुड़ने ही वाला था कि तभी वह मुझे दिखायी दिया।

हुआ कुछ ऐसा कि उस दिन रिप्ले बीन ने मुझे विस्तार से मिसेज सैमुअल के कैमिस्ट शॉप के बारे में बताया था। उस अभागे जेम्स के बारे में जिसकी कब्र पर खुदा

हुआ था कि अपने दोस्त के हाथों मारा गया, सुनते हुये मेरा मन भीग गया था। बात-बात पर हँसता था जेम्स। छावनी में मशहूर था कि जब जेम्स और एलन माल पर ठहाके लगाते थे तो लैण्डोर डिपो तक उनकी गूँज सुनायी देती थी। कैसे-कैसे सपने देखे थे मिसेज सैमुअल ने। बिना बताये पूरी मसूरी जानती थी कि जल्दी ही जेम्स उनकी उँगली में अँगूठी पहनाने वाला है। एक-एक पैसा जोड़कर जेम्स सपने बुन रहा था। मिसेज सैमुअल मसूरी की सम्पत्ति बेच देंगी और जेम्स की बचत के साथ मिलाकर इतना हो जाएगा कि वे वापस विलायत चले जाएँगे, देहात में कहीं फार्म हाउस बनाकर आराम से जिन्दगी बितायेंगे। पर जो कुछ हुआ उसकी उम्मीद किसे थी? हत्या के बाद बरसों तक मसूरी में सिर्फ इसी हत्या की चर्चा होती रही। मिसेज सैमुअल का तो रो-रोकर बुरा हाल था। मसूरी के अखबारों 'मसूरी टाइम्स' और 'स्टेट्समैन' में कितने सम्पादकीय लिखे गये, दर्जनों पाठकों के पत्र छपे और एलन को फाँसी की सजा सुनाये जाने के बाद तमाम बहसें हुईं। ज्यादातर लोगों की राय थी कि ऐसे मित्रद्रोही के लिए फाँसी की सजा बहुत कम थी। उसे तो टुकड़े-टुकड़े कर चील कौओं को खिला देना चाहिए था।

रिप्ले बीन जब यह कथा सुना रही थीं तो मेरे मन में भी अवसाद के साथ-साथ गुस्सा भरा हुआ था। जब वह दिखा तब तक गुस्सा कम नहीं हुआ था। दरअसल मैं आज जब रिप्ले बीन से विदा लेकर रवाना हुआ था, मेरे मन में कहीं न कहीं एक उत्सुकता थी कि उस जगह को ढूँढ़ निकालूँ, जहाँ कैमिस्ट की वह दूकान थी जिस पर जेम्स काम करता था और जिसके सामने मसूरी में पहला बिजली का खम्बा गाड़ा गया था। कथा से उपजा जेम्स का दुख और एलन के लिए गुस्सा मन में लिये मैं रिप्ले बीन के विवरण के कैमिस्ट शॉप की जगह तलाशने की कोशिश कर ही रहा था कि बिजली के एक खम्बे के नीचे खड़ा हुआ जेम्स मुझे दिख गया।

मैंने चौंक कर ध्यान से खम्बे को देखा। अरे ! यह तो सौ साल से भी ज्यादा पुराना सागौन के मजबूत तने वाला खम्बा था जो अपने आस-पास के कंक्रीट के खम्बों से एकदम अलग दिखायी दे रहा था। मैं रोज इधर से गुजरता हूँ पर मेरा ध्यान इधर क्यों नहीं गया कि मसूरी नगरपालिका ने इतिहास को सुरक्षित रखने के लिए सागौन की पुरानी पकी लकड़ी वाले खम्बे को अब तक सुरक्षित रखा था। कोहरे में बूँद-बूँद टपकती रोशनी में जेम्स खड़ा था। चेहरे पर अभी भी वही भाव था जो अपने हत्यारे को सर पर शीशे की बोतल से प्रहार करने को उद्यत देखकर आया होगा। वही अविश्वास, आश्चर्य और भय का भाव जो किसी मित्रहंता हत्यारे को देखकर एक खुशमिजाज निश्छल व्यक्ति के चेहरे पर आ सकता था। बाँयें कान से जबड़े तक को चीरता हुआ और दाहिने कान के पास तक पहुँचा हुआ घाव भी बहुत स्पष्ट नजर आ रहा था। खून का रिसना बन्द हो जाने के कारण घाव अपनी गहराई के साथ ध्यान खींच रहा था। केवल वह सूराख जो उसकी ठोड़ी के नीचे और गर्दन के मध्य में था,

मुझे तब दिखायी दिया जब उसने बोलने की कोशिश की और घरघराहट की अस्पष्ट-सी ध्वनि मुझे सुनायी दी। लगता था कि वह कुछ कहना चाहता था। कटे-फटे चेहरे पर दर्द की लकीरें थीं और बोलने की उसकी हर कोशिश के असफल होने पर ये लकीरें पछाड़ खा-खाकर उसकी बची खुची त्वचा पर गिर रही थीं और उसके साथ-साथ मुझे भी झकझोर रही थीं।

क्या था जो वह बार-बार मुझसे कहना चाह रहा था? उस दगाबाज नराधम मित्र का नाम मुझे बताना चाह रहा था या कुछ और? हर बार उसके गले के सूराख से गों...गों... की आवाज निकलती और कुछ न कह पाने से व्याकुल उसकी असहाय कातर निगाहें मुझे बेध देतीं।

मैं आपसे सच-सच कह रहा हूँ कि मैं अपने जीवन में पहली बार किसी भूत से भागा। क्या यह डर था या वेदना की उस पराकाष्ठा से बचने का मेरा प्रयास जिसे झेल पाना मुझे एकदम असंभव-सा लगा। मैं जब होटल पहुँचा तब भी क्षत-विक्षत जेम्स अपने कटे गले से गों... गों... करता मेरा पीछा कर रहा था।

शायद तभी से जेम्स मेरी आत्मा पर जख्म बन कर चिपक गया था और बिना हत्यारे का पता लगाये मुक्ति संभव नहीं थी– न उसकी न मेरी। पर भूत पर किसी दलील का असर नहीं पड़ रहा था। वह कुछ नहीं बताता। हाँ यह जरूर होता है कि वह कुछ और दृश्य चित्र मुझे दिखाने लगता है।

फादर कैमिलस और जल्लाद कल्लू मेहतर के बीच का संवाद!

कितना मुश्किल था कल्लू का प्रश्न,

"फादर आपको लगता है कि साहब कतल किये हन?"

फादर कैमिलस चुप्पी साधे हुए हैं। काश उनका मन भी कल्लू की तरह निर्मल और पारदर्शी होता! कल्लू स्वामिभक्त है। उसके अन्दर शंका है पर कल सुबह चार बजे एलन को वह फाँसी पर चढ़ायेगा। जिस सरकार का नमक पिछली दो पीढ़ियों से उसका परिवार खा रहा है उसके हुक्म का उल्लंघन वह सोच भी नहीं सकता। आँखें मूँदे फादर देखते हैं– पीछे बँधे हुए दोनो हाथों और आँखों पर काली पट्टी बाँधे फाँसी के तख्ते पर एलन खड़ा है, उसके गले में फंदा डालते हुए कल्लू एक बार ठिठकता है पर रस्सी खींचते समय उसके हाथ फिर से जल्लाद बन जाते हैं– सधे हुए और तटस्थ। खटाक की आवाज होती है और एलन के पैरों के नीचे का पटरा हट जाता है। उसका शरीर हवा में झूलने लगता है।

कैसे सिर्फ एक मुलाकात से कल्लू के मन में यह शंका उत्पन्न हो गयी? फादर कैमिलस ने तो तीन लम्बी दोपहरियाँ एलन की कोठरी में उससे संवाद करते गुजारी हैं, फिर क्यों नहीं उनका मन स्वीकार कर पाता कि एलन पूरी तरह निर्दोष है या वे भी मानते हैं कि एक बेगुनाह आदमी फाँसी पर चढ़ाया जा रहा है। पर ऐसा कैसे हो सकता है कि एक निर्दोष अंग्रेज को अंग्रेज जज द्वारा मृत्युदण्ड दे दिया जाए वह भी

तब जब हुकूमत भी अंग्रेजों की हो! फादर कैमिलस गहरे ऊहापोह में हैं।

यहाँ तक कि जब नैनी पुल पर इक्के से गुजरते हुए वे अपनी डायरी में अंकित एलन द्वारा कल्लू को दिया पता लिखा पृष्ठ चिंदियाँ-चिंदियाँ कर नीचे बह रही बेगवान यमुना की धारा में डालते चले जाते हैं तब भी यह द्वन्द्व उनके मन-मस्तिष्क पर छाया हुआ है। वे क्यों नहीं एलन को निर्दोष मान पाते या क्या वे सचमुच उसे हत्यारा मानते हैं?

मैं भूत से सिर्फ इतना जानने की कोशिश करता हूँ कि आखिर किसका पता था जिसे चिंदियाँ-चिंदियाँ उड़ा कर फादर कैमिलस आश्वस्त होना चाहते थे कि उसका पता दुनिया में किसी को न लगे। मैं यह भी जानना चाहता हूँ कि कौन है वह जिस तक मरने के पहले एलन यह सन्देश भेजना चाहता था– नो रिग्रेट्स माय लव– मरते हुए भी जिसे आश्वस्त करना चाहता था एलन कि कोई अफसोस नहीं है मेरे प्राण।

पर भूत ने कितनी आसानी से मेरी जिज्ञासा को खारिज कर दिया, 'मुझे पता नहीं।'

इसी तरह का उत्तर उसने दूसरे दृश्य चित्र के बाद भी दिया।

राजपुर से सात लोगों का एक काफिला टट्टुओं पर चला आ रहा है। पतली पगडंडी, दाहिने तरफ ऊँची-ऊँची पहाड़ियाँ और बाँयें वेगवान पहाड़ी नदी की सर्पीली धारा। तीन आगे और तीन पीछे चल रहे सवारों के बीच चल रहा है एलन ! पीठ पर एक फौजी पिट्ठू है जिसमें उसके जरूरी रोजमर्रा के सामानों के साथ कुछ अँग्रेजी में लिखे खत हैं। सौभाग्य से कोतवाल की नजर सराय में उसके कमरे की तलाशी लेते समय उन पर नहीं पड़ी थी। सरसरी तौर पर पिट्ठू को उलट-पुलट कर देखने के बाद उसने एलन को चलते समय इसे अपने पीठ पर लादने की इजाजत दे दी थी। इस समय एलन के दिमाग में जो अन्धड़ चल रहा है, मुख्यतः इसी पिट्ठू को लेकर है।

थोड़ी दूर आगे चलकर जहाँ बायीं ओर की ढलान इस लायक हुई कि वहाँ से सावधानी से उतरते हुए नदी तक पहुँचा जा सके एलन ने शौच की इच्छा जाहिर की। आगे-पीछे चलने वाले सवार भी थक चुके थे और उन्हें भी थोड़े आराम की जरूरत महसूस होने लगी थी। कोतवाल ने दोनों गोरे सवारों से विचार-विमर्श किया और फिर उसके इशारे पर सभी अपने-अपने खच्चरों से उतर गये।

खच्चरों की रस्सी थामे सारे सवार सावधानी से नदी की तलहटी में उतरने लगे। कोतवाल ने कभी आँखें तो कभी हाथों के इशारे से अपने साथी पुलिस कर्मियों को इस तरह से फैला दिया कि वे एलन के दायें-बायें लगभग पचास गज का घेरा बनाकर ऐसे स्थानों पर जम गये कि अगर एलन भागने की सोचता भी तो उनकी गिरफ्त से भागना संभव न होता। सामने इतनी तेज धारा से पहाड़ी नदी बह रही थी कि नदी में कूदने की बात सिर्फ आत्महत्या का इरादा रखने वाला ही सोच सकता था।

एलन के बायें हाथ की कलाई को बायें पैर के टखने से एक रस्सी से मजबूती

से बाँधा गया था। रस्सी सिर्फ इतनी ढीली थी कि एलन बस किसी तरह चल सकता था। वह न तो भागने का इरादा होने पर तेज भाग सकता और न ही नदी में तैरने की सोच सकता था।

दाहिने हाथ से टट्टू की रस्सी पकड़े और बायाँ हाथ बायें पैर से सटाये धीरे-धीरे लगभग घिसटता हुआ एलन नदी के नजदीक पहुँचा, उसने अपने खच्चर के मुँह पर प्यार से दो-तीन थपकी दी और फिर उसकी रास छोड़ दी। खच्चर मुँह ऊपर उठाकर हिनहिनाया, थोड़ी देर खड़ा रहा और फिर नदी किनारे उगी घास चरने लगा।

एलन नदी के किनारे एक चट्टान के पीछे बैठ गया और बमुश्किल बांयें हाथ को खींचकर ऐसी स्थिति तक ले गया जहाँ से दाहिने हाथ को मदद मिल सकती थी। फिर दोनों हाथों की मदद से उसने पीठ पर बँधे पिट्ठू को खोला और उसे घसीट कर सामने रख लिया।

सूरज अभी चढ़ा नहीं था। उन्हें दो घंटे से अधिक समय खच्चरों की पीठ पर बैठे हो गया था। सामने कल-कल करती पहाड़ी नदी का बर्फीला जल था, जो बीच में तेज प्रवाह के बावजूद, किनारों पर चट्टानों से टकराकर मन्द धाराओं में टूटकर बह रहा था, पूरे शरीर में सुख की झुरझुरी फैलाने वाली शीतल बयार थी, सब कुछ अलसाने वाला था। एलन से कुछ दूरी पर लगभग अर्द्ध चन्द्राकार वृत्त में सारे सवार नदी के किनारे बैठ गये। उनके खच्चर नदी के किनारे उगी घास चरने में मशगूल हो गये।

पुलिस वालों में सिर्फ कोतवाल था जो चैतन्य था। वह जब चुल्लू में भरकर अपने मुँह पर पानी के छींटे मार रहा था तब भी इस कोण से घुटनों पर बैठा था कि बौछा पड़ने से बन्द आँखें जब खुलें तब नजरें एलन पर पड़ें। बाकी सवारों ने अपने-अपने जूतों के तस्में खोल दिये थे, पेटियाँ ढीली कर दी थीं और पगड़ियाँ भीगने से बचाते हुए किसी न किसी चट्टान पर रख दी थीं। वे सभी बीच-बीच में एलन को देख लेते थे।

उन्होंने एलन को एक बड़ी चट्टान के पीछे जाते देखा। वह एक हाथ से पिट्ठू घसीट कर ले जा रहा था। उन्होंने उसे एक बड़ी चट्टान के पीछे उकड़ूँ बैठते देखा। उसका सिर्फ सर दिख रहा था। सभी मुँह अँधेरे उठकर चलने, कई घंटे खच्चर की पीठ पर बैठने से उत्पन्न थकान और नवजात सूरज की हलकी तपिश की ऊष्मा से अलसाये से अलग-अलग बैठे अलग-अलग क्रियायें सम्पादित करते रहे। अचानक कोतवाल ने हवा में कुछ सूँघा। जिस तरह एलन अस्वाभाविक तेजी से नदी की तरफ बढ़ रहा था उसे कुछ खतरा-सा लगा। एलन के दाहिने हाथ में कुछ था, दूर से सिर्फ सफेद-सफेद सा कागज के टुकड़ों जैसा जिसे कोतवाल समझ नहीं सका पर इतना उसके समझ में आ गया कि कहीं कुछ होने वाला है जिसे नहीं होना चाहिए। जूते वापस पहनने का समय नहीं था। वह नंगे पैर अपने साथियों को ललकारता हुआ दौड़ा

पर ब्रीचेज में कसा उसका भारी शरीर जब तक एलन तक पहुँचा वह अपना काम कर चुका था।

कोतवाल रोक तो नहीं पाया पर उसकी समझ में तो आ ही गया कि एलन ने कागज की जिन चिन्दियों को नदी की तेज धार में बहा दिया है वे जरूर कुछ ऐसे महत्वपूर्ण दस्तावेज थे जिनका इस हत्या के मामले से गहरा सम्बन्ध हो सकता था।

कोतवाल ने नदी की तेज धार को असहाय दृष्टि से देखा। चिन्दियाँ तेज धार में छोटी-छोटी डोंगियों सी बही जा रही थीं।

इसके बाद एलन की लात-घूसों से पिटाई, उसकी मुश्कें बाँधे जाने और लगभग उछाल कर अपने टट्टू पर बिठलाकर मसूरी की यात्रा शुरू करने वाले काफिले के दृश्यचित्रों में मेरी कोई दिलचस्पी नहीं थी। मैं तो सिर्फ यह जानना चाहता था कि वे कौन से कागजात थे जिन्हें एलन ने चट्टान के पीछे उकड़ूँ बैठकर पिट्ठू में से निकाला था और स्वतंत्र दाहिने हाथ से मसल कर उनकी चिन्दियाँ बनायी थीं और लगभग घिसटते हुए नदी के तट तक ले गया था। इन कागजों में क्या दर्ज था?

भूत के पास सिर्फ एक जवाब था। उसे नहीं पता कि उन कागजों में क्या लिखा था।

मैंने भी जिद पकड़ ली। भूत को क्या नहीं पता या भूत अगर जानना चाहे तो उसके लिए क्या मुश्किल है? काल और समय को व्यतिक्रमित करता हुआ भूत कहीं भी पहुँच सकता है, कुछ भी देख सकता है, क्या कुछ नहीं जान सकता?

कई बार भूत की आवाज कमजोर पड़ी, मुझे लगा कि वह अब टूटा, तब टूटा, पर हर बार उसकी काँपती आवाज स्थिर हो जाती। वह नकार में सिर हिलाने लगता।

मुझे रिप्ले बीन के भूत पर बेहद गुस्सा आ रहा था। बार-बार मन करता कि सामने राकिंग चेयर पर बैठी, कई बार मजे में और कई बार घबराहट में झूलती रिप्ले बीन नामक इस बुढ़िया को नोच-चोथ लूँ।

मसूरी में आने के दूसरे ही दिन शाम को माल पर मैं मटरगश्ती कर रहा था और थक जाने पर सड़क के किनारे लगी रेलिंग से सटकर खड़ा हो गया था। नीचे वादी में सफेद रूई की फाहों जैसे बादल टहल रहे थे, सूरज डूबने को था तथा सड़क पर चहल-पहल कम थी। थोड़ी दूर पर उकड़ूँ बैठे और अपने सामने रखी अँगीठी पर ठिठुरते हुए भुट्टा भूनते लड़के से मैंने एक भुट्टा भूनने के लिए कहा और उसी के बगल में फुटपाथ पर लगी एक तिब्बती की दुकान पर सजे सामान देखने लगा। विचित्रता और विविधता से भरी दूकान थी। ऊनी कपड़े, स्वेटर, रंग-बिरंगे पत्थर, मालायें और अलग-अलग चित्रों वाले पोस्टर। आज रिप्ले बीन को सामने राकिंग चेयर पर झूलते देखकर उनमें से एक पोस्टर याद आया।

सूरज की किरणों और उम्र के अनगिनत सालों के थपेड़ों से झुलसी पहाड़ी ताम्बई त्वचा, साफ-साफ पढ़ी जा सकने वाली एक-एक झुर्री और इन सबसे अलग

समुद्र की गहराइयाँ नापती करुणा से लबालब आँखें, जो कई बार भ्रम पैदा कर रहीं थीं कि उनके एक कोर से एक बूँद अटकी हुई है और जिसे देखकर भ्रम होता था कि वह अब टपकी कि अब टपकी—उस पहाड़ी बुढ़िया का पोस्टर मुझे याद आया। ऐसा लगा कि बूढ़ी रिप्ले बीन को सामने बैठाकर चित्रकार ने वह पोस्टर तैयार किया है।

बुढ़िया रिप्ले बीन के राकिंग चेयर पर आगे-पीछे झूलते भूत को देखकर मुझे ऐसा क्यों लगा कि उसकी एक आँख की कोर पर एक आँसू अटका हुआ है!

मैंने अपना सिर झटका और अपनी समझ को लानत भेजी। भूत कभी नहीं रोते। वे मनुष्य से इसी अर्थ में भिन्न हैं कि वे चाहें भी तो नहीं रो सकते। शायद रोना ही मनुष्य को मनुष्य बनाता है।

वातावरण बहुत बोझिल हो गया था। मुझे पता था कि बिना इसे हलका किये भूत से कुछ नहीं कहलवाया जा सकता। मैंने माहौल बनाने के लिए पुराना नुस्खा अपनाया। रिप्ले बीन से उसके पिता की बातें शुरू कीं।

“मैडम कल डैडी आये थे?”

“नहीं। कल नहीं आये थे।” रिप्ले बीन की आवाज अभी भी भारी थी।

मैंने उसे सहज बनाने के लिए चिढ़ाया—

“आपने तो बताया था कि कल फिर डाँट रहे थे।”

“कल नहीं, परसों,” पिता की चर्चा से वह खुलने लगती है, “बूढ़ा सठिया गया है।”

सौ साल का भूत अपने से पचीस साल बड़े भूत को सठिया गया बता रहा है और अभी भी उसकी डाँट से डरता है। मुझे हर बार की तरह इस बार भी सुनकर मजा आया। पिछले कुछ दिनों में ही हुई मुलाकातों की तरह आज भी उसने पिता के तमाम किस्से सुनाये।

पहली बार मुझे एक भुलक्कड़ भूत मिला था जो उन प्रसंगों को दुहराता रहा जिन्हें पिछले दिनों वह सुना चुका था। यह उसकी अद्भुत किस्सागोई थी या उन प्रसंगों से जुड़े मनोरंजक विवरण, मैंने उसे एक बार भी नहीं टोका कि मैं इसे सुन चुका हूँ। बल्कि कई बार तो किसी प्रसंग के सूत्र टूट जाने पर मैं उसे याद दिला देता और वह वहीं से शुरू हो जाता।

पिछले कई बार की तरह इस बार भी मिलने पर पिता ने रिप्ले बीन को इस बात पर डाँट पिलाई थी कि क्यों उसने अपने जीवन के अंतिम वर्ष मसूरी के बाहरी इलाके में इस सौ साल पुराने खँडहर हो चुके घर में बिताये थे।

इस पर आश्चर्य तो मुझे भी था। जिस घर में पिता के साथ रिप्ले बीन के जीवन के अधिकांश वर्ष बीते थे, उसके बारे में माल रोड वाला किताबों के दूकानदार ने सम्मान और आतंक के मिले-जुले भावों से मुझे जो कुछ बताया था उससे एक ऐसे भव्य पहाड़ी विला की तस्वीर मन में उभरती थी जिसके स्थापत्य, इर्द-गिर्द सलीके से

उगायी गयी वनस्पतियों और अन्दर इस्तेमाल की गयी महागनी या बर्माटीक के फर्नीचर— सबसे एक खास तरह की सुरुचि टपकती थी।

ऐसे मकान को बेचकर रिप्ले बीन क्यों किराये के मकानों में भटकती रही और अंतिम दिनों में लगभग खँडहर जैसे इस मकान में रही थी जिसमें सिर्फ दो कमरे थे। एक बड़ा कमरा जहाँ बैठकर वह मुझे कारपोरल एलन की दुखांत प्रेमकथा सुना रही थी और दूसरा एक छोटा सा कमरा जो हमेशा बन्द रहता था और जिसमें रिप्ले बीन ने हमेशा मुझे यह कहकर जाने से रोका था कि उसमें सिर्फ कबाड़ भरा हुआ है।

पिता की इस बार की डाँट पर भी रिप्ले बीन बस मिमियाकर यह कह पायी कि उसने उस आलीशान मकान को सिर्फ इसलिए बेचा ताकि वे अपनी कुबडी बहन और अर्द्धविकसित भाई की देखभाल कर सकें।

हर बार की तरह पिता इस बार भी उनके जवाब से संतुष्ट नहीं हुए और हर बार की तरह इस बार भी पैर पटकते हुए चले गये। पिता की स्मृति ने शायद रिप्ले बीन को कुछ सहज किया। भूत की आँखों में फिर वही दोस्ताना शरारत दिखायी दी जिसका मैं आदी था। मैंने मौके का फायदा उठाया।

"मैडम रिप्ले बीन क्या आपको यकीन है कि मि. जेम्स की हत्या कारपोरल एलन ने ही की थी?"

मेरे अन्दर का पेशेवर पत्रकार जग गया था और मुझे लग रहा था कि अब दोस्ती-वोस्ती का चक्कर छोड़कर मुझे सीधे मतलब की बात पर आ जाना चाहिए। शायद मुझसे गलती हो गयी थी। भूत मुझसे इस तरह के सवाल की उम्मीद नहीं कर रहा था। उसका चेहरा भिंच गया और किसी तुनकमिजाज बुढ़िया की तरह उसने खामोशी अख्तियार कर ली।

"मैडम रिप्ले बीन आप बतातीं क्यों नहीं कि मि. जेम्स की हत्या किसने की थी?"

"मैडम रिप्ले बीन आप जानती हैं...।'"

"मैडम रिप्ले बीन..."

"मैडम रिप्ले बीन हत्यारा कौन था?"

मेरी रणनीति काम कर गयी। मजबूती से दाँतों को भींचे और चेहरे की झुर्रियों पर आते उतार-चढ़ाव को रोकने का प्रयास करते हुए रिप्ले बीन यकायक फट पड़ी।

"मुझे क्या पता? मैं थी क्या वहाँ पर? मुझे नहीं पता हत्यारा कौन है।"

"तुम्हें सब पता है। तुम हर जगह हो सकती हो।"

"मुझे कुछ नहीं पता।"

मैंने चौंक कर देखा। भूत के भिंचे चेहरे की बायीं आँख से एक बूँद टपकी। हो सकता है मुझे फिर भ्रम हुआ हो। पर एक बात तो साफ थी कि निशाना सही लगा था, थोड़ा दबाव डालने पर वह टूट सकती थी।

"कारपोरेल एलन ने देहरादून से आते समय पुलिस वालों को धोखा देकर जो कागजात नदी में बहाये थे उनमें क्या लिखा था?"

"मुझे नहीं पता।"

"तुम्हें सब पता है। तुम भूत हो और भूत क्या नहीं जानते?"

इस बार मैं चीखा। मैंने वकील और पत्रकार दोनों की भूमिकायें ओढ़ ली थीं। मुझे लगा कि जरा से दबाव में सामने का गवाह टूट सकता था।

"क्या बहाये गये कागज लड़की के खत थे जो उसने एलन को लिखे थे?"

"मुझे नहीं पता।" भूत ने घुटी-घुटी आवाज में कहा।

"सिर्फ हाँ या ना में जवाब दो।"

किसी घाघ वकील की कुटिल मुस्कान मेरे चेहरे पर चिपकी हुई थी। कुछ-कुछ फिल्मी कोर्ट रूम वाला दृश्य था।

"मैं नहीं जानती।"

"कत्ल की रात एलन ने थोड़ा वक्त एक लड़की के साथ बिताया था, कौन थी वह लड़की?"

मैंने फिर से एक शातिर वकील की तरह उसकी आँखों में आँखें डालकर पूछा।

उसने अपनी आँखें नीची कर लीं। एक कमजोर सा उत्तर मिला—

"मैं कुछ नहीं जानती।"

"मुझे सिर्फ हाँ या न में जवाब दो।"

मैंने लगभग चीखते हुए पूछा—

"वही लड़की थी न जिसके खत उसने नदी में बहाये थे?"

"मुझे नहीं पता।"

"हाँ या न?"

इसके बाद जो घटा वह पूरी तरह अनपेक्षित था। मैं पहली बार ऐसे भूत के सामने बैठा था जो धीरे-धीरे सुबक रहा था। हालाँकि आँखें अब भी उसकी सूखी थीं। मैं जानता था कि आँसू मनुष्यों को मिली सौगात है। बदकिस्मत भूतों के ऐसे नसीब कहाँ कि उनकी आँखों से आँसू टपके। पर इस तरह रोना तो अन्दर तक छील देता है। मैंने अपनी सूखी खाँसी की कल्पना की। दमे का मरीज होने के कारण अकसर मुझे इस सूखी खाँसी का दौरा पड़ता था जिसमें अन्दर का बलगम सूख जाता है और मैं खाँसते-खाँसते बेदम हो जाता हूँ। आराम तभी मिलता है जब थोड़ा बहुत बलगम बाहर निकल जाता था। उसकी सुबकियाँ भी ऐसी ही लग रही थीं। हौले-हौले काँपता शरीर बेचैनी और तड़प से भरा हुआ था। जब तक आँसू नहीं छलकेंगे उसे चैन नहीं मिलेगा और आँसू उसकी किस्मत में कहाँ थे?

पर भूत रोया। यह भी मेरे जीवन का विलक्षण अनुभव था। आँसुओं से तर झुर्रीदार चेहरा। आँसुओं से भीगते ही चेहरे का खुरदुरापन न जाने कहाँ गायब हो

गया। एक स्निग्ध, कोमल, कातर चेहरा कुछ कहने के लिए व्याकुल था।

रोने का यह क्षण अचानक अनायास आया। मेरे अन्दर का वकील पूछ बैठा– ''आखिर उस लड़की ने अदालत में आकर बताया क्यों नहीं कि हत्या के वक्त एलन उसके पास था–उसके अपने पास–उसके बिस्तर में।''

यही वह सवाल था जिसे सुनते ही भूत के ओठ फड़फड़ाये, झुर्रियाँ कुछ और लटक गयीं और राकिंग चेयर पर टिकी उँगलियाँ कुछ अजीब सी हरकतें करने लगीं। पता नहीं यह घबराहट थी या अपनी रुलाई रोकने का प्रयास था जिसके चलते उसका पूरा शरीर काँपता-सा लगा।

जो कुछ भी था...था बहुत अस्वाभाविक । ऐसा लगा कि मेरी घूरती आँखों का ताब सह नहीं सका भूत और वह फट पड़ा–

"लड़की कायर थी। कितना चाहती थी कि चीख-चीख कर दुनिया को बता दे कि एलन हत्यारा नहीं है पर डरती थी...।"

मैं उसे एक मिनट भी सोचने का मौका नहीं देना चाहता था–

"किससे डरती थी लड़की?''

"अपने पिता से डरती थी। तुम नहीं जानते कि कैसा वक्त था?"

इतना कहते-कहते वह रोने लगा पर मुझे अपने सवाल का जवाब मिल गया।

जबसे इस कहानी का श्रोता मैं बना था मुझसे यही गुत्थी नहीं सुलझ रही थी। आज का वक्त होता तो हिंदी सिनेमा के किसी क्लाइमेक्स की तरह अदालत में जज के फैसला सुनाने के ठीक पहले एक सुन्दर और बदहवास स्त्री भागती हुई आती और बड़े नाटकीय अन्दाज में हवा में हाथ लहराती हुई चीखती, "रुक जाइये जज साहब। जिसे आप फाँसी की सजा सुनाने जा रहे हैं वह तो पूरी तरह से बेकसूर है।"

फिर वह थोड़ी देर तक अदालत में मौजूद वकीलों और मुवक्किलों की उत्सुक फुसफुसाहट का आनन्द लेती, जज के आर्डर-आर्डर कहकर मेज पर हथौड़ा पटकने से उत्पन्न खामोशी को चीरते हुए हवा में नाटकीय अन्दाज से हाथ लहराते हुए घोषित करती–

"हुजूर जिस समय जेम्स का कत्ल हुआ था उस समय तो एलन मेरे पास था... मेरे अपने शयन कक्ष में...।" और फिर अपनी निगाहें झुका लेती।

लेकिन ऐसा नहीं हुआ।

एलन अदालत में खड़ा होकर सिर्फ अपने निर्दोष होने की दुहाई देता रहा। उसने एक बार भी इतने महत्वपूर्ण साक्ष्य की तरफ अदालत का ध्यान आकर्षित नहीं किया और खामोशी से फाँसी के फन्दे पर चढ़ गया।

एलन का आचरण तो मैं समझ सका पर लड़की को क्या हो गया था? एलन उसे जिस बदनामी से बचाना चाहता था उसे क्या वह स्वयं नहीं ओढ़ सकती थी। जिसका प्यार पिछले कई महीनों से झंझावात की तरह उसके तन मन को झिंझोड़ रहा

था उसको चुपचाप फाँसी चढ़ते कैसे देख पायी होगी वह? क्या देहरादून के सेशन अदालत में चल रहे मुकदमे की जानकारी उस तक नहीं पहुँच पायी होगी? ऐसा हो ही नहीं सकता। जेम्स की हत्या मसूरी की पहली हत्या थी और इस घटना से पूरा योरोपीय समुदाय इतना आन्दोलित था कि उन दिनों **मसूरी टाइम्स** और **स्टेट्समैन** सिर्फ इसी हत्या की खबरों से भरे रहते थे। अखबारों में वर्षों पाठकों के पत्र छपते रहे। लोगों के हत्या के कारणों और हत्यारे को मिलने वाले दण्डों को लेकर उत्तेजित पत्रों से अखबारों के पन्ने रंगे रहते थे। मुखपृष्ठों पर कचहरी में चलने वाली कार्यवाही के विवरण छप रहे थे, चर्च और ड्राइंगरूमों में सिर्फ इसी हत्या की चर्चा हो रही थी— ऐसा बिलकुल संभव नहीं था कि लड़की को अदालत के कठघरे में खड़े एलन की दुखांतिका के बारे में पता न चला हो। फिर कैसे वह चुपचाप सब कुछ झेलती रही?

इस सवाल का जवाब सिर्फ भूत दे सकता था।

मैंने उसे चैन से रोने भी नहीं दिया।

"अब पिता से ऐसा भी क्या डर?" मैंने इस प्रश्न को तीसरी बार दुहराया।

रोते हुए भूत की आवाज सिर्फ आँसुओं से नहीं रुँधी। शायद यह झुंझलाहट और खीज थी जिससे उसकी भर्रायी हुई आवाज टूट कर मुझ तक पहुँची, "वह अलग वक्त था। मल्लिका विक्टोरिया का वक्त। खास तरह की नैतिकता का वक्त। किसी लड़की के लिए यह कबूल करना कि वह विवाह के पहले किसी मर्द के साथ सोयी थी, बहुत मुश्किल था। तुम आज उस समय की कल्पना नहीं कर सकते।"

भूत ने थोड़ा दम लेने की कोशिश की।

आँसुओं और हिचकियों का वेग कुछ थमा। मुझे लगा कि थोड़ी देर में वह कुछ स्थिर होगा तो मैं आगे बात करूँगा, लेकिन अचानक जैसे कोई बादल फट पड़ा हो इस तरह उसने भिंची आवाज में फिर रोना शुरू कर दिया।

"और वह कायर भी तो थी।" इतना ही कह पाया भूत। इसके बाद वह सिर्फ रोता रहा।

मैंने चौंक कर उसे देखा। कहीं यह कन्फेशन तो नहीं था?

मैं कब तक बैठता? भूत का रुदन किसी स्त्री के एकांत विलाप की तरह था। निःशब्द लेकिन अन्दर तक मथ देने वाला। वह मेरे अस्तित्व से बेखबर सिर्फ रोता रहा- रोता रहा।

मैं समझ गया था कि अब हमारी दोस्ती के खत्म होने का मुकाम आ गया है। रुदन की स्वर-लहरियों को धीरे-धीरे पीछे छोड़ता हुआ मैं सिर झुकाये चुपचाप वहाँ से निकल गया।

❑❑